SUPERBUR
BIBLIOTECA UNIVERSALE RIZZOLI

TOM CLANCY nella SUPERBUR

LA GRANDE FUGA DELL'OTTOBRE ROSSO

URAGANO ROSSO

ATTENTATO ALLA CORTE D'INGHILTERRA

IL CARDINALE DEL CREMLINO

PERICOLO IMMINENTE

PAURA SENZA LIMITE

SENZA RIMORSO

DEBITO D'ONORE

Tom Clancy

SENZA RIMORSO

Biblioteca Universale Rizzoli

First published in 1993 by G.P. Putnam's Sons, New York

ISBN 88-17-11479-0

Titolo originale dell'opera:
WITHOUT REMORSE

prima edizione Superbur: maggio 1995
nona edizione Superbur: luglio 1998

Edizione italiana a cura di: Studio Lexis, Studio Zelig, Annalisa Biliato, Alessandra Di Paola, Metella Paterlini.

Questo romanzo è opera della fantasia. Avvenimenti, luoghi e personaggi sono immaginari e non hanno alcun riferimento con specifiche località o persone viventi.

Nulla è possibile senza aiuto:
Bill, Darrel e Pat per il loro consiglio: "professionale",
Craig, Curt e Gerry per la stessa ragione,
Russell per una consulenza inattesa.

E per aiuto di altissimo livello *ex post facto*:
Shelly, per aver fatto il lavoro;
Craig, Curt, Gerry, Steve P., Steve R.
e Victor per avermi aiutato a capire:

Pensa dove più spesso comincia e finisce la gloria umana.
E riconosci che la mia gloria è stata di avere tali amici.

William Butler Yeats

Nell'edizione rilegata originale di *Senza rimorso* ci sono le parole di una poesia che ho trovato per caso, il cui titolo e autore non sono stato in grado di identificare. Ho trovato in quelle parole un ricordo perfetto per il mio «piccolo compagno», Kyle Haydock, che morì di cancro a otto anni e 26 giorni - ma per me non se n'è mai andato.

Più tardi ho scoperto che il titolo della poesia è *Ascensione*, e che l'autore di quelle splendide parole è Colleen Hitchcock, una poetessa di singolare talento che vive nel Minnesota. Vorrei approfittare di questa occasione per consigliare i suoi lavori a tutti gli studenti di poesia. Così come hanno suscitato e catturato la mia attenzione, spero che le sue parole avranno lo stesso effetto sugli altri lettori.

In affettuosa memoria di Kyle Haydock,
5 luglio 1983 — 1° agosto 1991.

Arma virumque cano
Publio Virgilio Marone

Guardatevi dalla collera di un uomo paziente
John Dryden

PROLOGO

Luoghi d'incontro

Novembre

Camille era stato l'uragano più violento che si fosse mai visto, il tornado più devastante della storia. Su una cosa non c'erano dubbi, pensò Kelly indossando le bombole per prepararsi all'ultima immersione: aveva messo completamente fuori uso la piattaforma petrolifera. Con la sovrastruttura del tutto distrutta e i quattro massicci piloni che la sostenevano piegati e ritorti, sembrava il giocattolo rotto di un gigante bambino. Tutto quello che si poteva togliere senza correre rischi era già stato rimosso e calato con una gru sulla chiatta che serviva da base per le immersioni. Dell'intera struttura era rimasto solo lo scheletro, che ora lasciava ampiamente intravedere cielo e mare, e che presto sarebbe diventato una sontuosa dimora per i pesci: questo pensava Kelly, salendo sulla lancia che doveva portarlo sul luogo dell'immersione. Lo avrebbero assistito altri due sommozzatori, ma la responsabilità della missione era sua. Durante il tragitto, i tre uomini ricontrollarono le varie fasi del piano, mentre un'imbarcazione addetta alla sicurezza continuava a girare nervosamente in cerchio per tener lontani i pescatori. Non aveva senso che si fossero diretti tutti lì, dato che per qualche ora non si sarebbe pescato un granché, ma si sa che eventi del genere non mancano mai di attirare i curiosi. E avrebbero assistito a uno spettacolo coi fiocchi, si disse Kelly con un ghigno soddisfatto, tuffandosi all'indietro.

Tutto era così strano e sinistro, sott'acqua. Era una sensazione che provava sempre, ma che non lo inquietava. Filtrando attraverso la superficie increspata dalle onde, i raggi del sole fluttuavano formando cortine di luce che si muovevano in continuazione e giocavano con le sue gambe. La visibilità era ottima. Le numerose cariche di C4 erano già state piazzate: si trattava di blocchetti larghi quindici centimetri e lunghi sette, fissati saldamente alle travi d'acciaio e muniti di una spoletta che li avrebbe fatti esplodere verso l'interno. Kelly si prese tutto il tempo necessario e le verificò una per una. Ce n'erano due serie: una si trovava a circa tre metri dal fondale, e Kelly e i suoi due assistenti la controllarono per prima, velocemente, dato che nessuno voleva restare troppo a lungo a quella profondità. I due uomini legarono stretta la miccia attorno a ognuna delle cariche. Entrambi erano del posto, guastatori-sommozzatori con un'esperienza quasi pari a quella del capo missione. Svolsero il compito assegnato, poi Kelly controllò il loro lavoro, mentre loro controllavano il suo: prudenza e accuratezza erano fondamentali in un mestiere come quello. Ci vollero venti minuti per terminare l'ispezione al livello inferiore, poi i sommozzatori risalirono gradatamente fino a quello superiore, dove ripeterono la medesima procedura, con ugual lentezza e precisione. Quando si maneggiano esplosivi, la fretta è sempre nemica, e non ci si può permettere di correre alcun rischio.

Il colonnello Robin Zacharias si concentrò sul compito da affrontare. Dietro alla catena montuosa che aveva di fronte c'era una postazione di SA-2; aveva già lanciato tre missili per colpire i cacciabombardieri che lui doveva proteggere. Sul seggiolino posteriore dell'F-105G Thunderchief sedeva Jack Tait, il suo "compagno", un tenente colonnello esperto in materia di distruzione dei sistemi di difesa. I due avevano contribuito a sviluppare la stessa tecnica che stavano applicando in quel momento. Zacharias pilotava il suo cacciabombardiere Wild Weasel in modo da farsi intercettare e da attirare il fuoco nemico, per poi schivarlo e avvicinarsi sempre più alla postazione missilistica in un gioco crudele e micidiale che non vedeva protagonisti preda e cacciatore, ma due cacciatori: l'uno piccolo, agile, e delicato contro un altro imponente, immobile e fortificato. Quella postazione era stata l'incubo degli uomini di Zacharias: il suo comandante sapeva benissimo come usare il radar e quando era il caso di accenderlo o di spegnerlo. Chiunque fosse quello sporco bastardo, la settimana prima aveva già abbattuto due degli aerei sotto il comando di Robin, e così, non appena era giunto l'ordine di colpire di nuovo quella zona, il colonnello si era autoassegnato la missione. La voleva con un desiderio del tutto professionale, dato che individuare, attaccare e distruggere le difese aeree era la sua specializzazione: un gioco veloce, complesso, e tridimensionale in cui il premio per chi vinceva era sopravvivere.

Zacharias sfrecciava a bassa quota, tenendosi sempre al di sotto dei centocinquanta metri di quota; le mani governavano la cloche in maniera quasi automatica, gli occhi scrutavano le cime delle colline e le orecchie ascoltavano attente le parole dell'altro membro dell'equipaggio.

«È a ore nove, Robin» gli disse Jack. «Viene verso di noi ma non ci ha ancora preso. Si avvicina bel bello.»

Questa volta niente di troppo diretto, disse il colonnello fra sé e sé. *È il metodo che abbiamo usato l'altra volta, ma in qualche modo lui è riuscito a fregarci*. Un errore che gli era costato un maggiore, un capitano e un aereo... Al Wallace, che era di Salt Lake City, come lui... un amico di lunga data... accidenti! Scacciò il pensiero, senza neppure rimproverarsi per essersi lasciato sfuggire un'innocente imprecazione.

«Diamogli un altro assaggio» fece, tirando indietro la cloche. Il Thud cabrò di colpo, entrò nel raggio del radar nemico, e rimase a quella quota, in attesa. Il comandante di quell'installazione era senz'altro un tipo in gamba, addestrato dai russi. Ignoravano quanti aerei avesse abbattuto finora (il numero era senz'altro più che sufficiente), ma sapevano che doveva andarne fiero, e l'orgoglio era fatale, in quel tipo di mestiere.

«Secondo lancio, due lanci validi, Robin» lo avvertì Tait.

«Due soltanto?» domandò il pilota.

«Beh, forse i missili li paga lui» insinuò ironicamente il suo compagno. «Sono a ore nove. Tempo di fare qualche acrobazia, Rob.»

«Come questa?» Zacharias virò a sinistra, per non perderli di vista, poi si diresse verso di loro e fece una mezza esse, picchiando. Con una manovra perfetta si infilò dietro il crinale di una montagna: il suo aereo finì a quota pericolosamente bassa, ma, a più di un chilometro sopra di lui, i Guideline SA-2 erano impazziti e ormai fuori controllo.

«È il momento» disse Tait.

«Sì.» Zacharias fece una brusca virata a sinistra e armò le sue bombe a grappolo. L'F-105 sfiorò la cima della montagna, poi si riabbassò, mentre lo sguardo del pilota era già fisso sulla catena montuosa più vicina, dieci chilometri e cinquanta secondi.

«Ha il radar ancora in funzione» lo informò Tait.» «Sa che stiamo arrivando.»

«Ma ha solo un altro colpo.» *A meno che gli addetti alle operazioni di ricarica non stiano facendo gli straordinari, oggi. Beh, non si può prevedere tutto.*

«Contraerea leggera a ore dieci.» Troppo lontana per essere motivo di preoccupazione, ma adesso Zacharias sapeva dove evitare di dirigersi terminata la missione. «Ecco l'altopiano.»

Forse si erano accorti della sua presenza, o forse no. Può darsi che il suo aereo fosse solo uno dei tanti puntini luminosi in movimento su uno schermo radar che un operatore stava cercando di decifrare. A bassa quota, il Thud volava più veloce di qualsiasi altro mezzo, e la sua colorazione mimetica avrebbe tratto in inganno chiunque. Probabilmente, i nemici stavano guardando in alto, dato che in quel momento era entrato in azione il dispositivo di disturbo, come prevedeva anche il piano messo a punto per l'altro Weasel. Le tattiche normalmente utilizzate dagli americani prevedevano infatti un avvicinamento a media quota e una brusca picchiata, ma una tattica del genere aveva fallito per ben due volte, e così il colonnello decise di adottarne un'altra: volando a bassa quota, avrebbe colpito l'obiettivo, poi sarebbe intervenuto l'altro Weasel. Il suo compito era semplicemente quello di distruggere la stazione di controllo, dove si trovava il comandante. Virava di continuo a destra e a sinistra, cabrava e picchiava all'improvviso per non fornire una buona traiettoria di tiro alla contraerea. Non ci si doveva scordare dell'artiglieria.

«Ecco la stella!» gridò Robin. Il manuale degli SA-2, scritto in russo, stabiliva che attorno a una stazione di controllo centrale venissero sistemati sei dispositivi di lancio, cosicché, con le strade che collegavano fra loro i suoi elementi, la tipica installazione di Guideline aveva la stessa forma della stella di Davide. Al colonnello l'idea sembrò vagamente blasfema, ma si trattò solo di un pensiero fugace, perché tutta la sua attenzione era concentrata sul dispositivo di puntamento del Thud.

«Bersaglio selezionato» disse ad alta voce, per confermarsi l'azione. Mantenne la stessa rotta per gli ultimi dieci secondi.

«Bene... sganciare... ora!»

I piloni subalari del cacciabombardiere liberarono quattro bombe a grappolo decisamente poco aerodinamiche, che si aprirono a mezz'aria, disseminando su tutta la zona migliaia di submunizioni. Quando queste toccarono il suolo, il Weasel era ormai lontano. Zacharias non vide i soldati che si precipitavano nelle trincee, ma rimase a bassa quota, virando bruscamente a sinistra, per controllare di aver distrutto l'obiettivo una volta per tutte. Da cinque chilometri di distanza, vide un'immensa nuvola di fumo innalzarsi dal centro della stella.

Questo è per Al, non poté fare a meno di pensare. Non era un grido di vittoria, solo un pensiero che gli passò per la testa mentre si riportava in volo livellato e cercava una possibile via di fuga. Adesso potevano anche intervenire gli aerei d'attacco: quella batteria di missili terra-aria era fuori uso. Bene. Scelse una gola nella catena montuosa e si accinse ad attraversarla, procedendo a una velocità di poco inferiore a Mach 1, sempre in volo orizzontale, dato che ormai si era lasciato ogni pericolo alle spalle. *A casa per Natale.*

I traccianti che sbucarono dall'angusto passo lo colsero del tutto di sorpresa. Non erano previsti. Impossibile scansarli virando; gli venivano addosso. Il pilota cabrò bruscamente, ma era proprio quella la reazione che si aspettava l'artigliere, e la fusoliera dell'aereo attraversò il fuoco nemico. Ne fu scossa violentemente e, nel giro di un secondo, la vittoria si trasformò in una sconfitta.

«Robin!» rantolò una voce dalla radio, ma il rumore degli allarmi che suonavano impazziti la soffocò, e Zacharias capì immediatamente che il suo aereo era spacciato. La situazione peggiorò prima ancora che il colonnello riuscisse a fare qualcosa. Il motore prese fuoco e il Thud incominciò a rollare e imbardare, segno che ormai non rispondeva più ai comandi. Il pilota reagì in maniera automatica, gridando «Espulsione!», ma un altro rantolo proveniente dal seggiolino posteriore lo fece voltare proprio nel momento in cui tirava con forza la leva, pur consapevole dell'inutilità di quel gesto. Quel che vide di Jack Tait per l'ultima volta fu il rigagnolo lasciato dal suo sangue, ma poi anche lui venne trafitto da un dolore lancinante alla schiena, un dolore che non aveva mai provato in vita sua, e che, di certo, preannunciava la morte.

«Okay» disse Kelly, e sparò un razzo. L'equipaggio di un'altra imbarcazione cominciò a lanciare in acqua piccole cariche esplosive, per allontanare i pesci. Lui rimase a guardare e aspettò altri cinque minuti, poi si voltò verso gli addetti alla sicurezza.

«Campo libero.»

«Cariche piazzate» rispose Kelly, recitando questo mantra tre volte ancora. Poi azionò la manopola del detonatore. I risultati furono gratificanti: l'acqua attorno alla base della piattaforma ribollì di schiuma, mentre i piloni stessi vennero recisi di netto nei punti corrispondenti alle due serie di cariche. La struttura cadde con lentezza sorprendente, scivolando in acqua in un'unica direzione. Si udì un tonfo incredibile e, per un istante, si ebbe l'impressione incoerente che l'acciaio potesse galleggiare. Ma non era così; l'aereo intrico di travi a I in acciaio si inabissò tra le onde, per andare a posarsi sul fondale. E anche questa era fatta.

Kelly staccò i fili dal generatore e li buttò di lato.

«In anticipo di ben due settimane. Lo voleva proprio quell'extra, non c'è che dire» commentò il manager, un ex pilota da caccia della marina che sapeva sempre apprezzare un lavoro ben fatto e sbrigato in fretta, anche se questa volta c'era andata di mezzo una piattaforma petrolifera. Ma, in fin dei conti, il petrolio non se lo sarebbe preso nessuno. «Dutch aveva ragione sul suo conto.»

«L'ammiraglio è una brava persona. Ha fatto tanto per Tish e per me.»

«Abbiamo volato assieme per due anni. Uno scozzese che sa come vendere cara la pelle. Dice un gran bene di lei.» Al manager piaceva lavorare con uomini che avevano avuto esperienze simili alla sua. In qualche modo, era riuscito a superare la paura del combattimento.

«Che è quello? È da un po' che glielo volevo chiedere» disse, indicando il tatuaggio sul braccio di Kelly: una foca rossa dal ghigno irriverente, seduta sulle pinne posteriori.

«L'abbiamo fatto tutti, nella mia unità» tentò di spiegare Kelly con la maggior disinvoltura possibile.

«Che unità era?»

«Non posso dirlo.» Cercò di mitigare il suo rifiuto con un sorriso.

«Scommetto che è una cosa che ha a vedere con il salvataggio di Sonny, ma non importa.» Da buon ex ufficiale di marina, il manager sapeva che c'erano regole da rispettare. «Bene, l'assegno sarà versato sul suo conto al termine della giornata lavorativa, Mr. Kelly. Avviso sua moglie via radio, così potrà venire a prenderla.»

Tish Kelly lanciava sguardi di complicità alle altre donne che si aggiravano per il Negozio della Cicogna. Era incinta di appena tre mesi, e poteva ancora permettersi di indossare tutto quello che voleva, o quasi. Era un po' presto per comprare dei premaman, ma dato che aveva del tempo libero voleva incominciare a darsi un'occhiata in giro. Ringraziò la commessa e decise che sarebbe ritornata con John, quella sera, per fargli scegliere qualche vestito, sapendo che a suo marito piaceva molto fare acquisti per lei. Adesso era ora di passare a prenderlo. La Plymouth giardinetta che avevano portato fin laggiù dal Maryland era parcheggiata proprio davanti al negozio, e ormai lei sapeva come orientarsi per le strade di quella città di mare. Rispetto alla fredda pioggia autunnale di casa, essere lì sulla costa del Golfo, dove era quasi sempre estate, era un bel diversivo. Si immise in carreggiata, e si diresse a sud, verso l'enorme base logistica della compagnia petrolifera. Persino i semafori sembravano essere in suo favore: all'ultimo, il verde scattò con tale tempismo che non ebbe neppure bisogno di frenare.

Il camionista sbuffò, vedendo che il semaforo era diventato giallo. Era in ritardo, e correva un po' troppo, ma la fine dell'interminabile viaggio di diecimila chilometri iniziato in Oklahoma era ormai vicina, così schiacciò freno e frizione con un sospiro che si tramutò presto in sorpresa, perché entrambi i pedali arrivarono fino in fondo contemporaneamente. La strada davanti a lui era libera, e quindi continuò a procedere diritto, scalando le marce per tentare di decelerare e suonando il clacson. *Oh Dio, oh Dio, no...*

Lei non lo vide arrivare. Non si voltò neppure. La sua giardinetta attraversò tranquillamente l'incrocio, e il ricordo che il camionista non sarebbe mai più riuscito a scacciare dalla sua mente era quello del profilo di una giovane donna che scompariva sotto il cofano della motrice, della sbandata incredibile e del balzo tremendo fatto dall'enorme autocarro che schiacciava la vettura con le ruote anteriori.

La cosa peggiore era non sentire niente. Helen era sua amica, e Pam sapeva che avrebbe dovuto provare qualcosa, ma non ci riusciva. La donna era imbavagliata, ma la benda non poteva certo impedire che si udissero i suoi gemiti, mentre Billy e Rick procedevano. La voce riusciva a farsi strada ugualmente e, anche se non poteva muovere la bocca, i suoi lamenti erano chiaramente quelli di una moribonda... ma il biglietto per l'aldilà aveva un prezzo che lei doveva ancora pagare, e Rick, Billy, Burt e Henry erano lì per riscuoterlo. Pam cercò di convincersi a pensare di essere in un altro posto, ma quegli orribili gemiti soffocati non facevano che riportare i suoi occhi e la sua coscienza alla realtà, a quello che era diventata la realtà. Helen stava soffrendo. Aveva cercato di scappare, e non glielo avevano permesso. Non si poteva scappare. Loro lo avevano già spiegato a tutte, e più volte, e Henry aveva detto che adesso lo avrebbero spiegato di nuovo, usando un metodo che nessuno avrebbe dimenticato. Pam si toccò il punto in cui le avevano rotto un paio di costole, ricordando la lezione ricevuta. Quando gli occhi di Helen fissarono il suo viso, sapeva di non poter far nulla per aiutarla. Cercò di esprimerle tutta la sua compassione con uno sguardo, ma non osò fare nient'altro, e poi la sua amica smise di lamentarsi. Era tutto finito, almeno per il momento. Adesso poteva anche chiudere gli occhi e domandarsi quando sarebbe venuto il suo turno.

Da quella posizione riusciva a vedere l'artiglieria che aveva abbattuto il suo aereo. I soldati pensavano che la loro fosse una trovata divertente: dopo averlo legato, l'avevano messo fuori dalla postazione, appoggiato ai sacchi di sabbia. Quello che era riuscito a combinare il prigioniero era certo meno divertente, ma avevano già provveduto a ringraziarlo a suon di pugni e di calci. Avevano ritrovato anche il cadavere dell'altro membro dell'equipaggio, e lo misero al suo fianco, esultando per l'espressione afflitta e disperata che si dipinse sul volto del pilota quando vide il suo compagno. Era arrivato anche il funzionario dei servizi segreti mandato da Hanoi, che ora stava controllando se il suo nome fosse tra quelli di un elenco che aveva con sé, chinandosi per leggere meglio. Dalla reazione dell'agente segreto e dalla telefonata urgente che aveva fatto, gli artiglieri dedussero che l'americano doveva essere un tipo speciale. Quando l'uomo svenne per il dolore, il funzionario prese un tampone e, imbevutolo del sangue dell'altro, lo passò sul suo viso. Poi scattò alcune foto. Era come se volesse che il pilota sembrasse morto né più né meno del cadavere al suo fianco. Che strano.

Non era certo la prima salma che doveva identificare, ma Kelly si era convinto che ormai questo genere di cose appartenesse al suo passato. C'erano altre persone al suo fianco, pronte ad aiutarlo, ma non crollare non equivaleva a sopravvivere, e in momenti come quello nulla può consolare. Uscì dal pronto soccorso, con gli occhi di tutti — medici e infermiere — puntati su di lui. Era stato chiamato un prete per pregare al suo capezzale. Disse a Kelly alcune parole che sapeva benissimo sarebbero rimaste inascoltate. Un poliziotto gli spiegò che la colpa non era del camionista. I freni non avevano funzionato. Difetto meccanico. Non era colpa di nessuno. Cose che possono capitare. Aveva tentato di spiegare a una persona innocente perché quanto aveva di più caro al mondo fosse stato distrutto, come se la cosa potesse interessarla. L'agente capì di trovarsi di fronte a un uomo forte, ma proprio per questo ancor più vulnerabile. La moglie e il figlio non ancora nato, che lui sarebbe forse riuscito a proteggere da ogni pericolo, morti in un incidente. Il camionista, anche lui un padre di famiglia, era stato ricoverato in ospedale, dove gli avevano somministrato dei sedativi. Si era infilato sotto l'autocarro, nella speranza di trovarla ancora viva. Con Kelly c'erano anche i colleghi di lavoro; si sarebbero occupati loro di tutte le formalità per il funerale. Non potevano fare nient'altro per un uomo che avrebbe preferito l'inferno a quanto era accaduto, perché lui all'inferno c'era già stato. Ma d'inferno ce n'è più d'uno, e lui non li aveva ancora visti tutti.

1

Enfant perdu

Maggio

Non scoprì mai che cosa lo spinse a fermarsi. Accostò la Scout quasi senza pensarci. Lei non aveva il pollice alzato per cercare un passaggio. Se ne stava semplicemente lì, in piedi, ferma sul ciglio dell'autostrada, a guardare le macchine che sfrecciavano lasciandosi dietro nuvole di polvere e di fumo. La sua era la classica posa da autostoppista: una gamba tesa, l'altra leggermente piegata. Indossava abiti molto vissuti, e uno zaino le penzolava da una spalla. L'aria spostata dalle auto in transito le scompigliava i capelli in continuazione. Il suo viso sembrava del tutto indifferente, ma Kelly lo notò solo quando aveva già schiacciato il pedale del freno col piede destro e stava ormai svoltando nello spiazzo non asfaltato. Si chiese se non era il caso di immettersi di nuovo in carreggiata, ma poi decise che ormai si era già impegnato a fare qualcosa, anche se non sapeva esattamente che cosa. La ragazza seguì con lo sguardo il veicolo bianco e, come vide Kelly osservarla dallo specchietto retrovisore, fece spallucce e poi, senza dar segno di particolare entusiasmo, si diresse verso la macchina. Il finestrino del passeggero era abbassato; un paio di secondi e lei era già lì.

«Dove sta andando?» domandò.

Kelly fu preso alla sprovvista. Pensava di dover essere lui a fare la prima domanda: «Vuole un passaggio?». Esitò qualche istante, esaminandola. Aveva ventun anni, forse, ma ne dimostrava di più. La sua faccia non era sporca, ma neanche pulita, forse per il vento e la polvere che c'erano in autostrada. Indossava una camicia da uomo che non era stata stirata da mesi, e aveva i capelli in disordine. Ma quello che lo colpì maggiormente furono i suoi occhi... di un grigio-verde bellissimo, sembravano oltrepassarlo con il loro sguardo, per fissarlo su... "Su che cosa?" si domandò. L'aveva già visto quello sguardo, ma solo in alcuni uomini. Uomini stanchi. Si ricordò di averlo avuto anche lui, ma neppure allora era riuscito a scoprire che cosa vedeva. Non gli era mai venuto in mente che anche adesso il suo sguardo non era poi così diverso.

«Torno alla mia barca» rispose infine, senza sapere che altro dire. E, in un baleno, l'espressione degli occhi di lei cambiò completamente.

«Ha una barca?» gli chiese. I suoi occhi si animarono come quelli di un bambino, e il loro sorriso illuminò anche il resto del suo volto, come se lui le avesse appena fornito la risposta a un quesito importantissimo. Kelly notò che aveva un buchino delizioso tra i due incisivi superiori. La domanda della ragazza esigeva una risposta, e questa venne da sé.

«Un dodici metri da diporto, a motore» Indicò il bagagliaio della Scout, stipato di scatoloni di provviste. «Vuol venire con me?» le domandò, sempre senza riflettere.

«Certo!» Senza aspettare che lui aggiungesse altro, aprì la portiera con uno strattone e buttò lo zaino sul tappetino davanti al sedile del passeggero.

Immettersi di nuovo in carreggiata non fu un'impresa facile. La Scout non era fatta per la guida in autostrada, e sia il passo sia la potenza del motore erano troppo ridotti; inoltre, Kelly teneva sempre la trazione integrale inserita, e anche questo non aiutava molto. Non gli rimase altro da fare che aspettare che si aprisse un varco e infilarcisi, maledicendo in cuor suo il minuscolo motore a quattro cilindri e le pessime sospensioni. Si concentrò sulla guida. Doveva farlo, dato che la macchina era così lenta che poteva andare solo sulla corsia di destra, e a ogni svincolo c'era gente che usciva o entrava: doveva stare attento perché la Scout non era abbastanza scattante da riuscire a evitare tutti gli idioti diretti al mare o chissà in quale altro diavolo di posto dove si può trascorrere un weekend di tre giorni.

La sua mente gli ricordò che lui aveva chiesto alla ragazza "vuol venire con me", e che lei aveva risposto "certo", poi gli domandò: *Perché cavolo l'hai fatto?* Kelly, che non aveva una risposta valida, sfogò la sua frustrazione sbuffando per via del traffico. Era una domanda semplicissima, e qualcosa gli diceva che avrebbe dovuto conoscere anche la risposta. Ma... ma non gliene fregava niente di quella domanda, anzi, di nessuna domanda. A dire il vero, non era neppure sicuro di quali fossero le cose che gli importavano (o se ci fosse qualcosa che gli importasse davvero), e così zittì la sua voce interiore e si mise a badare alla guida, mentre il suo cervello continuò a rimuginare sull'accaduto (dopotutto, la nostra mente non ubbidisce quasi mai agli ordini che lei stessa ha impartito), producendo un rumore di sottofondo fastidioso quanto quello del traffico.

Il weekend del *Memorial Day*, pensò Kelly. Le altre auto erano piene di gente che stava tornando dal lavoro, o che era già passata da casa a prendere il resto della famiglia. Volti di bambini si affacciavano ai finestrini posteriori. Qualcuno faceva anche "ciao" con la mano, ma lui fingeva di non accorgersene. Era duro essere soli, specialmente quando ci si ricordava di non esserlo sempre stati.

Kelly si passò la mano sul mento, e l'impressione di toccare della carta vetrata che provò gli disse che non si era rasato. Anche la mano era sporca. Non c'era da meravigliarsi che i commessi del supermercato l'avessero trattato in quel modo. *Ti stai lasciando andare, Kelly.*

Beh, e chi se ne frega?

Si voltò per guardare la sua ospite. Si ricordò che non conosceva neppure il suo nome. Era incredibile, pensò. Lei sarebbe andata con lui, sulla sua barca (o no?), e lui non sapeva neppure come si chiamasse. Ma era poi così incredibile? Confessò a se stesso che non ne era sicuro. Lei se ne stava lì e guardava davanti a sé con un'espressione serena, diversa da quella di prima perché adesso stava osservando lo scorrere regolare delle colonne di auto. Aveva un bel viso, di profilo. Certo, aveva bisogno di darsi una ripulita, ma anche lui, del resto. Era magra (forse snella era il termine più adatto, pensò Kelly, rimettendosi a guardare la strada), e il colore dei suoi capelli era tra il biondo e il castano. Indossava un paio di jeans sdruciti e bucati in più punti. Li aveva sicuramente comprati in uno di quei negozi dove vendevano jeans già scoloriti o trattati sa il diavolo come e te li facevano anche pagare più cari. La moda femminile era sempre stata un mistero per lui, ma un mistero che non lo aveva mai affascinato, neppure ai tempi in cui il mondo gli interessava ancora, a differenza di adesso.

Cristo, come hai fatto a ridurti così? si chiese. Aveva una risposta, ma era solo una spiegazione incompleta. Parti diverse di quell'essere che rispondeva al nome di John Terrence Kelly conoscevano aspetti diversi dell'intera faccenda, ma in qualche modo le varie tessere non volevano ricomporsi in un unico mosaico, e così, quello che una volta era un uomo forte, intelligente, deciso, adesso era ridotto a pezzi e brancolava nel buio, confuso... e disperato? Un pensiero lo rassicurò: si ricordò dell'uomo che era un tempo, ricordò tutte le disavventure a cui era sopravvissuto, quando non avrebbe mai pensato di farcela. Forse il peggio era non riuscire a capire che cosa si fosse inceppato, in lui. Certo, sapeva benissimo che cos'era *successo*, ma quelli erano stati tutti eventi esterni. Poi, in qualche modo, la sua capacità di comprendere e decifrare il mondo lo aveva abbandonato, lasciandolo vivo, frastornato e senza uno scopo nella sua esistenza. Aveva inserito il pilota automatico, e lo sapeva, ignorando però dove l'avrebbe portato il destino.

La ragazza taceva, non gli raccontava niente di sé e di quello che voleva da lui e dalla vita. Non che questo gli importasse, si disse, però aveva la sensazione che ci fosse qualcosa che doveva sapere. Una sensazione che lo colse di sorpresa; un inquietante segnale d'avvertimento lanciato da quella parte del suo cervello che aveva la precedenza rispetto alle funzioni intellettuali, e di cui lui si fidava ciecamente. Un noto brivido premonitore gli percorse la schiena e arrivò fino agli avambracci, ma l'unico pericolo che Kelly riuscì a individuare, guardandosi attorno, fu qualche auto dal motore troppo potente e dal guidatore con troppo poco cervello. Scrutò in tutte le direzioni, senza riuscire a trovare nulla, ma quella strana impressione non voleva abbandonarlo, e si sorprese a controllare lo specchietto retrovisore senza un motivo apparente, mentre la sua mano sinistra scivolò giù, tra le sue gambe, sotto il sedile, finché non incontrò il calcio striato della Colt automatica nascosta lì sotto. Prima ancora di accorgersene, lo stava già accarezzando.

Ma che diavolo stai facendo? Ritrasse la mano e scacciò l'idea, contraendo il viso in una smorfia che esprimeva tutta la sua rabbia per quelle sensazioni confuse e quelle reazioni illogiche. Tuttavia, continuò a controllare lo specchietto retrovisore per un'altra ventina di minuti: normale routine quando si guida, si disse, mentendo a se stesso.

Il porticciolo era un brulichìo di attività. Per via del weekend di tre giorni, naturalmente. Le auto schizzavano per il piccolo parcheggio male asfaltato, dato che tutti volevano evitare di restare intrappolati nel traffico del venerdì, quello stesso traffico che anche loro, ovviamente, contribuivano a creare. Perlomeno, qui la Scout si trovava a proprio agio. L'abitacolo alto e l'ottima visibilità furono di grande aiuto al suo conducente nelle manovre necessarie per arrivare fino alla poppa della *Springer*: Kelly curvò, mise la retro e si fermò proprio davanti al posto dove aveva lasciato la sua barca sei ore prima. Parcheggiare, alzare i finestrini e chiudere a chiave la macchina fu per lui un vero e proprio sollievo. La sua avventura in autostrada era terminata, e la salvezza — un oceano senza corsie — era ormai vicina.

La *Springer* era un'imbarcazione da diporto a motore diesel, un dodici metri fuoriserie, con scafo e interni simili a quelli di un Pacemaker Coho. Non era una barca particolarmente bella, ma aveva due cabine piuttosto grandi e, volendo, se ne sarebbe potuta ricavare facilmente anche una terza dal salone principale. Kelly non era certo il tipo che faceva economie sui suoi attrezzi da lavoro: i diesel erano potenti, ma non sovralimentati, perché preferiva un motore grande a regime regolare a uno piccolo sotto sforzo; c'erano anche un radar, ogni sorta di apparecchiature radio consentite dalla legge, e tutti gli strumenti di navigazione di cui in genere sono dotate le barche per la pesca d'altura. Lo scafo in vetroresina era immacolato, e sulla battagliola cromata non c'era neppure la più piccola traccia di ruggine, anche se Kelly aveva deliberatamente evitato di lucidarla (come amavano invece fare molti altri proprietari di barche) perché trovava che non ne valesse la pena. Dopotutto, la *Springer* era un'imbarcazione da lavoro o, perlomeno, avrebbe dovuto esserlo.

Kelly e la sua ospite scesero dalla macchina. Lui aprì il bagagliaio, tirò fuori gli scatoloni e incominciò a caricarli a bordo. Come vide subito, la sua giovane amica aveva abbastanza buon senso da starsene alla larga.

«Ehi, Kelly!» gridò all'improvviso una voce proveniente dalla plancia.

«Allora, Ed, hai scoperto cos'era?»

«L'indicatore funzionava male. Le spazzole del generatore erano un po' consumate, e così le ho sostituite, ma penso che fosse tutta colpa dell'indicatore. Ho cambiato anche quello.» Ed Murdock, il capomeccanico del cantiere, incominciò a scendere la scaletta, e si accorse della presenza femminile quando era ormai giunto quasi alla fine; dalla sorpresa inciampò sull'ultimo gradino e ci mancò poco che non finisse lungo disteso. Squadrò velocemente la ragazza con uno sguardo d'approvazione.

«Nient'altro?» chiese Kelly, seccamente.

«Ho riempito i serbatoi e scaldato i motori» rispose Murdock, voltandosi verso il suo cliente. «Ti ho messo tutto in conto.»

«Bene, grazie Ed.»

«Ah, Chip mi ha detto di avvisarti che qualcun altro ha fatto un'offerta, in caso tu ti sia deciso a vendere...»

Lui non gli lasciò terminare la frase: «Sai benissimo che non lo farò mai».

«È un gioiello, Kelly» fece allora Murdock, che intanto stava raccogliendo i suoi attrezzi. Poi se ne andò, sorridendo soddisfatto per il doppio senso.

A Kelly ci volle qualche secondo per capire la battuta. Emise una specie di tardivo grugnito per segnalare il suo moderato apprezzamento mentre caricava l'ultimo scatolone.

«Che cosa posso fare?» chiese la ragazza. Era rimasta lì in piedi tutto il tempo, e Kelly aveva l'impressione che stesse tremando leggermente, e che stesse cercando di nasconderlo.

«Si metta a sedere lassù» le disse, indicando la plancia. «Mi ci vorranno un paio di minuti per mettere in moto.»

«D'accordo» fece lei, e gli rivolse un sorriso che avrebbe sciolto anche un iceberg, con l'aria di sapere benissimo quello di cui aveva bisogno il suo ospite.

Lui andò a poppa, verso la sua cabina, felice di essere il tipo che amava tenere sempre in ordine la sua barca. Anche la cabina del capitano, a prua, era a posto, e Kelly si sorprese a osservare la propria immagine riflessa nello specchio e a domandarsi: ''Okay'', e adesso che cazzo vuoi fare?».

La risposta non fu immediata, ma le convenienze gli suggerirono che forse era il caso di darsi una rinfrescata, cosa che fece subito. Due minuti più tardi ridiscese nella cabina principale. Si assicurò che gli scatoloni con le provviste fossero sistemati bene, e poi salì in coperta.

«Ho scordato di chiederle una cosa» osservò mentre raggiungeva la ragazza sulla plancia.

«Pammy» disse allora lei, porgendogli la mano. «E il suo?»

«Kelly» replicò lui, spiazzato ancora una volta.

«Dove siamo diretti, Mr. Kelly?»

«Kelly e basta» la corresse lui, mantenendo però le distanze, per il momento, come da molto tempo si era abituato a fare con la gente. Lei annuì e sorrise di nuovo.

«Va bene, Kelly, dove si va?»

«Possiedo un'isoletta a circa trenta...»

«Vuol dire che l'*isola* è tutta *sua*?» fece la ragazza, spalancando gli occhi.

«Esatto.» A dire il vero l'aveva solo in affitto, ma da così tanti anni che ormai la considerava praticamente sua proprietà.

«Allora che aspettiamo?» disse lei entusiasta, rivolgendo un ultimo sguardo verso la riva.

Lui scoppiò in una risata sonora. «D'accordo, andiamo!» Azionò gli iniettori del combustibile. La *Springer* aveva motori diesel, e quindi il suo proprietario non avrebbe dovuto preoccuparsi di un eventuale accumulo di gas di scarico, ma, nonostante il disinteresse che sembrava avere per ogni cosa e la trasandatezza acquisita di recente, Kelly era pur sempre un marinaio, e la sua vita sul mare seguiva una routine ferrea, basata su regole di sicurezza scritte col sangue di uomini meno prudenti di lui. Dopo i due minuti canonici, schiacciò un pulsante per mettere in moto il diesel di sinistra, poi accese anche quello di dritta. I due grossi motori Detroit partirono subito, rombando con potenza impressionante, mentre lui controllava gli strumenti. Tutto a posto.

Scese poi dal ponte di comando per mollare gli ormeggi; un'operazione che compì con la stessa velocità che se fosse stato da solo. Ritornò alla console di guida, spostò delicatamente in avanti le leve, per far uscire la barca dalla darsena, controllando il vento e la marea (quasi nulli, in quel momento) e stando attento alle altre imbarcazioni. Ce n'era solo una in movimento, ed era dietro di lui. Mentre virava col timone, spostò in avanti la leva del motore di sinistra, per far girare la *Springer* ancor più velocemente nello stretto canale, poi si diresse verso il mare aperto. Accelerò di nuovo, questa volta usando il motore di dritta, e, viaggiando alla discreta velocità di cinque nodi, sfilò davanti alle barche a vela e a motore ormeggiate nel porticciolo. Anche Pam osservava le altre imbarcazioni, ma il suo sguardo era perlopiù rivolto a poppa. Ritornò a fissare il parcheggio per alcuni lunghi istanti, chiaramente rassicurata da quella vista, prima di guardare di nuovo verso il mare aperto.

«Si intende di barche?»

«Non molto» ammise lei, e per la prima volta lui notò il suo accento.

«Da dove viene?»

«Dal Texas. E lei?»

«Da Indianapolis, ma è da tanto che non vivo più lì.»

«E questo che cos'è?» gli domandò la ragazza. Allungò una mano per toccare il tatuaggio che l'uomo aveva sull'avambraccio.

«È un souvenir di uno dei posti in cui sono stato. Non un gran bel posto» aggiunse.

«Ah, laggiù» disse lei, facendo intendere di aver capito.

«Esatto» annuì Kelly, con indifferenza. Accelerò di nuovo, dato che ormai erano usciti dal porto.

«Che cosa ci faceva?»

«Niente che possa interessare a una signora» replicò l'uomo che, accovacciato, si guardava intorno.

«Che cosa le fa pensare che io sia una signora?» domandò allora la ragazza, che ora sembrava essere molto più a suo agio.

L'aveva colto di sorpresa un'altra volta, ma ormai lui ci si stava abituando. Capì anche che parlare con una donna (di qualsiasi argomento, non importava quale) era qualcosa di cui aveva bisogno. Per la prima volta, rispose al sorriso della sua ospite con un altro sorriso.

«Beh, non sarebbe molto carino da parte mia se pensassi il contrario.»

«Mi chiedevo quanto ci avrebbe messo a sorridere.» *Hai un bellissimo sorriso*, gli diceva il suo tono di voce.

Sei mesi dopo un funerale? stava quasi per risponderle, invece rise, e rise soprattutto di se stesso: un'altra delle cose che gli ci volevano.

«Mi spiace, non devo essere stato una gran bella compagnia.» Si voltò verso la ragazza, incontrando due occhi pieni di comprensione. Quello di lei era uno sguardo discreto, benevolo e femminile, ma lo fece trasalire. Kelly sentì che stava accadendo qualcosa, e ignorò quella parte della sua coscienza che gli diceva: *Anche questa è una cosa che ti ci voleva, e da mesi ormai.* Non avrebbe voluto sentirselo dire da nessuno, né, tantomeno, da se stesso: la solitudine era già abbastanza brutta di per sé senza che ci fosse bisogno di pensare al suo squallore. La mano della ragazza si mosse di nuovo, apparentemente per accarezzare il tatuaggio, ma non solo per quello. Era incredibile quanto fosse caldo il suo tocco, anche sotto il sole rovente del pomeriggio, forse perché ormai la vita di Kelly era fredda e vuota.

Ma adesso doveva preoccuparsi di governare la barca. A circa un miglio da loro c'era un cargo. Stavano procedendo a velocità di crociera, e le alette d'assetto di poppa si erano inserite automaticamente, consentendo alla barca di sfruttare un angolo di planata ottimale raggiunti i diciotto nodi. Il viaggio continuò tranquillo finché la *Springer* non raggiunse la scia del mercantile, e iniziò a beccheggiare, con la prua che si alzava e si abbassava di un metro, un metro e mezzo, e il suo comandante che virava a sinistra per cercare di evitare il peggio. Il mercantile si fece sempre più grande, fino a sembrare alto come una montagna, mentre la barca gli si avvicinava e lo superava.

«Non ha caldo, vestita così?» domandò lui.

«Dove posso cambiarmi?»

«La mia cabina è a poppa. Può prendere quella di prua, se vuole.»

«Ah, davvero?» ridacchiò lei. «E perché mai dovrei farlo?»

«Uh?» Spiazzato di nuovo. Non aveva osato pensare tanto.

Pam scese sottocoperta, tenendosi saldamente al corrimano dato che aveva lo zaino sulle spalle. Evidentemente non era vestita in modo troppo pesante, ma ricomparve dopo alcuni minuti con addosso solo un paio di calzoncini e un corpetto, scalza e visibilmente rilassata. Aveva gambe da ballerina, notò Kelly, magre e molto femminili. E anche molto chiare, il che lo sorprese. Il corpetto, sfrangiato ai bordi, era troppo grande per lei. Forse era dimagrita, o forse l'aveva comprato apposta così. Comunque, il top lasciava intravedere buona parte del suo seno. Kelly si accorse di aver lanciato più di uno sguardo in quella direzione, e si rimproverò mentalmente. Ma, con quello che Pam stava facendo, era difficile evitare di sbirciare. Adesso stava stringendo il suo braccio, e si era messa a sedere vicinissima a lui. Gli bastava solo guardare in basso per vedere tutto quello che voleva.

«Ti piacciono?» gli chiese lei.

Lui rimase come fulminato da quelle parole, incapace di pensare o di dire niente. Riuscì solo a balbettare il suo imbarazzo e, prima che si decidesse a risponderle, lei stava già ridendo. Ma non di lui. Pam salutava i marinai del mercantile, e loro contraccambiavano i suoi cenni. La nave batteva bandiera italiana, e uno degli uomini appoggiati alla battagliola di poppa le mandò un bacio. Anche lei lo fece.

Kelly ne fu geloso. Virò di nuovo a sinistra, facendo passare la *Springer* davanti alla prua del cargo e suonando la sua sirena una volta giunto all'altezza del ponte. Lo si doveva sempre fare, anche se pochi comandanti di barche di piccole dimensioni se ne ricordavano. Un ufficiale di guardia aveva già il suo binocolo puntato su Kelly (beh, in realtà su Pam, ovviamente); si voltò e gridò qualcosa agli uomini che erano nella timoniera. Qualche secondo più tardi, l'enorme sirena del mercantile rispose con la sua nota bassa, facendo sussultare la ragazza.

Kelly scoppiò a ridere, e anche lei. Pam strinse forte le braccia attorno al suo bicipite. Lui sentiva il seno destro della ragazza premere contro il suo corpo, da sotto il corpetto, mentre lei sfiorava con un dito il contorno del tatuaggio. Anche le unghie erano sporche.

«Non sembra...»

Lui annuì. «Lo so. Tutti si aspettano di provare la stessa sensazione che si ha quando si tocca dello smalto o qualcos'altro.»

«Perché...»

«Perché me lo sono fatto fare? Ce l'avevano tutti, nel nostro gruppo, anche gli ufficiali. Era una cosa che si faceva, credo. Abbastanza stupido, no?»

«A me sembra carino, invece.»

«E a me sembri carina tu.»

«Sei gentile, Kelly.» Si mosse lievemente, sfregando il seno contro il suo braccio, per fargli sentire quella presenza.

Lui l'aveva avvertita benissimo; era una sensazione che un uomo non avrebbe potuto confondere con nessun'altra. Manovrava il timone con la destra, senza muovere il braccio sinistro.

La *Springer* procedeva alla velocità costante di diciotto nodi per uscire dalle acque del porto di Baltimora. Il cargo italiano era l'unico mercantile in vista, il mare era calmo, con onde di appena trenta centimetri, e così Kelly decise di prendere la rotta più diretta attraverso la baia di Chesapeake.

«Hai sete?» domandò Pam quando la barca si diresse verso sud.

«Sì. C'è un frigo nel cucinino... è nella...»

«Ho visto dov'è. Che cosa vuoi?»

«Fa lo stesso.»

«Okay» rispose lei, allegramente. Quando la ragazza si alzò, la dolce sensazione che ormai Kelly conosceva bene risalì per il suo braccio, fino alla spalla, per poi abbandonarlo. L'uomo guardò in basso e vide che doveva darsi una lieve aggiustatina ai pantaloni.

«E quella cos'è?» chiese Pam, di ritorno. Lui si voltò e trasalì. Era stato così... felice di sentire la ragazza stringersi contro il suo braccio che si era scordato di fare attenzione a tante cose. ''Quella'' era una tempesta in arrivo, un'imponente massa di cumulonembi che torreggiava per dieci-quindici chilometri nel cielo.

«Ho idea che ci beccheremo un po' di pioggia» disse, prendendo la lattina di birra che lei gli porgeva.

«Quando ero piccola, questo significava che ci sarebbe stato un tornado.»

«Beh, non qui, qui non ci sarà» rispose, guardandosi attorno per controllare che sulla tolda tutto fosse saldamente assicurato (sapeva che sottocoperta ogni cosa era al suo posto, perché lo era sempre), poi accese la radio. Intercettò subito il bollettino meteorologico, che terminava con il solito avvertimento.

«Questa è una barca piccola?» chiese Pam.

«Tecnicamente sì, ma sta' tranquilla. So quello che faccio. Una volta ero capo di prima classe scelto.»

«Eri cosa?»

«Ero sottufficiale nella marina militare. E poi, questa barca è abbastanza grande e robusta. Può darsi che il nostro viaggio diventi un po' movimentato, tutto qui. Se hai paura, sotto il tuo sedile ci sono dei giubbotti di salvataggio.»

«Tu hai paura?» domandò Pam. Lui sorrise e scosse la testa.

«Bene.» La ragazza ritornò nella posizione di prima, appoggiando il suo seno contro il braccio e la sua testa contro la spalla di Kelly, ma questa volta aveva negli occhi un'espressione sognante, come se stesse prevedendo qualcosa che sarebbe accaduto, tempesta o altro.

Kelly non era preoccupato (non per la tempesta, perlomeno), ma non era tipo da sottovalutare niente. Passato Bodkin Point, continuò a navigare verso est, proseguendo per la rotta principale. Non virò a sud finché non fu sicuro di essere in acque troppo basse perché ci potesse navigare una nave abbastanza grande da affondarlo. Di tanto in tanto, si voltava a guardare le nubi temporalesche, che si stavano avvicinando alla velocità di circa venti nodi. Avevano già oscurato il sole. Molto spesso, una tempesta che si muoveva così velocemente era anche molto violenta, e, con la nuova rotta a sud che voleva seguire, non sarebbe più riuscito a evitarla. Finì la sua birra e decise di non berne un'altra (molto presto la visibilità sarebbe peggiorata), poi tirò fuori una carta nautica plastificata e la fissò sul tavolo a destra del quadro comandi. Segnò la sua posizione con una matita a mina morbida e si assicurò che la rotta che aveva scelto non passasse per qualche secca ... la *Springer* aveva un pescaggio di un metro e mezzo, e Kelly non si avventurava mai in fondali più bassi di due metri e mezzo. Soddisfatto, calcolò la rotta con la bussola e si rilassò di nuovo. L'addestramento che aveva ricevuto in marina, dopotutto, era la sua difesa contro il pericolo e contro ogni forma di autocompiacimento.

«Tra poco sarà qui» osservò Pam, con voce che tradiva una lieve agitazione, stringendosi a lui.

«Puoi scendere sottocoperta, se vuoi» disse Kelly. «Si metterà a piovere e ci sarà vento, e balleremo un po'. Non sei mai stata sul mare in tempesta?»

«Siamo già in mare aperto?»

«Siamo ancora nella baia, ma è la stessa cosa» le spiegò.

«Ma non è pericoloso?»

«No, a meno che io non faccia qualche scemenza. E vedrò di evitarlo» la rassicurò.

«Posso rimanere qui a vedere cosa succede?» gli chiese Pam, che evidentemente non voleva allontanarsi da lui, anche se Kelly non capiva per quale motivo.

«Ti bagnerai» l'avvertì.

«Non importa.» Lei sorrise allegramente, stringendosi ancora più forte al suo braccio.

Kelly rallentò un poco. Non c'era fretta. Inoltre, con le leve in quella posizione, non c'era neanche più bisogno di tenere entrambe le mani sui comandi. Abbracciò la ragazza, ricordandosi del calore del suo seno. Lei appoggiò automaticamente la testa contro la sua spalla, come aveva fatto prima, e lui sentì che, nonostante l'avvicinarsi della tempesta, improvvisamente tutto era tornato a posto. O meglio, questo era quanto sembrarono suggerirgli le sue emozioni quando strinse la ragazza in un abbraccio forte e protettivo. La sua ragione, invece, gli diceva qualcos'altro, e qualcosa di ben diverso: gli ricordava che non sapeva praticamente nulla della giovane donna che era al suo fianco. Le sue emozioni rispondevano che non aveva importanza chi fosse lei: era quello di cui lui aveva bisogno. Ma Kelly non era il tipo d'uomo che si lasciava guidare dalle emozioni, e quel conflitto lo turbò, facendogli fissare l'orizzonte scuro in volto.

«Qualcosa non va?» gli domandò Pam, accorgendosi della sua espressione cupa.

L'aveva colto nuovamente di sorpresa. Kelly stava per dire qualcosa, ma si interruppe ancor prima di incominciare, ricordandosi che si trovava da solo sulla sua barca con una bella ragazza. Per una volta, l'emozione ebbe il sopravvento: di qualsiasi cosa si stesse preoccupando la sua ragione, per ora non c'era alcun pericolo in vista. Si voltò verso Pam e le sorrise.

«Sono solo un po' confuso, ma no, non c'è niente che non va, per quanto mi riguarda.»

«Posso dirti che...»

«Lascia stare. Qualsiasi cosa tu voglia dirmi, può aspettare. Adesso rilassati e goditi il viaggio.»

La prima raffica di vento arrivò subito dopo, e fece inclinare la barca di alcuni gradi a sinistra. Kelly manovrò il timone per compensare la sbandata. La pioggia non tardò a venire. Le prime gocce che annunciavano la tempesta furono seguite immediatamente da scrosci torrenziali che si abbatterono come vere e proprie colonne d'acqua sulla superficie della baia di Chesapeake. Di lì a poco, la visibilità era ridotta a poche centinaia di metri, e il cielo buio come al tramonto. Kelly si accertò che le luci di posizione fossero accese. Le onde incominciavano a farsi sentire davvero, con un vento al traverso che ormai era di almeno trenta nodi. Decise che avrebbe potuto anche continuare, ma il punto in cui si trovava adesso era un buon ancoraggio, e non ne avrebbe trovato un altro di lì a cinque ore. Cinque ore erano troppe. Sapeva che non sarebbe stato capace di aspettare così a lungo. L'idea di dover attendere gli sembrava già insopportabile di per sé.

Controllò di nuovo la carta nautica, poi accese il radar per verificare la sua posizione. A tre metri c'era un fondale sabbioso indicato sulla carta come "a buona tenuta". Portò la *Springer* controvento e ridusse la velocità, per far sì che le eliche girassero con una potenza appena sufficiente a contrastare la forza del vento.

«Prendi il timone!» disse a Pam, spaventandola.

«Ma non so manovrarlo!»

«Non ci vuole niente. Tienilo fermo e muovilo come ti dirò io. Devo andare a prua per gettare le ancore. Okay?»

«Sta' attento!» gridò lei, la sua voce soffocata dal vento. Ormai le onde erano alte un metro e mezzo, e la prua della barca beccheggiava. Kelly premette la sua mano sulla spalla di lei, e poi si diresse a prora.

Doveva fare attenzione, naturalmente, ma le sue scarpe avevano la suola antisdrucciolo e Kelly, che sapeva bene come comportarsi in casi come questo, camminò lungo la tolda della *Springer* aggrappandosi saldamente alla battagliola. In un minuto raggiunse il ponte di prua, dove erano fissate due ancore, una Danforth e una CQR ad aratro, lievemente più grandi del necessario. Gettò per prima la Danforth, e poi fece cenno a Pam di spostare il timone a sinistra. Una volta che la barca ebbe percorso circa quindici metri in direzione sud, calò anche la seconda ancora. Entrambe le catene erano già della lunghezza giusta, e, dopo aver controllato che tutto fosse a posto, ritornò sul ponte di comando.

Pam fu nervosa finché non lo vide sedersi di nuovo sulla panchetta in vinile: c'era acqua dappertutto adesso, e i loro vestiti erano fradici. Kelly mise i motori in folle, lasciando che il vento spingesse indietro la barca di quasi trenta metri: le ancore l'avevano già assicurata al fondale. Non era contento della loro disposizione; avrebbe dovuto lasciare una distanza maggiore. Ma, in realtà, un'ancora sola era sufficiente; l'altra serviva solo per sicurezza. Soddisfatto, spense finalmente i motori.

«Potremmo anche andare avanti, attraversando la tempesta, ma preferisco non farlo» spiegò alla ragazza, che nel frattempo si era aggrappata di nuovo al suo braccio.

«E allora ci fermiamo qui per la notte?»

«Già. Puoi anche scendere nella tua cabina e...»

«Vuoi che me ne vada?»

«No, volevo semplicemente dire che se non ti va di stare qui...» La mano di lei gli sfiorò il volto. Con il vento e con la pioggia, lui riuscì a sentire a malapena le sue parole.

«Mi piace stare qui» disse Pam. Stranamente, questa frase non gli sembrò un controsenso.

Lui si domandò perché ci avevano messo tanto: si erano lanciati dei segnali fin dall'inizio. Ci fu un'altra breve discussione tra emozione e ragione: di nuovo quest'ultima ne uscì sconfitta, costretta ad ammettere l'infondatezza dei propri timori. Era chiaro che non c'era niente di cui aver paura; davanti a Kelly c'era semplicemente una persona sola come lui. Com'era facile dimenticare. La solitudine non ti dice che cos'è quello che hai perso, ma solo che ti manca qualcosa. Sì, forse era questo l'unico modo per definire il vuoto che provava. La pelle di lei era morbida, bagnata dalla pioggia ma soffice e calda. Niente a che vedere con le passioni a pagamento che Kelly aveva sperimentato due volte nel corso dell'ultimo mese, per finire ogni volta con l'essere disgustato di se stesso. Un uomo forte come lui che era tanto debole da...

Ma ora era diverso. Era una cosa vera. La ragione lanciò il suo grido d'allarme: non era possibile, l'aveva raccolta sul ciglio della strada e la conosceva solo da poche ore, anzi, non la conosceva affatto! L'emozione, d'altro canto, gli diceva che tutto questo non aveva importanza. Come se avvertisse il conflitto che stava avendo luogo nella sua mente, Pam si sfilò di dosso il corpetto. L'emozione ebbe la meglio.

«Sono semplicemente bellissime» le disse lui. La sua mano si posò su di loro, sfiorandole delicatamente. Anche toccarle era meraviglioso. Pam appese il corpetto alla barra del timone e appoggiò la sua guancia contro quella di lui, poi lo strinse a sé, prendendo l'iniziativa in modo molto femminile. La sua non era una passione animalesca; c'era qualcosa che la rendeva diversa. Kelly non sapeva che cosa fosse, né cercò di scoprirlo, non in quel momento.

Si alzarono in piedi. Ci mancò poco che lei non scivolasse, ma lui la sostenne, mettendosi in ginocchio per levarle i calzoncini. Poi venne il suo turno di sbottonargli la camicia, dopo avergli fatto posare le mani sul suo seno. La camicia rimase a lungo al proprio posto, perché nessuno dei due voleva che le mani si spostassero da dov'erano, ma poi tolsero anche quella, sfilandola da un braccio alla volta, e i jeans subirono una simile sorte. Da ultimo, mentre cadeva a terra anche il resto dei suoi vestiti, Kelly si levò le scarpe. Si abbracciarono di nuovo, barcollando per il rollìo e il beccheggio della barca, i loro corpi sferzati dal vento e dalla pioggia. Pam lo prese per mano e lo portò davanti alla console, facendolo sdraiare di schiena sul ponte. Gli fu subito sopra. Lui tentò di sedersi, ma lei non glielo permise, e si allungò invece su di lui, mentre i suoi fianchi si muovevano con delicata violenza. Kelly non se lo aspettava, come non si era aspettato nulla di quanto era successo quel pomeriggio, e il suo grido di piacere fu più forte del rombo del tuono. Quando riaprì gli occhi, trovò a pochi centimetri dal suo il volto di Pam, dove aleggiava un sorriso simile a quello della statua di un angelo in una chiesa.

«Mi dispiace, Pam, io...»

Lei troncò ogni suo tentativo di scuse con una risatina. «Sei sempre così bravo?»

Lui mise le braccia attorno alla sua esile figura, stringendola a sé, e Pam si accorse che stava tremando. L'uomo si ricordò che il suo abbraccio avrebbe potuto farle male quand'era ormai troppo tardi, ma lei non sembrò dispiacersene, e si limitò a posare la sua guancia contro quella di lui. Rimasero così finché la tempesta non si placò. Kelly aveva paura di staccarsi da lei, paura che fosse tutto un sogno. Poi cominciò a soffiare un vento freddo, e allora scesero sottocoperta. Kelly prese degli asciugamani, e lui e Pam si strofinarono a vicenda. Tentò di sorriderle, ma il dolore si era di nuovo impossessato di lui, più intenso di prima per la gioia appena provata. Quella volta, la sorpresa toccò a Pam. Era seduta accanto a lui sul pavimento della cabina principale e, quando si strinse il suo volto al petto, l'uomo incominciò a piangere, bagnando di nuovo il suo seno. Lei non gli fece domande. Era abbastanza intelligente da non farlo. Lo tenne invece stretto tra le braccia finché i suoi singhiozzi non cessarono e il suo respiro divenne di nuovo regolare.

«Scusami» disse lui dopo un po'. Cercò di spostarsi, ma lei non voleva lasciarlo andare.

«Non mi devi delle spiegazioni, ma vorrei tanto aiutarti» fece allora Pam, sapendo di essergli già stata d'aiuto. Aveva capito tutto fin dal primo momento in cui l'aveva visto, in macchina. Un uomo così forte, e ferito così profondamente, così diverso da tutti gli altri che aveva conosciuto. Quando lui si decise a parlare, ascoltò le parole bisbigliate contro il suo seno.

«È successo quasi sette mesi fa. Ero giù nel Mississippi per un lavoro. Lei era incinta, l'avevamo appena saputo. Andò al negozio e poi... un camion, uno di quelli grossi, con motrice e rimorchio. I freni si erano rotti.» Non riuscì a dire altro, ma non ce n'era bisogno.

«Come si chiamava?»

«Tish... Patricia.»

«Da quanto tempo eravate...»

«Un anno e mezzo. E poi, all'improvviso, lei... morta. Non ci avevo mai pensato. Voglio dire, io avevo rischiato la pelle più di una volta, ne avevo fatte di cose pericolose, ma ormai era tutto finito, e poi chi correva dei rischi ero sempre stato io, e non lei. Non immaginavo che...» la sua voce si incrinò di nuovo. Pam lo osservò alla luce soffusa del salone, e notò sul suo corpo delle cicatrici che prima le erano sfuggite. Si chiese quale fosse la loro storia, ma decise che non era importante, e appoggiò la guancia sulla sua testa. *Adesso sarebbe già papà, e non solo quello.*

«Non l'hai mai detto a nessuno, vero?»

«No.»

«E perché l'hai fatto proprio ora?»

«Non lo so» bisbigliò lui.

«Grazie.» Kelly la guardò stupito. «È la cosa più bella che un uomo mi abbia mai detto.»

«Non capisco.»

«Sì, invece» rispose Pam. «E anche Tish capisce. Tu hai lasciato che io prendessi il suo posto. O forse è stata lei a farlo. Ti amava, John. Ti deve aver amato moltissimo. E ti ama ancora. Grazie per avermi permesso di aiutarti!»

Lui riprese a piangere, e Pam fece scivolare la sua testa più in basso, poi si mise a cullarlo come un bambino. Continuò così per dieci minuti, anche se nessuno dei due guardò l'orologio. Quando lui si asciugò finalmente le lacrime, la baciò con una gratitudine che ben presto si trasformò nuovamente in passione. Pam si sdraiò, lasciando che fosse lui a prendere l'iniziativa, come aveva bisogno di fare ora che era di nuovo un uomo. La ricompensa che ricevette fu grande quanto quello che aveva fatto per lui, e questa volta le grida che coprirono il rumore del tuono furono le sue. Quando Kelly si addormentò al suo fianco, lei gli baciò la guancia non rasata, e incominciò a piangere, pensando alle cose meravigliose che quel giorno — iniziato in maniera tanto terribile — le aveva regalato.

2

Incontri

Kelly si alzò alla solita ora, trenta minuti prima dell'alba, svegliato dallo stridìo dei gabbiani e dal tenue bagliore che tingeva l'orizzonte a levante. Inizialmente, fu sorpreso di trovare un braccio magro appoggiato sul suo torace, ma altre sensazioni e altri ricordi lo aiutarono a raccapezzarsi in pochi secondi. Si divincolò dalla ragazza, e la sua prima premura fu quella di rimboccarle la coperta, per proteggerla dalla frizzante aria mattutina. Poi si occupò della sua barca.

Nel cucinino c'era una macchinetta per caffè elettrica, che accese in un minuto. La seconda cosa che fece fu infilarsi un costume da bagno e andare sul ponte. Fu contento di vedere che non aveva dimenticato la luce dell'ancora. Il cielo si era rasserenato, e, dopo il temporale del giorno precedente, l'aria era fresca. Andò a prua e si stupì, accorgendosi che una delle ancore aveva arato un po'. Si rimproverò per il piccolo incidente, anche se in effetti non era successo nulla. Il mare era calmo, liscio come l'olio, e soffiava una brezza leggera. Le tonalità rosso-aranciate della prima luce disegnavano il profilo della costa a levante, punteggiata di alberi. Gli sembrò il mattino più bello del mondo. Poi si rammentò che il cambiamento avvenuto non aveva nulla a che vedere con il tempo.

«Accidenti!» bisbigliò all'aurora non ancora spuntata. Era tutto indolenzito, e fece un paio di esercizi di *stretching* per sciogliere i muscoli. Gli ci volle un bel po' per rendersi conto di come stava bene senza i postumi della solita sbronza. E ci mise ancora di più per ricordarsi da quanto tempo non si sentiva così. Nove ore di sonno? Possibile? Non c'era da meravigliarsi che fosse così in forma. La fase successiva della routine mattutina lo vide impegnato a togliere l'acqua che ristagnava sul ponte, con l'aiuto di uno spazzolone.

Sentì un rumore e voltò la testa. Era il rombo sordo di un motore diesel. Kelly guardò a ponente, per cercare di avvistare la barca, ma proprio in quella direzione c'era un banco di foschìa che la brezza stava spostando verso di lui, impedendogli così la visuale. Allora andò in plancia, prese il binocolo e si mise a scrutare l'orizzonte, giusto in tempo perché un riflettore potentissimo gli venisse puntato dritto negli occhi. Accecato dalla luce, stava quasi per scivolare sul ponte quando, improvvisamente così come era stato acceso, il riflettore venne spento, e si udì una voce proveniente da un megafono.

«Spiacente, Kelly. Non mi ero accorto che fossi tu.» Due minuti dopo, la sagoma familiare dell'unità della guardia costiera si affiancò alla *Springer*. Kelly si precipitò a dritta per calare i parabordi in gomma.

«Volevi ammazzarmi, o che?» disse Kelly con tono colloquiale.

«Scusa.» Il capo di prima classe Manuel Oreza saltò da un'imbarcazione all'altra con consumata abilità. Indicando i parabordi, fece: «Vuoi offendermi?».

«Ti sembra questo il modo di andar per mare?» aggiunse Kelly mentre si avvicinava al visitatore.

«Lo so, ho già detto al ragazzo qualcosa al riguardo» lo rassicurò il "portoghese" Oreza, tendendogli la mano. «Buon giorno, Kelly.»

La mano impugnava un bicchierino di plastica colmo di caffè. Kelly lo prese e scoppiò a ridere.

«Scuse accettate, signore.» Oreza era rinomato per il suo caffè. «È stata una nottataccia. Siamo tutti stanchi e mi ritrovo con un equipaggio di pivellini» spiegò il sottufficiale con aria seccata. Lui stesso aveva solo ventotto anni, e a bordo era l'uomo con maggiore anzianità di servizio.

«Problemi?» gli domandò Kelly.

Oreza annuì, scrutando le acque attorno a sé. «Più o meno. Dopo il temporaluccio di ieri sera non si riesce più a trovare un maledetto idiota che si è perso con la sua barchetta a vela, e perdìo, ti giuro che l'abbiamo cercato dappertutto.»

«Vento a quaranta nodi. La tempesta non scherzava, portoghese» osservò Kelly. «E ci è anche piombata addosso in fretta.»

«Aha. Beh, abbiamo già tratto in salvo sei imbarcazioni. Manca solo questa. Notato niente di insolito, ieri sera?»

«No. Sono uscito dal porto di Baltimora alle... beh, saranno state le quattro del pomeriggio. Due ore e mezza per arrivare fin qui, e poi ho gettato subito l'ancora quando è arrivata la tempesta. La visibilità era molto scarsa, e non siamo riusciti a vedere un granché prima di scendere sottocoperta.»

«Siamo» ripeté Oreza, stiracchiandosi. Andò verso il timone, raccolse il corpetto fradicio di pioggia e lo buttò addosso a Kelly. La sua espressione sembrava indifferente, ma la curiosità si celava dietro ai suoi occhi. Sperò che l'amico avesse finalmente trovato quello di cui aveva bisogno. Finora la vita non era stata particolarmente benevola con lui.

Kelly gli restituì il bicchierino con uguale indifferenza.

«C'era un cargo che usciva insieme a noi» riprese a dire. «Battente bandiera italiana. Carico a metà, viaggiava perlomeno a quindici nodi. Nessun altro ha lasciato il porto?»

«Sì» disse Oreza, e, sfogando tutta la sua indignazione professionale, aggiunse: «E la cosa mi preoccupa. Tutti quei mercantili del cazzo che escono a tutta velocità, senza neppure badare agli altri!».

«Beh, accidenti, se stai fuori dalla timoniera, puoi anche bagnarti. Oppure chissà ha avuto problemi con l'ancora galleggiante. Forse il tipo che stai cercando è colato a picco» osservò cupo Kelly. Non sarebbe stato certo il primo caso, neppure in un tratto di mare tranquillo come la baia di Chesapeake.

«Forse» ribatté il guardacoste, tenendo lo sguardo fisso all'orizzonte. Non prese sul serio il consiglio di Kelly, e, troppo stanco per cercare di nascondere i propri pensieri, si accigliò.

«A ogni modo, se ti capita di vedere una piccola barca con una vela a strisce trasversali bianche e arancioni, ti spiacerebbe avvisarmi?»

«Non c'è problema.»

Il portoghese guardò a prua e si voltò verso il suo interlocutore. «Addirittura due ancore per quel soffio di vento che c'è stato ieri? E poi non sono abbastanza distanziate. Pensavo che ci sapessi fare di più.»

«Capo di prima classe scelto» gli rammentò Kelly. «E da quando un impiegatuccio come te si dà tante arie con un vero marinaio?» Stava solo scherzando, sapeva infatti che il guardacoste era il migliore tra i due nel governare una barca di piccole dimensioni. Anche se solo di poco, e questo lo sapevano entrambi.

Oreza sorrideva, tornando alla sua imbarcazione. Dopo essere saltato di nuovo a bordo, indicando il corpetto che Kelly aveva in mano, disse: «E non dimenticare di metterti la camicina, mi raccomando! Scommetto che ti sta a pennello». Sghignazzando, scomparve dentro la timoniera prima che l'amico potesse controbattere. All'interno Kelly vide qualcuno che sembrava non indossare l'uniforme, il che lo sorprese non poco. Un minuto più tardi, i motori del guardacoste rombavano di nuovo con la prua a nord-est.

«Buon giorno.» Era Pam. «Che è stato?»

Si voltò. La ragazza non indossava niente di più di quando le aveva rimboccato la coperta, poco prima, ma lui aveva deciso che si sarebbe lasciato sorprendere di nuovo solo da un suo gesto prevedibile. I suoi capelli erano un ammasso disordinato, che la faceva rassomigliare a Medusa, e aveva ancora gli occhi pieni di sonno, come se non avesse dormito bene.

«Niente, solo la guardia costiera. Cercano una barca che non si trova. Dormito bene?»

«Divinamente!» I suoi occhi avevano un'espressione dolce, sognante, così inconsueta per quell'ora del mattino, ma affascinante come non mai per il marinaio ormai ben sveglio.

«Buon giorno.» Un bacio, un abbraccio. Pam alzò le braccia ed eseguì una specie di piroetta; Kelly l'afferrò per la vita sottile, sollevandola in aria. Lei si piegò verso di lui, porgendo un capezzolo alle sue labbra.

«Che vuoi per colazione?» le chiese Kelly poco dopo.

«Io non faccio colazione» rispose lei, infilando tutt'e e due le mani nel suo costume.

«Oh» fece lui, sorridendo. «Come vuoi.»

Ma Pam cambiò idea, circa un'ora dopo. Lui cucinò uova e pancetta sul fornello della cambusa, e lei divorò tutto così in fretta che, nonostante le sue proteste, lui ne preparò un secondo piatto. Osservandola meglio, si accorse che la ragazza era più che magra: le si vedevano le costole, un particolare che non aveva notato prima, troppo preso da altri dettagli della sua anatomia. Era denutrita: una constatazione che fece sorgere nella sua mente un'altra domanda che rimase senza risposta. Ma, qualsiasi fosse la causa, lui sapeva come rimediare. Dopo che Pam ebbe finito di mangiare quattro uova, otto fette di pancetta e cinque di pane tostato (il doppio della razione mattutina di Kelly), la giornata poté incominciare. Lui le mostrò come orientarsi nella cambusa, e andò a levare le ancore.

Si rimisero in viaggio solo poco prima delle otto: tardi, rispetto alle abitudini del marinaio. Tutto faceva pensare che sarebbe stato un sabato magnifico, caldo e pieno di sole. Lui si mise gli occhiali scuri e si sdraiò comodamente sul sedile del posto di pilotaggio, sorseggiando di tanto in tanto un po' di caffè per tenersi sveglio. Si diresse a ponente, cercando di restare lontano dalla rotta principale per non imbattersi in centinaia di pescherecci che sarebbero immancabilmente usciti dai vari porti a caccia della specialità più rinomata della baia: il succulento pesce persico striato, o scorpena, come lo chiamava la gente del posto.

«E quelle cosa sono?» domandò Pam, indicando i numerosi galleggianti che punteggiavano l'acqua alla loro sinistra.

«I galleggianti delle nasse per i granchi.»

«Nasse?»

«Sono delle specie di gabbie... trappole. I granchi ci entrano e non riescono più a uscire. I galleggianti servono a segnalarne la presenza.» Porse il suo binocolo a Pam, additando una barca al lavoro a circa sei chilometri a levante.

«Vuoi dire che li tengono intrappolati? Poveretti!» L'idea non sembrava entusiasmarla. Lui si mise a ridere.

«Pam, ti ricordi la pancetta che hai mangiato a colazione? Beh, il maiale non si è suicidato, no?»

Lei gli lanciò uno sguardo birichino. «Beh, no.»

«Non prendertela troppo. Pensa a un granchio come a un grosso ragno che vive nel mare. Buono da mangiare, però» disse, virando a dritta per superare una boa.

«Comunque mi sembra un po' crudele.»

«Così è la vita» disse Kelly troppo precipitosamente, pentendosene altrettanto in fretta.

La risposta di Pam fu sentita quanto la sua: «Sì, lo so.»

Lui non si voltò a guardarla, ma solo perché si trattenne. C'era dell'emozione nelle parole che aveva pronunciato la ragazza, a ricordargli che anche lei era perseguitata da qualche demone. Ma fu solo un attimo. Lei si accomodò sull'ampio sedile della plancia di comando, appoggiandosi a lui e facendo ritornare tutto come prima. Ancora una volta, l'istinto lo avvertì che qualcosa non andava. Ma, dopotutto, lì non c'era nessun demone, no?

«Faresti meglio a scendere sottocoperta.»

«Perché?»

«Il sole picchierà forte. C'è una lozione solare nell'armadietto dei medicinali, a prua.»

«Prua?»

«In bagno!»

«Ma perché tutte le cose si chiamano in un altro modo, su una barca?»

Kelly scoppiò a ridere. «Perché così possono comandare solo i marinai. Adesso, sciò! Va' a prendere la lozione e mettitene tanta, se non vuoi assomigliare a una patatina fritta prima di mezzogiorno.»

Pam fece una smorfia. «Dovrei anche farmi una doccia. Posso?»

«Ottima idea» le rispose lui senza guardarla. «Non c'è motivo di spaventare i pesci.»

«Come osi!» gridò lei, assestandogli un colpetto sul braccio, e scese sottocoperta.

«Sparito, svanito nel nulla» bofonchiò Oreza, chino su alcune carte nautiche alla stazione della guardia costiera di Thomas Point.

«Avremmo dovuto chiamare mezzi aerei: elicotteri o qualcosa del genere» osservò il civile.

«Non avrebbe fatto alcuna differenza, non ieri sera. Diavolo, quel deficiente si è infilato dritto nella tempesta!»

«Ma dov'è andato?»

«E chi lo sa! Magari il mare grosso gli ha fatto toccare il fondale con il culo.» Oreza guardò la carta scuro in viso. «Lei dice che era diretto a nord. Abbiamo controllato in tutti questi porti, e Max si è occupato della costa a ponente. È sicuro che la descrizione della barca sia esatta?»

«Se sono sicuro? Diamine, gliel'abbiamo comprata noi quella stramaledetta barca.» L'irascibilità del civile si spiegava con le ventotto ore di veglia forzata che era riuscito a superare grazie a dosi massicce di caffeina. Va anche aggiunto che si era sentito male sull'unità della guardia costiera, con gran divertimento dell'equipaggio. Aveva l'impressione che le pareti del suo stomaco fossero rivestite di lana d'acciaio. «Forse è affondata» disse sgarbatamente, senza credere per un istante alle proprie parole, perché sapeva che la spiegazione era un'altra.

«Questo non risolverebbe forse tutti i vostri problemi?» Il tentativo di buttare la cosa sul ridere venne accolto con un grugnito, e Manuel Oreza si buscò anche un'occhiataccia dal comandante della stazione, un sottufficiale brizzolato di nome Paul English.

«Senta» fece l'uomo, con aria esasperata. «Non penso che ci sia qualcosa che possa risolvere il nostro problema, ma è comunque mio dovere fare un tentativo.»

«Signore, abbiamo avuto tutti una nottataccia. I miei uomini non ce la fanno più, e a meno che lei non abbia un motivo più che buono per restare alzato, le consiglio di trovarsi una brandina e provare a schiacciare un pisolino.»

Il civile lo guardò, sforzandosi di fare un sorriso per riparare alle parole di prima. «Sottufficiale Oreza, intelligente com'è dovrebbe essere ufficiale.»

«Se sono così bravo, come mai non abbiamo visto il nostro amico, ieri sera?»

«E quel tizio che abbiamo avvistato all'alba...?»

«Kelly? È un ex capo della marina, uno in gamba.»

«Un po' giovane per essere un capo, no?» chiese English, osservando una pessima foto di Kelly scattata il mattino, alla luce del riflettore. Era nuovo di Thomas Point.

«Promosso con croce militare» spiegò Oreza.

Il civile alzò lo sguardo. «E non pensa che...»

«Se lo scordi.»

L'uomo scosse la testa. Si fermò un attimo e poi proseguì verso il dormitorio. Sarebbero usciti di nuovo prima del tramonto, e aveva bisogno di dormire un po'.

«E allora, come si è comportato?» chiese English dopo che l'altro ebbe lasciato la stanza.

«Quello ha i nervi a fior di pelle, comandante.» Essendo English il responsabile della stazione, il titolo gli spettava di diritto, tanto più perché permetteva a Oreza di fare tutto quello che voleva sulla sua unità. «Ci scommetterei l'osso del collo che non dormirà molto.»

«Starà con noi per un bel po', a fasi alterne, e vorrei che si abituasse all'idea.»

Il portoghese indicò con la matita un punto sulla carta. «E io continuo a dire che questo è il luogo migliore per appostarsi e fare la guardia, e so che possiamo fidarci del mio uomo.»

«Ma lui ha detto di no.»

«Ma lui non è un marinaio. Non mi interessa che mi dica cosa devo fare, ma non ha abbastanza esperienza per dirmi come devo farlo.» Oreza segnò con un circoletto il punto sulla carta nautica.

«Non mi piace.»

«Non ti deve piacere» disse l'uomo più alto. Fece scattare il suo coltello a serramanico e tagliò il cartone che copriva un contenitore di plastica colmo di polvere bianca. «Un lavoretto facile facile, e ci becchiamo trecentomila bigliettoni. Ci vedi qualcosa di sbagliato o sono io che sono tardo di comprendonio?»

«E non è che l'inizio» disse un terzo uomo.

«E della barca che ne facciamo?» domandò quello che sembrava avere degli scrupoli.

Il tizio più alto distolse gli occhi dal lavoro che stava facendo. «Vuoi liberartene?»

«Sì.»

«Beh, potremmo nasconderla da qualche parte... ma forse la cosa migliore sarebbe farla colare a picco. Sì, faremo così.»

«E Angelo?» Tutti e tre guardarono nel punto in cui un quarto uomo giaceva a terra, ancora svenuto e sanguinante.

«Direi che faremo colare a picco anche lui» rispose quello alto, senza preoccuparsi troppo. «Questo è proprio il posto giusto.»

«Fra due settimane non ne sarà rimasta traccia. È pieno di animali, laggiù» commentò il terzo, indicando la laguna.

«Vedi com'è tutto facile? Sparita la barca, sparito Angelo. Nessun rischio e trecentomila dollari. Che pretendi di più, Ed?»

«Ai suoi amici non piacerà.» Il commento era dettato più dal carattere ostinato di Ed che non da preoccupazioni di natura morale.

«Quali amici?» chiese Tony, senza guardarlo. «Era una spia. Quanti amici credi che possa avere una spia?»

Eddie dovette sottostare alla logica della situazione. Si avvicinò al corpo privo di conoscenza di Angelo. Era ancora vivo; il sangue continuava a sgorgare dalle numerose ferite e il torace si sollevava lentamente, nello sforzo della respirazione. Era ora di farla finita. Eddie lo sapeva; aveva semplicemente cercato di rimandare l'inevitabile. Estrasse da una tasca una piccola automatica calibro .22, la puntò alla nuca di Angelo e sparò un solo colpo. Il corpo ebbe un sussulto, poi si afflosciò. Posò la pistola e lo trascinò, lasciando che Henry e il suo amico si occupassero del resto. Avevano portato alcune reti da pesca, con cui avvolsero il cadavere prima di gettarlo fuoribordo. Eddie, che era un tipo prudente, si guardò attorno per controllare che non ci fosse nessuno, sebbene fosse improbabile che qualcuno si spingesse fin lì. Avanzò finché non trovò il luogo che gli sembrò più adatto, a qualche centinaio di metri, poi spense il motore e lasciò andare la barca alla deriva, mentre prendeva alcuni blocchi di cemento e li legava alla rete. Ne bastavano sei per assicurarsi che Angelo non si muovesse dal fondale, profondo due metri e mezzo. L'acqua era abbastanza trasparente in quel punto, e la cosa lo preoccupò un po', ma si rassicurò subito quando vide i granchi. Angelo si sarebbe dissolto nel nulla in meno di due settimane, e quella era senz'altro una bella innovazione per il loro metodo di lavoro: bisognava tenerlo in mente per il futuro. Disfarsi della piccola barca a vela sarebbe stato più complicato. Ci voleva un fondale più profondo, ma aveva tutto il giorno per pensarci.

Battery Island aveva una storia lunga e poco ricca di avvenimenti. Probabilmente, venne avvistata dai primi marinai europei che solcarono le acque della baia nel sedicesimo secolo. Il nome attuale (più ironico che appropriato) le era stato affibbiato nel diciannovesimo secolo, quando un soldato intraprendente decise di piazzare sull'isola una piccola batteria di cannoni per difendere dagli inglesi un punto strategico della baia di Chesapeake. Questi ultimi, infatti, stavano facendo rotta verso Washington, con l'intento di impartire una lezione al Paese che aveva osato sfidare la più forte potenza navale del mondo.

Un ammiraglio inglese notò degli innocui sbuffi di fumo provenienti dall'isola, e forse anche i tonfi nell'acqua fatti dalle palle di cannone che non sfiorarono neppure le fiancate in quercia dei suoi vascelli. Probabilmente più per divertimento che per cattiveria, diede ordine a una delle navi della sua squadra di portarsi a distanza di tiro e sparare un paio di salve con i cannoni dotati di gittata maggiore. Gli uomini della milizia cittadina che manovravano la batteria non ci pensarono su due volte a prendere le loro barche a remi e affrettarsi a raggiungere la terraferma. Un drappello di marinai e alcuni Royal Marines sbarcarono a riva a bordo di una scialuppa e resero inutilizzabili i pezzi d'artiglieria piantando grossi chiodi nei foconi, i forellini che consentivano di accendere le cariche dei cannoni, "inchiodandoli", come si diceva allora. Dopo questo breve diversivo, gli inglesi risalirono tranquillamente il fiume Patuxent. Da lì, i fanti britannici marciarono verso Washington, per ritornare vittoriosi dopo aver costretto Dolly Madison a sloggiare dalla Casa Bianca. La tappa successiva della loro campagna li vide impegnati a Baltimora, dove però le cose andarono ben diversamente.

Battery Island, proprietà federale alquanto indesiderata, divenne così un'imbarazzante nota a piè pagina nella storia di una guerra che brillò per inutilità. L'idea di costruirvi un faro venne subito scartata, dato che esisteva già un sito più adatto, dalla parte opposta della baia. Senza nessuno che badasse neppure alla manutenzione delle postazioni di terra, le erbacce si impadronirono dell'isola: l'unico vantaggio fu che nascosero anche i cannoni arrugginiti, ancora inchiodati. La situazione rimase immutata per quasi un secolo; solo l'erosione apportò dei cambiamenti, rosicchiando di anno in anno qualche metro del litorale sabbioso.

Nel 1917, gli Stati Uniti si trovarono a dover affrontare il primo vero conflitto internazionale della loro storia, e la marina americana, improvvisamente minacciata dai sommergibili nemici, aveva bisogno di un luogo sicuro per collaudare i propri cannoni. Battery Island, a sole poche ore di navigazione da Norfolk, sembrava proprio l'ideale e, nell'autunno di quell'anno, l'artiglieria pesante delle corazzate tuonò quasi incessantemente, facendo saltare in aria un terzo dell'isola e infastidendo molto gli uccelli migratori che vi avevano trovato rifugio, sicuri che lì nessun cacciatore li avrebbe mai impallinati. L'unica novità che seguì a questo episodio fu l'affondamento di un centinaio di mercantili inutilizzabili costruiti durante la prima guerra mondiale, pochi chilometri a sud delle sue coste: subito ricoperti dalle alghe e dalle erbacce, assunsero anch'essi le sembianze di isolotti.

Un nuovo conflitto e nuovi tipi di armamenti riportarono in vita l'isola sonnolenta. La vicina base aeronavale necessitava infatti di un luogo dove i piloti potessero collaudare le loro armi e, data la felice ubicazione di Battery Island (poco distante dai cargo affondati), si ritrovò con un poligono di esercitazioni già bell'e pronto. Vennero costruiti tre massicci bunker di cemento, da dove gli ufficiali potevano osservare i cacciabombardieri TBF e SB2C esercitarsi ad attaccare obiettivi che sembravano isole a forma di nave: ne distrussero anche un buon numero, finché una bomba non rase al suolo uno dei bunker, in quel momento fortunatamente vuoto.

Le macerie vennero rimosse, per amor di pulizia, e l'isola fu trasformata in una base di salvataggio, da cui poteva partire una lancia di soccorso in caso di incidente di volo. Si era dovuto costruire un molo in cemento e una rimessa, e ristrutturare i due bunker rimanenti. Tutto sommato, Battery Island si dimostrò molto vantaggiosa per l'economia locale (anche se un po' meno per il bilancio federale) fino all'avvento degli elicotteri, che rese obsolete le lance di soccorso, e inutile l'isola. Così, quel lembo di terra emersa rimase a lungo sul registro delle proprietà federali indesiderate, senza che nessuno la notasse, finché Kelly non riuscì ad affittarla.

«Quante barche» osservò Pam.

«Si pesca bene, lì.»

«Il pesce lo puoi comprare anche al mercato.»

Kelly sorrise. «Meglio ancora se lo si compra direttamente dai pescatori.»

«Che intrappolano anche quei poveri granchi.»

«Sì.» Virò a dritta per evitare un gruppo di barche da regata. L'isola era ormai visibile, a circa dieci chilometri davanti a loro. Non era un granché a vedersi, solo un brullo ammasso di terra senza neppure un albero, che si profilava all'orizzonte. Ma era tutta sua, ed era il posto più tranquillo che si potesse desiderare: il suo unico difetto era che la Tv si prendeva malissimo.

Pam si distese sulla coperta e restò a crogiolarsi al sole, protetta da un abbondante strato di lozione abbronzante. Non aveva un costume, e indossava solo reggiseno e mutandine. Kelly non si scandalizzò, ma la sconvenienza del suo abbigliamento lo turbò lievemente, per un motivo che non reggeva davanti ad argomentazioni logiche: pensava che la biancheria femminile fosse fatta per essere indossata sotto i vestiti, e non così, da sola. A ogni modo, adesso doveva preoccuparsi di guidare la barca. Aveva tutto il tempo che voleva per contemplare il corpo di lei, si ripeteva almeno una volta al minuto, lanciando uno sguardo fugace in quella direzione per assicurarsi che fosse ancora lì.

Anche lui si stava godendo il sole. Con gli occhiali e quel taglio di capelli corto e ordinato doveva fare una gran bella figura, specialmente adesso che accanto a lui c'era una donna che lo ammirava. Ma se tutto andava così bene, perché i suoi occhi si spostavano ogni trenta secondi per dare una rapida occhiata all'orizzonte? Abitudine? Istinto marinaresco? Fissò imbronciato il quadro strumenti e spostò il timone ancora più a destra, per distanziarsi maggiormente da una grossa barca da pesca. Guardò nuovamente Pam. Si era sfilata le bretelline del reggiseno, probabilmente per abbronzarsi in maniera più uniforme. Approvò.

Il rumore — una serie di suoni rapidi lanciati dalla sirena della barca da pesca — fece sussultare entrambi. Kelly si guardò attorno, e fissò da ultimo la barca che si trovava a qualche centinaio di metri a sinistra. Era l'unica cosa che fosse abbastanza vicina da poter rappresentare un pericolo, e sembrava anche essere la fonte del rumore. Dalla plancia un uomo gli faceva dei cenni. Kelly virò a sinistra per avvicinarsi, ma senza troppa fretta: chiunque fosse quel tipo, non gli sembrava un gran marinaio, e così, quando fermò la *Springer*, tenne la mano sui comandi.

«Che problemi avete?» gridò Kelly attraverso il megafono.

«Abbiamo perso le eliche!» gli rispose un uomo dalla carnagione scura, urlando. «Che facciamo?»

Remate, stava quasi per rispondere, ma non era gentile. Si avvicinò ancora un po' per valutare meglio la situazione. Un'imbarcazione da pesca di media stazza, un Hatteras abbastanza recente. Sul ponte c'era un tipo alto circa un metro e settanta, sulla cinquantina, col torso nudo ma ricoperto da un fitto strato di peli neri che lo rendeva simile a un orso. Al suo fianco, una donna, anche lei dall'aria abbattuta.

«Siete rimasti proprio senza eliche?» domandò Kelly quando furono più vicini.

«Abbiamo preso un banco di sabbia, credo» spiegò l'uomo. «A circa un miglio da qui, in quella direzione.» Indicò un punto da cui il capitano della *Springer* si era tenuto ben lontano.

«Più che probabile, ce n'è uno proprio laggiù. Posso rimorchiarvi, se volete. Avete una cima abbastanza resistente?»

«Sì!» rispose immediatamente l'altro, e si diresse a prua, verso il posto dove teneva le corde.

La donna sembrava ancora imbarazzata.

Kelly si allontanò lievemente, osservando l'altro "capitano" (un termine che la sua mente usò in maniera ironica). Quel tipo non sapeva leggere le carte nautiche, non sapeva come fare le segnalazioni, non sapeva neppure come si faceva a chiamare la guardia costiera. Tutto quello che era riuscito a fare era stato comprarsi un Hatteras — un'ottima scelta, certo, anche se Kelly era convinto che fosse frutto del consiglio di un bravo venditore. Ma poi quell'uomo lo sorprese, per l'abilità con cui manovrò le cime e le indicazioni che gli diede per aiutarlo a far manovra.

La *Springer* si avvicinò con la poppa, e, in seguito, Kelly si spostò per prendere la cima da rimorchio, che assicurò a una grossa galloccia. Pam si era alzata e li stava osservando. Kelly ritornò al quadro comandi e accelerò lievemente.

«Accenda la radio» gridò al proprietario dell'Hatteras. «Lasci il timone a mezzanave finché non le dico di fare altrimenti. D'accordo?»

«Ho capito.»

«Speriamo» mormorò Kelly tra sé e sé, spingendo le leve dei comandi finché la cima non risultò tesa.

«Che gli è successo?» domandò Pam.

«La gente dimentica che c'è anche un fondale sotto tutta quest'acqua. Se ci vai a sbattere contro, può capitarti di rompere qualcosa.» Fece una pausa. «Magari vuoi metterti addosso dell'altra roba?»

Pam ridacchiò e scese sottocoperta. Kelly aumentò prudentemente la velocità fino a quattro nodi prima di incominciare a dirigersi a sud. Non era la prima volta che faceva una cosa del genere, e brontolò che se avesse dovuto rifarla un'altra volta avrebbe preteso di essere pagato. Fece attraccare la *Springer* molto lentamente, ricordandosi che stava rimorchiando una barca. Corse giù dal ponte per calare i parabordi, poi saltò a terra per legare un paio di cavi d'ormeggio prima di spostarsi verso l'Hatteras. Il proprietario di quest'ultimo aveva già preparato le sue cime e le lanciò a Kelly, sul molo, poi calò i parabordi. Tirare la barca verso riva di qualche metro era l'occasione ideale per mostrare i suoi muscoli a Pam: gli ci vollero solo cinque minuti per sistemarla, poi Kelly ripeté la stessa operazione con la *Springer*.

«È sua?»

«Già» rispose Kelly. «Benvenuti sul mio banco di sabbia.»

«Sam Rosen» disse l'uomo, tendendogli la mano. Si era messo una camicia, nel frattempo, e Kelly notò che, anche se aveva una stretta forte, le sue mani erano morbide e curate.

«John Kelly.»

«Mia moglie Sarah.»

Kelly rise. «Lei dev'essere il navigatore!»

Sarah era bassa, sovrappeso, e con lineamenti da ebrea. I suoi occhi scuri lanciarono uno sguardo tra il divertito e l'imbarazzato. «Qualcuno dovrebbe ringraziarla per l'aiuto che ci ha dato» osservò, tradendo un accento newyorkese.

«È la legge del mare, signora. Che è successo?»

«La carta segnalava un fondale di tre metri nel punto in cui abbiamo toccato. La barca ha un pescaggio di due, e l'ultima bassa marea è stata cinque ore fa!» disse la donna, con tono brusco. Non ce l'aveva con Kelly, ma lui era il solo lì attorno che potesse ascoltare le sue giuste obiezioni, dato che il marito sapeva già come la pensava.

«C'è un banco di sabbia; si è formato dopo le tempeste dell'inverno scorso. Ma la mia carta segnala una profondità minore, e poi il fondale è sabbioso.»

Pam arrivò proprio in quel momento, e Kelly si rese conto che non conosceva neppure il suo cognome.

«Salve, mi chiamo Pam.»

«Volete darvi una rinfrescata? Abbiamo tutto il giorno per vedere di risolvere il problema.» La proposta riscosse l'approvazione generale, e Kelly condusse gli ospiti verso casa sua.

«E che diavolo è quello?» domandò Sam Rosen. "Quello" era un bunker costruito nel 1943, di sessanta metri quadrati e con un tetto spesso ben novanta centimetri. L'intera struttura era in cemento armato ed era tanto solida quasi quanto sembrava. Al suo fianco, si trovava un altro bunker, più piccolo.

«Quest'isola era proprietà della marina» spiegò Kelly. «Ma io l'ho in affitto.»

«Bello il molo che le hanno costruito.»

«Già, niente male» riconobbe Kelly. «Le spiace se le chiedo che lavoro fa?»

«Il chirurgo» rispose Rosen.

«Davvero?» Ecco il perché delle sue mani curate.

«Docente di chirurgia» lo corresse Sarah. «Ma come marinaio è un disastro totale!»

«Quelle stramaledette carte erano sbagliate!» borbottò il professore mentre il padrone di casa li faceva entrare. «Non hai sentito?»

«Ascoltate, quel che è stato è stato, e dopo un buon pranzo

e una birra vedrete tutto sotto un'altra luce.» Kelly si sorprese delle sue stesse parole. Si fermò di colpo vicino alla porta: le sue orecchie avevano udito il rumore secco di un colpo d'arma da fuoco proveniente da sud, da qualche parte sul mare. Strano come l'acqua conducesse bene i suoni.

«Che è stato?» Anche Sam Rosen aveva un buon udito.

«Probabilmente un ragazzino che ha sparato a un topo muschiato con il suo calibro .22» ipotizzò Kelly. «È un posto tranquillo, tranne che per la caccia. In autunno, tra anatre e oche, ce n'è di baccano!»

«Ho visto i nascondigli. Lei caccia?»

«No, niente selvaggina. Ho smesso.»

«Da quanto?» chiese Rosen, dando segno di aver capito tutto immediatamente e costringendo Kelly a rivedere il suo giudizio su di lui per la seconda volta.

«Da un bel po'. Come fa a saperlo?»

«Subito dopo l'internato, sono stato a Iwo e a Okinawa. Su una nave-ospedale.»

«Ah, roba da kamikaze?»

Rosen annuì. «Già, ci siamo divertiti. E lei dov'era imbarcato?»

«Il più delle volte, sulla mia pancia» rispose Kelly, con un sorriso.

«Era nei guastatori-sommozzatori? Avrei detto che era un uomo-rana» aggiunse Rosen. «Ho dovuto sistemare anche un paio di quelli.»

«Sono più o meno la stessa cosa, ma più stupidi.» Kelly formò la combinazione della serratura e aprì la pesante porta d'acciaio.

L'interno del bunker sorprese i suoi ospiti. Quando Kelly vi si era stabilito, c'erano semplicemente tre ampie stanze spoglie, divise da spessi muri in cemento armato, ma ora la costruzione sembrava quasi una casa, con tanto di pareti intonacate e imbiancate e di tappeti. Persino il soffitto era stato rivestito. Gli unici elementi che ricordavano la sua destinazione originaria erano le strette feritoie che fungevano da finestre. I mobili e i tappeti rivelavano il tocco sapiente di Patricia, ma, dallo stato di semiconfusione che regnava nelle stanze, era evidente che ora lì viveva un uomo da solo. Tutto era in ordine, ma una donna avrebbe disposto le cose in altro modo. I due nuovi venuti notarono, inoltre, che era stato il padrone di casa a mostrare loro dove si trovava la cucina (la "cambusa"), e che aveva tolto del cibo dal vecchio frigorifero, mentre Pam sembrava un po' spaesata.

«Fresca e carina» commentò Sarah. «È umida d'inverno, scommetto.»

«Non più di tanto.» Kelly le fece notare i caloriferi lungo le pareti della stanza. «È riscaldata a vapore. È stata costruita in base alle specifiche governative. Non fanno che parlare di tagli alle spese e poi costruiscono queste cose.» Non aggiunse che l'impianto di condizionamento era stato messo poco prima che la marina decidesse di abbandonare il bunker alla furia degli elementi.

«Come ha fatto a trovare un posto come questo?» chiese Sam.

«Un amico mi ha aiutato ad avere la concessione. Proprietà governativa non utilizzata.»

«Dev'essere veramente un ottimo amico» fece Sarah, intenta ad ammirare il frigorifero incassato nella parete.

«Sì, infatti.»

L'ufficio del viceammiraglio della marina militare degli Stati Uniti Winslow Holland Maxwell si trovava nell'anello E del Pentagono. Dava sull'esterno, e da lì si godeva di una magnifica vista su tutta Washington... *e sui dimostranti*, commentò stizzito il suo occupante tra sé e sé. "Assassini!", recitava un cartello. C'era persino una bandiera del Vietnam del Nord. Quel sabato mattina, gli slogan scanditi dalla folla erano distorti dallo spesso vetro della finestra. Si riusciva a sentire solamente una monotona cantilena, senza però distinguerne le parole, e l'ex pilota da caccia non capiva quale delle due cose lo facesse infuriare di più.

«Questa lagna finirà per farti impazzire, Dutch.»

«Acuta osservazione!» bofonchiò Maxwell.

«La libertà d'opinione è una delle cose che difendiamo» gli fece notare il contrammiraglio Casimir Podulski, senza sembrare del tutto convinto delle sue stesse parole. Ormai avevano passato ogni limite. Suo figlio era morto nei cieli di Haiphong in un A-4. L'evento aveva fatto notizia, per via del cognome del giovane aviatore, ed era stato seguito, la settimana successiva, da ben undici telefonate anonime: c'era chi si era limitato a sghignazzare e chi, invece, aveva chiesto alla moglie disperata dove avrebbero spedito la carcassa. «Tutti questi giovani ammodo, sensibili, pacifici.»

«E allora perché sei così di buon umore, Cas?»

«Questo va nella cassaforte, Dutch.» Podulski gli porse un pesante fascicolo bordato da un nastro adesivo a strisce rosse e bianche e contrassegnato dal nome in codice BOXWOOD GREEN.

«Vuoi dire che ci daranno il benestare?» *Quella* sì che era una sorpresa.

«Mi ci è voluto del tempo per convincerli — sarò rimasto fino alle tre e mezzo — ma alla fine ce l'ho fatta. Però sarà una cosa per pochi. Abbiamo l'autorizzazione per uno studio di fattibilità completo.» L'ammiraglio Podulski si sprofondò in una comoda poltrona di pelle e accese una sigaretta. Da quando gli era morto il figlio, aveva un volto scavato, ma gli occhi azzurrissimi brillavano con la stessa luce di sempre.

«Significa che ci lasceranno andare avanti e passare alla fase progettuale?» Maxwell e Podulski avevano lavorato mesi per raggiungere quell'obiettivo, senza sperare troppo di farcela sul serio.

«E chi sospetterebbe di noi?» domandò con sguardo ironico l'ammiraglio di origini polacche. «Su tutta la faccenda verrà mantenuta la massima riservatezza.»

«Ci sarà anche Jim Greer?» chiese Dutch.

«È il miglior agente segreto in circolazione, a meno che tu non abbia un asso nella manica.»

«Ho saputo la settimana scorsa che ha appena iniziato a lavorare per la CIA» lo avvertì Maxwell.

«Ottimo. Abbiamo bisogno di una brava spia e lui è di sicuro uno dei nostri.»

«Ci faremo dei nemici con questa storia, e anche tanti.»

Podulski fece un gesto che voleva indicare la finestra e i dimostranti. Non era cambiato molto dal 1944, quando comandava la portaerei *Essex*.

«Con tutti quelli che abbiamo qui fuori, che vuoi che cambi se se ne aggiungono un paio?»

«Cos'è che mi diceva a proposito del banco di sabbia?» domandò Sam Rosen, sorseggiando la sua seconda birra. Il pranzo era stato spartano: arrosto freddo e pane, accompagnati da birra in bottiglia.

«Si ricorda delle tempeste violente dell'inverno scorso? I fiumi che sboccano sulla Eastern Shore hanno trascinato a mare un bel po' di fango e di detriti, che si sono depositati e hanno formato il banco a nord dell'isola. Senta, una buona regola pratica è quella di tener conto di un pescaggio doppio di quello che si ha, specialmente in tratti di mare come questo. Da quant'è che ha la barca?»

«L'abbiamo comprata in ottobre, però abbiamo incominciato a uscire solo due mesi fa» ammise il medico. «Ma ho frequentato dei corsi di nautica, ed ero il migliore della classe» aggiunse. A Kelly il professore sembrava il tipo d'uomo che riesce sempre a essere il migliore in tutto o quasi.

«Ci sa fare con le cime» osservò Kelly nel tentativo di tirarlo un po' su di morale. Dopotutto, errare è umano.

«I chirurghi sono abbastanza bravi anche coi nodi.»

«Anche lei è medico, signora?» domandò Kelly a Sarah.

«Sono farmacologa. Insegno anch'io alla Hopkins.»

Poi Sam fece prendere alla conversazione una piega imbarazzante.

«Da quant'è che lei e sua moglie vivete qui?»

«Oh, ma noi ci siamo appena conosciuti» disse ingenuamente Pam. Naturalmente, il più sorpreso da quella rivelazione fu proprio Kelly. I due medici, abituati come i sacerdoti a occuparsi delle debolezze della natura umana, accolsero la notizia come se nulla fosse. Il loro ospite, tuttavia, era imbarazzato per Pam (che, com'è logico, non lo era neppure minimamente) e per se stesso, dato che i due avrebbero potuto credere che intendesse approfittarsi della ragazza. Questi pensieri continuarono a turbinare dentro le pareti del suo cranio finché non si accorse che la cosa non sembrava interessare a nessuno.

«Sa che forse quello dove siete andati a sbattere era un relitto o qualcosa del genere?» riprese il padrone di casa dopo una pausa impacciata. «Un banco di sabbia appena formatosi al massimo sarebbe riuscito a dare una ripulita alle vostre eliche.»

«E adesso come facciamo a riparare la barca?»

«Prima dobbiamo darle un'occhiatina.» Si alzò in piedi. «Mi segua.»

Rosen uscì dalla porta dopo di lui. Fuori faceva sempre più caldo, ed era meglio sbrigarsi a sistemare le cose. L'altro bunker ospitava l'officina.

«Accidenti!» esclamò Rosen, entrando.

«Bello, vero?» fece Kelly. «Una volta qui c'erano un paio di lance di soccorso.» Prese alcune chiavi inglesi e incominciò a trascinare verso la porta un compressore portatile.

«Le nostre tasse danno i loro frutti» commentò amaramente Rosen, tenendo aperta la porta.

Due minuti dopo, il compressore era a fianco dell'Hatteras e Kelly si era già messo delle cinture coi pesi.

«C'è qualcosa che posso fare?» domandò Rosen.

Il suo ospite, che si stava togliendo la camicia, scosse la testa. «No, penso proprio di no. Se il compressore smetterà di funzionare me ne accorgerò subito, e poi sarò a sì e no un metro e mezzo di profondità.»

«Io non mi sono mai immerso.» Sul torace di Kelly, Rosen non poté fare a meno di notare, con occhio professionale, tre cicatrici che un chirurgo davvero bravo avrebbe potuto evitare di lasciare. Poi, però, si ricordò che un chirurgo della marina non ha sempre il tempo di badare anche all'estetica.

«Io sì» gli fece Kelly di rimando, mentre si dirigeva verso la scaletta e, da ultimo, si infilò un paio di guanti da lavoro.

Cinque minuti dopo (stando all'orologio del medico) stava già risalendo la scaletta.

«Ho scoperto cos'è stato.» Posò quello che era rimasto delle eliche sul molo di cemento.

«Dio mio! Dove diavolo siamo andati a sbattere?»

Kelly si sedette un istante per togliersi i pesi. Solo così riuscì a evitare di ridere in faccia al suo interlocutore. «Nell'acqua, dottore, nell'acqua e basta.»

«Eh!?»

«Ha fatto fare una perizia prima di acquistare la barca?»

«Certo che sì, è obbligatoria per l'assicurazione. Ho chiamato il perito più quotato, che mi ha anche fatto pagare cento dollari.»

«Ah, davvero? E che difetti ha trovato?» Kelly si rialzò e spense il compressore.

«Praticamente nessuno. Ha detto che le maniglie di zinco avevano qualcosa che non andava, e così io le ho fatte controllare, anche se era tutto a posto. Doveva pur trovare qualcosa per giustificare la somma che aveva preteso, no?»

«Maniglie?»

«È quello che mi ha detto al telefono. Devo avere il foglio che mi ha lasciato, da qualche parte, ma lui al telefono mi ha detto così» spiegò Rosen.

«Pastiglie» lo corresse Kelly, ridendo. «Non maniglie.»

«Cosa?» Il chirurgo era arrabbiato perché non riusciva a capire.

«È stata l'elettrolisi a distruggere le sue eliche. Una reazione galvanica che si verifica quando si hanno due tipi di metallo diverso in acqua salata: il metallo si corrode. Il banco di sabbia le ha solo trascinate via, ma stavano già cadendo a pezzi. Al corso non le hanno detto niente in proposito?»

«Beh, sì, ma...»

«*Ma*... ha appena imparato qualcosa, dottor Rosen.» Kelly sollevò i resti dell'elica. Il metallo sembrava essere sul punto di sbriciolarsi come un cracker. «Questo una volta era bronzo.»

«Maledizione!» Il chirurgo raccolse il rottame e ne staccò un frammento sottile come un wafer.

«Il perito voleva dire che bisognava cambiare gli anodi di zinco sul montante, che hanno la funzione di assorbire l'energia galvanica. Li si deve sostituire ogni due anni, se si vuole proteggere le eliche e il timone. Non so come funzioni la cosa esattamente, ma so quali sono gli effetti. Dovrà mettere anche un timone nuovo, ma non c'è fretta. Quel che è certo è che adesso ha bisogno di due eliche nuove.»

Rosen guardò verso il mare e imprecò. «Che idiota!»

Kelly scoppiò in una risata che voleva esprimere tutta la sua comprensione per il professore. «Se questo è l'errore più grosso che commetterà quest'anno, lei è un uomo fortunato, dottore.»

«Beh, e adesso che facciamo?»

«Una telefonata e le ordino un paio di eliche nuove. Chiamo un tipo di Solomons che conosco e lui manderà qualcuno a portarcele. Domani, probabilmente. Non si preoccupi, non è un danno poi tanto grosso. Vorrei anche dare un'occhiata alle sue carte.»

Rosen lo accompagnò a bordo dell'Hatteras. La carta nautica incriminata era ancora spiegata ordinatamente accanto al quadro comandi. A dire il vero, sulla barca regnava un ordine perfetto: tutte le superfici in metallo scintillavano, e tutte le cime erano sistemate sul ponte come da manuale.

«Dottore, lei ha la stoffa del bravo marinaio, ma ecco qual è stato l'altro sbaglio che ha commesso: questa carta è di cinque anni fa. L'ha trovata quando ha comprato la barca, vero?» Kelly indicò l'angolo inferiore sinistro.

«Il fondale cambia?»

«Certo che sì.»

«Ne dovrei comprare una nuova ogni anno?» domandò Rosen?.

«Io lo faccio» annuì Kelly.

«Diavolo!»

«Vuole un consiglio da amico?»

«Dica.»

«Non se la prenda tanto. È il miglior tipo di lezione: fa un po' male ma poi passa. Sbagliando s'impara!»

Il medico si calmò, concedendosi un sorriso.

«Sono d'accordo con lei, ma Sarah non me lo perdonerà mai.»

«Dica che è stata tutta colpa delle carte» suggerì Kelly.

«Lei confermerà la mia versione?» chiese Rosen con aria d'intesa.

Kelly sorrise. «In situazioni come queste, gli uomini devono sempre darsi una mano.»

«Penso che noi due andremo d'accordo, signor Kelly.»

«Allora, dove cazzo è andata?» domandò Billy.

«Come diavolo faccio a saperlo?» rispose Nick, ugualmente

arrabbiato e ugualmente terrorizzato all'idea di quello che Henry avrebbe detto al suo ritorno. I due guardarono la donna che era nella stanza.

«Tu sei sua amica» le disse Billy.

Doris era spaventata e avrebbe voluto scappare fuori, pur sapendo che così facendo non avrebbe risolto nulla. Le sue mani tremavano quando Billy si mosse per andare verso di lei; chiuse gli occhi, senza tentare di schivare il colpo che la fece cadere per terra.

«Puttana, faresti meglio a dirmi quello che sai!»

«Io non so niente!» gli gridò la donna, che sentiva un dolore cocente nel punto in cui lui l'aveva colpita, sul viso. Guardò Rick, sperando di trovare nei suoi occhi un barlume di umanità, ma il volto dell'uomo non tradiva alcuna emozione.

«Tu sai qualcosa, invece, e faresti meglio a dirmelo subito» fece Billy. Si abbassò per sbottonarle la camicia, poi si tolse la cintura dei pantaloni. «Porta dentro le altre!» fece, rivolgendosi a Rick.

Doris si alzò in piedi senza aspettare che le venisse ordinato di farlo. Nuda dalla vita in su, piangeva in silenzio, e il suo corpo era scosso dai singhiozzi all'idea del dolore che avrebbe provato tra poco. Aveva paura persino di rannicchiarsi, sapendo di non poter scappare. Non c'era via di scampo per lei. Le altre ragazze entrarono lentamente, senza guardarla. Lei sapeva che Pam aveva intenzione di scappare, ma questo era tutto, e, quando udì il sibilo della cinghia, la sua unica soddisfazione fu quella che non avrebbe rivelato niente che avrebbe potuto danneggiare la sua amica. Per quanto atroce fosse il dolore, Pam era riuscita a fuggire.

3

Prigionia

Dopo aver riposto nell'officina l'attrezzatura usata per l'immersione, Kelly prese un carrello a due ruote e lo tirò fino al molo, per caricare le provviste. Rosen volle aiutarlo a tutti i costi. Le eliche nuove sarebbero arrivate il giorno dopo, e il chirurgo non sembrava avere alcuna fretta di rimettersi in mare. «Allora, lei insegna chirurgia?» chiese Kelly.

«Sì, da otto anni, ormai.» Rosen sistemò per bene le scatole che erano sul carrello, allineandole. Quell'uomo aveva una vera e propria ossessione per l'ordine.

«Non ha l'aria di essere un chirurgo» osservò Kelly, saltando sul molo.

Il medico accettò il complimento con grazia. Il suo torace sembrava quello di un orso, ricoperto com'era da una fitta selva di peli neri. «Non siamo tutti violinisti. Mio padre faceva il muratore.»

«E il mio il pompiere.» Kelly incominciò a spingere il carrello verso il bunker. «Allora, quand'è che incomincia a insegnarmi un po' di chirurgia?»

«Va bene.» Rosen fece una pausa, poi indicò un punto del torace di Kelly. «Chi l'ha operata era uno in gamba. Quella doveva essere una brutta ferita.»

Kelly rallentò, voltandosi verso il professor Rosen. «Già, un'imprudenza da parte mia, quella volta. Ma era meno grave di quanto potrebbe sembrare; il proiettile mi sfiorò soltanto il polmone.»

Rosen bofonchiò. «Ah, allora è un'altra cosa. Deve averle mancato il cuore di quasi cinque centimetri. Una bazzecola.»

Kelly portò gli scatoloni nella dispensa. «È bello parlare con qualcuno che ti capisce, dottore» disse, quasi sussultando al ricordo della sensazione provata quando la pallottola gli si era conficcata nel petto. «Ripeto, è stata tutta colpa della mia imprudenza.»

«Quanto c'è rimasto, laggiù?»

«In tutto? Forse diciotto mesi. Dipende se si conta anche il tempo che ho passato in ospedale.»

«Appesa al muro c'è una croce al merito della marina. Per cosa l'ha avuta?»

Kelly scosse la testa. «Per un'altra faccenda. Dovetti andare su, al nord, per recuperare qualcuno, il pilota di un A-6. Non mi ferirono, ma non sono mai stato tanto male in vita mia. Mi feci un sacco di graffi, con delle spine e altro; si infettarono di brutto per via dell'acqua del fiume, roba da non crederci. Rimasi in ospedale per tre settimane. Peggio che se mi avessero sparato.»

«Un posticino poco simpatico, vero?» domandò Rosen mentre tornavano al molo per l'ultimo carico.

«Si dice che in quella zona ci siano cento specie diverse di serpenti. Novantanove sono velenose.»

«E la centesima?»

Kelly passò al medico uno scatolone. «Beh, i serpenti della centesima ti mangiano il culo in un solo boccone» disse ridendo. «No, non era un gran bel posto. Ma dovevo farlo, e sono riuscito a tirar fuori di lì quel pilota; l'ammiraglio mi ha nominato capo scelto e mi ha fatto avere una medaglia. Venga, le mostro il mio tesoro.» Fece cenno a Rosen di seguirlo a bordo. La visita durò cinque minuti, e il medico prese nota di tutte le differenze tra quella barca e la sua. Anche lì c'erano tutte le comodità, ma niente era tirato a lucido. Capì che Kelly era un tipo estremamente professionale, e che tutte le sue carte erano nuove di zecca. L'ex marinaio tirò fuori dal frigo un'altra birra per sé e per il dottore.

«Come si è trovato a Okinawa?» domandò Kelly, sorridendo. I due si stavano studiando, e incominciavano a piacersi.

Rosen alzò le spalle, ed emise un grugnito eloquente. «Brutta storia. Avevamo un bel da fare, e a quanto pare i kamikaze pensavano che la croce rossa sulle fiancate della nave fosse un ottimo bersaglio.»

«Lavoravate anche mentre vi attaccavano?»

«I feriti non possono aspettare, Kelly.»

Il comandante della *Springer* finì di bere la sua birra con un ultimo, lungo sorso. «Io avrei preferito contrattaccare. Mi faccia prendere la roba di Pam, e poi ce ne torniamo dentro, dove c'è il condizionatore e fa più fresco.» Andò a poppa e prese lo zaino della ragazza. Quando uscì dal salone, Rosen era già sul molo e stava di nuovo sistemando gli scatoloni sul carretto. Lui gli lanciò lo zaino. Il medico se ne accorse troppo tardi e mancò la presa, così il sacco atterrò sul cemento. Parte del contenuto si riversò per terra e, da sei metri di distanza, Kelly capì immediatamente che cosa c'era che non andava, ancor prima che Sam Rosen si girasse verso di lui.

Vide un grosso contenitore per medicinali marrone, senza etichetta. Il coperchio era avvitato male, e così ne erano uscite delle capsule.

Certe cose si capiscono subito. Kelly scese lentamente dalla barca e saltò sul molo. Rosen raccolse la boccetta e vi rimise dentro le capsule, prima di richiudere il coperchio di plastica bianca. Poi la diede al suo ospite.

«So che non sono tue, John.»

«Che cosa sono?»

Il tono del medico non avrebbe potuto essere più asettico. «Il nome depositato è Quaalude. Metaqualone. È un barbiturico, un sedativo. Utile contro l'insonnia, lo si usa per spedire la gente nel mondo dei sogni. È molto potente, un po' troppo, a dire il vero. Molti (e Sarah è una di loro) pensano che dovrebbe essere ritirato dalla circolazione. Niente etichetta, non è stato prescritto da un medico.»

Kelly si sentì improvvisamente vecchio e stanco. E tradito, in un certo senso. «Ah.»

«Non lo sapevi?»

«Sam, la conosco da... da nemmeno ventiquattro ore. Non so niente sul suo conto. Non capisci, voglio dire che... che...»

Rosen si stiracchiò, guardando l'orizzonte per un momento. «D'accordo, allora adesso ti parlerò come medico, okay? Hai mai preso droghe?»

«No! Io *odio* quella maledetta robaccia. La gente crepa per quella schifezza!» La reazione di Kelly fu immediata e violenta, ma la sua rabbia non era rivolta a Sam Rosen.

Il professore non si scompose. Adesso era il suo turno di essere efficiente.

«Calmati. A quella roba ci si può assuefare. Come succede, non importa. Agitarsi non serve a niente. Fa' un respiro profondo ed espira lentamente.»

Il giovane eseguì l'ordine e riuscì persino a sorridere dell'assurdità della situazione. «Mi sembri mio padre.»

«I pompieri sono tipi in gamba.» Fece una pausa e poi riprese a parlare. «Va bene, può darsi che la tua amica abbia un problema, ma i problemi si risolvono, John. Lei sembra una brava ragazza, e tu mi sembri una persona sensibile. Allora, vogliamo provare a risolvere il problema o no?»

«Penso che la cosa dipenda solo da lei» rispose Kelly, con una nota amara nella voce. Si sentiva tradito. Stava incominciando a innamorarsi di nuovo e adesso doveva accettare il fatto che forse aveva scelto la persona sbagliata, o, per meglio dire, quello che rimaneva di una persona, quello che la droga aveva lasciato. Forse aveva solo perso tempo e basta.

Rosen si fece serio. «Esatto, dipende da lei, ma forse potrebbe dipendere un po' anche da te, e se ti comporti da stupido non l'aiuterai molto e invece lei potrebbe aver bisogno del tuo appoggio.»

Kelly si sorprese per la razionalità delle argomentazioni del medico. «Devi essere un dottore abbastanza bravo.»

«Sono un dottore maledettamente bravo» annunciò Rosen. «Questo non è il mio campo, ma Sarah lo conosce come le sue tasche. Può darsi che siate stati fortunati tutt'e due. Non è una cattiva ragazza, John, ma c'è qualcosa che la preoccupa. È nervosa per un qualche motivo, te lo dico in caso non l'avessi notato.»

«Beh, sì, ma...» E una parte del cervello di Kelly commentò: *Te l'avevo detto.*

«Ma tu hai notato soprattutto che è molto carina. Ho avuto anch'io vent'anni, John. Avanti, avremo un po' di lavoro da fare.» Il chirurgo si interruppe, prima di continuare. «Sento che c'è qualcosa che mi sfugge. Che cos'è?»

«Mia moglie è morta meno di un anno fa.» Kelly gli raccontò brevemente quanto era accaduto.

«E tu hai pensato che forse lei...»

«Sì, credo di sì. Stupido, vero?» Kelly si domandò perché gli stava confidando tutte quelle cose. Perché invece non lasciava che Pam facesse ciò che voleva? Ma quella non era una soluzione. Se si fosse comportato così, avrebbe dovuto ammettere che la stava semplicemente usando per soddisfare i propri egoistici bisogni, per poi buttarla via una volta sfiorita e, nonostante tutti i rovesci che la sua vita aveva subìto nel corso di quell'ultimo anno, Kelly sapeva che non sarebbe mai stato capace di farlo, perché non era uno di quegli uomini — ammesso che li si possa definire tali. Scoprì Rosen intento a osservarlo.

Il medico scosse giudiziosamente la testa. «Abbiamo tutti i nostri punti deboli. Ce li hai tu e ce li ha anche lei. Tu però sai come affrontarli, perché ti hanno insegnato come farlo e perché hai dell'esperienza. Lei no. Ha bisogno d'aiuto Kelly, lo sai benissimo anche tu.

«Avanti, abbiamo del lavoro che ci aspetta.» Il medico impugnò le stanghe del carrello con le sue mani grandi e delicate, dirigendosi verso il bunker. Entrando nella stanza, l'aria fresca del condizionatore li riportò indietro alla realtà in maniera sorprendentemente brusca.

Pam stava tentando di intrattenere l'altra ospite di Kelly, ma senza riuscirci. Inizialmente Sarah aveva attribuito la cosa alla situazione piuttosto strana che si era venuta a creare, ma un medico resta sempre un medico, e quell'illusione aveva incominciato a sparire a poco a poco quando si era messa a osservare la sua interlocutrice con occhio clinico. Quando Sam entrò nel soggiorno, Sarah si voltò e gli lanciò uno sguardo che Kelly capì alla perfezione.

«Beh, e così me ne sono andata di casa quando avevo sedici anni» stava raccontando Pam, parlando velocemente ma con un tono monotono che svelava più di quanto lei non volesse dire. Anche i suoi occhi si voltarono in direzione degli uomini, e si fermarono sullo zainetto che Kelly teneva in mano. La sua voce era acuta e nervosa, come lui non aveva mai notato prima.

«Magnifico, avevo proprio bisogno di un paio di cose.» Gli si avvicinò e gli tolse lo zaino di mano, poi andò nella camera da letto. Kelly e Rosen la seguirono con gli occhi.

Anche Sarah sembrava imbarazzata. Quella che aveva osservato era una giovane donna con qualche problema o, più verosimilmente, una persona che faceva uso di sostanze che non avrebbe dovuto prendere. Sam confermò i suoi sospetti, mostrandole il boccettino di plastica. Le bastò uno sguardo per capire tutto.

«Non lo sapevo» disse Kelly, che sentiva il bisogno di giustificarsi. «Non l'ho vista prendere niente.» Poi ripensò al viaggio, cercando di ricordare quando lei era stata da sola, e concluse che avrebbe potuto prendere le pillole senza pericolo di farsi scoprire due o magari tre volte, il che spiegava il vero motivo dell'espressione sognante dei suoi occhi.

«Sarah?» chiese Sam.

«Il dosaggio è di trecento milligrammi, non dovrebbe essere un caso grave, ma va curata.»

La ragazza rientrò nella stanza alcuni secondi dopo, e disse a Kelly che aveva dimenticato qualcosa sulla barca. Le mani non le tremavano, ma solo perché le stava stringendo per farle star ferme. Era tutto così chiaro, ora che si sapeva che cosa cercava. Stava sforzandosi di controllarsi, e ci stava quasi riuscendo, ma non era una buona attrice.

«Stai cercando questa?» domandò Kelly. Aveva in mano la boccetta. La ricompensa che ricevette per quella domanda a bruciapelo fu simile a una meritatissima coltellata al cuore.

Per alcuni secondi, Pam non rispose. I suoi occhi fissarono il contenitore di plastica marrone, e la prima cosa che Kelly vide fu l'espressione famelica che si dipinse sul suo volto: stava già pregustando di afferrare la boccetta e inghiottire una o più di quelle dannate capsule, senza badare, anzi, senza notare che nella stanza c'erano anche altre persone. Poi fu presa dalla vergogna, rendendosi conto che l'immagine di se stessa che aveva cercato di dare agli altri, qualsiasi essa fosse, ora stava crollando. Ma, (e questo fu il peggio) dopo aver sbirciato rapidamente Sam e Sarah, il suo sguardo si posò di nuovo su Kelly, oscillando dal volto alle mani. All'inizio desiderio e vergogna lottavano alla pari, ma fu l'ultima ad avere la meglio e, quando i suoi occhi incontrarono quelli di lui, sul suo viso comparve un'espressione simile a quella di un bambino scoperto a fare una marachella, che cambiò di nuovo quando Pam capì che quello che avrebbe potuto diventare amore stava trasformandosi in disprezzo e disgusto in una manciata di secondi. All'improvviso il suo respiro si alterò, facendosi rapido e poi irregolare, mentre incominciavano i primi singhiozzi, e la ragazza capì che il disgusto vero era quello che provava per se stessa, perché anche un drogato è costretto a guardarsi dentro, e farlo attraverso gli occhi degli altri era soltanto più crudele.

«M-mi di-di-spiace Kel-el-ly. No-non ti ho de-det-to...» tentò di dire, accasciandosi. Pam sembrò raggrinzire davanti ai loro occhi, vedendo svanire quella che avrebbe potuto essere una possibilità, e scorgendo solo desolazione dietro quella nuvola che si dissipava. Si voltò singhiozzando, incapace di guardare in viso l'uomo che aveva incominciato ad amare.

Per John Terrence Kelly era il momento di prendere una decisione. Poteva sentirsi tradito e disgustato oppure poteva dimostrarle la stessa compassione che lei aveva avuto per lui meno di venti ore prima. Quello che lo fece decidere, più di ogni altra cosa, fu lo sguardo che Pam gli aveva rivolto e la vergogna che le si leggeva in faccia. Non poteva starsene lì e basta. Doveva fare qualcosa, o sicuramente l'alta considerazione che aveva di se stesso si sarebbe dissolta nel nulla con la stessa rapidità di quella di lei.

Gli occhi gli si riempirono di lacrime. Si avvicinò a Pam e la cinse con le sue braccia muscolose per sorreggerla, cullandola come una bambina e stringendosi la sua testa al petto, perché ora toccava a lui essere forte per lei, dimenticando tutti i pensieri che poteva avere. Anche la parte dissonante della sua mente rifiutò di ripetere il suo "te l'avevo detto", perché tra le braccia di Kelly c'era qualcuno che era stato ferito, e non era il momento di sciocchi ritornelli. Rimasero così per alcuni minuti, mentre gli altri due li osservavano con un misto di disagio personale e di distacco professionale che sembrava tingersi già di speranza.

«Ci ho provato» fece Pam. «Davvero, ma avevo tanta paura!»

«Non preoccuparti» le disse Kelly, impedendole di staccarsi da lui, senza afferrare bene il significato di quelle parole. «Tu mi sei stata vicina, e adesso tocca a me stare vicino a te.»

«Ma...» Iniziò di nuovo a singhiozzare, e le ci volle quasi un minuto prima di riuscire a pronunciare la frase per intero. «Non sono quella che pensi.»

Kelly lasciò che una nota allegra si insinuasse nella sua voce. «Tu non lo sai quello che penso io, Pammy. Non preoccuparti, davvero.» Era così concentrato sulla ragazza tra le sue braccia che non aveva notato la presenza di Sarah Rosen al suo fianco.

«Pam, io so come aiutarti, hai capito? Dobbiamo parlare, che ne dici? Hai voglia di fare una passeggiatina?» Pam annuì, e Sarah l'accompagnò fuori, lasciando Kelly con suo marito.

«Sei davvero una persona sensibile» annunciò Rosen, soddisfatto che la sua diagnosi del carattere dell'amico si fosse rivelata azzeccata. «Dimmi, quanto dista la città con la farmacia più vicina?»

«È Solomons, a circa un'ora da qui, credo. Non sarebbe meglio se andasse in ospedale?»

«Ce lo dirà Sarah, ma penso che non sia necessario.»

Kelly guardò la boccetta che aveva ancora in mano. «Bene, voglio gettare in acqua queste stramaledette pillole.»

«No!» gridò Rosen. «Queste le prendo io.»

«Ma perché?»

«Su tutte c'è un numero di codice. La polizia potrà identificare il lotto da cui è stata rubata» replicò Rosen. «Le terrò sotto chiave, sulla mia barca.»

«Allora adesso cosa facciamo?»

«Aspettiamo.»

Sarah e Pam ritornarono venti minuti più tardi, tenendosi per mano come se fossero madre e figlia. Pam camminava a testa alta, anche se aveva ancora gli occhi umidi.

«Abbiamo qui una campionessa, ragazzi» disse Sarah Rosen, dottoressa in medicina, prima di chiudere la porta alle sue spalle. «È da un mese che sta cercando di smettere da sola.»

«Dice che non è difficile» fece Pam.

«E noi possiamo renderti le cose molto più facili» la rassicurò Sarah, che diede anche una lista a suo marito. «Trova una farmacia. John, prepara la barca, subito.»

«E adesso che succederà?» domandò Kelly venti minuti e cinque miglia più tardi. Solomons era già una linea marrone-verdastra che si profilava all'orizzonte, a nord-ovest.

«La cura è abbastanza semplice, davvero, le diamo dei barbiturici e diminuiamo gradualmente le dosi.»

«Vuoi dire che le date dei medicinali per disintossicarla?»

«Esatto» annuì Rosen. «È così che funziona. Il suo corpo ha bisogno di tempo per eliminare tutti i residui che si sono accumulati nei tessuti: ormai non può più fare a meno della droga, e se si cerca di disabituarlo troppo in fretta si possono avere anche crisi d'astinenza, convulsioni e altro. C'è anche gente che ne muore.»

«Cosa?» Kelly si allarmò. «Io non ne so niente di tutte queste cose, Sam.»

«E perché dovresti? Questo è compito nostro, Kelly. Sarah non pensa che possa succedere niente del genere nel caso di Pam. Tranquillizzati, John. Le daremo del...» Rosen estrasse il foglietto dalla tasca. «Già, come pensavo, del fenobarbital, per ridurre i sintomi di astinenza. Lo prescrivo spesso anch'io, è ottimo per calmare gli attacchi e le convulsioni. Questo è l'unico rischio, e sappiamo come affrontarlo. Per sicurezza, in caso il fenobarbital non fosse sufficiente, prenderò anche qualcos'altro. Ma è quasi certo che non ne avremo bisogno. Ascoltami, tu sai come si governa una barca, no?»

«Sì» rispose Kelly, e si voltò, sapendo che cosa avrebbe detto l'altro.

«Allora che ognuno faccia il suo lavoro, d'accordo?»

I guardacoste videro con loro grande dispiacere che l'uomo non aveva molta voglia di dormire. Prima che avessero il tempo di riprendersi dalle avventure del giorno precedente, lui si era già alzato e stava bevendo del caffè nella sala operativa, controllando di nuovo le carte e segnando con la mano dei cerchi che confrontava col percorso compiuto dal loro dodici metri, che aveva memorizzato.

«A che velocità viaggia una barca a vela?» domandò a Manuel Oreza stanco e irritabile.

«Quella? Non è molto veloce, con mare calmo e vento a favore forse raggiunge i cinque nodi, o anche un po' di più, se lo skipper ci sa fare. Per calcolare empiricamente la velocità dello scafo si moltiplica la radice quadrata della lunghezza della linea di galleggiamento per 1,3, che nel caso della nostra barca fa cinque o sei nodi.» Sperava di aver impressionato per bene il civile con quella perla di saggezza marinaresca.

«C'era molto vento, ieri sera» osservò il funzionario, seccato.

«Una barca piccola non va più veloce se il mare è mosso, ma più piano, capito? Perché, facendo su e giù in continuazione, ci mette più tempo ad andare avanti.»

«E allora com'è che ve la siete lasciata scappare?»

«*Io* non mi sono lasciato scappare niente, d'accordo?» Oreza non aveva ben chiaro chi fosse quel tipo o che grado avesse realmente, ma non avrebbe permesso neanche a un vero ufficiale di trattarlo così; ma un vero ufficiale non lo avrebbe tormentato in quel modo, l'avrebbe capito, l'avrebbe ascoltato. Il sottufficiale fece un respiro profondo, e desiderò una volta tanto che ci fosse un superiore a spiegare le cose. I civili davano ascolto solo agli ufficiali, il che diceva tutto sulla loro intelligenza. «Senta signore, lei mi ha detto di tenermi a distanza o no? Io *l'ho avvertita* che l'avremmo perso per via del disturbo magnetico della tempesta, e così è stato. I vecchi radar che abbiamo in dotazione non valgono un accidente quando c'è brutto tempo, figuriamoci se riuscirebbero a captare un oggetto così piccolo come una barchetta a vela.»

«Me l'ha già detto.»

E continuerò a dirtelo finché non ti entrerà in zucca, riuscì a non dire Oreza, attirandosi uno sguardo di avvertimento da English. Il portoghese fece di nuovo un respiro profondo e guardò la carta nautica.

«E allora, dove pensa che sia finito?»

«Diavolo, la baia non è tanto grande. Le zone dove potrebbe essere sono solo due. Quasi tutte le case hanno il loro attracco, e poi ci sono tutte queste insenature. Se fossi in lui, andrei a nascondermi in un'insenatura, si hanno meno probabilità di venire scoperti che in un attracco, no?»

«Mi sta dicendo che non lo troveremo più» osservò cupo il civile.

«Questo è poco ma sicuro» rispose Oreza.

«Tre *mesi* di lavoro buttati via!»

«Non posso farci niente, signore.» Il guardacoste fece una pausa. «Senta, probabilmente si è diretto a levante piuttosto che a ponente, no? È meglio avere il vento a favore che contro. Questa è la buona notizia. Quella cattiva è che si fa in fretta a tirare a riva una barchetta come quella e a metterla su un rimorchio. Diavolo, a quest'ora potrebbe essere già arrivato in Massachusetts.»

Il civile alzò gli occhi dalla carta. «Benissimo, era proprio quello che volevo sentire!»

«Dovrei mentirle, signore?»

«Tre mesi!»

Non voleva proprio mollare, pensarono English e Oreza all'unisono. E invece bisognava imparare a farlo: alle volte il mare inghiottiva qualcosa, e tu facevi del tuo meglio per tentare di ritrovarla, cercando dappertutto, e in genere ci riuscivi. Ma non era sempre così, e quando fallivi, arrivava il momento di riconoscere la vittoria del mare. Nessuno dei due uomini si era mai rassegnato alla cosa, ma così era la vita.

«Potrebbe chiedere l'intervento degli elicotteri. La marina ne ha una sfilza a Pax River» suggerì English. Così facendo, il civile avrebbe finalmente lasciato la stazione, un obiettivo molto ambito, considerati i problemi che stava causando a lui e ai suoi uomini.

«Vuol liberarsi di me?» domandò l'ospite indesiderato, con uno strano sorriso.

«Come, signore?» rispose Oreza, candidamente. Peccato che quel tipo non fosse del tutto stupido, pensò.

Kelly attraccò di nuovo al molo dell'isola quand'erano le sette di sera. Lasciò che Sam portasse al bunker i medicinali, mentre lui si occupò di coprire il quadro strumenti con teli di plastica e di sistemare la barca per la notte. Il viaggio di ritorno da Solomons era stato molto tranquillo. Sam Rosen era bravo a dare spiegazioni, e lui era bravo a far domande. Aveva scoperto tutto quello che c'era da sapere durante l'andata, e al ritorno era rimasto da solo coi suoi pensieri, domandandosi cosa fare e come comportarsi. Non era facile trovare la risposta a queste domande, e occuparsi della barca non lo aiutò tanto quanto aveva creduto: spese addirittura più tempo del necessario per controllare gli ormeggi, e ripeté l'operazione con la barca del chirurgo, prima di rientrare in casa.

L'Hercules DC-130E volava al di sopra della bassa coltre di nuvole, efficiente come durante la prima delle 2.354 ore di volo effettuate da quando aveva lasciato i capannoni della Lockheed, a Marietta, Georgia, diversi anni prima. Tutto faceva pensare a una piacevole giornata di volo. Nella cabina di pilotaggio, quattro membri dell'equipaggio guardavano il cielo sereno e i vari strumenti, così come previsto dal loro compito. I quattro motori a turboelica ronzavano con la consueta affidabilità, diffondendo per tutto l'aereo una vibrazione acuta e continua, che si trasmetteva ai comodi sedili dall'alto schienale e creava onde circolari nei bicchierini di plastica colmi di caffè. Insomma, all'interno del DC-130E regnava un clima di assoluta normalità. Ma, chiunque fosse stato in grado di osservare l'aereo dall'esterno, non sarebbe stato della stessa opinione. L'Hercules apparteneva infatti al 99° gruppo da ricognizione strategica.

Vicino ai motori esterni posti su ciascuna semiala erano agganciati due drone, aerei bersaglio senza pilota modello 147SC. Originariamente concepiti per fungere da obiettivi volanti ad alta velocità, e chiamati Firebee II, venivano ora indicati in maniera informale con il nome di "Buffalo Hunter". Nel settore di carico dell'Hercules, altri uomini erano impegnati a far rifornimento ai miniaerei, dopo averli già programmati per una missione abbastanza segreta perché nessuno di loro ne conoscesse l'esatta natura. Non era necessario. Bastava che dicessero ai drone cosa dovevano fare e quando dovevano farlo. Il capotecnico, un sergente di trentotto anni, telecomandava un aereo dal nome in codice "Cody 193". La sua postazione gli permetteva di voltarsi e di controllare visivamente il proprio mezzo attraverso un piccolo oblò, cosa che lui fece, anche se non ce n'era un'effettiva necessità. Il sergente amava quell'aereo, proprio come un bambino ama il suo giocattolo prediletto. Lavorava a quel programma da dieci anni, e aveva già fatto volare il gioiellino che avrebbe sganciato di lì a poco per ben sessantuno volte. Un vero e proprio record.

Cody-193 aveva un pedigree di tutto rispetto. L'azienda che l'aveva fabbricato, la Teledyne-Ryan di San Diego, California, aveva costruito anche lo *Spirit of St. Louis* di Charles Lindbergh, senza riuscire però a trarre qualche vantaggio economico da quel pezzo di storia dell'aviazione. Dopo aver lottato per la sopravvivenza, trascinandosi da una piccola commessa all'altra, la ditta aveva finalmente acquisito l'agognata stabilità finanziaria mettendosi a produrre bersagli volanti. I piloti avevano bisogno di sparare a qualcosa per esercitarsi. Il Firebee era nato proprio per soddisfare questa esigenza: si trattava di un aereo a reazione in miniatura la cui missione era quella di morire gloriosamente per mano di un pilota da caccia. Il problema era che il sergente non era della stessa opinione. Telecomandava i drone e il suo compito (almeno così pensava) era dare una lezione a quelle "aquile" boriose facendo volare il "suo" aereo in modo che i loro missili non colpissero nulla di più solido dell'aria. I piloti da caccia avevano imparato a odiare il suo nome, anche se la consuetudine dei reparti prevedeva che gli pagassero una bottiglia per ogni colpo andato a vuoto. Poi, alcuni anni dopo, qualcuno aveva fatto notare che, se abbattere un Firebee era difficile per i piloti americani, lo sarebbe stato anche per gente che voleva colpire un aeromobile per motivi più seri dell'annuale gara di tiro. Per gli equipaggi degli aerei da ricognizione a bassa quota tutto fu molto più facile.

Cody-193 aveva acceso il motore ancora agganciato sotto la semiala dell'Hercules. Il sergente lo guardò ancora una volta, prima di chinarsi sui suoi strumenti. Sulla fiancata sinistra della fusoliera, proprio davanti all'ala, erano dipinti sessantuno piccoli paracadute, e, con un po' di fortuna, tra un paio di giorni a loro se ne sarebbe aggiunto un altro. Anche se ignorava la natura precisa di quella missione, battere il proprio record era motivo sufficiente per preparare con la massima cura il suo giocattolo personale all'ennesima sfida.

«Mi raccomando, piccolo» sussurrò il sergente mentre il Firebee si sganciava.

Sarah stava cucinando una cenetta leggera. Kelly sentì il profumino ancor prima di entrare. Entrò e vide Rosen seduto nel soggiorno.

«Pam dov'è?»

«Le abbiamo dato le medicine» rispose Sam. «Adesso dovrebbe dormire.»

«Sta dormendo» confermò Sarah, attraversando la stanza per andare in cucina. «Ho appena controllato. Poveretta, era esausta. È da un bel po' che non dormiva, e adesso sta recuperando.»

«Ma se prendeva dei sonniferi...»

«John, il nostro corpo reagisce in modo curioso a certe sostanze» spiegò Sam. «Ne contrasta l'azione, o cerca di contrastarla e, allo stesso tempo, non può più fare a meno di loro. Per un po', dormire sarà il problema più grosso di Pam.»

«C'è anche qualcos'altro» comunicò Sarah. «È molto spaventata per qualcosa, ma non mi ha voluto dire di che cosa si tratta.» La dottoressa Rosen esitò, poi decise che Kelly aveva diritto di sapere la verità. «Hanno abusato di lei, John. Non le ho chiesto niente in proposito — una cosa alla volta — ma qualcuno gliene deve aver fatte passare di cotte e di crude.»

«Eh?» Kelly, seduto sul divano, alzò gli occhi in sua direzione. «Che vuoi dire?»

«Voglio dire che ha subìto una violenza carnale» disse Sarah con un tono di voce calmo e professionale che mascherava i suoi sentimenti personali.

«Mi stai dicendo che l'hanno stuprata?» chiese Kelly a bassa voce, i muscoli delle braccia contratti.

Sarah fece cenno di sì con la testa, ormai incapace di nascondere il suo disgusto. «Quasi di sicuro, e probabilmente più di una volta. Sulla schiena e sulle natiche ci sono anche segni di percosse.»

«Io non ho visto...»

«Tu non sei un medico» esclamò Sarah. «Come vi siete conosciuti?»

Kelly rispose brevemente alla domanda, ripensando allo sguardo che aveva visto la prima volta negli occhi della ragazza. Adesso riusciva a capirlo. Perché non ci aveva fatto caso? Perché non si era accorto di un sacco di altre cose? Dietro a un viso impassibile come una maschera, Kelly se la prendeva con se stesso.

«Così ha cercato di scappare... mi domando se quel tipo, chiunque fosse, sia stato anche quello che l'ha iniziata ai barbiturici. Proprio una brava persona, non c'è che dire.»

«Pensi che qualcuno l'abbia picchiata e drogata...? Ma perché?» domandò Kelly.

«Kelly, ti prego, non offenderti, ma può darsi che Pam facesse la prostituta. I magnaccia usano questi metodi per controllare le loro ragazze; già, sono proprio della gente a posto.» Sarah Rosen si odiò per averglielo dovuto dire, ma era il suo lavoro, e Kelly aveva il diritto di sapere. «È giovane, carina ed è scappata da una famiglia disastrata. Le percosse, il fatto che fosse denutrita... tutto quadra perfettamente.»

Kelly stava fissando il pavimento. «Non può essere, lei non è così. Non capisco.» E invece sì che capiva, in un certo senso, si disse ripensando a quanto era successo, al modo in cui lei gli si era avvinghiata e l'aveva attirato a sé. Quanto era stato semplice abilità professionale, e quanto vero sentimento? Una domanda che non voleva porsi. Che doveva fare? Seguire la ragione? Seguire il cuore? E dove l'avrebbero condotto?

«Lei sta lottando, John, con tutte le sue forze. Ha del fegato. Mi piace, mi piace molto. So che possiamo salvarla.» Sarah si sedette di fronte a lui. «Ha vent'anni. Ne compirà ventuno il mese prossimo. È sulla strada da più di quattro anni, facendo Dio solo sa cosa, ma c'è qualcosa in lei che non vuole mollare. È una lottatrice, ma non può farcela da sola... ha tentato, ma non è riuscita a smettere. Ha bisogno di te. Voglio farti una domanda.»

«Chiedi pure.»

«Resterai al suo fianco?» Sarah sembrava avergli letto nel pensiero.

Kelly la guardò, con gli occhi azzurri del colore del ghiaccio mentre cercava di capire cosa provava veramente. «Voi due vi siete proprio lasciati prendere da questa faccenda.»

Sarah bevve un sorso del bicchiere che si era riempita. Era

una donna piuttosto tarchiata, bassa e grassoccia. I suoi capelli neri non vedevano un parrucchiere da mesi. Insomma, sembrava il tipo di donna che, dietro un volante, attira soltanto l'ostilità dei guidatori di sesso maschile. Ma parlava con passione e il suo ospite aveva già capito quanto fosse intelligente. «Hai idea di quello che sta succedendo? Dieci anni fa, l'abuso di stupefacenti era così raro che non mi capitava quasi mai di dovermene occupare. Oh, certo, *conoscevo* il problema, leggevo gli articoli di Lexington, e ogni tanto avevamo qualche eroinomane. Non tanti, però. Era un fenomeno che interessava quasi esclusivamente la gente di colore. I neri facevano uso di droghe da anni, e nessuno se ne è mai preoccupato, perché a nessuno importa quello che fanno e quello che sono. Adesso stiamo pagando per quell'errore. Nel caso non te ne fossi accorto, le cose sono cambiate da un giorno all'altro. A eccezione del progetto a cui sto lavorando, in pratica mi occupo a tempo pieno di ragazzi con problemi di droga. Non è quello per cui ho *studiato*. Io sono una *scienziata*, capisci? Un'esperta di strutture chimiche, reazioni allergiche e così via che ha il compito di inventare nuovi farmaci capaci di produrre determinati effetti, ma adesso devo dedicare quasi tutto il mio tempo al lavoro clinico, per cercare di salvare dei ragazzini che non hanno neppure l'età per bere una birra e che invece sono già intossicati da certe porcherie chimiche che non avrebbero mai dovuto uscire da un maledetto laboratorio!»

«E sarà sempre peggio» commentò Sam tristemente.

La dottoressa annuì. «Oh sì, fra poco arriverà la cocaina. Ha bisogno di te, John» disse nuovamente Sarah, avvicinandosi a lui. Sembrava essere circondata da una nuvola temporalesca personale, carica di energia elettrica. «Faresti dannatamente meglio a starle vicino. Resta con lei! Se lo merita. Qualcuno le ha giocato un gran brutto tiro, ma lei sta *lottando*, capisci? Quella lì dentro è una *persona*, una persona buona e coraggiosa.»

«Sissignora» disse Kelly, umilmente. Alzò gli occhi e sorrise, perché ormai sapeva che cosa desiderava fare. «Nel caso tu fossi preoccupata, ti dico che l'avevo deciso già da un po'.»

«Non te ne pentirai» gli promise Sarah. «Ti ama, Kelly. Qualsiasi cosa sia successa, è riuscita a uscirne. Tu l'hai salvata. Non so come, ma l'hai fatto. Beh, comunque è quello che pensa lei, ed è questo che conta.»

«E adesso cosa devo fare?»

«Ha bisogno soprattutto di riposo, di mangiare bene e di un po' di tempo per espellere i barbiturici dal suo organismo. Se avrà una crisi d'astinenza potremo aiutarla somministrandole del fenobarbital... anche se non credo che succederà.» La dottoressa si interruppe. «L'ho visitata mentre voi due eravate via. Il suo problema più grosso a livello fisico non è tanto la tossicodipendenza, quanto la denutrizione e l'esaurimento. Dovrebbe pesare almeno cinque chili di più. Dovrebbe tollerare l'astinenza abbastanza bene se l'aiuteremo anche in altro modo.»

«Vuoi dire standole vicino?»

«Sì, sarà determinante.» Guardò la porta aperta della camera. «Bene, viste le sue condizioni probabilmente il fenobarbital la farà dormire tutta notte. Domani incominceremo a farla mangiare e a farle fare un po' di moto. E adesso è venuta ora di mettere qualcosa sotto i denti anche per noi» annunciò.

A cena la conversazione si spostò su altri argomenti (deliberatamente, e Kelly lo sapeva) e così il padrone di casa si ritrovò a fare una dissertazione sulle caratteristiche del fondale della baia di Chesapeake, seguita da tutta la sua scienza sui punti più adatti alla pesca. Fu presto deciso che gli ospiti si sarebbero trattenuti fino alla sera del lunedì. La cena durò a lungo, e quando si alzarono da tavola erano quasi le dieci. Kelly sparecchiò e poi entrò senza far rumore in camera sua, dove sentiva Pam respirare tranquillamente nel sonno.

Lungo soltanto quattro metri e con una massa di millequattrocento chilogrammi (la metà della quale era carburante), il Buffalo Hunter planò verso terra, accelerando fino a raggiungere una velocità di crociera iniziale di oltre novecento chilometri orari. Il computer di bordo, fabbricato dalla Lear-Siegler, aveva già incominciato a controllare il tempo di volo e la quota. Il drone era programmato per mantenere una rotta e un'altitudine ben precise, predeterminate in maniera scrupolosa: si trattava però di dispositivi incredibilmente rudimentali rispetto a quelli più moderni. Ciononostante, Cody-193 era una bestiola di tutto rispetto. Il suo profilo ricordava molto quello di uno squalo azzurro, con il muso sporgente e una presa d'aria montata nella parte inferiore della fusoliera come bocca (negli Stati Uniti la si dipingeva spesso con due aggressive file di denti). In quel caso particolare, l'uso di una combinazione sperimentale di colori mimetici (bianco per la parte inferiore, chiazze verdi e marroni per quella superiore) avrebbe dovuto rendere più difficile l'avvistamento dal suolo e da un altro mezzo aereo. Era anche parzialmente "invisibile" (un concetto rivoluzionario al momento della sua realizzazione): strati di materiale radar assorbente rivestivano la superficie della fusoliera e delle ali, e la presa d'aria era schermata per diminuire il rischio di intercettazione radar dovuto al movimento delle parti rotanti del motore.

Cody-193 attraversò la frontiera tra il Laos e il Vietnam del Nord alle 11.41.38 ora locale. Continuò a planare, e si riportò in volo livellato solo quando arrivò a centocinquanta metri dal suolo, virando a destra e procedendo più lentamente nell'aria densa vicina al terreno. La bassa quota e le piccole dimensioni del miniaereo che sfrecciava lo rendevano un bersaglio difficile, ma non per questo impossibile. Venne avvistato da alcune postazioni d'artiglieria avanzate della fittissima e sofisticata rete di difesa contraerea nordvietnamita. Volò direttamente verso un cannone binato da 37 mm appena piazzato: gli artiglieri fecero in tempo a girare la loro arma abbastanza in fretta da sparare una ventina di proiettili, tre dei quali sfiorarono il piccolo aereo. Cody-193 non si accorse di nulla, né fece manovre per evitare il fuoco nemico; continuò per la sua rotta, proprio come un trenino che gira attorno all'albero di Natale mentre il suo nuovo proprietario fa colazione in cucina. Qualcuno lo stava osservando da lontano. Un quadrimotore EC-121 Warning Star lo seguiva sullo schermo del suo radar, captando il segnale emesso da un trasmettitore in codice posto sull'impennaggio verticale.

«Continua così, piccolo» sussurrò un maggiore, controllando le apparecchiature. Era a conoscenza di ogni dettaglio della missione e della sua importanza, e sapeva perché nessun altro ne doveva essere informato. Al suo fianco c'era il riquadro di una cartina topografica. Il drone virò a nord, come previsto, abbassandosi fino alla quota di novanta metri quando riconobbe la vallata giusta, e si mise a seguire il corso di un fiumiciattolo. Perlomeno, quelli che l'avevano programmato sapevano il fatto loro, pensò il maggiore.

Ormai Cody-193 aveva utilizzato un terzo del suo carburante, e stava consumando il resto molto velocemente, volando a bassissima quota, addirittura più basso delle cime delle alture alla sua destra e alla sua sinistra. I programmatori avevano fatto del loro meglio, ma l'aereo la vide brutta quando una folata di vento lo fece spostare a destra prima che il pilota automatico potesse correggere la manovra, e mancò di soli due metri un albero insolitamente alto. Due soldati che si trovavano sulla cresta di quella collina gli spararono contro alcuni colpi di fucile, mancandolo. Uno dei due incominciò a correre giù per il pendìo, in direzione di un telefono, ma il suo compagno gli urlò di fermarsi, mentre il 193 continuava il suo volo cieco. Prima che la chiamata fosse stata effettuata e ricevuta, infatti, l'aereo nemico sarebbe già sparito da un pezzo, e inoltre avevano già compiuto il loro dovere sparando. Il nordvietnamita si preoccupò perché non sapeva dove fossero finiti i proiettili, ma ormai era troppo tardi.

Il colonnello dell'aeronautica militare degli Stati Uniti Robin Zacharias camminava tra il fango di quella che in un altro momento e in altre circostanze avrebbe potuto chiamarsi una piazza d'armi, dove però non c'era nessuna parata. Prigioniero da oltre sei mesi, doveva lottare ogni giorno per la propria sopravvivenza, e aveva conosciuto un'infelicità profonda e cupa come non aveva mai immaginato. Abbattuto alla sua ottantanovesima missione, a pochi giorni da una lunga licenza che avrebbe trascorso a casa; una missione pienamente riuscita che aveva avuto un epilogo sanguinoso solo per sfortuna, e c'era di peggio: il suo compagno era morto. E probabilmente era stato il più fortunato dei due, pensava il colonnello mentre due uomini armati, bassi e ostili gli facevano attraversare il campo di concentramento. Aveva le mani legate dietro la schiena e catene alle caviglie, perché i due avevano paura di lui nonostante imbracciassero dei fucili; anche i soldati sulle torrette di guardia lo osservavano. *Devo proprio terrorizzarli, questi piccoli bastardi*, si disse il pilota.

A Zacharias non sembrava di essere tanto pericoloso. La sua schiena era stata ferita durante l'espulsione dall'abitacolo del suo aereo, e gli faceva ancora male. Quando aveva toccato terra era rimasto semi-paralizzato, e tutti i suoi sforzi per sfuggire alla cattura erano stati poco più che un gesto simbolico: trenta metri percorsi in cinque minuti per finire dritto tra le braccia degli artiglieri che avevano abbattuto il suo aereo.

I maltrattamenti erano iniziati allora. Trionfanti, i vietnamiti l'avevano trascinato per tre villaggi diversi, dove gli avevano sputato addosso e lanciato delle pietre, e poi era finito lì. Ovunque lì si trovasse. C'erano degli uccelli marini. Forse era vicino al mare, ipotizzò, ma poi ripensò al monumento più importante di Salt Lake City, a pochi isolati dalla casa dove aveva trascorso la sua giovinezza, e si ricordò che i gabbiani non erano solo creature di mare. Nei mesi precedenti lo avevano sottoposto a ogni sorta di tortura ma, stranamente, nelle ultime settimane le sevizie erano state meno frequenti. Forse si erano stancati di picchiarlo, si disse. O forse Babbo Natale esisteva davvero, pensò, fissando il terreno fangoso. Essere rinchiuso lì non gli offriva alcuna consolazione: c'erano anche altri prigionieri, ma tutti i tentativi di comunicare con loro si erano rivelati un fallimento. La sua cella non aveva finestre. Aveva scorto due volti, senza riconoscerli. In ambedue le occasioni aveva tentato di salutare, solo per essere colpito alla nuca da una delle sue guardie. I due uomini l'avevano visto, ma nessuno dei due aveva parlato, limitandosi a sorridere o a fare un cenno con il capo: era tutto quello che potevano fare. Avevano più o meno la sua età e, suppose, il suo grado, ma questo era tutto quello che sapeva. La cosa più spaventosa, per un uomo che aveva molti altri motivi di avere paura, era che il campo non era quello che i suoi superiori gli avevano detto di aspettarsi. Non era l'Hilton di Hanoi, dove si credeva fossero stati radunati tutti i prigionieri di guerra. Era tutto quello che aveva scoperto, e l'ignoto è la cosa più terribile di tutte, specialmente per un uomo abituato da vent'anni a essere il padrone assoluto del proprio destino.

«Buon giorno, colonnello Zacharias» disse una voce proveniente dall'altra parte del campo. Alzò gli occhi e vide un uomo più alto di lui, bianco, che indossava un'uniforme del tutto diversa da quella delle guardie. L'uomo avanzò sorridendo in direzione del prigioniero. «Qui è molto diverso da Omaha, vero?»

In quel momento udì un rumore, un sibilo acuto e stridente che si avvicinava da sud-ovest. Si girò d'istinto, perché un aviatore guarda sempre per vedere se c'è un aereo, ovunque si trovi. Apparve in un istante, prima che le guardie avessero il tempo di reagire.

Un Buffalo Hunter, pensò Zacharias, raddrizzandosi e voltandosi per vederlo passare; lo fissò e alzò la testa, scorgendo il rettangolo nero dell'obiettivo fotografico, e pregando in cuor suo che quell'aggeggio funzionasse. Quando le guardie si accorsero di quello che stava facendo, lo colpirono alle reni col calcio del loro fucile, e lui cadde a terra. Trattenendo un'imprecazione, il colonnello cercava di sopportare il dolore quando un paio di stivali entrò nel suo ristretto campo visivo.

«Non si scaldi troppo» disse l'altro. «È diretto ad Haiphong per contare il numero delle navi ancorate lì. Adesso, amico mio, è ora che noi due facciamo conoscenza.»

Cody-193 continuò a procedere in direzione nord-est, mantenendo una velocità e un'altitudine quasi costanti una volta entrato nella fittissima cintura di artiglieria contraerea che circondava l'unico grande porto del Vietnam del Nord. Le apparecchiature del Buffalo Hunter filmarono numerose batterie della contraerea, postazioni d'osservazione, e non pochi soldati che, armati di AK-47, cercarono di sparare almeno un colpo simbolico al drone. Il 193 riuscì a salvarsi solo grazie alle sue dimensioni ridotte, dato che procedeva sempre in assetto orizzontale, senza deviare dalla propria rotta, mentre le macchine fotografiche continuavano a registrare le immagini su pellicola. L'unica cosa che non gli spararono contro furono i missili terra-aria, perché volava a quota troppo bassa.

«Va' piccolo, va'!» disse il maggiore, a trecento chilometri di distanza. Fuori, i quattro motori a pistoni del Warning Star ce la stavano mettendo tutta per mantenere la quota necessaria a controllare i progressi del drone. Gli occhi del soldato erano incollati allo schermo di vetro piatto, e seguivano il segnale luminoso intermittente emesso dal trasmettitore. Altri controllori stavano osservando i movimenti di altri aerei americani che perlustravano il territorio nemico, tenendosi costantemente in contatto con la *Red Crown*, l'unità della marina che appoggiava le operazioni aeree. «Vira a est, piccolo... ora!»

Come previsto, Cody-193 si inclinò bruscamente in una virata a destra, picchiando ancora e sibilando alla velocità di novecento chilometri orari sul porto di Haiphong, tra le centinaia di proiettili che cercavano invano di colpirlo. Gli scaricatori e i marinai di varie navi levarono gli occhi al cielo, irritati, incuriositi, e non poco spaventati da quella massa di acciaio che sfrecciava sopra le loro teste.

«Sì!» gridò il maggiore, abbastanza forte perché il sergente controllore seduto alla sua sinistra alzasse gli occhi e lo guardasse infastidito. Si doveva stare in silenzio lì. Accese la radio per comunicare con la *Red Crown*. «Cody-193 è bingo.» «Ricevuto, trasmettere bingo su 193» fu la risposta. La parola in codice "bingo" veniva utilizzata in modo errato, dato che in genere designava un aereo a corto di carburante, ma era così comune che fungeva ottimamente da copertura. Poi, il marinaio all'altro capo del circuito avvisò l'equipaggio di un elicottero in volo di tenere gli occhi aperti.

Il drone lasciò la costa in perfetto orario sulla tabella di marcia, volò basso per alcuni chilometri prima della planata finale, consumando gli ultimi litri di carburante per raggiungere un punto prestabilito a trenta miglia al largo e cominciare a volare in cerchio. Un altro trasmettitore, collegato agli apparati di alcune unità picchetto radar della marina americana, entrò in funzione. Una di queste, il cacciatorpediniere *Henry B. Wilson*, avvistò il bersaglio nel punto e all'ora previsti. I tecnici addetti ai missili sfruttarono l'opportunità per esercitarsi in una intercettazione, ma dovettero spegnere i loro radar dopo pochi secondi, perché innervosivano i piloti in volo.

Continuando a girare in cerchio a centocinquanta metri sul livello del mare, finalmente Cody-193 terminò il carburante e diventò un aliante. Quando la velocità raggiunse un livello prestabilito, alcuni bulloni esplosivi fecero saltare un portello posto sulla parte superiore della fusoliera, liberando così un paracadute. L'elicottero della marina era già sul posto, e il paracadute bianco era un bersaglio ben visibile. Ormai il miniaereo pesava circa seicentocinquanta chilogrammi, più o meno come otto persone. Il vento e la visibilità favorirono l'operazione di recupero: lo agganciarono al primo tentativo, e l'elicottero virò immediatamente, dirigendosi verso la portaerei *Constellation*; lì Cody venne adagiato dolcemente su un'intelaiatura di sostegno, dove terminò la sua sessantaduesima missione. Prima che l'elicottero atterrasse sul ponte, un tecnico stava già togliendo il coperchio del comparto fotografico e levando la pesante scatola contenente la pellicola dall'apposita feritoia. La portò giù subito, per consegnarla a un altro tecnico nel sofisticato laboratorio della nave. Il procedimento di sviluppo richiese solo sei minuti, e il film ancora umido venne asciugato e consegnato a un altro ufficiale dei servizi segreti. Il risultato era più che buono. La pellicola venne fatta scorrere interamente su un vetro piatto illuminato da due luci fosforescenti.

«E allora, tenente?» chiese nervosamente un capitano.

«Sì, signore, aspetti solo un...» Girando la bobina, il tenente indicò il terzo fotogramma. «Questo è il nostro primo punto di riferimento... ecco il secondo, era proprio sulla rotta... okay, questo è il punto d'identificazione... nella valle, sulla collina... ecco, signore! Ci sono, due, tre scatti! Sono buoni, la luce era quella giusta, la giornata serena... sa perché li chiamano ''Buffalo Hunter'' questi gioiellini? È...»

«Mi faccia vedere!» A momenti il capitano diede uno spintone all'ufficiale di grado inferiore. C'era un uomo, un americano, con due guardie, e un quarto uomo... ma era l'americano quello che voleva vedere.

«Tenga, signore.» Il tenente gli porse una lente d'ingrandimento. «Così riuscirà a vedere meglio il viso, possiamo anche fare un ingrandimento se ci dà il tempo di giocare un po' col negativo. Come le ho detto, le apparecchiature di ripresa riuscirebbero a far vedere la differenza che c'è tra un uomo e una donna...»

«Mhmm.» Il volto era scuro, quindi era un bianco in negativo. «Ma... accidenti, non riesco a vedere bene.»

«Capitano, questo è compito nostro, d'accordo?» Lui era un

agente segreto. Il capitano no. «Ci faccia fare il nostro lavoro, signore.»

«È uno dei nostri!»

«Ci può scommettere, signore. A differenza di questo qui. Mi faccia riportare il film in laboratorio per gli ingrandimenti. L'aviazione vorrà vedere anche le inquadrature del porto.»

«Possono aspettare.»

«No che non possono, signore» ribatté il tenente, che però prese un paio di forbici e tagliò i fotogrammi in questione. Il resto della bobina venne consegnato a un sottufficiale, mentre lui e il capitano ritornarono al laboratorio. La preparazione del volo di Cody-193 era costata due mesi di lavoro, e il capitano non vedeva l'ora di conoscere le informazioni contenute in quei pochi millimetri di pellicola.

Le ebbe un'ora più tardi. Due ore dopo, si imbarcò su un aereo per Danang. Tre ore dopo era su un volo diretto alla base aeronavale di Cubi Point, nelle Filippine, poi salì a bordo di un piccolo aereo da collegamento che lo portò fino alla base aerea di Clark, e di lì volò direttamente in California con un KC-135. Nonostante il lungo viaggio e i disagi delle venti ore di volo, il capitano dormì poco, svegliandosi spesso, perché aveva trovato la risposta a un mistero la cui soluzione avrebbe potuto far cambiare la politica del suo governo.

4

Prima luce

Kelly dormì quasi otto ore e, svegliatosi ancora una volta per lo stridìo dei gabbiani, si accorse che Pam non era più al suo fianco. Uscì e la vide sul molo, che osservava il mare, ancora stanca e ancora incapace di dormire un sonno ristoratore. La baia era immersa come al solito nella calma del mattino, la sua superficie cristallina increspata solo dalle onde circolari lasciate da qualche pesce a caccia di insetti. Gli elementi non potevano essere più favorevoli ad accompagnare lo spuntar del giorno: una lieve brezza di ponente soffiava incontro a Kelly, e c'era quello strano silenzio che consente di sentire il rombo di una barca a motore da lontano, ancor prima di avvistarla. Era l'ora in cui si poteva star soli con la natura, ma l'uomo sapeva che la ragazza si sentiva sola e basta. Le si avvicinò il più silenziosamente possibile, e le posò le mani attorno alla vita.

«Buon giorno.» Lei non parlò, e Kelly rimase fermo, toccandola appena, giusto per farle sentire la sua presenza. Pam indossava una delle sue camicie, e con quel contatto Kelly non voleva comunicarle desiderio, ma solo un senso di protezione. Non voleva imporsi a una donna che aveva subìto una violenza sessuale, e non poteva prevedere dove si trovasse quel confine invisibile che aveva paura di oltrepassare.

«Così adesso lo sai» disse Pam, le sue parole appena udibili sopra il silenzio, senza riuscire a voltarsi e guardarlo in faccia.

«Sì» rispose Kelly, anche lui parlando piano.

«E che cosa pensi?» La sua voce era un sussurro penoso.

«Non sono sicuro di capire cosa vuoi dire, Pam.» Kelly sentì che incominciava a tremare, e dovette resistere all'impulso di stringerla più forte.

«Cosa pensi di me?»

«Di te?» Questa volta le si avvicinò, e cambiò la presa fino ad arrivare a cingere la sua vita con le braccia, ma senza stringerla. «Penso che sei bellissima. Penso che sono davvero felice di averti incontrato.»

«Sono una drogata.»

«I medici dicono che stai cercando di smettere. Loro ti aiuteranno, e anch'io, se tu lo vuoi.»

«Non è solo quello, ho fatto di peggio...» Cercava di parlare in fretta, ma Kelly la interruppe subito.

«Non mi importa, Pam. Anch'io ho fatto tante cose sbagliate. Ho ucciso. E tu hai fatto una cosa molto bella per me: finalmente ho trovato qualcuno di cui mi importi veramente, e non me l'aspettavo.» La strinse più vicino a sé. «Non mi importa di quello che hai fatto prima di conoscermi. Mi importa di te. Non sei più sola, Pam. Ci sono io al tuo fianco, per aiutarti, se me lo permetterai.»

«Ma... tu non sai cos'ho fatto» disse la ragazza, singhiozzando leggermente, non sapendo se provare un senso di colpa o di speranza.

«Me lo dirai un'altra volta, va bene? Adesso hai cose più importanti di cui preoccuparti. Devi rimetterti in sesto. Sei stata con la gente sbagliata per molto tempo. Ma è finita, Pam. Adesso ci sono qui io.»

«Ma quando lo scoprirai...» lo avvertì lei «quando lo scoprirai...»

«Voglio correre il rischio. Penso di sapere già quello che conta. Ti amo, Pam.» John riuscì a sorprendere se stesso. Aveva avuto paura persino di pensarlo. Era un'idea troppo irrazionale, ma l'emozione ebbe di nuovo la meglio sulla ragione e quest'ultima, una volta tanto, trovò che la prospettiva non le dispiaceva.

«Come fai ad amarmi?» domandò Pam, ancora singhiozzante. Kelly voltò la testa di lei, delicatamente, e le sorrise.

«Vorrei tanto saperlo anch'io! Forse perché mi piacciono i tuoi capelli arruffati, o il tuo naso che cola.» Le toccò il petto, attraverso la stoffa della camicia, stando attento a non sfiorarle neppure i seni. «No, perché mi piace il tuo cuore, credo. Non so quello che hai fatto e non m'importa, ma so che hai un cuore buono.»

«Stai dicendo sul serio, vero?» domandò, guardando il suo torace. Ci fu un istante eterno, poi lei alzò la testa e gli sorrise, e fu l'alba. La luce giallo-aranciata del sole che sorgeva le illuminò il viso e fece risplendere di mille riflessi i suoi capelli castani.

Kelly le asciugò le lacrime e, quando toccò quelle guance umide, sparirono anche i suoi ultimi dubbi. «Ti ci vogliono dei vestiti. Una signora non può andare in giro così.»

«Chi ti dice che io sia una signora?»

«Lo dico io.»

«Oh.» Pam era alta più o meno un metro e sessantacinque e, molto più bassa di lui, ora stava fissando la sua spalla. Le sue mani sfiorarono delicatamente alcune cicatrici.

«Ti hanno ferito.»

«Più di una volta. Ma è acqua passata, ormai. Proprio come per te, Pam. È tutto finito, adesso sono qui io. Il futuro incomincia oggi, e sarà diverso.»

«Ho tanta paura!»

Lui la strinse a sé. «È normale essere spaventati. Lo ero anch'io, sempre. La cosa importante è sapere che ce la farai.» Accarezzava la schiena della ragazza. Non aveva avuto intenzione di fare del sesso ma scoprì che si stava eccitando, finché non si rese conto che le sue mani accarezzavano anche i segni lasciati dagli uomini che l'avevano colpita con una frusta o una corda o una cinghia o con chissà quali altri strumenti di tortura. Allora guardò fisso il mare, e fu un bene che Pam non potesse vederlo in faccia.

«Devi avere una fame da lupi» le disse, allontanandosi da lei e afferrandole le mani.

Pam annuì. «Non ce la faccio più.»

«Ci penso io.» La riportò al bunker, sempre tenendola per mano. Incontrarono Sam e Sarah che, provenienti dall'altro lato dell'isola, rientravano dalla loro passeggiata mattutina.

«Come stanno i nostri piccioncini?» domandò la donna con un sorriso raggiante, perché sapeva già la risposta, avendo osservato la scena da duecento metri di distanza.

«Sono affamati!» rispose Pam.

«E oggi devono arrivare anche un paio di eliche» aggiunse Kelly.

«Che cos'è quella specie di gabbiotto in acciaio là in fondo?» domandò Sam, indicando un punto.

«Un deposito di munizioni.»

«Eh?»

Kelly aprì la porta. «Esplosivi. È il mio lavoro. Ce ne saranno dieci chili lì dentro. Soprattutto esplosivo al plastico che si trova normalmente in commercio, un po' di miccia, qualche detonatore e forse venti candelotti di dinamite molto potente.»

«Stai scherzando?» chiese Rosen, entrando in cucina.

«Te l'ho detto, è il mio lavoro. Tu fai a pezzetti la gente con un bisturi, no? E io so come si fa a demolire, a far saltare in aria qualcosa. Sono i miei ferri del mestiere.»

«Non è pericoloso?» chiese Pam, alquanto preoccupata.

Kelly mise l'acqua nella macchinetta per il caffè. «Tutti pensano che sia così, ma non è vero. Anche per gli esplosivi ci sono regole da rispettare, come per tutte le altre cose. Se le segui, puoi stare sicuro.»

«Ce n'è voluto di tempo!» commentò Tony, sorseggiando il suo caffè da un bicchierino di carta.

«E il mio dov'è?» chiese Eddie, nervoso perché non aveva dormito.

«Sei stato tu a dirmi di portare fuori di qui quella stufetta del cazzo, non ti ricordi? Adesso te lo vai a prendere tu, il tuo caffè!»

«Volevi che respirassi tutto quel fumo e quella porcheria? Lo sai che puoi morire se una stufetta funziona male?» disse Eddie Morello, alterandosi.

Anche Tony era stanco. Troppo stanco per aver voglia di litigare con quello spaccone. «Okay, okay. Il bricco col caffè è lì di fuori, e anche i bicchierini.»

Morello brontolò e uscì. Henry, il terzo uomo, stava imbustando la polvere bianca, e non si immischiò nella discussione. Le cose erano andate addirittura meglio di quanto aveva previsto. Si erano persino bevuti la storia di Angelo, e così era riuscito a eliminare un problema e un socio potenziale. E adesso c'erano perlomeno trecentomila dollari di droga già raffinata pronta per essere venduta agli spacciatori dopo essere stata pesata e sigillata in bustine di plastica. Ma non era andato tutto esattamente secondo il loro piano. Le "poche ore" di lavoro preventivate si erano trasformate in una maratona durata tutta la notte, e i tre avevano scoperto che il compito da loro spesso affidato ad altri non era così semplice come sembrava. Le bottiglie di bourbon che si erano portate non erano certo state di grande aiuto, ma dopotutto che fretta c'era? In fin dei conti, trecentomila dollari per sedici ore di lavoro non erano poi così male. Ed era solo l'inizio. Tucker aveva voluto fargli fare solo un assaggino.

Eddie era ancora preoccupato per le possibili conseguenze della morte di Angelo. Ma non si poteva tornare indietro e, dopo averlo ucciso, si era trovato costretto a fare il gioco di Tony. Fece una smorfia e guardò fuori da un oblò senza vetro in direzione di un'isola a nord di quella che una volta era una nave. Il sole si specchiava sulle finestre di un relitto che un tempo era probabilmente un gran bel cabinato a motore. Non sarebbe stato magnifico possederne uno? A Eddie Morello piaceva pescare, e forse avrebbe anche potuto portarci i bambini, qualche volta... sarebbe stata un'ottima attività di copertura, no?

O magari avrebbe potuto dedicarsi alla pesca dei granchi, pensò. Dopotutto, sapeva che cosa mangiavano quelle bestiole. Il pensiero provocò una risata trattenuta, cui seguì un brivido fulmineo. Era al sicuro, con quella gente? Avevano (lui aveva) appena ucciso Angelo Vorano, non meno di ventiquattr'ore prima. Ma Angelo non faceva parte del gruppo, mentre Tony Piaggi sì. Lui era la loro facciata di legalità, il loro canale di comunicazione con la strada, e questo lo metteva al sicuro da ogni pericolo... per il momento, finché si comportava bene e teneva gli occhi aperti.

«A chi apparteneva questo locale?» domandò Tucker a Piaggi, giusto per fare un po' di conversazione.

«Che vuoi dire?»

«Quando questa era ancora una barca, no? Sembrerebbe una cabina o qualcosa del genere» disse, finendo di sigillare l'ultima busta e mettendola nel frigo portatile. «Non ci avevo mai pensato prima d'ora.» Il che era vero...

«La cabina del capitano?» domandò Tony. Almeno così gli passava il tempo, dato che era arcistufo di quel lavoro che avevano fatto per tutta la notte.

«Può darsi. È vicina al ponte.» L'uomo si alzò e si stiracchiò chiedendosi perché toccava sempre a lui fare i lavori più pesanti. La risposta venne da sé. Tony era un "pezzo grosso". Eddie voleva diventarlo, anche se non ci sarebbe mai riuscito. E neppure Angelo, meditò Henry Tucker, felice della cosa. Non si era mai fidato di lui, e adesso il problema non esisteva più. Bisognava riconoscere una cosa: quella gente manteneva la propria parola... e l'avrebbe fatto finché lui avrebbe continuato a fornire la materia prima, ma non un minuto di più. Tucker non si faceva illusioni in proposito. Era stato un bene che Angelo gli avesse fatto conoscere Tony e Eddie, e la sua morte aveva avuto su di lui lo stesso effetto che la propria avrebbe avuto su quei due: e cioè nessuno. Ognuno è fatto a modo suo, si disse, chiudendo il frigo portatile. E anche i granchi dovevano pur mangiare. Con un po' di fortuna, non ci sarebbero più stati omicidi per un bel pezzo. Tucker non era tipo da tirarsi indietro quando c'era da ammazzare qualcuno, ma non gli piacevano le complicazioni che potevano sorgere. Un buon affare doveva andare liscio, non dare problemi e fare abbastanza soldi da accontentare tutti, così tutti erano soddisfatti, anche i clienti finali che compravano la roba. Era certo che sarebbero stati ben felici di quella partita: eroina asiatica di ottima qualità, raffinata con un procedimento accuratissimo e tagliata moderatamente con sostanze non tossiche. Chi l'avrebbe usata sarebbe decollato subito e arrivato molto in alto, per rientrare con un atterraggio morbido e sicuro a quella realtà da cui voleva fuggire. Avrebbe voluto provare di nuovo quell'ebbrezza, e così sarebbe ritornato dai loro spacciatori, che avrebbero fatto pagare un po' più cara la roba di prima qualità. In giro la chiamavano già "Dolcezza Asiatica". Poteva essere pericoloso, perché così la polizia aveva una pista, un nome da cercare, domande specifiche da fare, ma quelli erano i rischi quando un prodotto andava forte, e proprio per quel motivo aveva scelto i suoi soci in base alla loro esperienza, alle loro amicizie, e alla loro affidabilità. Anche la base d'appoggio era stata scelta in base a criteri di sicurezza: avevano una visibilità di almeno otto chilometri, e una barca veloce per fuggire in caso di necessità. C'erano dei pericoli, certo, ma la vita ne era piena, e bisognava sempre capire quando il gioco valeva la candela. Il guadagno di Henry Tucker per meno di una giornata di lavoro era stato di centomila dollari in contanti, esentasse, e lui era pronto a rischiare per così tanto. Ed era pronto a rischiare ancor di più per quello che potevano fare gli amici di Piaggi, e finalmente era riuscito a interessarli. Sarebbero presto diventati ambiziosi come lui.

La barca proveniente da Solomons arrivò con alcuni minuti d'anticipo. I medici non gli avevano detto di tenere occupata Pam, ma era fin troppo evidente che si trattava di un'ottima medicina per curare i suoi problemi. Kelly riportò sul molo il compressore portatile e lo accese, dicendole come regolare il flusso d'aria controllando un indicatore. Poi prese le chiavi che gli servivano e le appoggiò sul molo.

«Un dito questo, due dita quello e tre dita quell'altro ancora, capito?»

«Sì» rispose lei, colpita dalla sua competenza. Lui stava recitando un po', se n'erano accorti tutti tranne Pam, ma nessuno ci faceva caso.

Kelly scese dalla scaletta e si immerse. Per prima cosa controllò gli alberi delle eliche, che sembravano essere in condizioni accettabili. Mise una mano fuori dall'acqua, con un dito alzato, e si ritrovò con la chiave giusta, che usò per svitare i bulloni, passandoli poi in superficie uno alla volta. L'intera operazione durò un quarto d'ora: montò le nuove eliche, ancora lucenti, e i nuovi anodi protettivi. Controllò attentamente anche i timoni, concludendo che sarebbero resistiti fino alla fine dell'anno, anche se Sam li doveva tenere d'occhio. Come al solito, fu un sollievo riemergere e respirare aria che non sapeva di gomma.

«Quanto ti devo?» gli chiese Rosen.

«E per che cosa?» Kelly si tolse la muta e spense il compressore.

«Io pago sempre la gente per il lavoro che fa per me» disse il chirurgo, senza aspettarsi una risposta seria.

Kelly non poté far altro che scoppiare a ridere. «Beh, mettiamola così, se dovessi mai aver bisogno di un'operazione alla spina dorsale, vuol dire che non mi farai pagare la parcella. Com'è che voi medici chiamate questa cosa?»

«Uno scambio di favori professionali. Ma tu non sei un medico» obiettò Rosen.

«E tu non sei un sommozzatore, anzi, non sei neache un marinaio. Ma oggi vedremo di rimediare, Sam.»

«Ero il primo del corso!» tuonò Rosen.

«Dottore, quando arrivava un pivellino appena uscito dal corso di addestramento, gli dicevamo "Va bene, figliolo, ma adesso sei in marina". Fammi mettere tutto a posto, e poi vediamo se sei davvero bravo a guidare quest'affare.»

«Scommetto che a pescare sono più bravo io di te» proclamò Rosen.

«Tra un po' si metteranno a discutere su chi è capace di pisciare più lontano!» commentò acidamente Sarah, rivolta a Pam.

«Io, naturalmente!» affermò Kelly, ridendo, mentre rientrava. Dieci minuti dopo si era già dato una ripulita e aveva indossato una maglietta e un paio di bermuda.

Andò a sedersi in plancia e osservò Rosen preparare la sua barca per la partenza. Fu molto colpito dall'abilità del chirurgo, particolarmente dal modo in cui sapeva maneggiare le cime.

«La prossima volta, controlla tutto e aspetta un po' più a lungo, prima di far partire i motori» commentò Kelly dopo che Rosen aveva messo in moto.

«Ma questo è un diesel.»

«Punto primo: 'Questa', semmai. Punto secondo: è sempre buona abitudine farlo. La tua prossima barca potrebbe avere un motore a benzina. La sicurezza, dottore. Non ti è mai capitato di affittare una barca per le vacanze?»

«Beh, sì.»

«Quando operi, non fai sempre la stessa cosa nello stesso modo, ogni volta?» domandò Kelly. «Anche quando non ce n'è realmente bisogno?»

Rosen annuì, pensieroso. «Ti seguo.»

«Portala fuori» gli disse allora Kelly, accompagnando le parole con un gesto. Rosen eseguì gli ordini, e credette di essersela cavata anche piuttosto bene. Il suo istruttore non era dello stesso parere: «Meno timone e più eliche. Non ci sarà sempre una brezza favorevole come questa ad aiutarti. Le eliche spingono l'acqua, il timone serve solo per spostarla un po'. Si può sempre far affidamento sui motori, specialmente alle basse velocità. E a volte può capitare che il timone si rompa. Impara a farne a meno».

«Sì, comandante!» brontolò Rosen. Gli sembrava di essere di nuovo un interno, e lui era abituato a impartire ordini a tutti. A quarantotto anni, pensò, era un po' troppo vecchio per fare lo studente.

«Il comandante sei tu, io sono soltanto il timoniere. Queste sono le mie acque, Sam.» Kelly si voltò per guardare giù verso il pozzetto. «E voi non ridete, signore. Tra poco tocca a voi. State attente!» E, sottovoce, disse: «Sei in gamba, Sam».

Un quarto d'ora più tardi, si stavano facendo trasportare da una pigra corrente, armati di canne da pesca, sotto un caldo sole estivo. Kelly non aveva un grande interesse per la pesca, un'attività a cui si dedicava solo quando era stanco di tutto il resto. Così si mise di vedetta sulla plancia, mentre Sam insegnava a Pam come mettere l'esca alla sua lenza. L'entusiasmo della ragazza sorprese tutti. Sarah si assicurò che si cospargesse abbondantemente di Coppertone, per proteggere la sua pelle chiara dai raggi del sole, e Kelly si domandò se una lieve abbronzatura non avrebbe reso più visibili le sue cicatrici. Solo coi suoi pensieri ai comandi, si domandava quale tipo d'uomo potesse violentare una donna. Nascondeva queste riflessioni dietro un volto inespressivo, guardando attraverso le fessure degli occhi la superficie del mare solcata da lievi onde e costellata di barche. Quanti uomini come quelli erano proprio lì, davanti ai suoi occhi? Perché non li si poteva riconoscere?

Riempire la barca fu abbastanza semplice. Avevano fatto un'abbondante scorta di sostanze chimiche, che avrebbero dovuto rifornire periodicamente, anche se quello non era un problema, dato che Tony e Eddie si servivano da un'azienda che le distribuiva e il cui proprietario aveva legami occasionali con la loro organizzazione.

«Voglio vedere» disse Tony mentre mollava gli ormeggi. Far passare il loro sei metri attraverso le paludi non fu un'impresa tanto facile quanto aveva immaginato, ma Eddie si ricordava benissimo dov'era il punto, e l'acqua era ancora limpida.

«Cristo santo!» esclamò Tony.

«Sarà una buona annata per i granchi» commentò Morello, soddisfatto che Tony fosse rimasto così sconvolto. Mica male come vendetta, pensò Eddie. Non era un bello spettacolo per nessuno di loro. Un ammasso di granchi era già in azione sul cadavere: il volto ne era completamente ricoperto, così come un braccio, e altri stavano arrivando, attirati dall'odore di decomposizione che si spandeva nell'acqua così come nell'aria: la forma di pubblicità tipica della natura. Sulla terraferma (Eddie lo sapeva) corvi e poiane avrebbero fatto lo stesso.

«Che ne dite? Due settimane, tre forse, e Angelo sarà sparito definitivamente.»

«E se qualcuno...?»

«Improbabile» disse Tucker, che non si era preoccupato di guardare. «Qui è troppo basso perché una barca a vela rischi di avventurarsi, e quelle a motore non ci vengono. C'è un ampio canale mezzo miglio a sud, e lì si pesca meglio, o così dicono. Scommetto che neanche ai pescatori di granchi piace questo posto.»

Piaggi non riusciva a staccare gli occhi dal cadavere, anche se lo stomaco gli si era già rivoltato: i granchi blu della baia di Chesapeake, con le loro pinze, smembravano quella carne già intenerita dai batteri e dall'acqua, un poco alla volta, staccandola con le chele più grandi e raccogliendone i brandelli con altre più piccole, per infilarli nelle loro bocche bizzarre e ripugnanti. Si domandava se esistessero ancora una faccia e degli occhi che guardavano un mondo ormai perduto, ma gli animaletti coprivano tutto, e, chissà perché, gli sembrava che gli occhi fossero stati tra le prime cose a essere mangiate. Quello che lo spaventava, naturalmente, era che se una persona poteva morire in quel modo, la stessa cosa poteva capitare anche a un'altra, e Piaggi era convinto che essere liquidato così fosse persino peggio della morte stessa. Gli sarebbe anche dispiaciuto per Angelo se non ci fossero stati di mezzo gli affari e... se lui non se lo fosse meritato. In tal senso era un peccato che la sua fine raccapricciante dovesse rimanere un segreto. Ma anche quelli erano affari. Solo così i piedipiatti non sarebbero riusciti a scoprire nulla. È difficile provare un omicidio senza un cadavere, e con quel posto loro avevano trovato per caso il luogo ideale per occultarne quanti volevano. L'unico problema era trasportarli fin lì, ed evitare che qualcuno scoprisse il metodo che usavano per disfarsene... già, perché la gente chiacchiera, si disse Tony Piaggi, proprio come aveva fatto Angelo. Per fortuna che Henry se n'era accorto.

«Che ne dite di farci un piatto di granchi quando torniamo in città?» chiese Eddie Morello ridendo, giusto per vedere se riusciva a far vomitare Tony.

«Leviamo le chiappe da qui» rispose Piaggi, con calma, sedendosi al suo posto. Tucker diede motore e uscì dalla laguna per ritornare nella baia.

Piaggi ci mise un minuto o due per scacciare la scena dalla sua mente, sperando di riuscire a dimenticare l'orrore e ricordare soltanto i vantaggi di quel metodo di eliminazione. Dopotutto, avrebbero potuto usarlo ancora. Forse, tra un paio d'ore, sarebbe anche riuscito a vedere il lato divertente della cosa, pensò Tony, guardando il frigo portatile. Sotto a una quindicina di lattine di National Bohemian c'era uno strato di ghiaccio, che nascondeva venti buste sigillate piene di droga. Nel caso improbabile che qualcuno li fermasse, era ancora più improbabile che controllasse se nel frigo c'era qualcos'altro oltre alla birra, il vero carburante per i naviganti della baia. Tucker fece rotta verso nord, e gli altri tirarono fuori le canne da pesca, fingendo di essere alla ricerca di un punto adatto per strappare qualche scorpena alla baia di Chesapeake.

«Pesca all'incontrario» disse Morello dopo un po', e rise tanto forte che anche Piaggi si unì a lui.

«Passami una birra!» ordinò Tony, fra una risata e l'altra. Dopotutto, era un "pezzo grosso" e gli dovevano rispetto.

"Idioti!" commentò Kelly tra sé e sé. Quel sei metri stava andando troppo forte, ed era troppo vicino alle altre barche. Avrebbe potuto strappare delle lenze, e di sicuro la sua scia avrebbe disturbato qualche altra imbarcazione. Non era così che si andava sul mare, e Kelly notava sempre queste cose. Era troppo facile... diavolo, dire "facile" non era abbastanza. Tutto quello che uno doveva fare era comprarsi una barca, e poi poteva combinare quel che gli pareva. Non c'erano esami da sostenere, non c'era niente di niente. Trovò il binocolo 7x50 di Rosen e lo puntò sulla barca che si stava portando sottobordo. Tre stronzi, uno con la lattina di birra alzata in un saluto di scherno.

«Andatevene via, teste di cazzo» disse tra i denti. Tre stronzi in barca, che bevevano birra, probabilmente già quasi fatti, e non erano neanche le undici. Li osservò attentamente e provò un lieve senso di sollievo quando lo sorpassarono tenendosi a non meno di cinquanta metri di distanza. Lesse il nome della barca: *Henry's Eighth*. Se l'avesse visto di nuovo, pensò, si sarebbe ricordato di stare alla larga.

«Ne ho preso uno!» gridò Sarah.

«Attenti, c'è un'ondata in arrivo da dritta.» Li raggiunse un minuto più tardi, facendo beccheggiare l'imponente Hatteras.

«Questo» disse Kelly guardando gli altri «è quello che intendo quando dico che non è la maniera di andar per mare!»

«Già!» fece Sam, di rimando.

«Non mi è scappato» disse Sarah. Kelly vide che stava tirando il pesce verso la barca con consumata abilità. «Ed è anche bello grosso!»

Il marito prese il retino e si sporse dalla barca. Poco dopo si rialzò in piedi, con una scorpena di sei-sette chili che si dibatteva nelle maglie della rete. La mise in un contenitore pieno d'acqua in cui il pesce avrebbe atteso l'arrivo della morte. A Kelly sembrava una cosa abbastanza crudele, ma dopotutto si trattava solo di un pesce, e lui ne aveva viste di peggio.

Subito dopo, anche Pam si mise a gridare, perché un pesce aveva dato uno strappo alla sua lenza. Sarah inserì la sua canna nel supporto e andò ad assisterla. L'amicizia tra le due donne era profonda come quella che lo legava alla ragazza. Forse Sarah stava prendendo il posto di quella che era stata una madre incapace di dare a Pam l'affetto di cui aveva bisogno. A ogni modo, Pam ascoltava tutti i consigli e i suggerimenti che la sua nuova amica le stava dando. Kelly osservò la scena con un sorriso che Sam vide e contraccambiò. Sam fece di nuovo gli onori di casa al povero pesce brandendo il retino, e questa volta tirò a bordo un luccio sauro di quattro chili.

«Ributtalo in acqua» l'avvertì Kelly. «Non sanno di niente!»

Sarah lo guardò. «Ributtare in acqua il suo primo pesce? Ma che, sei matto? Hai in casa dei limoni, John?»

«Sì, perché?»

«Ti farò vedere cosa riesco a farci, ecco perché!» Disse qualcosa a Pam nell'orecchio, provocando una risata. Il nuovo arrivato finì nello stesso contenitore dov'era la scorpena, e Kelly si domandò se sarebbero andati d'accordo.

Il Memorial Day, pensò Dutch Maxwell scendendo dalla sua auto di rappresentanza al cimitero nazionale di Arlington. Per tanti era solo il giorno della Cinquecento miglia di Indianapolis, o un giorno di vacanza, o l'inizio della stagione estiva al mare, come testimoniava la relativa mancanza di traffico per le strade della capitale. Ma non per lui, e non per i suoi amici. Questo era il loro giorno, l'occasione per ricordare i compagni caduti, mentre altre persone si dedicavano ad attività che erano, nel contempo, più e meno personali. L'ammiraglio Podulski scese con lui, e i due si incamminarono procedendo lentamente e senza stare al passo, come fanno gli ammiragli. Il figlio di Casimir, il tenente Stanislas Podulski, non era lì, e probabilmente non lo sarebbe mai stato. Secondo i rapporti, il suo A-4 era stato spazzato via da un missile terra-aria che aveva fatto un centro quasi diretto. Il giovane pilota era distratto e se ne era accorto forse solo un secondo prima dell'impatto, quando la sua voce aveva gridato un'ultima imprecazione nella radio. O forse una delle sue bombe era esplosa prima dello sgancio. In ogni caso, il piccolo cacciabombardiere si era dissolto in una densa nuvola giallo-nerastra, lasciando ben poco di sé; e poi, si sa, il nemico non si preoccupa troppo dei resti degli aviatori abbattuti. Così, al figlio di un uomo coraggioso era stato negato un posto per riposare in pace accanto ai suoi compagni. Cas Podulski non ne parlava mai. Era il tipo che certe cose le teneva per sé.

Il contrammiraglio James Greer era al suo solito posto, come accadeva da due anni a quella parte, a circa cinquanta metri dal viale asfaltato, e deponeva dei fiori accanto alla bandiera sulla lapide del figlio.

«James?» lo chiamò Maxwell. L'uomo più giovane si voltò e lo salutò; avrebbe voluto sorridergli, grato di averlo per amico in un giorno come quello, ma non lo fece. I tre indossavano le loro uniformi blu, dato che queste sembravano avere una solennità tutta loro, oltre alla dignità richiesta dalla ricorrenza. I gradi dorati sulle maniche scintillavano al sole. Senza dire una parola, i tre uomini si misero sull'attenti davanti alla lapide di Robert White Greer, tenente del corpo dei marines. Salutarono velocemente, ricordando un giovanotto che da bambino aveva giocato sulle ginocchia di ognuno di loro, che alla base navale di Norfolk e a quella aeronavale di Jacksonville andava in giro in bicicletta con i figli di Cas e di Dutch, che era cresciuto diventando forte e coraggioso, che correva sempre al porto ad accogliere il padre di rientro da una missione, che parlava solo di voler seguire le orme del genitore, anche se non troppo da vicino, e che aveva avuto poca fortuna proprio nel momento del bisogno, a ottanta chilometri a sud-ovest di Danang. Tutti conoscevano (anche se nessuno voleva ammetterla) la maledizione legata a quella carriera: anche i loro figli volevano seguirla, un po' per la venerazione che nutrivano nei confronti dei genitori, un po' per quell'amor patrio che loro gli avevano instillato, ma soprattutto per l'amore che provavano per i loro simili. Così come ognuno degli uomini che si trovavano davanti a quella tomba, anche Bobby Greer e Stas Podulski avevano corso i loro rischi. Solo che la fortuna non gli aveva arriso.

In quel momento, Greer e Podulski si dissero che quei sacrifici non erano stati vani, che la libertà aveva un prezzo, e che qualcuno lo doveva pur pagare, altrimenti non sarebbero esistiti la bandiera, la Costituzione e neppure quel giorno di vacanza che la gente aveva il diritto di ignorare. Ma, per entrambi, quelle parole formulate ma non pronunciate suonavano vuote: il matrimonio di Greer era finito, distrutto dal dolore per la morte di Bobby; la moglie di Podulski non era più la stessa; sebbene entrambi avessero altri figli, il vuoto creato dalla perdita di uno di loro era come un baratro che non si sarebbe mai colmato. Per quanto i due ufficiali continuassero a ripetersi che ne era valsa la pena, nessun uomo che riesca a spiegare razionalmente la morte di un figlio può essere realmente chiamato tale, e i loro veri sentimenti erano rafforzati da quella stessa umanità che li aveva spinti a scegliere una vita di impegno e sacrificio. Tanto più che ognuno di loro aveva idee su quella guerra che i più diplomatici chiamavano ''dubbi'', ma che loro avrebbero definito in altro modo, anche se solo all'interno di una cerchia molto ristretta.

«Ti ricordi quella volta che Bobby salvò la figlia di Mike Goodwin, in piscina?» chiese Podulski. «Ho appena ricevuto un biglietto da Mike. La piccola Amy ha avuto due gemelle la scorsa settimana. Ha sposato un ingegnere di Houston, che lavora per la NASA.

«Non sapevo neppure che fosse sposata. Quanti anni ha adesso?» domandò James.

«Oh, dovrebbe averne venti... venticinque? Ricordi le sue lentiggini? Il sole di Jacksonville gliene faceva venir fuori un sacco.»

«La piccola Amy» disse Greer a bassa voce. «Come crescono!» Forse quel caldo pomeriggio di luglio non sarebbe annegata ugualmente, ma era un'altra cosa bella da ricordare di suo figlio. *Una vita salvata, forse tre? Non era poco, vero?*, si domandò Greer.

I tre uomini si voltarono e si allontanarono dalla tomba in silenzio, dirigendosi lentamente verso il vialetto. Lì dovettero fermarsi. Un corteo funebre stava salendo su per la collina: erano soldati del 3° reggimento di fanteria che adempivano al loro triste dovere, accompagnando un altro uomo alla sua ultima dimora. Gli ammiragli si misero di nuovo sull'attenti, salutando la bandiera deposta sulla bara e il soldato caduto. Il giovane tenente che comandava il reparto li imitò. Vide che uno degli ufficiali aveva sull'uniforme il nastro azzurro della medaglia d'onore, e la severità del suo gesto voleva mostrare il suo profondo rispetto.

«Un altro che se n'è andato» disse Greer con sobria amarezza dopo che furono passati. «Dio mio, per che cosa stiamo seppellendo tutti questi ragazzi?»

«Pagare ogni prezzo, accettare ogni fardello, sopportare ogni sofferenza, aiutare gli amici, osteggiare i nemici...» citò Cas. «Non è passato tanto tempo, vero? Ma quando è venuto il momento di pagare, dov'erano quei bastardi?»

«Siamo noi le loro *fiches*, Cas» rispose Dutch Maxwell. «Siamo noi che paghiamo.»

Altri avrebbero pianto, ma quelli non erano uomini come tutti gli altri. Ognuno di loro gettò uno sguardo circolare sulla distesa di terra verde costellata di lapidi bianche. Una volta quello era il prato del generale Robert E. Lee (la sua casa era ancora sulla cima della collina), e averlo scelto per ospitare il cimitero era stato il gesto crudele di un governo che si sentiva tradito da quell'ufficiale. Eppure Lee, in fin dei conti, aveva messo la sua casa avita al servizio degli uomini che aveva amato di più. Era l'ironia più bella di quella giornata, pensò Maxwell.

«Come vanno le cose ai piani alti, James?»

«Potrebbero andar meglio, Dutch. Ho l'ordine di fare un po' di pulizia in casa. E mi servirà una scopa bella grossa.»

«Ti hanno già dato istruzioni su BOXWOOD GREEN?»

«No.» Green si voltò e abbozzò il primo sorriso della giornata. Non era molto, ma era già qualcosa, pensarono i suoi due amici. «Dovrei averle?»

«Probabilmente avremo bisogno del tuo aiuto.»

«Segreto?»

«Sai cos'è successo con KINGPIN, no?» disse Podulski.

«Ne sono usciti vivi solo perché hanno avuto fortuna» ammise Greer. «Questa volta non vi farete scappare nulla, eh?»

«Puoi scommetterci.»

«Ditemi di che cosa avete bisogno. Cercherò di rimediare tutto quello che posso. Ti occupi tu delle "tre", Cas?»

«Esatto.» Tutte le sigle che terminavano col numero tre stavano a indicare il reparto piani e operazioni e Podulski aveva un vero e proprio talento per quel genere di lavoro. I suoi occhi brillarono come il distintivo d'oro di pilota sulla sua uniforme alla luce mattutina.

«Bene» osservò Greer. «Come sta Dutch junior?»

«Adesso vola per la Delta. È secondo pilota, diventerà comandante a tempo debito e io tra un mesetto sarò nonno.»

«Davvero? Congratulazioni, amico mio.»

«Non lo biasimo per essersi congedato. Una volta lo facevo, ma adesso non più.»

«Come si chiamava il SEAL* che l'ha tirato fuori?»

* Sea Air and Land, reparto scelto della marina militare americana addestrato per operazioni speciali. [*N.d.T.*]

«Kelly. Anche lui si è congedato» lo informò Maxwell.

«Avresti dovuto fargli avere una decorazione al merito, Dutch» disse Podulski. «Ho letto l'encomio: ha avuto davvero un gran fegato.»

«L'ho promosso capo scelto, ma la medaglia non poteva ottenerla.» Maxwell scosse la testa. «Non per aver salvato il figlio di un ammiraglio, Cas. Sai com'è la politica.»

«Già.» Podulski guardò verso la collina. Il corteo funebre si era fermato, e i soldati stavano deponendo la bara. Una giovane vedova assisteva alla fine del cammino terreno del marito. «Sì, lo so com'è la politica.»

Tucker si avvicinò al molo. Spense il motore e prese i cavi di ormeggio, legandoli velocemente. Tony e Eddie scesero a terra col frigo portatile, mentre lui sistemò l'attrezzatura e coprì il quadro strumenti con alcuni teli prima di raggiungerli al parcheggio.

«Bene, è stato un lavoretto facile» commentò Tony. Il frigo era già nel bagagliaio della sua Ford Country Squire giardinetta.

«Chi è che ha vinto la corsa, secondo voi?» domandò Tony. Si erano dimenticati di portarsi una radio per il viaggio.

«Io ho scommesso un centone su Foyt, giusto per rendere interessante la cosa.»

«Non su Andretti?» chiese Tucker.

«È un compaesano, ma è sfortunato. Scommettere è un affare» affermò Piaggi. Angelo ormai era acqua passata e, in fin dei conti, adesso riusciva persino a trovare divertente il metodo che avevano usato per liberarsi di lui, anche se forse non avrebbe mai più mangiato un granchio in vita sua.

«Bene» disse Tucker. «Sapete dove trovarmi.»

«Avrai i tuoi soldi» fece Eddie, parlando a sproposito. «Alla fine della settimana, solito posto.» Fece una pausa. «E se aumenta la domanda?»

«Non c'è problema» lo rassicurò Tucker. «Posso averne quanta ne volete.»

«Ma che diavolo di fornitore hai?» chiese allora Eddie, spingendosi più in là.

«Anche Angelo voleva saperlo, ti ricordi? Signori miei, se ve lo dicessi non avreste più bisogno di me, o no?»

Tony Piaggi sorrise. «Non ti fidi di noi?»

«Certo.» Anche Tucker sorrise. «Mi fido del fatto che venderete la roba e dividerete il ricavato con me.»

Piaggi annuì, in segno d'assenso. «Mi piacciono i soci svegli. Continua così. È meglio per tutti noi. Hai già una banca?»

«Non ancora, non ci ho ancora pensato» rispose Tucker, mentendo.

«Beh, allora incomincia a farlo, Henry. Possiamo aiutarti ad aprire un conto con una banca estera. È sicura, conto numerato eccetera. Ricordati che possono sempre scoprirti se non stai attento coi soldi. Non metterti a scialacquare. Abbiamo perso un sacco di amici in questo modo.»

«Io non corro rischi, Tony.»

Piaggi annuì. «È così che si fa. In questo lavoro bisogna tenere gli occhi bene aperti. I piedipiatti sono sempre più furbi.»

«Ma non abbastanza.» E neppure i suoi soci lo sarebbero stati, al momento della resa dei conti, ma una cosa alla volta.

5

Impegni

Il pacchetto arrivò al quartier generale dei servizi segreti della marina a Suitland, Maryland, insieme a un capitano molto scombussolato per via del lungo viaggio. Gli esperti di interpretazione fotografica furono affiancati dagli specialisti del 1127° gruppo attività di supporto dell'aeronautica di Fort Belvoir. L'intero procedimento durò venti ore, ma i fotogrammi scattati dal Buffalo Hunter erano di qualità insolitamente buona, e l'americano a terra aveva fatto proprio quello che doveva fare, e cioè alzare la testa e guardare il drone.

«Quel povero diavolo l'ha pagata cara» fece notare un ufficiale di marina a un suo collega dell'aviazione. La foto mostrava dietro di lui un soldato dell'esercito nordvietnamita con il fucile alzato, pronto a sferrare un colpo con il calcio. «Vorrei tanto incontrarti in un vicolo buio, brutto bastardo.»

«Che ne dice?» Il sergente maggiore dell'aeronautica la confrontò con una foto segnaletica.

«Gli assomiglia tanto che mi ci giocherei la paga che è lui!» I due esperti si meravigliarono che negli archivi ci fosse così poco materiale di confronto per identificare quell'uomo. Chi aveva tirato a indovinare, comunque, aveva azzeccato. C'era un riscontro. Non sapevano ancora che quelle nelle loro mani erano fotografie di un uomo morto.

Kelly lasciò dormire Pam, felice che lei riuscisse a farlo senza bisogno dei medicinali. Si vestì, uscì e fece due giri di corsa attorno all'isola (il suo perimetro era di circa ottocento metri) per fare una bella sudata nell'aria calma del mattino. Sam e Sarah, anche loro mattinieri, si imbatterono in lui mentre era sul molo e si riposava.

«Anche tu hai fatto un bel cambiamento» osservò Sarah. Si interruppe e poi gli chiese: «Com'è stata Pam stanotte?».

La domanda sorprese Kelly, che rimase senza rispondere per qualche secondo, e poi fece: «Come?».

«Oh, cazzo! Sarah...» Sam guardò da un'altra parte, e per poco non scoppiò a ridere. Sua moglie diventò rossa quasi come l'alba.

«Ieri sera ha insistito per non prendere la medicina» spiegò la donna. «Era un po' nervosa ma voleva provare, e io mi sono lasciata convincere a non dargliela. Ecco che cosa volevo dire, John. Scusami.»

Come spiegare quello che era successo? Dapprima lui aveva avuto quasi paura di toccarla, paura di sembrare di volerla costringere a fare qualcosa, e allora lei aveva pensato che lui non la volesse più, e poi... e poi tutto si era aggiustato.

«Le è venuta l'idea maledettamente stupida che...» John si fermò. Pam poteva raccontarlo alla dottoressa, se voleva, ma non era giusto che lo facesse lui al posto suo. «Ha dormito bene, Sarah. Ieri si è proprio stancata.»

«È la paziente più determinata che io abbia mai avuto.» Premette forte il suo dito contro il torace dell'uomo. «Dovresti essere orgoglioso di te stesso. L'hai aiutata tantissimo, giovanotto.»

Kelly distolse lo sguardo da lei, non sapendo cosa doveva dire. *Il piacere è stato mio?* Una parte di lui era ancora convinta che si stesse approfittando di Pam. Aveva incontrato per caso una ragazza disorientata e... l'aveva sfruttata? No, non era vero. Lui l'amava. Per quanto incredibile potesse sembrare, era proprio la verità. La sua vita si stava trasformando in qualcosa che si sarebbe potuto definire normale — probabilmente, si disse. Lui la stava guarendo, ma anche lei stava facendo lo stesso con lui.

«Sei proprio innamorato di lei, vero?» domandò dopo un po' Sarah, che aveva osservato la sua espressione e letto i pensieri che non era riuscito a mascherare.

«Come si fa a non esserlo? Lei... lei ha paura che io non... il suo passato, voglio dire. A me non me ne importa niente, sai? Avevi ragione, è una ragazza molto forte. Accidenti, anch'io ne ho combinate di belle, sapete? Non sono mica uno stinco di santo, ragazzi.»

«Lascia che si sfoghi» gli consigliò Sam. «Ne ha bisogno. I problemi si devono mettere in chiaro prima di poterli affrontare.»

«Sicuro che ce la farai? Quello che ti dirà potrebbe essere molto, molto brutto» domandò Sarah, guardandolo negli occhi.

«Peggio della guerra?» Il giovane scosse la testa. «Non sai quello che ho fatto laggiù. Era... era il mio lavoro. Non me ne vergogno, ma non ne vado neanche fiero. Quando ci ripensi, ti chiedi come facevi a essere così... così, come dire?»

«Così freddo?» suggerì Sam.

John bofonchiò. «Oh, sì, freddo è la parola giusta» disse. Poi cambiò argomento. «E le medicine?»

Tutti accolsero la domanda con gran sollievo, e Sarah indossò di nuovo la veste professionale. «Ormai ha superato la fase cruciale. Se doveva esserci una grave crisi di astinenza, si sarebbe già verificata. Potrebbe ancora attraversare dei periodi di agitazione, dovuti ad esempio allo stress esterno. In quel caso sai cosa fare: c'è il fenobarbital e ti ho lasciato un foglietto con le istruzioni, anche se lei non vuole più prenderlo. Ha una personalità più forte di quello che crede. Sei abbastanza sveglio da capire se sta male; se dovesse succedere costringila, ti dico *costringila*, a prendere una pastiglia.»

L'idea di obbligare Pam a fare qualcosa lo fece indignare.

«Senti, dottoressa, io non posso...»

«Sta' zitto, John! Non ti sto dicendo di ficcargliela in gola. Se le dirai che ne ha davvero bisogno, lei ti darà retta, capito?»

«Per quanto?»

«Un'altra settimana, forse dieci giorni» rispose Sarah, dopo aver riflettuto brevemente.

«E poi?»

«E poi puoi incominciare a pensare al vostro futuro insieme.»

«Lo sto già facendo» ribatté lui.

Sam si sentiva a disagio per quell'intrusione nella loro vita privata. «Voglio che venga sottoposta a un check up completo, Kelly. Quand'è che tornate a Baltimora?»

«Fra un paio di settimane, forse anche prima. Perché?»

Rispose Sarah. «Non ho potuto farle una visita molto accurata. Non si è fatta controllare per troppo tempo, e io mi sentirei più sicura se vedessi la sua anamnesi e l'esito di una visita completa. A chi pensi, Sam?»

«Conosci Madge North?»

«Perfetto» commentò Sarah. «Sai, Kelly, una visitina non farebbe male neppure a te.»

«Ti sembro malato?» Il giovane allargò le braccia, consentendo ai due di ammirare tutta la sua prestanza fisica.

«Piantala con queste stronzate!» disse Sarah come tutta risposta. «Quando lei si fa vedere, ti fai vedere anche tu. Voglio essere sicura che siate completamente sani tutti e due... punto e basta, capito?»

«Sissignora.»

«Un'altra cosa, e voglio che adesso mi ascolti bene» proseguì Sarah. «Ha bisogno di andare da uno psichiatra.»

«Perché?»

«John, la vita non è un film. Nella vita vera, la gente non si lascia dietro tutti i suoi problemi per incamminarsi felice verso uno splendido tramonto, va bene? Pam ha subìto una violenza sessuale...»

«È stata stuprata, vuoi dire» fece Kelly, tanto per mettere le cose in chiaro.

La dottoressa annuì. «D'accordo, sì, è questo che intendo, anche se è solo una parte del problema. Si drogava, e adesso non è che abbia una gran stima di sé. Chi si trova nella sua situazione molto spesso crede di essere colpevole anche se è una vittima, capisci? Lo so che sembra stupido, ma è così che vanno le cose. Il tipo adatto di terapia può aiutarla a superare anche questo. Tu l'aiuterai, la stai già aiutando *adesso*, trattandola come stai facendo, ma Pam ha anche bisogno di un aiuto professionale. Può riceverlo ora oppure in un secondo tempo, ma è adesso il momento migliore. Non può farcela da sola, e per quanto tu le possa essere vicino, non sai sempre come va aiutata.»

«Mi stai dicendo che è...?»

«Pazza? No. Ti sto dicendo che ha vissuto un'esperienza davvero orribile, e che ha bisogno di aiuto per fare un passo indietro, affrontarla e risolvere i suoi problemi interiori, per poi poter proseguire. Cosa dovrà fare di preciso dipende in gran parte da quello che è stato effettivamente il suo passato. Ha bisogno di un aiuto professionale, e tu la devi incoraggiare.»

Kelly annuì. «Va bene, lo farò. Voglio che guarisca.»

«Mi piaci» gli disse la signora Rosen. «Sei un buon ascoltatore.»

«Ho forse un'alternativa?» domandò lui, con un sorriso che era una smorfia.

Lei rise. «No, no davvero.»

«Costringe sempre gli altri a fare quello che vuole lei» disse Sam all'amico. «Avrebbe dovuto fare l'infermiera. I medici dovrebbero essere più educati. Sono le infermiere quelle che riescono sempre a farci fare quello che vogliono.» Sarah Rosen gli diede un calcio, per finta.

«Allora è meglio che non mi capiti mai di incontrarne una!» fece John, accompagnandoli verso casa.

Pam dormì per poco più di dieci ore, e senza aver avuto bisogno dei barbiturici, anche se al risveglio aveva un mal di testa lancinante. Kelly le diede un'aspirina.

«Usa il Tylenol la prossima volta» consigliò Sarah quando lo venne a sapere. «Lo stomaco lo sopporta meglio.» La farmacologa visitò Pam un'ultima volta mentre il marito raccoglieva tutta la loro roba. Complessivamente, fu soddisfatta delle sue condizioni. «Ti voglio rivedere con almeno un paio di chili in più.»

«Ma...»

«E John ti porterà da noi, così ti faremo fare una visita completa... diciamo tra due settimane?»

«Sissignora.» Kelly annuì, dichiarando di nuovo la sua resa.

«Ma...»

«Pam, si sono alleati contro di me. Devo farmi vedere anch'io» le disse in tono molto sommesso.

«Dovete andarvene di già?»

La dottoressa fece cenno di sì con la testa. «A dire il vero saremmo dovuti andarcene ieri sera, ma... che diavolo!» Si rivolse a Kelly. «Se non mantieni la promessa e non vieni quando ti ho detto, ti chiamerò e allora sì che te ne dirò quattro!»

«Verremo» la rassicurò lui. «Non voglio essere perseguitato dalle tue urla, Sarah. Gesù, sei proprio una che vuole sempre averla vinta!»

«E dovresti sentire quello che dice Sam.»

Kelly l'accompagnò al molo, dove l'Hatteras stava già rombando. Lei e Pam si abbracciarono. Lui tentò di stringerle la mano e basta, ma dovette arrendersi e darle un bacio. Poi anche Sam saltò giù dalla barca e gli diede la mano, accordando una simile cortesia anche a Pam.

«Carte nuove!» raccomandò il marinaio al chirurgo.

«Sì, comandante.»

«Levo gli ormeggi» disse Kelly, eseguendo velocemente l'operazione.

Rosen non vedeva l'ora di mostrargli come sapeva mettere in pratica i suoi insegnamenti. Procedette all'indietro, sfruttando soprattutto l'elica di dritta e facendo girare l'Hatteras su se stesso. Era uno che non dimenticava nulla, osservò John. Subito dopo, Sam aumentò la velocità di entrambi i motori e si allontanò, dirigendosi in acque che sapeva essere profonde. Pam rimase lì, tenendo la mano di Kelly, finché la barca non divenne un puntino bianco all'orizzonte.

«Ho scordato di ringraziarla» disse infine la ragazza.

«No, non è vero. Solo che non l'hai detto, tutto qui. Allora, come ti senti oggi?»

«Il mal di testa è sparito.» Lo guardò. I capelli di Pam avevano bisogno di uno shampoo, ma i suoi occhi erano luminosi, e il suo passo scattante. Kelly sentì il bisogno di baciarla, e lo fece. «Beh, e adesso che facciamo?»

«Dobbiamo parlare» gli disse lei, sommessamente. «È ora.»

«Aspetta.» Lui entrò nell'officina, e ritornò con due sdraio pieghevoli. Le fece cenno di sedersi. «E adesso puoi anche dirmi quanto sei cattiva.»

John apprese che Pamela Star Madden avrebbe compiuto ventun anni fra tre settimane, scoprendo finalmente il suo cognome, dato che era stato troppo imbarazzato per chiederglielo. Proveniente da una famiglia povera del Texas settentrionale, Pam era cresciuta sotto la guida ferrea di un padre che avrebbe fatto disperare un pastore battista. Donald Madden era il tipo d'uomo che capiva solo la forma della religione, senza coglierne però l'essenza; che era severo solo perché non sapeva amare; che beveva perché era insoddisfatto della sua vita, disprezzandosi per questo, ma senza riuscire ad affrontare il suo problema. Quando i suoi figli si comportavano male, li picchiava, in genere con una cinghia o una bacchetta di legno, finché la coscienza non gli rimordeva. Pam non era mai stata una bambina felice, ma la goccia che fece traboccare il vaso fu quello che successe il giorno del suo sedicesimo compleanno. Era rimasta in chiesa fino a tardi per assistere a una funzione, e poi aveva finito con l'andare a quello che era un mezzo appuntamento accompagnata da alcuni amici, credendo di averne ormai ogni diritto. La serata si concluse senza che il ragazzo (che proveniva da una famiglia altrettanto severa) avesse neppure tentato di baciarla. Ma, per Donald Madden, la cosa non aveva nessuna importanza. Tornando a casa alle dieci e venti di un venerdì sera, Pam vide tutte le luci accese, e trovò ad aspettarla un padre furioso e una madre tremante di paura.

«Quello che mi disse...» La ragazza fissava l'erba mentre parlava. «Non avevo fatto nessuna di quelle cose, non le avevo neppure *pensate*, e Albert era così ingenuo... e anche io, allora.»

Kelly le strinse la mano. «Non è necessario che tu mi racconti anche questo, Pam.» Ma lei aveva bisogno di farlo, e lui lo sapeva, così continuò ad ascoltarla.

Dopo aver sperimentato il pestaggio più violento a cui fosse mai stata sottoposta in sedici anni, Pamela Madden era sgusciata dalla finestra della sua cameretta al pianoterra e aveva camminato per sette chilometri fino a raggiungere il centro di quella cittadina squallida e polverosa, dove aveva preso un autobus della Greyhound ed era andata fino a Houston, solo perché il primo mezzo era diretto lì e perché non le era venuto in mente di scendere prima. Per quanto ne sapeva, i genitori non avevano mai denunciato la sua scomparsa. A Houston, una serie di lavori umili e un alloggio indecente avevano avuto come unico risultato quello di farla sentire ancor peggio, e ben presto Pam aveva deciso di trasferirsi altrove. Con i pochi soldi che era riuscita a risparmiare aveva preso un altro autobus (questa volta della Continental Trailways) ed era scesa a New Orleans. Spaurita e affamata, Pam ignorava che esistessero uomini specializzati nello sfruttare le ragazze che scappavano di casa. Adocchiata quasi subito da un venticinquenne ben vestito e dalla parlantina sciolta di nome Pierre Lamarck, aveva accettato di farsi aiutare da lui e andare a stare a casa sua, dopo che il giovanotto aveva brillato per simpatia e le aveva offerto una cena. Tre giorni dopo, Lamarck diventò il suo primo amante. Una settimana più tardi, uno schiaffo ben assestato aveva costretto la sedicenne alla sua seconda esperienza sessuale, questa volta con un commesso viaggiatore di Springfield, Illinois: gli ricordava la figlia, e così l'aveva voluta per tutta la notte, pagando a Lamarck duecentocinquanta dollari. Il giorno seguente, lei ingerì un intero tubetto di sonniferi, ma riuscì soltanto a vomitare, e venne picchiata brutalmente per aver osato sfidare il suo magnaccia.

John ascoltava quella storia senza dare il benché minimo segno di reazione, fissandola e respirando regolarmente. Ma, nel suo animo, le cose erano ben diverse. Si ricordò delle ragazze che aveva avuto in Vietnam, tanto piccole da sembrare ancora bambine, e delle poche con cui era stato da quando Tish era morta. Non gli era mai venuto in mente che la vita e il lavoro che facevano potessero non piacere a quelle giovani donne. Non ci aveva neppure pensato, aveva continuato a credere che le loro reazioni simulate fossero sentimenti sinceri... perché non era forse vero che lui era un uomo gentile e corretto? In effetti, forse loro gli avevano sorriso con vera gratitudine perché non aveva mai chiesto nulla fuori dall'ordinario, ma John non se ne ricordava in quel momento. Pensava solo al fatto che aveva pagato per godere dei servizi di ragazze che forse avevano una storia del tutto identica a quella di Pam, e la vergogna bruciava dentro di lui come una fiamma.

A diciannove anni, Pam era già riuscita a sfuggire dalle grinfie di Lamarck e di tre altri magnaccia, finendo sempre col ritrovarsi in quelle di uno nuovo. Un tizio di Atlanta si divertiva a frustare le sue ragazze davanti agli amici, in genere usando corde sottili. Un altro, di Chicago, l'aveva iniziata all'eroina, per poterla controllare meglio poiché gli sembrava troppo indipendente, ma Pam l'aveva lasciato il giorno dopo, provando così che aveva ragione. Aveva visto una ragazza morire per una dose troppo pura proprio davanti ai suoi occhi, e l'idea la spaventava più delle botte. Non potendo tornare a casa (una volta aveva provato a telefonare, ma la madre le aveva sbattuto la cornetta in faccia prima che potesse chiederle aiuto) e non fidandosi dell'assistenza sociale, che forse avrebbe potuto offrirle un'alternativa, si era ritrovata a lavorare a Washington: una prostituta ormai esperta che si drogava per cercare di dimenticare quello che pensava di se stessa. Senza riuscirci completamente, però. E probabilmente era stato proprio quello a salvarla, pensò Kelly. Nella sua carriera aveva avuto due aborti, tre casi di malattie veneree e quattro arresti, ai quali tuttavia non era mai seguito un processo. Adesso stava piangendo, e Kelly le si avvicinò.

«Hai capito chi sono davvero?»

«Sì, Pam. Ho capito che sei una donna molto coraggiosa.» Così dicendo, la strinse forte col braccio. «Amore, non preoccuparti. Tutti sbagliano. Ci vuole del fegato per riuscire a cambiare, e ce ne vuole ancor di più per raccontare quello che ognuno ha fatto.»

L'ultimo capitolo della storia di Pam era incominciato a Washington, con un certo Roscoe Fleming. Ormai la ragazza non poteva più fare a meno dei barbiturici, ma era ancora fresca e carina (quando qualcuno si prendeva la briga di occuparsi del suo aspetto), abbastanza perché il suo magnaccia potesse pretendere una tariffa molto alta da quelli che volevano una faccia giovane. Uno di loro aveva avuto un'idea per allargare il suo giro d'affari con un'attività secondaria. Quell'uomo, che si chiamava Henry, voleva espandere il suo traffico di droga, e dato che era un tipo molto prudente e abituato a far fare agli altri certe cose, aveva messo in piedi una ''scuderia'' di ragazze che portavano la droga dalla base agli spacciatori. Le aveva comprate da noti magnaccia di altre città, pagando sempre direttamente in contanti, un particolare che non lasciava pensare bene. Questa volta, Pam aveva tentato di scappare quasi immediatamente, ma l'avevano trovata subito e picchiata così forte da romperle tre costole. Solo più tardi aveva scoperto di essere stata fortunata a ricevere una lezione così leggera la prima volta. Henry aveva anche approfittato dell'occasione per riempirla di barbiturici, che attenuarono il dolore ma aumentarono la sua dipendenza. Per rincarare la dose, l'aveva poi concessa a tutti gli amici che volevano farsela. In quel modo, era riuscito nell'impresa in cui tutti gli altri avevano fallito: aveva domato il suo spirito. In cinque mesi, la combinazione di botte, violenze sessuali e droga l'aveva ridotta in uno stato catatonico, finché, appena un mese prima del suo incontro con

John, qualcosa non l'aveva riportata indietro di colpo alla realtà. In un corridoio, era inciampata nel corpo di un bambino di dodici anni, che aveva ancora la siringa infilata nel braccio. Pam aveva continuato a mostrarsi docile, cercando però di ridurre progressivamente il consumo di droga. Gli amici di Henry non si erano lamentati. Tutto quello che avevano pensato era che così rendeva molto meglio a letto, e il loro ego maschile aveva attribuito il fatto alla loro prestanza, e non alla maggior lucidità della ragazza. Aveva aspettato l'occasione giusta, scegliendo un momento in cui Henry si era assentato, perché gli altri abbassavano la guardia quando lui non c'era. Solo cinque giorni prima, aveva raccolto le poche cose che aveva ed era fuggita. Senza un soldo (Henry non le aveva mai pagate), aveva lasciato la città facendo l'autostop.

«Com'era questo Henry?» domandò Kelly, sottovoce, quando lei ebbe finito.

«Sulla trentina, nero, alto più o meno come te.»

«Non è scappata nessun'altra?»

La voce di Pam si fece gelida. «So solo che ci ha provato anche un'altra. Verso novembre. Lui... l'ha ammazzata. Pensava che sarebbe andata alla polizia e...» guardò Kelly «ci ha costretto a vedere tutto. È stato orribile!»

Lui le chiese sottovoce: «E allora perché ci hai provato, Pam?».

«Preferivo morire piuttosto che farlo ancora» sussurrò lei, confessando quel pensiero. «Volevo morire. Quel ragazzino. Sai che cosa succede? *Non esisti più*, e basta. Non esiste più niente. E io li stavo aiutando, li avevo aiutati a ucciderlo...»

«Come hai fatto a fuggire?»

«La sera prima... io... li ho scopati tutti... così mi avrebbero, beh, mi avrebbero lasciata in pace, no? Adesso capisci ancora?»

«Hai fatto solo quello che era necessario per scappare» rispose lui. Doveva fare uno sforzo enorme per riuscire a controllare la propria voce. «Grazie a Dio.»

«Non ce l'avrei con te se mi riportassi indietro e mi dicessi di sparire. Forse papà aveva ragione, forse quello che ha detto di me era vero.»

«Pam, ti ricordi di quando andavi in chiesa? Ti ricordi di quella parabola che dice: "Va' e non peccare più"? Pensi che io non abbia mai fatto niente di sbagliato? Che non mi sia mai vergognato di me stesso? Che non abbia mai avuto paura? Non sei la sola, Pam. Sai quanto coraggio ci vuole per raccontarmi quello che mi hai detto?»

La voce di lei era del tutto priva di emozione. «Avevi il diritto di sapere.»

«E adesso so tutto, e non è cambiato niente.» Fece una pausa brevissima. «E invece sì che è cambiato qualcosa. Hai addirittura più fegato di quanto pensassi, amore.»

«Ne sei sicuro? E che cosa penserai dopo?»

«L'unica cosa che mi preoccupa è quella gente che ti sei lasciata alle spalle» disse Kelly.

«Se dovessero trovarmi...» Adesso l'emozione era ritornata nella sua voce. La paura. «Ogni volta che andremo in città, potrebbero vedermi.»

«Ci staremo attenti» la tranquillizzò.

«Non sarò mai al sicuro, mai.»

«Sì, beh, ci sono due modi per risolvere la questione. O continui a scappare e a nasconderti, o puoi fare in modo che finiscano dietro le sbarre.»

Pam scosse vigorosamente la testa. «Quella che hanno ammazzato. Lo sapevano. Sapevano che voleva andare dai piedipiatti. Ecco perché non posso fidarmi della polizia. E poi, non sai quello di cui è capace quella gente.»

John constatò che Sarah aveva ragione anche a proposito di un'altra cosa. Pam indossava di nuovo il corpetto, e l'abbronzatura aveva fatto risaltare i segni che aveva sulla schiena. C'erano dei punti della sua pelle che non erano diventati scuri: erano l'eco dei segni lasciati dalle ferite e dalle frustate che qualcuno le aveva inferto per il proprio piacere. Tutto era iniziato con Pierre Lamarck, o meglio con Donald Madden, uomini gretti e vigliacchi che sapevano amministrare i loro rapporti con l'altro sesso solo ricorrendo alla violenza.

Uomini?, si chiese.

No.

Disse a Pam di non muoversi di lì, ed entrò nel bunker-officina. Ne uscì con otto lattine di birra e di soda vuote, che posò a terra a una decina di metri dalle sdraio.

«Tappati le orecchie.»

«Perché?»

«Fa' come ti dico, per favore!» le fece lui. Quando la ragazza si portò le mani alle orecchie, con un movimento fulmineo della destra estrasse una Colt .45 automatica da sotto la camicia e la puntò, impugnandola con entrambe le mani. Una alla volta, a distanza di mezzo secondo l'una dall'altra, le lattine caddero o volarono in aria, spazzate via dalle pallottole della pistola. Prima che l'ultima fosse riatterrata sul cemento dopo il breve volo, aveva già tolto il caricatore e ne aveva inserito un altro, e sette lattine si mossero di nuovo. Controllò l'arma per assicurarsi che fosse scarica, abbassò il cane e la infilò nella sua cintura, prima di sedersi accanto a Pam.

«Non ci vuole molto per spaventare una ragazzina senza amici. Ma per riuscirci con me ci vuole ben altro. Se qualcuno *pensa* soltanto di farti del male, dovrà prima fare i conti con me.»

Pam guardò le lattine, e poi John, che era soddisfatto di se stesso e della propria abilità di tiratore. La dimostrazione era stata quel che gli ci voleva per scaricare i nervi e, nell'eccitazione del momento, aveva assegnato un nome o un volto a ognuna delle lattine. Ma fu sorpreso di vedere l'espressione degli occhi della ragazza. Per quanto impressionata, Pam non era ancora convinta. Forse era solo una questione di tempo, si disse Kelly, sperando di non averla spaventata con la sua piccola esibizione.

«Comunque.» Si sedette di nuovo accanto a lei. «Ormai mi hai raccontato la tua storia, giusto?»

«Sì.»

«Pensi ancora che questo cambi qualcosa per me?»

«No. Tu dici di no, e io ti credo.»

«Pam, non tutti gli uomini sono così. Anzi, quelli così sono la minoranza. Sei stata sfortunata, tutto qui. Non c'è niente che non vada in te. È come per la gente che rimane ferita in un incidente o si ammala. In Vietnam, ho visto dei ragazzi morire solo per sfortuna. Stava per capitare anche a me. Non erano cattivi: sono stati solo sfortunati, si sono trovati nel posto sbagliato al momento sbagliato, hanno girato a sinistra anziché a destra, o guardato dove non dovevano guardare. Sarah vuole che tu veda dei medici e parli con loro. Penso che abbia ragione. Ti vogliamo vedere guarita del tutto.»

«E poi?» domandò Pam Madden. Kelly fece un profondo respiro, ma ormai era troppo tardi per fermarsi, o no?

«Vuoi... vuoi venire a vivere con me, Pam?»

Vide che lei lo guardò come se avesse appena ricevuto uno schiaffo, e rimase sbalordito da quella reazione. «Non puoi, me lo chiedi solo perché...»

Allora lui si alzò in piedi e la sollevò, prendendola per le braccia. «Adesso ascoltami bene! Tu non riesci a vedere la persona meravigliosa che c'è in te. Io invece sì. Anche Sarah e Sam l'hanno vista. Hai solo avuto sfortuna. Considera le cose da un altro punto di vista: eri ammalata, ma adesso stai migliorando. Hai cercato di smettere per quattro anni, Pam! Con tutto quello che ti ha fatto questa stramaledetta vita, tu non hai mollato! Io *credo* in te!

Lo so, ci vorrà del tempo, come per tutte le cose. Ma alla fine, so che sarai la persona che vuoi essere.» La posò di nuovo a terra e fece un passo indietro. Ora fremeva di rabbia per quello che era successo, e ancor più per aver cercato di imporle la sua volontà.

«Scusami, non avrei dovuto farlo. Per favore Pam, devi avere un po' di fiducia in te stessa.»

«Non è facile. Ho fatto delle cose terribili...»

Sarah aveva ragione: Pam aveva bisogno di uno strizzacervelli che le facesse riguadagnare la stima di sé che aveva perduto, e John era furioso perché non trovava le parole adatte. Gli sembrava di sapere quello che voleva dire, ma non riusciva a esprimerlo.

Nei giorni seguenti si creò fra loro una tranquilla routine. Nonostante avesse un sacco di altre buone qualità, Pam era una cuoca terribile, un difetto che la fece piangere di rabbia per ben due volte, sebbene Kelly si sforzasse sempre di mandar giù tutto quello che lei preparava, ringraziandola con un sorriso e dei complimenti. Ma la ragazza imparava in fretta, e prima di venerdì era già riuscita a capire come trasformare un hamburger in qualcosa di più appetitoso di un pezzo di carbone. Lui era sempre al suo fianco e la incoraggiava cercando in tutti i modi di non sembrarle troppo assillante: una parola sussurrata, una carezza gentile e un sorriso erano le sue armi. Pam prese subito a imitare la sua abitudine di alzarsi prima dell'alba, e lui iniziò a farle fare un po' di esercizio fisico. Fu un'impresa tutt'altro che facile. Infatti, anche se la ragazza era fondamentalmente sana, non faceva mezzo giro di corsa da anni, e così John la fece dapprima camminare attorno all'isola, cominciando con due giri, per arrivare a cinque alla fine della settimana. Lei restava tutto il pomeriggio al sole, in genere indossando solo mutandine e reggiseno, dato che non aveva molti vestiti con sé. Le venne un principio d'abbronzatura, e non sembrò mai accorgersi dei lievi segni più chiari che aveva sul dorso e che facevano gelare il sangue a Kelly per la rabbia. Curava sempre di più il suo aspetto, si faceva la doccia e si lavava i capelli almeno una volta al giorno, spazzolandoli finché non erano lucenti come seta, e Kelly era sempre lì, pronto a farle un complimento, una cosa che gli riusciva molto facile. Non sembrò mai aver bisogno del fenobarbital che Sarah le aveva lasciato. Forse era stata tentata di prenderlo, in una o due occasioni ma, usando l'esercizio fisico anziché i medicinali, era riuscita a riprendere un ritmo sonno-veglia del tutto normale. Il suo sorriso era più sicuro di sé, e per due volte Kelly la scoprì mentre si osservava allo specchio con occhi che esprimevano qualcosa di diverso dal dolore.

«Una personcina niente male, vero?» le chiese il sabato sera, subito dopo che lei era uscita dalla doccia.

«Forse» ammise lei.

Kelly raccolse un pettine dal lavandino e incominciò a passarlo tra i suoi capelli bagnati. «Il sole te li ha schiariti tantissimo.»

«Forse c'è voluto un po' per togliere tutto lo sporco» disse allora Pam, rilassandosi a quel tocco delicato.

Lui litigò con un nodo, cercando di scioglierlo senza tirare troppo forte. «Ma alla fine è venuto via, vero, Pammy?»

«Sì, credo di sì, può darsi» disse al viso che la guardava dallo specchio.

«Quanto ti ci è voluto per dirlo, amore?»

«Tanto.» Un sorriso, un sorriso vero, pieno di calore e di convinzione.

John posò il pettine e le baciò la nuca, lasciando che lei lo vedesse nello specchio.

«Ma l'hai detto. Adesso riesci a vederla?»

«A vedere chi?»

Lui riprese il pettine e continuò il suo lavoro. Non era per niente virile, ma adorava farlo. «La persona meravigliosa che c'è in te.»

«Non ho mai conosciuto un uomo come te.»

Kelly stava quasi per darle una risposta simile, ma ci ripensò. «Ecco fatto! Belli lisci, senza neanche un nodo.»

«Dovresti comprarti un asciugacapelli.»

John alzò le spalle. «Non ne ho mai avuto bisogno.»

Pam si voltò e gli prese le mani. «Ma ne avrai, se sei ancora della stessa idea.»

Lui rimase zitto per una decina di secondi, e quando finalmente disse qualcosa, le parole non gli uscirono come voleva, perché adesso la paura era sua: «Sicura?».

«Vuoi ancora...»

«Sìì!» Era difficile sollevarla così, coi capelli bagnati, ancora nuda e umida per la doccia, ma un uomo non poteva non abbracciare la sua donna in un momento come quello. Pam stava cambiando. Aveva le costole meno pronunciate ed era ingrassata un po', mangiando regolarmente e in modo sano. Ma la trasformazione più incredibile era quella subìta dalla sua personalità. Kelly si domandò quale miracolo fosse mai potuto accadere, senza osare ammettere che il merito era stato anche un po' suo, pur sapendolo benissimo. La posò nuovamente a terra quasi subito, vide la gioia nei suoi occhi, felice di avercela messa lui.

«Anch'io ho i miei lati difficili» l'avvertì, senza accorgersi della luce nel proprio sguardo.

«Li conosco già quasi tutti» lo rassicurò lei. Incominciò ad accarezzare il suo torace abbronzato e villoso, solcato da cicatrici di ferite di guerra che lui si era procurato in un luogo molto lontano. Quelle di Pam erano cicatrici dell'anima, ma anche John ne aveva alcune e, insieme, sarebbero riusciti a guarirle. Ormai Pam ne era certa. Aveva smesso di considerare il futuro un posto buio in cui rifugiarsi per dimenticare: adesso il futuro era speranza.

6

Imboscata

Il resto venne da sé. Fecero un breve viaggio in barca fino a Solomons, dove Pam si comprò un paio di cosette e si fece tagliare i capelli. Prima della fine della seconda settimana trascorsa con Kelly, aveva iniziato a correre e aveva messo su un po' di peso nei punti giusti. Ormai poteva indossare un due pezzi senza mostrare tutte le costole, e non aveva più bisogno di allacciare il reggiseno alla prima fila di gancetti. I suoi muscoli stavano riguadagnando tono, e quello che prima era flaccido era diventato sodo, come era normale per una ragazza della sua età. Ma qualche demone la perseguitava ancora. John si svegliò due volte per trovarla, tremante e sudata, che mormorava qualcosa di confuso: suoni che, senza mai diventare parole vere e proprie, erano comunque facilmente comprensibili. In entrambe le occasioni, con le sue carezze riuscì a calmare lei, ma non se stesso. Ben presto, le insegnò anche a governare la *Springer*, accorgendosi subito che, nonostante la sua istruzione fosse scarsa, Pam era dotata di un'intelligenza molto vivace, come dimostrava la velocità con cui capiva come fare certe cose che la maggioranza dei marinai non avrebbe mai imparato. Voleva anche insegnarle a nuotare, e fu alquanto sorpreso di vedere che aveva già imparato a farlo nel bel mezzo del Texas.

L'amava. Amava il suono della sua voce, il suo odore, amava osservarla e soprattutto amava sentirla vicino a sé. Quando non la vedeva per alcuni minuti, una leggera inquietudine si impossessava subito di lui, come se avesse paura che potesse sparire. Ma Pam era sempre lì, e coglieva il suo sguardo, sorridendogli divertita. Quasi sempre. A volte, però, la sorprendeva con un'altra espressione dipinta in viso, intenta a ripensare alla miseria del suo passato oppure a immaginarsi un futuro diverso da quello che lui aveva già programmato. John avrebbe voluto poter penetrare nella sua mente e scacciarne tutti i brutti pensieri, pur sapendo che avrebbe dovuto affidare quel compito ad altri.

In momenti simili, riusciva sempre a trovare una scusa buona per avvicinarsi a lei e far scivolare le proprie dita sulle sue spalle, per farle sentire la sua presenza.

Dieci giorni dopo la partenza di Sam e Sarah, i due celebrarono una piccola cerimonia: lui le fece portare la barca al largo, legare il boccettino di fenobarbital a un grosso sasso e buttarlo in mare. Il tonfo che fece sembrò la degna fine di uno dei suoi problemi. Kelly era dietro di lei, e le cingeva la vita con le sue braccia forti, osservando le altre barche che solcavano le acque della baia e guardando a un futuro radioso di promesse.

«Avevi ragione» gli disse lei, accarezzandogli le braccia.

«Qualche volta capita anche a me» rispose lui con un sorriso distaccato, per poi rimanere di stucco alla frase che pronunciò in seguito la ragazza.

«C'è anche altra gente, John, altre donne che Henry ha... come Helen, quella che ha ucciso.»

«Che vuoi dire?»

«Devo tornare. Devo aiutarle... prima che Henry... prima che lui ne ammazzi altre.»

«Può essere pericoloso, Pammy» le disse lui, lentamente.

«Lo so... ma che cosa ne sarà di loro?»

John sapeva che quello era un sintomo di guarigione: Pam era di nuovo una persona normale e, come tale, si preoccupava degli altri.

«Non posso continuare a nascondermi, no?» Kelly percepiva la paura nella sua voce, ma le parole volevano sfidarla, e così la strinse a sé ancor più forte.

«No, non puoi. Questo è il problema. Nascondersi è impossibile.»

«Sei sicuro che puoi fidarti di quel tuo amico della polizia?»

«Mettiamola così: mi conosce, è un tenente che lavora alla sezione omicidi. Ho fatto un lavoro per lui l'anno scorso. Un caso di omicidio: avevano buttato in acqua la pistola, e io l'ho aiutato a recuperarla. Così mi deve un favore, e poi ho addirittura finito per addestrare i sommozzatori del dipartimento, e mi sono fatto qualche amico anche tra loro.» Si interruppe. «Non sei obbligata a farlo, Pam. Se vuoi tirarti indietro, ti capisco benissimo. Io non *devo* andare mai a Baltimora, tranne quando ti servono le medicine.»

«Tutte quelle cose che hanno fatto a me adesso le stanno facendo alle altre. Se non faccio qualcosa, non smetteranno mai, vero?»

John ripensò alle parole della ragazza, e ai propri demoni. Non si poteva scappare da certe cose. Lui lo sapeva, perché ci aveva provato. In un certo modo, quelli di Pam erano ancora più terribili dei suoi, e se voleva che la loro relazione continuasse, come aveva incominciato a sperare, dovevano essere eliminati una volta per tutte. I rischi erano notevoli... ma non lo era anche la sua capacità di affrontarli?

«Fammi fare una telefonata.»

«Tenente Allen» rispose un uomo al telefono, in un ufficio da qualche parte nel distretto occidentale. L'impianto di condizionamento non funzionava bene quel giorno, e la sua scrivania era sepolta sotto una montagna di pratiche ancora da sbrigare.

«Frank? Sono John Kelly» disse la voce all'altro capo dell'apparecchio, facendo sorridere l'investigatore, che ne aveva proprio bisogno.

«Com'è la vita lì in mezzo alla baia, amico?» *Ah, come vorrei essere al suo posto*!

«Bella e tranquilla. E lì da te, invece?» domandò la voce.

«Eh, magari lo fosse!» rispose Allen, sprofondandosi nella sedia girevole. Era un uomo grande e grosso; un veterano della seconda guerra mondiale (artigliere dei marines), come quasi tutti i poliziotti della sua generazione. L'avevano promosso alla omicidi dopo anni di pattuglia in East Monument Street: il nuovo lavoro non si era rivelato così impegnativo come in genere si crede, anche se occuparsi della fine prematura di vite umane era logorante.

«Che posso fare per te?» Allen notò subito che la voce di Kelly era diversa.

«Io, ehm, ho incontrato una persona che potrebbe aver bisogno di parlarti.»

«A che proposito?» chiese l'investigatore, frugandosi nella tasca della camicia alla ricerca di una sigaretta e dei cerini.

«Affari, Frank. Informazioni su un omicidio» gli spiegò l'amico.

Gli occhi del poliziotto diventarono due fessure, e il suo cervello cambiò marcia automaticamente, passando a una velocità di funzionamento molto più elevata. «Dove e quando?»

«Non lo so ancora, e non mi va di parlarne al telefono.»

«Di che si tratta?»

«La cosa resterà fra noi, per il momento?» gli chiese Kelly.

Allen annuì, guardando fuori dalla finestra. «Va bene, promesso.»

«Droga.»

Qualcosa, nella mente di Allen, fece "clic". Kelly gli aveva detto che il suo informatore era "una persona", e non un "uomo", quindi, pensò, si trattava probabilmente (anzi, quasi sicuramente) di una donna. Kelly era furbo ma non conosceva bene il settore. Il tenente aveva letto dei rapporti molto vaghi su un giro di droga che si serviva di donne per vari scopi. Tutto qui. Non era un suo caso, se ne stavano occupando Emmet Ryan e Tom Douglas del distretto del centro, e lui non avrebbe neppure dovuto sapere così tanto su quella faccenda.

«Ci sono perlomeno tre organizzazioni che spacciano droga, adesso come adesso. E non è certo della gran bella gente» disse con voce pacata. «Dimmi qualcosa di più.»

«Il mio amico non vuole essere coinvolto. Ha solo delle informazioni da darti, e basta. Se la cosa dovesse spingersi oltre, potrebbe ripensarci. Se quello che dice è vero, abbiamo a che fare con dei tipi molto pericolosi.»

Allen rifletté su quell'ultima frase. Non aveva mai indagato sul passato di Kelly, ma ne sapeva già abbastanza. Quell'uomo era un sommozzatore provetto, un uomo che aveva combattuto in marina nell'acqua marrone del delta del Mekong, in appoggio al 9° fanteria: un marinaio, ma un marinaio estremamente cauto e competente, che era stato raccomandato alla polizia da qualcuno del Pentagono, e che aveva fatto un ottimo lavoro riaddestrando i loro sommozzatori (intascando tra l'altro anche un bell'assegno, rammentò). La "persona" in questione doveva essere per forza una donna; lui non si sarebbe mai preoccupato di proteggere un uomo in quel modo. Un uomo non avrebbe mai pensato a un altro uomo in quella maniera. Se non altro, la faccenda si prospettava interessante.

«Non mi stai prendendo per il culo, vero?» gli dovette chiedere.

«Non sarebbe da me, lo sai» lo rassicurò Kelly. «Le mie regole: solo a scopo d'informazione e la cosa rimane tra noi, okay?»

«Sai, se fossi qualcun altro ti direi di venire qui subito e basta, ma dato che sei tu voglio venirti incontro. Mi hai servito il caso Gooding su un piatto d'argento. L'abbiamo inchiodato, lo sai. L'ergastolo. Ti devo un favore. Okay, ci sto. Ti va bene?»

«Grazie. Che orario fai?»

«Questa settimana ho il turno serale.» Erano solo le quattro del pomeriggio, e Allen aveva appena iniziato. Non sapeva che Kelly aveva già chiamato tre volte quel giorno, senza lasciare messaggi. «Smonto verso mezzanotte o l'una, dipende da come si mettono le cose» spiegò. «Certe notti sono più movimentate di altre.»

«Facciamo domani, allora. Ti vengo a prendere all'uscita. Potremmo mangiare un boccone insieme.»

Allen fece una smorfia. Gli sembrava di essere capitato in un film di James Bond, con tutte quelle stronzate da agenti segreti! Ma sapeva che Kelly era una persona seria, anche se non sapeva un bel niente sui metodi di lavoro della polizia.

«Allora ci vediamo, vecchio mio.»

«Grazie, Frank. Ciao.» John riattaccò e Allen si rimise al lavoro, scrivendo prima un appunto sul suo calendario da tavolo.

«Hai paura?»

«Un po'» ammise Pam.

Lui le sorrise. «È normale. Non preoccuparti. Può sempre essere rischioso, e il pericolo fa paura. Ecco perché non ti lascerò mai sola.»

«Nemmeno per un minuto?»

«Già, tranne quando andrai alla toilette delle signore, piccola. Lì devi pensarci tu a proteggerti.» Quella condizione fece sembrare il suo impegno molto sincero. Pam gli sorrise e si tranquillizzò.

«Devo preparare la cena» disse, dirigendosi in cucina.

John uscì. Avvertiva il bisogno di esercitarsi ancora un po' con le armi, ma aveva già dato la sua piccola dimostrazione, così andò nell'altro bunker e tirò giù dal ripiano la Colt. Premette la molla del cane, poi allentò le boccole delle viti del calcio e liberò la molla. Tolse il carrello e la canna, smontando così completamente la pistola. Osservò la canna in controluce e, come già sapeva, vide che era sporca per i colpi sparati di recente. Pulì tutto per bene, usando straccetti imbevuti di un apposito solvente e uno spazzolino, finché ogni traccia di polvere da sparo non fu sparita dalle superfici metalliche. Poi oliò l'arma. Non troppo, perché altrimenti il lubrificante avrebbe attirato altra polvere e sabbia, che avrebbero potuto otturare o far inceppare la Colt proprio nel momento meno opportuno. Terminata quest'operazione, rimontò rapidamente la .45: avrebbe potuto farlo anche a occhi chiusi. Fece scattare indietro il carrello un paio di volte per assicurarsi che tutto fosse a posto. Un'ultima attenta ispezione lo confermò.

Prese due caricatori pieni da un cassetto, oltre a una pallottola. Ne inserì uno e mise il primo colpo in canna. Abbassò delicatamente il percussore prima di ripetere quest'ultima operazione. Con otto proiettili nella Colt e un caricatore di scorta, ora aveva un totale di quindici colpi per affrontare il pericolo. Non abbastanza per una passeggiata nella giungla del Vietnam, ma fin troppi per le strade buie della periferia di una città, pensò. Era capace di centrare la testa di un uomo con un sol colpo da dieci metri, giorno o notte. Non aveva mai perso il sangue freddo sotto il tiro del fuoco nemico, e aveva già ucciso prima d'allora. Era pronto ad affrontare qualsiasi pericolo. E, dopotutto, quelli non erano i vietcong. Sarebbe andato di notte, e la notte era sua amica: ci sarebbe stata in giro meno gente di cui preoccuparsi, e, a meno che quelli avessero saputo che lui si trovava lì (il che era impossibile), non avrebbe dovuto temere un'imboscata. Tutto quello che doveva fare era stare con gli occhi bene aperti: una cosa che gli riusciva molto facile.

A cena c'era del pollo, un piatto che Pam sapeva cucinare. Stava quasi per tirar fuori una bottiglia di vino, ma ci ripensò. Se lei aveva fatto uso di droghe, perché tentarla con l'alcol? Forse avrebbe smesso di bere, per evitare del tutto quel problema potenziale. Non sarebbe stata una gran perdita, e quel sacrificio fatto per Pam avrebbe rafforzato il suo affetto per lei. Ancora una volta, la conversazione non toccò argomenti seri, e John incoraggiò Pam a parlare di come avrebbe arredato la loro casa. Aveva già smesso di pensare ai possibili pericoli. Non c'era bisogno di soffermarsi inutilmente su di essi: aveva già considerato tutte le eventualità e si era preparato ad affrontarle. Lavorar troppo d'immaginazione peggiorava le cose, anziché migliorarle.

«Tende?»

«Sì, quelle che hai non s'intonano troppo coi mobili. E poi dei tappeti.»

«Tappeti» brontolò Kelly. «Su una barca?»

«È un po' squallida, sai?»

«Squallida» osservò lui, sparecchiando la tavola. «Scommetto che la prossima cosa che dirai è che noi uomini siamo tutti uguali...» Raggelò al suono delle sue stesse parole. Era la prima volta che faceva una gaffe come quella. «Scusami...»

Lei gli fece soltanto un sorriso malizioso. «In un certo senso è vero. E smettila di essere così nervoso ogni volta che mi dici qualcosa, va bene?»

Lui si tranquillizzò visibilmente. «Va bene.» La prese e la strinse a sé. «Se è così che vuoi tu... allora...»

«Mmm.» Pam sorrise e si lasciò baciare. Le mani di John le accarezzavano la schiena, e si accorsero che sotto la semplice camicetta di cotone non c'era il reggiseno. Lei ridacchiò. «Mi chiedevo quanto ci avresti messo per notarlo.»

«C'erano le candele di mezzo.»

«Le candele erano deliziose, ma hanno fatto tanto fumo.» Aveva ragione. Il bunker non era molto ben aerato. Un'altra cosa a cui avrebbe dovuto provvedere. Lo aspettava un futuro molto impegnato, pensò Kelly, mettendo le mani in un posto che gli piaceva di più.

«Ho messo su abbastanza ciccia?»

«È una mia impressione o...»

«Beh, sì, forse appena un pochino» ammise la ragazza, premendo sul suo corpo le mani di lui.

«Hai bisogno di vestiti nuovi» le disse, guardandola in volto e leggendovi la sicurezza che Pam dimostrava nell'applicare i suoi insegnamenti.

«Ottima idea» fece lei. «Dove andiamo a comprarli?»

«Oh, in un centro commerciale a Towson, magari. Non certo in centro» la rassicurò.

«Non ne conosco nessuno» disse la ragazza, controllando la bussola come un esperto timoniere.

«Trovarli è facile, piccola. Basta solo guardare il parcheggio.»

«Eh?»

«Se vedi molte Lincoln e Cadillac, significa che vendono roba bella» spiegò lui. «Si va sul sicuro.»

La battuta la fece ridere, come previsto.

«E stanotte dove dormiamo?»

«A bordo» rispose lui. «Qui staremo al sicuro.» Aveva considerato attentamente la domanda, ed era pronto a fornire una spiegazione esauriente, ma Pam si limitò ad annuire e accettò la sua decisione.

«Okay.»

John si sentì comunque in dovere di spiegarle il motivo. «Ricordati che, anche se ti conoscono, adesso hai un aspetto diverso, e che non mi hanno mai visto. Non conoscono la mia macchina, e non sanno che ho una barca. Frank non sa il tuo nome, non sa neppure che sei una ragazza. È quello che in gergo si chiama sicurezza operativa: il nemico non sa niente di niente, perciò si può stare al sicuro.»

«Probabilmente hai ragione» rispose Pam, voltandosi e sorridendogli. La fiducia che irradiava il suo viso scaldò il sangue nelle vene a Kelly, ringalluzzendo un ego che non ne aveva per niente bisogno.

«Stasera pioverà» osservò lui, indicando nuvole lontane. «È meglio. La visibilità diminuisce. Abbiamo fatto un sacco di azioni, con la pioggia: quando il nemico è bagnato, non bada troppo a quello che gli succede attorno.»

«Te ne intendi proprio di queste cose, eh?»

Lui le rispose con un sorriso virile. «Le ho imparate a una scuola veramente dura, piccola.»

Attraccarono tre ore dopo. John si diede un gran da fare per mostrarle che ci teneva alla sua sicurezza: controllò il parcheggio, assicurandosi che la Scout fosse al solito posto, poi la fece scendere sottocoperta mentre legava gli ormeggi, infine prese la macchina e la portò fin sotto la barca. Pam scese dalla *Springer* e salì direttamente sull'auto, senza guardarsi attorno, seguendo alla lettera le sue istruzioni, e i due se ne andarono di lì. Era ancora abbastanza presto, e si diressero subito fuori città, fermandosi a Timonium, in un centro commerciale periferico, dove in due ore (che gli sembrarono interminabili) la ragazza scelse tre completi molto graziosi che lui pagò in contanti. Indossò quello che piaceva di più a lui: una gonna e una camicetta senza troppe pretese che s'intonavano con la sua giacca e la sua camicia senza cravatta. Una volta tanto, Kelly era vestito di tutto punto.

Pranzarono lì, in un separé buio nell'angolo di un ristorante enorme. Sebbene non avesse voluto confessarlo, John aveva proprio bisogno di un buon pasto, dato che Pam era sì brava a fare il pollo, ma aveva ancora molto da imparare in fatto di cucina.

«Ti vedo bene, sai? Tranquilla, cioè» le disse lui, mentre beveva il caffè.

«Non avrei mai immaginato che mi sarei sentita così. Cioè, sono solo tre... neanche tre settimane?»

«Già.» Posò la tazzina. «Domani andremo da Sarah e dai suoi amici. E tra un paio di mesi, tutto sarà diverso, Pam.» Le prese la mano sinistra, sperando che, allora, sull'anulare ci sarebbe stata una fede d'oro.

«Adesso ci credo, ci credo davvero.» Sorrise, e venne ricambiata dal suo uomo.

«Bene.»

«E adesso che si fa?» domandò. Avevano finito di cenare, e mancavano alcune ore all'incontro segreto con il tenente Allen.

«Un giro in macchina?» Lasciò i soldi sul tavolo e la condusse fuori, all'auto.

Ormai era buio. Il sole era quasi tramontato, e incominciavano a cadere le prime gocce di pioggia. Kelly prese York Road e si diresse a sud, verso Baltimora, soddisfatto della cenetta e in armonia con se stesso, pronto ad affrontare il duro lavoro che lo aspettava. Passando per Towson vide tracce recenti di pneumatici che annunciavano la vicinanza della città e dei pericoli che nascondeva. I suoi sensi si risvegliarono di colpo. Gli occhi chiari, sempre all'erta, lanciavano sguardi veloci alle strade e ai marciapiedi, e controllavano i tre specchietti retrovisori ogni cinque secondi. Salendo in auto, l'uomo aveva messo la Colt .45 automatica al solito posto, in una fondina sotto il sedile anteriore: così riusciva a impugnarla più in fretta che se fosse stata assicurata alla sua cintura, e poi era molto più comodo.

«Pam» disse Kelly, continuando a badare al traffico e assicurandosi che le portiere fossero chiuse (una misura di sicurezza che aveva del paranoico quando lui era così vigile).

«Sì?»

«Ti fidi di me?»

«Certo che mi fido di te, John.»

«Dove... lavoravi?»

«Che vuoi dire?»

«È buio e piove, e vorrei vedere com'è il posto.» Anche senza guardarla, si accorse benissimo che si era irrigidita di colpo. «Senti, starò attento. Se vedi qualcosa cosa che non ti piace, qualsiasi cosa, io me ne vado subito, lo giuro.»

«Ho paura» esclamò Pam. Ma lei aveva fiducia nel suo uomo. Aveva fatto così tanto per lei. L'aveva salvata. Doveva fidarsi di lui, anzi, lui doveva sapere che lei si fidava. Doveva dimostrarglielo, e così gli chiese: «Mi prometti che sarai prudente?».

«Credimi, Pam» la rassicurò lui. «Una sola cosa che non ti piace, e ce ne andiamo via.»

«Allora, va bene.»

Incredibile, pensava Kelly cinquanta minuti più tardi, quante sono le cose che non notiamo mai. Quante volte era passato in auto per quel quartiere, senza mai fermarsi, senza mai vedere, senza mai accorgersi di niente? E per anni la sua stessa sopravvivenza non era forse dipesa dalla capacità di notare tutto, ogni rametto spezzato, ogni richiamo di uccello, ogni impronta nel fango? Ma quella zona l'aveva attraversata centinaia di volte senza capire quanto accadeva lì attorno perché si trattava di un altro tipo di giungla, popolata da una fauna assai diversa. Una parte di lui fece spallucce e disse: *Beh, che ti aspettavi*? Un'altra, invece, sottolineò che lì c'era sempre stato del pericolo, e che lui non se n'era reso conto; ma l'ammonimento passò quasi inosservato, intento com'era a guardare quello che i suoi occhi non avevano mai saputo vedere.

Le condizioni atmosferiche erano ideali per quel giro di ricognizione. Assolutamente perfette. Era una notte senza luna, col cielo coperto. L'unica luce era quella dei radi lampioni che disegnavano malinconici cerchi di luce su marciapiedi quasi deserti. Scrosci di pioggia andavano e venivano, ora violenti, ora moderati ma comunque abbastanza forti da limitare la visibilità e far tenere abbassata la testa alla gente, che così curiosava meno del solito. Era proprio quel che ci voleva, dato che Kelly stava continuando a girare attorno a pochi isolati, notando differenze sostanziali dal secondo al terzo passaggio. Vide anche che non tutti i lampioni funzionavano: incuria degli operai comunali o manutenzione creativa degli "uomini d'affari" locali? Forse entrambe le cose, pensò. I tipi che cambiavano le lampadine non potevano fare gli straordinari, e, probabilmente, venti dollari di mancia li avrebbero convinti a sostituirle con un po' più di calma, o magari a non avvitarle fino in fondo. A ogni modo, c'era una certa atmosfera. Le strade erano buie, e l'oscurità era sempre stata una sua ottima amica.

Che posto... triste, pensò. Vedeva le squallide facciate di quelli che un tempo erano negozietti a conduzione familiare, in seguito soppiantati dai supermercati che erano stati distrutti a loro volta negli scontri del '68, lasciando nel tessuto economico del quartiere un vuoto non ancora colmato. Il cemento dei marciapiedi, solcato dalle crepe, era disseminato di rottami di ogni genere. C'era della gente che abitava lì? E che gente era? Che cosa faceva? Che cosa sognava? Certo non potevano essere tutti criminali. Si nascondevano di notte? E che facevano di giorno? In Asia Kelly aveva imparato che se si concedeva al nemico una parte del giorno, lui se ne sarebbe prima assicurato il controllo e poi avrebbe cercato di espanderlo anche al resto, perché le ore erano ventiquattro, e le avrebbe volute tutte per sé e per le sue attività. No, non si poteva concedere nulla agli avversari: non un'ora, non un luogo, niente di cui loro si sarebbero potuti servire senza timore. Era così che si perdeva una guerra. Ed era proprio una guerra quella che si svolgeva davanti ai suoi occhi, si accorse Kelly, stupito. *C'era* un conflitto in corso, lì, e i vincitori non erano "i buoni". La cosa lo colpì profondamente: aveva già assistito a quella che sapeva essere una guerra persa in partenza.

Gli spacciatori. Formavano un gruppo molto eterogeneo, osservò passando davanti al punto in cui concludevano i loro affari. Il loro atteggiamento indicava che erano sicuri di se stessi e, dal modo in cui si comportavano, capì anche che a quell'ora erano i padroni assoluti delle strade. Può darsi che ci fosse della concorrenza tra loro, uno spietato processo darwiniano che determinava chi possedeva un certo segmento di marciapiede e chi godeva di diritti territoriali di fronte alla tale o alla tal altra finestra rotta, ma, ciononostante, sarebbero riusciti a raggiungere un equilibrio e a condurre i loro affari, perché dopotutto era quello lo scopo della libera concorrenza.

Si sentiva sempre più sicuro dei propri mezzi, e girò a destra, in una strada nuova. "Nuova"? Quella parola lo fece sbuffare, facendo affiorare alle sue labbra un sorriso sottile, sarcastico. No, queste erano strade vecchie, così vecchie che la "brava" gente le aveva abbandonate per andare a vivere fuori città, nel verde, lasciando che altra gente (che considerava meno stimata) vi si stabilisse. Poi anche queste persone se n'erano andate, e il ciclo era continuato per qualche altra generazione, finché qualcosa non aveva trasformato il quartiere in quello che era adesso.

Gli ci volle quasi un'ora per capire che c'era anche della gente lì, e non solo marciapiedi ingombri di immondizie e criminali. Vide una donna che teneva per mano un bambino: probabilmente era andata a prenderlo alla fermata dell'autobus, e magari lui era di ritorno da una visita presso una zia, o dalla biblioteca pubblica, o da qualsiasi altro luogo dotato di attrattive tali da valer la pena di fargli affrontare lo spiacevole tragitto dalla fermata a casa, disseminato di scene, parole e persone che avrebbero potuto nuocergli.

Kelly drizzò la schiena e aguzzò la vista, accorgendosi di aver già assistito a scene del genere. Anche in Vietnam, un Paese che era in guerra fin da prima della sua nascita, c'erano ancora genitori e c'erano ancora figli e, anche in tempo di guerra, c'era un disperato desiderio di normalità. I bambini avevano bisogno di giocare un po', di essere coccolati, amati, educati, e protetti dagli aspetti più sgradevoli della realtà finché il coraggio e l'ingegno dei loro genitori lo rendeva possibile. Ed era quello che succedeva anche qui.

Tutti erano vittime, più o meno innocenti, e i bambini erano le più innocenti di tutte. Lo vedeva anche ora, sotto i suoi occhi: a cinquanta metri di distanza, la giovane madre faceva attraversare la strada al suo bambino, non lontano dall'angolo dove uno spacciatore stava vendendo della droga. John rallentò, per assicurarsi che non le accadesse nulla, sperando che il suo amore e le sue premure servissero a quel piccolo, chiedendosi se sarebbero serviti a qualcosa. Gli spacciatori l'avevano vista? E che pensieri passavano per quelle loro teste intente a loschi affari? I normali cittadini erano degni di qualche considerazione? Erano la loro copertura? Clienti potenziali? Rompiscatole? Prede? E il bambino? Gli importava qualcosa di lui? Probabilmente no.

«Merda!» disse sottovoce, parlando con se stesso, troppo distaccato per mostrare apertamente la sua rabbia.

«Cosa?» gli domandò Pam, spostando la testa dal finestrino.

«No, niente, scusa.» Kelly scosse la testa e continuò la sua osservazione. A dire il vero, stava quasi incominciando a prenderci gusto. Gli sembrava di essere in ricognizione, un'attività che era sempre stata il suo debole. Si trovava di fronte a qualcosa di completamente nuovo. Qualcosa di brutto, immorale, dannoso, certo, ma era pur sempre una novità, e questo lo rendeva emozionante. Ecco perché le sue mani non volevano star ferme sul volante.

E poi i clienti. Anche loro così diversi l'uno dall'altro. Alcuni erano chiaramente del quartiere, lo si capiva dal colore della loro pelle e dai vestiti trasandati che indossavano. Alcuni avevano più bisogno della droga di altri, e Kelly si domandò che cosa significasse. Quelli che gli sembravano ancora "normali" erano stati appena asserviti alla droga? E quelli che invece vedeva camminare con andatura dinoccolata erano i veterani dell'autodistruzione, votati alla morte? Come era possibile che un individuo sano li vedesse senza spaventarsi all'idea che fosse possibile uccidersi così, una dose alla volta? Che cos'è che li spingeva a farlo? A quel pensiero, Kelly stava quasi per fermare la macchina. Era qualcosa che andava al di là della sua capacità di comprensione. Combattere era pericoloso, certo, ma era pur sempre un lavoro eseguito per ordine di qualcun altro, una professione specializzata scelta da persone con capacità innate che, prima di venire messe a frutto, erano state affinate e migliorate fino alla perfezione da esperti istruttori.

Poi c'erano altri, quelli che avevano auto abbastanza costose e così pulite che dovevano venire per forza dai quartieri dove il decoro andava rispettato. Ne sorpassò una e gettò un'occhiata veloce al suo guidatore. *Ed ha anche la cravatta!* Allentata, perché era nervoso per il fatto di trovarsi in un quartiere come quello. Tirava giù il finestrino con una mano, tenendo l'altra sul volante, e senza dubbio il suo piede destro schiacciava lievemente l'acceleratore, pronto a far balzare in avanti la vettura in caso di pericolo. Doveva avere i nervi a fior di pelle, pensò Kelly, osservandolo dallo specchietto. Non poteva trovarsi a suo agio, lì, ma era venuto lo stesso... *sì!* L'uomo passò dei soldi dal finestrino, e ricevette qualcosa in cambio, poi l'auto ripartì, viaggiando veloce quanto lo permetteva il traffico. Per capriccio, John seguì la Buick per alcuni isolati, svoltando a destra e poi a sinistra su una strada principale, dove l'auto prese la corsia di sinistra, quella veloce, e ci rimase, procedendo a una velocità forte quanto bastava per lasciare al più presto quella zona malfamata della città, senza però attirare l'attenzione indesiderata di un poliziotto col blocchetto delle multe.

La polizia, pensò Kelly, abbandonando l'inseguimento. *Dove diavolo era?* Quello era un *reato*. Lì si violava la legge con la stessa tranquillità con cui si sarebbe fatta una festa tra vicini. Com'era possibile? I poliziotti non sapevano quello che succedeva? Dovevano sapere... dovevano, come facevano a non sapere? Ma allora dov'erano?, si chiese, tornando nella zona di spaccio. La differenza esistente tra quel quartiere e quello che solo dieci anni prima era stato il suo, a Indianapolis, era così grande che, tutto d'un tratto, si domandò se quello fosse lo stesso Paese in cui era cresciuto. Perché le cose erano cambiate tanto rapidamente? E perché non si era accorto di quella trasformazione? Gli anni che aveva passato in marina, la comunità in cui era vissuto, e ora il posto in cui viveva lo avevano isolato da tutto. Era un provinciale, un ingenuo, un turista in patria.

«Non sai che quello che stai facendo è pericoloso?» gli chiese Pam, con una voce che tradiva un certo nervosismo.

«Non per noi.» Kelly si voltò e le sorrise. *Non per me*, era quello che intendeva, naturalmente.

Non aveva dimenticato che, per essere invisibili, tutto quello che bisognava fare era comportarsi come tutti gli altri. E il traffico l'aveva aiutato. Si era limitato a guidare come facevano tutti, vagando tra i pochi isolati "del giro", senza seguire un percorso regolare. Non era cieco di fronte al pericolo, si disse Kelly. Cercando di stabilire quali fossero gli itinerari degli spacciatori, aveva deliberatamente evitato di crearne uno proprio. Era certo che se qualcuno avesse osservato attentamente lui e il suo veicolo, se ne sarebbe sicuramente accorto, e anche se il motore si fosse fermato di colpo, aveva sempre la sua Colt .45 sotto il sedile. Per quanto terribili questi delinquenti fossero potuti sembrare a Pam, aveva combattuto contro i nordvietnamiti e i vietcong. Loro erano bravi, ma lui era stato migliore. Anche quelle strade erano pericolose, ma molto meno delle avventure a cui era sopravvissuto.

A soli cinquanta metri di distanza c'era uno spacciatore. Era un nero che indossava una camicia di seta marrone o rosso mattone. Era difficile distinguerne il colore vista la scarsa illuminazione, ma si capiva che era di seta dal modo in cui brillava alla luce. Probabilmente seta pura; era pronto a scommetterci. Quei delinquenti si vestivano sempre in modo da attirare l'attenzione:

non gli bastava violare la legge, oh, no, dovevano anche dimostrare a tutti quanto erano spavaldi e coraggiosi.

Che stupidi!, pensò Kelly. *Era stupido attirare l'attenzione su di sé in quel modo. Quando si fa qualcosa di rischioso, bisogna sempre cercare di non farsi notare e riservarsi sempre almeno una via di fuga.*

«È incredibile come riescano a non farsi beccare» disse ad alta voce, parlando con se stesso.

«Eh?» Pam si voltò verso di lui.

«Sono così idioti.» John indicò lo spacciatore all'angolo della strada. «Anche se i poliziotti non fanno niente, supponi che qualcuno tenti di... cioè, quello ha addosso un sacco di soldi, no?»

«Probabilmente mille dollari, forse duemila» rispose la ragazza.

«E se qualcuno tentasse di rubarglieli?»

«A volte capita, ma quell'altro ha una pistola, e se qualcuno solo prova a...»

«Oh, dici il tizio che sta sulla soglia?»

«È quello il vero spacciatore, John. Non lo sapevi? L'altro con la camicia è il suo ''luogotenente''»

«Il suo che?»

«''Luogotenente''» spiegò Pam. «È lui che conclude la, la... come si dice?»

«La contrattazione» rispose lui, asciutto, rendendosi conto di non aver notato un particolare e sapendo che aveva permesso al suo orgoglio di prendere il sopravvento sulla prudenza. Non era una buona abitudine, si disse.

Pam annuì. «Esatto. Guardalo, guarda quello che fa adesso.»

Infatti, Kelly vide quella che era la procedura completa: qualcuno seduto in macchina — con tutta probabilità un altro compratore proveniente dai sobborghi — passò dei soldi dal finestrino (lui lo ipotizzò soltanto, perché non riusciva a vedere da quella distanza, ma di sicuro non si trattava di una carta di credito). Il ''luogotenente'' infilò la mano dentro la camicia, e gli diede qualcosa in cambio. Mentre l'auto ripartiva, l'uomo attraversò il marciapiede e, nell'ombra che gli occhi di John non riuscirono a penetrare, avvenne un secondo scambio.

«Ah, ho capito. Il ''luogotenente'' ha la droga e fa la contrattazione, ma dà i soldi al suo capo. Lo spacciatore si tiene il ricavato e ha una pistola per proteggere il suo compare, che ha la roba.» *Che ne dici? Ho appena imparato qualcosa, no?*

«È uno dei sistemi che usano» confermò Pam.

«Non sono proprio così stupidi come pensavo.»

«Sono abbastanza furbi.»

Kelly annuì e si fece un appunto mentale. Si rimproverò per

aver formulato almeno due ipotesi errate ma, dopotutto, era proprio per quel motivo che si effettuava una ricognizione.

Non abbassare troppo la guardia, Kelly, si disse. *Adesso sai che lì ci sono due brutti ceffi, e uno di loro è armato e ben nascosto.* Si sistemò sul sedile e fissò lo sguardo sul pericolo potenziale, sempre continuando la sua missione di ricognizione, osservando attentamente le manovre del nemico. Il vero obiettivo era il tipo che stava sulla porta, giusto? Quello che veniva erroneamente detto "luogotenente" era solo uno scagnozzo, comunque uno che contava poco e doveva accontentarsi delle briciole o di una commissione. L'ex marinaio sorrise, pensando a quello che aveva fatto a un funzionario politico regionale dell'esercito nordvietnamita. Quel lavoro recava persino un nome in codice: ERMINE COAT. Se lo ricordava benissimo: avevano pedinato quel bastardo per quattro giorni, quattro giorni *dopo* essersi accertati che fosse proprio lui il loro bersaglio, perché non si ammazza la gente così, su due piedi. Kelly non si sarebbe mai scordato della faccia che fece quell'uomo quando la pallottola gli si conficcò nel petto. Poi avevano corso per cinque chilometri fino a raggiungere la zona controllata dagli americani, mentre i nemici li avevano inseguiti dalla parte sbagliata, perché una carica era stata fatta esplodere nella direzione opposta, a quella da dove aveva usato il fucile col silenziatore.

Kelly immaginò, per scherzo, che lo spacciatore fosse il suo bersaglio. Il suo compito era quello di eliminare l'uomo nascosto nell'ombra. Come fare? Improvvisamente pensò che ucciderlo non sarebbe stata un'azione indegna di merito, ma quella non era la sua guerra e, inoltre, le regole che valevano lì erano molto, molto diverse da quelle con cui lui aveva dovuto lavorare in un Paese distante sedicimila chilometri.

Hmm. Prima quella macchina non c'era. Era un'auto potente, una Plymouth Roadrunner rosso fuoco, a un isolato di distanza dal punto in cui lui si trovava. C'era qualcosa di strano nel modo in cui...

«Kelly...» Vide Pam irrigidirsi tutto d'un tratto, e così si rimise immediatamente all'erta.

«Che c'è?» La sua mano trovò la Colt .45 e la estrasse impercettibilmente dalla fondina, provando una sensazione di sollievo al contatto con la vecchia impugnatura in legno, ma il fatto stesso che lui l'avesse afferrata, e che avesse sentito il bisogno improvviso di quella rassicurazione, era un messaggio che la sua mente non poteva ignorare. La prudenza si rimpossessò di lui, la voce dei suoi istinti guerrieri divenne sempre più forte, mentre la tranquillità di prima svaniva gradualmente. Anche quella sensazione che fece nascere in lui un orgoglio pensoso. *È così bello*, rifletté in una frazione di secondo, *poterla usare ancora quando ne ho bisogno...*

«Conosco quella macchina... è di...»

La voce di lui era calma e sicura. «Va bene, adesso ce ne andiamo. Proprio come ti ho detto. Sta' tranquilla. Ho visto abbastanza. Hai ragione, è ora di andare.» Accelerò, spostandosi a sinistra per sorpassare la Roadrunner. Gli venne in mente di dire a Pam di abbassarsi, ma non era necessario, vero? In meno di un minuto sarebbero andati via di lì e... *maledizione*!

Un cliente dei quartieri alti, con una Karmann-Ghia cabriolet nera, aveva appena finito di comprare della roba e, impaziente di allontanarsi di lì, sorpassò improvvisamente la Plymouth a sinistra, per poi frenare di colpo dato che un'altra auto aveva fatto più o meno la stessa manovra. Kelly schiacciò il pedale del freno per evitare un incidente — era proprio quello che non ci voleva in quel momento — ma calcolò male i tempi, e si fermò proprio a fianco della Roadrunner. Il conducente di quest'ultima scelse quel momento per aprire la portiera e scendere. Invece di andare in avanti, si diresse verso la parte posteriore dell'auto e, nel far questo, i suoi occhi si ritrovarono a meno di un metro dal viso impaurito di Pam. Anche John era voltato da quella parte, perché sapeva che quell'uomo rappresentava un pericolo potenziale, e vide il suo sguardo: aveva riconosciuto la ragazza.

«Va bene, ho capito» annunciò la sua voce con calma sinistra. Poi Kelly girò il volante, schiacciò l'acceleratore e superò la piccola auto sportiva e il suo guidatore invisibile. Raggiunse l'incrocio pochi secondi più tardi e, dopo aver controllato velocissimamente se la via era libera, fece una stretta curva a sinistra per lasciare quella zona.

«Mi ha visto!» La sua voce era quasi un urlo.

«Non preoccuparti, Pam» rispose lui, controllando la strada e lo specchietto retrovisore. «Ce ne stiamo andando, sei con me e sei al sicuro.»

Idiota!, disse il suo istinto al resto della sua coscienza. *Faresti meglio a sperare che non ti seguano. Quella macchina ha una cilindrata che è il triplo della tua e...*

«Okay...» Fari bassi e potenti eseguirono la stessa svolta fatta dalla Scout una ventina di secondi prima. Li vide danzare a destra e a sinistra. L'auto accelerava di colpo e slittava sull'asfalto bagnato. Aveva i fari doppi. Non era la Karmann-Ghia.

Sei in pericolo, gli diceva il suo istinto, con calma. *Non sappiamo ancora quanto, ma è ora di svegliarsi.*

Ricevuto.

Kelly mise anche l'altra mano sul volante. La pistola poteva attendere. Incominciò ad analizzare la situazione, concludendo che i punti a suo favore non erano molti. La sua giardinetta non era fatta per gli inseguimenti. Non era un'auto sportiva, e neppure un'auto potente. Il suo cofano nascondeva solo quattro minuscoli cilindri. La Plymouth ne aveva ben otto, e ognuno sviluppava una potenza maggiore di tutti quelli della Scout messi assieme. C'era di peggio: aveva un'accelerazione strepitosa e un'ottima tenuta di strada, mentre la sua auto era stata concepita per marciare sullo sterrato all'incredibile velocità di trentasei chilometri orari. Gran brutta faccenda.

I suoi occhi passavano continuamente dal parabrezza allo specchietto retrovisore. Gli inseguitori non avevano un grosso distacco, e lo stavano colmando rapidamente.

Elementi a nostro favore? Il suo cervello incominciò a elencarli. *Questa macchina non è proprio da buttar via, è una piccola bastarda resistente. Hai dei paraurti grossi e cattivi, e con l'abitacolo alto puoi andargli addosso fin che vuoi. E che dire allora della carrozzeria? Quella Plymouth potrà anche essere lo status symbol preferito dagli stronzi, ma questa piccolina può essere, anzi, è un'arma, e tu le sai maneggiare bene le armi, no?* Aveva la soluzione.

«Pam» disse con la maggior calma possibile. «Ti dispiace abbassarti, amore?»

«Ci stanno...» Stava per voltarsi, la voce alterata dalla paura, ma la mano destra di lui la spinse giù, verso il fondo.

«Sì, sembra che ci stiano seguendo. Adesso lascia fare tutto a me, va bene?» L'unica parte della sua coscienza non ancora impegnata nell'azione era orgogliosa della sua calma e della sua sicurezza. Sì, era in pericolo, ma Kelly il pericolo lo conosceva, e molto ma molto più a fondo dei tipi sulla Plymouth, e se quelli volevano scoprire che cosa fosse il pericolo vero, con lui avevano trovato il tipo fottutamente giusto.

Le sue mani fremevano sul volante mentre si spostava dolcemente a sinistra, per poi frenare e fare una stretta curva a destra. La sua Scout non curvava certo come l'altra auto, ma le strade erano ampie, e stare davanti gli dava la possibilità di scegliere dove e quando svoltare. Un giochetto interessante, no? Seminarli sarebbe stato difficile, ma sapeva dove si trovava la stazione di polizia. Si trattava solo di portarceli. Una volta arrivati lì, l'avrebbero lasciato perdere.

Avrebbero potuto spararargli o tentare di ferirlo in qualche altro modo ma, in tal caso, aveva sempre la .45 automatica, un caricatore di scorta e una scatola di munizioni nel vano portaoggetti. Poteva anche darsi che fossero armati, ma sicuramente non erano ben addestrati. Li avrebbe lasciati avvicinare... quanti erano? Due? Forse tre? Avrebbe dovuto controllare, si disse, ricordandosi di non averne avuto il tempo.

Guardò nello specchietto retrovisore e, subito dopo, ne fu ricompensato. I fari di un'altra auto, a un isolato di distanza, illuminarono la vettura degli inseguitori: erano in tre. Si domandò inutilmente che armi potessero avere. Nella peggiore delle ipotesi, un fucile. Il peggio era un fucile a ripetizione, ma i teppisti di strada non erano soldati, e non sapevano che cosa era meglio utilizzare in una missione, no?

Può darsi, ma basta con le ipotesi, gli rispose il suo cervello.

La Colt .45, a distanza ravvicinata, era letale quanto un fucile, e lui sapeva come colpire un bersaglio. Mentre svoltava a sinistra si ricordò di benedire le sue esercitazioni settimanali. *Se dovesse succedere, lasciali avvicinare e sorprendili con un'imboscata.* Conosceva tutto quello che c'era da sapere in fatto di imboscate: falli cadere in trappola e falli saltare in aria.

Ormai la Plymouth era a soli dieci metri dietro di lui, e il suo conducente si stava domandando che cosa fare.

È proprio questa la cosa più difficile, pensò John, mettendosi nei panni del suo inseguitore. *Puoi avvicinarti quanto vuoi, ma l'altro è sempre circondato da una tonnellata di metallo. Che cosa vuoi fare, adesso? Venirmi addosso, magari?*

Kelly notò con dispiacere che l'altro guidatore non era del tutto stupido. Sul paraurti posteriore della Scout c'era il gancio del rimorchio e, se l'avesse tamponato, se lo sarebbe ritrovato nel radiatore.

La Plymouth si spostò a destra. Il conducente schiacciò a tavoletta l'acceleratore, per sfruttare tutta la potenza del V-8, ma essere davanti gli dava un vantaggio: sterzò bruscamente a destra per bloccargli la strada. Capì immediatamente che quel tizio non aveva il coraggio di rovinare la macchina. Sentì le gomme che stridevano sull'asfalto quando l'altro frenò per evitare lo scontro. *Non vogliamo mica graffiarla quella vernice rossa, vero? Una buona notizia, tanto per cambiare!* L'altra auto si spostò immediatamente a sinistra, ma lui parò anche quella mossa. Era come fare una regata in barca a vela. Non era interessante?

«Kelly, che sta succedendo?» domandò Pam, con una voce che si incrinava a ogni parola.

Le rispose la stessa voce calma che John aveva usato negli ultimi minuti. «Non sono molto svegli.»

«È la macchina di Billy, gli piace correre.»

«Billy, eh? Beh, Billy ci tiene un po' troppo alla sua macchina. Se vuoi colpire qualcuno, devi essere pronto a...» Tanto per il gusto di sorprenderli, schiacciò il pedale del freno fino in fondo. La giardinetta inchiodò, consentendo così a Billy di dare un'occhiata da vicino al gancio cromato del carrello. Poi Kelly accelerò di nuovo, controllando la reazione della Plymouth. *Già. Vuole starmi sotto, ma così posso intimidirlo facilmente, e la cosa non gli piacerà. Scommetto che è uno stronzetto che si dà un sacco di arie.*

Bene, farò così...

Decise di andarci piano. Complicare le cose non aveva senso, no? Il suo cervello cominciò a misurare angoli e distanze... e i fattori gli sembrarono ottimi. Accelerò un po' troppo nel prendere una curva, e a momenti entrò in testa-coda, ma aveva calcolato tutto, e si salvò con una manovra abbastanza goffa da far credere a Billy (che indubbiamente si vantava della propria abilità di guidatore) di essere un incapace. Grazie all'ottima tenuta di strada e ai copertoni larghi, la Roadrunner riuscì finalmente a colmare il distacco, affiancandosi alla parte posteriore della Scout, sulla destra. Ora, un tamponamento deliberato avrebbe potuto far perdere a Kelly il controllo dell'auto. Adesso era lei ad avere la meglio, o così credeva il suo conducente.

Okay...

Kelly non poteva svoltare a destra, perché Billy glielo impediva, così fece una curva a gomito a sinistra, prendendo una strada che attraversava un'ampia striscia di terreno abbandonato. Probabilmente ci avrebbero fatto passare un'autostrada. Le case che vi sorgevano erano state demolite, e i loro scantinati riempiti con del terriccio che, con la pioggia della notte, si era trasformato in fango.

Kelly si voltò per guardare la Plymouth. *Oh-oh.* Alla sua destra, il finestrino del passeggero si stava abbassando. Avevano una pistola, quello era poco ma sicuro. *Li stai lasciando avvicinare un po' troppo, Kelly.* Ma capì immediatamente che la cosa poteva essergli utile. Mostrò il proprio volto agli inseguitori, fissandoli a bocca aperta, con un'espressione di paura folle. Frenò di colpo e svoltò bruscamente a destra. La giardinetta sobbalzò sul bordo semidistrutto del marciapiede: una manovra ovviamente dettata dal panico. Pam gridò per l'improvviso scossone.

L'altra auto aveva un motore più potente, freni e gomme migliori, e il suo conducente aveva ottimi riflessi: caratteristiche che John aveva notato e su cui ora faceva affidamento. La Roadrunner parò la sua mossa e la imitò, frenando, svoltando a destra, sobbalzando sul cemento che si stava sfaldando, e seguendo la Scout attraverso quello che fino a poco tempo prima era un gruppo di case, per cadere dritta nella trappola tesagli da Kelly: riuscì a percorrere solo una ventina di metri.

John aveva già scalato le marce. Il fango era profondo almeno venti centimetri, ed esisteva la possibilità che la Scout restasse momentaneamente impantanata, anche se era molto improbabile. Sentì l'auto decelerare e affondare di qualche centimetro in quella melma, ma poi le grosse gomme dalle scolpiture profonde fecero presa e incominciarono a muoversi di nuovo. *Va' così!* Solo allora si voltò.

I fari dei suoi inseguitori confermarono quello che lui già sapeva. La Plymouth, troppo bassa anche per curvare sulle strade asfaltate, girava come impazzita a sinistra, con le gomme che slittavano sulla superficie gelatinosa, e, quando rallentò, non fece altro che formare quattro buche profonde nel terreno. I fari si inabissarono rapidamente: il potente motore dell'auto si era scavato la fossa da sé. Dal cofano si levò subito una nuvoletta di fumo, perché l'acqua del radiatore si era surriscaldata.

La corsa era finita.

Tre uomini scesero dalla Roadrunner. Rimasero lì, scocciati perché si erano sporcati le scarpe stravaganti tirate a lucido, a guardare come la loro macchina, un tempo pulita, era sdraiata nel fango come una scrofa stanca. Sembravano così demoralizzati, così delusi. Tutti quei loro piani terribili mandati a monte da un po' di pioggia, un po' di fango, e qualcuno con un po' di cervello, si disse John. *È bello sapere che non l'ho ancora perso del tutto*, annunciò trionfante la sua mente al suo istinto.

Poi gli uomini guardarono in direzione del punto in cui si trovava, a venti metri di distanza. Ebbero il buon senso di non provare neppure a sparare. Sapevano di essere stati sconfitti, pensò Kelly. E ora il tocco finale:

«Ehi, deficienti!» gridò tra la pioggia leggera che stava cadendo. «Ci vediamo, pezzi di merda!» Poi si allontanò di lì, sempre stando attento a non perderli di vista. Ecco cos'era che gli aveva fatto vincere la gara, rifletté. Prudenza, cervello, esperienza. E anche del fegato, ma Kelly allontanò subito quel pensiero, dopo essersi concesso di accarezzarlo solo un istante. Fece risalire la giardinetta su una striscia di strada asfaltata, ingranò una marcia più alta e si allontanò di lì, ascoltando il rumore delle piccole zolle di fango che le gomme lanciavano contro la carrozzeria. Parlò usando di nuovo la sua voce calma da soldato professionista.

«Adesso puoi rialzarti, Pam. Non li vedremo più per un po'.»

Lei eseguì i suoi ordini, e si voltò indietro a guardare Billy e la Roadrunner. Vederlo così vicino la fece sbiancare ancora in volto. «Che cos'hai fatto?»

«Non sono stati molto furbi» le spiegò lui. «Ho semplicemente lasciato che mi seguissero dove volevo io. Quella è una bella macchina per correre sulla strada, ma non va troppo bene nel fango. Peccato» aggiunse.

Pam sorrise per lui, mostrando un coraggio che al momento non aveva, a degno coronamento dell'avventura, così come Kelly avrebbe potuto raccontarla a un amico. Lui guardò l'orologio. Mancava più o meno un'ora prima della fine del turno alla stazione di polizia. Billy e i suoi amici sarebbero rimasti bloccati lì per un bel po'. La mossa più astuta, pensò, era trovare un posto tranquillo. Ritornò nel settore che aveva pattugliato prima, ma poi si diresse otto isolati a ovest, dove trovò una zona poco trafficata. Parcheggiò lì, e si rivolse a Pam:

«Come stai?».

«Ho avuto davvero paura» rispose la ragazza, tenendo lo sguardo abbassato e tremando violentemente.

«Senti, possiamo ritornare subito alla barca e...»

«No! Billy... mi ha violentato... e ha ucciso Helen. Se non lo fermo, lo farà anche ad altra gente che conosco...» Quelle parole servivano a convincere sia lui sia se stessa, e Kelly lo sapeva benissimo. Aveva già visto una cosa del genere: si chiamava coraggio. Parte integrante della paura, era la molla che spingeva le persone a portare a termine una missione, che sceglieva per le loro missioni. Dopo aver vissuto nelle tenebre, Pam aveva ritrovato la luce, e ora voleva che anche le altre potessero vederla di nuovo.

«Va bene, ma dopo che avrai raccontato tutto a Frank, ti porterò il più lontano possibile da Dodge City.»

«Sto bene.» disse lei, mentendo, e vergognandosi perché sapeva che lui l'aveva capito, senza sospettare quanto John comprendesse i sentimenti che provava in quel momento.

Stai bene davvero, avrebbe voluto dirle, ma lei non sapeva ancora niente di tutte quelle cose. Così le domandò: «Quante sono le altre ragazze?».

«Doris, Xantha, Paula, Maria e Roberta... sono tutte come me, John. E poi c'era Helen, ma l'hanno uccisa. E ci hanno costrette a vedere tutto.»

«Beh, con un po' di fortuna potrai aiutare la polizia a far finire questa storia, piccola.» Le mise un braccio attorno alla spalla e, dopo un po', i tremiti cessarono.

«Non è ancora ora?» chiese la ragazza. Lui spostò il braccio per guardare l'orologio.

«Un'altra mezz'ora. In genere non smonta mai in orario.»

«Ho sete.»

«C'è un frigo portatile sul sedile di dietro, non ricordi?»

Lei sorrise. «Già.» Si voltò per prendere una Coca.

Il primo segnale d'allarme che Kelly notò fu il corpo di Pam che si irrigidiva. Vide che la ragazza aveva il fiato sospeso. In quel preciso istante, ebbe la spiacevole sensazione che la sua pelle venisse attraversata da una scarica elettrica. La sensazione che c'era qualcosa che non andava. La sensazione di pericolo.

«*Kelly!*» urlò lei, anche se non era necessario, perché ormai anche la voce dell'istinto di Kelly stava gridando. Voltò la testa e vide che Pam stava guardando di dietro, a sinistra. Si girò immediatamente per prendere la pistola, ma era troppo tardi, e una parte di lui ne era consapevole. Quello che lo fece infuriare di più era che aveva commesso un errore gravissimo, fatale, ma non sapeva come e quale. Non ebbe il tempo di pensarci perché, prima di riuscire a impugnare l'arma, vide un lampo di luce e sentì un colpo fortissimo alla testa, cui seguì il buio totale.

7

Guarigione

La Scout venne avvistata da una pattuglia della polizia che faceva il suo giro. Il poliziotto Chuck Monroe, arruolato da appena un anno e quattro mesi (giusto il tempo sufficiente perché avesse un'auto tutta per sé), aveva l'abitudine di controllare la sua zona del distretto appena prendeva servizio. Non poteva fare un granché contro gli spacciatori (quello era compito della sezione narcotici), a meno che loro non commettessero qualche sciocchezza, ma poteva sempre "farsi vedere in giro", un'espressione che aveva imparato quand'era nei marines. Venticinque anni, sposato da poco, abbastanza giovane da credere nel suo lavoro e da indignarsi per quello che stava succedendo nella sua città e nel suo vecchio quartiere, l'agente notò la giardinetta perché era un'auto molto insolita per quei paraggi: valeva la pena di controllarla e prendere il numero di targa. Subito dopo, il suo cuore ebbe un sussulto, perché si accorse che sulla fiancata sinistra c'erano i segni di almeno due colpi di fucile. Monroe fermò la macchina, accese le luci d'emergenza e fece una chiamata preliminare alla centrale: possibili difficoltà, restate in ascolto. Scese dal suo mezzo e vide che lì attorno non c'era nessuno; persino gli spacciatori erano spariti. Afferrò il manganello con la sinistra, tenendo la destra sull'impugnatura della pistola d'ordinanza. Solo allora si avvicinò all'automobile. Essendo un poliziotto ben addestrato, Monroe avanzò lentamente e con la massima prudenza, guardandosi bene attorno.

«Oh, cazzo!» Ritornò alla sua vettura in un lampo. Chiamò prima i rinforzi, e poi un'ambulanza. In seguito comunicò alla sua sezione il numero di targa della Scout. Ci avrebbero messo un po' prima di arrivare, allora prese la valigetta del pronto soccorso e ritornò all'altra macchina. La portiera era chiusa, ma non era un problema, dato che il finestrino non esisteva più. Infilò la mano, sollevò la sicura e aprì lo sportello. La vista lo raggelò per un istante.

L'uomo aveva la testa appoggiata sul volante, così come la mano sinistra, mentre teneva la destra in grembo. Il suo sangue era schizzato dappertutto nell'abitacolo. Respirava ancora. L'agente ne fu sorpreso. Era chiaro che si trattava di un colpo di fucile, che, dopo aver distrutto il metallo e il vetroresina della carrozzeria, aveva colpito la testa, il collo e la parte superiore della schiena del conducente. Sulla pelle nuda c'erano tanti piccoli fori, e da ognuno di essi sgorgava sangue. Era una ferita terribile come tutte quelle che aveva visto quand'era in servizio o nei marines, eppure quell'uomo era vivo. Il fatto era così straordinario di per sé che Monroe decise di non aprire neppure la valigetta del pronto soccorso. L'ambulanza sarebbe arrivata tra pochi minuti, e pensò che, qualsiasi cosa avesse tentato di fare, avrebbe probabilmente peggiorato la situazione. Teneva la valigetta con la destra, a mo' di libro, continuando a guardare la vittima con la sensazione di impotenza tipica di un uomo d'azione a cui viene impedito di agire. Perlomeno, quel povero diavolo era incosciente. Doveva essere una ferita molto dolorosa, e sentire le grida dei feriti non gli era mai piaciuto.

Chi era? Guardò il corpo riverso e decise che poteva tentare di prendere il portafoglio. Prese la cassetta del pronto soccorso con la sinistra e, con la destra, cercò la tasca interna. Era vuota, come del resto ci si poteva aspettare, ma il tocco della sua mano provocò comunque una reazione. Il corpo si mosse leggermente, e questo era un male. Cercò di tenerlo fermo, ma poi anche la testa si spostò, e l'agente, sapendo che il capo doveva sempre star fermo, lo toccò automaticamente, commettendo un grave errore. Ci fu un contatto, e un urlo di dolore echeggiò nella strada buia e bagnata di pioggia, prima che il ferito si accasciasse di nuovo.

«Cazzo!» Monroe vide del sangue sulle sue dita e, inconsapevolmente, le pulì sui pantaloni blu dell'uniforme. Proprio in quel momento udì il lamento della sirena di un'ambulanza dei vigili del fuoco, proveniente da est. Mormorò una preghiera di ringraziamento perché l'arrivo di persone competenti l'avrebbe tolto da quell'impiccio.

L'ambulanza voltò l'angolo alcuni secondi dopo. Il grosso veicolo squadrato e biancorosso si fermò davanti all'auto di pattuglia, e i suoi occupanti si diressero immediatamente verso il poliziotto.

«Cos'abbiamo qui.» Stranamente, non sembrava affatto una domanda. L'infermiere dei vigili del fuoco non aveva comunque bisogno di chiedere niente. In quel quartiere e a quell'ora di notte (veramente era mattina, anche se lui la considerava ancora notte) non poteva trattarsi di un incidente, o no? Era senz'altro una ferita da taglio o da arma da fuoco, nel linguaggio asettico della sua professione. «Cristo!»

Il suo compagno stava già tornando all'ambulanza quando un altro mezzo della polizia arrivò sul posto.

«Che è successo?» chiese il responsabile del turno di guardia.

«Un colpo di fucile, da distanza ravvicinata, e il tipo è ancora vivo!» lo informò Monroe.

«Non mi piacciono le ferite che ha sul collo» commentò laconicamente il primo infermiere.

«Un collare?» domandò il suo collega dal retro dell'ambulanza.

«Sì, se muove la testa... accidenti!» L'uomo più anziano mise le mani sulla testa del ferito per tenerla nella posizione giusta.

«Documenti d'identità?» chiese il sergente.

«Non ha il portafoglio. Non ho ancora avuto la possibilità di guardare nella macchina.»

«Ha fatto controllare la targa?»

«Ho già chiamato, ci vorrà un po'.»

Il sergente illuminò l'abitacolo con una torcia per aiutare i due infermieri. Quello che vide gli fece fare una smorfia. «Nient'altro?» domandò a Monroe.

«Le strade erano deserte quando sono arrivato qui.» Guardò l'orologio. «Undici minuti fa.» I due agenti si tirarono indietro per far lavorare gli infermieri.

«L'ha mai visto prima?»

«No, sergente.»

«Controlli i marciapiedi.»

«Va bene.» Monroe incominciò a ispezionare la zona attorno alla vettura.

«Perché lo hanno fatto?» domandò il sergente, senza rivolgersi a nessuno in particolare. Guardando il corpo e tutto quel sangue, pensò subito che forse non l'avrebbero mai scoperto. Moltissimi delitti commessi in quel quartiere non erano mai stati del tutto risolti, il che non era certo piacevole per lui. Si rivolse ai due infermieri. «Come sta, Mike?»

«È quasi dissanguato, Bert. Sicuramente un fucile da caccia» rispose l'uomo, sistemando il collare cervicale. «La rosa di pallini ha colpito soprattutto il collo; alcuni sono vicini alla spina dorsale. Non mi piace per niente.»

«Dove lo portate?» domandò il sergente.

«Lo University è pieno» lo informò quello più giovane. «Un

autobus ha avuto un incidente sulla circonvallazione. Dobbiamo portarlo allo Hopkins.»

«Ci metteremo dieci minuti in più.» Mike bestemmiò. «Guida tu, Phil. Avvisali che abbiamo un ferito gravissimo e ci serve un neurochirurgo.»

«Va bene.» I due uomini lo sollevarono sulla barella. Il corpo reagì a quello spostamento e i due agenti (altre tre volanti erano appena arrivate) aiutarono a tenerlo fermo mentre gli infermieri lo legavano.

«Sei davvero conciato male, amico, ma adesso ti portiamo di corsa all'ospedale» disse Phil rivolto al ferito, che poteva o non poteva essere ancora abbastanza vivo da sentirlo. «È ora di muoverci, Mike.»

Caricarono la barella sull'ambulanza. Mike Eaton, il più anziano dei due, stava già preparando una flebo di plasma. Sistemare la cannuccia non fu un'impresa facile, perché l'uomo era sdraiato a pancia in giù, ma ci riuscì proprio quando l'ambulanza fece per partire. Nel tragitto fino al Johns Hopkins Hospital controllò le condizioni del ferito (la pressione sanguigna era pericolosamente bassa) e riempì dei moduli preliminari.

Chi sei? si domandò Eaton. In buona forma fisica, notò l'infermiere, ventisei, forse ventisette anni. Strano, per un drogato. In condizioni normali, doveva essere un tipo che incuteva rispetto, ma non ora. In quel momento assomigliava piuttosto a un grosso bambino addormentato con la bocca aperta, mentre respirava l'ossigeno da una maschera di plastica trasparente, troppo piano e troppo debolmente perché Eaton non si preoccupasse.

«Accelera!» ordinò al guidatore, Phil Marconi.

«Le strade sono bagnate, Mike, sto facendo del mio meglio.»

«Dài Phil, voi ''spaghetti'' non guidate mica come dei pazzi?»

«Ma non beviamo come voi!» rispose il collega, ridendo. «Ho appena chiamato, ci sarà un tagliacolli ad aspettarci. Una nottata tranquilla allo Hopkins, sono tutti per noi.»

«Bene» rispose Eaton, a voce bassa. Guardò il ferito. Spesso l'atmosfera del retro di un'ambulanza era solitaria e vagamente sinistra, e l'infermiere si rallegrò del lamento della sirena, altrimenti insopportabile. Del sangue gocciolava dalla barella sul fondo del veicolo; le gocce si muovevano sul metallo come se fossero dotate di vita propria. Era qualcosa a cui non ci si riusciva ad abituare.

«Due minuti» disse Marconi, voltandosi. Eaton si spostò sul fondo del furgone, pronto ad aprire le portiere. Sentì che l'ambulanza girava, si fermava, e poi faceva velocemente marcia indietro prima di arrestarsi di nuovo. Le portiere vennero aperte di scatto prima che lui avesse il tempo di toccare la maniglia.

«Accidenti!» esclamò un infermiere del pronto soccorso. «Okay, ragazzi, lo portiamo al tre.» Due robusti inservienti scaricarono la barella, mentre Eaton staccò dal gancio il flacone della flebo e li seguì.

«Problemi allo University?» domandò l'interno.

«Un autobus ha avuto un incidente» lo informò Marconi, affiancandolo.

«Comunque va meglio qui. Cristo! Che gli è successo?» Il medico si chinò per esaminare la ferita mentre lo portavano dentro. «Avrà in corpo almeno un centinaio di pallini!»

«E aspetti di vedere il collo!» gli disse Eaton.

«Merda!» mormorò l'altro.

Lo trasportarono nell'ampia sala del pronto soccorso, e lo misero in un separé d'angolo. I cinque uomini lo spostarono dalla barella su un lettino d'emergenza, e l'équipe si mise al lavoro. C'era anche un altro medico, e qualche infermiera.

Il medico di turno, Cliff Severn, tolse delicatamente il collare cervicale, dopo essersi assicurato che la testa fosse immobilizzata dai sacchetti di sabbia. Gli bastò dare un'occhiata sola.

«Possibile lesione alla spina dorsale» annunciò immediatamente. «Ma prima dobbiamo far aumentare il volume sanguigno.» Impartì una serie di ordini. Mentre le infermiere inserivano altre due unità di sangue, Severn tolse le scarpe al paziente e gli punzecchiò la pianta del piede sinistro con uno strumento di metallo appuntito. Il piede si mosse. Bene, non c'erano lesioni nervose immediate. Buone notizie. Ripeté la procedura anche in vari punti delle gambe, sempre ottenendo reazioni. Straordinario. Nel frattempo, un'infermiera stava facendo dei prelievi per gli esami di routine. Severn non aveva neppure bisogno di controllare i preparatissimi membri della sua équipe, intenti ai compiti più disparati. Quella che sembrava essere un'attività frenetica e confusa, in realtà era più simile al comportamento della difesa di una squadra di football, il risultato di mesi e mesi di diligente allenamento.

«Dove diavolo è il neurochirurgo?»

«Sono qui!» rispose una voce.

Severn alzò gli occhi. «Ah, professor Rosen.»

I saluti terminarono lì. Sam Rosen non era di buon umore, come capì immediatamente anche Cliff Severn. Il professore aveva alle spalle una giornata lavorativa di venti ore. Quello che avrebbe dovuto essere un turno di sei ore era stato solo l'inizio di un'interminabile maratona per salvare la vita di una donna anziana caduta dalle scale; una maratona che si era conclusa con una sconfitta meno di un'ora prima. Sarebbe dovuto riuscire a salvarla, si diceva Sam, non ancora ben sicuro di che cosa fosse andato storto. Anziché arrabbiarsi, fu grato per il prolungamento inaspettato di una giornata terribile: forse quella volta avrebbe vinto.

«Mi dica di che si tratta» ordinò il professore con tono brusco.

«Ferita da arma da fuoco; fucile da caccia; vari pallini molto vicini alla spina dorsale.»

«Okay.» Rosen si chinò, tenendo le mani incrociate dietro alla schiena. «E i vetri?»

«Era in macchina» gridò Eaton dall'altra parte del separé.

«Dobbiamo toglierli, dobbiamo anche rasargli i capelli» disse Rosen, controllando la ferita. «Pressione?»

«Cinquanta su trenta» lo informò un'infermiera. «Polso centoquaranta e debole.»

«Avremo un bel da fare» osservò Rosen. «Questo tipo è proprio messo male. Hmm.» Fece una pausa. «Le condizioni generali del paziente sembrano buone, buon tono muscolare. Ha bisogno di un'altra trasfusione.» Rosen vide che altre due unità di sangue venivano iniettate mentre stava ancora parlando. Le infermiere del pronto soccorso erano molto esperte, e il professore annuì in segno d'approvazione.

«Come sta tuo figlio, Margaret?» domandò a quella più anziana.

«A settembre va alla Carnegie» rispose la donna mentre regolava il flusso della flebo.

«Poi puliscigli il collo, Margaret. Devo dargli un'occhiata.»

«Sì, professore.»

Con una pinza, l'infermiera afferrò un grosso batuffolo di cotone, lo immerse in acqua distillata e lo passò delicatamente sul collo del paziente, togliendo il sangue e portando alla luce le vere ferite. Vide immediatamente che le cose sembravano peggiori di quanto non fossero in realtà. Mentre lei finiva di pulire il paziente con il tampone, Rosen cercò un camice sterile e lo indossò. Quando ritornò al capezzale del letto, Margaret Wilson aveva già preso un set di strumenti sterilizzati, l'aveva aperto e sistemato lì a fianco. Eaton e Marconi osservavano il tutto da un angolo della stanza.

«Bel lavoro, Margaret» commentò Rosen, inforcando gli occhiali. «In che cosa si vuol laureare?»

«Ingegneria.»

«Ottimo.» Rosen sollevò la mano. «Pinze.» L'infermiera Wilson gliene porse un paio. «C'e sempre bisogno di un giovane e brillante ingegnere.»

Rosen scelse un piccolo foro rotondo sulla spalla del paziente, ben lontano da tutti i centri nervosi vitali. Con una delicatezza che sembrava quasi comica, per via di quelle sue mani enormi, esplorò la ferita e ne estrasse un pallino di piombo che osservò controluce. «Un calibro sette, suppongo. Qualcuno deve averlo scambiato per un piccione. Buone notizie» disse agli infermieri. Ora che sapeva qual era la dimensione e probabilmente anche la profondità delle varie ferite, si chinò ancora sul collo del paziente. «Hmm... quant'è la pressione, adesso?»

«La sto misurando» rispose un'altra infermiera dal lato opposto del lettino. «Cinquantacinque su quaranta. È in aumento.»

«Grazie» fece Rosen, sempre chino sul paziente. «Chi gli ha fatto la prima trasfusione?»

«Io» rispose Eaton.

«Ottimo lavoro, pompiere.» Rosen lo guardò e gli strizzò l'occhio. «A volte penso che riusciate a salvare più vite di noi. Lei l'ha salvato, questo è poco ma sicuro.»

«Grazie, professore.» Eaton non conosceva bene Rosen, ma pensò subito che la sua reputazione fosse meritata. Per un paramedico non era una cosa di tutti i giorni ricevere un simile complimento da un primario. «E pensa che... voglio dire, la ferita al collo?»

Rosen la stava esaminando nuovamente da vicino. «Riflessi, dottore?» chiese al medico del pronto soccorso.

«Positivi. Il Babinsky è buono. Non ci sono segni evidenti di danni periferici.» Era una specie di esame, e gli esami innervosivano sempre il giovane interno.

«Potrebbe essere anche meno grave di quello che sembra, ma dobbiamo sbrigarci a togliere i pallini, prima che si spostino. Due ore?» domandò a Severn. Rosen era un professore, ma sapeva che l'interno ne sapeva più di lui sulle ferite, lavorando al pronto soccorso.

«Forse tre.»

«Mi farò un pisolino.» Guardò l'orologio. «Vengo a prenderlo... diciamo alle sei.»

«Vuole operarlo lei?»

«Perché no? Visto che sono qui. Non è niente di problematico, ci vuole solo un attimo.» Rosen pensò che aveva diritto a un caso facile, magari una volta al mese. Essendo un primario, gli toccavano sempre i casi più difficili.

«Per me va benissimo.»

«Aveva dei documenti?»

«No» rispose Marconi. «La polizia dovrebbe essere qui a momenti.»

«Bene.» Rosen si rialzò e si stiracchiò. «Sai Margaret, quelli come noi non dovrebbero lavorare a quest'ora.»

«Ho bisogno dei soldi in più del turno di notte» rispose l'infermiera Wilson. «Mi chiedo che cosa sia questo» aggiunse dopo un po'.

«Eh?» Rosen andò dall'infermiera, dall'altra parte del lettino, mentre il resto dell'équipe continuava a fare il proprio lavoro.

«Un tatuaggio sul braccio» gli disse lei. L'infermiera fu sorpresa dalla reazione del professore.

Il passaggio dal sonno alla veglia era sempre stato facile per Kelly, ma non lo fu quella volta. Il suo primo pensiero coerente fu di sorpresa, anche se non riusciva a capire perché. Poi venne il dolore, ma più che dolore era la sensazione confusa che avrebbe dovuto provarne, e anche molto. Quando si accorse di poter aprire gli occhi, lo fece, e si ritrovò a fissare un pavimento di linoleum grigio. Alcune gocce sparse per terra riflettevano la luce vivida delle lampade al neon sopra la sua testa. Gli sembrava di avere gli occhi trafitti da aghi, e solo più tardi capì che quelli veri erano conficcati nelle sue braccia.

Sono vivo.

Perché la cosa mi sorprende?

Udiva dei rumori: i passi di qualcuno che si muoveva lì attorno, discorsi smorzati, rintocchi lontani. Il fruscìo di un lieve venticello si spiegava con la presenza delle bocchette del condizionatore: una doveva essere proprio lì vicino, dato che si sentiva soffiare aria fredda sulla schiena. Qualcosa gli disse che doveva muoversi, che stare fermo lo rendeva vulnerabile ma, anche quando riuscì finalmente a ordinare alle sue membra di spostarsi, non successe nulla. Fu allora che il dolore annunciò la propria presenza e, simile all'onda formata da un insetto che cade nell'acqua di uno stagno, partì da un punto della sua spalla e si propagò al resto del corpo. Kelly classificò immediatamente quella sensazione che, approssimativamente, era paragonabile a quella che poteva dare una scottatura, una brutta scottatura, perché gli sembrava che tutta la parte sinistra del suo corpo, dal collo fino al gomito, fosse bruciacchiata. Si rendeva conto di aver trascurato un dettaglio, probabilmente qualcosa d'importante.

Dove cazzo sono?

Credette di sentire in lontananza il vibrare di... di che cosa?

Dei motori di una nave? Lo aveva già sentito più di una volta, ma per qualche ragione non gli sembrava possibile e, dopo alcuni secondi, capì che si trattava del rumore di un autobus che partiva dalla fermata. Non una nave. Una città. Perché mi trovo in una città?

Un'ombra gli passò davanti al viso. Aprì gli occhi e vide la parte inferiore di un camice di cotone verde chiaro. Le mani della persona accanto al letto stringevano una specie di tabella. Aveva la vista sfuocata e, prima che riuscisse a distinguere se si trattava di un uomo o di una donna, lo sconosciuto se n'era già andato. Non gli venne neppure in mente di dirgli qualcosa, prima di ripiombare nel sonno.

«La ferita alla spalla era grossa ma superficiale» disse il professor Rosen all'interno di neurochirurgia, che era a dieci metri di distanza da lui.

«Già, ma ne ha perso di sangue. Ci sono volute quattro trasfusioni» commentò la donna.

«Le ferite da fucile da caccia sono così. Uno solo dei pallini poteva rappresentare un pericolo per la spina dorsale. Ci ho messo un po' a trovare il modo di estrarlo senza rischiare di danneggiare niente.»

«Duecentotrentasette pallini, ma...» osservò la radiografia in controluce «...sembra che lei sia riuscito a tirarli fuori tutti. Comunque questo tipo si ritroverà con un bel mucchio di lentiggini.»

«Ce ne ho messo di tempo» disse Sam, stanco, sapendo che avrebbe dovuto lasciare che fosse qualcun altro a operarlo, ma dopotutto era stato lui a offrirsi volontario.

«Lo conosce, non è vero?» domandò Sandy O'Toole, che arrivava dalla sala rianimazione.

«Sì.»

«Sta riprendendo conoscenza, ma gli ci vorrà un po'.» Gli porse la tabella con i parametri vitali del paziente. «Sembra tutto a posto, professore.»

Il professor Rosen annuì e continuò il suo discorso con l'interno. «Ha una fibra molto resistente. Quel pompiere ha fatto un ottimo lavoro con quella prima trasfusione. Stava quasi per morire dissanguato, ma le ferite sembravano più gravi di quanto non fossero in realtà. Sandy?»

«Sì, professore.» La donna si voltò.

«È un mio amico. Ti dispiace se ti chiedo di trattarlo...»

«Con un occhio di riguardo?» chiese l'infermiera da sotto la mascherina.

«Sei la migliore, Sandy.»

«C'è qualcos'altro che dovrei sapere?» domandò lei, felice del complimento.

«È un brav'uomo, Sandy.» Sam lo disse con tono veramente convinto. «Anche Sarah lo stima.»

«Allora dev'essere proprio un tipo in gamba.» Ritornò nel reparto rianimazione, domandandosi se il professore stesse tentando ancora una volta di combinarle un matrimonio.

«Che devo dire alla polizia?»

«Tra quattro ore, minimo. Voglio esserci anch'io.» Rosen diede un'occhiata al caffè nel bricco, ma decise di non berlo. Ancora una tazza e gli sarebbe venuta un'ulcera, con tutto l'acido che aveva nello stomaco.

«E allora, chi è?»

«Non so un granché su di lui. Ho avuto dei problemi con la mia barca nella baia, e lui mi ha tirato fuori dai guai. Io e Sarah abbiamo trascorso un fine settimana da lui.» Sam si fermò lì. Era vero, non sapeva un granché, ma aveva dedotto molte cose, ed era preoccupatissimo. Aveva fatto la sua parte. Non era stato lui a salvare la vita di Kelly (ma la fortuna e quel pompiere, probabilmente), però aveva eseguito un intervento ineccepibile, riuscendo tuttavia a far arrabbiare il medico di turno, la dottoressa Ann Pretlow, impedendole di fare qualsiasi cosa che non fosse limitarsi ad assistere. «Ho bisogno di dormire un po'. Non ho grandi impegni per oggi. Le dispiace occuparsi della signora Baker?»

«Nessun problema.»

«Mi faccia svegliare fra tre ore» le disse Rosen, dirigendosi verso il proprio ufficio, dove lo aspettava un comodo divano.

«Bella abbronzatura!» osservò Billy con un sorriso compiaciuto. «Mi chiedo dove l'abbia presa.» Quella frase suscitò l'ilarità generale. «Che ne facciamo di lei?»

Ci pensò attentamente. Aveva appena scoperto un ottimo metodo per disfarsi di un cadavere, molto più pulito, in un certo senso, e molto più sicuro di quelli che avevano usato fino allora. Ma comportava un lungo viaggio in barca, e ci sarebbe voluto troppo tempo. Inoltre, non voleva che nessuno venisse a saperne qualcosa: era semplicemente un sistema troppo buono perché lo usasse anche qualcun altro. Sapeva che uno dei suoi complici avrebbe finito per parlare. Era quello il problema vero, e non liberarsi della ragazza.

«Trovate un posto» disse, dopo una breve riflessione. «Se la trovano non importa.» Poi diede un'occhiata circolare alla stanza, studiando le espressioni delle altre. Avevano imparato la lezione. Nessuna avrebbe tentato di nuovo di scappare, perlomeno non subito. Non aveva neppure bisogno di dir niente.

«Stanotte? È meglio, di notte.»

«Va bene. Non c'è fretta.» Alle ragazze il concetto sarebbe entrato in testa ancor meglio se l'avessero guardata per tutto il resto del giorno, sdraiata lì, sul pavimento. Lui ne aveva ricavato un po' di piacere, e ognuno doveva avere la lezione che si meritava: anche se ormai per quella era troppo tardi, le altre avrebbero potuto imparare dai suoi errori, no? Specialmente se la lezione era chiara e severa. Anche imbottendosi di droga non se la sarebbero scordata più.

«E l'altro tipo?» domandò a Billy.

Billy ghignò di nuovo. Era la sua espressione preferita. «L'ho fatto saltare in aria. Con tutt'e due le canne, da tre metri. Non ci darà più fastidio.»

«Perfetto.» Se ne andò. Aveva tanto lavoro da sbrigare e doveva raccogliere gli incassi. Quel problemino era acqua passata. Peccato che non tutti fossero così facili da risolvere, pensò mentre si avviava alla macchina.

Il corpo non si muoveva. Doris e le altre erano sedute nella stessa stanza, incapaci di staccare gli occhi da quella che un tempo era stata una loro amica. Stavano imparando la lezione, così come voleva Henry.

Kelly si accorse vagamente che lo stavano spostando. Il pavimento si muoveva sotto di lui. Vide le linee tra le piastrelle scorrere come i titoli di coda di un film, finché non lo spinsero in un'altra stanza, molto più piccola. Cercò di alzare la testa, riuscendo anche a muoverla di alcuni centimetri, abbastanza da vedere le gambe di una donna. I pantaloni verdi da sala operatoria erano corti e lasciavano intravedere due caviglie che, pensò, erano decisamente femminili. Udì una specie di ronzìo, e il suo orizzonte si spostò verso il basso. Poco dopo, capì di trovarsi su un letto con parti mobili dotato di motorino elettrico, sospeso tra due cerchi di acciaio inossidabile. Il suo corpo era assicurato in qualche modo al letto e, mentre la base ruotava, Kelly sentì la pressione dei lacci che lo immobilizzavano: non gli davano fastidio, ma li sentiva. In quel momento vide una donna. Era più o meno della sua stessa età, forse più giovane di uno o due anni, aveva una massa di capelli castani costretta sotto una cuffia verde e occhi chiari che brillavano in modo amichevole.

«Salve!» disse la donna da dietro una maschera. «Sono la sua infermiera.»

«Dove sono?» domandò Kelly con voce stridula.

«Al Johns Hopkins Hospital.»

«Cos'è...»

«Le hanno sparato» spiegò lei, toccandogli la mano.

La delicatezza di quel tocco suscitò mille pensieri nella sua mente annebbiata dai sedativi. Per circa un minuto, Kelly non riuscì a decidere se era veramente sveglio o se si trovava in un incubo tanto dettagliato da sembrare realtà. Gli pareva di essere immerso in una nuvola di fumo, che si spostava e vorticava in continuazione, ma che invece di disperdersi stava formando un'immagine davanti ai suoi occhi. Le tessere mancanti del mosaico che voleva completare stavano ricomponendosi, e anche se John cominciava a capire che il risultato finale sarebbe stato orribile, la sua mente faceva di tutto per averlo al più presto.

Sandy O'Toole aveva tenuto la maschera per una ragione ben precisa. Era una donna attraente, e lo sapeva, come sapeva anche che molti pazienti di sesso maschile reagivano bene all'idea che una persona con i suoi attributi si prendesse cura di loro. Ora che il paziente Kelly, John, era più o meno sveglio, sollevò la mano e se la slacciò finalmente, per elargirgli il suo smagliante sorriso femminile: la prima cosa bella che quel giorno gli avrebbe regalato. Sandy O'Toole piaceva agli uomini, per quella sua figura alta e atletica e quel buchetto impertinente che aveva tra gli incisivi, un particolare che il sesso forte considera sexy da sempre. Sandy non aveva idea del perché (ci si infilava il cibo e basta) ma, finché funzionava, era soltanto un altro degli strumenti che aveva a disposizione per aiutare i malati a star meglio. E così gli fece un sorriso puramente professionale. Il risultato fu del tutto diverso da quelli che aveva visto prima d'allora.

Il suo paziente diventò pallidissimo, di un bianco non candido come quello della neve o di un lenzuolo fresco di bucato, ma chiazzato e malaticcio, come quello del polistirolo. In un primo momento, pensò che fosse successo qualcosa di grave: una grossa emorragia interna, forse, o persino una trombosi provocata da un grumo di sangue. L'uomo avrebbe potuto anche gridare, ma non riusciva a respirare, e le sue mani si afflosciarono sul letto. I suoi occhi restarono incollati sulla donna e, dopo un po', O'Toole capì che era stata lei la causa di tutto, qualsiasi cosa fosse. Il suo primo impulso fu quello di prendergli la mano e dirgli che andava tutto bene, anche se si era accorta subito che non era vero.

«Oh, Dio... oh, Dio... Pam...» Su quello che doveva essere un bel viso dai lineamenti marcati era dipinta la disperazione più nera.

«Lei era con me» disse Kelly a Rosen alcuni minuti più tardi. «Sai niente, dottore?»

«La polizia sarà qui tra poco, John, ma no, non so niente. Forse è stata ricoverata in un altro ospedale» si augurò Sam. Ma sapeva benissimo che quella speranza era una bugia, e si odiò per aver mentito. Si diede un gran da fare per controllare polso e pressione di Kelly, cosa che avrebbe potuto fare benissimo anche Sandy, e poi esaminò la schiena del paziente. «Ti riprenderai. Come va la spalla?»

«Non troppo bene, Sam» rispose Kelly, ancora intontito. «È grave?»

«Ti hanno sparato con un fucile da caccia, e ti hanno preso in pieno, ma... il finestrino era chiuso?»

«Sì» rispose John, ricordandosi di averlo tenuto alzato per via della pioggia.

«È anche per questo che ti sei salvato. I muscoli della spalla sono conciati abbastanza male, e per poco non morivi dissanguato, ma non resteranno danni permanenti, a parte le cicatrici. Ti ho operato io.»

Kelly alzò lo sguardo. «Grazie, Sam. Non mi fa tanto male... è stato peggio l'ultima volta che...»

«Adesso piantala, John» ordinò Rosen con gentilezza, guardandogli il collo da vicino.

Si promise di richiedere un'altra serie completa di radiografie, per assicurarsi che non gli fosse sfuggito qualche pallino, magari vicino alla spina dorsale. «L'effetto degli analgesici finirà tra poco. Non fare l'eroe. Qua non diamo promozioni, capito?»

«Sì, sì. Per favore, controlla se Pam è in un altro ospedale, d'accordo?» domandò Kelly con voce ancora speranzosa, ma senza farsi troppe illusioni, come Sam, del resto.

Due agenti in uniforme avevano aspettato che il ferito riprendesse conoscenza. Rosen fece entrare il più anziano dei due alcuni minuti dopo. L'interrogatorio fu breve, secondo quanto aveva ordinato il medico. Il poliziotto si accertò della sua identità, e poi gli fece delle domande su Pam: avevano già avuto una sua descrizione da Rosen, ma non conoscevano il suo cognome, che avrebbe dovuto fornire lui. L'agente prese nota dell'appuntamento col tenente Allen, e uscì poco dopo, perché Kelly stava per riaddormentarsi. Come si affrettò a precisare Rosen, le precarie condizioni fisiche del paziente a seguito della ferita e dell'intervento e il fatto che si trovasse sotto l'effetto degli analgesici avrebbero comunque invalidato le sue dichiarazioni.

«E allora, chi è la ragazza?» domandò il poliziotto più anziano.

«Fino a un paio di minuti fa non sapevo neppure quale fosse il suo cognome» rispose Rosen nel suo ufficio. Anche lui era assonnato perché non dormiva da molte ore, e ne risentiva. «Lei era tossicodipendente quando li abbiamo conosciuti. Barbiturici. Viveva con Kelly, credo. Noi l'abbiamo aiutata a disintossicarsi.»

«''Noi'' chi?»

«Io e mia moglie, Sarah. Lavora anche lei qui, fa la farmacologa. Le può parlare, se vuole.»

«Lo faremo» gli assicurò il poliziotto. «E di Mr. Kelly che cosa sa?»

«È un ex sottufficiale di marina, un reduce del Vietnam...»

«Ha motivo di credere che sia un drogato anche lui?»

«Assolutamente no» rispose Rosen, con voce lievemente irritata. «Le sue condizioni fisiche sono troppo buone, e poi ho visto come ha reagito alla... quando ha scoperto che Pam prendeva delle pasticche. Ho dovuto calmarlo. È impossibile che si droghi. Sono un medico, si ricorda? Me ne sarei sicuramente accorto.»

Il poliziotto non si lasciò impressionare più di tanto dalle sue parole, ma le prese alla lettera. Gli investigatori si sarebbero divertiti un sacco con questo caso, pensò. Quella che sembrava essere una semplice rapina adesso si era rivelata perlomeno anche un rapimento. Fantastico. «E che cosa stava facendo in quella parte della città?»

«Non lo so» ammise Sam. «Chi è il tenente Allen?»

«Uno della omicidi del distretto occidentale» spiegò il poliziotto.

«Mi chiedo perché si dovevano incontrare...»

«Questo ce lo dirà il tenente, dottore.»

«È stata una rapina?»

«Probabile. Tutto sembra farlo pensare. Abbiamo trovato il suo portafogli a un isolato di distanza: non c'erano soldi, né carte di credito, solo la patente. Aveva anche una pistola, sull'auto. Chiunque l'abbia rapinato non deve averla vista. Tra l'altro, la cosa è anche illegale» fece notare il poliziotto. Un altro agente entrò nella stanza.

«Ho ricontrollato il nome... *sapevo* di averlo già sentito prima. Ha fatto un lavoro per Allen. Ti ricordi il caso Gooding, l'anno scorso?»

L'uomo più anziano alzò gli occhi dal blocco degli appunti. «Ah, sì. È quello che ha ritrovato la pistola?»

«Già. E che poi ha anche fatto da istruttore ai nostri sommozzatori.»

«Sì, però la cosa non spiega quello che stava facendo lì» osservò il poliziotto.

«È vero» ammise il suo compagno. «Ma visti i precedenti è difficile credere che fosse del giro.»

L'altro agente scosse la testa. «C'era anche una ragazza con lui. È scomparsa.»

«Anche un rapimento? Che abbiamo su di lei?»

«Solo un nome: Pamela Madden. Vent'anni, ex drogata, sparita. Abbiamo Mr. Kelly, la sua macchina e la sua pistola. Tutto qui. Fucile a pallini, quindi nessuna pallottola. Nessun testimone. Una ragazza scomparsa, probabilmente, ma la sua descrizione potrebbe corrispondere a quella di diecimila ragazze del posto. Rapina-rapimento.» Tutto sommato, non era un caso atipico. Spesso inizialmente la polizia aveva in mano pochissimi elementi. A ogni modo, i due agenti avevano capito che gli investigatori si sarebbero occupati di quella faccenda quasi immediatamente.

«Non era di qui. Aveva un accento del Texas o di quelle parti.»

«Nient'altro?» domandò il poliziotto più anziano. «Avanti, dottore, qualsiasi cosa che ci possa essere utile, capisce?»

Sam fece una smorfia. «Era stata vittima di una violenza carnale. Forse era una prostituta. Mia moglie ha detto... accidenti, l'ho visto anch'io... le ho visto delle cicatrici sulla schiena. L'avevano frustata; segni permanenti dovuti a cinghiate, o roba del genere. Non le abbiamo chiesto niente, ma può darsi che facesse la prostituta.»

«Mr. Kelly ha strane abitudini e strane conoscenze, non le pare?» commentò l'agente prendendo appunti.

«Da quello che mi ha appena detto, sembra che aiuti anche la polizia, o no?» Il professor Rosen si stava alterando. «C'è dell'altro? Devo fare il mio giro di visite.»

«Dottore, ci troviamo di fronte a un caso di tentato omicidio, probabilmente commesso durante una rapina, e forse anche a un rapimento. Sono reati gravi. E anche noi abbiamo delle procedure da seguire, proprio come lei. Quand'è che Kelly sarà in grado di sostenere un vero interrogatorio?»

«Domani, probabilmente, ma sarà molto instabile almeno per un paio di giorni.»

«Va bene alle dieci?»

«Sì.»

I due uomini si alzarono. «Manderemo qualcuno.»

Rosen li guardò andarsene. Stranamente, quella era stata la prima volta che aveva avuto a che fare con un'indagine criminale importante. Più spesso gli erano capitati casi di incidenti stradali o infortuni di lavoro. Non riusciva a credere che Kelly potesse essere un malvivente, eppure le domande degli agenti andavano a parare proprio in quella direzione, o no? In quel momento entrò la dottoressa Pretlow.

«Abbiamo finito le analisi del sangue di Kelly.» Gli porse i risultati. «Gonorrea. Dovrebbe stare più attento. Consiglio della penicillina. Allergie note?»

«Nessuna.» Rosen chiuse gli occhi e imprecò. Che altro sarebbe successo, quel giorno?

«Non è grave. Sembra agli inizi. Quando starà meglio manderò l'assistente sociale a parlargli di...»

«Lei non farà niente del genere» ringhiò Rosen.

«Ma...»

«Ma la ragazza che l'ha contagiato è morta, probabilmente, e noi non faremo in modo che se la ricordi in quel modo.» Era la prima volta che Sam riconosceva la probabile verità, e gli sembrava che fosse ancor peggio, gli sembrava di aver condannato a morte Pam. Aveva pochi elementi su cui basare quella supposizione, ma il suo istinto gli diceva che doveva essere così.

«La legge vuole che...»

Era troppo. Rosen stava per esplodere. «C'è un *uomo* in quella stanza. Un brav'uomo! Io l'ho visto innamorarsi di una ragazza che con ogni probabilità è stata ammazzata, e non voglio che si ricordi di lei come di quella che gli ha trasmesso una malattia venerea. Sono stato chiaro, dottoressa? Al paziente diremo che la penicillina è per un'infezione post-operatoria. Ed è questo che segnerà sulla cartella clinica.»

«No, professore, non ho alcuna intenzione di farlo.»

Rosen scrisse le opportune annotazioni. «Fatto.» Alzò lo sguardo. «Dottoressa Pretlow, lei ha la stoffa per essere un ottimo chirurgo dal punto di vista tecnico. Cerchi di ricordarsi che i pazienti su cui interveniamo sono esseri umani dotati di sentimenti, d'accordo? Penso che se lo farà, troverà anche più facile fare questo lavoro, in fin dei conti. E sarà anche un medico decisamente migliore.»

Chissà perché era così arrabbiato, si domandò la Pretlow uscendo dallo studio.

8

Maschera

Fu una combinazione di circostanze. Il 20 giugno era una giornata calda e noiosa. Un reporter del *Sun* di Baltimora aveva sostituito la sua veneranda Pentax con una nuova macchina fotografica, una Nikon e, sebbene rimpiangesse ancora la perdita della sua vecchia amica, sapeva che quella nuova, come una giovane amante, aveva mille qualità ancora tutte da scoprire e da apprezzare. Una di queste era una serie completa di teleobiettivi che il distributore aveva aggiunto gratis: la Nikon era infatti un nuovo modello e, dato che l'azienda voleva che si diffondesse velocemente nella comunità giornalistica, a venti fotografi di vari quotidiani di tutto il Paese erano stati inviati dei set in omaggio. Quello in questione l'aveva ricevuto perché tre anni prima aveva vinto il premio Pulitzer. Il fotografo, Bob Preis, era seduto sulla sua auto parcheggiata in Druid Lake Drive e ascoltava la radio della polizia, sperando che accadesse qualcosa d'interessante, anche se per il momento c'era calma piatta. E così si trastullava col suo giocattolo nuovo, esercitandosi a cambiare gli obiettivi. Certo che quella Nikon era proprio fatta bene, pensava. Come un soldato di fanteria impara a smontare e pulire il suo fucile anche nell'oscurità più totale, Preis voleva riuscire a passare da un obiettivo all'altro senza guardare, costringendosi a osservare la zona circostante per non usare gli occhi: quella procedura doveva diventare automatica e naturale come aprire e chiudere la cerniera dei pantaloni.

Furono i corvi ad attrarre la sua attenzione. Nel laghetto di forma irregolare, lontana dal centro, si ergeva una fontana. Non si trattava certo di un capolavoro architettonico: era un semplice cilindro di cemento che si stagliava due metri, due metri e mezzo sopra la superficie dell'acqua, da cui partivano alcuni zampilli in genere più o meno verticali, anche se quel giorno le raffiche di vento li spingevano in tutte le direzioni, a casaccio. I corvi volteggiavano sopra di essa, cercando di tanto in tanto di entrarci, scoraggiati dagli spruzzi di acqua chiara che, spostandosi continuamente, sembravano spaventarli. Che c'era lì di così interessante? Le mani di Preis frugarono nella custodia, trovarono l'obiettivo da 200 mm e lo inserirono con rapidità sulla macchina fotografica.

«Cristo santo!» Preis scattò immediatamente dieci fotogrammi in rapida successione. Soltanto dopo aver fatto questo prese la sua radio e chiamò la base, per dire di avvisare immediatamente la polizia. Cambiò di nuovo obiettivo, questa volta scegliendo un 300 mm, il più potente che aveva. Terminò un rullino e ne inserì un secondo a colori, appoggiò la Nikon al finestrino della sua vecchia, stanca Chevrolet e finì anche quello. Vide che un corvo era riuscito ad attraversare i getti d'acqua, e si era posato su...

«Oh, Dio, no...» Dopotutto, lì dentro c'era un corpo umano, il corpo di una giovane donna, bianco come l'alabastro, e, con il teleobiettivo, Preis stava inquadrando un corvo che ci passeggiava sopra con un paio di zampe artigliate; i suoi occhi scuri e impietosi fissi su quello che per il volatile era soltanto un pasto vario e abbondante. Il reporter posò la macchina fotografica e inserì la marcia. Violò due regole diverse del codice stradale per tentare di avvicinarsi il più possibile alla fontana, e in quello che per lui era un caso rarissimo di trionfo dell'umanità sulla professionalità, schiacciò il clacson della sua auto con tutte le sue forze per tentare di spaventare l'uccello e farlo volar via. Il corvò alzò la testa, ma vide che, qualunque fosse l'origine di quel rumore, non esisteva alcun pericolo immediato, e riprese a scegliere il primo boccone da destinare a quel suo becco forte come l'acciaio. Fu allora che Preis fece un altro tentativo a casaccio ottenendo un successo insperato. Accese e spense i fari, e per l'animale la cosa era abbastanza insolita da indurlo a cambiare idea e ad andarsene.

«Che c'è?» domandò un poliziotto, affiancandosi alla Chevrolet.

«C'è un cadavere nella fontana, guardi.» Preis gli porse la sua macchina.

«Dio mio!» mormorò l'agente, restituendogliela dopo un lungo momento di silenzio. Chiamò la centrale mentre il giornalista scattava un altro rullino. Le macchine della polizia arrivarono come corvi, a una a una, finché al bordo del laghetto se ne videro parcheggiate otto. Dieci minuti dopo giunsero sul posto anche un mezzo dei vigili del fuoco e un furgoncino dei guardaparchi che trainava un carrello con una barca. La misero subito in acqua. Poi arrivarono quelli della sezione di medicina legale con un laboratorio mobile, e finalmente si andò a recuperare il corpo.

Preis chiese di poter partecipare all'operazione (era più bravo del fotografo della polizia), ma per tutta risposta ricevette un secco rifiuto, e così continuò a documentare l'avvenimento dalla riva. Non avrebbe certo vinto un altro Pulitzer. Però avrebbe potuto farlo, pensò. Ma il prezzo da pagare sarebbe stato immortalare l'atto istintivo di un uccello necrofago che profanava il cadavere di una ragazza nel cuore di una grande città. E quello era il meno, ci sarebbero stati anche gli incubi, e ne aveva già avuti abbastanza.

Nel frattempo, si era radunata una folla di persone. Gli agenti di polizia formavano dei piccoli capannelli, dove si scambiavano commenti pacati o facevano salaci tentativi di umorismo macabro. Un furgone della troupe di un notiziario televisivo arrivò dal suo studio di Television Hill, subito a nord del parco che ospitava lo zoo cittadino. Bob Preis ci portava spesso i suoi bambini, che amavano soprattutto il leone (chiamato Leo, con grande originalità), gli orsi polari e tutti quegli altri predatori rinchiusi al sicuro dietro sbarre d'acciaio e muri di pietra. A differenza di altre persone, pensò l'uomo, guardando il corpo che veniva sollevato e infilato in un apposito sacco di plastica. Almeno quella donna aveva finito di soffrire. Mise un altro rullino nuovo per fotografare il cadavere che veniva caricato su un furgone. Ora c'era anche un giornalista del *Sun*. Toccava a lui fare le domande di rito, mentre Preis avrebbe scoperto le ottime prestazioni della nuova macchina fotografica nella sua camera oscura, in Calvert Street.

«John, l'hanno ritrovata» disse Rosen.

«Morta?» Kelly non riusciva a guardarlo in faccia. Il tono della voce di Sam gli aveva già dato la vera notizia. Non era una sorpresa, ma smettere di sperare non è facile per nessuno.

Il medico annuì. «Sì.»

«Come?»

«Non lo so ancora. La polizia mi ha chiamato pochi minuti fa, e sono venuto il più in fretta possibile.»

«Grazie, amico.» Ammesso che una voce umana fosse potuta sembrare morta, si disse Sam, quella di Kelly lo era.

«Mi dispiace, John. Io... tu sai cosa provavo per lei.»

«Sì, lo so. Non è colpa tua, Sam.»

«Non mangi?» Rosen indicò il vassoio con il pasto.

«Non ho molta fame.»

«Se vuoi guarire, devi rimetterti in forze.»

«E a che pro?»

Rosen gli si avvicinò, e gli strinse la mano destra. Non c'era molto da dire. Il chirurgo non aveva il coraggio di guardarlo in faccia. Aveva già intuito che il suo amico si sentiva responsabile di quanto era successo, ma non sapeva ancora abbastanza per parlargli, perlomeno non ancora. La morte era una compagna per Sam Rosen, dottore in medicina. Il lavoro di un neurochirurgo era quello di intervenire su gravi lesioni alla parte più delicata dell'organismo umano, a cui molto spesso era impossibile porre rimedio. Ma la morte inaspettata di una persona amica può essere troppo per chiunque.

«C'è qualcosa che posso fare?» domandò a Kelly dopo un minuto o due.

«No, adesso no, Sam. Grazie.»

«Forse un prete?»

«No, non è il momento.»

«Non è stata colpa tua, John.»

«E di chi, allora? Lei si fidava di me, Sam. E io ho mandato all'aria tutto.»

«La polizia vuole parlarti ancora. Ho detto di tornare domani mattina.»

John era già stato sottoposto a due interrogatori quel mattino, e aveva già raccontato agli agenti quasi tutto quello che sapeva su Pam: il suo nome e cognome, la sua città natale, il loro incontro. Sì, erano stati intimi. Sì, prima faceva la prostituta. Era scappata di casa. Sì, sul suo corpo c'erano segni di maltrattamenti. Quasi tutto, ma non tutto. In qualche modo, non era riuscito a fornire informazioni volontarie, perché farlo avrebbe significato ammettere di fronte ad altri uomini le proporzioni del suo fallimento. E così aveva evitato alcune delle loro domande, lamentando di avvertire dei dolori che erano reali, ma non abbastanza. Aveva già intuito di non piacere troppo alla polizia, ma non gli importava. In quel momento non piaceva molto neppure a se stesso.

«Va bene.»

«Io posso... dovrei fare qualcosa con le medicine. Ho cercato di andarci piano, non voglio esagerare, ma ti aiuteranno a calmarti, John.»

«Vuoi istupidirmi ancora di più con quella roba?» Sollevò la testa; la sua espressione era tale che Rosen non avrebbe mai voluto rivederla. «Pensi che questo cambierebbe le cose, Sam?»

Il medico distolse lo sguardo, incapace di incontrare quello di Kelly adesso che era possibile farlo. «Sei pronto per un letto normale. Ti farò trasferire tra pochi minuti.»

«D'accordo.»

Il chirurgo avrebbe voluto dirgli qualcos'altro, ma non riusciva a trovare le parole adatte. Uscì dalla stanza senza aggiungere niente.

Ci vollero Sandy O'Toole e due inservienti per spostarlo sull'altro letto, con ogni precauzione. L'infermiera sollevò lo schienale per allentare la pressione sulla spalla ferita.

«Ho saputo» gli disse. Il fatto che lui non fosse in preda al dolore, come avrebbe dovuto, la preoccupava. Era un uomo tutto d'un pezzo, ma non era uno stupido. Forse era uno di quelli che preferivano piangere da soli, ma era sicura che il suo paziente non l'avesse ancora fatto. E invece era necessario, e lei lo sapeva. Era come se le lacrime liberassero l'animo da una specie di veleno che se non veniva espulso poteva rivelarsi altrettanto mortale di quello vero. L'infermiera si sedette accanto al suo letto. «Io sono rimasta vedova» gli disse.

«Vietnam?»

«Sì, Tim era capitano della 1ª divisione di cavalleria.»

«Mi dispiace» fece lui, senza voltarsi. «Una volta mi hanno salvato la pelle.»

«È dura, io so cosa vuol dire.»

«Tra una settimana è il primo anniversario della morte di Tish, e ora...»

«Sarah me l'ha raccontato, Mr. Kelly.»

«John» disse lui, con dolcezza. Non riusciva a essere sgarbato con lei.

«Grazie, John. Io mi chiamo Sandy. Essere sfortunati non significa essere delle cattive persone» gli disse allora l'infermiera con un tono convinto che però non ebbe alcun effetto su di lui.

«Non è una questione di sfortuna. Lei mi aveva avvertito che era un posto pericoloso, e io ce l'ho portata lo stesso perché volevo vederlo coi miei occhi.»

«A momenti ti facevi ammazzare per cercare di proteggerla.»

«Non l'ho protetta, Sandy. L'ho uccisa.» I suoi occhi erano spalancati, adesso, e fissavano il soffitto. «Sono stato stupido e imprudente, e l'ho uccisa.»

«Sono stati gli altri a ucciderla, e a cercare di uccidere anche te. Tu sei una vittima.»

«Non sono una vittima. Sono solo un idiota.»

Ne riparleremo più tardi, si disse l'infermiera O' Toole. «Che tipo di ragazza era, John?»

«Il tipo sfortunato.» Si sforzò di guardarla in faccia mentre parlava, ma fu peggio. Le fece un breve riassunto della vita della defunta Pamela Starr Madden.

«E così, dopo tutti gli uomini che l'avevano solo ferita o sfruttata, tu le hai donato qualcosa che nessuno prima d'ora le aveva dato.» La O'Toole si interruppe, aspettando una risposta che non venne.

«Le hai dato l'amore, vero?»

«Sì.» Il corpo di Kelly fu percorso da un brivido momentaneo. «Sì, l'amavo.»

«Sfogati» gli disse l'infermiera. «Ne hai bisogno.»

Dapprima lui chiuse gli occhi, e poi scosse la testa. «Non ci riesco.»

Quello sarebbe stato un paziente difficile, pensò l'infermiera. Per lei, il culto della virilità era un mistero. L'aveva già visto in suo marito, che aveva servito in Vietnam per un turno come tenente, e poi era stato rimandato lì come comandante di compagnia. L'idea non gli piaceva e non l'aveva cercata lui quella missione, ma non si era neppure tirato indietro. Faceva parte del suo lavoro, le aveva detto la notte del loro matrimonio, due mesi prima di partire. Il suo lavoro. Un lavoro stupido, inutile, che era costato un marito (e addirittura la sua stessa vita) a quella giovane donna. A chi interessava davvero qualcosa di quello che succedeva in un posto così lontano? Eppure, per Tim era importante. Importante abbastanza. Per lui, si corresse, ma non per me. Qualunque fosse stata la forza che l'aveva spinto a partire, l'eredità che le aveva lasciato era il vuoto, e il suo significato non era più reale di quello che ora leggeva sul volto del suo paziente, si disse Sandy O' Toole, incapace di comprendere.

«È stata una gran scemenza.»

«Anche questo è un punto di vista» riconobbe Tucker. «Ma non posso lasciare che le mie ragazze se ne vadano senza permesso, no?»

«Non ti è mai venuto in mente di seppellirle?»

«Questo lo può fare chiunque.» L'uomo sorrise nel buio, guardando il film. Erano seduti nell'ultima fila di un cinema del centro, un edificio degli anni Trenta che stava lentamente cadendo a pezzi, e che aveva incominciato gli spettacoli alle nove di mattina solo perché così stava scritto sui cartelloni. Era ancora un posto ideale per un incontro segreto con un informatore, la definizione che l'agente avrebbe dato a quell'appuntamento sul suo rapporto.

«È stato un errore non ammazzare anche l'uomo.»

«Credi che ci darà dei problemi?» domandò Tucker.
«Non ha visto niente, vero?»
«Questo me lo devi dire tu, amico.»
«Non posso avere troppe notizie su questo caso, lo sai, no?» L'uomo si interruppe per masticare una manciata di popcorn, scaricando così il suo nervosismo. «Al dipartimento lo conoscono. È un ex sottufficiale di marina, un sommozzatore, vive da qualche parte sulla Eastern Shore, e da quanto ho saputo è una specie di ricco fannullone da spiaggia. Il suo primo interrogatorio non ha portato a niente. Si occuperanno del caso Ryan e Douglas, ma non sembra che ci sarà molto su cui lavorare.»
«È più o meno quello che ci ha raccontato quando le abbiamo... "parlato". Lui le ha dato un passaggio, e sembra che si siano divertiti da morire assieme, ma la sua scorta di pasticche è finita e così si è fatta portare in città da lui a fare il pieno. Così nessun danno, no?»
«Probabilmente no, ma vediamo di evitare i problemi, va bene?»
«Vuoi che lo faccia fuori in ospedale?» domandò Tucker, con leggerezza. «Potrei farlo sistemare anche lì.»
«No! Brutto idiota, nei verbali questo verrà considerato un caso di rapina. Se succede qualcos'altro, le cose peggioreranno e basta. E noi non lo vogliamo. Lascialo in pace. Non sa niente di niente.»
«Così non è un problema?» Tucker voleva esserne certo.
«No, però cerca di ricordarti che non si può cominciare un'indagine su un omicidio senza un cadavere.»
«Devo tenere in riga chi lavora per me.»
«Da quello che mi hanno detto che le hai fatto...»
«È stato solo per tenerle in riga» ribadì Tucker. «Per dare un esempio. Se lo fai per bene, non hai più problemi per un bel po' di tempo. Tu non sei coinvolto, perché ti preoccupi?»
Un'altra manciata di popcorn aiutò l'altro uomo a piegarsi alla logica del momento. «Novità per me?»
Tucker sorrise ancora nel buio della sala. «A Mr. Piaggi fare affari con me incomincia a piacere.»
Si udì un borbottìo nell'oscurità. «Io non mi fiderei di lui.»
«Le cose si fanno complicate, vero?» Tucker fece una pausa. «Ma ho bisogno delle sue conoscenze. È ora di fare un salto di qualità.»
«Quando?»
«Presto» disse Tucker, prudente. «Il prossimo passo, penso, sarà quello di portare la roba anche al nord. Sai, Tony è andato là a parlare con della gente, oggi.»

«E che mi dici? Qualche bella informazione succulenta potrebbe farmi comodo.»

«Tre tipi con una tonnellata d'erba ti sembra possano andar bene?»

«Ti conoscono?»

«No, ma io conosco loro.» Era proprio per quel motivo che la sua organizzazione era molto sicura. Solo pochissimi sapevano chi fosse lui, e sapevano anche che cosa sarebbe successo se si fossero lasciati sfuggire qualcosa. Bisognava solo avere i mezzi giusti per far rispettare la disciplina.

«Ci vada piano con lui» disse Rosen fuori dalla stanza singola. «È stato ferito gravemente, ed è ancora sotto l'effetto di vari medicinali. Non è abbastanza lucido per parlarle.»

«Anch'io devo fare il mio lavoro, dottore.» Un altro poliziotto si occupava del caso, ora, un sergente investigatore di nome Tom Douglas. Sui quaranta, aveva l'aria di essere altrettanto stanco di Kelly, e altrettanto arrabbiato, pensò Rosen.

«Capisco perfettamente. Ma ha avuto una brutta ferita, e poi lo choc per quello che è successo alla sua ragazza.»

«Prima raccogliamo le informazioni che ci servono, maggiori sono le possibilità di trovare quei bastardi. I suoi doveri sono nei confronti dei vivi. I miei nei confronti dei morti.»

«Se vuole la mia opinione professionale, credo che in questo momento non sia in grado di aiutarvi. Ne ha passate troppe. È in fase depressiva, e questo ha anche ripercussioni sul suo recupero fisico.»

«Mi sta dicendo che vuole assistere all'interrogatorio?» domandò Douglas. *Proprio quello che mi serviva: un aspirante Sherlock Holmes che ci sorvegli!* Ma era una battaglia che non poteva vincere, e che non aveva neppure voglia di combattere.

«Mi sentirei più sicuro se potessi vedere come vanno le cose. Ci vada piano» ripeté Sam, aprendo la porta.

«Ci dispiace, Mr. Kelly» disse il poliziotto dopo essersi presentato. Aprì il suo blocchetto degli appunti. Il caso era stato assegnato all'ufficio di Douglas per lo scalpore che aveva suscitato. La foto a colori sulla prima pagina dell'*Evening Sun* era la cosa più vicina al genere pornografico che un giornale potesse pubblicare, e il sindaco in persona aveva chiesto un intervento deciso. Così Douglas aveva accettato il caso, domandandosi quanto sarebbe durato l'interesse del primo cittadino. Non per molto, pensava. L'unica cosa capace di occupare la mente di un politico per più di una settimana era come fare a conquistare e non perdere nuovi voti. Quel caso aveva più effetto di una delle palle di Mike Cuellar, ma era pur sempre un suo caso, e quella che era sempre la parte più brutta stava per avere inizio. «Due notti fa, lei era in compagnia di una giovane donna di nome Pamela Madden?»

«Sì.» Gli occhi di John erano chiusi quando l'infermiera O'Toole entrò con la dose mattutina di antibiotici. Fu sorpresa di trovare lì i due uomini, e si fermò sulla soglia, indecisa se interromperli o meno.

«Mr. Kelly, ieri pomeriggio abbiamo ritrovato il cadavere di una giovane donna che corrisponde alla descrizione fisica di Miss Madden.» Douglas frugò nella tasca del suo soprabito.

«No!» disse Rosen, alzandosi dalla sedia.

«È lei questa?» domandò Douglas, mettendo la foto davanti agli occhi di Kelly, e sperando che la sua grammatica corretta riuscisse ad attutire un po' il colpo.

«*Maledizione!*» Il chirurgo afferrò il poliziotto e lo sbatté contro il muro. La fotografia cadde sul torace del paziente.

John sbarrò gli occhi, inorridito. Il suo corpo ebbe un sussulto, ma i lacci lo trattennero. Poi crollò sul letto; la sua pelle era di un bianco cadaverico. Tutti si voltarono, tranne l'infermiera, che aveva lo sguardo incollato sul suo paziente.

«Senta, dottore...» tentò di dire Douglas.

«Se ne vada immediatamente dal mio ospedale!» gridò Rosen. «Può *ammazzarlo* con uno choc del genere! Perché non mi ha detto che...»

«Lui deve identificare...»

O'Toole sentiva le urla dei due adulti che litigavano come due bambini al parco giochi, ma era John Kelly che la preoccupava. Teneva ancora le medicine in mano. Cercò di sottrarre la fotografia alla sua vista, ma dapprima i suoi stessi occhi furono attratti dall'immagine e poi disgustati, cosicché il paziente afferrò l'immagine e la portò a meno di trenta centimetri dai propri occhi spalancati. Ora era l'espressione dell'uomo a riempire la sua mente. Sandy provò un orrore momentaneo, ma poi il volto di Kelly si ricompose, e il paziente parlò.

«È tutto a posto, Sam. Anche lui ha il suo lavoro da fare.» Kelly diede un ultimo sguardo alla fotografia, poi chiuse gli occhi e la porse all'infermiera.

Le cose tornarono come prima per tutti tranne che per l'infermiera. Osservò Kelly ingoiare l'enorme pastiglia e lasciò la stanza per ritrovare la calma del corridoio.

Sandy O'Toole si diresse verso la sala infermiere ripensando a quello che lei sola aveva visto: il viso dell'uomo che sbiancava tanto che inizialmente aveva pensato che gli fosse venuto un collasso, poi il trambusto alle sue spalle mentre lei gli si avvicinava... ma poi cos'era successo? Qualcosa di completamente diverso da prima. Il viso di Kelly si era trasformato. Un istante e, come se si fosse aperta la porta che dava su un altro mondo, lei aveva visto qualcosa che andava al di là della sua immaginazione. Qualcosa di molto antico e brutale e ripugnante. Gli occhi non erano più sbarrati, ma sembravano fissare una scena che lei non riusciva a vedere. Il pallore sul suo volto non era quello di un collasso, ma della rabbia. Per un istante, le sue mani si erano contratte in frementi pugni d'acciaio. Subito dopo il suo volto era cambiato di nuovo: la rabbia cieca e omicida aveva ceduto il posto alla comprensione, e quello che l'infermiera aveva visto in seguito era stata la cosa più spaventosa a cui avesse mai assistito, anche se non avrebbe saputo spiegare perché. Poi la porta si era richiusa. Anche Kelly aveva chiuso gli occhi, e, quando li aveva riaperti, sul suo volto regnava un'espressione innaturalmente serena. L'intera sequenza di trasformazioni non era durata più di quattro secondi, rifletté l'infermiera nel corridoio, e per tutto il tempo Rosen e Douglas avevano continuato ad azzuffarsi contro la parete. Era passato dall'orrore alla rabbia e alla comprensione, per poi finire col mascherare i propri sentimenti, ma quello che Sandy O' Toole aveva scorto tra la comprensione e quell'ultima fase era la cosa più terribile di tutte.

Che cosa aveva visto sul volto di quell'uomo? Le ci volle un po' per riuscire a dare una risposta. La Morte. Controllata. Pianificata. Disciplinata.

Ma era pur sempre la Morte, che viveva nella mente di un uomo.

«Non mi piace fare questo genere di cose, Mr. Kelly» disse Douglas sistemandosi il soprabito. Il sergente e il medico si scambiarono uno sguardo di reciproco imbarazzo.

«Tutto a posto, John?» Rosen lo esaminò e gli controllò subito il polso, sorpreso di trovarlo quasi normale.

«Sì» annuì lui. Si rivolse all'investigatore. «È lei. È Pam.»

«Mi dispiace, mi dispiace davvero» disse Douglas con genuina sincerità. «Ma non c'è un modo facile per farlo, in nessun caso. Purtroppo quel che è stato è stato, e adesso tocca a noi cercare di identificare i colpevoli. Abbiamo bisogno del suo aiuto per riuscirci.»

«D'accordo» rispose lui, con indifferenza. «Dov'è Frank? Perché non è venuto?»

«Non può occuparsi di questa faccenda» spiegò il sergente Douglas, rivolgendo uno sguardo al chirurgo. «La conosce. Il coinvolgimento personale non è il massimo della professionalità.» Non era del tutto vero (anzi, non era vero per niente), ma serviva allo scopo. «Ha visto quelli che...»

Scosse la testa, abbassando lo sguardo fino a fissare il letto, e parlò con una voce che era appena più di un sussurro. «No. Stavo guardando dalla parte sbagliata. Lei ha detto qualcosa, ma io non mi sono voltato. Pam li ha visti, io mi sono girato a destra, poi ho fatto per voltarmi a sinistra. Non ho fatto in tempo.»

«Che stavate facendo lì?»

«Guardavamo. Senta, lei ha parlato con il tenente Allen, no?»

«Sì» rispose Douglas, annuendo.

«Pam aveva assistito a un omicidio, e io la stavo portando da Frank perché gli dicesse tutto quello che sapeva.»

«Continui.»

«Aveva avuto dei legami con dei tipi che spacciano droga. Li aveva visti ammazzare qualcuno, una ragazza. Io le dissi che doveva fare qualcosa. Ero curioso di vedere com'era l'ambiente» aggiunse con voce piatta e monotona, crogiolandosi ancora nella colpa mentre nella sua mente scorreva di nuovo quell'immagine.

«Nomi?»

«Non ne ricordo» rispose.

«Avanti!» lo incalzò Douglas, chinandosi verso di lui. «Deve averle pur detto qualcosa!»

«Non le ho fatto molte domande. Pensavo che fosse compito vostro, di Frank, cioè. Dovevamo incontrarlo, quella sera. È un gruppo di persone che spacciano droga. Usano le donne per fare certe cose.»

«Ma è tutto qui quello che sa?»

Kelly lo guardò dritto negli occhi. «Sì, è tutto qui. Non potrà esservi un granché d'aiuto, vero?»

Douglas aspettò alcuni istanti prima di proseguire. Sapeva già che quello che avrebbe potuto essere uno sviluppo importante in un caso importante non si sarebbe verificato, e così decise che era venuto il suo turno di mentire ancora, iniziando col dire una verità per sembrare più credibile. «Ci sono due rapinatori che lavorano nella parte ovest della città. Due neri, altezza media. È tutto quello che abbiamo su di loro. L'arma che usano è un fucile da caccia. Si sono specializzati nell'aggredire chi va in quella zona per comprare della droga, e sembrano avere un debole per i clienti dei quartieri alti. Probabilmente, la maggioranza delle loro rapine non viene neppure denunciata. Pensiamo che abbiano a che fare con due delitti. Questo potrebbe essere il terzo.

«Tutto qui?» domandò Rosen.

«Rapina e omicidio sono reati gravi, dottore.»

«Ma questa è solo una coincidenza!»

«Sì, la si può considerare anche tale» ammise Douglas, rivolgendosi di nuovo al testimone. «Mr. Kelly, lei deve aver visto qualcosa. Che diavolo stavate facendo in quella zona? Miss Madden stava cercando di comprare...»

«No!»

«Senta, è acqua passata. Lei è morta. Può anche dirmelo. Io lo devo sapere.»

«Come le ho già detto, Pam aveva dei legami con questi trafficanti. Io... per quanto la cosa possa sembrare stupida, non ne so un cazzo, di droga.» *Ma scoprirò tutto.*

Solo nel suo letto, solo coi suoi pensieri, Kelly ispezionava il soffitto con gli occhi, calmo, osservando la superficie bianca come se fosse lo schermo di un cinema.

Innanzitutto, la polizia si sbaglia, si disse. Non sapeva perché ne fosse certo, ma lo era, e questo gli bastava. *Non sono stati i rapinatori, sono stati* loro, *quelli di cui Pam aveva paura.*

Quello che era successo combaciava perfettamente con quanto la ragazza gli aveva raccontato. Loro l'avevano già fatto prima. Si era fatto localizzare una seconda volta. Il suo senso di colpa era ancora vivo, ma ormai quel che era stato era stato, e sapeva di non poter cambiare le cose in alcun modo. Qualsiasi errore avesse commesso, non poteva più rimediare. I colpevoli, chiunque fossero, le persone che avevano ridotto Pam in quel modo, erano ancora a piede libero. Se avevano fatto una cosa del genere due volte, sarebbero stati capaci di rifarla, ma non erano questi i pensieri che occupavano la mente di Kelly dietro quella maschera d'indifferenza che fissava il soffitto.

Va bene, pensò. *Va bene. Non hanno mai incontrato un tipo come me.*

Devo rimettermi in sesto, si disse il capo di prima classe scelto John Terrence Kelly.

Le ferite erano gravi, ma sarebbe sopravvissuto. Conosceva già tutte le fasi che lo aspettavano. La guarigione sarebbe stata dolorosa, ma lui avrebbe seguito tutte le loro raccomandazioni e sarebbe riuscito a uscire di lì prima del previsto, giusto perché potessero essere orgogliosi del loro paziente. Poi veniva la parte difficile: correre, nuotare, l'allenamento coi pesi. E poi quello con le armi. E, inoltre, la preparazione mentale. Ma capì che quella era già iniziata.

Oh, no. Neppure nei loro incubi peggiori hanno mai incontrato uno come me.

Il nome che gli avevano dato in Vietnam riemerse dal passato.

Snake.

Premette il pulsante del campanello fissato al suo cuscino. L'infermiera O'Toole apparve dopo un paio di minuti.

«Ho fame» le disse.

«Spero di non doverlo fare mai più» disse Douglas al suo tenente, e non per la prima volta.

«Com'è andata?»

«Beh, quel professore potrebbe fare anche un reclamo formale. Penso di essere riuscito a calmarlo abbastanza, ma con quella gente non si può mai sapere.»

«Kelly sa qualcosa?»

«Niente che ci possa servire» rispose il sergente. «È ancora troppo confuso per via della ferita e di tutto il resto per fare dei discorsi che stiano in piedi, ma non ha visto nessuno, non ha... diavolo, se avesse visto, probabilmente avrebbe anche fatto qualcosa. Gli ho persino mostrato la foto, tanto per cercare di scuoterlo un po'. Ho pensato che a quel poveraccio fosse venuto un infarto. Il medico è andato su tutte le furie. Non sono molto orgoglioso di quello che ho fatto, Em. Nessuno dovrebbe vedere una cosa del genere.»

«Noi inclusi, Tom, noi inclusi.» Il tenente Emmet Ryan alzò lo sguardo da un'ampia raccolta di fotografie, scattate per metà sul luogo del ritrovamento e per l'altra metà nell'ufficio del *coroner*. Quella vista l'aveva nauseato, nonostante tutti i suoi anni di servizio nella polizia, soprattutto perché non si trattava di un omicidio passionale o di un crimine commesso da un folle. No, il fatto era stato commesso a sangue freddo da uomini in pieno possesso delle loro facoltà mentali, e per uno scopo ben preciso. «Ho parlato con Frank. Quel Kelly è un tipo in gamba, lo ha aiutato a risolvere il caso Gooding. Non è invischiato in nessun giro. Anche i medici dicono che è pulito; niente droga.»

«Niente sulla ragazza?» Douglas non disse che quella avrebbe potuto essere la pista che stavano cercando da tempo. Se solo Kelly avesse chiamato loro anziché Allen, ignaro dell'indagine che stavano svolgendo. Ma Kelly non l'aveva fatto, e così la loro migliore potenziale fonte d'informazioni era morta.

«Ci sono arrivati i suoi dati. Pamela Madden. Arrestata per

prostituzione a Chicago, Atlanta e New Orleans. Non è mai arrivata al processo, in nessuno dei casi. I giudici l'hanno sempre rimessa in libertà. È un reato non violento, no?» domandò Ryan.

Il sergente trattenne una maledizione all'indirizzo dei tanti idioti che facevano i magistrati. «Ma certo Em, hai visto qualche violenza, tu? Beh, comunque non siamo riusciti a scoprire qualcosa di più su questa gente rispetto a quello che sapevamo sei mesi fa, o no? Abbiamo bisogno di un organico maggiore» commentò, dicendo un'ovvietà.

«Per dare la caccia all'assassino di una battona?» domandò il tenente. «Il sindaco non ha gradito la fotografia, ma è già stato informato su chi era la vittima e, fra una settimana, tutto tornerà come prima. Pensi che riusciremo a scoprire qualcosa entro una settimana?»

«Potresti fargli sapere che...»

«No.» Ryan scrollò la testa. «Parlerebbe. Si è mai visto un politico che se ne sta con la bocca chiusa? C'è una talpa qui dentro, Tom. Vuoi più uomini? Dimmi, dove andiamo a trovare gente di cui ci si possa fidare?»

«Lo so, Em» commentò il sergente, riconoscendo che il suo superiore aveva ragione. «Ma così non approderemo a nulla.»

«Forse quelli della narcotici riusciranno a far saltar fuori qualcosa.»

«Come no!» fece Douglas, sbuffando.

«Kelly ci può aiutare?»

«No, quel maledetto stupido guardava dalla parte sbagliata.» Già, era tutto lì il nocciolo della questione, no?

«Allora fai i soliti accertamenti, tanto perché le cose sembrino a posto, e basta. Quelli della medicina legale non hanno ancora iniziato a lavorare sul caso. Magari scopriranno qualcosa loro.»

«Sissignore» rispose Douglas. Come capitava spesso in un'indagine, speravano in un colpo di fortuna, in un errore degli avversari. Il problema era che loro non ne commettevano molti. Ma prima o poi tutti ne facevano, si dissero i due poliziotti. Solo che quel momento non sembrava mai arrivare abbastanza presto.

Il tenente Ryan si rimise a osservare le fotografie. «Di certo si sono divertiti con lei. Proprio come con quell'altra.»

«È bello vedere che ti sei rimesso a mangiare.»

Kelly alzò lo sguardo dal piatto quasi vuoto. «Quel poliziotto aveva ragione, Sam. È finita. Devo guarire, devo concentrarmi su qualcosa, giusto?»

«Che farai?»

«Non lo so. Cazzo, potrei sempre ritornare in marina o in qualche altra organizzazione.»

«Devi fare i conti con il tuo dolore, John» gli disse Sam, sedendosi accanto al suo letto.

«So come si fa. L'ho dovuto fare già una volta, l'hai scordato?» Alzò gli occhi. «Ah, che hai detto di me alla polizia?»

«Ho raccontato come ci siamo incontrati, e via dicendo. Perché?»

«Quello che ho fatto... beh, laggiù. È un segreto Sam.» Kelly riuscì a sembrare imbarazzato. «L'unità a cui appartenevo ufficialmente non è mai esistita. Quello che abbiamo fatto non è mai successo, se capisci quello che sto cercando di dirti.»

«Non mi hanno chiesto niente, e poi tu non me ne hai mai parlato sul serio» disse il chirurgo, sorpreso, e ancor più sorpreso dall'espressione di sollievo sul volto del suo paziente.

«Un amico della marina mi ha raccomandato a loro. Dovevo aiutarli ad addestrare i loro sommozzatori. Quello che sanno è la versione che sono autorizzato a dare. Non è esattamente quello che ho fatto, ma regge.»

«Ho capito.»

«Non ti ho ancora ringraziato per esserti preso cura di me così bene.»

Rosen si alzò e fece per uscire, ma si fermò di colpo a un metro dalla porta.

«Pensi di riuscire a darmela a bere?»

«Credo di no, Sam» rispose lui, con circospezione.

«John, io ho passato tutta la mia maledetta *vita* a cercare di salvare la gente usando le mie mani. Bisogna sempre essere distaccati, non lasciarsi mai coinvolgere troppo, altrimenti si può perdere il tocco, si perde la concentrazione. Non ho mai fatto del male a nessuno in vita mia. Mi capisci?»

«Sì.»

«Che cosa hai intenzione di fare?»

«Non vuoi saperlo davvero, Sam.»

«Voglio aiutarti. Te lo giuro» affermò Rosen, e la sua voce tradiva un'ammirazione sincera. «Anch'io le volevo bene.»

«Lo so.»

«E allora cosa posso fare?» domandò il chirurgo. Temeva che Kelly gli chiedesse qualcosa che lui era incapace di fare, e temeva ancor più di dirgli di sì.

«Rimettimi in sesto.»

9

Fatica

Era uno spettacolo quasi sgradevole, pensò Sandy. La cosa strana era che Kelly si stava comportando da paziente modello. Non si lamentava, non rompeva le scatole: si limitava a ubbidire ai loro ordini. In tutti i fisioterapisti c'era una vena di sadismo. Non poteva essere altrimenti, dato che il loro lavoro (proprio come quello degli allenatori) consisteva nel convincere la gente a fare qualcosina di più di quello che era disposta a dare e, dopotutto, il loro fine ultimo era aiutare i malati. A ogni modo, un bravo fisioterapista doveva spronare i suoi pazienti, incoraggiando i deboli e intimidendo i forti, inducendoli all'obbedienza con lusinghe o con rimproveri: tutto questo implicava trarre piacere dalla fatica e dal dolore altrui, e la O'Toole non era tagliata per quelle cose. Con Kelly però, non ce n'era bisogno: aveva fatto quanto gli era stato detto fin dall'inizio, e quando il terapista se ne era accorto e aveva preteso di più, lui gli aveva dato anche quello, e via dicendo, finché lo specialista della rieducazione non aveva smesso di essere orgoglioso dei risultati che aveva conseguito e aveva incominciato a preoccuparsi.

«Può anche rallentare, adesso» consigliò.

«E perché?» domandò Kelly, ansimando notevolmente.

«La sua frequenza cardiaca è di centonovantacinque.» E lo era da almeno cinque minuti.

«Qual è il record?»

«Zero» rispose l'uomo, senza sorridere. Quella replica suscitò l'ilarità del suo paziente, che si mise a pedalare più piano sulla cyclette, decelerando per due minuti fino a fermarsi, anche se controvoglia.

«Sono venuta a riprenderlo» annunciò la O' Toole.

«Oh, bene, prima che mi spacchi qualche attrezzo.»

John smontò di sella e si passò un asciugamano sulla faccia, felice di vedere che l'infermiera non aveva portato una sedia a rotelle o qualche altro aggeggio umiliante. «A che debbo quest'onore, signora?»

«È mio compito tenerti d'occhio» rispose Sandy. «Stai cercando di dimostrarci quanto sei forte?»

Kelly aveva un'aria un po' più allegra del solito, ma si fece subito serio. «Mrs. O'Toole, io dovrei evitare di pensare ai miei problemi, vero? L'esercizio fisico mi aiuta a farlo. Con un braccio bendato non posso correre, non posso fare flessioni, non posso sollevare pesi. Posso solo andare in bicicletta, capito?»

«Ho afferrato. Va bene.» Indicò la porta. Fuori, nella confusione anonima del corridoio, aggiunse: «Mi dispiace molto per la tua amica».

«Grazie.» Mentre camminavano tra la folla, lui voltò la testa; aveva un lieve capogiro per lo sforzo appena sostenuto. «Gli uomini in uniforme hanno dei riti: c'è la tromba, la bandiera, i soldati con i fucili. Funzionano abbastanza; ti aiutano a credere che quella morte abbia avuto un senso. Fa sempre male, ma è un addio formale. Sappiamo come comportarci in un'occasione del genere. Ma quello che è successo a te è diverso, ed è diverso anche quello che è appena successo a me. Come hai fatto a reagire? Ti sei buttata nel lavoro?»

«Mi sono specializzata. Faccio l'infermiera professionale, insegno, mi occupo dei pazienti.» E quella era tutta la sua vita.

«Beh, non c'è bisogno che ti preoccupi di me, d'accordo? Conosco i miei limiti.»

«E fin dove arrivano i tuoi limiti?»

«Sono ancora molto lontani» disse John, abbozzando un sorriso che si spense subito. «Come vado?»

«Benone.»

Non tutto era andato liscio, ed entrambi lo sapevano. Donald Madden era arrivato in aereo a Baltimora per portar via il cadavere della figlia dall'ufficio del medico legale. Aveva lasciato la moglie a casa, e si era rifiutato di incontrare chiunque, nonostante le suppliche di Sarah Rosen. Non era interessato a parlare con un fornicatore, le aveva detto l'uomo al telefono: un'osservazione di cui Sandy era a conoscenza, ma che nessuno aveva riferito ad anima viva. Il chirurgo le aveva raccontato la storia della ragazza. Quello fu solo l'ultimo, triste capitolo di una vita tragica e spezzata: non c'era bisogno che Kelly lo conoscesse. Il paziente aveva chiesto quando si sarebbero tenuti i funerali, ma lo avevano informato che non sarebbe stato comunque in grado di lasciare l'ospedale. Lui l'aveva accettato in silenzio, sorprendendo l'infermiera.

La sua spalla sinistra era ancora immobilizzata, e doveva fargli male, come Sandy sapeva. Lei e altre persone vedevano Kelly trasalire di tanto in tanto, particolarmente quando si avvicinava l'ora della sua medicazione, ma lui non era tipo da lamentarsi. Anche in quel momento, dopo una micidiale mezz'ora di cyclette, faceva apposta a camminare il più in fretta possibile, per raffreddarsi come un atleta in allenamento.

«Perché tutta questa commedia?» gli domandò lei.

«Non so. Deve esserci sempre un motivo? Sono fatto così, Sandy.»

«Beh, le tue gambe sono più lunghe delle mie. Va' più piano, okay?»

«Certamente.» Accorciò il passo mentre raggiungevano l'ascensore. «Quante ragazze così ci sono? Come Pam, voglio dire?»

«Troppe.» Non conosceva le statistiche. Ma sapeva che ce n'erano abbastanza da costituire una categoria particolare di pazienti, abbastanza da accorgersi della loro esistenza.

«Chi le aiuta?»

L'infermiera schiacciò il bottone dell'ascensore. «Nessuno. Stanno creando appositi programmi antidroga, ma i veri problemi, i maltrattamenti in famiglia e le loro conseguenze — adesso li chiamano "disturbi comportamentali" —, non vengono affrontati. Se sei un ladro, ci sono dei programmi. Se maltratti i bambini, ci sono dei programmi, ma le ragazze come loro sono delle reiette. Nessuno fa un granché. Le uniche istituzioni che si occupano di loro sono le chiese. Se qualcuno dicesse che si tratta di una malattia, forse la gente verrebbe sensibilizzata.»

«È una malattia?»

«John, non sono un medico, sono solo un'infermiera professionale, e poi si tratta di un campo al di fuori delle mie competenze. Io mi occupo del recupero post-operatorio dei pazienti. Va bene, ne parliamo un po' tra noi durante la pausa del pranzo, e ne so qualcosina. È incredibile quante vengano ritrovate morte. In genere per un'overdose, non si sa se voluta o meno. Oppure incontrano il cliente sbagliato, o il loro protettore le picchia un po' troppo, e allora finiscono qui: i loro problemi di salute di fondo non le aiutano certo, e molte non ce la fanno. Prendi un'epatite contratta usando la stessa siringa di un'altra, o una polmonite, e aggiungila a una ferita grave, e ottieni una combinazione letale. Ma possibile che nessuno possa farci niente?» La O'Toole abbassò gli occhi mentre arrivava l'ascensore. «Delle ragazze non dovrebbero morire così.»

«Sì.» John le fece segno di salire per prima.

«Sei tu il paziente» obiettò l'infermiera.

«E tu sei la signora» insistette lui. «Scusami, ma mi hanno educato così.»

Chi è quest'uomo?, si domandò Sandy. In quel periodo si stava occupando anche di altri pazienti, naturalmente, ma il professore le aveva ordinato di trattarlo con un occhio di riguardo (non proprio, si disse, ma un "consiglio" del dottor Rosen era molto importante, soprattutto perché l'infermiera aveva un grande rispetto per lui come amico e consulente). Non voleva combinarle un matrimonio, come aveva inizialmente sospettato. Quell'uomo era ancora ferito troppo profondamente, e anche lei, sebbene si rifiutasse di ammetterlo. Che tipo strano. Così simile a Tim, sotto tanti punti di vista, ma molto più chiuso. Un insolito miscuglio di gentilezza e scontrosità. Non aveva dimenticato l'espressione che aveva visto la settimana precedente, e che però era sparita per non tornare mai più. La trattava con rispetto e con simpatia, senza mai azzardare commenti sul suo aspetto fisico, cosa che invece facevano molti altri pazienti (e di cui lei fingeva di risentirsi). Aveva avuto una relazione con una ragazza sul conto della quale lei sapeva tutto, ed era vedovo anche lui. Così sfortunato, eppure così risoluto. I suoi sforzi rabbiosi per accelerare la riabilitazione. La sua apparente insensibilità. Come era possibile che fosse conciliabile con quelle buone maniere così contraddittorie?

«Quando potrò uscire di qui?» domandò Kelly con una voce che voleva sembrare spensierata, senza riuscirci.

«Tra una settimana» rispose la O'Toole, facendolo scendere dall'ascensore. «Domani toglieremo le bende al braccio.»

«Davvero? Sam non mi ha detto niente. Allora posso incominciare a usarlo di nuovo?»

«Ti farà male quando ci proverai» lo avvertì l'infermiera.

«Diavolo, Sandy, mi fa già male» replicò lui, con un largo sorriso. «Perlomeno non soffrirò più per niente.»

«Sdraiati» ordinò lei. Prima che lui avesse il tempo di obiettare, gli aveva già ficcato in bocca un termometro, e gli stava misurando la frequenza cardiaca. Poi controllò la pressione. I dati che segnò sulla tabella ai piedi del letto erano 98,4, 64 e 105/60. Gli ultimi due erano davvero sorprendenti, pensò. Qualsiasi altra cosa potesse dire sul suo paziente, si stava riprendendo molto velocemente. Chissà perché tutta quella fretta?

Ancora una settimana, pensò Kelly quando lei fu uscita. *Devo riuscire a far funzionare questo maledetto braccio.*

«Allora, cos'hai scoperto per noi?» domandò Maxwell.

«Ho buone notizie e cattive notizie» rispose Greer. «Le buone notizie sono che il nemico non ha molte forze di terra regolari a distanza d'intervento dall'obiettivo. Abbiamo individuato tre battaglioni. Due si stanno preparando per andare a sud, mentre l'altro è messo abbastanza male, e in fase di riorganizzazione. Non hanno neppure molte armi pesanti. Per quante formazioni meccanizzate abbiano, sono ben lontane da qui.»

«E le cattive notizie?» domandò l'ammiraglio Podulski.

«È necessario che te le dia? Lungo la costa ci sono abbastanza postazioni di contraerea da oscurare il cielo. Batterie di SA-2 qui, qui, e probabilmente anche in questo punto. È una zona molto pericolosa, Cas. Per gli elicotteri? Uno o due per operazioni di recupero, certo, è fattibile, ma una formazione aerea consistente sarebbe davvero rischioso. Ne abbiamo parlato anche per KINGPIN, ricordi?»

«È a soli cinquanta chilometri dal mare.»

«Quindici o venti minuti d'elicottero in linea d'aria, anche se sarà *impossibile* seguire quella rotta, Cas. Ho studiato personalmente le mappe con le postazioni nemiche. La rotta migliore che sono riuscito a individuare (so che questo rientra nelle tue competenze, ma anche io ne so qualcosa, okay?) è di venticinque minuti, e non vorrei mai doverla percorrere di giorno.»

«Possiamo usare i B-52 per aprirci un varco» suggerì Podulski. Non era mai stato un tipo che andava per il sottile.

«Pensavo che volessi evitare di fare le cose in grande» rimarcò Greer. «Senti, la vera brutta notizia è che nessuno ha mostrato un grande entusiasmo per questa missione. KINGPIN è fallita...»

«Ma non è stata colpa nostra!» protestò Podulski.

«Lo so Cas, okay?» ammise Greer, con pazienza. Podulski era sempre stato un sostenitore convinto di quella causa.

«Dovrebbe essere realizzabile» borbottò Cas.

I tre uomini si rimisero a fissare le foto scattate durante le ricognizioni. Si trattava di immagini di ottima qualità: due erano state riprese dai satelliti, due da un SR-71 Blackbird e tre dai Buffalo Hunter, con la caratteristica inquadratura bassa e angolata. Il campo era un quadrato perfetto di duecento metri di lato, indubbiamente concepito secondo i dettami di un manuale di qualche Paese del blocco comunista per costruire prigioni sicure. Ogni angolo ospitava una torretta di guardia, alta esattamente dieci metri e provvista di una tettoia di latta per proteggere dalla pioggia la mitragliatrice leggera in dotazione all'esercito nordvietnamita (un obsoleto modello sovietico). All'interno c'erano tre edifici grandi e due piccoli. In uno degli edifici più grandi, così credevano gli ammiragli, si trovavano venti ufficiali americani, tutti con grado pari o superiore a quello di tenente colonnello dato che questo era un campo speciale.

Le prime foto sottoposte all'attenzione di Greer erano state quelle del Buffalo Hunter. Una era così buona che aveva reso possibile identificare un volto, quello del colonnello Robin Zacharias, dell'aeronautica militare degli Stati Uniti. Il suo F-105G Wild Weasel era stato abbattuto otto mesi prima, e i nordvietnamiti avevano dato per morto sia lui sia il suo navigatore/operatore di sistemi. Era stata pubblicata persino una fotografia del suo cadavere. Il campo, il cui nome in codice, SENDER GREEN, era noto a meno di una cinquantina di persone, non aveva nulla a che fare col più famoso Hilton di Hanoi, visitato addirittura da cittadini americani, dove erano stati concentrati quasi tutti i prigionieri di guerra statunitensi dopo lo spettacoloso ma fallimentare raid sul campo di Song Tay dell'operazione KINGPIN. Isolato, posto in una zona difficilmente raggiungibile, SENDER GREEN non lasciava sperare nulla di buono. Qualunque fosse l'esito della guerra, l'America voleva riavere i suoi piloti. Quello era un luogo la cui sola esistenza induceva a pensare che alcuni non le sarebbero mai stati restituiti. Uno studio statistico delle perdite aveva rivelato un'irregolarità alquanto infausta: più ufficiali d'aviazione di grado relativamente elevato erano dati per morti rispetto a quelli di grado inferiore. Le forze armate sapevano benissimo che il nemico aveva ottimi informatori, molti dei quali nelle file del movimento "pacifista" americano, e che era in possesso di dossier sugli ufficiali statunitensi di grado più elevato contenenti dettagli sulla loro identità, caratteristiche professionali e incarichi precedenti. Era possibile che questi ufficiali fossero rinchiusi in un apposito campo, e che le loro conoscenze venissero sfruttate dal Vietnam del Nord come strumento di contrattazione per ottenere favori dai loro amici sovietici. Le informazioni che i prigionieri potevano fornire su questioni di particolare interesse strategico avrebbero potuto venire scambiate con l'appoggio da parte di una nazione amica che stava perdendo interesse per quella guerra interminabile, nel nuovo clima di distensione. I giochetti in corso erano tanti.

«Che coraggio!» mormorò Maxwell. I tre ingrandimenti mostravano il volto dell'uomo, che guardava sempre dritto verso l'obiettivo della macchina fotografica: l'ultimo dei tre inquadrava anche una delle guardie nell'atto di colpirlo alla schiena con un calcio di fucile. Il viso si distingueva chiaramente: era Zacharias.

«Questo qui è un russo» disse Casimir Podulski, indicando le foto del ricognitore. L'uniforme non lasciava alcun dubbio.

Sapevano che cosa stava pensando Cas. Era figlio dell'ambasciatore polacco a Washington nel 1939, conte e rampollo di un casato che aveva combattuto al fianco di re Giovanni Sobieski; la sua famiglia era stata sterminata da una parte della linea di demarcazione dai nazisti, con il resto della nobiltà polacca, e dall'altra dai russi, nella foresta di Katyn, dove due suoi fratelli erano stati assassinati dopo aver combattuto una breve e inutile guerra su due fronti. Nel 1941, il giorno dopo essersi laureato all'università di Princeton, Podulski si era arruolato come pilota nelle forze aeree della marina degli Stati Uniti, adottando così un nuovo Paese e una nuova professione che avrebbe servito con onore e grande abilità. E con passione. Ora questo sentimento era addirittura più intenso, perché tra poco sarebbe stato costretto ad andare in pensione. Greer aveva capito il perché. Le sue mani incredibilmente delicate erano deformate dall'artrite. Per quanto cercasse di nasconderlo, alla prossima visita medica l'avrebbero sicuramente dichiarato inabile, e Cas si sarebbe ritrovato in pensione, col ricordo del figlio morto e una moglie che si imbottiva di antidepressivi, al termine di una carriera che probabilmente lui non avrebbe esitato a definire un fallimento, nonostante tutte le medaglie che si era guadagnato.

«Ci deve essere un modo» disse Podulski. «Se non riusciamo a trovarlo, beh, non rivedremo mai più questi uomini. Sai chi potrebbe esserci, Dutch? Pete Francis, Hank Osborne.»

«Pete ha lavorato per me quando comandavo l'*Enterprise*» ammise Maxwell. Entrambi guardarono Greer.

«Sono d'accordo sulla natura di questo campo. Prima avevo i miei dubbi. Zacharias, Francis e Osborne sono gente che potrebbe interessare al nemico.» L'ufficiale d'aviazione era stato a Omaha per un turno di servizio, collaborando col gruppo che aveva il compito di stabilire la destinazione delle armi strategiche, e la sua conoscenza dei piani di guerra più segreti degli Stati Uniti era enciclopedica. Gli altri due ufficiali di marina erano in possesso di informazioni altrettanto importanti e, sebbene potessero essere coraggiosi, fedeli alla patria e ostinatamente determinati a negare, a fingere e a occultare, rimanevano pur sempre degli uomini, e come tali avevano dei limiti, mentre il nemico aveva a disposizione tutto il tempo che voleva. «Sentite, se volete posso provare a proporre l'idea a qualcuno che conosco, ma non mi faccio troppe illusioni.»

«Non intervenire significa tradire il nostro popolo!» Podulski batté il pugno sul tavolo. Ma anche Cas aveva i suoi piani: la scoperta del campo e la liberazione dei suoi prigionieri avrebbe chiarito una volta per tutte che il Vietnam del Nord aveva mentito agli occhi dell'opinione pubblica internazionale. La notizia avrebbe potuto compromettere i negoziati di pace al punto da costringere Nixon ad adottare un piano diverso che un altro e più ampio gruppo di lavoro del Pentagono stava approntando: l'invasione del Nord per mezzo della più tipicamente americana delle operazioni militari, un attacco combinato senza precedenti per audacia, portata e rischi potenziali: il lancio di truppe aviotrasportate direttamente sopra Hanoi, lo sbarco di una divisione di marines sulle spiagge su entrambi i lati di Haiphong, attacchi aerei al centro, appoggiati da qualsiasi cosa gli Stati Uniti sarebbero riusciti a concentrare in un unico, colossale e schiacciante tentativo di prostrare il Nord catturando la sua classe dirigente politica. Quel piano, il cui nome in codice veniva cambiato ogni mese (attualmente era CERTAIN CORNET), rappresentava il Santo Graal della vendetta per tutti quei militari professionisti che, per sei anni, avevano visto il loro Paese brancolare nell'incertezza, a prezzo di un incredibile spreco di vite dei suoi figli.

«Pensi che non lo sappia anch'io? Osborne ha lavorato per me a Suitland. Ero col cappellano quando ha consegnato quel telegramma del cazzo, lo sai? Sto dalla tua parte, ricordi?» A differenza di Cas e di Dutch, Greer sapeva che CERTAIN CORNET sarebbe rimasto sulla carta. Non era possibile attuarlo, non senza informarne prima il Congresso, e dal Congresso c'erano troppe fughe d'informazioni. Forse avrebbe potuto esserci una possibilità nel 1966 o nel '67, magari persino nel '68, ma ormai era troppo tardi per un'operazione del genere. Ma SENDER GREEN era ancora lì, e quella missione era possibile.

«Calmati, Cas» gli consigliò Maxwell.

Greer spostò lo sguardo sulla carta. «Sapete una cosa? Voi dell'aeronautica siete un po' limitati.»

«Che vuoi dire?» domandò Maxwell.

Greer indicò una linea rossa che partiva da una cittadina lungo la costa e finiva quasi davanti all'entrata principale del campo. Dalle foto scattate dall'alto sembrava una strada in buone condizioni, asfaltata e tutto. «Le truppe di pronto intervento sono qui, qui, e qui. Questa è la strada; costeggia il fiume per buona parte del suo corso. Le batterie della contraerea sono piazzate un po' dappertutto lungo la strada, ma sapete che non sono pericolose se si usano mezzi adeguati...»

«È un'invasione» osservò Podulski.

«E far intervenire due compagnie di truppe aviotrasportate invece no?»

«Ho sempre detto che sei in gamba, James» disse Maxwell. «Sai, questa è proprio la zona dove venne abbattuto mio figlio. Quel SEAL è entrato in territorio nemico e l'ha ritrovato in questo punto» disse l'ammiraglio, indicando la cartina.

«Qualcuno che conosce la zona da terra?» domandò Greer. «Potrebbe esserci d'aiuto. Dove si trova adesso?»

«Ciao, Sarah.» Kelly la invitò a sedersi. Sembrava più vecchia, pensò.

«È la terza volta che vengo, John. Le altre due stavi dormendo.»

«Non faccio altro. Va tutto bene» la rassicurò. «Sam viene a trovarmi un paio di volte al giorno.» Si sentiva già a disagio. La cosa più difficile era affrontare gli amici, si disse Kelly.

«Beh, abbiamo lavorato molto giù al laboratorio. Sarah parlava velocemente. «John, sentivo il bisogno di dirti che mi dispiace tantissimo di averti chiesto di venire in città. Avrei potuto mandarti da qualche altra parte. Non era necessario che ti facesse visitare da Madge. Conosco uno ad Annapolis che è un medico altrettanto bravo...» La sua voce continuò a parlare, incespicando.

Anche lei aveva dei sensi di colpa, pensò Kelly. «Tu non c'entri, Sarah» le disse quando lei ebbe finito. «Sei stata un'ottima amica per Pam. Se solo sua madre ti avesse somigliato, forse...»

Fu come se lei non avesse sentito le sue parole. «Avrei dovuto fissarvi un appuntamento più tardi. Se avessi scelto un altro momento...»

Aveva ragione, dopotutto, pensò John. Le variabili. E se? E se avesse parcheggiato la macchina un isolato più in là? E se Billy non l'avesse mai visto? *E se loro non si fossero mai mossi e avessero lasciato che quel bastardo se ne andasse per la sua strada?* Un altro giorno, un'altra settimana? E chissà quante altre cose ancora. Tutto avveniva perché un milione di piccoli fattori del tutto casuali dovevano combinarsi nel modo esatto, e nella sequenza esatta, e, mentre era facile accettare i risultati positivi, quelli negativi facevano andare su tutte le furie chi li doveva subire. E se avesse preso un'altra strada dopo essere uscito dal supermercato? E se non avesse mai visto Pam ferma sul ciglio della strada e non le avesse mai dato un passaggio? E se non avesse mai visto le capsule? E se non gliene fosse importato nulla, o se si fosse sentito tanto offeso da lasciarla? Adesso sarebbe viva? E se suo padre fosse stato un po' più comprensivo e lei non fosse mai scappata di casa, loro due non si sarebbero mai incontrati. Sarebbe stato un bene o un male?

Dopotutto, che cosa *importava*? Era *tutto* un caso? Il problema era che non si poteva dirlo. Forse, se fosse stato Dio e fosse stato in grado di osservare le cose dall'alto, allora sarebbe riuscito a distinguere un disegno generale, ma così, mentre la si viveva, l'intera esistenza *era* caso, pensò Kelly, e uno faceva del suo meglio, cercando di imparare dai propri errori, solo per vedersi piombare addosso un'ennesima fatalità. Ma che senso aveva? Diavolo, che cos'era che aveva un senso? Una domanda troppo complessa per un ex sottufficiale di marina sdraiato su un letto d'ospedale.

«Sarah, tu non hai alcuna colpa in questa storia. Che cos'è che cambieresti, se potessi? L'hai aiutata meglio che hai potuto. Cambieresti anche questo?»

«Maledizione, Kelly, eravamo riusciti a salvarla!»

«Lo so. E sono stato io che l'ho portata qui e ho fatto l'imprudente, non tu. Sarah, tutti non fanno che ripetermi che non è stata colpa mia, poi vieni tu e mi dici che la colpa è tutta tua.» La sua smorfia era quasi un sorriso. «Questo potrebbe confondermi le idee, ma di una cosa sono certo.»

«Non è stato un incidente, vero?» fece Sarah.

«No.»

«Eccola lì» disse Oreza, sottovoce, puntando il binocolo su una macchiolina lontana. «Proprio come aveva detto.»

«Vieni da papà» bisbigliò il poliziotto, al buio.

Un caso fortuito, si disse l'agente. Le persone in questione avevano una fattoria nella contea di Dorchester, ma tra una fila di granturco e l'altra coltivavano anche un po' di canapa indiana. Un metodo semplice, però funzionava. Avere una fattoria significava avere anche dei granai e degli annessi, e soprattutto molta tranquillità. Dato che erano furbi, non volevano certo trasportare il loro prodotto con un furgoncino, passando per il Bay Bridge, dove il traffico poteva bloccarsi all'improvviso e dove, inoltre, il mese prima un doganiere attento aveva aiutato la polizia di Stato a fare un arresto. Erano abbastanza accorti da poter costituire una minaccia potenziale per il suo amico. Bisognava fermarli.

E così usavano una barca. Quella coincidenza mandata dal cielo dava alla guardia costiera l'opportunità di partecipare al sequestro, facendo aumentare il suo prestigio ai loro occhi. Non poteva fargli male, dopo che lui li aveva usati come esca per far sì che Angelo Vorano venisse ammazzato, pensò il tenente Charon, sorridendo, all'interno della plancia.

«Li prendiamo adesso?» domandò Oreza.

«Sì. Quelli a cui consegnano sono sotto il nostro controllo. Non lo dica a nessuno» aggiunse. «Non vogliamo che vengano compromessi.»

«Ho capito.» Il sottufficiale accelerò e virò a dritta. «State pronti, ragazzi» disse al suo equipaggio.

Il dodici metri si abbassò a poppa per la maggior velocità. Il rombo dei motori diesel eccitava il comandante. Il piccolo timone di ferro vibrava nelle sue mani, mentre si portava sulla nuova rotta. Il bello era che quelli avrebbero avuto una gran sorpresa. Anche se la guardia costiera era l'autorità che aveva il compito di far rispettare la legge sul mare, non tutti sembravano saperlo, dato che la sua attività principale era la ricerca e il salvataggio di natanti dispersi. Il che, si disse Oreza, era proprio un gran peccato. Negli ultimi due anni aveva scoperto qualche membro della guardia costiera che fumava dell'erba, e chi aveva assistito alle sue ire funeste ne parlava ancora.

Adesso l'obiettivo era visibile a occhio nudo: una barca da pesca lunga nove metri come ce n'erano tante nella Chesapeake, probabilmente con un vecchio motore Chevrolet. Ciò significava che non sarebbe stata in grado di andare più veloce della sua imbarcazione. Avere una buona copertura andava benissimo, si disse Oreza con un sorriso, ma non era troppo furbo scommettere la propria vita e la propria libertà su una sola carta, per quanto alta potesse essere.

«Tutto deve sembrare normale» disse il poliziotto, con calma.

«Si dia un'occhiata intorno, signore» rispose il timoniere. L'equipaggio era sul chi vive ma non ne aveva l'aria, e tutti tenevano le armi nelle fondine. La loro rotta era quasi quella diretta per andare alla stazione di Thomas Point, e se gli uomini sull'altra barca si fossero accorti di loro (nessuno stava guardando a prua, al momento) avrebbero potuto immaginare che il dodici metri stesse semplicemente tornando all'ovile. Centocinquanta metri. Oreza portò le leve dei comandi al massimo per avere quel nodo o due di velocità supplementare per la manovra di sorpasso.

«Ecco Mr. English» disse un membro dell'equipaggio. L'altra unità dei guardacoste, proveniente dalla stazione, procedeva in linea retta su una rotta opposta e parallela, e sembrava dirigersi verso il faro di cui la guardia costiera era responsabile.

«Non mi sembrano molto intelligenti, vero?» domandò Oreza.

«Beh, se lo fossero perché avrebbero bisogno di violare la legge?»

«Ricevuto, signore.» Mancavano novanta metri, e una testa si voltò a prua per vedere la sagoma bianca e lucente della piccola unità dei guardacoste. Le persone a bordo della barca da pesca erano tre: l'uomo che li aveva avvistati si era sporto per dire qualcosa al timoniere. Una scena quasi comica. Oreza poteva immaginarsi ogni singola parola che si stavano dicendo. Ci sono i guardacoste, laggiù. E allora? Sta' tranquillo, forse stanno solo dandosi il cambio o roba del genere, non vedi quell'altra barca là in fondo... oh-oh, questa storia non mi piace per niente... sta' calmo e basta, maledizione! Non mi piace proprio. Tranquillo, non hanno le luci accese e la loro stazione è proprio qui vicino, per l'amor di Dio.

E adesso è ora, Oreza sorrise tra sé e sé, *e adesso è ora di un bel: oh, cazzo!*

Ghignò quando vide che la frase veniva pronunciata. L'uomo che era al timone si girò, e la sua bocca si aprì e si richiuse, dicendo quelle precise parole. Uno dei membri più giovani dell'equipaggio lesse le labbra e scoppiò a ridere.

«Penso che abbiano appena mangiato la foglia, comandante.»

«Le luci!» ordinò Oreza, e le luci intermittenti vicino alla sirena sopra la plancia incominciarono ad accendersi e spegnersi.

«Sì, sì!»

La barca da pesca virò rapidamente verso sud, ma l'altra unità della guardia costiera eseguì la stessa manovra, per non lasciarsela scappare, e fu subito chiaro che non sarebbero mai riusciti a seminare i due dodici metri a doppia elica.

"Avreste dovuto usare i vostri soldi per comprarvi una barchetta un po' più sportiva, ragazzi" pensò, ma si tenne per sé quel commento, sapendo che i criminali imparano sempre dai propri errori, e per loro comprare un mezzo più veloce delle unità dei guardacoste non era certo un problema, dal punto di vista fiscale. Era stato facile. Anche inseguire una piccola barca a vela sarebbe stato facile, se quel maledetto idiota di poliziotto gli avesse fatto fare quello che voleva lui, ma sarebbe durata così solo per poco ancora.

La barca da pesca rallentò, presa tra due fuochi. English restò di guardia a poche centinaia di metri di distanza, mentre Oreza si avvicinava.

«Salve» disse il timoniere attraverso l'altoparlante. «Siamo della guardia costiera degli Stati Uniti, e stiamo esercitando il nostro diritto di salire a bordo per compiere un controllo di sicurezza. Non muovetevi e restate bene in vista, per favore.»

Sembravano proprio una squadra di football che aveva appena perso una partita. Sapevano che non potevano più cambiare niente, qualsiasi cosa facessero; sapevano che opporre resistenza era inutile, e così rimasero lì in piedi, in preda allo sconforto, accettando il proprio destino. Oreza si chiedeva fino a quando sarebbe durata. Fino a quando qualcuno non sarebbe stato abbastanza stupido da reagire?

Due dei suoi marinai saltarono a bordo, mentre altri due, che si trovavano a poppa del dodici metri, gli coprivano le spalle. English si avvicinò. Ci sapeva fare con le manovre, osservò Oreza, come d'altronde ci si aspettava da un comandante, e aveva dato ordine ai suoi uomini di coprire quelli dell'altra barca, giusto nel caso in cui ai cattivi venisse qualche brutta idea. Mentre i tre uomini se ne stavano in piedi, allo scoperto, fissando le assi del ponte e sperando che si trattasse davvero di un'ispezione di sicurezza, i due guardacoste entrarono nella cabina di prua. Ne uscirono in meno di un minuto. Uno si toccò la visiera del berretto, per segnalare il cessato-allarme, poi si diede delle pacche sulla pancia. Sì, c'era della droga a bordo. Cinque pacche... c'era molta droga a bordo.

«Li abbiamo beccati, signore» osservò Oreza, con calma. Il tenente Mark Charon, della sezione narcotici del dipartimento di polizia municipale di Baltimora, si appoggiò allo stipite della porta — o al portello, o come diavolo lo chiamavano quei marinai — e sorrise. Aveva un abbigliamento sportivo, e avrebbe persino potuto essere scambiato per un guardacoste che indossava il giubbotto di salvataggio, come prescritto.

«Allora lascio tutto a lei. Cosa scriverete nel rapporto?»

«Una normale ispezione di sicurezza e, perdìo, avevano della droga a bordo!» disse il portoghese, fingendosi sorpreso.

«Perfetto, Mr. Oreza.»

«La ringrazio, signore.»

«Il piacere è mio, comandante.»

Aveva già spiegato tutto a English e Oreza. Al fine di proteggere i suoi informatori, il merito dell'arresto sarebbe andato ai guardacoste, la qual cosa non dispiaceva né al timoniere né al comandante. Oreza avrebbe potuto dipingere un simbolo di vittoria sul suo albero (o come diavolo si chiamava quella cosa su cui era fissato il radar), una piantina di canapa indiana a cinque foglie, e gli uomini dell'equipaggio avrebbero avuto qualcosa di cui vantarsi. Forse avrebbero persino avuto la fortuna di testimoniare davanti a un tribunale federale, anche se era improbabile, dato che quei pesci piccoli se la sarebbero senz'altro cavata con l'accusa più leggera che i loro avvocati sarebbero riusciti a patteggiare. Sarebbero venuti a sapere che, con tutta probabilità, gli informatori erano quelli a cui dovevano fare la consegna. Con un po' di fortuna, quella gente sarebbe sparita dalla circolazione, e questo avrebbe facilitato notevolmente il suo compito. Un nuovo varco praticato nell'ecostruttura della droga (l'ultima parola di moda che Charon aveva imparato). Finalmente, un rivale potenziale in quella ecostruttura era fuori circolazione una volta per tutte. Il tenente Charon si sarebbe guadagnato una pacca sulle spalle dal suo capitano, probabilmente anche una fiorita lettera di ringraziamento da parte della guardia costiera degli Stati Uniti e dall'ufficio del procuratore, per non parlare dei complimenti per aver svolto un'operazione così tranquilla ed efficace senza compromettere i suoi informatori. Uno dei nostri uomini migliori, avrebbe ribadito per l'ennesima volta il capitano. Come fai a procurarti delle fonti del genere? Capitano, sa come vanno le cose, ma devo proteggere questa gente. Certo, Mark, capisco benissimo. Continua a lavorare così.

Farò del mio meglio, signore, pensò Charon, fissando il tramonto. Non osservò neppure i guardacoste che ammanettavano i sospetti e leggevano a voce alta i loro diritti costituzionali da un cartellino plastificato, sorridendo mentre lo facevano, perché per loro tutto era un gioco molto divertente. Ma anche per Charon, in fin dei conti.

Dov'erano quei maledetti elicotteri?, si domandava Kelly.

In quella dannata missione era andato tutto storto fin dall'inizio. Pickett, il suo abituale compagno, non aveva potuto parteciparvi a causa di una violenta dissenteria, così Kelly l'aveva incominciata da solo. Non era certo l'ideale, ma la missione era troppo importante, e dovevano controllare ogni piccolo villaggio o paese (*ville* era il termine più comune, così flessibile da poter venire utilizzato per designare sia gli uni sia gli altri). Era avanzato da solo in territorio nemico, risalendo con molta, molta prudenza le acque putride di quello che la cartina segnava come un fiume, anche se era troppo stretto perché lui riuscisse a considerarlo tale.

E, naturalmente, questa era la *ville* dov'erano arrivati quei figli di puttana.

PLASTIC FLOWER, pensò mentre osservava e ascoltava. *A chi cazzo è venuto in mente un nome del genere?*

PLASTIC FLOWER era il nome in codice di una squadra di

azione politica dell'esercito nordvietnamita. Quell'unità aveva anche altri nomi, e nessuno era molto lusinghiero. Sicuramente gli uomini che ne facevano parte non assomigliavano neanche un po' agli attivisti che aveva visto il giorno delle elezioni a Indianapolis: era gente addestrata ad Hanoi su tutti i metodi per conquistare i cuori e le menti.

Il capo-villaggio, il sindaco o come diavolo si chiamasse era un po' troppo coraggioso perché lo si potesse definire in qualche altro modo che con la parola "stupido". E ora stava pagando per la sua stupidità davanti agli occhi lontani del capo di prima classe J.T. Kelly. La squadra era arrivata all'una e mezzo e, in modo molto ordinato e quasi civile, erano entrati in ogni piccola capanna, svegliando l'intera popolazione di contadini, e conducendola allo spiazzo al centro del villaggio perché vedesse il falso eroe, sua moglie e le sue tre figlie che aspettavano seduti nel fango con le braccia legate crudelmente dietro alla schiena. Il maggiore dell'esercito nordvietnamita che comandava PLASTIC FLOWER invitò tutti a sedersi con una voce cortese che giunse fino al punto d'osservazione di Kelly, a meno di duecento metri di distanza. La *ville* aveva bisogno di una lezione per capire quanto fosse stupido opporsi al movimento di liberazione popolare. Non erano gente cattiva, ma qualcuno li aveva indotti all'errore e il maggiore sperava che quella semplice dimostrazione avrebbe chiarito quali fossero i loro sbagli.

Cominciarono con la moglie del sindaco. Ci misero venti minuti.

Devo fare qualcosa!, si disse Kelly.

Loro sono in undici, idiota. Quel maggiore avrebbe anche potuto essere un sadico figlio di puttana, ma i dieci uomini ai suoi ordini non erano stati scelti esclusivamente sulla base del loro credo politico. Senza dubbio erano soldati affidabili, esperti e fedeli. L'americano non aveva abbastanza fantasia da capire come facessero degli uomini a essere fedeli a qualcosa del genere. Ma non poteva permettersi di ignorare che lo fossero.

Dov'era finita quella squadra d'intervento del cazzo? Li aveva chiamati quaranta minuti prima, e la base d'appoggio era a soli venti minuti d'elicottero: così vicina a una zona "soggiogata" era la piccola *ville*. Volevano quel maggiore. Anche il suo gruppo avrebbe potuto rivelarsi molto utile, ma lui volevano catturarlo vivo. Sapeva dove si nascondevano tutti i dirigenti politici locali, quelli che i marines non erano riusciti ad acciuffare in una efficace retata effettuata un mese e mezzo prima. Con ogni probabilità, quella missione era una rappresaglia, una controazione compiuta così vicino alla base americana proprio per far capire ai nemici che non erano riusciti a catturarli tutti, e che non ce l'avrebbero mai fatta. E probabilmente avevano ragione, pensò Kelly, ma quel problema non rientrava nella sua missione.

La ragazza più grande aveva forse quindici anni. Era difficile indovinare l'età delle piccole e ingannevolmente fragili donne vietnamite. Dopo venticinque minuti non era ancora morta. Le sue urla attraversavano lo spiazzo di terra per arrivare, chiaramente udibili, alla postazione di Kelly, immerso nell'acqua: le mani dell'uomo stringevano così forte la plastica della sua CAR-15 che se ci avesse pensato o se ne fosse accorto si sarebbe preoccupato di poter rompere qualcosa.

I dieci soldati agli ordini del maggiore erano schierati come da manuale. Due erano al suo fianco, e si davano il cambio con le guardie poste sul perimetro dello spiazzo affinché tutti potessero partecipare ai festeggiamenti di quella serata. Uno di loro finì la ragazza con una coltellata. L'altra figlia aveva sì e no dodici anni.

Le orecchie di Kelly erano tese a cogliere ogni suono proveniente dal cielo nuvoloso, sperando di sentire il caratteristico ronzìo di un elicottero Huey. Invece udì altri rumori: il rombo dei 155 mm dei marines, a est; jet che sfrecciavano alti. Nessuno era abbastanza forte da coprire gli strilli acuti di una bambina: ma loro erano sempre in undici, e lui era sempre da solo, e anche se Pickett fosse stato con lui, le possibilità di riuscita sarebbero state troppo remote per tentare un attacco. Kelly aveva la sua carabina CAR-15, un caricatore con trenta colpi al suo posto, un altro capovolto e legato a quello, e altre due serie di munizioni. Aveva quattro granate dirompenti, due granate al fosforo e due fumogene. La sua arma più letale era la radio, ma aveva già chiamato la base due volte e aveva avuto un riscontro in entrambi i casi, con l'ordine di restare fermo al suo posto.

Facile dirlo, dalla base, eh?

Dodici anni sì e no. Troppo giovane. Non c'era un'età per morire così, si disse, ma da solo non sarebbe stato in grado di fare nulla, ed era inutile aggiungere la propria morte a quella della famiglia.

Come potevano fare una cosa del genere? Non erano forse uomini, soldati, militari professionisti come lui? Poteva esistere qualcosa di così importante da spingerli a rinnegare la loro umanità? Quello che stava vedendo era impossibile. Non poteva essere vero. Ma lo era. Udiva ancora il fragore dell'artiglieria lontana, che, come previsto, scaricava il suo fuoco su una presunta via di rifornimento. Sopra la sua testa vedeva un flusso ininterrotto di aerei, forse aerei d'appoggio tattico dei marines che compivano un attacco da qualche altra parte, probabilmente su boschi disabitati, perché la maggioranza dei loro obiettivi non era nient'altro che quello. E non qui, dove invece si trovava il nemico. Ma anche in tal caso non avrebbero risolto un granché, no? Gli abitanti di quel villaggio avevano scommesso le loro vite e quelle delle loro famiglie su qualcosa che non aveva funzionato, e forse quel maggiore pensava di essere clemente eliminando solo una famiglia nel modo più "pittoresco" possibile anziché ammazzare tutti con un metodo più comodo e semplice. E, inoltre, i morti non parlano, e invece lui voleva che quella storia venisse raccontata. Il terrore era qualcosa che potevano usare, e potevano sfruttare al meglio.

Il tempo passava, interminabile e veloce, e la ragazzina smise di lamentarsi e venne buttata per terra. L'ultima figlia, la minore, avrà avuto otto anni, vide Kelly con il binocolo. L'*arroganza* di quegli stronzi, che avevano acceso un grosso falò. Non volevano che nessuno si perdesse lo spettacolo, vero?

Otto anni; non era grande abbastanza, non aveva una gola larga abbastanza per poter gridare davvero. Osservò il cambio della guardia. Altri due uomini si mossero dal perimetro al centro del villaggio. Era una licenza per quelli del gruppo d'azione politica, che non potevano andare a Taiwan come Kelly. L'uomo che si trovava più vicino all'americano non aveva ancora avuto la sua occasione, e probabilmente non sarebbe mai venuta. Forse il capo-villaggio non aveva abbastanza figlie, oppure lui era sulla lista nera del maggiore, ma, qualunque fosse il motivo, lui non si stava divertendo, e la cosa lo doveva frustrare abbastanza. Gli occhi del soldato fissavano il centro dello spiazzo, dove i suoi compagni stavano partecipando a uno spettacolo che lui, quella sera, si sarebbe perso. Magari la prossima volta... ma almeno poteva sempre guardare... cosa che stava facendo, dimenticando di fare il suo dovere per la prima volta in tutta la serata.

Ancor prima che la sua mente glielo facesse notare, Kelly era già a metà del percorso che lo separava dall'uomo, strisciando in silenzio il più velocemente possibile, aiutato dal terreno umido. Procedeva basso, cercando di appiattire il proprio corpo contro il terreno, avvicinandosi sempre di più, sempre di più, guidato e attratto dal gemito che qualcuno emanava vicino al fuoco.

Avresti dovuto muoverti prima, bello mio.

Prima non era possibile.

Beh, cazzo, se è per questo neanche adesso!

Fu allora che intervenne il destino, sotto forma di rombo di uno Huey (probabilmente più d'uno) in avvicinamento da sud-est. Kelly fu il primo ad accorgersene, mentre si rialzava in piedi dietro il soldato, con estrema cautela, sguainando il coltello. I viet non avevano ancora sentito niente quando lui lo colpì, affondando l'arma alla base del cranio, nel punto in cui il midollo spinale incontra il cervelletto. Lo rigirò come se fosse un cacciavite, tappando la bocca del soldato con la mano libera, e, questo è poco ma sicuro, il trucco funzionò. Il corpo si afflosciò immediatamente, e lui lo posò a terra con delicatezza, non perché mosso da sentimenti umanitari, ma per evitare di far rumore.

Ma il rumore ci fu, eccome! Gli elicotteri erano ormai troppo vicini. Il maggiore alzò la testa e la voltò in direzione sud-est, riconoscendo il pericolo. Gridò agli uomini di radunarsi, poi si girò e sparò un colpo alla testa della bambina subito dopo che uno dei soldati si fu allontanato da lei.

La squadra ci mise solo pochi secondi per radunarsi. Il maggiore contò i suoi uomini, velocemente e automaticamente e, accorgendosi che ne mancava uno, guardò in direzione di Kelly, ma i suoi occhi avevano fissato il fuoco troppo a lungo, e l'unica cosa che riuscì a scorgere fu una specie di movimento spettrale nell'aria.

«Uno, due, tre» sussurrò Kelly dopo aver tolto la sicura di una delle granate. Gli uomini del 3° gruppo operazioni speciali erano abituati a regolare personalmente le loro. Non ci si poteva mai fidare di quello che faceva la vecchia buona operaia che lavorava in fabbrica. Le loro micce bruciavano per cinque secondi esatti, e al "tre" la granata lasciò la sua mano. Era metallica quel tanto che bastava perché brillasse alla luce aranciata del falò. Un lancio quasi perfetto; atterrò esattamente al centro del cerchio di soldati. L'americano era già sdraiato a pancia in giù nel fango quando toccò il suolo. Sentì un grido d'allarme che veniva un secondo troppo tardi per poter essere utile a qualcuno.

La granata ferì o uccise sette dei dieci uomini. Kelly si alzò e, con la sua carabina, ne abbatté uno con tre colpi alla testa. I suoi occhi non si soffermarono neppure sulla nube rossastra che si alzava, perché quella era la sua professione, e non un passatempo. Il maggiore era ancora vivo, steso a terra ma ancora capace di puntare la pistola verso di lui, quando altre cinque pallottole lo colpirono. La sua morte fece di quella notte un successo. Ora Kelly doveva limitarsi a sopravvivere. Aveva compiuto un'azione stupida, e la prudenza era sua nemica.

Corse a destra, tenendo alta la carabina. C'erano perlomeno

due soldati nordvietnamiti ancora vivi che si muovevano lì attorno, armati, arrabbiati e abbastanza confusi da non scappare, come avrebbero dovuto fare. Il primo ad arrivare fu un elicottero che aveva il compito di rischiarare la zona: lanciò razzi luminosi che Kelly maledisse in cuor suo, dato che in quel momento l'oscurità era la sua migliore alleata. Individuò un soldato e lo fece fuori, svuotando tutto il caricatore addosso alla sua sagoma che correva. Continuando a muoversi in silenzio, sostituì il caricatore, girando in cerchio nella speranza di trovare anche l'altro soldato, ma i suoi occhi indugiavano sul centro del villaggio, dove la gente correva a destra e a sinistra. Probabilmente qualcuno era stato ferito dalla sua granata, ma ora non aveva il tempo di preoccuparsene. Il suo sguardo raggelò alla vista delle vittime; peggio, fissò troppo a lungo il fuoco, e quando si voltò, i suoi occhi continuarono a vederne la forma, che cambiava colore passando dall'arancio all'azzurro, in un'immagine irreale che compromise la sua vista. Sentiva il rombo dello Huey che doveva atterrare lì vicino, abbastanza forte da soffocare le urla degli abitanti del villaggio. Stava nascosto dietro il muro di una capanna, con gli occhi rivolti all'esterno, lontano dal fuoco, per cercare di vederci di nuovo chiaramente. C'era ancora un altro soldato nordvietnamita lì attorno, e sicuramente non si sarebbe diretto verso il punto da cui proveniva il rumore dell'elicottero. Continuò ad avanzare a destra, ma adesso più lentamente. La capanna distava da un'altra una decina di metri circa, e quel tratto era un corridoio di luce, illuminato dai bagliori del falò. Si guardò attorno prima di correre, poi partì a razzo, tenendo la testa bassa, una volta tanto. I suoi occhi scorsero un'ombra che si muoveva e, quando si voltò per vedere meglio, inciampò e cadde.

La polvere si alzò attorno a lui, ma Kelly non riuscì a individuare la fonte del rumore abbastanza in fretta. Rotolò a sinistra per tentare di evitare i colpi, finendo però con l'avvicinarsi alla luce. Si alzò a metà e indietreggiò, andando a sbattere contro il muro di una capanna, mentre i suoi occhi cercavano affannosamente di capire da dov'erano partiti i lampi del fucile. Laggiù! Prese la mira con la sua CAR-15 e fece fuoco proprio mentre due proiettili da 7,62 mm lo colpirono al petto. L'impatto lo fece voltare, e altri due colpi distrussero l'arma tra le sue mani. Quando alzò di nuovo gli occhi, giaceva sul dorso, e il villaggio era tranquillo. Il suo primo tentativo di muoversi non portò a niente, se non a una fitta di dolore. Poi, la canna di un fucile premette contro il suo torace.

«Quaggiù, tenente!» Seguito da: «Un medico!».

Il mondo sembrava girargli attorno, mentre lo trascinavano vicino al fuoco. La testa gli penzolava a sinistra, e lui guardava i soldati che rastrellavano il villaggio, mentre due di loro disarmavano e perquisivano il nordvietnamita.

«Questo figlio di puttana è ancora vivo» disse uno di loro.

«Ah, davvero?» Un altro si avvicinò, lasciando il corpo della bambina più piccola, puntò il suo fucile contro la fronte del soldato nemico e fece fuoco una volta.

«Cazzo, Henry!»

«Non voglio più una stronzata del genere!» gridò il tenente.

«Guardi che cosa le hanno fatto, signore!» gli urlò Henry, mettendosi in ginocchio per vomitare.

«Che ti è successo?» domandò il medico dell'unità a Kelly, che non fu in grado di rispondergli. «Oh, merda!» fece quello. «Tenente, questo deve essere il tizio che ci ha chiamati!»

Comparve un altro viso, probabilmente quello del tenente che comandava il Blue Team, il grosso stemma sulla sua spalla era quello della 1ª divisione di cavalleria.

«Tenente, sembra che ci sia via libera, adesso perlustriamo di nuovo la zona!» disse la voce di un uomo più anziano.

«Tutti morti?»

«Affermativo, signore!»

«Chi diavolo sei tu?» chiese il tenente, abbassando di nuovo lo sguardo sul ferito. «Tutti matti da legare, voi marines del cazzo!»

«Marina» mormorò Kelly, spruzzando un po' di sangue sull'uniforme del medico.

«Cosa?» domandò l'infermiera O'Toole.

John spalancò gli occhi. Il suo braccio destro si mosse rapidamente sul suo petto, mentre la sua testa si voltò per esaminare la stanza. Sandy O'Toole era seduta in un angolo, e leggeva un libro alla luce di una lampada.

«Che ci fai qui?»

«Ascolto il tuo incubo» rispose lei. «È la seconda volta. Sai, dovresti...»

«Sì, hai ragione.»

10

Patologia

«La sua pistola è nel bagagliaio» lo informò il sergente Douglas. «Scarica. Si ricordi di tenerla così d'ora in avanti.»

«Novità su Pam?» domandò Kelly, seduto su una sedia a rotelle.

«Abbiamo degli indizi» rispose Douglas, senza neppure darsi la pena di nascondere che stava mentendo.

E quello diceva tutto, pensò Kelly. Qualcuno aveva avvisato i giornali che Pam era stata arrestata più volte per prostituzione, e con quella notizia il caso aveva perso l'urgenza che aveva prima.

Sam in persona portò la Scout davanti all'entrata di Wolfe Street. La carrozzeria era stata completamente riparata, e il finestrino del guidatore sostituito. Kelly si alzò dalla sedia a rotelle e diede alla propria auto una lunga occhiata: il telaio della portiera aveva in parte deviato i colpi, salvandogli la vita. A dire il vero era stato tutto merito della pessima mira che qualcuno aveva dimostrato al termine di un inseguimento furtivo ed efficace (reso tale dal fatto che lui non si era preoccupato di controllare gli specchietti retrovisori, si disse John dietro un'espressione indifferente). *Come aveva fatto a dimenticarsene?*, si domandò per la millesima volta. Era una cosa così elementare, per cui aveva stressato ogni nuovo arrivato nel 3° gruppo operazioni speciali: «Ricordati di guardarti sempre alle spalle, perché ci potrebbe essere qualcuno alle tue calcagna». Facile da tenere in mente, no?

Ma quello era passato, e il passato non si può cambiare.

«Ritorni sulla tua isoletta, John?»

Lui annuì. «Sì. Ho del lavoro che mi aspetta, e poi mi devo rimettere in forma.»

«Voglio che ritorni qui fra... diciamo due settimane, per una visita di controllo.»

«Sissignore. Ci sarò» promise il paziente. Ringraziò Sandy O'Toole per le sue premure ed ebbe un sorriso come risposta. Era quasi diventata sua amica, in quei diciotto giorni. Quasi? Forse lo sarebbe stata di già, se lui si fosse permesso di pensare ai loro rapporti in quei termini. Kelly salì sulla sua auto e si allacciò la cintura di sicurezza. Gli addii non erano mai stati il suo forte. Fece un cenno con la testa, sorrise a tutti e se ne andò, svoltando a destra verso Mulberry Street, solo per la prima volta dal giorno del suo arrivo all'ospedale.

Finalmente. Accanto a lui, sul sedile del passeggero dove aveva visto Pam da viva per l'ultima volta, era posata una busta color avana, contrassegnata dalla scritta DOCUMENTI DEL PAZIENTE/PARCELLE nella rozza calligrafia di Sam Rosen.

«Dio!» mormorò, dirigendosi a ovest. Non stava semplicemente osservando il traffico, ora. Il paesaggio urbano era trasformato definitivamente per John Kelly. Le strade erano un curioso miscuglio di attività e inoperosità, e i suoi occhi si spostavano in continuazione, secondo un'abitudine che si era permesso di dimenticare, concentrandosi su quelle persone la cui inattività sembrava avere uno scopo. Ci sarebbe voluto del tempo per riuscire a distinguere il grano dalla pula, si disse. Il traffico cittadino era poco intenso e, in ogni caso, la gente non indugiava su quelle strade. Guardò a destra e a sinistra per vedere se gli occhi degli altri guidatori erano fissi in avanti, se ignoravano quello che c'era ai loro lati, come lo erano stati anche i suoi. Si fermavano bruscamente al rosso di un semaforo che non erano riusciti a prendere, per schiacciare a fondo l'acceleratore non appena scattava il verde. Come se sperassero di potersi lasciare tutto alle spalle, come se i problemi di quella città restassero confinati ai suoi quartieri e non contagiassero anche i sobborghi, dove abitavano le brave persone. In tal senso, lì era proprio il contrario del Vietnam, dove i pericoli erano nel fitto della foresta, e si voleva evitare che raggiungessero i centri abitati. L'ex sottufficiale si rese conto che era tornato a casa per vedere la stessa follia e gli stessi fallimenti in un luogo così diverso. E lui era stato sciocco e colpevole come tutti gli altri.

La giardinetta svoltò a sinistra e si diresse a sud, passando davanti a un altro ospedale, un grosso edificio bianco. Quello era il quartiere degli affari: banche e uffici, il tribunale, il municipio, una zona rispettabile della città dove le persone rispettabili si recavano a lavorare di giorno, per andarsene il prima possibile la sera, tutte assieme perché quella folla frettolosa era garanzia di sicurezza. Il quartiere era costantemente pattugliato dai poliziotti, perché senza quella gente e la loro attività la città sarebbe sicuramente morta. O quasi. Forse non era per niente una questione di vita o di morte, ma solo di velocità.

Solo due chilometri e mezzo, si meravigliò Kelly. *Tutto lì?* Avrebbe dovuto controllare una piantina. Una distanza pericolosamente breve separava quelle persone dalle cose che temevano. Fermatosi a un incrocio, riusciva a vedere molto lontano, perché le strade cittadine, come le barriere frangifiamme, offrivano una visuale stretta e lunga. Il semaforo scattò, e lui ripartì.

Venti minuti dopo era alla *Springer*, ormeggiata al suo solito posto. Kelly raccolse le sue cose e salì a bordo. Passati dieci minuti, i diesel scoppiettavano, il condizionatore era acceso e lui era di nuovo nella sua piccola bolla bianca di civiltà, pronto a mollare gli ormeggi. Aveva smesso di prendere gli analgesici, e sentiva il bisogno di una birra e di un po' di relax (solo il simbolico ritorno alla normalità), ma mangiò qualcosa mentre beveva. La spalla sinistra era ancora rigida e gli faceva male, nonostante fosse in grado di usarla, in qualche modo, da quasi una settimana. Si mise a camminare per il salone principale, disegnando ampi cerchi con le braccia, trasalendo per il dolore a quello sinistro, prima di andare in coperta per levare gli ormeggi. Murdock uscì per osservarlo, ma rimase sulla porta del suo ufficio senza dir niente. L'avventura del suo amico era finita sui giornali, anche se il legame con Pam non era saltato fuori, dato che, in qualche modo, i giornalisti non erano riusciti a collegare le due cose. I serbatoi erano pieni, e tutte le apparecchiature della barca sembravano funzionanti, ma non trovò il conto per i lavori che avevano fatto quelli del cantiere.

Kelly era un po' goffo nel maneggiare le cime perché il suo braccio sinistro si rifiutava di ubbidire agli ordini del cervello col tempismo di sempre. Finalmente completò l'operazione e la *Springer* partì. Dopo aver lasciato il porticciolo, si sistemò nel salone davanti al quadro comandi, mantenendo una rotta diretta per uscire dalla baia, godendosi la comodità dell'aria condizionata. Una bevanda analcolica lo aiutò a trangugiare due compresse di Tylenol. Era l'unico medicinale che si era concesso in quegli ultimi tre giorni. Si rilassò, e aprì la busta che Sam gli aveva lasciato, mentre il pilota automatico conduceva la barca a sud.

Avevano tolto soltanto le foto. Ne aveva vista solo una, e gli era bastata. Una nota manoscritta (tutte le altre pagine contenute nel plico erano delle fotocopie, e non gli originali) spiegava che il professore di patologia aveva avuto quei documenti da un suo amico *coroner*, e pregava Sam di stare molto attento a come li usava. Kelly non riuscì a leggere la firma.

I paragrafi «morte violenta» e «omicidio» della prima pagina vennero esaminati attentamente. La causa del decesso, diceva il referto, era strangolamento manuale, con una serie di segni di legature stretti e profondi attorno al collo della vittima. La loro precisione e profondità portava a pensare che la morte cerebrale fosse avvenuta per mancanza di ossigeno ancor prima che la laringe sfondata avesse bloccato l'afflusso d'aria ai polmoni. Alcune striature della pelle indicavano che lo strumento usato era stato probabilmente la stringa di una scarpa, e alcune ecchimosi attorno al collo lasciate con ogni probabilità dalle nocche di un uomo dalle mani piuttosto grosse indicavano inoltre che l'assassino guardava in faccia la vittima supina mentre compiva l'atto. Inoltre, continuava il referto per altre cinque pagine dattiloscritte a spaziatura uno, la vittima era stata sottoposta a traumi violenti ed estesi prima del decesso, tutti elencati con dovizia di particolari in un'asciutta prosa medica. Un altro modulo osservava come la donna fosse stata violentata, e come la zona genitale mostrasse segni inequivocabili di ecchimosi e altri maltrattamenti. Una quantità di sperma insolitamente abbondante era ancora presente nella sua vagina dopo il ritrovamento e l'autopsia, segno che l'assassino non l'aveva violentata da solo. («Gruppi sanguigni O + , O-, AB-, vedi referto sierologico in allegato».) Evidenti tagli ed ecchimosi attorno alle mani e sugli avambracci erano denominati "classici della difesa". Pam aveva lottato per la propria vita. Le avevano spaccato la mascella, come altre tre ossa: c'era anche una frattura composta dell'ulna sinistra. Kelly fu costretto a posare il referto e a fissare l'orizzonte prima di poter riprendere la lettura. Le sue mani non tremavano, e non disse una parola, ma avvertì il bisogno di staccarsi da quella fredda terminologia medica.

«Come puoi vedere dalle foto, Sam» si leggeva nella pagina manoscritta sul retro «è stato il lavoro di gente veramente perversa. Una tortura vera e propria. Ci hanno messo senz'altro ore per ridurla in questo stato. C'è una cosa che il referto non menziona. Controlla la foto n. 6. Qualcuno le ha probabilmente pettinato o spazzolato i capelli, di sicuro a decesso avvenuto. Il patologo che si è occupato del caso non l'ha notato. È un pivellino. (Alan era fuori città quando è arrivata, altrimenti sono sicuro che l'avrebbe esaminata lui personalmente.) Sembra un po' strano, ma la foto non lascia dubbi. È curioso come spesso ci sfuggano proprio le cose più ovvie. Probabilmente era il suo primo caso del genere, e lui era troppo concentrato a elencare tutte quelle lesioni per notare qualcosa di così piccolo. Ho saputo che la conoscevi. Mi dispiace, amico mio. Brent.» La pagina era firmata, e in modo più leggibile del primo foglio. John fece scivolare i documenti all'interno della busta.

Aprì un cassetto della console vicino al quadro comandi e ne estrasse una scatola di munizioni calibro .45, riempiendo i due caricatori per la sua automatica, che rimise nel cassetto. C'erano poche cose più inutili di una pistola scarica. Poi andò in cambusa e prese la lattina più grossa che riuscì a trovare. Si sedette di nuovo davanti al quadro comandi e riprese a fare un'operazione che aveva incominciato da una settimana: usando la lattina come se fosse un peso da ginnastica, la spostava su e giù, dentro e fuori, accettando di buon grado il dolore e assaporandolo, mentre il suo sguardo percorreva la superficie dell'acqua.

«Mai più, ragazzo mio» disse ad alta voce, con tono colloquiale. «Niente più errori. Mai più.»

Il C-141 atterrò alla base aerea di Pope, vicino a Fort Bragg, Carolina del Nord, poco dopo mezzogiorno, terminando così un volo di routine iniziato a tredicimila chilometri di distanza. Il cargo a quattro motori non fece un atterraggio morbido. L'equipaggio era stanco, nonostante si fosse alternato per riposare lungo la rotta, e i passeggeri non richiedevano particolari attenzioni. Su voli come quello non c'era quasi mai un carico vivo. Le truppe che tornavano dal teatro d'operazioni venivano imbarcate su "Aerei della libertà", quasi invariabilmente voli charter con tanto di hostess che distribuivano sorrisi e liquori gratuiti per tutta la durata del lungo viaggio di ritorno al mondo reale. Nessuna di queste comodità era prevista sui voli per Pope. L'equipaggio aveva mangiato razioni standard dell'aviazione e, per la maggior parte del viaggio, i suoi membri non si erano lanciati le solite battutine che si scambiano i giovani aviatori.

Toccando terra col carrello, l'aereo rallentò e, alla fine della pista, svoltò su una striscia di rullaggio, mentre i membri dell'equipaggio si stiracchiavano sui seggiolini. Il pilota, un capitano, conosceva la procedura a memoria, ma in caso se ne fosse dimenticato, ecco comparire una jeep dai colori vivaci, che lui seguì fino alla palazzina comando. Da tempo lui e il suo equipaggio avevano smesso di riflettere sulla natura della loro missione. Era un lavoro, un lavoro necessario, tutto lì, pensavano mentre scendevano dall'aereo per l'obbligatorio turno di riposo, che consisteva (dopo un breve rapporto e la notifica di tutti i problemi presentati dall'aereo nelle ultime trenta ore) nell'andare al circolo ufficiali per qualche birra, in una doccia e in una bella dormita negli alloggi di servizio. Nessuno di loro si voltò a guardare l'aereo. L'avrebbero rivisto fin troppo presto.

La natura ripetitiva di quella missione era un paradosso. In quasi tutte le altre guerre che avevano combattuto, i soldati erano stati sepolti vicino al luogo in cui erano caduti, come testimoniano i cimiteri americani in Francia o in altre nazioni. Ma il Vietnam costituiva l'eccezione alla regola. Era come se la gente avesse capito che nessun americano voleva rimanerci, né da vivo né da morto, e così ogni corpo recuperato veniva rispedito in patria e, dopo aver subìto un primo trattamento in un centro fuori Saigon, ora ne avrebbe subìto un secondo, prima di partire alla volta della città natale che aveva mandato il giovane di turno a morire in un posto lontano. Le famiglie avevano già avuto il tempo di decidere dove si sarebbe tenuto il funerale, e istruzioni precise a questo proposito attendevano ogni cadavere identificato con un nome sul registro di carico dell'aereo.

Alcuni becchini in abito civile aspettavano l'arrivo delle salme. La loro era una specializzazione che l'esercito non contemplava ancora nella sua vasta gamma di corsi d'addestramento. Un ufficiale in uniforme era sempre presente per verificare l'esattezza dell'identificazione, poiché era responsabilità delle forze armate accertarsi che il cadavere giusto andasse alla famiglia giusta, sebbene le bare che lasciavano quel locale fossero quasi tutte sigillate. I danni fisici di una morte in battaglia, uniti al ritrovamento spesso tardivo del cadavere e alle conseguenti devastazioni del clima tropicale, non erano certo quello che le famiglie volevano vedere o avevano bisogno di vedere sui corpi dei loro cari. Quindi in seguito nessuno poteva controllare l'esattezza dell'identificazione dei resti, e proprio per quel motivo l'esercito svolgeva quel compito con la maggior serietà possibile.

C'era uno stanzone dove molte salme potevano venire sottoposte al processo di trattamento contemporaneamente, sebbene quel giorno non ci fosse tanto da fare come in passato. Gli uomini che lavoravano lì non erano contrari alle barzellette macabre, e alcuni di loro controllavano persino le previsioni del tempo per il Vietnam per sapere in anticipo in che condizioni sarebbe arrivato il carico della settimana seguente. Solo l'odore che si respirava in quel posto era sufficiente a tenere lontani i curiosi; raramente vi si vedeva un ufficiale di grado elevato, e ancor più di rado un funzionario civile del ministero della Difesa, il cui equilibrio avrebbe potuto essere compromesso da certe scene. Ma alla fine ci si abituava a tutti gli odori, e quello degli agenti conservanti era decisamente preferibile agli altri, propri della morte. Una delle salme, quella dello specialista di quarta classe Duane Kendall, presentava numerose ferite al torace. L'uomo era riuscito ad arrivare a un ospedale da campo, notò il becchino. Alcune cicatrici erano indubbiamente il risultato del lavoro disperato di un chirurgo militare: le incisioni che, in un ospedale civile, avrebbero attirato le ire funeste di un primario, erano molto meno appariscenti dei segni lasciati dai frammenti di una trappola esplosiva. Il medico ci aveva messo almeno una ventina di minuti per tentare di salvarlo, pensò, domandandosi perché non ci fosse riuscito... probabilmente il fegato, dedusse dalla posizione e dalle dimensioni delle incisioni. Non si può vivere senza, per quanto bravo possa essere il chirurgo. Quel che attirò maggiormente la sua attenzione, tuttavia, fu un'etichetta bianca posta tra il braccio destro e il torace, che confermava un segno apparentemente casuale sul cartellino all'esterno della cassa in cui era contenuto il cadavere.

«Identificazione esatta» disse al capitano che stava facendo il suo giro d'ispezione con un elenco, accompagnato da un sergente. L'ufficiale controllò che i dati richiesti corrispondessero a quelli scritti sui suoi registri, poi annuì e andò avanti, lasciando il becchino al suo lavoro.

C'era la solita serie di operazioni da compiere, e l'uomo le affrontò senza fretta eccessiva e senza indolenza, sollevando la testa di tanto in tanto per assicurarsi che il capitano fosse dal lato opposto della sala. Poi tirò un filo dai punti di sutura che un collega aveva fatto dall'altra parte del mondo. I punti saltarono quasi immediatamente, permettendogli così di infilare le mani nella cavità toracica ed estrarne quattro buste di plastica trasparente contenenti una polvere bianca, che mise velocemente nella sua borsa prima di richiudere quel buco spalancatosi nel corpo di Duane Kendall. Era il suo terzo e ultimo ritrovamento del genere per quel giorno. Dopo un'altra mezz'ora di lavoro sull'ennesimo cadavere, smontò. Si diresse verso la sua auto, una Mercury Cougar, e si allontanò di lì. Si fermò a un supermercato Winn-Dixie per comprare del pane e, uscendo, inserì delle monete in un telefono pubblico.

«Sì?» disse Henry Tucker, che rispose al primo squillo.

«Otto.» L'altro riattaccò.

«Bene» commentò Tucker, parlando con se stesso, mentre riagganciava. Otto chili da questo. Sette dall'altro uomo; nessuno dei due sapeva dell'esistenza dell'altro, e ognuno trovava la roba in giorni della settimana diversi. Le cose potevano migliorare rapidamente, ora che stava risolvendo tutti i problemi di distribuzione.

I suoi calcoli erano abbastanza semplici: in un chilo ci sono mille grammi. Ogni chilogrammo sarebbe stato tagliato con agenti non tossici come il lattosio, che i suoi amici si procuravano da un magazzino che riforniva le drogherie. Dopo aver mischiato attentamente le due sostanze, per assicurare l'uniformità dell'intera partita di merce, altre persone avrebbero suddiviso quella polvere bianca in "dosi" più piccole che avrebbero potuto essere vendute in partite minori. La qualità e l'ottima reputazione del suo prodotto garantivano un prezzo lievemente superiore a quello normale, che veniva anticipato dal costo all'ingrosso che pagavano i suoi amici bianchi.

Molto presto, il problema principale che avrebbe dovuto affrontare sarebbero state le dimensioni del suo giro d'affari. Aveva incominciato le cose in piccolo, dato che era un uomo molto accorto e sapeva che le grosse cifre portano solo all'avidità. Ma entro breve tempo continuare così non sarebbe stato più possibile. La sua disponibilità di eroina pura raffinata era molto più vasta di quanto non sapessero i suoi soci che, per ora, erano contenti che la qualità fosse così buona. Avrebbe rivelato loro gradualmente la riserva reale di merce, senza però mai accennare al metodo di trasporto utilizzato, per il quale non finiva mai di congratularsi con se stesso: la sua eleganza era addirittura sorprendente. Secondo le stime governative più attendibili (Tucker amava tenersi al corrente), la droga importata dall'Europa (si parlava di una connection "francese" o "siciliana", dato che gli investigatori non riuscivano mai a usare la terminologia corretta) ammontava a una tonnellata di sostanza pura all'anno. Tucker era convinto che quei dati andassero ritoccati verso l'alto di lì a poco, perché la droga era l'affare del momento per la malavita americana. Se fosse riuscito a far entrare nel Paese venti chili di roba alla settimana (e la capacità del suo metodo di trasporto era addirittura superiore) avrebbe battuto quel record, senza neppure doversi preoccupare di ispezioni doganali. Tucker aveva messo in piedi la propria organizzazione considerando da vicino i problemi relativi alla sicurezza. Innanzitutto, nessuna delle persone importanti che lavoravano per lui toccava la droga. Se avessero trasgredito a questa regola, le aspettava la morte, e Tucker si era preoccupato di mettere le cose bene in chiaro fin dall'inizio, nel modo più semplice e più efficace possibile. La sede oltreoceano della sua ditta impiegava sei addetti. Due si procuravano la droga da fonti locali la cui sicurezza veniva garantita con il solito metodo: grosse somme di denaro contante versate alla gente giusta. Anche i quattro becchini che lavoravano a Saigon erano pagati benissimo, ed erano stati scelti per il loro equilibrio e affidabilità. Del trasporto si occupava l'aviazione degli Stati Uniti, risparmiandogli i costi e le preoccupazioni per quella che in genere era la parte più difficile e rischiosa del metodo d'importazione. I due uomini al centro di ricevimento erano altrettanto prudenti. Più di una volta, così avevano affermato, le circostanze li avevano costretti a lasciare l'eroina all'interno delle salme, che erano state debitamente seppellite. Era un gran peccato, naturalmente, ma ogni buon affare richiede prudenza, e poi il margine di guadagno che aveva lo indennizzava subito della perdita. Inoltre, quei due sapevano benissimo che cosa sarebbe successo se solo avessero pensato di far sparire qualche chilo e metter su bottega. Da quel punto in avanti, non restava che far trasportare la droga in automobile in un luogo sicuro, e quella parte dell'operazione era compito di un corriere fidato e pagato profumatamente che non superava mai il limite di velocità. Fare affari proprio nella baia, pensò Tucker, sorseggiando la sua birra e guardando una partita di baseball alla Tv, era il suo tocco da maestro. Oltre a tutti i vantaggi che offriva, quel posto, era infatti riuscito a convincere i suoi nuovi soci che la droga veniva scaricata da navi che attraversavano la baia di Chesapeake dirette verso il porto di Baltimora (ottima idea, avevano commentato), quando invece era lui a trasportarla lì da un deposito segreto. Angelo Vorano aveva addirittura confermato la sua versione dei fatti comprando una stupida barchetta a vela e offrendosi di ritirare una consegna. Convincere Eddie e Tony che li aveva venduti alla polizia era stato così facile.

Con un po' di fortuna sarebbe riuscito a controllare tutto il mercato dell'eroina della costa orientale, finché gli americani avrebbero continuato a morire in Vietnam. Si disse che era ormai ora di pensare a come continuare gli affari anche in tempo di pace, che sarebbe venuto, prima o poi. Per il momento, doveva trovare un sistema per riuscire a espandere la sua rete di distribuzione. Quella attuale aveva funzionato e aveva attratto l'interesse dei suoi nuovi soci, ma era ormai quasi sorpassata. Troppo piccola per le sue ambizioni, avrebbe dovuto essere ristrutturata molto presto. Ma una cosa per volta.

«Bene, è ufficiale.» Douglas sbatté sulla scrivania il dossier del caso e guardò il suo capo.

«Che cosa?» domandò il tenente Ryan.

«Numero uno, nessuno ha visto niente. Numero due, nessuno sapeva per quale magnaccia lavorava. Numero tre, nessuno sa chi fosse. Suo padre mi ha sbattuto il telefono in faccia dopo aver detto che erano quattro anni che non le parlava. Il suo ragazzo non ha visto un bel cazzo prima o dopo essere stato colpito.»

L'investigatore si sedette.

«E il sindaco ha perso ogni interesse per questa faccenda» disse Ryan, concludendo il sommario del caso.

«Sai, Em, non mi importa fare un'altra indagine segreta, ma così la mia percentuale di casi risolti ne risentirà. Che succede se non riesco ad avanzare nella prossima classifica del dipartimento?»

«Divertente, Tom.»

Douglas scosse la testa e guardò fuori dalla finestra. «Diavolo, e se fosse stato davvero il Duo Dinamico?» domandò il sergente, in preda alla frustrazione. I due rapinatori armati di fucile da caccia avevano colpito ancora due sere prima, uccidendo un avvocato di Essex. Questa volta un testimone, in un'auto a cinquanta metri di distanza, aveva confermato che i malviventi erano due. Non proprio una gran novità. Era inoltre opinione diffusa tra i poliziotti che l'omicidio di un avvocato non avrebbe dovuto essere considerato un reato, ma nessuno dei due uomini era propenso a scherzare su quell'indagine.

«Quando incomincerai a crederci fammi un fischio, va bene?» disse Ryan, a bassa voce. Tutt'e due sapevano benissimo che le cose erano andate diversamente. Quelli del Duo erano rapinatori e basta. Avevano ucciso più volte, e in due occasioni si erano serviti dell'auto della vittima per allontanarsi di qualche isolato, ma in entrambi i casi si trattava di una vettura sportiva e, probabilmente, volevano soltanto farsi un giretto con quattro ruote veloci. La polizia conosceva la loro corporatura, il colore della loro pelle e poco altro. Ma loro erano ladri professionisti, e chiunque avesse ucciso Pamela Madden aveva voluto dare un tocco molto personale a quell'omicidio; oppure c'era un nuovo assassino in circolazione, estremamente perverso: una probabilità che aggiungeva unicamente un'ulteriore complicazione alle loro vite già indaffarate.

«Ci eravamo vicini, vero?» domandò Douglas. «La ragazza conosceva nomi e persone ed era una testimone oculare.»

«Ma abbiamo saputo della sua esistenza solo dopo che quell'idiota ha lasciato che l'ammazzassero».

«Beh, adesso lui è tornato in quel diavolo di posto dove sta, e anche noi siamo tornati al punto di prima.» Douglas prese il dossier e andò alla sua scrivania.

Il sole era già tramontato quando Kelly ormeggiò la *Springer*. Alzò gli occhi per guardare un elicottero sopra la sua testa che, probabilmente, era impegnato in qualche missione dalla vicina base aeronavale. A ogni modo, non volava in cerchio né stava fermo su un punto preciso. Fuori, l'aria era pesante, umida e afosa. Dentro al bunker era ancora peggio, e ci volle quasi un'ora prima che il condizionatore si mettesse a funzionare a pieno ritmo. La "casa" gli sembrò più vuota che mai per la seconda volta in un anno; le stanze erano diventate automaticamente più grandi senza una seconda persona che lo aiutasse a occupare tutto quello spazio. Vagò qua e là per circa un quarto d'ora. I suoi movimenti sembravano privi di uno scopo preciso, finché non si ritrovò a fissare i vestiti di Pam. Allora nel suo cervello si accese una lampadina, e Kelly capì che stava cercando qualcuno che non c'era più. Raccolse gli indumenti e li posò in una pila ordinata sul cassettone che un tempo era stato di Tish, e che forse avrebbe potuto diventare di Pam. La cosa più triste era che gli era rimasto così poco di lei: i calzoncini, il corpetto, qualche indumento intimo, la camicia di flanella che si metteva di notte, le sue scarpe consumate in cima alla pila. Così poco per ricordarsi di lei.

Kelly si sedette sul bordo del letto, fissando i vestiti. Quanto era durata? Tre settimane? Tutto lì? Contare i giorni sul calendario non aveva alcun senso, perché non è così che si misura il tempo. Il tempo è qualcosa che riempie gli spazi vuoti nella vita di una persona, e quelle tre settimane con Pam erano state più lunghe e più piene di tutto il periodo trascorso dalla morte di Tish. Ma ormai era tutto finito, e anche se la degenza in ospedale era terminata (ora gli sembrava che fosse passata in un batter d'occhio), era come se quel breve intervallo di tempo fosse diventato un muro che separava la parte più bella e preziosa della sua vita da quella in cui si trovava ora. Poteva scalare quel muro e guardare dall'altra parte, vedendo il passato, senza però poter allungare la mano e toccarlo. La vita sapeva essere così crudele, e il ricordo poteva essere una maledizione, la memoria crudele e beffarda di quello che era stato e di quello che avrebbe potuto essere se solo lui si fosse comportato diversamente. Ma, e questo era il peggio, quel muro l'aveva costruito lui, così come, alcuni minuti prima, aveva impilato l'uno sopra l'altro i vestiti di Pam, ormai inutili. Chiudendo gli occhi, la vedeva ancora. Nel silenzio, sentiva ancora la sua voce. Ma il suo odore era sparito, e anche il suo tocco.

Allungò la mano e sfiorò la camicia di flanella, ricordando la persona che aveva avvolto, ricordando come le sue grosse mani forti avevano slacciato maldestramente i bottoni per trovarci dentro l'amore: adesso era solo un pezzo di stoffa che racchiudeva dell'aria e basta. Fu allora che si mise a singhiozzare, per la prima volta da quando aveva saputo della morte di Pam. Il suo corpo era scosso dai tremiti per la dolorosa verità di quella situazione e, nella solitudine di quelle quattro pareti di cemento armato, gridò il nome di lei, sperando che Pam riuscisse a sentirlo e, in qualche modo, potesse perdonarlo per averla uccisa con la sua stupidità. Forse ora riposava in pace. Pregò perché Dio capisse che lei non aveva mai avuto una vera possibilità, perché riconoscesse la bontà del suo carattere e la giudicasse con clemenza, ma quello era un mistero che andava troppo oltre la sua comprensione. I suoi occhi erano limitati dai confini di quella stanza, e continuavano a ritornare al mucchio di indumenti.

Quei bastardi avevano addirittura privato il suo corpo della dignità di essere protetto dagli elementi e dagli sguardi indagatori degli uomini. Volevano che tutti sapessero come l'avevano punita e si erano divertiti con lei, buttandola poi via come se fosse spazzatura, un rifiuto che anche gli uccelli potevano beccare. Per loro Pam Madden non aveva avuto nessuna importanza, tranne forse quella di essere una cosa che era servita per dimostrare la loro abilità, sia da viva sia da morta. Per quanto fondamentale fosse stata nella vita di Kelly, per loro lei era meno di zero. Proprio come la famiglia del capo-villaggio, pensò. Una dimostrazione di forza: chi osa sfidarci deve soffrire. E se gli altri lo scoprono, tanto meglio. Fino a tal punto arrivava il loro orgoglio.

John si sdraiò sul letto, spossato da settimane di riposo forzato seguite da una giornata lunga e faticosa, e si mise a guardare il soffitto, con la luce ancora accesa, nella speranza di addormentarsi, e nella speranza di sognare Pam, ma il suo ultimo pensiero cosciente fu di natura molto diversa.

Se il suo orgoglio era stato letale, lo stesso valeva anche per il loro.

Dutch Maxwell arrivò in ufficio alle sei e un quarto, com'era sua abitudine. Anche se come assistente-capo delle operazioni aeronavali non faceva più parte di nessuna gerarchia di comando operativo, era pur sempre un viceammiraglio, e il suo compito attuale gli consentiva di considerare, anzi, lo obbligava a considerare ogni singolo aereo della marina degli Stati Uniti sotto la propria responsabilità. E così, in cima alla montagna di lavoro che doveva sbrigare quel giorno c'era un riassunto delle operazioni aeree compiute il giorno prima in Vietnam: a dire il vero quel giorno stesso, ma le si considerava come avvenute il giorno precedente per le bizzarrie della linea di data, un particolare che gli era sempre sembrato irragionevole, sebbene avesse combattuto una battaglia praticamente a cavallo di quel confine invisibile al di sopra dell'oceano Pacifico.

Meno di trent'anni prima, decollato dalla portaerei *Enterprise* con il suo F4F-4 Wildcat, un guardiamarina con ancora tutti i capelli (tagliati cortissimi), una moglie appena sposata, tanta paura e tanto coraggio e trecento ore di volo al suo attivo. "Winny", come lo chiamavano i compagni di reparto con suo grande dispiacere, nel primo pomeriggio del 4 giugno 1942 aveva avvistato tre bombardieri in picchiata Val giapponesi che avrebbero dovuto seguire il resto dello stormo della *Hiryu* per attaccare la *Yorktown* ma si erano persi e si erano diretti per sbaglio verso il suo aereo. Ne aveva abbattuti due sbucando improvvisamente da una nuvola. Il terzo era stato un avversario più difficile, ma Maxwell si ricordava ancora il luccichìo di ogni raggio di sole sulle ali del suo bersaglio e i traccianti che il mitragliere di bordo nemico aveva sparato nel vano tentativo di farlo allontanare. Atterrato sulla sua portaerei quaranta minuti più tardi, affermò di aver abbattuto tre aerei davanti agli occhi increduli del suo comandante di gruppo, e ne ebbe la conferma dalle macchine fotografiche collegate alle mitragliatrici. Da un giorno all'altro, la sua tazza per il caffè "ufficiale" del reparto venne cambiata con un'altra in porcellana che recava la scritta DUTCH a lettere rosso fuoco, un soprannome che avrebbe conservato per tutto il resto della sua carriera.

Altre quattro missioni di combattimento avevano aggiunto altri dodici simboli di aerei abbattuti sulla fusoliera del suo Wildcat e, col tempo, aveva assunto il comando di un gruppo da caccia, di uno stormo imbarcato su una portaerei, di una portaerei, e di un gruppo. In seguito era stato comandante delle forze aeree della flotta del Pacifico prima di ricoprire l'incarico attuale. Con un po' di fortuna, nel suo futuro c'era un comando di flotta, e questo era tutto quanto il viceammiraglio era in grado di prevedere. Il suo ufficio era conforme al suo grado e alla sua esperienza. Sulla parete, alla sinistra della spaziosa scrivania in mogano, era appesa parte della fiancata dell'F6F Hellcat su cui aveva volato sopra il mar delle Filippine e al largo della costa giapponese. Quindici bandiere del Sol Levante erano dipinte sullo sfondo blu, affinché nessuno si dimenticasse che il non più giovane stratega degli aviatori della marina aveva davvero combattuto a suo tempo, e meglio di quanto non avessero fatto altri. Sulla scrivania troneggiava anche la vecchia tazza risalente al periodo in cui prestava servizio sull'*Enterprise*, che ormai non usava più per qualcosa di così banale come bere il caffè, e senz'altro neppure per tenerci le matite.

L'imminente raggiungimento dell'apice della sua carriera avrebbe dovuto soddisfarlo in massimo grado, ma invece i suoi occhi si posarono sul rapporto delle perdite giornaliere della base di Yankee. Due cacciabombardieri da attacco leggero A-7A Corsair erano andati perduti, e la nota diceva che erano della stessa nave e dello stesso gruppo.

«Che è successo a questi due?» domandò Maxwell al contrammiraglio Podulski.

«Ho controllato» rispose Casimir. «Probabilmente un incidente in volo. Anders era un pilota esperto, mentre Robertson, che era sotto la sua guida, era un pivellino. Qualcosa è andato storto, anche se nessuno ha visto che cosa. Non c'erano missili terra-aria, ed erano a quota troppo elevata per l'antiaerea.»

«Paracadute?»

«No.» Podulski scosse la testa. «Il capoformazione ha visto una palla di fuoco. Hanno recuperato solo dei frammenti.»

«Che cosa dovevano colpire?»

L'espressione di Cas diceva tutto. «Un presunto deposito di autocarri. Gli altri aerei hanno attaccato e colpito l'obiettivo, un buon bombardamento, ma senza altri risultati visibili.

«Quindi solo una perdita di tempo.» Maxwell chiuse gli occhi, chiedendosi che cosa fosse successo a quei due aerei, alla missione, alla sua carriera, a tutto il suo Paese.

«Niente affatto, Dutch. *Qualcuno* pensava che fosse un bersaglio importante.»

«Cas, è ancora mattino troppo presto per questo genere di battute, d'accordo?»

«Sissignore. Si sta indagando sulle cause dell'incidente, ed è probabile che vengano adottati provvedimenti. Vuoi una spiegazione? Robertson, essendo un novellino, era nervoso (era la sua seconda missione di combattimento) e, probabilmente, ha creduto di vedere qualcosa e ha virato troppo bruscamente per schivare l'immaginario fuoco nemico, ma quei due erano in coda alla formazione e nessuno li ha notati. Diavolo, Dutch, anche noi abbiamo visto succedere cose del genere.

Maxwell annuì. «Che c'è ancora?»

«Un A-6 è stato colpito a nord di Haiphong; un missile terraaria, ma sono riusciti a rientrare sulla loro portaerei. Pilota e navigatore avranno una nota di merito» lo informò Podulski. «Per il resto una giornata tranquilla sul mar Cinese meridionale. Niente di rilevante sull'Atlantico. Sul Mediterraneo orientale segnali che i siriani stanno incominciando a divertirsi con i loro nuovi MiG, ma non è ancora un problema nostro. Domani abbiamo quell'incontro con esponenti della Grumman, e poi al Campidoglio a parlare del programma F-14 con i nostri onorevoli funzionari statali.»

«Che ne dici del nuovo caccia?»

«Una parte di me vorrebbe che fossimo ancora abbastanza giovani da poterci qualificare, Dutch.» Cas riuscì a sorridere. «Ma, Cristo, una volta con quello che ci costa uno di questi affari ci costruivamo una portaerei!»

«È il progresso, Cas.»

«Già, ce n'è fin troppo» borbottò Podulski. «Un'altra cosa. Ho ricevuto una telefonata da Pax River. Il tuo amico potrebbe essere rientrato a casa. Comunque la sua barca è al molo.»

«E perché hai aspettato fino adesso per dirmelo?»

«E che fretta c'è? È un civile, no? Probabilmente dorme fino alle nove o alle dieci.»

Maxwell grugnì. «Ah, dev'esser bello. Dovrei provarci anch'io uno di questi giorni.»

11

Fai da te

Otto chilometri possono essere una lunga passeggiata. Sono sempre una lunga nuotata. Sono una nuotata particolarmente lunga se si è soli. Era una nuotata in solitario incredibilmente lunga, ed era la prima da settimane. Kelly se ne rese conto quando aveva ormai oltrepassato la metà del percorso, ma anche se a levante della sua isola il fondale era abbastanza basso da permettergli di toccare in molti punti, non si fermò, né si concesse di rallentare il ritmo. Cambiò stile per sforzare ancora di più il lato sinistro del suo corpo, accogliendo il dolore come il messaggero della guarigione. La temperatura dell'acqua era assolutamente perfetta, si disse: abbastanza fredda da non farlo accaldare e abbastanza tiepida da non fargli perdere energie. A circa ottocento metri dall'isola il ritmo incominciò a cedere, ma Kelly fece appello a quella riserva interiore di forza a cui un uomo attinge nei momenti di bisogno e tenne duro, accelerando di nuovo il ritmo finché, quando toccò il fango della costa orientale di Battery Island, riusciva a malapena a muoversi. Immediatamente, i suoi muscoli incominciarono a irrigidirsi, e così fu costretto ad alzarsi e a camminare. Fu allora che vide l'elicottero. Ne aveva sentito uno due volte, durante la sua nuotata, ma non ci aveva fatto caso. Aveva una lunga esperienza in fatto di elicotteri, e per lui udire il loro rombo era altrettanto naturale che sentire il ronzìo di un insetto. Ma vederne atterrare uno sulla sua spiaggia non era una cosa da tutti i giorni, e così si diresse verso l'aeromobile, quando una voce proveniente dai bunker lo chiamò.

«Quaggiù, capo!»

Kelly si voltò. La voce era familiare e, strofinandosi gli occhi, vide la bianca uniforme ordinaria di un alto ufficiale di marina, il cui grado era indicato dalle spalline dorate che brillavano sotto il sole quasi verticale.

«Ammiraglio Maxwell!» Kelly era felice di avere compagnia, e specialmente la compagnia di quell'uomo, ma le sue gambe erano sporche di fango fino alle ginocchia perché aveva camminato nella melma per uscire dall'acqua. «Vorrei che mi avesse avvisato del suo arrivo, signore.»

«Ho provato, Kelly.» Maxwell gli si avvicinò e gli strinse la mano. «Abbiamo tentato di raggiungerla per telefono per un paio di giorni. Dove diavolo si era ficcato? Era fuori per lavoro?» L'ammiraglio fu sorpreso del repentino cambiamento d'espressione sul volto del giovane.

«Non proprio.»

«Perché non va a farsi una doccia? Intanto io mi cerco qualcosa da bere.» Fu in quel momento che Maxwell vide le cicatrici recenti sul collo e sulla schiena di Kelly. *Cristo!*

Il loro primo incontro era avvenuto tre anni prima, a bordo della portaerei *Kitty Hawk*, quando Maxwell era responsabile delle forze aeree della flotta del Pacifico e Kelly era solo un capo di prima classe molto male in arnese. Non era il genere di cosa che un uomo del grado di Maxwell poteva dimenticare: Kelly era entrato in territorio nemico per recuperare l'equipaggio del Nova One One, il cui pilota era il sottotenente di vascello Winslow Holland Maxwell III. Due giorni trascorsi a strisciare in una zona che era troppo ''calda'' perché un elicottero di soccorso potesse avventurarcisi, e lui ne era uscito con Dutch III, ferito ma vivo, anche se il suo salvatore aveva contratto una brutta infezione in quelle acque putride. E come si fa a ringraziare un uomo che ha salvato il tuo unico figlio?, si chiedeva ancora Maxwell. Gli era sembrato così giovane in quel letto d'ospedale, così simile a suo figlio, con lo stesso orgoglio ribelle e la stessa intelligenza schiva. In un mondo giusto Kelly avrebbe ricevuto una medaglia al valore per quella missione solitaria lungo quel fiume fangoso, ma Maxwell non aveva neppure sprecato della carta per avanzare la richiesta. Mi dispiace, Dutch, avrebbero detto i superiori, ci piacerebbe poterti dare una mano, ma è tutta fatica sprecata, sembrerebbe... beh, sembrerebbe troppo sospetto. E così aveva fatto quel che poteva.

«Mi dica di lei.»

«Kelly, signore, John T., capo di prima classe...»

«No» lo aveva interrotto Maxwell scuotendo la testa. «No, lei mi sembra piuttosto un capo di prima classe *scelto*.»

Maxwell era rimasto sulla *Kitty Hawk* per altri tre giorni, apparentemente per condurre un'ispezione personale delle operazioni di volo, ma in realtà per tenere d'occhio il figlio ferito e il giovane SEAL che l'aveva salvato. Era con Kelly quando arrivò il telegramma che gli annunciava la morte del padre, un pompiere che aveva avuto un attacco cardiaco sul lavoro. E ora, capì, era arrivato subito dopo qualche altro spiacevole evento.

Kelly tornò dalla doccia indossando una maglietta e un paio di pantaloncini, trascinandosi un pochino, ma con negli occhi uno sguardo forte e determinato.

«Quanto ha nuotato?»

«Un po' meno di otto chilometri, signore.»

«Un buon esercizio» osservò l'ammiraglio, porgendogli una Coca-Cola. «Ha bisogno di qualcosa di fresco.»

«Grazie, signore.»

«Che cosa le è successo? Quella che ha sulla schiena è roba recente.» Maxwell era al suo fianco quando aveva ricevuto la notizia della morte del padre. Era così semplice. Kelly gli raccontò brevemente la sua storia, come avrebbe fatto un soldato con un altro, dato che, nonostante la differenza d'età e di grado, erano della stessa pasta, e per la seconda volta Dutch Maxwell si sedette e lo ascoltò, da quel sostituto del padre che era diventato.

«Dev'essere stato un brutto colpo, John» commentò l'ammiraglio, con voce pacata.

«Sì, signore.» Kelly non sapeva che altro dire, e abbassò lo sguardo per qualche istante. «Non l'ho mai ringraziata per il biglietto che ho ricevuto... quando è morta Tish. È stato molto gentile da parte sua, signore. Come sta suo figlio?»

«Adesso pilota un 727 per la Delta. E io sarò nonno a giorni» disse l'alto ufficiale con soddisfazione, e solo più tardi si accorse quanto crudele potesse essere quell'aggiunta per un uomo giovane e solo come Kelly.

«Fantastico!» John riuscì a sorridere, lieto di sentire una buona notizia, felice che una sua azione si fosse conclusa con un successo. «Allora, che cosa l'ha portata fin qui?»

«Voglio parlare di qualcosa con lei.» Maxwell aprì la sua cartella e spiegò la prima di una serie di cartine sul tavolino da caffè di Kelly.

L'uomo più giovane bofonchiò. «Ah, sì, mi ricordo di questo posto.» Il suo sguardo indugiava su alcuni simboli aggiunti a matita. «Queste sono informazioni riservate, signore.»

«Capo, la faccenda di cui discuteremo è estremamente delicata.»

Kelly si voltò per guardarsi attorno. Gli ammiragli viaggiavano sempre in compagnia di un attendente, in genere un giovane tenente tirato a lucido che gli portava la valigetta, mostrava al capo dove si trovava la toilette, si arrabbiava per il luogo in cui era stata parcheggiata l'auto e, in generale, si occupava di compiti che erano al di sotto della dignità di un sottufficiale che lavorava sodo. All'improvviso John si accorse che, sebbene l'elicottero avesse il suo equipaggio, che ora stava facendo un giretto lì attorno, il viceammiraglio viaggiava solo, e la cosa era molto insolita.

«Perché ne vuole parlare proprio con me?»

«Lei è l'unica persona in tutto il Paese che conosce quella zona da terra.»

«E se siamo furbi, lasceremo le cose come stanno.» I ricordi che Kelly aveva di quel posto erano tutt'altro che piacevoli. Osservare quella cartina bidimensionale gli riportò immediatamente alla memoria brutte immagini tridimensionali.

«Fino a dove è arrivato risalendo il fiume, John?»

«Più o meno fino a questo punto.» La mano di Kelly percorse la cartina. «Non riuscii a individuare suo figlio al primo colpo, così tornai indietro e lo trovai proprio qui.»

Il che non era male, pensò l'ammiraglio: così vicino all'obiettivo da costituire una tentazione. «Questo ponte sull'autostrada non esiste più. Ci sono volute solo sedici missioni, ma alla fine ce l'abbiamo fatta a spedirlo *nel* fiume.»

«Sa che cosa significa, vero? Costruiranno un guado, probabilmente, oppure un paio di ponti subacquei. Vuole dei consigli su come eliminarli?»

«Sarebbe uno spreco di tempo. Il nostro obiettivo è questo.» Il dito di Maxwell indicò un punto segnato con una biro rossa.

«È una nuotata molto lunga, signore. Che c'è lì?»

«Capo, quando si è congedato lei ha segnato con una crocetta la casella per rimanere nella riserva della flotta» disse l'ammiraglio, amabilmente.

«Un attimo, signore!»

«Stia calmo, ragazzo, non la sto richiamando.» *Non ancora*, pensò. «Lei ha avuto un nullaosta di massima segretezza.»

«Sì, l'abbiamo avuto tutti, per via di...»

«Questa faccenda è molto più importante, John.» E Maxwell gli spiegò perché, estraendo altro materiale dalla sua cartella.

«Quei figli di puttana...» Kelly alzò gli occhi dalla foto scattata dal ricognitore. «Volete fare un'incursione e liberarli, come a Song Tay?»

«Che cosa ne sa lei?»

«Solo quello che si diceva in giro» spiegò Kelly. «Ne avevamo parlato, all'interno del gruppo. Sembrava un lavoro di prima qualità. Quelli dei reparti speciali sono veramente furbi quando ci si mettono. Ma...»

«Sì, *ma* non c'era più nessuno. Quest'uomo...» Maxwell indicò la fotografia «...è stato identificato senza ombra di dubbio come un colonnello dell'aviazione. Kelly, non dovrà ripetere a nessuno quello che le ho detto.»

«Capisco, signore. Che avete intenzione di fare?»

«Non siamo ancora sicuri. Lei sa qualcosa di quella zona, e noi abbiamo bisogno delle informazioni che può darci per studiare possibili alternative.»

Kelly cercò di ricordarsi. Aveva trascorso cinquanta ore di veglia in quell'area. «Un'incursione in elicottero sarebbe veramente troppo rischiosa. Ci sono molte postazioni di contraerea. Il bello di Song Tay era che era abbastanza isolato, mentre questo posto è abbastanza vicino a Haiphong, e poi ci sono le strade eccetera... Questa volta è difficile, signore.»

«Nessuno pensava il contrario.»

«Passando di qua, è possibile usare questa catena montuosa per mascherare la manovra d'avvicinamento, ma bisogna pur attraversare il fiume in qualche punto... qui, e si casca in questa trappola della contraerea... e questa è ancora peggio, secondo le annotazioni.»

«I SEAL hanno programmato missioni aeree in quest'area, capo?» domandò Maxwell, alquanto divertito, solo per sorprendersi alla risposta di Kelly.

«Signore, il 3° gruppo operazioni speciali era sempre a corto di ufficiali. I nemici li ammazzavano come mosche. Io sono stato il responsabile operativo del gruppo per due mesi, e *tutti* sapevamo programmare un'incursione. Dovevamo farlo; quella era la parte più pericolosa di quasi tutte le missioni. Non se ne abbia a male, signore, ma anche i soldati semplici sanno come si fa a pensare.»

Maxwell si risentì lievemente. «Non ho mai detto il contrario!»

John riuscì a fargli un ampio sorriso. «Non tutti gli ufficiali sono senza pregiudizi come lei, signore.» Guardò di nuovo la mappa. «Queste cose si progettano pensando all'incontrario. Prima si considerano tutti i mezzi di cui si ha bisogno per distruggere l'obiettivo, e poi si va indietro per scoprire com'è possibile portarli fino in quel punto.»

«Questo lo risparmi per dopo. Ora mi parli della vallata in cui scorre il fiume» disse Maxwell.

Cinquanta ore, ricordò Kelly: un elicottero l'aveva prelevato a Danang e depositato a bordo del sottomarino *Skate,* che l'aveva portato dritto nell'estuario sorprendentemente profondo di quel maledetto fiume puzzolente, dove lui aveva lottato per risalire la corrente aggrappato a un piccolo mezzo speciale subacqueo con motore a energia elettrica, che probabilmente era ancora lì, a meno che non vi fosse rimasta impigliata la lenza di qualche pescatore. Era restato sott'acqua finché non si erano esaurite le bombole d'ossigeno, e si ricordava quanta paura aveva avuto di non potersi più nascondere sotto la superficie increspata. Quando non era stato più possibile, ed era troppo pericoloso muoversi, si era riparato tra la vegetazione lungo la riva, osservando il traffico che scorreva lungo la strada che costeggiava il fiume, ascoltando il tuono lacerante delle batterie della contraerea sulle colline, domandandosi come avrebbero potuto ridurlo dei colpi da 37 mm se qualche boy-scout nordvietnamita si fosse imbattuto in lui e avesse raccontato tutto a papà. E ora quell'ammiraglio gli stava chiedendo come rischiare la vita di altri uomini in quello stesso posto, fidandosi del fatto che lui sapesse cosa fare, proprio come Pam. Quel pensiero improvviso raggelò l'ex sottufficiale di marina.

«Non è un gran bel posto, signore. Cioè, anche suo figlio l'ha visto.»

«Ma non dalla sua prospettiva» osservò Maxwell.

E anche questo era vero, ricordò Kelly. Il piccolo Dutch si era rifugiato in un bel posticino nel folto della vegetazione, limitandosi a usare la sua radio a ore alterne, aspettando che *Snake* venisse a recuperarlo, mentre stringeva una gamba rotta in silenziosa agonia e ascoltava le batterie della contraerea che avevano abbattuto il suo aereo sparare in direzione del cielo per uccidere altri uomini che cercavano di colpire lo stesso ponte mancato dalle sue bombe. *Cinquanta ore*, ricordò Kelly, senza riposarsi, senza dormire; solo la paura e la missione.

«Quanto tempo abbiamo, signore?»

«Non siamo ancora sicuri. A dire la verità, non sono neppure sicuro che riusciremo a ottenere l'autorizzazione. Quando avremo un piano potremo presentarlo. Quando verrà approvato, potremo riunire uomini e mezzi, procedere all'addestramento e quindi all'esecuzione.»

«Fattori meteorologici?» domandò Kelly.

«La missione si farà in autunno, quest'autunno, o forse non si farà mai.»

«Lei sostiene che questi uomini non torneranno mai indietro a meno che non andiamo a recuperarli?»

«Non vedo altra ragione plausibile per cui il campo avrebbe dovuto essere costruito in questo modo» replicò Maxwell.

«Ammiraglio, io ci so fare abbastanza, ma non sono infallibile, ricorda?»

«Lei è l'unico che sia andato così vicino a quel posto.» L'ammiraglio radunò le fotografie e le cartine. Porse a Kelly un'altra serie di queste ultime, nuova di zecca. «Ha rifiutato tre volte di andare alla scuola allievi ufficiali. Vorrei sapere perché, John.»

«Vuole la verità? Avrebbe voluto dire tornare indietro. Avevo già forzato la sorte abbastanza.»

Maxwell prese quelle parole alla lettera, desiderando in cuor suo che la miglior fonte di informazioni su quel luogo possedesse un grado pari alla sua esperienza, ma si ricordò anche di aver volato in missioni di combattimento con piloti di leva almeno uno dei quali aveva dimostrato di avere abbastanza sale in zucca da poter essere un comandante di gruppo, e sapeva anche che i migliori elicotteristi in circolazione erano probabilmente gli ufficiali con brevetto-lampo che l'esercito addestrava a Fort Rucker. Quello non era il momento per lo snobismo da ufficiali d'accademia.

«Per Song Tay c'è stato un errore» disse Kelly dopo alcuni istanti.

«Quale?»

«Probabilmente l'addestramento è durato troppo lungo. Dopo un certo periodo di tempo, l'entusiasmo degli uomini finisce per smorzarsi. Bisogna scegliere la gente giusta, e un paio di settimane al massimo bastano e avanzano. Di più è volerci ricamare sopra.»

«Non è il primo a dirlo» assicurò Maxwell.

«La faranno i SEAL, questa missione?»

«Non lo sappiamo ancora. Kelly, posso darle due settimane mentre noi lavoriamo su altri aspetti della missione.»

«Come faccio a mettermi in contatto con lei, signore?»

L'ammiraglio posò un pass del Pentagono sul tavolo. «Non per telefono, non per posta. Solo per contatto diretto.»

John si alzò e l'accompagnò all'elicottero. Non appena videro Maxwell, gli uomini dell'equipaggio incominciarono a scaldare i motori a turbina dell'SH-2 SeaSprite. Kelly afferrò il braccio dell'ammiraglio mentre il rotore cominciava a girare.

«Song Tay è fallita perché qualcuno ha parlato, vero?»

Maxwell si fermò di scatto. «Perché me lo chiede?»

«Lei ha appena risposto alla mia domanda, ammiraglio.»

«Non ne siamo certi, capo.» Maxwell abbassò la testa sotto le pale e salì sull'elicottero. Mentre decollava, si sorprese a desiderare che Kelly avesse accettato l'invito a entrare nella scuola allievi ufficiali. Capì che quel ragazzo era più in gamba di quanto non si fosse reso conto, e si propose di parlare col suo ex comandante per avere una valutazione più esatta. Si domandò anche come avrebbe reagito al richiamo ufficiale al servizio attivo. Tradire la fiducia del giovane gli sembrava un disonore (perché era quello che avrebbe fatto, pensò Maxwell mentre il SeaSprite virava e si dirigeva a nord-ovest), ma la sua mente e il suo cuore erano con i venti uomini rinchiusi a SENDER GREEN, e la sua lealtà andava innanzitutto a loro. Inoltre, forse Kelly aveva bisogno di un diversivo che gli facesse dimenticare i suoi problemi personali. L'ammiragliò si consolò con quell'idea.

Kelly guardò l'elicottero sparire nella lieve foschìa mattutina, poi si diresse verso l'officina. Credeva che a quell'ora il suo corpo sarebbe stato indolenzito, e la sua mente rilassata. Stranamente, gli era successo il contrario. La riabilitazione all'ospedale aveva dato frutti migliori di quanto non avesse osato sperare. Certo, non aveva ancora la resistenza di un tempo ma, per quanto sembrasse incredibile, la sua spalla, dopo il solito dolore iniziale, aveva accettato lo sforzo di buon grado e ora, passato l'abituale spasmo da esercizio fisico, era subentrato un periodo di euforia. Si sarebbe sentito benone per tutta la giornata, pensò, anche se sarebbe andato a letto presto perché l'indomani lo aspettava un altro giorno di allenamento massacrante: questa volta, però, si sarebbe portato un orologio e avrebbe iniziato a fare sul serio, prendendo i tempi col cronometro. L'ammiraglio gli aveva dato due settimane: il tempo che lui si era concesso per la propria preparazione fisica. Ma ora lo aspettavano altri preparativi.

Le basi navali, non importa quanto siano grandi o quale sia il loro scopo, sono tutte uguali. C'erano alcune cose di cui non si poteva assolutamente fare a meno; una di queste era l'officina. Per sei anni, a Battery Island erano state di stanza imbarcazioni di soccorso e, per la loro manutenzione, dovevano esserci anche macchine utensili per riparare e fabbricare i pezzi danneggiati. Le attrezzature che John aveva a disposizione erano un equivalente approssimativo di quelle che si sarebbero trovate su un cacciatorpediniere, e forse erano anche le stesse: la marina aveva acquistato la sua officina standard modello uno tipo zero da qualche catalogo delle forze armate. Per quanto ne sapeva lui, forse anche l'aeronautica aveva la stessa dotazione. Accese una fresatrice South Bend e incominciò a controllarne le varie parti e i serbatoi dell'olio per assicurarsi che avrebbe fatto proprio quello che voleva lui.

Oltre alla fresatrice c'erano numerosi attrezzi, calibri e cassetti pieni di pezzi grezzi di varie dimensioni: piccole sbarre di metallo semilavorate concepite per essere trasformate in tutto quello di cui un tecnico avrebbe potuto necessitare. Kelly si sedette su uno sgabello per decidere esattamente di che cosa aveva bisogno, poi si accorse che innanzitutto gli ci voleva un'altra cosa. Tolse la sua .45 automatica dal ripiano lungo la parete, la scaricò e la smontò, prima di controllare attentamente l'interno e l'esterno del carrello e della canna.

"Ti servirà due di tutto" si disse. Ma una cosa per volta. Posò il carrello su una maschera, e usò la fresatrice per praticare due piccoli fori sulla sua parte superiore. La South Bend fece un ottimo lavoro: neppure un decimo di giro del volano a quattro razze e la minuscola punta affilata trafisse l'acciaio d'ordinanza della sua automatica. L'ex sottufficiale ripeté l'operazione, praticando un secondo foro a tre centimetri dal primo. Filettarli fu altrettanto semplice, e un cacciavite completò l'operazione. Così terminò la parte più facile del lavoro di quel giorno, e Kelly si riabituò a utilizzare la fresatrice, cosa che non faceva da oltre un anno. Si accertò di non aver danneggiato nulla con un ultimo esame del carrello modificato. Adesso veniva il bello.

Non aveva né il tempo né l'attrezzatura necessaria per fare un lavoro come si doveva. Sapeva usare abbastanza bene una saldatrice, ma non possedeva gli arnesi per realizzare i pezzi speciali necessari per quel tipo di strumento che avrebbe desiderato. Per ottenerlo, si sarebbe dovuto rivolgere a una piccola fonderia, i cui artigiani avrebbero potuto indovinare le sue intenzioni, e non poteva permettersi di correre il rischio. Si consolò dicendosi che avrebbe potuto accontentarsi di un risultato abbastanza buono, e che per raggiungere la perfezione bisognava sempre farsi un culo così anche se spesso il gioco non valeva la candela.

Innanzitutto prese un pezzo grezzo robusto, in acciaio, simile a una lattina ma più stretto e con pareti più spesse. Fece un altro foro e lo filettò, questa volta al centro della piastra inferiore, in asse con il corpo della "lattina" come la considerava lui. Il foro aveva un diametro di 1,5 cm, come si era già assicurato misurando con un calibro. C'erano altri sette pezzi semilavorati simili, ma con diametro esterno inferiore. Li tagliò, fino a ridurli a una lunghezza di 1,9 cm, prima di praticare dei fori sul loro fondo, del diametro di 60 mm. Ottenne qualcosa di molto simile a dei piccoli calici con la base bucata o a dei minuscoli vasi da fiori coi bordi verticali, pensò divertito. Ognuno di loro costituiva un diaframma destinato a deflettere i gas di sparo e ad attenuare il rumore. Cercò di infilarli nella "lattina" guaina, ma erano troppo grossi. Kelly si rimproverò per l'errore. Ognuno dei diaframmi doveva essere tornito, cosa che fece, riducendo il diametro esterno in modo perfetto e uniforme fino a farlo diventare inferiore di un millimetro rispetto a quello interno della lattina: un'operazione molto lunga che lo fece imprecare contro se stesso per tutti i cinquanta minuti impiegati. Quando ebbe finalmente terminato, si premiò con una Coca-Cola fredda prima di assemblare il tutto. I vari pezzi erano alloggiati abbastanza stretti da non far rumore, ma abbastanza mobili da scivolare fuori solo con una scrollata o due. Bene. Li fece uscire e, in seguito, fabbricò una copertura per la lattina, che doveva essere filettata come tutto il resto. Finita anche quest'ultima operazione, la avvitò prima senza i diaframmi inseriti, poi con essi, congratulandosi per l'ottimo assemblaggio di tutte le parti... prima di accorgersi di non aver forato la copertura, cosa che provvide a fare immediatamente, usando di nuovo la fresatrice. Quel foro aveva un diametro di appena 58 mm, ma quando fu fatto, John fu in grado di vedere diritto fino alla canna della pistola.

Poi venne la parte più difficile. Ci mise tutto il tempo necessario per programmare la macchina, controllando tutto almeno cinque volte prima di effettuare l'ultima filettatura tirando la manopola d'avvio una sola volta... e dopo aver respirato a fondo. L'aveva visto fare più volte, ma non l'aveva mai eseguito personalmente. Dopo aver terminato, tolse la canna e rimontò la pistola, dirigendosi all'esterno del bunker con una scatola di munizioni Long Rifle calibro .22.

Non si era mai lasciato intimidire dalla grossa e pesante Colt automatica, ma i proiettili calibro .45 costavano molto di più di quelli calibro .22, e così l'anno precedente aveva acquistato un kit di conversione che gli consentiva di usare quei colpi più leggeri per la sua pistola. Lanciò la lattina di Coca-Cola a circa quattro metri e mezzo di distanza, prima di mettere tre colpi nel caricatore. Non si preoccupò di indossare la cuffia antirumore. Si mise nella solita posizione, rilassato e con le mani lungo i fianchi, poi alzò la pistola velocemente, accovacciandosi e impugnandola a due mani. Si fermò all'improvviso, essendosi accorto che il nuovo dispositivo gli impediva la visuale. Era un problema. L'arma si abbassò, poi si sollevò di nuovo, e John sparò il primo colpo senza vedere realmente il bersaglio. Con risultati prevedibili: quando controllò, la lattina era intatta. Brutto affare. La buona notizia era che il silenziatore aveva funzionato alla perfezione. Il rumore emesso da un silenziatore veramente efficace, che i tecnici del suono della televisione o del cinema riproducono spesso erroneamente con un sibilo quasi musicale, in realtà assomiglia di più a quello che farebbe una spazzola di metallo passata sul legno sgrezzato. Il gas emanato dalla cartuccia era rimasto intrappolato nei diaframmi mentre il proiettile passava attraverso i fori, tappandoli in gran parte e costringendo quindi il gas a espandersi nello spazio chiuso all'interno del silenziatore. Con cinque diaframmi interni (la guaina fungeva da sesto) il rumore dello sparo era stato attutito fino a diventare un sussurro.

Il che era un gran bene, pensò Kelly, ma se avesse mancato il bersaglio, il suo avversario avrebbe probabilmente sentito il suono ancora più forte del carrello che si spostava indietro e poi avanti, e i rumori meccanici di un'arma da fuoco non potevano essere confusi con niente di innocuo. Mancare una lattina a quattro metri e mezzo non era sintomo di un'ottima mira. La testa di un uomo era più grande, naturalmente, ma non il suo bersaglio all'interno della testa. Kelly si rilassò e provò una seconda volta, disegnando con l'arma un arco veloce e uniforme. Questa voltà tirò il grilletto proprio mentre la punta del silenziatore incominciava a coprire il bersaglio. La lattina cadde con un foro calibro .22 a due centimetri e mezzo dal fondo. Kelly non aveva ancora calcolato bene i tempi. Il colpo successivo, tuttavia, si conficcò quasi al centro del bersaglio, suscitando un sorriso. Tolse il caricatore, inserendo cinque colpi e, un minuto dopo, la lattina non era più utilizzabile come bersaglio, traforata da sette buchi, sei dei quali raggruppati al centro.

"Hai ancora il tocco di una volta, ragazzo mio" si disse mentre metteva la sicura alla pistola. Ma era giorno, e quella era un pezzo di metallo rosso e immobile, e lui lo sapeva benissimo. Ritornò all'officina e smontò di nuovo la Colt. Il silenziatore aveva tollerato l'uso senza alcun danno apparente, ma lui lo pulì lo stesso, lubrificando leggermente le parti interne. Un ultimo dettaglio, pensò. Con un piccolo pennello e dello smalto bianco tracciò una linea diritta lungo la parte superiore del carrello. Erano le due del pomeriggio. Si concesse un pranzo leggero prima di cominciare i suoi esercizi.

«Oh, Così tanta?»

«E ti lamenti?» domandò Tucker. «Qual è il problema, non ce la fai a piazzarla?»

«Henry, io riesco a smerciare tutto quello che riesci a consegnarmi» rispose Piaggi, dapprima abbastanza irritato per l'arroganza di quell'uomo, poi curioso di quello che l'aspettava.

«Ci vorranno almeno tre giorni!» si lamentò Eddie Morello dal canto suo.

«Non ti fidi della tua vecchia così a lungo?» Tucker gli indirizzò un ghigno. Sarebbe stato lui il prossimo; l'aveva già deciso. E poi quel tipo non aveva neppure un gran senso dell'umorismo; era già arrossito.

«Senti, Henry...»

«Calmatevi, voi due.» Piaggi guardò gli otto chili di polvere bianca posati sul tavolo prima di voltarsi di nuovo verso Tucker. «Mi piacerebbe sapere dove rimedi tutta questa roba.»

«Non ne dubito, Tony, ma ne abbiamo già parlato. Ce la fai a piazzarla?»

«Devi ricordarti che quando incominci una cosa così è difficile smettere. La gente dipende da te, e che racconti all'orso quando hai finito i biscottini? Mi capisci, no?» Piaggi stava già pensando. Aveva contatti a Filadelfia e a New York, uomini giovani, come lui, stanchi di lavorare per un "padrino" che seguiva regole ormai sorpassate. Il potenziale di guadagno in quell'affare era incredibile. Henry aveva accesso a... a che cosa?, si domandò. Avevano iniziato solo due mesi prima, con due chili che, dalle analisi, risultavano di un grado di purezza paragonabile solo a quello della migliore Neve Siciliana, ma che erano costati esattamente la metà. E chi si doveva accollare i problemi relativi al trasporto era Henry, e non lui, il che rendeva l'affare doppiamente interessante. Infine, quello che aveva convinto di più Piaggi erano state le misure di sicurezza prese da Tucker. Quell'uomo non era uno stupido, non era uno di quei cafoni arricchiti di negri con tante manie di grandezza e poco cervello. Era un vero uomo d'affari, calmo e professionale, una persona che avrebbe potuto essere un alleato e un socio serio, pensava Piaggi in quel momento.

«La mia fornitura non dà problemi. Lascia che sia io a occuparmene, paesano.»

«Okay» annuì Piaggi. «C'è solo un problema, Henry. Mi ci vorrà un po' per mettere insieme il contante per una cosa così grossa. Avresti dovuto avvertirmi prima, compare.»

Tucker si concesse una risata. «Non volevo spaventarti, Anthony.»

«Mi farai credito?»

Un cenno di assenso e uno sguardo. «So che sei un tipo per bene.» Una frase che era una manovra intelligente. Piaggi non avrebbe rifiutato l'opportunità di assicurarsi una fornitura regolare per i suoi soci. I profitti a lungo termine erano troppo elevati perché lo facesse. Angelo Vorano forse non l'avrebbe capito, ma dopotutto era servito solo da tramite per incontrare Piaggi, e quello era bastato. Inoltre, adesso Angelo era merda di granchio.

«È roba pura, come quell'altra?» domandò Morello, infastidendo entrambi.

«Eddie, pensi che voglia farci credito e fregarci nel contempo? Ti sembra possibile?» domandò Piaggi.

«Signori, lasciate che vi spieghi che cos'abbiamo qui, va bene? Io ho una grossa fornitura di roba di ottima qualità. Dove la prendo e come la prendo è affar mio. Ho anche un territorio mio dove non voglio che vi facciate vedere, ma fino adesso non ci siamo ancora scontrati sulle strade e faremo in modo che le cose continuino così.» Tucker vide che i due italiani annuivano, Eddie stupidamente, ma Tony con rispetto e comprensione.

«Quello che ti serve è una rete di distribuzione, e noi te la possiamo dare. Tu hai il tuo territorio, e noi lo rispetteremo» osservò Piaggi.

Era venuta l'ora della prossima manovra. «Non sono arrivato fin qui perché sono stupido. Da questo momento in poi, voi due siete fuori da questa fase dell'affare.»

«Che vuoi dire?»

«Voglio dire niente più giretti in barca. D'ora in poi voi la roba non la toccate più.»

Piaggi sorrise. Era la quarta volta che ripetevano quell'operazione, e ormai la novità non faceva più effetto. «Non sarò certo io a lamentarmi. Se vuoi posso far venire i miei uomini a prendere le consegne quando vuoi tu.»

«Separiamo la roba dai soldi. Come in un'attività finanziaria» disse Tucker. «Una specie di linea di credito.»

«Prima arriva la roba.»

«Mi sta bene, Tony. Scegli gente in gamba, d'accordo? L'idea è quella di separare il più possibile voi e me dalla droga.»

«La gente si fa beccare, e parla» osservò Morello. Si sentiva escluso dalla conversazione, ma non era abbastanza sveglio da afferrarne il significato.

«Non la mia» rispose Tucker, con voce calma. «Sanno che cosa li aspetta, altrimenti.»

«Sei stato tu, vero?» domandò Piaggi, che aveva fatto due più due e aveva ricevuto un cenno d'assenso per risposta. «Mi piace il tuo stile. Cerca di stare più attento la prossima volta, d'accordo?»

«Ho impiegato due anni per mettere in piedi tutto questo, e mi è costato un sacco di soldi. Voglio che quest'affare duri molto a lungo, e non voglio correre più rischi del necessario adesso. E allora, quand'è che potete pagarmi questo carico?»

«Ne ho portati cento tondi tondi.» Tony indicò la sacca da campeggio sul ponte. Quel piccolo business si era ingrandito a velocità sorprendente, ma aveva venduto le prime tre partite a un buon prezzo, e Tucker, pensò Piaggi, era un tipo di cui ci si poteva fidare, per quanto ci si potesse fidare di qualcuno in quel mestiere. Comunque, rifletté, se avesse voluto bidonarli l'avrebbe già fatto, e tutta quella roba era troppa per uno che voleva giocargli uno scherzetto del genere. «Sono per te, Henry. Sembra che te ne dobbiamo altri... cinquecento? Avrò bisogno di un po' di tempo, una settimana, press'a poco. Mi spiace, amico, ma mi hai preso un po' alla sprovvista. Ci vuole del tempo per racimolare tutto quel contante, sai?»

«Facciamo che me ne devi quattro, Tony. Non ha senso spremere gli amici quand'è la prima volta. All'inizio bisogna sempre mostrare un po' di buona volontà, no?»

«Un prezzo speciale per il primo ordine?» Piaggi si mise a ridere della battuta e lanciò una birra a Henry. «Devi avere del sangue italiano nelle vene, ragazzo. Okay! Faremo a modo tuo, amico.» *Vorrei solo sapere quanto è buona la tua fonte, Henry.* Ma questo Piaggi non poteva chiederlo.

«E adesso al lavoro.» Tucker aprì la prima busta di plastica e ne versò il contenuto in una bacinella di acciaio inossidabile, felice che quella sarebbe stata l'ultima volta che avrebbe dovuto sporcarsi le mani. La settima fase del suo piano di marketing era completata. Da quel momento in poi, altra gente si sarebbe occupata di quel lavoro da cucina, dapprima sotto la sua supervisione, naturalmente, ma da quel giorno in avanti Henry Tucker avrebbe incominciato a comportarsi da quel manager che ormai era diventato. Versando il materiale inerte nella ciotola e mischiando, si congratulò con se stesso per la sua intelligenza. Aveva messo in piedi quell'attività proprio nel modo esatto, correndo dei rischi, ma rischi attentamente calcolati, costruendo la sua organizzazione dal basso verso l'alto, facendo tutto in prima persona, sporcandosi le mani. Forse anche gli antenati di Piaggi avevano cominciato nella stessa maniera, pensò Tucker. Probabilmente Tony l'aveva dimenticato, e ne aveva dimenticato anche le conseguenze. Ma quello non era un problema suo.

«Senta colonnello, io ero solo un aiutante, ha capito? Quante volte glielo devo ripetere? Facevo le stesse cose che fanno anche gli aiutanti dei vostri generali, tutti compiti di poco conto.»

«E allora perché ha accettato un incarico del genere?» Era triste, pensò il colonnello Grišanov, che un uomo dovesse sopportare tutto, ma il colonnello Zacharias non era un uomo. Era un nemico, si ricordò il russo non senza una certa riluttanza, e lui voleva farlo parlare di nuovo.

«Le cose non funzionano così anche nella vostra aeronautica militare? Un generale ti nota, e tu vieni promosso molto più in fretta.» L'americano si interruppe per un momento. «Scrivevo anche i discorsi.» Questo non l'avrebbe messo nei guai, no?

«Da noi questo è compito degli ufficiali politici.» Grišanov allontanò quella frivolezza con un cenno della mano.

Era la loro sesta seduta. Grišanov era l'unico ufficiale sovietico a cui era permesso interrogare quegli americani: tanto accorti erano i vietnamiti nel giocare le loro carte. Erano in venti, tutti uguali, e tutti così diversi. Zacharias era sia un agente segreto sia un pilota da caccia, diceva il suo dossier. Aveva dedicato una carriera più che ventennale allo studio dei sistemi di difesa aerea. Un master in ingegneria elettronica all'Università di California, a Berkeley. Il dossier includeva addirittura un esemplare della sua tesi di dottorato, avuto di recente, *Aspetti della propagazione e della diffusione delle microonde su terreno angoloso*, fotocopiato dagli archivi dell'università da qualche anima gentile, uno dei tre sconosciuti che avevano contribuito a fornire informazioni sul colonnello. La tesi avrebbe dovuto essere classificata come materiale riservato subito dopo il suo completamento (come sarebbe accaduto in Unione Sovietica, e Grišanov lo sapeva bene). Era un esame molto accurato e intelligente di quello che accadeva alle emissioni dei radar di ricerca a bassa frequenza e, tra l'altro, spiegava anche come un aereo poteva sfruttare i rilievi montuosi per non venire intercettato. Tre anni dopo quella tesi, il capitano, al termine di un turno di servizio in un gruppo da caccia, era stato assegnato alla base aerea di Offutt, nelle vicinanze di Omaha, Nebraska. Come membro del personale addetto ai piani di guerra del comando aereo strategico (SAC, Strategic Air Command), aveva studiato tattiche di volo che potessero consentire ai bombardieri americani B-52 di penetrare le difese aeree sovietiche, applicando le sue conoscenze teoriche di fisica alla pratica della guerra strategico-nucleare.

Grišanov non riusciva a odiare quell'uomo. Anch'egli pilota (aveva appena lasciato la guida di un reggimento del PVO-Strany, il comando della difesa aerea sovietico, ed era già stato destinato a un altro incarico), il colonnello russo era, curiosamente, l'esatto equivalente di Zacharias. Il suo compito, in caso di guerra, era quello di evitare che quei bombardieri distruggessero il suo Paese e, in tempo di pace, quello di escogitare metodi per ostacolare la loro penetrazione nello spazio aereo sovietico. Quell'identità rendeva tanto difficile quanto necessario il lavoro che stava svolgendo in quel momento. Non essendo un ufficiale del KGB, ne sicuramente non uno di quei piccoli selvaggi dagli occhi a mandorla, non provava alcun piacere nel far soffrire la gente (abbatterla in volo era tutt'altra cosa), neppure gli americani che tramavano per distruggere il suo Paese. Ma coloro che sapevano come ottenere le informazioni non erano in grado di analizzare quello che lui stava cercando, e neppure sapevano che domande fare al prigioniero, e anche se lui le avesse scritte su un foglio di carta, non sarebbe servito a niente: doveva guardare quell'uomo negli occhi mentre parlava, dato che una persona abbastanza intelligente da formulare piani del genere era anche capace di mentire con convinzione e autorevolezza sufficienti a trarre in inganno quasi chiunque.

A Grišanov quella scena non piaceva: davanti a lui c'era un uomo abile e coraggioso, che aveva lottato per creare quegli specialisti della caccia alle postazioni missilistiche che gli americani chiamavano Wild Weasel, donnole selvagge. Un termine che anche un russo avrebbe potuto utilizzare per designare la missione: piccoli, feroci predatori che inseguivano la loro preda fin nella sua tana. Il prigioniero aveva svolto con successo ottantanove missioni di quel genere, se i vietnamiti avevano recuperato i resti dell'aereo giusto (come i russi, anche gli americani tenevano il conto delle loro imprese sui loro caccia), e quella era proprio la persona con cui aveva bisogno di parlare. Forse avrebbe dovuto scrivere qualcosa in proposito, nel suo rapporto, pensò: una tale dimostrazione d'orgoglio rivelava ai nemici chi avevano catturato e quanto sapeva il loro prigioniero. Ma si trattava di una tradizione comune a tutti i piloti da caccia, e lo stesso colonnello avrebbe puntato i piedi se gli avessero chiesto di nascondere le sue gesta contro i nemici della sua patria. Il russo cercava anche di convincersi che stava risparmiando sofferenze all'uomo seduto all'altro lato del tavolo. Probabilmente Zacharias aveva ucciso molti vietnamiti, e non contadini, ma tecnici missilistici piuttosto abili, addestrati dai sovietici, e il governo di quel Paese avrebbe voluto fargliela pagare. Ma non si trattava di un suo problema, e non voleva che sentimenti politici ostacolassero i suoi doveri professionali. Il colonnello si occupava di uno degli aspetti più scientifici e sicuramente più complessi della difesa nazionale: era compito suo prendere provvedimenti contro un possibile attacco di centinaia di aerei, ognuno dei quali aveva un equipaggio composto da specialisti altamente addestrati. Il loro modo di pensare e i loro metodi tattici erano altrettanto importanti dei loro piani. E, per quanto gli importava, gli americani potevano anche ammazzare tutti i bastardi che volevano. Quei brutti fascisti in miniatura avevano altrettanto poco da spartire con la filosofia politica del suo Paese quanto dei cannibali con la nouvelle cuisine.

«Colonnello, io la so più lunga di quanto lei non creda» disse Grišanov, con calma. Posò sul tavolo il documento arrivato da ultimo. «L'ho letto ieri sera. Un lavoro eccellente.»

Gli occhi del russo non si staccavano mai da Zacharias. La reazione fisica dell'americano fu notevole. Sebbene lui stesso fosse una specie di agente dei servizi segreti, non si era mai sognato che qualcuno in Vietnam potesse avvisare Mosca e poi recuperare dei documenti del genere servendosi di americani sotto il suo controllo. Il suo volto gridava ai quattro venti quello che stava pensando: *Come fanno a sapere così tanto su di me?* Come erano riusciti a risalire a un periodo così lontano del suo passato? Chi aveva potuto farlo? C'era qualcuno così bravo, così professionale? I vietnamiti erano dei tali imbecilli! Come molti ufficiali russi, Grišanov era un serio e attento studioso di storia militare. Aveva letto ogni sorta di documenti riservati, seduto a una scrivania negli alloggi degli ufficiali. Da uno, che gli era rimasto particolarmente impresso, aveva appreso il sistema usato dalla Luftwaffe tedesca per interrogare gli aviatori catturati, e avrebbe tentato di applicare quella lezione proprio lì. Mentre i maltrattamenti fisici erano serviti unicamente a rafforzare la determinazione di quell'uomo, un fascio di carte era bastato per sconvolgerlo. Ognuno aveva i suoi punti di forza e i suoi punti deboli. Ci voleva una persona intelligente per cogliere le differenze.

«Perché non è mai stata classificata riservata?» domandò Grišanov, accendendosi una sigaretta.

«È solo fisica teorica» rispose Zacharias, alzando le spalle ossute e riprendendosi abbastanza da cercare di mascherare la propria disperazione. «I più interessati sono stati quelli dell'azienda telefonica.»

Grišanov batté sul documento con un dito. «Beh, devo dirle che ho imparato varie cose da questo lavoro, ieri sera. Prevedere falsi eco dalle cartine topografiche, creare modelli matematici delle zone di silenzio. Così si può tracciare una rotta di avvicinamento, ideare manovre dall'uno all'altro di questi punti. Geniale! Mi dica, che posto è Berkeley?»

«Solo una scuola come tante altre in California» rispose Zacharias, prima di accorgersene. Stava parlando. Non doveva parlare. Era stato addestrato a non farlo. L'avevano preparato a quello che doveva aspettarsi, a quello che poteva fare senza compromettertersi, a eludere le domande e a fingere. Ma quell'addestramento non aveva mai previsto una cosa del genere. E, santo Dio, era stanco, e spaventato, e ne aveva abbastanza di vivere seguendo un codice di comportamento che per tutti gli altri non contava un fico secco.

«So poco o niente del suo Paese, beh, tranne per quanto riguarda la materia di mia competenza, naturalmente. Ci sono grosse differenze tra una regione e l'altra? Lei è nato nello Utah. Che tipo di posto è?»

«Zacharias, Robin G., colonnello...»

Grišanov alzò le mani. «Per favore, colonnello! Questo lo so già. Conosco anche il suo luogo di nascita, oltre alla data. Vicino a Salt Lake City non c'è nessuna base della vostra aeronautica. Tutto quello che so l'ho imparato dalle cartine. Probilmente non visiterò mai questa parte, nessuna parte, del suo Paese. Nella zona della California dove si trova Berkeley c'è molto verde, vero? Una volta mi hanno detto che ci coltivano la vite. Ma non so proprio niente dello Utah. C'è un grande lago laggiù, ma lo chiamano ''Lago Salato'', vero? Perché, è proprio salato?

«Sì, ecco perché...»

«E come fa a esserlo? L'oceano è a mille chilometri di distanza, e in mezzo ci sono le montagne, no?» Non diede all'americano il tempo di rispondergli. «Conosco il mar Caspio molto bene. Una volta ero di stanza in una base, lì. Non è salato. Ma il vostro lago sì? Che strano.» Spense la sigaretta.

Zacharias alzò un poco la testa, di scatto. «Non sono sicuro, non sono un geologo. Credo che tanto tempo fa ci fosse il mare.»

«Possibile. Ci sono anche delle montagne?»

«I monti Wasatch» confermò il colonnello, con aria alquanto inebetita.

Se c'era una cosa intelligente che facevano i vietnamiti, pensò Grišanov, era il modo in cui nutrivano i loro prigionieri, con del cibo che un maiale avrebbe mangiato solo in caso di estrema necessità. Si domandò se fosse una dieta apposita, frutto di attenti studi, oppure il risultato fortuito di una barbarie bell'e buona. I prigionieri politici rinchiusi nei gulag mangiavano meglio, ma il regime alimentare a cui erano sottoposti quegli americani diminuiva la loro resistenza alle malattie, debilitandoli a tal punto che una fuga sarebbe risultata impossibile per mancanza di energie. Era più o meno il trattamento riservato dai nazisti ai prigionieri sovietici ma, disgustoso o meno, era molto utile a lui. La resistenza, fisica e mentale, richiedeva energie e, col passare delle ore di interrogatorio, si poteva vedere come quegli uomini perdevano la loro forza, si poteva vedere il loro coraggio venir meno mentre i loro bisogni fisici assottigliavano sempre più la loro scorta di determinazione psicologica. Stava imparando come si doveva procedere. Richiedeva molto tempo, ma era un processo divertente, imparare a sfruttare le idee di un uomo molto simile a lui.

«Si scia bene?»

Zacharias sbatté le palpebre, come se quella domanda l'avesse fatto tornare in un altro luogo e in un altro momento. «Sì.»

«Qua non lo si potrà mai fare, colonnello. Mi piace fare sci da fondo, per tenermi in esercizio e per dimenticarmi di tutti i miei problemi. Avevo degli sci di legno, ma nell'ultimo reggimento dove sono stato, l'ufficiale addetto alla manutenzione me ne ha costruiti un paio in acciaio usando parti di aerei.

«In acciaio?»

«Acciaio inossidabile, più pesante dell'alluminio ma più flessibile. Lo preferisco. Da un pannello dell'ala di un nostro nuovo caccia intercettatore, progetto E-266.»

«Che cos'è?» Zacharias non sapeva nulla del nuovo MiG-25.

«Adesso i suoi connazionali lo chiamano ''Foxbat''. Molto veloce, è stato concepito per annientare i vostri bombardieri B-70.»

«Ma noi abbiamo bloccato quel progetto» obiettò Zacharias.

«Sì, lo so. Ma quel progetto mi ha consentito di volare su un caccia incredibilmente veloce. Quando tornerò a casa, comanderò il 1° reggimento.»

«Cacciabombardieri in acciaio? Perché?»

«Resiste al surriscaldamento aerodinamico molto meglio dell'alluminio» spiegò Grišanov. «E dalle parti di scarto si ricavano ottimi sci.» Ora Zacharias era molto confuso. «Beh, che cosa pensa che potremmo fare con i miei caccia in acciaio e i suoi bombardieri in alluminio?»

«Suppongo che dipenda da...» incominciò Zacharias, poi si interruppe all'improvviso. Il suo sguardo si spostò all'altro lato del tavolo, dapprima imbarazzato per quello che aveva quasi detto, poi risoluto.

Troppo presto, si disse il russo, deluso. Aveva tentato un po' troppo presto. Quell'uomo aveva del coraggio. Abbastanza da portare il suo Wild Weasel ''in centro'', come dicevano gli americani, più di ottanta volte. Abbastanza da resistere a lungo. Ma lui aveva tutto il tempo che voleva.

12

Preparativi

VOLKSWAGEN DEL '63, POCHI CHILOMETRI, RADIO...

Kelly infilò una monetina nel telefono a gettoni e compose il numero. Era un sabato afoso e soffocante; la temperatura e l'umidità avevano ingaggiato un testa a testa e Kelly era profondamente irritato per la sua stessa stupidità. Alcune cose, pensò, sono talmente ovvie che uno non le vede finché non ci sbatte contro e si spacca il naso.

«Pronto? Chiamo per l'annuncio della macchina... per me va bene» disse Kelly. «Posso venire anche adesso se vuole... Okay, diciamo fra una quindicina di minuti? Benissimo, signora, la ringrazio. Arrivo subito. A fra poco.» E riattaccò il ricevitore. Almeno una cosa era andata per il verso giusto. Kelly fece una smorfia alla cabina telefonica. La *Springer* era ormeggiata in uno dei porticcioli del fiume Potomac. Kelly doveva comprare una macchina, ma come si fa ad arrivare nel posto in cui si trova la macchina nuova? Se ci si va con la propria, poi si può riportare indietro la macchina nuova, ma dove si mette quella vecchia? La cosa gli sembrava talmente curiosa che iniziò a ridere da solo. Poi il fato venne in suo aiuto, e davanti all'ingresso del porticciolo passò un taxi vuoto, permettendogli di mantenere la promessa fatta all'anziana signora.

«4500 Essex Avenue» disse al tassista.

«Da che parte sta?»

«Bethesda.»

«Ehi, amico, ti costerà un po'» fece osservare il tassista, dirigendosi verso nord.

Kelly gli allungò un biglietto da dieci dollari. «E ce n'è un altro se mi ci porti in un quarto d'ora.»

«Perfetto.» L'accelerata incollò Kelly al sedile. Il taxi evitò la Wisconsin Avenue per la maggior parte del tragitto. A un semaforo rosso il tassista trovò la Essex Avenue sulla sua piantina, e riuscì a guadagnarsi gli altri dieci dollari arrivando con una ventina di secondi di anticipo.

Era un elegante quartiere residenziale, e trovare la casa non fu un problema. Ed eccolo lì, un maggiolino Volkswagen, di un terribile color nocciola con macchie di ruggine qua e là. Era proprio quello che faceva al caso suo. Kelly superò con un salto i quattro scalini di legno che lo separavano dalla porta e bussò.

«Chi è?» Il volto della signora corrispondeva perfettamente alla sua voce. Doveva avere un'ottantina d'anni ed era una donna piccola e fragile, ma i suoi strani occhi verdi, dilatati dalle spesse lenti degli occhiali, davano un'idea della sua bellezza di un tempo. I capelli grigi erano ancora illuminati da qualche riflesso biondo.

«Mrs. Boyd? Ho chiamato poco fa per la macchina.»

«Come si chiama?»

«Bill Murphy, signora.» Kelly sorrise cortesemente. «Fa un bel caldo, vero?»

«Terribile» rispose la signora, mangiandosi una "r". «Aspetti un momento.» Gloria Boyd scomparve e tornò poco dopo con le chiavi, uscendo addirittura dalla porta per accompagnarlo alla macchina. Kelly le offrì il braccio per aiutarla a scendere i gradini.

«Grazie, giovanotto.»

«È un piacere, signora» rispose Kelly galantemente.

«L'avevamo comprata per mia nipote, quando è andata all'università, poi l'ha usata Ken» spiegò la signora, dando per scontato che Kelly sapesse chi era Ken.

«Chi, scusi?»

«Mio marito» rispose Gloria senza voltarsi. «È morto un mese fa.»

«Oh, mi dispiace moltissimo.»

«Era malato da molto tempo» disse la signora, che non aveva ancora superato lo choc della perdita, ma si era rassegnata alla realtà dei fatti. Poi gli consegnò le chiavi. «Tenga, dia pure un'occhiata.»

Kelly aprì la macchina. Si vedeva benissimo che era stata usata prima da una studentessa universitaria e poi da un anziano signore. I sedili erano logori, e uno di loro era attraversato da un lungo squarcio, probabilmente provocato da una cassa di vestiti o di libri. Kelly inserì la chiave nel quadro e il motore si accese al primo colpo. C'era perfino il pieno di benzina. L'annuncio non mentiva: il contachilometri era solo a quota 83.000. Kelly chiese e ottenne il permesso di fare un giro attorno all'isolato. Dal punto di vista meccanico la macchina era a posto, stabilì mentre la riportava alla proprietaria in attesa.

«Da dove arriva tutta questa ruggine?» domandò alla signora restituendole le chiavi.

«Mia nipote studiava a Chicago, alla Northwestern; quel posto è pieno di neve e di sale.»

«Ah, è un'ottima scuola. Ora la riaccompagno dentro.» Kelly la prese sottobraccio e la guidò nuovamente verso la porta. All'interno si respirava il tipico odore dell'abitazione di una persona anziana. L'aria era impregnata di polvere, perché la signora era ormai troppo stanca per spolverare, e di odore di cibo stantìo, perché la signora cucinava ancora per due, invece che per uno.

«Ha sete?»

«Sì, grazie. Un po' d'acqua andrà benissimo.» Mentre la signora andava in cucina, Kelly si guardò intorno. Alla parete era appesa una foto, un uomo in alta uniforme a braccetto con una giovane donna con un abito da sposa bianco molto aderente, quasi cilindrico. Una foto di nozze, non c'era dubbio. Altre foto ripercorrevano la vita coniugale di Kenneth e Gloria Boyd. Due figlie femmine e un maschio, una gita al mare, una vecchia automobile, nipotini, tutte le cose conquistate nel corso di una vita vissuta con pienezza.

«Ecco qua.» La signora gli porse un bicchiere.

«Grazie. Cosa faceva suo marito?»

«Ha lavorato per il ministero del Commercio per quarantadue anni. Stavamo per trasferirci in Florida, ma poi si è ammalato, così ora ci vado da sola. Mia sorella vive a Fort Pierce, anche lei è vedova, suo marito era poliziotto...» Si interruppe per un attimo quando il gatto entrò a esaminare il nuovo arrivato. La sua presenza sembrò rinvigorire la signora Boyd. «Mi trasferisco la settimana prossima. La casa è già stata venduta, devo liberarla giovedì prossimo. L'ha comprata un giovane medico, una persona squisita.»

«Spero che si troverà bene laggiù. Quanto le devo per la macchina?»

«Io non posso più guidare per via degli occhi; sa, soffro di cataratta. Mi devo far accompagnare dappertutto. Mio nipote dice che vale millecinquecento dollari.»

Suo nipote dev'essere un avvocato per essere così avido, pensò Kelly. «Che ne dice di milleduecento? Posso pagare in contanti.»

«Contanti?» I suoi occhi assunsero nuovamente una strana espressione.

«Sì, signora.»

«Ha i documenti?» Kelly si sentì in colpa per aver fatto alzare nuovamente la signora, che questa volta si diresse lentamente verso il piano superiore, appoggiandosi al corrimano, mentre Kelly tirava fuori dal portafoglio dodici bigliettoni fruscianti.

In teoria avrebbe dovuto risolversi tutto in dieci minuti, ma in realtà ci volle mezz'ora. Kelly si era già informato su come effettuare il passaggio di proprietà, e comunque non aveva alcuna intenzione di farlo. La polizza di assicurazione dell'auto era nella stessa busta che conteneva il libretto di circolazione, a nome di Kenneth W. Boyd. Kelly promise che se ne sarebbe occupato lui, insieme alle targhe, ovviamente. Ma era chiaro che tutti quei soldi mettevano in agitazione la signora, così Kelly la aiutò a compilare una distinta di versamento e la accompagnò in banca, dove Mrs. Boyd poté depositare il denaro nella cassa continua. Poi fece una tappa al supermercato per permetterle di comprare il latte e il cibo per il gatto e infine la riportò a casa, accompagnandola nuovamente fino alla porta.

«Grazie per la macchina, Mrs. Boyd» disse Kelly accomiatandosi.

«Per cosa le serve?»

«Per lavoro.» Kelly sorrise e se ne andò.

Quella stessa sera, verso le nove meno un quarto, due automobili entrarono in una stazione di servizio della Interstate 95. La macchina davanti era una Dodge Dart, quella dietro una Plymouth Roadrunner rossa. Mantenendosi a una quindicina di metri di distanza, le due auto si diressero verso un parcheggio a nord della Maryland House, un'area di ristoro sulla John F. Kennedy Highway che offriva bar, ristoranti e pompe di benzina: un buon caffè ma, comprensibilmente, nessuna bevanda alcolica. La Dart fece qualche giro nel parcheggio e alla fine si fermò a tre spazi da una Oldsmobile bianca con la capote marrone targata Pennsylvania. La Roadrunner occupò uno spazio nella fila successiva. Dalla macchina scese una donna, che si diresse verso il ristorante passando accanto alla Oldsmobile.

«Hei, baby» le gridò un uomo. La donna si fermò e fece qualche passo in direzione dell'auto con la capote marrone. L'uomo era un bianco, con i capelli neri e lunghi ma ben pettinati, e una camicia bianca con il collo aperto.

«Mi manda Henry» disse lei.

«Lo so.» E allungò una mano per accarezzarle il volto, un gesto a cui lei non oppose alcuna resistenza. L'uomo si guardò intorno prima di spostare la mano verso il basso. «Hai quello che mi serve, bambola?»

«Sì» rispose sorridendo. Era un sorriso forzato, innaturale, da cui traspariva un grande timore ma certo non imbarazzo. Doris era tutto tranne che imbarazzata.

«Belle tette» osservò l'uomo senza alcun accento di emozione nella voce. «Va' a prendere la roba.»

Doris si diresse verso la macchina, come se avesse dimenticato qualcosa, e ritornò con una grande borsa, che in realtà sembrava più una sacca da viaggio. Mentre passava accanto alla Oldsmobile, l'uomo sporse il braccio e afferrò la borsa. Doris proseguì fino al ristorante e tornò indietro dopo qualche minuto. Aveva in mano una lattina di aranciata e teneva gli occhi fissi sulla Roadrunner, nella speranza di non aver commesso alcun errore. L'uomo della Oldsmobile aveva già acceso il motore e le mandò un bacio, a cui Doris rispose con un debole sorriso.

«È andato tutto liscio» disse Henry Tucker, a una cinquantina di metri di distanza, nell'area per picnic situata dall'altra parte dell'edificio.

«È roba buona?» domandò un altro a Tony Piaggi. I tre erano seduti allo stesso tavolo, "godendosi" la serata afosa mentre la maggior parte degli avventori era all'interno del ristorante con l'aria condizionata.

«La migliore che ci sia. Identica al campione che ti abbiamo dato due settimane fa. Stessa spedizione e tutto il resto» assicurò Piaggi.

«E se la pupa spiffera qualcosa?» chiese quello di Filadelfia.

«Non aprirà bocca» assicurò Tucker. «Hanno visto tutte cosa succede alle ragazze che si comportano male.» Mentre i tre stavano a guardare, un uomo uscì dalla Roadrunner e andò a sedere al posto del guidatore della Dart.

«Molto bene» disse Rick a Doris.

«Possiamo andare?» gli domandò, iniziando a tremare ora che il lavoro era finito e sorseggiando nervosamente la sua aranciata.

«Ma certo, piccola; lo so cosa vuoi.» Rick sorrise e mise in moto la macchina. «Ora fa' la brava, fammi vedere qualcosa.»

«Ma c'è gente» obiettò Doris.

«E allora?»

Senza dire una parola, Doris si sbottonò la camicia, una camicia da uomo, lasciandola infilata nei pantaloncini sbiaditi. Rick allungò la mano e sorrise, tenendo il volante con la mano sinistra. Avrebbe potuto andar peggio, si disse Doris chiudendo gli occhi, facendo finta di essere un'altra persona in un altro posto, domandandosi quanto tempo sarebbe passato prima che anche la sua vita finisse e sperando che non ci volesse ancora molto.

«E i soldi?» chiese Piaggi, seduto al tavolino di acciaio.

«Ho bisogno di un caffè.» L'altro si alzò e si diresse verso il bar, lasciando lì la sua valigetta. Piaggi la tirò su e si diresse insieme a Tucker verso la sua macchina, una Cadillac blu, senza aspettare che l'altro tornasse.

«Non li conti?» chiese Tucker prima di arrivare alla macchina.

«Se ci frega, sa come va a finire. Gli affari sono affari, Henry.»

«Hai ragione» concordò Tucker.

«Sono Bill Murphy» disse Kelly. «Ho letto che avete appartamenti liberi» aggiunse mostrando un giornale.

«Cosa sta cercando?»

«Un monolocale sarebbe l'ideale. Mi serve solo un posto dove tenere la mia roba» disse all'uomo. «Viaggio molto spesso.»

«Rappresentante?» chiese il gestore.

«Esatto. Macchine utensili. Sono nuovo del posto; cioè, questa è una zona nuova.»

Era un vecchio complesso di appartamenti con giardino, costruito subito dopo la seconda guerra mondiale per i reduci e formato esclusivamente da edifici in mattoni a tre piani. Gli alberi avevano avuto tutto il tempo di crescere adeguatamente; erano stati piantati all'epoca e curati con grande zelo, e ora erano abbastanza alti da ospitare una nutrita popolazione di scoiattoli e abbastanza ampi da fare ombra alle aree di parcheggio. Kelly si guardò intorno compiaciuto quando il gestore lo condusse in un appartamento ammobiliato al pianterreno.

«Questo va benissimo» annunciò Kelly. Poi diede un'occhiata in giro e verificò le condizioni del lavello e dei sanitari. I mobili, ovviamente, erano usati, ma in buone condizioni. C'era perfino un condizionatore in ogni stanza.

«Ne ho anche degli altri...»

«Questo è perfetto. Quant'è l'affitto?»

«Centosettantacinque al mese, più un mese di caparra.»

«E le spese?»

«Può pagarle a parte, oppure gliele possiamo addebitare insieme all'affitto. Alcuni inquilini preferiscono fare così. In media vengono sui quarantacinque dollari al mese.»

«È meglio pagare tutto in una volta che due o tre bollette diverse. Vediamo. Centosettantacinque più quarantacinque...»

«Duecentoventi» intervenne premurosamente il gestore.

«Quattrocentoquaranta» corresse Kelly. «Due mesi, giusto? Posso farle un assegno, ma non è una banca di qui. Non ho ancora aperto un conto in città. Va bene se pago in contanti?»

«I contanti vanno sempre bene» assicurò il gestore.

«Perfetto.» Kelly tirò fuori il portafoglio e fece per consegnargli le banconote. Poi si fermò. «No, seicentosessanta; se per lei va bene, facciamo tre mesi. E mi serve una ricevuta.» Il gestore tirò subito fuori un blocchetto e gliene fece una sul momento.

«E per il telefono?» domandò Kelly.

«Posso farglielo installare per martedì, se vuole. Per quello ci vuole un altro deposito.»

«Se potesse occuparsene lei, mi farebbe un grosso piacere.» Kelly gli porse dell'altro denaro. «La mia roba arriverà fra qualche giorno. Dove posso trovare delle lenzuola e tutto il resto?»

«Oggi è quasi tutto chiuso. Domani può trovare quello che le serve.»

Kelly lanciò un'occhiata al materasso spoglio attraverso la porta della camera da letto. I bitorzoli si vedevano anche da quella distanza. Kelly scrollò le spalle. «Beh, ho dormito su letti peggiori.»

«Reduce?»

«Marines» rispose Kelly.

«Anch'io lo sono stato» aggiunse il gestore, sorprendendo Kelly. «Lei non è uno che fa cose strane, vero?» Su questo non aveva alcun dubbio, ma il proprietario pretendeva che lo chiedesse a tutti, anche agli ex marines. La risposta fu un sorriso mite e rassicurante.

«Dicono che russo come un trombone.»

Venti minuti dopo Kelly era seduto in un taxi diretto verso il centro. Scese alla Penn Station e prese il primo treno per D.C., dove un altro taxi lo portò fino alla sua barca. Prima che calasse la notte, la *Springer* iniziò il suo viaggio lungo il Potomac. Sarebbe stato tutto molto più semplice, si disse Kelly, se ci fosse stata almeno un'altra persona ad aiutarlo. Buona parte del suo tempo veniva sprecata per gli spostamenti. Ma era davvero tempo perso?, si domandò. Forse no. Durante i viaggi aveva la possibilità di pensare, e questo era altrettanto importante della preparazione fisica. Kelly arrivò a casa poco prima di mezzanotte, dopo sei ore di incessante riflessione e pianificazione.

Benché avesse alle spalle un weekend di attività frenetica, Kelly non poteva permettersi il lusso di trastullarsi. Infilò in valigia i suoi vestiti, la maggior parte dei quali era stata acquistata alla periferia di Washington. La biancheria l'avrebbe comprata a Baltimora, e così le provviste. Anche la sua calibro .45 automatica e il kit di conversione .22-.45 finirono in valigia insieme ai vestiti e a due scatole di munizioni. Probabilmente sarebbero bastate, pensò Kelly, e inoltre le munizioni pesavano. Mentre fabbricava un altro silenziatore, questa volta per la Woodsman, ripercorse mentalmente tutti i suoi preparativi. La sua forma fisica era eccellente, quasi come quando era al 3° gruppo operazioni speciali, e si era esercitato a sparare tutti i giorni. La sua mira era probabilmente migliore di quanto non fosse mai stata, pensò, eseguendo sulle macchine utensili quelle che ormai erano diventate operazioni automatiche. Alle tre di notte il nuovo silenziatore venne applicato alla Woodsman e sperimentato. Trenta minuti dopo Kelly era di nuovo a bordo della *Springer*, dirigendosi verso nord e aspettando con ansia di poter riposare per qualche ora dopo aver superato Annapolis.

Era una notte solitaria con nuvole sparse qua e là nel cielo, e la sua mente iniziò a vagare prima che Kelly trovasse la giusta concentrazione. Benché non fosse più un civile sfaccendato, dopo diverse settimane di astinenza Kelly si concesse una birra, mentre la sua mente soppesava tutte le variabili. Cosa poteva aver dimenticato? La confortante risposta fu che non gli veniva in mente nulla. Il pensiero molto meno incoraggiante era che per il momento sapeva ben poco. Billy con la sua Plymouth rossa. Un uomo di colore di nome Henry. Conosceva il loro campo d'azione. Ma questo era tutto.

Però...

Però aveva combattuto contro nemici armati e ben addestrati pur avendo informazioni molto più scarse, e anche se si fosse imposto la stessa prudenza che aveva usato allora, dentro di sé sapeva che quella era una missione che avrebbe portato a termine. In parte la sua sicurezza derivava dal fatto che era più forte di loro, e certo molto più motivato. L'altro elemento era che, come Kelly notò con grande sorpresa, non gli importava assolutamente nulla delle possibili conseguenze, ma solo dei risultati. Gli tornò in mente una cosa che aveva letto alla scuola cattolica, un brano dell'*Eneide* di Virgilio che descriveva la sua missione con quasi duemila anni di anticipo: *Una salus victis nullam sperare salutem.* La crudezza di quella frase lo fece sorridere sotto le stelle che facevano capolino tra le nuvole, risplendendo da così lontano che il viaggio della loro luce era iniziato molto prima che Kelly, o addirittura lo stesso Virgilio, fosse venuto al mondo.

Le pillole aiutavano a dimenticare la realtà, ma non del tutto. Più che riflettere consapevolmente su quel pensiero, Doris lo ascoltava, lo percepiva, come se stesse riconoscendo qualcosa che non era in grado di affrontare ma che non voleva saperne di andare via. Ora come ora la sua dipendenza dai barbiturici era troppo forte. Dormire le riusciva difficile, e dentro quella stanza vuota non poteva evitare il confronto con se stessa. Se avesse potuto avrebbe preso ancora altre pillole, ma loro non le permettevano di fare ciò che voleva, anche se in realtà le sue pretese erano molto modeste. Solo un po' di oblìo, una pausa di liberazione dalla sua paura, ecco tutto, e queste erano cose che loro non avevano alcun interesse a concederle. Doris riusciva a vedere molto più di quanto loro sapessero o potessero immaginare, poteva anche intravedere il futuro, ma quella era una consolazione molto magra. Prima o poi sarebbe stata beccata dalla polizia. In passato era già stata arrestata, ma mai per una cosa di quelle proporzioni, e per una faccenda del genere l'avrebbero tenuta dentro per un bel po'. La polizia avrebbe provato a farla parlare, promettendole protezione. Ma lei non ci sarebbe cascata. Aveva già visto due amiche morire. Amiche? Sì, qualcosa di molto simile, qualcuno con cui parlare, con cui condividere la propria vita per quello che era; perfino in quella condizione di prigionia c'era stato posto per brevi attimi di spensieratezza, piccole vittorie sulle forze che governavano la sua esistenza, come una luce lontana in un cielo oscuro. Qualcuno con cui piangere. Ma due di loro non c'erano più, e lei le aveva viste morire sotto i suoi occhi, imbottita di droga ma incapace di dormire e di cancellare quella visione. L'orrore era talmente grande da paralizzarla, mentre le guardava negli occhi, vedendo e percependo il dolore, sapendo che non poteva far nulla e che anche loro ne erano consapevoli. Per quanto fossero terribili, gli incubi non potevano farle del male. Poteva sempre svegliarsi e mandarli via. Ma questa volta era diverso. Doris riusciva a vedersi dall'esterno, come se fosse un robot che rispondeva solo ai comandi degli altri. Il suo corpo si muoveva solo se glielo ordinavano, e lei era costretta perfino a nascondere i propri pensieri, aveva il terrore di formularli anche nella sua stessa mente per paura che potessero sentirli o leggerglieli in volto. Ma ora, per quanto si sforzasse, non riusciva proprio ad allontanarli.

Rick era sdraiato al suo fianco e respirava lentamente nell'oscurità, stremato dall'eccitazione di quella giornata e sfinito per aver usato il corpo di Doris per placare la tensione. A una parte di lei Rick piaceva. Era il più gentile del gruppo, e a volte Doris si concedeva di pensare che forse lei gli piaceva, almeno un po', perché Rick la picchiava meno selvaggiamente degli altri. Ovviamente Doris doveva stare in riga, perché quando faceva qualcosa di sbagliato la furia di Rick non aveva nulla da invidiare alla rabbia più cieca di Billy; così, quando c'era Rick, Doris faceva di tutto per comportarsi bene. Una parte di lei sapeva che tutto questo era assurdo e sbagliato, ma ora la sua realtà veniva definita da altre persone, da uomini che avevano bisogno di lei e delle altre per i loro scopi. E Doris aveva visto a cosa portava la resistenza. Aveva capito dove possono condurre la speranza e il coraggio, lo aveva visto due volte sulla pelle delle altre, ritrovandosi poi a piangere nel buio della sua solitudine, incapace di fare qualsiasi altra cosa, in grado solo di ricordare di essere stata consolata e abbracciata da Pam dopo una notte particolarmente dura, di averla sentita sussurrare il suo desiderio di fuggire, di aver poi pregato di farla franca, che dopotutto potesse esserci un po' di speranza, per poi vedere che l'avevano riportata indietro e assistere alla sua morte, rimanendo impotente a pochi metri da lei mentre le infliggevano tutte le atrocità possibili e immaginabili. Aveva visto la sua vita svanire e il suo corpo dibattersi per la mancanza di ossigeno, mentre l'uomo la guardava e la derideva a neanche un palmo di distanza. Il suo unico atto di resistenza, che per fortuna era passato inosservato, era stato di pettinare i capelli dell'amica, continuando a piangere, pregando in silenzio per non farsi sentire dagli altri, sperando che in qualche modo Pam riuscisse a vedere che anche nell'ora della morte c'era qualcuno che si prendeva cura di lei, che dopotutto la tenerezza esisteva. Ma il suo gesto le era sembrato già allora privo di significato, e questo aveva reso ancora più amare le sue lacrime.

Cosa aveva fatto di male, continuava a ripetersi, quale tremendo peccato aveva commesso per essere punita in quel modo? Com'era possibile che qualcuno meritasse un'esistenza così squallida e senza speranza?

«Sono sbalordito, John» disse Rosen osservando il suo paziente. Kelly stava seduto sul lettino a torso nudo. «Cosa hai fatto?»

«Otto chilometri di nuoto per le spalle. È molto meglio dei pesi, ma ho fatto anche un po' di quelli, di sera. E poi un po' di corsa. Più o meno quello che facevo ai vecchi tempi.»

«Vorrei averla io la tua pressione» commentò il chirurgo mentre gli sfilava il bracciale. Quella mattina aveva eseguito un intervento delicato, ma per il suo amico trovava sempre un po' di tempo.

«Fa' un po' di moto, Sam» consigliò Kelly.

«Non ho tempo, John» replicò il chirurgo, ma senza troppa convinzione, come notarono entrambi.

«Un medico dovrebbe saperle certe cose.»

«È vero» gli concesse Rosen. «E per il resto come va?»

Come risposta ottenne solo uno sguardo; non un sorriso, non una smorfia, un'espressione aspra oppure mite, solo uno sguardo neutro che disse a Sam Rosen tutto ciò che aveva bisogno di sapere. Ancora un tentativo: «C'è una vecchia massima che dice: prima di iniziare la vendetta, scava due fosse».

«Solo due?» domandò Kelly con aria innocente.

Rosen annuì. «Ho letto anch'io il referto. Non c'è proprio modo di farti cambiare idea?»

«Come sta Sarah?»

Rosen accettò di buon grado la divagazione. «È totalmente immersa nel suo progetto. È così entusiasta che ne parla anche a me. È una cosa molto interessante.»

Proprio in quel momento entrò Sandy O'Toole. Con grande stupore degli altri due, Kelly sollevò la camicia e si coprì il petto. «Ma insomma!»

L'infermiera fu così sorpresa che scoppiò a ridere, e lo stesso fece Sam, finché non si rese conto che Kelly era davvero pronto per qualunque cosa avesse in mente. La sua forma fisica, la sua scioltezza, gli occhi fissi e seri che potevano cambiare espressione da un momento all'altro. *Proprio come un chirurgo*, pensò Rosen, ed era un pensiero davvero strano, ma più guardava quell'uomo, più la sua stima per lui cresceva.

«Hai una bella cera per essere uno a cui hanno sparato da poche settimane» disse la O'Toole in tono affabile.

«Vita sana, signora. Una sola birra da un mese a questa parte» spiegò Kelly con uno dei suoi sorrisi.

«Mrs. Lott ha ripreso conoscenza, professor Rosen» comunicò l'infermiera. «Tutto normale, sembra che si stia riprendendo bene. Suo marito è venuto a trovarla. Penso che anche per lui non ci saranno problemi, anche se avevo i miei dubbi.»

«Grazie, Sandy.»

«Beh, John, anche tu sei a posto. Rimettiti la camicia prima che Sandy arrossisca» aggiunse Rosen con un sorrisetto ironico.

«Dov'è che pranzate da queste parti?» chiese Kelly.

«Ti accompagnerei io, ma ho una riunione tra una decina di minuti. Sandy?»

Sandy diede un'occhiata all'orologio. «È quasi l'ora della pausa. Vuoi rischiare la cucina dell'ospedale o preferisci uscire?»

«Sono nelle tue mani.»

Sandy lo portò al self-service, dove il cibo, come in tutti gli ospedali, era piuttosto insipido, ma si poteva sempre insaporire con sale e altre spezie. Kelly scelse un piatto che aveva tutta l'aria di essere sostanzioso, e per di più sano, per compensare la mancanza di sapore.

«Ti sei tenuta impegnata?» le domandò quando ebbero raggiunto il loro tavolo.

«Sempre» gli assicurò Sandy.

«Dove abiti?»

«Dalle parti del Loch Raven Boulevard, fuori città.» Non era cambiata per nulla, osservò Kelly. Sandy O'Toole andava avanti, e anche piuttosto bene, ma il vuoto che dominava la sua vita non era qualitativamente diverso da quello che sentiva anche lui. La differenza tra loro era che lui poteva fare qualcosa, lei no. Sandy si sforzava di non chiudersi in se stessa, il suo potenziale di buon umore era lì, ma il dolore lo soffocava puntualmente. Una forza potente, il dolore, si disse Kelly. Era già un vantaggio avere dei nemici che si potevano identificare, scovare ed eliminare. Combattere contro un'ombra era molto più difficile.

«È una villetta a schiera, come quelle che ci sono da queste parti?»

«No, è un vecchio cottage, una grande casa squadrata a due piani, con un po' di terra intorno. A proposito...» aggiunse «questo weekend devo tagliare l'erba.» Questo le ricordò che a Tim piaceva tagliare l'erba. Dopo il secondo turno in Vietnam aveva deciso di lasciare l'esercito, laurearsi in legge e condurre una vita normale, tutte cose che le erano state strappate da gente sconosciuta in un posto lontano, per motivi che non avrebbe mai compreso.

Kelly non poteva sapere con precisione cosa stesse pensando Sandy, ma in realtà non ce n'era bisogno. Il modo in cui aveva cambiato espressione, l'affievolimento del suo tono di voce parlavano da soli. Cosa poteva fare per tirarla su di morale? Era una domanda strana, visti i suoi progetti per le settimane successive.

«Sei stata molto gentile con me mentre ero al piano di sopra. Grazie.»

«Cerchiamo di prenderci cura dei nostri pazienti» disse Sandy con un'espressione cordiale e piuttosto insolita.

«Un faccino carino come il tuo dovrebbe farlo più spesso» le disse Kelly.

«Fare cosa?» domandò Sandy.

«Sorridere.»

«Non è facile» replicò lei, tornando seria.
«Lo so. Ma prima sono riuscito a farti ridere» osservò Kelly.
«Mi hai preso alla sprovvista.»
«È per via di Tim, non è così?» le chiese, facendola sobbalzare. Quelle erano cose di cui non si doveva parlare, vero?
Sandy fissò Kelly negli occhi per qualche secondo. «Il fatto è che non riesco a capire.»
«Per certi versi è semplice, per altri non lo è affatto. L'ostacolo maggiore» spiegò Kelly «è capire perché la gente ha bisogno di queste cose, perché compie azioni del genere. Mettiamola così: lì fuori ci sono i cattivi, e qualcuno deve pur affrontarli, perché se non lo si fa, prima o poi saranno loro ad affrontare noi. Si può provare a ignorarli, ma in realtà non funziona mai. E a volte si vedono cose che non si possono assolutamente ignorare.» Kelly si appoggiò allo schienale della sedia, cercando le parole per continuare. «Tu qui vedi un sacco di brutte cose, Sandy. Io ne ho viste di peggiori, ho visto gente che faceva di tutto...»
«Il tuo incubo?»
Kelly annuì. «Sì. Stavo per rimanerci secco quella notte.»
«Cosa...»
«Non ti farebbe piacere saperlo, credimi. Neanche io riesco a capire certe cose, come si possa arrivare fino a quel punto. Forse credono così tanto in una causa che dimenticano l'importanza di restare umani. Forse desiderano così tanto una cosa che non gli importa più di nulla. Forse c'è semplicemente qualcosa che non funziona in loro, nel loro modo di pensare, nei loro sentimenti. Non lo so. Ma quello che fanno è reale, e qualcuno deve provare a fermarli.» *Anche se sai che non servirà a niente*, pensò Kelly, senza trovare il coraggio di dirlo ad alta voce. Come faceva a dirle che suo marito era morto per un fallimento?
«Quindi mio marito era un cavaliere con l'armatura scintillante e il cavallo bianco? È questo che stai cercando di dirmi?»
«Sei tu quella vestita di bianco, Sandy. Tu lotti contro un tipo di nemico, ma ce ne sono degli altri, e qualcuno deve combattere anche quelli.»
«Non capirò mai perché Tim abbia dovuto morire.»
Alla fin fine si riduceva tutto a questo, pensò Kelly. Non si trattava di grandi questioni politiche o sociali, no davvero. Ognuno aveva la propria vita, e questa vita, sarebbe dovuta arrivare a una conclusione naturale dopo un periodo di tempo stabilito da Dio o dal destino, o da qualcosa su cui gli uomini non avevano alcun controllo. Kelly aveva visto morire tanti giovani uomini, e anche lui aveva seminato la sua razione di morte, aveva spezzato delle

vite, ognuna delle quali era un dono prezioso per le persone a cui apparteneva e per i loro cari; come si faceva a spiegare a queste persone come stavano le cose? Anzi, come si faceva a spiegarlo a se stessi? Ma questo era il modo in cui si vedevano le cose dall'esterno. Dall'interno era tutto diverso. Forse la risposta era proprio questa.

«Il tuo è un lavoro molto duro, vero?»

«Sì» rispose Sandy con un lieve cenno del capo.

«Perché non fai qualcosa di meno pesante? Non so, potresti lavorare in un altro reparto, per esempio in maternità. È un posto allegro, no?»

«Sì, è proprio così» ammise l'infermiera.

«Anche questa è una cosa importante, no? Prendersi cura dei neonati; sì, è un lavoro di routine, ma bisogna saperlo fare come si deve, non è vero?»

«Naturalmente.»

«Ma tu non lo fai. Tu lavori in neurochirurgia. Ti sei scelta il compito più duro.»

«Qualcuno deve pur...» *Tombola!*, pensò Kelly, interrompendola.

«È un lavoro duro, pesante, che ti logora, che può anche farti star male, non è così?»

«Qualche volta.»

«Ma tu lo fai lo stesso» osservò Kelly.

«Sì» disse Sandy, non con il tono di un'ammissione, ma di qualcosa di più profondo.

«È per questo che Tim ha fatto quel che ha fatto.» Kelly scorse in lei qualche segno di comprensione, o forse appena un inizio, ma si trattò solo di un attimo, prima che il suo dolore latente travolgesse anche quell'argomentazione.

«Resta comunque una cosa senza senso.»

«Forse la *cosa* in sé non ha senso, ma le *persone* sì» osservò Kelly. Più in là di così la sua mente non riusciva a spingersi. «Mi dispiace, non sono un prete, sono solo un sottufficiale malridotto.»

«Non troppo malridotto» commentò Sandy, terminando il suo pranzo.

«E in parte lo devo a te. Grazie.» Questa frase gli valse un altro sorriso.

«Non tutti i nostri pazienti si riprendono così bene. E quelli che lo fanno ci riempiono di orgoglio.»

«Forse stiamo provando tutti a salvare il mondo, Sandy, un pezzettino alla volta» concluse Kelly. Poi si alzò e insistette per riaccompagnarla al suo reparto. Gli ci vollero tutti i cinque minuti del tragitto per riuscire a dirle quello che aveva in mente.

«Sai, mi piacerebbe cenare con te qualche volta, che ne pensi? Magari non adesso, però, beh...»

«Ci penserò» replicò Sandy, in parte scartando l'idea, in parte prendendola in considerazione, sapendo, come del resto sapeva anche Kelly, che era troppo presto per tutti e due, anche se probabilmente per lei lo era un po' di meno. Che tipo di uomo era?, si chiese. Cosa avrebbe rischiato approfondendo la sua conoscenza?

13

Appuntamenti

Quella era la primissima volta che metteva piede al Pentagono. Kelly si sentiva piuttosto a disagio, e si chiedeva se non sarebbe stato meglio indossare la divisa cachi; ma ormai non era più tempo di portare quell'uniforme. Al suo posto indossava un abito blu leggero, con una piccola croce della marina appuntata sul risvolto. Una volta raggiunta la galleria degli autobus e delle automobili, salì una rampa di scale e cercò una piantina del vasto edificio, che venne rapidamente studiata e memorizzata. Cinque minuti dopo Kelly entrò nell'ufficio che cercava.

«Sì?» domandò un sottufficiale.

«Sono John Kelly, ho un appuntamento con l'ammiraglio Maxwell.» Il sottufficiale lo invitò ad accomodarsi. Sul tavolino c'era una copia del *Navy Times*, che Kelly non aveva più letto da quando si era congedato. Ma era perfettamente in grado di controllare la nostalgia. Le lamentele e i pettegolezzi che trovò nel giornale non erano molto diversi da quelli di un tempo.

«Mr. Kelly?» domandò qualcuno. Kelly si alzò e attraversò la porta aperta. Quando la ebbe chiusa alle sue spalle, si accese il segnale luminoso rosso «Non disturbare».

«Come sta, John?» domandò Maxwell per prima cosa.

«Bene, signore, grazie.» Sebbene fosse ormai un civile, Kelly non poteva fare a meno di provare soggezione di fronte a un ammiraglio in comando. Il suo imbarazzo aumentò ulteriormente quando si aprì una porta ed entrarono altri due uomini, uno in abiti civili e un contrammiraglio: un altro pilota, osservò Kelly, e con tanto di medaglia al valore, un particolare che contribuì ad aumentare il suo disagio. Maxwell fece le presentazioni.

«Ho sentito parlare molto di lei» esordì Podulski, stringendo la mano del suo interlocutore.

«Grazie, signore.» Kelly non sapeva cos'altro dire.

«Cas e io ne abbiamo viste di tutti i colori» commentò Maxwell introducendo il discorso. «Io ne ho beccati quindici» aggiunse indicando il pannello appeso alla parete. «Cas ne ha beccati diciotto.»

«E sono tutti immortalati» assicurò Podulski.

«Io non ne ho preso neanche uno,» disse Greer «ma non mi sono neanche fatto rovinare il cervello dall'ossigeno.» Oltre a indossare abiti civili, osservò Kelly, questo ammiraglio aveva una borsa con varie carte geografiche. Ne tirò fuori una, la stessa che Kelly aveva a casa sua, ma molto più segnata. Poi fu la volta delle fotografie, e Kelly diede un'altra occhiata al volto del colonnello Zacharias, questa volta leggermente migliorato grazie a qualche ritocco, e molto più simile alla foto di riconoscimento che Greer appoggiò accanto.

«Ero a meno di cinque chilometri da lì» osservò Kelly. «Nessuno mi ha mai detto che...»

«Non c'era ancora. Questo campo è nuovo, è lì da meno di due anni» spiegò Greer.

«Qualche altra immagine, James?» chiese Maxwell.

«Solo qualche ripresa aerea dell'SR-71, delle panoramiche, niente di nuovo. Ho incaricato una persona di controllare ogni fotogramma di questo posto; è un bravo ragazzo, prima era in aeronautica. Risponde direttamente a me.»

«Diventerai un'ottima spia» commentò Podulski con una risatina.

«Hanno bisogno di me laggiù» replicò Greer con un tono allegro ma velato di serietà. Kelly li osservava. Le battute che si scambiavano non erano molto diverse da quelle che si sentivano alla mensa sottufficiali, ma il loro linguaggio era più pulito. Greer guardò nuovamente Kelly. «Mi parli della giungla.»

«Un posto da cui è meglio stare alla larga...»

«Prima di tutto, mi racconti come ha fatto a riportare a casa il piccolo Dutch. Voglio sapere tutto per filo e per segno» ordinò Greer.

Gli ci vollero quindici minuti per raccontare tutta la storia, da quando aveva lasciato lo *Skate* al momento in cui l'elicottero aveva prelevato lui e il tenente Maxwell dall'estuario del fiume per portarli sulla *Kitty Hawk*. Era una storia semplice da raccontare. Ciò che stupiva Kelly erano gli sguardi che si scambiavano gli ammiragli.

Era qualcosa che Kelly non era ancora pronto a comprendere. Per lui gli ammiragli non erano comuni persone anziane, né forse esseri completamente umani. Erano *ammiragli*, esseri divini e senza età che prendevano decisioni importanti e avevano un aspetto del tutto confacente alla loro carica, anche quello che non indossava l'uniforme. D'altra parte Kelly non si considerava una persona giovane. Aveva visto combattere, e dopo un'esperienza del genere un uomo non è mai lo stesso di prima. Ma il loro punto di vista era diverso. Per Maxwell, Podulski e Greer, quello che avevano di fronte era un giovane non molto diverso da come erano stati loro trent'anni prima. Avevano compreso immediatamente che Kelly, come del resto loro stessi, era un vero guerriero, e mentre lo guardavano rivedevano se stessi alla sua età. Gli sguardi furtivi che si scambiavano assomigliavano molto a quelli di un nonno che osserva il nipotino mentre cerca di muovere i primi passi sul tappeto. Ma questi erano passi ben più grandi e significativi.

«Ottimo lavoro» osservò Greer quando Kelly ebbe finito. «Quindi quest'area è molto popolata?»

«Sì, signore. Non è come una città o un paese, ma ci sono diverse fattorie e altre costruzioni. Su questa strada ho visto e sentito moltissimo traffico. Pochi camion, ma un sacco di biciclette e carri trainati da buoi, cose di questo tipo.»

«Non molto traffico militare, dunque?» domandò Podulski.

«Ammiraglio, quello lo trova su questa strada.» Kelly indicò un punto sulla carta e vide i segni che indicavano le unità dell'esercito nordvietnamita. «Come pensate di entrare?»

«Non è una cosa semplice, John. Abbiamo pensato a un intervento con gli elicotteri, forse possiamo anche tentare un attacco anfibio e poi puntare su questa strada.»

Kelly scosse la testa. «Troppo lontano. Quella strada è troppo facile da difendere. Signori, dovete tener conto di una cosa: il Vietnam è una vera e propria nazione in armi, giusto? Praticamente tutti hanno portato un'uniforme, e basta distribuire dei fucili perché la gente si senta coinvolta in questa guerra. Da quelle parti ci sono abbastanza persone armate da farvi pentire di aver scelto quella strada. Non avete alcuna possibilità di farcela.»

«La gente sostiene sul serio il governo comunista?» domandò Podulski. Stentava davvero a crederci, ma per Kelly non era la stessa cosa.

«Cristo, ammiraglio, perché pensa che stiamo combattendo da così tanto tempo laggiù? Perché pensa che nessuno aiuti i piloti che vengono abbattuti? Quelli non sono come noi. Forse un giorno lo diventeranno, forse è la religione, la cultura, o qualcos'altro a renderli diversi. Non so perché, ma so che sono diversi. È una cosa che non abbiamo mai capito, una cosa con cui tutti devono fare i conti quando arrivano laggiù. A ogni modo, se piazzate i marines sulla spiaggia, nessuno li accoglierà a braccia aperte, okay? Scordatevi di poter usare quella strada. Io ci sono stato. Non è neanche una strada in piena regola, è molto peggio di quello che sembra sulle foto. Basta tagliare qualche albero ed è completamente bloccata.» Kelly sollevò lo sguardo. «Ci vogliono gli elicotteri.»

Era evidente che quella notizia non era molto gradita, e non era difficile capire perché. Quella parte del Paese era disseminata di batterie contraeree; riuscire a far penetrare una squadra d'assalto non sarebbe stato facile. Almeno due di questi uomini erano piloti, e se avevano pensato che un attacco da terra potesse offrire buone possibilità di riuscita, allora il problema della contraerea doveva essere più grave di quanto Kelly pensasse.

«Possiamo neutralizzare la contraerea...» suggerì Maxwell.

«Non starai pensando ancora ai B-52, vero?» chiese Greer.

«L'incrociatore *Newport News* torna sulla linea del fuoco tra qualche settimana. John, l'hai mai visto in azione?»

Kelly annuì. «Sicuro. Ci ha appoggiato due volte, quando lavoravamo vicino alla costa. È impressionante cosa riescono a fare quei bestioni. Signore, il problema è questo: quante cose devono andar bene perché la missione possa riuscire? Più le cose si complicano, più è facile che qualcosa vada male e che anche i singoli particolari diventino troppo complessi.» Kelly si appoggiò allo schienale del divano, e ricordò a se stesso che quello che aveva appena detto non valeva solo per gli ammiragli.

«Dutch, abbiamo una riunione tra cinque minuti» disse Podulski a malincuore.

L'incontro non era stato molto fruttuoso, pensò. Greer e Maxwell non ne erano altrettanto convinti. Avevano scoperto alcune cose, e quello era già un buon inizio.

«Posso chiedere perché tenete tutto così segreto?» domandò Kelly.

«Ci avevi proprio azzeccato.» Maxwell guardò l'ammiraglio in comando più giovane e fece un cenno con il capo.

«L'operazione di Song Tay è andata in fumo» spiegò Greer. «Non sappiamo come sia accaduto, ma in seguito una delle nostre fonti ci ha rivelato che loro sapevano, o almeno sospettavano, che c'era qualcosa che bolliva in pentola, solo che non se l'aspettavano così presto. Alla fine siamo arrivati sul posto poco dopo che avevano fatto evacuare i prigionieri, ma prima che riuscissero a preparare l'imboscata. Un po' di fortuna e un po' di sfortuna. Pensavano che ci volesse ancora un mese prima dell'operazione KINGPIN.»

«Buon Dio» mormorò Kelly. «Qualcuno dei vostri, deliberatamente, li ha traditi?»

«Benvenuto nel mondo dei servizi segreti, capo» disse Greer con un sorriso ironico.

«Ma *perché*?»

«Se mai mi capiterà di incontrare quel gentiluomo, non mancherò di chiederglielo.» Greer guardò gli altri. «Questo è un buon punto di partenza. Controllate i documenti relativi all'operazione, senza dare nell'occhio, okay?»

«Dove sono?»

«Alla base aerea di Eglin, dove si addestravano gli uomini di KINGPIN.»

«Chi ci mandiamo?» domandò Podulski.

Kelly sentì tutti gli sguardi puntati su di lui. «Signori, io ero solo un sottufficiale di marina, ricordate?»

«Mr. Kelly, dove ha lasciato la macchina?»

«In centro, signore. Poi ho preso l'autobus.»

«Venga con me. C'è una navetta che la riporterà indietro più tardi.»

I due uomini uscirono in silenzio dall'edificio. Greer aveva lasciato la macchina, una Mercury, in un parcheggio per visitatori accanto all'entrata. Fece segno a Kelly di seguirlo e si diresse verso la George Washington Parkway.

«Dutch ci ha portato il suo fascicolo. L'ho letto tutto. Sono rimasto senza parole, ragazzo.» Quello che Greer tralasciò di dire era che, alle prove di arruolamento, Kelly aveva ottenuto una media di 147 punti su tre test di intelligenza diversi. «Tutti i comandanti che ha avuto hanno cantato le sue lodi.»

«Ho avuto dei buoni comandanti, signore.»

«Così sembra, e tre di loro hanno provato a farla entrare alla scuola allievi ufficiali, ma di questo le ha già chiesto Dutch. Sono proprio curioso di sapere perché non ha accettato la borsa di studio per l'università.»

«Ero stanco di andare a scuola. E quella borsa di studio era per il nuoto, ammiraglio.»

«È il punto di forza della Indiana, lo so, ma i suoi voti erano abbastanza alti da poter ottenere una borsa di studio accademica. Lei ha frequentato una scuola superiore molto buona...»

«Anche quella era una borsa di studio.» Kelly scrollò le spalle. «Nessuno della mia famiglia è andato all'università. Papà ha prestato servizio in marina durante la guerra. Probabilmente mi sembrava la cosa più giusta da fare.» Il fatto che per suo padre fosse stata una grande delusione, era un particolare che Kelly non aveva mai rivelato a nessuno.

Greer rifletté per un attimo sulle parole di Kelly, ma quello che aveva sentito non rispondeva ancora a tutti i suoi quesiti. «L'ultima nave che ho comandato era un sottomarino, il *Daniel Webster*. L'ecogoniometrista di bordo, un sottufficiale, era laureato in fisica. Era un'ottima persona, e sapeva fare il suo mestiere anche meglio di me, ma non era un leader, e cercava di stare alla larga dalle grane. Lei no, Kelly. Lei ci ha provato, ma non lo ha fatto.»

«Il fatto è, signore, che quando succede qualcosa, qualcuno deve pur darsi da fare, no?»

«Non tutti la pensano così. Kelly, al mondo esistono due tipi di persone: quelli a cui bisogna dire le cose, e quelli che le capiscono da soli» disse Greer, riassumendo l'essenza del carattere del giovane.

Il cartello stradale indicava qualcosa che Kelly non comprese, ma non era nulla che riguardasse la CIA. Kelly capì quale fosse la loro destinazione solo quando vide l'enorme corpo di guardia.

«Ha mai avuto a che fare con quelli della CIA quando era laggiù?»

Kelly annuì. «Con qualcuno. Noi, beh... ha presente il programma PHOENIX? Ne facevamo parte anche noi, anche se solo marginalmente.»

«Che idea si è fatto di loro?»

«Due o tre erano piuttosto in gamba. Gli altri... vuole sapere la verità?»

«È proprio quello che voglio» gli assicurò Greer.

«Gli altri probabilmente sono dei gran bevitori di cocktail» disse Kelly tranquillamente. Greer rispose con una risata amara.

«Sì, qui la gente adora guardare i film!» Greer raggiunse la sua automobile e aprì la portiera. «Venga con me.» L'ammiraglio senza uniforme condusse Kelly fino all'ingresso principale e gli procurò uno speciale pass per visitatori, quello per cui era richiesto un accompagnatore.

Da parte sua, Kelly si sentiva come un turista in un Paese lontano e sconosciuto. La stessa normalità dell'edificio gli conferiva un'aria sinistra. Benché fosse un comune palazzo per uffici del governo, e anche di costruzione piuttosto recente, il quartier generale della CIA aveva un'aura tutta particolare. In qualche modo sembrava di essere lontani dal mondo reale. Greer notò lo sguardo di Kelly e sorrise, conducendo il suo ospite fino a un ascensore e poi al suo ufficio al sesto piano. Solo quando ebbero chiuso la porta di legno alle loro spalle, Greer iniziò a parlare.

«Che programmi ha per la settimana prossima?»

«Abbastanza flessibili. Nulla di preciso» rispose Kelly cautamente.

James Greer assunse un'aria più grave. «Dutch mi ha parlato anche di quello. Mi dispiace molto, ma in questo momento il mio lavoro riguarda venti uomini che probabilmente non rivedranno mai le loro famiglie se non facciamo qualcosa.» Greer infilò la mano nel cassetto della sua scrivania.

«Signore, in questo momento sono molto confuso.»

«Beh, possiamo scegliere tra la strada dura e quella più morbida. La prima significa che Dutch fa una telefonata e la fa richiamare in servizio» disse Greer con fermezza. «Quella più semplice è che lei venga a lavorare per me come consulente civile. Le daremo una diaria; è molto più alta della paga di un sottufficiale della marina.»

«E cosa dovrei fare?»

«Deve andare alla base di Eglin; arriva in aereo fino a New Orleans e poi noleggia una macchina, credo. Questo...» Greer porse a Kelly un tesserino di riconoscimento «... le dà accesso ai loro archivi. Voglio che studi bene i piani dell'operazione; ci serviranno come modello per il nostro progetto...» Kelly guardò il documento. C'era perfino la sua vecchia foto della marina, una foto formato tessera.

«Aspetti un attimo, signore. Io non sono qualificato...»

«Per quanto mi riguarda, penso che lei lo sia, ma dall'esterno sembrerà il contrario. Lei sarà solo un giovane consulente che raccoglie informazioni per un rapporto di basso livello che non verrà mai letto da nessuno d'importante. Metà dei soldi che spendiamo in questa dannata agenzia se ne va in questo modo, nel caso nessuno gliel'avesse detto» disse Greer, la cui irritazione nei confronti della CIA dava adito a qualche lieve eccesso. «Voglio che sembri una faccenda di routine e senza alcuna importanza.»

«Sta facendo davvero sul serio?»

«Dutch Maxwell è pronto a sacrificare la sua carriera per quegli uomini. E lo stesso vale per me. Se esiste un modo per tirarli fuori...»

«E i colloqui di pace?»

Come faccio a spiegarglielo? si domandò Greer. «Ufficialmente il colonnello Zacharias è morto. L'hanno detto i vietnamiti, hanno anche pubblicato la foto di un cadavere. Qualcuno è andato a trovare la moglie, facendosi accompagnare dal cappellano della base e dalla moglie di un altro ufficiale per rendere le cose più semplici. Poi le hanno dato una settimana di tempo per lasciare l'alloggio militare, tanto per dare alla cosa una veste di ufficialità» aggiunse Greer. «Zacharias è *ufficialmente* morto. Ho parlato a lungo con alcune persone, e...» questa era la parte più difficile «...il nostro Paese non è disposto a far saltare i negoziati di pace per una cosa come questa. La foto che abbiamo, per quanto la si possa ritoccare, non è sufficiente per andare in tribunale, e questo è lo standard su cui ci dobbiamo basare. È uno standard di prova che non riusciremo mai a soddisfare, e quelli che hanno preso questa decisione lo sanno. Non vogliono che le trattative vengano intralciate, e se servono le vite di altri venti uomini per far finire questa dannata guerra, allora questo sarà il prezzo da pagare. Quegli uomini verranno semplicemente cancellati.»

Kelly non riusciva a credere alle proprie orecchie. Quante persone venivano ''cancellate'' ogni anno in America? E non erano tutti militari, no? Alcuni stavano proprio lì, nelle città americane.

«Siamo davvero arrivati a questo punto?»

Sul volto di Greer si leggevano in maniera inequivocabile i segni della stanchezza, e non si trattava di una stanchezza fisica.

«Sa perché ho accettato questo incarico? Ero pronto ad andare in pensione. Ho fatto il mio dovere, ho comandato le mie navi, non mi sono mai tirato indietro. Sono pronto a ritirarmi in una bella casetta, a giocare a golf un paio di volte alla settimana e a fare un po' di consulenza di tanto in tanto. Kelly, in posti come questi ci sono troppe persone che perdono di vista la realtà. Si concentrano sulla ''procedura'' e dimenticano che alla fine della catena burocratica c'è un essere umano. È per questo che sono rimasto in servizio. Qualcuno deve cercare di riportare un po' di realtà in tutto questo. Questa faccenda verrà gestita come un progetto ''fantasma''; sa cosa vuol dire?»

«No, signore, non lo so.»

«È un termine che è stato coniato di recente. Significa che una cosa non esiste. È per questo che ci stiamo comportando nel modo che ha visto. È pazzesco. Le cose non dovrebbero funzionare in questo modo, ma purtroppo la situazione è questa. Allora, è dei nostri o no?»

New Orleans... Kelly socchiuse gli occhi per un attimo, che si protrasse per quindici secondi e terminò con un lento cenno del capo. «Se pensa che possa essere utile, signore, la risposta è sì. Quanto tempo ho?»

Greer abbozzò un sorriso e consegnò a Kelly un biglietto aereo. «I suoi documenti sono a nome di John Clark; dovrebbe essere facile da ricordare. Il volo di andata è domani pomeriggio. Il biglietto per il ritorno è aperto, ma mi farebbe piacere vederla venerdì prossimo. Mi aspetto un buon lavoro da lei. Il mio biglietto da visita e il mio numero privato sono insieme al biglietto. Vada a fare le valigie, ragazzo.»

«Subito, signore.»

Greer si alzò e accompagnò Kelly alla porta. «E si faccia fare la ricevuta di tutto. Quando si lavora per lo zio Sam, bisogna fare in modo che ognuno abbia ciò che gli spetta.»

«Non mancherò, signore» rispose Kelly con un sorriso.

«Per tornare al Pentagono può prendere l'autobus blu che passa qui fuori.» Non appena Kelly ebbe lasciato il suo ufficio, Greer si rimise al lavoro.

La navetta blu arrivò quasi subito. Fu un viaggio curioso. Circa metà delle persone che salirono a bordo portava l'uniforme; l'altra metà era composta da civili. Nessuno rivolgeva la parola agli altri, come se un semplice scambio di battute o un commento sul fatto che i Washington Senators non riuscivano a spostarsi dal fondo della classifica avessero potuto compromettere la sicurezza nazionale. Kelly sorrise scuotendo la testa, finché non ripensò ai segreti e ai progetti che lui stesso aveva in mente. E tuttavia, Greer gli aveva offerto un'opportunità a cui non aveva pensato. Kelly si appoggiò allo schienale e si mise a osservare fuori dal finestrino, mentre gli altri passeggeri guardavano impassibili davanti a sé.

«Sono davvero soddisfatti» annunciò Piaggi.

«Te l'avevo detto. Vuol dire molto avere il prodotto migliore del mercato.»

«Però non tutti sono contenti. C'è qualcuno che deve smerciare un bel po' di roba francese, e noi abbiamo abbassato il prezzo con la nostra offerta speciale di lancio.»

Tucker si concesse una sana risata. La "vecchia guardia" aveva imposto prezzi esorbitanti per anni. Era semplicemente una questione di monopolio. Chiunque li avrebbe scambiati per uomini d'affari, o magari avvocati, perché erano questi i clienti abituali del ristorante che si trovava a due isolati dal nuovo palazzo di giustizia di Garmatz. Piaggi indossava abiti un po' più eleganti, di seta italiana, mentre Tucker era vestito in maniera piuttosto appariscente, e Tony si appuntò mentalmente che avrebbe dovuto presentare Henry al suo sarto. Se non altro il ragazzo aveva imparato ad assumere un aspetto decente. Il passo successivo era imparare a non vestirsi in maniera troppo sgargiante. Rispettabile era la parola giusta. Bastava fare in modo che la gente ti trattasse con rispetto. Quelli appariscenti, come i protettori, stavano conducendo un gioco pericoloso, ed erano troppo stupidi per capirlo.

«Il prossimo carico sarà il doppio di questo. Pensi che i tuoi amici ce la faranno?»

«Non c'è nessun problema. Quelli di Filadelfia sono i più soddisfatti. Il loro fornitore principale ha avuto un piccolo incidente.»

«Sì, ho visto il giornale ieri. Hanno fatto un bel casino. C'era di mezzo troppa gente, giusto?»

«Henry, diventi ogni giorno più in gamba. Ma non ti montare la testa, okay? Un consiglio da amico» disse Piaggi pacatamente.

«Hai perfettamente ragione, Tony. Quello che sto cercando di dire è che non dobbiamo commettere lo stesso errore, non credi?»

Piaggi si rilassò, sorseggiando la sua birra. «Giustissimo, Henry. E non ho nessun problema a dirti che mi piace fare affari con uno che sa come organizzare le cose. Sono tutti curiosi di sapere da dove arriva la tua roba. Per adesso ti copro io. Ma più in là, se ti servissero altri finanziamenti...»

Gli occhi di Tucker lampeggiarono per un attimo dall'altra parte del tavolo. «No, Tony. Né ora né mai.»

«Per ora va bene. Ma pensaci.»

Tucker annuì, facendo finta di lasciar cadere il discorso, ma domandandosi in realtà cosa avesse in mente il suo "socio". In questo tipo di attività la fiducia era un elemento variabile. Tucker sapeva che Tony pagava puntualmente. Aveva offerto a Piaggi dei termini vantaggiosi che erano sempre stati rispettati, e la sua gallina dalle uova d'oro era la sua migliore assicurazione sulla vita. Era già arrivato a un punto in cui un mancato pagamento non avrebbe compromesso la sua attività, e finché era in grado di garantire un rifornimento costante di eroina buona, loro si sarebbero comportati correttamente; del resto era questo il motivo principale per cui si era messo in contatto con loro. Ma in quell'ambiente la vera lealtà non esisteva. La fiducia scompariva di fronte all'interesse. Henry non si era mai aspettato nulla di più, ma se il suo socio avesse iniziato a far pressione per scoprire qualcosa sui suoi canali...

A Piaggi venne il dubbio di aver calcato troppo la mano, e si domandò se Tucker si rendesse conto del potenziale di ciò che stavano facendo. Riuscire a controllare la distribuzione di tutta la costa orientale, e per di più dall'interno di un'organizzazione scrupolosa e sicura, era una specie di sogno che si avverava. Sicuramente gli sarebbero presto serviti nuovi capitali, e i suoi contatti stavano già chiedendo in che modo potevano rendersi utili. Ma Piaggi si rese conto che Tucker non aveva compreso l'innocenza della sua domanda, e riaprire l'argomento, protestando le sue buone intenzioni, avrebbe solo peggiorato le cose. Così tornò al suo pranzo, decidendo di abbandonare la questione per un po'. Era un vero peccato. Tucker era un pesce piccolo; molto in gamba, certo, ma pur sempre un pesce piccolo. Forse avrebbe imparato a crescere. Non sarebbe mai diventato un "pezzo grosso", ma nonostante questo poteva diventare un elemento importante dell'organizzazione, a dispetto dell'intransigenza che la caratterizzava. Piaggi, ovviamente, non poteva farci nulla.

«Venerdì prossimo, va bene?» chiese Tucker.

«Okay. Mi raccomando.»

«Non ti preoccupare.»

Il volo fu assolutamente tranquillo, un Piedmont 737 decollato dal Friendship International Airport. Kelly viaggiava in classe turistica, e la hostess gli servì un pasto leggero. Sorvolare l'America era un'esperienza del tutto diversa dalle sue altre avventure aeree. Kelly rimase colpito dal numero di piscine che vedeva. Qualunque direzione si prendesse dopo il decollo, perfino quando si sorvolavano le ondulate colline del Tennessee, il sole si rifletteva in piccole pozze di acqua azzurro-cloro circondate dall'erba. Il suo Paese sembrava un posto così accogliente, così sereno, se non altro da lontano. Ma almeno non si doveva stare attenti ai traccianti.

Al banco dell'Avis trovò ad attenderlo una macchina, insieme a una cartina. Kelly scoprì che avrebbe anche potuto atterrare a Panama City, in Florida, ma decise che New Orleans andava benissimo. Gettò le sue due valigie nel portabagagli e si diresse verso est. Era quasi come pilotare la sua barca, solo in maniera un po' più frenetica: un tempo morto in cui poteva far lavorare la mente, sondando alternative e metodi, con gli occhi che controllavano il traffico e la mente che pensava a tutt'altro. Fu allora che iniziò a sorridere, un'espressione tranquilla e serena di cui non si rese quasi conto, mentre la sua immaginazione correva in maniera cauta e misurata alle settimane immediatamente successive.

Quattro ore dopo l'atterraggio, dopo aver attraversato le regioni meridionali del Mississippi e dell'Alabama, Kelly si fermò davanti al cancello principale della base di Eglin. Un posto perfetto per l'addestramento degli uomini di KINGPIN: il caldo e l'umidità corrispondevano in tutto e per tutto a quelli del Paese in cui dovevano infiltrarsi. Kelly attese fuori dal posto di guardia che venisse a prenderlo una berlina blu dell'aeronautica. Dalla macchina scese un ufficiale.

«Mr. Clark?»

«Sì.» Kelly gli porse i propri documenti. L'ufficiale gli fece il saluto militare, un'esperienza del tutto nuova per Kelly. Era evidente che qualcuno subiva in maniera eccessiva il fascino della CIA. Probabilmente questo giovane ufficiale non aveva mai avuto a che fare con quel particolare settore del governo. Naturalmente Kelly si era ricordato di mettersi la cravatta, nell'intento di apparire il più rispettabile possibile.

«Mi segua, prego.» L'ufficiale lo condusse in una stanza al primo piano degli alloggi per ufficiali scapoli, che assomigliavano molto a un motel di media categoria ed erano piacevolmente vicini alla spiaggia. Dopo aver aiutato Kelly a disfare le valigie, il capitano Griffin, questo era il suo nome, lo accompagnò al circolo ufficiali. Qui, gli disse, Kelly godeva dei privilegi riservati ai visitatori. Non doveva fare altro che mostrare la chiave della sua stanza.

«Un'accoglienza impeccabile, capitano.» Kelly si sentì in dovere di offrire la prima birra. «Lei sa perché sono qui?»

«Lavoro nel servizio informazioni» rispose Griffin.

«KINGPIN?» Come in un film, l'ufficiale si guardò intorno prima di rispondere.

«Sì, signore. Abbiamo preparato tutti i documenti che le servono. Ho sentito dire che anche lei si è occupato di operazioni speciali laggiù.»

«Esatto.»

«Volevo chiederle una cosa, signore» disse il capitano.

«Spari pure» lo invitò Kelly tra un sorso e l'altro. Il viaggio da New Orleans lo aveva disidratato.

«Si sa chi ha mandato all'aria la missione?»

«No» rispose Kelly, e poi aggiunse d'istinto: «Forse posso scoprire qualcosa».

«Abbiamo motivo di credere che mio fratello maggiore si trovasse in quel campo. Adesso sarebbe a casa, se non fosse stato per quel...»

«Figlio di puttana» suggerì Kelly. Ma il capitano arrossì.

«E se riesce a scoprirlo, cosa succede?»

«Non è una cosa di cui si occupa il mio reparto» rispose Kelly, pentendosi del suo commento di poco prima. «Quando posso cominciare?»

«Pensavamo domani mattina, Mr. Clark, ma i documenti sono tutti nel mio ufficio.»

«Mi serve una stanza tranquilla, un thermos di caffè, e magari qualche panino.»

«Penso che non ci siano problemi, signore.»

«Allora posso iniziare.»

Dieci minuti dopo Kelly si mise all'opera. Il capitano Griffin gli aveva procurato un blocco di carta e una scatola di matite. Kelly cominciò dalla prima serie di fotografie della ricognizione, quelle scattate da un RF-101 Voodoo. Come nel caso di SENDER GREEN, la scoperta di Song Tay era avvenuta in maniera del tutto casuale, una scoperta inaspettata in un luogo che si pensava fosse un centro di addestramento militare d'importanza secondaria. Nel cortile del campo i prigionieri avevano tracciato delle lettere, camminando nel fango oppure creandole con le pietre o con la biancheria stesa: una "K" per "venite a tirarci fuori di qui" e altri segnali fatti sotto gli occhi delle guardie. L'elenco delle persone che si erano occupate della faccenda comprendeva tutti i grandi nomi delle forze speciali, nomi che Kelly conosceva solo di fama.

La struttura del campo non era molto diversa da quella di cui si stava occupando lui, osservò Kelly prendendo appunti. Uno dei documenti che analizzò lo sorprese enormemente. Era un memorandum, indirizzato da un tre stelle a un due stelle, nel quale si diceva che anche la missione di Song Tay, per quanto importante di per sé, era comunque un mezzo per raggiungere un fine. Il tre stelle voleva verificare la possibilità di introdurre squadre speciali nel Vietnam del Nord. Questo, diceva, avrebbe aperto ogni sorta di possibilità, una delle quali riguardava una certa diga con una sala macchine... ah, sì, pensò Kelly. Il tre stelle voleva praticamente una licenza di caccia per poter infiltrare delle squadre nel Paese e ripetere quello che avevano fatto i membri dell'OSS (Office of Strategic Services) dietro le linee tedesche durante la seconda guerra mondiale. Il memorandum terminava facendo osservare che alcuni fattori politici rendevano estremamente delicato quell'aspetto di POLAR CIRCLE, uno dei primi nomi di copertura di quella che sarebbe stata denominata operazione KINGPIN. Alcuni l'avrebbero visto come un allargamento del conflitto. Kelly sollevò lo sguardo, terminando la sua seconda tazza di caffè. Che testa avevano i politici?, si domandò. Il nemico poteva fare tutto ciò che voleva, mentre i nostri erano terrorizzati dall'idea di apparire come i responsabili dell'estensione del conflitto. Aveva osservato qualcosa del genere anche al suo livello. Il programma PHOENIX, il progetto che prendeva di mira le infrastrutture politiche del nemico, era stata una faccenda di una delicatezza estrema. Diamine, quelli portavano l'uniforme, no? Un uomo in uniforme in una zona di combattimento è un bersaglio consentito per tutti, no? Gli altri eliminavano sindaci e insegnanti dei villaggi come se niente fosse. D'un tratto Kelly comprese che nel modo di condurre la guerra venivano usati due pesi e due misure, una cosa che aveva spesso sospettato, ma mai compreso fino in fondo. Era un pensiero molesto che Kelly mise da parte non appena passò alla seconda pila di documenti.

Per formare la squadra e pianificare l'operazione c'era voluta un'eternità. Tutta gente in gamba, comunque. Il colonnello Bull Simons, un'altra persona che Kelly conosceva solo di nome e che aveva fama di essere uno dei migliori comandanti in combattimento mai prodotti da un esercito. Dick Meadows, più giovane ma fatto della stessa pasta. Il loro unico pensiero cosciente era di seminare distruzione e scompiglio tra le file nemiche, ed erano abilissimi a farlo con forze ridotte e il minimo di rischio. Con quanta ansia dovevano aver atteso quella missione, pensò Kelly. Ma la burocrazia con cui si erano dovuti scontrare... Kelly contò almeno dieci documenti diversi, indirizzati ad autorità superiori, in cui si prometteva un esito positivo, come se un memorandum potesse fornire una garanzia di questo tipo nello spietato mondo delle operazioni speciali. A un certo punto si stancò di contarli: molti di quei documenti usavano un linguaggio così simile che Kelly sospettò che si trattasse di una lettera standard elaborata da qualche funzionario rimasto a corto di frasi originali per il suo colonnello, un funzionario che aveva giocato d'azzardo e aveva vinto, esprimendo il proprio disprezzo per i suoi interlocutori usando le stesse identiche parole, nella speranza che, come in effetti era accaduto, le ripetizioni non sarebbero mai state notate. Kelly passò tre ore a sfogliare l'infinito carteggio tra Eglin e la CIA, pagine e pagine scritte dai topi di scrivania che non davano pace agli uomini in uniforme verde, consigli "utili" forniti da persone che probabilmente portavano la cravatta perfino a letto, consigli a cui quelli che portavano i fucili avevano dovuto dare una risposta... e fu così che KINGPIN, in origine una missione d'infiltrazione di proporzioni piuttosto ridotte, si trasformò in un colossal alla Cecil B. DeMille, che passò più di una volta per la Casa Bianca e arrivò fino al Consiglio per la Sicurezza Nazionale (National Security Council).

E fu a quel punto che Kelly si interruppe, alle due e mezzo del mattino, arrendendosi di fronte alla pila di carte successiva. Chiuse tutto a chiave negli armadietti messi a sua disposizione e tornò nella sua stanza, prenotando la sveglia telefonica per le sette del mattino.

Era sorprendente come si potesse fare a meno del sonno quando c'era un lavoro importante da svolgere. Quando, alle sette, suonò il telefono, Kelly balzò in piedi, e quindici minuti dopo era già sulla spiaggia, in pantaloncini, a correre a piedi nudi. Non era l'unico. Non sapeva quante persone fossero di stanza a Eglin, ma non era gente molto diversa da lui. Alcuni avevano sicuramente a che fare con le operazioni speciali, ed erano impegnati in attività che Kelly poteva solo supporre. In genere li riconosceva dalle spalle più larghe. Correre era solo uno dei modi in cui si tenevano in forma. I loro sguardi si incrociavano e cercavano di valutarsi a vicenda, e dalle espressioni che si scambiavano si capiva che ognuno sapeva cosa pensava l'altro: *chissà se sei davvero un duro?* Era un esercizio mentale automatico, e Kelly pensò compiaciuto che gli altri lo consideravano abbastanza parte del gruppo da riservargli quel tipo di rispetto competitivo. Un'abbondante colazione e una doccia lo rimisero completamente in sesto, dandogli la forza necessaria per tornare al suo lavoro da impiegato. Mentre si avviava al settore degli uffici, Kelly si domandò, sorprendentemente, perché mai aveva lasciato questa comunità di uomini, poiché questa, in fondo, era l'unica vera casa che avesse avuto da quando aveva lasciato Indianapolis.

Così passarono diversi giorni. Kelly si concesse per due volte sei ore di sonno, ma mai più di venti minuti per un pasto e neanche una bevanda alcolica dopo quella prima birra. I suoi periodi di allenamento, tuttavia, arrivarono a occupare diverse ore al giorno, soprattutto, si diceva Kelly, per tenersi in forma. Il vero motivo era qualcosa che non voleva ammettere neanche con se stesso: voleva essere il migliore di quelli che si incontravano sulla spiaggia di mattina, non un membro qualunque di quella ristretta comunità d'élite. Kelly era nuovamente un SEAL, o meglio un uomo-rana; anzi, stava tornando a essere *Snake*. Già il terzo o quarto giorno iniziò a notare un cambiamento. Il suo volto e la sua fisionomia facevano ormai parte delle consuetudini mattutine degli altri. L'anonimato non faceva che migliorare le cose, insieme alle cicatrici di combattimento, e alcuni si domandavano cosa avesse fatto di sbagliato, che errori avesse commesso. Ma poi si ricordavano che lui era ancora nel giro, nonostante le cicatrici e tutto il resto, senza sapere che invece se n'era andato, aveva *lasciato*: era questo il termine che Kelly usava nella sua mente, un termine che non implicava il minimo senso di colpa.

Il lavoro sui documenti era sorprendentemente stimolante. Kelly non aveva mai provato a procedere in quel modo, e notò con stupore che era portato per quel tipo di cose. La pianificazione operativa, osservò, era una cosa affascinante rovinata dal tempo e dalla ripetizione, come una bella ragazza che viene tenuta in casa troppo a lungo da un padre geloso. Ogni giorno i soldati avevano eretto il modello a grandezza naturale del campo di Song Tay, e ogni giorno, magari anche più di una volta al giorno, il modello era stato demolito per timore che venisse individuato dai satelliti-spia sovietici. Che esperienza snervante doveva essere stata per i soldati. E la cosa si era protratta così a lungo, con i soldati che si addestravano mentre i superiori tentennavano e valutavano accuratamente le informazioni dei servizi segreti... che i prigionieri erano stati trasferiti.

«Dannazione» mormorò Kelly fra sé e sé. Il problema non era tanto che c'era stata una fuga di notizie, no? C'era solo voluto troppo tempo... e questo significava, pensò Kelly, che se c'era davvero stata una soffiata, probabilmente la talpa era stata una delle ultime persone a scoprire cosa stava succedendo. Kelly accantonò quel pensiero annotandolo in una domanda a matita.

L'operazione era stata preparata con la massima scrupolosità, senza lasciare nulla al caso. Erano stati predisposti un piano principale e una serie di alternative, e ogni settore della squadra era stato istruito e addestrato così accuratamente che ogni uomo avrebbe potuto svolgere qualsiasi compito anche nel sonno. Avrebbero fatto atterrare un enorme elicottero Sikorsky direttamente nel campo, in modo che la squadra d'assalto non avrebbe dovuto aspettare per raggiungere l'obiettivo. Si sarebbero serviti di minigun per eliminare le postazioni delle guardie, il che equivaleva a usare una motosega per tagliare un alberello. Nessuna finezza, nessuna azione in punta di piedi, nessuna delle stronzate che si vedono nei film, solo ed esclusivamente forza bruta allo stato puro. Dai resoconti forniti dopo la missione era emerso che le guardie del campo erano state eliminate nel giro di pochi secondi. Come dovevano aver esultato quei fieri ed efficienti soldati vedendo che i primi due o tre minuti dell'operazione erano andati più lisci delle loro simulazioni. Un'euforia subito spenta dalla sconcertante, cocente delusione provata quando i circuiti radio avevano iniziato a trasmettere senza sosta il messaggio "elemento negativo". "Elemento" era la semplice parola in codice che indicava un prigioniero di guerra americano, e quella notte non ce n'era neanche uno: i soldati avevano attaccato e liberato un campo vuoto. Non era difficile immaginare il silenzio che doveva aver dominato il ritorno in Thailandia degli elicotteri, la deprimente sensazione di sconfitta che si prova dopo aver fatto tutto in maniera ineccepibile.

E, tuttavia, c'era molto da imparare da quell'esperienza. Kelly prese numerosi appunti, facendosi venire i crampi alle dita e consumando diverse matite. Qualunque altra cosa avesse significato, KINGPIN rappresentava una lezione di valore inestimabile. Kelly osservò che moltissime cose erano andate per il verso giusto, e queste potevano essere copiate senza riserve. L'unica cosa che non aveva funzionato, in realtà, era il fattore tempo. Truppe di quel livello avrebbero potuto intervenire molto prima. La ricerca della perfezione non era stata imposta a livello operativo, bensì dalle alte sfere, da uomini che erano invecchiati e avevano perso il contatto con l'entusiasmo e l'intelligenza dei giovani. E il risultato era stato il fallimento della missione, non per colpa di Bull Simons, o di Dick Meadows, o dei Berretti Verdi, che non avevano esitato a mettere a repentaglio la propria vita per uomini che non avevano mai visto prima di allora, ma per colpa di qualcuno che aveva paura di rischiare la propria carriera e la propria carica, questioni molto più importanti, ovviamente, del sangue degli uomini al fronte. L'operazione Song Tay racchiudeva in sé tutta la storia del Vietnam, narrata nei pochi minuti che c'erano voluti perché una squadra superbamente addestrata fallisse la propria missione, compromessa in ugual misura da errori di procedura e da qualche persona fuorviata o traditrice nascosta nella burocrazia federale.

SENDER GREEN sarebbe stata diversa, si disse Kelly. Se non altro perché veniva condotta come una faccenda privata. Se il vero pericolo per l'operazione si annidava nelle alte sfere, perché non tagliarle fuori?

«Capitano, il suo aiuto è stato davvero prezioso» disse Kelly.

«Ha trovato quello che cercava, Mr. Clark?» chiese Griffin.

«Sì, Mr. Griffin,» rispose, tornando inconsciamente alla terminologia della marina per il giovane ufficiale «la sua analisi del campo secondario era eccellente. Nel caso nessuno gliel'avesse detto, questo avrebbe potuto salvare diverse vite. Mi permetta di fare un'osservazione personale: mi sarebbe piaciuto poter contare su uno come lei quando ero in azione.»

«Non so volare, signore. Devo rendermi utile in qualche modo» rispose Griffin, imbarazzato dal complimento.

«Ed è quello che fa.» Kelly gli consegnò i suoi appunti, che vennero infilati in una busta e sigillati con ceralacca rossa sotto i suoi occhi. «Lo spedisca con un corriere a questo indirizzo.»

«Sì, signore. Si merita proprio un po' di riposo. È riuscito a dormire almeno un po'?» domandò il capitano Griffin.

«Beh, penso che mi rilasserò a New Orleans prima di tornare indietro.»

«Ha scelto il posto giusto, signore.» Griffin accompagnò Kelly alla sua macchina, su cui era già stata caricata la sua roba.

La ricerca di un'altra informazione si era rivelata sorprendentemente semplice, pensò Kelly mettendosi in viaggio. Nella sua stanza aveva trovato un elenco telefonico di New Orleans in cui, con suo grande stupore, aveva trovato il nome che aveva deciso di cercare mentre si trovava nell'ufficio di James Greer alla CIA.

Questo era il carico decisivo, pensò Tucker mentre osservava Rick e Billy che finivano di caricare la roba. Una parte era destinata a New York. Fino a quel momento Tucker era stato un intruso, un outsider ambizioso. Le sue forniture di eroina erano state sufficienti ad attirare l'attenzione su di sé e sui suoi soci, e anche il fatto di avere dei soci, oltre a garantirgli l'accesso al mercato, suscitava di per sé un certo interesse. Ma ora le cose stavano diversamente. Ora il suo scopo era di entrare a far parte del giro a tutti gli effetti. Ora l'avrebbero considerato un uomo d'affari di tutto rispetto, perché questa spedizione avrebbe soddisfatto le esigenze di Baltimora e Filadelfia per... circa un mese, calcolò. Forse anche meno se la loro rete di distribuzione era davvero buona come dicevano. Le rimanenze avrebbero iniziato a soddisfare le crescenti esigenze della Grande Mela, che si trovava in difficoltà dopo una grossa retata. Dopo essersi mosso con cautela per così tanto tempo, ora era arrivato il momento di fare il grande passo. Billy accese la radio per ascoltare le notizie sportive, ma trovò invece le previsioni del tempo.

«Meno male che ce ne stiamo andando. C'è una tempesta in arrivo.»

Tucker guardò fuori. Il cielo era ancora limpido e sereno. «Nulla di cui preoccuparsi» disse loro.

Kelly amava New Orleans, una città di tradizione europea in cui si fondevano il fascino del vecchio mondo e l'esuberanza americana, una città ricca di storia, dominata prima dai francesi e poi dagli spagnoli, una città che non aveva mai rinunciato alle sue tradizioni, perfino nella conservazione di un codice legale che risultava praticamente incomprensibile per gli altri quarantanove Stati e che spesso riusciva a confondere le autorità federali, così come avveniva con il dialetto locale, poiché molti infilavano nei loro discorsi qualche parola di francese, o di quello che loro chiamavano francese. Gli antenati di Pierre Lamarck erano gente semplice e alcuni dei suoi parenti più lontani abitavano ancora sulle diramazioni del fiume. Ma le abitudini che i turisti trovavano eccentriche e divertenti, e quella che agli occhi di altri appariva come una vita comoda e ricca di tradizioni, per Lamarck erano cose di ben poca importanza, se non come punto di riferimento, un'impronta caratteristica che lo distingueva dai suoi pari. Era un obiettivo piuttosto difficile da raggiungere, perché la sua professione richiedeva un certo stile, un'originalità tutta particolare. Lamarck sottolineava la sua unicità portando un completo di lino bianco con gilè, una camicia bianca a maniche lunghe e una cravatta a tinta unita rossa, un abbigliamento che rispecchiava l'immagine che lui aveva dell'uomo d'affari rispettabile, anche se un po' appariscente. Il suo aspetto andava di pari passo con la sua automobile, una Cadillac color panna. Lamarck evitava gli eccessi ornamentali con cui altri magnaccia decoravano le proprie automobili, per esempio la marmitta finta. Un presunto texano aveva perfino fatto montare le corna di un bue sulla sua Lincoln, ma quello in realtà non era altro che un rifiuto umano bianco dell'Alabama meridionale, uno che non sapeva come trattare le sue donne.

Questa, al contrario, era la sua qualità migliore, pensò Lamarck con grande compiacimento mentre apriva la portiera dell'automobile al suo ultimo acquisto: una quindicenne nuova del mestiere, con un'aria da santarellina e un atteggiamento pudico che avevano fatto di lei un elemento di richiamo nella sua scuderia di otto ragazze, e che si era guadagnata l'insolita gentilezza del protettore fornendogli una prestazione speciale qualche ora prima. La lussuosa automobile partì al primo colpo, e alle sette e trenta Pierre Lamarck diede il via a un'altra notte di lavoro, perché in quella città la vita notturna cominciava presto e finiva tardi. In città c'era un congresso, probabilmente di rappresentanti. New Orleans attirava moltissimi congressi, e Lamarck poteva prevedere l'andamento della sua attività in base al viavai dei partecipanti. Si prospettava una notte calda e redditizia.

Doveva essere lui, pensò Kelly a qualche metro di distanza, seduto al volante della macchina che aveva preso a noleggio. Chi altri poteva indossare un completo di tre pezzi e portare in giro una ragazzina con una minigonna vertiginosa? Di certo non un agente assicurativo. I gioielli della ragazza rivelavano il loro scarso valore anche da lontano. Kelly ingranò la marcia e li seguì. Poteva permettersi di tenersi a distanza. Quante Cadillac bianche potevano esserci in giro, si domandò mentre attraversava il fiume, tre macchine più indietro, tenendo gli occhi fissi sul suo obiettivo mentre i settori periferici della sua mente controllavano il resto del traffico. Una volta fu costretto a rischiare una multa a un semaforo, ma per il resto l'inseguimento andò liscio. La Cadillac si fermò davanti all'ingresso di un hotel di lusso, e Kelly vide che la ragazza scendeva dalla macchina e si dirigeva verso la porta, con un'andatura a metà tra il risoluto e il rassegnato. Non voleva vedere il suo volto troppo da vicino, nel timore che potessero affiorare brutti ricordi. Quella non era una notte fatta per le emozioni. Le emozioni erano state l'origine di quella missione; il modo in cui l'avrebbe portata a termine doveva scaturire da qualcos'altro. Quella sarebbe stata una battaglia continua, si disse Kelly, ma era una battaglia che doveva vincere; dopotutto era per questo che era andato in quel posto, quella notte.

La Cadillac proseguì ancora per qualche isolato e parcheggiò davanti a uno squallido bar con un'insegna al neon, un bar abbastanza vicino agli alberghi e ai locali raffinati da poter essere raggiunto in fretta, senza tuttavia allontanarsi dalla sicurezza e dai comfort della civiltà. Dal flusso più o meno incessante di taxi Kelly comprese che questo aspetto della vita locale aveva una base solida e istituzionalizzata. Kelly memorizzò il nome del bar e parcheggiò a tre isolati di distanza.

Il motivo per cui aveva parcheggiato così lontano dal suo obiettivo era duplice: la passeggiata lungo Decatur Street gli permise sia di familiarizzare con il territorio sia di individuare possibili luoghi per la sua azione. Di sicuro sarebbe stata una lunga notte. Alcune ragazze in minigonna gli sorrisero con la stessa meccanicità di un semaforo, ma Kelly proseguì imperterrito, mentre il suo sguardo studiava tutto ciò che si trovava alla sua sinistra e alla sua destra, e una voce lontana gli ricordava il giudizio che aveva espresso in passato su simili gesti. Kelly mise a tacere quella voce con un pensiero più attuale. Gli abiti che portava erano piuttosto semplici, del tipo che un uomo mediamente benestante avrebbe indossato in quell'aria umida e pesante, scuri e anonimi, ampi e comodi. Indicavano un'agiatezza discreta, ma non eccessiva, e il suo modo di camminare lasciava intendere che era un tipo con cui era meglio non scherzare. Un uomo di sostanze non ostentate che voleva trascorrere una notte di follie senza dare nell'occhio.

Entrò al Chats Sauvages alle otto e diciassette. Le prime cose che notò di quel bar furono il fumo e il rumore. Un complesso rock piccolo ma scatenato suonava in fondo al locale. C'era anche una pista da ballo, di circa otto metri per otto, su cui persone della sua età o più giovani si muovevano a ritmo di musica; e c'era Pierre Lamarck, seduto a un tavolo d'angolo con alcuni conoscenti, o almeno questo era quello che sembrava dal loro atteggiamento. Kelly si avviò verso il bagno degli uomini, spinto sia da una necessità immediata sia dal desiderio di dare un'occhiata in giro. Su un lato del locale c'era un altro ingresso, che però non era più vicino al tavolo di Lamarck di quello da cui erano entrati lui e Kelly. C'era anche un'uscita accanto alle toilette, che probabilmente dava su un vicolo, ma la strada più breve per raggiungere la Cadillac bianca passava per il bancone del bar, e questo indicò a Kelly quale sgabello avrebbe dovuto occupare. Kelly ordinò una birra e si voltò a guardare il complesso.

Alle nove e dieci due giovani donne si avvicinarono a Lamarck. Una gli si sedette in braccio, mentre l'altra iniziò a mordicchiargli l'orecchio. Sotto lo sguardo indifferente degli altri due uomini seduti al tavolo, le due donne gli consegnarono qualcosa. Kelly non riuscì a vedere di cosa si trattasse perché teneva lo sguardo rivolto verso il complesso, facendo attenzione a non voltarsi troppo spesso in direzione di Lamarck. Ma il pappa svelò immediatamente il mistero: come Kelly poté vedere, senza grandi sorprese, si trattava di soldi, e Lamarck avvolse le banconote in maniera piuttosto ostentata attorno al rotolo che aveva estratto dalla tasca. In gergo, come aveva appreso Kelly, si chiamava denaro frusciante, un elemento importante dell'immagine pubblica dei protettori. Quando le prime due donne se ne andarono ne arrivò una terza, seguita da un viavai intermittente che non accennava a interrompersi. I compagni di tavolo di Lamarck erano oggetto dello stesso tipo di traffico, notò Kelly. Sorseggiavano i loro drink, pagavano in contanti, scherzavano con la cameriera e a volte allungavano anche le mani, cercando poi di farsi perdonare con una lauta mancia. Di tanto in tanto Kelly cambiava posto. A un certo punto si tolse la giacca e si arrotolò le maniche della camicia per offrire un'immagine diversa ai clienti del bar. Ordinò in tutto due birre, cercando di farle durare più a lungo possibile. Per quanto gli ripugnasse, Kelly sorvolò sulla natura sgradevole della serata e si limitò a osservare tutto ciò che accadeva nel bar. Chi andava dove. Chi arrivava e poi se ne andava. Chi rimaneva. Chi si fermava in un determinato posto. Kelly iniziò presto a individuare degli schemi, assegnando alle persone dei nomi di sua invenzione. Ma, soprattutto, Kelly osservava tutto ciò che aveva a che fare con Lamarck: aveva notato che non si toglieva mai la giacca e che teneva le spalle contro il muro. Conversava amabilmente con i suoi due compagni, ma la loro familiarità non era la stessa che si può osservare tra amici. I loro scherzi erano troppo affettati e i loro gesti troppo enfatici, nulla a che vedere con l'atmosfera rilassata che si respira tra persone che stanno insieme per scopi diversi dal denaro. Anche i protettori si sentivano soli, pensò Kelly, e anche se cercavano di stare con gente della stessa razza, la loro non era una comunità di uomini, bensì qualcos'altro; non vera amicizia ma una banale associazione. Kelly mise da parte le considerazioni di tipo filosofico. Se Lamarck non si toglieva mai la giacca, di sicuro aveva una pistola.

Subito dopo mezzanotte, Kelly si rimise la giacca e tornò per la seconda volta alla toilette. Tirò fuori la pistola automatica che aveva nascosto nei pantaloni e la infilò nella cintura. Due birre in quattro ore, pensò. Il suo fegato doveva già aver eliminato l'alcol dal suo organismo, e anche se non fosse stato così, due birre non avrebbero dovuto avere un grande effetto su un uomo della sua stazza. Era un'affermazione importante su cui, si augurò Kelly, non poteva sbagliarsi.

Il suo tempismo era perfetto. Mentre si lavava le mani per la quinta volta, Kelly vide nello specchio che la porta si apriva. Riusciva a scorgere solo la nuca dell'uomo, ma sotto i suoi capelli scuri si intravedeva un vestito bianco, e così Kelly rimase dov'era, tergiversando finché non sentì lo scarico dell'acqua. Un tipo pulito, pensò Kelly. L'uomo si girò e i loro sguardi si incrociarono nello specchio.

«Mi scusi» disse Pierre Lamarck. Kelly si allontanò dal lavandino, continuando ad asciugarsi le mani con una salvietta di carta.

«Mi piacciono le signore» disse sommessamente.

«Hmm?» Lamarck aveva in corpo almeno sei drink, e il suo fegato non aveva fatto un lavoro eccellente, ma questo non gli impediva di ammirarsi con compiacimento nello specchio sudicio.

«Quelle che ti girano intorno.» Kelly abbassò il tono della voce. «Loro, ehm, lavorano per te, no?»

«Puoi dirlo forte, amico.» Lamarck tirò fuori un pettine di plastica nero per sistemarsi i capelli. «Perché lo vuoi sapere?»

«Me ne potrebbe servire qualcuna» rispose Kelly con un certo imbarazzo.

«Qualcuna? Sei sicuro di farcela, amico?» chiese Lamarck con un sorriso malizioso.

«Sono in città con degli amici. Uno di loro compie gli anni e...»

«Una festa» arguì il magnaccia compiaciuto.

«Esatto.» Kelly cercava di mostrarsi timido, ma ottenne solo di apparire impacciato. L'errore giocò a suo favore.

«Beh, perché non l'hai detto subito? Quante signore ti servono?»

«Tre, forse quattro. Ne possiamo parlare fuori? Ho bisogno di una boccata d'aria.»

«Sicuro. Lasciami solo lavare le mani, okay?»

«Ti aspetto davanti all'ingresso principale.»

La strada era tranquilla. Per quanto New Orleans fosse una città movimentata, era pur sempre un giorno di metà settimana, e i marciapiedi, pur non essendo deserti, non erano neanche molto affollati. Kelly rimase ad aspettare, con la schiena rivolta verso l'entrata del bar, finché non sentì una mano amichevole poggiarsi sulla sua spalla.

«Non c'è niente di cui vergognarsi. A tutti piace divertirsi un po', soprattutto quando si è lontani da casa, dico bene?»

«Non bado a spese» assicurò Kelly con un sorriso impacciato.

Lamarck sorrise con fare da uomo di mondo per mettere a suo agio il "pollo" che aveva di fronte. «Con le mie signore non hai scelta. Ti serve altro?»

Kelly tossì e fece qualche passo, invitando Lamarck a seguirlo. «Magari qualche... beh, qualcosa per scaldare l'ambiente, non so se mi spiego.»

«Posso pensare anche a quello» disse Lamarck mentre si avviavano verso un vicolo.

«Mi sembra di averti già incontrato, un paio di anni fa. A dire il vero mi ricordo la ragazza, si chiamava... Pam? Sì, Pam. Magra, capelli castano chiaro.»

«Ah, sì, era proprio uno spasso. Ma non sta più con me» disse Lamarck spensieratamente. «Però ne ho molte altre. Tutte giovani e fresche.»

«Ne sono certo» disse Kelly, portando una mano dietro la schiena. «Prendono tutte... voglio dire, usano tutte della roba che le fa...»

«Roba coi fiocchi, amico. Così sono sempre di buon umore. Una signora deve essere nello stato d'animo giusto.» Lamarck si fermò all'imboccatura del vicolo, dando un'occhiata in giro. Forse aveva paura degli sbirri, e a Kelly la cosa non dispiaceva affatto. Alle sue spalle, dove Lamarck non si era preoccupato di guardare, c'era un corridoio scarsamente illuminato stretto tra due muri di mattoni, popolato solo da bidoni dell'immondizia e gatti randagi e aperto sul lato opposto. «Vediamo. Quattro ragazze per il resto della serata, e qualcosa per scaldare l'atmosfera... cinquecento dovrebbero andar bene. Le mie ragazze costano un po', ma sono soldi spesi bene...»

«Tira su le mani» intimò Kelly, con la Colt automatica puntata a pochi centimetri dal petto dell'uomo.

La prima reazione di Lamarck fu un commento a metà tra l'incredulo e l'arrogante: «Amico, stai commettendo un grosso errore...».

La voce di Kelly aveva un tono estremamente professionale. «Discutere con una pistola è un errore ancora più grosso, amico. Girati e cammina lungo il vicolo, e forse riuscirai anche a tornare al bar per l'ultimo bicchierino.»

«Devi avere davvero bisogno di soldi per fare una cosa così stupida» disse il pappa, giocando la carta della minaccia velata.

«Pensi che valga la pena di morire per i tuoi soldi?» domandò Kelly ragionevolmente. Lamarck fece un rapido calcolo delle probabilità e decise di voltarsi, addentrandosi nell'ombra.

«Fermati» gli disse Kelly dopo una cinquantina di metri, mentre si trovavano ancora dietro il muro del bar, o forse dietro un altro muro del tutto identico. Con il braccio sinistro all'altezza del collo dell'uomo lo spinse contro i mattoni. Con lo sguardo ispezionò il vicolo tre volte, mentre con le orecchie cercava di cogliere eventuali rumori distinti dal traffico e dalla musica distorta. Per il momento quel posto era sicuro e tranquillo. «Dammi la pistola, ma fa' molta attenzione.»

«Io non...» Kelly armò fragorosamente il cane a due dita dalle sue orecchie.

«Mi hai preso per uno stupido?»

«Okay, okay» disse Lamarck, la cui voce andava man mano perdendo tutta la sua arroganza. «Cerchiamo di mantenere la calma. Si tratta solo di soldi.»

«Ottima idea» concordò Kelly. A quel punto comparve una piccola pistola automatica. Kelly mise l'indice destro nel ponticello. Non aveva senso lasciare le proprie impronte su quell'arma. Stava già rischiando abbastanza, e nonostante la prudenza che aveva usato fino a quel momento, d'un tratto i pericoli della sua operazione gli apparivano estremamente reali e concreti. La pistola stava alla perfezione nella tasca della sua giacca.

«Ora tira fuori i soldi.»

«Eccoli, amico.» Lamarck stava iniziando a perdere la calma. La cosa aveva dei lati positivi e dei lati negativi, pensò Kelly. Positivi perché era uno spettacolo piacevole da vedere, negativi perché un uomo spaventato può anche commettere qualche sciocchezza. Invece di rilassarsi, Kelly diventò ancora più teso.

«Grazie, Mr. Lamarck» disse Kelly con gentilezza per tranquillizzare l'uomo.

Proprio in quel momento Lamarck perse l'equilibrio e girò la testa di qualche centimetro, mentre la sua coscienza cominciava a riemergere dalla nebbia dei sei drink che si era scolato durante la serata. «Aspetta un minuto, hai detto che conoscevi Pam.»

«Sì» confermò Kelly.

«Ma perché...» Lamarck si girò ancora di più per vedere quel volto immerso nell'oscurità, un volto di cui si intravedeva solo l'umido luccichìo degli occhi; per il resto era solo un'ombra chiara circondata dalle ombre scure del vicolo.

«Tu sei uno di quelli che le hanno rovinato la vita.»

Indignazione: «Ehi, amico, è stata lei a venire da *me*!».

«E tu l'hai riempita di pasticche, così poteva essere sempre su di giri, no?» domandò la voce senza corpo. Lamarck riusciva a malapena a ricordare che aspetto avesse l'uomo.

«Quelli erano *affari*. Tu l'hai conosciuta; scopava bene, vero?»

«Non c'è dubbio.»

«L'avrei dovuta istruire meglio, così ci saresti potuto andare altre volte, invece io...»

«È morta» disse Kelly, infilando la mano nella tasca. «Qualcuno l'ha uccisa.»

«E io che c'entro? Non sono stato io!» Lamarck aveva l'impressione di dover sostenere un esame decisivo, una prova che non riusciva a comprendere, basata su regole che gli erano sconosciute. Qualcosa a cui non poteva sottrarsi.

«Sì, lo so» disse Kelly, avvitando il silenziatore alla pistola. In qualche modo Lamarck riuscì a vederlo, perché i suoi occhi iniziavano ad abituarsi all'oscurità. La sua voce si fece stridula.

«E allora perché lo fai?» gli chiese, troppo sconvolto per riuscire a gridare, totalmente paralizzato dall'assurdità di quegli ultimi minuti, dal passaggio della sua vita dalla routine di tutti i giorni a una fine imminente, a soli dieci metri di distanza dal suo bar abituale, da cui lo divideva un muro di mattoni senza finestre. Doveva assolutamente sapere perché. In qualche modo questo era più importante del tentativo di fuggire, che comunque, come lui stesso capiva, era del tutto inutile.

Kelly rifletté per uno o due secondi. Avrebbe potuto dire molte cose ma, mentre sollevava la pistola con un gesto rapido e determinato, decise che era più giusto dirgli la verità.

«Mi tengo in esercizio.»

14

Lezioni di teoria

Il volo di ritorno da New Orleans al Washington National era troppo breve per guardare un film, e Kelly aveva già fatto colazione; così decise di sorseggiare un bicchiere di succo d'arancia seduto accanto al finestrino, e fu lieto del fatto che il volo fosse pieno solo per un terzo. Intanto, come aveva fatto dopo ogni azione di combattimento della sua vita, iniziò a ripercorrere mentalmente tutti i dettagli dell'operazione. Era un'abitudine che risaliva ai tempi in cui era nei SEAL, quando ogni esercitazione veniva seguita da un'analisi che ogni comandante chiamava a modo suo. In quel momento "valutazione dei risultati" gli sembrava la definizione più appropriata.

Il suo primo errore era stato la conseguenza di un desiderio e di una dimenticanza. Il desiderio di vedere Lamarck morire nell'oscurità l'aveva indotto a stargli troppo vicino, facendogli dimenticare che le ferite alla testa spesso sanguinano violentemente. Aveva cercato di evitare gli schizzi di sangue allontanandosi con un salto, come un bambino che cerca di scansare una vespa, e tuttavia non c'era riuscito completamente. La cosa positiva era che quello era stato il suo unico errore, e il fatto di aver scelto degli abiti scuri ne aveva attenuato le conseguenze. Le ferite di Lamarck erano state immediatamente fatali. Il magnaccia era crollato a terra come una bambola di pezza. Kelly aveva applicato alla pistola un piccolo sacchetto di stoffa, e i due bossoli espulsi erano caduti proprio lì dentro, privando gli investigatori della polizia di quel prezioso reperto. Le sue manovre di appostamento erano state eseguite in maniera brillante; un volto come tanti in un bar chiassoso e anonimo.

Anche il luogo scelto frettolosamente per l'eliminazione si era rivelato adeguato. Kelly ricordava di aver poi percorso il vicolo e di essersi rituffato nel traffico della sera, camminando fino alla sua macchina e tornando quindi al motel. Lì si era cambiato, aveva infilato in un sacchetto di plastica i pantaloni e la camicia macchiati di sangue e, per sicurezza, anche la biancheria intima, e li aveva depositati nel bidone delle immondizie di un supermercato dall'altra parte della strada. Se qualcuno avesse scoperto i vestiti, avrebbe potuto pensare che le macchie di sangue fossero opera di un macellaio distratto. Con Lamarck non aveva avuto alcun contatto all'aperto. L'unico posto illuminato in cui si erano parlati era stata la toilette del bar, e lì la fortuna, insieme alla sua accurata pianificazione, l'aveva assistito. Il marciapiede che avevano percorso era buio e anonimo. Se fossero stati visti da qualcuno che conosceva Lamarck, l'eventuale testimone avrebbe potuto dare agli investigatori una vaga idea della corporatura di Kelly, ma non molto di più, e quello era un rischio che era valso la pena di correre, stabilì Kelly rivolgendo lo sguardo verso le colline boscose dell'Alabama settentrionale. Tutto faceva pensare a una rapina, osservò Kelly, con i millequattrocentosettanta dollari del magnaccia nascosti nella borsa. Dopotutto i soldi erano sempre soldi, e non prenderli significava indicare alla polizia che quell'eliminazione aveva un movente ben più significativo di quello più scontato e casuale. Il lato fisico dell'episodio (per Kelly non si poteva parlare di crimine) era stato il più pulito possibile.

E dal punto di vista *psicologico*? Più di ogni altra cosa, Kelly aveva messo alla prova il suo sangue freddo; l'eliminazione di Pierre Lamarck era stata una specie di esperimento sul campo, e a quel riguardo Kelly era rimasto stupito di se stesso. Erano diversi anni che non faceva più cose del genere, e in qualche modo pensava che dopo l'episodio i nervi gli avrebbero ceduto. In passato gli era successo più di una volta, ma anche se allontanandosi dal corpo di Lamarck aveva provato una sensazione di disagio, la fuga era stata condotta con l'impassibile freddezza che aveva caratterizzato molte delle sue operazioni in Vietnam. Così tante esperienze gli erano tornate alla mente. In quel momento era in grado di catalogare le sensazioni che aveva ritrovato come se stesse guardando un filmato di addestramento realizzato da lui stesso: l'intensificazione delle facoltà sensoriali, l'impressione che la pelle fosse stata sabbiata, scoprendo ogni singolo nervo; udito, vista e olfatto al massimo delle loro capacità. *Ero così maledettamente vivo in quel momento*, pensò. Era piuttosto triste che una sensazione del genere fosse dovuta alla fine di una vita umana, ma Lamarck si era da tempo giocato il diritto di vivere. In qualsiasi universo fondato sulla giustizia, una persona (per Kelly era semplicemente impossibile considerarlo un *uomo*) che sfruttava le ragazze indifese non meritava il privilegio di respirare la stessa aria degli altri esseri umani. Forse Lamarck era stato sfortunato, magari aveva avuto una madre che non gli voleva bene o un padre che lo picchiava. Forse era nato in una famiglia povera, aveva avuto un'infanzia infelice o aveva ricevuto un'istruzione inadeguata. Ma queste erano cose che riguardavano gli psicologi o gli assistenti sociali. Il comportamento di Lamarck era stato abbastanza normale da farlo rimanere attivo nella sua comunità, e l'unica cosa che interessava a Kelly era stabilire se Lamarck avesse vissuto secondo la sua volontà o meno. La risposta era chiaramente affermativa, e se uno decideva di prendere una strada sbagliata, aveva stabilito Kelly, doveva anche tener conto delle possibili conseguenze delle proprie azioni. Ogni ragazza che attiravano nella loro rete poteva avere un padre, una madre, una sorella, un fratello o un fidanzato che non sopportava di vederla sfruttare da quella... cosa. Sapendo tutto questo e accettando di correre i rischi che ne derivavano, Lamarck aveva consapevolmente messo in gioco la propria vita. *E si sa che, quando si gioca, a volte si può anche perdere*, si disse Kelly. Se non aveva valutato adeguatamente i pericoli a cui andava incontro, questo non era un problema suo, no?

No, disse rivolgendosi al terreno, che si trovava undicimila metri più sotto.

Ma cosa provava Kelly in quel momento? Si fermò per un attimo a riflettere su quella domanda, appoggiandosi allo schienale del sedile e chiudendo gli occhi come se stesse dormendo. Una voce sottile, forse quella della coscienza, gli diceva che doveva per forza provare *qualcosa*; così Kelly si sforzò di trovare un'emozione genuina. Dopo aver meditato per diversi minuti, non riuscì a trovarne neanche una. Non provava alcuna sensazione di perdita, di dolore o di rimorso. Per lui Lamarck non significava niente, e probabilmente non sarebbe stata una grande perdita per nessuno. Forse le sue ragazze, Kelly ne aveva contate cinque in quel bar, sarebbero rimaste senza un protettore, ma magari una di loro ne avrebbe approfittato per rimettersi in riga. Un'eventualità improbabile, forse, ma pur sempre possibile. Era il realismo e non il cinismo a suggerire a Kelly che non poteva risolvere tutti i problemi del mondo; ed era l'idealismo a dirgli che questo non gli impediva di occuparsi di singole imperfezioni.

Ma queste considerazioni lo distraevano dalla sua domanda iniziale: cosa provava pensando all'eliminazione di Pierre Lamarck? L'unica risposta che fu in grado di trovare fu: Niente. L'orgoglio professionale che derivava dal fatto di aver compiuto un'operazione difficile non poteva definirsi soddisfazione per via della natura del compito. Ponendo fine alla vita di Pierre Lamarck, Kelly aveva eliminato un pericolo dalla faccia della terra. Lui non ne aveva tratto alcun vantaggio; prendere i soldi era stata solo una tattica, un modo per sviare le indagini, certo non un obiettivo in sé. Né quell'eliminazione era servita a vendicare la morte di Pam. In realtà non era cambiato quasi nulla. Era stato come calpestare un insetto molesto, qualcosa che si fa e che si dimentica subito dopo. Kelly non avrebbe cercato di trovare giustificazioni, ma non avrebbe neanche provato rimorsi, e questo per il momento gli bastava. Il suo piccolo esperimento era riuscito alla perfezione. Dopo un periodo di scrupolosa preparazione fisica e psicologica, aveva dimostrato di essere all'altezza della situazione. La mente di Kelly, dietro gli occhi chiusi, si concentrò sulla missione che lo attendeva. Il fatto di aver ucciso molti uomini migliori di Pierre Lamarck gli dava la certezza di poter uccidere uomini peggiori del magnaccia di New Orleans.

Questa volta erano venuti loro a trovarlo, osservò Greer con soddisfazione. Nel complesso, l'ospitalità della CIA era migliore. James Greer aveva prenotato dei parcheggi nell'area dei VIP (l'equivalente nel Pentagono era sempre un'incognita) e una sala riunioni tranquilla. Cas Podulski si scelse un posto in fondo alla sala, vicino alla griglia dell'aria condizionata, per non disturbare gli altri con il proprio fumo.

«Dutch, avevi proprio ragione su quel ragazzo» disse Greer, distribuendo le copie dattiloscritte degli appunti di Kelly, arrivati due giorni prima.

«Qualcuno avrebbe dovuto puntargli una pistola alla testa e costringerlo ad andare alla scuola ufficiali. Sarebbe diventato un ufficiale della nostra razza.»

Podulski ridacchiò dall'altra parte del tavolo. «Non mi stupisco che se ne sia andato» disse, con spensierata ironia.

«Io ci penserei due volte prima di puntargli una pistola alla testa» osservò Greer con una delle sue risatine. «La settimana scorsa ho passato una notte intera a leggere il suo fascicolo. Questo è uno senza scrupoli.»

«Senza scrupoli?» domandò Maxwell con una nota di disapprovazione nella voce. «Vuoi dire impulsivo, James?»

Forse una via di mezzo, pensò Greer: «Uno pieno d'iniziativa. Ha avuto tre comandanti, e loro l'hanno appoggiato in tutte le sue iniziative, tranne una».

«PLASTIC FLOWER? Quando uccise il maggiore della squadra d'azione politica?»

«Esatto. Il suo tenente andò su tutte le furie, ma se è vero quello a cui ha dovuto assistere, l'unica cosa che gli si può rimproverare è il suo giudizio avventato, il fatto di essere intervenuto in quel modo.»

«Ho letto tutto di quella vicenda, James. Dubito che io sarei riuscito a trattenermi» disse Cas, sollevando lo sguardo dagli appunti.

«Ha studiato dai gesuiti» osservò Greer. «Ho letto la nostra analisi interna di KINGPIN. L'analisi di Kelly è eccellente su tutti i punti principali, tranne quando calca un po' la mano.»

«Chi ha fatto l'analisi della CIA?» domandò Maxwell.

«Robert Ritter. È uno specialista che hanno fatto venire dall'Europa. Una brava persona; un uomo di poche parole forse, ma è uno che sa il fatto suo.»

«Settore operativo?» chiese Maxwell.

«Sì» confermò Greer. «Ha fatto un buon lavoro sul progetto Station Budapest.»

«E perché» chiese Podulski «hanno fatto venire qualcuno dall'Europa per occuparsi dell'operazione KINGPIN?»

«Penso che tu sappia già la risposta, Cas» replicò Maxwell.

«Se BOXWOOD GREEN va in porto, ci serve una persona esperta. Per forza. Da solo non ce la faccio. Siamo tutti d'accordo?» Greer diede un'occhiata attorno al tavolo, cogliendo dei cenni di assenso piuttosto riluttanti. Podulski guardò brevemente i suoi documenti prima di dire quello che tutti pensavano.

«Possiamo fidarci di lui?»

«Non è stato lui a tradire KINGPIN. Cas, di questo si sta occupando Jim Angleton. È stata sua l'idea di chiamare Ritter. Io sono qui da poco, gente. Ritter conosce la burocrazia qui dentro molto meglio di me. Lui è uno del settore operativo, io sono solo un analista. E il suo cuore sta dalla parte giusta. Ha quasi perso il lavoro per proteggere... Aveva un agente che lavorava nel GRU, il servizio d'informazione militare sovietico, ed era ora di tirarlo fuori. Gli alti papaveri non erano d'accordo con i tempi perché c'erano i negoziati in corso, così gli hanno detto di no. Ma Ritter l'ha tirato fuori lo stesso. Poi si è scoperto che il suo uomo aveva qualcosa che serviva allo Stato, e così Ritter si è salvato la carriera.» Greer tralasciò di dire che la cosa non aveva giovato molto al bevitore di cocktail del piano di sopra, ma quella era una persona di cui la CIA faceva volentieri a meno.

«Una spacconata?» domandò Maxwell.

«È stato leale nei confronti del suo agente. A volte qui ci si dimentica di queste cose» disse Greer.

L'ammiraglio Podulski sollevò lo sguardo. «Sembra l'uomo che fa al caso nostro.»

«Fatelo venire» ordinò Maxwell. «Ma ditegli anche che se scopro che qualche civile qui dentro ha mandato a puttane la nostra possibilità di tirar fuori quegli uomini, andrò *personalmente* fino a Pax River, tirerò *personalmente* fuori un A-4 e sgancerò *personalmente* bombe al napalm sulla sua casa.»

«Dovresti farlo fare a me, Dutch,» aggiunse Cas sorridendo «ho sempre avuto una mira migliore. E poi, ho collezionato seicento ore su quel tipo di aereo.»

Greer si domandò fino a che punto stesse scherzando.

«E Kelly?» domandò Maxwell.

«La sua identità per la CIA ora è "Clark". Se vogliamo che sia dei nostri, è meglio usarlo come civile. Resta sempre un sottufficiale, ma un civile ha più libertà.»

«Allora facciamo così» disse Maxwell. Era comodo, pensò, avere un ex capo di prima classe scelto distaccato alla CIA, in abiti civili, ma comunque soggetto alla disciplina militare.

«Sissignore. E per quanto riguarda l'addestramento, dove si farà?»

«Base dei marines di Quantico» rispose Maxwell. «Il generale Young è un vecchio amico. Pilota. È la persona giusta.»

«Marty e io abbiamo fatto la scuola per piloti collaudatori insieme» spiegò Podulski. «Da quello che dice Kelly, non ci servono poi tanti uomini. Ho sempre pensato che in KINGPIN fossero in troppi. Lo sapete anche voi: se la cosa va in porto, dobbiamo dare a Kelly la sua medaglia.»

«Una cosa alla volta, Cas.» Maxwell accantonò l'argomento e si rivolse nuovamente a Greer. «Ci farai sapere se Angleton scopre qualcosa?»

«Puoi starne certo» promise Greer. «Se tra i nostri c'è una mela marcia, gliela faremo pagare cara. Jim e io siamo andati a pesca insieme. Riesce a fare cose incredibili.» Quando gli altri se ne furono andati, Greer fissò un appuntamento con Robert Ritter per quel pomeriggio. Questo significava rimandare l'incontro con Kelly, ma in quel momento Ritter era più importante, e anche se la missione era urgente, non c'era poi così tanta fretta.

Gli aeroporti erano luoghi molto utili, con l'anonimità del loro continuo viavai e i telefoni a portata di mano. Kelly fece una telefonata mentre aspettava di veder comparire, possibilmente al posto giusto, i suoi bagagli.

«Greer» disse la voce all'altro capo del telefono.

«Clark» rispose Kelly, sorridendo tra sé e sé. Faceva tanto James Bond avere un nome di copertura. «Sono all'aeroporto, signore. Allora vengo da lei questo pomeriggio?»

«No. Sono occupato.» Greer sfogliò la sua agenda. «Martedì... alle tre e mezzo. Può entrare con la macchina. Mi dia il tipo di auto e il numero di targa.»

Kelly eseguì gli ordini, sorprendendosi di essere stato scavalcato. «Ha ricevuto i miei appunti, signore?»

«Sì, ha fatto un buon lavoro, Mr. Clark. Ne parleremo martedì. Siamo molto contenti di lei.»

«Grazie, signore» disse Kelly.

«Ci vediamo martedì» e riattaccò.

«E grazie anche per questo» disse Kelly dopo aver riattaccato a sua volta. Venti minuti dopo aveva ritirato i bagagli e si stava dirigendo verso la sua auto. Circa un'ora dopo raggiunse il suo appartamento di Baltimora. Poiché era ora di pranzo, Kelly si preparò due panini e li mandò giù con una lattina di Coca-Cola. Poi si diresse verso la stanza da letto per concedersi un lungo sonno ristoratore.

I civili che stavano eseguendo il lavoro non riuscivano a capire di cosa si trattasse, ma in ogni caso venivano pagati per farlo. In realtà questa era l'unica cosa che contava, perché avevano tutti una famiglia da mantenere e il mutuo da pagare. Gli edifici che avevano appena costruito potevano ben definirsi spartani: blocchi di cemento completamente disadorni, privi di qualsiasi servizio e realizzati secondo strane proporzioni; nulla a che vedere con la tipica edilizia americana se non per i materiali impiegati. La forma e le dimensioni di quegli edifici sembravano uscite da un manuale di costruzioni straniero. Tutte le misure erano espresse in metri, notò uno degli operai, anche se sui progetti veri e propri erano state riportate strane cifre in pollici e piedi, secondo le consuetudini americane. Il lavoro in sé era stato piuttosto semplice, e quando erano arrivati sul posto avevano già trovato il cantiere pronto. Molti degli operai provenivano dagli ambienti militari, la maggior parte dall'esercito, ma alcuni anche dai marines, e il fatto di trovarsi in questa base vasta e disordinata, immersa tra le colline boscose della Virginia settentrionale, li faceva sentire in parte a proprio agio e in parte a disagio. Recandosi al cantiere potevano vedere le formazioni mattutine degli allievi ufficiali che correvano lungo le strade. Quanti ragazzi in gamba con le teste rasate, aveva pensato proprio quella mattina un ex caporale dei marines. Quanti di loro ce l'avrebbero fatta? Quanti sarebbero stati mandati *laggiù*? Quanti sarebbero tornati a casa prima del previsto, chiusi in una cassa d'acciaio? Erano cose che non poteva prevedere e su cui non aveva alcun controllo, ovviamente. Lui stesso aveva prestato servizio in quell'inferno ed era tornato a casa senza neanche un graffio, una cosa di cui l'ex soldato, che aveva sentito fin troppo spesso il fischio delle pallottole, si stupiva ancora. Già il fatto di essere sopravvissuto era di per sé una cosa eccezionale.

I tetti erano finiti. Presto sarebbe stata ora di lasciare definitivamente il cantiere, dopo tre sole settimane di lavoro ben pagato. Sette giorni alla settimana. Un sacco di straordinari per ogni giorno lavorativo passato al cantiere. Qualcuno aveva voluto che quel posto venisse costruito in fretta. E diverse cose gli erano sembrate piuttosto strane. Il parcheggio, per esempio. Un'area con cento posti e il tetto nero. Qualcuno stava perfino dipingendo le strisce. Per edifici senza servizi? Ma la cosa più strana di tutte era il lavoro di cui si stava occupando in quel momento, che gli era stato affidato perché il caposquadra l'aveva preso in simpatia. Attrezzature per un parco giochi. Altalene. Un'enorme giungla finta. Una buca di sabbia in cui un autocarro aveva svuotato il contenuto del suo cassone. Tutte cose con cui fra un po' di tempo il suo bambino di due anni avrebbe giocato all'asilo. Ma poiché si trattava di un lavoro di assemblaggio, l'ex marine e altri due si scervellavano per venire a capo dei progetti, come un padre che cerca di capire dove deve infilare le viti di un modellino del figlio.

A loro non doveva interessare il perché di tutto questo, in fin dei conti erano solo dei lavoratori del sindacato ingaggiati dal governo. Inoltre, pensò, era inutile cercare di capire la logica dei marines. Il corpo operava secondo schemi che nessuno riusciva a comprendere, e se erano disposti a pagargli gli straordinari, allora tanto meglio: ogni tre giorni passati al cantiere significavano un'altra rata del mutuo. I lavori come quello potevano sembrare pazzeschi, ma sicuramente i soldi gli facevano comodo. L'unica cosa che gli pesava davvero era la distanza da casa. Forse avrebbero costruito qualcosa di altrettanto pazzesco a Fort Belvoir, si augurò mentre terminava l'ultimo particolare della giungla. Per arrivarci gli sarebbero bastati venti minuti di macchina o giù di lì. Ma l'esercito era un po' più razionale del corpo dei marines. Non poteva essere diversamente.

«Allora, che novità ci sono?» chiese Peter Henderson. I due stavano cenando a due passi dal Campidoglio. Erano due amici del New England, uno uscito da Harvard, l'altro da Brown; un giovane assistente di un senatore e un giovane membro dello staff della Casa Bianca.

«La situazione è sempre la stessa, Peter, e non credo che cambierà mai» rispose Wally Hicks in tono rassegnato. «I colloqui di pace non stanno avendo alcun effetto. Noi continuiamo a uccidere la loro gente, e loro continuano a uccidere la nostra. Non penso che riusciremo mai a vedere la pace, che ne pensi?»

«Ma no, Wally, le cose devono cambiare per forza» disse Henderson sollevando il secondo bicchiere di birra.

«E se non fosse così...» attaccò Hicks in tono malinconico.

Nell'ottobre del 1962 frequentavano entrambi l'ultimo anno del college di Andover, due amici e compagni di stanza molto intimi che avevano condiviso appunti di scuola e fidanzate. Il loro "risveglio" politico era avvenuto un martedì sera, quando, davanti al televisore in bianco e nero della casa dello studente, avevano assistito a un inquietante discorso del presidente alla nazione. A Cuba c'erano dei missili, avevano appreso, un fatto di cui i giornali parlavano già da diversi giorni; ma loro erano figli della generazione della Tv, e la realtà contemporanea li raggiungeva solo via etere, e non attraverso i libri su cui avevano studiato le idee di tempi passati e i pensieri di menti ormai spente. Per entrambi era stato un ingresso sconcertante benché alquanto tardivo nel mondo reale, un mondo per il quale la loro costosa scuola avrebbe dovuto prepararli più rapidamente. Ma erano capitati in un'era in cui la gioventù americana faceva la bella vita, tanto più che le loro ricche famiglie li avevano ulteriormente isolati dalla realtà offrendo loro i privilegi che si possono comprare con il denaro, senza però trasmettere loro la saggezza necessaria a farne buon uso.

Quel pensiero improvviso e sconvolgente aveva colpito le loro menti nello stesso istante: poteva *finire* tutto. Dal nervoso cicaleccio dei compagni di scuola avevano appreso cose che in realtà sapevano già, ma di cui non avevano mai parlato. Erano *circondati* da "obiettivi". Boston, situata a sud-est della loro scuola, era la città natale del presidente, e quindi era di sicuro un bersaglio importante. La base aerea di Westover, che ospitava i bombardieri B-52, si trovava a sud-ovest. Due altre basi del SAC, quella di Pease e quella di Loring, erano dislocate nel raggio di centosessanta chilometri. E nella base navale di Portsmouth c'erano sottomarini nucleari. Se fossero caduti dei missili, loro non avrebbero avuto scampo: sarebbero rimasti vittime dell'esplosione o della pioggia radioattiva. Ed entrambi sapevano che i missili potevano cadere sul serio, ponendo fine alle vite di due ragazzi che non l'avevano ancora mai *fatto*. Alcuni compagni di classe avevano raccontato di esserci riusciti, e qualcuno di loro, forse, diceva anche la verità; ma Peter e Wally non si nascondevano mai nulla, e nessuno dei due, nonostante i ripetuti e scrupolosi tentativi, era ancora "andato a segno", a soli pochi anni dalla rivoluzione sessuale. Com'era possibile che il mondo non tenesse conto delle loro esigenze personali? Non facevano forse parte dell'élite? Le loro vite non *contavano* nulla?

Passarono la notte in bianco, quel martedì di ottobre. Henderson e Hicks rimasero alzati a parlare, cercando di venire a capo di un mondo che si era trasformato da un paradiso in una minaccia senza il dovuto preavviso. Era chiaro che le cose andavano male, ed era altrettanto chiaro che dovevano trovare un modo per cambiarle. Dopo il college avevano preso strade diverse, ma Brown e Harvard, le università che avevano frequentato i rispettivi padri, erano separate solo da un breve tragitto, e sia la loro amicizia sia la loro missione nella vita erano state portate avanti e consolidate. Entrambi si erano laureati in scienze politiche, perché era quella la chiave di accesso ai meccanismi che contavano davvero nel mondo. Entrambi avevano conseguito un master e, soprattutto, entrambi erano stati notati da persone importanti. In entrambi i casi, la posizione dei genitori era servita sia per farsi notare sia per trovare un incarico governativo che non imponesse l'umiliante assoggettamento alla schiavitù dell'uniforme. Il periodo in cui avrebbero potuto essere chiamati alle armi era caduto in un momento in cui la questione si poteva risolvere facendo una telefonata alla persona giusta; una situazione che nel giro di un anno avrebbe potuto cambiare radicalmente.

E così ora entrambi i giovani, pur non seguendo le orme dei padri, avevano conquistato il primo gradino della loro carriera, entrambi con incarichi delicati, entrambi come assistenti di uomini importanti. L'entusiasmante aspirazione di arrivare a occupare una posizione di prestigio prima dei trent'anni si era scontrata con il duro muro della realtà, ma in effetti i due erano più vicini al loro obiettivo di quanto potessero pensare. Vagliando le informazioni per i loro capi, decidendo cosa sarebbe apparso sulla loro scrivania e in quale ordine, potevano esercitare un'influenza concreta sul processo decisionale; inoltre, entrambi avevano accesso a una serie di fonti d'informazione riservate, e di conseguenza spesso sapevano più dei loro stessi capi. E questa, pensavano Hicks e Henderson, era una cosa giusta, perché loro *comprendevano* realmente le cose importanti, spesso meglio dei loro capi. In fin dei conti, era tutto così chiaro. La guerra era una *cosa brut-*

ta, e pertanto doveva essere evitata con ogni mezzo; se questo non era possibile, almeno si doveva terminarla il più rapidamente possibile perché la guerra *spezzava* delle vite, e quella era una *cosa molto brutta*, e se si fosse riusciti a eliminare la guerra, la gente avrebbe potuto imparare a risolvere i conflitti pacificamente. Era una cosa che a loro sembrava assolutamente ovvia, ed entrambi si stupivano del fatto che tanta gente non riuscisse a cogliere la lampante Verità che loro avevano scoperto ai tempi del liceo.

In realtà, tra i due c'era un'unica differenza. Hicks lavorava dall'interno del sistema e condivideva tutto con il suo compagno di scuola. In questo, tutto sommato, non c'era nulla di male, perché entrambi avevano un permesso speciale di accesso alle informazioni riservate; Hicks, inoltre, aveva bisogno del giudizio di qualcuno con la mente allenata, qualcuno che conoscesse a fondo e di cui potesse fidarsi.

Quello che non sapeva era che Henderson aveva compiuto il passo logicamente successivo, una cosa che a lui semplicemente non era mai venuta in mente. Se non poteva cambiare la politica del governo dall'interno, aveva deciso Henderson durante i "giorni dell'ira" seguiti all'incursione in Cambogia, allora doveva cercare aiuto da qualche altra parte, rivolgersi a un'entità esterna in grado di assisterlo nel suo intento di bloccare le azioni del governo che minacciavano il mondo. Sulla terra c'erano altri che condividevano la sua avversione per la guerra, persone che, come lui, capivano che non si poteva imporre a un popolo una forma di governo non voluta. Il primo approccio era avvenuto a Harvard, con un amico del movimento pacifista. Ora era in contatto con un'altra persona. Era una cosa che avrebbe dovuto condividere con il suo amico, si diceva Henderson, ma i tempi non erano ancora maturi. Forse Wally non era ancora pronto.

«...Dev'essere così, e lo sarà» concluse Henderson, chiamando la cameriera per ordinare un altro giro di birra. «La guerra finirà e noi ce ne andremo. Il Vietnam avrà il governo che vuole. Avremo perso la guerra, e quella sarà una cosa buona per il nostro Paese. Sarà un'ottima lezione. Impareremo a riconoscere i limiti della nostra potenza. Impareremo a vivere e a lasciar vivere, e a quel punto potremo davvero offrire una speranza alla pace.»

Kelly si alzò dopo le cinque. Gli avvenimenti del giorno prima lo avevano stancato più di quanto avesse immaginato, e inoltre i viaggi lo avevano sempre affaticato. Ma quella volta non era così. Con undici ore di sonno su ventiquattro, si sentiva assolutamente fresco e riposato. Guardandosi allo specchio si ricordò che quel giorno non si era rasato, e la barba di due giorni gettava un'ombra sul suo volto. A ogni modo decise di tenerla, ma non rinunciò a lavarsi i denti. Poi scelse i vestiti. Scuri, sformati e vecchi. Aveva portato tutta la roba nella lavanderia del condominio e l'aveva lavata con acqua calda e candeggiante per strapazzare i tessuti e modificare i colori, facendo apparire ancora più indecenti quegli abiti già malridotti. Un paio di calzettoni bianchi e vecchie scarpe da tennis, molto più comode di quanto potesse sembrare, completavano il quadro. La camicia, notò, era troppo larga, e in più era anche lunga, ma la cosa non gli dispiaceva affatto. Il tocco finale era dato da una parrucca di capelli folti e neri, non troppo lunghi. Kelly la tenne sotto il rubinetto dell'acqua calda finché non fu completamente inzuppata, poi la pettinò in maniera volutamente trasandata. Avrebbe dovuto anche trovare un modo per impregnarla di cattivo odore, pensò Kelly, ma ormai era troppo tardi.

Ancora una volta la natura venne in suo aiuto. Si stava preparando un temporale serale, e le foglie sollevate dal vento coprirono Kelly mentre raggiungeva la sua Volkswagen. Dieci minuti dopo parcheggiò vicino a un negozio di liquori, dove comprò una bottiglia di vino scadente di colore giallastro e un sacchetto di carta per camuffarla. Svitò il tappo della bottiglia e versò metà del contenuto in un tombino. Era ora di muoversi.

Sembrava tutto diverso ora, pensò Kelly. Quella non era più un'area che si trovava ad attraversare casualmente, riconoscendone i pericoli o meno. Ora era un luogo in cui andava deliberatamente a cercare il pericolo. Passò con la macchina davanti al posto in cui aveva portato Billy e la sua Roadrunner, girando a destra proprio in quel punto per vedere se i segni dei pneumatici c'erano ancora: non c'erano più, o almeno così sembrava nell'oscurità imminente. Quella constatazione provocò una scrollata del capo, nulla di più. Era una cosa che apparteneva al passato, e ora la mente di Kelly era occupata dal futuro, perché era lì che si annidavano i pericoli.

In Vietnam sembrava sempre che ci fosse una linea di demarcazione, un punto in cui si passava da un campo aperto o un'area coltivata al groviglio della giungla, e nella mente di ognuno quello era il punto in cui cessava la sicurezza e cominciava il pericolo, perché Charlie viveva nei boschi. In realtà era un fatto puramente mentale, un confine più immaginario che reale, ma guardando da quest'area, che era stata sgombrata per far spazio a qualche strada che forse non sarebbe mai stata costruita, Kelly vide la stessa cosa, una barriera dietro cui si nascondeva una realtà diversa. Grugnì divertito a quell'immagine mentale. Non stava marciando con cinque o dieci compagni in mimetica, trasportando radio, borracce, viveri e munizioni. Stava *guidando* attraverso la barriera con una macchina macchiata di ruggine. Sorprendente, si disse varcando il confine della giungla, mentre la sua utilitaria scompariva dalla vista della gente perbene. E rivivendo la stessa transizione di un tempo, Kelly entrò nella giungla, trovandosi ancora una volta in guerra.

Trovò un posto accanto ad auto altrettanto anonime e decrepite della sua. Dopo aver parcheggiato uscì velocemente dal veicolo, proprio come un tempo si sarebbe allontanato di corsa da una zona di atterraggio per elicotteri per paura di essere visto dal nemico, e si addentrò in un vicolo disseminato di spazzatura ed elettrodomestici fuori uso. I suoi sensi erano vigili come non mai. Kelly stava già sudando, e quello era un fatto positivo. Voleva sudare ed emanare un cattivo odore. Prese una sorsata dalla bottiglia e si passò il vino in bocca; poi se lo fece gocciolare sul volto, sul collo e sui vestiti. Piegandosi velocemente sulle ginocchia prese una manciata di fango e se la spalmò sulle mani, sulle braccia e sul viso. Poco dopo gli venne in mente di passarsene un po' anche sulla parrucca, e dopo aver percorso la breve lunghezza del vicolo, Kelly era diventato un ubriacone come tanti altri, un barbone come quelli che infestavano la zona in maniera ancora più massiccia degli spacciatori di droga. Kelly mise a punto la sua andatura, rallentando il passo e camminando deliberatamente in maniera scomposta, mentre i suoi occhi perlustravano la zona alla ricerca di un punto d'osservazione sicuro. Non fu un'impresa difficile. Poiché molte case della zona erano disabitate, si trattava solo di trovarne una con una buona vista. Dopo mezz'ora Kelly optò per una casa d'angolo con bovindo. Entrò dall'ingresso posteriore e rimase quasi senza fiato vedendo due topi scorrazzare tra i resti di quella che era stata una cucina. *Topi di merda!*, imprecò mentalmente. Sicuramente era una cosa stupida aver paura di quegli animali, che in fin dei conti erano piccoli e disarmati, ma Kelly detestava i loro occhietti neri, il loro sudiciume e la loro coda senza pelo.

«Merda!» mormorò tra sé e sé. Perché non ci aveva pensato prima? Il suo corpo venne scosso da quel tipo di brividi che possono assalire chiunque per i motivi più vari e insondabili, come la paura dei ragni, dei serpenti o dell'altezza. Il terrore di Kelly erano i topi. Si avviò verso la porta, facendo attenzione a stare alla larga da loro. I topi si limitarono a guardarlo, tenendosi a distanza ma mostrandosi meno intimoriti di quanto non fosse Kelly. «'Fanculo!» lo sentirono bisbigliare mentre se ne andava, lasciandoli al loro pasto.

La sensazione immediatamente successiva fu di profonda rabbia. Kelly si avviò su per le scale senza parapetto e raggiunse la stanza d'angolo con le finestre, furioso con se stesso per essersi lasciato distrarre da una cosa così stupida e vigliacca. Non aveva forse un'arma perfettamente efficace contro i topi? Cosa pensava che potessero fare, formare un battaglione e sferrare un attacco di ratti? Quell'idea, alla fine, fece spuntare un sorriso impacciato nell'oscurità della stanza. Kelly si accovacciò davanti alla finestra, valutando il suo campo visivo e la possibilità che altri lo scorgessero. Le finestre erano sporche e crepate. Alcuni vetri mancavano del tutto, ma ogni finestra aveva un comodo davanzale su cui poteva sedersi, e la posizione della casa, all'angolo tra due strade, gli offriva una buona visuale su ognuno dei quattro punti cardinali. Le strade di questo quartiere, infatti, erano state tracciate esattamente secondo gli assi nord-sud ed est-ovest. L'illuminazione stradale non era abbastanza buona da permettere ai passanti di vedere all'interno della casa. Con i suoi vestiti scuri e consunti, in questa casa malridotta e abbandonata, Kelly era del tutto invisibile. Sicuro di questo, tirò fuori un piccolo binocolo e iniziò la sua ricognizione.

La prima cosa da fare era prendere familiarità con l'ambiente. Il temporale era finito, e l'umidità rimasta nell'aria creava piccole sfere di luce, mentre i lampioni stradali attiravano gli insetti verso il loro ineluttabile destino. L'aria era ancora calda, con una temperatura di una trentina di gradi in leggera diminuzione, e Kelly stava sudando. Il suo primo pensiero analitico fu che avrebbe dovuto portarsi dell'acqua da bere, una cosa che stranamente non gli era venuta in mente. A quello, a ogni modo, avrebbe potuto facilmente provvedere in futuro, e in realtà poteva anche fare a meno di bere per qualche ora. In compenso si era portato delle gomme da masticare, e questo facilitava le cose. I suoni che provenivano dalla strada gli sembravano insoliti. Nella giungla aveva sentito il ronzìo degli insetti, il canto degli uccelli e il battito di ali dei pipistrelli. Qui si sentivano rumori di macchine vicine o lontane, uno sporadico stridore di freni, conversazioni a voce alta o sommessa, cani che abbaiavano e il rumore metallico dei bidoni dell'immondizia, tutti suoni che Kelly andava analizzando mentre si guardava intorno con il binocolo e pianificava le successive mosse della serata.

Era venerdì sera, l'inizio del weekend, e la gente stava facendo acquisti. Sembrava una buona serata per gli affari, pensò Kelly.

A un isolato e mezzo di distanza individuò un probabile spacciatore. Aveva poco più di vent'anni. Venti minuti di osservazione furono sufficienti per farsi un buon quadro fisico sia dello spacciatore sia del suo "luogotenente". Entrambi si muovevano con una disinvoltura che nasceva in parte dall'esperienza e in parte dalla sicurezza di muoversi nel proprio territorio, e Kelly si domandò se avessero dovuto lottare per conquistare quel posto o per difenderlo. Forse entrambe le cose. Avevano un'attività fiorente, e forse anche dei clienti fissi, pensò Kelly osservando i due uomini mentre si avvicinavano a una macchina di marca straniera, scherzavano con il conducente e il passeggero, effettuavano lo scambio e poi si stringevano la mano e si salutavano. I due avevano più o meno la stessa altezza e la stessa corporatura, e Kelly decise di chiamarli Archie e Testone.

Cristo, come sono stato ingenuo, si disse Kelly rivolgendo lo sguardo verso un'altra strada. Si ricordò di quell'unica testa di cazzo che avevano beccato a fumare erba nel 3° gruppo operazioni speciali, proprio prima di una missione. Era uno della squadra di Kelly, uno dei suoi uomini, e benché fosse un novellino appena uscito dalla scuola dei SEAL, non si poteva scusare in alcun modo. Nel faccia a faccia con il soldato, Kelly aveva spiegato in maniera ragionevole ma decisa che entrare in azione con una lucidità inferiore al 100% poteva mettere a repentaglio la vita di tutta la squadra. «Ehi, amico, è tutto a posto; so quello che faccio» non gli era sembrata una risposta particolarmente intelligente, e trenta secondi dopo un altro soldato aveva dovuto allontanarlo di peso da quello che era diventato all'istante un ex membro della squadra, che se ne andò il giorno dopo per non fare mai più ritorno al reparto.

E quello, per quanto ne sapesse lui, era stato l'unico caso di uso di droghe in tutto il reparto. Sicuramente, quando non erano in servizio facevano tutti i loro festini a base di birra, e quando Kelly e altri due erano andati in licenza a Taiwan, il loro soggiorno non era stato altro che un'orgia di eccessi alcolici; ma quella, pensava Kelly in tutta sincerità, era una cosa diversa, senza rendersi conto dell'evidente contraddizione. Però loro non bevevano mai birra prima di entrare in azione. Era una questione di buon senso, nonché di etica del reparto. Kelly non sapeva di nessun reparto d'élite che avesse avuto problemi di droga. Il problema, e da quel che aveva sentito si trattava di una cosa davvero grave, riguardava soprattutto gli "imboscati" e i reparti di coscritti, composti da giovani uomini la cui presenza in Vietnam era ancora meno volontaria della sua, e i cui superiori non erano stati in grado di risolvere la questione a causa delle loro stesse debolezze e dei loro sentimenti non molto dissimili.

Qualunque fosse stato il motivo, il fatto che Kelly non avesse quasi preso in considerazione il problema della droga era tanto internamente logico quanto esternamente assurdo. Ma quelli erano pensieri che per il momento doveva mettere da parte. Per quanto tardi fosse venuto a conoscenza della cosa, ora il problema stava lì davanti ai suoi occhi.

In fondo a un'altra strada c'era uno spacciatore solitario, che non aveva voluto con sé un aiutante, o semplicemente non ne aveva bisogno. Indossava una camicia a righe e aveva la sua clientela personale. Kelly pensò di chiamarlo Charlie Brown. Nelle cinque ore successive, individuò e classificò altri tre centri d'azione compresi nel suo campo visivo. Poi ebbe inizio il processo di selezione. Archie e Testone avevano l'aria di essere quelli che facevano gli affari migliori, ma erano troppo vicini ad altri due. Charlie Brown sembrava avere il monopolio del suo isolato, ma c'era una fermata dell'autobus a pochi metri da lui. Dagwood era esattamente di fronte allo Stregone. Entrambi avevano un luogotenente, e questo era già un buon motivo per lasciarli stare. Big Bob era più robusto di Kelly, e il suo tirapiedi era più grosso ancora. Quella sarebbe stata un'impresa difficile, e Kelly non era in cerca di sfide.

Devo trovare una buona piantina di quest'area e memorizzarla. Devo dividerla in zone, pensò Kelly. *Devo segnarmi i percorsi degli autobus e le stazioni di polizia. Imparare i turni dei poliziotti, gli schemi delle pattuglie. Devo conoscere a fondo ogni angolo, un raggio di dieci isolati dovrebbe bastare. Non devo mai parcheggiare la macchina due volte nello stesso posto, e neanche in un posto vicino.*

In ogni area puoi colpire una volta sola. Questo significa che devi stare attento a chi scegli. Nessuno spostamento per strada se non al buio. Portarsi dietro un'arma di riserva... non una pistola... magari un coltello, uno buono. Qualche metro di corda o di cavo elettrico. Guanti di plastica, come quelli che usano le donne per lavare i piatti. Un'altra cosa da mettersi addosso, come un giaccone, qualcosa con le tasche... no, qualcosa con le tasche all'interno. Una bottiglia d'acqua. Qualcosa da mangiare, delle tavolette di cioccolato per avere energia pronta da usare. Qualche altra gomma da masticare... magari quelle che fanno i palloncini... pensò Kelly, concedendosi un attimo di frivolezza. Guardò l'orologio: le tre e venti.

Poco alla volta la strada si stava svuotando. Lo Stregone e il suo braccio destro abbandonarono il loro tratto di marciapiede, scomparendo dietro un angolo. Dagwood fece presto lo stesso, infilandosi in macchina mentre il suo luogotenente si metteva al volante. Anche Charlie era scomparso quando Kelly guardò dalla sua parte. A quel punto rimanevano Archie e Testone a sud e Big Bob a ovest, ed entrambi gli spacciatori stavano ancora concludendo qualche sporadica vendita, in prevalenza a clienti di classe. Kelly continuò la sua osservazione per un'altra ora, finché anche Archie e Testone decisero di chiudere bottega e si dileguarono rapidamente, senza che Kelly riuscisse a capire come avessero fatto. Un'altra cosa da verificare. Quando si alzò aveva le gambe indolenzite, e anche questo era un particolare da tenere a mente. Non avrebbe dovuto stare fermo così a lungo. Scese le scale, con gli occhi fissi sui gradini, cercando di fare meno rumore possibile, perché nella casa accanto c'era movimento. Fortunatamente i topi se n'erano andati. Kelly diede un'occhiata fuori dall'ingresso posteriore, e vedendo che il vicolo era deserto si allontanò dalla casa, continuando a camminare con passo da ubriaco. Dieci minuti dopo vide la sua macchina. A una cinquantina di metri di distanza Kelly notò che aveva incautamente parcheggiato vicino a un lampione. Quello era un errore da non ripetere, si disse in tono di rimprovero, procedendo con un'andatura lenta e barcollante finché non fu a un passo dall'auto. Poi, dopo aver controllato nuovamente la strada ormai deserta, entrò velocemente in macchina, mise in moto e si allontanò. Accese i fari solo dopo aver percorso due isolati, svoltò a sinistra e tornò nel largo corridoio vuoto, lasciando alle sue spalle la giungla, più o meno immaginaria, e puntando verso nord, in direzione del suo appartamento.

Nella ritrovata sensazione di comodità e sicurezza della sua macchina, Kelly ripercorse mentalmente tutto quello che aveva visto nelle ultime nove ore. Gli spacciatori fumavano tutti e usavano accendini Zippo, le cui fiamme vivaci avrebbero ridotto la loro capacità visiva nel buio della notte. Più passavano le ore, più l'attività rallentava e loro sembravano abbassare la guardia. Anche loro erano esseri umani. Anche loro si stancavano. Alcuni rimanevano più a lungo di altri. Tutto ciò che aveva visto era utile e importante. Nel loro modo di operare, e soprattutto nelle loro differenze, stavano le loro debolezze.

Che bella nottata era stata, pensò Kelly oltrepassando il campo di baseball, svoltando a sinistra nel Loch Raven Boulevard e concedendosi finalmente un po' di relax. Gli venne perfino in mente di bere un sorso di vino, ma quello non era il momento più indicato per indulgere alle cattive abitudini. Si tolse la parrucca e si asciugò il sudore della fronte. Dio, che sete che aveva.

Di quell'esigenza si occupò dopo qualche minuto, dopo aver

parcheggiato la macchina al suo posto e aver raggiunto silenziosamente il suo appartamento. Kelly lanciò alla doccia uno sguardo carico di desiderio, provando il bisogno di sentirsi pulito dopo essere stato circondato dalla polvere, dallo squallore e... dai topi. Quest'ultimo pensiero lo fece rabbrividire. *Topi di merda*, pensò mentre versava dei cubetti di ghiaccio in un bicchiere che poi riempì d'acqua. Il primo bicchiere fu seguito da molti altri, mentre con la mano libera Kelly si strappava di dosso i vestiti. L'aria condizionata gli procurava una sensazione di intenso piacere, e Kelly si piazzò proprio davanti al condizionatore, lasciando che l'aria fresca gli avvolgesse tutto il corpo. In tutto questo tempo non aveva sentito il bisogno di orinare. D'ora in poi avrebbe dovuto portarsi dell'acqua. Kelly prese una confezione di prosciutto dal frigo e si fece due panini ben imbottiti, che mandò giù con un altro mezzo litro di acqua ghiacciata.

Ho un bisogno terribile di fare una doccia, si disse. Ma era un lusso che non poteva permettersi. Avrebbe dovuto abituarsi ad avere una patina appiccicosa su tutto il corpo. Avrebbe dovuto abituarsi a quella sensazione, amarla, coltivarla, perché quello era uno dei fattori da cui dipendeva la sua incolumità. La sporcizia e l'odore facevano parte del suo travestimento. Il suo aspetto e il suo tanfo dovevano fare in modo che la gente lo evitasse, che non gli si avvicinasse troppo. Non poteva più essere una persona; doveva essere una creatura della strada, un reietto. Invisibile. La barba era diventata ancora più scura, osservò Kelly allo specchio prima di dirigersi verso la camera da letto, e l'ultima decisione della giornata fu di dormire per terra. Non poteva sporcare le lenzuola pulite.

15

Lezioni di pratica

Quella mattina l'inferno cominciò alle undici, anche se il colonnello Zacharias non aveva modo di sapere che ora fosse. Il sole tropicale sembrava restare sempre alto sull'orizzonte, battendo impietosamente a picco sulla terra. Perfino nella sua cella senza finestre non c'era modo di sfuggire ai suoi raggi, e altrettanto impossibile era evitare gli insetti che sembravano prosperare grazie al caldo. Zacharias si chiedeva come fosse possibile che in quel posto si sviluppasse qualche forma di vita, ma tutto quello che ci riusciva era qualcosa che lo molestava o lo tormentava, e questa gli sembrava una descrizione dell'inferno altrettanto incisiva di quelle che aveva appreso nei templi della sua gioventù. Zacharias era stato addestrato per un'eventuale cattura. Aveva seguito il corso di sopravvivenza, evasione, resistenza e fuga, la cosiddetta scuola SERE (Survival, Evasion, Resistance, Escape). Era una tappa obbligata per tutti i piloti di professione, ed era la cosa più apertamente odiata dagli ufficiali, perché i sottufficiali istruttori dei marines, che in condizioni normali avrebbero tremato come foglie al cospetto dei pezzi grossi dell'aeronautica e della marina, potevano permettersi libertà di ogni tipo, azioni degne di un processo davanti alla corte marziale seguito da una lunga permanenza a Leavenworth o Portsmouth. Per Zacharias, come per quasi tutti gli altri, quella era stata un'esperienza che non avrebbe mai più ripetuto volontariamente. Ma la situazione in cui si trovava in quel momento non dipendeva dalla sua volontà. E lui stava rivivendo *davvero* la scuola SERE.

La cattura era sempre stata un pensiero lontano, ma era qualcosa che non si poteva ignorare del tutto dopo aver sentito il terribile, disperato *grrrrrr* elettronico delle radio d'emergenza, aver visto i paracadute e aver provato a organizzare un salvataggio, sperando che un elicottero Jolly Green Giant potesse piombare lì dalla base del Laos o che magari un "Big Mutha" della marina (come venivano chiamati gli elicotteri di ricerca e soccorso) arrivasse dal mare. Zacharias aveva assistito a operazioni del genere, ma più spesso le aveva viste fallire. Aveva sentito le grida disperate e tragicamente poco virili dei piloti che stavano per essere catturati: «Tiratemi fuori da qui» aveva gridato un maggiore prima che la radio diffondesse un'altra voce, parole sprezzanti che nessuno di loro era in grado di decifrare ma di cui tutti avevano compreso il senso, ascoltandole con un misto di amarezza e di furia omicida. Gli equipaggi dei Jolly e i loro colleghi della marina avevano fatto del loro meglio, e benché Zacharias fosse un mormone e non avesse mai toccato alcol in vita sua, aveva offerto loro, in segno di gratitudine e riverenza per il loro coraggio, così tanti drink da stendere un'intera squadra, perché nella comunità dei guerrieri era quello il modo in cui si esprimeva la propria ammirazione.

Ma come ogni altro membro di quella comunità, non aveva mai pensato che la cattura potesse toccare proprio a lui. La morte: era quella l'eventualità che aveva messo in conto. Zacharias era stato King Weasel e aveva contribuito a inventare quel ramo della sua professione. Grazie al suo ingegno e alla sua straordinaria abilità in volo aveva creato una nuova dottrina e l'aveva convalidata nell'aria. Aveva guidato il suo F-105 nella più concentrata rete contraerea che fosse mai stata installata, andando anzi a cercare le armi più pericolose e usando la sua capacità e la sua intelligenza per ingaggiare con loro un duello, opponendo tattica a tattica, abilità ad abilità, stuzzicandole, sfidandole, attirandole in quella che era diventata la più esaltante competizione mai provata da un essere umano, una partita di scacchi giocata in tre dimensioni a velocità superiori e inferiori a Mach 1, con il colonnello ai comandi del suo Thud biposto e il nemico dietro gli schermi radar di fabbricazione russa e le installazioni missilistiche. Come la mangusta e il cobra, nemici per la pelle, la loro era una vendetta privata che veniva portata avanti giorno per giorno, e la voce dell'orgoglio e dell'abilità suggeriva a Zacharias che ne sarebbe uscito vincitore o che, nella peggiore delle ipotesi, avrebbe trovato la fine in una nuvola giallo-nerastra, un'eventualità che avrebbe segnato la degna morte di un pilota: istantanea, drammatica ed eterea.

Non aveva mai pensato di essere un uomo particolarmente coraggioso. Aveva una fede molto profonda. Se avesse incontrato la morte nell'aria, avrebbe potuto finalmente trovarsi al cospetto di Dio, affrontandolo con la stessa umiltà e la stessa fierezza che avevano caratterizzato la sua vita terrena, perché Robin Zacharias era un uomo giusto, che raramente si discostava dal sentiero della virtù; un buon amico per i colleghi, un comandante coscienzioso attento alle esigenze dei suoi uomini; un padre di famiglia irreprensibile con figli forti, vivaci e intelligenti; e, soprattutto, un anziano della Chiesa di Gesù Cristo dei santi dell'ultimo giorno, che, come tale, versava la decima sul suo stipendio di militare. Per tutti questi motivi non aveva mai avuto paura della morte. Quello che lo aspettava oltre la tomba era qualcosa che credeva di comprendere, e alla cui realtà guardava con fiducia. Era la vita a essere incerta, e la sua condizione attuale lo era in modo particolare, e anche una fede solida come la sua aveva dei limiti imposti dal corpo che la ospitava. Questo era un dato di fatto che Zacharias non comprendeva fino in fondo, o a cui in qualche modo non credeva. La sua fede, si diceva il colonnello, doveva essere sufficiente a sorreggerlo in qualsiasi circostanza. Era. Doveva essere. *Era*, gli avevano insegnato da piccolo. Ma quelle lezioni erano state impartite in comode aule che davano sui monti Wasatch, da insegnanti in camicia bianca e cravatta, che tenevano in mano i loro libri di scuola e parlavano con la sicurezza che derivava dalla storia della loro chiesa e dei suoi membri.

Qui è diverso. Zacharias sentì la voce che gli suggeriva queste parole ma si sforzò di ignorarla, di negarla, facendo di tutto per non darle credito, perché sarebbe stato in contrasto con la sua fede, e quella contraddizione era l'unica cosa che la sua mente non poteva tollerare. Joseph Smith era morto per la sua fede, assassinato nell'Illinois. Altri avevano subìto la stessa sorte. La storia dell'ebraismo e del cristianesimo era piena di nomi di martiri (quelli che Robin Zacharias, adottando il termine usato nella sua comunità professionale, chiamava *eroi*), che avevano sopportato le torture inflitte dai romani o da altri ed erano morti con il nome di Dio sulle labbra.

Ma loro non hanno sofferto così a lungo, gli fece notare la voce. Qualche ora. I brevi e infernali minuti passati sul rogo, un giorno o forse due inchiodati alla croce. Era una cosa diversa, qualcosa di cui si poteva intravedere la fine, e chi sapeva cosa c'era oltre la morte, poteva concentrarsi su quello. Ma per poter guardare oltre, bisognava sapere *dove* stava la fine.

Robin Zacharias era solo. Nel campo c'erano anche altri prigionieri. Li aveva intravisti, ma non c'era stato nessun tipo di contatto. Aveva provato a picchiettare sulle pareti, secondo il codice che aveva imparato, ma non aveva mai avuto risposta. Ovunque fossero, gli altri erano troppo lontani, oppure la struttura dell'edificio non permetteva quel tipo di comunicazione, o forse era il suo udito a funzionare male. Non poteva condividere i suoi pensieri con nessuno, e perfino le preghiere avevano dei limiti per una mente brillante come la sua. Aveva paura di pregare per la liberazione. Era un pensiero che il colonnello rifiutava, perché sarebbe stato come ammettere che la sua fede era stata in qualche modo scossa, e quella era una cosa che *non* poteva permettere. Una parte di lui, tuttavia, sapeva che non pregare per la liberazione significava indirettamente ammettere qualcos'altro: che se avesse pregato e la liberazione non fosse arrivata la sua fede avrebbe potuto cominciare ad affievolirsi, e quella sarebbe stata la sua fine. Per Robin Zacharias la disperazione iniziò in quel modo, non con un pensiero, ma con la riluttanza a supplicare il suo Dio per qualcosa che poteva anche non arrivare.

Ma non poteva riposarsi: le privazioni alimentari, l'isolamento, particolarmente penoso per un uomo della sua intelligenza, e la devastante paura del dolore, perché neanche la fede poteva cancellare il dolore, e tutti gli uomini conoscono quel tipo di paura. Era come trasportare un carico pesante; per quanto un uomo possa essere robusto, la sua forza è pur sempre limitata, mentre la gravità non lo è. La forza fisica era un concetto facilmente comprensibile, ma nella fierezza e nella rettitudine che derivavano dalla sua fede, il colonnello non aveva tenuto conto del fatto che il corpo influisce sulla mente, con la stessa efficacia della gravità ma con un'insidiosità molto più profonda. Zacharias interpretava la sua stanchezza mentale come una debolezza da attribuire a qualcosa che non avrebbe dovuto spezzarsi, e l'unica cosa che poteva rimproverarsi era il fatto di essere umano, una colpa che, a ben pensarci, Dio gli avrebbe sicuramente perdonato. Se solo avesse potuto parlare con un altro ufficiale, ogni cosa sarebbe andata a posto, ma in quel momento non era possibile, e negandosi la possibilità di ammettere la propria fragilità umana, Zacharias non faceva altro che spingersi sempre più verso una trappola che aveva creato lui stesso, aiutato e incoraggiato da gente che voleva distruggerlo, anima e corpo.

Fu a quel punto che le cose iniziarono a precipitare. La porta della sua cella si aprì. Due vietnamiti, con indosso l'uniforme color cachi della loro nazione, lo guardarono come se fosse una macchia che inquinava l'aria del loro Paese. Zacharias sapeva perché erano venuti. Cercò di affrontarli coraggiosamente. Lo portarono, prendendolo ognuno per un braccio mentre un terzo li seguiva con un fucile, in una stanza più grande, una sala riunioni si sarebbe potuto dire in altre circostanze. Ma prima ancora di varcare la soglia, la canna del fucile lo percosse duramente alla schiena, colpendolo proprio nel punto che, dopo più di nove mesi dalla dolorosa espulsione dal suo aereo, gli faceva ancora male, e Zacharias rimase senza fiato per il dolore. I vietnamiti non mostravano neanche di godere della sua sofferenza, tanto avevano dimenticato di avere di fronte un essere umano come loro. Non gli fecero nessuna domanda. Nella loro aggressione non riuscì neanche a identificare uno schema preciso, erano solo gli attacchi fisici di cinque uomini che agivano simultaneamente, e Zacharias sapeva che resistere significava morire, e benché si augurasse che la sua prigionia avesse fine, cercare la morte in quel modo sarebbe stata una forma di suicidio, e lui non poteva fare una cosa del genere. Non aveva alcuna importanza. Nel giro di pochi secondi la sua capacità di agire svanì del tutto, e il colonnello si accasciò sul duro pavimento di cemento, sentendo i colpi, i calci e il dolore sommarsi come le cifre di un libro contabile, con i muscoli paralizzati dall'agonia, incapace di muovere gli arti più di qualche centimetro, sperando che quella tortura avesse fine, sapendo che non sarebbe stato così, perché lui era all'inferno, e l'inferno era eterno, e anche se non aveva meritato la dannazione, questo era il suo destino. Vedeva i loro stivali andare avanti e indietro, sentendo il dolore prima ancora del contatto, incapace di reagire. Sopra ogni altra cosa, ora sentiva il suono delle loro voci stridule, come se fossero degli sciacalli, come diavoli che lo tormentavano perché lui era uno dei giusti e loro erano riusciti a impossessarsi di lui, e il supplizio andava avanti, e avanti, e avanti...

Una voce tonante si fece strada attraverso la sua catatonia. Un ultimo calcio smorzato raggiunse il suo petto, poi vide i loro stivali allontanarsi. Con la coda dell'occhio notò che i loro volti avevano assunto un'espressione servile, tutti rivolti verso la porta per guardare la fonte da cui proveniva quel rumore. Un ultimo urlo, e i vietnamiti abbandonaronc frettolosamente la stanza. La voce cambiò tono. Era una voce... *bianca*? Come faceva a saperlo? La sua coscienza era a mille miglia dal suo corpo, cercando di fuggire dalla realtà ma incapace di raggiungere l'oblìo che avrebbe potuto offrirgli protezione. Due mani robuste lo sollevarono, mettendolo a sedere contro il muro, e da quella posizione poté vedere il volto dell'uomo. Era Grišanov.

«Mio Dio» disse il russo, mentre le sue guance pallide si infiammavano per la collera. Si girò e gridò ancora qualcosa nel suo strano accento vietnamita. Immediatamente apparve una borraccia, e Grišanov ne versò il contenuto sul volto dell'americano. Poi urlò qualcos'altro, e Zacharias sentì che la porta si chiudeva.

«Bevi, Robin, bevi.» Grišanov aveva avvicinato una fiaschetta di metallo alle labbra dell'americano e la teneva sollevata.

Zacharias ne ingoiò un sorso così in fretta che il liquido raggiunse il suo stomaco prima che potesse sentire il sapore acidulo della vodka. Sconvolto, sollevò la mano e cercò di allontanare la borraccia.

«Non posso» disse l'americano affannosamente «...non posso bere, non posso...»

«Robin, è una medicina. Non è per divertimento. La tua religione non ha nulla contro questo. Per favore, amico mio, ne hai bisogno. È la cosa migliore che possa fare per te» aggiunse Grišanov con la voce ancora tremante di rabbia. «Devi farlo, Robin.»

Forse è davvero una medicina, pensò Zacharias. In alcune medicine si usava una base alcolica come conservante, e la Chiesa lo permetteva, no? Non riusciva a ricordarselo, e nel dubbio prese un altro sorso. Né sapeva che quando l'adrenalina messa in circolo dal pestaggio sarebbe scomparsa, il rilassamento naturale del suo corpo sarebbe stato ulteriormente accentuato dall'effetto della vodka.

«Non troppa, Robin.» Grišanov allontanò la fiaschetta, poi iniziò a occuparsi delle sue ferite, distendendogli le gambe e usando un panno umido per pulirgli il viso.

«Selvaggi!» ringhiò il russo. «Schifosi selvaggi. Strozzerò il maggiore Vinh per questa faccenda, gli romperò quel piccolo collo da scimmia che si ritrova.» Il colonnello russo si sedette per terra, accanto al collega americano, e iniziò a parlargli a cuore aperto. «Robin, noi siamo nemici, ma siamo anche degli uomini, e anche la guerra ha le sue regole. Tu servi il tuo Paese, io servo il mio. Questa... questa gente non capisce che senza onore non si è veri soldati, ma solo barbari.» Gli porse nuovamente la fiaschetta. «Tieni. Non posso darti altro per il dolore. Mi dispiace, amico mio, ma non posso.»

E Zacharias prese un altro sorso, ancora stordito, ancora disorientato, e più confuso che mai.

«Amico mio,» disse Grišanov «non te l'ho mai detto, ma tu sei un uomo davvero coraggioso; è ammirevole resistere a questi animali come hai fatto tu.»

«Devo» disse a fatica Zacharias.

«Ma certo che devi» disse Grišanov, asciugandogli il volto con la stessa delicatezza che avrebbe usato con uno dei suoi figli. «Anch'io farei lo stesso.» Poi fece una pausa. «Dio, come sarebbe bello poter tornare a volare!»

«Sì, colonnello, vorrei...»

«Chiamami Kolja» gli disse Grišanov. «Mi conosci da abbastanza tempo.»

«Kolja?»

«Il mio nome di battesimo è Nikolaj. Kolja è un... diminutivo, si dice così?»

Zacharias appoggiò la testa contro il muro e chiuse gli occhi, rievocando le sensazioni del volo. «Sì, Kolja, mi piacerebbe poter volare ancora.»

«Come ti capisco» disse Kolja, passandogli amichevolmente un braccio attorno alle spalle doloranti e piene di lividi, sapendo che quella era la prima manifestazione di calore umano che riceveva da quasi un anno. «Il mio preferito è il MiG-17. Adesso è obsoleto ma, Dio mio, pilotarlo è un vero piacere. Devi solo appoggiare le dita sulla cloche e poi... basta desiderare una cosa, pensarla nella tua mente, e lui fa tutto quello che vuoi.»

«L'F-86 era così» rispose Zacharias. «Anche loro sono stati messi a riposo.»

Il russo fece una risatina. «È un po' come il primo amore, vero? La prima ragazza che ti ha fatto girare la testa, quella che ti ha fatto fare i primi pensieri da uomo, non credi? Ma per uno come noi il primo aereo è ancora meglio. Non ti dà lo stesso calore di una donna, ma è molto meno complicato.» Robin cercò di ridere, ma rischiò di soffocare. Grišanov gli offrì un altro sorso. «Tranquillo, amico mio. Dimmi, qual è il tuo preferito?»

L'americano si strinse nelle spalle, sentendo il calore dell'alcol penetrargli nello stomaco. «Li ho pilotati praticamente tutti. Tranne l'F-94 e l'F-89, ma da quello che ho sentito non mi sono perso molto. L'F-104 era divertente, un po' come una macchina sportiva, ma non era un granché. No, probabilmente il mio preferito è l'F-86H, è il migliore da pilotare.»

«E il Thud?» domandò Grišanov, usando il soprannome dell'F-105 Thunderchief.

Robin fece qualche colpo di tosse. «Ci vuole uno Stato grande come lo Utah per farlo atterrare.»

«Dicono che non sia un vero caccia, ma piuttosto un bombardiere.» Grišanov aveva studiato coscienziosamente il gergo dei piloti americani.

«In linea di massima è vero. Riesce a tirarti fuori dai guai in fretta. Di sicuro non è l'ideale per un combattimento ravvicinato. Il primo passaggio dev'essere quello buono.»

«Ma i bombardamenti... parlando da pilota a pilota, i vostri bombardamenti in questo dannato posto sono davvero eccellenti.»

«Ci proviamo, Kolja, eccome se ci proviamo» biascicò Zacharias. Il russo si stupì della rapidità con cui il liquore aveva fatto effetto. Quell'uomo non aveva mai toccato una goccia d'alcol fino a venti minuti prima. Com'era strano che un uomo scegliesse di vivere senza bere.

«E il modo in cui affronti le installazioni missilistiche... Sai, ti ho osservato. Noi due siamo nemici, Robin» ripeté Kolja. «Ma siamo anche piloti. Un coraggio e un'abilità come i tuoi non li ho mai visti. Devi essere un ottimo giocatore d'azzardo a casa tua, no?»

«Giocare d'azzardo?» Robin scosse la testa. «No, non posso farlo.»

«Ma quello che hai fatto con il Thud...»

«Quello non era azzardo. Era un rischio calcolato. Programmi tutto nei minimi dettagli, sai fino a dove puoi arrivare e ti attieni a quello, cercando di intuire cosa pensa l'altro...»

Grišanov si annotò mentalmente che doveva riempire la borraccia per il prossimo della lista. C'era voluto qualche mese, ma alla fine aveva trovato qualcosa che funzionava. Era un peccato che quei piccoli selvaggi non fossero abbastanza intelligenti da capire che, maltrattando un uomo, non si faceva altro che aumentare il suo coraggio. Nonostante la loro arroganza, che era comunque notevole, vedevano il mondo attraverso una lente minuscola come la loro statura e limitata come la loro cultura. Sembravano incapaci di imparare delle lezioni, quelle lezioni che Grišanov invece andava a cercarsi. La cosa strana era che a insegnargli quel metodo era stato un ufficiale nazista della Luftwaffe. Era anche un peccato che i vietnamiti permettessero solo a lui e a nessun altro di effettuare quegli interrogatori speciali. Avrebbe presto scritto a Mosca a quel riguardo. Esercitando il giusto tipo di pressione, avrebbero potuto trarre molti vantaggi da quel campo. Quanto incongruamente ingegnoso era stato da parte dei selvaggi costruire quel campo, e quanto maledettamente coerente era il fatto che non riuscissero a intuirne le potenzialità. Come gli ripugnava dover vivere in quel Paese caldo, umido, infestato dagli insetti, circondato da omini arroganti con la mente ottusa e l'indole spietata dei serpenti. Ma le informazioni che gli servivano erano lì. Per quanto il suo attuale lavoro fosse odioso, Grišanov aveva scoperto, in uno dei romanzi contemporanei americani che leggeva per migliorare le sue già straordinarie capacità linguistiche, un'espressione che lo descriveva alla perfezione. Ed era anche un modo di dire molto americano. Quello che stava facendo lui era semplicemente "business". Era un modo di vedere il mondo che lui aveva assimilato alla svelta. Era un peccato che per l'americano probabilmente non fosse così, pensò Kolja, ascoltando attentamente ogni parola della sua confusa descrizione della vita di un pilota di Weasel.

Il volto che vedeva allo specchio gli stava diventando estraneo, e questo era un buon segno. La forza dell'abitudine era una cosa davvero strana. Aveva già riempito il lavandino di acqua calda e si era già insaponato le mani, quando la sua mente fece capolino e gli ricordò che non doveva né lavarsi né farsi la barba. Tuttavia, Kelly si lavò i denti. Non sopportava di sentire quella patina in bocca, e per quella parte del suo travestimento aveva sempre la bottiglia di vino. Che roba disgustosa, pensò Kelly, dolce e pesante, con un colore così strano. Non era un intenditore di vini, ma sapeva che un vino da tavola decente non avrebbe dovuto avere lo stesso colore dell'urina. Fu costretto a uscire dal bagno. Non sopportava di guardarsi troppo a lungo allo specchio.

Si concesse un buon pasto ristoratore, scegliendo cibi leggeri che gli avrebbero dato energia senza appesantire lo stomaco. Poi fu la volta degli esercizi di ginnastica. Il fatto di abitare al pianterreno gli permetteva di correre sul posto senza timore di disturbare gli inquilini del piano di sotto. Non era come correre sul serio, ma sarebbe stato sufficiente. Poi passò alle flessioni. Finalmente la sua spalla sinistra era tornata completamente a posto, e i dolori muscolari erano ormai perfettamente simmetrici. Per ultimo si dedicò agli esercizi a corpo libero, che servivano a migliorare i riflessi, oltre che per le applicazioni pratiche più evidenti.

Il giorno prima era uscito di casa quando era ancora chiaro, rischiando di farsi vedere in quello stato poco dignitoso, per recarsi in un negozio di roba usata, dove aveva trovato il giaccone da indossare sopra gli altri vestiti. Era talmente sformato e consunto che non gliel'avevano fatto pagare. Kelly aveva capito che mascherare la sua corporatura e la sua forma fisica era un'impresa difficile, ma quegli abiti larghi e cenciosi producevano l'effetto desiderato. Quell'occasione gli era servita anche per confrontarsi con gli altri clienti del magazzino. Alla prova dei fatti il suo travestimento sembrava abbastanza efficace. Anche se non era il peggior esempio di barbone che si potesse trovare, di sicuro si collocava nella fascia medio-bassa, e il commesso che gli aveva consegnato gratuitamente il giaccone probabilmente lo aveva fatto non solo per esprimergli la sua compassione, ma anche per farlo uscire il più in fretta possibile dal negozio. Non era forse un passo avanti? Cosa non avrebbe dato in Vietnam per riuscire a spacciarsi per uno dei tanti abitanti del villaggio mentre aspettava l'arrivo dei rinforzi!

La notte precedente aveva proseguito la sua opera di ricognizione. Mentre camminava per strada nessuno l'aveva degnato di uno sguardo; era solo uno dei tanti ubriaconi sporchi e maleodoranti che non valeva neanche la pena di derubare, e questo aveva messo fine alla sua paura di essere smascherato. Aveva trascorso altre cinque ore nel suo rifugio, osservando le strade circostanti dalle finestre della casa disabitata. Le perlustrazioni della polizia seguivano uno schema abbastanza definito, e i rumori degli autobus erano molto più regolari di quanto avesse pensato in un primo momento.

Finiti gli esercizi, smontò la pistola e la pulì, anche se non l'aveva più usata da quando era tornato da New Orleans. Poi fece la stessa cosa con il silenziatore e rimontò con cura tutte le parti. Aveva apportato una sola piccola modifica. Sulla sommità del silenziatore aveva dipinto una sottile riga bianca, che sarebbe servita come mirino per la notte. Per puntare da lontano non sarebbe stata sufficiente, ma i tiri a distanza non rientravano nei suoi piani. Quando ebbe finito con la pistola, inserì il caricatore, mise il colpo in canna e abbassò cautamente il cane. Aveva anche comprato un coltello da combattimento Ka-Bar dei marines in uno spaccio militare, e la notte prima, mentre osservava le strade, aveva affilato la lama tipo Bowie da 18 centimetri. I coltelli avevano qualcosa che spaventava gli uomini ancor più dei proiettili. Era una cosa assurda, ma che a lui tornava utile. La pistola e il coltello vennero sistemati fianco a fianco nella parte posteriore della cintura, ben nascosti dal volume della camicia scura e del giaccone. In una delle tasche del giaccone infilò una fiaschetta da whisky piena d'acqua. Dall'altro lato sistemò quattro tavolette di cioccolata. Attorno alla vita si legò alcuni metri di cavo elettrico. Nella tasca dei pantaloni aveva un paio di guanti di gomma gialli, un colore che di certo non passava inosservato, ma non era riuscito a trovare niente di meglio. Poiché i guanti riuscivano comunque a coprirgli le mani senza comprometterne la sensibilità e la scioltezza, Kelly decise di portarli con sé. In macchina aveva già un paio di guanti da lavoro di cotone che indossava per guidare. Dopo aver acquistato la macchina, l'aveva pulita da cima a fondo, strofinando ogni superficie di vetro, metallo e plastica, e sperando di aver eliminato ogni traccia di impronte digitali. Kelly benedisse tutti i film e telefilm polizieschi che aveva visto, e pregò di essere stato *abbastanza* paranoico su ogni dettaglio.

Qualcos'altro?, si domandò. Addosso non aveva nessun documento. In un portafoglio, anche questo comprato di seconda mano, aveva qualche dollaro in contanti. Kelly aveva pensato di portarne di più, ma non ce n'era motivo. Acqua. Cibo. Armi. Cavo. Quella sera avrebbe lasciato a casa il binocolo. La sua utilità non compensava l'ingombro. Magari ne avrebbe comprato uno compatto; una cosa da ricordare. Era pronto. Kelly accese la Tv e guardò il telegiornale per vedere le previsioni del tempo: nuvoloso, possibili rovesci, temperatura attorno ai ventiquattro gradi. Preparò e bevve due tazze di caffè solubile per fare scorta di caffeina, poi aspettò, non per molto, che facesse buio.

Uscire dal complesso residenziale in cui abitava era, curiosamente, una delle parti più difficili dell'operazione. Prima di uscire Kelly guardò fuori dalle finestre, con le luci già spente, per accertarsi che non ci fosse nessuno in giro. Fuori dal portone dell'edificio si fermò un'altra volta, per un ulteriore controllo visivo e uditivo, prima di dirigersi verso la sua Volkswagen. La aprì ed entrò. Indossò subito i guanti di cotone, e solo dopo averlo fatto chiuse la portiera e mise in moto la macchina. Due minuti dopo passò accanto al posto in cui aveva parcheggiato la Scout, che ormai era sola da lungo tempo. Kelly si era sintonizzato su una stazione che trasmetteva musica moderna, prevalentemente rock e folk, tanto per avere la compagnia di un suono familiare mentre si dirigeva verso il sud della città.

Una parte di lui si stupiva di quanto fosse alta la tensione durante il tragitto. Non appena raggiungeva la meta riusciva a rilassarsi, ma il percorso di avvicinamento, come quando era a bordo di uno Huey, era il momento in cui fronteggiava l'ignoto, e Kelly doveva ripetersi di stare calmo, conservando sul volto un'espressione impassibile mentre le mani gli sudavano leggermente all'interno dei guanti. Osservava scrupolosamente tutte le norme di circolazione, rispettava i semafori e ignorava le auto che gli sfrecciavano accanto a tutta velocità. È sorprendente, pensava, come possano sembrare lunghi venti minuti. Questa volta usò un percorso di penetrazione leggermente diverso. Aveva perlustrato il parcheggio la notte prima, a due isolati di distanza dall'obiettivo. Nella sua mente, un isolato di quell'ambiente tattico corrispondeva a un chilometro della giungla vera, e quell'associazione lo fece sorridere, mentre parcheggiava la macchina dietro a una Chevrolet nera del 1957. Come sempre, uscì rapidamente dall'auto e si infilò in un vicolo per immergersi nell'oscurità e calarsi nel suo ruolo. Nel giro di venti metri era diventato uno dei tanti ubriaconi barcollanti.

«Ehi, amico!» gridò una giovane voce. Erano in tre, tra i quindici e i diciott'anni, seduti su un muretto a bere birra. Kelly passò dall'altro lato della strada per aumentare la distanza tra sé e loro, ma non ci fu nulla da fare. Uno dei ragazzi saltò giù dal muretto e gli si avvicinò.

«Che stai cercando, barbone?» si informò con tutta la sua arroganza da giovane duro. «Cristo, se puzzi! Tua madre non ti ha insegnato a lavarti?»

Kelly, senza neanche voltarsi, cercò di defilarsi e continuò a camminare. Questo non faceva parte dei suoi piani. Proseguì con la testa china, leggermente voltato rispetto al ragazzo che continuava a stargli accanto, e passò la bottiglia di vino nell'altra mano.

«Ho voglia di bere, amico» disse il ragazzo, cercando di afferrare la bottiglia.

Kelly non mollò la presa, perché un vero ubriacone non l'avrebbe mai fatto. A quel punto il ragazzo gli fece lo sgambetto, facendolo cadere contro il muretto che si trovava alla sua sinistra. Ma la cosa finì lì, perché subito dopo il giovane tornò dai suoi amici, ridendo, mentre il barbone si rialzava e proseguiva per la sua strada.

«E non farti più rivedere, amico!» sentì gridare Kelly quando arrivò alla fine dell'isolato. In realtà non aveva nessuna intenzione di farlo. Nei dieci minuti successivi passò accanto ad altri due gruppetti di ragazzi, che però si limitarono a ridergli dietro. L'ingresso posteriore del suo rifugio era ancora socchiuso, e quella sera, fortunatamente, i topi non c'erano. Dopo essere entrato, Kelly si fermò per un attimo ad ascoltare, e non sentendo alcun rumore rimase lì in piedi, concedendosi un attimo di relax.

«*Snake* in posizione» sussurrò tra sé e sé, ricordando il suo nome in codice di un tempo. «Penetrazione riuscita. Punto di osservazione raggiunto.» Kelly salì la scala traballante per la terza e ultima volta e tornò al suo posto di sempre, nell'angolo sudorientale.

Notò subito che anche Archie e Testone erano al loro solito posto, a un isolato di distanza, e che in quel momento stavano parlando con un automobilista. Erano le dieci e dodici di sera. Kelly si concesse un sorso d'acqua e una tavoletta di cioccolato, poi si appoggiò contro il muro, cercando di scoprire se ci fosse qualche variazione nel loro schema di abituale attività, ma in mezz'ora di osservazione non ne notò neanche una. Anche Big Bob era al suo posto, insieme al suo luogotenente, che Kelly ora chiamava Little Bob. Charlie Brown e Dagwood erano anche loro all'opera, il primo sempre da solo, e il secondo sempre affiancato da un luogotenente per cui Kelly non si era neanche preoccupato di trovare un nome. Ma quella sera lo Stregone non era in giro. Arrivò più tardi, poco dopo le undici, insieme al suo socio, che

Kelly aveva soprannominato Fido perché scodinzolava come un cagnolino. «E c'è anche il tuo bastardino...» mormorò Kelly divertito.

Come aveva previsto, la domenica sera era più tranquilla delle due serate precedenti, ma Arch e Testone sembravano più indaffarati degli altri. Forse era perché i loro clienti erano un po' più su di tono di quelli degli altri. Anche se tutti avevano sia clienti locali sia di altri quartieri, Arch e Testone sembravano attirare più spesso le macchine di grossa cilindrata, macchine pulite e tirate a lucido che facevano pensare a Kelly che venissero da qualche altra parte della città. Magari si trattava di una supposizione infondata, ma comunque non era un elemento di particolare importanza per la sua missione, aveva stabilito Kelly dopo averci riflettuto per diverse ore durante le due nottate precedenti. La cosa davvero importante l'aveva scoperta la notte prima mentre si dirigeva verso il suo nascondiglio, e ne aveva avuto conferma anche quella sera. Ora era solo una questione di tempo.

Kelly si mise comodo, riuscendo finalmente a rilassarsi, ora che tutte le decisioni erano state prese. Adesso si trattava solo di verificare che tutte le sue osservazioni fossero corrette, e quel processo non si sarebbe concluso se non con il compimento della missione. Teneva lo sguardo fisso sulla strada, senza mai abbassare la guardia, osservando, ascoltando e memorizzando tutto ciò che accadeva. Alle dodici e quaranta una pattuglia della polizia attraversò una delle strade laterali, limitandosi a farsi vedere. Sarebbe tornata qualche minuto dopo le due, probabilmente. Gli autobus municipali diffondevano il rombo dei loro motori diesel, e Kelly riconobbe l'autobus dell'una e dieci, quello con i freni che avevano bisogno di un buon meccanico. Il loro stridore acuto e penetrante doveva sicuramente turbare i sonni di tutti quelli che abitavano lungo il suo percorso. Il traffico diminuì sensibilmente dopo le due. I trafficanti ora fumavano e parlavano di più. Big Bob attraversò la strada per andare a dire qualcosa allo Stregone, e i loro rapporti sembravano abbastanza cordiali, una cosa che stupì Kelly. Non aveva mai visto nulla del genere. Forse Big Bob aveva solo bisogno di cambiare un centone, pensò Kelly. La pattuglia della polizia fece il suo secondo giro di rito. Kelly finì la terza tavoletta di cioccolato e raccolse le carte. Ispezionò la stanza. Non aveva lasciato nulla. Nessuna delle superfici che aveva toccato sembrava poter trattenere le sue impronte digitali. Erano semplicemente troppo sporche e impolverate, e lui era stato attento a non toccare i vetri delle finestre.

Okay.

Kelly scese le scale e uscì dalla porta posteriore. Attraversò la strada e imboccò la continuazione del vicolo che correva parallelo alla strada, continuando a tenersi nell'ombra e a camminare con la solita andatura, ma facendo attenzione a non fare il minimo rumore.

Il mistero della prima sera si era rivelato una manna dal cielo. Archie e Testone erano scomparsi nel giro di due o tre secondi; Kelly non aveva distolto lo sguardo più a lungo di così. Non erano andati via in macchina e non avevano avuto abbastanza tempo per raggiungere la fine dell'isolato. Era un mistero che Kelly aveva risolto la sera prima. Quelle interminabili file di case a schiera non erano state costruite da persone stupide. Molti di quegli isolati avevano, più o meno a metà, un passaggio che permetteva di raggiungere più rapidamente il vicolo posteriore. Quella era anche un'ottima via di fuga per Archie e Testone, che durante la loro attività non se ne allontanavano mai più di qualche metro. Ma non si facevano neanche mai sorprendere a guardare in quella direzione.

Kelly cercò di verificare la sua tesi, appoggiandosi a una baracca che era abbastanza grande da contenere una Ford Model-T. Trovò due lattine di birra, le unì con un pezzo di corda e le sistemò sul marciapiede che conduceva al passaggio, per assicurarsi che nessuno gli si potesse avvicinare alle spalle senza fare rumore. Poi entrò nel tunnel, camminando in punta di piedi e tirando fuori dalla cintura la pistola con il silenziatore. Doveva percorrere solo una decina di metri, ma le gallerie propagano i suoni meglio dei telefoni, e gli occhi di Kelly ispezionarono il terreno alla ricerca di tutto ciò in cui potesse inciampare o far rumore. Evitò alcuni giornali e dei vetri rotti e arrivò fin quasi in fondo al passaggio.

Sembravano così diversi visti da vicino, quasi umani. Archie stava appoggiato al muro di mattoni marrone e fumava una sigaretta. Anche Testone stava fumando, seduto sul cofano di una macchina e rivolto verso la strada, e ogni dieci secondi il bagliore delle loro sigarette aggrediva e riduceva la loro capacità visiva. Kelly riusciva a vedere i due uomini; ma loro, a soli tre metri di distanza, non potevano vederlo. Non si erano accorti di nulla.

«Non muoverti» bisbigliò, rivolgendosi solo ad Archie. L'uomo girò la testa, con un'espressione più seccata che allarmata, finché non vide la pistola con il cilindro avvitato sulla canna. Cercò di richiamare con gli occhi l'attenzione del suo luogotenente, ma Testone era sempre rivolto dalla parte sbagliata e stava canticchiando chissà quale motivetto, aspettando un cliente che non sarebbe mai arrivato. Fu Kelly a recapitargli il messaggio.

«Hey!» Era sempre un sussurro, ma abbastanza forte da sovrastare gli ormai deboli rumori della strada. Testone si girò e vide la pistola puntata alla testa del suo capo. Rimase impietrito pur non essendo direttamente minacciato. Era Archie quello che aveva la pistola, i soldi e la maggior parte della droga. Vide anche che Kelly gli faceva segno di avvicinarsi, e non sapendo cos'altro fare, eseguì i suoi ordini.

«Sono andati bene gli affari questa sera?» chiese Kelly.

«Non mi lamento» rispose Archie tranquillamente. «Cosa vuoi?»

«Tu che pensi?» domandò Kelly con un sorriso.

«Sei uno sbirro?» chiese Testone, piuttosto stupidamente, pensarono gli altri due.

«No, non sono venuto per arrestare nessuno.» Poi fece un cenno con la mano. «Nel tunnel, svelti, a faccia in giù.» Kelly li fece camminare per circa tre metri, il minimo indispensabile per non essere visti da fuori, ma per poter comunque usufruire della luce esterna. Per prima cosa li perquisì alla ricerca di armi. Archie aveva una vecchia calibro .32 che finì in una delle sue tasche. Kelly srotolò il cavo elettrico dalla vita e lo legò saldamente attorno ai polsi dei due. Poi li rigirò, senza prima averli alleggeriti del denaro o della droga, e questo li lasciò molto perplessi.

«Siete stati molto disponibili.»

«Faresti meglio a non farti più vedere da queste parti, amico» gli comunicò Archie, senza neanche rendersi conto di non essere stato derubato. Testone annuì e borbottò qualcosa. La risposta di Kelly li lasciò allibiti.

«A dire il vero, ho bisogno del vostro aiuto.»

«Per cosa?»

«Sto cercando un tipo, si chiama Billy, va in giro con una Roadrunner rossa.»

«Cosa? Mi stai prendendo per il culo?» chiese Archie in tono disgustato.

«Vuoi rispondere alla mia domanda, per favore?» chiese Kelly ragionevolmente.

«Togliti dalle palle» suggerì Archie in tono sprezzante.

Kelly spostò leggermente la pistola e scaricò due colpi in testa al suo luogotenente. Il suo corpo iniziò a contrarsi spasmodicamente e a schizzare sangue, ma questa volta non su Kelly. Gli spruzzi inondarono invece il volto di Archie, e Kelly vide i suoi occhi spalancarsi per l'orrore e lo sbalordimento, come fanali che fendevano l'oscurità. Archie non se l'aspettava. A ogni modo, Testone non gli era sembrato un tipo molto loquace, e il tempo incalzava.

«Ho detto "per favore", no?»

«Santo Dio!» rantolò Archie, sapendo che qualunque rumore più forte avrebbe sancito la sua condanna a morte.

«Billy. Plymouth Roadrunner rossa, gli piace sfoggiarla. È un distributore. Voglio sapere dove se la fa» disse Kelly pacatamente.

«Ma se te lo dico...»

«Ti fai un nuovo fornitore. Me» disse Kelly. «E se dici a Billy che sono da queste parti, rivedrai presto il tuo amico» aggiunse, indicando il corpo di Testone, la cui massa tiepida si era accasciata contro il fianco di Archie. Dopotutto, doveva pur offrirgli una speranza. Forse anche una verità un po' ambigua, pensò Kelly: «Capisci? Billy e i suoi amici stanno frequentando della gente sbagliata, ed è compito mio rimettere le cose a posto. Mi dispiace per il tuo amico, ma dovevo farti capire che non scherzo».

Archie cercò di assumere un tono tranquillo, ma non ci riuscì. A ogni modo, non poteva farsi sfuggire la speranza che aveva iniziato a intravedere: «Vedi, amico, io non posso...».

«Posso sempre chiederlo a qualcun altro.» Kelly fece una pausa carica di significati. «Hai capito quello che ti ho appena detto?»

Archie aveva capito, o almeno così pensava, e parlò a ruota libera finché non andò a raggiungere Testone.

Una rapida perquisizione delle tasche di Archie fece apparire un bel rotolo di banconote e una serie di bustine di droga, e anche queste andarono a finire nelle tasche del suo giaccone. Kelly scavalcò con cautela i due corpi e si diresse verso il vicolo posteriore, guardandosi indietro per assicurarsi di non aver calpestato nessuna macchia di sangue. Quelle scarpe sarebbero state gettate comunque. Prima di riprendere la sua andatura da ubriaco, Kelly staccò la corda dalle lattine e le rimise dove le aveva trovate. Per tornare alla macchina prese una strada più lunga, ripetendo gli accorgimenti di sempre lungo tutto il percorso. Grazie a Dio, pensò mentre si dirigeva con l'auto verso nord, quella notte avrebbe potuto fare una doccia e radersi. Ma cosa diavolo avrebbe fatto con la droga? Quella era una domanda a cui avrebbe risposto il destino.

Le automobili iniziarono ad arrivare poco dopo le sei, un'ora non troppo insolita per una base militare. Quindici erano veri e propri catorci, abbastanza vecchie, e tutte erano state distrutte in qualche incidente stradale e vendute come rottami. L'unica cosa strana era che, benché non fossero più utilizzabili, sembrava quasi che lo fossero, e una buona metà di loro poteva essere spostata con una certa facilità. Il gruppo di lavoro era composto da marines, capeggiati da un sergente maggiore che non aveva la più pallida idea di cosa stesse succedendo. Del resto, non era affar suo. Le auto vennero parcheggiate a casaccio, e non secondo ordinate file militari, ma come faceva la gente comune. Per questa operazione ci vollero novanta minuti, dopo di che la prima squadra se ne andò. Alle otto di mattina ne arrivò un'altra, questa volta con dei manichini di varia statura con indosso abiti vecchi. I manichini più piccoli vennero sistemati sulle altalene e nella buca di sabbia. Gli adulti vennero messi in piedi, usando alcuni supporti metallici. Dopo aver fatto questo, anche la seconda squadra se ne andò. Sarebbe tornata due volte al giorno per un periodo di tempo indefinito, per spostare i manichini in modo del tutto casuale, secondo le istruzioni concepite e redatte da qualche maledetto ufficiale che non aveva niente di meglio da fare.

Gli appunti di Kelly avevano sottolineato che uno degli aspetti più snervanti e dispersivi dell'operazione KINGPIN era stata la necessità di costruire e smantellare ogni giorno il modello del loro obiettivo. Kelly non era stato il primo a notarlo. Se i satelliti da ricognizione sovietici avessero individuato questo posto, avrebbero visto una strana serie di costruzioni adibite a scopi non immediatamente identificabili. Avrebbero visto anche un parco giochi con tanto di bambini, genitori e macchine parcheggiate, tutti elementi che sarebbero stati spostati giorno per giorno. Questo lato positivo avrebbe bilanciato un'osservazione in realtà molto più semplice, e cioè che questo parco di divertimenti si trovava a quasi un chilometro di distanza da qualsiasi strada asfaltata ed era praticamente invisibile dal resto del complesso.

16

Esercitazioni

Ryan e Douglas si fecero da parte per lasciar lavorare quelli della scientifica. Il delitto era stato scoperto poco dopo le cinque del mattino dall'agente Chuck Monroe, che durante il suo abituale giro di pattuglia era passato per quella strada e, notando una strana ombra nel passaggio tra le due case, aveva puntato i fari dell'auto in quella direzione. La forma scura avrebbe potuto benissimo essere quella di un ubriaco addormentato che stava smaltendo la sbornia, ma la luce bianca del faro orientabile, riflettendosi nella pozza rossa, colorava i mattoni dell'arcata di un bagliore rosa che al poliziotto era subito sembrato sospetto. Perciò Monroe aveva parcheggiato ed era entrato nel passaggio per dare un'occhiata, dopo di che aveva immediatamente dato l'allarme. Ora l'agente, appoggiato alla fiancata della sua macchina, stava fumando una sigaretta e ritornando sui dettagli del ritrovamento, che per lui era meno orribile e più di routine di quanto non potesse sembrare a un civile. Non si era nemmeno preso la briga di chiamare un'ambulanza: i due uomini erano chiaramente poco bisognosi di cure mediche.

«Ce n'è di sangue nel corpo umano» osservò Douglas, più per riempire il silenzio che per fare un vero e proprio commento sulla situazione, mentre i flash dei fotografi scandivano gli scatti degli ultimi rullini. Era come se due bottiglie piene di colore rosso fossero state svuotate in un unico punto.

«Ora del decesso?» domandò Ryan all'uomo dell'ufficio di medicina legale.

«Non molto tempo fa» rispose l'altro, sollevando la mano di un cadavere con la sua, inguantata. «Niente *rigor mortis* ancora. Sicuramente dopo la mezzanotte, probabilmente dopo le due.»

Sulla causa del decesso non era necessario fare domande; i fori sulla fronte di entrambi i cadaveri erano una risposta esauriente.

«Monroe?» chiamò Ryan. Il giovane agente andò verso di lui. «Che cosa sa di questi due?»

«Due spacciatori. Il più vecchio, quello a destra, è Maceo Donald, soprannominato Ju-Ju. Quello a sinistra non so come si chiama, ma lavorava con Donald.»

«È stato bravo a individuarli, agente. Nient'altro?» domandò il sergente Douglas.

Monroe scosse la testa. «No, signore. Proprio niente. A dire il vero è stata una notte tranquilla nel distretto. Sono passato da questa zona forse quattro volte durante il mio turno, e non ho visto niente di anormale. I soliti spacciatori che facevano i loro soliti affari.» La critica implicita per una situazione che veniva giudicata ''normale'' rimase senza risposta. Era un lunedì mattina, dopotutto, cosa già abbastanza spiacevole di per sé.

«Finito» disse il capo fotografo, quindi si fece da parte, imitato dal suo assistente, che si trovava sull'altro lato dei cadaveri.

Ryan si stava già guardando intorno. Il passaggio era illuminato, ma l'investigatore aumentò la visibilità con una torcia elettrica, puntandola in ogni angolo, alla ricerca di un riflesso di rame.

«Hai trovato dei bossoli, Tom?» domandò a Douglas, che stava facendo la stessa cosa.

«No. I colpi sono stati sparati da questa direzione, non credi?»

«I corpi non sono stati mossi» disse il medico legale, senza che fosse necessario, aggiungendo: «Sì, tutti i colpi sono partiti da questa parte. Entrambi i corpi erano già a terra quando sono stati colpiti».

Douglas e Ryan continuarono a cercare, esaminando ogni angolo del passaggio tre volte, perché l'accuratezza era l'arma migliore nella loro professione, e comunque avevano tempo a volontà — o almeno alcune ore, il che era la stessa cosa. La scena del delitto era una di quelle che ogni poliziotto desidera: niente erba che potesse nascondere prove, niente mobili, solo un corridoio di mattoni vuoto largo meno di due metri, piccolo e compatto. Tutto questo gli avrebbe fatto risparmiare tempo.

«Niente di niente, Em» disse Douglas alla fine della sua terza ispezione.

«Probabilmente hanno usato un revolver, allora.» Era un'osservazione logica. I bossoli di un'automatica calibro .22 erano leggeri e potevano essere scagliati incredibilmente lontano, ed erano così piccoli che si poteva impazzire nel tentativo di ritrovarli. Raramente un criminale recuperava i suoi bossoli, e cercare quattro pezzettini di ottone nel buio... no, non era affatto probabile.

«Qualche ladruncolo con una pistola da quattro soldi, scommetti?» disse Douglas.

«Può essere.» Entrambi gli investigatori si avvicinarono ai corpi, inginocchiandosi davanti ai cadaveri per un primo esame ravvicinato.

«Nessun segno di polvere da sparo visibile a occhio nudo...» disse il sergente con una certa sorpresa.

«Queste case sono abitate?» domandò Ryan a Monroe.

«No, signore, nessuna di queste due» rispose Monroe, indicando le case adiacenti il passaggio. «Quasi tutte quelle sull'altro lato della strada sono abitate, invece.»

«Quattro colpi, di mattina presto, credi che qualcuno possa aver sentito?» Il tunnel di mattoni doveva aver amplificato il fragore come un altoparlante, pensò Ryan, e una calibro .22 faceva un rumore forte e penetrante. Ma in quanti altri casi come quello nessuno aveva sentito niente? Poi, in quel quartiere, la gente si divideva in due classi: quelli che non guardavano perché non gliene importava niente, e quelli che sapevano che guardando aumentavano semplicemente le probabilità di beccarsi una pallottola vagante.

«Due agenti stanno facendo il giro delle abitazioni, tenente. Ma ancora niente.»

«Niente male come mira, Em.» Douglas, con la matita, indicò i fori nella fronte della vittima senza nome. Erano a circa due centimetri l'uno dall'altro, appena sopra il naso. «Nessun segno di polvere: il killer deve aver sparato da... diciamo un metro, massimo un metro e venti...» Douglas si alzò, dalla parte dei piedi dei cadaveri, ed estese il braccio. Era un movimento naturale, estendere il braccio e mirare verso il basso.

«Non credo. Forse i segni di polvere ci sono ma noi non li vediamo, Tom. È per questo che ci sono i medici legali.» Ryan si riferiva al fatto che entrambi gli uomini erano di carnagione scura, e che l'illuminazione non era perfetta. Ma se vi erano tracce di polvere da sparo intorno ai piccoli fori d'entrata delle pallottole, certamente nessuno dei due investigatori riusciva a vederli. Douglas si inginocchiò di nuovo per dare un'altra occhiata da vicino.

«Fa piacere sapere che qualcuno apprezza il nostro lavoro» disse il medico legale che, a pochi passi di distanza, stava prendendo appunti.

«Comunque sia, Em, il nostro killer ha una mano decisamente ferma.» La matita andò a indicare la testa di Maceo Donald. I due fori sulla sua fronte, forse un po' più in alto che sulla fronte dell'altra vittima, erano ancora più vicini tra loro. «E questo è un fatto abbastanza raro...»

Ryan scrollò le spalle, e cominciò a perquisire i cadaveri. Benché dei due fosse quello di grado superiore, preferiva occuparsi personalmente di quell'operazione, mentre Douglas prendeva gli appunti. Non trovò armi su nessuno dei due corpi, e anche se avevano entrambi portafogli e carta d'identità, dalla quale identificarono l'uomo senza nome come Charles Barker, di vent'anni, la somma di denaro rinvenuta non era certo quella che si sarebbero aspettati di trovare addosso a due persone che conducevano certi affari. Inoltre, non c'era traccia di droga...

«Aspetta, ho trovato qualcosa, tre bustine di cellophane contenenti una sostanza bianca in polvere» disse Ryan, usando il linguaggio tecnico da poliziotto. «Qualche spicciolo, un dollaro e settantacinque; un accendino Zippo, in acciaio, il tipo più economico. Un pacchetto di Pall Mall nel taschino della camicia... e un'altra bustina di cellophane contenente una sostanza bianca in polvere.»

«Un furto di droga» disse Douglas, inquadrando il caso. Non era terribilmente professionale, ma era abbastanza ovvio. «Monroe?»

«Sì, signore?» Il giovane agente non avrebbe mai cessato di essere un marine. In quasi ogni frase che pronunciava, notò Douglas, riusciva a infilare un "signore".

«I nostri amici Barker e Donald erano spacciatori esperti?»

«Ju-Ju bazzica nel quartiere da quando sono in questo distretto, signore. Non ho mai sentito di nessuno che abbia avuto da dire con lui.»

«Nessun segno di lotta sulle mani» disse Ryan dopo aver rivoltato i corpi. «Le mani sono legate con... cavi elettrici, filo di rame, rivestimento bianco, c'è la marca, ma non riesco a leggerla adesso. Nessun segno evidente di colluttazione.»

«Qualcuno ha beccato Ju-Ju!» Era la voce di Mark Charon. «Avevo anch'io un caso su quel bastardo.»

«Due fori d'uscita, dietro la testa di Donald» proseguì Ryan, infastidito per l'interruzione. «Probabilmente troveremo le pallottole da qualche parte in questa pozzanghera» aggiunse con una certa stizza.

«Dimentichiamoci delle prove balistiche» brontolò Douglas. Accadeva spesso con le calibro .22. Prima di tutto, le pallottole erano di piombo morbido, e si deformavano così facilmente che le rigature prodotte dalla canna della pistola erano quasi sempre impossibili da esaminare. In secondo luogo, i piccoli colpi calibro .22 avevano un'elevata forza di penetrazione, superiore anche a quella di una calibro .45, e spesso finivano spiaccicati contro qualche oggetto, dopo aver perforato il corpo della vittima. In questo caso, l'oggetto era il cemento del tunnel.

«Beh, dimmi qualcosa di lui» ordinò Ryan.

«Spacciatore importante, ottima clientela. Ha una bella Cadillac rossa» disse Charon. «Piuttosto furbo, anche.»

«Non più. Gli hanno omogeneizzato il cervello circa sei ore fa.»

«Rapina?» domandò Charon.

Rispose Douglas: «Così pare. Niente pistola, niente droga e niente soldi. Chiunque abbia eseguito il colpo ci sa fare. È un lavoro da professionisti, Em. Qui non si tratta di qualche tossico che ha avuto un colpo di fortuna».

«Sono d'accordo con te, Tom» disse Ryan, alzandosi in piedi. «Probabilmente l'arma usata è un revolver, ma sull'identità dei responsabili non abbiamo il minimo indizio. Mark, hai notizia di qualche rapinatore esperto in circolazione?»

«Quelli del Duo» disse Charon. «Ma loro usano un fucile da caccia.»

«Questo sembra quasi un colpo della mala organizzata. Sguardo spietato sulla vittima — bang.» Douglas rifletté un attimo sulle sue parole. Ma no, non era così semplice. I colpi della mala non erano mai così puliti. I criminali non erano tiratori scelti, e nella maggior parte dei casi usavano armi da pochi soldi. Lui e Ryan avevano lavorato su alcuni omicidi legati all'ambiente delle gang, e in quei casi la vittima era stata colpita alle spalle o con una pallottola alla nuca da distanza ravvicinata, con tutte le prove che accompagnavano sempre delitti del genere, oppure il killer aveva sparato così all'impazzata che la vittima era stata ridotta a un colabrodo. Quei due, invece, erano stati fatti fuori da qualcuno che ci sapeva fare con le armi, e la percentuale di killer altamente specializzati nelle file della mafia era decisamente bassa. Ma d'altra parte, l'attività di indagine sugli omicidi non era certo una scienza esatta. La scena di quel delitto presentava un miscuglio di elementi abituali e inusuali. Sembrava una semplice rapina, perché mancavano la droga e i soldi, ma era anche un delitto insolitamente pulito, perché il killer era stato o molto fortunato per ben due volte di seguito, oppure un tiratore scelto. E poi, un colpo della mafia di solito non veniva mascherato da rapina o altro, bensì portava chiara la firma dell'organizzazione.

«Mark, sai niente di eventuali dispute per il territorio in corso al momento?»

«No, proprio no, niente di organizzato. Un sacco di scontri tra singoli spacciatori per controllare un angolo di strada, ma questo non è niente di nuovo.»

«Magari potresti chiedere un po' in giro.»

«Non c'è problema, Em. Dirò ai miei di fare qualche domanda.»

Non lo risolveremo in fretta, questo caso; forse mai, pensò Ryan. *Beh*, continuò, *solo alla televisione i poliziotti scoprono tutto nella prima mezz'ora, tra uno spot pubblicitario e l'altro.*

«Posso averli ora?»

«Sono tutti suoi» disse Ryan al medico legale. Il suo furgone nero era pronto a partire, e la temperatura si stava riscaldando. Intorno ai cadaveri cominciavano già a ronzare le mosche, attirate dall'odore del sangue. Ryan si diresse verso la macchina, accompagnato da Tom Douglas. Gli investigatori di grado inferiore avrebbero sbrigato le rimanenti operazioni di routine.

«Qualcuno che sa usare bene la pistola... anche meglio di me» disse Douglas, mentre ritornavano verso il centro. Una volta aveva fatto l'esame per entrare a far parte della squadra di tiratori scelti del dipartimento.

«Beh, al momento ce n'è di gente in giro che ci sa fare con la pistola, Tom. Forse qualcuno di loro è stato assunto dai nostri amici dell'organizzazione.»

«Un colpo da professionisti, dunque?»

«Chiamiamolo colpo di abilità, per il momento» suggerì Ryan. «Lasceremo fare a Mark un po' di lavoro di spionaggio.»

«Il solo pensiero mi eccita» disse Douglas con stizza.

Kelly si alzò alle dieci e mezzo, con una sensazione di pulito che non aveva da diversi giorni. Si era fatto subito una doccia quando era rientrato nell'appartamento, liberandosi della puzza di fogna. Ora poteva anche radersi, e questa fu una ricompensa per il sonno arretrato. Prima di colazione, o meglio del brunch, ormai, Kelly prese la macchina e andò verso un parco distante meno di un chilometro, dove fece mezz'ora di corsa, quindi ritornò a casa e si concesse un'altra piacevolissima doccia e del buon cibo. Poi tornò al lavoro. Tutti i vestiti della notte precedente erano stati avvolti in un sacchetto di carta marrone: pantaloni, camicia, mutande, calze e scarpe. Era un peccato doversi separare dal giaccone, le cui dimensioni e le cui tasche si erano dimostrate così utili. Avrebbe dovuto procurarsene un altro, probabilmente più di uno. Era sicuro di non essersi sporcato di sangue quella volta, ma il colore scuro dell'indumento non permetteva di verificare se ce ne fosse, e comunque c'erano probabilmente tracce di polvere da sparo, e quello non era il momento di correre inutili rischi. Gli avanzi del cibo e i fondi di caffè vennero rovesciati sui vestiti, e insieme a loro finirono nei bidoni dell'immondizia del residence. Kelly si era chiesto se fosse il caso di sbarazzarsene in un luogo più lontano, ma aveva concluso che in quel modo rischiava di creare più problemi di quanti potesse risolverne. Qualcuno avrebbe potuto vederlo, notare quello che stava facendo e domandarsene il motivo. Disfarsi dei bossoli calibro .22 vuoti invece era stato semplice. Li aveva fatti cadere in un tombino facendo jogging. Il notiziario di mezzogiorno annunciò la scoperta di due cadaveri, senza dare alcun particolare sul duplice omicidio. Forse i giornali ne avrebbero parlato di più. C'era un'altra cosa da fare.

«Ciao, Sam.»

«Ehi, John. Sei in città?» domandò Rosen, che si trovava nel suo ufficio.

«Sì. Hai un paio di minuti per vedermi? Diciamo intorno alle due?»

«Cosa posso fare per te?» gli domandò Rosen, seduto alla sua scrivania.

«Guanti» rispose Kelly, sollevando la mano. «Il tipo che usate voi, in gomma fine. Costano molto?»

Rosen stava per chiedergli a cosa gli servissero, ma decise che non era necessario saperlo. «Oddio, arrivano in scatole da cento paia.»

«Non me ne servono così tanti.»

Il chirurgo aprì un cassetto e ne estrasse più di dieci scatole di cartone e plastica, che gettò sulla scrivania. «Che elegantone che sei oggi.» E infatti Kelly era proprio vestito bene, con la camicia bianca con colletto a bottoni e il suo completo blu stile CIA, come aveva preso l'abitudine di chiamarlo. Era la prima volta che Rosen lo vedeva con la cravatta.

«Non sfottere, dottore.» Kelly sorrise. «A volte devo vestirmi così. Ho anche un nuovo lavoro, più o meno.»

«E cosa fai?»

«Una specie di consulente.» Fece un gesto con la mano. «Non ne posso parlare, ma è un lavoro che richiede un certo abbigliamento.»

«Stai bene?»

«Sì, signore, in ottima forma. Faccio jogging e un sacco di altre cose. E tu che mi dici?»

«Il solito. Più scartoffie che operazioni, ma d'altra parte devo sovrintendere a un intero reparto.» Sam mise la mano sopra la pila di cartelle che aveva sulla scrivania. Quel parlare del più e del meno lo stava mettendo a disagio. Era come se il suo amico indossasse una maschera, e benché fosse certo che Kelly aveva qualcosa in mente, *non* sapendo di cosa si trattasse riusciva a tenere sotto controllo la propria coscienza. «Mi potresti fare un favore?»

«Certo, dottore.»

«La macchina di Sandy ha un guasto. Dovevo accompagnarla a casa, ma ho una riunione che si trascinerà fino alle quattro, e lei smonta alle tre.»

«Le stai facendo fare turni normali, ora?» domandò Kelly, sorridendo.

«A volte sì, quando non deve insegnare.»

«Se per lei va bene, per me non c'è problema.»

Kelly doveva solo aspettare una ventina di minuti, che decise di trascorrere facendo uno spuntino nel self-service dell'ospedale. Poco dopo il cambio di turno delle tre, Sandy O'Toole lo raggiunse.

«Ora ti piace di più il cibo dell'ospedale?» gli domandò.

«Anche gli ospedali non riescono a maltrattare un'insalata più di tanto.» Tuttavia, non aveva considerato la predilezione ospedaliera per la gelatina. «Mi dicono che hai qualche problema con la macchina.»

Lei annuì, e Kelly capì perché Rosen le faceva fare turni più regolari. Sandy sembrava molto stanca; la sua bella pelle chiara era diventata giallognola, con due piccoli rigonfiamenti scuri sotto gli occhi. «È il motorino di avviamento... c'è qualche collegamento che non funziona. L'ho portata dal meccanico.»

Kelly si alzò. «Beh, il mio calesse è fuori che aspetta.» La frase suscitò un sorriso, più gentile che divertito.

«Non ti ho mai visto così in tiro» osservò Sandy mentre andavano verso il parcheggio.

«Beh, non lasciarti impressionare troppo. Sono ancora capace di fare a botte nel fango, se necessario.» Ancora una volta, la battuta non ebbe effetto.

«Non intendevo...»

«Si rilassi, signora. Ha avuto una giornata difficile al lavoro, e il suo autista ha un senso dell'umorismo piuttosto scarso.»

L'infermiera O'Toole si fermò e si voltò verso di lui. «Non è colpa tua. È stata una settimana dura. Abbiamo avuto una bambina ferita gravemente in un incidente d'auto. Il dottor Rosen ha fatto il possibile, ma il danno era troppo esteso. Si è spenta durante il mio turno, l'altro ieri. A volte odio questo lavoro» concluse Sandy.

«Capisco» disse Kelly, aprendole la portiera. «Ascolta, vuoi sapere come la penso, in due parole? Non è mai la persona giusta. Non è mai il momento giusto. Non c'è mai un senso.»

«Bel modo di vedere le cose. Ma non stavi cercando di rallegrarmi?» E così dicendo, perversamente, fece un sorriso, ma non del tipo che Kelly sperava di vedere.

«Ognuno fa quello che può, Sandy. Tu combatti contro i tuoi draghi, io contro i miei» disse Kelly senza riflettere.

«E tu, quanti draghi hai sgominato?»

«Uno o due» rispose Kelly con tono distaccato, cercando di controllare le parole. Si accorse con sorpresa che non gli riusciva facile. Gli veniva troppo naturale parlare con Sandy.

«E a che cosa è servito, John?»

«Mio padre era un pompiere. Morì mentre io ero laggiù. Ci fu un incendio in una casa; lui entrò e trovò due bambini, svenuti per il fumo. Papà riuscì a portarli fuori, ma subito dopo gli venne un infarto. Mi hanno detto che morì prima ancora di cadere a terra. Non è stata una morte inutile» disse Kelly, ricordando le parole pronunciate dall'ammiraglio Maxwell nell'infermeria di bordo della *Kitty Hawk*: la morte deve avere un senso, e quella di suo padre lo aveva avuto.

«Tu hai ucciso delle persone, vero?» domandò Sandy.

«Sono cose che succedono in guerra» osservò Kelly.

«Che senso ha avuto? A cosa è servito?»

«Se vuoi la Risposta Definitiva, non sono in grado di dartela. Ma almeno quelli che ho eliminato non hanno più fatto del male a nessuno.» Quelli di PLASTIC FLOWER sicuramente no, pensò. Niente più capi-villaggio ammazzati con le loro famiglie. Forse qualcun altro li aveva sostituiti, ma non era detto.

Sandy guardava il traffico, mentre la macchina si dirigeva a nord, sulla Broadway. «E quelli che hanno ucciso Tim, la pensavano anche loro così?»

«Forse sì, ma c'è una differenza.» Kelly fu sul punto di dire che non aveva mai visto nessuno dei suoi assassinare qualcuno, ma capì che *ormai* non poteva più dire una cosa del genere.

«Ma se tutti la pensano in quel modo, allora dove andiamo a finire? Non è come con le malattie, quando combatti contro qualcosa che colpisce tutti, senza bugie né politica. Noi non ammazziamo nessuno. È per questo che ho scelto questo lavoro, John.»

«Sandy, trent'anni fa c'è stato un tipo di nome Hitler che si è divertito ad ammazzare gente come Sam e Sarah solo per i nomi che portavano. Doveva essere eliminato, e così è stato, forse troppo tardi, ma alla fine è crepato.» Non era abbastanza semplice, come lezione?

«Abbiamo già problemi a sufficienza qui» osservò Sandy. Uno sguardo ai marciapiedi poteva confermarlo, perché l'ospedale Johns Hopkins non era certo in un quartiere molto esclusivo.

«Lo so per esperienza, ricordi?»

Quelle parole la smontarono. «Mi dispiace, John.»

«Anche a me.» Kelly fece una pausa, per cercare le parole giuste. «C'è una differenza, Sandy. Esistono persone buone. Io credo che la maggior parte della gente sia di animo buono. Ma ci sono anche i cattivi. Non puoi farli sparire con la sola forza del pensiero, e non puoi nemmeno farli diventare buoni, perché la maggior parte di loro non vuole cambiare. Quindi ci vuole qualcuno che protegga un gruppo dall'altro. È quello che facevo io.»

«Ma come fai a non diventare come uno di loro?»

Kelly prese qualche secondo per valutare la domanda, desiderando che in quel momento Sandy non fosse lì con lui. Era una domanda di cui non aveva bisogno, perché non era il momento per un esame di coscienza. Gli era stato tutto così chiaro negli ultimi due giorni. Dopo aver stabilito che esisteva un nemico, agire sulla base di quella constatazione significava semplicemente mettere in pratica il proprio addestramento e la propria esperienza. Non era qualcosa che richiedeva di *riflettere*. Scrutare nella propria coscienza non era per niente facile, pensò Kelly.

«È un problema che non ho mai avuto» disse infine, per liquidare la questione. Fu in quel momento che capì quale fosse la differenza. Sandy e le persone come lei combattevano contro delle *cose*, e lo facevano con coraggio, mettendo a rischio il proprio equilibrio per opporsi alle azioni di forze sulle cui cause non potevano intervenire direttamente. Kelly e quelli come lui invece combattevano contro *persone*, lasciando ad altri il compito di rimediare alle azioni dei loro nemici, per fronteggiare e combattere direttamente — ed eliminare, con un po' di fortuna — i responsabili di quelle azioni. Un gruppo di persone era mosso da princìpi nobili, ma era impotente di fronte alle cause del problema; l'altro poteva ottenere la soddisfazione di distruggere il nemico, ma solo al costo di diventare pericolosamente simile ai suoi stessi avversari. Guerrieri e guaritori, soldati di guerre parallele. Scopi comuni, ma azioni così diverse. Malattie del corpo, e malattie dell'umanità stessa. Certo era un modo interessante di considerare la questione.

«Forse le cose stanno così: non importa ciò contro cui combatti, ma ciò per cui ti batti.»

«E per cosa ci stiamo battendo in Vietnam?» domandò di nuovo Sandy, che si era fatta la stessa domanda non meno di dieci volte al giorno da quando aveva ricevuto il crudele telegramma. «Mio marito è morto laggiù, e io ancora non riesco a capire perché.»

Kelly stava per dire qualcosa, ma si fermò. Non c'era una vera risposta. Sfortuna, decisioni sbagliate, tempi mal calcolati a più di un livello di intervento, tutte queste cose contribuivano a creare gli eventi casuali che provocavano la morte dei soldati su un campo di battaglia in una terra lontana, e anche per chi si trovava laggiù non sempre era possibile capire. E poi, probabilmente Sandy aveva già ascoltato più di una volta ogni giustificazione dall'uomo di cui ora piangeva la morte. Forse cercare un significato era solo un inutile sforzo mentale. E se non c'era alcun significato? Ma anche se fosse così, come si poteva vivere senza l'illusione che esistesse, qualunque fosse? Era ancora alle prese con quei pensieri, quando svoltò nella strada dove abitava Sandy.

«La tua casa ha bisogno di una mano di vernice» le disse Kelly, compiacendosi di quel fatto.

«Lo so, ma non posso permettermi di pagare un imbianchino, e non ho il tempo di farlo da sola.»

«Sandy, lo vuoi un consiglio?»

«Quale sarebbe?»

«Vivi la tua vita. Mi dispiace che Tim non ci sia più, ma è un fatto che non si può cambiare. Anch'io ho perso degli amici laggiù, ma devo andare avanti.»

Era doloroso vedere sul volto di Sandy i segni della fatica. Gli occhi di lei lo esaminavano con un'attenzione professionale, senza rivelare nulla dei suoi pensieri o delle sue sensazioni, ma il fatto che cercasse di nascondersi dietro quello sguardo spiegava qualcosa a Kelly.

Qualcosa è cambiato in te. Non so cosa, ma qualcosa è cambiato. Che cosa, e perché?, pensò Sandy. Qualcosa si era definito. Era sempre stato gentile, quasi buffo nella sua insistente cortesia, ma la tristezza che aveva notato in lui, quasi uguale al suo insopprimibile dolore, ora se ne era andata, sostituita da qualcosa che per il momento non riusciva a decifrare. Era strano, perché non si era mai sforzato di nasconderle nulla, e lei si era ritenuta in grado di penetrare qualsiasi barriera lui avesse potuto innalzare per mascherarsi. Evidentemente si era sbagliata, oppure non conosceva certe regole. Lo guardò mentre scendeva, girava intorno alla macchina e le apriva la portiera.

«Prego, signora.» La invitò a scendere.

«Perché sei così gentile? Forse il professore Rosen...?»

«Mi ha detto solo che avevi bisogno di un passaggio, Sandy, giuro. E poi, si vede che sei terribilmente stanca.» Kelly la accompagnò alla porta.

«Non so perché mi piace parlare con te» disse Sandy, salendo i gradini della veranda.

«Di questo non ero affatto sicuro. Davvero?»

«Credo di sì» rispose Sandy, con un abbozzo di sorriso, che dopo un secondo si era già spento. «John, è troppo presto per me.»

«Sandy, è troppo presto anche per me. È troppo presto anche per essere amici?»

Rifletté un attimo sulla domanda. «No, per quello no.»

«Usciamo a cena, una volta? Te l'avevo già proposto, ricordi?»

«Quando vieni in città?»

«Più spesso, adesso. Ho un lavoro... beh, una specie di lavoro a Washington.»

«E cosa fai?»

«Niente d'importante.» Sandy colse l'ombra di una bugia in quella risposta, ma probabilmente non era indirizzata contro di lei.

«La settimana prossima, può andare?»

«Ti chiamo io. Non conosco nessun buon ristorante nei dintorni.»

«Io sì.»

«Riposati» le disse Kelly. Non tentò di baciarla, e nemmeno di prenderle la mano. Solo un sorriso amichevole, affettuoso, prima di tornare verso la macchina. Sandy lo guardò ripartire, domandandosi ancora che cosa ci fosse di diverso in quell'uomo. Non avrebbe mai dimenticato lo sguardo che aveva visto nei suoi occhi, sul letto dell'ospedale, ma qualunque cosa fosse stata, non era niente di cui lei dovesse aver paura.

In macchina, Kelly era leggermente arrabbiato con se stesso. Aveva indossato i guanti da lavoro di cotone, e li stava passando su ogni superficie dell'auto. Non poteva rischiare tante conversazioni come quella. Cosa significava? Come diavolo faceva a sapere come comportarsi? Sul campo di battaglia era facile. Si individuava il nemico, oppure, più spesso, qualcuno spiegava cosa stava succedendo, chi era il nemico e dove si nascondeva — spesso le informazioni si rivelavano imprecise, ma almeno erano un punto di partenza. Quando si veniva istruiti prima di una missione, nessuno parlava mai di come sarebbe cambiato il mondo, o di come la missione avrebbe posto fine alla guerra. Quelle erano cose che si leggevano sui giornali, informazioni riportate da giornalisti che se ne fregavano, raccolte dalle dichiarazioni di portavoce ignari o di politici che non si erano mai presi la briga di verificarle. “Infrastrutture” e “quadri” erano le loro parole preferite, ma lui aveva dato la caccia a persone, non a infrastrutture, qualunque cosa quella parola volesse dire. Le infrastrutture erano *cose*, come quelle che combatteva Sandy; non erano persone che compivano dei crimini e a cui si poteva dare la caccia come a un pericoloso animale da caccia grossa. E quello che stava facendo adesso, come era da interpretare? Kelly pensò che doveva controllare i suoi pensieri, limitarsi alle cose semplici, tenere presente che stava dando la caccia a semplici *persone*, ora come prima. Non avrebbe cambiato il mondo intero, ma ne avrebbe ripulito un angolino.

«Fa ancora male, amico mio?» domandò Grišanov.

«Credo di avere qualche costola rotta.»

Zacharias era seduto su una sedia, respirava lentamente ed era in preda a forti dolori. Il russo era preoccupato. Ferite del genere potevano causare una polmonite, e una polmonite poteva anche uccidere un uomo in quelle condizioni fisiche. Le guardie avevano usato uno zelo eccessivo nel percuotere il prigioniero, e benché l'ordine fosse arrivato da Grišanov, lui aveva solo desiderato che gli venisse fatto un po' male, nulla di più. Un prigioniero morto non avrebbe potuto dargli le informazioni che gli servivano.

«Ho parlato con il maggiore Vinh. Quel piccolo selvaggio dice di non avere medicine che gli avanzano.» Grišanov scrollò le spalle. «Potrebbe anche essere vero. Fa tanto male?»

«Ogni volta che respiro» rispose Zacharias, e non c'era dubbio che stesse dicendo la verità. Era anche più pallido del solito.

«Una cosa ce l'ho contro il dolore, Robin» disse Kolja in tono di scusa, mostrandogli la sua fiaschetta.

Il colonnello americano scosse la testa, e anche quel movimento gli provocò una fitta di dolore. «Non posso.»

Grišanov parlò con la frustrazione di un uomo che cercava di far ragionare un amico. «Allora sei uno stupido, Robin. Il dolore non serve a nessuno, né a te né a me né al tuo Dio. Per favore, lascia che ti dia un po' di aiuto. Vuoi?»

Non posso, pensò Zacharias. Se avesse accettato avrebbe infranto le regole. Il suo corpo era come un tempio, e non doveva lasciarlo contaminare da cose come quella. Ma il tempio era danneggiato. Più di ogni altra cosa, temeva le emorragie interne. Il suo corpo sarebbe riuscito a guarire da solo? Sapeva che in circostanze normali, o quasi, non sarebbe stato un problema, ma sapeva anche di essere ridotto in condizioni spaventose. Prima la ferita alla schiena, e ora le costole. Il dolore non lo avrebbe abbandonato, anzi, gli avrebbe reso più difficile il tentativo di resistere alle domande; quindi doveva misurare la sua religione con il proprio dovere di soldato. Ora era tutto meno chiaro. Se avesse potuto alleviare il dolore, forse sarebbe stato più facile non solo guarire, ma anche compiere pienamente il proprio dovere. E allora, qual era la cosa giusta da fare? Quella che avrebbe dovuto essere una domanda facile, ora era un grave dilemma. Il suo sguardo si appoggiò sulla fiaschetta di metallo. Il suo contenuto poteva dargli un po' di sollievo; non tanto, ma un poco sì, e quel poco gli sarebbe bastato per controllarsi.

Grišanov svitò il tappo. «Sai sciare, Robin?»

La domanda sorprese Zacharias. «Sì, ho imparato da piccolo.»

«Fondo?»

L'americano scosse la testa. «No, discesa, quella normale.»

«La neve sui monti Wasatch, com'è per sciare?»

Robin sorrise al ricordo delle sue montagne. «Ottima, Kolja. È neve secca e farinosa, fine quasi come sabbia.»

«Ah, il tipo migliore. Tieni.» Gli porse la fiaschetta.

Solo una volta, pensò Zacharias. *Solo per alleviare il dolore*. Bevve un sorso. *Solo per tenere a bada il dolore, quanto basta per non lasciarmi andare*.

Grišanov lo osservò mentre beveva, vide i suoi occhi inumidirsi, e sperò che non tossisse, soffrendo ancora di più. Era vodka buona, che proveniva dalla dispensa dell'ambasciata di Hanoi, ed era l'unica cosa che nel suo Paese non scarseggiava mai. L'ambasciata ne conservava sempre una grossa scorta. Era la qualità migliore, la preferita di Kolja, quella insaporita con la carta vecchia, ma probabilmente l'americano non se ne sarebbe accorto — e a dire il vero, neppure lui ci faceva più caso, dopo il quarto bicchierino.

«Sei un bravo sciatore, Robin?»

Zacharias avvertì una sensazione di calore allo stomaco; era un calore gradevole, diverso dal caldo opprimente e odioso di quello squallido Paese, un calore che si diffondeva e permetteva al corpo di rilassarsi. La sensazione di sollievo mitigò il dolore, e Zacharias si sentì un po' più forte. Se ora quel russo voleva parlare di sci, beh, non c'era niente di male, no?

«Vado sulle piste nere» rispose Robin con orgoglio. «Ho cominciato da piccolo. Credo che mio padre mi portò per la prima volta quando avevo cinque anni.»

«Tuo padre, anche lui pilota?»

L'americano scosse la testa. «No, avvocato.»

«Mio padre è docente di storia all'università statale di Mosca. Abbiamo una dacia, e in inverno, quando ero piccolo, andavo a sciare nei boschi. Mi piace il silenzio. Laggiù, non si sente altro che... come si dice, fruscìo? Il fruscìo degli sci sulla neve. Niente altro. Come se ci fosse una coperta sulla terra: niente rumore, solo silenzio.»

«Se sali presto, anche in montagna è così. Devi andare quando ha appena smesso di nevicare, e non c'è molto vento.»

Kolja sorrise. «È come volare, no? Volare su un aereo monoposto, in un giorno sereno e con poche nuvole bianche.» Si chinò in avanti con uno sguardo furbo. «Dimmi, ti capita mai di spegnere la radio per qualche minuto, per essere completamente solo?»

«Ti permettono di farlo?»

Grišanov ridacchiò, scuotendo la testa. «No, ma io lo faccio lo stesso.»

«Complimenti» disse Robin, sorridendo a sua volta, e ricordando la sensazione del volo. In particolare, gli venne in mente un pomeriggio in cui era decollato dalla base aerea di Mountain Home, un giorno di febbraio del 1964.

«È così che deve sentirsi Dio, no? Tutto solo. Si riesce anche a ignorare il rumore del motore. Io dopo qualche minuto non lo sento più. Capita anche a te?»

«Sì, se il casco è infilato bene.»

«È per quello che volo» disse Grišanov, mentendo. «Tutte le altre scocciature, le scartoffie, le cose tecniche, le riunioni, sono solo il prezzo da pagare per salire lassù, da soli, proprio come quando ero un ragazzino e andavo a sciare nei boschi, ma meglio. Si può arrivare così lontano con lo sguardo, in una giornata serena d'inverno.» Passò la fiaschetta a Zacharias. «Credi che quei piccoli selvaggi capiscano queste cose?»

«Probabilmente no.» Esitò per un attimo. Beh, aveva già bevuto un sorso, ma un secondo non gli avrebbe fatto male, no? Così ne mandò giù un altro.

«Io faccio così, Robin, tengo la cloche solo con la punta delle dita.» Diede una dimostrazione usando il collo della fiaschetta. «Chiudo gli occhi per un attimo, e quando li riapro, il mondo è cambiato. Non faccio più parte del mondo, sono qualcosa di diverso... un angelo, forse» disse, con tono divertito. «In quei momenti possiedo il cielo come vorrei possedere una donna, anche se non è proprio la stessa cosa. Le sensazioni migliori si provano quando si è da soli, credo.»

Questo tipo capisce veramente. Capisce *davvero* cosa si prova a *volare*. «Sei forse un poeta?»

«Amo la poesia. Non ho il talento per scrivere poesie, ma ciò non mi impedisce di leggerle, memorizzarle e provare le sensazioni descritte dal poeta» rispose Grišanov con calma, convinto di quello che diceva, osservando lo sguardo dell'americano, ora più distante, trasognato. «Ci assomigliamo molto, amico mio.»

«Che si dice sull'omicidio di Ju-Ju?» domandò Tucker.

«Sembra una rapina. Si è distratto troppo. Era uno dei tuoi, eh?» disse Charon.

«Già. Lavorava molto per noi.»

«Chi è stato?» Si trovavano nella sala principale della biblioteca Enoch Pratt, nascosti tra le file di scaffali; un posto ideale, insomma. Sarebbe stato difficile per chiunque avvicinarsi senza farsi sentire, ed era assolutamente impossibile registrare di nascosto una conversazione: il posto era silenzioso, ma c'erano troppe piccole nicchie.

«Nessuno sa niente, Henry. Ryan e Douglas erano là, e ho avuto l'impressione che anche loro non ci capissero molto. Ehi, non te la prenderai tanto per uno spacciatore?»

«Neanche per sogno, però è una seccatura. È la prima volta che fanno fuori uno dei miei.»

«Ma Henry, sai benissimo qual è la situazione.» Charon sfogliò le pagine di un libro. «È un settore ad alto rischio. Qualcuno voleva farsi un po' di soldi, forse anche un po' di roba, o magari entrare in attività in maniera rapida. Prova a cercare in giro un nuovo spacciatore per la tua roba. Cristo, dato che sembrano così interessati, forse sono disposti a fare un accordo.»

«Di spacciatori ne ho abbastanza. E fare pace con gente del genere non fa bene agli affari. Come li hanno accoppati?»

«Da professionisti. Due colpi in testa ciascuno. Douglas diceva che potrebbe trattarsi di un colpo della mafia.»

Tucker girò la testa. «Oh?»

Charon parlava con calma, volgendo le spalle all'altro. «Henry, non possono essere stati i tuoi soci. Tony non farebbe mai una cosa del genere, no?»

«Probabilmente no.» *Ma Eddie forse sì.*

«C'è una cosa di cui ho bisogno» proseguì Charon.

«Cosa?»

«Uno spacciatore. Cosa ti aspettavi che chiedessi, un'imbeccata su un cavallo piazzato a Pimlico?»

«Ce ne sono troppi ormai che lavorano per me, lo sai.» Era stata una buona idea, ottima, anzi, usare Charon per eliminare la concorrenza più agguerrita, ma man mano che Tucker consolidava il suo controllo sul commercio locale, era sempre più difficile individuare operatori indipendenti da consegnare alla giustizia. In particolare, i grossi spacciatori ormai scarseggiavano. Aveva scelto con cura quelli con cui non gli interessava avere rapporti di lavoro, e quelli rimasti potevano essere validi alleati invece che nemici, se fosse riuscito a trovare un modo per trattare con loro.

«Se vuoi che io sia in grado di proteggerti, Henry, devo avere le indagini sotto controllo, e per farlo ho bisogno di pescare qualche pesce grosso di tanto in tanto.» Charon ripose il libro sullo scaffale. Perché doveva spiegare cose così semplici a quell'uomo?

«Quando?»

«All'inizio della settimana, un boccone saporito. Voglio mettere a segno un bel colpo.»

«Mi farò sentire.» Tucker rimise sullo scaffale il libro che aveva in mano e se ne andò. Charon rimase ancora qualche minuto, cercando il libro giusto. Lo trovò, insieme alla busta che nascondeva. Il tenente di polizia non si scomodò a contare i soldi; sapeva che la somma era esatta.

Greer si incaricò di fare le presentazioni.

«Mr. Clark, questo è il generale Martin Young, e questo è Robert Ritter.»

Kelly strinse la mano a entrambi. Il marine era un aviatore, come Maxwell e Podulski, che quella volta erano assenti. Non aveva idea di chi fosse Ritter, ma fu proprio lui a parlare per primo.

«Ottima analisi. Il suo linguaggio non è molto burocratico, ma ha messo bene in luce tutti i punti principali.»

«Signore, non ci vuole molto a immaginarsi la situazione. L'assalto da terra dovrebbe essere abbastanza facile. Non ci sono truppe di prima linea in un posto come questo, e quelli che ci sono guardano dentro, non fuori. Diciamo due sentinelle su ogni torretta. Le mitragliatrici saranno puntate verso l'interno, giusto? Ci vuole qualche secondo per spostarle. Si può sfruttare il limite della vegetazione per avvicinarsi a una distanza sufficiente per la gittata dei lanciagranate M-79.» Kelly indicava i vari punti sullo schema. «Qui c'è la caserma, che ha solo due porte, e scommetto che non alloggia più di quaranta uomini.»

«Si entra da qui?» Il generale Young picchiettò sulla zona sudoccidentale del complesso.

«Sì, signore.» Per essere un ''volatile'', il marine era piuttosto perspicace. «Il trucco sta nel fare arrivare molto vicino la prima squadra d'assalto. A questo scopo, si potranno sfruttare le condizioni meteorologiche, che data la stagione dovrebbero essere favorevoli a un'azione di questo tipo, giusto? Due cannoniere volanti, che useranno solo normali razzi e minigun per buttar giù questi due edifici. Gli elicotteri per l'evacuazione atterreranno qui. A meno di cinque minuti dai primi spari, sarà già tutto finito. Questa è la fase di terra, okay? Il resto lo lascio agli aviatori.»

«Quindi secondo lei la chiave di tutto consiste nel portare la componente d'assalto quasi a terra...»

«No, signore. Se volete un altro Song Tay, potete rifare quella missione, facendo scendere l'elicottero all'interno del complesso... ma mi sembrava di capire che voleste un'azione limitata.»

«Esatto» disse Ritter. «Deve essere limitata. Non c'è modo di organizzare questa missione come un'operazione su vasta scala.»

«Le forze sono limitate, signore, ed è necessario seguire una tattica diversa. Un vantaggio consiste nel fatto che si tratta di un obiettivo di piccole dimensioni, con poche persone da trarre in salvo e pochi uomini da impiegare.»

«Ma nessun fattore di sicurezza» disse il generale Young, serio.

«Quasi nessuno» concordò Kelly. «Venticinque uomini. Atterrano in questa valle, si arrampicano su questa collina, arrivano sull'obiettivo, si occupano delle torrette e fanno saltare questo ingresso. A quel punto arrivano le cannoniere volanti, elicotteri armati, e distruggono questi due edifici, mentre la squadra d'assalto interviene su quest'altro. Le cannoniere orbitano sul complesso mentre gli elicotteri di soccorso si occupano dell'evacuazione, poi sfrecciamo tutti come pazzi verso la valle.»

«Mr. Clark, lei è un ottimista» osservò Greer, rammentando inoltre a Kelly il suo pseudonimo. Se il generale Young avesse scoperto che Kelly era stato un semplice sottufficiale, avrebbe negato il suo appoggio all'operazione; Young aveva già fatto notevoli sforzi per loro, mettendo a disposizione i fondi per l'edilizia di un intero anno per costruire il campo modello nei boschi di Quantico.

«Sono tutte cose che ho già fatto, ammiraglio.»

«Chi provvederà a scegliere gli uomini?» domandò Ritter.

«Ce ne stiamo già occupando» lo assicurò James Greer.

Ritter si adagiò sulla sedia, osservando attentamente le fotografie e i disegni. Stava mettendo in gioco la sua carriera, così come Greer e tutti gli altri. Ma l'alternativa al fare qualcosa era non fare nulla, e se non avessero fatto nulla almeno un uomo valoroso, ma forse più di venti, non avrebbero fatto mai ritorno a casa. Non era quello il motivo, Ritter ammise a se stesso. Il vero motivo era che qualcuno aveva deciso che le vite di quelle persone non contavano, e quel qualcuno avrebbe potuto prendere di nuovo una simile decisione. Quel modo di pensare un giorno o l'altro avrebbe distrutto la CIA. Non era possibile reclutare agenti se si spargeva la voce che l'America non proteggeva gli uomini che lavoravano per lei. Mantenere le promesse non era semplicemente una cosa giusta; era anche un buon modo di condurre gli affari.

«È meglio che ci mettiamo all'opera prima di ufficializzare il piano» disse. «Sarà più facile ottenere il via per la missione se l'avremo già preparata. Deve sembrare un'opportunità irripetibile. Questo è stato il grande errore commesso per KINGPIN: era troppo evidente il tentativo di ottenere una licenza di caccia, cosa che non sarebbe mai stata possibile. In questo caso invece si tratta di una singola operazione di salvataggio, e perciò posso presentarla ai miei amici al Consiglio di Sicurezza Nazionale. Probabilmente strapperò l'approvazione, ma in quel momento dovremo essere pronti a partire con la missione.»

«Bob, questo significa che sei dei nostri?»

Trascorse un lungo momento prima della risposta. «Sì, sono con voi.»

«Abbiamo bisogno di un ulteriore fattore di sicurezza» disse Young, osservando la mappa in grande scala e cercando di immaginarsi come sarebbero entrati gli elicotteri.

«Sì, signore» concordò Kelly. «Qualcuno deve andare in avanscoperta a esplorare bene la zona.» Le foto di Robin Zacharias erano ancora sul tavolo; una raffigurava un colonnello dell'aviazione, eretto, con il berretto sotto il braccio, ali d'argento e nastrini appuntati sul petto, che sorrideva orgoglioso alla macchina fotografica, attorniato dalla sua famiglia; l'altra mostrava un uomo curvo, lacero, sul punto di essere colpito alle spalle dal calcio di un fucile. Diavolo, pensò, perché non partecipare a un'altra crociata?

"Qualcosa mi dice che sarò io."

17

Complicazioni

Archie non aveva saputo dirgli molto, ma anche quel poco si rivelò sufficiente per gli scopi di Kelly. Ora aveva solo bisogno di dormire un po'.

Inseguire una macchina era ben più difficile di quanto non sembrasse in Tv, e sicuramente più dell'altra volta che ci aveva provato, a New Orleans. A seguirla troppo da vicino, si correva il rischio di essere scoperti, mentre se ci si teneva troppo a distanza si poteva perderla di vista. Inoltre, il traffico rendeva tutto più complicato. I camion ostruivano la visuale e inoltre, concentrandosi su un'unica macchina che procedeva a un isolato di distanza, si finiva inevitabilmente per ignorare le macchine più vicine, e quelle, pensava Kelly, potevano eseguire le manovre più azzardate. Per tutti quei motivi, benediceva in cuor suo la Roadrunner rossa di Billy, facile da tenere d'occhio per il colore sgargiante, e anche se al guidatore piaceva consumare il battistrada sull'asfalto e curvare in velocità, non poteva infrangere troppe norme del codice stradale senza attirare l'attenzione della polizia, cosa che, al pari di Kelly, non desiderava certo fare.

Kelly aveva avvistato la macchina poco dopo le sette di sera, nelle vicinanze del bar segnalato da Archie. Qualunque tipo di persona fosse, pensò Kelly, non aveva un'idea precisa di come non dare nell'occhio. Varie informazioni le ricavò dalla macchina; notò immediatamente che il fango era sparito, e che l'auto era stata lavata e tirata a lucido dal loro ultimo incontro. Evidentemente Billy era molto affezionato alla sua macchina, e questo fatto apriva una serie di interessanti possibilità che Kelly prese in considerazione mentre lo seguiva, non avvicinandosi mai a più di un isolato e studiando nel contempo i movimenti dell'altra macchina. Gli fu presto chiaro che Billy cercava di evitare il più possibile le principali arterie del traffico e che, al contrario di lui, conosceva le strade secondarie come le sue tasche. A compensare questo svantaggio, c'era il fatto che Kelly era alla guida di una macchina che passava completamente inosservata. C'erano troppi maggiolini usati in circolazione perché proprio il suo attirasse l'attenzione.

Dopo una quarantina di minuti scoprì la destinazione della macchina. La Roadrunner svoltò velocemente a sinistra e si fermò in fondo all'isolato. Kelly valutò varie opzioni, quindi decise di proseguire lentamente. Avvicinandosi, vide una ragazza uscire dall'altra macchina, con una borsetta. La ragazza andò incontro a una vecchia conoscenza, lo Stregone, a vari isolati di distanza dalla zona in cui abitualmente gravitava. Kelly non vide nessuno scambio, ma non c'è n'era bisogno: i due entrarono in un edificio, vi restarono per un paio di minuti, quindi la ragazza uscì di nuovo. Tutto corrispondeva a quello che Pam gli aveva raccontato. Meglio ancora, aveva identificato lo Stregone, si disse Kelly, mentre girava a sinistra e si avvicinava a un semaforo rosso. Ora aveva due informazioni in più. Nello specchietto retrovisore vide la Roadrunner che attraversava l'incrocio. La ragazza andò nella stessa direzione, scomparendo dalla sua vista nel momento in cui il semaforo diventò verde. Kelly curvò a destra, poi ancora a destra, e individuò la Plymouth che procedeva verso sud, con tre persone al suo interno. Prima non aveva notato l'uomo (probabilmente un uomo) accovacciato sul sedile posteriore.

Stava calando rapidamente l'oscurità, l'ora del giorno preferita da John Kelly. Continuò a seguire la Roadrunner, lasciando spente le luci il più a lungo possibile, e ne valse la pena, perché poco dopo l'altra macchina si fermò davanti a una casa d'angolo di arenaria e tutti e tre i passeggeri ne uscirono. Avevano consegnato la merce a quattro spacciatori, e per quella notte il loro lavoro era finito. Lasciò passare qualche minuto, andando a parcheggiare la sua auto a qualche isolato di distanza, quindi ritornò a piedi verso la casa, sempre camuffato da ubriacone. L'architettura della zona gli facilitò il lavoro; tutte le case sull'altro lato della strada avevano gradini in marmo di fronte all'ingresso, grandi blocchi di pietra rettangolari che offrivano un ottimo nascondiglio. Si trattava semplicemente di sedersi sul marciapiede e appoggiarsi di schiena ai gradini, senza il minimo rischio di essere visti. Scelse i gradini situati nella posizione migliore, non troppo vicini alla luce dei lampioni per poter sfruttare l'ombra, e poi comunque a chi importa di un barbone? Kelly assunse la posizione rannicchiata tipica degli ubriaconi, portando di tanto in tanto alla bocca la bottiglia avvolta nel sacchetto di carta, per fingere di bere un sorso. Rimase a osservare la casa d'angolo per diverse ore.

Gruppi sanguigni 0 +, 0- e AB-, aveva letto sul referto dell'autopsia. Lo sperma trovato nel corpo di Pam corrispondeva a quei gruppi sanguigni, e mentre sedeva osservando la casa, a una cinquantina di metri di distanza, Kelly si domandava di che gruppo fosse il sangue di Billy. Intanto, sulla strada si muoveva il traffico e sul marciapiede continuavano a passare persone. Forse tre in tutto avevano guardato dalla sua parte, ma niente di più. Mentre le ore passavano, Kelly fingeva di dormire, osservando la casa con la coda dell'occhio e aguzzando le orecchie per rilevare ogni possibile segnale di pericolo. A una ventina di metri da lui, sul marciapiede, c'era uno spacciatore al lavoro, e Kelly ascoltava per la prima volta come veniva descritto il prodotto e si negoziava sul prezzo, sentendo anche le voci dei clienti. Aveva sempre avuto un ottimo udito, che più di una volta gli aveva salvato la vita; anche i suoni erano preziose fonti di informazioni, che col passare delle ore la sua mente catalogava e classificava. Un cane randagio gli si avvicinò, annusandolo con fare curioso e amichevole, e Kelly non lo cacciò via. Non sarebbe stato un comportamento in sintonia con il personaggio — fosse stato un topo sarebbe stato diverso — e doveva stare attento a non compiere passi falsi.

Che tipo di quartiere era stato questo?, si chiese Kelly. Dal suo lato della strada, le abitazioni erano case a schiera in mattoni, dall'aspetto piuttosto comune, mentre sull'altro lato le solide case di arenaria erano ben più larghe, circa della metà. Forse la strada era stata la linea di confine tra le famiglie di operai da una parte e quelle più agiate della borghesia di inizio secolo dall'altra. Forse quella casa d'angolo era stata l'elegante residenza di un commerciante o di un capitano di lungo corso, forse nelle sue stanze, nei fine settimana, erano risuonate le note di un pianoforte; forse il proprietario aveva avuto una figlia che studiava al conservatorio Peabody. Ma tutti se ne erano andati verso luoghi dove cresceva l'erba, e anche quella casa, ormai, era soltanto un fantasma a tre piani, vuoto e marrone, di un tempo passato. Era sorpreso dall'ampiezza delle strade, forse dovuta al fatto che, quando erano state progettate, il principale mezzo di trasporto era il carro trainato da cavalli. Kelly cacciò via quel pensiero: non era importante, e la sua mente doveva concentrarsi sulle cose che lo erano.

Infine, dopo quattro ore, i tre uscirono di nuovo, prima i due uomini, poi la ragazza dietro di loro. Più bassa di Pam, e più robusta. Kelly si espose leggermente, sollevando la testa per vedere meglio. Aveva bisogno di osservare bene Billy che, pensò, doveva essere il guidatore. Il fisico era tutt'altro che notevole: un metro e ottanta circa di altezza, magro, qualcosa di luccicante al polso, un orologio o un braccialetto. L'altro uomo era più alto e piazzato, ma sicuramente era un subalterno, pensò Kelly, deducendolo dal modo in cui si muoveva e seguiva il primo. La ragazza si muoveva in modo ancora più remissivo, col capo chino. La sua camicetta, se di quello si trattava, non era completamente abbottonata. Salì in macchina senza sollevare il capo per guardarsi intorno e senza compiere alcun gesto che potesse denunciare il benché minimo interesse per il mondo che la circondava. Era lenta e disordinata nei movimenti, probabilmente per via della droga, ma non solo per quello. C'era qualcos'altro, qualcosa che Kelly non riusciva a cogliere, ma che era lo stesso inquietante... una specie di fiacchezza. Non pigrizia, ma qualcosa di diverso. Kelly ebbe un sussulto quando ricordò dove l'aveva già visto: nel villaggio vietnamita, durante l'operazione PLASTIC FLOWER. Era lo stesso modo in cui si erano mossi gli abitanti per radunarsi al centro del villaggio; movimenti rassegnati, automatici, come se fossero stati automi viventi comandati da quel maggiore e dai suoi soldati. Si sarebbero mossi alla stessa maniera per andare incontro alla morte, così come avrebbe fatto la ragazza, che ora si stava muovendo proprio come loro quella volta.

Allora era tutto vero, pensò Kelly. *Usavano veramente le ragazze come corrieri, e anche per qualcos'altro*. Mentre osservava, la macchina si mise in moto, e lo stile di guida di Billy era quello che Kelly si sarebbe atteso da lui. La macchina procedette a strattoni fino all'angolo, poi svoltò a sinistra, accelerando all'incrocio con uno stridìo dei pneumatici e scomparendo dalla vista di Kelly. *Billy, uno e ottanta, magro, orologio o braccialetto*. Questi dati di riconoscimento erano ormai archiviati nel cervello di Kelly, insieme al volto e ai capelli. Lo stesso valeva per l'altro uomo, ancora senza nome, ma con un destino ben più incombente di quanto il diretto interessato non potesse sospettare.

Kelly guardò l'orologio: l'una e quaranta. Che cosa avevano fatto in quella casa? Poi gli vennero in mente altre cose dette da Pam. Un festino, probabilmente. Probabilmente anche quella ragazza, chiunque fosse, ora aveva siero 0 + , 0- e AB- nel suo corpo. Ma Kelly non poteva salvare il mondo intero, e il modo migliore in cui poteva aiutarla a salvarsi non era certo quello di intervenire direttamente per liberarla. Si rilassò, solo un poco, aspettando, perché non voleva che il suo comportamento denunciasse alcuna intenzione. Qualcuno avrebbe potuto vederlo, forse lo stavano osservando proprio in quel momento. Alcune case avevano le luci accese, così rimase in attesa senza spostarsi per un'altra mezz'ora, sopportando la sete e leggeri crampi, poi si alzò e si avviò barcollando verso l'angolo. Era stato molto attento finora, pensò, molto attento e molto efficiente, e adesso era giunto il momento di mettere in atto la seconda fase prevista per quella notte. Era ora di gratificarsi un po', mettendo in pratica il suo proposito di concedersi qualche svago.

Percorse soprattutto vicoli, spostandosi lentamente e vacillando ora a destra ora a sinistra, con un'andatura tortuosa come quella di un serpente, *snake!*, e quel pensiero suscitò un sorriso interiore e un piccolo grugnito di divertimento. Continuò così per diversi isolati, finché non ritornò su strade più grandi, facendo solo una breve sosta per infilarsi i guanti di gomma da chirurgo. Passò davanti a vari spacciatori e ai loro galoppini, aspettando di trovare quello giusto. Il suo percorso si snodava in una serie continua di curve ad angolo retto, il cui punto di riferimento era quello in cui aveva parcheggiato la Volkswagen. Doveva stare attento, come sempre, ma sapeva di essere il predatore mascherato, mentre le prede erano del tutto ignare della loro condizione, convinte anzi di essere a loro volta implacabili cacciatori. Che si illudessero pure.

Erano quasi le tre quando Kelly selezionò la sua preda. Un solitario, così Kelly aveva preso l'abitudine di chiamarli. Era senza luogotenente, forse era nuovo del settore e stava ancora imparando i segreti del mestiere. Era abbastanza giovane, o almeno così sembrava da quaranta metri di distanza, ed era intento a contare il suo rotolo di banconote per verificare il bilancio del lavoro di quella notte. Sul suo fianco destro si notava un rigonfiamento, sicuramente una pistola, ma aveva la testa chinata. Sembrava in guardia. Accorgendosi dell'avvicinarsi di Kelly, sollevò il capo e si voltò per dargli una rapida occhiata, ma tornò subito a contare le sue banconote, non dando importanza alla figura che si stava avvicinando, mentre la distanza tra i due continuava a diminuire.

Kelly si era preoccupato di tornare alla barca durante la giornata, andandoci con la Scout, in modo che nessuno al molo sapesse che aveva un'altra macchina, e aveva preso qualcosa. Mentre si avvicinava a Junior — tutti dovevano avere un nome, anche se per poco —, Kelly portò la bottiglia di vino dalla mano destra alla sinistra, quindi con la destra estrasse la copiglia dalla punta dell'arma che teneva nascosta all'interno del suo nuovo giaccone, assicurata con un laccio alla parte sinistra dell'indumento, che nel frattempo aveva provveduto a sbottonare. Si trattava di una semplice barra di metallo, lunga quarantacinque centimetri, con un cilindro avvitato in punta; la copiglia ora ciondolava da una corta catenella. La mano destra di Kelly la slegò dal laccio, senza spostarla, mentre continuava ad avvicinarsi a Junior.

Lo spacciatore, infastidito, girò di nuovo la testa. Probabilmente non riusciva a contare, e ora stava cercando di sistemare le banconote in ordine di taglio. Forse l'avvicinarsi di Kelly lo aveva distratto, o forse era solo un po' stupido, spiegazione che sembrava più plausibile.

Kelly inciampò e cadde sul marciapiede, tenendo la testa abbassata e cercando di apparire il più innocuo possibile. Rialzandosi, si guardò alle spalle. Nessun pedone in vista per oltre cento metri, e le uniche luci di automobili che vide erano rosse, non bianche, quindi nessuna era diretta dalla sua parte. Risollevando la testa, non vide nessuno all'infuori di Junior, che stava per terminare il lavoro di quella notte e si preparava a tornare a casa a bersi un bicchierino prima di andare a letto, o dedicarsi a chissà quali piaceri.

Poco più di tre metri ormai, e lo spacciatore lo ignorava, come avrebbe potuto ignorare un cane randagio. Kelly avvertì il piacere che stava arrivando un momento prima di provarlo, in quell'ultimo attimo di eccitata soddisfazione in cui si ha la certezza che tutto funzionerà, il nemico sotto tiro, ignaro, senza sospetti, incapace di immaginare che la sua ora è arrivata, l'attimo in cui si sente il sangue scorrere nelle vene, quando si è i soli a sapere che il silenzio sta per essere violato e si prova la meravigliosa sensazione di avere tutto sotto controllo. Kelly estrasse leggermente la mano mentre faceva un altro passo, non puntando ancora direttamente sull'obiettivo, come se dovesse passargli davanti invece di camminare verso di lui. Lo sguardo del criminale si alzò di nuovo per effettuare un rapido controllo, nessuna paura negli occhi, quasi nessuna traccia di fastidio; non si mosse, naturalmente, perché la gente doveva girare intorno a lui, e non viceversa. Per lui Kelly era solo una cosa, uno dei tanti oggetti che occupavano la strada, non più degno di interesse di una macchia d'olio sull'asfalto.

Quando si trovò a mezzo passo di distanza da Junior, Kelly estrasse l'arma dal giaccone con la mano destra, quindi fece leva sul piede sinistro e scattò con l'altro, estendendo contemporaneamente il braccio destro come per tirare un pugno, scagliando tutti gli ottantotto chili della sua massa corporea sull'obiettivo. La punta rigonfia della canna, diretta con violenza verso l'alto, colpì lo spacciatore appena sotto lo sterno, e in quel momento l'effetto combinato della spinta del braccio e della forza d'inerzia del corpo di Kelly fece rientrare la camera di scoppio, spingendo l'innesco sul percussore e facendo partire la pallottola, la sua punta ricurva di plastica verde a contatto con la camicia di Junior.

Il rumore fu simile a quello di una scatola di cartone fatta cadere su un pavimento di legno. *Stomp*. Nulla di più, e certamente nulla che assomigliasse a uno sparo, perché tutto il gas sprigionatosi dalla polvere da sparo seguì direttamente il proiettile nel corpo di Junior. La pallottola calibro .8, di quelle usate nelle gare di tiro o nella caccia al piccione, avrebbe solo ferito qualcuno da una distanza di quindici metri, ma sparata a diretto contatto con il petto ebbe lo stesso effetto di un fucile per elefanti. La forza brutale dello sparo espulse l'aria dai polmoni di Junior con un sibilo incredibilmente forte, aprendo a forza la bocca in un'espressione che sembrava di sorpresa. E non c'era dubbio che Junior fosse sorpreso. I suoi occhi fissavano quelli di Kelly, e ancora c'era vita in lui, benché il suo cuore fosse già squarciato come un palloncino scoppiato, e il fondo dei suoi polmoni fosse ridotto a brandelli. Kelly notò con soddisfazione che non c'era foro d'uscita; grazie alla traiettoria del colpo, diretto verso l'alto, il torace aveva assorbito la forza d'urto dello sparo e frenato il proiettile, e allo stesso tempo la violenza dell'esplosione aveva tenuto eretto il corpo per non più di un secondo, anche se a Junior e Kelly quel momento era sembrato non finire mai. Poi il corpo si accasciò di colpo, come un edificio fatto crollare con la dinamite. Si sentì un sibilo strano e profondo: l'aria e i gas, a causa della caduta, vennero espulsi dal foro d'entrata del proiettile. Un odore acre e disgustoso di fumo, sangue e altre cose impestò l'aria, degna rappresentazione della carogna da cui proveniva. Gli occhi di Junior erano ancora aperti, lo sguardo fisso su Kelly nel tentativo di metterne a fuoco il viso, la bocca spalancata e tremante come se volesse dirgli qualcosa, ma alla fine ogni movimento cessò, e non ci fu tempo per quella domanda. Kelly tolse il rotolo di banconote dalla presa ancora salda di Junior e si incamminò, lo sguardo e l'udito tesi ad avvertire qualsiasi possibile pericolo. Ma tutto sembrava tranquillo. All'angolo svoltò e andò verso un canale di scolo, dove immerse nell'acqua la punta dell'arma per lavare via il sangue che eventualmente vi fosse rimasto. Poi si diresse a ovest, verso il punto in cui aveva parcheggiato la macchina, continuando a muoversi lentamente e con andatura malferma. Quaranta minuti più tardi era a casa, con ottocento dollari in più e un proiettile in meno.

«Chi è questa volta?» domandò Ryan.

«Bandanna, ci crederesti?» rispose l'agente in uniforme. Era un esperto agente di pattuglia, bianco, trentadue anni. «Spacciatore. Beh, ora non più.»

Gli occhi del morto erano ancora aperti, fatto non molto comune nelle vittime di assassinio, ma in questo caso la morte era arrivata all'improvviso, e in modo molto violento, sebbene il corpo fosse sorprendentemente in ordine. Si vedeva un foro d'entrata di un centimetro e mezzo di diametro, circondato da un anello nero spesso circa tre millimetri, che faceva pensare a una ciambella. L'anello era stato lasciato dalla polvere da sparo, e il diametro del foro era inequivocabilmente quello del proiettile di un fucile da caccia. All'interno il corpo sembrava cavo, era come guardare in una scatola vuota attraverso un buco. Tutti gli organi interni erano stati distrutti, oppure semplicemente schiacciati dalla forza di gravità, perché dopo la morte i muscoli non avevano più potuto resistere alla forza d'attrazione della terra, che presto avrebbe richiamato a sé l'intero corpo. Era la prima volta che Emmet Ryan guardava *dentro* un cadavere in quel modo, come se non fosse affatto un corpo umano, ma una specie di manichino.

«La causa del decesso» osservò il medico legale con ironia mattutina «è la totale evaporazione del cuore. Solo con un microscopio potremmo individuare del tessuto cardiaco. Un bel frullato» aggiunse, scuotendo il capo.

«Si è trattato chiaramente di un colpo sparato a contatto con la pelle. L'assassino deve avergli cacciato il fucile contro il petto prima di fare fuoco.»

«Indigestione letale» disse Douglas. «Cristo, non ha nemmeno sputato una goccia di sangue.» Non essendoci foro d'uscita, sul marciapiede non vi era traccia di sangue, tanto che da lontano Bandanna poteva sembrare semplicemente addormentato, non fosse stato per gli occhi spalancati e privi di vita.

«Non si vede il diaframma» osservò il medico legale, indicando il *buco*. «Dovrebbe essere tra questo punto e il cuore. Probabilmente troveremo che anche l'intero apparato respiratorio è stato distrutto. Sapete, non ho mai visto niente di simile in tutta la mia vita.» Ed erano sedici anni che faceva quel lavoro. «Dobbiamo fare *un sacco* di fotografie. Questo caso finirà nei libri di testo.»

«Quanta esperienza aveva?» domandò Ryan all'agente in uniforme.

«Abbastanza per non farsi prendere alla sprovvista.»

L'investigatore si chinò per tastare il fianco sinistro del cadavere. «Non ha nemmeno estratto la pistola.»

«Qualcuno che conosceva?» provò a indovinare Douglas.

«Qualcuno che ha lasciato avvicinare troppo, questo è maledettamente sicuro.»

«Un fucile è un po' difficile da nascondere. Cristo, anche un fucile a canne mozze è voluminoso. Come ha fatto a non farsi notare?» disse Ryan facendosi da parte per lasciar lavorare il medico legale.

«Le mani sono pulite, non ci sono segni di colluttazione. Chiunque sia l'assassino, è riuscito ad avvicinarsi al nostro amico senza allarmarlo minimamente.» Douglas fece una pausa. «Dio santo, un fucile fa *rumore*. Possibile che nessuno abbia sentito niente?»

«Ora del decesso, diciamo tra le due e le tre per il momento» calcolò il medico legale, dato che ancora il cadavere non era rigido. «A quell'ora in strada c'è silenzio» proseguì Douglas «e un fucile fa un casino d'inferno.»

Ryan osservò le tasche dei pantaloni. Anche questa volta, nessun rigonfiamento che indicasse un rotolo di banconote. Si guardò intorno. C'erano una quindicina di curiosi addossati alle transenne di sbarramento della polizia, che seguivano l'inaspettato spettacolo stradale con un'espressione non meno esperta e coinvolta di quella del medico legale.

«Il Duo, forse?» domandò Ryan, senza rivolgersi a nessuno in particolare.

«No» rispose subito il medico legale. «L'arma aveva una sola canna. Un fucile a doppia canna avrebbe lasciato un segno a destra o a sinistra del foro d'entrata, e la violenza del colpo si sarebbe distribuita in maniera diversa. Con un fucile, da questa distanza, una canna è sufficiente. Ne sono certo.»

«Amen» sentenziò Douglas. «Qualcuno sta facendo il lavoro del Signore. Tre spacciatori ammazzati in un paio di giorni: di questo passo, Mark Charon resterà senza lavoro.»

«Tom,» disse Ryan «non oggi.» Un altro fascicolo, pensò. Un altro spacciatore fregato, e con un ottimo lavoro. Ma l'assassino non era lo stesso che aveva fatto fuori Ju-Ju; lo stile era diverso.

Un'altra doccia, un'altra rasatura, un'altra corsa nel parco Chinquapin — che strano nome, si disse, probabilmente di origine indiana —, durante la quale avrebbe potuto pensare. Ora aveva un luogo e un volto da abbinare alla macchina. La missione stava prendendo corpo, pensò Kelly mentre girava a destra in Belvedere Avenue e attraversava il ruscello, prima di ritornare, sempre di corsa, al punto di partenza e concludere così il suo terzo giro. Era proprio un bel parco. Non aveva molte attrezzature per giochi all'aperto, ma questo permetteva ai bambini di correre e giocare in libertà, come alcuni di loro stavano facendo proprio in quel momento, sotto lo sguardo semiattento delle madri, mentre altre mamme erano intente nella lettura di libri, accanto ai loro bebè addormentati che presto sarebbero cresciuti e avrebbero potuto a loro volta divertirsi a giocare sui prati. A poca distanza due squadre un po' a corto di giocatori stavano disputando una partita di baseball. La palla sfuggì dal guantone di un bambino di circa nove anni e gli rimbalzò vicino. Kelly si chinò a raccoglierla, senza interrompere la corsa, e la lanciò al ragazzino, che questa volta riuscì a bloccarla e lo ringraziò. Un bambino più piccolo, che stava giocando — non molto bene — con un frisbee, finì in rotta di collisione con Kelly, che dovette scartare improvvisamente per evitare di investirlo. La madre del bambino lo guardò imbarazzata, ma Kelly le sorrise amichevolmente, e con un gesto della mano fece capire che non era successo niente.

È così che dovrebbe sempre essere, pensò. Proprio come a Indianapolis, durante la sua infanzia. Il papà al lavoro, la mamma con i bambini, perché non era facile essere una buona madre e avere anche un lavoro, specialmente quando i bambini erano piccoli; oppure, quelle madri che erano costrette a lavorare, o avevano scelto di farlo, potevano almeno affidare i loro bambini alle cure di un'amica fidata, certe che i loro piccoli avrebbero potuto giocare e godersi le vacanze estive in tutta sicurezza, in mezzo al verde, imparando a giocare a baseball. Ma non tutti, nella società, avevano le stesse opportunità. Quella zona della città era così diversa dal suo solito campo d'azione, e i privilegi di cui godevano quei bambini non avrebbero affatto dovuto essere dei privilegi, perché altrimenti come era possibile per un bambino crescere bene senza un ambiente come quello?

Quelli erano pensieri pericolosi, si disse Kelly, perché la logica conclusione sarebbe stata di cercare di cambiare il mondo intero, cosa che era al di là delle sue possibilità. Non era ingiusto?, pensò, terminando i suoi cinque chilometri di corsa con la solita sensazione di sudore e di sana stanchezza, e mettendosi a camminare per riprendere fiato prima di tornare in macchina all'appartamento. Il suono delle risate dei bambini, i loro strilli, le grida arrabbiate di *imbroglione!*, causate da qualche presunta violazione di regole non perfettamente comprese da nessuno dei giocatori, o da pareri discordi su chi fosse "fuori" e chi "dentro" in un determinato gioco. Salì in macchina, lasciandosi dietro quei rumori e pensando che anche *lui* in fondo stava imbrogliando, non era forse così? Stava infrangendo le regole, regole importanti che lui invece capiva alla perfezione, ma lo faceva in nome della giustizia, o di ciò che nella sua mente chiamava con quel nome.

Vendetta?, si domandò Kelly, attraversando un incrocio. *Vigilanza* fu la successiva parola che si incuneò spontaneamente tra i pensieri. Era sicuramente una parola migliore, pensò; veniva da *vigiles*, parola che in latino indicava le persone che di notte stavano di guardia, sorvegliando le strade di Roma, specialmente per sventare eventuali incendi, se ricordava bene dalle lezioni di latino seguite alla St. Ignatius High School. Ma probabilmente, essendo antichi romani, erano armati di spada. Si domandò se le strade di Roma erano sicure, più di quelle della città in cui si trovava. Forse sì, anzi, probabilmente sì; la giustizia romana era... severa. La crocifissione non era certo un modo piacevole di morire, e per alcuni crimini, come il parricidio, la pena prescritta dalla legge consisteva nell'essere legati e infilati in un sacco insieme a un cane e a un gallo, e quindi nel venire gettati nel Tevere, per morire non annegati, bensì dilaniati dagli animali impazziti. Forse era un diretto discendente di un *vigile* di quei tempi, si disse Kelly, un sorvegliante della notte. Il pensiero gli dava una sensazione migliore dell'idea di essere qualcuno che infrangeva la legge. E i "vigilantes" della storia americana erano diversi da quelli descritti dalla stampa; prima dell'organizzazione di un vero e proprio corpo di polizia, erano stati i privati cittadini a pattugliare le strade e a garantire l'ordine con metodi sbrigativi. Era la stessa cosa che stava facendo lui?

Beh, no, non esattamente, ammise a se stesso mentre parcheggiava la macchina. E se si fosse trattato veramente di una vendetta? Dieci minuti più tardi, un altro sacco pieno di vestiti usati finì nel bidone dell'immondizia, e Kelly si concedette un'altra doccia rilassante prima di fare una telefonata.

«Sala infermiere, O'Toole.»

«Sandy? Sono John. Esci sempre alle tre?»

«Hai un tempismo perfetto» disse Sandy, concedendosi un sorriso al banco dell'accettazione. «La mia dannata macchina è di nuovo in panne.» E i taxi costano troppo.

«Vuoi che le dia un'occhiata?» domandò Kelly.

«Vorrei che qualcuno me la riparasse.»

«Non prometto niente» Sandy lo sentì dire. «Ma costo poco.»

«Poco quanto?» domandò lei, indovinando la risposta.

«Va bene un invito a cena? Ti lascio anche scegliere il posto.»

«Sì, va bene... ma...»

«Ma è ancora troppo presto per tutt'e due. Sì signora, lo so. La sua virtù non è in pericolo, le dò la mia parola.»

Sandy non riuscì a trattenere una risata. Tutta quella modestia sembrava così inadatta a un uomo grande e grosso come Kelly, eppure sapeva che poteva fidarsi di lui, e poi era stufa di cucinare solo per sé, e di essere sempre sola, sola e sola. Presto o non presto, a volte anche lei aveva bisogno di compagnia.

«Tre e un quarto,» gli disse «ingresso principale.»

«Metterò anche il braccialetto di riconoscimento che portavo in ospedale.»

«Okay.» Altra risata, che meravigliò un'infermiera che passava in quel momento con un vassoio pieno di medicinali. «Okay, ho detto che va bene, no?»

«Sì, signora. A più tardi, allora» disse Kelly ridacchiando, poi riagganciò.

Un po' di contatto umano gli avrebbe fatto bene, pensò, uscendo dalla porta di casa. Prima andò in un negozio di scarpe e acquistò un paio di scarponcini neri numero 45, poi trovò altri quattro negozi simili, dove comprò lo stesso tipo di scarpe, cercando di non prenderle della stessa marca, anche se, alla fine, si ritrovò lo stesso con due paia uguali. Lo stesso problema si presentò per l'acquisto dei giacconi; riuscì a trovare solo due marche diverse per quel capo d'abbigliamento, e perciò ne prese uno di una marca e uno dell'altra, per poi scoprire che erano perfettamente uguali, tranne che per l'etichetta sul collo. Si accorse che garantire una certa varietà nei travestimenti era più difficile del previsto, ma non bastava certamente questo per fargli cambiare il suo piano. Tornando all'appartamento — si ostinava a pensare a quel luogo come "casa", benché intimamente sapesse che non lo era — strappò l'etichetta da tutto quello che aveva comprato e andò nella lavanderia, dove cacciò tutti i vestiti in lavatrice, compresi gli altri indumenti scuri che aveva trovato in alcune bancarelle di strada, caricò la macchina con un'abbondante dose di candeggiante e impostò il ciclo ad alta temperatura. Gli erano rimaste solo tre serie di indumenti, e si rese conto con fastidio che avrebbe dovuto fare altri acquisti.

Altre ricerche sulle bancarelle, che trovava così noiose, specialmente ora che era entrato nel vivo della sua missione. Come la maggior parte degli uomini, Kelly odiava fare acquisti, a maggior ragione adesso che le sue avventure erano necessariamente ripetitive. La routine delle sue azioni lo stava anche stancando nel fisico, sia per il sonno arretrato sia per la costante tensione di quell'attività. Ma era sbagliato chiamarla routine. Dietro a ogni angolo si annidava un pericolo, e anche se stava prendendo confidenza con la missione, non si sarebbe mai assuefatto ai rischi che essa comportava, né alla tensione a cui era continuamente sottoposto. Da una parte, il fatto che non stesse prendendo niente alla leggera era positivo, ma allo stesso tempo costituiva un problema, perché la tensione può logorare chiunque in modi quasi impercettibili, come un battito cardiaco accelerato o un aumento della pressione sanguigna, con conseguente aumento della fatica. Tuttavia, riusciva a tenere sotto controllo la situazione mediante l'esercizio fisico, pensò Kelly, benché il sonno stesse diventando sempre più un problema. Tutto sommato non era molto diverso dalle missioni del 3° gruppo operazioni speciali, ma ora era più vecchio, e in più si facevano sentire anche la mancanza di supporto e l'assenza di compagni con cui dividere lo stress e scaricare la tensione nelle ore libere. *Dormire*, si disse, controllando l'ora. Accese il televisore in camera da letto; stavano trasmettendo il notiziario di mezzogiorno.

«Oggi un altro spacciatore è stato trovato morto nella zona ovest di Baltimora» annunciò lo speaker.

«Lo so» rispose Kelly, scivolando nel sonno.

«Le cose stanno così» disse un colonnello dei marines a Camp Lejeune nella Carolina del Nord, mentre un altro colonnello, esattamente alla stessa ora, stava dicendo più o meno le stesse cose a Camp Pendleton in California. «Stiamo preparando una missione speciale. Selezioniamo i volontari provenienti esclusivamente da reparti Recon. Ci servono quindici persone. È pericoloso. È importante. È qualcosa di cui potrete andar fieri quando sarà conclusa. L'operazione durerà due o tre mesi. Di più non posso dire.»

A Lejeune un gruppo di circa 75 uomini, tutti esperti combattenti e tutti membri dell'unità più esclusiva del corpo, ascoltava seduto le parole del colonnello. Erano marines Recon, tutti entrati nel corpo come volontari (non c'era nemmeno un coscritto tra loro) e quindi accettati a far parte, ancora come volontari, dell'élite nell'élite. La rappresentazione delle minoranze etniche era leggermente sproporzionata, ma questo poteva interessare i sociologi. Questi uomini erano *marines* innanzitutto, ora e sempre, uguali tra loro come le loro uniformi verdi. Molti avevano cicatrici sul corpo, perché il lavoro che facevano era più pericoloso e difficile di quello della normale fanteria. Erano specializzati in piccole azioni di gruppo, con il compito di effettuare operazioni di ricognizione, o di uccidere, con un altissimo grado di selettività. Molti di loro erano abili cecchini, capaci di centrare la testa di un uomo da 400 metri, o il petto da un chilometro, se l'obiettivo era così gentile da restare fermo per un secondo o due, il tempo necessario al proiettile per coprire la lunga traiettoria. Erano cacciatori. Pochi facevano incubi sul loro servizio, e nessuno di loro sarebbe mai stato affetto da sindrome da stress ripetuto, perché sapevano di essere predatori e non prede, e i leoni non hanno di questi problemi.

Ma erano anche uomini normali, più della metà con mogli e/o bambini che aspettavano che papà tornasse a casa di tanto in tanto, gli altri con fidanzate e progetti di metter su casa in un futuro ancora indeterminato. Tutti avevano fatto almeno un turno di servizio di tredici mesi, molti ne avevano fatti due, e alcuni addirittura tre. Di questi ultimi, nessuno si sarebbe offerto volontario. Alcuni, forse la maggior parte, l'avrebbero fatto, se solo avessero conosciuto la natura della missione, perché erano persone straordinariamente sensibili al richiamo del dovere. Ma il dovere si manifesta in varie forme, e quegli uomini pensavano di aver già fatto la loro parte in quella guerra, e di avere ora il compito di addestrare i più giovani, trasmettendo loro le lezioni apprese, grazie alle quali avevano potuto fare ritorno a casa, al contrario di altri, abili quasi quanto loro, che ci avevano lasciato la pelle. Era quello il loro dovere istituzionale verso il corpo, pensavano tutti quei marines, sedendo silenziosi sulle loro sedie mentre guardavano il colonnello sul podio, e domandandosi di che cosa si trattasse. Erano curiosi di natura, ma non abbastanza per rischiare di nuovo la vita dopo averlo già fatto fin troppe volte. Alcuni lanciarono uno sguardo furtivo a destra e a sinistra, leggendo i volti dei più giovani e indovinando dalle espressioni quali di loro sarebbero rimasti nella stanza e avrebbero messo il loro nome nel cappello. Molti si sarebbero pentiti di non essere andati, sapendo già che il fatto di non conoscere la natura della missione, e probabilmente di non poterne mai essere informati, avrebbe lasciato per sempre una casella vuota nella loro coscienza, ma a quel pensiero contrapposero l'immagine della moglie e dei bambini, e decisero che no, per quella volta non sarebbero andati.

Dopo qualche secondo, gli uomini si alzarono e uscirono in fila. Venticinque, forse trenta marines rimasero nella stanza, per iscrivere i propri nomi nell'elenco dei volontari. I loro fascicoli personali sarebbero stati rapidamente raccolti e valutati, fino ad arrivare, con una procedura solo apparentemente casuale, alla selezione di quindici elementi. Era necessario assegnare uomini specializzati a certe funzioni speciali, e inevitabilmente tra i marines rifiutati vi sarebbero stati combattenti più abili ed esperti di alcuni che invece avrebbero preso parte alla missione, per il semplice fatto che altri volontari avevano le loro stesse caratteristiche. Tale era la natura imprevedibile della vita in uniforme, e gli uomini la accettarono anche questa volta, chi con rammarico, chi con sollievo, e tornarono alle loro normali mansioni. Entro la fine della giornata, i marines scelti per la missione furono radunati e ricevettero istruzioni che riguardavano esclusivamente l'orario di partenza. Appresero che sarebbero partiti in pullman, deducendone che non avrebbero fatto molta strada. Non ancora, perlomeno.

Kelly si risvegliò alle due e si diede una lavata. La missione del pomeriggio richiedeva un abbigliamento elegante, perciò indossò camicia, giacca e cravatta. I capelli, che erano ricresciuti da quando li aveva rasati, avevano bisogno di una sistemata, ma ora non c'era tempo. Scelse una cravatta blu da abbinare a un blazer dello stesso colore e a una camicia bianca, e uscì in strada per andare a prendere la Scout, con l'aspetto del rispettabile rappresentante che aveva dichiarato di essere. Uscendo, fece un cenno di saluto al gestore.

La fortuna sembrava essere dalla sua parte quel giorno: trovò subito parcheggio vicino all'ingresso principale dell'ospedale. Entrando, vide una grande statua di Cristo nell'atrio, alta forse sei metri, che lo guardava dall'alto con un'espressione benevola, sicuramente più adeguata a un ospedale che non a quello che Kelly aveva fatto non più di dodici ore prima. Camminò intorno alla statua, volgendole le spalle, perché non aveva bisogno di pesi di quel genere sulla coscienza, non ora che era così vicino al suo obiettivo.

Sandy O'Toole arrivò alle tre e dodici. Kelly sorrise quando la vide apparire sulla porta di legno, ma poi notò la strana espressione sul suo viso, e un istante dopo ne comprese il motivo. Era seguita da un chirurgo, un uomo basso e di carnagione bruna con indosso un camice verde, che camminava con la massima velocità consentitagli dalle sue corte gambe e faceva la voce grossa con l'infermiera. Kelly, assistendo esitante alla scena, vide Sandy fermarsi e voltarsi, forse stanca dell'inseguimento, oppure semplicemente piegandosi alla necessità del momento. Il medico era alto all'incirca come lei, forse un po' meno, e parlava così in fretta che Kelly non riusciva ad afferrare tutte le sue parole, mentre Sandy lo guardava negli occhi con un'espressione assente.

«L'incidente è stato segnalato, dottore» disse Sandy, approfittando di una breve pausa nella tirata del medico.

«Non ha il diritto di farlo!» Gli occhi infuocati di rabbia risaltavano sul suo volto scuro e grassoccio, suggerendo a Kelly di farsi più vicino.

«Certo che ne ho il diritto, dottore. Lei ha prescritto un farmaco sbagliato. Come capoinfermiera, ho il *dovere* di segnalare queste mancanze.»

«Le *ordino* di ritirare quel rapporto! Le infermiere non danno ordini ai medici!» A Kelly non piacquero le parole che seguirono, specialmente in presenza dell'immagine di Dio. Il medico diventava sempre più scuro in volto, mentre faceva la voce ancora più grossa e si avvicinava minacciosamente all'infermiera. Sandy, da parte sua, non indietreggiava, rifiutando di farsi intimidire, e questo faceva infuriare ancora di più l'uomo.

«Chiedo scusa.» Kelly intervenne nell'alterco mantenendosi a una certa distanza, solo per far capire che c'era qualcun altro, attirando per un istante uno sguardo seccato da parte di Sandy O'Toole. «Non so di che cosa stiate discutendo, ma se lei è un medico e la signora è un'infermiera, forse potreste esprimervi in un modo più professionale» suggerì con un calmo tono di voce.

Fu come se il medico non avesse sentito nemmeno una parola. Era almeno da quando aveva sedici anni che Kelly non veniva così sfacciatamente ignorato da qualcuno. Si fece indietro per lasciare che Sandy se la sbrigasse da sola, ma l'uomo non faceva che alzare sempre di più la voce, esprimendosi in modo incomprensibile, con un misto di frasi e di insulti in inglese. Sandy gli teneva testa, e Kelly si sentì fiero di lei, ma probabilmente dietro il volto sempre più inespressivo adesso nascondeva a fatica una reale paura. La sua resistenza impassibile esasperava il medico, che continuava ad alzare non solo la voce, ma anche il braccio. Fu solo quando le disse «troia», espressione che aveva sicuramente imparato da qualcuno del luogo, che si fermò. Il pugno che stava agitando a pochi centimetri dal naso di Sandy era scomparso, bloccato, notò con sorpresa, dai possenti artigli di un omone grande e grosso, apparso improvvisamente dal nulla.

«Mi scusi,» domandò Kelly con la massima gentilezza «c'è qualcuno di sopra che sa curare una mano rotta?» Kelly strinse la presa sulla mano piccola e delicata del chirurgo, esercitando una certa pressione con le dita.

Proprio in quel momento apparve sulla porta una guardia giurata, attirata dal rumore. Il medico volse immediatamente lo sguardo da quella parte.

«Non arriverà in tempo per aiutarla, dottore. Dica, quante ossa ci sono nella mano?» domandò Kelly.

«Ventotto» rispose automaticamente quello.

«Le piacerebbe averne cinquantasei?» disse Kelly aumentando la pressione.

Lo sguardo del medico si fissò sul volto di Kelly, trovandovi un'espressione che non era né di rabbia né di piacere, ma di indifferenza, che lo guardava come se non fosse una persona ma un oggetto, e il cui tono gentile era una beffarda espressione della sua superiorità. Soprattutto, sentì che quell'uomo faceva sul serio.

«Faccia le sue scuse alla signora» continuò Kelly.

«Io non mi abbasso a chiedere scusa a una donna!» ringhiò l'uomo. Un leggero aumento della pressione sulla mano gli fece cambiare espressione. Se avesse serrato ulteriormente la presa, la sua mano se la sarebbe vista davvero brutta.

«Lei è molto maleducato, signore. L'avverto che le resta poco tempo per ricordarsi le buone maniere» disse Kelly sorridendo. «Ora» gli ordinò «la prego.»

«Mi scusi, infermiera O'Toole» disse l'uomo, naturalmente senza pensarlo veramente, ma non per questo l'umiliazione fu meno bruciante. Kelly lasciò la presa; poi sollevò la targhetta del medico e lesse il suo nome, per poi fissarlo di nuovo diritto negli occhi.

«Non si sente meglio adesso, dottor Khofan? Ora mi dica, è vero che non si metterà mai più a gridare con l'infermiera, almeno quando la signora ha ragione e lei ha torto? E non proverà *mai* ad alzare le mani su di lei, vero?» Kelly non aveva bisogno di spiegare perché non sarebbe stata una buona idea. Il medico intanto muoveva le dita per riprendersi dal dolore. «Queste cose non ci piacciono, chiaro?»

«Sì, è chiaro» rispose il medico, impaziente di dileguarsi.

Kelly gli prese di nuovo la mano, stringendola cordialmente con una pressione sufficiente a ribadire il concetto appena espresso. «Vedo con piacere che ha capito, signore. Ora credo che possa andare.»

E il dottor Khofan se ne andò, passando davanti alla guardia giurata senza nemmeno volgere lo sguardo dalla sua parte. La guardia invece guardò Kelly, ma non fece nulla.

«Dovevi proprio farlo?» domandò Sandy.

«Cosa vuoi dire?» replicò Kelly, girandosi verso di lei.

«Me la stavo cavando da sola» ribatté lei, andando verso la porta.

«Certo che te la stavi cavando. Comunque cos'era successo?» domandò Kelly in tono pacato.

«Ha prescritto un medicinale sbagliato a un anziano che ha un problema al collo. Il paziente è allergico a quel farmaco, ed è tutto scritto sulla sua cartella medica» disse Sandy, dando libero sfogo alla sua indignazione ora che poteva scaricare la tensione. «Avrebbe potuto fare molto male al signor Johnston. E non è la prima volta che succede. Il professor Rosen potrebbe anche decidere di sbarazzarsi di lui questa volta, anche se lui vuole restare qui. Si diverte anche a fare il prepotente con le infermiere, e questo a noi non piace affatto. Comunque me la stavo cavando!»

«Va bene, allora la prossima volta lascerò che ti rompa il naso» disse Kelly indicando la porta. Ma non ci sarebbe stata una prossima volta, l'aveva letto negli occhi di quel piccolo bastardo; almeno fino a quando non lo avrebbero rispedito nel posto da cui era venuto.

«E poi?» domandò Sandy.

«Poi smetterà di fare il chirurgo per un po'. Sandy, non mi piace vedere la gente comportarsi in quel modo, va bene? Non mi piacciono i bulli, e non mi piace vedere maltrattare una donna.»

«Ma tratti sempre la gente con tanta violenza?»

Kelly le aprì la porta. «No, non molto spesso. Di solito ascoltano i miei avvertimenti. Mettiamola così: se lui ti colpisce, tu ti fai male, e lui anche. In questo modo, invece, nessuno rimane ferito, se non nell'orgoglio, e di questo non è mai morto nessuno.»

Sandy non insistette sulla questione. Da una parte era un po' seccata, perché era convinta di aver tenuto testa al medico, che dopotutto come chirurgo non era poi così bravo, ed era troppo distratto nella terapia postoperatoria. Si occupava solo di pazienti indigenti, e solo di quelli affetti da disturbi minori, ma non era quello il punto. I pazienti poveri erano *esseri umani*, che meritavano, come tutti gli altri, di essere trattati con la migliore assistenza e la massima professionalità. Quel medico l'aveva spaventata, e Sandy era contenta di essere stata protetta, ma in un certo senso si sentiva ingannata per non aver potuto rimetterlo in riga da sola. Il suo rapporto sull'incidente avrebbe probabilmente decretato la fine professionale di Khofan una volta per tutte, e tra le infermiere del reparto le risatine si sarebbero sprecate. Come il corpo infermieri nelle unità militari, in un ospedale erano i paramedici che si occupavano di tutto, ed era stupido da parte di un medico attirarsi le loro antipatie.

Ma quel giorno Sandy aveva imparato qualcosa di nuovo su Kelly. Lo sguardo che gli aveva visto negli occhi e non aveva più dimenticato non era stato frutto della sua immaginazione. Mentre stringeva la mano di Khofan, l'espressione sul volto di John era stata di totale indifferenza, senza un'ombra di piacere per l'umiliazione che stava infliggendo a quel piccolo verme, e ripensandoci provò una vaga sensazione di paura.

«Allora, cos'ha la tua macchina?» domandò Kelly, immettendosi sulla Broadway e dirigendosi verso nord.

«Se lo sapessi non sarebbe da riparare.»

«Già, non hai tutti i torti» ammise Kelly con un sorriso.

È un camaleonte, pensò Sandy. Cambia da un momento all'altro. Con Khofan sembrava un gangster o qualcosa del genere. Prima aveva cercato di calmare le acque con toni pacati, ma poi era diventato minaccioso, pronto a usare la violenza. Come se niente fosse. Senza tradire emozioni, come quando si schiaccia un insetto. Ma se è così, qual è il suo *vero* volto? Quello di un uomo irascibile? No, pensò, era troppo controllato per cedere all'ira. Era uno psicopatico? Il pensiero le diede un brivido di paura. Ma no, non era possibile, altrimenti non sarebbe stato amico di Sam e Sarah, due persone così brillanti, eccellenti medici, sensibili e premurosi.

Che cosa, dunque?

«Allora, ho portato i miei attrezzi. Me ne intendo abbastanza di diesel. A parte il nostro piccolo amico, com'è andato il lavoro?»

«È stata una buona giornata» rispose Sandy, ancora una volta grata per la distrazione. «Oggi abbiamo dimesso una paziente per la quale eravamo molto preoccupati. Una bambina di colore di tre anni, era caduta dal suo lettino. Il professor Rosen ha fatto un intervento meraviglioso su di lei; tra un mese o due non sarà rimasto nessun segno della ferita.»

«Sam è un tipo tosto,» osservò Kelly «voglio dire non solo un bravo medico, con i suoi titoli e tutto il resto: è anche uno che ha classe.»

«Anche Sarah.» *Un tipo tosto. Tim avrebbe usato le stesse parole.* Gliele aveva sentite pronunciare in più di un'occasione.

«Una grande donna» confermò Kelly, svoltando nella North Avenue. «Ha fatto molto per Pam» disse, questa volta dimenticandosi di riflettere prima di dichiarare i suoi pensieri. In quel momento Sandy vide il volto di Kelly cambiare di nuovo espressione, raggelando all'istante come se avesse sentito la voce di un'altra persona...

Non se ne andrà mai questo dolore?, si domandò Kelly. La rivide nella sua mente e per un breve, crudele momento, pensò — mentendo a se stesso, e consapevole di farlo — che lei fosse lì vicino a lui, seduta sul sedile accanto al suo. Ma non era Pam, non sarebbe mai più stata Pam. Le sue mani strinsero la presa sulla plastica del volante, le nocche improvvisamente bianche, mentre ordinava a se stesso di mettere da parte quei pensieri. Pensieri uguali a campi minati; ci si camminava sopra, ignari, senza temere nulla, per scoprire poi il pericolo quando era troppo tardi. Sarebbe meglio non ricordare, pensò Kelly, sarebbe stato tutto più facile. Ma senza ricordi, quelli belli e quelli tristi, cosa sarebbe stata la vita, e se si dimenticavano i propri cari, che cosa si diventava? E se non si agiva con lo stimolo dei ricordi, che valore aveva l'esistenza?

Sandy vide tutti quei pensieri passare sul volto di Kelly. Forse era un camaleonte, ma non sempre con la guardia alta. *Non sei uno psicopatico. Tu provi dolore, uno psicopatico non ne è capace, almeno non per la morte di un amico. Che cosa sei veramente, allora?*

18

Interferenze

«Riprova» le disse.

Stonk.

«Okay, ho capito cos'è» disse Kelly. Si piegò di nuovo sulla Plymouth Satellite di Sandy. Si era tolto giacca e cravatta e arrotolato le maniche della camicia; le mani erano sporche, dopo mezz'ora di prove.

«Come hai fatto?» Sandy scese dalla macchina, ma prima estrasse la chiave dal cruscotto, cosa che a pensarci era un po' ridicola, perché quella carretta non sarebbe comunque partita. *Perché non lasciare la chiave inserita e fare impazzire qualche ladro di automobili?*, pensò.

«Sono giunto alla conclusione che può essere solo una cosa: l'interruttore elettromagnetico.»

«E che cos'è?» domandò lei, in piedi vicino a Kelly, mentre osservava l'oleoso mistero blu dentro il cofano della macchina.

«L'interruttore in cui si inserisce la chiave è troppo piccolo per tutta la benzina necessaria ad avviare il motorino di avviamento, e quindi aziona un altro interruttore più grande, che si trova qui» Kelly lo indicò con una chiave inglese «e che attiva un elettromagnete. L'elettromagnete chiude un interruttore ancora più grande, ed è questo che fa arrivare l'energia al motorino d'avviamento. Mi segui?»

«Credo di sì» rispose Sandy, ed era quasi vero. «Mi hanno detto che dovevo cambiare la batteria.»

«Forse qualcuno ti ha spiegato che ai meccanici piace...»

«Prendersi gioco di noi donne perché non capiamo niente di automobili?» notò Sandy con una smorfia.

«Qualcosa del genere. Comunque, in qualche modo dovrai ricompensarmi» le disse Kelly, rovistando tra i suoi attrezzi.

«E come?»

«Sono troppo sporco per portarti fuori a cena. Dovremo mangiare qui» disse Kelly, scomparendo sotto la macchina, camicia bianca, pantaloni di tela e tutto il resto. Un minuto dopo riapparve, le mani sporche di grasso. «Prova adesso.»

Sandy risalì in macchina e girò la chiave. La batteria era un po' scarica, ma il motore partì quasi subito.

«Lascialo acceso, così la batteria si ricarica.»

«Che cos'era?»

«Un filo allentato. L'ho solo stretto un po'.» Kelly si guardò i vestiti e fece una smorfia, subito imitato da Sandy. «Dovresti andare da un meccanico e farti fissare il dado con una rondella di sicurezza, per evitare che si allenti di nuovo.»

«Non era necessario...»

«Devi andare al lavoro domani, no?» le fece giustamente notare Kelly. «Dove posso lavarmi?»

Sandy lo fece entrare in casa e gli indicò il bagno. Kelly si tolse tutto il sudiciume dalle mani, poi la raggiunse nel soggiorno.

«Dove hai imparato a riparare le macchine?» gli domandò lei, porgendogli un bicchiere di vino.

«Mio padre se ne intendeva di motori. Era un pompiere, ricordi? Queste cose le doveva imparare per lavoro, e gli piacevano. È lui che mi ha insegnato. Grazie.» Brindarono. Non era un amante del vino, ma quello non era male.

«Perché parli al passato?»

«Papà morì quando io ero in Vietnam; ebbe un infarto sul lavoro. Anche mamma non c'è più. Morì di cancro al fegato quando ero alle elementari.» Kelly raccontava nel modo più pacato possibile. Il dolore ormai era lontano. «Fu dura per me. Mio padre e io eravamo molto affezionati. Lui fumava, e probabilmente è quello che l'ha ucciso. Anch'io stavo male a quell'epoca, avevo preso un'infezione durante una missione, così non potei nemmeno tornare a casa, e quando mi fui ripreso pensai che ormai potevo anche restare laggiù.»

«Mi ero domandata perché nessuno venisse a visitarti, ma non osavo chiedertelo» disse Sandy, rendendosi conto di quanto Kelly era solo.

«Ho un paio di zii e qualche cugino, ma non ci vediamo molto spesso.»

Ora Sandy cominciava a capire qualcosa di più. Dopo aver perso la madre da piccolo, e in un modo particolarmente crudele e doloroso, Kelly aveva dovuto crescere in fretta ed era diventato un adulto forte e fiero, ma smarrito. Ogni donna che era entrata nella sua vita gli era stata portata via con violenza, in un modo o nell'altro: sua madre, sua moglie, la sua nuova compagna. Che rabbia doveva avere dentro, pensò. Questo spiegava molto. Quando Kelly aveva visto Khofan che la minacciava, aveva sentito di dover fare qualcosa per proteggerla. Sandy pensava lo stesso che avrebbe potuto cavarsela da sola, ma riusciva a comprendere meglio il comportamento di Kelly. Questi pensieri, e i modi di lui, placarono la sua rabbia residua. Kelly non le si avvicinava troppo, non la spogliava con gli occhi, cosa che Sandy odiava, anche se, stranamente, lasciava sempre che i pazienti lo facessero, pensando che potesse avere qualche effetto terapeutico. Si comportava come un *amico*, come avrebbe potuto fare un compagno d'armi di Tim, con un misto di confidenza e di rispetto, vedendola innanzitutto come una persona, e poi come una donna. Sandra Manning O'Toole notò tutte queste cose con piacere. Per quanto grande e grosso fosse, non aveva nulla da temere da quell'uomo. Le sembrava un'osservazione curiosa per dare inizio a una relazione, se era quello che stava accadendo.

Un altro tonfo annunciò l'arrivo del giornale della sera. Kelly lo andò a raccogliere e diede una rapida scorsa alla prima pagina, prima di lasciarlo cadere sul tavolino da caffè. Una delle notizie principali di quella lenta giornata estiva era il ritrovamento del cadavere di un altro spacciatore. Sandy vide che Kelly guardava l'articolo, leggendo i primi due paragrafi.

Il crescente controllo di Henry sul traffico di droga locale gli dava praticamente la certezza che il nuovo spacciatore trovato morto fosse uno dei suoi "manovali". Lo conosceva con il suo nome di battaglia, e aveva appreso dal giornale quello vero, Lionel Hall. Non si erano mai incontrati, ma questo Bandanna gli era stato descritto come un tipo che ci sapeva fare, e che valeva la pena di tenere d'occhio. Non ci sapeva fare abbastanza, pensò Tucker. La scalata al successo in quel settore era ripida e scivolosa, il processo di selezione brutalmente darwiniano, e in qualche modo Lionel Hall non era stato all'altezza delle sfide della sua nuova professione. Peccato, ma in fondo non era nulla di veramente grave. Henry si alzò dalla sedia e si stiracchiò. Aveva dormito fino a tardi. Due giorni prima aveva ricevuto una partita di quindici chili abbondanti di "materiale", come aveva cominciato a chiamare la sua merce, e il viaggio in barca di andata e ritorno per il luogo in cui avveniva l'imballaggio si era fatto sentire. Tenere in piedi quella complicata copertura cominciava a diventare una rottura di palle, pensò; ma quelli erano pensieri pericolosi, e Tucker lo sapeva. L'ultima volta si era limitato a controllare il lavoro dei suoi uomini. Ora però altre due persone sapevano diverse cose, ma d'altra parte lui era stanco di occuparsi personalmente dei lavori manuali. Per quello c'erano i suoi manovali, uomini di poco conto che sapevano di esserlo, così come sapevano che solo seguendo gli ordini alla lettera avrebbero fatto la propria fortuna.

In quel lavoro, le donne erano migliori degli uomini. Gli uomini avevano bisogno di nutrire il proprio io con le loro menti fertili, e più piccolo era il cervello più grande era l'io. Presto o tardi si sarebbe ribellato, sarebbe diventato troppo presuntuoso. Inoltre, le donne erano più facili da intimidire. Tucker sorrise, abbandonandosi per qualche momento a quei pensieri.

Doris si svegliò verso le cinque con la testa che le rimbombava, per l'effetto combinato dei barbiturici che aveva ingerito e del doppio whisky che qualcuno aveva deciso di somministrarle. Il dolore le diceva che doveva vivere un altro giorno, che il miscuglio di droghe e alcol non aveva avuto l'effetto che aveva osato sperare la sera prima, quando aveva guardato il bicchiere e, dopo un attimo di esitazione, ne aveva scolato il contenuto prima del party. Tutto quello che era seguito lo ricordava solo a metà, e nella sua mente si mescolava a così tante altre notti simili che faceva fatica a distinguere le umiliazioni nuove da quelle passate.

Ora stavano tutti più attenti, dopo quanto era successo con Pam. Si mise seduta sul letto, guardando le manette che legavano la sua caviglia a una catena, a sua volta assicurata a un grosso chiodo fissato alla parete. Ci avesse pensato prima, avrebbe potuto tentare di staccare la catena; una donna giovane e sana poteva riuscirci in poche ore, se ce la metteva tutta. Ma fuggire voleva dire finire ammazzati, con una morte lenta e dolorosa, e per quanto desiderasse scappare da una vita diventata più orribile del peggiore degli incubi, era terrorizzata al pensiero che le facessero del male. Si alzò in piedi, facendo rumore con la catena. Dopo qualche istante entrò Rick.

«Ehi, piccola» disse il giovane con un sorriso più divertito che affettuoso. Si piegò e le tolse le manette, poi le indicò il bagno. «Doccia. Ne hai bisogno.»

«Da chi hai imparato la cucina cinese?» domandò Kelly.

«Da un'infermiera con cui ho lavorato l'anno scorso, Nancy Wu. Adesso insegna all'Università della Virginia. Ti piace?»

«Scherzi?» Se la cosa più vicina al cuore di un uomo è lo stomaco, allora uno dei migliori complimenti che un uomo possa fare a una donna è quello di chiedere un bis dopo un suo piatto. Si limitò a bere un solo bicchiere di vino, ma attaccò il cibo con tutta la voracità consentitagli dal galateo.

«Non è venuto poi così bene» disse Sandy, sfacciatamente in cerca di complimenti.

«È molto meglio di quello che riesco a farmi da solo, ma se pensi di scrivere un libro di ricette, è meglio che cerchi un vero buongustaio.» Alzò lo sguardo. «Una volta sono stato a Taipei per una settimana, e questo è buono quasi come quello che ho mangiato laggiù.»

«Che cosa ci facevi a Taipei?»

«Ero in licenza, una specie di convalescenza dopo che ero stato ferito.» Kelly non aggiunse altro. Non tutto quello che lui e i suoi compagni avevano fatto poteva essere raccontato a una signora. Ma si accorse subito di essersi già spinto troppo in là.

«Proprio come... avevamo già progettato di incontrarci alle Hawaii, ma...» non riuscì a finire la frase.

Kelly avrebbe voluto avvicinarsi a lei, prenderle la mano, solo per consolarla, ma aveva paura che il suo gesto potesse essere interpretato in un altro modo, per il quale lei non era pronta. Stava ancora cercando di rimettere insieme la sua vita, pensò Kelly, oppure era quello che lei credeva di fare, erroneamente convinta di avere ancora molta strada da percorrere. Gli ostacoli più difficili erano sempre quelli mentali, pareti di pietra costruite dal nulla, facili da penetrare, ma quasi impossibili da scalare.

«Ti capisco, Sandy. Dimmi, che altro hai imparato a cucinare?»

«Un sacco di cose. Ho ospitato Nancy per alcuni mesi, e lei mi faceva provare a realizzare tutti i suoi piatti. È un'insegnante meravigliosa.»

«Ci credo.» Kelly aveva ripulito il piatto. «Quali sono i tuoi orari abituali?»

«Di solito mi alzo alle cinque e un quarto, ed esco appena dopo le sei. Mi piace arrivare al reparto mezz'ora prima dell'inizio del turno, così posso controllare le condizioni dei pazienti e prepararmi per i nuovi arrivi dalla sala operatoria. Siamo sempre indaffaratissimi. E che mi dici di te?»

«Mah, dipende dal tipo di lavoro. Quando uso le cariche...»

«Cariche?» domandò Sandy, sorpresa.

«Cariche esplosive, sono la mia specialità. Ci vuole un sacco di tempo per progettare e preparare il lavoro. Di solito c'è sempre qualche ingegnere pignolo incaricato di controllare che tutto vada bene e a dirmi quello che non devo fare. Si dimenticano sempre che è maledettamente più facile far saltare in aria qualcosa che costruirla. Ho un mio segreto, comunque.»

«E qual è?»

«Nei miei lavori subaquei, faccio saltare delle piccole cariche qualche minuto prima dell'esplosione vera e propria.» Kelly ridacchiò. «Per far scappare i pesci.»

Sandy ebbe un attimo di perplessità. «Ah, così non si fanno male.»

«Esatto. È una mia stravaganza personale.»

Un altro particolare interessante; aveva ucciso uomini in guerra, minacciato un chirurgo di fronte a lei e a una guardia, e si faceva in quattro per proteggere dei pesci?

«Sei proprio un tipo strano.»

Kelly annuì cortesemente. «Non uccido per divertimento. Una volta andavo a caccia, poi ho smesso. Qualche volta vado a pescare, ma non con la dinamite. In ogni caso metto sempre le cariche piccole a distanza di sicurezza dal grosso dell'esplosivo, per essere sicuro di non mandare all'aria la parte importante del lavoro. Il rumore è sufficiente a spaventarli quasi tutti. Perché privarsi del piacere di pescare tutti quei bei pesci?» domandò Kelly.

Le veniva automatico. Doris era un po' miope, e sotto l'acqua della doccia i segni le sembravano di sporco, ma quello non era sporco e non se ne andava col sapone. Non scomparivano mai, si spostavano semplicemente in punti diversi del corpo a seconda dei capricci degli uomini che le infliggevano i colpi. Li sfregò con le mani, e il dolore le ricordò che cosa erano, memorie degli ultimi festini, e a quel punto lo sforzo di lavarsi diventò perfettamente inutile. Sapeva che non sarebbe mai più stata pulita. La doccia andava bene solo per l'odore, vero? Anche Rick lo sapeva bene, e lui era il più gentile di tutti, pensò Doris, trovandosi un livido marrone sbiadito che le aveva fatto, meno doloroso di quelli che sembravano piacere tanto a Billy.

Uscì dalla doccia per asciugarsi. La doccia era l'unica parte della stanza ad avere una parvenza di pulizia. Nessuno si prendeva mai la briga di pulire il lavandino o il water, e lo specchio era pieno di crepe.

«Così va decisamente meglio» le disse Rick, guardandola. Allungò la mano per porgerle una pillola.

«Grazie.» Cominciava così un nuovo giorno, con un barbiturico che serviva a tenerla distante dalla realtà, a rendere la vita, se non piacevole, se non passabile, almeno sopportabile. Quanto bastava per sopravvivere. Con un po' di aiuto dai suoi "amici", che provvedevano affinché fosse in grado di sopportare la realtà che preparavano per lei. Doris ingoiò la pillola con un sorso d'acqua, sperando in un rapido effetto. Dopo, tutto era più semplice, gli angoli si smussavano, e lei riusciva a creare una certa distanza tra se stessa e la sua coscienza, una distanza che un tempo era stata insuperabile, ma ora non più. Guardò la faccia sorridente di Rick fermarsi un attimo su di lei.

«Lo sai che ti amo, piccola» disse lui, allungando la mano per accarezzarla.

Un pallido sorriso passò sul suo volto quando le mani dell'uomo la toccarono. «Sì.»

«Stasera c'è un party speciale, Dor. Viene Henry.»

Clic. Kelly ebbe quasi l'impressione di sentire il suono nel momento in cui, scendendo dalla Volkswagen che aveva parcheggiato a quattro isolati dalla casa d'angolo di arenaria, passò da un tipo di pensieri a un altro, più lento. L'ingresso nel "territorio nemico" stava diventanto un fatto di routine; ultimamente Kelly si sentiva piuttosto a suo agio in quei momenti, e quella sera più delle altre volte. Lo attribuì alla cena, la prima che aveva consumato in compagnia di un altro essere umano nelle ultime... cinque settimane, forse sei.

Si sistemò in un angolo sull'altro lato della strada, anche questa volta sfruttando l'ombra di alcuni gradini di marmo per nascondersi e attendere l'arrivo della Roadrunner. A intervalli di pochi minuti si portava alla bocca la bottiglia — ora ne aveva una nuova, di vino rosso da quattro soldi invece del bianco dell'ultima volta — e faceva finta di mandar giù un sorso, senza che i suoi occhi smettessero per un attimo di controllare la situazione a destra e a sinistra, e persino in alto, per osservare le finestre del secondo e del terzo piano.

Alcune macchine gli erano ormai familiari. Individuò la Karmann-Ghia nera che aveva avuto un ruolo nella morte di Pam. Il guidatore, vide, era un uomo della sua età, con i baffi, che perlustrava la strada cercando il suo contatto. Si domandò quale fosse il problema di quell'uomo, se per cercare di risolverlo era venuto fino in quel posto, mettendo a rischio la propria sicurezza personale solo per accorciarsi la vita con la droga. Con i soldi che immetteva in quel traffico illecito, si lasciava dietro una scia di corruzione e distruzione: non gliene importava niente? Non vedeva come si riducevano quei quartieri per colpa di quei soldi?

Ma quello era un altro fattore che Kelly si sforzava in ogni modo di ignorare. Lì vivevano ancora persone normali, che cercavano di tirare avanti come potevano, magari grazie a sussidi o a lavori malpagati, magari con così poco cibo che bastava appena per sopravvivere, ma sempre persone normali, in costante pericolo, che forse speravano di potersene andare altrove prima o poi, in un posto dove avrebbero potuto vivere una vita degna di tale nome. Facevano del loro meglio per ignorare il traffico di droga, e la loro moralità un po' meschina li spingeva a non far caso ai barboni come Kelly, ma in cuor suo Kelly non riusciva a disprezzarli per questo. In un ambiente del genere anche loro, come lui, dovevano concentrarsi esclusivamente sulla propria sopravvivenza fisica, e il senso civico era un lusso che la maggior parte di loro non poteva permettersi. La loro priorità fondamentale era una qualche forma di sicurezza personale, e solo dopo aver soddisfatto quell'esigenza potevano dedicare le loro risorse residue a chi era più bisognoso di loro... ma in fondo quanti erano quelli realmente più bisognosi?

C'erano volte in cui era proprio piacevole essere un uomo, pensò Henry mentre era nel bagno. Doris aveva fascino, con il suo corpo paffutello, la pelle chiara e le tette prosperose. Poi c'erano Maria la secca, una cretina che veniva dalla Florida, Xantha, che era la più dipendente dalle droghe, e infine Roberta e Paula. Nessuna aveva passato da molto i vent'anni, due di loro non li avevano ancora compiuti. Tutte uguali per quel che riguardava le cose più importanti, tutte diverse nei dettagli meno rilevanti, che gliele rendevano più o meno interessanti a seconda del suo umore. Si passò un po' di dopobarba sul viso, constatando un certo squallore in quella situazione, perché in realtà avrebbe dovuto avere la sua primadonna, una che fosse ricca di fascino, da ostentare come proprio gioiello personale, suscitando l'invidia degli altri uomini. Ma non era una buona idea, perché avrebbe attirato l'attenzione di altri su di lui, cosa decisamente pericolosa. Uscì dalla stanza. Doris era ancora là, semicosciente dopo le due pillole di ricompensa, che lo guardava con un sorriso che ritenne abbastanza riverente. Aveva fatto i versi giusti nei momenti giusti e le cose che lui voleva senza bisogno di farselo dire. Dopotutto, era capace da solo di prepararsi i drink, e una cosa era il silenzio della solitudine, un'altra cosa quello di una stupida battona, un silenzio noioso. Tanto per sembrare gentile, si piegò e le avvicinò un dito alle labbra, che lei rispettosamente baciò, lo sguardo perso nel vuoto.

«Lasciala riposare» disse Henry a Billy, uscendo.

«Va bene. Tanto stasera devo consegnare della merce» gli ricordò Billy.

«Oh! È vero.» Nell'eccitazione del momento, ormai quasi svanita, Tucker se ne era dimenticato. Ma anche Henry Tucker era umano, o almeno a lui piaceva pensarlo.

«A Little Man mancavano mille dollari ieri sera. Gliel'ho lasciata passare. È la prima volta, e mi ha detto che ha fatto casino con i conti. La penale è di cinque centoni extra; l'idea è sua.»

Tucker annuì. Era la prima volta che Little Man faceva un errore del genere; finora era sempre stato uno spacciatore rispettoso, che gestiva bene il marciapiede di sua competenza. «Assicurati che sappia che un errore è il limite della casa.»

«Certo, Henry.» Billy fece cenno di sì con il capo, mostrando anche lui il dovuto rispetto.

«E che non si sappia in giro.»

Era quello il problema. Anzi, i problemi erano più d'uno, pensò Tucker. Innanzitutto, i piccoli spacciatori erano tali dilettanti, stupidamente avidi, incapaci di rendersi conto che negli affari puntualità e precisione erano sinonimo di stabilità, e la stabilità era nell'interesse di tutti. Ma in fondo gli spacciatori, Tucker ne era consapevole, non erano altro che criminali, che pensavano e agivano da criminali invece che come uomini d'affari, e lui non poteva farci nulla. Ogni tanto uno di loro veniva fatto fuori in una rissa o in un regolamento di conti, e ce n'erano alcuni tanto stupidi da usare la roba che vendevano. Henry stava più attento che poteva a evitarli, e finora c'era quasi sempre riuscito. Di tanto in tanto c'era quello che provava a fare il furbo, dicendo di essere a corto di soldi, nel tentativo di intascarsi qualche centinaio di dollari, quando la sua attività di spaccio gliene fruttava molti di più. In quei casi vi era una sola soluzione, e Henry l'aveva messa in pratica con sufficiente frequenza e brutalità che per diverso tempo nessuno ci aveva riprovato. Probabilmente Little Man aveva detto la verità, e la sua volontà di pagare una penale così alta era una prova della sua onestà, nonché del fatto che tenesse in grande considerazione la sua costante fonte di approvvigionamento, la cui crescita gli aveva permesso, negli ultimi mesi, di espandere la sua attività. Billy sapeva che nei prossimi mesi avrebbe dovuto tenerlo d'occhio con la massima attenzione. Un'altra "svista" gli sarebbe costata cara. Le regole del gioco erano precise, e per farle rispettare era necessario applicarle con la massima severità.

Quello che più infastidiva Tucker era di doversi occupare di persona di dettagli insignificanti come l'errore di conto di Little Man, una delle difficoltà iniziali di un'attività, tipiche del processo di transizione dal piccolo traffico locale alla grande distribuzione. Avrebbe dovuto cominciare a delegare la sua autorità, per esempio riconoscendo a Billy una maggiore responsabilità. Era pronto? Buona domanda, pensò Henry, uscendo dalla casa e dirigendosi verso la macchina. Diede un deca al ragazzino che gli aveva guardato la macchina, continuando a riflettere sulla questione. È vero, Billy aveva un'abilità istintiva nel far rigare diritto le ragazze. Un intelligente ragazzo bianco del Kentucky, senza precedenti penali, ambizioso, buon senso del lavoro di squadra. Forse era pronto per una promozione.

Finalmente, pensò Kelly. Erano le due e un quarto quando apparve la Roadrunner, e da un'ora ormai temeva che non sarebbe arrivata affatto. Si riparò di nuovo nell'ombra, mettendosi in posizione leggermente più eretta, e, quando fu ben coperto dall'oscurità, girò la testa per osservare meglio l'uomo. Billy era in compagnia del suo galoppino, e stavano ridendo per qualcosa. L'altro inciampò sui gradini, forse era un po' brillo. Un particolare interessante: quando l'uomo cadde, Kelly vide una luce tremolante, provocata da tanti rettangoli svolazzanti che non potevano essere che banconote.

È là che contano i soldi? si domandò Kelly. *Molto interessante.* Entrambi gli uomini si affrettarono a raccogliere il denaro, e Billy diede dei colpetti più o meno scherzosi sulla spalla dell'altro, dicendogli qualcosa che Kelly, da cinquanta metri di distanza, non riuscì ad afferrare.

A quell'ora della notte, gli autobus passavano a intervalli di quarantacinque minuti, e comunque a vari isolati di distanza. La macchina di pattuglia della polizia era estremamente prevedibile, così come i movimenti degli abitanti del quartiere. Alle otto non c'era già più traffico, e per le nove e mezzo non circolava più anima viva; tutti si barricavano dietro porte a tripla serratura, ringraziando la Provvidenza di essere sopravvissuti al giorno appena finito e pensando già con terrore ai pericoli di quello successivo. Allora le strade diventavano teatro di traffici illeciti, che, come Kelly aveva da tempo constatato, andavano avanti fino a circa le due. Dopo aver riflettuto attentamente, Kelly decise che ormai sapeva tutto quello che gli serviva. C'erano ancora degli elementi fortuiti da mettere in conto, ma erano inevitabili; data l'impossibilità di prevedere gli imprevisti, si poteva solo cercare di non farsi cogliere impreparati. A questo scopo, era importante studiare percorsi alternativi, mantenere una sorveglianza costante e armarsi in modo adeguato. Qualcosa veniva sempre lasciato al caso e, per quanto il solo *pensiero* di ciò fosse fastidioso, Kelly doveva accettarlo come un fatto normale... anche se, pensò divertito, la sua missione di normale non aveva proprio niente.

Si alzò stancamente da terra e attraversò la strada dirigendosi verso la casa d'angolo con la sua consueta camminata ciondolante da ubriaco. Come sospettava, la porta non era chiusa a chiave. La piastra di ottone dietro la maniglia era storta, notò, concedendosi un solo lungo sguardo mentre passava davanti alla casa. L'immagine gli si impresse nella memoria, e mentre continuava a camminare cominciò a progettare la missione della notte successiva. Sentì di nuovo la voce di Billy, la sua risata che proveniva dalla finestra del primo piano. Un suono dal tono strano, decisamente poco musicale. Detestava già quella voce, per la quale aveva in mente un piano speciale riguardante... una cosa particolare. Per la prima volta si trovava a poca distanza da uno degli assassini di Pam. Probabilmente da due, pensò Kelly, ma la vicinanza non ebbe alcun effetto particolare sul suo fisico. Il suo corpo era rilassato. Questa volta sarebbe stato molto attento, e non avrebbe commesso il minimo errore.

Ci rivedremo, ragazzi, promise nel silenzio dei suoi pensieri. Quella era una fase decisiva, e non poteva rischiare di mandarla all'aria, pensò Kelly, percorrendo il marciapiede, lo sguardo fisso sui due Bob, distanti quasi mezzo chilometro ma perfettamente visibili, grazie alla loro corporatura e all'ampiezza della strada senza curve.

Era un'altra prova di abilità, coraggio e determinazione, pensò Kelly, e un piccolo premio per la sua poco apprezzata indulgenza nei confronti di Billy e del suo amico. Si diresse a nord, senza attraversare la strada perché, se avesse seguito un percorso diritto per andare verso di loro, i due se ne sarebbero potuti accorgere e sarebbero stati, se non proprio in allarme, almeno incuriositi. Il suo avvicinamento doveva essere invisibile, e inoltre, seguendo un percorso tortuoso verso il suo doppio obiettivo, invece di camminare in linea retta, poteva sfruttare lo sfondo offerto dalle facciate delle case e dalle macchine parcheggiate per mimetizzare il suo corpo ricurvo, in modo che fosse visibile solo la testa, una macchiolina scura assolutamente innocua. Quando fu a un solo isolato di distanza, attraversò la strada, lanciando ancora uno sguardo in ogni direzione. Era una fortuna che quelle persone fossero creature della notte, soprattutto perché lo era anche lui. Arrivato dall'altra parte, girò a sinistra e riprese a camminare verso i due. Il marciapiede era largo dai tre ai quattro metri, punteggiati da gradini di marmo che offrivano un prezioso spazio di manovra alla sua camminata storta e serpeggiante. Kelly si fermò, portandosi ancora alla bocca la bottiglia incartocciata, per dare un'altra dimostrazione della sua natura innocua. Poi si fermò di nuovo a orinare in un tombino.

«Merda!» esclamò una voce; Kelly non si curò di controllare a quale dei due appartenesse. Il disgusto contenuto nella parola era quello di qualcuno che distoglie lo sguardo da qualcosa che lo ha profondamente infastidito. Comunque, pensò Kelly, ne aveva sentito il bisogno urgente.

Entrambi gli uomini erano più alti di lui. Big Bob, lo spacciatore, era circa 1,90, mentre Little Bob, il suo luogotenente, era almeno 1,95 e piuttosto muscoloso, ma ambedue avevano già una pancetta, risultato di molte birre e troppi cibi grassi. In ogni caso, due avversari abbastanza temibili, constatò Kelly, riconsiderando rapidamente la sua tattica. Meglio passargli davanti e lasciarli stare?

No.

Tuttavia, inizialmente passò davanti ai due senza fare nulla. Little Bob guardava dalla parte della strada, mentre Big Bob era appoggiato a un muro. Kelly tracciò una linea immaginaria tra i due e contò tre passi prima di girare lentamente a sinistra, per non dare nell'occhio. Contemporaneamente, portò la mano destra sotto il suo giaccone. Quando la tirò fuori, la coprì con la sinistra, impugnando il calcio della Colt automatica con una presa a due mani e assumendo una posizione da pugile. I suoi occhi si abbassarono, andando a incontrare la linea bianca dipinta sulla punta del silenziatore. Estese completamente le braccia senza irrigidire i gomiti, con una manovra, rapida ma agile, tesa ad allineare il mirino con il primo bersaglio. L'occhio umano è attirato dal movimento, in particolare di notte. Big Bob notò la mossa e diresse lo sguardo in quella direzione, consapevole che stava per accadere qualcosa di indesiderato, ma senza sapere cosa. Il suo istinto allenato analizzò correttamente la situazione e fece scattare una reazione. Troppo tardi. *Una pistola.* Vedendola, cominciò a portare la mano sulla sua arma, invece di scansarsi rapidamente per cercare di ritardare la propria morte.

Il dito di Kelly premette due volte sul grilletto, la prima quando il silenziatore fu sul bersaglio, la seconda immediatamente dopo, non appena il polso ebbe assorbito il leggero rinculo della calibro .22. Senza spostare i piedi si girò verso destra, allineando esattamente la pistola con il corpo di Little Bob, che, vedendo il suo boss vacillare, aveva già reagito, portando la mano alla pistola che aveva sul fianco. Ma non fu abbastanza rapido. Il primo colpo di Kelly non fu molto preciso e raggiunse il bersaglio troppo in basso e con un danno minimo, ma il secondo proiettile trafisse la tempia, sconquassando le parti più spesse della scatola cranica e rimbalzando impazzito al suo interno come un criceto in gabbia. Little Bob cadde di faccia. Kelly indugiò il tempo necessario per assicurarsi che entrambi fossero morti, quindi si girò e andò via.

E sei, pensò, dirigendosi verso l'angolo, mentre il cuore ritornava al battito normale dopo la brusca iniezione di adrenalina. Ripose la pistola al suo posto, vicino al coltello. Erano le due e cinquantasei quando Kelly cominciò la sua manovra di ritirata.

Le cose non erano cominciate bene, pensò il marine del reparto Recon. Il pullman si era fermato per un guasto, e seguendo la ''scorciatoia'' scelta dall'autista per recuperare il tempo perduto erano finiti in un ingorgo stradale. Il pullman arrivò alla base di Quantico poco dopo le tre, e fu guidato da una jeep alla sua destinazione finale. I marines che ne scesero trovarono una caserma isolata, già occupata a metà da altri uomini immersi in un sonno rumoroso, si scelsero delle brande e ripresero il sonno cominciato in modo intermittente durante il viaggio in pullman, che li avrebbe accompagnati fino all'alba non lontana. Qualunque fosse la natura di quella missione, esaltante e pericolosa, il suo inizio assomigliava a quello di un giorno qualsiasi passato nel corpo dei marines.

Si chiamava Virginia Charles, e anche la sua notte non stava andando bene. Faceva l'aiuto infermiera all'ospedale St. Agnes, a pochi chilometri dal quartiere in cui abitava, e il suo turno si era prolungato per il ritardo dell'infermiera che doveva darle il cambio e per la sua riluttanza a lasciare incustodita l'area del reparto di sua competenza. Benché facesse sempre lo stesso turno da otto anni, non sapeva che l'orario degli autobus cambiasse dopo il passaggio di quello che prendeva di solito, e poiché ne aveva perso uno per un soffio, aveva dovuto attendere un'eternità per prendere quello successivo. Ora stava scendendo dall'autobus, due ore dopo l'ora in cui di solito andava a letto, e dopo aver perso il suo programma televisivo preferito, che seguiva religiosamente nei giorni lavorativi. Quarant'anni, divorziata da un uomo che le aveva dato due figli (uno nell'esercito, grazie a Dio in Germania e non in Vietnam, il più giovane ancora alla scuola superiore) e poco altro. Il suo lavoro, una cosa a metà tra il non qualificato e il professionale, le aveva consentito di allevare bene i due figli, preoccupandosi come ogni madre del loro futuro e delle compagnie che frequentavano.

Era stanca, quando scese dall'autobus, domandandosi ancora una volta perché non aveva usato un po' del denaro che aveva messo da parte negli anni per comprarsi una macchina. Ma avrebbe dovuto pagare anche l'assicurazione, e poi aveva a casa ancora un figlio, che avrebbe aumentato i costi della macchina e le avrebbe dato qualche preoccupazione in più. Entro qualche anno anche lui, forse, sarebbe entrato nell'esercito, che rappresentava l'unica opportunità di ricevere quell'istruzione universitaria che lei desiderava per lui, e che non avrebbe mai potuto offrirgli altrimenti.

Camminava veloce e vigile, con una certa tensione nelle gambe stanche e indolenzite. Come era cambiato il suo quartiere. Aveva sempre vissuto in un raggio di tre isolati, e ricordava bene la vivacità e la *sicurezza* delle strade, la gentilezza dei vicini. Si ricordava anche di quando poteva camminare in tutta tranquillità fino alla chiesa, anche in un raro mercoledì sera libero, a cui ancora una volta aveva dovuto rinunciare a causa del lavoro. Ma si consolò con le due ore di straordinario che avrebbe incassato, mentre osservava attentamente la strada nel timore di possibili pericoli. Ormai mancavano solo tre isolati, pensò, camminando in fretta, fumando una sigaretta per tenere desta l'attenzione, dicendosi di mantenere la calma. Era già stata aggredita due volte l'anno precedente, in entrambi i casi da drogati in cerca di soldi per soddisfare le loro abitudini, e l'unico aspetto positivo di quegli incidenti era stato l'insegnamento che ne avevano tratto i suoi due figli. Tra l'altro, non le erano costati molto in termini di denaro; Virginia Charles portava sempre con sé solo i soldi sufficienti per il biglietto dell'autobus e la cena nella mensa dell'ospedale. Era l'offesa alla sua dignità che le faceva male, ma ancora di più la ferivano i ricordi di tempi migliori, in cui il quartiere era abitato prevalentemente da cittadini rispettosi della legge. Ancora un isolato, pensò, voltando un angolo.

«Ehi, mamma, ti avanza un dollaro?» disse una voce, già alle sue spalle. Aveva notato l'ombra e l'aveva sorpassata, senza voltarsi, facendo finta di nulla, ignorandola nella speranza di ricevere in cambio la stessa cortesia, ma quel tipo di gentilezza stava diventando sempre più raro. Continuò a camminare, abbassando il capo, dicendosi di non fermarsi, perché pochi teppisti avrebbero avuto il coraggio di attaccare una donna da dietro. Una mano appoggiata sulla sua spalla smentì quella supposizione.

«Dammi i soldi, stronza» disse la voce, senza rabbia, con un tono di comando secco e calmo che spiegava chiaramente quali erano le regole del gioco.

«I quattro soldi che ho non possono interessarti, ragazzo» disse Virginia Charles, piegando la spalla per poter continuare a camminare, ancora senza voltarsi, perché finché si muoveva si sentiva più sicura. Poi sentì un *clic*.

«Ti sfregio» disse la voce, sempre calma, spiegando la dura realtà della vita alla stupida stronza.

Quel suono la spaventò. Si fermò, sussurrando una preghiera silenziosa, e aprì la borsetta. Si girò lentamente, ancora più arrabbiata che terrorizzata. Avrebbe potuto urlare, e solo qualche anno prima sarebbe stato molto diverso; qualcuno avrebbe sentito le grida, guardato per vedere cosa succedeva, e forse sarebbe anche uscito di casa per cacciare l'aggressore. Ora lo vedeva, era ancora un ragazzo, diciassette o diciotto anni, gli occhi dilatati e vuoti per l'effetto di qualche droga, con l'arroganza insensibile della violenza. Okay, pensò, gli dò i soldi e poi me ne vado a casa. Infilò la mano nella borsetta e ne estrasse una banconota da cinque dollari.

«Solo cinque dollari?» ridacchiò il giovane. «Ne voglio di più, stronza. Sbrigati, o ti sfregio.»

Era lo sguardo nei suoi occhi che la terrorizzava, facendole perdere il controllo per la prima volta. «È tutto quello che ho!» insistette.

«Di più, ho detto, se no ti infilzo.»

In quell'istante, Kelly girò l'angolo. Era ormai a un solo isolato dalla macchina, e stava cominciando a rilassarsi. Non aveva sentito alcun rumore fino a quel momento, ma ora vide due persone, a non più di sette metri dalla sua Volkswagen arrugginita, e un luccichio di luce riflessa gli fece capire che l'uomo impugnava un coltello.

Il suo primo pensiero fu *cazzo*! Aveva già deciso sul comportamento da assumere in questi casi. Non poteva salvare il mondo intero, e non aveva intenzione di provarci. Sventare un'aggressione poteva essere una cosa divertente, un fatto interessante per i media, ma la sua missione era molto più importante, e non era un gioco. Non si aspettava un tentativo di crimine proprio vicino alla sua macchina, e quell'errore di pianificazione gli apparve immediatamente chiaro e colpevole.

Si fermò di colpo, e il cervello cominciò a frullargli in testa al ritmo febbrile del nuovo flusso di adrenalina. Se fosse accaduto qualcosa di serio, il fatto avrebbe attirato la polizia, forse per varie ore, e lui aveva lasciato un paio di cadaveri a meno di mezzo chilometro da dove si trovava, anzi, di meno, perché non aveva camminato in linea retta. Non doveva succedere, ma aveva poco tempo per prendere una decisione. L'uomo, non più di un ragazzo, a dire il vero, teneva la donna per un braccio brandendo il coltello, ed era voltato di spalle. Sette metri erano abbastanza per un colpo sicuro, anche nell'oscurità, ma un proiettile calibro .22 aveva una grande forza di penetrazione, e dietro il bersaglio c'era una persona innocente, o almeno innocua. La donna, sulla quarantina, aveva indosso una specie di divisa, notò Kelly, cominciando a muoversi verso i due. Ma in quel momento la situazione cambiò di nuovo; il ragazzo fece un taglio sul braccio della donna, e Kelly vide chiaramente il rosso del sangue nella luce dei lampioni.

Virginia Charles emise un rantolo di paura quando il coltello le tagliò il braccio, e diede uno strattone per cercare di liberarsi, facendo cadere la banconota da cinque dollari. L'altra mano del ragazzo le afferrò la gola per controllarla meglio, e lei capì dai suoi occhi che stava cercando il prossimo bersaglio per il coltello. Poi vide qualcosa muoversi, un uomo, a circa cinque metri da lei, e cercò di chiamarlo, superando il panico e il dolore. Ne uscì un suono debole, ma sufficiente ad attirare l'attenzione dell'aggressore. Gli occhi della donna erano fissi su qualcosa... ma cosa?

Il ragazzo si voltò e vide un ubriacone a poco più di tre metri. Il suo stato di allarme istantaneo e automatico si trasformò subito in un sorriso pigro.

Merda. Le cose non si mettevano affatto bene. Kelly teneva la testa abbassata, e con gli occhi rivolti in su seguiva i movimenti del ragazzo, consapevole di non avere la situazione completamente sotto controllo.

«Forse anche tu hai qualche dollaro, nonno?» gli domandò il ragazzo, eccitato dal senso di potere, e non solo da quello, e inaspettatamente fece un passo verso l'ubriacone, che probabilmente aveva più soldi di quella stronza di infermiera.

Kelly fu colto di sorpresa, e quella mossa imprevista gli sconvolse i piani. Cercò di prendere la pistola, ma il silenziatore gli si impigliò nel polsino, e l'aggressore istintivamente interpretò la sua mossa nel modo corretto, avvertendo il pericolo. Fece un altro passo in avanti, più rapidamente, stendendo la mano che brandiva il coltello. Non c'era tempo per estrarre la pistola. Kelly si fermò, indietreggiò di mezzo passo e si raddrizzò in posizione eretta.

Con tutta la sua aggressività, il ragazzo non era molto abile. Il suo primo affondo con il coltello fu maldestro, e rimase sorpreso dalla facilità con cui l'ubriacone deviò il colpo ed entrò nella sua guardia. Un destro secco, diritto alla bocca dello stomaco gli sgonfiò i polmoni, lasciandolo senza fiato, ma non gli impedì completamente di muoversi. Mentre cominciava a piegarsi, l'aggressore ritirò la mano che teneva il coltello, ma con un movimento debole e lento. Kelly afferrò la mano, tirò e torse il braccio e spinse a terra con il piede il corpo dell'altro, che già stava crollando. Uno scricchiolio prolungato segnalò la rottura della spalla del ragazzo; Kelly continuò a fare forza, mettendo il braccio fuori uso.

«Perché non va a casa, signora?» disse in tono calmo a Virginia Charles, nascondendo il viso nella speranza di non essere stato visto bene. Probabilmente l'aveva solo intravisto, pensò Kelly; si era mosso a una velocità fulminea.

L'aiuto infermiera si chinò a raccogliere la banconota da cinque dollari dal marciapiede e se ne andò senza dire una parola. Kelly la osservò guardando di lato, e vide che teneva la mano destra sulla spalla sinistra sanguinante, cercando di non barcollare, probabilmente in stato di choc. Fortunatamente non aveva bisogno d'aiuto. Avrebbe sicuramente chiamato qualcuno, almeno un'ambulanza; forse avrebbe dovuto aiutarla con la ferita, ma i rischi si stavano addensando troppo in fretta per la sua capacità di affrontarli. L'aggressore mancato adesso stava cominciando a lamentarsi, perché il dolore della spalla distrutta era tale da penetrare la cortina protettiva dei narcotici. Lui sicuramente l'aveva visto in faccia, e molto da vicino. Finora nessun nemico che aveva visto il suo volto era rimasto vivo, e non era questo il momento di cambiare politica.

Merda, pensò Kelly. Beh, dopotutto aveva tentato di aggredire e ferire una donna, e lo aveva attaccato con un coltello: due tentativi falliti di omicidio, quindi. E sicuramente non era la prima volta che ci provava. Aveva scelto il gioco sbagliato e, quella notte, anche il campo di gioco sbagliato; errori come quelli costavano cari. Kelly gli tolse il coltello dalla mano priva di forze, e glielo conficcò con decisione alla base del cranio, lasciandovelo. Non più di un minuto dopo era sulla sua Volkswagen, a un isolato di distanza.

E sette, pensò, svoltando verso est.

Merda.

19

Pietà e rischi

Ormai stava diventando una routine, più della colazione con caffè e brioche al suo tavolo, pensò il tenente Ryan. Altri due spacciatori ammazzati, entrambi con un paio di pallottole calibro .22 in testa, ma questa volta *non* derubati. Niente bossoli in giro, nessun segno evidente di lotta. Uno con la mano sull'impugnatura della pistola, ma non aveva fatto in tempo a estrarla. Tutto molto strano. Almeno si era accorto del pericolo e aveva accennato a una reazione, benché invano. Poi era arrivata la chiamata da qualche isolato di distanza soltanto, e lui e Douglas si erano portati sulla scena del secondo crimine, lasciando gli investigatori di grado inferiore a occuparsi del primo. Secondo la chiamata, il nuovo caso era interessante.

«Cribbio» esclamò Douglas, scendendo per primo dalla macchina. Non si vedeva spesso qualcuno con un coltello conficcato dietro la testa, ritto come un lampione stradale. «Facevano sul serio.»

Il tipico omicidio in questa parte della città, come in qualsiasi altra, a dire il vero, era solitamente la conseguenza di una semplice lite domestica; l'omicida ammazzava un altro membro della sua famiglia, o un amico intimo, a causa di una banalissima disputa. L'ultimo giorno del Ringraziamento un padre aveva ucciso il figlio per una coscia di tacchino. Il caso "preferito" di Ryan era quello di un omicidio commesso per un cocktail di gamberetti, una storia tanto assurda da sfiorare il ridicolo. In tutti questi casi i fattori di contorno erano generalmente l'alcol e una vita squallida, che trasformavano bisticci di poco conto in questioni della massima importanza. *Non l'ho fatto apposta* era la frase che l'omicida pronunciava sempre, dopo, seguita da qualche variante di *perché non ha lasciato perdere*? La tristezza di quegli avvenimenti aveva l'effetto di un acido ad azione lenta sull'animo di Ryan, e la somiglianza degli omicidi era l'aspetto più angosciante. La vita umana non doveva terminare in quel modo, pensava Ryan, come una serie di variazioni di un unico tema; era troppo preziosa per finire così, come aveva imparato nelle campagne della Normandia e nelle foreste innevate intorno a Bastogne, quando era un giovane paracadutista nella 101ª divisione aviotrasportata. Il tipico omicida sosteneva sempre di non averlo fatto apposta, spesso si dichiarava immediatamente colpevole, mostrando un sincero rimorso per l'omicidio, commesso con le proprie mani, dell'amico o della persona cara, e così due vite venivano distrutte dallo stesso crimine. Erano crimini passionali e incoscienti, ed erano i più frequenti. Ma questo era diverso.

«Che diavolo è successo al braccio?» domandò al medico legale. A parte i segni delle punture... il braccio era completamente girato su se stesso, tanto che si accorse che lo stava guardando dalla parte sbagliata.

«La spalla della vittima appare slogata. Anzi, scrivi distrutta» aggiunse il medico legale dopo qualche secondo di riflessione. «La zona del polso presenta dei lividi, dovuti alla forza della stretta. Qualcuno gli ha preso il braccio a due mani e quasi gliel'ha strappato, come se fosse un fuscello.»

«Una mossa di karate?» domandò Douglas.

«Qualcosa del genere. Sicuramente quel colpo l'ha indebolito molto. La causa del decesso la può vedere.»

«Tenente, venga qui» chiamò un sergente in uniforme. «Questa è la signora Virginia Charles; vive a un isolato da qui. È stata lei a chiamare la polizia.»

«Si sente bene, signora Charles?» le domandò Ryan. Un infermiere dei vigili del fuoco stava controllando la benda che si era applicata alla spalla. Suo figlio, studente dell'ultimo anno alla Dunbar High School, le stava accanto, guardando la vittima che giaceva a terra, senza la minima traccia di compassione negli occhi. Nel giro di quattro minuti, Ryan riuscì a raccogliere un'abbondante quantità di informazioni.

«Un barbone, ha detto?»

«Sì, un ubriacone, quella è la sua bottiglia.» La indicò. Douglas la raccolse con la massima attenzione.

«Lo può descrivere?» le domandò il tenente Ryan.

La routine era così faticosamente normale che avrebbero potuto trovarsi in qualsiasi altra base dei marines, da Lejeune a Okinawa. Gli esercizi quotidiani di ginnastica, poi una corsa, tutti al passo, con l'istruttore a dare il ritmo. Si compiacevano in modo particolare quando superavano gruppi di nuovi sottotenenti del corso di base per ufficiali, o di aspiranti ufficiali ancora più gracili, che seguivano i loro corsi estivi a Quantico. Percorsero cinque miglia, passando davanti al poligono di tiro da cinquecento metri e a varie altre attrezzature per l'addestramento, tutte intitolate a marines morti, arrivando a poca distanza dall'accademia dell'FBI, ma abbandonando la strada principale prima di raggiungerla, per addentrarsi nei boschi e arrivare fino al loro campo di addestramento. La routine mattutina non fece che ricordare a tutti loro che erano dei marines, e la lunghezza del percorso che erano marines Recon, per i quali una forma fisica di livello olimpionico era la norma. Furono sorpresi di trovare un generale ad attenderli, e ancor più di vedere una buca di sabbia e delle altalene.

«Benvenuti a Quantico, marines» disse Marty Young dopo che avevano ripreso fiato e si erano messi a riposo. A poca distanza, due ufficiali di marina, in sfavillanti uniformi d'ordinanza bianche, e due civili guardavano e ascoltavano. Come d'intesa, tutti si fecero più attenti, e improvvisamente la missione divenne molto interessante.

«Proprio come nelle foto» osservò con calma Cas, dando uno sguardo al campo d'addestramento; sapevano di cosa si trattava. «Perché il campo giochi?»

«È un'idea mia» disse Greer. «Anche i sovietici hanno i satelliti. Gli orari delle riprese dallo spazio per le prossime sei settimane sono affissi nell'edificio A. Non sappiamo che potenza abbiano le loro apparecchiature di ripresa, quindi è meglio supporre che siano almeno buone quanto le nostre, okay? O fai vedere al nemico quello che gli interessa, oppure lo aiuti a immaginarselo. E un posto innocuo che si rispetti ha sempre un parcheggio.» Il programma delle esercitazioni era già deciso. Ogni giorno i nuovi arrivati dovevano eseguire manovre a casaccio con le macchine; verso le dieci, avrebbero preso i manichini dalle macchine per distribuirli tutto intorno al campo giochi, e intorno alle due o alle tre avrebbero spostato di nuovo sia le macchine sia i manichini. Era facile prevedere che il rituale avrebbe presto assunto una notevole comicità.

«E quando tutto sarà finito, diventerà un vero campo giochi?» domandò Ritter, rispondendo subito dopo alla sua stessa domanda. «Certo, perché no? Bel lavoro, James.»

«Grazie, Bob.»

«Mi sembra un po' piccolo» disse l'ammiraglio Maxwell.

«Le dimensioni sono praticamente esatte: il margine di errore è di otto centimetri. Abbiamo fatto i furbi» disse Ritter. «Abbiamo i manuali d'istruzione sovietici per la costruzione di impianti come questi. Il vostro generale Young ha fatto un buon lavoro.»

«Alle finestre dell'edificio C mancano i vetri» notò Casimir.

«Controlla sulle foto, Cas» suggerì Greer. «Laggiù i vetri per finestre scarseggiano. Quell'edificio ha solo le persiane, in questi due punti. «Qui» indicò l'edificio B «ci sono solo solo delle sbarre di legno, che dopo potranno essere smontate. Per gli interni siamo andati a naso, ma abbiamo ascoltato alcuni ex prigionieri che sono stati rilasciati, e ci siamo basati sulle loro relazioni. Insomma, non ci siamo inventati tutto.»

I marines si stavano già guardando intorno, ora che avevano appreso qualcosa sulla missione. Potevano dedurre gran parte del piano applicando le loro esperienze di combattimento reale a quel campo giochi innaturale, con tanto di manichini di bambini, che durante l'addestramento li avrebbero seguiti con i loro occhi azzurri di bambola. Granate M-79 per far saltare le torrette di guardia, granate al fosforo per le finestre della caserma, poi una pioggia di fuoco dalle cannoniere volanti... le "mogli" e i "bambini" avrebbero assistito alle prove generali, e non ne avrebbero fatto parola con nessuno.

L'area era stata accuratamente selezionata per la sua somiglianza con un altro luogo, i marines potevano intuirlo da soli, e alcuni sguardi indugiarono su una collina a meno di un chilometro di distanza. Da quel punto si aveva una vista perfetta della zona. Dopo il discorso di benvenuto, gli uomini si divisero in unità prestabilite e andarono a prendere le armi. Invece dei fucili M16A1, ricevettero le carabine CAR-15, più corte, maneggevoli ed efficaci per gli scontri ravvicinati. Alcuni avevano dei lanciagranate convenzionali M-79, con i mirini dipinti di tritio radioattivo per renderli fosforescenti nell'oscurità, e bandoliere cariche di proiettili per le esercitazioni, perché l'addestramento con le armi sarebbe cominciato immediatamente. Prima con la luce del giorno, per prendere dimestichezza con le armi e allenarsi, ma subito dopo sarebbero sicuramente passati alle esercitazioni notturne. Il generale aveva tralasciato quel particolare, ma era ovvio: missioni di quel tipo si svolgevano solo di notte. I marines sfilarono fino al più vicino poligono di tiro per cominciare l'addestramento. Erano già stati montati sei telai di finestre. Gli uomini armati di lanciagranate si scambiarono uno sguardo e spararono la prima raffica. Uno di loro, con sua grande vergogna, mancò il bersaglio, e gli altri cinque si presero subito gioco di lui, dopo essersi assicurati che le nuvolette di fumo prodotte dai tiri di prova fossero apparse dietro i bersagli.

«Okay, okay, devo solo riscaldarmi» disse il caporale in sua difesa, e subito piazzò cinque colpi nel bersaglio in quaranta secondi. Dopo una notte quasi insonne aveva i riflessi più lenti del solito.

«Quanta forza ci vuole per fare una cosa del genere, mi chiedo?» domandò Ryan.

«Di sicuro non è un rammollito» osservò il medico legale. «Il coltello ha spezzato la colonna vertebrale proprio nel punto in cui comincia il midollo. La morte è stata istantanea.»

«L'aveva già messo fuori uso. La spalla è conciata male come sembra?» domandò Douglas, facendosi da parte per lasciar lavorare il fotografo.

«Peggio, probabilmente. Dovremo analizzarla bene, ma scommetto che l'intera struttura ossea è distrutta. Ferite come questa non si possono mettere a posto, o almeno non completamente. La sua carriera da lanciatore era già finita prima della coltellata.»

Bianco, età quaranta o più anni, capelli lunghi e neri, basso, sporco. Ryan lesse gli appunti che aveva preso. «Perché non va a casa, signora» aveva detto a Virginia Charles.

Signora.

«La nostra vittima era ancora viva quando la testimone è andata via.» Douglas si avvicinò al suo tenente. «L'assassino deve aver preso il coltello alla vittima, per poi restituirglielo a modo suo. Em, in una settimana abbiamo avuto quattro omicidi decisamente perfetti e sei vittime decisamente morte.»

«Quattro metodi diversi. Due vittime legate, derubate e giustiziate, proiettili calibro .22, nessun segno di lotta. Un altro con dei pallini nelle budella, anche lui derubato, senza nemmeno il tempo di accorgersi di niente. Due uccisi la notte scorsa, ancora con una calibro .22 probabilmente, ma senza essere derubati né legati, e si sono accorti del pericolo prima di essere colpiti. Tutti spacciatori. Questo però è solo un teppista; non era abbastanza importante, Tom.» Ma il tenente aveva cominciato a riflettere. «Abbiamo già le sue generalità?»

Il sergente in uniforme rispose: «È un tossico. Ha dei precedenti, sei arresti per furto, Dio sa cos'altro».

«Qualcosa non quadra» disse Ryan. «Non quadra niente, e se abbiamo a che fare con uno veramente abile, perché farsi vedere da una persona, perché lasciarla andar via, perché parlarle... Cristo, perché scegliere questo tipo come vittima? Qual è la sua strategia?» Non c'era nessuna strategia. Certo, le due coppie di spacciatori erano state fatte fuori con una calibro .22, ma quella era comunque l'arma più usata nelle strade, e solo una delle due coppie era stata derubata, mentre la seconda non era stata colpita con la stessa letale precisione, benché *tutti e quattro* presentassero ferite alla testa. L'altro spacciatore assassinato e derubato era stato accoppato con un fucile a pallettoni. «Ascolta, abbiamo l'arma del delitto, e la bottiglia di vino: da almeno una delle due potremo prendere le impronte digitali. Chiunque fosse questo tipo, non è stato molto attento.»

«Un barbone con il senso della giustizia, Em?» Douglas pungolò Ryan. «Chiunque abbia fatto fuori questo delinquente...»

«Già, non era certamente un rammollito.» Ma allora, *chi diavolo era*?

Grazie a Dio si era messo i guanti, pensò Kelly, guardandosi i lividi sulla mano destra. Si era lasciato prendere la mano dalla rabbia, e *quella* non era stata una mossa intelligente! Guardandosi indietro, ripensando all'incidente, si rese conto di essersi trovato in una situazione difficile. Se la donna fosse stata uccisa o seriamente ferita, e lui se ne fosse andato con la macchina senza intervenire, non se lo sarebbe mai perdonato, e in secondo luogo, se qualcuno avesse visto la macchina, ora sarebbe stato ricercato per omicidio. Quell'ultimo pensiero gli provocò una smorfia di fastidio. Ora *era* ricercato per omicidio. Beh, non proprio. Tornando a casa, si era guardato allo specchio, con la parrucca e tutto il resto. Qualunque cosa avesse visto la donna, non era certo John Kelly, non con il viso nascosto da una folta barba, unto, sporco e con una parrucca lunga e sudicia in testa. Inoltre, la sua posizione ingobbita lo faceva apparire più basso di molti centimetri, la strada era poco illuminata e, infine, la donna era più interessata a fuggire via che a qualsiasi altra cosa. Tuttavia, aveva abbandonato la bottiglia di vino sulla scena del delitto. Ricordava di averla fatta cadere per parare l'affondo dell'aggressore, e poi nell'eccitazione del momento si era dimenticato di raccoglierla. *Stupido*! Kelly era furioso con se stesso.

Che dati poteva avere la polizia? La descrizione fisica non sarebbe stata precisa; aveva portato dei guanti da chirurgo, e benché non gli avessero impedito di procurarsi dei lividi sulle mani, non si erano strappati e lui non aveva perso sangue. Fatto ancora più importante, non aveva mai toccato la bottiglia di vino a mani nude; ne era sicuro, perché fin dall'inizio aveva deciso di prestare la massima attenzione a quel particolare. La polizia avrebbe saputo soltanto che un barbone aveva ucciso un teppista, ma la città era piena di barboni, e a lui occorreva solo un'altra notte.

Tuttavia, avrebbe dovuto rivedere la strategia del suo piano, e la missione della notte successiva sarebbe stata più pericolosa del previsto, ma d'altra parte le informazioni che aveva raccolto su Billy rappresentavano un'occasione troppo ghiotta per lasciarsela sfuggire, e quel piccolo bastardo poteva essere così furbo da cambiare a sua volta le proprie abitudini. Forse usava case diverse per contare il denaro, oppure usava una casa solo per poche notti di seguito. In quel caso, anche un giorno o due di attesa potevano vanificare tutta l'impegnativa fase di ricognizione, costringendolo a ricominciare da capo con un nuovo travestimento... sempre che riuscisse a trovarne uno di uguale efficacia, il che non era così semplice. Kelly pensò che aveva ucciso sei persone per arrivare fino a quel punto: la settima era un errore e non contava... se non per quella donna, chiunque fosse. Fece un profondo sospiro. Se non avesse mosso un dito mentre veniva uccisa o ferita gravemente, come avrebbe fatto a guardarsi di nuovo allo specchio? Dovette ricordarsi che se l'era cavata nel modo migliore in una situazione complicata. Un po' di sfiga era normale, e anche se faceva aumentare i rischi, la preoccupazione principale era il successo della missione, non il pericolo in sé. Ma adesso era ora di mettere da parte quei pensieri e di dedicarsi ad altre responsabilità. Kelly sollevò la cornetta e compose un numero.

«Greer.»

«Clark» rispose Kelly. Almeno c'era ancora qualcosa che riusciva a farlo divertire.

«È in ritardo» gli disse l'ammiraglio. La telefonata era stata concordata per prima di pranzo, e Kelly sentì lo stomaco agitarsi leggermente per il rimprovero. «Niente di male, sono appena rientrato. Avremo bisogno di lei molto presto: è cominciata.»

Che velocità, pensò Kelly. *Maledizione*. «Va bene, signore.»

«Spero che lei sia in forma. Dutch dice di sì» aggiunse James Greer con un tono più gentile.

«Penso di farcela, signore.»

«Mai stato a Quantico?»

«No, ammiraglio.»

«Porti la barca, qui c'è un porticciolo. Avremo un posto tranquillo dove chiacchierare. Domenica mattina, alle dieci in punto. Saremo là ad attenderla, Mr. Clark.»

«Bene.» Kelly sentì l'altro riagganciare.

Domenica mattina. Non si era aspettato tempi così rapidi; quel fattore esterno rendeva l'altra sua missione ancora più urgente. Da quando il governo si muoveva così velocemente? Qualunque fosse il motivo, così stavano le cose, e Kelly doveva adeguarsi.

«Odio farlo, ma è il nostro modo di lavorare» disse Grišanov.

«Davvero dipendete così tanto dal vostro radar di terra?»

«Robin, si parla addirittura di far lanciare missili dall'ufficiale del controllo radar, dalla sua postazione a terra.» Il disgusto nelle sue parole era evidente.

«Ma allora voi diventate dei semplici autisti!» esclamò Zacharias. «Bisogna dar fiducia ai piloti.»

Dovrei proprio far sentire le parole di quest'uomo a quelli dello stato maggiore, pensò Grišanov con una buona dose di indignazione. *Non vogliono ascoltare me; chissà se ascolterebbero lui*. I suoi compatrioti avevano un grande rispetto per le idee e le tecniche degli americani, anche se il loro scopo era di combatterli e sconfiggerli.

«È una combinazione di vari fattori. Sai, i nuovi reggimenti da caccia saranno schierati lungo il confine cinese...»

«Cosa vuoi dire?»

«Non lo sapevi? Abbiamo combattuto contro i cinesi tre volte quest'anno, sul fiume Amur e ancora più a ovest.»

«Ma dai!» La notizia era troppo incredibile perché l'americano potesse crederci. «Ma se siete alleati!»

Grišanov sbuffò. «Alleati? Amici? Dall'esterno, forse, si ha l'impressione che tutti i comunisti siano uguali. Amico mio, per secoli abbiamo combattuto contro i cinesi. Non hai studiato la storia? Abbiamo sostenuto Chiang contro Mao per un lungo periodo; abbiamo anche addestrato i suoi soldati. Mao ci odia. Stupidamente, gli abbiamo dato dei reattori nucleari, e ora anche loro dispongono di armi atomiche. Ma pensi che i loro missili possano raggiungere il mio Paese o il tuo? Hanno dei bombardieri Tu-16... voi li chiamati Badger, vero? Credi che possano raggiungere gli Stati Uniti?»

Zacharias conosceva la risposta: «No, naturalmente no».

«Però possono raggiungere Mosca, te lo assicuro, e possono trasportare mezzo megatone di bombe nucleari; è proprio per questo che i reggimenti di MiG-25 sono schierati sul confine cinese. Lungo quell'asse non abbiamo profondità strategica. Robin, abbiamo ingaggiato delle vere battaglie con quei bastardi gialli, a livello di divisioni! L'inverno scorso abbiamo *annientato* il loro tentativo di impossessarsi di un'isola che ci appartiene. Loro hanno colpito per primi, distruggendo un battaglione di guardie di confine; hanno mutilato i corpi dei morti... perché fare una cosa del genere, Robin, perché avevano i capelli rossi o le lentiggini?» disse

Grišanov amaramente, citando alla lettera un articolo di fuoco apparso sulla *Stella Rossa*. La conversazione aveva preso una piega inaspettata per il russo. Stava dicendo l'assoluta verità, eppure era più difficile convincere Zacharias di quanto gli aveva appena raccontato che di tutte le ingegnose bugie che avrebbe potuto inventare. «Non siamo alleati. Abbiamo persino smesso di inviare armi a questo Paese con la ferrovia... i cinesi le rubano direttamente dai vagoni!»

«Per usarle contro di voi?»

«E contro chi, altrimenti, gli indiani? Il Tibet? Robin, quelli sono *diversi* da te e da me. Non vedono il mondo come noi. Sono come i nazisti contro i quali combatté mio padre, sono convinti di essere migliori degli altri... come dite voi?»

«La razza eletta?» suggerì l'americano.

«Esatto, quella è la parola. Loro ci credono. Per loro noi siamo solo animali, animali utili, certo, ma ci odiano comunque, e vogliono quello che abbiamo. Vogliono il nostro petrolio, il nostro legname e la nostra terra.»

«Perché non me ne ha mai parlato nessuno?» domandò Zacharias.

«Ma cazzo» rispose il russo, «nel tuo Paese avviene esattamente la stessa cosa. Quando la Francia si ritirò dalla NATO, e i francesi dissero ai vostri di smantellare le loro basi, pensi che noi fummo informati prima? In quel periodo ero di stanza in Germania, e nessuno si incomodò a dirmi niente di quello che stava accadendo. Robin, il modo in cui voi ci vedete è uguale a quello in cui noi vediamo voi, un grande colosso, ma la politica interna del tuo Paese è un mistero per me esattamente come quella del mio Paese lo è per te. Forse tutto questo ti lascerà molto perplesso, ma ti dico una cosa, amico mio: il mio nuovo reggimento di MiG sarà schierato tra la Cina e Mosca. Posso portarti una cartina geografica e farti vedere.»

Zacharias si appoggiò alla parete, sobbalzando di nuovo per il persistente dolore alla schiena. Era troppo incredibile per essere vero.

«Fa ancora male, Robin?»

«Sì.»

«Tieni, amico mio.» Grišanov gli passò la sua fiaschetta, che questa volta fu accettata senza resistenza. Guardò Zacharias bere un lungo sorso prima di restituirgliela.

«Allora, com'è questo nuovo caccia?»

«Il MiG-25? È un *razzo*» rispose Grišanov, entusiasta. «Probabilmente è anche peggio del vostro Thud nelle virate, ma in quanto a velocità di crociera, non c'è aereo che gli stia dietro. Quattro missili, nessun cannone. Il radar è il più potente mai costruito per un caccia, e non può essere disturbato.»

«Portata?» domandò Zacharias.

«Circa quaranta chilometri» rispose il russo, facendo un cenno col capo. «Abbiamo sacrificato la portata a favore dell'affidabilità. Abbiamo cercato di ottenere entrambe, ma invano.»

«È dura anche per noi» confermò l'americano, borbottando.

«Sai, io non mi aspetto che scoppi una guerra tra il mio Paese e il tuo. Davvero. Abbiamo poche cose che potrebbero interessarvi. Quello che abbiamo noi, risorse, spazio, terra, sono tutte cose che avete anche voi. Ma i cinesi» disse «loro hanno bisogno di queste cose, e hanno un confine in comune con noi. Gli abbiamo dato le armi che ora potranno usare contro di noi, e loro sono così *tanti*! Piccoli omini cattivi, come questi qui, ma molti di più.»

«E quindi, cosa farete?»

Grišanov alzò le spalle. «Io comanderò il mio reggimento. Mi impegnerò a difendere la mia patria contro un attacco nucleare cinese. Ma ancora non ho deciso come.»

«Non è facile. È importante avere spazio e tempo per organizzarsi, e le persone giuste con cui esercitarsi.»

«Abbiamo i bombardieri, ma non sono come i vostri. Ti dirò, credo che, anche senza incontrare resistenza, non riusciremmo a portare nemmeno venti bombardieri sui vostri cieli. Sono a duemila chilometri di distanza da dove mi troverò io. Sai cosa significa? Nessuno con cui esercitarsi.»

«Vuoi dire una squadra rossa?»

«Noi la chiameremmo una squadra blu, Robin. Spero che tu capisca.» Grišanov ridacchiò, poi tornò subito serio. «Ma sì, si faranno solo delle prove a tavolino, oppure alcuni caccia fingeranno di essere bombardieri, anche se la loro autonomia è troppo limitata per fare una buona esercitazione.»

«Non mi stai raccontando storie?»

«Robin, non pretendo che tu mi creda, sarebbe chiederti troppo. Tu lo sai, e lo so anch'io. Ma dimmi una cosa: credi che il tuo Paese muoverà mai guerra contro il mio?»

«Probabilmente no» ammise Zacharias.

«Ti ho chiesto niente dei vostri piani strategici? Certo, sono sicuramente esercizi teorici interessantissimi e mi affascinerebbero molto come giochi di guerra, ma ti ho chiesto qualcosa in proposito?» Il suo tono era quello di un insegnante paziente.

«No, Kolja, non mi hai chiesto niente, hai ragione.»

«Robin, io non mi preoccupo dei B-52; mi preoccupo dei bombardieri cinesi. È quella la guerra per cui il mio Paese si sta preparando.» Guardò il pavimento, tirando una boccata dalla sigaretta, e proseguì con un tono calmo. «Ricordo quando avevo undici anni, e i tedeschi erano arrivati a un centinaio di chilometri da Mosca. Mio padre si era unito al suo reggimento... era costituito interamente da docenti universitari. Metà di loro non fece mai ritorno. Mia madre ed io abbandonammo la città e andammo verso est, fino a un paesino di cui non ricordo il nome... c'era tanta confusione, e tanto buio in ogni momento. Eravamo preoccupati per mio padre che doveva guidare un camion, lui che era professore di storia. Abbiamo perso venti milioni di persone per colpa dei tedeschi, Robin. Venti milioni. Tanta gente che conoscevo: i padri dei miei amici, anche il padre di mia moglie morì in guerra, due dei miei zii. Quando scappai attraverso la neve con mia madre, feci la promessa che un giorno anch'io avrei difeso il mio Paese, e così sono diventato pilota da caccia. Non invado, non attacco. Difendo. Capisci quello che ti sto dicendo, Robin? Il mio lavoro è di proteggere il mio Paese, così che non ci debbano essere altri ragazzini costretti a fuggire da casa nel mezzo dell'inverno. Alcuni dei miei compagni di scuola morirono di freddo, allora. È per questo che difendo il mio Paese. I tedeschi volevano prenderci quello che era nostro, proprio come i cinesi adesso.» Indicò la porta della cella. «Gente come... come *quelli*.»

Anche prima che Zacharias aprisse bocca, Kolja seppe di averlo in pugno. Aveva lavorato per mesi per arrivare a quel momento, pensò Grišanov, come se dovesse sedurre una vergine, anche se in realtà era un compito molto più triste. Quell'uomo non avrebbe mai rivisto la sua casa. I vietnamiti erano fermamente intenzionati a uccidere quei prigionieri, quando non fossero stati più utili. Che gigantesco spreco di talento; l'antipatia per i suoi presunti alleati era tanto reale quanto cercava di farla apparire, non era più simulata. Da quando era arrivato ad Hanoi, aveva notato personalmente l'arrogante senso di superiorità, l'incredibile crudeltà e la stupidità di quella gente. Aveva ottenuto di più lui con parole gentili e con meno di un litro di vodka, di quanto non fossero riusciti a fare loro e i loro torturatori con anni di stupida cattiveria. Invece di infliggere il dolore, lo aveva condiviso. Invece di maltrattare quell'uomo, lo aveva trattato con gentilezza, rispettando le sue qualità, mitigando il suo dolore, per quanto gli era consentito fare, proteggendolo da ulteriori sofferenze, e rimpiangendo amaramente di essere stato suo malgrado il responsabile dell'ultima che aveva dovuto subire.

Tuttavia, c'era stato un prezzo da pagare. Per ottenere quel risultato si era dovuto aprire, raccontando storie vere, rievocando gli incubi della sua infanzia, riesaminando il vero motivo che l'aveva spinto ad abbracciare la professione che amava. Tutto ciò era stato possibile, pensabile, solo perché sapeva che l'uomo seduto accanto a lui era condannato a una morte solitaria e anonima, era già morto per il suo Paese e la sua famiglia, e destinato a una tomba che nessuno avrebbe visitato. Quell'uomo non era un nazista hitleriano. Era un nemico, ma un nemico leale, che sicuramente aveva fatto il possibile per risparmiare la popolazione civile, perché anche lui aveva una famiglia. Nulla in lui dava l'impressione che si sentisse superiore da un punto di vista razziale, o che provasse dell'odio per i vietnamiti, e quella era la cosa più sorprendente, perché invece Grišanov stava cominciando a odiarli. Zacharias non meritava di morire, vero?, si domandò Grišanov, constatando l'aspetto più ironico della situazione: Kolja Grišanov e Robin Zacharias erano diventati amici.

«Che ne pensi di questa?» domandò Douglas, mettendo la bottiglia di vino sulla scrivania di Ryan. Era avvolta in un sacchetto di plastica trasparente, e la sua superficie di vetro liscio era uniformemente ricoperta da una fine polvere gialla.

«Niente impronte?» disse Emmet, osservando il reperto con notevole sorpresa.

«Neanche una, Em. Zero.» Poi appoggiò sulla scrivania anche il coltello. Era un normale coltello a serramanico, anch'esso impolverato e insacchettato.

«Qui ci sono dei segni.»

«L'impronta parziale di un pollice, quello della vittima. Niente che ci possa essere utile; solo impronte parziali, uniformemente distribuite, dicono quelli della scientifica. O si è pugnalato da solo, oppure l'omicida indossava dei guanti.»

Faceva troppo caldo in quella stagione per indossare dei guanti. Emmet Ryan si lasciò andare sulla sedia, fissando i reperti appoggiati sulla sua scrivania, poi guardò Douglas, seduto davanti a lui. «Okay, Tom, vai avanti.»

«Abbiamo quattro luoghi diversi in cui sono stati commessi degli omicidi, e un totale di sei vittime. Nessuna prova lasciata dall'omicida. Cinque vittime, in tre dei quattro delitti, sono spacciatori, e due sono i metodi impiegati per ammazzarli. In tutti e tre i casi non c'è nessun testimone, l'ora del giorno è all'incirca la stessa e i delitti sono stati commessi nel raggio di cinque isolati.»

«Grande maestria» riconobbe il tenente Ryan. Chiuse gli occhi, prima cercando di visualizzare mentalmente le tre diverse scene del delitto, poi di mettere in collegamento i vari dati. Tre derubati, due no, metodi diversi. Ma per l'ultimo omicidio avevano una testimone. *Perché non va a casa, signora*. Perché era stato gentile? Ryan scosse il capo. «La realtà non è un romanzo di Agatha Cristie, Tom.»

«Il ragazzo di questa notte, Em. Dimmi qualcosa del metodo usato per farlo fuori.»

«Una coltellata qui... non vedevo niente del genere da un sacco di tempo. Dev'essere forte, quel figlio di puttana. Mi ricordo di un caso simile... nel '58 o '59.» Ryan fece una pausa per mettere insieme i ricordi. «Un idraulico, credo, un tipo forzuto; trovò la moglie a letto con un altro. Lasciò andar via l'uomo, poi prese lo scalpello, le tenne ferma la testa e...»

«Bisogna essere proprio incazzati per farlo in quel modo. Era arrabbiato, dunque. Altrimenti perché avrebbe dovuto accopparlo così?» domandò Douglas. «È molto più semplice tagliare una gola, e il risultato è lo stesso.»

«Ma è meno pulito e si fa molto più casino...» la voce di Ryan si spense man mano che la sua mente seguiva quel pensiero. Non tutti sapevano che tagliando la gola a qualcuno si poteva fare un gran baccano. Se si recideva la trachea, ne potevano uscire dei suoni spaventosi, e in caso contrario, la vittima poteva urlare finché non moriva. E poi c'era la perdita di sangue, tanto sangue, che sgorgava come l'acqua da un tubo rotto, sporcando mani e vestiti.

Se invece si voleva uccidere qualcuno in fretta, come si spegne la luce con un interruttore, e se si era dotati di una certa forza fisica e l'avversario era già immobilizzato, la base del cranio, dove la spina dorsale si collega al cervello, era senz'altro il punto perfetto dove colpire, per ottenere un risultato rapido, silenzioso e relativamente pulito.

«I due spacciatori sono stati trovati a un paio di isolati di distanza, e l'ora della morte è quasi la stessa. Il nostro amico li fa fuori, poi si incammina da questa parte, gira un angolo e vede la signora Charles alle prese con un aggressore.»

Il tenente Ryan scosse la testa. «Perché non ha tirato diritto? Poteva attraversare la strada, lavandosene le mani. Perché si è lasciato coinvolgere? Cos'è, un killer moralista?» domandò Ryan. Era a quel punto che i suoi ragionamenti si inceppavano. «E se la stessa persona sta eliminando tutti questi spacciatori, qual è il suo movente? Eccetto i due della notte scorsa, sembra che lo faccia per i soldi. Forse con quei due qualcosa l'ha spaventato prima che potesse prendere il denaro e la droga. Magari una macchina che passava in quel momento, o qualche rumore. Ma se abbiamo a che fare con un rapinatore, allora come si spiega il suo comportamento con la signora Charles e il suo amico? Tom, possiamo solo fare congetture.»

«Quattro delitti distinti, nessuna prova concreta, un omicida che indossa dei guanti... un barbone ubriaco che indossa dei guanti!»

«Non è abbastanza, Tom.»

«Comunque dirò a quelli del distretto occidentale di cominciare a darsi da fare.»

Ryan annuì. Niente da ridire, su quello.

Era mezzanotte quando lasciò l'appartamento. La zona era così piacevolmente tranquilla di notte, durante la settimana. Il vecchio complesso residenziale era abitato da inquilini che si facevano i fatti loro. Dal suo incontro con il gestore, Kelly non aveva più stretto una mano. Qualche cenno amichevole del capo, nient'altro. Bambini non se ne vedevano, solo persone di mezza età, quasi esclusivamente coppie sposate, più qualche vedovo o vedova. Molti impiegati, di cui un numero sorprendente prendeva l'autobus per andare al lavoro in centro, di sera guardava la Tv, e per le dieci o le undici si infilava a letto. Kelly uscì con la macchina senza far rumore, percorse il Loch Raven Boulevard, passando davanti a chiese, ad altri complessi residenziali e allo stadio cittadino, mentre i quartieri si facevano progressivamente meno borghesi e più operai, e da operai a malfamati. Passò anche davanti ai palazzi di uffici del centro, come faceva di solito nella sua routine, ma quella notte era diverso.

Quella notte cominciava la resa dei conti. Questo significava nuovi rischi, ma i rischi non erano una novità, pensò Kelly, piegando le dita sulla plastica del volante. Non gli piacevano i guanti da chirurgo. Il calore della gomma gli faceva sudare le mani, e anche se questo non comprometteva la sua capacità di presa, la sensazione era fastidiosa. Tuttavia, l'alternativa era sconsigliata. Pensò che in Vietnam molte cose non gli erano piaciute, come le sanguisughe. Il solo pensiero lo fece rabbrividire: erano peggio dei topi; quelli almeno non succhiavano il sangue.

Kelly se la prese un po' più comoda quella notte, guidando in modo quasi casuale intorno all'obiettivo mentre metteva ordine tra i pensieri. Ne valse la pena. Vide un paio di poliziotti che parlavano con un barbone, uno da vicino, l'altro più indietro di un paio di passi. Sembrava tutto normale, ma la distanza tra i due agenti gli indicò quello che voleva sapere: uno stava coprendo l'altro, e quindi vedevano il barbone come una potenziale minaccia.

Ti stanno cercando, Johnnie, si disse, girando il volante e immettendosi in un'altra via.

Ma la polizia non avrebbe certamente sconvolto la sua routine operativa. Osservare e interrogare i barboni sarebbe stato un lavoro in più per un paio di notti, ma c'erano cose che avevano la priorità: sventare le rapine nei negozi di liquori, sedare le liti familiari, persino punire le violazioni del codice stradale. No, rompere le scatole ai barboni e agli ubriachi sarebbe stato solo un carico di lavoro in più per gente che già ne aveva troppo, un diversivo per rendere meno monotoni i loro giri di pattuglia, che Kelly si era preoccupato di studiare attentamente. Il rischio aggiuntivo era, pertanto, piuttosto limitato, e Kelly pensò che aveva già avuto la sua dose di sfortuna in quella missione. Ancora una notte, e avrebbe cambiato tattica. Quale sarebbe stata quella nuova ancora non lo sapeva, ma se tutto andava per il verso giusto, avrebbe presto raccolto le informazioni necessarie per idearla.

Grazie, disse al destino, quando fu a un isolato dalla casa d'angolo di arenaria. La Roadrunner era proprio là, ed era ancora presto: Billy era venuto per incassare, e la ragazza non sarebbe stata dentro. Passò davanti alla macchina, proseguendo fino all'isolato successivo, quindi svoltò a destra, superò un altro isolato e girò di nuovo a destra. Vide una macchina di pattuglia della polizia e controllò l'ora: era puntuale, non più di cinque minuti di differenza rispetto all'orario abituale, e inoltre aveva un solo poliziotto a bordo. Quella successiva sarebbe passata circa due ore dopo, pensò Kelly, girando a destra e dirigendosi verso la casa d'angolo. Parcheggiò il più vicino possibile alla casa, poi si allontanò a piedi dall'obiettivo, tornando verso l'isolato successivo prima di calarsi di nuovo nel suo travestimento.

In quell'isolato lavoravano due spacciatori, entrambi dei solitari. Sembravano leggermente tesi. Forse si era sparsa la voce, pensò Kelly, trattenendo un sorriso. Alcuni colleghi erano stati eliminati, e c'era di che preoccuparsi. Si tenne bene a distanza da entrambi mentre percorreva l'isolato, intimamente divertito dal fatto che fossero ambedue ignari di quanto vicino gli fosse passata la Morte. Come erano fragili le loro vite, senza che lo sapessero. Ma non doveva distrarsi, pensò Kelly, svoltando di nuovo e puntando verso l'obiettivo. Giunto all'angolo, si fermò un attimo per guardarsi intorno. Era l'una passata ormai, e stava calando la noia abituale che chiudeva ogni giorno lavorativo, attività illecite comprese. Il movimento sulle strade andava diminuendo, come da copione. Kelly si diresse verso sud, superando le file di edifici in arenaria da un lato e di case di mattoni dall'altra. Era necessaria tutta la sua concentrazione per mantenere la camminata irregolare e innocua. Uno di quelli che avevano fatto male a Pam era a soli cento metri da lui. Probabilmente due. Per qualche secondo, Kelly rivide il suo viso, sentì di nuovo la sua voce, accarezzò ancora le curve del suo corpo. Il suo volto diventò una gelida maschera di pietra; strinse forte i pugni, senza smettere di trascinare le gambe. Non durò che pochi istanti. Poi allontanò ogni pensiero dalla mente e fece cinque lunghi, profondi respiri.

«Tattica» mormorò, rallentando il passo e fissando la casa d'angolo, ormai a non più di trenta metri. Bevve un sorso di vino e lo lasciò gocciolare di nuovo sulla camicia. *Snake in posizione. Obiettivo in vista. Pronto a colpire.*

La sentinella, se quella era la sua funzione, si tradì. La luce dei lampioni rivelò nuvolette di fumo di sigaretta che filtravano dalla porta, indicando esattamente a Kelly dove si trovava il suo primo obiettivo. Passò la bottiglia di vino nella mano sinistra, piegando più volte la destra e ruotando il polso per assicurarsi che i muscoli fossero sciolti e pronti all'azione. Avvicinandosi ai larghi gradini, vi inciampò, tossendo. Poi camminò verso la porta, che sapeva essere accostata, e cadde, spalancandola, crollando sul pavimento e trovandosi ai piedi dell'uomo che aveva visto accompagnare Billy. Nella caduta la bottiglia di vino andò in pezzi, e Kelly ignorò l'uomo, mettendosi a piagnucolare per i vetri rotti e per la pozzanghera di mediocre rosso californiano che macchiava il pavimento.

«Ti è andata male, amico» disse una voce, in tono sorprendentemente cortese. «Ora però fai meglio ad andartene.»

Kelly continuò a piagnucolare, zigzagando per terra a quattro zampe. Tossì ancora un po', voltando la testa per osservare le gambe e le scarpe della sentinella, confermando l'identità dell'uomo.

«Su, nonno.» Due forti mani lo presero e lo sollevarono. Kelly lasciò ciondolare le braccia, portandone una dietro la schiena mentre l'altro cominciava a girarlo verso la porta. Vacillò, girandosi ancora di più, e ormai la sentinella sosteneva quasi interamente il peso del suo corpo. Settimane di allenamento, di preparazione e di paziente ricognizione si concentrarono in un unico istante.

La mano sinistra di Kelly colpì di piatto la faccia dell'altro, mentre la destra gli conficcò il Ka-Bar tra le costole, e i suoi sensi erano talmente vigili che con la punta delle dita riusciva a sentire il cuore che cercava di battere, distrutto dalla lama affilata a doppio taglio del suo coltello da combattimento. Kelly girò la lama del coltello, senza estrarlo. Il corpo dell'uomo cominciò a tremare, i suoi occhi erano spalancati in un'espressione di stupore, le ginocchia stavano già cedendo. Kelly lo adagiò a terra piano, silenziosamente, sempre impugnando il coltello. Voleva concedersi un po' di piacere; aveva lavorato duramente per quel momento, e non voleva vietarsi ogni emozione.

«Ti ricordi di Pam?» sussurrò al corpo agonizzante che teneva fra le braccia, e con sua soddisfazione vide che l'uomo, nel suo dolore, capì, prima di rovesciare definitivamente gli occhi.

Snake.

Kelly attese, contando fino a sessanta prima di estrarre il coltello, e pulendone quindi la lama nella camicia bianca della vittima. Era un ottimo coltello, e non meritava di rimanere macchiato di quel sangue.

Kelly riprese fiato per qualche secondo, respirando a fondo per rilassarsi dopo la frenetica eccitazione della vendetta di sangue, gustando l'intimo compiacimento professionale per un lavoro preparato ed eseguito bene. Aveva colpito il bersaglio giusto, il guardaspalle. L'obiettivo principale si trovava al piano di sopra. Tutto stava procedendo secondo i piani. Si concesse esattamente un minuto per riprendere la calma e la concentrazione.

I gradini scricchiolavano, così Kelly cercò di attutire il rumore tenendosi appoggiato al muro e limitando al minimo lo spostamento degli scalini di legno. Saliva con estrema lentezza, con lo sguardo rivolto verso l'alto, perché ormai non c'era niente al piano di sotto che potesse preoccuparlo. Aveva già riposto il coltello nella guaina, e ora nella mano destra teneva la sua calibro .45/.22, silenziatore in punta e rivolta verso il basso, mentre la sinistra tastava l'intonaco incrostato della parete.

Giunto a metà della scala, cominciò a sentire dei rumori diversi da quello del sangue che fluiva nelle sue arterie. Uno schiaffo, un piagnucolio, un gemito. Suoni distanti, animali, seguiti da un ghigno crudele appena percettibile, mentre Kelly arrivava in cima alla scala e si dirigeva a sinistra, da dove provenivano i rumori.

Porca puttana! Ma ormai non poteva fermarsi.

«Ti prego...» un bisbiglio disperato, che fece diventare bianche le nocche della mano di Kelly, stretta sul calcio della pistola. Percorse lentamente il corridoio, sempre rasente la parete. Dalla camera da letto principale proveniva una luce; era solo quella dei lampioni stradali che entrava dai vetri sporchi delle finestre, ma gli occhi di Kelly, adattatisi all'oscurità, riuscivano a distinguere delle ombre su una parete.

«Cosa c'è, Dor?» domandò una voce maschile quando Kelly era ormai vicino alla porta. Molto lentamente, fece passare la testa intorno alla barriera verticale di legno dipinto, e guardò dentro la stanza.

Sul pavimento c'era un materasso, sul materasso una donna inginocchiata, con la testa abbassata; una mano rozza prima le stritolò il seno, poi lo tirò. Kelly vide la bocca della ragazza aprirsi in un'espressione muta di dolore, e gli venne in mente la foto che gli aveva mostrato l'investigatore. *L'hai fatto anche a Pam, vero... brutto bastardo*! Dal viso della ragazza gocciolava del liquido, mentre la faccia dell'uomo che la guardava sorrideva di gusto. Kelly fece un passo nella stanza.

Il tono con cui parlò era sciolto, rilassato, quasi comico. «Ehi, ci si diverte qui. Posso giocare anch'io?»

Billy si voltò verso l'ombra che aveva appena parlato, e vide un braccio disteso con una grossa pistola automatica. Lo sguardo andò quindi a posarsi su una pila di vestiti e una borsa. L'uomo era nudo, e nella mano sinistra teneva un arnese non bene identificato, ma non un coltello, né una pistola. Le armi erano da qualche altra parte, a qualche metro di distanza, e lo sguardo non bastava ad avvicinarle.

«Non pensarci neanche, Billy» disse Kelly con un tono da conversazione.

«Chi cazzo...»

«A terra, braccia e gambe distese, altrimenti ti faccio saltare quell'uccellino che hai tra le gambe.» Kelly cambiò la mira. Era sorprendente quanta importanza davano gli uomini a quell'organo, quanto fosse facile intimidirli minacciando quella parte del corpo. Non era nemmeno una minaccia seria, date le dimensioni. Il cervello era molto più grande e facile da centrare. «A terra! Adesso!»

Billy ubbidì all'ordine. Kelly fece spostare la ragazza ed estrasse il cavo elettrico dalla cintola. In pochi secondi legò saldamente le mani dell'uomo. La mano sinistra impugnava ancora un paio di pinze, che Kelly prese e usò per stringere ulteriormente il cavo, provocando un rantolo di dolore da parte di Billy.

Pinze?

Cristo.

La ragazza lo fissava con gli occhi spalancati. Respirava affannosamente, ma i suoi movimenti erano lenti, e aveva il capo reclinato; doveva essere drogata. Però ormai l'aveva visto in volto, e continuava a guardarlo, memorizzando i tratti del suo viso. Nessuno era mai sopravvissuto dopo aver visto il volto di *Snake*.

Perché devi essere qui? Non era previsto. Sei una complicazione. Ora devo... devo...

Se lo fai, John, che cazzo di persona sei?

Oh, merda!

Cominciarono a tremargli le mani. Il pericolo era reale. Se l'avesse lasciata vivere, ci sarebbe stato qualcuno in grado di riconoscerlo... di fornire una descrizione sufficiente per scatenare una caccia all'uomo, che gli avrebbe, forse, impedito di compiere la sua missione. Ma il pericolo maggiore lo correva la sua anima. L'avrebbe persa per sempre, se uccideva la ragazza. Ne era sicuro. Kelly chiuse gli occhi e scosse la testa. Non aveva previsto che qualcosa potesse andare storto.

Inconvenienti del mestiere, Johnnie.

«Vestiti» disse alla ragazza, gettando degli indumenti nella sua direzione. «Fallo in fretta e in silenzio, e rimani dove sei.»

«Chi sei?» domandò Billy, offrendo a Kelly l'opportunità di sfogare la sua rabbia interiore. Billy la sentì dietro la testa, sotto forma di qualcosa di freddo e rotondo.

«Prova solo a respirare troppo forte, e le tue cervella finiscono sparse per tutto il pavimento. Chiaro?» Billy fece cenno con la testa di aver capito.

E ora che diavolo faccio? si domandò Kelly. Volse lo sguardo alla ragazza, che faticava a infilarsi le mutandine. La luce le rese visibili i seni, e Kelly si sentì rivoltare lo stomaco per i lividi che vi vide. «Sbrigati» le disse.

Merda merda merda. Kelly controllò il cavo legato intorno ai polsi di Billy, e decise di avvolgerlo ulteriormente intorno ai gomiti, provocandogli un dolore acuto alle spalle e assicurandosi che non potesse opporre resistenza. Per infierire ancora di più, sollevò le braccia di Billy in posizione verticale, facendogli emettere un urlo di dolore.

«Fa un po' male, vero?» domandò Kelly; quindi lo imbavagliò e lo spinse verso la porta. «Cammina.» Poi, rivolgendosi alla ragazza: «Anche tu».

Li condusse giù per le scale. Per terra c'erano dei vetri rotti, e i piedi di Billy cercarono di evitarli, procurandosi tuttavia dei tagli. Kelly rimase sorpreso dalla reazione della ragazza alla vista del cadavere al piano di sotto.

«Rick!» gridò angosciata, chinandosi per toccare il corpo.

Aveva un nome, pensò Kelly, risollevando la ragazza. «Usciamo dal retro.»

In cucina li fermò, lasciandoli soli per un attimo per andare a guardare fuori dalla porta sul retro. Vedeva la macchina, e non sembrava esserci alcun movimento per la strada. Il pericolo non si sarebbe fatto attendere, ma ormai era di nuovo diventato un suo compagno abituale. Kelly spinse fuori i suoi due prigionieri. La ragazza guardava Billy, e lui guardava lei, facendole dei cenni con gli occhi. Kelly rimase sbalordito nel vedere che la ragazza rispondeva a quelle suppliche silenziose. La prese per un braccio e la tirò da parte.

«Non si preoccupi di lui, signorina.» Le indicò di andare verso la macchina, mentre conduceva Billy tenendolo per un braccio.

Una vocina lontana gli disse che se la ragazza avesse tentato di aiutare Billy, allora lui avrebbe avuto una scusa per...

No, maledizione!

Kelly aprì la portiera della macchina e vi spinse dentro prima Billy, poi la ragazza, sul sedile anteriore, quindi si portò rapidamente sull'altro lato della vettura. Prima di mettere in moto, si allungò sul sedile posteriore e legò le caviglie e le ginocchia di Billy.

«Chi sei?» gli domandò la ragazza quando la macchina si mise in movimento.

«Un amico» rispose con calma Kelly. «Non ti farò del male. Se avessi voluto, avrei potuto farti fare la fine di Rick, no?»

Le parole della risposta uscirono lente e disordinate, ma non per questo furono meno sorprendenti per Kelly: «Perché dovevi ammazzarlo? Era gentile con me».

Che diavolo? pensò Kelly, guardando verso di lei. Il suo volto era graffiato, i capelli scompigliati. Rivolse di nuovo lo sguardo alla strada. Dalla direzione opposta arrivò una macchina di pattuglia della polizia, ma, dopo un breve momento di panico, tirò diritto, scomparendo dallo specchietto retrovisore quando Kelly svoltò verso nord.

Sbrigati, ragazzo, fatti venire in mente qualcosa.

Kelly avrebbe potuto tentare varie soluzioni, ma solo una sembrava realistica. *Realistica*? si domandò. *Oh, ma certo.*

Nessuno si aspetta di sentir suonare alla porta alle tre meno un quarto del mattino. Dapprima Sandy pensò di esserselo sognato, ma i suoi occhi si erano aperti, e quando il suono le echeggiò di nuovo nella mente, ebbe la sensazione di essersi svegliata solo un attimo prima a causa di quel rumore. Ma no, doveva averlo sognato, pensò scuotendo la testa. Non fece in tempo a richiudere gli occhi che il campanello suonò una seconda volta. Sandy si alzò, indossò una vestaglia e scese al piano di sotto, troppo disorientata per spaventarsi. Sulla veranda intravide una sagoma, e mentre apriva la porta accese la luce.

«Spegni quel cazzo di luce!» disse una voce stridula che comunque le sembrò familiare. Il tono imperioso la indusse ad azionare automaticamente l'interruttore.

«Cosa ci fai qui?» Al suo fianco c'era una ragazza, dall'aspetto assolutamente orribile.

«Chiama l'ospedale e di' che non stai bene. Oggi non vai a lavorare, devi occuparti di lei. Si chiama Doris» disse Kelly, parlando col tono basso di comando di un chirurgo nel bel mezzo di una complessa operazione.

«Un momento!» Sandy si raddrizzò e il suo cervello cominciò a mettersi in moto. Kelly aveva in testa una parrucca da donna... un po' troppo sporca per una donna, a dire il vero. Non si era rasato e indossava dei vestiti lerci, ma aveva una strana luce negli occhi. In parte era rabbia, una furia indefinita, e inoltre le sue forti mani gli tremavano ai fianchi.

«Ti ricordi di Pam?» le domandò con un tono di premura.

«Sì, ma...»

«Questa ragazza è nella stessa situazione. Io non posso aiutarla, non ora. Ho altro da fare.»

«Che cosa stai facendo, John?» domandò Sandy, con una premura differente nella sua voce. Poi, d'un tratto, tutto divenne chiaro. I notiziari che aveva seguito all'ora di cena sul televisore in bianco e nero della cucina, lo sguardo che aveva visto nei suoi occhi all'ospedale, lo sguardo che vedeva in quel momento, così simile all'altro, ma diverso, per la disperata compassione e la fiducia che implorava.

«Qualcuno l'ha picchiata come una bestia, Sandy. Ha bisogno di aiuto.»

«John» mormorò «John... stai mettendo la tua vita nelle mie mani...»

Kelly fece una specie di risata, una sbuffata cupa che andava al di là dell'ironia. «Già. Beh, la prima volta te la sei cavata bene, no?» Spinse Doris nell'ingresso e se ne andò verso la macchina, senza voltarsi a guardare.

«Mi viene da vomitare» disse la ragazza. Sandy la portò di peso nel bagno del piano di sopra, arrivando appena in tempo in gabinetto. La giovane vi rimase per un minuto o due, a svuotare lo stomaco nella tazza di porcellana bianca. Dopo circa un altro minuto, alzò la testa. Nel bagliore incandescente della luce riflessa dalle piastrelle bianche, Sandy O'Toole vide il volto dell'inferno.

20

Depressurizzazione

Erano le quattro passate quando Kelly arrivò al porticciolo. Arretrò con la macchina verso la poppa della barca, quindi scese per aprire il portello del boccaporto, dopo aver controllato che non vi fossero eventuali spettatori, verificandone con sollievo la completa assenza.

«Hop» disse a Billy, che ubbidì e saltò fuori dalla macchina. Kelly lo spinse a bordo, guidandolo verso la cabina principale. Quando vi arrivarono, prese dei maniglioni, ferri sempre presenti su una barca, e li usò per assicurare i polsi di Billy a un anello del pavimento. Dieci minuti più tardi mollò gli ormeggi, dirigendosi verso la baia, e finalmente potè distendersi. Dopo aver innestato il pilota automatico, allentò i cavi legati alle braccia e tolse quelli alle gambe di Billy.

Kelly era stanco. Spostare Billy dal sedile posteriore della Volkswagen nella Scout era stato più difficoltoso del previsto, e per fortuna aveva mancato di poco il furgone che distribuiva i giornali, lanciando i pacchi agli angoli delle strade, dove i ragazzini delle consegne li avrebbero raccolti, per spacchettarli e recapitarli entro le sei. Si rilassò in plancia, bevendo qualche sorso di caffè e stiracchiandosi un po', come per ricompensare il suo corpo per gli sforzi che aveva sostenuto.

Kelly teneva le luci molto basse, così da poter navigare senza essere accecato dal bagliore interno della cabina. Sul lato sinistro della barca si potevano scorgere una mezza dozzina di navi da carico ormeggiate al Dundalk Marine Terminal, ma non si vedeva quasi nulla in movimento. A quell'ora della giornata, l'acqua aveva sempre qualcosa di rilassante; non soffiava un alito di vento, e la superficie del mare era uno specchio leggermente ondulato, sul quale danzavano le luci riflesse della riva. Le luci verdi e rosse delle boe lampeggiavano a intermittenza, segnalando ai naviganti le secche da cui tenersi alla larga.

La *Springer* passò davanti a Fort Carrol, un ottagono basso di pietra grigia, costruito dal tenente Robert E. Lee, del corpo genieri dell'esercito americano. I fuochi arancioni delle acciaierie di Bethlehem ardevano a nord. I rimorchiatori stavano cominciando a uscire dai loro bacini, per andare a trainare le navi dai loro posti d'ormeggio, o per aiutarne altre ad approdarvi; mentre scivolavano sulla superficie piatta dell'acqua, i loro diesel brontolavano placidamente in lontananza. Sembrava quasi che quel rumore enfatizzasse la pace che precedeva l'alba. Il silenzio dava un'eccezionale sensazione di conforto, consona alla nascita di un nuovo giorno.

«Chi cazzo sei tu?» domandò Billy, liberato dal bavaglio e incapace di rimanere zitto. Aveva le braccia ancora legate dietro la schiena, ma le gambe erano libere, e le usò per mettersi seduto per terra.

Kelly sorseggiò il suo caffè, lasciando rilassare le braccia stanche, e ignorando il rumore alle sue spalle.

«Ti ho chiesto chi cazzo sei!» gridò Billy, alzando la voce.

Sarebbe stata una giornata calda; il cielo era limpido, punteggiato di stelle, senza nessun rischio apparente di rannuvolamenti. Nessun "rosso di mattina" che potesse preoccuparlo, ma la temperatura esterna era scesa solo fino a 25 gradi, e quindi non prometteva niente di buono per il giorno nascente, quando il sole infuocato d'agosto avrebbe cominciato a cuocere ogni cosa.

«Stammi a sentire, pezzo di merda: voglio sapere chi cazzo sei!»

Kelly si accomodò meglio sull'ampio posto di comando e bevve un altro sorso di caffè. La bussola indicava che la barca stava seguendo la rotta uno-due-uno, costeggiando, com'era sua abitudine, il bordo meridionale del canale. Stava arrivando, probabilmente da Norfolk, un rimorchiatore con molte luci accese, con due chiatte al traino, ma era troppo buio per distinguerne il carico. Kelly controllò le luci, e vide che erano accese in modo corretto. La guardia costiera, che non sempre gradiva il modo in cui i rimorchiatori lavoravano nella zona, non avrebbe avuto di che lamentarsi. Kelly si domandò che vita fosse quella, passata a rimorchiare chiatte su e giù per la baia. Doveva essere terribilmente monotono fare sempre la stessa cosa, giorno dopo giorno, avanti e indietro, a nord e a sud, a una velocità costante di sei nodi, vedendo sempre le stesse cose lungo il percorso. Era un lavoro pagato bene, naturalmente. Un capitano e un aiutante, un motorista, e naturalmente un cuoco: il cuoco era indispensabile. Magari uno o due marinai, Kelly non ne era sicuro. Tutta gente che portava a casa un salario sindacale, che non era affatto male.

«Ehi, va bene. Non so quale sia il problema, però possiamo parlarne, no?»

Probabilmente le manovre di precisione erano abbastanza delicate, tuttavia. Specialmente quando c'era vento, le chiatte non dovevano essere per niente facili da manovrare. Ma non era il caso di oggi. Oggi non ci sarebbe stato vento. Solo un caldo infernale. Dopo aver passato Bodkin Point, Kelly cominciò la virata verso sud, e ora poteva vedere le luci rosse che lampeggiavano sulle torri del Bay Bridge ad Annapolis. I primi bagliori dell'alba decoravano l'orizzonte orientale. Metteva addosso una certa tristezza, quella vista. Le ultime due ore prima dell'alba erano il momento più bello della giornata, ma pochi si scomodavano per goderselo. Tutta gente che non aveva mai idea di cosa le accadesse intorno. Kelly credette di avvistare qualcosa, ma il parabrezza di vetro non gli consentiva una perfetta visibilità, così abbandonò la plancia e andò in coperta. Spostatosi sul ponte, prese il binocolo, quindi il microfono della radio di bordo.

«*Springer* chiama dodici metri guardia costiera, passo.»

«Qui guardia costiera, *Springer*. Parla Portoghese. Cosa fai in piedi così presto, Kelly? Passo.»

«Curo i miei affari sul mare, Oreza. Qual è la tua scusa? Passo.»

«Vado in cerca di dilettanti come te da soccorrere, per tenermi in allenamento, che te ne pare? Passo.»

«Lieto di sentirtelo dire, guardacoste. Devi spingere quelle cose a forma di leva in avanti, verso la prua di solito, e così la barca va più veloce. E la parte appuntita va sempre nella direzione in cui giri il timone. Hai capito, gira a sinistra per andare a sinistra, a destra per andare a destra. Passo.»

Kelly sentì le risate sul circuito FM. «Ricevuto. Buono a sapersi, *Springer*, passerò le informazioni al mio equipaggio. Grazie, signore, per i preziosi consigli. Passo.»

L'equipaggio del dodici metri stava ridendo fragorosamente; dopo otto ore di pattugliamento nessuno era molto impegnato. Oreza aveva lasciato il timone a un giovane marinaio, stava appoggiato alla paratia della timoniera e sorseggiava un caffè mentre si divertiva con il microfono.

«Sai, *Springer*, non mi lascio dire cavolate di questo genere da molta gente. Passo.»

«Un buon marinaio rispetta quelli migliori di lui, guardacoste. Ehi, è vero che le vostre barche hanno le ruote di sotto? Passo.»

«Uuuuuuuh» esclamò un nuovo allievo.

«Ah, spiacente, *Springer*. Le ruote d'addestramento le togliamo quando le spie della marina lasciano il cantiere. Non ci piace quando alle signorine come te viene il mal di mare solo a guardare le barche. Passo!»

Kelly si fece una bella risata. Virò leggermente a sinistra per mantenersi a una certa distanza dalla piccola imbarcazione. «È bello sapere che le acque del nostro Paese sono in mani così esperte, guardacoste, specialmente in vista di un fine settimana.»

«Attento, *Springer*, o effettuo un'ispezione di sicurezza.»

«Vuoi farmi vedere come vengono usate bene le mie tasse federali?»

«Non mi piace che vadano sprecate.»

«Beh, guardacoste, volevo solo assicurarmi che foste tutti ben svegli.»

«Ricevuto e grazie tante, signore. Effettivamente stavamo sonnecchiando. È bello sapere che ci sono dei veri professionisti come te che si preoccupano della nostra efficienza.»

«Vento in poppa, Portoghese.»

«Anche a te, Kelly. Chiudo.»

Un problema in meno, pensò Kelly. Non sarebbe stata una buona idea averlo a bordo per una chiacchierata. Non proprio adesso. Kelly spense la radio e andò sottocoperta. L'orizzonte a levante era rosa-arancio adesso; ancora dieci minuti e il sole avrebbe fatto capolino.

«Che c'era là fuori?» domandò Billy.

Kelly si versò un'altra tazza di caffè e controllò il pilota automatico. Faceva già piuttosto caldo, e si tolse la camicia. Le cicatrici sulla schiena, quelle dei colpi del fucile da caccia, non potevano essere più visibili, anche nella luce fioca dell'alba nascente. Ci fu un lungo e significativo attimo di silenzio, interrotto da un profondo respiro.

«Ma tu sei...»

Questa volta Kelly si girò, abbassando lo sguardo verso l'uomo nudo incatenato per terra. «Esatto.»

«Ma io ti ho ammazzato» obiettò Billy. Nessuno lo aveva informato. Henry non gliel'aveva detto, ritenendo la notizia irrilevante ai fini della loro attività.

«Credi?» gli domandò Kelly, rivolgendo di nuovo lo sguardo a prua. La temperatura di uno dei diesel era leggermente più alta rispetto a quella dell'altro, e pensò che avrebbe dovuto controllare il sistema di raffreddamento, dopo aver sistemato l'altra faccenda. Per il resto, la barca si comportava con l'abituale docilità, dondolando leggermente sulle onde lunghe quasi invisibili, procedendo a una velocità costante di venti nodi, la prua orientata a circa quindici gradi, con un angolo di planata ottimale. Al passo, come diceva Kelly. Si stiracchiò di nuovo, flettendo i muscoli, lasciando che Billy vedesse bene sia le cicatrici sia quello che c'era sotto.

«Allora di questo si tratta... lei ci ha detto tutto di te, prima che la facessimo fuori.»

Kelly passò in rassegna il pannello comandi, quindi controllò la rotta sulla carta nautica, mentre la barca si avvicinava al Bay Bridge. Presto si sarebbe portato sul lato orientale del canale. Ora controllava l'orologio di bordo — lo considerava più come un cronometro — almeno una volta al minuto.

«Pam scopava da dio. L'ha fatto fino alla fine» disse Billy, stuzzicando il suo carceriere, riempiendo il silenzio con le sue perfide parole, e ricavandone una specie di coraggio. «Non era molto furba, però. Non molto furba.»

Passato il Bay Bridge, Kelly disinserì il pilota automatico e virò di dieci gradi a sinistra. Di traffico mattutino non c'era nemmeno l'ombra, tuttavia controllò attentamente le acque circostanti prima d'iniziare la manovra. Due punti illuminati all'orizzonte annunciavano l'avvicinarsi di una nave mercantile, probabilmente a una distanza di circa milleduecento metri. Kelly avrebbe potuto accendere il radar per verificare, ma con quelle condizioni metereologiche sarebbe stato solo uno spreco di energia elettrica.

«Ti ha detto dei succhiotti che aveva sul corpo?» disse Billy sogghignando. Non vide le mani di Kelly stringersi sulla ruota del timone.

I lividi nella zona dei seni sembrano essere stati causati da un paio di normali pinze, aveva letto nel rapporto dell'autopsia. Kelly lo aveva memorizzato tutto, ogni singola parola di quella distaccata fraseologia medica si era impressa nella sua memoria come se fosse stata incisa con una punta di diamante su una lastra d'acciaio. Si domandò se i medici si erano sentiti come lui. Probabilmente sì. Probabilmente la loro rabbia si era manifestata nell'estrema freddezza delle frasi che avevano dettato. I professionisti facevano così.

«Ha parlato, sai, ci ha detto tutto. Come l'hai rimorchiata, come vi siete divertiti, come ti ha scopato fino a farti rincretinire. Glielo abbiamo insegnato noi, mister. Lo devi a noi! Prima di scappare, scommetto che non te lo ha detto, ci ha scopato tutti, tre, quattro volte ciascuno. Credeva di essere molto furba, eh? Ma non immaginava che ce la saremmo scopata ancora un po'.»

0 +, 0-, AB-, pensò Kelly. Il gruppo sanguigno 0 era di gran lunga il più comune, e questo significava che potevano benissimo essere stati più di tre. I simboli + e – avevano a che fare con qualcosa chiamato fattore Rh; Kelly sapeva che era importante per le donne in gravidanza, ma niente di più. *E tu che gruppo sanguigno hai, Billy?*

«Era solo una puttana. Carina, ma nient'altro che una puttanella merdosa. È così che è morta, lo sai? È morta scopando.

L'abbiamo strangolata mentre il suo bel culetto pompava su e giù come un pistone, fino a quando è diventata tutta paonazza in faccia. È stato proprio divertente da guardare» lo informò Billy, con un'occhiata perfida che Kelly non ebbe bisogno di vedere. «Mi ci sono divertito anch'io — tre volte, amico! Le ho fatto male, un male cane, mi senti?»

Kelly spalancò la bocca, respirando lentamente e con regolarità, impedendo ai suoi muscoli di irrigidirsi in quel momento. La brezza mattutina aveva cominciato a soffiare, facendo oscillare la barca di circa cinque gradi a destra e a sinistra rispetto all'asse verticale, e Kelly lasciò accompagnare il suo corpo dal dondolio, per farsi calmare dal rilassante movimento dell'acqua.

«Non capisco il tuo problema; voglio dire, è solo una puttana morta, per giunta drogata. Sicuramente ci possiamo mettere d'accordo, no? Lo sai quanto sei stupido? C'erano settanta testoni nella casa, pezzo di merda che sei. Settanta testoni!» Billy si fermò, vedendo che non attaccava. Ma aveva già innervosito quel tipo, ne era certo, e così andò avanti. «Dimmi allora, ti piaceva scopartela? A noi un casino. Non era nemmeno scema; era stata ammaestrata bene. Era una stronzetta vivace, vero? Ehi, te ne andrebbe un'altra, una addestrata a puntino?»

«Sai cos'è che l'ha fregata, che aveva bisogno di droga. Sai, se quella troietta cretina non avesse finito le pillole — cazzo, se solo avesse conosciuto un altro posto dove procurarsi la roba, non vi avremmo mai beccati. Poi anche tu hai fatto la tua cazzata, ricordi?»

Certo che mi ricordo.

«Sei stato proprio un cretino. Non sai che esistono i telefoni? Cristo, ma come si fa? Dopo che la nostra auto è stata messa fuori uso, abbiamo chiamato Burt e siamo saliti sulla sua macchina. Siamo andati in perlustrazione, in giro per la zona, e ti abbiamo visto subito, ti avrebbe visto anche un cieco con quell'auto. Doveva averti proprio rincretinito, quella. Perché lei doveva trovare a tutti i costi della roba, vero? Beh, immagino che scopasse molto meglio quando era fatta, no?»

Telefoni? Una semplice telefonata? pensò Kelly. In quel momento non riuscì a non irrigidire i muscoli. *Che testa di cazzo*. Poi le sue spalle crollarono, solo per un istante, al pensiero di come fosse stato totale il suo fallimento nei confronti di Pam, e una parte di sé riconobbe l'inutilità dei suoi propositi di vendetta. Ma inutile o meno, era una vendetta che avrebbe portato a termine fino in fondo, pensò Kelly.

«Voglio dire, cazzo, non ci vuole niente a individuare una macchina come quella, come si fa a essere così maledettamente idioti?» domandò Billy, avendo appena notato una reazione al suo sarcasmo. Ora, forse, potevano cominciare a negoziare davvero. «Sono un po' sorpreso di vederti vivo... oh, non era niente di personale. Forse non sapevi che lavoro faceva per noi. Cioè, non potevamo lasciarla andare così, con tutto quello che sapeva, no? Posso risarcirti. Voglio dire, non ho niente contro di te, capito? Posso aiutarti a trovare anche di meglio, una più carina, e ci potrai fare quello che vorrai. Il mondo è pieno di ragazze che hanno voglia di drogarsi e di scopare. Facciamo un accordo, okay?»

Kelly controllò il pilota automatico, quindi la superficie dell'acqua. La *Springer* stava seguendo una rotta costante e sicura, e in vista non c'era niente in rotta di collisione. Si alzò dal posto di comando e si sedette su un'altra poltroncina, a pochi passi da Billy.

«Così vi ha detto tutto, eh?» domandò Kelly, gli occhi allo stesso livello di quelli di Billy, e troppo stanco e affranto per nascondere la sua sofferenza.

«Beh, sai, abbiamo fatto in modo che ce lo dicesse, sai com'è... senti: okay, forse ti piaceva, ma non è colpa mia se hai scelto quella sbagliata, okay?» Billy aveva abbassato il tono della voce, con un tono che voleva essere di spiegazione.

«Dunque vi ha detto che eravamo in città per procurarci della roba? È quello che vi ha detto?» La sorpresa immediata di Kelly stava rapidamente lasciando spazio all'orrore e alla vergogna.

«Già, proprio così.» Billy si stava rilassando, e rimase confuso quando Kelly cominciò a piangere davanti ai suoi occhi. Forse era l'occasione buona per togliersi da quell'impiccio. «Oddio, mi dispiace amico», disse, con il tono di voce sbagliato. «Sei stato semplicemente scalognato.»

Scalognato io? Chiuse gli occhi, a pochi centimetri dalla faccia di Billy. *Mio dio, mi stava proteggendo. Anche dopo essere stata presa per colpa mia, stava cercando di proteggermi*. Non sapeva nemmeno se ero vivo o no, però ha mentito per proteggermi. Lo strazio era insopportabile, e per vari minuti Kelly perse completamente il controllo di sé. Ma anche quello strazio aveva un suo scopo. Dopo un po' le lacrime cessarono e, mentre si asciugava il volto, Kelly rimosse anche gli ultimi sentimenti umani che potevano essergli rimasti per il suo ospite.

Kelly si alzò e tornò al posto di comando. Non aveva più voglia di vedere la faccia di quel piccolo bastardo. Avrebbe potuto davvero perdere il controllo, e non poteva correre un rischio del genere.

«Tom, comincio a pensare che in fondo potresti aver ragione» disse Ryan.

Si chiamava Richard Oliver Farmer, secondo quanto diceva la patente di guida (il nome era già stato controllato, nessun precedente, ma un lungo elenco di violazioni del codice stradale) aveva ventiquattro anni, e lì si sarebbe fermato. Era morto a causa di un'unica coltellata nel petto, che aveva attraversato il pericardio, centrando in pieno il cuore. Le dimensioni della ferita — di solito le lesioni da taglio come quella si richiudevano tanto da renderne difficile l'individuazione a persone non competenti — indicavano che l'aggressore aveva rigirato la lama con decisione, ostacolato solo dalle costole. Era una ferita molto ampia: la lama doveva essere larga circa due centimetri. Lo confermava un altro particolare, ancora più interessante.

«Non è poi così furbo» annunciò il medico legale. Ryan e Douglas annuirono, osservando la vittima. Farmer indossava una camicia bianca di cotone con il colletto a bottoni. Poco distante, sulla manopola della porta, era appesa la giacca. L'assassino, chiunque fosse, aveva pulito la lama del coltello sulla camicia. Tre passate, apparentemente, di cui una aveva lasciato un'impronta indelebile del coltello, rossa del sangue della vittima, che aveva un revolver infilato nella cintura, ma non aveva avuto il tempo di impugnarlo. Un altro omicidio di abilità e di sorpresa, ma quella volta l'assassino era stato meno cauto. Douglas.

«Sai cos'è quella?» chiese. La domanda era retorica, l'ispettore diede immediatamente la risposta. «È l'impronta di un Ka-Bar, un coltello da combattimento in dotazione ai marines. Ne ho uno anch'io.»

«Bene affilato, per giunta» disse il medico legale. «Un taglio pulito, quasi chirurgico per il modo in cui ha penetrato la pelle. Deve aver tranciato in due il cuore quasi alla perfezione. Il colpo è stato molto preciso, signori; il coltello è entrato in senso perfettamente orizzontale, così da non rimanere incastrato nelle costole. La gente di solito crede che il cuore sia a sinistra, ma il nostro amico era meglio informato. Un'unica coltellata: sapeva benissimo quello che faceva.»

«Altro giro, altro regalo, Em. Un altro criminale armato. Il nostro amico gli si è avvicinato e lo ha fatto fuori in un batter d'occhio...»

«Già, Tom, hai ragione.» Ryan annuì, quindi andò al piano di sopra, dove si trovava il resto della squadra di investigatori Nella stanza da letto principale erano ammucchiati alcuni indumenti maschili, una borsa di stoffa contenente chili di contante, una pistola e un coltello. Un materasso con macchie di sperma, alcune ancora umide. E una borsetta da donna. Un sacco di prove da raccogliere e catalogare per i poliziotti più giovani: gruppi sanguigni dalle macchie di sperma, dati completi delle tre persone, presumibilmente tre, che si erano trovate nella casa, persino una macchina parcheggiata fuori da controllare. Per una volta, un delitto che assomigliava a un normale caso di omicidio. Sicuramente c'erano impronte sparse per tutta la casa. I fotografi avevano già scattato una dozzina di rullini. Ma per Ryan e Douglas la questione era già sistemata, in un modo un po' particolare.

«Conosci quel Faber giù all'ospedale Hopkins?»

«Sì, Em, ha lavorato al caso Gooding con Frank Allen. Sono stato io a combinare la cosa, ricordi? È uno esperto» ammise Douglas. «Un po' strano, ma brillante. Devo andare in tribunale nel pomeriggio, ricordi?»

«Okay, me la posso sbrigare da solo. Ti devo una birra, Tom. Mi hai bruciato sul tempo con questo caso.»

«Beh, grazie. Forse faranno tenente anche me, un giorno.»

Ryan rise, tirandosi fuori una sigaretta mentre scendeva le scale.

«Pensi di fare resistenza?» domandò Kelly con un sorriso. Era appena rientrato sottocoperta dopo aver ormeggiato al molo.

«Perché dovrei darti delle informazioni?» domandò Billy, con un tono che credeva essere di sfida.

«Va bene.» Kelly estrasse il Ka-Bar e lo accostò a un punto particolarmente sensibile. «Possiamo cominciare subito, se è questo che vuoi.»

L'intero corpo di Billy raggelò, ma una parte più delle altre. «Okay, okay.»

«Bene. Voglio che impari qualcosa da tutto questo. Devi imparare a non fare mai più del male a una ragazza.» Kelly tolse i cavi dalle braccia e staccò i maniglioni dal pavimento della cabina, senza però liberare i polsi dalla morsa dei ferri, e fece alzare in piedi Billy.

«Vaffanculo, stronzo! Tu mi vuoi ammazzare! Io non ti dico un cazzo di niente!»

Kelly lo girò per fissarlo negli occhi. «Non ti ammazzerò, te lo prometto, Billy. Lascerai quest'isola vivo.»

La perplessità sul volto di Billy era abbastanza divertente, tanto che a Kelly venne da sorridere per un momento. Poi scosse la testa. Pensò che stava camminando su un sentiero estremamente stretto e insidioso, in bilico tra due pericolosi strapiombi, e in fondo a entrambi c'era la pazzia, una pazzia di due tipi diversi, ma ugualmente distruttiva. Doveva prendere le distanze dalla realtà del momento, pur rimanendovi aggrappato. Kelly fece scendere Billy dalla barca e lo spinse verso il bunker delle attrezzature.

«Hai sete?»

«Devo anche fare una pisciata.»

Kelly lo guidò verso un prato. «Forza.» Attese. A Billy non piaceva essere nudo, non di fronte a un altro uomo, non in posizione di subalterno. Stupidamente, non stava tentando di parlare con Kelly adesso, o almeno non nel modo giusto. Da quel vigliacco che era, aveva cercato di dare una prova della sua virilità prima, rivolgendosi non tanto a Kelly quanto a se stesso, quando aveva raccontato del suo ruolo nell'uccisione di Pam, creandosi così un'illusione di potenza, laddove il silenzio avrebbe potuto... beh, probabilmente non lo avrebbe salvato lo stesso. Avrebbe potuto insinuare dei dubbi, però, specialmente se fosse stato abbastanza furbo nell'inventarsi qualche frottola, ma d'altra parte la vigliaccheria e la stupidità andavano piuttosto d'accordo, no? Kelly lo lasciò un attimo da solo mentre componeva la combinazione della serratura. Dopo aver acceso le luci interne, spinse dentro Billy.

Sembrava, anzi era, un cilindro d'acciaio, poco più di cinquanta centimetri di diametro, montato su ruote. Era proprio dove l'aveva lasciato. Il portello d'acciaio non era chiuso, bensì pendeva dai cardini.

«Adesso vai là dentro» gli disse Kelly.

«Vaffanculo, stronzo!» Ancora il tono di sfida. Kelly lo colpì dietro il collo con il manico del Ka-Bar, facendolo cadere sulle ginocchia.

«In un modo o nell'altro, ci devi entrare, e non mi frega se devo farti sanguinare per costringerti.» Era una bugia, ma si rivelò efficace. Kelly lo sollevò per il collo e gli infilò a forza la testa e le spalle nell'apertura. «Non muoverti.»

Fu molto più semplice del previsto. Kelly prese una chiave inglese dal muro e liberò le mani di Billy. Avvertiva la tensione del suo prigioniero, che sperava di trovare l'attimo buono per sfuggirgli, ma Kelly fu lesto con la chiave; fu sufficiente togliere un dado per liberare entrambe la mani, e una leggera pressione del coltello nel punto giusto convinse Billy a non indietreggiare, prevenendo così qualsiasi tentativo efficace di resistenza. Billy era troppo vigliacco per accettare il dolore fisico come prezzo di un eventuale tentativo di fuga; tremò, ma senza opporre la minima resistenza, a dispetto di tutta la smania e la disperazione del momento.

«Dentro!» Una spinta d'incoraggiamento, e quando entrambi i piedi di Billy furono all'interno, Kelly sollevò il portello, lo chiuse e lo imbullonò, poi spense le luci e uscì. Billy poteva aspettare, e l'attesa avrebbe facilitato le cose.

«Pronto?» La voce era molto preoccupata.

«Ciao Sandy, sono John.»

«John, cosa sta succedendo?»

«Come sta?»

«Doris, vuoi dire? Adesso sta dormendo» gli disse Sandy. «John, chi... voglio dire, che cosa le è capitato?»

La mano di Kelly strinse la cornetta del telefono. «Sandy, ascoltami attentamente, okay? Si tratta di una cosa importantissima.»

«Okay, ti ascolto.» Sandy era in cucina, e stava guardando la caffettiera. Fuori dalla finestra i bambini del vicinato erano impegnati in una partita di baseball. In quel momento, la loro rassicurante normalità le sembrava qualcosa di assolutamente distante.

«Prima di tutto, non dire a nessuno che la ragazza si trova da te, men che meno alla polizia.»

«John, ha delle brutte ferite, non può stare senza le sue pillole e in più ha probabilmente dei seri problemi di carattere medico. Io devo...»

«Sam e Sarah, allora. *Nessun altro*. Sandy, mi hai capito? Nessun altro. Sandy...» Kelly esitò. Non era una cosa facile da dire, ma doveva chiarire come stavano le cose. «Sandy, ti ho messa in pericolo. Quelli che hanno conciato Doris in quel modo sono gli stessi...»

«Lo so, John. Me l'ero immaginato.» L'espressione sul viso dell'infermiera rimase neutra, ma anche lei aveva visto le foto del cadavere di Pamela Starr Madden. «John, mi ha detto che hai... ucciso qualcuno.»

«Sì, Sandy, è vero.»

Sandy O'Toole non era affatto sorpresa. Aveva fatto le sue congetture qualche ora prima, ma sentirsele confermare da John... era il modo in cui parlava, quel tono calmo, impassibile. *Sì, Sandy, è vero*. Hai portato fuori la spazzatura? Sì, Sandy, l'ho fatto.

«Sandy, quella è gente molto pericolosa, mi capisci? Avrei potuto lasciare Doris indietro... voglio dire, insomma, non avrei potuto, no? Cristo, Sandy, non hai visto cosa le hanno...»

«Sì.» Era passato molto tempo da quando aveva lavorato al pronto soccorso, e quasi si era dimenticata delle cose orribili che certe persone erano capaci di fare ad altri esseri umani.

«Cristo, Sandy, mi dispiace di averti...»

«John, ormai le cose stanno così. Ci penso io, okay?»

Kelly fece una breve pausa, acquistando forza dalla voce di lei. Forse era quella la differenza tra loro due. Il suo istinto era quello di lanciarsi sulla preda, di individuare le persone responsabili dei crimini e di occuparsi di loro. *Scovare e distruggere*. L'istinto di Sandy, invece, era quello di proteggere, ma con altri metodi, e l'ex SEAL fu sorpreso dal pensiero che la forza di lei poteva benissimo essere superiore alla sua.

«Dovrò preoccuparmi di farle avere le necessarie cure mediche.» Sandy pensò alla ragazza che dormiva al piano di sopra, nella seconda camera da letto. L'aveva aiutata a ripulirsi ed era rimasta atterrita nel vedere i lividi che aveva sul corpo, i segni di orribili violenze fisiche. Ma la cosa peggiore erano gli occhi, lo sguardo vuoto, privo di quella scintilla di sfida che era solita vedere negli occhi dei pazienti anche quando erano sul punto di perdere la loro battaglia per la vita. Nonostante tutti gli anni in cui aveva assistito malati in condizioni critiche, non era mai riuscita a comprendere come una persona potesse essere distrutta di proposito, ridotta in uno stato fisico e psichico disperato dalla malvagità intenzionale e sadica di altre persone. Forse adesso poteva finire nel mirino di quella gente, pensò Sandy, ma, chiunque essi fossero, la paura che potevano farle era superata dal disprezzo che provava per loro.

Dal punto di vista di Kelly, l'ordine di quei due sentimenti era esattamente inverso. «Okay, Sandy, ma stai attenta, per favore. Promettimi che farai attenzione, ti prego.»

«Prometto. Chiamerò il dottor Rosen.» Una breve pausa. «John?»

«Sì, Sandy?»

«Quello che stai facendo, è... beh, John, è sbagliato.» Si odiò per le parole che aveva detto.

«Lo so, Sandy» le rispose Kelly.

Sandy chiuse gli occhi, conservando per un attimo l'immagine di un ragazzino che inseguiva una palla da baseball, e poi vide John, dovunque fosse, e vide l'espressione che doveva avere sul volto in quel momento. Doveva aggiungere un'altra cosa, Sandy lo sapeva, così fece un lungo respiro e parlò: «Non mi importa se è sbagliato, non più. Ora capisco. Davvero».

«Grazie» sussurrò Kelly. «Ce la farai?»

«Non ti preoccupare» lo rassicurò Sandy. «Il dottor Rosen saprà cosa fare. È il direttore del reparto, e sa come comportarsi. Possiamo fidarci di lui.»

«Ritornerò appena possibile. Non so cosa possiamo fare per la ragazza...»

«Lascia che ci pensi io. Ci prenderemo cura di lei. Qualcosa ci verrà in mente.»

«Okay, Sandy... Sandy?»

«Cosa c'è, John?»

«Grazie.» Kelly riagganciò.

Non c'è di che, pensò Sandy, riagganciando a sua volta. Che uomo strano. Stava uccidendo delle persone, sopprimendo le vite di altri esseri umani, con una spietatezza che lei non aveva mai visto — e non aveva nessun desiderio di vedere — ma la sua voce non denunciava la minima emozione. Eppure aveva trovato il modo di mettere in salvo Doris, correndo notevoli pericoli. Ora capiva, pensò Sandy, risollevando la cornetta del telefono.

Il dottor Sidney Farber era esattamente come Emmet Ryan se l'era immaginato: sulla quarantina, basso, barbuto, ebreo, fumatore di pipa e un che di stravagante. Non si alzò dalla sedia quando l'investigatore entrò, ma si limitò a indicare all'ospite una sedia con un cenno della mano. Prima di pranzo, Ryan aveva fatto recapitare allo psichiatra alcuni estratti del fascicolo del caso, ed evidentemente il dottore li aveva letti. Ora si trovavano tutti sulla scrivania, aperti e disposti in due file.

«Conosco il suo collega, Tom Douglas» disse Farber, tirando dalla sua pipa.

«Sì, dottor Farber. Douglas mi ha detto che lei gli è stato di grande aiuto sul caso Gooding.»

«Un uomo molto malato, Mr. Gooding. Spero che riceverà le cure di cui ha bisogno.»

«Quanto è malato questo, invece?» domandò il tenente Ryan.

«È sano come me e lei, anche più sano, da un punto di vista fisico. Ma quello non è l'aspetto più importante. Lei ha appena detto "questo"; quindi, presume che tutti questi omicidi siano opera di un unico assassino. Mi spieghi perché.» Lo psichiatra si adagiò sulla sedia.

«Inizialmente non la pensavo così. È stato Tom ad accorgersene prima di me. Il motivo è la maestria con cui opera.»

«Esatto.»

«Abbiamo a che fare con uno psicopatico?»

Farber scosse la testa. «No. Il vero psicopatico è una persona incapace di affrontare la vita, che vede la realtà in modo molto individuale ed eccentrico, generalmente molto diverso dal modo in cui la vede il resto della gente. In quasi tutti i casi, i disturbi si manifestano apertamente e con comportamenti facilmente riconoscibili.»

«Ma Gooding...»

«Mr. Gooding è quello che noi... esiste una nuova definizione, "psicopatico organizzato".»

«Okay, va bene, però la sua condizione non era affatto ovvia per chi lo conosceva.»

«Questo è vero, ma i disturbi di Mr. Gooding si sono manifestati nei metodi decisamente atroci con cui ha ucciso le sue vittime. Questi omicidi, al contrario, non denotano alcun aspetto di ritualità. Nessuna mutilazione. Nessuna pulsione sessuale, che, come saprà, si manifesta con tagli sul collo delle vittime. Niente.» Farber scosse di nuovo la testa. «Questo tipo è tutto efficienza. Non c'è nessuno sfogo emotivo nelle sue azioni. Uccide della gente, tutto qui, e lo fa per un motivo che probabilmente è razionale, o almeno lo è per lui.»

«E perché, allora?»

«Sicuramente non a scopo di rapina. Si tratta di qualcos'altro. È un uomo molto arrabbiato, ma ne ho già viste di persone così in passato.»

«Dove?» domandò Ryan. Farber indicò la parete di fronte a sé. In una cornice di legno di quercia si vedeva un pezzo di velluto rosso, sul quale erano appuntati un distintivo di fanteria da combattimento, delle alette da paracadutista e una mostrina da ranger. L'investigatore non riuscì a nascondere la sua sorpresa.

«Niente di cui vantarsi, proprio» spiegò Farber con un gesto di disapprovazione. «Un piccolo ragazzino ebreo che voleva dimostrare di avere fegato. Beh...» Farber sorrise «credo di averlo fatto.»

«Anche a me non è piaciuta molto l'Europa, ma non posso dire di aver visto le parti migliori.»

«Con chi era?»

«Compagnia Easy, la seconda del Cinque-Zero-Sei.»
«Aviotrasportata, Uno-Zero-Uno, esatto?»
«Perfetto, dottore» disse l'investigatore, confermando di essere stato anche lui, una volta, giovane e avventato. Ora si trovava più a suo agio con l'uomo che gli stava di fronte. Gli venne in mente com'era stato magro a quei tempi, quando saltava dai portelloni dei C-47. «Mi sono lanciato sulla Normandia e a Eindhoven.»
«E a Bastogne?»
Ryan annuì. «Laggiù non ci siamo proprio divertiti, ma almeno siamo entrati con i camion.»
«Beh, è con questo che avete a che fare, tenente Ryan.»
«Si spieghi meglio.»
«La chiave è qui dentro.» Farber agitò il fascicolo che conteneva le dichiarazioni della signora Charles. «Il travestimento. L'assassino deve avere usato un travestimento. Ci vuole un braccio forte per conficcare un coltello nel cranio di un uomo, e quindi non può essere stato un ubriaco, perché gli alcolizzati hanno problemi fisici di ogni tipo.»
«Ma quell'omicidio si differenzia da tutti gli altri» obiettò Ryan.
«Secondo me no, anche se non è così ovvio. Torni indietro nel tempo, a quando era nell'esercito. Immagini di far parte di un reparto scelto. Prima di colpire un obiettivo, è necessario effettuare una ricognizione, giusto?»
«Sempre» confermò l'investigatore.
«Immagini che l'obiettivo si trovi in una città. Come si comporta? Deve camuffarsi. Ora, nel caso del nostro amico, il travestimento scelto è quello da ubriacone. Quanti barboni ci sono per le strade? Sono sporchi, puzzolenti, ma generalmente innocui, tranne quando litigano tra di loro. Sono invisibili, non ci si fa caso. Nessuno bada ai barboni.»
«Ancora non mi ha detto...»
«*Ma*, come fa a spostarsi? Crede che prenda l'autobus, o un taxi?»
«In macchina.»
«Un travestimento è qualcosa che ci si mette addosso e poi si toglie.» Farber alzò la foto fatta sulla scena del delitto del teppista. «Allora: l'assassino compie un doppio omicidio a due isolati di distanza, poi si allontana dalla zona, e viene qui... perché, secondo lei?» Eccolo, chiarissimo nella foto, uno spazio vuoto tra due macchine parcheggiate.
«Cristo santo!» Ryan sentì una profonda umiliazione. «Cos'altro mi è sfuggito, dottor Farber?»

«Mi chiami pure Sid. Non molto. Questo individuo è abilissimo nel cambiare i suoi metodi, e questo è l'unico caso in cui ha manifestato la sua ira. È così, non è d'accordo? Questo è l'unico omicidio commesso con rabbia... eccetto, forse, quello di questa mattina, ma ne parleremo dopo. Qui la rabbia è evidente. Prima mette fuori causa la vittima, quindi la uccide in un modo particolarmente complicato. Perché?» Farber fece una pausa di riflessione, tirando qualche boccata di fumo dalla pipa. «Era arrabbiato, ma *perché* era arrabbiato? Deve essere stata un'azione non pianificata. Non poteva prevedere un intervento sotto gli occhi della signora Charles. Per lo stesso motivo, ha dovuto fare qualcosa che non si era aspettato di essere costretto a fare, e questo ha provocato la sua rabbia. Inoltre, ha lasciato andare la signora, *sapendo* che lei l'aveva visto.»

«Non mi ha ancora detto...»

«È un ex combattente, ed è molto, molto in forma fisicamente. Questo significa che è più giovane di noi, e molto bene addestrato. Un ranger, oppure un Berretto Verde, o qualcosa del genere.»

«Perché è là fuori?»

«Questo non lo so. Lo dovrà chiedere a lui. Però si tratta di una persona paziente, che sceglie bene il momento in cui agire, e segue i movimenti delle sue vittime. Colpisce sempre alla stessa ora della notte quando le vittime sono stanche, e quando c'è poco traffico, per ridurre le probabilità di essere visto. Non li deruba. Magari prende i soldi, ma non è la stessa cosa. Ora mi parli dell'omicidio di questa mattina» ordinò Farber in tono gentile ma esplicito.

«La foto l'ha vista. Al piano di sopra c'era una borsa piena di contante. Non l'abbiamo ancora contato, ma sono almeno cinquantamila dollari.»

«Narcodollari?»

«Probabilmente.»

«C'erano altre persone nella casa. Qualcuno che ha rapito?»

«Due, riteniamo. Sicuramente un uomo, e probabilmente anche una donna.»

Farber annuì e tirò dalla pipa per alcuni secondi. «Delle due l'una: o è la persona che stava cercando dall'inizio, oppure è solo un ulteriore passo verso un altro obiettivo.»

«Quindi tutti gli altri spacciatori li ha uccisi solo per creare una falsa pista.»

«I primi due, quelli che ha legato...»

«Li ha interrogati» disse Ryan con una smorfia. «Avremmo dovuto arrivarci. Sono gli unici due che non ha ammazzato all'aperto. L'ha fatto per avere più tempo.»

«Il senno di poi è sempre più semplice» gli fece notare Farber. «Non se la prenda troppo con se stesso. Quell'omicidio sembrava davvero una rapina, e comunque non avevate nessun'altra pista da seguire. Non erano state ancora raccolte abbastanza informazioni.» Lo psichiatra si lasciò andare sulla sedia e sorrise, guardando verso il soffitto. Gli piaceva fare l'investigatore. «Fino a questo omicidio...» picchiettò con la pipa sulle foto dell'ultimo delitto «...non avevate molto su cui basarvi. Questo delitto rende tutto più chiaro. L'omicida è esperto di armi. E di tattica. È una persona paziente, che segue i movimenti delle vittime come fa un cacciatore con un cervo. Cambia continuamente i suoi metodi per confondervi le idee. Ma oggi ha commesso un errore. Questa volta ha dato una dimostrazione della sua rabbia, perché ha usato il coltello di proposito, e lo ha pulito immediatamente, mostrando così di essere una persona altamente addestrata.»

«Ma lei sostiene che non è un pazzo.»

«Certo. Non credo che abbia dei disturbi, da un punto di vista medico, ma non vi è dubbio che sia maledettamente motivato da qualcosa. Persone come questa sono estremamente disciplinate, come lo eravamo noi ai tempi in cui prestavano servizio nell'esercito. C'è disciplina nel modo in cui agisce... ma c'è anche rabbia, e la rabbia dipende dal suo *movente*. Qualcosa ha scatenato in lui tutta questa rabbia.»

«Ma la signora...»

Farber fu anticipato dalle parole di Ryan. «Esatto! Molto bene. Perché non l'ha eliminata? È l'unico testimone di cui siamo a conoscenza. È stato gentile con lei; l'ha lasciata andare... interessante, ma non ci aiuta molto, purtroppo.»

«Però ci dice che non sta uccidendo tanto per uccidere.»

«Giusto.» Farber annuì. «Tutto quello che fa ha uno scopo, e per compiere la sua missione usa tutte le tecniche speciali in cui è stato addestrato. Perché si tratta proprio di una *missione*. C'è un felino molto pericoloso che si aggira sulle vostre strade, tenente.»

«Ce l'ha con gli spacciatori, questo è chiaro» disse Ryan. «La persona, forse le due persone, che ha rapito...»

«Se una è una donna, non è in pericolo. L'uomo non sopravviverà. Dalle condizioni in cui sarà trovato il suo corpo, potremo dire se si trattava dell'obiettivo finale.»

«Rabbia?»

«Questo è ovvio. Un'altra cosa... se avete messo degli uomini sulle sue tracce, ricordatevi che sa usare le armi meglio di chiunque altro. Avrà un aspetto innocuo, e cercherà di evitare qualsiasi scontro. Non vuole uccidere le persone sbagliate, altrimenti avrebbe ucciso la signora Charles.»

«Ma se lo mettiamo alle strette...»

«Non ve lo consiglio.»

«Sei comodo?» domandò Kelly.

La camera di decompressione era stata prodotta, insieme a molte altre centinaia, su ordinazione della marina, dalla Dykstra Foundry and Tool Company, Inc., di Houston nel Texas, o almeno così diceva la targhetta. Costruita con acciaio di alta qualità, era stata progettata per riprodurre la pressione a cui sono sottoposti i sommozzatori. Da una parte era montata una finestrella quadrata larga dieci centimetri e composta da tre pannelli sovrapposti di plexigas. C'erano anche una piccola camera di compensazione, che poteva essere utilizzata per passare oggetti all'interno, come cibo o bevande, e una lampadina da venti watt, adeguatamente protetta. Sotto la camera stessa era installato un potente compressore d'aria, funzionante a benzina e azionabile da un sedile pieghevole, accanto al quale si trovavano due manometri. Uno indicava la pressione mediante cerchi concentrici, rispettivamente relativi a millimetri e pollici di mercurio, libbre per pollice quadrato, chilogrammi per centimetro quadrato e bar, ovvero multipli della pressione atmosferica, pari a 14,7 libbre per pollice quadrato; l'altro indicava i corrispondenti valori di profondità, sia in metri sia in piedi. Ogni aumento di trentatré piedi della profondità simulata faceva salire la pressione atmosferica di 14,7 libbre per pollice quadrato, cioè di un bar.

«Senti, qualsiasi cosa vuoi sapere, non c'è problema...» sentì Kelly attraverso l'interfono.

«Lo sapevo che alla fine l'avresti vista come me.» Dopo aver messo in moto il compressore, Kelly si accertò che la valvola a rubinetto accanto ai manometri fosse ben chiusa, quindi aprì la valvola di pressurizzazione, immettendo aria dal compressore nella camera, e guardò le lancette ruotare lentamente in senso orario.

«Sai nuotare?» domandò a Billy, guardandolo in faccia.

La testa di Billy ebbe un sussulto di paura. «Cosa?.. senti, per favore, non annegarmi, va bene?»

«Non ti farò annegare. Allora, sai nuotare?»

«Certo, sì.»

«Hai mai fatto delle immersioni?» fu la successiva domanda di Kelly.

«No, no, mai» replicò un commerciante di droga molto confuso.

«Benissimo, ora imparerai. Devi sbadigliare e far lavorare le orecchie, okay, per abituarti alla pressione» gli disse Kelly guardando il manometro di profondità superare i trenta piedi.

«Senti, perché non mi fai le tue domande del cazzo, e basta?»

Kelly spense l'interfono. C'era troppa paura in quella voce; non si divertiva poi tanto a fare del male alla gente, e non voleva correre il rischio di provare pietà per Billy. Regolò il manometro sui cento piedi, quindi chiuse la valvola di pressurizzazione, lasciando tuttavia il motore in funzione. Mentre Billy si abituava alla pressione, Kelly trovò un tubo flessibile e lo collegò al tubo di scarico del motore, mettendo quindi l'altra estremità fuori dal locale per scaricare l'ossido di carbonio all'esterno. Sarebbe stato un procedimento lungo, nell'attesa degli avvenimenti. Kelly stava andando a memoria, il che non era rassicurante. Su un lato dell'apparecchiatura era appesa una tabella di istruzioni utile ma poco chiara, l'ultima riga della quale rimandava a un manuale per le immersioni che Kelly non possedeva. Ultimamente non aveva fatto che pochissime immersioni, di cui l'unica interessante era stata un'operazione di squadra, in una piattaforma petrolifera giù nel golfo... Kelly trascorse un'ora mettendo ordine nel locale e coltivando i ricordi e la rabbia, prima di tornare a sedersi accanto alla camera di decompressione.

«Come ti senti?»

«Senti, va bene, okay?» La voce era piuttosto nervosa, in realtà.

«Sei pronto a rispondere a qualche domanda?»

«Quello che vuoi, va bene? Basta che mi fai uscire di qui!»

«Okay, va bene.» Kelly prese un bloc-notes. «Ti hanno mai arrestato, Billy?»

«No.» Un certo orgoglio nella risposta, notò Kelly. Bene.

«Hai prestato servizio nell'esercito?»

«No.» Che domanda stupida.

«Quindi, non sei mai stato in prigione, non ti hanno mai preso le impronte, niente di niente?»

«Niente.» Billy scosse la testa dietro la finestra.

«Come faccio a sapere che mi stai dicendo la verità?»

«Ti giuro! È tutto vero!»

«Sì, è probabile, ma io devo avere la certezza, no?» Kelly allungò la mano sinistra e girò la valvola a rubinetto. Con un sibilo rumoroso, l'aria cominciò a uscire dalla camera di decompressione, mentre Kelly osservava i manometri.

Billy non sapeva esattamente cosa attendersi, e la sorpresa fu decisamente spiacevole. Nell'ora precedente, il suo corpo era stato circondato da una quantità d'aria quattro volte superiore a quella normale per lo spazio in cui si trovava, abituandosi al conseguente aumento di pressione. L'aria respirata attraverso i polmoni, anch'essa pressurizzata, era entrata nella circolazione sanguigna, e ora il suo intero corpo era sottoposto a una pressione ambientale pari a quattro volte quella atmosferica. Varie bolle di gas, principalmente di azoto, si erano dissolte nel sangue, e quando Kelly aspirò l'aria dalla camera, le bolle cominciarono a espandersi. I tessuti intorno alle bolle resistettero alla pressione, ma non completamente, e quasi immediatamente le pareti delle cellule iniziarono a dilatarsi, e, in alcuni casi, a lacerarsi. Il dolore cominciò negli arti; dapprima fu un male sordo e diffuso, ma presto si trasformò nella sensazione più acuta e spiacevole che Billy avesse mai provato. Lo investiva a ondate, sincronizzate con il battito accelerato del cuore. Kelly sentì i lamenti, quindi le urla, quando la pressione dell'aria aveva soltanto raggiunto i sessanta piedi, quindi richiuse la valvola di decompressione e innestò di nuovo quella di pressurizzazione. In un paio di minuti, il valore della pressione ritornò a quattro bar. Di conseguenza, il dolore cessò quasi completamente, lasciando una sensazione simile all'indolenzimento che segue una seduta di allenamento. Non era una sensazione a cui Billy fosse abituato, e comunque non era quella di tipo salutare ben nota agli atleti. La cosa più interessante, per Kelly, era che gli occhi sbarrati e spaventati del suo ospite indicavano che ormai era completamente sottomesso. Erano occhi che non sembravano più umani, e Kelly lo ritenne un fatto positivo.

Accese l'interfono. «Questa è la punizione quando menti Così adesso sai cosa rischi. Ora dimmi, sei mai stato arrestato, Billy?»

«No, Cristo, ti ho detto di no!»

«Mai stato in prigione, mai schedato...»

«No, ti giuro, non ho neanche preso una multa per eccesso di velocità. Non mi hanno mai beccato.»

«Nell'esercito?»

«No, te l'ho detto!»

«Bene, grazie.» Kelly diede un'occhiata al primo gruppo di domande. «Adesso parliamo di Henry e della sua organizzazione.» C'era qualcos'altro che Billy non poteva aspettarsi. A partire da una pressione di tre bar, l'azoto che costituisce la maggior parte di quella sostanza che viene comunemente definita "aria" produce un effetto narcotizzante non diverso da quello dell'alcol o dei barbiturici. Spaventato com'era, Billy era anche soggetto a un improvviso senso di euforia, che a sua volta determinava una difficoltà di ragionamento. Era un positivo effetto supplementare di quella tecnica d'interrogatorio, selezionata da Kelly soprattutto per l'intensità del dolore che poteva infliggere.

«Non ha toccato i soldi?» domandò Tucker.

«Più di cinquantamila. Li stavano ancora contando quando me ne sono andato» disse Mark Charon. Si erano dati di nuovo appuntamento nel cinema, le uniche due persone nella balconata. Ma questa volta Tucker non stava mangiando pop-corn, notò l'investigatore. Raramente gli era capitato di vedere Tucker agitato.

«Devo sapere cosa sta succedendo. Dimmi quello che sai.»

«Sono stati accoppati alcuni spacciatori nell'ultima settimana, dieci giorni...»

«Ju-Ju, Bandanna e due altri che non conosco. Lo so. Pensi che ci sia un collegamento?»

«È tutto quello che abbiamo, Henry. È Billy che è scomparso?»

«Sì. E Rick è morto. Accoltellato?»

«Qualcuno gli ha estirpato il cuore con un coltello, cazzo» disse Charon, esagerando. «C'era anche una delle tue ragazze?»

«Doris» disse Henry, confermando con un cenno del capo. «Hanno lasciato i soldi... perché?»

«Forse è stata una rapina che per qualche motivo è andata a puttane, anche se non saprei dire perché. Ju-Ju e Bandanna sono stati derubati... ma cazzo, magari non c'è nessun collegamento tra questi casi. Forse quello che è successo ieri notte è stato, beh, qualcosa di diverso.»

«Cioè?»

«Cioè un attacco diretto alla tua organizzazione, Henry» rispose Charon pazientemente. «Chi conosci che potrebbe volerti fare qualcosa del genere? Non c'è bisogno di essere un poliziotto per cercare un movente, no?» Parte di lui, una parte non indifferente, provava piacere nel sentirsi il più forte dei due, sebbene per poco. «Di quante cose è a conoscenza Billy?»

«Un casino... cazzo, avevo appena cominciato a portarlo...» Tucker interruppe la frase.

«Va bene, non c'è bisogno che tu me lo dica, non voglio saperlo. Ma ora qualcun altro lo sa, e faresti bene a chiederti chi può essere.» Con un certo ritardo, Mark Charon stava cominciando a rendersi conto di come il proprio stato di benessere fosse intimamente legato a quello di Henry Tucker.

«Perché non l'hanno fatta almeno *sembrare* una rapina?» domandò Tucker, lo sguardo assente rivolto allo schermo.

«Qualcuno ti sta mandando un messaggio, Henry. Non prendere il denaro è stato un segno di disprezzo. Chi conosci che non ha bisogno di soldi?»

Le urla si facevano sempre più forti. Billy aveva appena fatto un'altra puntatina a sessanta piedi, rimanendoci per un paio di minuti. Era utile poter vedere la sua faccia. Kelly lo vide aggrapparsi alle orecchie quando entrambe le membrane dei timpani si spezzarono, a non più di un secondo l'una dall'altra. Poi era stato il turno degli occhi e delle cavità nasali, e dopo sarebbe toccato anche ai denti, se aveva delle carie... cosa probabile, pensò Kelly. Ma non voleva fargli troppo male, non ancora.

«Billy,» gli disse, dopo aver aumentato di nuovo la pressione, eliminando gran parte del dolore «non sono sicuro di crederti.»

«Bastardo di merda!» gridò nell'interfono la persona imprigionata nella camera. «L'ho stroncata io, sai? Ho visto morire la tua bambolina con il cazzo di Henry tra le cosce, nella sua fighetta, e ti ho visto frignare come un bambinetto di merda per lei, per la tua fighetta merdosa!»

Kelly si assicurò di poter vedere bene la faccia di Billy dalla finestrella quando la sua mano riaprì la valvola, riportando la pressione a ottanta piedi, abbastanza per un buon assaggio. Ormai dovevano esserci perdite di sangue nelle principali articolazioni, perché le bolle di azoto, per qualche motivo, tendevano a raccogliersi in quei punti, e la reazione istintiva alle conseguenze della decompressione era quella di raggomitolare il corpo, nella posizione tipica di chi è colpito da embolia gassosa. Billy però non aveva spazio per piegarsi nel cilindro d'acciaio, per quanti sforzi facesse. Ormai anche il sistema nervoso centrale era stato colpito, le fibre dei tessuti venivano schiacciate, e il dolore assumeva facce diverse — fitte atroci che straziavano le articolazioni e gli arti, spilli infuocati che trafiggevano tutto il corpo. Gli spasmi nervosi cominciarono quando le minuscole fibre elettriche si ribellarono a quello che stava loro accadendo, e il corpo sobbalzava incontrollato come se venisse percorso da scariche elettriche. Il fatto che gli effetti a livello nervoso fossero arrivati così presto era leggermente preoccupante, perciò Kelly decise che per il momento poteva bastare. Riequilibrò la pressione, osservando il rallentamento degli spasmi.

«Dimmi, Billy, ora lo sai come è stato per Pam?» domandò, in realtà per ricordarlo a se stesso.

«Fa male.» Adesso piangeva. Aveva sollevato le braccia e si copriva il volto con le mani, ma non poteva nascondere il suo strazio.

«Billy» disse Kelly, paziente. «Vedi com'è? Se penso che mi racconti delle balle, fa male. Se non mi piace quello che dici, fa male. Vuoi che ti faccia ancora un po' male?»

«Cristo, no, ti prego!» Le mani scoprirono il volto; gli occhi dei due uomini si trovavano a non meno di cinquanta centimetri di distanza.

«Cerca di essere un po' più educato, okay?»

«...scusa...»

«Non mi diverto a farti del male, Billy, ma devi fare quello che ti dico, okay?» Ricevette un cenno affermativo. Kelly prese un bicchiere d'acqua, controllò le valvole, quindi aprì lo sportellino della camera di compensazione e inserì il bicchiere. «Okay, ora se apri lo sportellino vicino alla tua testa, troverai un bicchiere d'acqua.»

Billy fece come gli era stato detto, e cominciò a sorseggiare l'acqua da una cannuccia.

«Ora torniamo a parlare di affari, okay? Voglio altre informazioni su Henry. Dove vive?»

«Non lo so» disse Billy con affanno.

«Risposta sbagliata!» ringhiò Kelly.

«No, ti prego! Non lo so dove abita, ci incontriamo sempre in un posto vicino alla statale 40, non vuole che sappiamo dove...»

«Devi dirmi di più, altrimenti l'ascensore ritorna al sesto piano. Sei pronto?»

«*NOOOOO!* La forza dell'urlo penetrò il metallo. «*No, ti prego! Non lo so, ti giuro che non lo so!*»

«Billy, non vedo perché dovrei essere gentile con te» gli ricordò Kelly. «Tu hai ucciso Pam, ricordi? L'hai torturata fino ad ammazzarla. Ti sei divertito con le pinze. Per quante ore, Billy, per quante ore tu e i tuoi amici ve la siete lavorata? Dieci? Dodici? Cristo, Billy, sono solo sette ore che parliamo. Vuoi farmi credere che lavori con questo tipo da quasi due anni e non sai nemmeno dove abita? Faccio fatica a crederti. Si sale» annunciò Kelly con un tono meccanico, allungando la mano sulla valvola. Non doveva fare altro che aprirla completamente. Il primo sibilo dell'aria pressurizzata provocò a Billy un tale terrore che si mise a urlare prima ancora che il dolore ritornasse.

«*CAZZO! NON LO SOOOOOOOOO!*»

Maledizione! E se non lo sa davvero?

Beh, pensò Kelly, doveva scoprirlo. Diminuì un poco la pressione, solo fino a ottantacinque piedi, quanto bastava per riacutizzare i dolori precedenti senza estendere ulteriormente gli effetti. La paura ra ormai non meno acuta del dolore stesso, pensò Kelly, ed era addirittura possibile che Billy si abituasse al dolore. No, quell'uomo era un codardo che si era divertito un sacco di volte a infliggere sofferenze e terrore agli altri, e se scopriva che il dolore, per quanto terribile, poteva essere sopportato, avrebbe potuto anche trovare abbastanza coraggio per resistere. Era un rischio che Kelly non aveva intenzione di correre, per remoto che fosse. Chiuse di nuovo la valvola di decompressione e fece risalire la pressione, questa volta fino a centodieci piedi, per attenuare il dolore e aumentare l'effetto narcotizzante.

«Dio mio» sospirò Sarah. Non aveva visto le foto del cadavere di Pam, e l'unica volta che aveva chiesto di vederle era stata scoraggiata dal marito e aveva ubbidito al suo consiglio.

Doris era nuda, e di una passività inquietante. A guardarla, la cosa più positiva che si poteva pensare era che Sandy l'aveva aiutata a farsi il bagno. Sam aveva aperto la sua borsa, e ne aveva estratto lo stetoscopio. Il battito cardiaco, che superava le novanta pulsazioni al minuto, era sufficientemente forte, ma troppo rapido per una ragazza di quell'età. Anche la pressione sanguigna era piuttosto elevata, mentre la temperatura era normale. Sandy prelevò quattro provette da cinque centimetri cubici di sangue, che sarebbero state analizzate dal laboratorio dell'ospedale.

«Ma chi può fare qualcosa del genere?» sussurrò Sarah. Erano visibili vari segni sui seni, un livido sbiadito sulla guancia destra, edemi più recenti sull'addome e sulle gambe. Sam controllò il riflesso pupillare, che era positivo... tranne che per l'assoluta mancanza di una reazione.

«Gli stessi che hanno ammazzato Pam» rispose con calma il chirurgo.

«Pam?» domandò Doris.

«La conoscevate? Come?»

«L'uomo che ti ha portata qui» disse Sandy. «È quello...»

«Quello che Billy ha ammazzato?»

«Sì» rispose Sam Rosen, rendendosi subito conto di quanto potesse sembrare assurda quella conversazione a un ascoltatore estraneo.

«So solo il numero di telefono» disse Billy, inebriato dall'alta pressione parziale dell'azoto, e più propenso a collaborare, ora che il dolore era diminuito.

«Dimmelo» gli ordinò Kelly. Billy ubbidì, e Kelly prese nota del numero. Ormai aveva due pagine fitte di appunti: nomi, indirizzi e alcuni numeri di telefono. Poco, forse, ma molto di più di quanto avesse solo ventiquattro ore prima.

«Come arriva la roba?»

La testa di Billy si allontanò dalla finestrella. «Non so...»

«Così non va bene.» *Sssssssssssss.*

Billy urlò di nuovo, ma questa volta Kelly lo lasciò urlare, guardando ruotare la lancetta del misuratore di profondità fino a settantacinque piedi. Billy cominciò a boccheggiare. Anche i polmoni ormai erano danneggiati, e i conati affannosi non facevano che amplificare il suo dolore, ormai esteso a ogni centimetro cubo del suo corpo malridotto. L'intero corpo era come un pallone pieno d'aria, anzi, un insieme di tanti palloncini, grandi e piccoli, tutti sul punto di esplodere, che premevano gli uni sugli altri; alcuni più forti, altri più deboli, e Billy sentiva che i più deboli erano quelli nei punti vitali del suo corpo. Gli occhi gli facevano tanto male che sembravano uscire dalle orbite, e la sensazione era aggravata dall'espansione dei seni paranasali, come se l'intera faccia si stesse staccando dal resto del cranio. Nella disperazione, si portò le mani sul volto, come per tenerlo fermo. Mai aveva provato o inflitto un dolore di tale straziante intensità. Le gambe erano piegate per quanto lo consentiva il cilindro d'acciaio, e le ginocchia premevano sulle pareti con tale forza che sembravano incidere il metallo. Le braccia, libere di muoversi, si agitavano e contorcevano intorno al torace, cercando sollievo ma non trovando altro che un dolore ancora più acuto. Ormai non riusciva più nemmeno a gridare. Per Billy, il tempo si fermò e divenne eternità. Non c'era più luce, oscurità, rumore o silenzio. Solo dolore.

«...per favore... ti prego...» le parole sussurrate raggiunsero l'orecchio di Kelly attraverso l'interfono. Fece risalire lentamente la pressione, questa volta fermandosi a centodieci piedi.

La faccia di Billy adesso era coperta di chiazze, come per uno sfogo cutaneo o qualche orribile allergia. Alcuni vasi sanguigni avevano ceduto appena sotto la superficie della pelle; uno, particolarmente grande, si era rotto nell'occhio sinistro, e in poco tempo metà della cornea si tinse di rosso, facendo somigliare Billy sempre di più a quell'animale terrorizzato e schifoso che era.

«L'ultima cosa che ti ho chiesto era come arriva la roba.»

«Non lo so» piagnucolò Billy.

Kelly parlò nell'interfono, con voce calma. «Billy, c'è una cosa che devi capire. Quello che hai provato finora, beh, è stato doloroso, ma non ti ho ancora fatto male. Voglio dire, ti ho fatto un po' male, ma non *veramente* male.»

Billy sbarrò gli occhi. Fosse stato in grado di valutare la situazione con maggiore lucidità, lo avrebbe almeno sfiorato il pensiero che doveva esserci un *limite* all'orrore, osservazione che sarebbe stata sia giusta sia sbagliata.

«Tutto quello che ti ho fatto finora, Billy, sono cose che i medici possono mettere a posto, okay?» Non mentì completamente, e non mentì affatto quando aggiunse: «La prossima volta che lascio uscire l'aria, Billy, ti succederanno cose che nessun dottore potrà curare, capito? Le vene delle palle degli occhi ti scoppieranno, e rimarrai cieco. Anche quelle del cervello cederanno, okay? Irreversibilmente. Diventerai cieco e pazzo. Ma il male non se ne andrà mai. Per il resto della tua vita, Billy, cieco, pazzo e dolorante. Quanti anni hai? Venticinque? Ne hai ancora un sacco da vivere. Quaranta, forse, quarant'anni da cieco, pazzo e storpio. Quindi è meglio che mi dica la verità, va bene?».

«Ora dimmi, come arriva la roba?»

Nessuna pietà, si disse Kelly. Se avesse avuto di fronte un cane, un gatto o un cervo in quelle condizioni, invece di quel... quell'oggetto, lo avrebbe ucciso per compassione. Ma Billy non era un cane o un gatto o un cervo, era un uomo, a modo suo. Peggio di un magnaccia, peggio degli spacciatori. Se i ruoli fossero stati invertiti, Billy non avrebbe provato la minima compassione. Era un uomo nel cui universo ristrettissimo c'era posto per un'unica persona, se stesso, circondata da *cose* che avevano la sola funzione di procurargli piacere e profitto. Billy era uno di quelli che si divertivano a infliggere sofferenze agli altri, a imporre il loro dominio su quelle *cose* i cui sentimenti, anche se esistevano veramente, non avevano la minima importanza. In un certo senso, non si era mai reso conto che esistevano altri esseri umani nel suo universo, *persone* che avevano diritto a vivere e a essere felici non meno di lui; di conseguenza, aveva fatto del male, praticamente senza saperlo, a un'altra persona che non aveva mai veramente considerato come tale. Forse cominciava a rendersene conto solo adesso, ma era un po' tardi. Cominciava a capire che nel suo futuro c'era un altro universo solitario, abitato non da persone, ma solo dal dolore. Abbastanza lucido da immaginarsi quello scenario, Billy cedette. Glielo si leggeva in volto. Cominciò a parlare con una voce soffocata e spezzata, che però, finalmente, era del tutto sincera. Era solo in ritardo di circa dieci anni, calcolò Kelly, sollevando lo sguardo dai suoi appunti per rivolgerlo alla valvola di decompressione. Forse era un peccato, sicuramente lo era per molti di quelli che erano transitati per l'eccentrico universo di Billy. Magari non aveva semplicemente mai realizzato, pensò Kelly, che qualcun altro avrebbe potuto riservargli lo stesso trattamento che lui aveva inflitto a molti altri, più piccoli e più deboli di lui. Ma anche questa intuizione, se c'era, arrivava troppo tardi. Troppo tardi per Billy, troppo tardi per Pam e, in un certo senso, anche per Kelly. Il mondo era pieno di iniquità, e povero di giustizia. Era tutto così semplice, no? Billy non sapeva che un giorno o l'altro avrebbe potuto incontrarla, la giustizia; ne aveva vista troppo poca per farci caso. E così aveva scommesso. E aveva perso. Pertanto, Kelly poteva risparmiare la pietà per altre occasioni.

«Non lo so... non...»

«Ti avevo avvertito, no?» Kelly aprì la valvola, scendendo bruscamente a cinquanta piedi. I vasi sanguigni della retina cedettero presto. A Kelly sembrò di vedere del rosso nelle pupille dilatate, mentre l'uomo imprigionato continuava a urlare, anche se ormai non aveva più aria nei polmoni. Le ginocchia, i piedi e i gomiti battevano con violenza sulle pareti d'acciaio. Kelly restò a guardare, attendendo qualche istante prima di erogare di nuovo la pressione.

«Dimmi quello che sai, Billy, altrimenti devo farti ancora più male. Sbrigati, parla.»

Il tono diventò quello di una confessione. Le informazioni che diede erano piuttosto singolari, ma dovevano essere vere; Billy non aveva né la forza né l'immaginazione per inventarsele. La parte finale dell'interrogatorio durò tre ore, interrotte da un unico sibilo della valvola, ma solo per uno o due secondi. Kelly ritornò su domande che aveva già fatto, per accertarsi di non ricevere risposte diverse, cosa che non accadde. In realtà, quando una domanda veniva ripetuta, Billy forniva ulteriori informazioni, che consentivano a Kelly di fare dei collegamenti con altri dati, definendo un quadro generale sempre più dettagliato. Quando arrivò la mezzanotte, fu sicuro di aver svuotato la mente di Billy di tutti i dati utili che conteneva.

Quando posò le matite con cui aveva annotato le informazioni, Kelly fu quasi preso da un senso di compassione. Se Billy avesse mostrato solo un minimo di pietà per Pam, forse avrebbe potuto agire diversamente, perché le ferite personali di Kelly erano, proprio come aveva detto Billy, un inconveniente del mestiere... o meglio, erano state frutto della sua stessa stupidità, e in tutta coscienza non avrebbe potuto fare del male a un *uomo* per aver approfittato dei suoi errori. Ma Billy non si era limitato a quello.

Aveva torturato una giovane donna che Kelly amava, e per quel motivo Billy non era affatto un uomo, e non meritava alcuna premura da parte di Kelly.

In ogni caso, non importava. Il danno ormai era stato fatto, e continuava ad estendersi man mano che i tessuti staccati dallo choc barometrico vagavano per i vasi sanguigni e li ostruivano uno dopo l'altro. I peggiori effetti visibili erano quelli sul cervello di Billy: gli occhi assenti denunciavano la progressiva pazzia del prigioniero, e anche se la depressurizzazione finale fu lenta e graduale, quello che uscì dal cilindro d'acciaio non era un uomo, ma in fondo non lo era mai stato.

Kelly tolse i bulloni di chiusura e aprì il portello. Fu investito da un orribile fetore che, pur prevedibile, lo colse di sorpresa. L'accumulo e il successivo scarico della pressione nell'intestino e nella vescica di Billy aveva prodotto effetti immaginabili. Più tardi avrebbe dovuto ripulire tutto, pensò Kelly, trascinando il corpo di Billy fuori dal cilindro e adagiandolo sul pavimento. Si domandò se era il caso di incatenarlo a qualcosa, ma il corpo che giaceva ai suoi piedi era ormai inutile al suo proprietario; le principali articolazioni erano quasi distrutte e il sistema nervoso centrale era ormai solo in grado di trasmettere il dolore. Ma Billy respirava ancora, e questo era un bene, pensò Kelly, dirigendosi verso il letto, contento che anche quella prova fosse finita. Con un po' di fortuna, non sarebbe più stato necessario fare un altro interrogatorio di quel tipo. Con un po' di fortuna e con efficaci cure mediche, Billy sarebbe rimasto in vita ancora per varie settimane. Se si poteva chiamarla vita.

21

Possibilità

Kelly era davvero preoccupato per aver riposato così bene. Temeva non fosse normale dormire dieci ore di fila dopo quello che aveva fatto a Billy. La sua coscienza non aveva certo scelto il momento più opportuno per farsi sentire, pensò, guardandosi allo specchio mentre si radeva: era anche un po' in ritardo. Uno che andava in giro a maltrattare le donne e a spacciare droga avrebbe dovuto considerare le possibili conseguenze. Kelly si asciugò la faccia. Non provava alcuna ebbrezza per il dolore che aveva inflitto, di questo era certo. A differenza di Billy, non avrebbe schernito né si sarebbe preso gioco della sua vittima e questo, forse, lo rendeva diverso, pensò. Si era trattato di raccogliere le informazioni necessarie e di fare giustizia scegliendo un modo adeguato. Riuscire a classificare le sue azioni in termini familiari significava cercare di tenere la coscienza sotto controllo.

La questione vera era liberarsi di lui nel migliore dei modi. Per Kelly era un problema nuovo: non si era mai trovato a dover decidere come sbarazzarsi di un corpo, se ne era sempre occupato qualcun altro. Si trattava di un diversivo, e in quel momento non ne aveva bisogno. Sarebbe stato molto più semplice ammazzarlo, ma no, disse tra sé, non lo farò. Nel caso di Billy la natura avrebbe seguito il suo corso, per quanto lento e doloroso sarebbe stato.

Doveva anche decidere dove andare. Dopo essersi vestito prese un telo di plastica. Era quello del ponte di poppa della sua barca. Aveva già fatto i bagagli e sistemò le sue cose nella cabina principale. Quando anche il resto fu pronto andò a prendere Billy. La... cosa... era rimasta quasi immobile. Forse si era girato una volta, come un bambino nella culla. Quando Kelly aprì la porta stava dormendo, sdraiato a pancia in giù, e la posizione contorta degli arti dimostrava quanto fosse malridotto. Beh, la cosa non lo sorprese più di tanto.

«È ora di alzarsi», disse in tono colloquiale. Il corpo si mosse, aprì gli occhi, ma senza inquadrare il punto in cui Kelly si trovava. Questi gli portò una tazza di acqua e lo aiutò a bere.

«Ah», disse la voce con un gemito che durò diversi secondi. «Maaaaale.»

«Ci credo», rispose Kelly, chinandosi per alzare il corpo e caricarselo in spalla. Billy provò a gridare, e il tentativo fu altrettanto disgustoso del contatto con quella pelle fredda e viscida. Kelly portò il fardello sulla barca e lo sistemò sopra il telo di plastica. Poi tornò al bunker e, con un tubo flessibile, lavò la camera di decompressione e lo spazio sul pavimento dove Billy aveva dormito. Non bastava certo per sistemare le cose, ma per ora Kelly si sarebbe accontentato. Chiuse a chiave il bunker e portò fuori la barca.

Avrebbe viaggiato per parecchie ore, oltre metà al buio. Sarebbe stato un viaggio noioso. Puntando verso Point Lookout si prese il tempo necessario per scrutare la moltitudine di "navi" abbandonate nei pressi di Bloodsworth Island. Costruite per la prima guerra mondiale, erano molto diverse una dall'altra. Erano tutte sopravvissute alla prima campagna sottomarina organizzata dai tedeschi, ma neanche negli anni '20, quando i marinai di navi mercantili si facevano pagare molto meno dei membri degli equipaggi dei rimorchiatori che regolarmente navigavano lungo la baia di Chesapeake, il trasporto con quelle navi era stato molto sviluppato. Kelly andò in plancia e, mentre il pilota automatico manteneva la rotta verso sud, le esaminò attentamente con il binocolo: una di esse, probabilmente, aveva qualcosa di particolare. Comunque non scorse nessun movimento né vide alcuna barca in quella laguna che era ormai diventata la loro ultima dimora. C'era da aspettarselo, pensò. Non era certo una fabbrica in continua attività, sebbene si trattasse di un ottimo nascondiglio per l'operazione cui Billy aveva recentemente preso parte. Spostò la rotta verso ovest. La questione avrebbe dovuto attendere. Kelly si sforzò di pensare ad altro. Presto avrebbe giocato in squadra, con uomini come lui. Un cambiamento gradito, pensò, grazie al quale avrebbe avuto tempo di considerare la sua tattica per la fase successiva dell'operazione.

Agli agenti di polizia erano state date solo informazioni sommarie sull'incidente capitato a Mrs. Charles, ma la preoccupazione era cresciuta in seguito a successivi dettagli sul metodo utilizzato dall'aggressore. Non servirono altre parole di ammonimento. Furono utilizzate quasi esclusivamente auto con due uomini a bordo, ma anche alcune con un solo agente esperto, o troppo sicuro di sé. Il loro modo di procedere avrebbe senz'altro irritato Ryan e Douglas. Uno dei due poliziotti si sarebbe avvicinato mentre l'altro sarebbe rimasto indietro, tenendo con disinvoltura la mano sulla pistola d'ordinanza. Il capopattuglia avrebbe sorretto e perquisito il barbone, controllando se fosse armato, e trovandogli spesso dei coltelli, ma non armi da fuoco: chi ne aveva una la impegnava in cambio di denaro con cui procurarsi l'alcol o, in qualche caso, la droga. La prima notte ne "beccarono" venti, ne accertarono l'identità e due furono arrestati per quello che gli agenti giudicarono un comportamento provocatorio. Alla fine del turno, comunque, non era emerso nulla di rilevante.

«Okay, ho scoperto qualcosa» disse Charon. La sua auto si trovava nel parcheggio fuori da un supermercato, di fianco a una Cadillac. «Che cosa?»

«Stanno cercando un tipo travestito da barbone.»

«Stai scherzando?» chiese Tucker, piuttosto infastidito.

«Questi sono gli ordini, Henry», lo rassicurò il detective. «Gli ordini sono di avvicinarsi con cautela.»

«Merda», il motorino di avviamento faticò per qualche istante.

«Un bianco, non molto alto, sulla quarantina. È piuttosto robusto e sa muoversi molto bene, quando deve. Non vogliono prendere per oro colato le informazioni raccolte, ma l'uccisione di altri due spacciatori è avvenuta circa alla stessa ora in cui si è immischiato in un'aggressione. Scommetto che è lo stesso che fa fuori gli spacciatori.» Tucker scosse la testa. «Anche Rick e Billy? Non ha senso.»

«Henry, le notizie sono queste, punto e basta, okay? Cerca di prendere la cosa seriamente...» Charon stava per aggiungere «ragazzo», ma si fermò, pensando che Henry avrebbe potuto non gradire. Dopotutto aveva la sua sensibilità. «Chiunque sia, si tratta di un professionista. Chiaro? Un professionista.»

«Tony e Eddie», disse Tucker sommessamente.

«È la mia ipotesi migliore, Henry, ma non è che un'ipotesi.» Charon uscì dal parcheggio.

In realtà, non ce n'era nemmeno una che avesse davvero senso, disse Tucker tra sé e sé, mentre procedeva verso la Edmondson Avenue. Perché Tony e Eddie avrebbero cercato di fare...cosa? Cosa diavolo stava succedendo? Non sapevano molto dell'operazione, solo che esisteva e che lui voleva difendere a tutti i costi il suo territorio mentre stava diventando il loro fornitore principale. Compromettere il suo "business" senza prima scoprire il suo sistema di importazione del "prodotto" non era una mossa molto sensata. Scoprire... non era la parola giusta... ma...

Scoperto. E se Billy fosse ancora vivo? Se avesse fatto un patto e Rick gli avesse negato il suo appoggio? Una possibilità; Rick era stato più debole ma più fidato di Billy.

Billy uccide Rick, fa fuori Doris e la lascia da qualche parte... È un esperto in queste cose, no? Perché? Ha preso contatto con... chi? Piccolo bastardo ambizioso. Billy, pensò Tucker. *Per niente abile ma ambizioso e spietato, quando è necessario.*

Possibilità. Billy prende contatto con qualcuno. Chi? Cosa sa? Sa dove lavorano la "roba", ma non come arriva in... forse l'odore, l'odore di formaldeide sulle bustine. Henry vi aveva fatto attenzione in passato; quando Tony e Eddie lo avevano aiutato a confezionare il "prodotto" nella fase iniziale, Tucker si era preso la briga di reimpacchettare tutto, per non correre rischi. Ma non con le ultime due partite... *maledizione*. Aveva commesso un errore. Billy sapeva vagamente dove la lavoravano, ma era in grado di arrivarci da solo? Secondo Henry no. Non ne sapeva molto di barche e non gli piacevano neanche granché. Quella della navigazione, poi, non è un'arte che si acquisisca facilmente.

Gli esperti sono Eddie e Tony, si ricordò Tucker, *che idiota che sono.*

Ma *perché* ostacolarlo proprio ora che le cose stavano andando bene?

A chi altro aveva fatto un torto? C'era la gang di New York, ma con loro non aveva mai avuto contatti diretti. Tuttavia si era introdotto nel loro mercato, approfittando di un calo dell'offerta per affermare la sua concorrenza. Potevano essersi irritati per una cosa del genere?

E quelli di Filadelfia? Erano diventati l'interfaccia tra lui e New York, e forse erano tipi ingordi. Forse avevano scoperto Billy.

Forse era Eddie che stava facendo la sua mossa, tradendo contemporaneamente Tony e Henry.

Forse, forse, forse. Qualunque cosa stesse accadendo, Henry aveva ancora il controllo dei canali d'importazione. Soprattutto, doveva tenere duro e difendere quello che aveva, il suo territorio e i suoi fornitori. L'affare stava iniziando a rendere parecchio. Per arrivare dove era arrivato ci erano voluti anni di lavoro, pensò Henry, svoltando a destra verso casa. Ricominciare da capo significava correre dei rischi che avrebbero potuto rivelarsi fatali. Andare in un'altra città, creare una rete nuova. E il Vietnam avrebbe potuto finire presto. Le salme di cui aveva bisogno stavano diminuendo. Una complicazione in questo momento avrebbe potuto compromettere ogni cosa. Se fosse riuscito a continuare l'operazione, nel peggiore dei casi si sarebbe intaccato oltre dieci milioni di dollari, quasi venti se avesse giocato bene le sue carte, per poi ritirarsi per sempre. Un'alternativa da non sottovalutare. Due anni di buoni profitti, a dire tanto, per raggiungere questo traguardo. Partire da zero poteva essere impossibile. Doveva tenere duro e combattere. Doveva difendere ciò che si era conquistato. Aveva rischiato parecchio, la sua vita, la sua libertà, per arrivare fin lì. Aveva mostrato coraggio, cervello e determinazione, combattendo le sue piccole battaglie, allontanando da sé le minacce, creando un sistema sicuro e fidato di importazione, lavorazione e distribuzione del suo "prodotto". Era riuscito a sfruttare il fatto che la polizia ci avesse impiegato così tanto a rendersi conto dell'entità del flagello della droga, nato apparentemente dal nulla alla fine degli anni '60. Adesso, anche le forze dell'ordine erano diventate più abili. Come molti uomini d'affari di successo, Tucker aveva riconosciuto il momento favorevole, sfruttando condizioni uniche e temporanee. Gli servivano due anni per incassare i profitti dell'affare, dopo di che avrebbe rivalutato la sua posizione, ma prima avrebbe lasciato passare quei due anni! Questo disse a se stesso mentre parcheggiava la macchina.

Tieni duro e combatti, ragazzo, pensò. Un piano aveva iniziato a prendere forma. Avrebbe dato l'ordine: voleva Billy, e lo voleva vivo. Avrebbe parlato con Tony per cercare di scoprire se Eddie stava facendo qualche giochetto strano, se aveva dei legami con i rivali a nord. Sarebbe partito da qui per raccogliere informazioni prima di organizzare un'azione risoluta.

Ecco un posto adatto, pensò Kelly. La *Springer* stava avanzando silenziosa. Bisognava trovare un luogo abitato, ma dove la gente non fosse troppo attenta a quel che succedeva. Non era certo un problema nuovo, disse tra sé, sorridendo. Oltrepassò un'ansa del fiume, e ne vide uno. Guardò attentamente lungo la riva. Pareva ci fosse una scuola, probabilmente un college, e non vi erano luci accese negli edifici. Dietro c'era una città, piccola, addormentata, solo poche luci, un'auto ogni due minuti, ma sulla strada principale, dalla quale nessuno avrebbe potuto vederlo. Lasciò che la barca superasse un'ansa. Ecco, meglio ancora: un podere, probabilmente tabacco, una tenuta vecchia con un massiccio casolare a circa cinquecento metri. I proprietari erano in casa e si godevano il fresco dell'aria condizionata; il bagliore delle luci e della Tv impediva loro di vedere fuori. Avrebbe rischiato.

Kelly fece girare i motori a vuoto e avanzò per gettare l'ancora. Si mosse rapido e silenzioso, calando in acqua la piccola lancia. Sollevare Billy al di là del parapetto fu facile, ma non riuscì a depositarlo nella lancia. Corse nella cabina di poppa e tornò con un giubbotto di salvataggio che mise indosso a Billy prima di gettarlo oltre la murata. Così fu più semplice. Agganciò il giubbotto alla poppa, poi remò più veloce possibile verso riva. Ci vollero solo tre o quattro minuti prima che il remo toccasse le sponde melmose. Kelly vide che si trattava proprio di una scuola. Probabilmente aveva un programma estivo e quasi sicuramente del personale addetto alla pulizia che sarebbe arrivato la mattina. Scese dalla lancia e trascinò Billy a riva prima di togliergli il giubbotto di salvataggio.

«Tu ora rimani qui.»

«...rimango...»

«Esatto» disse Kelly, sorridendo e spingendo la lancia in acqua. Appena riprese a remare si congratulò con se stesso per aver impedito a Billy di rovinare la lancia. Era rivolto verso poppa e questa posizione lo costringeva a guardare la *cosa*. Si dimenava, faceva movimenti convulsi, spastici, e di tanto in tanto emetteva gemiti che esprimevano la sua sofferenza. Lo aveva lasciato nudo, senza documenti. Billy non aveva alcun segno di riconoscimento che non gli fosse stato procurato dallo stesso Kelly. Aveva detto più di una volta che non gli avevano mai preso le impronte digitali. Se era vero, per la polizia non sarebbe stato facile identificarlo. Probabilmente non ci sarebbe affatto riuscita e, nelle condizioni in cui si trovava, non poteva certo resistere a lungo. I danni cerebrali erano più gravi di quanto Kelly avesse voluto, e ciò significava che altri organi interni avevano subito serie lesioni. Ma Kelly, dopotutto, aveva dimostrato un po' di pietà. I corvi, probabilmente, non avrebbero fatto in tempo a raggiungerlo. Solo i medici. Nel giro di dieci minuti la *Springer* stava di nuovo risalendo il Potomac. Kelly aveva quasi deciso di abbandonare il corpo vicino a Baltimora, dove avrebbero potuto identificarlo. Allora l'obiettivo sarebbe stato psicologico, un'azione di guerra psicologica per incutere timore nel cuore dei suoi bersagli. Ma alla fine aveva deciso di lasciar perdere. Avrebbe rischiato di farsi riconoscere. E perché mai, si chiese, perché mettere gli altri in stato d'allarme più di quanto già non fossero? Avrebbero potuto fuggire, e non poteva permetterselo.

Dopo due ore Kelly vide il porticciolo della base dei marines di Quantico. Stanco, si avvicinò con cautela, scegliendo un posto d'ormeggio all'estremità di uno dei moli.

«Chi è là?» domandò una voce nel buio.

«Clark» rispose Kelly. «Credo che mi stiate aspettando.»

«Infatti. Bella barca», disse l'uomo, tornando verso la garitta sulla banchina. Di lì a pochi minuti un'auto scese dalla collina. Proveniva dagli alloggi ufficiali.

«È in anticipo», osservò Marty Young.

«Possiamo anche cominciare, signore. Vuole salire a bordo?»

«Grazie, Mr. Clark.» Dentro la cabina si guardò intorno. «Dove ha trovato questo gioiellino? Io mi devo accontentare di una piccola barca a vela.»

«Non so che dire, signore», rispose Kelly. «Mi dispiace.» Il generale Young accettò le scuse di buon grado.

«Dutch dice che lei prenderà parte all'operazione.»

«Sì, signore.»

«È sicuro di potercela fare?» Young notò il tatuaggio sull'avambraccio di Kelly e si domandò cosa significasse.

«Ho collaborato al Phoenix per più di un anno, signore. Che gente è quella che ha firmato?»

«Tutti della Force Recon. Li stiamo facendo lavorare sodo.»

«Sveglia alle cinque e mezzo?» domandò Kelly.

«Esatto. Manderò qualcuno a prenderla» disse Young, sorridendo. «La vogliamo in perfetta forma.»

Kelly sorrise. «D'accordo, generale.»

«Che diavolo c'è di così importante?» domandò Piaggi, che non sopportava di venire disturbato di notte durante il weekend.

«Credo che qualcuno stia tramando alle mie spalle. Voglio sapere chi è.»

«Oh?» *Ecco* perché l'incontro era così importante, anche se non era certo il momento migliore per una riunione, pensò Tony. «Dimmi cos'è successo.»

«Qualcuno sta facendo fuori gli spacciatori nella zona occidentale», disse Tucker.

«Li leggo i giornali» assicurò Piaggi. Versò del vino nel bicchiere dell'ospite. In momenti come quelli era importante dare l'impressione che tutto fosse perfettamente normale. Tucker non avrebbe mai fatto parte della famiglia di Piaggi, comunque era un socio prezioso. «Perché è importante, Henry?»

«La stessa persona ha fatto sparire due dei miei uomini. Rick e Billy.»

«Quelli che...»

«Esatto. È sparita anche una delle mie ragazze», aggiunse Tucker con sdegno. Sollevò il bicchiere e bevve a piccoli sorsi, guardando Piaggi negli occhi.

«Rapina?»

«Billy aveva circa settantamila dollari, in contanti. Gli sbirri li hanno trovati, intatti.» Tucker aggiunse qualche altro dettaglio. «Stando alla polizia è uno che ci sa fare.»

«Hai qualche altro nemico?» chiese Tony. Non era una domanda molto intelligente, perché in quell'ambiente tutti avevano dei nemici, ma la cosa importante era il fattore abilità.

«Mi sono assicurato che gli sbirri sappiano dei miei principali concorrenti.»

Piaggi annuì. Era una consuetudine, ma anche una mossa un po' rischiosa. Ci passò sopra. Henry sapeva essere davvero poco professionale, un motivo di preoccupazione per Tony e i suoi colleghi, di tanto in tanto. Ma, quando era necessario, si dimostrava anche molto accorto, e pareva sapere come fondere i due aspetti.

«Non si tratterà di qualche vendetta?»

«Nessuno di loro lascerebbe un simile malloppo.»

«Vero» ammise Piaggi. «Ho una notizia per te, Henry. Io non lascio mai in giro un malloppo del genere.»

Davvero? Si domandò Tucker dietro uno sguardo impassibile. «Tony, o il tipo ha combinato qualche casino oppure sta cercando di dirmi qualcosa. Ha ucciso la bellezza di sette o otto persone, e abilmente. Ha fatto fuori Rick con un coltello. Non penso che sia stato un errore, mi spiego?» La cosa strana era che tutti e due credevano l'altro capace di un accoltellamento. Henry aveva l'impressione che il coltello fosse l'arma degli italiani. Piaggi credeva invece che fosse la firma di un negro.

«Stando a quello che ho sentito io, c'è qualcuno che colpisce gli spacciatori con una pistola, un'arma piccola.»

«A uno hanno sparato con un fucile da caccia, dritto nelle budella. Gli sbirri stanno controllando i barboni, procedono con molta scrupolosità.»

«Non ne sapevo niente» ammise Piaggi. Quell'uomo aveva delle fonti eccezionali, ma dopotutto viveva più vicino a quella zona della città, ed era normale che la sua rete di informatori fosse più efficiente di quella di Piaggi.

«Pare proprio che ci troviamo di fronte a un professionista» concluse Tucker. «A qualcuno di veramente in gamba.»

Piaggi annuì con un certo ironico imbarazzo, rendendosi conto delle parole di Tucker, mentre la sua mente lavorava. L'esistenza di infallibili sicari della mafia era per lo più un'invenzione del cinema e della Tv. L'omicidio medio compiuto dalla criminalità organizzata non era opera di mani esperte, ma piuttosto un'azione portata a termine da un membro dell'organizzazione normalmente impegnato in altre attività remunerative. Non esisteva una categoria speciale di killer che aspettavano pazientemente di essere contattati, compivano le loro missioni e se ne tornavano nelle proprie lussuose abitazioni ad aspettare la prossima chiamata. C'*erano* però dei membri effettivi straordinariamente abili o esperti nell'uccidere, ma non era la stessa cosa. Erano semplicemente uomini che avevano la fama di ammazzare senza farsi troppi scrupoli, il che significava sistemare la questione con il minimo chiasso possibile, ma non con il massimo dello stile. I veri asociali erano rari, anche nella mafia, e le esecuzioni imperfette erano la regola più che l'eccezione. "Professionista", quindi, per Henry era qualcosa che esisteva solo nella finzione, il tipico uomo telecomandato della Tv. Ma come diavolo se lo spiegava, Tony?

«Non è uno dei miei, Henry» disse dopo un attimo di riflessione. Che lui di uomini non ne avesse *proprio* era un altro paio di maniche, disse Piaggi tra sé, osservando l'effetto delle sue parole sull'altro. Henry aveva sempre creduto che Piaggi ne sapesse un bel po' in materia di omicidi. Piaggi *sapeva* che Tucker aveva più esperienza con quell'aspetto del mestiere di quanto lui desiderasse, ma era solo una delle tante cose che avrebbe dovuto spiegare, e questo, chiaramente, non era il momento per farlo. Per ora guardò Tucker negli occhi, cercando di leggere i suoi pensieri mentre finiva il bicchiere di Chianti.

Come faccio a essere sicuro che sta dicendo la verità? Non bisognava essere particolarmente perspicaci per leggergli negli occhi quella domanda.

«Hai bisogno di aiuto, Henry?» disse Piaggi, per interrompere un silenzio alquanto sinistro.

«Non penso che sia tu il colpevole. Sei troppo furbo», affermò Tucker, bevendo l'ultimo sorso di Chianti.

«Sono contento di sentirtelo dire.» Tony sorrise e riempì di nuovo entrambi i bicchieri.

«Che ne pensi di Eddie?»

«Cosa vuoi dire?»

«Diventerà mai un pezzo grosso?» Tucker abbassò lo sguardo, facendo girare il vino nel bicchiere. Una caratteristica di Tony era la capacità di creare sempre l'atmosfera giusta per una discussione d'affari. Era uno dei motivi per cui si erano avvicinati. Tony era tranquillo, riflessivo, sempre educato, anche quando gli si faceva una domanda imbarazzante.

«È una questione delicata, Henry, e non dovrei parlarne con te. Non si può mai "diventare" degli arrivati. Lo sai.»

«Niente parità nell'organizzazione, eh? Beh, è giusto. So che non sarò mai un membro a tutti gli effetti. Ma comunque possiamo fare affari, Anthony.» Tucker colse l'occasione per fare un largo sorriso, allentando un po' la tensione e, sperò, facilitando a Tony il compito di rispondere. Ci riuscì.

«No», disse Piaggi dopo un attimo di riflessione. «Nessuno crede che Eddie abbia i requisiti necessari.»

«Forse sta cercando un modo per dimostrare di essere diverso.»

Piaggi scosse la testa. «Non credo. Eddie farà un bel po' di soldi grazie a questo affare. E lo sa.»

«E allora chi è?» domandò Tucker. «Chi altro sa abbastanza? Chi commetterebbe tutti quegli omicidi per coprire un colpo come questo? Chi saprebbe farlo sembrare un lavoro da professionista?»

Eddie non è abbastanza abile. Piaggi lo sapeva, o pensava di saperlo.

«Henry, eliminare Eddie causerebbe altri problemi.» Esitò un attimo. «Ma farò degli accertamenti.»

«Grazie», disse Tucker. Si alzò e lasciò Tony in compagnia del suo vino.

Piaggi rimase seduto. Perché le cose dovevano essere così complicate? Henry diceva la verità? Probabilmente sì, pensò. Per Henry lui rappresentava l'unico contatto con l'organizzazione, e rompere quel legame sarebbe stato un guaio per tutti. Tucker poteva diventare molto importante, ma non sarebbe mai stato un pezzo grosso della mafia. Quel fatto era un vantaggio ma anche una seccatura. Non gli avrebbero mai creduto del tutto, sia a causa del colore della sua pelle sia per la sua posizione di outsider, ed era un peccato, pensò Piaggi, perché quell'uomo aveva del talento. D'altro canto era molto sveglio e consegnava puntualmente la merce. All'interno dell'organizzazione c'erano molti tipi del genere, interni-esterni, membri associati, o comunque li si volesse chiamare, il cui valore e rango erano proporzionali alla loro utilità. Molti esercitavano addirittura più potere di alcuni ''pezzi grossi'', ma c'era sempre una differenza tra i due. In caso di una vera controversia, essere ''dentro'' voleva dire molto, spesso voleva dire *tutto*.

Questo poteva spiegare parecchie cose. Eddie era forse geloso della posizione di Henry? Il suo desiderio di diventare un membro a tutti gli effetti era così forte da fargli accettare il rischio di rinunciare ai vantaggi dell'affare in corso? Non aveva senso, disse Piaggi tra sé. Ma cosa ne aveva?

«Ehi, di bordo!» gridò una voce. Il caporale dei marines fu sorpreso di vedere la porta della cabina della *Springer* aprirsi immediatamente. Aveva pensato di dover tirar giù quel... civile... dal suo comodo letto. E invece si trovò davanti un uomo in anfibi e mimetica. Non erano quelli dei marines, ma abbastanza simili da dimostrare che si trattava di una persona seria. Vide il punto da cui erano stati tolti alcuni distintivi, dove avrebbero dovuto esserci il nome e qualcos'altro e che, in qualche modo, faceva sembrare Mr. Clark ancora più serio.

«Da questa parte, signore.» Il caporale gli indicò la strada. Kelly lo seguì senza dire una parola.

Signore non significava niente, Kelly lo sapeva. In caso di dubbio, rivolgendosi a uno che non fosse un pezzo grosso, un marine lo chiamava ''signore''. Salì con il giovane soldato su un'auto e partirono, attraversando i binari della ferrovia e percorrendo una strada in salita, mentre Kelly pensava a quanto sarebbe stato bello poter dormire ancora qualche ora.

«Sei l'autista del generale?»

«Sì, signore.» Questa fu tutta la loro conversazione.

Erano circa venticinque, nella nebbiolina del mattino. Si stiravano e chiacchieravano tra loro quando i sottufficiali della squadra cominciarono a camminare avanti e indietro lungo la fila di soldati, in cerca di sguardi annebbiati e volti stanchi. Quando l'auto del generale si fermò e ne uscì un uomo, tutti si voltarono. Notarono che la sua tenuta aveva qualcosa di strano e si domandarono chi diavolo fosse, soprattutto dato che non portava nessuna stelletta. Andò verso il sottufficiale più alto in grado.

«È lei il sergente Irvin?» domandò Kelly.

Il sergente maggiore Paul Irvin annuì educatamente, mentre scrutava il visitatore. «Esatto, signore. E lei è Mr. Clark?»

Kelly rispose con un cenno del capo. «Per lo meno ci provo, a quest'ora del mattino.»

Si scambiarono un'occhiata. Paul Irvin aveva un'aria cupa e seria. Non aveva un atteggiamento così apertamente minaccioso come Kelly aveva immaginato, gli occhi erano quelli di un uomo riflessivo, come c'era da aspettarsi da uno della sua età e con la sua esperienza.

«È in forma?» domandò Irvin.

«C'è solo un modo per scoprirlo», rispose Clark, guadagnandosi, con queste parole, il rispetto del suo interlocutore.

Irvin fece un largo sorriso. «Bene. Le lascerò guidare la corsa, signore. Il nostro capitano è andato da qualche parte a masturbarsi.»

Oh, merda!

«Cominciamo con un po' di riscaldamento.» Irvin tornò verso la formazione, richiamando l'attenzione degli allievi. Kelly prese posto in seconda fila, a destra.

«Buon giorno, marines!»

«*Recon*!» risposero gridando.

La ginnastica mattutina non era proprio il massimo del divertimento, ma Kelly non doveva mettersi in mostra. Guardava Irvin, che si faceva sempre più serio ed eseguiva gli esercizi come una specie di robot. Mezz'ora dopo, di fatto, il riscaldamento aveva funzionato e Irvin richiamò l'attenzione dei soldati in preparazione alla corsa.

«Signori, voglio presentarvi un nuovo membro della nostra squadra. Questo è Mr. Clark. Guiderà la corsa con me.»

Kelly si mise al suo posto, sussurrando: «Non so dove diavolo stiamo andando».

Irvin sorrise in modo scortese. «Non ci sono problemi, signore. Quando non ce la farà più potrà seguirci.»

«Parti, marine», replicò Kelly, da professionista a professionista. Quaranta minuti dopo Kelly era ancora in testa. Questo gli permetteva di fare l'andatura, ed era l'unico vantaggio della cosa. L'altra preoccupazione maggiore era non barcollare, il che stava diventando difficile dato che quando il corpo si affatica mantenere la coordinazione diventa un problema.

«Sinistra», disse Irvin, indicando con il dito. Kelly non poteva sapere che gli ci erano voluti dieci secondi per raccogliere il fiato per parlare. Aveva anche dovuto cantare la cadenza, comunque. Il nuovo sentiero, un viottolo fangoso, li condusse nel bosco di pini.

Case, oh Gesù, speriamo di fermarci. Anche il suo pensiero era fatto di respiri affannosi, ora. Il sentiero aveva un andamento un po' sinuoso, ma lì c'erano delle auto, e quello doveva essere... cosa? Quasi si fermò per lo stupore e, di propria iniziativa, disse: «A passo di marcia!» per rallentare la formazione.

Manichini?

«Squadra», chiamò Irvin, «*alt*! Riposo», aggiunse.

Kelly tossicchiò, chinandosi leggermente e ringraziando il cielo per le corse fatte al parco e sulla sua isola, senza le quali quella mattina non ce l'avrebbe fatta.

«Fiacco» fu il commento di Irvin.

«Buon giorno, Mr. Clark.» Kelly si accorse che una delle auto era vera. James Greer e Marty Young gli fecero cenno di avvicinarsi.

«Buon giorno. Spero che abbiate dormito bene» disse Kelly.

«Nessuno ti ha obbligato ad arruolarti, John» sottolineò Greer.

«Sono in ritardo di quattro minuti, stamattina» osservò Young. «Non male per una spia, comunque.»

Kelly si voltò dall'altra parte, mezzo disgustato. Gli ci volle un minuto per rendersi conto di che razza di posto si trattasse. «Accidenti!»

«Quella è la sua collina.» Young la indicò con un dito.

«Gli alberi sono più alti qui», disse Kelly, considerando la distanza.

«Anche la collina. È un deposito alluvionale.»

«Stasera?» domandò Kelly. Non gli ci volle molto per afferrare il significato delle parole del generale.

«Pensa di farcela?»

«Credo che sia necessario scoprirlo. Quando avrà inizio la missione?»

Greer capì dove voleva arrivare. «Non ha bisogno di saperlo, per il momento.»

«Quanto preavviso mi darete?»

Il funzionario della CIA pensò bene prima di rispondere. «Tre giorni. Tra poche ore esamineremo i parametri della missione. Per ora, guardi come si stanno preparando questi uomini.» Greer e Young si diressero verso la loro auto.

«Bene» rispose Kelly alle loro spalle. I marines stavano bevendo il caffè. Kelly ne prese una tazza e cominciò a confondersi tra i membri della squadra d'assalto.

«Non male» commentò Irvin.

«Grazie, ho sempre immaginato che sia una delle cose più importanti che bisogna sapere per questa missione.»

«Di cosa sta parlando?» chiese Irvin.

«Come fuggire più veloce e lontano possibile.»

Irvin scoppiò a ridere, poi venne il primo incarico della giornata, qualcosa che fece calmare gli uomini e portò perfino un po' di buon umore. Cominciarono a spostare i manichini. Decidere quale donna toccasse a quale uomo era diventato un rito. Avevano scoperto che i manichini potevano essere messi in posa, e la cosa li divertiva un mondo. Due avevano portato dei nuovi completi, due bikini piuttosto succinti che misero ostentatamente indosso a due indolenti figure femminili. Kelly osservava incredulo, notando che i manichini in costume da bagno erano stati dipinti, per maggior realismo. *Gesù*, pensò, *e poi danno dei pazzi ai marinai*!

La *Ogden* era un'unità nuova, o quasi, essendo il prodotto dei criteri costruttivi seguiti dal cantiere navale di New York nel 1964.

Aveva un aspetto piuttosto insolito. Era lunga oltre centosettanta metri, la parte anteriore aveva una sovrastruttura abbastanza normale e otto cannoni per contrastare eventuali attacchi aerei. La zona strana era quella poppiera, piatta sopra e concava sotto. La parte piatta era perfetta per l'appontaggio di elicotteri, subito sotto vi era un bacino allagabile, dal quale potevano uscire i mezzi da sbarco. La *Ogden* e altre dieci unità della stessa classe erano state progettate per appoggiare le operazioni di sbarco, per portare i marines a terra per gli attacchi anfibi ideati negli anni '20 e perfezionati negli anni '40. Ma per il momento le ambiziose navi della flotta del Pacifico non avevano alcuna missione da compiere — i marines *erano già* a terra, generalmente trasportati con aerei civili appositamente noleggiati — e alcuni mezzi anfibi venivano attrezzati per altre missioni. Lo stesso accadde alla *Ogden*. Alcune gru caricarono semirimorchi con shelter sul ponte di volo. Sistemati questi, squadre di specialisti montarono varie antenne radio. Altri apparati simili vennero sistemati sulla sovrastruttura. Tutto si svolgeva all'aperto (non c'è modo di nascondere una nave da guerra di diciassettemila tonnellate) ed era chiaro che la *Ogden*, come altre due unità dello stesso tipo, si stava trasformando in una piattaforma per lo spionaggio elettronico, ELINT (Electronic Intelligence). Salpò dalla base navale di San Diego appena il sole iniziò a tramontare, senza scorta e senza il battaglione di marines che, stando al progetto originario, avrebbe dovuto trasportare. Per i trenta ufficiali e quattrocentonovanta uomini del suo equipaggio iniziò la routine dei turni di guardia, ginnastica e tutta quella serie di attività che la maggior parte di loro aveva scelto di fare arruolandosi in marina piuttosto di finire nel contingente di leva dell'esercito.

Al tramonto era già vicina all'orizzonte e la sua nuova missione era stata comunicata alle varie parti interessate, non tutte bendisposte nei confronti della sua bandiera. Con tutti quei mezzi ruotati e quelle antenne simili a una foresta di alberi bruciati che stipavano il ponte di volo, e nessun marine imbarcato, non avrebbe provocato nessun danno diretto. Questo era evidente per chiunque l'avesse vista.

Dodici ore dopo, a duecento miglia dalla costa, alcuni sottufficiali riunirono le squadre di coperta e ordinarono a dei giovani, piuttosto disorientati, di spostare sottocoperta con gli ascensori tutti i semirimorchi tranne uno e di abbassare tutte le antenne sul ponte di volo. Quelle sull· sovrastruttura sarebbero rimaste al loro posto. Il ponte venne così interamente sgombrato.

Alla base navale di Subic Bay il comandante del *Newport News*, con il suo comandante in seconda e il direttore del tiro esaminava le missioni previste per i mesi successivi. Comandava uno degli ultimi veri incrociatori ancora esistenti, dotato di nove cannoni da 203 mm a caricamento semiautomatico, come pochi altri avevano. Capace di colpire a quasi trenta chilometri di distanza, il *Newport News* poteva sviluppare un volume di fuoco sorprendente come solo due settimane prima aveva scoperto, per sua disgrazia, un battaglione dell'esercito nordvietnamita. Cinquanta colpi per pezzo d'artiglieria al minuto. Il cannone centrale della torretta numero due era fuori uso, l'incrociatore poteva quindi contare di mettere a segno solo quattro*cento* colpi al minuto, l'equivalente di quarantacinquemilaquattrocento chilogrammi di bombe. Al comandante fu comunicato il compito dell'incrociatore per il successivo impiego: cercare batterie selezionate di artiglieria contraerea posizionate lungo la costa vietnamita. Era una missione stimolante, ma il sogno del comandante era entrare, una notte, nel porto di Haiphong.

«Il tuo uomo sembra sapere il fatto suo; finora, almeno», osservò il generale Young verso le due meno un quarto.

«Per essere solo la prima notte stiamo pretendendo molto da lui, Marty», replicò Maxwell.

«Senti Dutch, dannazione, se vuole collaborare con i miei marines...». Young era fatto così. Erano tutti "i suoi" marines. Aveva volato con Foss nel settore di Guadalcanal, aveva assicurato la copertura aerea al reggimento di Chesty Puller in Corea ed era tra coloro che avevano perfezionato l'appoggio aereo ravvicinato portandolo ai livelli di oggi.

Erano in cima all'altura sovrastante l'area che Young aveva recentemente fatto edificare. Quindici marines Recon si trovavano sui pendii e il loro compito era sorprendere ed eliminare Clark mentre saliva verso il suo fittizio punto d'osservazione. Anche il generale Young riteneva che fosse una prova troppo dura per il primo giorno, ma Jim Greer non aveva fatto che ripetere loro quanto Clark fosse in gamba, e gli incursori dovevano essere messi alla prova. Persino Dutch Maxwell si era dichiarato d'accordo.

«Che modo indegno di guadagnarsi da vivere», disse l'ammiraglio, che aveva alle spalle millesettecento appontaggi su portaerei.

«Forti come leoni, spietati come tigri, duri come orsi», disse Young, ridendo sotto i baffi. «Accidenti! Non credo proprio che ce la farà al primo colpo. Abbiamo degli elementi in gamba in questa squadra, vero Irvin?»

«Sì, signore», rispose immediatamente il sergente maggiore.

«Allora, cosa ne pensi di Clark?» domandò Young.

«Sembra che non sia proprio l'ultimo arrivato», ammise Irvin. «È in discreta forma, per essere un civile, e mi piace il suo sguardo».

«Oh?»

«Non ha notato, signore? Ha un'espressione fredda. È uno che la sa lunga.» Parlavano bisbigliando. Kelly doveva arrivare lì, ma non volevano che le loro voci gli facilitassero l'impresa, né desideravano aggiungere rumori estranei che potessero nascondere quello degli alberi. «Ma non stanotte. Ho detto agli uomini cosa succederebbe se passasse la linea difensiva al primo tentativo.»

«Voi marines non sapete giocare onestamente?» obiettò Maxwell con un sorriso quasi impercettibile. Irvin studiò la risposta.

«Signore, ''onestamente'' significa che tutti i miei marines tornano a casa sani e salvi. Gli altri vadano pure a farsi fottere. Mi scusi, signore.»

«Che coincidenza, sergente, anch'io ho sempre pensato che ''onestamente'' volesse dire proprio questo.» *Sarebbe stato un ottimo comandante in capo*, pensò Maxwell.

«Segue il baseball, Marty?» Si rilassarono. Clark non aveva speranze di farcela.

«Gli Orioles sembrano piuttosto forti.»

«Signori, stiamo perdendo la concentrazione», li ammonì Irvin diplomaticamente.

«Ha ragione. Ci scusi», rispose il generale Young. I due ammiragli si fecero di nuovo silenziosi, mentre fissavano le lancette illuminate dei loro orologi che si avvicinavano alle tre, l'ora prevista per il termine dell'operazione. Per tutto il tempo non sentirono Irvin parlare né respirare. Ci volle un'ora. Per il generale dei marines fu un'ora piacevole; all'ammiraglio, invece, non andava di stare nel bosco, con tutti quegli insetti che succhiano il sangue, probabilmente serpenti e tutte quelle cose sgradevoli che difficilmente si trovano nella cabina di pilotaggio di un caccia. Ascoltavano il rumore del vento tra i pini, sentivano lo sbatter d'ali di pipistrelli, gufi, forse di qualche altro volatile notturno e poco altro. Alle 02.55, Marty Young si alzò in piedi e si stirò, frugandosi in tasca in cerca di una sigaretta.

«Nessuno ha una sigaretta? Non sono in caserma, e posso senz'altro fumarmene una», sussurrò una voce.

«Tieni, marine» disse Young, il generale gentile. Porse una sigaretta al buio e diede un colpetto al suo fedele accendino Zippo. Poi fece un salto indietro. «Cazzo!»

«Personalmente, generale, credo che il Pittsburgh sia abbastanza forte, quest'anno. Gli Orioles sono un po' scarsi come lanciatori.» Kelly fece un tiro, senza aspirare, e lasciò cadere la sigaretta per terra.

«Da quanto è qui?» chiese Maxwell.

«"Forti come leoni, spietati come tigri, duri come orsi, maledizione!"» scimmiottò Kelly. «Vi ho "uccisi" verso l'una e mezzo, signore.»

«Figlio di puttana!» disse Irvin. «*Mi* ha ucciso.»

«E lei è stato molto gentile a rimanere tranquillo.»

Maxwell accese la torcia elettrica. Mr. Clark — l'ammiraglio aveva consapevolmente deciso di cambiare il nome del ragazzo nella sua mente — era lì, con un coltello di gomma in mano, la faccia pitturata di verde e nero e per la prima volta dalla battaglia delle Midway, il suo corpo tremò di paura. Mentre metteva in tasca il "coltello" il suo giovane volto eruppe in un ghigno.

«Come diavolo ha fatto?» domandò Dutch Maxwell.

«Abbastanza bene, mi pare, ammiraglio.» Kelly rise e allungò la mano per prendere la borraccia di Marty Young. «Signore, se glielo dicessi, poi saprebbero farlo anche gli altri, non le pare?»

Irvin si alzò dalla sua posizione di riposo e si avvicinò al civile.

«Mr. Clark, penso che lei sia la persona giusta.»

22

Cariche

Grišanov si trovava all'ambasciata. Hanoi era una strana città, un misto di architettura francese imperiale, omini gialli e crateri di bombe. Viaggiare per il Paese in guerra era un'abitudine inconsueta, tanto più in un'auto imbrattata di vernice per la mimetizzazione. Un cacciabombardiere americano di ritorno da una missione con una bomba o qualche colpo avanzato per i cannoni da 20 mm avrebbe potuto facilmente utilizzarli per fare pratica, ma non succedeva mai. Per sua fortuna la giornata era coperta, burrascosa, e l'attività aerea era minima; questo gli permise di rilassarsi ma non di godersi il viaggio in macchina. Troppi ponti crollati, troppe strade distrutte dalle bombe, e il tragitto durò tre volte tanto quanto sarebbe durato in condizioni normali. In elicottero ci sarebbe voluto molto meno, ma sarebbe stata una follia. Gli americani sembravano ossessionati dall'idea che le automobili potessero essere di qualche civile — in un Paese dove la bicicletta era uno status symbol! Pensò Grišanov meravigliato, ma un elicottero era un mezzo aereo e farne fuori uno significava *uno in meno da far fuori*. Giunto ad Hanoi ebbe la possibilità di sedersi all'interno di un edificio in cemento dove la corrente elettrica andava e veniva (in questo momento mancava) e l'aria condizionata era un'assurda fantasia. Le finestre aperte e le zanzariere mezzo rotte permettevano agli insetti di sentirsi più a loro agio degli uomini che lavoravano e sudavano in quel luogo. Ciononostante valeva la pena di affrontare quel viaggio per raggiungere l'ambasciata del suo Paese, dove poteva parlare la propria lingua e spogliarsi per qualche ora delle vesti del semi-diplomatico.

«Come va?» domandò il suo generale.

«Bene, ma mi servono più uomini. È troppo per uno solo.»

«Non è possibile.» Il generale versò all'ospite un bicchiere di acqua minerale che, quanto a minerali, conteneva più che altro sale. I russi da queste parti ne bevevano molta. «Nikolaj Evgenijevič, ci stanno di nuovo mettendo i bastoni fra le ruote.»

«Compagno generale, so di essere solo un pilota da caccia e non un teorico della politica. So che i nostri fratelli alleati socialisti sono impegnati in prima linea nel conflitto tra il marxismo-leninismo e l'occidente capitalista reazionario. So che questa guerra di liberazione nazionale è una parte fondamentale della lotta per liberare il mondo dall'oppressione...»

«Sì, Kolja» il generale sorrise maliziosamente, consentendo a quell'uomo che *non* era un teorico della politica di risparmiarsi altre sbrodolate ideologiche, «sappiamo che tutto questo è vero. Continui. Ho in programma molti impegni per quest'oggi.»

Il colonnello espresse la sua approvazione con un cenno del capo. «Questi piccoli e arroganti bastardi non ci stanno aiutando. Ci sfruttano, sfruttano me, i *miei* prigionieri per ricattarci. E se questo è marxismo-leninismo, allora io sono un trotzkista.» Era una battuta che pochi avrebbero pronunciato con leggerezza, ma il padre di Grišanov era un membro del comitato centrale con credenziali politiche impeccabili.

«Cosa ha scoperto finora, compagno colonnello?» disse il generale, per tenere la conversazione sui giusti binari.

«Il colonnello Zacharias è come ci avevano detto, se non peggio. Ora stiamo programmando come difendere i *Rodina* dai cinesi. Lui è a capo della "squadra blu"».

«Cosa?» domandò, stupito, il generale. «Si spieghi meglio.»

«Quest'uomo è un pilota da caccia ma anche un esperto nella distruzione di difese aeree. È incredibile: non ha mai guidato un caccia, ma ha progettato le missioni del SAC e contribuito alla stesura della sua dottrina per evitare e sopprimere le difese. E adesso lo sta facendo per me.»

«Qualche osservazione?»

Il volto di Grišanov si offuscò. «Torniamo al campo. I nostri fratelli compagni socialisti li stanno "studiando". Compagno generale, sa quanto sono importanti questi dati?»

Di professione, il generale era un ufficiale di fanteria, non un aviatore, ma era anche una delle stelle più splendenti del firmamento sovietico, venuto qui in Vietnam per studiare attentamente tutto quello che stavano facendo gli americani. Era uno degli incarichi più importanti all'interno dell'esercito del suo Paese.

«Immagino che siano molto preziosi.»

Kolja si chinò in avanti. «Ancora due mesi, forse sei settimane, e sarò in grado di capovolgere i piani del SAC. Riuscirò a pensare come loro. Non solo saprò quali sono i loro piani attuali ma riuscirò a proiettare il loro pensiero nel futuro. Scusi, non voglio esaltare il mio ruolo» disse con sincerità. «Questo americano mi sta tenendo un corso di laurea in dottrina e filosofia americana. Ho *visto* le stime forniteci dal KGB e dal GRU. Almeno metà sono sbagliate. È solo uno. Un altro mi ha raccontato della loro teoria delle portaerei, un altro ancora dei piani di guerra della NATO. E via di questo passo, compagno generale.»

«Come va, Nikolaj Evgenijevič?» il generale era appena arrivato e aveva incontrato Grišanov solo una volta, sebbene la sua reputazione fosse più che eccellente.

Kolja si appoggiò allo schienale della sedia. «Con gentilezza e tolleranza.»

«Verso i nostri nemici?» chiese bruscamente il generale.

«La nostra missione è forse infliggere dolore a questi uomini?» e indicò fuori. «È quello che fanno *loro*, e cosa ci guadagnano? Soprattutto bugie che sembrano verità. La mia sezione a Mosca non ha dato credito quasi a nulla di quello che hanno mandato queste scimmiette. Mi hanno detto di venire qui per *raccogliere informazioni*. È quello che sto facendo. Accetterò tutte le critiche necessarie per raccogliere informazioni come queste, compagno.»

Il generale annuì. «Allora perché è qui?»

«Mi servono più uomini! È troppo per uno solo. E se mi ammazzassero, se prendessi la malaria o morissi per avvelenamento da cibo, chi mi sostituirebbe? Non posso interrogare tutti questi prigionieri da solo. Soprattutto adesso che stanno cominciando a parlare mi ci vuole più tempo, e mi manca la forza, la continuità. La giornata ha solo ventiquattro ore anche per me.»

Il generale sospirò. «Gliel'ho già chiesto. Le offrono i loro migliori...».

Grišanov quasi ringhiò per la frustrazione. «I loro migliori *cosa*? Rovinerebbero il mio lavoro. Ho bisogno di russi. Uomini, uomini *kulturny*! Piloti, ufficiali esperti. Non sto interrogando dei mercenari. Si tratta di veri professionisti. Sono preziosi per quello che sanno. Sanno molto perché sono intelligenti e proprio perché sono intelligenti non si piegheranno ai metodi crudeli. Sa cosa mi serve davvero? Un bravo psichiatra. E un'altra cosa», aggiunse, tremando per la propria audacia.

«Uno psichiatra? Sia serio. E ho i miei dubbi che riusciremo a mandare altri uomini. Mosca sta ritardando la spedizione di missili contraerei per "motivi tecnici". I nostri alleati locali fanno altre difficoltà, come le ho già detto, e il dissenso cresce.» Il generale si appoggiò allo schienale, asciugandosi il sudore dalla fronte. «Quale sarebbe quest'altra cosa?»

«Speranza, compagno generale. Ho bisogno di speranza.» Il colonnello Grišanov si concentrò.

«Si spieghi.»

«Alcuni di questi uomini sono coscienti della loro situazione. Probabilmente tutti ne hanno il sospetto. Sono ben informati su quanto succede ai prigionieri in questo Paese e sanno che la loro posizione è fuori dal comune. Compagno generale, questi uomini hanno conoscenze enciclopediche. Anni e anni di informazioni utili.»

«Cosa sta cercando di dire?»

«Non possiamo lasciarli morire», disse Grišanov, provvedendo immediatamente a circoscrivere la sua affermazione per ridurre l'impatto di quello che stava dicendo: «Non tutti. Qualcuno dobbiamo tenerlo. Potrebbe servirci, ma devo potergli offrire qualcosa».

«Riportarli a casa?»

«Dopo l'inferno che hanno vissuto...»

«Sono *nemici*, colonnello! Sono stati tutti addestrati per *ucciderci*! La sua comprensione la conservi verso i suoi connazionali!» fu il rimprovero di un uomo che aveva combattuto nelle nevi fuori Mosca.

Grišanov mantenne la sua posizione, come in passato aveva fatto il generale. «Sono uomini, tali e quali a noi, compagno generale. Possiedono informazioni utili, se solo abbiamo l'intelligenza di tirarle fuori. È così semplice. È troppo chiedere che li si tratti con gentilezza, che gli si dia qualcosa in cambio dopo che ci insegnano come salvare il nostro Paese dalla possibile distruzione? Potremmo torturarli, come hanno fatto i nostri "fratelli alleati socialisti", e non ottenere *niente*! Servirebbe al nostro Paese?» Era quello il nocciolo della questione, e il generale lo sapeva. Guardò il colonnello e il primo pensiero che espresse fu il più ovvio.

«Vuole mettere a repentaglio anche la mia carriera, oltre che la sua? Mio padre non è membro del comitato centrale.» *Mi avrebbe fatto comodo quest'uomo nel mio battaglione...*

«Suo padre era un soldato» sottolineò Grišanov. «E un soldato in gamba, come lei.» Era un gioco di abilità, e lo sapevano entrambi, ma ciò che davvero importava era la logica e il significato di quanto Grišanov stava proponendo, una mossa d'intelligenza che avrebbe lasciato sconcertate le spie professioniste del KGB e del GRU. Una sola era la reazione possibile da parte di un vero soldato con un vero senso del dovere.

Il tenente generale Jurij Konstantinovič Rokossovskij tirò fuori dalla scrivania della vodka. Era una bottiglia di Starka, scura, non quella chiara, la migliore e la più costosa. Ne versò un po' in due bicchierini.

«Non posso darle più uomini. Sicuramente non posso darle uno psichiatra, neanche uno in uniforme, Kolja. Ma, sì, cercherò di darle un po' di speranza.»

Il terzo attacco di convulsioni dal giorno del suo arrivo a casa di Sandy fu meno grave, ma sempre preoccupante. Sarah era riuscita a farla calmare con una dose più blanda possibile di barbiturici. La pressione era tornata ai valori normali, e Doris era un vero repertorio di complicazioni: due malattie veneree, tracce di un'altra infezione sistemica e forse il diabete. Le prime tre complicazioni le stava già combattendo con una forte dose di antibiotici. La quarta sarebbe stata trattata con una dieta, e poi controllata in un secondo momento. Per Sarah i segni della violenza carnale erano come resti di un incubo di un altro continente e di un'altra generazione, e la cosa più preoccupante erano proprio le conseguenze di questo incubo nella mente della sua paziente, anche quando Doris Brown chiuse gli occhi e si addormentò, più per sfinimento che per effetto delle medicine.

«Dottore, sono...»

«Sandy, chiamami Sarah, *ti prego*. Siamo a casa tua, ricordi?»

L'infermiera O'Toole abbozzò un sorriso imbarazzato. «Okay, Sarah. Sono preoccupata.»

«Anch'io. Sono preoccupata per le sue condizioni fisiche e psicologiche. Sono preoccupata per i suoi "amici"...»

«Sono preoccupata per John» disse Sandy in tono dissenziente. Doris era sotto controllo. Si vedeva. Sarah Rosen era un clinico in gamba, ma un po' apprensivo, come molti bravi medici.

Sarah lasciò la stanza. Giù c'era il caffè. Sentiva il profumo e ne voleva una tazza. Sandy andò con lei. «Sì, anche per lui. Che uomo strano e interessante.»

«Non butto mai via i giornali. Tutte le settimane li tengo per la raccolta della carta, e sto controllando i numeri arretrati...»

Sarah riempì due tazze. Era molto delicata nei movimenti, pensò Sandy. «Io so quello che penso. Dimmi cosa pensi tu», disse la farmacologa.

«Penso che stia uccidendo delle persone.» Quell'affermazione le causò un dolore fisico.

«Credo che tu abbia ragione.» La dottoressa Sarah Rosen si sedette e si strofinò gli occhi. «Tu non hai mai conosciuto Pam. Era più carina di Doris, snella, per così dire, probabilmente in seguito a una dieta inadeguata. È stato più facile farle perdere il vizio della droga, era meno maltrattata, almeno dal punto di vista fisico, ma altrettanto ferita da quello emotivo. Non siamo mai riusciti a sapere tutta la storia. Sam dice che John la sa, ma non è questa la cosa importante.» Sarah alzò lo sguardo, e il dolore che la O'Toole vi scorse era sincero e profondo. «L'avevamo *salvata*, Sandy, e poi è successo qualcosa, e poi qualcosa... qualcosa è cambiato in John.»

Sandy si voltò per guardare fuori dalla finestra. Erano le sette meno un quarto del mattino. Vedeva la gente che usciva in pigiama e in accappatoio per ritirare il giornale e le bottiglie di latte da due litri. I primi a uscire erano già diretti verso le loro auto, una processione che, nel suo quartiere, durava fino alle otto e mezzo circa. Si voltò. «No, non è cambiato nulla. C'è sempre stato. Qualcosa... non so, lo ha liberato, lo ha fatto venir fuori? Come quando apri lo sportello di una gabbia. Che uomo, non ho mai incontrato nessuno come lui. In parte è come Tim, ma per il resto proprio non lo capisco.»

«Raccontami della sua famiglia.»

«Non ce l'ha. La madre e il padre sono morti, niente fratelli. Era sposato...»

«Sì, lo so, e poi è arrivata Pam.» Sarah scosse la testa. «È così solo.»

«Una parte di me mi dice che è una brava persona, ma l'altra parte...» le venne meno la voce.

«Il mio cognome da ragazza era Rabinowicz», disse Sarah, sorseggiando il caffè. «La mia famiglia è polacca. Mio padre se ne andò quando ero troppo piccola per ricordarlo; mia madre morì quando avevo nove anni, peritonite. Quando iniziò la guerra avevo diciotto anni», proseguì. Per la sua generazione "la guerra" poteva significare una sola cosa. «Avevamo molti parenti in Polonia. Ricordo che scrivevo loro. Poi scomparvero tutti. Tutti morti. È difficile ancor oggi credere che sia successo davvero.»

«Mi dispiace, Sarah, non lo sapevo.»

«Non è un argomento del quale parlo molto spesso.» La dottoressa Rosen si strinse nelle spalle. «Mi hanno portato via qualcosa e io non ho potuto fare niente per impedirlo. Era bello scrivere a mia cugina Reva e ricevere le sue lettere. Suppongo che l'abbiano uccisa, ma non ho mai scoperto chi l'ha fatto o dove. Allora ero troppo giovane per capire. Più che altro credo fossi disorientata. Poi mi arrabbiai, ma con chi? Non feci nulla. Non potevo. E c'è questo vuoto lasciato da Reva. Ho ancora una sua fotografia, in bianco e nero; una bambina con le trecce, credo sia di quando aveva dodici anni. Voleva fare la ballerina.» Sarah alzò lo sguardo. «Anche Kelly ha un vuoto.»

«Ma la vendetta...»

«La vendetta, sì.» L'espressione della dottoressa era gelida. «Lo so. Dovremmo pensare che è una persona cattiva, vero? Chiamare la polizia e denunciarlo.»

«Non posso...voglio dire, sì, ma proprio...»

«Nemmeno io. Se fosse una persona cattiva perché avrebbe portato Doris fin qui? Sta rischiando la vita in due modi diversi.»

«Ma c'è qualcosa di veramente spaventoso in lui.»

«Poteva semplicemente abbandonarla» proseguì Sarah, senza sentire quello che diceva la collega. «Forse è il tipo di persona che pensa di dover risolvere tutto da sé. Ma adesso dobbiamo aiutarlo.»

Questo deviò i pensieri di Sandy, dando un po' di tregua alla sua mente. «Cosa faremo con lei?»

«Prima di tutto dobbiamo fare il possibile per guarirla, poi starà a lei decidere. Cos'altro possiamo fare?» domandò Sarah, guardando il volto di Sandy mutare ancora, mentre tornava al suo vero dilemma.

«E John?»

Sarah alzò lo sguardo. «Non l'ho mai visto fare niente d'illegale. E tu?»

Per quel giorno era previsto l'addestramento con le armi. Una spessa coltre di nuvole assicurava che nessun satellite da ricognizione, americano o sovietico, potesse vedere cosa succedeva. Bersagli di cartone furono sistemati attorno al campo e gli occhi inanimati dei manichini guardavano dalla cassetta per la sabbia e dall'altalena mentre i marines uscivano dalla boscaglia, passando attraverso il finto cancello, sparando pallottole a carica ridotta con le carabine. In pochi secondi i bersagli furono ridotti a brandelli. Due mitragliatrici M-60 spararono una raffica oltre la porta aperta della "caserma" — che sarebbe già stata demolita dai due elicotteri da combattimento Huey Cobra — mentre la squadra di soccorso correva nell'"edificio della prigione". Lì, nelle singole stanze c'erano altri venticinque manichini. Ciascuno pesava circa settanta chili (nessuno avrebbe pensato che gli americani a SENDER GREEN pesassero così tanto) e vennero trascinati fuori uno a uno mentre la squadra armi d'appoggio copriva l'evacuazione.

Kelly stava accanto al capitano Pete Albie che, nella simulazione, era morto. Era l'unico ufficiale del team, una caratteristica compensata dalla presenza di numerosi sottufficiali esperti. Mentre assistevano alla scena, i manichini vennero trascinati verso le finte fusoliere degli elicotteri di salvataggio. Queste erano montate su semirimorchi e si trovavano lì dall'alba. Quando anche l'ultimo uomo fu a bordo Kelly fermò il cronometro.

«Cinque secondi meno del previsto, capitano.» Kelly mostrò l'orologio. «Questi ragazzi sono piuttosto in gamba.»

«Solo che non opereremo alla luce del sole, vero Mr. Clark?» Albie, come Kelly, conosceva il tipo di missione. I marines, per ora, non sapevano nulla, almeno ufficialmente, sebbene dovessero essersene fatti un'idea abbastanza chiara. Si voltò e sorrise. «Okay, è solo la terza prova.»

Entrambi entrarono nel campo di prigionia. I bersagli erano tutti sbrindellati, e il loro numero era esattamente il doppio di quello previsto nell'ipotesi più pessimistica per il reparto di sorveglianza di SENDER GREEN. Ripeterono a mente la dinamica dell'assalto, controllando gli angoli di tiro. C'erano vantaggi e svantaggi riguardo la disposizione del campo. Stando alle regole di qualche manuale senza titolo del blocco orientale, non era adatto alla topografia del luogo. La migliore via d'accesso coincideva con l'ingresso principale. Aderendo a un criterio che considerava la necessità di garantire la massima sicurezza contro un possibile tentativo di fuga dei prigionieri, facilitava anche un eventuale attacco dall'esterno, ma questo non era stato previsto.

Kelly esaminò a mente il piano d'assalto. La prima fase avrebbe portato i marines Recon sul posto, separati da SENDER GREEN da una cresta di colline. Avrebbero avuto trenta minuti di tempo per raggiungere il campo e granate M-79 per eliminare le torrette di guardia. Due elicotteri d'attacco Huey Cobra — noti alle truppe come "serpenti", per la loro letale eleganza, e questo affascinava Kelly — avrebbero annaffiato la caserma con una pioggia di fuoco e fornito un consistente appoggio. Ma i granatieri della squadra, ne era sicuro, avrebbero potuto mettere le torrette fuori combattimento nel giro di cinque secondi, sparare una raffica di granate al fosforo nella caserma e bruciare vivo il reparto di sorveglianza con una pioggia mortale di fuoco bianco, facendo anche a meno dei "serpenti", se necessario. Nonostante la portata ridotta dell'operazione, dimensione dell'obiettivo e qualità della squadra contribuivano a garantire livelli di sicurezza superiori alle previsioni. La loro capacità distruttiva era superiore a quella necessaria per la vittoria. Nelle operazioni di combattimento la sicurezza sta nel non lasciare chance al nemico, nell'essere pronti a ucciderlo due, tre, cento volte nel minor tempo possibile. Il combattimento non doveva essere per forza leale. A Kelly, di fatto, sembrava che le cose andassero molto bene.

«E se hanno delle mine?» chiese Albie preoccupato.

«Nel loro territorio?» domandò Kelly. «Dalle fotografie non risulta. Il terreno sembra intatto. E non ci sono segnali di pericolo per i civili.»

«Ma loro lo saprebbero, no?»

«In una delle foto c'è una capra che pascola a pochi passi dal filo spinato, ricorda?»

Albie annuì con un certo imbarazzo. «Sì, ha ragione. Ricordo.»

«Non preoccupiamoci più del dovuto» disse Kelly. Ebbe un attimo di esitazione, rendendosi conto che era stato un semplice sottufficiale della marina E-7, e ora stava parlando come un pari, anzi, come un superiore, a un capitano O-3 dei marines Recon. Forse era... cosa? Sbagliato? E allora perché se la stava cavando così bene, e perché il capitano approvava le sue parole? Perché per questo esperto ufficiale lui era Mr. Clark? «Ce la faremo.»

«Penso che abbia ragione, Mr. Clark. E come farà ad uscire?»

«Appena arrivano gli elicotteri batto il primato olimpico, scendendo dalla collina alla zona d'atterraggio. Una corsa di due minuti.»

«Al buio?» chiese Albie.

Kelly rise. «Al buio corro ancora più veloce, capitano.»

«Sai quanti coltelli Ka-Bar ci sono?»

Dal tono della domanda di Douglas il tenente Ryan capì che dovevano esserci brutte notizie. «No, ma credo di essere sul punto di scoprirlo.»

«Alla Sunny's Surplus hanno consegnato mille di quei dannati aggeggi un mese fa. I marines devono averne a sufficienza, così adesso i boy scout possono acquistarli per quattro dollari e novantacinque. E non solo loro. Non sapevo che ce ne fossero in giro così tanti.»

«Neanch'io», ammise Ryan. Il Ka-Bar era un'arma molto grossa e voluminosa. I teppisti giravano con coltelli più piccoli, soprattutto a serramanico, anche se le pistole stavano diventando sempre più comuni nelle strade.

Nessuno dei due voleva ammettere apertamente che erano ancora in alto mare, nonostante quella che era sembrata una enorme quantità di prove trovate nella casa. Ryan abbassò lo sguardo sullo schedario aperto e le circa venti fotografie scattate dai periti legali. *Quasi* sicuramente c'era di mezzo una donna. La vittima, probabilmente lui stesso un teppista, ma comunque, ufficialmente, una "vittima", era stata identificata immediatamente grazie ai documenti trovati nel suo portafoglio, ma l'indirizzo sulla patente corrispondeva a un edificio abbandonato. Le numerose multe inflittegli erano state pagate tutte puntualmente, in contanti. Richard Farmer aveva schivato per poco la giustizia, ma non aveva commesso nulla di abbastanza grave da meritare un'indagine dettagliata. Rintracciare la sua famiglia non era servito assolutamente a niente. Il padre era morto da molti anni e la madre pensava che facesse il rappresentante. Ma qualcuno gli aveva quasi strappato il cuore con un coltello, così rapidamente e con tale decisione che la pistola ritrovata addosso al cadavere non era stata nemmeno toccata. La serie completa di impronte di Farmer servì solo ad aggiungere una nuova scheda nell'archivio. Nel registro centrale dell'FBI non ci fu riscontro, nemmeno in quello della polizia distrettuale, e anche se le impronte di Farmer sarebbero state confrontate con numerose altre non identificate, Ryan e Douglas non si aspettavano molto. La camera da letto ne aveva fornite tre serie complete, tutte sul vetro della finestra, e le tracce di sperma erano risultate uguali al suo gruppo sanguigno: 0 + . Altre macchie erano state però classificate come AB-, forse il gruppo sanguigno del killer o del presunto proprietario della Roadrunner, sconosciuto. Per quanto ne sapevano, il killer poteva essersi preso il tempo per una sveltina con la presunta donna, a meno che non ci fosse di mezzo l'omosessualità, nel qual caso questa donna ipotetica poteva non esistere affatto.

C'erano anche delle impronte parziali, una di una ragazza (presumibilmente, data la dimensione) e una di un uomo (anche questa presumibilmente), così parziali che Ryan non si aspettava molto dai risultati. E quel che è peggio, quando la squadra per il rilevamento delle impronte era arrivata ad analizzare l'auto parcheggiata fuori, tutto quel che aveva trovato sulla carrozzeria erano state delle macchie deformate dal calore del sole d'agosto. Fu quindi impossibile identificare le impronte del proprietario ufficiale dell'auto, tale William Peter Grayson. Non ci si rendeva conto che riconoscere impronte digitali parziali con meno di dieci punti di identificazione era quasi impossibile.

Da un controllo effettuato sul nuovo terminale dell'FBI per la raccolta di dati sulla criminalità nazionale non era emerso nulla su Grayson o Farmer. Nemmeno la squadra narcotici di Mark Charon aveva niente su quei nomi. Il problema non era tanto essere di nuovo al punto di partenza, quanto non vedere affatto quello d'arrivo. D'altronde nelle indagini della squadra omicidi questa situazione era quasi all'ordine del giorno. Il lavoro di detective era una combinazione di comune e di insolito, ma c'era più del secondo che del primo. La scientifica poteva fornire molte informazioni. Di fatto aveva già individuato nei calchi delle orme trovate l'impronta di una scarpa da tennis di marca comune, nuova di zecca: un indizio. Conoscevano più o meno il passo dell'assassino, da cui avevano dedotto l'altezza: da un metro e sessanta a uno e novanta. Sfortunatamente era più di quanto avesse calcolato Virginia Charles, una discrepanza che essi, comunque, preferirono non considerare. Sapevano che era un bianco. Sapevano che doveva essere un tipo robusto e molto fortunato o abilissimo con ogni tipo di arma. Sapevano che probabilmente aveva delle nozioni almeno rudimentali nel combattimento corpo a corpo, oppure, disse Ryan tra sé, sospirando, aveva avuto davvero molta fortuna; dopotutto c'era stata una sola rissa, e con un tossicomane con una dose di eroina in circolo. Sapevano che andava in giro travestito da barbone.

Ma non era poi molto. Oltre la metà della popolazione maschile rientrava nei limiti di altezza presunti. Ben più della metà degli uomini residenti nell'area metropolitana di Baltimora erano bianchi. In America c'erano milioni di reduci ex combattenti, molti provenienti da unità militari speciali, e non c'era bisogno di essere un reduce ex combattente per possedere buone caratteristiche fisiche e attitudinali; inoltre, il suo Paese aveva avuto contingenti di leva per oltre trent'anni, disse Ryan tra sé. C'erano forse qualcosa come trentamila uomini nel raggio di trenta chilometri che rientravano nella descrizione e possedevano tutte le doti del suo ignoto indiziato. Era coinvolto anche lui nel traffico della droga? Era un rapinatore? Oppure, come aveva suggerito Faber, era impegnato in qualche missione? Ryan propendeva decisamente per quest'ultima ipotesi, ma non poteva permettersi di scartare le altre due. Psichiatri e detective si erano già sbagliati, in passato. La minima difficoltà avrebbe potuto far crollare le teorie più perfette. *Maledizione*. No, pensò, era esattamente come aveva detto Faber: non si trattava di un *criminale*, ma di un *killer*, una cosa ben diversa.

«Dobbiamo trovare la chiave», disse Douglas sommessamente, conoscendo l'espressione sul volto del tenente.

«La chiave», ripeté Ryan. Una parola che significava tutto e il contrario di tutto. *La chiave* per risolvere un caso poteva essere un nome, un indirizzo, la descrizione o la targa di un'auto, una persona che sapesse qualcosa. Come sempre, anche se in modi spesso diversi, era il pezzo cruciale del puzzle che permetteva all'investigatore di riconoscere l'immagine; per l'indiziato era invece il mattone senza il quale l'intera costruzione sarebbe crollata. Ed era lì fuori. Ryan ne era sicuro. Doveva esserci, perché questa volta si trattava di un assassino in gamba, forse troppo. Un indiziato del genere che eliminasse un solo bersaglio potrebbe vivere il resto dei suoi anni senza venire smascherato, ma l'uomo in questione non si accontentava di uccidere una sola persona. Non era spinto da alcuna motivazione passionale né dalla sete di denaro, ed era coinvolto in un *processo* nel quale ogni singolo passo comportava enormi rischi. Proprio questo l'avrebbe fregato. L'investigatore ne era certo. Per quanto fosse astuto, quelle difficoltà avrebbero continuato a moltiplicarsi, finché qualche ingranaggio si sarebbe inceppato. Forse era già successo, pensò Ryan, giustamente.

«Due settimane», disse Maxwell.

«Così poco?» ribatté Greer, chinandosi in avanti e appoggiando i gomiti sulle ginocchia. «Dutch, è troppo poco.»

«Pensi che ci sia tempo da perdere?» domandò Podulski.

«Accidenti, Cas, ho solo detto che abbiamo poco tempo. Ancora due settimane di addestramento e una per il viaggio e la sistemazione?» chiese Greer, ricevendo come risposta un cenno di assenso. «E le condizioni atmosferiche?»

«Sono l'unica cosa che non dipende da noi», ammise Maxwell. «Ma incidono comunque. Possono essere un problema per i piloti e influire sull'efficienza degli impianti radar e dell'artiglieria.»

«Come diavolo hai fatto a far muovere tutti i pezzi così in fretta?» chiese Greer tra l'incredulo e l'ammirato.

«Il modo c'è, James. Accidenti, siamo o non siamo degli ammiragli? Diamo degli ordini e, indovina un po'? Le navi si spostano davvero.»

«Quindi il via verrà dato tra ventun giorni?»

«Esatto. Cas parte domani per raggiungere la *Constellation*. Iniziamo a comunicare le istruzioni agli uomini dell'appoggio aereo tattico. Il *Newsport News* è già a destinazione, beh, quasi. Pensano di dover setacciare la costa per distruggere le batterie contraeree. La nostra nave comando sta faticosamente attraversando il Pacifico. Anche loro non sanno niente, tranne che devono incontrare la TF-77.»

«Devo dare parecchie istruzioni» confermò Cas con un ghigno.

«E gli equipaggi degli elicotteri?»

«Si stanno addestrando a Coronado. Arriveranno a Quantico

stanotte. Niente di speciale, davvero. La tattica è semplice. Cosa dice il tuo "Clark"?»

«Adesso è diventato mio?» chiese Greer. «Dice che è tranquillo per come stanno andando le cose. Ti è piaciuto essere ammazzato?»

«Te l'ha detto?» disse Maxwell, ridendo sotto i baffi. «James, sapevo che era un ragazzo in gamba da quello che ha fatto con Sonny, ma quando sei lì a vederlo è tutta un'altra cosa, accidenti. Ha messo a tacere Marty Young, il che è tutto dire. E ha messo in imbarazzo parecchi marines.»

«Dammi un termine per far approvare la missione» disse Greer. Stava parlando seriamente, adesso. Aveva sempre pensato che l'operazione fosse valida, e assistere alla sua preparazione gli aveva insegnato molte cose che gli sarebbero servite alla CIA. Adesso ci credeva. BOXWOOD GREEN avrebbe potuto concludersi con successo, ma bisognava lasciarla partire.

«Sei sicuro che Mr. Ritter non avrà nulla da ridire?»

«Non penso. È dei nostri, davvero.»

«Non prima che tutte le pedine siano al loro posto», commentò Podulski.

«Vorrà vedere una prova», avvertì Greer. «Non puoi chiedere a qualcuno di accettare senza il tempo di prendere confidenza con quello che deve fare.»

«Giusto. Domani sera faremo una prova completa.»

«Ci saremo, Dutch», promise Greer.

La squadra alloggiava in una vecchia caserma progettata per almeno sessanta uomini, con tanto spazio che nessuno doveva dormire nelle brande di sopra. Kelly aveva una stanza privata, una di quelle che nelle caserme tradizionali sono destinate ai sergenti. Aveva deciso di non abitare nella sua barca. Non si poteva far parte di una squadra restandosene completamente isolati.

Era la loro prima serata libera da quando erano arrivati a Quantico, e qualche anima gentile aveva procurato tre casse di birra. Ce n'erano esattamente tre bottiglie a testa, dato che uno di loro beveva solo gazzosa, e il sergente maggiore Irvin si assicurò che nessuno superasse quel limite.

«Mr. Clark», disse uno dei granatieri, «di cosa si tratta?»

Non era giusto, pensò Kelly, farli addestrare senza dire loro perché. Si preparavano ad affrontare enormi rischi senza sapere il motivo, senza sapere per che cosa rischiavano la vita e il loro futuro. Non era affatto giusto, ma non era nemmeno una novità. Guardò l'uomo dritto negli occhi.

«Non posso dirlo, caporale. Posso solo assicurarti che ne sarai molto fiero. Su questo hai la mia parola, marine.»

Il caporale, un ragazzo di ventun'anni, il più giovane del gruppo per età e anzianità di servizio, non si aspettava di ricevere una risposta, ma aveva dovuto fare quella domanda. Accettò le parole di Kelly, alzando la lattina in segno di saluto.

«Conosco quel tatuaggio» disse un soldato più anziano.

Kelly sorrise, finendo la sua seconda birra. «Oh, una notte mi sono ubriacato e credo che mi abbiano scambiato per qualcun altro.»

«Le "foche" sono brave solo a tenere una palla in equilibrio sul naso, proprio come i SEAL», disse un sergente, concludendo con un rutto.

«Vuoi che ti faccia vedere con una delle tue?» chiese prontamente Kelly, pentendosene subito dopo.

«Questa è buona!», disse il sergen , lanciando a Kelly un'altra birra.

«Mr. Clark?» chiamò Irvin, indicando la porta. Fuori era afoso come dentro, con una sottile brezza che accarezzava i pini, e il battito delle ali dei pipistrelli a caccia di insetti nel buio della notte.

«Cosa c'è?» domandò Kelly, bevendo un lungo sorso.

«Lo chiedo io a lei, Mr. Clark», disse Irvin con indifferenza. Poi il suo tono mutò. «Io la conosco.»

«Eh?»

«3° gruppo operazioni speciali. I miei uomini hanno sostenuto i suoi nella missione ERMINE COAT. Ne ha fatta di strada per essere un E-6», osservò Irvin.

«Non lo racconti in giro, ma prima di andarmene sono diventato capo di prima classe scelto. Lo sa qualcun altro?»

Irvin rise fra sé e sé. «No, credo che il capitano Albie romperebbe le uova nel paniere a qualcuno se lo scoprisse, e il generale Young potrebbe infuriarsi. Ce lo terremo per noi, Mr. Clark», disse Irvin, assumendo così una posizione non facile da mettere a fuoco ma comunque ambigua.

«Non era mia intenzione... essere qui, voglio dire. Credo sia abbastanza facile fare una buona impressione sugli ammiragli.»

«Non su di me, Mr. Clark. Mi ha quasi fatto venire un attacco di cuore con quel suo maledetto coltello di gomma. Non ricordo il suo nome, il suo vero nome, intendo, ma lei è quello che chiamavano *Snake*, vero? È l'uomo di PLASTIC FLOWER.»

«Ho fatto di meglio in vita mia», sottolineò Kelly.

«Anche quella volta eravamo noi il suo appoggio. Quel maledetto elicottero si fermò, il motore si piantò a tre metri da terra, *tump*. Fu per questo che non arrivammo in tempo. L'alternativa più vicina era la 1ª divisione di cavalleria. Ecco perché ci volle così tanto.»

Kelly si girò. Il volto di Irvin era nero come il carbone. «Non lo sapevo.»

Il sergente maggiore si strinse nelle spalle immerso nell'oscurità. «Ho visto le foto di quanto accadde. Il capitano ci disse che lei era stato un pazzo a trasgredire gli ordini in quel modo. Ma fu colpa nostra. Avremmo dovuto essere lì venti minuti dopo la sua chiamata. Se fossimo arrivati in tempo forse una o due di quelle bambine ce l'avrebbero fatta. Ad ogni modo, la causa fu un'avaria a un condotto idraulico, un maledetto pezzettino di gomma che si ruppe.»

Kelly borbottò. Era attorno a eventi simili che ruotavano i destini delle nazioni. «Poteva andare peggio, avrebbe potuto mollare quand'era già in quota, e allora l'avrebbe messa ancora più nei guai.»

«Vero. È maledettamente assurdo che un bambino muoia per un motivo del genere, non trova?» Irvin fece un attimo di pausa, guardando nel buio del bosco come fanno gli uomini del suo mestiere, sempre intenti a osservare e ascoltare ogni cosa. «Capisco perché lo fece. Volevo che lo sapesse. Probabilmente avrei fatto lo stesso anch'io. Forse non bene come lei ma, com'è vero che mi chiamo Irvin, ci avrei provato e non mi sarei lasciato scappare quel figlio di puttana, ordini o meno.»

«Grazie, sergente», disse Kelly sommessamente. «La missione si svolge a Song Tay, vero?» domandò Irvin, certo che ora Kelly gli avrebbe risposto.

«Da quelle parti, sì. Presto ve lo diranno.»

«Deve dirmi qualcosa di più, Mr. Clark. Ho delle responsabilità verso quei marines.»

«Sul posto è già tutto pronto. Ehi, ci sarò anch'io, ricorda?»

«Continui» disse Irvin gentilmente.

«Ho contribuito a programmare l'incursione. Con gli uomini giusti possiamo farcela. Avete dei bravi ragazzi, qui. Non voglio dire che sia facile o stronzate del genere, ma non è neanche difficile. Ho fatto di peggio. E anche lei. L'addestramento sta andando bene. Sono abbastanza ottimista, davvero.»

«Sicuro che ne valga la pena?»

Quella domanda era così profonda che pochi l'avrebbero capita. Irvin aveva svolto due turni di combattimento, e sebbene Kelly non avesse visto la sua "vetrina" di decorazioni era chiaramente uno che aveva rischiato grosso parecchie volte. Ora stava assistendo a quella che avrebbe potuto essere la distruzione del suo reparto di marines. Degli uomini stavano morendo per colline che venivano cedute subito dopo essere state prese, per poi tornare dopo sei mesi per ripetere il tutto. Nel soldato professionista c'era qualcosa che odiava la ripetizione. Anche se l'addestramento consisteva proprio in quello — avevano "assaltato" il luogo diverse volte — la realtà della guerra doveva essere una sola battaglia per la conquista di un luogo. Così un uomo poteva dire cosa fosse il progresso: prima di guardare avanti a un nuovo obiettivo ci si poteva guardare indietro per vedere fino a dove si era arrivati, e misurare così le possibilità di successo sulla base di quanto appreso. Ma la terza volta che vedevi degli uomini morire per lo stesso pezzo di terra diventava tutto chiaro. Sapevi come sarebbe andata a finire. Il loro Paese continuava a mandare uomini in quel posto, chiedendo loro di rischiare la vita per un pezzo di terra su cui era già stato versato tanto sangue americano. La verità era che Irvin non sarebbe tornato indietro volontariamente per un terzo turno di combattimento. Non era una questione di coraggio, di dedizione o amor patrio. Semplicemente, sapeva che la sua vita era troppo preziosa per essere messa in pericolo senza un motivo davvero valido. Vincolato dal giuramento di difendere la patria aveva il diritto di chiedere qualcosa in cambio: una vera missione per cui combattere, non una cosa astratta, ma *reale*. E tuttavia si sentiva in colpa, sentiva di aver mancato alla parola data, di aver tradito il motto del corpo: *Semper Fidelis*, Sempre Fedele. Il senso di colpa gli aveva imposto di offrirsi volontario per un'ultima missione, nonostante i dubbi e le incertezze. Come un uomo tradito dalla moglie amata, Irvin non poteva smettere di amare, di preoccuparsi, e si sarebbe addossato la colpa non riconosciuta da coloro che se l'erano meritata.

«Irvin, non potrei, ma glielo dirò lo stesso. Il luogo che colpiremo è un campo per prigionieri di guerra, come pensava, okay?»

Il sergente annuì. «Deve esserci dell'altro.»

«Non è un campo normale. I prigionieri sono tutti morti, Irvin.» Kelly schiacciò la lattina di birra. «Ho visto le foto. Uno è stato identificato con certezza, colonnello dell'aeronautica. L'esercito nordvietnamita comunicò la notizia della sua morte, quindi pensiamo che nessuno di loro tornerà più a casa se non andiamo noi a riprenderli. Nemmeno io voglio tornare indietro, accidenti. Sono spaventato. Certo, sono bravo, sono davvero bravo in queste cose. Buon addestramento, forse ho una predisposizione particolare.» Kelly si strinse nelle spalle, preferendo evitare il resto.

«Sì. Ma non puoi continuare all'infinito.» Irvin gli porse un'altra birra.

«Credevo che tre fosse il massimo.»

«Sono metodista, non dovrei bere affatto.» Irvin rise tra sé. «Quelli come noi, Mr. Clark.»

«Siamo degli stupidi figli di puttana, vero? Ci sono dei russi nel campo, probabilmente stanno interrogando i nostri. È tutta gente di grado elevato, e noi siamo convinti che siano tutti morti. Probabilmente, proprio per le cariche che ricoprono, li stanno spremendo per fargli sputare quello che sanno. Sappiamo che sono lì e se non facciamo qualcosa...che razza di uomini siamo?» Kelly si fermò, e subito sentì il bisogno di continuare, di dire, dire cos'altro significava per lui quello che stava facendo, perché aveva trovato qualcuno che poteva davvero capire, e l'ossessione di vendicare Pam stava diventando un peso insostenibile.

«Grazie, Mr. Clark. È una missione fottuta» disse il sergente maggiore Paul Irvin ai pini e ai pipistrelli. «Quindi, lei sarà il primo a entrare e l'ultimo a uscire.»

«Non è la prima volta che lavoro da solo.»

23

Altruismo

«Dove sono?» domandò Doris Brown, con una voce che si udiva a malapena.

«A casa mia», rispose Sandy. Sedeva nell'angolo della camera degli ospiti, spense la lampada e ripose il giornale che stava leggendo da alcune ore.

«Come ci sono arrivata?»

«L'ha portata un amico. Io sono un'infermiera. La dottoressa è giù a preparare la colazione. Come si sente?»

«Malissimo.» I suoi occhi si chiusero. «La mia testa...»

«È normale, ma so che è doloroso.» Sandy si alzò e si avvicinò a Doris, toccandole la fronte. Niente febbre: una bella notizia. Poi le sentì il polso: forte, regolare, anche se ancora un po' veloce. Dagli occhi, ancora semichiusi, Sandy capì che l'effetto dei barbiturici doveva essere stato terribile, ma anche quello era normale. La ragazza puzzava di sudore e di vomito. Avevano cercato di tenerla pulita ma era stata una battaglia persa in partenza, anche se irrilevante rispetto al resto. Almeno fino a quel momento. La pelle di Doris era giallastra e rilasciata, come se il corpo che vi stava sotto si fosse ristretto. Doveva aver perso dai cinque ai sette chili dal giorno del suo arrivo, e anche se la cosa non era del tutto negativa, era talmente debole che non si era ancora accorta delle cinghie che le tenevano fermi piedi, mani e vita.

«Da quanto sono qui?»

«Quasi una settimana.» Sandy prese una spugna e gliela passò sul viso. «Ci ha fatto prendere un bello spavento»: un eufemismo: non meno di sette attacchi di convulsioni, il secondo dei quali aveva quasi gettato nel panico sia l'infermiera sia il medico, ma il settimo, piuttosto debole, era passato da diciotto ore, e i segni di vita della paziente si erano stabilizzati. Per fortuna era tutto finito. Sandy diede a Doris un po' d'acqua.

«Grazie», disse Doris con voce bassissima. «Dove sono Billy e Rick?»

«Non li conosco», rispose Sandy. Dal punto di vista tecnico era corretto. Aveva letto gli articoli sui giornali locali, fermandosi prima dei nomi delle persone implicate. L'infermiera O'Toole stava dicendo a se stessa che davvero non ne sapeva nulla. Era un'arma di difesa contro sentimenti così caotici che anche se si fosse data il tempo per capire le cose sapeva che si sarebbe confusa le idee ancora di più. Non era il momento di guardare ai fatti nudi e crudi. Di questo l'aveva convinta Sarah. Bisognava guardare alla forma degli eventi, non alla sostanza. «Sono stati loro a picchiarla?»

Doris era nuda, fatta eccezione per i pannolini fuori misura usati per i pazienti non autosufficienti. Con quelli era più facile tenerla pulita. Gli orribili ematomi sul seno e sul busto stavano scomparendo. Mentre il suo corpo lottava per guarire, quegli orrendi lividi ben delineati color blu, nero, violaceo e rosso stavano diventando aree giallognole e marroni dai contorni non ben definiti. Era una ragazza, disse Sandy tra sé, e anche se ora stava male poteva riprendersi. Forse, grazie alla sua giovane età sarebbe guarita dentro e fuori. Le infezioni sistemiche stavano già reagendo alle massicce dosi di antibiotici. La febbre era scesa, e il suo corpo poteva ora affrontare gli aspetti più marginali del ritorno alla normalità.

Doris girò la testa e aprì gli occhi. «Perché fa questo per me?»

La risposta fu semplice: «Sono un'infermiera, signorina. Occuparmi dei malati è il mio lavoro».

«Billy e Rick», disse poi, ricordando ancora quanto era successo. La memoria di Doris era incostante e discontinua, per lo più il ricordo della sofferenza.

«Non sono qui» le assicurò la O'Toole. Esitò un istante prima di continuare e, con sua sorpresa, trovò soddisfazione nel pronunciare le parole: «Penso che non le faranno più del male». Dal suo sguardo sembrava quasi che capisse, pensò Sandy. Quasi. E la cosa era incoraggiante.

«Devo andare in bagno. Per favore...» cominciò a muoversi e si accorse delle cinghie.

«Okay, un minuto.» Sandy slacciò le cinghie. «Pensa di riuscire ad alzarsi, oggi?»

«...proviamo» disse, gemendo. Doris si alzò forse di trenta gradi prima che le mancassero le forze. Sandy la fece sedere, ma la ragazza non riusciva quasi a tenere su la testa. Farla alzare in piedi fu ancora più difficile, ma il bagno non era poi così lontano e la dignità di farla lì valeva il dolore e lo sforzo di arrivarci. Sandy l'aiutò a sedersi, tenendole la mano e prendendosi il tempo di inumidire una pezzuola e pulirle il viso.

«Abbiamo fatto un passo avanti» disse Sarah Rosen, che stava osservando la scena dalla porta. Sandy si voltò e sorrise per comunicare le condizioni della paziente. Prima di riaccompagnarla in camera le misero addosso una vestaglia. Sandy cambiò le lenzuola mentre Sarah faceva bere a Doris una tazza di tè.

«Oggi stai molto meglio, Doris» disse il medico, guardandola mentre beveva.

«Mi sento malissimo.»

«È normale. Devi sentirti male prima d'iniziare a sentirti meglio. Ieri non sentivi nulla. Ce la fai a mangiare un toast?»

«Ho fame.»

«Altro buon segno» sottolineò Sandy. Lo sguardo era così brutto che persino medico e infermiera *sentivano* quel mal di testa straziante che avrebbero curato solo con un impacco di ghiaccio. C'era voluta una settimana per far smaltire la droga al suo organismo, e non era certo il momento di aggiungerne dell'altra. «Appoggia la testa.»

Doris indietreggiò fino a raggiungere lo schienale della poltrona imbottita che Sandy aveva comprato a una vendita di roba usata. Aveva gli occhi chiusi ed era così debole che non alzò nemmeno le braccia mentre Sarah le dava il toast a pezzetti. L'infermiera prese una spazzola e cominciò a pettinarla. Aveva i capelli sporchi, ci sarebbe voluto uno shampoo, ma una pettinata era sempre meglio che niente, pensò. I malati davano molta importanza al loro aspetto esteriore e, per quanto strano o illogico potesse sembrare, esso giocava davvero un ruolo rilevante, per questo Sandy lo curava molto. Fu un po' sorpresa dal fremito che Doris ebbe a distanza di qualche minuto.

«E io sono viva?» La paura espressa con quella domanda fu sorprendente.

«Viva e vegeta» rispose Sarah, sorridendo quasi per l'esagerazione di quelle parole. Le stava controllando la pressione. «Centoventidue su settantotto.»

«Ottimo», commentò Sandy. Era la lettura migliore della settimana.

«Pam...»

«Cosa c'è?» chiese Sarah.

Ci volle un attimo prima che Doris continuasse, domandandosi ancora se fosse viva o morta e, se era morta, in quale vita ultraterrena fosse finita. «Capelli... quando era morta... le ho pettinato i capelli.»

Mio Dio, pensò Sarah. Sam le aveva raccontato quella parte della cronaca dell'accaduto, sorseggiando malinconicamente un liquore con soda nella loro casa a Green Spring Valley. Non era andato oltre. Non ce n'era stato bisogno. La foto sulla prima pagina del giornale era stata sufficiente. La dottoressa Rosen toccò il volto della paziente con tutta la delicatezza possibile.

«Doris, chi ha ucciso Pam?» Pensò di poterle fare questa domanda senza aumentare il suo dolore. Si sbagliava.

«L'hanno uccisa Rick, Billy, Burt e Henry... mentre io guardavo...» La ragazza iniziò a piangere, e i singhiozzi non fecero che aumentare il suo mal di testa. Sarah mise da parte il toast. Presto sarebbe potuto sopraggiungere un attacco di nausea.

«Ti hanno costretta a guardare?»

«Sì...» la voce di Doris pareva venisse dall'oltretomba.

«Non pensiamoci, ora.» Mentre accarezzava il volto della ragazza, Sarah sentì un brivido gelido che associò alla morte.

«Ecco!» disse Sandy in tono vivace, sperando di distrarla. «Così va molto meglio.»

«Sono stanca.»

«Va bene, torniamo a letto, cara.» Le due donne l'aiutarono ad alzarsi. Sandy le lasciò addosso la vestaglia e le mise la borsa del ghiaccio sulla fronte. Doris si addormentò quasi subito.

«La colazione è pronta», disse Sarah all'infermiera.

«Le ha spazzolato i capelli? Cosa vuol dire?» domandò Sandy, dirigendosi verso le scale.

«Non ho letto l'articolo...»

«Io ho visto la foto, Sarah, quello che hanno fatto a... Pam, si chiamava così, vero?» Anche Sandy era quasi troppo stanca per ricordare.

«Sì. È stata anche lei una mia paziente», confermò la dottoressa Rosen. «Sam mi ha detto che è stato terribile. La cosa più strana è che qualcuno l'ha pettinata quando era morta. Me l'ha detto lui. Suppongo che sia stata Doris.»

«Oh.» Sandy aprì il frigorifero e tirò fuori il latte da mettere nel caffè. «Capisco.»

«Io no», disse la dottoressa Rosen arrabbiata. «Non *vedo proprio* come si possa fare una cosa del genere. Ancora qualche mese e Doris sarebbe morta. Nelle condizioni in cui era...»

«Non capisco perché non l'abbia ricoverata come paziente sconosciuta», osservò Sandy.

«Dopo quello che è successo a Pam, correre un rischio del genere... e poi avrebbe significato...»

La O'Toole annuì. «Sì, avrebbe significato mettere in pericolo John. Io la vedo così.»

«Eh?»

«Le hanno ammazzato un'amica, costringendola a guardare... quello che le facevano. Per loro *lei* era solo una *cosa*!» Sandy ricordò lo sguardo sul volto di Kelly. Conosceva Doris solo da qualche giorno e non le si era ancora affezionata; provava per lei quello che un'infermiera sente per tutti i suoi pazienti. Per quanto forte e importante, non era amore, e il suo risentimento nei confronti dei bruti che avevano fatto quelle cose terribili non era certo paragonabile a quanto aveva dovuto provare Kelly. Non era affatto un uomo cattivo, solo arrabbiato, incapace di accettare il mondo passivamente, non disposto a delegare agli altri quello che doveva fare lui. Più o meno consapevolmente, aveva salvato la vita dell'unica persona che si era dimostrata gentile nei confronti della sua amica, aveva rischiato la vita per quel motivo perché era fatto così.

Al pari di Tim, era uno che non si dava per vinto. Come Sandy e Sarah, faceva parte di una casta con regole ferree che non poteva o non voleva violare. E se quelle regole erano... diverse, beh, non era affar suo. Erano le regole di John. Aveva fatto il suo dovere, quello che riteneva tale, e aveva affidato la sua vita e quella di una donna innocente alla cura di due persone le cui regole erano altrettanto importanti, e per questo rispettate. Questo era Kelly. Era così semplice, dopo tutto. Perché non l'aveva capito prima?

«Billy e Rick», disse Sandy ad alta voce, senza quasi rendersene conto.

«Burt e Henry», la corresse Sarah. «Non credo che gli altri due faranno ancora del male a qualcuno.» Le due donne si scambiarono un'occhiata. Dai due lati opposti del tavolo i loro sguardi si incrociarono; avevano gli stessi pensieri, sebbene la sola idea di pensare quelle cose le sconvolgesse più del fatto di capirle.

«Bene.»

«Bene, abbiamo perquisito tutti i barboni a ovest di Charles Street» disse Douglas al tenente. «Un poliziotto è rimasto ferito, niente di grave, ma l'ubriacone è a Jessup, e per un bel po' del vino non sentirà neanche l'odore. A parecchi hanno vomitato addosso» aggiunse, sorridendo soddisfatto, «ma siamo ancora in alto mare. Non è lì fuori, Em. In una settimana non abbiamo scoperto niente di nuovo.»

Ed era vero. La notizia si era diffusa, c'era voluto parecchio, ma era comprensibile. Stando ai rapporti delle squadre di vigilanza, gli spacciatori erano diventati prudenti fino alla paranoia. Questo non necessariamente spiegava il fatto che in oltre una settimana non ci fosse stato neanche un morto, esclusi i clienti, ovviamente, le vittime che pochi si preoccupavano di contare.

«È ancora lì fuori, Tom.»

«Forse, ma per il momento è fermo.»

«Nel qual caso ha solo fatto fuori Farmer e Grayson», puntualizzò Ryan, lanciando un'occhiata al sergente.

«Non ci credi.»

«No, e non chiedermi il motivo, perché non lo so.»

«Sarebbe utile se Charon potesse dirci qualcosa. È stato abbastanza bravo a togliere di mezzo un po' di gente. Ti ricordi quella cattura effettuata in collaborazione con la guardia costiera?»

Ryan fece cenno di sì. «Fu un bel colpo, ma recentemente non è stato molto brillante.»

«Neanche noi, Em», sottolineò il sergente Douglas. «L'unica cosa che sappiamo di quest'uomo è che è robusto, ha un paio di scarpe da tennis nuove ed è un bianco. Non sappiamo l'età, il peso, la taglia, il movente, che macchina guida.»

«Movente. Sappiamo che è arrabbiato per qualcosa. Sappiamo che è bravissimo ad uccidere, che è abbastanza spietato da ammazzare qualcuno solo per coprire le sue attività... ed è paziente.» Ryan si appoggiò allo schienale. «Abbastanza paziente da prendersi del tempo libero?»

Tom Douglas aveva un'idea ancor meno piacevole. «Abbastanza abile da cambiare tattica.»

Un'intuizione preoccupante. Ryan la esaminò. E se avesse saputo delle perquisizioni? Se avesse deciso che si può andare avanti a fare una determinata cosa per un po' di tempo, dopodiché bisogna inventarsi qualcos'altro? Se avesse estrapolato informazioni da William Grayson, e quelle informazioni lo stessero ora portando in altre direzioni, magari fuori città? Se non fossero mai riusciti a risolvere quei casi? Sarebbe stato un affronto professionale verso Ryan, che odiava lasciare i suoi casi irrisolti; era comunque un'ipotesi da considerare. Le decine di domande poste alla gente sul luogo dei delitti non erano servite granché: non avevano scovato neppure un testimone a parte, Virginia Charles, ma la donna era traumatizzata, tanto che le informazioni da lei fornite erano scarsamente credibili, e per di più contraddicevano l'unica vera prova esistente. L'indiziato doveva essere più alto di quanto aveva detto Virginia Charles, più giovane e, com'è vero Dio, massiccio come un difensore di seconda fila della lega nazionale di football. Non era un barbone, ma aveva deciso di travestirsi, camuffarsi, come uno di loro. E bene, anche. Gente del genere non si *nota*. È come cercare un ago in un pagliaio.

«L'Uomo Invisibile», disse Ryan sottovoce, dando finalmente un nome al caso. «Avrebbe dovuto uccidere la signora Charles. Sai con chi abbiamo a che fare?»

Douglas fece un sospiro e rispose: «Con uno che non vorrei mai incontrare da solo».

«Tre sezioni per mettere Mosca fuori combattimento?»

«Certo, perché no?» rispose Zacharias. «È la tua leadership politica, no? Si tratta di un enorme centro di comunicazioni, e anche se ci liberiamo del Politburo riusciranno ancora ad avere il controllo sulla maggior parte delle nostre forze politiche e militari.»

«Potremmo liberarci solo dei personaggi più autorevoli», obiettò Grišanov per orgoglio professionale e nazionale.

«Certo.» Robin rise, e Grišanov se ne accorse. Da un lato si sentì insultato ma, pensandoci bene, era contento che il colonnello americano ora si sentisse così a suo agio. «Kolja, cose del genere succedono anche da noi. Nella Virginia occidentale abbiamo un bellissimo rifugio antiaereo per congressi e incontri del genere. Il 1° gruppo elicotteri si trova ad Andrews e ha il compito di portare i VIP da Dodge City al rifugio, ma indovina un po? Nel viaggio di ritorno i maledetti elicotteri devono fermarsi a fare rifornimento. Quando scelsero il rifugio non ci pensò nessuno, perché si trattò di una scelta politica. E non è finita. Il nostro sistema di evacuazione non è mai stato collaudato. E il vostro?»

Grišanov si sedette accanto a Zacharias, per terra, appoggiando la schiena alla parete sporca di cemento. Abbassò lo sguardo e scosse la testa per quello che deduceva dalle parole dell'americano. «Vedi? Vedi perché dico che tra noi non potrà mai scoppiare una guerra? Siamo *troppo simili*! No, Robin, neanche il nostro è mai stato collaudato, da quando ero bambino non abbiamo mai evacuato Mosca. Il nostro rifugio si trova a Žiguli. È un grande masso, non una montagna, è come una grande... gobba? Non so la parola esatta, un enorme masso circolare proveniente dal centro della terra.»

«Un monolito? Come Stone Mountain in Georgia?»

Grišanov annuì. Non c'era niente di male nel rivelare dei segreti a quell'uomo. «I geologi dicono che sia estremamente solido. Vi scavammo un tunnel alla fine degli anni '50. Ci sono stato due volte. Diedi una mano a sovrintendere al lavoro degli addetti alla difesa aerea durante la costruzione. Prevediamo — è la verità, Robin — prevediamo di portarci la gente in *treno*.»

«Non farà alcuna differenza. Lo sappiamo. Se sai dove si trova riesci a distruggerlo, dipende solo da *quante* bombe ci metti.» L'americano aveva esagerato un po' con la vodka. «Probabilmente lo sanno anche i cinesi, ma loro punteranno comunque su Mosca, soprattutto se si tratta di un attacco a sorpresa.»

«Tre sezioni?»

«Io farei così.» Sul pavimento, tra i piedi di Robin, c'era una carta nautica in cui erano indicate anche le rotte aeree dell'Unione Sovietica sud-orientale. «Tre direzioni di rotta, da queste tre basi, tre aerei ciascuna, due per le bombe, uno per contromisure elettroniche. Quest'ultimo prende il comando. Fai partire le tre sezioni così, a questa distanza l'una dall'altra.» Indicò alcune rotte sulla carta. «Qui inizi la discesa per la penetrazione, li porti in queste valli e quando hanno raggiunto la prateria...»

«La steppa», lo corresse Kolja.

«La prima linea di difesa è già superata, okay? Volano a bassa quota, novanta metri. Magari non ci cascano nemmeno all'inizio. Forse hai anche una sezione speciale. Gli uomini che addestrate davvero.»

«Cosa vuoi dire, Robin?»

«Avete dei voli notturni per Mosca, di linea?»

«Certo.»

«Bene, che ne diresti di prendere un Badger e di lasciare accese tre luci di posizione, aggiungendo magari qualche lucina in fusoliera che puoi accendere e spegnere...sai, come se fossero finestrini? Ecco, sono un aereo di linea!»

«Che vuoi dire?»

«È un'ipotesi che abbiamo subito preso in considerazione. C'è ancora un reparto speciale con le luci a... Pease, credo. Questa era la missione... dei B-47 che avevano la propria base in Inghilterra. Se mai dovessimo scoprire attraverso i servizi segreti o altro che ci state cercando? Bisogna avere un piano per ogni mossa. Questo era uno dei nostri. L'abbiamo chiamato JUMPSHOT. Probabilmente è finito in qualche archivio, ma era uno dei cavalli di battaglia di LeMay. Mosca, Leningrado, Kiev... e Žiguli. Tre aerei destinati a colpire quelle località, con due ordigni ciascuno. Possono decapitare tutta la vostra struttura di comando politico e militare. Ehi, guardate, sono un aereo di linea!»

Funzionerebbe, pensò Grišanov, provando un brivido di terrore. Al momento giusto dell'anno, del giorno... il bombardiere arriva su una delle rotte degli aerei di linea. Anche in un momento di crisi l'illusione di qualcosa di normale sarebbe stata una cosa importante mentre tutti erano alla ricerca dell'insolito. Forse, un reparto della difesa aerea avrebbe mandato un intercettore, con un pilota che sarebbe rimasto sveglio tutta la notte mentre i suoi superiori dormivano. Si sarebbe avvicinato più o meno a mille metri, ma di notte... di notte la mente vedeva quello che il cervello le ordinava di vedere. Luci sulla fusoliera, beh, è sicuramente un aereo di linea. Quale bombardiere avrebbe le luci accese? Era uno dei piani operativi che il KGB non aveva mai scoperto. Quali altri segreti gli avrebbe svelato Zacharias?

«A ogni modo, se fossi un cinese questa sarebbe una possibilità. Se non hanno molta fantasia, e optano per un attacco diretto, su questo terreno, sì, possono farlo. Probabilmente una sezione è di diversione. Hanno anche un vero obiettivo, ma non Mosca. Prendono quota, escono fuori rotta. Arrivano circa qui,» indicò il percorso sulla carta «fanno una virata completa e colpiscono qualcosa, puoi scegliere tu cosa, ci sono tanti buoni obiettivi in quel punto. Molto probabilmente i tuoi caccia gli stanno dietro, giusto?»

«*Da*.» Penserebbero che i bombardieri diretti verso l'interno stiano puntando su un obiettivo secondario.

«Le altre due sezioni deviano in un'altra direzione e si mantengono a bassa quota. Lo farà anche uno di loro. Ci siamo riusciti un milione di volte, Kolja. Conosciamo i vostri radar, le vostre basi, i vostri aerei, sappiamo come vi addestrate. Non è poi così difficile sconfiggervi. E i cinesi si sono preparati con voi, giusto? Gli avete insegnato voi. Conoscono la vostra dottrina e tutto il resto.»

Fu il modo in cui lo disse. Senza astuzia. E questo era l'uomo che aveva penetrato le difese aeree nordvietnamite oltre ottanta volte. Ottanta volte.

«Ma allora come faccio a...»

«Difendermi?» disse Robin alzando le spalle, e chinandosi per guardare ancora la carta. «Ci vorrebbero delle carte migliori, comunque per prima cosa esamina i passaggi uno alla volta. Ricordati che un bombardiere non è un caccia. Non può fare molte manovre, soprattutto a bassa quota. Il massimo che farà il pilota sarà impedire all'aereo di toccare il suolo. Non so a te che effetto faccia, ma a me la cosa mi rende un po' nervoso. Sceglierà una valle in cui possa muoversi senza difficoltà. Soprattutto di notte. Tu porti lì i tuoi caccia, installi dei radar terrestri. Non devono essere necessariamente dei migliori. Servono solo come campanello d'allarme. Poi fai in modo di prenderlo quando esce.»

«Far arretrare le difese? Non posso!»

«Kolja, devi sistemarle dove possono operare in maniera efficace; lo scopo non è seguire una linea tratteggiata su un foglio di carta. O vi piace così tanto la cucina cinese? È sempre stata una vostra debolezza. Ad ogni modo, così ridurreste anche le vostre linee difensive. È un risparmio di denaro e risorse. Altra cosa: ricorda che l'altro conosce la mentalità dei piloti: ogni aereo abbattuto è uno in meno da abbattere, ricordi? Potrebbero esserci delle formazioni-esca, con il compito di attirare i vostri uomini. Dovete tenerne conto. *Controllate* i vostri piloti. Fate in modo che rimangano nei loro settori a meno che non abbiano dei motivi davvero validi per spostarsi...»

Il colonnello Grišanov aveva alle spalle oltre vent'anni di studio, durante i quali aveva analizzato documenti dell'aeronautica militare tedesca relativi non solo ai vari metodi per interrogare i prigionieri ma anche ai criteri per la creazione della linea Kammhuber. Una cosa incredibile, tanto che per poco non si versò da bere. Ma no, disse tra sé. Non era un documento d'istruzioni in fase di elaborazione, né un erudito libro bianco destinato all'accademia Vorošilov. Era un libro erudito, molto specializzato, ma pur sempre un libro, un libro di testo: *Origine ed evoluzione della teoria americana dei bombardieri*. Con quel manuale sarebbe potuto salire di grado, tutto grazie al suo amico americano.

«Stiamo indietro» disse Marty Young. «Stanno sparando proiettili veri.»

«Sono d'accordo» disse Dutch. «Di solito esplodono a duecento metri da me, alle mie spalle.»

«Così è molto più sicuro, James» sottolineò Maxwell.

Si trovavano dietro una cunetta, a duecento metri dal campo. Da quella distanza era difficile seguire le operazioni, ma su cinque, due avevano una vista da piloti, e sapevano dove guardare.

«Da quanto tempo stanno avanzando?»

«Circa un'ora», rispose Young sommessamente.

«Non sento niente» sussurrò l'ammiraglio Maxwell.

Era piuttosto difficile individuare il punto preciso. Gli edifici erano visibili solo per la loro forma squadrata, una cosa che la natura, per qualche strana ragione, detesta. Con uno sforzo maggiore si potevano vedere i rettangoli neri delle finestre. Da quella distanza, anche le torrette di guardia, erette solo quel giorno, erano praticamente invisibili.

«Abbiamo alcuni trucchi», fece notare Marty Young. «Per migliorare la vista notturna prendiamo della vitamina A. Forse a qualcosa serve. Si tenta il possibile, giusto?»

L'unico rumore era quello del vento che muoveva le cime degli alberi. Trovarsi nel bosco, così, aveva un che di surreale. Maxwell e Young erano abituati al ronzio del motore di un aereo e al bagliore pallido delle luci della strumentazione che il loro sguardo in cerca di veivoli nemici individuava automaticamente. Allo stesso modo, erano abituati alla delicata sensazione fluttuante di un aereo che volteggia nel cielo di notte. Essere a terra dava una sensazione di movimento inesistente mentre aspettavano di vedere qualcosa che era una novità per ciascuno di loro.

«Eccolo!»

«Brutto segno se l'ha visto muoversi», osservò Maxwell.

«Signore, a SENDER GREEN non ci sono parcheggi con auto bianche» fece notare la voce. L'ombra, ormai scomparsa, era stata proiettata su quello spiazzo e, ad ogni modo, l'aveva vista solo Kelly.

«Penso che abbia ragione, Mr. Clark.»

La radio appoggiata sulla cunetta trasmetteva solo il rumore dei disturbi elettrostatici. Ma a questi, ora, si sostituirono quattro lunghe linee. La risposta furono, a intervalli, uno, poi due, tre, quattro punti. «Squadre a posto», sussurrò Kelly. «Tappatevi le orecchie. Quando tutto è pronto, verrà sparato il primo colpo: è il segnale d'inizio.»

«Merda» disse Greer con un ghigno, pentendosene subito dopo.

Il primo rumore fu quello di un elicottero. La sua funzione era quella di distrarre, e funzionò anche se tutti gli uomini nella cunetta conoscevano il piano nei minimi dettagli, e la cosa riempì Kelly di soddisfazione. Dopotutto, il piano era in gran parte opera sua. Tutti si voltarono verso l'elicottero tranne lui.

Kelly pensò che quello che aveva intravisto erano forse i mirini dell'M-79 colorati con tritio di uno dei granatieri, ma poteva essere stata anche una lucciola. Vide il lampo di uno scoppio e, meno di un secondo dopo, quello accecante bianco-rosso-nero di una granata dirompente caduta sul pavimento di una delle torrette. Lo scoppio violento e improvviso fece sobbalzare gli uomini che erano accanto a lui, ma Kelly non stava guardando la torretta, dove uomini e armi sarebbero stati disintegrati. L'eco non si era ancora dispersa tra i pini quando anche le altre tre vennero distrutte allo stesso modo. Cinque secondi dopo gli elicotteri da combattimento sfiorarono le cime degli alberi. Neanche quindici metri li separavano dalle eliche quando le mitragliatrici squassarono gli edifici, dove piovvero due bengala. I granatieri stavano già sparando proiettili al fosforo contro le finestre, e in un istante non si vide più nulla nella notte.

«Gesù!» Quella pioggia sempre più fitta di fosforo infuocato nascosta all'interno dell'edificio rendeva lo spettacolo solo più orrendo, mentre le mitragliatrici si concentravano sulle varie uscite.

«Sì» disse Kelly, ad alta voce, per farsi sentire. «Quelli dentro sono tutti carbonizzati. I furbi che cercano di scappare vengono centrati dalle mitragliatrici. Ottimo.»

La squadra armi d'appoggio del reparto d'assalto dei marines continuava a fare fuoco sulle caserme e gli edifici amministrativi mentre la squadra di soccorso correva verso la prigione. Arrivarono gli elicotteri di salvataggio, dietro gli AH-1 Huey Cobra, e atterrarono rumorosamente vicino all'ingresso principale. La squadra d'appoggio si divise, prendendo posizione per metà attorno agli elicotteri, mentre l'altra metà continuava a sparare a raffica sulle caserme. Uno degli elicotteri armati cominciò a volare in circolo sulla zona, come un cane da pastore irrequieto e affamato.

Comparvero i primi marines, che trascinavano a turno i finti prigionieri. Kelly vide Irvin che faceva un controllo e contava gli uomini all'ingresso del campo. Si sentirono delle urla, uomini che gridavano nomi e numeri, ma le voci erano quasi coperte dal rombo assordante dei grandi elicotteri Sikorsky. Gli ultimi ad arrivare furono i marines della squadra armi d'appoggio, poi gli elicotteri aumentarono la potenza e decollarono nel buio.

«Hanno fatto in fretta» disse Ritter a bassa voce mentre il rumore degli elicotteri svaniva. Subito dopo comparvero due autopompe, venute per spegnere le fiamme provocate dai vari esplosivi utilizzati durante la manovra a fuoco. «Quindici secondi meno del previsto» disse Kelly, alzando l'orologio.

«E se non funzionasse qualcosa, Mr. Clark?» domandò Ritter.

Sul volto di Kelly comparve un ghigno malvagio. «È già successo, signore. Quattro uomini della squadra sono stati 'uccisi' mentre si schieravano per l'operazione. Credo ci sia stata una gamba rotta o due...»

«Aspetti un momento, sta dicendo che c'è la possibilità...»

«Mi lasci spiegare, signore», disse Kelly. «Stando alle foto non c'è motivo di credere che ci siano altri uomini tra la zona di atterraggio e l'obiettivo. Su quelle colline non ci sono campi coltivati. Per l'esercitazione di questa notte ho eliminato quattro uomini a caso. Chiamiamoli gambe rotte. Nel caso non l'avesse notato, gli uomini hanno dovuto essere portati dentro all'obiettivo e poi condotti fuori. Mettiamo rinforzi su tutto. Signore, *prevedo* una missione pulita, ma questa notte ho voluto aggiungere qualche complicazione solo per fare una verifica.»

Ritter annuì, sconcertato. «Mi aspettavo che tutto si svolgesse secondo le regole, per questa prova.»

«Nel combattimento può succedere che qualcosa non vada come dovrebbe, signore. Ho tenuto conto proprio di questa eventualità. Ogni uomo viene allenato per almeno una mansione alternativa.» Kelly si grattò il naso. La tensione c'era stata anche per lui. «Quella a cui avete appena assistito è stata una simulazione riuscita, nonostante la presenza di complicazioni superiori superiori al previsto. Andrà bene, signore.»

«Mr. Clark, mi ha convinto.» Il funzionario della CIA si voltò verso gli altri. «E l'assistenza medica e cose del genere?»

«Quando la *Ogden* raggiunge la Task Force 77 organizziamo un trasferimento di personale medico» disse Maxwell. «A quest'ora Cas starà andando a istruire gli uomini. Quelli della CTF-77 sono miei, e saranno loro ad iniziare. La *Ogden* è una nave piuttosto grande. Avremo tutto quello che ci serve per occuparci di loro: medici e infermieri, uomini del servizio informazioni per scrivere rapporti al termine della missione, l'organico al completo. La nave li condurrà dritti a Subic Bay. Li portiamo via da Clark prima possibile. Dal decollo degli elicotteri di salvataggio ci vorranno... quattro giorni e mezzo per portarli in California.»

«Okay, questa parte della missione sembra essere a posto. Ma il resto?»

Maxwell calibrò la risposta: «Ci sarà il supporto di tutti gli aerei della *Constellation*. La *Enterprise* sarà dislocata più a nord, nell'area di Haiphong. Dovrebbe tenere occupati l'alto comando e la rete di difesa aerea del nemico. Per qualche settimana il *Newport News* sarà impegnato ad attaccare le basi della contraerea lungo la costa. L'operazione va eseguita alla cieca, e questa zona sarà la quinta. L'incrociatore è a dieci miglia al largo e spara roba pesante. La grande cintura difensiva è alla portata dei suoi cannoni. Li terremo talmente impegnati che non dovrebbero accorgersi della missione prima che sia terminata.»

Ritter annuì. Aveva letto il piano e l'unica cosa che aveva desiderato era di sentirlo raccontare da Maxwell, più che altro per sentire come si esprimeva. L'ammiraglio era calmo e sicuro di sé, più di quanto Ritter si aspettasse.

«Nonostante tutto è molto rischioso» disse dopo qualche secondo.

«È vero» confermò Marty Young.

«Cosa potrebbe succedere al nostro Paese se gli uomini tenuti prigionieri in quel campo dovessero raccontare tutto quello che sanno?» chiese Maxwell.

Kelly avrebbe preferito non prendere parte a quella discussione. Il pericolo per il Paese non gli interessava. La sua realtà si fermava al livello del singolo e, sebbene la prosperità e il benessere del suo Paese iniziassero con quel minimo comun denominatore, la questione richiedeva una prospettiva che andava oltre la sua. Ma non trovò un modo cortese per farsi da parte, quindi rimase, ascoltò e imparò.

«Devo rispondere onestamente?» domandò Ritter. «Lo farò... anzi, no.»

Maxwell accettò quelle parole con una calma sorprendente che celava del risentimento. «Figliolo, vuole spiegarsi?»

«Ammiraglio, è una questione di punti di vista. I russi vogliono sapere molto di noi e noi di loro. Il nostro Zachary può rivelare informazioni sui piani di guerra del SAC e gli altri prigionieri che supponiamo si trovino in quel campo possono raccontare altre cose. Così... cambiamo i nostri piani. Sono le informazioni relative alle scelte strategiche che la preoccupano, vero? Primo, quei piani cambiano ogni mese. Secondo, pensa che li attueremo davvero?»

«Potrebbe darsi.»

Ritter tirò fuori una sigaretta. «Ammiraglio, lei vuole che mettiamo in pratica quei piani?»

Maxwell si irrigidì. «Ritter, ho sorvolato Nagasaki con il mio F6F subito dopo la fine della guerra. Ho visto cosa possono fare quelle caramelle, e quella era anche piccola.» Non avrebbe potuto dare una risposta migliore.

«E anche loro la pensano così. Cosa ne pensa, ammiraglio?» Ritter scosse la testa. «Non sono nemmeno pazzi. Hanno più paura loro di noi che noi di loro. Quello che potrebbero apprendere dai prigionieri potrebbe spaventarli al punto da fargli addirittura passare la sbornia. È così, che lei ci creda o no.»

«Ma allora perché ci... *ci appoggia*?»

«Ovvio che lo faccio.» *Che domanda stupida*, era il senso delle sue parole, e la cosa fece infuriare Marty Young.

«Ma perché?» domandò Maxwell.

«È gente nostra. Li abbiamo mandati noi e siamo noi che dobbiamo riportarli a casa. Non è un motivo abbastanza valido? Non mi venga a parlare di interessi vitali di sicurezza nazionale. Può raccontarlo alla Casa Bianca, perfino al Campidoglio, ma non a me. O rimani fedele alla tua gente oppure no» disse l'agente segreto che aveva rischiato la carriera per salvare uno straniero che non gli andava nemmeno molto a genio. «Se non lo fai, e ci prendi l'abitudine, non sei uno da salvare o proteggere, nessuno ti aiuta più, e *a quel punto* sei davvero nei guai.»

«Non sono sicuro di essere d'accordo, Ritter» disse il generale Young.

«Un'operazione come questa permetterà di salvare dei nostri connazionali. I russi ci rispetteranno per questo. Si renderanno conto che facciamo le cose seriamente. Questo faciliterà il mio compito, quello di gestire le spie oltre la cortina. Significa che saremo in grado di avere più spie, quindi più informazioni. In questo modo raccolgo notizie che fanno comodo anche a lei. E il gioco continua finché ne scopriamo uno nuovo.» Questo era il programma che gli serviva. Ritter si voltò verso Greer. «Quando vuoi che informi la Casa Bianca?»

«Te lo farò sapere. Bob, è importante: ci sosterrai?»

«Sì, signore», rispose il texano. Per ragioni che gli altri non capivano, alle quali non credevano, ma che dovevano accettare.

«Allora? Cosa c'è che non va?»

«Vedi, Eddie» disse Tony pazientemente. «Il nostro amico ha un problema. Qualcuno ha fatto fuori due dei suoi uomini.»

«Chi?» domandò Morello. Non era particolarmente di buon umore. Si era appena sentito dire, per l'ennesima volta, che non sarebbe diventato un "pezzo grosso", un membro a pieno titolo dell'organizzazione. Dopo tutto quello che aveva fatto. Si sentiva tradito. Tony, incredibilmente, parteggiava per un negro invece che per il suo stesso sangue (erano cugini alla lontana, dopotutto), e ora quel bastardo si rivolgeva a lui in cerca di aiuto, ovviamente.

«Non lo sappiamo. I suoi contatti, i miei contatti, non abbiamo scoperto niente.»

«Ed è proprio un gran peccato!» Eddie fece un rapido riassunto. «Tony, è venuto da *me*, ricordi? Attraverso Angelo; forse Angelo ha cercato di fregarci, e noi l'abbiamo sistemato, ricordi? Se non ci fossi stato io con te, non l'avrebbe mai fatto, quindi come si spiega questa storia? Com'è che io vengo tagliato fuori e lui è sempre più introdotto nel giro? Che succede, Tony? Hai intenzione di farne un "pezzo grosso"?»

«Lascia stare, Eddie.»

«Com'è che non sei stato dalla mia parte?» chiese Morello.

«Non posso impormi, Eddie. Mi dispiace, ma non posso.» Piaggi non si era aspettato che questa conversazione sarebbe andata bene, ma neanche che sarebbe andata così male e così in fretta.

Certo, Eddie era deluso. Certo, pensava che lo avrebbero accettato. Ma quel fottuto stava facendo un mucchio di soldi, e cos'era più importante? Essere nel giro o fare soldi? Henry lo aveva capito. Perché Eddie no? Poi Eddie si spinse oltre.

«Io ho preparato questo affare per te. Ora, tu hai avuto un problemin e da chi vai? Vieni da me! Sei in debito con me, Tony», sibilò Eddie, e nonostante Piaggi non avesse udito le sue parole, cinque secondi prima tutti i loro significati impliciti erano diventati palesi. Dal punto di vista di Eddie, di fatto, la cosa era abbastanza semplice. La posizione di Tony all'interno dell'organizzazione stava acquistando un peso sempre maggiore. Con Henry come potenziale — vero — grande fornitore, quella di Tony sarebbe stata più che una semplice posizione. Avrebbe esercitato una vera e propria influenza. Avrebbe ancora dovuto mostrare rispetto e obbedienza a chi stava sopra di lui, ma la struttura era magnificamente flessibile, e i metodi misteriosi di Henry significavano che chi lavorava per lui era davvero sicuro. La sicurezza di avere un posto nella sua organizzazione era un privilegio raro e prezioso. L'errore di Piaggi consisteva nel non considerare la cosa con una prospettiva un po' più ampia. Invece di guardare all'esterno, egli guardava all'interno. E tutto quello che vedeva era la possibilità che Eddie prendesse il suo posto, diventando l'intermediario, quindi un pezzo grosso, e aggiungendo all'agiatezza il rango. Piaggi non doveva far altro che morire al momento giusto. Henry era un uomo d'affari. Se ne sarebbe occupato lui. Piaggi lo sapeva. E anche Eddie.

«Non ti rendi conto di cosa sta facendo? Quel negro ti sta usando». La cosa strana era che mentre Morello stava iniziando a capire che Tucker li manipolava entrambi, Piaggi, l'oggetto della manipolazione, continuava a ignorare l'evidenza dei fatti. Così, la giusta osservazione di Eddie risultò del tutto inopportuna. «Ci ho pensato», disse Piaggi, mentendo. «Cos'ha da guadagnarci? Un aggancio con Filadelfia, con New York?»

«Forse. Forse è proprio questo che pensa di ottenere. Quella gente tra poco non riuscirà più a tenere la situazione sotto controllo.»

«A questo penseremo dopo, e comunque per ora lui ha la situazione in pugno. Quello che ci interessa adesso è scoprire chi fa fuori i suoi uomini. Pensi che sia qualcuno di fuori città?» Mettilo in difficoltà, pensò Piaggi. Fai in modo che si comprometta. Lo sguardo di Tony si fece largo attraverso il tavolo, dirigendosi verso un uomo che era troppo arrabbiato per notare o interessarsi di cosa l'altro stesse pensando.

«Non ne so niente.»

«Sguinzaglia dei segugi» ordinò Tony, ed era un ordine. Morello doveva eseguirlo, doveva tenere gli occhi aperti».

«E se stesse sottraendo uomini all'organizzazione, problemi di affidabilità o roba del genere? Pensi che sia fedele a qualcuno?»

«No, ma non credo nemmeno che allontani i suoi uomini.» Tony si alzò e concluse con un ordine: «Tieni gli occhi aperti.»

«Sicuro», disse Eddie irritato, e rimase seduto al tavolo da solo.

24

Saluti

«Ottimo, ragazzi» annunciò il capitano Albie, come conclusione ai suoi commenti sull'esercitazione. C'era stato qualche problemino durante la marcia di avvicinamento, ma nulla di serio, e persino il suo occhio infallibile non aveva notato niente di rilevante durante la fase dell'assalto simulato. In particolare, aveva apprezzato l'estrema precisione nel tiro, e i suoi uomini avevano abbastanza fiducia l'uno nell'altro da correre tra raffiche di pallottole che quasi li sfioravano, per raggiungere le posizioni loro assegnate. I membri degli equipaggi dei Cobra erano rimasti indietro e ripassavano le fasi del loro intervento. Piloti e mitraglieri, così come gli equipaggi degli elicotteri di salvataggio della marina, venivano trattati con grande rispetto dagli uomini ai quali dovevano fare da copertura. L'addestramento e l'impegno avevano trasformato l'antipatia reciproca tipica del rapporto tra diversi reparti in un amichevole atteggiamento scherzoso. Di quell'antipatia c'erano ben poche tracce.

«Signori,» concluse Albie «tra poco saprete cosa si nasconde dietro a questo gioco da ragazzi.»

«Attenti!» gridò Irvin.

Il viceammiraglio Wilson Holland Maxwell fece il suo ingresso, accompagnato dal maggior generale Martin Young. I due indossavano la loro uniforme ordinaria migliore. Quella bianca di Maxwell splendeva sotto le luci della sala e quella color cachi di Young era tanto inamidata che pareva fatta di compensato. Un tenente dei marines portò un tabellone a fogli, e quando Maxwell fu dietro al leggio lo sistemò su un cavalletto. Dal suo posto all'angolo del palco il sergente maggiore Irvin osservava i giovani volti dei marines, ricordando che, al momento dell'annuncio, avrebbe dovuto fingersi sorpreso.

«Accomodatevi ai vostri posti, marines» disse affabilmente Maxwell, aspettando che i soldati si sedessero. «Innanzitutto voglio dirvi che sono molto orgoglioso di avervi come miei uomini.

Abbiamo seguito attentamente il vostro addestramento. Siete arrivati qui senza sapere perché e non ho mai visto nessuno lavorare sodo come voi. Ecco di cosa si tratta.» Il tenente girò la copertina del tabellone, mostrando una fotografia aerea.

«Signori, il nome di questa missione è BOXWOOD GREEN. L'obiettivo è salvare venti uomini, americani nelle mani del nemico...»

John Kelly era in piedi accanto a Irvin, e anche lui invece di guardare l'ammiraglio aveva lo sguardo puntato sui volti dei marines. Per la maggior parte erano volti più giovani del suo, anche se non di molto. I loro occhi erano fissi sulle fotografie aeree; nemmeno una ballerina esotica avrebbe calamitato tutta l'attenzione rivolta a quelle foto scattate dall'aereo senza pilota Buffalo Hunter. I volti, all'inizio, non mostravano emozione. Erano come giovani, belle, aitanti statue, quasi non respiravano, seduti perfettamente composti mentre l'ammiraglio parlava.

«L'uomo che vedete qui è il colonnello Robin Zacharias, dell'aeronautica militare americana» proseguì Maxwell, indicandolo con una bacchetta di legno lunga un metro. «Potete vedere cosa gli hanno fatto i vietnamiti solo perché ha guardato l'aereo cha ha scattato la foto.» La bacchetta indicò la guardia che stava per colpire l'americano alle spalle. «Solo perché ha guardato in alto.»

Gli occhi si strinsero, tutti, Kelly se ne accorse. Era una rabbia silenziosa, determinata, fortemente disciplinata, ma era la peggiore. Kelly fece questa considerazione, soffocando un sorriso che solo lui avrebbe compreso. Era questa la rabbia dei giovani marines presenti. Non era il momento di sorridere. Ciascun uomo in quella sala era consapevole dei rischi cui andava incontro. Erano tutti sopravvissuti ad almeno tredici mesi di combattimenti. Tutti avevano visto amici morire in modo disumano e circondati da un tale frastuono che pareva di essere nel peggiore degli incubi. Ma la vita era ben altro che la paura. Forse era una lunga ricerca. O un senso del dovere che pochi riuscivano a esprimere ma che tutti sentivano. Forse era una visione del mondo che gli uomini condividevano senza realmente vedere. Ognuno in quella sala aveva visto la morte in tutta la sua terribile maestosità, consapevole che la vita, prima o poi, sarebbe giunta a un termine. Ma tutti sapevano che vivere significava ben altro che fuggire la morte. La vita doveva avere uno scopo, e uno di questi era mettersi al servizio degli altri. Tale disponibilità conferiva fierezza, un senso di nobiltà che ricordava un'altra epoca. Nessuno in quella sala avrebbe sacrificato volentieri la sua vita, ma tutti avrebbero rischiato, affidandosi a Dio, alla fortuna o al destino, nella certezza che i compagni avrebbero fatto altrettanto. In quel posto c'erano uomini che ora vedevano in fotografia, uomini come loro, soldati, membri della loro comunità, e sebbene non li conoscessero, erano pur sempre compagni, più che amici, ai quali dovevano fedeltà. Così avrebbero rischiato la vita per uomini che altrimenti non avrebbero mai conosciuto, con i quali non si sarebbero mai alleati, perché, nonostante le differenze di rango, di condizione sociale e le diverse squadre in cui prestavano servizio, erano soldati americani, e i soldati devono essere sempre uniti. I marines, probabilmente, non pensavano nemmeno quelle cose, disse Kelly tra sé, perché per un animale da prima linea spesso non c'erano parole capaci di esprimere il più importante dei sentimenti. Forse era qualcosa che sentivano solamente. Magari era innato, oppure era un modo di pensare che in qualche modo acquisivano, facevano proprio, mentre diventavano soldati di professione. Questo pensavano Kelly e Irvin mentre Maxwell continuava a parlare in una sala dove non si sentiva altro che la sua voce, dove gli sguardi di tutti quei volti bianchi, neri, ispanici erano puntati su un uomo abbastanza vecchio da poter essere loro padre, un uomo che si fidava di loro come fossero suoi figli perché questo erano per lui, in realtà. Maxwell lo sapeva e lo sapevano anche loro.

«Non c'è bisogno di dirvi che si tratta di una missione pericolosa» concluse l'ammiraglio. «Lo sapete meglio di me, ma quegli uomini sono americani e hanno il diritto di credere che andremo a liberarli.»

«Grazie, Dutch» disse Marty Young, portandosi al centro del palco. «Bene, marines, adesso sapete tutto. Avete scelto voi di arruolarvi, e sarete voi a scegliere se prendere parte alla missione. Tra voi c'è chi ha una famiglia, una fidanzata. Non vogliamo costringervi ad andare fino in fondo. Qualcuno potrebbe avere dei ripensamenti» disse, esaminando i volti e leggendovi l'offesa che aveva provocato, certo non a caso. «Avete tutto oggi per pensarci. Potete andare.»

I marines si alzarono, accompagnati dal rumore stridente delle sedie sul pavimento piastrellato, e quando furono sull'attenti gridarono tutti insieme:

«RECON!»

I loro volti dicevano tutto. Tirarsi indietro avrebbe significato negare il proprio coraggio. Ora sorridevano. Si scambiavano commenti e non era certo gloria quella che vedevano davanti a sé. Era determinazione, e forse lo sguardo che avrebbero visto nel volto degli uomini ai quali avrebbero salvato la vita. *Siamo americani, siamo venuti per riportarvi a casa.*

«Bene, Mr. Clark, il suo ammiraglio ha fatto un gran bel discorso. Avrei voluto registrarlo.»

«Lei è abbastanza vecchio da sapere come vanno le cose, sergente. Sarà rischioso.»

Irvin fece uno strano sorriso arguto. «Sì, lo so. Ma se pensa che sia così pericoloso perché diavolo ci va da solo?»

«Mi hanno chiesto di farlo.» Kelly scosse la testa e uscì per andare dall'ammiraglio al quale voleva chiedere qualcosa.

Scese da sola le scale, tenendosi alla ringhiera. La testa le faceva ancora male, ma meno di prima. Seguiva il profumo del caffè e le voci provenienti dalla cucina.

«Sam mi aveva detto che eri brava, ma non gli credevo» diceva Sarah mentre cucinava.

«È un capo eccellente» replicò Sandy. Poi si voltò e fece un grande sorriso. «Bene, buon giorno!»

«Ciao» rispose Doris, ancora pallida, debole, ma sorridente mentre entrava in cucina, tenendosi ancora alla ringhiera. «Ho una fame da lupi!»

«Spero che ti piacciano le uova.» Sandy la aiutò a sedersi e le diede un bicchiere di succo d'arancia.

«Mangerò anche il guscio» rispose Doris, sorridendo di nuovo e mostrandosi di buon umore, il che era senz'altro un buon segno.

«Puoi cominciare con queste, e lascia pure da parte il guscio» disse Sarah Rosen, versando nel piatto quello che era l'inizio di una colazione normale.

Aveva superato la crisi. I movimenti di Doris erano lenti e la sua coordinazione simile a quella di un bambino piccolo, ma solo nelle ultime ventiquattr'ore aveva fatto incredibili progressi. Le massicce dosi di antibiotici avevano eliminato le infezioni e l'effetto dei barbiturici era quasi del tutto passato. Ma il segnale più incoraggiante era l'appetito. Imbarazzata, Doris spiegò il tovagliolo, sistemandoselo sulle ginocchia, sopra la vestaglia di spugna. Non mangiò con ingordigia, ma consumò la sua prima vera colazione dopo mesi con tutta la dignità consentitale dalle sue condizioni e dalla fame. Doris stava tornando alla normalità.

«Posso mangiare ancora qualcosa?» chiese Doris dopo qualche minuto.

«Certo!» rispose Sarah, che stava già preparando altre due uova. Il suo cognome era quasi l'unica cosa che avevano scoperto di lei in una settimana. Si chiamava Doris Brown. Era tutto quello che sapevano di lei, a parte i suoi problemi di salute.

«Da dove vieni?» chiese più ingenuamente possibile.

«Da Pittsburgh» fu la risposta, un luogo dall'altra parte del mondo rispetto a dove si trovava ora.

«Famiglia?»

«Solo mio padre. La mamma morì nel '65, tumore al seno» disse lentamente Doris, toccandosi, senza accorgersene, sotto la vestaglia. Per la prima volta si ricordò di non sentire dolori al seno per quello che le aveva fatto Billy. Sandy notò il suo gesto e capì.

«Nessun altro?» domandò l'infermiera con voce pacata.

«Mio fratello... Vietnam.»

«Mi dispiace, Doris.»

«Non importa...»

«Sandy, ti ricordi?»

«Io sono Sarah», aggiunse la dottoressa Rosen, sostituendo il piatto vuoto con uno pieno.

«Grazie, Sarah.» Il suo sorriso era debole, ma Doris Brown adesso reagiva al mondo che le stava intorno, e la cosa era molto più importante di quanto un osservatore casuale avrebbe potuto credere. *Piccoli passi avanti*, disse Sarah tra sé. *Non è necessario che siano grandi. L'importante è che vadano nella giusta direzione.* Medico e infermiera si scambiarono un'occhiata d'intesa.

Incredibile. Era impossibile spiegarlo a un estraneo. Lei e Sarah avevano salvato quella ragazza quando aveva già un piede nella fossa. Ancora tre mesi, calcolò Sarah, forse meno, e il suo corpo sarebbe stato così debole che un nulla avrebbe potuto spegnere la sua vita nel giro di qualche ora. Ma adesso no. Adesso quella ragazza avrebbe continuato a vivere, e i due medici condivisero senza parlare il sentimento che Dio ha senz'altro provato quando ha creato il primo uomo. Avevano sconfitto la morte, riscattando il dono che può venire solo da Dio. Per questo entrambe avevano scelto quella professione, e momenti simili cancellavano la rabbia e il dolore per quei pazienti che non erano riuscite a salvare.

Ce l'abbiamo fatta!

«Mangia con calma, Doris. Quando digiuni per un po' di tempo lo stomaco si ritira» spiegò Sarah, indossando di nuovo i panni del medico. Non c'era motivo di allarmarla per i problemi e i dolori gastrointestinali che sarebbero sopraggiunti. Nessuno poteva prevenirli, e il fatto che mangiasse era la cosa più importante, per il momento.

«Basta. Sono piena.»

«Allora riposati. Adesso. Parlaci di tuo padre.»

«Me ne andai» disse Doris improvvisamente. «Subito dopo che David... dopo il telegramma, e papà... avevamo un po' di problemi e dava la colpa a me, e...»

Raymond Brown era caporeparto nel capannone della fornace a ossigeno basico numero tre della Jones and Loughlin Steel Company, niente di più. La sua casa si trovava in Dunleavy Street, una delle strade che si arrampicano sulle ripide colline della città. Era una casa isolata con struttura in legno, simile a molte altre costruite verso la fine del secolo scorso, con tavole che Raymond Brown doveva ridipingere ogni due o tre anni, a seconda dei venti che, d'inverno, soffiavano dalla valle Monongahela. Faceva il turno di notte, perché di notte la sua casa era particolarmente vuota. Non sentire più la voce della moglie, non portare più suo figlio al circolo sportivo o a giocare a palla nel giardino dietro casa, e non doversi più tenere al corrente sui ragazzi con cui Doris usciva durante il weekend, perciò preferiva... dormire di giorno, con il rumore della strada che, in qualche modo, assomigliava a quello della fabbrica. Sempre che riuscisse a dormire.

La situazione era pesante, e l'alcol era diventato l'unica cosa che gli dava la forza di andare avanti. Presto, però, erano sopraggiunte le conseguenze. E i benefici, si era detto Brown una volta. Bevendo, forse avrebbe potuto raggiungere prima una morte la cui fredda realtà doveva essere più calda di quella della sua esistenza. Che la sua tragica tristezza fosse causata solo da lui non faceva che attirarlo ancora di più.

Aveva provato, aveva fatto di tutto, ma ormai era tardi, come spesso accade. Si era già spinto troppo in là. Sua moglie, ancora giovane, trentasette anni, bella e piena di vita, aveva scoperto di avere un nodulo; lei, la sua migliore amica. Poi l'intervento, che l'aveva mutilata. Ma era stata coraggiosa e non aveva perso le speranze, e lui le era stato vicino il più possibile, ignorando la sua menomazione e concentrandosi sul suo amore. Avevano sperato, ma invano. Altro nodulo, altro intervento, cure mediche e il peggioramento, sempre sforzandosi di essere forte per lei fino alla fine. Pochi altri uomini avrebbero sopportato quel calvario, seguito poi da un'altra tragedia: il suo unico figlio maschio, David, fu chiamato alle armi, mandato in Vietnam e ammazzato due settimane dopo in qualche valle sconosciuta. Il sostegno dei colleghi, in particolare il giorno del funerale di Davey, non servì a impedirgli di rifugiarsi nella bottiglia, nel disperato tentativo di restare aggrappato a quello che gli rimaneva, ma aggrappandovisi troppo, e in modo troppo disperato. Doris aveva sopportato il suo dolore, ma Raymond non se ne era reso conto, e quando era arrivata a casa tardi, con i vestiti in disordine, le aveva detto cose tremende e crudeli. Ricordava ogni singola parola, ricordava il sordo rumore della porta quando Doris se ne era andata.

Solo il giorno dopo si era reso conto di quel che era successo, con le lacrime agli occhi si era precipitato alla stazione di polizia, umiliandosi di fronte a uomini che non aveva mai creduto in grado di capire, cercando disperatamente di ritrovare la sua bambina, per avere da lei quel perdono che non avrebbe mai potuto avere da se stesso. Ma Doris era scomparsa. La polizia aveva fatto il possibile, e non era molto. Così, per due anni era vissuto attaccato alla bottiglia finché due colleghi l'avevano preso in disparte e gli avevano parlato come fanno gli amici quando trovano il coraggio di invadere la privacy di un altro essere umano.

Adesso, il suo pastore andava regolarmente a fargli visita nella sua casa solitaria. Stava cercando di smettere di bere; Raymond Brown beveva ancora, ma non come prima, e voleva smettere del tutto. Da uomo, doveva affrontare così la sua solitudine, cercando di conviverci come meglio poteva. Sapeva che la dignità nella solitudine non aveva molto valore. Era una cosa vuota alla quale aggrapparsi, ma non gli rimaneva altro. Anche la preghiera lo aiutava, e pregando spesso si addormentava, anche se non sognava la famiglia che un tempo aveva vissuto con lui in quella casa. Si stava girando e rigirando nel letto, sudando per il caldo, quando squillò il telefono.

«Pronto?»

«Pronto, parlo con Raymond Brown?»

«Sì, chi è?» domandò, con gli occhi chiusi.

«Mi chiamo Sarah Rosen. Sono un medico di Baltimora, lavoro al Johns Hopkins Hospital.»

«Sì?» Il tono di quella voce gli fece aprire gli occhi. Fissava il soffitto, quella superficie bianca, così simile al vuoto della sua vita. Improvvisamente ebbe paura. Per quale motivo un medico di Baltimora avrebbe dovuto chiamarlo? Nella sua mente si stava facendo strada un noto timore, quando la voce proseguì.

«C'è qui una persona che vorrebbe parlarle, Mr. Brown.»

«Eh?» Sentì poi dei rumori confusi che potevano essere dovuti alla linea disturbata, ma non era così.

«Non ci riesco.»

«Non hai niente da perdere, cara» disse Sarah, porgendole il ricevitore. «È tuo padre. Fidati di lui.»

Doris prese in mano il telefono, tenendolo appoggiato all'orecchio con entrambe le mani, e parlò con voce bassissima.
«Papà?»

Da centinaia di chilometri di distanza, la parola sussurrata arrivò dall'altra parte del cavo chiara come il suono di una campana. Raymond dovette respirare tre volte prima di rispondere, e la risposta fu simile a un singhiozzo.
«Dor?»
«Sì, papà, perdonami.»
«Stai bene, piccola?»
«Sì, sto bene.» E per quanto incongruente, l'affermazione non era del tutto falsa.
«Dove sei?»
«Aspetta un attimo.» Poi la voce cambiò. «Mr. Brown, sono ancora la dottoressa Rosen.»
«È lì con lei?»
«Sì, Mr. Brown. L'abbiamo in cura da una settimana. È malata, ma guarirà. Capisce? Guarirà.»
Mr. Brown si stava stringendo il petto. Il suo cuore era un pugno d'acciaio e il respiro usciva sotto forma di dolorosi rantoli che un medico avrebbe potuto male interpretare.
«Sta bene?» chiese ansioso.
«Si rimetterà» lo rassicurò Sarah. «Non c'è dubbio, Mr. Brown. Mi creda, la prego.»
«Oh, Dio mio! Dove, dove siete?»
«Mr. Brown, non può ancora vederla. La riporteremo a casa non appena si sarà completamente rimessa. Non sapevo se fosse giusto chiamarla prima che poteste rivedervi, ma... non potevamo *non* farlo. Spero che capisca.»

«Ci volle qualche minuto prima che Raymond Brown riuscisse a dire qualcosa di comprensibile, ma le sue parole toccarono il cuore di Sarah. Era come se avesse salvato due vite in una.
«È sicura che stia bene?»
«Se l'è vista brutta, Mr. Brown, ma le prometto che si rimetterà completamente, e glielo sta dicendo un medico. Non lo direi se non fosse vero.»
«La prego, mi faccia parlare ancora con lei. La prego!»
Sarah passò il ricevitore a Doris e di lì a poco piangevano tutti e quattro. Medico e infermiera erano le più felici, e si abbracciarono, assaporando il loro trionfo sulle crudeltà del mondo.

Bob Ritter parcheggiò la macchina in West Executive Drive, una strada, in passato chiusa, situata tra la Casa Bianca e l'Executive Office Building. Proseguì a piedi verso quest'ultimo, forse il più brutto edificio di Washington (un primato da non sottovalutare) che in passato aveva ospitato gran parte dell'esecutivo: dipartimento di Stato, della Difesa, della Marina. In esso si trovava anche la sala dei trattati con gli indiani, costruita con l'idea di intimidire i primitivi visitatori mediante lo splendore dell'imponente architettura vittoriana e la grandiosità del governo che aveva fatto edificare quel gigantesco teepee. Negli ampi corridoi rimbombava il rumore dei suoi passi sul marmo, mentre camminava in cerca della stanza giusta. La trovò al secondo piano: era l'ufficio di Roger MacKenzie, l'assistente speciale del presidente per la sicurezza nazionale. Lo ''speciale'', paradossalmente, faceva di lui un funzionario di second'ordine. Il *consigliere* per la sicurezza interna aveva un ufficio ad angolo nell'ala ovest della Casa Bianca. Gli uffici dei suoi subordinati si trovavano altrove, e sebbene la distanza dal centro di potere mostrasse chiaramente dove stava l'autorità, non delimitava però l'arroganza legata al rango. Per ricordare a se stesso la sua importanza, reale o illusoria, MacKenzie doveva avere un proprio staff di collaboratori. Sebbene non fosse cattivo e mostrasse davvero grande ingegno, pensava Ritter, MacKenzie era geloso della sua posizione e, in un'altra epoca, sarebbe stato il funzionario del cancelliere, a sua volta consigliere del re. La differenza era che oggi il funzionario doveva avere un segretario esecutivo.

«Salve, Bob. Come vanno le cose a Langley?» domandò MacKenzie di fronte ai suoi collaboratori, in modo che sapessero che stava per incontrare un promettente funzionario della CIA, e si rendessero conto del tipo di persone con cui aveva a che fare.

«Solito» rispose Ritter, con un sorriso. *Cominciamo.*

«Hai trovato traffico?» chiese, facendo notare a Ritter che era un po' in ritardo, anche se non molto.

«C'è qualche problema sulla circonvallazione» Ritter indicò con un cenno del capo l'ufficio privato di MacKenzie. Questi annuì. «Wally, ci serve qualcuno che prenda appunti.»

«Arrivo, signore.» L'assistente esecutivo lasciò la sua scrivania, nello spazio riservato ai segretari, e prese un notes.

«Bob Ritter, ti presento Wally Hicks. Non credo vi conosciate.»

«Piacere, signore» disse Hicks, porgendo la mano. Ritter la strinse, e vide in lui uno dei tanti efficienti assistenti della Casa Bianca. Accento del New England, sguardo vivace, educato, tutto quello che doveva aspettarsi da gente del genere. Un minuto dopo erano seduti nell'ufficio di MacKenzie, la porta interna e quella esterna chiuse, con la loro intelaiatura di ghisa che conferiva all'edificio l'integrità strutturale di una nave da guerra. Hicks era indaffarato a preparare il caffè, come un paggio in qualche corte medievale: così funzionavano le cose nella democrazia più potente del mondo.

«Allora, a cosa devo la tua visita, Bob?» domandò MacKenzie da dietro la scrivania. Hicks aprì il notes con un agile movimento delle dita e diede inizio al suo tentativo disperato di annotare ogni singola parola.

«Roger, in Vietnam si è presentata un'opportunità unica.» Gli occhi si spalancarono e si rizzarono le orecchie.

«Cosa può essere?»

«Abbiamo individuato un campo speciale di prigionia a sud-ovest di Haiphong», disse Ritter, descrivendo in breve quello che sapevano e che sospettavano.

MacKenzie ascoltava con attenzione. Per quanto presuntuoso potesse sembrare, quel funzionario di banca arrivato da poco era anche un ex aviatore. Durante la seconda guerra mondiale aveva pilotato i quadrimotori B-24, anche in occasione della sensazionale missione su Ploesti. Un patriota con qualche pecca, disse Ritter tra sé. Avrebbe cercato di servirsi del primo, ignorando le ultime.

«Fammi vedere le tue immagini» disse dopo qualche minuto, scegliendo il termine più ricercato al posto di "fotografie", quello più comune.

Ritter tirò fuori dalla sua cartella il raccoglitore pieghevole delle foto e lo appoggiò sulla scrivania. MacKenzie lo aprì, prendendo la lente d'ingrandimento che teneva in un cassetto. «Sappiamo chi è quest'uomo?»

«Dietro ce n'è una in cui si vede meglio» rispose Ritter, per aiutarlo.

MacKenzie confrontò la foto dall'album di famiglia con quella scattata al campo e poi con l'ingrandimento.

«Sono molto simili, non identiche ma simili. Chi è?»

«Il colonnello Robin Zacharias, aeronautica. È stato per parecchio tempo alla base aerea di Offutt, piani di guerra del SAC. Sa tutto, Roger.»

MacKenzie guardò in alto e fischiò per lo stupore, come pensava ci si aspettasse da lui in simili circostanze. «E questo qui non è un vietnamita...»

«È un colonnello nell'aeronautica militare sovietica, il nome è sconosciuto, ma, beh, non è difficile immaginare per quale motivo si trovi lì, no? Il bello, però, arriva adesso.» Ritter diede a MacKenzie una copia del resoconto della morte di Zacharias pubblicato dai vietnamiti.

«Maledizione.»

«Sì, improvvisamente è tutto chiaro, vero?»

«Una cosa del genere potrebbe mandare a monte i negoziati di pace...» disse MacKenzie, esprimendo ad alta voce il suo pensiero.

Walter Hicks non poteva dire nulla. In quelle circostanze non gli era consentito intervenire. Era come uno strumento indispensabile, una macchina da scrivere animata, e l'unica ragione per cui si trovava in quella stanza era che, grazie a lui, il suo capo avrebbe avuto un verbale della conversazione. I collaboratori della Casa Bianca avevano la mania di verbalizzare ogni cosa. Di conseguenza, Wally Hicks fungeva da segretario addetto alla verbalizzazione, incarico che considerava un'offesa al suo livello di istruzione e alla sua posizione. Ma Hicks sapeva anche che quello era solo l'inizio e che, col tempo, le cose sarebbero cambiate. Inoltre, quell'incarico gli consentiva di conoscere un'infinità di informazioni. MANDARE A MONTE I NEGOZIATI DI PACE, scrisse velocemente, prendendosi il tempo di sottolineare la frase, e sebbene nessuno se ne accorse, le dita che tenevano la penna divennero bianche.

«Roger, gli uomini che secondo noi si trovano in quel campo, beh, sanno parecchio, quanto basta per compromettere seriamente la nostra sicurezza nazionale. *Seriamente*» disse Ritter in tono pacato. «Zacharias è a conoscenza dei nostri piani nucleari, ha collaborato alla stesura del SIOP (Single Integrated Operations Plan). Si tratta di una questione molto seria.» Gli era bastato pronunciare *si-op*, invocare il nome spaventoso del piano per le operazioni integrate, per alzare la posta in gioco. Il rappresentante della CIA si stupì per l'abilità con cui aveva mentito. I damerini della Casa Bianca potevano non concepire l'idea di liberare degli uomini in quanto tali, ma avevano i loro argomenti scottanti, e i piani di guerra nucleari erano il principale in questo e molti altri templi del potere governativo.

«Ti sto ascoltando, Bob.»

«Mr. Hicks, giusto?» disse Ritter, voltandosi.

«Sì, signore.»

«Vuole scusarci?»

L'assistente guardò il suo capo, implorando MacKenzie, con la sua espressione impassibile, di farlo rimanere nella stanza, ma non vi riuscì.

«Wally, per il momento continueremo la seduta a porte chiuse» disse MacKenzie, alleggerendo l'impatto con un sorriso amichevole, e indicando la porta.

«Sì, signore.» Hicks si alzò e lasciò l'ufficio, chiudendo la porta senza fare rumore.

Vaffanculo disse tra sé, infuriato, tornando alla sua scrivania. Come poteva dare consigli al suo capo — in questo consisteva il suo vero lavoro — senza sentire il seguito della conversazione? Robert Ritter, pensò Hicks. L'uomo che aveva quasi mandato a monte i delicati negoziati in un momento particolarmente difficile, trasgredendo gli ordini e portando via una qualche maledetta *spia* di Budapest. A Hicks bastava questo. Ritter era una di quelle persone poco lungimiranti. Non vedeva più in là del proprio naso. D'accordo, era fedele alla sua *spia*, ci si aspettava che fosse fedele, ma quell'uomo non *capiva*. Credeva che delle persone che avevano tradito la patria fossero più importanti dei negoziati per un trattato, come se la loro vita valesse qualcosa! Hicks, seduto alla sua scrivania, sbuffò. Sapeva che non c'erano stati danni irreparabili, *ma* le informazioni che la spia aveva riferito *avevano* in qualche modo modificato la posizione degli Stati Uniti nei negoziati, e *questo* aveva ritardato di tre mesi la conclusione del trattato. L'America, infatti, aveva deciso di strappare qualcos'altro ai sovietici, che si erano dimostrati *estremamente* ragionevoli nel cedere sulle questioni sulle quali era già stato raggiunto un accordo. Questo aveva salvato la carriera di Ritter, e probabilmente aveva rafforzato in lui quella stupida visione romantica secondo cui i singoli individui sono più importanti della pace mondiale, quando la pace stessa era invece l'unica cosa che davvero contasse.

Gesù, pensò Hicks. E Ritter sapeva come manipolare Roger. Tutta quella storia dei piani di guerra era una pura e semplice idiozia. Le pareti dell'ufficio di Roger erano tappezzate di foto dei Vecchi Tempi, quando aveva pilotato il suo maledetto aereo, volando fino a casa del diavolo e illudendosi di vincere da solo la guerra contro Hitler, un'altra di quelle fottute guerre che la diplomazia avrebbe potuto impedire se solo la gente avesse prestato attenzione ai problemi reali, come speravano di fare, un giorno, lui e Peter. I piani di guerra, il SIOP e tutte le altre stronzate in uniforme con cui la gente in questa sezione dell'organico della Casa Bianca giocava tutti i giorni non c'entravano niente. Era una questione di *uomini*, per Dio. Uomini in uniforme. Stupidi soldati, gente con le spalle grandi e il cervello piccolo che sapeva solo ammazzare, come se servisse a cambiare le cose. Ma soprattutto, pensò Hicks, adirandosi, erano uomini che sfidavano la sorte. Prima di lanciare bombe su gente pacifica e cordiale come i vietnamiti avrebbero dovuto pensare che forse le vittime non avrebbero gradito la cosa. E soprattutto, se erano così stupidi da mettere in gioco la propria *vita* significava implicitamente che accettavano la possibilità di perderla. Ma allora perché la gente come Wally Hicks avrebbe dovuto preoccuparsi di quando le cose non andavano per il giusto verso? Gli piaceva l'azione? La cosa attirava sicuramente quel genere di donne convinte che più gli uomini ce l'hanno grande e più sono stupidi, le donne a cui piacciono gli "uomini" che si trascinano come scimmie vestite a festa.

Potrebbe mandare a monte negoziati di pace. Lo pensava persino MacKenzie.

Tutti quei giovani della sua generazione, morti. Qualcuno lo aveva conosciuto, anche se indirettamente, come il figlio del giardiniere di famiglia. E ora rischiavano di non riuscire a fermare la guerra per colpa di *quindici* o *venti killer* professionisti che probabilmente provavano gusto nell'uccidere uomini più deboli di loro, che gettavano bombe e distruggevano case, solcando il cielo con piccoli e inutili aerei, invece di fare qualcosa per l'umanità, come i piloti civili che, con il loro lavoro, favorivano l'incontro di persone diverse, promuovendo lo scambio di idee e la comprensione reciproca. Quei piloti erano solo... autisti d'élite, ma erano pur sempre abili e bravi, e i galoppini avevano la loro importanza. Rischiare di non riuscire a fermare la guerra per colpa di una *manciata* di uomini che viveva per la violenza, e stava già ricevendo quello che meritava, come tutti i *guerrieri*. Hicks non faceva discriminazioni. Li odiava tutti. *E se dichiarassero guerra e non ci andasse nessuno?* Questo era uno degli aforismi preferiti dalla sua generazione, sebbene sapesse che si trattava di pura fantasia. Perché gli uomini come *quello*, Zacharias o come diavolo si chiamava, avrebbero sempre convinto la gente a seguirli. La gente che non poteva capire quello che capiva Hicks e non condivideva la sua visione delle cose non poteva rendersi conto che la guerra era solo uno spreco di energie. Questo era l'aspetto più sorprendente dell'intera questione. Non era *chiaro* che la guerra era semplicemente qualcosa di *terribile*? Quanto ci voleva per *capirlo*?

Hicks vide la porta aprirsi. MacKenzie e Ritter lasciarono l'ufficio.

«Wally, usciamo per qualche minuto. Potresti dire a quello delle undici che tornerò prima possibile?»

«Sì, signore.»

Si ripeteva il solito rituale: ora Ritter aveva completato la sua opera di persuasione. MacKenzie era ormai convinto che Roger avrebbe cercato di convincere il consigliere per la sicurezza nazionale. E probabilmente avrebbero scatenato un vero putiferio al tavolo dei negoziati: forse avrebbero ritardato tutto di almeno tre mesi, a meno che qualcuno non si fosse accorto dell'abile mossa. Hicks prese in mano il telefono e fece un numero.

«Ufficio del senatore Donaldson.»

«Salve, vorrei parlare con Peter Henderson.»

«Mi dispiace, ma è in Europa con il senatore. Torneranno la prossima settimana.»

«Ah, già. Grazie.» Hicks appese. *Dannazione*. Era così arrabbiato che se ne era dimenticato.

Alcune cose vanno fatte con molta attenzione. Peter Henderson non conosceva nemmeno il suo nome in codice, *Cassio*, assegnatogli da un analista dell'istituto per le relazioni tra gli Stati Uniti e il Canada, il cui amore per Shakespeare era autentico come quello di un professore di Oxford. Erano state la foto nello schedario e la breve descrizione dell'agente che gli avevano ricordato il "patriota" ambizioso nel *Giulio Cesare*. Bruto non sarebbe stato il nome adatto. Henderson, stando al giudizio dell'analista, non aveva abbastanza carattere, il che non significava che fosse incompetente, solo non eccelleva.

Il suo senatore era in Europa per un viaggio "investigativo" che aveva principalmente a che fare con la NATO, sebbene si sarebbero fermati a Parigi, dove erano in corso i negoziati di pace, per procurarsi qualche filmato da mandare in onda in autunno sulle reti televisive del Connecticut. Il "viaggio", infatti, era destinato principalmente allo shopping, con una riunione ogni due giorni. Henderson, che era al suo primo viaggio come esperto del senatore sulle questioni relative alla sicurezza interna, doveva presenziare agli incontri, ma il resto del tempo era libero, e aveva già fatto i suoi programmi. Ora stava visitando la White Tower, il vanto della Torre di Londra di sua maestà, che, da quasi nove secoli, faceva la guardia sul Tamigi.

«Giornata calda, per essere a Londra» osservò un altro turista.

«Mi domando se da queste parti ci siano mai temporali» replicò con disinvoltura l'americano, osservando l'enorme armatura di Enrico VIII.

«Ci sono» rispose l'uomo, «ma non forti come a Washington.»

Henderson vide un'uscita e si incamminò verso di essa. Un attimo dopo stava passeggiando nel parco della torre con il suo nuovo amico.

«Il suo inglese è perfetto.»

«Grazie, Peter. Mi chiamo George.»

«Salve, George.» Henderson sorrise senza guardarlo. Si sentiva davvero come James Bond, e il fatto di trovarsi lì, non semplicemente a Londra, ma nella sede storica dei reali d'Inghilterra... beh, era assolutamente fantastico.

George era il suo vero nome, Georgij, per la precisione, l'equivalente russo, e raramente scendeva ancora in campo. Sebbene in passato fosse stato un validissimo agente del KGB, le sue doti analitiche erano tali che era stato richiamato a Mosca con cinque anni di anticipo, promosso tenente colonnello e messo a capo di un'intera sezione. Colonnello a pieno titolo, ora George mirava alle stellette da generale. Il motivo per cui era venuto a Londra, passando per Helsinki e Bruxelles, era tenere d'occhio CASSIO personalmente, e fare un po' di shopping per la famiglia. Nel KGB solo tre uomini della sua età condividevano quel rango, e alla sua giovane e bella moglie piaceva indossare vestiti occidentali. Quale posto migliore di Londra per acquistarli? George non parlava il francese né l'italiano.

«Noi non ci incontreremo più, Peter.»

«Dovrei sentirmi onorato?»

«Se vuoi.» Per essere un russo, George era di indole stranamente gentile, anche se in parte fingeva. Sorrise all'americano. «Il tuo senatore ha accesso a molte informazioni.»

«Sì» convenne Henderson, godendosi il rituale dell'adulazione. Non fu necessario aggiungere, *e anch'io*.

«Quelle informazioni ci sono utili. Ad essere sincero, il vostro governo, specialmente ora, con il nuovo presidente, ci spaventa.»

«Spaventa anche me» ammise Henderson.

«Ma allo stesso tempo ci dà qualche speranza» proseguì George, parlando in tono equilibrato e riflessivo. «Il vostro presidente è anche un realista. La sua proposta di *distensione* viene vista dal mio governo come il segno di una possibile intesa di ampio respiro. Per questo vogliamo verificare quanto sia sincera. Sfortunatamente abbiamo dei problemi.»

«Del tipo?»

«Il vostro presidente forse è ben disposto. Lo dico sinceramente, Peter» aggiunse George. «Ma è molto... competitivo. Se scopre troppe cose su di noi ci farà pressione su certe questioni, e questo potrebbe impedirci di raggiungere l'accordo che noi tutti desideriamo. Nel vostro governo ci sono gruppi politici avversi. Anche nel nostro. Sono le vestigia dello stalinismo. La chiave per aprire negoziati come quelli che potrebbero iniziare tra poco è che entrambe le parti devono comportarsi onestamente. Ci serve il vostro aiuto per controllare chi dei nostri non lo fa.»

Henderson fu stupito da quell'affermazione. I russi riuscivano a essere così aperti, così simili agli americani! «Cosa posso fare?»

«Ci sono informazioni che non possiamo far trapelare. Se lo facessimo rovineremmo le nostre chance di arrivare alla *distensione*. Se noi sappiamo troppo di voi, o voi sapete troppo di noi, e l'esito del gioco è pregiudicato: una delle due parti cerca di avere troppo vantaggio sull'altra, a quel punto non può più esserci comprensione ma solo dominio, che nessuna delle due è disposta ad accettare. Capisci?»

«Sì, il tuo ragionamento fila.»

«Quello che sto chiedendo, Peter, è che di tanto in tanto ci fornisci informazioni particolari che avete ricevuto su di noi. Non voglio dirti cosa in particolare. Penso che sia abbastanza intelligente da deciderlo da te. Ci fidiamo. La guerra non ha più senso, ormai. La pace che sta per arrivare, se mai arriverà, dipende da persone come me e te. Tra le nostre due nazioni deve esserci un rapporto di fiducia, e questa fiducia inizia da due singoli individui. Non ci sono alternative. Vorrei che ce ne fossero, ma la pace può nascere solo così.»

«Pace, sarebbe bello» ammise Henderson. «Prima di tutto dobbiamo dire basta a questa dannata guerra.»

«Ci stiamo impegnando per raggiungere questo traguardo, come sai. Stiamo facendo... beh, non pressione, ma stiamo *incoraggiando* i nostri amici a seguire una linea più moderata. Sono morti già troppi uomini. È ora di mettere fine per sempre a questa assurda tragedia, una fine che sia accettabile per ambo le parti.»

«È bello sentirti parlare così, George.»

«Allora, pensi di poterci aiutare?»

Avevano fatto il giro della torre verde, e si stavano avvicinando alla cappella. Lì si trovava un ceppo per le decapitazioni. Henderson non sapeva se era stato davvero utilizzato. Intorno c'era una lunga catena di recinzione e sopra un corvo, uno di quelli che tengono nella Torre per tradizione e superstizione. Alla loro destra una guardia guidava un gruppo di turisti.

«Vi sto già aiutando, George.» Era vero. Erano quasi due anni che Henderson continuava a mangiucchiare dall'amo. Il colonnello del KGB non doveva fare altro che addolcire l'esca e vedere se Henderson avrebbe abboccato.

«Sì, Peter, lo so, ma chiediamo qualcosa di più, qualche informazione davvero preziosa. Sta a te decidere, amico. È facile fare la guerra. Fare la pace può essere molto più pericoloso. Nessuno saprà mai qual è stato il tuo ruolo in questa faccenda. I pezzi grossi di rango ministeriale raggiungeranno i loro accordi e si daranno la mano seduti attorno a un tavolo. Le telecamere riprenderanno l'evento per regalarlo alla storia, e gente come me e te, beh, i nostri nomi non finiranno mai sui libri. Eppure sarà importante, amico mio. Gente come noi preparerà la strada ai politici di domani. Non posso costringerti a collaborare, Peter. Sta a te decidere. E sta a te anche capire cosa abbiamo bisogno di sapere. Sei un uomo intelligente, e la tua generazione in America sa quello che bisogna sapere. Se vuoi posso lasciarti un po' di tempo per pensarci...»

Henderson si voltò, comunicando la sua decisione. «No, hai ragione. Bisogna fare qualcosa, non serve a nulla temporeggiare. Accetto, George.»

«L'impresa comporta dei rischi. Lo sai» lo avvertì George. Fu difficile trattenere l'entusiasmo per la vittoria, ma ora che stava abboccando bisognava tenere fermo l'amo ed essere prudenti.

«Correrò i miei rischi. Ne vale la pena.»

Ahhh.

«Le persone come te vanno protette. Una volta a casa ti contatteremo.» George fece una pausa. «Peter, sono papà. Ho una figlia di sei anni e un figlio di due. Grazie a noi cresceranno in un mondo migliore, un mondo di pace. Ti ringrazio per questo, Peter. Ora devo andare.»

«Ci vediamo, George» disse Henderson, usando il tipico saluto americano. George si voltò e fece un ultimo sorriso.

«No, Peter, non mi rivedrai.» George scese gli scalini in pietra andando verso il Traitor's Gate, il Portale del traditore. Fu difficile trattenere una risata per tutto quello che aveva fatto e per l'arco in pietra che vide chiuso di fronte a sé. Cinque minuti dopo salì in uno dei taxi neri di Londra, dicendo all'autista di andare verso i grandi magazzini Harrods a Knightsbridge.

Cassio, pensò. No, non era il nome adatto. Di certo non lo era Bruto, ma nemmeno Cassio. Casca, forse. Ma ormai era tardi per cambiarlo, e poi chi avrebbe capito il doppio senso che vi si nascondeva dietro? Pensò Glazov mentre si frugava in tasca in cerca della lista delle cose da comprare.

25

Partenze

Una sola prova, per quanto perfetta, non era certo sufficiente. Nelle notti successive ne fecero altre quattro, e due alla luce del giorno, in modo che la disposizione fosse chiara a tutti. La squadra di soccorso si sarebbe precipitata nell'edificio della prigione a soli tre metri dal fuoco di una mitragliatrice M-60: lo rendeva necessario la struttura stessa del campo, e la cosa preoccupava un po' tutti; questo era l'aspetto tecnico più pericoloso dell'assalto vero e proprio. Ma alla fine della settimana la squadra di BOXWOOD GREEN era ormai perfettamente addestrata. Gli uomini lo sapevano, così come gli ammiragli. Non per questo si adagiarono, ma cercarono di stabilizzare il ritmo per evitare che gli uomini venissero sottoposti a un superallenamento e si stancassero della routine. Poi arrivò la fase finale della preparazione. Durante l'addestramento gli uomini interrompevano di tanto in tanto l'azione, scambiandosi suggerimenti. Quelli migliori venivano immediatamente riferiti ai sottufficiali o al capitano Albie e, il più delle volte, venivano inseriti nel piano. Questa era la preparazione intellettuale, ed era importante che ogni membro della squadra sentisse di poter arrivare a esercitare un'influenza più o meno determinante sullo svolgimento dell'azione. Da qui derivava la fiducia, non la spacconeria così spesso rimproverata alle truppe d'élite, ma il discernimento professionale più profondo e molto più significativo che esaminava, adattava e riadattava le cose fino alla perfezione, e poi *si fermava*. Le ore di libertà erano stranamente più tranquille, adesso. I marines sapevano della missione e non facevano più tutti gli scherzi grossolani tipici dei ragazzi di quell'età. Guardavano la Tv, leggevano libri o riviste, aspettando l'ordine che, all'altro capo del mondo, anche altri uomini stavano attendendo, e nella calma di venticinque menti umane pullulavano gli interrogativi. Come sarebbero andate le cose? Se fossero andate bene, quale orgoglio avrebbero provato nel compiere la missione più delicata che possa venire affidata a un soldato? E se invece fossero andate male... beh, da parecchio tempo avevano tutti deciso che, indipendentemente dall'esito, non ci si poteva tirare indietro. Vi erano mariti da restituire alle mogli, padri da riportare ai loro figli, uomini da ricondurre nel loro Paese. I marines non si confidavano queste riflessioni, ma erano pensieri comuni a tutti, e ognuno sapeva che attraversavano anche la mente dei compagni. Ciascuno si rendeva conto che se bisognava rischiare di morire, quello era il momento giusto per farlo. Su ordine del sergente Irvin, arrivarono alcuni cappellani. Le coscienze furono liberate. Vennero redatti alcuni testamenti, per pura precauzione, dissero i marines imbarazzati agli ufficiali in visita, e nel frattempo i soldati si concentravano sempre più sulla missione, mettendo da parte ogni altra preoccupazione e dedicandosi interamente a qualcosa di definito solo da un nome in codice scelto a caso tra liste di parole. Ogni uomo andava sul luogo dell'addestramento per controllare angoli e disposizioni, di solito con il suo compagno di squadra più vicino, esercitandosi nella fase d'avvicinamento al bersaglio o nei percorsi che avrebbe seguito dopo l'inizio dello scontro a fuoco. Ognuno cominciò a seguire un programma personale di allenamento, a fare per conto proprio due o tre chilometri di corsa oltre alla solita ginnastica mattutina e pomeridiana, sia per combattere la tensione sia per sentirsi più sicuro di essere davvero pronto. Un osservatore esperto se ne sarebbe accorto dal loro sguardo: serio ma non teso, concentrato ma non troppo, sicuro di sé ma non impudente. Gli altri marines a Quantico mantenevano le distanze dai componenti di quella squadra, domandandosi il perché della loro sistemazione e del loro programma speciale, perché i Cobra erano sulla linea di volo, i piloti dei reparti di salvataggio della marina sulla base galleggiante ma gli bastava dare loro un'occhiata quando erano nella boscaglia per convincersi a tenere per sé quelle domande e a mantenere le distanze. Stava per succedere qualcosa di speciale.

«Grazie, Roger», disse Bob Ritter nell'inviolabilità del suo ufficio a Langley. Premette alcuni tasti sul telefono e chiamò un altro interno. «James? Sono Bob. Affare fatto. Comincia a darti da fare».

«Grazie, James.» Dutch Maxwell ruotò sulla sua sedia girevole, guardando la fiancata appesa alla parete: alluminio blu del suo caccia F6F Hellcat, con le file uniformi di bandiere del Sol Levante rosse e bianche, una per ogni vittima della sua abilità.

Nella sua professione era quello il metro di misura che usava. «Grafton» chiamò.

«Sì, signore?» sulla porta comparve un sottufficiale.

«Segnali all'ammiraglio Podulski sulla *Constellation*: "Verde Oliva".»

«Sì, signore.»

«Dica al mio autista di venire qui, poi chiami Anacostia. Mi serve un elicottero tra circa un quarto d'ora.»

«Va bene, ammiraglio.»

Il viceammiraglio Winslow Holland Maxwell della marina statunitense, lasciò la sua scrivania e uscì dalla porta secondaria, imboccando il corridoio dell'anello E. Fece una prima tappa nell'ufficio della sezione dell'aeronautica.

«Gary ci servirà quell'aereo da trasporto di cui abbiamo parlato.»

«È tutto vostro, Dutch», rispose il generale senza fare domande.

«Comunica i dettagli al mio ufficio. Sto uscendo, ma chiamerò ogni ora.»

«Sì, signore.»

L'auto di Maxwell lo stava aspettando all'entrata del River, con un maresciallo scelto dell'aeron tica al volante. «Dove, signore?»

«Anacostia, maresciallo, all'eliporto.»

«Sì.» Il sottufficiale innestò la marcia e partì in direzione del fiume. Non sapeva di cosa si trattasse, ma sapeva che si trattava di qualcosa. Il vecchio aveva un'andatura simile a quella di una ragazza che si reca a un appuntamento.

Kelly stava continuando la preparazione alla permanenza nella giungla, che lo impegnava da diverse settimane. Aveva scelto le armi, nella fervida speranza di non dover sparare neanche un colpo. La principale era una CAR-15, una carabina simile a un fucile d'assalto M-16. Poi c'era una pistola automatica da 9 mm con silenziatore con una fondina a spalla, ma la sua vera arma era una radio; se ne sarebbe portate due, per sicurezza, oltre al cibo, l'acqua e una cartina, e delle pile di scorta. In tutto erano undici chili di carico, senza contare l'attrezzatura speciale per portarsi in posizione. Non era un peso eccessivo, e Kelly riusciva a muoversi senza problemi tra gli alberi o sui pendii delle colline. Nonostante la sua corporatura robusta era veloce e silenzioso nei movimenti. Quest'ultima caratteristica dipendeva soprattutto dal terreno su cui camminava, da dove metteva i piedi, da come si piegava e girava per passare tra gli alberi e i cespugli, tenendo d'occhio con la stessa attenzione il sentiero e l'area circostante.

Superallenamento, disse a sé stesso. *Dovresti prenderla con un po' più di calma.* Se ne rese conto improvvisamente, e in quel momento si rialzò e iniziò a discendere la collina, arrendendosi agli istinti e alla ragione. Trovò i marines che si allenavano a piccoli gruppi, mimando l'uso delle loro armi mentre il capitano Albie si consultava con gli equipaggi dei quattro elicotteri. Kelly si stava avvicinando alla zona di atterraggio quando un elicottero blu della marina atterrò, e ne scese l'ammiraglio Maxwell. Kelly, per puro caso, era arrivato per primo. Conosceva lo scopo e il significato di quella visita prima ancora che qualcuno parlasse.

«È arrivata l'ora X?»

«Stanotte» rispose Maxwell.

Nonostante la preparazione e l'entusiasmo, Kelly sentì il solito brivido. Non ci era più abituato. La sua vita era di nuovo in gioco. La vita di altre persone dipendeva da lui. Avrebbe dovuto portare a termine la missione. Beh, disse tra sé, so cosa devo fare. Kelly aspettò vicino all'elicottero mentre Maxwell andò dal capitano Albie. Arrivò l'auto del generale Young, perché anche lui aveva notizie da comunicare. Ci fu uno scambio di saluti mentre Kelly osservava la scena. Albie prese la parola e si fece un po' più impettito. I marines Recon gli si raccolsero intorno ed ebbero una reazione sorprendentemente moderata e razionale. Ci fu uno scambio di occhiate, piuttosto incerte, ma che presto si trasformarono in cenni di consenso semplici e determinati. Fu dato il via alla missione, dopodiché Maxwell tornò all'elicottero.

«Allora, penso che voglia qualche ora libera.»

«Ha detto che me lo avrebbe concesso, signore.»

L'ammiraglio gli diede una manata sulla spalla e indicò l'elicottero. A bordo, si misero le cuffie antirumore mentre l'equipaggio faceva scaldare il motore.

«Fra quanto, signore?»

«Deve tornare entro mezzanotte.» Dal seggiolino di destra il pilota si voltò verso di loro. Maxwell gli fece un cenno perché rimanesse fermo.

«Sì, signore.» Kelly si tolse le cuffie e saltò giù dall'elicottero, dirigendosi verso il generale Young.

«Dutch mi ha detto tutto» disse Young, con una voce che lasciava trasparire tutta la sua disapprovazione. Non erano cose da fare. «Di cosa ha bisogno?»

«Voglio tornare alla barca per cambiarmi, poi ho bisogno di un passaggio fino a Baltimora. Tornerò da solo.»

«Senta, Clark...»

«Generale, ho contribuito a preparare questa missione, ricorda? Sono il primo a entrare e l'ultimo a uscire.» Young avrebbe voluto imprecare ma si trattenne. Indicò prima il suo autista, poi Kelly.

Quindici minuti dopo Kelly era in un altro mondo. Da quando aveva lasciato la *Springer* ancorata alla darsena di ormeggio il mondo si era fermato e lui era tornato indietro nel tempo. Adesso stava andando avanti, ma per poco. Gli bastò una rapida occhiata per capire che il responsabile della darsena stava tenendo d'occhio la zona. Fece una doccia veloce e si mise degli abiti civili, tornando poi all'auto del generale.

«Baltimora, caporale. Le faciliterò le cose. Mi lasci pure all'aeroporto. Lì prenderò un taxi.»

«Va bene, signore» disse l'autista. Kelly si stava già addormentando.

«Com'è andata Mr. MacKenzie?» domandò Hicks.

«L'hanno approvato» rispose l'assistente speciale, firmando alcuni documenti e siglandone altri destinati a vari archivi ufficiali dove in futuro gli storici avrebbero registrato il suo nome come quello di un personaggio marginale del suo tempo.

«Può dirmi che cosa?»

Che diavolo, pensò MacKenzie. Hicks aveva un nullaosta di segretezza, ed era un'occasione per far vedere la sua importanza. In due minuti fece una sintesi di BOXWOOD GREEN.

«Signore, questa è un'invasione», sottolineò Hicks nel tono più pacato possibile, nonostante i brividi e il nodo allo stomaco.

«Potrebbero pensarlo loro, ma non io. Se non ricordo male hanno invaso tre Paesi sovrani.»

In tono più pressante: «Ma i negoziati di pace, ha detto lei stesso...»

«Oh, al diavolo i negoziati di pace! Dannazione, Wally, in quel posto ci sono degli *uomini*, e quello che sanno è di vitale importanza per la nostra sicurezza. Inoltre...» sorrise «...ho dato una mano a convincere Henry.» *E se riusciamo...*

«Ma...»

MacKenzie alzò lo sguardo. Non aveva capito? «Ma *cosa*, Wally?»

«È pericoloso.»

«La guerra è così, nel caso non te l'avesse mai detto nessuno.»

«Signore, dovrei poter parlare, qui, giusto?» domandò Hicks apertamente.

«Certamente, Wally. Parla pure.»

«I negoziati di pace sono giunti a una fase delicata...»

«I negoziati di pace sono sempre delicati. Continua» ordinò MacKenzie, gustandosi il suo discorso pedagogico. Forse quel ragazzino avrebbe imparato qualcosa, tanto per cambiare.

«Signore, abbiamo già perso molti uomini. Ne abbiamo uccisi un *milione*. E per che cosa? Cosa abbiamo ottenuto? È servito a qualcuno?» La sua voce era quasi supplichevole.

Non stava dicendo niente di nuovo, e MacKenzie era stanco di ripetere sempre le stesse cose. «Se mi stai chiedendo di difendere il modo in cui siamo finiti in questo pasticcio, Wally, stai sprecando fiato. È stato un pasticcio sin dall'inizio, ma non è stata opera di *questa* amministrazione, o mi sbaglio? Siamo stati eletti con l'incarico di uscire di lì.»

«Sì, signore» disse Hicks, come era tenuto a fare. «Il punto è proprio questo. Potrebbe compromettere le nostre possibilità di portare a termine il lavoro. Penso sia un errore, signore.»

«Okay.» MacKenzie si calmò e guardò il suo assistente con sguardo tollerante. «Il tuo punto di vista può... sarò generoso, *è* giusto. Ma che mi dici degli uomini, Wally?»

«Hanno corso i loro rischi. Hanno perso» rispose Hicks con la freddezza di chi non ha ancora abbastanza esperienza.

«Sai, la tua indifferenza può avere la sua utilità, ma la differenza tra noi due è che io ci sono passato, tu no. Non hai mai indossato un'uniforme, Wally. È un peccato. Forse ti avrebbe insegnato qualcosa.»

Hicks fu colto letteralmente alla sprovvista da quell'osservazione poco pertinente. «Non so cosa avrei potuto imparare, signore. Avrebbe solo ostacolato i miei studi.»

«La vita non è un libro, figliolo» disse MacKenzie, utilizzando una parola con la quale voleva mostrarsi affettuoso, ma che al suo assistente suonò invece solo come un modo per sottolineare la sua superiorità. Nella realtà la gente sanguina, ha dei sentimenti, dei sogni e una famiglia, una vita vera. Avresti imparato che possono non essere persone *come* te, eppure sono uomini, e se lavori per questo governo degli uomini, devi tenerne conto.»

«Sì, signore.» Cos'altro poteva dire? Non aveva speranze di spiazzare l'avversario. MacKenzie aveva convinto Henry, quella spia idiota, Ritter, e anche se Hicks fosse riuscito a dissuaderlo, a fargli cambiare opinione, l'assistente speciale non sarebbe potuto tornare indietro e ritrattare. Come una di quelle tragedie greche che aveva studiato ad Andover e Brown, le cose sarebbero andate fino in fondo. L'invasione del Nord avrebbe potuto mettere a repentaglio le trattative di pace, ostacolarle per mesi, altra "gente" sarebbe morta e il mondo sarebbe stato ancora in guerra...per che cosa? Ma non poteva fare nulla per cambiare la situazione. Era come la maledizione di Cassandra, disse Hicks tra sé mentre tornava alla sua scrivania. *SAPEVA* cosa sarebbe successo, a cosa tutto questo avrebbe portato, ma come Cassandra non poteva ammonire gli altri. Aveva bisogno di qualcuno con cui parlarne.

«John!» In due settimane neanche una parola. Aveva temuto che gli fosse successo qualcosa, ma ora dovette affrontare il fatto che era vivo, e che forse stava facendo cose alle quali era meglio non pensare.

«Ciao, Sandy.» Kelly sorrise, vestito anche questa volta in maniera decente, addirittura con una cravatta sotto al blazer blu, ovviamente una maschera, così diverso da come l'aveva visto l'ultima volta, che il suo arrivo quasi la spaventò.

«Dove sei stato?» domandò Sandy, invitandolo a entrare, per evitare che i vicini sapessero di quella visita.

«Ho avuto da fare» rispose Kelly, evasivo.

«Che cosa?» La prontezza della domanda richiedeva una risposta concreta.

«Niente di illegale, giuro» fu il meglio che gli venne in quel momento.

«Sei sicuro?» Improvvisamente la situazione divenne molto imbarazzante. Kelly se ne stava lì, appena oltre la soglia, colto da un senso di rabbia e di colpa al tempo stesso, domandandosi perché era venuto qui, perché aveva chiesto all'ammiraglio Maxwell un favore davvero speciale, e senza trovare la risposta.

«John!» gridò Sarah da in cima alle scale, distogliendo entrambi dai loro pensieri.

«Ehi, dottoressa», disse Kelly, e furono tutti e due contenti di essere stati distratti.

«Abbiamo una sorpresa per te!»

«Quale?»

La dottoressa Rosen scese le scale, con un'aria estremamente trasandata nonostante il sorriso. «Sembri cambiato.»

«Ho fatto parecchia attività fisica» spiegò Kelly.

«Come mai sei qui?» domandò Sarah.

«Sto per andare in un posto e volevo salutarvi prima di partire.»

«Per dove?»

«Non posso dirlo» fu la risposta, e l'atmosfera si fece improvvisamente gelida.

«John» disse Sandy. «Sappiamo tutto.»

«Okay» commentò Kelly, annuendo. «Lo immaginavo. Come sta?»

«Bene, grazie a te» rispose Sarah.

«John, dobbiamo parlare» insistette Sandy. La dottoressa Rosen capì e salì di sopra mentre infermiera ed ex paziente si ritiravano in cucina.

«John, cosa stai facendo, di preciso?»

«Ultimamente? Non posso dirtelo, Sandy. Scusa, ma non posso.»

«Intendo... intendo tutto. Cos'hai fatto?»

«È meglio che tu non lo sappia, Sandy.»

«Billy e Rick?» disse la O'Toole, mettendo in tavola la cena.

Kelly fece un cenno con la testa, indicando il piano di sopra. «Hai visto cosa le hanno fatto? Non si ripeterà più.»

«John, non puoi fare queste cose! La polizia...»

«...ha degli infiltrati» disse Kelly. «L'organizzazione ha corrotto qualcuno, probabilmente qualcuno molto in alto. Per questo non posso fidarmi della polizia, e neanche tu, Sandy» concluse, cercando di essere più moderato possibile.

«Ma ci sono altri, John. Ci sono altri che... voglio dire...» le venne meno la voce, e vide la sua logica argomentazione annientata da una semplice osservazione che non aveva previsto. «Come lo sai?»

«Ho fatto qualche domanda a Billy.» Kelly esitò un istante, e il volto di Sandy lo fece sentire ancora più in colpa. «Sandy, credi davvero che qualcuno si darà da fare per indagare sulla morte di una prostituta? Perché è di questo che si tratta per loro. Credi che interessi a qualcuno? Te l'ho già chiesto, ricordi? Mi hai detto che non esiste nemmeno un programma di aiuto per quelle poverette. A te stanno a cuore. Per questo l'ho portata qui. Ma ai poliziotti che importa? No, forse potrei strappare qualche informazione per smantellare il giro della droga. Forse. Non ne sono sicuro. Non so davvero come fare. Sono stato addestrato per altre cose, Sandy. È questo che ho fatto, e se vuoi denunciarmi, beh, non posso fermarti. Non ti farò del male...»

«Lo so!» disse Sandy, quasi urlando. «John, non puoi farlo» aggiunse, riprendendo la calma.

«Perché no?» domandò Kelly. «Ammazzano della gente. Commettono azioni orribili e nessuno fa niente per fermarli. E le vittime, Sandy? Chi parla per loro?»

«La legge!»

«E quando la legge non funziona? Le lasciamo morire? Morire a quel modo? Ti ricordi la foto di Pam?»

«Sì» rispose Sandy, sentendosi sconfitta, sapendo di esserlo anche se non lo voleva.

«L'hanno torturata per ore, Sandy. La ragazza che stai... ospitando... ha guardato la scena, *l'hanno costretta a guardare.*»

«Me l'ha detto. Ci ha raccontato ogni cosa. Lei e Pam erano amiche, è quella che dopo... dopo che Pam è morta l'ha pettinata, John.»

La sua reazione la sorprese. Immediatamente fu chiaro che il dolore di Kelly era come assopito, e che alcune parole potevano risvegliarlo così improvvisamente da farlo davvero soffrire. Si voltò per un momento e fece un respiro profondo prima di voltarsi di nuovo. «Sta bene?»

«La porteremo a casa tra qualche giorno. Io e Sarah.»

«Grazie per avermelo detto. Grazie per esservi prese cura di lei.»

Era la sua dicotomia che la sconvolgeva così tanto. Riusciva a parlare di infliggere la morte ad altre persone con tale calma, come Sam Rosen quando discuteva di qualche particolare tecnica chirurgica; e come il chirurgo, Kelly si prendeva a cuore le persone che... salvava? Vendicava? O forse era la stessa cosa? Per lui sì.

«Sandy, la realtà è questa: hanno ucciso Pam. L'hanno violentata, torturata e uccisa, come un *ammonimento*, capisci? Potrebbero fare lo stesso con altre ragazze. Li prenderò tutti, uno per uno, e se muoio prima... correrò questo rischio. Mi dispiace se mi disprezzi per questo.»

«John, perché?»

«Perché sono stanco di vedere persone maltrattate. Sono stanco di vedere gente messa da parte. Qualcuno deve fare qualcosa, Sandy. È importante per me.»

«Tanto da rischiare la vita?»

La guardò dritto negli occhi. «Sì.»

«Hai detto che stai per partire.»

«Sì.»

«Dove vai?»

«Non posso dirtelo.» Una risposta molto eloquente, in realtà. «Se le cose vanno come devono tornerò tra circa due settimane.»

«È una cosa pericolosa?»

«No, se faccio attenzione.» Kelly sapeva che non si sarebbe lasciata ingannare.

«A fare cosa?»

«Una missione di salvataggio. Non posso dire altro, e ti prego di non parlarne con nessuno. Partirò stanotte. Sono stato ad addestrarmi, in una base militare.»

Adesso fu Sandy a distogliere lo sguardo, voltandosi verso la porta della cucina. Non le dava nessuna possibilità. C'erano troppe contraddizioni. Aveva salvato una ragazza che altrimenti sarebbe sicuramente morta, ma per farlo aveva ammazzato. Amava una ragazza che era morta. Era pronto a uccidere ancora per quell'amore, a rischiare tutto. Si era fidato di lei, Sarah e Sam. Era un uomo buono o cattivo? Era impossibile conciliare quelle idee e quei fatti così contraddittori. Vedere quello che era successo a Doris, fare di tutto per guarirla, sentire la sua voce, e quella di suo padre, aveva avuto senso, in passato. Ne aveva avuto prima di affrontare la realtà della morte di altre persone e dell'uomo che ne era la causa. Era facile considerare le cose con freddezza, da una certa distanza. Ma non ora, di fronte all'artefice di tutto, che si spiegava con calma e schiettezza, senza mentire, senza celare nulla, dicendo solo la verità e confidando, ancora una volta, nella sua comprensione. Sandra O'Toole voleva piangere, ma non era il momento per farlo. Doveva esaminare i propri sentimenti, distinguere ciò che era giusto da ciò che era sbagliato, ma in alcune circostanze quei valori così semplici diventavano confusi, come in quel momento. Cosa poteva pensare? si chiese Sandy. Cosa poteva fare?

«Vietnam?» chiese dopo alcuni secondi, temporeggiando, cercando di aggiungere sostanza a una confusa accozzaglia di pensieri.

«Esatto.» Kelly si fermò. Doveva darle una spiegazione. Doveva aiutarla a capire perché aveva deciso di tornare, come aveva fatto Tim. «Sandy, laggiù ci sono alcune persone che non torneranno a casa se non facciamo qualcosa, e questa è la nostra missione.»

«Perché tu? Perché devi andarci proprio tu?» chiese, avendo bisogno di più risposte.

«Hanno tutti una famiglia, Sandy, e se non andiamo noi a prenderli quelle famiglie non potranno più riabbracciarli. Perché io? Qualcuno deve andarci, e hanno scelto me. Perché tu fai quello che fai, Sandy? Perché non hai scelto qualcosa di più facile? Te l'ho già chiesto una volta, ricordi?»

«Maledizione, John! Ci *tengo* a te», disse d'impulso, meravigliandosi per quella confessione. Teneva a un killer? Ma era davvero un killer? Sì, ma non... la sua mente non era pronta ad affrontare tutto quello che le stava succedendo. John, per molte cose, era simile a Tim, ma Tim avrebbe... avrebbe fatto tutto quello che stava facendo lui? E lei lo avrebbe voluto?

Sul volto di lui tornò l'espressione di dolore. «Non farlo. Potresti soffrire ancora, e non voglio.» Era proprio questa la cosa che non doveva dire. «Chi si attacca a me finisce per soffrire, Sandy.»

Sarah entrò proprio in quel momento, accompagnando Doris in cucina e salvando entrambi da se stessi. La ragazza era completamente trasformata. La perdita di peso aveva giovato al suo aspetto, ma soprattutto il suo sguardo finalmente era vivo. Sandy le aveva tagliato i capelli e aveva trovato qualcosa di carino da farle indossare. Ancora debole, ancora lontana dalla piena guarigione, Doris adesso si muoveva da sola, senza bisogno di aggrapparsi alle pareti per reggersi in piedi. I suoi dolci occhi castani fissavano Kelly.

«È lei» disse la ragazza sommessamente.

«Suppongo di sì. Come sta?»

Sorrise. «Tra poco tornerò a casa. Papà... papà vuole che torni.»

«Ne sono certo, signorina», disse Kelly. Era così diversa da quella giovane donna instupidita dalla droga di poche settimane prima, e anche se il suo comportamento era ancora circospetto, era viva, e probabilmente lo sarebbe rimasta. Forse tutto questo aveva un significato.

Proprio in quel momento Sandy pensò la stessa cosa. Doris era innocente, la vera vittima di forze che si erano abbattute su di lei e, se non fosse stato per Kelly, sarebbe morta. Nient'altro avrebbe potuto salvarla. Era stata necessaria la morte di altre persone, ma... ma *cosa*?

«Quindi, forse è stato Eddie» disse Piaggi. «Gli ho detto di tenere gli occhi aperti, ma dice di non aver scoperto niente.»

«E da quando hai parlato con lui non è successo nulla. Tutto è tornato alla normalità, per così dire» rispose Henry, dicendo ad Anthony Piaggi quello che già sapeva e aggiungendo una conclusione sulla quale aveva riflettuto. «E se stesse solo cercando di ''smuovere un po' le acque?'' Se volesse solo diventare più importante, Tony?»

«Possibile.»

Risposta che portò alla domanda successiva: «Scommetti che se Eddie se ne va a farsi un viaggetto non succede più niente?».

«Pensi che stia preparando qualche mossa?»

«Come te lo spieghi, altrimenti?»

«Qualunque cosa succeda a Eddie, potrebbero esserci dei problemi. Non credo di poter...»

«Lasciare che me ne occupi io? Ho in mente qualcosa che sicuramente funzionerà.»

«Dimmi di cosa si tratta» disse Piaggi. Due minuti dopo esprimeva la sua approvazione con un cenno del capo.

«Perché sei venuto?» Domandò Sandy mentre lei e Kelly sparecchiavano la tavola. Sarah accompagnò Doris di sopra a riposare.

«Volevo vedere come stava.» Ma era una bugia, e nemmeno una delle migliori.

«Ti senti solo, vero?» Kelly tacque a lungo prima di rispondere.

«Sì.» Lo aveva costretto ad affrontare la realtà. Essere solo non era quello che aveva desiderato, ma il destino e la sua natura gliel'avevano imposto. Ogni volta che aveva cercato un legame con quualcuno era successo qualcosa di terribile. Vendicarsi contro chi lo aveva condannato a quella vita era senz'altro uno scopo valido per cui lottare, ma non bastava per riempire il vuoto dentro di lui. E adesso era chiaro che quello che stava facendo lo stava allontanando da un'altra persona. Come faceva la vita a essere così complicata?

«Non posso dire di essere d'accordo, John. Vorrei poterlo fare. Salvare Doris è stato un gesto stupendo, ma non ammazzando delle persone. Ci deve essere un altro modo...»

«E se non c'è?»

«Mi lasci finire?» chiese Sandy sommessamente.

«Scusa.»

Gli accarezzò la mano. «Ti prego, sii prudente.»

«Di solito lo sono, Sandy. Sul serio.»

«Cosa farai, cosa vai a fare, non è...» Sorrise. «No, è una vera missione. Ufficiale.»

«Due settimane?»

«Se tutto procede secondo i piani, sì.»

«Sarà così?»

«Qualche volta succede.»

La sua mano strinse quella di lui. «John, pensaci. Ti prego! Cerca di trovare un'altra soluzione. Lascia stare. Molla tutto. Hai salvato Doris. È stato un gesto meraviglioso. Forse, con quello che sei venuto a sapere puoi salvare le altre senza... senza uccidere più.»

«Ci proverò.» Non poteva dire di no, non con il calore della mano di Sandy sulla sua, e il guaio di Kelly era che una volta che aveva dato la sua parola non riusciva più a tirarsi indietro. «Ad ogni modo, adesso ho altro di cui occuparmi.» Ed era la verità.

«Come posso fare per sapere... John...»

«Di me?» Era sorpreso, che volesse avere sue notizie.

«John, non puoi lasciarmi così, senza dirmi a chi posso chiedere di te.»

Kelly tirò fuori una penna dalla giacca e scrisse un numero di telefono. «È di una persona... un ammiraglio, James Greer. Lui potrà dirti qualcosa, Sandy.»

«Ti prego, sii prudente.» Adesso, la sua stretta e il suo sguardo erano disperati.

«Te lo prometto. Sono abilissimo in questo.»

Anche Tim. Non ebbe bisogno di dirlo. Si capiva dallo sguardo, e Kelly in quel momento comprese quanto poteva essere crudele lasciarsi indietro qualcuno. Ma se non si lasciava indietro nessuno, allora perché tornare?

«Ora devo andare. Sandy, è importante, davvero. Ci sono venti uomini, e se non lo facciamo...»

«Basta che faccia in modo di tornare.»

«Promesso.» Ma quelle parole suonarono vuote, persino a lui. Kelly voleva baciarla, ma non ci riuscì. Era in piedi vicino al tavolo, la mano di lei ancora sulla sua. Le sorrise. Era una donna alta, molto forte e coraggiosa, capace di cose che lui non sapeva fare, ma aveva già sofferto tanto, e il pensiero di poterle causare un nuovo dolore lo terrorizzava. «Ci vediamo tra un paio di settimane. Salutami Sarah e Doris, okay?»

«Sì.» Lo seguì fino alla porta. «John, quando torni cerca di chiudere per sempre.»

«Ci penserò» disse senza voltarsi, per il timore di guardarla ancora una volta. «Lo farò.»

Kelly aprì la porta. Si era fatto buio e avrebbe dovuto affrettarsi per arrivare a Quantico in tempo. La sentiva dietro di sé, sentiva il suo respiro. Aveva già perso due donne nella sua vita, una per un incidente, l'altra per un omicidio, e ora forse se ne stava lasciando scappare una terza con le sue mani.

«John?» Non gli aveva ancora lasciato la mano, e il suo contatto era al tempo stesso una maledizione e una benedizione. Dovette voltarsi, nonostante la paura.

«Sì, Sandy?»

«Torna.»

«Tornerò.» Le accarezzò ancora il viso e le baciò la mano, poi se ne andò. Lei lo guardò camminare verso la Volkswagen e partire.

Persino ora, pensò. *Persino ora sta cercando di proteggermi.*

Basta? Posso fermarmi? Ma cosa "bastava"?

«Pensaci bene» disse ad alta voce. «Quali altre cose sai che altri possono utilizzare?»

Parecchie, davvero. Billy gli aveva fornito diverse informazioni, forse una quantità sufficiente. La droga veniva lavorata su una di quelle vecchie navi. Aveva il nome di Henry, e quello di Burt. Sapeva che un funzionario di grado elevato della sezione narcotici lavorava per Henry. La polizia poteva prendere questo fatto e farne un caso, così da metterli tutti dietro le sbarre per traffico di stupefacenti e omicidio? Henry poteva essere condannato a morte? Ed era sufficiente che la risposta a queste domande fosse "sì"?

La collaborazione con i marines gli aveva fatto sorgere gli stessi dubbi suscitati dalle paure di Sandy. Cosa avrebbero pensato se avessero saputo che stavano collaborando con un assassino? L'avrebbero condannato o capito?

«Le buste puzzano» aveva detto Billy. «Come cadaveri, come la roba che usano per conservarli.»

Cosa diavolo significava? Si domandava Kelly, attraversando la città per l'ultima volta. Vide delle auto della polizia in servizio. Gli uomini che le guidavano non potevano essere tutti sbirri corrotti.

«Merda», esclamò Kelly, seccato per il traffico. «Basta pensare, marinaio. C'è un lavoro che ti attende, un lavoro vero.»

Quelle parole avevano detto tutto. BOXWOOD GREEN era un lavoro vero, e l'intuizione lo colpì chiara e distinta come i fari delle auto che viaggiavano nella direzione opposta alla sua. Se una persona come Sandy non capiva... bisognava andare avanti da soli, con i propri pensieri, la rabbia e la solitudine, ma quando altri che vedevano e sapevano, anche persone che ti ammiravano, e conoscevano esattamente di cosa si trattava, quando persino loro ti chiedevano di fermarti...

Cosa era giusto? Cosa era sbagliato? Dov'era la linea di demarcazione tra i due? Sull'autostrada era semplice: qualcuno aveva tracciato le linee, e non bisognava far altro che rimanere nella corsia giusta, ma nella vita non era così facile.

Quaranta minuti dopo si trovava sulla I-495, il raccordo anulare di Washington. Cos'era più importante: uccidere Henry o salvare le altre donne?

Altri quaranta e attraversò il fiume, entrando in Virginia. Vedere Doris — che nome stupido — viva, dopo quella volta, quando era quasi morta come Rick... Più ci pensava e più gli sembrava bello.

Lo scopo di BOXWOOD GREEN non era uccidere il nemico, ma salvare degli uomini.

Poi imboccò la statale 95 e dopo altri tre quarti d'ora arrivò a Quantico. Erano le 23.30 quando raggiunse la zona dell'addestramento.

«Sono contento che ce l'abbia fatta» osservò Marty Young irritato. Una volta tanto, invece della sua camicia cachi indossava la mimetica.

Kelly guardò il generale dritto negli occhi. «Signore,» disse «ho già avuto una serata difficile. Faccia il bravo e lasci perdere.»

Young accettò quelle parole. «Mr. Clark, sembra pronto per la missione.»

«Non è questo che conta, signore. Quei ragazzi a SENDER GREEN, loro sono pronti.»

«Bravo, ben detto.»

«Posso lasciare qui la macchina?»

«Con tutti questi rottami?»

Kelly esitò un attimo, ma decise abbastanza in fretta. «Penso che sia servita al suo scopo. La butti via con tutte le altre.»

«Forza, il pullman ci aspetta giù alla base della collina.»

Kelly raccolse la sua attrezzatura e la portò nell'auto degli ufficiali... Al volante sempre lo stesso caporale, mentre lui sedeva sul sedile posteriore con l'aviatore marine che non sarebbe partito.

«Cosa pensa, Clark?»

«Signore, penso che abbiamo davvero buone possibilità di farcela.»

«Sa, solo per una volta, per una maledetta volta vorrei poter dire: sì, funzionerà.»

«Non lo ha mai fatto?» domandò Kelly.

«No» ammise Young. «Ma la speranza è l'ultima a morire.»

«Com'è andata in Inghilterra, Peter?»

«Bene. A Parigi, però, pioveva. Bruxelles mi è piaciuta abbastanza; non ci ero mai stato» rispose Henderson.

I loro appartamenti erano a solo due isolati di distanza, a Georgetown, in confortevoli edifici eretti negli anni Trenta per far fronte all'afflusso di burocrati al servizio di un governo in continua espansione. Costruiti in solido calcestruzzo, avevano una struttura molto più robusta di quelli più recenti. L'appartamento di Hicks aveva due stanze da letto che compensavano il soggiorno piuttosto piccolo.

«Di cosa volevi parlarmi?» domandò l'assistente al senato, che non si era ancora completamente ripreso dal cambiamento di fuso orario.

«Stiamo per invadere di nuovo il Nord» rispose il collaboratore della Casa Bianca.

«Cosa? Ma sono stato ai negoziati di pace. Ho seguito parte del dialogo. Le cose si stanno muovendo. Gli altri hanno appena ceduto su un punto importante.»

«Bene, per un po' puoi dire addio al dialogo» avvertì Hicks in tono sinistro. Sul tavolino c'era una bustina di marijuana, e Hicks cominciò a prepararsi uno spinello.

«Dovresti smetterla con quella porcheria, Wally.»

«Almeno non mi fa star male come la birra. Accidenti, Peter, che differenza fa?»

«La differenza è il tuo fottuto nullaosta di segretezza!» Disse Henderson esplicitamente.

«Come se la cosa importasse. Peter, non ti danno retta. Tu parli, parli, parli e loro non ti ascoltano.» Hicks si accese lo spinello e fece un lungo tiro. «Comunque, tra poco ho intenzione di andarmene. Mio padre mi vuole nell'azienda di famiglia. Forse quando avrò fatto un po' di milioni qualcuno mi ascolterà, qualche volta.»

«Non dovresti lasciarti impressionare, Wally. Ci vuole tempo. In tutte le cose. Credi di poter sistemare tutto dall'oggi al domani?»

«Credo di non poter sistemare un bel niente! Sai cosa penso di questa storia? Che è come Sofocle. Noi abbiamo il nostro difetto fatale, loro hanno il loro, e quando il fottuto *deus* verrà *ex* la fottuta *machina*, il *deus* sarà una nube di missili balistici intercontinentali, e sarà la fine, Peter. Proprio come pensavamo qualche anno fa nel New Hampshire.» Henderson si rese conto che non era il primo spinello della serata. L'ebbrezza rendeva il suo amico malinconico.

«Wally, dimmi qual è il problema.»

«Pare che ci sia un campo...» disse Hicks, con lo sguardo rivolto verso il basso, senza guardare l'amico mentre raccontava quello che sapeva.

«Brutte notizie.»

«*Pensano* che ci sia un gruppo di uomini, ma è solo una supposizione. Sappiamo solo di uno. E se stessimo mandando a monte i negoziati di pace per *un uomo*, Peter?»

«Spegni quella robaccia» disse Henderson, sorseggiando la sua birra. Non sopportava l'odore.

«No» rispose Wally, e fece un altro tiro.

«Quando partirà la missione?»
«Di preciso non so. Roger non ha specificato.»
«Wally, devi tenere duro. Abbiamo bisogno di gente come te. Prima o poi ti ascolteranno.»
Hicks alzò lo sguardo. «E quando pensi che succederà?»
«Se la missione fallisse? Se risultasse che hai ragione? A quel punto Roger ti darà retta, e Henry da retta a Roger, non credi?»
«Beh, sì, qualche volta.»
Che possibilità straordinaria, pensò Henderson.

Il pullman preso a noleggio andò alla base dell'aeronautica Andrews, e Kelly notò che aveva ripetuto oltre metà del tragitto che aveva percorso in auto poco prima. Sulla pista, dipinto di bianco sopra e di grigio sotto, c'era un C-141 nuovo, con le luci di posizione già in movimento. I marines uscirono dal pullman e videro Maxwell e Greer che li stavano aspettando. «Buona fortuna» disse Greer a ciascuno degli uomini.
«Buona caccia» disse loro Dutch Maxwell.
Progettato per trasportare ben più del doppio degli uomini che vi salirono, il Lockheed Starlifter era attrezzato per trasferire anche feriti in barella, con un totale di ottanta letti fissati alle pareti interne della fusoliera, e aveva spazio sufficiente per una ventina di assistenti. Ogni marine aveva dunque un posto dove sdraiarsi e dormire, e c'era spazio per tutti i prigionieri che speravano di salvare. Il fatto che fosse notte facilitò le cose, e appena il portello di carico fu chiuso si accesero i motori.
«Gesù, spero che tutto vada per il meglio» disse Maxwell, guardando l'aereo che rullava nell'oscurità.
«Li ha addestrati bene, ammiraglio» osservò Bob Ritter. «Quando usciamo?»
«Fra tre giorni, Bob» rispose James Greer. «Ti sei tenuto libero?»
«Per questa missione? Puoi scommetterci.»

26

Spostamento

Lo Starlifter, un velivolo nuovo, era anche molto lento. La sua velocità di crociera era di settecentosettanta chilometri orari. Fece la sua prima sosta alla base aerea di Elmendorf in Alaska, a cinquemilaquattrocento chilometri e otto ore di volo dalla base da cui era partito. Kelly si stupiva ogni volta per il fatto che la distanza più breve per raggiungere qualsiasi punto della terra corrispondesse a una linea curva, ma questo perché era abituato alle carte, che sono piane, mentre la superficie del globo è sferica. La rotta più breve da Washington a Danang li avrebbe costretti a sorvolare la Siberia, cosa che era meglio evitare, come osservò l'ufficiale di rotta. Al loro arrivo a Elmendorf i marines erano di buon umore e riposati. Lasciarono l'aereo per andare a vedere la neve su montagne non più così lontane, avendo lasciato solo da poche ore un luogo dove calore e umidità facevano a gara per infastidire gli abitanti. Ma qui in Alaska trovarono delle zanzare tanto grosse che ne sarebbero bastate poche per portarsi via un uomo della squadra. Molti colsero l'occasione per fare tre o quattro chilometri di corsa, uno spasso per gli uomini dell'aeronautica militare che, in genere, non avevano molti contatti con i marines. Per i controlli programmati del C-141 ci vollero, come previsto, due ore e un quarto. Dopo il rifornimento di carburante per i quattro grossi turboreattori, i marines furono felici di risalire a bordo per raggiungere la seconda meta: Yakoda, in Giappone. Tre ore più tardi, Kelly andò nella cabina di pilotaggio, stanco per il rumore e il fatto di non potersi muovere liberamente.

«Cosa c'è laggiù?» domandò. In lontananza, nella foschia, si vedeva una linea marrone-verde: la costa di qualche Paese.

«La Russia. Ci hanno appena intercettato con i radar.»

«Bello», osservò Kelly.

«Il mondo è piccolo, signore, e loro ne possiedono una grossa fetta.»

«Parla con loro, con il controllo del traffico aereo, o qualcosa del genere?»

«No.» L'ufficiale di rotta scoppiò a ridere. «Non sono molto cordiali. Per questo tratto parliamo in alta frequenza con Tokio, e dopo Yakoda saremo controllati attraverso Manila. Il volo è abbastanza tranquillo?»

«Finora sì. Però sta cominciando a stancarmi.»

«Ha ragione» ammise l'ufficiale, ritornando alla sua strumentazione.

Kelly tornò nella zona di carico. Il C-141 era un aereo rumoroso, i motori producevano come un lamento incessante in alta frequenza. A differenza delle compagnie aeree, l'aeronautica militare non sprecava soldi per l'isolamento acustico. I marines avevano tutti i tappi per le orecchie, che rendevano difficile la conversazione, e dopo un po' non isolavano neanche più dal rumore. Ma la cosa peggiore era la noia, pensò Kelly, resa ancora più insopportabile dall'isolamento dovuto al frastuono. E non si poteva dormire in continuazione. Alcuni uomini stavano affilando coltelli che non avrebbero mai usato, ma per lo meno si tenevano impegnati; inoltre, un soldato doveva sempre avere con sé un coltello. Altri stavano facendo delle flessioni sul pavimento metallico. Gli uomini dell'aeronautica militare li guardavano impassibili, cercando di non ridere e domandandosi quale fosse il compito assegnato a quel gruppo di marines, ovviamente selezionato. Ma non avevano il coraggio di chiederlo. Era solo uno dei tanti misteri che li inquietava mentre sorvolavano la costa siberiana. Ci erano abituati e, qualunque fosse la loro missione, auguravano a tutti, indistintamente, buona fortuna.

Il problema fu la prima cosa che gli venne in mente appena aprì gli occhi. Gli era successo tornando dall'appartamento di Wally, quando aveva già mal di testa per quel maledetto spinello, un anticipo di quello che gli avrebbe provocato poi la birra. L'aspirina lo fece stare un po' meglio, ma sebbene si fosse coricato dopo l'una di notte, dovette alzarsi poco dopo le sette per essere al lavoro in orario.

Cosa faccio? Domandò a se stesso, irascibile.

Il problema non era tanto cosa voleva Henderson, ma cosa sarebbe riuscito a fare. Già in passato aveva rivelato delle informazioni. Dapprima inconsapevolmente, tramite agganci nel movimento per la pace, aveva... beh, non tanto rivelato informazioni quanto preso parte a dei confusi dibattiti che con il tempo erano diventati sempre più definiti, finché un giorno un'amica gli aveva fatto una domanda un po' troppo diretta per essere casuale. Una domanda cortese fatta in un momento molto piacevole, ma il suo sguardo aveva dimostrato troppo interesse nella risposta e troppo poco in lui, una situazione che si era immediatamente ribaltata quando aveva ottenuto quello che voleva. Uno zuccherino, si era detto poi, irritato per aver commesso un errore così ovvio, ma non era stato un errore, in realtà. Quella donna gli piaceva, credeva come lei in un mondo ideale; forse l'unica cosa che gli dava fastidio era l'idea che avesse ritenuto necessario manipolare il suo corpo per ottenere quello che voleva, quando con la ragione e l'intelligenza glielo avrebbe strappato senza troppe difficoltà... probabilmente.

Adesso se ne era andata, chissà dove. Henderson non lo sapeva, ma era sicuro che non l'avrebbe più rivista. Una cosa davvero triste. A letto era stata fantastica. Era successo tutto spontaneamente, in modo graduale e naturale, fino alla sua breve conversazione alla Torre di Londra; e ora, ora era in possesso di informazioni davvero preziose per i sovietici. Ma non aveva nessuno a cui raccontarlo. Proprio come aveva detto George. I russi sapevano veramente cosa avevano in quel maledetto campo a sudovest di Haiphong? Informazioni che, se usate in maniera intelligente, li avrebbero fatti stare molto più tranquilli riguardo alla *distensione*, permettendo loro di fare un po' di marcia indietro e di indurre gli americani a una mossa analoga. Doveva iniziare così. Era un peccato che Wally non si rendesse conto che bisognava partire dal poco, che non si poteva cambiare il mondo in quattro e quattr'otto. Peter sapeva che doveva farglielo capire. Non poteva permettere che Wally se ne andasse proprio ora, per diventare anche lui uno dei tanti idioti del mondo dell'economia, come se non ce ne fossero già abbastanza. Era un elemento prezioso. Solo che parlava un po' troppo. Dipendeva dalla sua instabilità emotiva. E dal fatto che fumava erba, pensò Henderson, guardandosi allo specchio mentre si radeva.

Fece colazione leggendo il giornale del mattino. Eccola lì, in prima pagina come quasi ogni giorno: la cronaca dell'ennesima battaglia per una qualche collina che Stati Uniti e Vietnam si erano strappati l'un l'altro una decina di volte, X americani e Y vietnamiti morti. Le implicazioni di qualche raid aereo o di altro tipo per i colloqui di pace, un altro dei soliti editoriali noiosi e scontati. Progetti per una manifestazione. *Uno. Due. Tre. La guerra è la cosa più assurda che c'è.* Come se parole così puerili contassero qualcosa. Ma in un certo senso Henderson sapeva che avevano la loro importanza: facevano pressione sui politici, catturavano l'attenzione dei media. Molti esponenti del mondo politico volevano la fine della guerra, così come Henderson, ma non erano ancora abbastanza. Il *suo* senatore, Robert Donaldson, discendente da una vecchia famiglia di politici, vecchio amico di quella di Henderson, ai tempi della Rivoluzione e dopo... persino il suo senatore teneva ancora il piede in due scarpe, confondendo il patriottismo con... chissà cosa. Considerato un uomo serio ed equilibrato, Henderson lo trovava semplicemente indeciso, uno che guardava sempre tutti gli aspetti di ogni questione e nella maggior parte dei casi seguiva la massa, quasi non fosse capace di decidere da sé. Doveva esserci un modo migliore, e Henderson stava cercando di scoprirlo, facendo attenzione prima di dare consigli al suo senatore, velando un po' le cose, dando tempo agli altri di fidarsi di lui, così che quell'uomo "serio" lo considerasse una persona altrettanto "seria", e così da imparare piano piano a controllarlo. In questo modo il senatore si sarebbe fidato di lui, e Henderson sarebbe diventato un propagatore di idee e avrebbe appreso cose che Donaldson non avrebbe dovuto dire a nessuno, proprio a nessuno. Ma questo era il problema dei segreti. I russi *dovevano* sapere di più, pensò mentre usciva dalla porta.

Henderson prese l'autobus per andare al lavoro. Parcheggiare al Campidoglio era sempre un problema, e l'autobus lo portava quasi davanti all'ufficio. Quando doveva spostarsi velocemente poteva prendere un taxi o farsi portare da un dipendente più giovane, solitamente una ragazza, carina, con un livello medio di istruzione, che spendeva tutto lo stipendio in vestiti, perché le donne sono attratte dal potere, specie quelle che frequentava Peter Henderson. Prese l'autobus al volo e trovò un posto libero in fondo, dove potè finire di leggere il giornale. A due isolati da lì sentì l'autobus fermarsi, e subito dopo un uomo si sedette accanto a lui.

«Come è andata a Londra?» chiese l'uomo in tono colloquiale, riuscendo a malapena a farsi sentire per il rumore del motore diesel. Henderson lo esaminò rapidamente. Non lo aveva mai visto prima. Erano *così* efficienti?

«Ho incontrato una persona» disse Peter con circospezione.

«Io ho un amico a Londra. Si chiama George.» Non aveva nessun accento, e ora che era stato stabilito il contatto l'uomo si mise a leggere la pagina sportiva del *Washington Post.* «Non penso che i Senators ce la faranno quest'anno. E lei?»

«George mi ha detto che aveva un... amico in città.»

L'uomo sorrise, leggendo il resoconto della partita. «Mi chiamo Marvin; può chiamarmi così.»

«Come facciamo... come faccio...?»

«Ha programmi per questa sera?» domandò Marvin.

«No. Vuole venire...»

«No, Peter, non è una buona idea. Conosce il ristorante "Da Alberto"?»

«Sì, è in Wisconsin Avenue.»

«Ci vediamo lì alle sette e mezzo» disse Marvin. Si alzò e scese alla fermata successiva.

Il tratto finale iniziò dalla base dell'aeronautica militare di Yakoda. Dopo altre due ore e un quarto di sosta, lo Starlifter lasciò la pista di decollo, librandosi in volo. Fu in quel momento che presero davvero coscienza della situazione. I marines si sforzavano di dormire: era l'unico modo per combattere la tensione che cresceva in misura inversamente proporzionale alla distanza che ancora li separava dalla destinazione finale. La realtà era un'altra, ora. Non si trattava più di prove ed esercitazioni, e il loro comportamento si stava adattando alla nuova situazione. Nessuno affronta il pericolo a cuor leggero; questa è la maschera con cui ti mostri agli altri, per far vedere che sei un uomo, anche se gli altri provano i tuoi stessi sentimenti, pur mascherandoli come te. In un aereo diverso, su un volo di linea, ad esempio, dove sarebbe stato possibile conversare, si sarebbero raccontati barzellette, storie di conquiste amorose, avrebbero parlato della loro casa, della loro famiglia e dei progetti per il futuro, ma il rumore del C-141 glielo impediva, così si scambiavano sorrisi pieni di coraggio accompagnati da sguardi circospetti, ogni uomo solo con i propri pensieri e le paure, con il bisogno di comunicarli a qualcuno e scacciarli, ma incapace di farlo nel compartimento di carico dello Starlifter. Ecco perché molti si allenavano: per combattere lo stress, per stancarsi e abbandonarsi poi all'oblio del sonno. Kelly osservava la scena che lui stesso aveva già visto e vissuto, solo con i suoi pensieri ancora più complessi, separato dalla squadra, pur essendone parte integrante. La morte era dietro di lui, ma forse anche davanti. E così pure la vita: anch'essa, in certo qual modo, si muoveva in entrambe le direzioni, e le due erano unite da legami che cercava di comprendere.

Salvare della gente, disse Kelly tra sé. L'avventura era iniziata con il recupero di Pam, che era morta per colpa sua. Poi aveva ucciso, per vendetta, dicendo a se stesso che lo faceva per la sua memoria e l'amore che aveva provato per lei, ma era davvero così? Cosa si poteva ricavare di buono dalla morte? Aveva *torturato* un uomo, e ora dovette ammettere di aver provato soddisfazione per la sofferenza di Billy. Se Sandy l'avesse saputo? Cosa avrebbe pensato di lui? Improvvisamente l'opinione di Sandy era importante. Lei che stava lavorando così duramente per salvare quella ragazza, che la nutriva e la proteggeva, portando a termine il salvataggio di una vita umana iniziato da lui — anche se con uno sforzo non paragonabile a quello di Sandy — cosa avrebbe pensato di un uomo che aveva massacrato il corpo di Billy, una cellula alla volta? Non poteva sconfiggere tutto il male del mondo. Non poteva vincere la guerra che stava tornando a combattere, così come non potevano farlo i marines della sua squadra, per quanto abili fossero. Il loro scopo era un altro, era salvare delle vite umane, perché se togliere la vita poteva dare un po' di soddisfazione, salvarla ne dava moltissima. Questa, ora, era la sua missione, e doveva continuare a esserlo anche dopo il suo ritorno. C'erano altre quattro ragazze nel giro. Le avrebbe tirate fuori, in un modo o nell'altro... e forse in un modo o nell'altro sarebbe anche riuscito a far sapere alla polizia cosa aveva fatto Henry, così che si occupasse di lui. In un modo o nell'altro. Non sapeva esattamente come. Ma almeno avrebbe fatto qualcosa di cui non si sarebbe vergognato.

Ma ora la cosa più importante era uscire vivo da quella missione, borbottò tra sé. Niente di impossibile, no?

Bravo, disse a se stesso con una spacconeria che suonava falsa persino a lui. *Posso farcela, come è già successo altre volte.* Strano, pensò, che la mente ricordasse i momenti più difficili sempre quando era ormai troppo tardi. Forse succedeva perché si era vicini al luogo fatidico. Forse era più facile considerare i pericoli quando erano lontani, ma quando ci si avvicinava le cose cambiavano...

«Questo è il momento più difficile, Clark», disse Irvin, sedendosi accanto a lui dopo aver fatto le sue cento flessioni.

«Proprio così» ribatté Kelly quasi urlando.

«Non dimentichi una cosa, marinaio: quella notte è entrato e mi ha portato fuori» Irvin fece un largo sorriso. «E tenga presente che io sono piuttosto in gamba.»

«E loro non se l'aspettano, è il loro territorio» osservò Kelly dopo qualche istante.

«Probabilmente no, senz'altro non saranno all'erta come lo eravamo noi quella notte. Accidenti, noi sapevamo che stava arrivando. Loro, invece, andranno a casa dalle loro donne come tutte le sere, per cenare e farsi una scopata. Non come noi, accidenti.»

«Ce ne sono pochi come noi» convenne Kelly. Fece un largo sorriso. «Ce ne sono pochi di stupidi come noi.»

Irvin gli diede una pacca sulla spalla. «Ha capito perfettamente,

Clark.» Il sergente maggiore andò a incoraggiare l'uomo seduto accanto a Kelly: era il suo modo di affrontare la situazione.

Grazie, Irvin, pensò Kelly, coricandosi e cercando di riaddormentarsi.

''Da Alberto'' era un locale ancora poco conosciuto, un ristorantino tipico italiano a conduzione familiare in cui servivano dell'ottima carne di vitello. A dire il vero, tutta la sua cucina era squisita, e i due coniugi che lo gestivano aspettavano pazientemente il critico gastronomico del *Washington Post*, sperando che procurasse loro un po' di clientela. Nel frattempo, vivevano della massa di studenti della vicina università di Georgetown e di una discreta affluenza di clienti locali senza i quali nessun ristorante potrebbe sopravvivere. L'unica nota dolente era la musica, cassette di vecchie opere liriche italiane, le cui note si diffondevano attraverso altoparlanti di pessima qualità. I gestori avrebbero dovuto migliorare quell'aspetto, pensò.

Henderson trovò un séparé nel retro. Il cameriere, probabilmente un messicano senza permesso di soggiorno che cercava di improvvisare un accento italiano, sortendo un effetto comico, accese la candela sul tavolo con un cerino e andò a preparare il gin-and-tonic ordinato dal nuovo cliente.

Marvin arrivò alcuni minuti dopo. Vestito con abiti sportivi, teneva in mano il giornale della sera, che appoggiò sul tavolo. Aveva l'età di Henderson, ed era un tipo assolutamente indefinibile: né alto né basso, né tozzo né magro, i capelli color castano neutro e di media lunghezza, un paio d'occhiali che potevano avere come non avere lenti da vista. Indossava una camicia a maniche corte senza cravatta ed era uguale a tanti altri uomini che quella sera non avevano avuto voglia di cucinarsi la cena.

«I Senators hanno perso di nuovo», disse quando arrivò il cameriere con il gin per Henderson. «Per me il rosso della casa» ordinò Marvin al messicano.

«Sì» rispose il cameriere, e se ne andò.

Marvin doveva essere un clandestino, pensò Peter, esaminandolo. Quale collaboratore di un membro della commissione speciale sui servizi segreti, Henderson era stato istruito da alcuni validi componenti della divisione spionaggio dell'FBI. Gli agenti ''legali'' del KGB avevano coperture diplomatiche, e nel caso venissero scoperti non potevano che essere dichiarati PNG, *persona non grata*, e mandati a casa. Quindi, erano tutelati contro gravi maltrattamenti da parte del governo americano, e questo era l'aspetto positivo; d'altro canto, però, era più facile trovarli, perché non avevano automobili né indirizzi segreti. I clandestini erano agenti dei servizi segreti sovietici che entravano nel Paese con documenti falsi e che, nel caso fossero stati scoperti, sarebbero finiti in qualche carcere federale fino al prossimo scambio di prigionieri, per il quale avrebbero dovuto aspettare magari degli anni. Questo spiegava l'inglese perfetto di Marvin: il benché minimo errore avrebbe potuto essere fatale. Per questo era ancora più incredibile che riuscisse a essere così rilassato.

«Le piace il baseball, eh?»

«Imparai a giocarci tanto tempo fa. Come interbase me la cavavo, ma non sono mai riuscito a prendere una palla curva.» L'uomo fece un largo sorriso. Henderson sorrise a sua volta. Aveva visto delle immagini via satellite del posto in cui Marvin aveva imparato il suo mestiere, quella interessante cittadina a nordovest di Mosca.

«Come funziona la cosa?»

«Bravo. Veniamo subito agli affari. Non lo faremo molto spesso. Sa perché.»

Un altro sorriso. «Sì, dicono che l'inverno alla prigione di Leavenworth sia un castigo di Dio.»

«C'è poco da ridere, Peter» disse l'agente del KGB. «È una questione serissima.» *Non sarà uno dei soliti incompetenti!*, si augurò Marvin.

«Lo so. Mi scusi», disse Henderson. «Per me è una cosa nuova.»

«Prima di tutto dobbiamo stabilire come può mettersi in contatto con me. Le finestre anteriori del suo appartamento hanno delle tende. Quando sono tutte aperte o tutte chiuse significa che va tutto bene. Se invece c'è qualcosa le lascia mezzo chiuse. Le controllerò due volte la settimana, il martedì e il venerdì mattina, verso le nove. Le va bene?»

«Sì, Marvin.»

«Per i primi tempi, Peter, useremo un metodo di comunicazione semplice: parcheggerò la mia auto sulla strada vicina a casa sua. È una Plymouth Satellite blu scuro. La targa è HVR-309. Ripeta. Senza scrivere.»

«HVR-309.»

«Metta qui i suoi messaggi.» Passò qualcosa sotto il tavolo. Era un oggetto piccolo e di metallo. «Non lo avvicini troppo all'orologio. Contiene una calamita molto potente. Quando passa vicino alla mia auto può chinarsi per raccogliere una cartaccia o appoggiare il piede sul paraurti e allacciarsi la scarpa. Appoggi il contenitore sulla superficie interna del paraurti. La calamita lo terrà fermo.»

A Henderson sembrava tutto molto sofisticato, mentre si trattava di metodi di livello molto basso. Andava bene per il periodo estivo. In inverno sarebbe servito un altro sistema. Arrivò il menù e ordinarono entrambi della carne di vitello.

«Ho già qualcosa, se le interessa» disse Henderson all'agente. *Già che ci sono potrei anche fargli sapere che sono uno importante.*

Marvin, che in realtà si chiamava Ivan Alekseevič Egorov, aveva un vero lavoro, con relativi annessi e connessi. Era impiegato presso la compagnia di assicurazione Aetna come perito. Prima di tornare all'ufficio regionale di Washington aveva seguito un corso di formazione in Farmington Avenue a Hartford, nel Connecticut, e il suo lavoro consisteva nell'accertare i pericoli per la sicurezza presso le sedi dei numerosi clienti della compagnia, i "rischi", come li chiamano gli addetti ai lavori. Aveva scelto quel mestiere soprattutto perché offriva buone possibilità di muoversi, aveva persino un'auto aziendale a disposizione, e in un secondo momento emerse un altro vantaggio che non aveva messo in conto: l'opportunità di visitare gli uffici di vari appaltatori governativi, i cui impiegati non sempre si ricordavano di coprire i documenti sulle loro scrivanie come avrebbero dovuto. Il suo diretto superiore era molto soddisfatto di lui. Marvin era un tipo sveglio e bravissimo nel documentare le questioni di lavoro. Aveva già rifiutato una promozione e il trasferimento a Detroit — *scusi, ma mi piace troppo la zona di Washington* —, il che non era affatto dispiaciuto al suo capo.

Un uomo con le sue doti che teneva un lavoro piuttosto mal pagato faceva fare un'ottima figura al suo ufficio. Per Marvin il lavoro significava essere fuori dall'ufficio quattro giorni su cinque, il che gli consentiva di incontrare gente quando e dove voleva, di usufruire di un'automobile gratuitamente (gli pagavano persino la benzina e la manutenzione) e gli garantiva una vita tanto agiata che se avesse creduto in Dio forse avrebbe pensato di essere in paradiso. Un amore genuino per il baseball lo portava all'RFK Stadium che, grazie alla folla anonima, era un luogo perfetto per scambi e altri incontri. Tutto sommato, il capitano Egorov era un uomo in carriera, che conviveva bene con la sua falsa identità e l'ambiente che lo circondava, al servizio del suo paese. Era persino riuscito ad arrivare in America in tempo per la rivoluzione sessuale. Quello che davvero gli mancava era la vodka, una cosa sulla quale gli americani avevano ancora parecchio da imparare.

Non è interessante? si chiese Marvin nel suo appartamento alla Chevy Chase. Aver scoperto grazie a un americano un'operazione di alto livello dei servizi segreti russi era a dir poco esilarante, e questa informazione gli dava la possibilità di colpire il nemico numero uno del suo Paese con dei surrogati, sempre che fossero intervenuti in tempo. Inoltre, avrebbe potuto comunicare ai suoi funzionari cosa stavano combinando quegli imbecilli dell'aeronautica militare sovietica, qualcosa che avrebbe influito seriamente sulla difesa del Paese. Probabilmente avrebbero cercato di prendere il comando di quell'operazione. Per una questione importante come la difesa nazionale non ci si poteva fidare dei piloti, e quello che faceva l'interrogatorio doveva essere un ufficiale del comando della difesa aerea sovietica, ne era certo. Scrisse i suoi appunti, li fotografò e riavvolse la pellicola nel rullino. Il suo primo appuntamento del giorno successivo sarebbe stato una visita a un cliente locale. Poi si sarebbe fermato in un Howard Johnson's a fare colazione, e lì avrebbe effettuato il trasferimento. Il rullino sarebbe arrivato a Mosca nel giro di due giorni, forse tre, come valigia diplomatica.

La sera il capitano Egorov completò il suo lavoro appena in tempo per vedersi la partita dei Senators. Al nono inning Frank Howard fece uno splendido home run, ma la sua squadra venne sconfitta dal Cleveland per 5 a 3. Che roba, pensò, sorseggiando una birra. Henderson era già abbastanza in gamba da solo, e nessuno si era preoccupato di dirgli — probabilmente nessuno lo sapeva — che la sua fonte d'informazioni era nell'ufficio della sicurezza nazionale della Casa Bianca. Non era un colpo di fortuna straordinario?

Data l'ansia per la missione e tutto il resto, fu un sollievo quando il C-141 atterrò a Danang. Il viaggio era durato ventitré ore, e si era rivelato esasperante per il rumore, oltre che per l'alienante monotonia. Era stato decisamente lungo, pensavano tutti, finché si trovarono faccia a faccia con la nuova realtà. Il portello di carico non era ancora del tutto aperto e già sentivano l'odore, quello che i reduci del posto chiamavano Odore di Vietnam. Il contenuto di diverse latrine fu scaricato in alcuni barili e bruciato con il gasolio.

«Odore di casa!» disse un marine; una battuta di cattivo gusto, che provocò delle mezze risate qua e là.

«Preparatevi a ripartire!» gridò Irvin mentre il rombo del motore scompariva piano piano. Ci volle un po' di tempo. Le reazioni erano rallentate dalla stanchezza e dalla rigidità. Molti scuotevano la testa per allontanare lo stordimento dovuto ai tappi per le orecchie, sbadigliavano e si stiravano, manifestando quelle che gli psicologi avrebbero definito tipiche espressioni non verbali di disagio.

Quando i marines se ne furono andati l'equipaggio di volo scese a terra. Il capitano Albie andò a ringraziarli per il passaggio, un volo perfetto, anche se un po' lungo. Gli uomini dell'aeronautica attendevano con impazienza i giorni di riposo dopo quella maratona, non sapendo ancora che sarebbero rimasti nella zona finché la squadra fosse stata pronta per tornare a casa, forse portando avanti e indietro qualche carico per Clark. Poi Albie condusse i suoi uomini fuori dall'aereo. Due camion li stavano aspettando e andarono in due diverse zone della base aerea, dove erano pronti due velivoli. Erano due C-2A Greyhound della marina. Con qualche grugnito poco convinto, i marines scelsero i posti per il successivo volo che, in un'ora, li avrebbe portati sulla *Constellation*. Una volta lì, salirono a bordo di un paio di elicotteri CH-46 Sea Knight per trasferirsi sulla *Ogden* dove, disorientati ed esausti, furono condotti negli alloggi ampi e vuoti, dove, per prima cosa, videro delle cuccette. Kelly li guardava passare, domandandosi cosa gli serbava il destino.

«Come è andato il viaggio?» Si voltò per vedere l'ammiraglio Podulski, che indossava una divisa cachi tutta spiegazzata e sembrava un po' troppo allegro per l'occasione.

«I piloti devono essere tutti pazzi» protestò Kelly.

«È un viaggio un po' lungo. Mi segua» ordinò l'ammiraglio, conducendolo all'interno dell'unità. Kelly, dapprima, diede un'occhiata intorno. All'orizzonte, verso est, si vedeva la *Constellation*. Da una parte c'erano alcuni aerei che decollavano, dall'altra altri velivoli sorvolavano la nave in attesa di eseguire la manovra di appontaggio. Non lontano c'erano due incrociatori, e alcuni cacciatorpediniere facevano cerchio intorno alla formazione navale. A Kelly era capitato raramente di vedere la marina in circostanze simili, la Grande Squadra Blu al lavoro, a controllare l'oceano. «Che cos'è?» domandò, indicando una grossa imbarcazione. «Un peschereccio spia russo, un AGI (Auxiliary Gathering Intelligence).» Podulski fece segno a Kelly di entrare oltre la porta a tenuta stagna.

«Oh, fantastico!»

«Non si preoccupi. È tutto sotto controllo» gli assicurò l'ammiraglio.

I due uomini salirono una serie di scalette e raggiunsero gli alloggi degli ufficiali, o gli spazi che, per il momento, venivano usati come tali. L'ammiraglio Podulski aveva preso la cabina del comandante per la durata della missione, relegando il responsabile della *Ogden* in una cabina più piccola vicino al ponte. C'era un salotto confortevole, e il comandante della nave si trovava lì.

«Benvenuto a bordo!» fu il saluto del capitano di vascello Ted Franks. «Lei è Clark?»

«Sì, signore.»

Franks era un professionista cinquantenne che lavorava sulle unità per operazioni anfibie dal 1944. La *Ogden* era il suo quinto comando, e sarebbe stato l'ultimo. Basso, tozzo e con pochi capelli aveva ancora lo sguardo del soldato su un volto ora bonario ora terribilmente serio. In quel momento era bonario. Invitò Kelly a sedersi a un tavolo al centro del quale c'era una bottiglia di Jack Daniels.

«È vietato» osservò subito Kelly.

«Non a me» precisò il comandante Franks. «Sono le razioni per i piloti.»

«Sono stato io a procurarle», spiegò Casimir Podulski. «Le ho portate dalla *Constellation*. Ha bisogno di qualcosa per riprendersi dopo essere stato per tanto tempo sui velivoli dell'aviazione.»

«Signore, non discuto mai con gli ammiragli.» Kelly mise due cubetti di ghiaccio in un bicchiere e li coprì di alcol.

«Il mio comandante in seconda sta parlando con il capitano Albie e i suoi uomini. Anche loro si stanno divertendo», aggiunse Franks, riferendosi al fatto che ognuno aveva trovato due bottiglie mignon sulla sua cuccetta. «Mr. Clark, la nostra nave è a sua completa disposizione. Quel che è nostro è anche suo.»

«Comandante, lei sa davvero come dare il benvenuto ai suoi ospiti.» Kelly bevve lentamente il suo whisky e al primo sorso si rese conto di quanto fosse esausto. «Allora, quando iniziamo?»

«Tra quattro giorni. Due vi servono per riprendersi dal viaggio» disse l'ammiraglio. «Poi ce ne vorranno altrettanti prima che il sottomarino ci raggiunga. I marines entreranno in azione venerdì mattina, tempo permettendo.»

«Okay.» Non aggiunse altro.

«Finora io e il comandante in seconda siamo gli unici a sapere della missione. Cerchi di non raccontare nulla. Abbiamo un equipaggio piuttosto in gamba. La squadra che si occupa delle informazioni è a bordo e già al lavoro. Il reparto sanitario arriverà domani.»

«Ricognizione?»

Podulski spiegò: «Più tardi in giornata riceveremo delle foto del campo scattate da un Vigilante della *Constellation*. Poi ce ne manderanno altre dodici ore prima della sua partenza. Abbiamo delle riprese dal Buffalo Hunter, di cinque giorni fa. Il campo c'è ancora, è ancora sorvegliato, come prima».

«Elementi?» domandò Kelly, usando il termine in codice per designare i prigionieri.

«Abbiamo solo tre foto di americani.» Podulski si strinse nelle spalle. «Non hanno ancora inventato una macchina fotografica che sia in grado di vedere attraverso i tetti degli edifici.»

«Già.» L'espressione di Kelly fu molto eloquente.

«Sono preoccupato anche per questo» ammise Cas.

Kelly si voltò. «Comandante, c'è un posto per allenarsi?»

«La palestra, dietro alla mensa equipaggio. Come ho già detto, la nave è a sua completa disposizione.»

Finì il suo whisky. «Ho bisogno di fare un po' di ginnastica.»

«Mangerà con i marines. Il cibo le piacerà» promise il capitano di vascello.

«Benissimo.»

«Ho visto due uomini senza elmetto protettivo» disse Marvin Gooding al direttore.

«Ci penso io.»

«A parte questo, grazie molte per la sua collaborazione.» Aveva consigliato undici provvedimenti per migliorare la sicurezza, e il proprietario del cementificio li aveva adottati tutti, sperando in una riduzione del suo premio di assicurazione. Marvin si tolse l'elmetto bianco e si asciugò il sudore dalla fronte. Quella che era appena iniziata prometteva di essere una giornata calda. Il clima in estate non era poi così diverso da quello di Mosca, anche se più umido. Gli inverni, invece, erano più miti.

«Sa, questi aggeggi sarebbero molto più comodi se avessero dei buchini per l'aerazione.»

«È quello che dico anch'io» dichiarò il capitano Egorov, dirigendosi verso la sua auto. Un quarto d'ora dopo entrò in un Howard Johnson's. Parcheggiò la Plymouth blu lungo il lato ovest dell'edificio, e quando uscì dalla macchina vide un cliente nel locale che finì il suo caffè e lasciò i soldi sul bancone, con venticinque cent di mancia per far colpo sulla cameriera. Il ristorante aveva una doppia serie di porte per risparmiare sull'aria condizionata, e quando i due uomini si incontrarono, da soli, si passarono la pellicola, mentre camminavano, con i vetri delle porte che avrebbero impedito a chiunque di notare qualcosa. Egorov/Gooding si fermò nel locale, mentre il maggiore, spia "legale" del KGB se ne andò. Sollevato per essersi liberato di quel peso, Marvin Gooding si sedette al banco e ordinò un succo d'arancia come aperitivo. C'erano tante cose buone da mangiare in America.

«Sto mangiando troppo». Probabilmente aveva ragione, ma la cosa non impedì a Doris di avventarsi sul piatto di frittelle.

Sarah non capiva la passione degli americani per la magrezza. «Hai perso parecchi chili nelle ultime due settimane. Non ti farà male recuperarne qualcuno» disse Sarah Rosen alla sua paziente, ormai in fase di guarigione.

E di fatto si era abbastanza rimessa. La Buick di Sarah era parcheggiata fuori, e quel giorno sarebbero andate a Pittsburgh. Sandy aveva aveva sistemato i capelli a Doris con particolare cura ed era uscita a comprarle dei vestiti adatti per l'occasione: una camicetta in seta beige e una gonna borgogna appena sopra il ginocchio. Il figliol prodigo poteva anche tornare a casa vestito di stracci, ma la figlia doveva presentarsi con un po' di dignità.

«Non so cosa dire» disse Doris Brown, alzandosi in piedi per raccogliere i piatti.

«Pensa solo a rimetterti del tutto», rispose Sarah. Salirono in macchina, Doris sul sedile posteriore. Kelly, se non altro, aveva insegnato loro ad essere prudenti. La dottoressa Sarah Rosen partì spedita, svoltando a nord su Loch Raven, imboccando il raccordo anulare di Baltimora e dirigendosi a ovest verso la statale 70. Il limite di velocità era di centodieci chilometri orari, e Sarah lo superò, procedendo con la sua pesante Buick verso nord-ovest in direzione dei monti Catoctin. A ogni chilometro di strada si sentiva sempre più sicura. Quando ebbero passato Hagherstown si rilassò e cominciò a godersi il viaggio. Che possibilità c'erano, dopotutto, di essere riconosciute all'interno di un'auto in movimento?

Fu un viaggio silenzioso. Avevano già chiacchierato molto nei giorni precedenti, quando Doris era ormai quasi tornata alla normalità. Aveva ancora bisogno di aiuto per uscire definitivamente dal tunnel della droga, e le serviva l'assistenza di uno psichiatra, ma Sarah si era già preoccupata di questo, parlandone a una collega dell'università di Pittsburgh, dove c'era un'ottima facoltà di medicina. Era una donna sulla sessantina che sapeva di non dover rivelare nulla alla polizia locale e che rassicurò Sarah su questo punto. Nel silenzio, Sandy e Sarah sentivano crescere la tensione. Avevano già parlato di quel momento così delicato. Doris stava tornando da suo padre, l'uomo che aveva abbandonato per una vita che era quasi diventata la sua morte, ma, uscendo dall'orrore, stava per affrontare una realtà che per molti mesi l'avrebbe torturata con un forte senso di colpa, in parte meritato in parte no. Tutto sommato era una ragazza molto fortunata, cosa che Doris non aveva ancora capito. Innanzitutto era viva, ma lei non si rendeva conto di quanto vicina fosse stata alla morte. Ottime cure mediche (l'assistenza ventiquattr'ore su ventiquattro di un dottore del Johns Hopkins) avevano combattuto ed eliminato i prolungati effetti di tre anni di smarrimento nella realtà meno edificante della società. Recuperando la fiducia e la stima di sé, in due o tre anni sarebbe forse riuscita a condurre di nuovo una vita normale, tanto che nessuno avrebbe mai sospettato del suo passato o notato le cicatrici sul suo corpo. La salute avrebbe trasformato quella ragazza, riportandola non solo da suo padre, ma anche nel mondo delle persone vere. Forse sarebbe diventata addirittura più forte, così sperava Sarah, se la psichiatra l'avesse seguita da vicino passo dopo passo. La dottoressa Michelle Bryant godeva di un'ottima reputazione, meritata, si sperava. Per la dottoressa Rosen, che guidava ancora leggermente oltre il limite di velocità, questo era uno degli aspetti più difficili del suo mestiere: dover lasciare andare il paziente senza essere sicura del buon esito del suo lavoro. L'esperienza con i tossicodipendenti l'aveva preparata in questo senso, ma i casi come quello di Doris non erano mai del tutto risolti. D'altronde, arrivava il momento in cui bisognava lasciare andare il paziente, sperando che sarebbe riuscito a fare il resto da solo. Forse era come quando si sposa una figlia, pensò Sarah. O forse peggio, per molti aspetti. Al telefono suo padre era sembrato una brava persona, e a Sarah Rosen non serviva certo una specializzazione in psichiatria per capire che più di tutto a Doris serviva un rapporto con un uomo onesto e affettuoso, per arrivare, un giorno, a stabilire una relazione simile con un altro uomo che le stesse vicino per il resto della vita. Ma ora era compito di qualcun altro, eppure Sarah non riusciva a non preoccuparsi per lei. Ogni medico può diventare come una mamma, e nel suo caso era difficile evitarlo.

A Pittsburgh c'erano delle colline piuttosto ripide. Doris indicò la strada che costeggiava il fiume Monangahela e disse poi di svoltare a destra. Improvvisamente sentì crescere la tensione mentre Sandy controllava i numeri delle case. Eccola. Sarah entrò con la sua Buick rossa in un parcheggio e tutte e tre fecero un respiro profondo.

«Tutto a posto?» domandò a Doris, ricevendo non una risposta verbale ma uno spaventato cenno del capo.

«È tuo padre, tesoro. Ti vuole bene.»

Un attimo dopo Sarah vide Raymond Brown, un uomo come tanti. Doveva essere rimasto sulla porta ad aspettare per ore, ed era anche lui nervoso mentre scendeva gli scalini di cemento rovinati, tenendosi alla ringhiera con mano tremante. Aprì la portiera dell'auto, aiutando Sandy ad uscire, con galanteria e imbarazzo. Poi si allungò all'interno della macchina e sebbene cercasse di farsi coraggio e di non lasciarsi prendere dall'emozione, attenendosi a quello che, erroneamente, considerava il tipico atteggiamento virile, al contatto con la mano della figlia scoppiò in lacrime. Nell'uscire dall'auto Doris inciampò, e il padre la aiutò a non cadere, stringendola forte al suo petto singhiozzante.

«Papà!»

Sandy O'Toole si voltò dall'altra parte, non per l'emozione, ma perché voleva che quel momento fosse solo loro, e l'occhiata che scambiò con la dottoressa Rosen esprimeva tutta la soddisfazione della gente della loro professione. Entrambe si morsero le labbra e scrutarono gli occhi umidi dell'altra.

«Entriamo in casa, tesoro», disse Ray Brown, salendo le scale con la sua bambina, e con un forte bisogno di tenerla sotto la sua protezione. Sandy e Sarah li seguirono pur senza essere state invitate.

Il soggiorno era molto buio. Abituato a dormire durante il giorno, Mr. Brown aveva messo degli avvolgibili neri alle finestre e quel giorno si era dimenticato di tirarli su. Era una stanza stipata di tappetini e mobili degli anni '40, ricchi di decorazioni, tavolini color mogano con centrini di pizzo. C'erano fotografie incorniciate ovunque. Una moglie morta, un figlio morto, e una figlia persa... Nella buia sicurezza della sua casa, il padre strinse di nuovo la figlia tra le braccia.

«Tesoro» disse, pronunciando parole che continuava a ripetere da giorni. «Quello che ho detto... ho sbagliato, ho maledettamente sbagliato.»

«Non fa niente, papà. Grazie per... per avermi lasciata...»

«È tutto a posto, piccola mia.» Non c'era bisogno di dire altro. Quell'abbraccio durò oltre un minuto, poi Doris si tirò indietro, facendo una risatina.

«Devo andare in bagno.»

«Vai pure. Sai dov'è» disse il padre, asciugandosi gli occhi.

Doris si allontanò, ricordandosi dov'era la scala, e salì. Raymond Brown si rivolse alle due accompagnatrici.

«Ho... ho preparato qualcosa per pranzo.» Esitò per l'imbarazzo. Non era il momento di essere sussiegosi o usare parole calcolate. «Non so cosa dire.»

«Non si preoccupi.» Sarah fece il suo benevolo sorriso da medico, che infuse sicurezza a Ray Brown anche se, in realtà, c'era ancora qualche problema da risolvere. «Ma abbiamo bisogno di parlare. A proposito, questa è Sandy O'Toole. Sandy è un'infermiera ed è merito più suo che mio se sua figlia è ancora viva.»

«Piacere» disse Sandy, e i tre si diedero la mano.

«Doris ha ancora bisogno di molto aiuto, Mr. Brown», disse la Rosen. «Ha passato un periodo davvero terribile. Le dispiace se parliamo un po'?»

«Tutt'altro, signora. Prego, accomodatevi. Posso offrirvi qualcosa?» domandò premuroso.

«Ho affidato sua figlia a un medico di Pittsburgh. Si chiama Michelle Bryant. È una psichiatra...»

«Vuole dire che Doris sta... male?»

Sarah scosse la testa. «No, non proprio. Ma ha passato momenti terribili, e l'assistenza di un bravo medico l'aiuterà a riprendersi più in fretta. Capisce cosa voglio dire?»

«Dottoressa, farò *tutto* quello che mi direte. L'assicurazione coprirà le spese mediche.»

«Non si preoccupi per questo. Michelle lo farà come un favore professionale. Deve andare da lei con Doris. È molto importante che si renda conto che sua figlia ha vissuto un'esperienza terribile. Tremenda. Starà meglio, guarirà del tutto, ma lei deve aiutarla. Michelle glielo spiegherà meglio di quanto non possa fare io. Quello che voglio dirle, Mr. Brown è questo: potrebbe scoprire delle cose terribili, ma la prego...»

«Dottoressa» la interruppe con voce mite, «è la mia bambina. È tutto quello che ho, e non ho intenzione di perderla un'altra volta. Preferirei morire.»

«Mr. Brown, è proprio quello che avevamo bisogno di sentire.»

Kelly si svegliò all'una del mattino, ora locale. Fortunatamente il whisky non lo aveva fatto stare male. Anzi, si sentiva stranamente riposato. Il leggero ondeggiare della nave aveva dato sollievo al suo fisico stanco, e, sdraiato nel buio della sua cabina, sentiva lo scricchiolio delle lamiere d'acciaio mentre la *Ogden* virava in direzione del porto. Si fece una doccia con l'acqua fredda, per svegliarsi. Dopo dieci minuti era pronto. Era il momento di esplorare la nave.

Le navi da guerra non dormono mai. Anche se parte del lavoro veniva svolto solo alla luce del sole, il rigoroso sistema dei turni di guardia della marina faceva sì che ci fosse sempre in giro qualcuno. Non meno di un centinaio di membri dell'equipaggio erano sempre ai loro posti, e molti altri erano in movimento piccole manutenzioni. Altri ancora stavano sdraiati nei locali della mensa, a leggere o a scrivere qualche lettera.

Indossava un'uniforme da lavoro. Su un'etichetta c'era scritto CLARK, ma non vi erano distintivi di grado. Questo, agli occhi dell'equipaggio, faceva di "Mr. Clark" un civile, e girava già voce che si trattasse di uno della CIA. L'affermazione era accompagnata da barzellette su James Bond raccontate da voci che svanivano alla comparsa dell'interessato. Quando passava Kelly, i marinai si facevano da parte e lo salutavano con cenni del capo pieni di rispetto. Lui rispondeva, stupito di essere trattato come un ufficiale. Sebbene solo Franks e il comandante in seconda conoscessero lo scopo della missione, i marinai non erano stupidi: non si fa partire una nave da San Diego solo per sostenere un piccolo plotone di marines, a meno che non ci sia un motivo molto valido, e i "duri" che erano saliti a bordo avrebbero messo sull'attenti anche John Wayne.

Kelly raggiunse il ponte di volo. C'erano altri tre marinai che camminavano. All'orizzonte si vedeva ancora la *Constellation*, dalla quale continuavano a decollare aerei con le luci di posizione che brillavano a intermittenza sullo sfondo del cielo stellato. In pochi minuti gli occhi di Kelly si adattarono al buio. Ad alcune miglia di metri c'erano dei cacciatorpediniere. Sulla sovrastruttura della *Ogden* ruotavano antenne radar, e si udiva il ronzio dei loro motori elettrici, ma il rumore prevalente era il continuo fruscio della carena che fendeva l'acqua.

Il mare di notte trasmetteva un senso di purezza, anche se a ovest, appena dietro l'orizzonte, c'era un Paese in guerra. Le stelle gli ammiccavano, così belle e numerose che ogni uomo a bordo di quella e di qualunque altra nave trovava ogni notte la scusa per uscire all'aperto e guardare il cielo, anche se solo per pochi secondi. In quel momento si riusciva a vedere le cose con una prospettiva difficile da cogliere in circostanze e luoghi diversi. Le stelle erano sentinelle indifferenti che ammiccavano a tutti, senza distinzione. In un certo senso rappresentavano anche l'idea di libertà e bellezza. Perché, altrimenti, gli uomini ne sarebbero stati da sempre così affascinati? C'era un marinaio sdraiato, proprio al centro del ponte, che guardava dritto in alto con un binocolo preso in plancia.

«Dio, che meraviglia» disse, parlando soprattutto a se stesso.

Kelly non lo disturbò, rientrò nella sovrastruttura e camminò avanti e indietro finché non trovò la centrale operativa di combattimento. Il capitano di vascello Franks era lì: dormiva poco come quasi tutti i comandanti.

«Si sente meglio?» domandò l'ufficiale comandante.

«Sì, signore.» Kelly guardò il tracciato della rotta, contando le navi che facevano parte di quella formazione, chiamata TF-77.1. Erano stati messi in funzione numerosi radar, perché il Vietnam del Nord possedeva un'aeronautica militare, e c'era la possibilità che commettesse qualche idiozia.

«Qual è l'AGI?»

«Il nostro amico sovietico è questo qui.» Franks picchiettò sullo schermo principale. «Sta facendo quello che facciamo noi. Gli uomini dello spionaggio elettronico che abbiamo imbarcato si stanno divertendo» continuò il capitano. «Normalmente escono con unità piccole. Per loro siamo come la *Queen Mary*.»

«Abbastanza grande» convenne Kelly. «Sembra anche vuota.»

«Sì. Beh, non ci sono grossi problemi, tra i miei uomini e i marines, intendo. Ha bisogno di dare un'occhiata a qualche carta? Le ho tutte chiuse sotto chiave nella mia cabina.»

«Mi sembra una buona idea, comandante. E che ne dice di un po' di caffè?»

La cabina di Franks era abbastanza confortevole. Un cameriere servì il caffè e la colazione. Kelly spiegò la carta, esaminando ancora una volta il fiume che avrebbe dovuto risalire.

«Bello profondo» osservò Franks.

«Quanto basta» convenne Kelly, mangiando un toast. «L'obiettivo è proprio qui.»

«Lei lo sa meglio di me, amico mio.» Franks tirò fuori dalla tasca un compasso e misurò la distanza.

«Da quanto tempo fa questo mestiere?»

«Il marinaio?» rise Frank. «Mi buttarono fuori da Annapolis dopo due anni e mezzo. Volevo dei cacciatorpediniere, così mi diedero un LST (Landing Ship Tank, nave da sbarco per carri armati). Capitano di vascello, ci crederebbe? Il primo sbarco fu a eleliu. Ottenni il mio primo comando per Okinawa. Poi Inchon, Wonsan, il Libano. Ho grattato via parecchia vernice su molte spiagge. Pensa...?» domandò alzando lo sguardo.

«Non siamo qui per fallire, comandante.» Kelly conosceva a memoria ogni ansa del fiume, tuttavia continuava a guardare la carta, una copia esatta di quella che aveva studiato a Quantico, cercando di scoprire qualcosa di nuovo, ma senza trovare nulla. Eppure continuava a fissarla.

«Entrerà da solo? Bella nuotata, signor Clark» osservò Franks.

«Avrò degli aiuti, e non dovrò tornare a nuoto, vero?»

«Penso di no. Sarà sicuramente bello liberare quegli uomini.»

«Sì, signore.»

27

Penetrazione

La fase numero uno dell'operazione BOXWOOD GREEN iniziò poco prima dell'alba. Bastò una sola parola in codice, e la portaerei *Constellation*, diretta verso sud, invertì la rotta, puntando verso il porto. Due incrociatori e sei cacciatorpedinieri accompagnarono la virata, e i selettori dei quadri di comando di nove sale macchine furono portati in posizione "PIENA POTENZA". Le caldaie delle navi erano già tutte pronte, e, sbandando verso dritta iniziarono ad accelerare. La manovra colse di sorpresa l'equipaggio russo dell'AGI. Avevano previsto che la *Connie* virasse dalla parte opposta, in direzione del vento, per dare il via alle operazioni di volo e invece la portaerei, quella mattina, stava salpando con il vento in poppa, dirigendosi verso nord-est. Anche il peschereccio addetto alla raccolta di informazioni mutò rotta, aumentando la sua velocità nella vana speranza di raggiungere quanto prima la task-force della portaerei. La *Ogden* rimase così scortata da due cacciatorpediniere lanciamissili della classe "Adams", una ragionevole precauzione dopo quello che era successo da poco alla *Pueblo* al largo della costa coreana. Un'ora dopo il comandante Franks vide la piccola unità russa scomparire. Fece passare altre due ore, per maggiore sicurezza. Alle otto del mattino un paio di AH-1 Huey Cobra completarono il loro volo solitario dalla base aerea dei marines di Danang, atterrando sull'ampio ponte di volo della *Ogden*. I russi si sarebbero forse interrogati sulla presenza di due elicotteri da combattimento sulla nave che, stando al proprio servizio informazioni, era impegnata, al pari loro, in una missione di spionaggio elettronico. Gli addetti alla manutenzione che erano già a bordo portarono immediatamente gli Huey Cobra al coperto e iniziarono un controllo completo per verificare le condizioni di ogni singolo componente. Gli specialisti della *Ogden* illuminarono la loro officina e alcuni abili sottufficiali motoristi misero tutta l'attrezzatura a disposizione dei nuovi arrivati. Sebbene non fossero ancora state impartite istruzioni sulla missione, era chiaro che stava per accadere qualcosa di insolito. Non era più tempo di fare domande. Di qualunque cosa si trattasse, ogni risorsa della nave fu messa a disposizione dei marines prima ancora che gli ufficiali si fossero preoccupati di trasmettere l'ordine ai vari settori. Elicotteri da combattimento Cobra significavano azione, e tutti gli uomini a bordo sapevano di essere molto più vicini al Vietnam del Nord che a quello del Sud. Si facevano congetture, pur senza esagerare. A bordo c'era una squadra di spie, poi erano arrivati i marines, ora c'erano anche degli elicotteri da combattimento e il pomeriggio di quello stesso giorno sarebbero giunti altri elicotteri. Al corpo sanitario della marina fu chiesto di aprire la zona riservata ai feriti per nuovi arrivi.

«Attaccheremo quei fottuti» osservò un capo di terza classe, rivolgendosi al suo comandante.

«Non vada a raccontarlo in giro», rispose il reduce ventottenne, borbottando.

«A chi diavolo vuole che lo racconti, capo? Sono anch'io a favore dell'attacco.»

Dove andrà a finire la mia marina? si domandò il reduce del golfo di Leyte.

«Tu, tu e tu» gridò il capo di terza ad alcuni giovani marinai. «Facciamo un controllo FOD (Foreign Object Damage)» ordinò. Ebbe così inizio un esame dettagliato del ponte di volo, per trovare qualunque oggetto che avrebbe potuto essere risucchiato nella presa d'aria di un motore.

«E se becco qualcuno a fumare lì fuori gli spacco il culo!» disse il sottufficiale ai nuovi arrivati.

Ma l'azione vera e propria si svolgeva nel quadrato ufficiali.

«Parecchio lavoro di routine» disse il funzionario del servizio segreto ai suoi ospiti.

«Da qualche tempo stiamo lavorando ai loro sistemi telefonici» spiegò Podulski. «Per fargli usare di più le radio.»

«Ottima mossa» notò Kelly. «Comunicazioni dall'obiettivo?»

«Qualcuna, e la scorsa notte ne è arrivata una in russo.»

«È quello che aspettavamo!» disse l'ammiraglio. C'era un unico motivo per cui un russo poteva trovarsi a SENDER GREEN. «Spero che lo prenderemo, quel figlio di puttana!»

«Signore» promise Albie con un sorriso, «se si trova lì è già nostro.»

L'atteggiamento degli uomini era cambiato ancora. Riposati e ormai vicini all'obiettivo, abbandonarono le paure astratte e si concentrarono sulla dura realtà delle cose. Avevano riacquistato fiducia, pur rimanendo cauti e anche un po' preoccupati, ma si *erano* addestrati per la missione e ora pensavano alle cose che avrebbero funzionato.

Era arrivata l'ultima serie di foto, scattate da un RA-5 Vigilante che aveva sorvolato a bassa quota non meno di tre postazioni SAM per coprire il suo interesse per un luogo segreto e di secondaria importanza. Kelly prese in mano gli ingrandimenti.

«C'è ancora qualcuno nelle torrette.»

«Stanno tenendo d'occhio qualcosa» convenne Albie.

«Non noto nulla di nuovo» proseguì Kelly. «Solo un'auto. Non ci sono camion... niente di particolare nella zona immediatamente circostante. Signori, a me sembra tutto normale.»

«La *Constellation* manterrà la posizione quaranta miglia dalla costa. Il personale medico trasborda oggi stesso. Domani arriveranno altri uomini e dopodomani...» Franks guardò Kelly, seduto dall'altra parte del tavolo.

«Vado a fare ginnastica» disse il civile.

Il rullino con la pellicola, non ancora sviluppata, era custodita in una cassaforte nell'ufficio di un caposezione del quartier generale del KGB a Washington, all'interno dell'ambasciata sovietica, a pochi isolati dalla Casa Bianca. L'edificio, in passato sontuosa residenza di George Mortimer Pullman (era stato acquistato dal governo di Nicola II), ospitava sia il secondo ascensore in ordine di anzianità sia il maggiore centro di spionaggio di Washington. Il volume di materiale prodotto da oltre cento ufficiali di stato maggiore addestrati significava che non tutte le informazioni che entravano venivano elaborate sul posto, e il capitano Egorov aveva ancora così poca autorità che il suo caposezione non riteneva che le sue informazioni fossero degne di essere esaminate. Il rullino finì in una piccola busta di carta di Manila sigillata con della ceralacca e infine nella misteriosa borsa in canapa di un corriere diplomatico che si imbarcò su un volo per Parigi, viaggiando in prima classe grazie alla gentilezza dell'Air France. A Orly, otto ore dopo, il corriere prese il jet dell'Aeroflot per Mosca, trascorrendo tre ore e mezzo a conversare piacevolmente con un agente di sicurezza del KGB, sua scorta ufficiale per quella parte del viaggio. Oltre a svolgere gli incarichi affidatigli, durante i suoi regolari trasferimenti in Occidente il corriere acquistava diversi beni di consumo. Questa volta aveva scelto dei collant e ne regalò due paia all'agente.

Subito dopo il suo arrivo a Mosca e quando ebbe passato la dogana, l'auto che lo stava aspettando lo condusse in città, sostando prima di tutto non al ministero degli Esteri ma al quartier generale del KGB in piazza Dzeržinskij. Oltre metà del contenuto della valigia diplomatica fu depositato lì, compresi quasi tutti i collant. Nelle due ore che rimanevano il corriere poté andare nel suo appartamento, aprire una bottiglia di vodka e dormire un po'.

Il rullino finì sulla scrivania di un maggiore del KGB. Dal documento di identificazione capì subito chi la mandava, compilò un modulo e mandò un subordinato al laboratorio fotografico per farla sviluppare. Ma il laboratorio, benché avesse molto personale, era oberato di lavoro e il tenente riferì che sarebbe stato necessario aspettare un giorno o due. Il maggiore annuì. Egorov era un ufficiale arrivato da poco ma prometteva già bene. Aveva iniziato a lavorarsi un agente che aveva interessanti rapporti con il governo, ma ci sarebbe voluto del tempo prima che Cassio fornisse qualche informazione davvero rilevante.

Raymond Brown lasciò la facoltà di medicina dell'università di Pittsburgh trattenendo a malapena la rabbia, al termine della loro prima visita dalla dottoressa Bryant. Era andata abbastanza bene: Doris aveva raccontato molte delle cose che le erano successe negli ultimi tre anni con voce schietta anche se sommessa, e suo padre le aveva tenuto la mano per darle sostegno sia fisico sia morale. Raymond Brown si riteneva colpevole per tutto quello che era accaduto a sua figlia. Se solo avesse controllato la sua rabbia quel venerdì sera... ma non l'aveva fatto. Ormai era successo. Non poteva cambiare le cose. Allora era stato un'altra persona. Nel frattempo, era diventato più vecchio e più saggio, così riuscì a controllare la collera mentre camminava verso la sua auto. Quello che stava facendo riguardava il futuro, non il passato. La psichiatra era stata molto chiara a questo proposito, e Raymond Brown era determinato a seguire i suoi consigli in tutto e per tutto, per garantirsi un futuro migliore del passato. Padre e figlia cenarono in un tranquillo ristorante senza pretese — non era mai stato bravo a cucinare — e chiacchierarono sui vicini, su quello che facevano gli amici d'infanzia di Doris, nel delicato tentativo di recuperare il tempo perduto. Raymond parlava a voce bassa, cercando di sorridere il più possibile e di lasciar parlare soprattutto Doris. Ogni tanto alla ragazza veniva meno la voce e nei suoi occhi tornava quello sguardo carico di dolore. A quel punto Raymond capiva che doveva cambiare argomento, farle qualche complimento, magari raccontare una storia che aveva sentito in giro. Soprattutto doveva mostrarsi forte e determinato. Nei novanta minuti della loro prima seduta si era reso conto che quanto aveva temuto per tre anni era successo realmente, e in qualche modo sapeva che c'era dell'altro. Sarebbe stato difficile trattenere la rabbia, ma doveva essere una...una *roccia*, disse a se stesso. Un'enorme roccia alla quale Doris potesse aggrapparsi; Ray Brown sarebbe diventato una roccia, solida come le colline sulle quali sorgeva la sua città. E c'era dell'altro di cui Doris aveva bisogno: doveva riscoprire Dio. Su questo il medico si era dichiarato d'accordo durante una conversazione telefonica, e Ray Brown se ne sarebbe occupato, grazie anche all'aiuto del suo pastore; così promise a se stesso, guardando negli occhi la sua bambina.

Era bello essere tornata al lavoro. Sandy era di nuovo in ospedale, dopo le due settimane di assenza concesse da Sam Rosen come permesso per servizio straordinario. Nessuno avrebbe avuto niente da ridire in proposito, perché la proposta veniva da un professore primario di reparto. Come al solito, i pazienti che avevano subito un intervento chirurgico costituivano un'ampia gamma di casi più o meno gravi. Di loro si occupavano le infermiere che facevano capo a Sandy. Due colleghe le fecero alcune domande riguardo alla sua assenza. Lei disse semplicemente di aver collaborato a un progetto speciale di ricerca per il dottor Rosen, una spiegazione più che sufficiente, soprattutto con tutti quei pazienti da seguire. Le altre infermiere notarono che era un po' distratta: di tanto in tanto il suo sguardo era lontano e i pensieri erano altrove, fissi su qualcosa. Forse un uomo, speravano tutte, felici di riavere la loro capo infermiera. Sandy sapeva trattare meglio di tutti con i chirurghi e, con il professor Rosen che le stava vicino, rendeva piacevole la solita routine.

«Allora, hai rimpiazzato Billy e Rick?» domandò Morello.

«Ci vorrà un po', Eddie» rispose Henry. «La cosa manderà a monte le nostre consegne.»

«Se è per quello, erano comunque troppo complicate.»

«Piantala, Eddie», disse Tony Piaggi. «Henry ha un ottimo giro. È sicuro e funziona...»

«Ed è troppo complicato. Chi si occuperà di Filadelfia adesso?» domandò Morello.

«Su questo stiamo ancora lavorando», rispose Tony.

«Bisogna solo lasciare lì la roba e incassare i soldi, accidenti! Non fregheranno nessuno, abbiamo a che fare con uomini *d'affari*, ricordi?» *Non negri di strada*, pensò, ma ebbe il buon senso di tenerlo per sé. Il messaggio, comunque, passò lo stesso. *Senza offesa, Henry*.

Piaggi versò dell'altro vino. Morello lo trovò presuntuoso e irritante; riempire il bicchiere a Henry, come se a quel negro fanfarone piacesse il buono vino!

«Senti» disse Morello, chinandosi in avanti. «Ho contribuito a mettere in piedi questo affare, ricordi? Se non fosse stato per me non avresti nemmeno iniziato con Filadelfia.»

«Cosa stai cercando di dire, Eddie?»

«Farò la tua dannata consegna mentre Henry recupera la sua merda. Cosa c'è di difficile? Certo, tu hai delle prostitute che lo fanno per te!» Dagli importanza, pensò Morello, fagli vedere che lui aveva quello che serve. Accidenti, almeno si sarebbe fatto vedere da quelli di Filadelfia, e forse loro avrebbero fatto per lui quello che non avrebbe fatto Tony. Sì.

«Sei sicuro di voler correre questo rischio, Eddie?» domandò Henry con un sorriso sforzato. Era così facile prevedere le mosse di quell'italiano.

«Cazzo, ma certo!»

«Okay», disse Tony, mostrandosi impressionato. «Pensaci tu a telefonare e organizzare il tutto.» Henry aveva ragione, disse Piaggi tra sé. Era sempre stato Eddie a fare le sue mosse. Che pazzo. Sistemare la cosa era stato un gioco da ragazzi.

«Ancora niente», disse Emmet Ryan, ricapitolando il caso dell'Uomo Invisibile. «Tutte queste prove e ancora niente.»

«L'unica ipotesi sensata, Em, è che qualcuno stesse facendo una mossa.» Gli assassini non lasciano un lavoro a metà per caso. Doveva esserci un motivo. Forse in molti casi sarebbe stato difficile scoprirlo, addirittura impossibile, ma una serie accurata e organizzata di omicidi era una cosa diversa. C'erano due possibilità: la prima era che qualcuno avesse ammazzato più persone per nascondere il vero bersaglio. Quel bersaglio doveva essere William Grayson, che era sparito dalla faccia della terra e probabilmente non sarebbe più tornato vivo, e del quale forse, un giorno, sarebbe stato ritrovato il cadavere... o forse no. Una persona molto arrabbiata per qualcosa, molto attenta e molto abile — l'Uomo Invisibile — era arrivata fin lì e poi aveva smesso.

Quanto era probabile questa ipotesi? si chiese Ryan. Impossibile rispondere con esattezza, ma la scelta di colpire e poi sparire sembrava troppo arbitraria. Troppo per colpire un unico, apparentemente irrilevante bersaglio. Grayson, dopotutto, non era stato a capo di nessuna organizzazione e, se alla base di quegli omicidi c'era uno schema prestabilito, non era logico fermarsi dopo il suo. Ryan aggrottò le sopracciglia, pensando che questo, per lo meno, era quanto gli diceva il suo istinto. Come tutti i poliziotti, anche lui aveva imparato a fidarsi delle sensazioni. Eppure gli omicidi *erano* finiti. Successivamente erano morti altri tre spacciatori; lui e Douglas erano andati ogni volta sulla scena del delitto, solo per constatare che si era trattato di due delle solite rapine finite male e di uno scontro per il controllo di una zona. L'Uomo Invisibile se ne era andato, o per lo meno aveva smesso di colpire, e questo faceva crollare la teoria che gli era sembrata più ragionevole, lasciando solo ipotesi molto meno convincenti.

L'altra possibilità, in un certo senso, era più logica: qualcuno si sarebbe introdotto in un giro di droga non ancora smantellato da Mark Charon e dagli uomini della sua squadra, eliminando alcuni spacciatori, senz'altro incoraggiandoli a trattare con un nuovo fornitore. Stando a questa interpretazione, William Grayson avrebbe avuto un ruolo più rilevante nel sistema, e forse c'era stato qualche altro omicidio, non ancora scoperto, in cui era stato eliminato chi controllava questo ipotetico traffico. Un ulteriore sforzo di immaginazione fece pensare a Ryan che il giro smantellato dall'Uomo Invisibile fosse lo stesso che lui e Douglas avevano cercato di scoprire in tutti quei mesi. Il ragionamento filava perfettamente.

E la cosa era strana, trattandosi di un omicidio. Le storie di assassini non erano come quelle dei film polizieschi. Non si arrivava mai a capire tutto. Quando si sapeva chi era il colpevole non si conosceva il movente, almeno non del tutto, e il problema nell'applicare delle belle teorie alla realtà della morte era che le persone non si adattano molto alle teorie. Inoltre, anche se quell'ipotesi sugli eventi degli ultimi mesi fosse stata vera doveva significare che un individuo organizzato, spietato ed estremamente efficiente stava compiendo un'impresa criminale nella città di Ryan, il che non era affatto una buona notizia.

«Tom, non può essere.»

«Beh, se è lui, perché si è fermato?» domandò Douglas.

«Ricordo bene? Non era tua l'idea?»

«Sì, e con ciò?»

«Con ciò, sergente, non sei di grande aiuto al tuo tenente.»

«Abbiamo un bel weekend per pensarci. Personalmente, ho intenzione di tagliare l'erba, e domenica voglio guardarmi le partite, facendo finta di essere un cittadino qualunque. Il nostro amico se ne è andato, Em. Non so dove, ma potrebbe anche essere all'altro capo della terra. L'ipotesi migliore è che si tratti di qualcuno venuto da fuori città per fare un lavoro e che al termine del suo lavoro se ne sia andato.»

«Aspetta un attimo!» Era una teoria nuova, un assassino che lavora a contratto come quelli dei film, ma gente del genere semplicemente non esiste. Douglas si diresse fuori dall'ufficio, evitando una discussione che avrebbe potuto dimostrare come entrambi avessero un po' di ragione e un po' di torto.

L'addestramento a fuoco iniziò sotto l'occhio vigile della squadra comando e di tutti i marinai che riuscirono a trovare una scusa per spostarsi verso poppa. I marines si dissero che i due ammiragli appena imbarcati e l'uomo della CIA dovevano essere rintronati come lo erano stati loro dopo il lungo viaggio in aereo, dato che non sapevano che Maxwell, Greer e Ritter avevano volato su aerei adibiti al trasporto VIP, affrontando la traversata del Pacifico in tappe più confortevoli delle loro, con bevande e comode poltroncine.

Gettarono della spazzatura oltre la murata, con la nave che si muoveva alla velocità di cinque nodi. I marines perforarono i sacchi di carta in un esercizio che era più un divertimento per l'equipaggio che non un vero addestramento. Quando arrivò il suo turno, Kelly provò la sua CAR-15 con raffiche da due o tre colpi, e colpì il bersaglio. Al termine dell'esercitazione gli uomini misero in sicura le armi e tornarono nei propri alloggi. Un sottufficiale fermò Kelly prima che rientrasse.

«È lei quello che entrerà da solo?»

«Lei non dovrebbe saperlo.»

Il sottufficiale motorista rise di soppiatto. «Mi segua, signore». Lasciarono il reparto di marines e raggiunsero la magnifica officina meccanica della *Ogden*. Doveva essere perfettamente attrezzata, perché era stata progettata non solo per la manutenzione della nave ma anche per quella di qualsiasi armamento mobile imbarcato. Sopra uno dei tavoli da lavoro Kelly vide il mezzo speciale subacqueo che avrebbe usato per risalire il fiume.

«L'abbiamo a bordo da San Diego, signore. Io e il nostro capo elettricista ci abbiamo giocato un po'. L'abbiamo smontato, pulito e abbiamo controllato le batterie. Sono a posto. Ha delle nuove tenute idrauliche; l'acqua, quindi, non dovrebbe entrare. L'abbiamo persino provato nel bacino allagabile. La garanzia dice cinque ore. Io e Deacon abbiamo fatto qualche modifica e adesso può resistere fino a sette» disse lo specialista con un certo orgoglio. «Pensavo potesse servire.»

«Sicuramente. Grazie.»

«Diamo un'occhiata a questo fucile.» Kelly lo porse al sottufficiale dopo un attimo di esitazione e questi cominciò a smontarlo. Finì in quindici secondi, ma non si fermò qui.

«Aspetti!» disse Kelly in tono aspro mentre venivano tolti i pezzi della parte anteriore.

«Fa troppo rumore, signore. Lei andrà da *solo*, giusto?»

«Sì.»

Il sottufficiale non alzò nemmeno lo sguardo. «Vuole che lo faccia stare zitto o preferisce che la sentano?»

«È impossibile con un fucile.»

«Chi lo dice? A che distanza pensa di dover sparare?»

«Non più di cento metri, probabilmente anche meno. Accidenti, se fosse per me non lo userei proprio...»

«È rumoroso, sì o no?» disse il sottufficiale, sorridendo. «Stia a guardare, signore, le insegnerò una cosa.»

Mise la canna su un trapano a colonna, su cui era già montata la punta giusta. Sotto lo sguardo vigile di Kelly e di altri due sottufficiali praticò una serie di fori nei primi quindici centimetri del cilindro in acciaio cavo.

«Non si può ridurre al silenzio un proiettile supersonico, ma si può trattenere tutto il gas, e la cosa sarà senz'altro utile.»

«Gonzo, è tutto pronto?»

«Sì» rispose un capo di seconda classe di nome Gonzales. La canna del fucile fu posizionata in un tornio che praticò una serie di filettature superficiali ma abbastanza lunghe.

«Ho già preparato questo.» Il sottufficiale prese un silenziatore di settantacinque millimetri di diametro e trentacinque centimetri di lunghezza. Lo avvitò senza difficoltà all'estremità della canna. Un'apertura consentì di riposizionare i mirini e di bloccarlo nella posizione corretta.

«Quanto ci ha lavorato?»

«Tre giorni, signore. Quando ho dato un'occhiata alle armi imbarcate non mi è stato difficile immaginare cosa le sarebbe servito, e ho provveduto. È stato un passatempo.»

«Ma come diavolo ha fatto a sapere che...»

«Siamo in contatto con un sottomarino. Non è poi così difficile immaginare cosa ci sta sotto.»

«Come ha fatto a saperlo?» domandò Kelly, sebbene conoscesse già la risposta.

«Ha mai sentito di una nave in cui ci fossero segreti? Il comandante ha un furiere. I furieri parlano» spiegò mentre finiva di rimontare il fucile. «Allunga il fucile di quindici centimetri, spero non le dispiaccia.»

Kelly si mise in spalla la carabina. Andava decisamente meglio. Preferiva un'arma sbilanciata in avanti perché gli consentiva un migliore controllo.

«Ottimo.» Ovviamente doveva provarla. Andò verso poppa accompagnato dal sottufficiale. Lungo il percorso questi raccolse una scatola in legno. Kelly infilò un caricatore nella carabina. Il sottufficiale gettò la scatola in mare e fece un passo indietro. Kelly imbracciò l'arma e sparò il suo primo colpo.

Pop. Un attimo dopo si sentì il rumore del proiettile che colpì la scatola, un po' più forte dello sparo. Aveva udito distintamente anche il meccanismo di riarmo. Quello che il sottufficiale aveva fatto con questo fucile, Kelly lo aveva fatto con una pistola calibro .22. L'armiere sorrise compiaciuto.

«L'unica cosa difficile è assicurarsi che ci sia gas sufficiente per far funzionare il meccanismo di riarmo. Lo provi in automatico, signore.»

Kelly lo provò, sparando sei colpi. Il rumore era ancora quello di un'arma da fuoco, ma ridotto almeno del novantacinque per cento, e questo significava che era impossibile sentirlo nel raggio di duecento metri, invece dei mille di un fucile normale.

«*Ottimo* lavoro.»

«Qualunque cosa debba fare stia attento, signore, mi raccomando» suggerì il sottufficiale, andandosene senza aggiungere altro.

«Può scommetterci» rispose Kelly, guardando il mare. Soppesò ancora l'arma e, prima che la scatola di legno si allontanasse troppo, finì il caricatore. I proiettili la ridussero in mille pezzi, accompagnati da piccoli spruzzi bianchi d'acqua di mare.

Sei pronto, John.

E lo erano anche le condizioni atmosferiche, come apprese alcuni minuti dopo. Per le operazioni aeree in Vietnam veniva utilizzato il più sofisticato sistema di previsione delle condizioni atmosferiche, non che i piloti lo apprezzassero o ne fossero del tutto consapevoli. Il meteorologo capo aveva raggiunto la *Constellation* con gli ammiragli. Muoveva le mani su una carta di isobare e sulle ultime foto scattate dal satellite.

«I rovesci inizieranno domani e continueranno, a intermittenza, per i prossimi quattro giorni. Dureranno parecchio, finché quest'area di bassa pressione che si sta spostando lentamente non raggiungerà la Cina, dirigendosi verso nord».

Gli ufficiali erano tutti presenti. I quattro equipaggi di volo assegnati alla missione valutavano queste notizie con realismo. Pilotare un elicottero con il brutto tempo non era certo il massimo, e nessun pilota era attirato dall'idea di operare con visibilità ridotta. La pioggia però, d'altro canto, avrebbe coperto in parte il rumore dei velivoli e la visibilità ridotta sarebbe stata un problema anche per il nemico. Il pericolo maggiore era rappresentato dai cannoni contraerei leggeri: ma venivano puntati a vista, e qualunque cosa ostacolasse la capacità del nemico di sentire e vedere il loro velivolo contribuiva a una maggiore sicurezza.

«Venti?» domandò il pilota di un Cobra.

«Raffiche di trentacinque-quaranta nodi al massimo. Sentirete un po' di scossoni in volo, signore.»

«Il nostro radar di ricerca principale è uno strumento piuttosto buono per il controllo delle condizioni atmosferiche. Siamo in grado di guidarvi anche nelle condizioni peggiori» disse il comandante Franks. I piloti annuirono.

«Mr. Clark?» domandò l'ammiraglio Greer.

«La pioggia mi sembra una buona cosa. L'unica possibilità che hanno per individuarmi sono le bolle d'aria che salgono in superficie. La pioggia risolverà il problema, e questo significa che, in caso di necessità, potrò muovermi anche alla luce del sole.» Kelly si fermò, sapendo che continuare avrebbe significato impegnarsi definitivamente. «Lo *Skate* è pronto?»

«Sta aspettando il nostro segnale» rispose Maxwell.

«Allora, per quanto mi riguarda, possiamo dare il via alla missione, signore.» Kelly sentì la sua pelle rabbrividire. Pareva si stesse contraendo, ed ebbe come l'impressione che il suo corpo si rimpicciolisse. Ma l'aveva detto.

Gli occhi si rivolsero al capitano Albie. Un viceammiraglio, due contrammiragli e un intraprendente funzionario della CIA dipendevano dalla decisione di questo giovane marine. Grazie a lui il reparto sarebbe entrato in campo. La responsabilità operativa finale era sua. Di fatto, al giovane capitano sembrava molto strano che sette stellette avessero bisogno del suo "via", ma la vita di venticinque marines e forse di altri venti uomini dipendeva dalla sua decisione. Era lui a guidare la missione, e non poteva permettersi di commettere subito un errore. Guardò Kelly e sorrise.

«Mr. Clark, faccia molta attenzione. Credo sia giunto il momento di farsi la sua nuotata. Diamo il via alla missione.»

Non ci fu esultanza. Ogni uomo attorno al tavolo abbassò lo sguardo sulla carta, cercando di convertire l'immagine bidimensionale in realtà a tre dimensioni. Poi gli sguardi si alzarono, quasi simultaneamente, e si scrutarono a vicenda. Maxwell parlò dapprima a uno degli equipaggi degli elicotteri.

«Credo che sia il momento di avviare il motore del vostro elicottero.» Maxwell si voltò. «Comandante Franks, segnali pure allo *Skate* che siamo pronti.» La risposta furono due chiari *sì, signore*, e gli uomini si alzarono dritti in piedi, facendo un passo indietro dalla carta e dalla loro decisione.

Kelly si rese conto che era un po' tardi per la pausa di riflessione. Cercò di mettere da parte la paura e iniziò a concentrarsi su venti uomini. Gli sembrava così strano rischiare la vita per degli sconosciuti, ma rischiare la vita, dopotutto, non era una cosa razionale. Suo padre aveva trascorso la sua intera esistenza in quel modo ed era morto salvando due bambini. Se posso essere fiero di mio padre, pensò, allora non potrei onorarlo meglio di così.

Puoi farcela. Sei pronto. Sentiva la determinazione prendere il sopravvento. Ormai era tutto deciso. Era giunto il momento di passare all'azione. Sul volto di Kelly comparve tutta la sua decisione. Non aveva più paura dei pericoli, era deciso ad affrontarli. Per sconfiggerli.

Maxwell se ne accorse. Aveva assistito alla stessa scena nei locali delle portaerei dove i suoi colleghi piloti si preparavano psicologicamente a entrare in azione, e ricordò come aveva vissuto lui quel momento, la tensione muscolare, la vista che, improvvisamente, diventa acuta come non mai. Il primo a entrare e l'ultimo a uscire, proprio come lui in numerose missioni, quando, con il suo F6F Hellcat, aveva cercato di eliminare i caccia e scortare fino a casa gli aerei d'attacco. *Il mio secondo figlio*, pensò improvvisamente Dutch, *coraggioso come Sonny e altrettanto abile.* Ma non aveva mai mandato Sonny ad affrontare il pericolo, non lui di persona, ed erano passati parecchi anni da Okinawa. Il pericolo affrontato dagli altri era in qualche modo maggiore e più spaventoso del proprio. Ma doveva essere così, e Maxwell sapeva che Kelly si fidava di lui, come lui, a suo tempo, si era fidato di Pete Mitscher. Era un fardello pesante, soprattutto ora che aveva visto l'espressione sul volto dell'uomo che stava mandando in territorio nemico, da solo. Kelly scorse lo sguardo di Maxwell, e fece un largo sorriso d'intesa.

«Non si preoccupi, signore.» Uscì dalla sala briefing per raccogliere la sua attrezzatura.

«Sai, Dutch» disse l'ammiraglio Podulski, accendendosi una sigaretta, «quel ragazzo avrebbe potuto servirci, alcuni anni fa. Penso che sarebbe stato l'uomo ideale.» Erano trascorsi molto più che "alcuni" anni, ma Maxwell sapeva che Podulski aveva ragione. Erano stati giovani soldati, un tempo, e ora era giunto il momento di cedere il passo alla nuova generazione.

«Cas, spero solo che sia prudente.»
«Lo sarà. Come lo eravamo noi.»

Il mezzo speciale subacqueo fu portato sul ponte di volo dagli uomini che l'avevano preparato. L'elicottero era in moto, con il suo rotore a cinque pale che ruotava nell'oscurità prima dell'alba mentre Kelly usciva da una porta stagna. Fece un respiro profondo prima di avanzare a grandi passi. Non aveva mai avuto un pubblico così. C'era Irvin con tre degli altri sottufficiali dei marines, Albie, gli ammiragli, e Ritter, che lo guardavano partire come se fosse stato Miss America o qualcosa del genere. Ma furono i due specialisti della marina che gli si avvicinarono.

«Le batterie sono cariche. La sua attrezzatura è tutta nel container. È a tenuta stagna, per cui non ci saranno problemi, signore. Il fucile è carico e con il colpo in canna, per un'eventuale emergenza. Ha la sicura. Ci sono delle batterie nuove per tutte le radio e due serie di scorta. Più di così non saprei proprio cosa fare» gridò il sottufficiale con il rombo dell'elicottero in sottofondo.

«Mi sembra che sia tutto a posto!» rispose Kelly.

«In bocca al lupo, Mr. Clark!»

«Ci vediamo tra qualche...e grazie!» Kelly diede la mano ai due sottufficiali, poi andò a salutare il capitano di vascello Franks. Per sdrammatizzare si mise sull'attenti e fece il saluto militare. «Chiedo il permesso di lasciare la nave, signore.»

Il comandante Franks rispose al saluto. «Permesso accordato, signore.»

Kelly guardò gli altri. *Primo ad entrare, ultimo ad uscire.* Un mezzo sorriso e un cenno del capo bastarono per il momento, e i suoi uomini attinsero coraggio da lui.

Il grande elicottero da ricerca e soccorso Sikorsky si sollevò di circa un metro. Un membro dell'equipaggio agganciò il mezzo speciale sotto l'aeromobile, che infine si spostò verso poppa nel buio con le luci di posizione spente, e in pochi secondi scomparve.

Lo *Skate* era un vecchio sottomarino, modificato e perfezionato a partire dalla prima unità subacquea nucleare, il *Nautilus*. La forma dello scafo assomigliava a quella di una nave più che a una balena. Per questo era piuttosto lento sott'acqua, ma le sue eliche gli consentivano maggiore manovrabilità, soprattutto in acque basse. Per anni lo *Skate* era stato utilizzato per la raccolta di informazioni segrete lungo la costa vietnamita e aveva cercato, con i suoi apparati speciali di rilevare le emissioni elettroniche.

Inoltre, aveva portato a terra più di un sommozzatore. Tra gli altri anche Kelly, molti anni prima, sebbene nessun membro di quell'equipaggio ancora in servizio si ricordasse di lui. Kelly lo vide in superficie: una sagoma nera più scura dell'acqua sulla quale riluceva il quarto di luna calante presto coperto dalle nuvole. Per prima cosa il pilota dell'elicottero appoggiò il mezzo speciale subacqueo sulla superficie di prua dello *Skate*, dove l'equipaggio del sottomarino si preoccupò di fissarlo. Poi fu calato Kelly con tutta la sua attrezzatura. Un minuto dopo si trovava nella plancia del sottomarino.

«Benvenuto a bordo» disse il comandante Silvio Esteves, precedendo il sommozzatore.

«Grazie, signore. Quanto ci vorrà per raggiungere la spiaggia?»

«Sei ore, anche di più prima che, con il periscopio, rileviamo tutte le informazioni che la interessano. Caffè? Qualcosa da mangiare?»

«Un letto, grazie.»

«Ce n'è uno libero nella cabina del comandante in seconda. Faremo in modo che nessuno la disturbi». Un trattamento migliore di quello riservato ai funzionari dell'agenzia di sicurezza nazionale.

Kelly si preparò a riposare, cosa che sapeva gli sarebbe stata impossibile nei successivi tre giorni, sempre che tutto fosse andato secondo i piani. Si addormentò prima che il sottomarino si reimmergesse nelle acque del Mar Cinese Meridionale.

«Interessante» disse il maggiore. Lasciò cadere la traduzione sulla scrivania del suo diretto superiore.

«Ho sentito parlare di questo posto. Il GRU sta eseguendo l'operazione... anzi, sta cercando di eseguirla. I nostri fraterni alleati comunisti non stanno collaborando granché. Così gli americani sono venuti a saperlo, eh?»

«Continui a leggere, Jurij Petrovič», suggerì l'altro.

«Ma va!» Alzò lo sguardo. «Chi è esattamente questo Cassio?» Jurij aveva già visto quel nome, sempre collegato a informazioni secondarie trapelate attraverso varie fonti della sinistra americana.

«Glazov lo ha ingaggiato definitivamente poco tempo fa», disse il maggiore, continuando a spiegare per circa un minuto.

«Bene. Allora lo chiederò a lui. Mi sorprende che Georgij Borrissovič non si occupi personalmente della questione.»

«Penso che ora lo farà, Jurij.»

Sapevano che stava per succedere qualcosa di brutto. Il Vietnam del Nord aveva un'infinità di radar di sorveglianza disposti lungo le sue coste. Il loro scopo principale era fornire allarmi antiaerei in caso di attacco dalle portaerei americane situate nella cosiddetta Yankee Station, quella che i nordvietnamiti chiamavano in qualche altro modo. I radar erano spesso disturbati, ma non in misura così rilevante. Questa volta l'emittente di disturbo era tanto potente da trasformare lo schermo di fabbricazione sovietica in una massa circolare tutta bianca. Gli operatori si avvicinarono in cerca di punti particolarmente luminosi che avrebbero indicato dei veri obiettivi tra i segnali di disturbo.

«Nave!» gridò una voce al centro operativo. «Nave all'orizzonte.» Era uno di quei casi in cui l'occhio umano supera i radar.

Se erano tanto stupidi da posizionare radar e cannoni sulle cime delle colline non era affar suo. Il direttore di tiro si trovava nella "postazione 1", la torre di prua che costituiva la parte più gradevole del profilo della nave. Teneva gli occhi incollati agli oculari di un telemetro progettato alla fine degli anni '30, lo strumento ottico più perfetto che gli americani avessero mai costruito. La sua mano faceva girare una rotellina che funzionava in maniera simile al meccanismo di messa a fuoco di una macchina fotografica, ricomponendo un'immagine frammentata. Metteva a fuoco l'antenna radar, la cui struttura metallica, in questo momento senza la protezione della rete mimetica, costituiva un punto di riferimento quasi perfetto.

«Ce l'ho.»

Il controllore di tiro accanto a lui comunicò i numeri riportati sulla scala graduata. «Puntamento Uno-Cinque-Due-Cinque-Zero.»

Nella centrale di tiro, tre metri sotto la postazione 1, semplici computer meccanici ricevettero i dati, indicando agli otto cannoni dell'incrociatore qual era la corretta elevazione. Quanto avvenne in seguito fu abbastanza semplice: i cannoni, già carichi, ruotarono con le loro torrette fino a raggiungere il previsto angolo di elevazione.

«Fuoco» ordinò il direttore di tiro. Un giovane marinaio premette gli interruttori per azionare i cannoni e il *Newport News* vibrò per la prima salva della giornata.

«Okay, su azimut, troppo corto di... trecento...», disse sommessamente il sottufficiale, guardando le fontane di fango nei telemetri a potenza venti. «Alzare di trecento!» riferì l'operatore, e a distanza di quindici secondi tuonò la seconda salva. Non sapeva che la prima aveva eliminato il bunker di comando del complesso radar. La seconda tracciò un arco nell'aria. «Con questo è fatta» sussurrò il sottufficiale.

Fu così. Tre colpi su otto finirono a non oltre cinquanta metri dall'antenna radar e la fecero a pezzi.

«Traiettoria esatta» disse al microfono, aspettando che la polvere si dissolvesse. «Bersaglio distrutto.»

«Quasi meglio di un aereo», disse il comandante, osservando dal ponte. Venticinque anni prima era stato un giovane ufficiale di tiro sulla *Mississippi* e aveva imparato la tecnica del bombardamento a terra contro obiettivi mobili nel Pacifico occidentale, così come il suo sottufficiale alla postazione 1. Era sicuramente l'ultima festa delle vecchie «cannoniere» della marina e il comandante voleva a tutti i costi che la si sentisse bene.

Un attimo dopo, a un migliaio di metri di distanza, comparvero degli spruzzi. Probabilmente erano causati da cannoni da 130 mm che l'esercito nordvietnamita utilizzava per disturbare la marina. Prima di concentrarsi sulla contraerea si sarebbe occupato di questi.

«Controbatteria!» disse il comandante alla centrale di tiro.

«Sì, signore, ci siamo.» Un minuto dopo il *Newport News* fece fuoco, e i suoi cannoni a tiro rapido cercarono e trovarono i sei 130 che non si erano dimostrati particolarmente abili.

Era una diversione tattica, il comandante lo sapeva. Doveva esserlo. Da qualche altra parte stava succedendo qualcosa. Non sapeva cosa ma doveva trattarsi di qualcosa che aveva permesso a lui e al suo incrociatore di mettersi sulla linea del fuoco a nord della zona demilitarizzata. Non che la cosa gli interessasse, pensò l'ufficiale, sentendo la sua nave vibrare ancora una volta. Trenta secondi dopo una nube arancione che si espandeva rapidamente annunciò la distruzione di quella batteria di cannoni.

«Obiettivo secondario colpito!» annunciò il comandante. Gli uomini sul ponte esultarono per qualche istante, poi si rimisero al lavoro.

«Eccola.» Il capitano Mason fece un passo indietro dal periscopio.

«Sono abbastanza vicino.» A Kelly bastò uno sguardo per capire che Esteves non era uno che andava per il sottile. Lo *Skate* stava spazzando via il fondale. Il periscopio emergeva di poco dall'acqua. «Penso che basti.»

«Lì fuori c'è un bel temporale», disse Esteves.

«Un "bel" temporale, ottimo.» Kelly finì il caffè, quello solito della marina, salato. «Ne approfitterò.»

«Subito?»

«Sì, signore.» Kelly fece un breve cenno col capo. «A meno che non si voglia avvicinare ancora di più» aggiunse, con un ghigno di sfida.

«Sfortunatamente non abbiamo ruote sotto le chiglia, forse potrei provare.» Esteves indicò davanti a sé. «In che cosa consiste la missione? Di solito lo so.»

«Non posso dire niente, signore. Ma voglio aiutarla: se funziona lo scoprirà.» Doveva bastare, e Esteves capì.

«Allora è meglio che si prepari.»

Per quanto l'acqua fosse calda, Kelly dovette preoccuparsi per il freddo. Otto ore di immersione con una differenziale di temperatura anche solo lievemente inferiore a quella del corpo potevano significare un grosso dispendio di energia, come in una batteria in cortocircuito. Si infilò la muta da sub di neoprene verde e nera, aggiungendo una quantità di pesi doppia rispetto al normale. Solo nella cabina del comandante fece la sua ultima pausa di riflessione, implorando Dio di aiutare non lui ma gli uomini che avrebbe cercato di salvare. Gli sembrava strano pregare dopo quello che aveva fatto in un passato vicino e lontano al tempo stesso, e trovò il tempo di chiedere perdono per tutti gli errori che poteva aver commesso, domandandosi ancora se avesse trasgredito a qualche comandamento. Era il momento giusto per quel tipo di riflessioni, ma non aveva molto tempo a disposizione. Adesso doveva guardare avanti. Forse Dio lo avrebbe aiutato a salvare il colonnello Zacharias, ma lui doveva fare la sua parte. L'ultimo pensiero prima di lasciare la cabina fu rivolto alla foto di un americano solo che sta per essere preso a bastonate alle spalle da qualche fottuto nordvietnamita. Era ora di mettere fine per sempre a simili atrocità, disse tra sé, aprendo la porta.

«L'uscita di sicurezza è da questa parte» disse Esteves.

Kelly salì la scaletta, mentre Esteves e forse altri sei o sette uomini dello *Skate* lo guardavano.

«Faccia in modo che scopriamo di cosa si tratta» disse il comandante, chiudendo la porta stagna.

«Può giurarci», rispose Kelly, appena la porta fu bloccata. Un autorespiratore lo stava aspettando. L'indicatore segnava pieno, notò Kelly, controllando ancora. Sollevò il telefono stagno.

«Qui è Clark. Sono nell'uscita di sicurezza, pronto per partire.»

«Il sonar non rileva nulla, eccetto una fitta pioggia in superficie. Nessun avvistamento. *Vaya con dios*, Señor Clark.»

«*Gracias*» rispose Kelly, sogghignando. Depose il telefono e aprì la valvola di allagamento. L'acqua entrò sul fondo del compartimento, provocando un cambiamento improvviso della pressione dell'aria nello spazio ristretto.

Il corpo del paziente sconosciuto cominciò a sobbalzare sotto le cinghie che lo legavano al letto. Se ne accorse per prima un'infermiera, che chiamò immediatamente un medico dell'unità di terapia intensiva:

«Attacco nella Due!»

Gli occhi erano spalancati, anche se non ci vedevano, ma sotto lo sguardo del medico una pupilla si dilatò, e i muscoli della parte sinistra del volto si rilassarono. Ora, quella lotta debole e vana veniva combattuta solo da una metà del corpo.

«Colpo apoplettico!» Allungò la mano e prese degli anticoagulanti, facendo subito un'iniezione. Per un attimo sperò che potesse servire a qualcosa, ma il rilassamento si estese a tutto il corpo come una corrente mortale. L'espressione di dolore sul suo volto mutò sotto la maschera ad ossigeno, e la serenità che la sostituì poteva significare una sola cosa; il paziente morì lentamente sotto ai loro occhi, farfugliando qualcosa di incomprensibile. Fu un momento frustrante per i medici e gli infermieri attorno a quel letto. Si assicurarono che le tende fossero chiuse per evitare che altri pazienti di quel reparto si perdessero d'animo per la morte di uno di loro: simili eventi si ripercuotevano concretamente sulla battaglia tra la vita e la morte. I medici si scambiarono delle occhiate di scoramento. Se lo erano aspettato. Diverse funzioni vitali erano costantemente peggiorate, e loro non avevano ancora capito quale fosse la causa. Tutti, però, pensavano, senza dirlo, che presto lo avrebbero scoperto. Un patologo della facoltà di medicina dell'università della Virginia avrebbe eseguito l'autopsia, esaminando ciascun organo e muscolo per determinare la causa del decesso e, forse, la prossima volta, di fronte a un caso simile, avrebbero avuto più possibilità di farcela.

«Se ne è andato» disse sommessamente il medico del reparto di rianimazione. «Prendi nota dell'ora.»

«Nove e sedici minuti, ora del decesso» disse un'infermiera, annotando alcuni dati per il certificato di morte e domandandosi cosa avrebbe scritto nella casella "causa del decesso".

Kelly controllò il suo orologio. Erano le otto e sedici minuti quando spinse il portello e uscì sul ponte di prua sommerso dello *Skate*. Usò una torcia elettrica per illuminare il mezzo speciale subacqueo. Era fissato con un cavo in quattro punti, ma prima di scioglierlo Kelly si legò in vita una fune di sicurezza. Non era il caso di rischiare che quell'aggeggio se ne andasse senza di lui. Il profondimetro segnava quindici metri. Il sottomarino *si trovava* in acque pericolosamente basse, e prima se ne fosse andato prima l'equipaggio sarebbe stato fuori pericolo. Nello slegare il mezzo subacqueo urtò l'interruttore di avviamento e due propulsori a elica nascosti iniziarono lentamente a girare. Bene. Kelly estrasse il coltello dalla cintura e lo sbatté due volte con violenza sul ponte, poi controllò i timoni sistemò le pinne direzionali e partì mettendo la prua sulla rotta tre-zero-otto.

Adesso non si poteva più tornare indietro, pensò. Ma per lui non si poteva quasi mai.

28

Primo a entrare

Quanto meno, Kelly non sentiva l'odore dell'acqua. O comunque non lo sentì subito. Poche cose riescono a infastidire e disorientare più del fatto di dover nuotare sott'acqua di notte. Fortunatamente, i progettisti del mezzo subacqueo erano dei sommozzatori, e lo sapevano. Era leggermente più lungo del corpo di Kelly; in realtà si trattava di un siluro modificato, con dispositivi e accessori che consentivano di manovrare e regolarne la velocità trasformandolo in una sorta di mini-sommergibile, anche se, all'apparenza, sembrava un aeroplano pilotato da un bambino. Le "ali", in realtà delle "pinne", erano regolate manualmente. Il mezzo era dotato, fra l'altro, di un indicatore di profondità, di un indicatore carica batterie e dell'indispensabile bussola magnetica. Il motore elettrico e le batterie erano stati originariamente progettati per consentirgli di viaggiare in acqua ad alta velocità per circa dieci chilometri. A velocità più ridotte, il mezzo poteva coprire distanze ben maggiori, con un'autonomia di cinque/sei ore a cinque nodi o più, se i costruttori a bordo della *Ogden* avevano ragione.

Stranamente, a Kelly sembrava di essere a bordo di un C-141. Il ronzio della doppia elica non era rilevabile a grande distanza, ma egli si trovava a poco meno di due metri, e il ronzio persistente dovuto all'elevata velocità cominciava a fargli storcere la bocca sotto la maschera subacquea. Ciò era in parte attribuibile a tutto il caffè che aveva bevuto. Dovendo rimanere all'erta, in tensione, aveva in corpo abbastanza caffeina da risvegliare un cadavere. E non erano pochi i motivi di preoccupazione. Per esempio, il traffico delle imbarcazioni lungo il fiume. Che si trattasse di trasporto di munizioni per la contraerea da una sponda all'alta o di una versione vietnamita di Renzo che attraversava il fiume per andare dalla sua Lucia, c'era un bel movimento. Cozzare contro una barca avrebbe potuto essere letale in vari modi, diversi a livello di tempi, ma non di esito. Come se non fosse bastato, la visibilità era praticamente zero; quindi, avrebbe avuto solo una manciata di secondi per evitare un eventuale impatto. Kelly cercò di tenersi il più possibile in mezzo al fiume. Ogni trenta minuti rallentava ed emergeva con la testa per accertarsi della propria posizione. A quanto gli era dato di vedere, non c'era alcuna attività nei paraggi. Non erano rimaste più molte centrali elettriche nel Paese, e senza luce per leggere e forse neanche per far funzionare le radio, la vita della gente comune era tornata primitiva, e quella dei nemici si era fatta animalesca. Ogni cosa era velata di una strana tristezza. Kelly non credeva che la popolazione vietnamita, come ogni altra, avesse un innato istinto bellicoso, ma c'era in corso una guerra, e il comportamento dei civili era tutt'altro che esemplare, lo aveva visto coi suoi occhi. Verificò la propria posizione e si immerse di nuovo, facendo attenzione a non scendere al di sotto dei tre metri. Aveva sentito parlare di un sommozzatore morto per essere riemerso troppo rapidamente dopo una pressurizzazione di qualche ora a *quattro metri e mezzo*, e, avendo visto gli effetti devastanti su Billy, non aveva alcuna intenzione di sperimentarli personalmente.

Il tempo scorreva lentamente. Di tanto in tanto le nubi sovrastanti si diradavano e un quarto di luna rischiarava le gocce di pioggia sullo specchio dell'acqua, fragili cerchi neri che si allargavano e scomparivano nella bluastra superficie spettrale tre metri sopra la sua testa. Poi le nubi si addensavano nuovamente, e tutto ciò che egli poteva vedere era un tetto grigio cupo, mentre il suono delle gocce che cadevano si mescolava al ronzio infernale della doppia elica. Un altro pericolo erano le allucinazioni. Kelly aveva una mente attiva, e si trovava in un ambiente privo di stimoli. E quel che era peggio, si sentiva cullare. Fluttuava in uno stato di semiassenza di gravità, quasi fosse stato nell'utero materno, e il conforto che ne traeva era di per se stesso pericoloso. La sua mente reagiva sognando, ed egli sapeva di non poterselo permettere. Instaurò quindi una sorta di routine, passando in rassegna con lo sguardo gli strumenti, inventandosi qualche giochino, come per esempio cercare di mantenere in assetto orizzontale lo speciale mezzo subacqueo senza osservare l'indicatore, il che tuttavia si rivelò impossibile. Ciò che i piloti chiamavano vertigine si verificava più spesso che in aria, e Kelly si rese conto di riuscire a mantenere il controllo per quindici, massimo venti secondi, dopodiché cominciava a inclinarsi e a scendere in profondità. Di tanto in tanto completava un giro su se stesso, giusto per fare qualcosa di diverso, ma in linea di massima si limitava a spostare lo sguardo dagli strumenti alla superficie, ripetutamente, sino a quando anche questo non divenne pericolosamente monotono. Solo due ore dopo la partenza dovette imporsi di non perdere la concentrazione... ma non riusciva a concentrarsi su una cosa sola, e neppure due. In quello stato di ovattato oblio, era certo che un qualsiasi individuo nel raggio di dieci chilometri avrebbe desiderato ucciderlo. La popolazione della zona conosceva il territorio e il fiume, i suoni e i luoghi. Viveva in un Paese in guerra, dove l'insolito era sinonimo di pericolo, e di nemico. Kelly non sapeva se il governo avesse messo delle taglie sulla testa degli americani catturati vivi o morti, ma un sistema simile doveva senza dubbio esistere. La gente lavorava sodo per una ricompensa, soprattutto se essa coincideva con il patriottismo. Kelly si chiese come tutto ciò fosse potuto accadere. Non che avesse importanza: quella gente era il nemico, e nulla avrebbe potuto cambiare le cose. Perlomeno, non nei tre giorni successivi, che era la massima proiezione che egli si poteva permettere circa il futuro. Se qualcosa lo attendeva oltre quel muro, doveva fingere che non esistesse.

Il piano prevedeva una tappa in corrispondenza di un meandro a ferro di cavallo. Kelly rallentò la velocità e sollevò la testa con circospezione. Udì alcuni suoni provenire dalla sponda settentrionale, a circa duecentocinquanta metri. Gli giungevano attraverso l'acqua. Voci maschili che parlavano una lingua la cui cadenza ritmica gli era sempre parsa poetica, ma che sapeva divenire dura e tagliente quando doveva esprimere rabbia. Proprio come quel popolo, riflettè, rimanendo in ascolto per una decina di secondi. Scomparve sott'acqua osservando sulla bussola magnetica la rotta che cambiava seguendo la piega del meandro. Si era sentito così vicino a loro, seppure per pochi istanti. Di cosa stavano parlando? Politica? Argomento noioso in un Paese comunista. Di agricoltura, forse? Della guerra? Forse sì, visto che parlavano con voce sommessa. L'America sta uccidendo abbastanza giovani vietnamiti da dar loro una buona ragione per odiarci, pensò Kelly, e lì, la perdita di un figlio non doveva essere molto diversa che negli Stati Uniti. Forse anche loro parlavano con orgoglio del loro figliolo che era andato soldato... bruciato dal napalm, smembrato da una mitragliatrice o dilaniato da una bomba; i racconti giungevano in qualche modo, magari sotto forma di menzogne, ma la cosa non cambiava; comunque fosse, quel soldato era stato bambino, e aveva mosso i primi passi dicendo "papà" nella sua lingua madre. Ma qualcuno di quei bambini era poi cresciuto per seguire PLASTIC FLOWER, e a Kelly non dispiaceva di averli fatti fuori. Le parole che aveva udito suonavano umane alle sue orecchie, malgrado non le capisse, e gli venne istintivo chiedersi: cosa li rende diversi?

Sono diversi, *razza di cretino! Lascia che siano i politici a domandarsene il perché*. Domande del genere allontanavano il pensiero dei venti suoi connazionali imprigionati più su, lungo il fiume. Imprecò tra sé e sé e si concentrò nuovamente sulla navigazione.

Poche cose riuscivano a distrarre il reverendo Charles Meyer dalla preparazione della sua omelia settimanale. Il fatto di dire alle persone ciò che avevano bisogno di sentirsi dire in modo chiaro e conciso rappresentava forse l'aspetto più importante del suo ministero, poiché il suo gregge lo vedeva una sola volta la settimana, a meno che non succedesse qualcosa... e quando succedeva il peggio, la sua parola e il suo sostegno dovevano poggiare su una fede solida per essere davvero efficaci. Meyer aveva un'esperienza trentennale alle spalle, avendo dedicato al ministero tutta la sua vita adulta, e la sua istintiva eloquenza era stata levigata da anni e anni di pratica, al punto da consentirgli di scegliere un passo delle Sacre Scritture e svilupparne un nitido e incisivo monito morale. Niente di tutto questo sarebbe stato possibile senza una fede semplice e robusta, trasmessagli dai suoi devoti genitori e alimentata con una convinzione che si rafforzava col tempo. Il reverendo Meyer non era un uomo severo: il suo messaggio di fede era pieno di amore e misericordia. Amava sorridere e scherzare, e anche se le sue prediche erano necessariamente una questione seria, poiché la salvezza era il più serio degli obiettivi umani, egli riteneva fosse suo dovere enfatizzare la vera natura divina. L'amore parlava da sé, ed era fonte di misericordia, di carità. Il peccato era sinonimo di rifiuto dell'amore divino, fonte di tristezza più che di rabbia; la sua antitesi era la redenzione, il ritorno al Signore ed egli, rifletté, aveva dedicato l'intera sua esistenza ad aiutare gli uomini a far ritorno all'ovile dopo essersi temporaneamente perduti, a riabbracciare la fede dopo averla rifiutata. E valeva certo la pena di dedicare del tempo a un compito di tale importanza.

«Bentornata, Doris» disse il reverendo Meyer varcando la soglia dell'abitazione di Ray Brown. Indossava il suo abito "ufficiale": un colletto bianco da ecclesiastico su una camicia nera con pettorina e accessori di colori simili. Meyer veniva spesso preso per un prete cattolico, la qual cosa non lo offendeva affatto, visto che molti dei suoi amici lo erano. Il reverendo era un uomo di media statura, e la folta capigliatura grigia gli conferiva un aspetto saggio e solenne. Prese le mani della ragazza tra le sue, sorridendo con calore. «Dio ha ascoltato le nostre preghiere.»

Nonostante il suo atteggiamento fosse amichevole e premuroso, quell'incontro sarebbe stato difficile per tutti e tre. Doris aveva sbagliato, forse malamente, rifletté. Se ne rese conto, e cercò di evitare di colpevolizzarla. L'importante era che il figliol prodigo avesse fatto ritorno; se c'era una ragione per cui Gesù Cristo era sceso sulla terra, quella parabola la riassumeva in pochi versi. Quella storia esprimeva l'essenza della cristianità. Indipendentemente dalla gravità delle colpe commesse, bisognava saper accogliere a braccia aperte chi aveva il coraggio di tornare.

Papà e figlia sedevano su un vecchio divano blu, e il reverendo era stato fatto accomodare su una poltrona. Sul tavolinetto c'erano tre tazze di tè. Il tè era la bevanda più adatta a una simile occasione.

«Ti trovo davvero in forma sorprendente, Doris» esordì lui, nascondendo il proprio disperato desiderio di metterla a proprio agio.

«Grazie, reverendo.»

«È stata dura, vero?»

«Sì» rispose lei, la voce incrinata.

«Doris, commettiamo tutti degli errori. Anch'io e tuo padre. Quindi, anche tu. È stato Dio stesso a crearci imperfetti. Devi accettarlo, e cercare costantemente di migliorare. Non tutti ci riescono... ma tu sì, ce l'hai fatta. Sei tornata tra noi; ti sei lasciata il male alle spalle e, con un piccolo sforzo, potrai dimenticarlo per sempre.»

«Lo farò» disse lei con determinazione. «Lo farò, davvero. Ho visto cose atroci... fatto cose atroci.»

Il reverendo Meyer non era un uomo da lasciarsi turbare facilmente. La sua professione consisteva nell'ascoltare testimonianze circa la realtà dell'Inferno, poiché i peccatori non sapevano accettare il perdono altrui sino a quando non riuscivano a perdonare se stessi, impresa che richiedeva sempre una voce colma di comprensione e amore, capace di ricondurli alla ragione. Ma ciò che udì in quel frangente ebbe il potere di sconvolgerlo. Cercò di rimanere immobile su quella poltrona. E prima ancora, cercò di ricordare a se stesso che tutto ciò che stava udendo era ormai *alle spalle* di quella tormentata ragazza... durante i venti minuti che seguirono apprese cose che non avrebbe mai immaginato, cose d'altri tempi, degne del periodo trascorso in Europa come cappellano dell'esercito. C'era un diavolo nella creazione, qualcosa a cui la Fede lo aveva preparato... ma il volto di Lucifero non era fatto per i deboli occhi dell'uomo, né tantomeno per gli occhi di una ragazzina che l'errore di un padre infuriato aveva allontanato da casa in un'età così delicata.

Di male in peggio. La prostituzione era già di per se stessa terrificante; a volte produceva nelle ragazze ferite che quasi non bastava una vita a rimarginare, ed egli fu lieto di sentire che Doris era in cura dalla dottoressa Bryant, medico di grandi capacità, che lui stesso aveva consigliato a due suoi parrocchiani. Per svariati minuti il reverendo si unì al dolore e alla vergogna di Doris, mentre il padre della ragazza le stringeva coraggiosamente la mano, ricacciando indietro le lacrime. Lo stesso Raymond era stato salvato da Dio, e la ricompensa per le preghiere che egli aveva recitato insieme al reverendo in quella stessa stanza, un paio di volte la settimana, era la forza che egli sapeva ora infondere nella sua figliola. E questo rassicurava il reverendo, mentre Doris continuava il suo racconto agghiacciante. La ragazza passò poi a parlare della droga, dell'uso che ne aveva fatto, e di come l'aveva consegnata a certi individui spregevoli. Raccontò tutto a testa alta, e il coraggio che aveva dovuto racimolare per narrare la sua vicenda risultava sorprendente agli occhi del reverendo. Tremante, le lacrime che le scorrevano lungo il viso, raccontava di un passato che avrebbe gettato nello sgomento l'animo più forte. Passò poi a descrivere gli abusi sessuali che aveva subito e, infine, la parte più terribile.

Divenne tutto molto reale agli occhi del reverendo Meyer. Doris era una ragazza sveglia, e sembrava ricordare l'accaduto per filo e per segno. Ci sarebbe voluta tutta l'abilità della dottoressa Bryant per relegare quell'orrore nel passato. Raccontò ciò che aveva passato come se si fosse trattato di un film, senza tralasciare all'apparenza alcun particolare. Era una cosa salutare, rovesciare tutto fuori a quel modo. Salutare, persino per suo padre. Ma Charles Meyer si vedeva necessariamente riversare addosso l'orrore che gli altri cercavano di dimenticare. Erano state stroncate delle vite umane, vite innocenti... e le vittime non erano diverse dalla ragazza che aveva di fronte, assassinate in un modo che conduceva alla... dannazione, si disse con un tono di tristezza mista a rabbia. Il male esisteva *davvero* a questo mondo. Aveva assistito alla liberazione di Dachau, e in venticinque anni era riuscito ad allontanare quell'orrore, ma ora gli si ripresentava di fronte. Ricordò di aver provato l'impeto di strappare un fucile da uno dei soldati di fanteria, per abbattere quelle... creature che avevano compiuto un massacro che andava oltre la redenzione, di aver voluto, per un istante, essere la spada della giustizia divina. Meyer chiuse gli occhi. *No, non è possibile.* Era una manifestazione della sua debolezza umana. Anche lui doveva trarre forza dalla fede.

«La carità che hai dimostrato nei confronti di Pam, tesoro mio, è una delle cose più coraggiose che abbia mai sentito» disse sommessamente il reverendo, quasi sul punto di commuoversi. «È stato Dio, Doris; Dio ha agito per mano tua, ti ha dimostrato la tua bontà d'animo.»

«Lo pensa davvero?» chiese lei, sciogliendosi in lacrime.

Il reverendo sentì di doversi avvicinare, e lo fece, inginocchiandosi di fronte al padre e alla ragazza, prendendo le mani di lei tra le sue. «Dio è venuto da te, Doris, e ti ha salvata. Tuo padre e io abbiamo pregato affinché succedesse. Sei tornata, e non commetterai mai più errori del genere.» Il reverendo Meyer non sapeva se la ragazza gli avesse tenuto nascosto qualcosa, se avesse deliberatamente omesso dei particolari. Sapeva che un medico di Baltimora e un'infermiera l'avevano rimessa in salute. Non sapeva come Doris fosse capitata da loro, e così giunse alla conclusione che fosse scappata, proprio come aveva cercato di fare l'altra ragazza, Pam. Né tantomeno sapeva che la dottoressa Bryant aveva ricevuto istruzioni di non divulgare quello che sapeva. Ma ciò non aveva importanza. C'erano altre ragazze nelle mani di quel Billy e del suo amico Rick. Aveva passato la sua esistenza cercando di strappare anime a Lucifero, dunque era suo dovere strappargli anche il loro involucro. Doveva agire con estrema cautela. Una conversazione di quel genere era un privilegio, in senso assoluto. Avrebbe consigliato a Doris di raccontare tutto alla polizia, ma non avrebbe mai potuto costringerla a farlo. Ma come cittadino, come ministro di Dio, aveva il dovere di fare qualcosa per aiutare le altre ragazze in mano a quella gente. Ma non sapeva bene cosa. Avrebbe chiesto consiglio a suo figlio, un giovane sergente del corpo di polizia di Pittsburgh.

Ecco. Kelly emerse dall'acqua quel tanto che bastava per guardarsi attorno. Si tolse il cappuccio di gomma dalla testa per percepire meglio i rumori circostanti. Erano rumori d'ogni tipo. Insetti, pipistrelli che sbattevano le ali, la pioggia che ora picchiettava leggera, e sovrastava tutti gli altri suoni. La zona a nord era immersa nell'oscurità, dalla quale i suoi occhi, ormai abituati al buio, cominciavano a distinguere diverse forme. Vide la sommità della "sua" collina, un chilometro e mezzo oltre un colle più basso. Dalle fotografie aeree della zona aveva appreso che non esisteva alcuna abitazione tra quel punto e il luogo che doveva raggiungere. C'era una strada a meno di cento metri di distanza, e in quel momento era deserta. La quiete era tale che un rumore meccanico non sarebbe potuto sfuggirgli. Ma non si muoveva foglia. Era giunto il momento.

Kelly avvicinò il mezzo subacqueo alla sponda del fiume e lo nascose in un punto ben al riparo dalle fronde. Il suo primo contatto con il suolo del Vietnam del Nord fu in un certo qual modo elettrizzante. Ma quella sensazione si dileguò subito. Kelly si tolse la muta e la mise in un contenitore ermetico sul mezzo speciale, ora emerso. Indossò rapidamente la tenuta mimetica. Le suole degli anfibi erano uguali a quelle dei soldati delle milizie nordvietnamite, per evitare che orme insolite potessero attirare l'attenzione. Poi si dipinse con speciali creme mimetiche il volto, verde scuro su fronte, zigomi e mascelle, e con colori più chiari sotto gli occhi e nell'incavo delle guance. Si mise in spalla l'equipaggiamento e fece partire il suo mezzo, che si diresse verso il centro del fiume con i serbatoi di galleggiamento aperti, inabissandosi. Kelly fece uno sforzo per non guardarlo ronzare via. Ricordò che portava male guardare un elicottero alzarsi dalla zona di atterraggio. Era segno di scarsa determinazione. Si volse poi verso terra, ancora una volta l'orecchio teso in direzione della strada. Non udendo alcun rumore, si arrampicò sull'argine, attraversò rapidamente un sentiero ghiaioso e, dopo essere stato inghiottito dalla fitta vegetazione, iniziò la sua lenta ascesa verso la sommità del primo colle.

In quella zona si tagliava la legna per cucinare. Ciò poteva intralciarlo — avrebbero abbattuto degli alberi, il giorno dopo? — ma anche facilitargli il compito, poiché gli consentiva di muoversi con passo più rapido e felpato. Kelly procedeva accovacciato, in tensione, attento a dove metteva i piedi, l'udito e la vista che sondavano instancabili la zona circostante. Imbracciava la carabina sfiorando col pollice la sicura, ora inserita. L'arma aveva un colpo in canna, lo aveva già verificato. Il sottufficiale, pur avendo preparato l'arma a dovere, aveva capito l'esigenza di Kelly di accertarsene personalmente; in ogni caso, l'ultima cosa che Kelly desiderava era sparare anche un solo colpo con la sua CAR-15.

Gli ci volle mezz'ora per raggiungere la sommità del primo colle. Si fermò dopo aver individuato un punto sgombro in cui appostarsi per osservare e ascoltare. Erano quasi le tre del mattino. Gli unici che non dormivano erano quelli costretti a farlo, senza dubbio di malavoglia. Il corpo umano è abituato ai propri ritmi giorno/notte, e a quell'ora del mattino, i riflessi sono appannati.

Niente.

Kelly proseguì, scendendo giù per la china. A valle incrociò un torrentello che andava verso il fiume. Ne approfittò per riempire d'acqua una borraccia, a cui aggiunse una compressa potabilizzante. Tese di nuovo l'orecchio, poiché i suoni viaggiavano bene nei fondovalle e lungo i torrenti. Ancora niente. Alzò lo sguardo verso la "sua" collina, una massa grigia sotto il cielo plumbeo. La pioggia riprese a cadere mentre iniziava a salire verso la sommità. In quella zona erano stati abbattuti meno alberi, logicamente, visto che la strada non era poi così vicina. La zona era un po' troppo impervia per consentire una vera e propria coltivazione agricola, e poiché poco lontano era disponibile dell'ottimo terreno pianeggiante, Kelly si sentì piuttosto al sicuro da possibili visitatori. Forse era proprio per quello che SENDER GREEN si trovava in quel luogo, rifletté. Nelle vicinanze non c'era nulla che rischiasse di attirare l'attenzione. Ed era un'arma a doppio taglio.

A metà strada, Kelly posò per la prima volta lo sguardo sul campo di prigionia, situato in una sorta di radura in mezzo alla foresta. Non sapeva se fosse stata già in origine un prato, o se gli alberi erano stati abbattuti per qualche ragione. Una diramazione della strada che costeggiava il fiume giungeva direttamente dal versante opposto della "sua" collina. Kelly vide una luce guizzare su una torretta di guardia; qualcuno che fumava una sigaretta, senza dubbio. La gente avrebbe mai imparato? Ci volevano ore per riuscire ad adattare la vista all'oscurità, e una cosa del genere bastava a rovinare tutto. Kelly distolse lo sguardo, concentrandosi sulla distanza che lo separava dalla cima, aggirando i cespugli, cercando spazi aperti dove la sua uniforme non strusciasse contro rami o fogliame, producendo rumori letali. Fu quasi sorpreso di giungere in cima.

Si sedette per un istante, immobile, facendo lavorare ancora un po' vista e udito prima d'iniziare la ricognizione. Individuò un'ottima postazione, circa sei metri al di sotto della cima. Il versante più lontano della collina era ripido e chiunque, arrampicandosi, avrebbe fatto rumore. In quella posizione, la sua sagoma non sarebbe risultata visibile a un osservatore sottostante. La macchia di cespugli avrebbe dissimulato la sua presenza da qualsiasi angolazione. Aveva trovato la sua postazione sulla collina. A questo punto, estrasse una delle radio dalla mimetica.

«Snake chiama Garden, passo.»

«Snake, qui risponde Garden, ricevuto» disse uno degli addetti alle comunicazioni all'interno dello shelter sul ponte della *Ogden*.

«In posizione, inizio sorveglianza, passo.»

«Ricevuto. Chiudo.» Lo specialista alzò lo sguardo verso l'ammiraglio Maxwell. La Fase Due dell'operazione BOXWOOD GREEN era terminata.

La Fase Tre iniziò subito dopo. Kelly estrasse il binocolo navale 7x50 dalla custodia e iniziò a esaminare il campo. Su tutte e quattro le torrette c'erano delle guardie, due delle quali fumavano. Dunque, sicuramente il loro superiore stava dormendo. Nell'esercito vietnamita vigeva una ferrea disciplina, e le trasgressioni venivano punite severamente; un'infrazione, anche se trascurabile, poteva costare la vita. Kelly vide un'unica automobile, parcheggiata, com'era logico, accanto all'edificio che quasi certamente ospitava gli ufficiali del campo. Niente luci, niente rumori. Kelly si asciugò gli occhi dalla pioggia e verificò la messa a fuoco prima di iniziare a ispezionare il campo. In un certo qual modo bizzarro, gli sembrava di essere ancora alla base dei marines di Quantico. La somiglianza in termini di angolazione e prospettiva era prodigiosa. C'era qualcosa di vagamente diverso negli edifici, ma ciò poteva essere effetto dell'oscurità, o di un leggero cambiamento di colore. No, si disse. Era il cortile, la piazza d'armi, o come si voleva chiamarlo. Non c'era un filo d'erba. La superficie, tipica argilla rossa della regione, era piana e spoglia. Gli edifici si trovavano in un contesto leggermente diverso; il loro strano aspetto dipendeva anche dal materiale dei tetti, differente da quello usato nel campo d'addestramento, ma la pendenza era la stessa. Era proprio come essere a Quantico, e, con un po' di fortuna, l'azione avrebbe avuto successo, come durante l'esercitazione. Kelly si sistemò, concedendosi un sorso d'acqua. Aveva lo stesso sapore distillato e inconsistente di tutto ciò che veniva prodotto a bordo del sottomarino, pulito ed estraneo, com'era lui in quel luogo alieno.

Alle quattro meno un quarto vide qualche luce accendersi all'interno degli edifici, d'un giallo tremulo, come fiammelle di candele. Un cambio della guardia, forse. I due soldati sulla torretta più vicina si stavano stiracchiando, e chiacchieravano tra loro tranquillamente. Kelly riusciva a malapena a udire il mormorio della loro conversazione, ma non ne distingueva le parole o la cadenza. Erano annoiati. Tipico di quel genere di mansione. Magari brontolavano anche, ma non più di tanto. L'alternativa era farsi una bella passeggiata lungo il sentiero di Ho Chi Minh attraverso il Laos e, per quanto mossi da spirito patriottico, non erano stolti al punto da aspirare a una simile prospettiva. In quel campo tenevano d'occhio una ventina di prigionieri rinchiusi in celle individuali, probabilmente incatenati alle pareti o immobilizzati in qualche altro modo, che sarebbero potuti fuggire tanto quanto era probabile che Kelly camminasse sulle acque... e anche se l'avessero fatto, in un'impresa oltre le soglie del possibile, cosa ne sarebbe stato di loro? Uomini bianchi alti un metro e ottanta in una terra di minuscoli musi gialli, nessuno dei quali avrebbe mai alzato un dito per soccorrerli. La prigione federale di Alcatraz non poteva essere più sicura di quel campo. Così le guardie avevano tre turni al giorno, e svolgevano mansioni tediose che mettevano a dura prova la loro lucidità.

Perfetto, pensò Kelly. *Continuate ad annoiarvi, ragazzi.*

Le porte delle baracche si aprirono e ne uscirono otto uomini. Non c'era alcun sottufficiale responsabile del distaccamento. Interessante; una simile noncuranza da parte dei vietnamiti era sorprendente. Poi gli uomini si separarono, dirigendosi due a due verso le torrette. Vi salirono prima che i soldati di guardia ne scendessero, come c'era da aspettarsi. Si scambiarono qualche commento, e i soldati che smontavano di guardia vennero giù. Due si accesero una sigaretta prima di dirigersi verso le baracche, e ne varcarono la soglia chiacchierando. Tutto rispondeva a una routine rilassata e consueta, svolta da uomini che ripetevano gli stessi gesti da mesi.

Un momento; due zoppicano, notò Kelly. *Veterani.* La notizia era bella e brutta. Chi aveva combattuto era semplicemente diverso. Sarebbe giunto il momento dell'azione, e loro avrebbero reagito ad hoc, probabilmente, anche senza nessuna recente esercitazione. Sarebbe subentrato l'istinto, e quegli uomini avrebbero cercato di rispondere efficacemente all'attacco anche senza un comandante... ma, come veterani, sarebbero stati anche meno rigidi, più sprezzanti del loro dovere, per quanto tranquillo potesse essere, privi del maldestro entusiasmo dei soldati giovani e inesperti. Era l'ennesima arma a doppio taglio. In ogni caso, il piano d'attacco prevedeva anche questo: uccidere senza avvertire, la loro preparazione sarebbe diventata un problema teorico, assolutamente senza importanza.

Si trattava comunque di un presupposto sbagliato. I soldati di guardia ai prigionieri di guerra erano solitamente di second'ordine; questi, invece, appartenevano a reparti d'attacco, relegati a un servizio di supporto solo per via delle loro menomazioni. Nessun altro errore? Si chiese Kelly. Non ne notò nessun altro.

Trasmise il suo primo messaggio radio in codice tramite l'alfabeto morse.

«PUNTO FACILE, signore.» Gli specialisti risposero di aver ricevuto il messaggio.

«Buone notizie?» chiese il comandante Franks.

«Significa che tutto procede come previsto, non ci sono novità di rilievo» rispose l'ammiraglio Podulski. Maxwell stava facendo un pisolino; Cas, invece, non intendeva chiudere occhio sino al termine della missione. «Il nostro amico Clark ha inviato il messaggio in perfetto orario.»

Il colonnello Glazov non amava lavorare il fine settimana, proprio come i suoi colleghi occidentali; anzi, ancor meno, visto che la causa era un errore del suo assistente amministrativo, che aveva posato un rapporto sulla pila sbagliata. Perlomeno il ragazzo l'aveva ammesso, e gli aveva telefonato a casa per informarlo del fatto. Il colonnello lo rimbeccò per quella negligenza, ma sentì di dover comunque lodare l'onestà e il senso del dovere di quel giovanotto. Si allontanò dalla sua dacia in auto per raggiungere Mosca, parcheggiò dietro l'edificio, ne raggiunse l'ingresso e si sottopose alle noiosissime procedure di controllo, firmando e giustificando la propria presenza prima di prendere l'ascensore. Poi aprì il suo ufficio e mandò un impiegato a prelevare i documenti giusti all'Archivio Centrale, il che richiese più tempo del solito, trattandosi di un giorno festivo. Gli ci vollero due ore per riuscire a recuperare quei dannati documenti dal momento in cui aveva ricevuto la sgradita telefonata che aveva messo in moto tutto quanto. Il colonnello firmò per ottenere gli incartamenti e guardò l'impiegato allontanarsi.

«Stramaledizione!» esclamò in inglese, una volta solo nel suo ufficio al quarto piano. *Cassio* aveva un amico nell'ufficio della sicurezza nazionale alla Casa Bianca? Non c'era da stupirsi che alcune informazioni che era riuscito a procurarsi fossero validissime, al punto da indurre Georgij Borissovič a volare personalmente a Londra per reclutarlo. L'autorevole funzionario del KGB si vide costretto ad autorimproverarsi. *Cassio* aveva custodito gelosamente quell'informazione, forse proprio per cogliere di sorpresa il massimo funzionario a cui faceva capo. Il responsabile del caso, il capitano Egorov, se l'era presa con calma e aveva descritto il loro primo incontro con estrema precisione.

«BOXWOOD GREEN» pronunciò Glazov. Un semplice nome in codice per l'operazione, scelto senza nessun motivo particolare, com'era tipico degli americani. Ora bisognava decidere se riferire o meno la notizia ai vietnamiti. Si trattava di una decisione politica, da prendere senza tergiversare. Il colonnello sollevò il ricevitore e compose il numero del suo immediato superiore; anch'egli era a casa e, un attimo dopo, di pessimo umore.

C'era nell'alba qualcosa di elusivo. Le nubi passarono dal color dell'ardesia al grigio fumo, mentre il sole annunciava la sua presenza da qualche parte nel cielo; non avrebbe però fatto capolino in quella zona sino a quando la bassa pressione non si fosse spostata verso la Cina, o almeno questo era quanto dicevano i meteorologi. Kelly osservava continuamente l'orologio, memorizzando via via ciò che notava. Il corpo di guardia era costituito da quarantaquattro uomini, più quattro ufficiali, e forse un paio di cuochi. Tutti, eccezion fatta per gli otto uomini sulle torrette, si riunirono all'alba per fare ginnastica. Molti di essi stentavano a fare gli esercizi mattutini, e uno degli ufficiali, un tenente a giudicare dai gradi, camminava zoppo, aiutandosi con un bastone; forse aveva anche un braccio menomato, a giudicare da come lo usava. *Che gli sarà successo?* si chiese Kelly. Un sottufficiale storpio e incattivito passava in rassegna i ranghi, imprecando con un tono che suggeriva lunghi mesi di pratica. Kelly osservava col binocolo l espressione dei volti che quel piccolo bastardo si lasciava alle spalle, e ciò attribuiva alle guardie vietnamite un carattere umano che lo infastidiva. Non erano *esseri umani*. Erano *nemici*. I loro politici avevano deciso che il Vietnam dovesse dichiarare guerra al suo Paese, o viceversa, la faccenda non gli era chiara. In ogni caso, la loro identità era definita dall'uniforme che indossavano e dalla bandiera che sventolava nel bel mezzo del campo in cima a un pennone rudimentale. Non erano affatto esseri umani. Erano oggetti da uccidere, per ragioni indipendenti dalla sua volontà, e dalla loro.

Gli esercizi mattutini durarono mezz'ora. Una volta terminati, i soldati si recarono a colazione con un'andatura decisamente noncurante, tutt'altro che militare. Gli uomini di guardia sulle torrette trascorrevano gran parte del loro tempo guardando l'interno del campo, come previsto, sovente appoggiati sui gomiti. Probabilmente non avevano alcun colpo in canna, giusta precauzione che sarebbe tornata a loro svantaggio la notte successiva, o quella dopo, a seconda delle condizioni atmosferiche. Kelly si guardò di nuovo attorno. Non aveva senso fissare insistentemente l'obiettivo. Non poteva spostarsi, ora, neppure nella luce livida del mattino, ma poteva muovere la testa e aguzzare le orecchie. Cercò di concentrarsi sulla melodia del canto degli uccelli, così da accorgersi subito se c'era qualcosa di diverso. Aveva avvolto la canna del fucile in un panno verde, indossato un cappello floscio per interrompere il profilo della testa, nascosto com'era dietro e dentro a un cespuglio, e si era dipinto il volto; tutto questo contribuiva a renderlo invisibile, parte di quell'ambiente caldo e umido che... *voglio dire,* perché *cavolo ci tocca combattere per questo postaccio*? si chiese. Si sentiva già gli insetti addosso. I peggiori venivano allontanati dall'insettifugo inodore che aveva sparso attorno, ma non tutti, e la sensazione che qualcosa gli si stesse arrampicando addosso era accompagnata dalla consapevolezza di non poter compiere movimenti bruschi. Non esistevano rischi trascurabili in posti come quello. Erano molte le cose che aveva dimenticato. Le esercitazioni erano un'ottima cosa, ma non riuscivano mai a prepararti alla perfezione. Niente poteva simulare i veri pericoli che si sarebbero corsi, la leggera accelerazione del battito cardiaco che poteva fiaccarti anche se rimanevi immobile. Non riuscivi a dimenticarlo, ma neanche a ricordarlo fino in fondo.

Cibo, nutrimento, forza. Infilò una mano in tasca, lentamente, e ne estrasse un paio di barrette nutritive. Niente che avrebbe scelto di mangiare in altre circostanze, ma ora erano di vitale importanza. Ne strappò l'involucro coi denti e si mise a masticarle lentamente. L'energia che esse davano al suo corpo era probabilmente psicologica oltre che reale, ma entrambi i fattori avevano importanza, ora che il suo corpo doveva sostenere stress e fatica.

Alle otto vi fu un altro cambio della guardia. I soldati che smontavano andarono a far colazione. Due uomini si appostarono in corrispondenza del cancello, annoiati ancor prima di raggiungerlo, lo sguardo perso verso la strada il cui traffico non avrebbe probabilmente mai raggiunto quel campo appartato. Si formarono alcune squadre di lavoro, e le mansioni apparirono inutili tanto a Kelly quanto agli occhi dei soldati che le svolgevano con tranquilla impassibilità.

Il colonnello Grišanov si alzò poco dopo le otto. Si era coricato tardi la sera prima, e malgrado si fosse riproposto di alzarsi di buon'ora, dovette arrendersi alla spiacevole evidenza dei fatti, e cioè che la sua sveglia aveva esalato l'ultimo respiro, corrosa definitivamente da quel clima detestabile. Diede un'occhiata al suo orologio da aviatore e si accorse che erano le otto e dieci. *Dannazione.* Niente corsa mattutina. Presto avrebbe fatto troppo caldo, e poi pareva proprio che avrebbe piovuto tutto il giorno. Si fece allora del tè su una minuscola cucina da campo. Nessun giornale da leggere, tanto per cambiare. Nessuna notizia sulle partite di calcio. Nessuna recensione della prima di un balletto. Niente di niente che potesse distrarlo in quel miserabile posto. Neppure un gabinetto decente. Era abituato a tutto quello, ma ciò non migliorava le cose. Dio, cosa avrebbe dato per tornare a casa, sentir parlare la sua lingua materna, trovarsi in un luogo civilizzato dove c'era qualcosa di cui parlare. Grišanov si rabbuiò guardandosi allo specchio. Aveva interi mesi davanti a sé, e si lamentava come un soldatino, una stupida recluta. Doveva averci fatto il callo, invece.

La sua uniforme aveva bisogno di una bella stirata. L'umidità aveva intaccato la fibra di cotone, trasformando la giacca, un tempo rigida, in una specie di pigiama; era già arrivato al terzo paio di scarpe, pensò bevendo il tè e scorrendo gli appunti dell'interrogatorio della sera prima. Sempre lavoro, mai divertimento... ed era già in ritardo. Cercò di accendersi una sigaretta, ma l'umidità aveva messo fuori combattimento anche i fiammiferi. Beh, si sarebbe servito della cucina da campo. Dove aveva messo l'accendino?

Qualche gratificazione c'era, se così la si poteva chiamare. I soldati vietnamiti lo trattavano con rispetto, quasi con timore riverenziale, eccezion fatta per il comandante del campo, il maggiore Vinh, un emerito bastardo incapace. Per ragioni di cortesia nei confronti dell'alleato, Griănov doveva avere un attendente, un contadinello ignorante e orbo da un occhio che gli faceva il letto e portava fuori il pitale ogni mattina. Il colonnello usciva dalla sua stanza sapendo che, al suo ritorno, l'avrebbe trovata sommariamente rassettata. E poi, c'era il suo lavoro. Importante, stimolante, professionalmente parlando. Ma quella mattina avrebbe fatto carte false pur di poter leggere il suo *Sovietskij Sport*.

«*Buongiorno, Ivan*» sussurrò Kelly tra sé e sé. Non serviva il binocolo per riconoscerlo. La stazza di quell'uomo era così diversa (era alto oltre un metro e ottanta), al pari dell'uniforme, ben più ordinata di quella dei soldati nordvietnamiti. Kelly osservò col binocolo il volto dell'uomo, pallido ma florido, gli occhi socchiusi alla luce del giorno. Lo vide fare un cenno a un minuscolo civile in attesa fuori dalla porta dell'alloggio ufficiali. *Un attendente*, pensò Kelly. Un colonnello russo in visita non poteva rinunciare alle sua comodità, giusto? Era decisamente un pilota, a giudicare dal distintivo sul taschino della giacca, tappezzato di nastrini. *Uno solo*? si chiese Kelly. *Un solo ufficiale russo per aiutare a torturare i prigionieri*? Pare strano. Ma questo significava anche dover uccidere un solo estraneo, e, malgrado la propria scarsa capacità di analisi politica, Kelly sapeva che uccidere dei russi non sarebbe giovato a nessuno, per quanto potesse essere appagante. Osservò l'ufficiale russo attraversare la piazza d'armi. Poi un ufficiale nordvietnamita, un maggiore, gli si avvicinò. Anche lui zoppo, notò Kelly. Il minuscolo maggiore salutò l'imponente colonnello.

«Buongiorno, compagno colonnello.»

«Buongiorno, maggiore Vinh.» *Questo piccolo bastardo non ha ancora imparato a salutare come si deve. Forse non ha idea di come ci si comporti con i propri superiori.* «Le razioni per i prigionieri?»

«Dovranno accontentarsi di quello che hanno» rispose il minuscolo ufficiale in un pessimo russo.

«Maggiore, è importante che lei mi capisca» disse Grišanov, muovendo un passo verso di lui per poterlo fissare meglio dall'alto in basso. «Mi servono le informazioni che quegli uomini possono darmi, ma non riesco a farli parlare se sono troppo malconci per aprir bocca.»

«*Tovarišč*, abbiamo già abbastanza problemi a dar da mangiare alla nostra gente. Ci sta chiedendo di sprecare del buon cibo per degli assassini?» rispose pacatamente il maggiore, con un tono che esprimeva disprezzo per lo straniero che aveva di fronte senza però suonare irrispettoso alle orecchie dei suoi soldati, che non capivano esattamente di cosa stessero parlando. Dopotutto, pensavano che i russi fossero un alleato consolidato.

«La *sua* gente non ha quello che serve al *mio* Paese, maggiore. E se il mio Paese ottiene quanto gli serve, allora forse il suo potrà ottenere parte di quello che gli serve.»

«Ho degli ordini da rispettare. Se ha dei problemi a interrogare gli americani, sono disposto ad aiutarla.» Cane arrogante. Non era necessario che lo dicesse a voce alta, e Vinh sapeva come conficcare un ago in un punto debole.

«Grazie, maggiore, ma non è affatto necessario.» Il russo accennò un saluto, ancor meno convincente di quello rivoltogli da quell'omuncolo irritante. Avrebbe goduto nel vederli morire, pensò, dirigendosi verso l'edificio della prigione. Il suo primo "appuntamento" della giornata era con un aviatore americano sul punto di cedere.

Piuttosto informale, pensò Kelly a qualche centinaio di metri di distanza. *Quei due devono andare abbastanza d'accordo*. La sua perlustrazione del campo procedeva ora più tranquillamente. Il suo principale timore era che le forze di guardia inviassero degli uomini in pattugliamento, come una qualsiasi unità combattente avrebbe fatto in una zona ostile. Ma non erano in territorio ostile, e quella non era propriamente un'unità combattente. Il suo successivo messaggio radio alla *Ogden* confermò che tutto rientrava in limiti di rischio accettabili.

Il sergente Peter Meyer fumava. Suo padre non era d'accordo, ma accettava quella debolezza di suo figlio sempreché non fumasse in casa e ora, dopo la cena di domenica sera, si trovavano sulla veranda della casa parrocchiale.

«Si tratta di Doris Brown, vero?» chiese Peter. Aveva ventisei anni ed era uno dei sergenti più giovani del suo corpo e, come quasi tutti i membri della polizia della sua classe, un reduce del Vietnam. Aveva frequentato un corso di laurea serale e gli mancava poco per ottenerla; inoltre, stava pensando di fare domanda per entrare all'accademia dell'FBI. Nel vicinato corrrevano voci che la ragazza ribelle avesse fatto ritorno. «Me la ricordo. Aveva la reputazione di essere una ragazza facile, qualche anno fa.»

«Peter, sai che ho la bocca cucita. È una questione pastorale. Le consiglierò di parlare con te quando sarà il momento, ma...»

«Papà, mi rendo conto benissimo, ma cerca di capire: qui si sta parlando di due omicidi. Due persone morte, oltre allo spaccio di droga.» Lanciò il mozzicone della sigaretta in mezzo all'erba. «È una brutta storia, papà.»

«È ben peggio» ribatté suo padre in tono ancor più pacato. «Non si limitano a uccidere le ragazze... le torturano, le stuprano. È qualcosa di terribile. Questa persona è in cura da un medico. So di dover fare qualcosa, ma non posso...»

«Sì, lo so che non puoi. D'accordo, telefonerò a Baltimora per riferire ai colleghi quello che mi hai detto. So che dovrei aspettare di avere in mano qualcosa di davvero utile ma, beh, come dici tu, dobbiamo pur fare qualcosa. Li chiamerò domattina.»

«E questo la metterà... metterà quella persona... in pericolo?» chiese il reverendo Meyer, irritato con se stesso per essersi sbottonato a quel modo.

«Non dovrebbe» rispose Peter. «Se è riuscita a sfuggire... voglio dire, non dovrebbero sapere dov'è, e se lo avessero saputo, beh, avrebbero già potuto colpirla.»

«Com'è possibile fare cose del genere?»

Peter si accese un'altra sigaretta. Suo padre era davvero troppo buono per capire. Non che lui ci riuscisse. «Papà, succedono in continuazione cose del genere, e anch'io stento a crederci. Quel che importa è prenderli, quei bastardi.»

«Già, presumo che tu abbia ragione.»

Il *Rezident* del KGB ad Hanoi aveva il grado di maggior generale, e la sua mansione era sostanzialmente quella di spiare i presunti alleati del suo Paese. Quali erano i loro veri obiettivi? Il loro allontanamento dalla Cina era vero, o solo una messinscena? Avrebbero collaborato con l'Unione Sovietica quando e se la guerra fosse giunta a una conclusione positiva? Avrebbero consentito alla marina sovietica di utilizzare una base navale dopo la partenza degli americani? La loro determinazione politica era davvero solida come sostenevano? Erano domande a cui egli riteneva di poter dare una risposta, ma gli ordini di Mosca e il suo istintivo scetticismo nei confronti di tutto e tutti lo costringevano a porsele in continuazione. Aveva ingaggiato agenti all'interno del ministero degli Esteri e in altri enti, nordvietnamiti che rischiavano la vita per fornire informazioni a un alleato, anche se, per ragioni di accortezza politica, le loro eventuali morti sarebbero state fatte passare per "suicidi" o "incidenti", poiché nessuno dei due Paesi aveva interesse a creare un incidente diplomatico.

Il dispaccio in codice che giaceva sulla sua scrivania era interessante, anzi, interessantissimo, giacché non conteneva alcuna precisa indicazione sul da farsi. Tipico dei burocrati di Mosca! Sempre pronti a impicciarsi di faccende che egli avrebbe potuto sbrigare da solo, e adesso, invece, non sapevano cosa fare, ma avevano paura di non fare niente. E quindi, gli rifilavano la patata bollente.

Certo, lui sapeva dell'esistenza di quel campo. Per quanto si trattasse di un'operazione dei servizi segreti militari, anche lui aveva i suoi informatori nell'ufficio dell'addetto diplomatico. Il KGB teneva sotto controllo tutti; dopotutto, era il suo compito. Quel colonnello Grišanov ricorreva a metodi irregolari, ma otteneva ottimi risultati, migliori di quelli che i suoi stessi uomini avevano ottenuto con quei piccoli selvaggi. E ora, al colonnello era venuta in mente un'idea davvero incredibile: invece di lasciare che i nordvietnamiti sopprimessero i prigionieri a tempo debito, suggeriva di portarli nella Madre Russia. In un certo qual modo si trattava di un'idea brillante, e il generale del KGB stava valutando se era il caso di sottoporre un simile progetto a Mosca, dove la sua decisione sarebbe stata analizzata a livello ministeriale o forse di Politburo. Tutto sommato, la riteneva un'idea vincente... e questo fece spostare l'ago della bilancia in suo favore.

Gli americani potevano trovare divertente soccorrere i loro compagni con quell'operazione BOXWOOD GREEN; essa sarebbe servita a dimostrare ai vietnamiti, per l'ennesima volta, che dovevano operare in stretta collaborazione con l'Unione Sovietica, poiché erano davvero in una posizione *clientelare*. Tuttavia, ciò avrebbe impedito al suo Paese di accedere al sapere custodito dalle menti di quegli americani, un sapere che esso doveva invece possedere.

Quanto tempo, si chiese, avrebbero potuto tergiversare? Gli americani si muovevano in fretta, ma non così in fretta. La missione aveva ricevuto il beneplacito della Casa Bianca solo una settimana prima o poco più. In fin dei conti, tutte le burocrazie si assomigliavano: a Mosca, ci sarebbe voluta un'eternità. L'operazione americana KINGPIN sarebbe potuta riuscire se non fosse durata all'infinito. Avevano potuto avvertire Hanoi, e per un soffio, solo grazie a un colpo di fortuna di un agente di secondaria importanza negli Stati Uniti meridionali; ora, invece, erano stati avvertiti con largo anticipo...

Politica. Era impossibile separarla dall'operato dei servizi segreti. In passato lo avevano accusato, seppur non apertamente, di ritardare le cose... non avrebbe più permesso loro di accampare una scusa simile. Anche gli Stati in posizione clientelare andavano trattati come compagni. Il generale sollevò il ricevitore per fissare un appuntamento a pranzo. Avrebbe portato il suo informatore all'ambasciata, giusto per assicurarsi di farlo pranzare decentemente.

29

Ultimo a uscire

A bordo tutti coloro che li guardavano venivano contagiati dall'entusiasmo. I venticinque marines terminavano gli esercizi correndo in fila indiana attorno agli elicotteri parcheggiati sul ponte. I marinai osservavano la scena in silenzio. Ormai, la voce si era diffusa. Il mezzo speciale subacqueo era stato visto da molti, e i marinai, quasi fossero stati agenti del controspionaggio, sedevano ai tavoli della mensa elaborando quel poco che conoscevano e guarnendolo con congetture di vario tipo. I marines erano diretti a nord; dopodiché, nessuno sapeva cosa avrebbero fatto, ma tutti se lo chiedevano. Forse dovevano attaccare una base missilistica e portare via qualche componente importante. O forse dovevano distruggere un ponte; era però più probabile che il bersaglio fosse umano. Magari i capi di partito vietnamiti.

«Prigionieri» esclamò un capo di terza classe finendo il suo hamburger. «Per forza» aggiunse, facendo cenno con la testa verso i membri del corpo sanitario, appena arrivati, che mangiavano a un tavolo separato. «Sei assistenti, quattro dottori, un sacco di gente che sa il fatto suo, ragazzi. Cosa credete che siano qui a fare?!»

«Cribbio» esclamò un altro marinaio sorseggiando il suo latte. «Non hai tutti i torti, amico.»

«Avremo anche noi il nostro momento di gloria se ce la fanno!» osservò un altro.

«Gran tempaccio stasera» commentò un marinaio. «Il meteorologo sorrideva... anche se ieri sera l'ho visto vomitare le budella. Credo che non riesca a reggere niente di più piccolo di una portaerei.» La *Ogden* aveva indubbiamente un'andatura particolare per via della sua configurazione, e il fatto di procedere con una fiancata in direzione delle raffiche di vento che giungevano da ovest poteva solo peggiorare le cose. Era sempre divertente vedere un sottufficiale rimettere il pranzo — in questo caso la cena — ma nessuno poteva essere *contento* di condizioni atmosferiche

che lo riducevano ai minimi termini. Doveva esserci un'altra ragione. La conclusione era scontata, cosa che avrebbe gettato nello sconforto un qualsiasi agente del controspionaggio.

«Dio, spero che ce la facciano.»

«Diamo un'altra ripulita al ponte?» suggerì il giovane nostromo. Tutti assentirono. Venne rapidamente formata una squadra di lavoro, e un'ora dopo non ci sarebbe stata l'ombra di uno stuzzicadente sulla superficie antiscivolo nera.

«Un bel gruppetto di bravi ragazzi, comandante» commentò Dutch Maxwell osservandoli mentre si mettevano all'opera nella zona di dritta del ponte. Di tanto in tanto, qualcuno si chinava e prelevava qualcosa, un corpo estraneo che avrebbe potuto distruggere un motore, quindi battezzato "FOD" per "foreign-object-damage", danno da corpo estraneo. Qualunque cosa fosse andata storta quella sera, il comportamento degli uomini prometteva bene: la loro nave non avrebbe avuto colpe.

«Molti di loro sono universitari» rispose Franks, osservando con orgoglio i suoi uomini. «A volte penso che la squadra addetta al ponte non abbia niente da invidiare ai miei ufficiali», iperbole decisamente perdonabile. In realtà, avrebbe voluto dire qualcos'altro, la stessa cosa che tutti stavano pensando: *Quante probabilità abbiamo di farcela?* Ma non diede voce a quel pensiero: sarebbe stato di pessimo auspicio. Il solo fatto di esprimerlo a voce alta avrebbe potuto votare la missione al fallimento, ma nonostante i suoi sforzi, non riuscì a impedire alla sua mente di formularlo.

Nei loro alloggi, i marines erano chini su un plastico che riproduceva l'obiettivo. Avevano già ripassato la missione una volta, e si apprestavano a farlo una seconda. Avrebbero ripetuto l'operazione prima di pranzo, e molte altre volte in seguito, come gruppo e individualmente. Ognuno di loro poteva vedere tutto a occhi chiusi, ripensando al campo d'esercitazione di Quantico, rivivendo le esercitazioni a fuoco.

«Capitano Albie, signore?» disse un marinaio varcando la soglia e porgendogli dei fogli pinzati. «Messaggio da Mr. Snake.»

Il capitano dei marines sorrise. «Grazie. L'hai letto?»

Il marinaio arrossì visibilmente. «Chiedo scusa, signore. Sì, l'ho letto. È tutto okay.» Esitò un attimo prima di aggiungere un messaggio personale. «Signore, vi auguriamo buona fortuna. In bocca al lupo, signore.»

«Sa una cosa, capitano» disse il sergente Irvin mentre l'altro si allontanava, «temo che non riuscirò mai più a prendermela con un marinaio in vita mia.»

Albie lesse il dispaccio. «Ragazzi, il nostro uomo è giunto sul posto. Ha contato quarantaquattro guardie, quattro ufficiali, di cui uno russo. Solita routine di servizio, niente di insolito.» Il giovane capitano alzò lo sguardo. «Questo è quanto, marines. Entreremo in azione stasera.»

Uno degli uomini più giovani infilò una mano in tasca; estrasse un grosso elastico, ne staccò un pezzo, vi disegnò sopra due occhietti e lo lasciò cadere sulla cima di quella che avevano battezzato Collina del Serpente. «Il Nostro» disse ai compagni di squadra «è uno che i coglioni ce li ha per davvero.»

«Vedete di ricordarvi» li avvertì Irvin «voi della squadra d'appoggio, che si scaraventerà giù da quel versante non appena compariremo. Non sarebbe carino impallinargli il culo.»

«Non si preoccupi, sergente» rispose il caposquadra.

«Marines, andate a mettere qualcosa sotto i denti. Voglio che vi riposiate questo pomeriggio; mangiate la vostra bella verdurina, gli occhi vi devono funzionare a meraviglia al buio. Tenetevi pronti per l'ispezione delle armi alle cinque» disse Albie. «Sapete tutti di cosa si tratta; manteniamo la calma, e vedrete che tutto andrà per il meglio.» Era giunto il momento di verificare per l'ultima volta i piani di attacco e rientro.

«Sissignore» rispose Irvin da parte degli uomini.

«Ciao, Robin.»

«Ciao, Kolja» disse debolmente Zacharias.

«Sto facendo di tutto per procurarti del cibo decente.»

«Non sarebbe male» rispose l'americano.

«Prova questo» disse Grišanov porgendogli del pane nero che sua moglie gli aveva mandato. Il clima aveva già cominciato a farvi crescere sopra della muffa, che Kolja aveva grattato via col coltello. In ogni modo, Zacharias lo trangugiò, aiutandosi con un sorso del contenuto della bottiglia del russo.

«Farò di te un russo» disse il colonnello dell'aviazione sovietica con un aperto risolino. «La vodka si sposa a meraviglia con il pane buono. Mi piacerebbe farti vedere il mio Paese...» disse, giusto per gettare il seme di un'idea, ma amichevolmente, come in un dialogo qualsiasi.

«Ho famiglia, Kolja. Se lo vuole Iddio...»

«Sì, Robin, se lo vuole Iddio.» O se lo vogliono i vietnamiti, o l'Unione Sovietica. O qualcun altro. Doveva trovare il sistema di salvare quell'uomo, lui e gli altri. Molti di loro gli erano diventati amici. Sapeva così tanto delle loro vite... il bello e il brutto dei loro matrimoni, i loro figli, le speranze e i sogni. Erano così strani gli americani: sapevano essere così aperti... «E sempre se vuole Iddio, se i cinesi decidono di bombardare Mosca, ho ideato un piano per fermarli.» Spiegò una cartina e la distese sul pavimento. Era il risultato di tutte le sue chiacchierate con il collega americano, tutto ciò che aveva appreso e analizzato, concentrato su un unico foglio di carta. Grišanov ne andava davvero fiero, soprattutto perché si trattava di una nitida presentazione di un sofisticato concetto operativo.

Zacharias vi scorse sopra le dita, leggendo le annotazioni in inglese, che apparivano fuori luogo su una cartina scritta in cirillico. Sorrise in segno di approvazione. Un tipo sveglio, quel Kolja, un bravo allievo a modo suo. Il modo in cui aveva dislocato i suoi mezzi, disposto che quell'aereo pattugliasse in direzione contraria al previsto. Ora capiva fino in fondo il concetto di difesa. Missile terra-aria in corrispondenza dei passi montani più idonei, posizionati in modo da suscitare la massima sorpresa. Kolja pensava ormai come un pilota di bombardiere, non di caccia. Questo era il primo passo da compiere per capire come funzionava. Se ogni comandante delle forze della difesa aerea sovietica se ne fosse reso conto, avrebbe dato del filo da torcere al SAC americano.

Mio Dio.

Le mani di Robin si immobilizzarono.

I cinesi non c'entrano niente con questa faccenda.

Zacharias alzò lo sguardo, e l'espressione del suo voltò tradì il suo pensiero prima ancora che egli trovasse la forza di formularlo.

«Quanti Badger hanno i cinesi?»

«Adesso? Venticinque. Ma stanno cercando di costruirne altri.»

«Potete ampliare le vostre forze grazie a tutto quello che ti ho detto...»

«Dovremo farlo, man mano che lo fanno loro, Robin, te l'ho detto» si affrettò a rispondere Grišanov in tono tranquillo, ma capì che era troppo tardi, almeno per un certo verso.

«Ti ho detto tutto» esclamò l'americano abbassando lo sguardo sulla mappa. Poi chiuse gli occhi e cominciò a tremare. Grišanov lo abbracciò per alleviare il dolore che vedeva dinnanzi a sé.

«Robin, mi hai spiegato come proteggere i bambini del mio Paese. Non ti ho mentito. Mio padre lasciò *davvero* l'università per combattere i tedeschi, e io dovetti *davvero* abbandonare Mosca da piccolo. E ho perduto *davvero* molti amici tra la neve di quell'inverno... tanti piccoli innocenti, Robin, bambini morti assiderati. Tutto questo è successo, *davvero*. E io ne sono stato testimone, *davvero*.»

«E io ho *davvero* tradito il mio Paese» disse Zacharias in un soffio.

La verità lo aveva colpito con la rapidità e la violenza di una bomba. Come aveva potuto essere così cieco, così stolto... si abbandonò all'indietro, avvertendo un improvviso dolore al petto; in quell'istante pregò che fosse un infarto e, per la prima volta nella sua vita, desiderò morire. Ma non era un infarto. Era solo una contrazione dello stomaco accompagnata dal rilascio di una grande quantità di acidi, la cosa ideale per corrodergli lo stomaco e la mente, ormai priva della difesa dello spirito. Aveva tradito Dio e il suo Paese. Era dannato.

«Amico mio...»

«Mi hai *usato*!» sibilò Robin, cercando di sottrarsi al suo abbraccio.

«Robin, devi starmi a sentire.» Grišanov non mollò la presa. «Io amo il mio Paese, Robin, come tu ami il tuo. Ho giurato di difenderlo. Non ti ho mai mentito su questa cosa; e ora, è giunto il momento che tu ne sappia altre, di cose.» Robin doveva capire. Kolja doveva spiegargli tutto chiaramente, così come aveva fatto lui.

«Cosa, per esempio?»

«Robin, tu sei un uomo morto. I nordvietnamiti hanno lasciato intendere al tuo Paese che sei morto. Non ti permetteranno mai di tornare a casa. È per questo che non sei in carcere... Hoa Lo, l'Hilton, è così che voi lo chiamate, vero?» Robin alzò lo sguardo, e l'accusa che Kolja vi lesse gli trafisse l'anima. Era quasi più di quanto potesse sopportare. Quando aprì bocca nuovamente, il suo tono era implorante.

«Quello che pensi è sbagliato. Ho *pregato* i miei superiori di concedermi di salvarti la vita. Lo giuro sulla testa dei miei bambini: *non permetterò che tu muoia*. Non puoi fare ritorno in America. Ti darò una nuova casa. Se potessi restituirti a Ellen e ai tuoi figli, lo farei. Non sono un mostro, Robin, sono un uomo come te. Ho una patria, come te. Ho una famiglia, come te. In nome di Dio, mettiti nei miei panni! Cosa avresti fatto, tu, se fossi stato al mio posto? Cosa avresti sentito, al mio posto?» In tutta risposta, lo sentì singhiozzare di vergogna e disperazione.

«Avresti preferito che ti lasciassi torturare? Posso farlo, sai. Sono morti sei uomini in questo campo, lo sapevi? Sei uomini, prima del mio arrivo. *E io ho impedito che tutto questo continuasse*! Da quando sono qui, un solo uomo è morto... uno solo, e ho pianto per lui, Robin, lo sapevi, lo sapevi *questo*! Lo farei fuori personalmente il maggiore Vinh, quel bastardo fascista! *Ti ho salvato*! Ho fatto tutto quello che era in mio potere, ho pregato che mi lasciassero fare di più. Ti ho dato il mio stesso cibo, Robin, quello che mi manda la mia Marina!»

«E io ti ho spiegato come fare per uccidere dei piloti americani...»

«Posso colpirli solo se attaccano il mio Paese, solo se cercano di uccidere la mia gente, Robin! Solo in questo caso! O vuoi che uccidano la mia famiglia?»

«Non è così!»

«Sì che lo è. Ma non ti rendi conto? Questo non è un gioco, Robin. Siamo nel business della morte, tu e io, e per salvare delle vite, è necessario sacrificarne altre.»

Forse se ne sarebbe reso conto col tempo, sperò Grišanov. Era un uomo intelligente, razionale. Forse anche realista, una volta che avesse imparato a esaminare i fatti. Avrebbe capito che la vita è meglio della morte, e forse, un giorno, avrebbero potuto essere ancora amici. Per il momento, si disse Kolja, gli aveva salvato la vita. *Anche se mi maledice per quello che gli ho fatto, deve respirare per poterlo fare.* Il colonnello Grišanov avrebbe portato con orgoglio quella croce. Aveva ottenuto le informazioni necessarie ed era riuscito a salvare la vita di un uomo, come si addiceva a un pilota della difesa aerea dell'aeronautica sovietica, a cui aveva giurato eterna fedeltà da ragazzo, impaurito e disorientato, durante il viaggio da Mosca a Gorkij.

Kelly vide il russo uscire dalla prigione in tempo per cena. Teneva in mano un blocco per appunti, certamente gonfio delle informazioni che aveva strappato ai prigionieri.

«Te lo impiomberemo, quel tuo bel culetto rosso» sussurrò tra sé e sé. «Lanceranno tre granate al fosforo attraverso quella finestra, amico, e ti cuoceranno a puntino per cena, tu e i tuoi fottutissimi appunti. Vedrai.»

Sì, ora, ancora una volta, poteva avvertire l'intimo godimento del sapere cosa sarebbe successo, la pseudodivina soddisfazione del prevedere il futuro. Bevve un sorso dalla borraccia. Non poteva permettersi di disidratarsi. Faticava a mantenere la calma. Sotto i suoi occhi, rinchiusi in quell'edificio, c'erano venti americani, soli, impauriti e malconci, e nonostante non li avesse mai visti e li conoscesse solo per nome, sapeva che era un'impresa onorevole. Per il resto, cercò di ricordare quel po' di latino che aveva studiato a scuola: *Morituri non cognant*, forse. Chi sta per morire non se ne rende conto. Il che poteva solo fargli piacere.

«Squadra omicidi.»

«Buongiorno, vorrei parlare con il tenente Frank Allen.»

«Sono io» rispose Allen, giunto alla sua scrivania da cinque minuti appena, quel lunedì mattina. «Con chi parlo?»

«Sergente Peter Meyer, Pittsburgh» rispose la voce all'altro capo del filo. «Il capitano Dooley mi ha detto di chiedere di lei.»

«È un po' che non sento Mike; fa sempre il tifo per i Pirates?»

«Tutte le sere, tenente. Anch'io cerco di seguire qualche partita quando posso.»

«Vuole una dritta sul campionato, sergente?» Chiese Allen con un sorriso. Cameratismo tra i colleghi.

«Roberto va davvero forte, quest'anno.» Quello era un anno fantastico per la carriera di Clemente.

«Ah sì? Beh, anche Brooks e Frank.» Neanche i Robinson se la cavavano male. «Cosa posso fare per lei?»

«Tenente, ho delle informazioni da darle. Due omicidi, entrambe le vittime sono ragazze ventenni.»

«Un attimo solo.» Allen recuperò un foglio di carta. «Chi è la sua fonte?»

«Non posso dirlo ancora. È una notizia confidenziale. Sto cercando di sbloccare la situazione, ma temo ci vorrà un po'. Posso continuare?»

«Sì, molto bene. Nomi delle vittime.»

«La più recente si chiamava Pamela Madden... molto recente, solo qualche settimana fa.»

Il tenente Allen strabuzzò gli occhi. «Cristo, è l'omicidio della fontana. E l'altra?»

«Si chiamava Helen, morta più o meno l'autunno scorso. Due omicidi efferati, signor tenente, stupro e tortura.»

Allen si protese in avanti col ricevitore incollato all'orecchio. «Sta cercando di dirmi che abbiamo un testimone per entrambi gli omicidi?»

«Esattamente, signore, temo proprio di sì. E posso anche dirle i nomi degli esecutori materiali. Due uomini di razza bianca, uno di nome Billy, e l'altro Rick. Nessuna descrizione, ma vedrò cosa posso fare.»

«D'accordo, ma comunque non sono io che seguo questi casi. Se ne occupano il tenente Ryan e il sergente Douglas, giù in centrale. Conosco entrambi i nomi, delle vittime, intendo dire. Sono due casi di grande risonanza, sergente. Quanto è attendibile la sua fonte?»

«Credo sia attendibilissima. Posso darle un indizio da verificare: alla seconda vittima, Pamela Madden, sono stati pettinati i capelli dopo che è stata assassinata.»

In ogni importante caso criminale c'erano dei particolari che non venivano divulgati, e questo per poter passare al vaglio l'immancabile sequela di dementi che telefonavano per confessare qualcosa, qualsiasi cosa che colpisse la loro fantasia malata. Il dettaglio dei capelli pettinati era noto a pochi, al punto che persino il tenente Allen non ne era al corrente.

«Cos'altro può dirmi?»

«Che gli omicidi c'entrano con la droga. Entrambe le ragazze spacciavano.»

«Tombola!» esclamò Allan in sordina. «Il suo informatore è in galera o che altro?»

«Davvero non dovrei dirglielo... okay, le spiego come stanno le cose. Mio padre è un predicatore, e sta seguendo questa ragazza. Signor tenente, mi raccomando, che resti tra noi, d'accordo?»

«Certo, capisco. Cosa vuole che faccia?»

«Per favore, comunichi le informazioni agli investigatori. Possono mettersi in contatto con me tramite la stazione di polizia.» Il sergente Meyer lasciò il proprio recapito telefonico. «Sono un sovrintendente, e ora devo scappare perché ho una lezione all'accademia. Tornerò alle quattro circa.»

«Benissimo, sergente. Riferirò a chi di dovere. Grazie mille per il suo aiuto. Em e Tom si metteranno in contatto con lei, ci conti.» *Cristo, sarei disposto a far vincere il fottuto campionato a Pittsburgh pur di incastrarli, quei bastardi*. Poi compose un numero telefonico.

«Ehi, Frank» disse il tenente Ryan, prima di posare lentamente la tazza del caffè, quasi fosse stato alla moviola. Riprese velocità non appena afferrò la penna. «Continua a parlare. Prendo nota.»

Quella mattina il sergente Douglas era in ritardo a causa di un incidente sulla I-83. Varcò la soglia con il suo solito caffè e brioche, e vide il suo capo scribacchiare come un forsennato.

«Le hanno pettinato i capelli? Così ha detto?» chiese Ryan. Douglas si chinò sulla scrivania, e notò che Ryan aveva lo sguardo del cacciatore che sente frusciare qualcosa tra le frasche. «Okay, che nomi ti ha...» La mano del detective si strinse in un pugno. Dopo aver inspirato profondamente, disse: «Okay, Frank, dov'è questo tipo? Grazie. Ciao.»

«Qualcosa di nuovo?»

«Pittsburgh» rispose Ryan.

«Mmh?»

«Chiamata da un agente di polizia di Pittsburgh, c'è un possibile testimone per gli omicidi di Pamela Madden e Helen Waters.»

«Non sarà una balla?»

«È la persona che le ha pettinato i capelli, Tom. Indovina quali altri nomi sono saltati fuori?»

«Richard Farmer e William Grayson?»

« ''Rick'' e ''Billy.'' Il cerchio si chiude. Forse spacciava per qualche organizzazione. Un momento...» Ryan si appoggiò allo schienale della sedia e si mise a fissare il soffitto ingiallito. «C'era una ragazza, quando Farmer è stato ucciso... almeno, pensiamo che ci fosse» rettificò. «È lei l'anello mancante, Tom. Pamela Madden, Helen Waters, Farmer, Grayson, sono tutti collegati... e questo significa...»

«Anche gli spacciatori. Tutti collegati, in qualche modo. Ma cosa li collega, Em? Sappiamo che, probabilmente, erano tutti invischiati nel giro della droga.»

«Due moventi diversi, Tom. Le ragazze sono state macellate come... no, neanche le vacche le conciano a quel modo. Tutti gli altri, invece, sono stati fatti fuori dall'Uomo Invisibile. Un uomo in missione! È quello che ha detto Farber, un uomo in missione.»

«Vendetta» esclamò Douglas, seguendo il filo logico di Rye. «Se io avessi avuto a che fare con quelle ragazze... Cristo, Em, come biasimarlo?»

C'era una sola persona collegata a entrambi gli omicidi e vicina a una delle vittime, e il distretto di polizia sapeva chi era, giusto? Ryan afferrò il telefono e chiamò il tenente Allen.

«Frank, come si chiama quel tizio del caso Gooding, quel tale che lavora in marina?»

«Kelly, John Kelly, ha recuperato la pistola al largo di Fort McHenry, poi la centrale lo ha contattato per istruire i nostri sommozzatori, ricordi? Ma... Cristo, Pamela Madden!» esclamò Allen non appena afferrò il nesso.

«Parlami di lui, Frank.»

«È un tipo davvero in gamba. Tranquillo, quasi malinconico... ha perso la moglie in un incidente d'auto o giù di lì.»

«Un reduce, giusto?»

«Uomo-rana, demolizioni subacquee. È così che si guadagna da vivere, facendo saltare per aria le cose. Sì, roba sott'acqua.»

«Va' avanti.»

«Fisicamente è una roccia, è uno che ci tiene.» Fece una pausa. «L'ho visto tuffarsi, ha addosso dei segni, cicatrici, voglio dire. È un combattente, e si è anche beccato qualche pallottola. Ho il suo indirizzo e tutto il resto se ti interessa.»

«Ho già tutto nel dossier del caso, Frank. Grazie, amico.» Ryan riagganciò. «È lui il nostro uomo. È lui l'Uomo Invisibile.»

«Kelly?»

«Devo andare in tribunale stamattina... dannazione!» imprecò Ryan.

«Lieto di rivedervi» disse il dottor Farber. Lunedì era una giornata tranquilla per lui. Aveva appena congedato l'ultimo paziente della giornata, e stava per portare i bambini a fare una partitina a tennis pomeridiana. Era sul punto di lasciare l'ufficio quando arrivò la polizia.

«Cosa ci può dire dei tipi dell'UDT (Underwater Demolition Team), i guastatori-sommozzatori?» chiese Ryan seguendolo lungo il corridoio.

«Gli uomini-rana, vuol dire? Marina?»

«Esattamente. Tipi tenaci, o sbaglio?»

Farber sorrise attorno alla sua pipa. «Sono i primi a raggiungere la spiaggia di sbarco, prima dei marines. Che ne dice?» Si fermò. Qualcosa fece click nella sua mente. «Adesso però c'è qualcosa di meglio.»

«Cosa intende dire?» chiese il tenente.

«Beh, lavoricchio ancora per il Pentagono, giusto? Voglio dire, lo Hopkins si dà un bel po' da fare per il governo, no? Laboratorio di fisica applicata, un sacco di cose particolari. Lo conoscete il mio background. A volte faccio dei test psicologici, consulenza... come il combattimento influenza la gente, cose del genere.»

«Stava dicendo qualcosa.»

«È un'informazione confidenziale. C'è un nuovo gruppo speciale, è un derivato dell'UDT; si chiama SEAL, per Sea Air and Land, mare-aria e terra... sono dei commandos, gente che fa sul serio, e sono in pochi a conoscerne l'esistenza. Non sono solo tenaci, ma scaltri: sono addestrati a pensare, a pianificare nel lungo periodo. Muscoli, sì, ma anche meningi.»

«Il tatuaggio» ricordò Douglas «Ha un tatuaggio con una foca su un braccio.»

«Dottore, cosa succederebbe se a uno di questi bei tomi del SEAL venisse assassinata brutalmente la ragazza?» Era una domanda scontata, ma doveva farla.

«Ecco la missione che cercavate» rispose Farber varcando la

soglia, intenzionato a non rivelare null'altro, neppure per un'indagine su un omicidio.

«È il nostro uomo. C'è un solo particolare che non quadra...» disse sommessamente Ryan alla porta oramai chiusa.

«Già. Non abbiamo uno straccio di prova. Solo un ottimo movente.»

Calava la notte. Era stata una giornataccia per tutti a SENDER GREEN, tranne che per Kelly. La piazza d'armi era un gran pantano, disseminata di pozzanghere puzzolenti, grandi e piccole. I soldati avevano trascorso buona parte della giornata cercando di mantenersi asciutti. Le guardie in cima alle torrette si erano posizionate seguendo il vento. Un tempaccio del genere influiva sull'umore della gente. Quasi a nessuno piaceva essere bagnato fradicio; si perdeva la calma, i riflessi si facevano lenti, ancor più se bisognava svolgere una mansione noiosa, come in quel posto. Nel Nord Vietnam si riducevano gli attacchi aerei con un tempo del genere, ulteriore motivo di rilassamento per le truppe. Il calore crescente della giornata aveva gonfiato le nubi d'umidità, che esse si erano premurate di restituire alla terra appena possibile.

Che giornata di merda, avrebbero detto le guardie a cena. Tutti avrebbero assentito chinando lo sguardo sulle loro zuppe, guardando giù, non su, guardando dentro, non fuori. La foresta sarebbe stata umida. Il fogliame bagnato era molto più silenzioso di quello asciutto per chi doveva camminarci sopra. Niente rami secchi da calpestare. L'aria impregnata d'umidità avrebbe attutito i rumori, invece di amplificarli. In una parola, tutto era perfetto.

Kelly sfruttò l'oscurità per sgranchirsi un po', irrigidito com'era dalla forzata immobilità. Sedette sotto il cespuglio sfregandosi la pelle e mangiò un'altra barretta nutritiva. Scolò un'intera borraccia d'acqua, poi stirò gambe e braccia. Poteva vedere la zona d'atterraggio; aveva già scelto il percorso da seguire al ritorno, e si augurava che i marines non avrebbero avuto il grilletto facile mentre si precipitava verso di loro. Alle ventuno trasmise l'ultimo messaggio radio.

«*Verde chiaro*» scrisse lo specialista su un foglietto. «*Attività normale*.»

«Ci siamo. Non abbiamo bisogno d'altro.» Maxwell si guardò attorno. Tutti annuirono.

«La Fase Quattro dell'operazione BOXWOOD GREEN incomincia alle ventidue. Capitano Franks, lo segnali al *Newport News*.»

«Sissignore.»

A bordo della *Ogden*, gli equipaggi di volo indossarono le loro tute antincendio, poi si incamminarono verso poppa per preparare i velivoli. I marinai ne stavano pulendo tutti i finestrini. Negli alloggi della truppa i marines indossavano le loro tute da combattimento. Le armi erano pulite. I caricatori alloggiavano munizioni prelevate da contenitori ermetici. Gli uomini si divisero a gruppi di due, e ognuno si mise ad applicare creme di vario colore sul volto del compagno. Nessuno sorrideva o scherzava più. La loro espressione era grave come quella di un attore la sera della prima, e la delicatezza del lavoro di mimetizzazione faceva da insolito contrappunto alla natura dello spettacolo di quella sera. Con un'unica eccezione.

«Ci vada piano con quell'ombretto, signore» disse Irvin a un capitano Albie piuttosto irritabile, in preda all'immancabile nervosismo da comando, e che aveva bisogno di un sergente che lo tranquillizzasse.

Nella sala briefing dei piloti a bordo della *Constellation*, un giovane e minuto comandante di gruppo di nome Joshua Painter istruiva gli uomini. Aveva otto F-4 Phantom pronti per l'azione.

«Stasera compiremo una missione speciale. I nostri bersagli sono postazioni di missili terra-aria a sud di Haiphong» proseguì, senza sapere di cosa si trattasse, augurandosi che valesse la pena di mettere a repentaglio la vita dei quindici ufficiali che avrebbero volato con lui quella sera, ovvero, il suo gruppo. Dieci A-6 Intruder avrebbero partecipato all'operazione, e il resto — o quasi, dello stormo della *Connie* avrebbe volato lungo la costa, attirando l'attenzione e distraendo i radar nordvietnamiti da altri obiettivi. Si augurava che la missione fosse davvero importante come l'ammiraglio Podulski aveva dichiarato. Giocare a guardie e ladri con i missili terra-aria non era propriamente divertente.

L'incrociatore *Newport News* si trovava ora a venticinque miglia dalla costa e si stava dirigendo verso un punto equidistante dalla *Ogden* e dalla spiaggia. I suoi radar erano disattivati; probabilmente, le stazioni costiere non erano in grado di localizzarlo con precisione. Da qualche giorno i nordvietnamiti utilizzavano con maggiore cautela i sistemi di sorveglianza costiera. Il comandante in plancia controllò l'orologio, aprì una cartelletta sigillata e lesse rapidamente gli ordini che aveva custodito in cassaforte per due settimane.

«Mmh» mormorò. «Mr. Shoeman, riferisca alla sala macchine di portare alla massima potenza le caldaie uno e quattro. Voglio che si raggiunga il pieno regime il più presto possibile. Stasera faremo ancora un po' di surf. Comunichi al comandante in seconda, al direttore di tiro e ai suoi aiutanti che li voglio nella mia cabina, subito.»

Con tutte e quattro le caldaie in funzione, il *Newport News* poteva viaggiare a una velocità di trentaquattro nodi, la più rapida per raggiungere la spiaggia e per allontanarsene.

«Surf City, arriviamo!» intonò a piena voce il sottufficiale al timone non appena il comandante ebbe lasciato la plancia. Era il motto ufficiale della nave coniato diversi mesi prima da un marinaio per quando affrontavano i cavalloni mentre si dirigevano verso terra per svolgere qualche azione. «Verso Surf City, dove c'è il meglio del meglio!»

«Fa' attenzione, Baker» disse l'ufficiale di guardia per porre fine al ritornello.

«Stabile su uno-otto-cinque, Mr. Shoeman» rispose lui, muovendosi a tempo. «*Surf City, arriviamo*!»

«Signori, se vi state chiedendo cosa abbiamo fatto per meritarci i divertimenti di questi ultimi giorni, ecco la risposta» disse il comandante nella sua cabina poco lontana dalla plancia. La spiegazione durò qualche minuto. Aveva disteso sulla scrivania una mappa della zona costiera, la quale indicava ogni batteria contraerea sulla base delle fotografie prese dalla ricognizione aerea e dal satellite. La sua sezione d'artiglieria stava considerando la situazione. Le numerose cime collinari fornivano degli ottimi riferimenti radar.

«Oh, sì!» disse in un soffio il sottufficiale responsabile del controllo del tiro. «Signore, proprio tutto? Anche i cannoni da 127 mm?»

Il comandante annuì. «Capo Skelley, se riportiamo anche una sola munizione a Subic Bay, sarò molto contrariato con lei.»

«Signore, propongo di usare i cannoni da 127 mm per i proiettili illuminanti e sparare a vista più che possiamo.»

Era un vero e proprio esercizio di geometria. Chini sulla mappa, gli esperti d'artiglieria, decisero rapidamente sul da farsi. Erano già preparati alla missione, solo credevano di doverla compiere alla luce del giorno.

«Nessuno resterà vivo per sparare su quegli elicotteri, signore.»

Il telefono sulla scrivania gracchiò. «Parla il comandante» disse afferrando il ricevitore.

«Tutte e quattro le caldaie sono in funzione, signore. Velocità massima è trenta, fiancata trentatré.»

«Fa piacere sapere che la sala macchine è bella arzilla. Perfetto. Suoni l'adunata generale.» Riagganciò mentre gli altoparlanti della nave cominciavano a rimbombare. «Signori, abbiamo dei marines da proteggere» disse, fiducioso. L'artiglieria del suo incrociatore non aveva niente da invidiare a quella del *Mississippi*. Due minuti dopo era di nuovo in plancia.

«Timone a dritta, nuova rotta due-sei-cinque.»

«Timone a dritta, nuova rotta due-sei-cinque.» Il capo Sam Baker fece girare la ruota del timone. «Signore, il timone è a dritta».

«Molto bene» assentì il comandante, poi aggiunse, «Surf City, arriviamo!»

Era il momento di agire a sangue freddo. Cosa poteva andare storto? si chiese Kelly. Molte cose. Gli elicotteri potevano scontrarsi in volo, oppure imbattersi in una postazione contraerea sconosciuta e scomparire dal cielo. Qualche dispositivo primario poteva cedere, facendoli schiantare al suolo. E se quella sera la guardia nazionale locale avesse deciso di fare un'esercitazione? C'era sempre qualcosa lasciato al caso. Kelly aveva visto missioni fallire per una serie di stupidi imprevisti. Ma non quella sera, si disse. Non dopo tutta quella preparazione. Gli equipaggi degli elicotteri si erano preparati intensamente per tre settimane, idem i marines. Gli elicotteri erano stati amorevolmente accuditi. I marinai a bordo della *Ogden* si erano fatti in quattro per essere d'aiuto. Non si poteva eliminare il fattore rischio, ma l'addestramento permetteva di attenuarlo.

Kelly controllò che la sua arma fosse in ordine e rimase rannicchiato dov'era. Non era come rannicchiarsi in una casa d'angolo a Baltimora. Lì era tutto reale. E questo lo avrebbe aiutato a lasciarsi tutto alle spalle. Il tentativo di salvare la vita di Pam era miseramente fallito per un suo errore... ma dopotutto, ciò aveva una ragione d'essere, forse. Non aveva commesso alcun errore durante quella missione. Nessuno ne aveva commessi. Non stava salvando una vita, ma venti. Diede un'occhiata al quadrante illuminato del suo orologio. La lancetta dei secondi si muoveva così lenta, ormai. Kelly chiuse gli occhi, sperando di vederla muovere più rapidamente quando li avesse aperti. Ma non accadde. Sapeva però cosa fare. L'ex sottufficiale dei SEAL, primo degli uomini rana, ordinò a se stesso di respirare profondamente e di continuare la missione. Ciò significava posare la carabina sulle gambe e concentrarsi sul binocolo. Doveva continuare a osservare il campo sino a quando le prime granate

M-79 non fossero piombate sulle torrette di guardia. I marines contavano su di lui.

Beh, forse questo avrebbe dimostrato ai tipi di Filadelfia quanto era importante. L'operazione di Henry va a pallino, e io prendo in mano la situazione. Eddie Morello è importante, pensò, stimolando il proprio ego mentre guidava lungo la statale 40 che conduceva ad Aberdeen.

Razza di imbecille, non riesce neppure a gestirsi le cose, a trovare gente fidata. Gliel'avevo detto io, a Tony, che era più furbo del necessario, troppo intelligente, che non era un businessman serio. *Oh, sì, invece, eccome se lo è. È più serio di te, Eddie. Henry sarà il primo negro a diventare un ''pezzo grosso'', aspetta e vedrai. Ci pensa Tony, ci pensa. Ma non è disposto a farlo per te, tuo cugino non muove un dito per te, dopo che tu lo hai messo in contatto con Henry. Quello stramaledettissimo affare non sarebbe andato in porto senza di me. Sono stato io a concluderlo, ma io non divento un pezzo grosso.*

«'fanculo!» ringhiò al semaforo rosso. Qualcuno cerca di far saltare l'operazione di Henry, e chiedono a *me* di sistemare la faccenda. Come se Henry non fosse capace di sistemarseli da solo, i suoi casini. Magari non ce la fa davvero, è meno sveglio di quanto si crede. E si mette in mezzo tra me e Tony.

Dev'essere proprio così, pensò Eddie. Henry *voleva* allontanarlo da Piaggi... proprio come li aveva convinti a liberarsi di Angelo. Angelo era il suo primo contatto, Angelo me lo ha presentato... io l'ho presentato a Tony... io e Tony teniamo i contatti con Filadelfia e New York... io e Angelo eravamo due contatti... Angelo era il più debole... e Angelo è finito male...

Io e Tony siamo altri due contatti...

A lui ne serve solo uno, giusto? Solo un contatto per gestire il resto della faccenda.

Mi allontana da Tony...

Porca puttana.

Morello ficcò la mano in tasca per recuperare una sigaretta e azionò l'accendisigari della sua Cadillac decappottabile. Aveva abbassato la capote. Amava il vento e il sole, gli sembrava quasi di essere sulla sua barca. E poi, gli dava un'ottima visibilità. Non gli era mai passato per la testa che ciò potesse renderlo immediatamente riconoscibile e pedinabile. Accanto a lui, davanti al sedile, c'era una ventiquattr'ore in pelle contenente sei chili di roba pura. Filadelfia era davvero all'osso, gli avevano detto, e si sarebbero preoccupati loro di tagliarla. Un colpo grosso, e in contanti. La ventiquattr'ore identica che viaggiava ora verso sud straripava di bigliettoni da venti, taglio minimo. I tizi erano due. Niente di cui preoccuparsi. Erano professionisti, e si trattava di un rapporto d'affari a lungo termine. Non temeva che cercassero di fregarlo, ma in ogni caso, aveva una pistola a canna corta nascosta sotto la camicia larga, in corrispondenza della fibbia, il posto più utile, ma anche quello più scomodo.

Doveva riflettere bene su quella storia, si disse. Forse aveva capito come buttava la faccenda. Henry li stava strumentalizzando. *Henry* stava *strumentalizzando* l'intero affare. Un negro stava cercando di fregarli.

E ci stava riuscendo. Probabilmente, quello faceva fuori la sua stessa gente. Gli piaceva conciarle male, le donne, a quello stronzo, soprattutto se erano bianche. Questo diceva tutto, pensò Morello. Erano tutti così. Anche se doveva essere piuttosto furbo. Beh, lo *era*. Ma non abbastanza. Non più. Non sarebbe stato difficile spiegare tutto questo a Tony, Eddie ne era certo. Concluso l'affare torno in città e ceno con Tony. Sarò calmo e ragionevole. A Tony piace. Manco avesse studiato a Harvard o giù di lì. Come uno stradannatissimo avvocato. Poi ci lavoriamo Henry, e rileviamo la sua operazione. Gli affari sono affari. I suoi sarebbero stati al gioco; non erano in ballo perché gli volevano bene. Erano in ballo per i soldi. Come tutti. Poi lui e Tony avrebbero potuto rilevare l'operazione, e *a quel punto* Eddie Morello sarebbe diventato un pezzo grosso.

Sì. Aveva tutto chiaro in testa. Diede un'occhiata all'orologio. Giunse in perfetto orario nel parcheggio mezzo vuoto di un ristorante ricavato da un vagone ferroviario, di quelli vecchi; la ferrovia della Pennsylvania era poco distante. Ricordò la prima volta che aveva mangiato fuori con suo padre, in un posto molto simile a quello, osservando i treni passare. Sorrise a quel ricordo mentre finiva la sua sigaretta e gettava il mozzicone sull'asfalto.

Giunse l'altra auto. Era una vecchia Oldsmobile, come si era aspettato. Ne uscirono due tipi. Uno portava una ventiquattr'ore, e si diresse verso di lui. Eddie non lo conosceva, ma era ben vestito, dall'aspetto rispettabile, stile uomo d'affari, e indossava un bell'abito marrone chiaro. Come un avvocato, pensò Morello sorridendo tra sé e sé, evitando di guardare verso di lui, mentre l'altro rimaneva in macchina e teneva d'occhio la situazione, giusto per scrupolo. Già, gente seria. E presto avrebbero saputo che anche Eddie Morello era un tipo serio, pensò, la mano sulla coscia, poco distante dal revolver nascosto.

«Hai la roba?»

«Hai i soldi?» chiese Morello di rimando.

«Hai commesso un errore, Eddie» disse l'uomo inaspettatamente, aprendo la ventiquattr'ore.

«Cosa vuoi dire?» chiese Morello, improvvisamente allarmato, ma con dieci secondi e un'intera vita di ritardo.

«Voglio dire, buonanotte, Eddie» aggiunse lui tranquillamente.

Lo sguardo di quell'uomo diceva tutto. Morello cercò di impugnare l'arma, ma il suo gesto non fece che spianare la strada all'antagonista.

«Fermo, polizia!» urlò questi, un secondo prima che il primo proiettile perforasse la valigetta aperta.

Eddie estrasse l'arma e riuscì a esplodere un colpo all'interno dell'auto, verso il basso, ma il poliziotto era a un metro di distanza, e non poteva mancarlo. L'altro agente stava già correndo verso di loro, sorpreso dal fatto che il tenente Charon non fosse riuscito a far arrendere il malvivente. E mentre osservava la scena, la ventiquattr'ore scivolò di lato, il detective tese il braccio sino a sfiorare con la pistola d'ordinanza il petto dell'uomo e gli sparò dritto al cuore.

Morello capì tutto in un lampo. Era stato Henry a organizzare ogni cosa. Henry era diventato un pezzo grosso da solo, ecco la verità. E Morello sapeva che l'unico obiettivo della sua vita era stato quello di mettere insieme Henry e Tony. Non che avesse più molto senso, ormai.

«Chiama i rinforzi!» strillò Charon davanti a un uomo morto. Allungò la mano per afferrare il revolver di Eddie. Dopo un paio di minuti, due auto della polizia raggiunsero il parcheggio con un gran stridore di freni.

«Razza di pazzo furioso» disse Charon cinque minuti dopo al suo partner, tremando come una foglia, come spesso accade a chi ha appena commesso un omicidio. «Ha estratto subito l'arma, come se non fossi stato in vantaggio su di lui.»

«Sì, ho visto» disse il giovane collega, credendo di averlo fatto.

«Beh, è come ha detto lei, signore» dichiarò il sergente della polizia dello Stato. Poi aprì la ventiquattr'ore davanti al sedile. Era piena di sacchetti di eroina.

«Uno spacciatore.»

«Già» ringhiò Charon. «Peccato che 'sto stronzo rimbecillito non possa raccontare niente a nessuno.» Ed era la pura verità. Niente male, pensò, sforzandosi di non sorridere di fronte a quella situazione grottesca. Aveva appena compiuto l'omicidio perfetto, sotto gli occhi della polizia. L'organizzazione di Henry poteva dirsi al sicuro.

Era quasi giunto il momento. C'era appena stato il cambio della guardia. *L'ultimo*. La pioggia cadeva incessantemente. *Bene*. I soldati nelle torrette si rannicchiavano cercando di rimanere asciutti. Quella giornata deprimente li aveva annoiati più del solito, e un uomo annoiato è un uomo distratto. Tutte le luci erano spente. Non c'erano neppure delle candele accese nelle baracche. Kelly perlustrò la zona col binocolo, lentamente, attentamente. Vide una figura umana alla finestra dell'alloggio ufficiali, qualcuno che dava un'occhiata al tempo... il russo, vero? *Ah, quindi sarebbe quella la tua stanza? Magnifico. Il primo colpo del granatiere numero tre — caporale Mendez, mi pare — è tutto tuo. Il menù prevede russo fritto come antipasto.*

Vediamo di darci una mossa. Cosa darei per una bella doccia. Ce l'avranno ancora un po' di Jack Daniels? Le regole erano regole, ma certe cose erano speciali.

La tensione cresceva. Non era il fattore pericolo: Kelly non si riteneva affatto in pericolo. La parte più difficile era stata arrivare fin lì. Adesso, era la volta degli elicotteri, poi dei marines. Aveva quasi concluso la sua missione, pensò.

«Aprite il fuoco» ordinò il comandante.

Il *Newport News* aveva attivato i radar solo qualche attimo prima. L'ufficiale di rotta stava nella sala direzione tiro, e aiutava gli artiglieri a stabilire l'esatta posizione dell'incrociatore col radar, rispetto a punti di riferimento predeterminati. Si trattava di un eccesso di cautela, ma la missione di quella sera lo esigeva. I radar di navigazione e di controllo del tiro aiutavano tutti a calcolare la propria posizione con estrema precisione.

I primi colpi partirono dai cannoni da 127 mm sulla fiancata sinistra. Il tuono prodotto dai pezzi in torretta binata metteva a dura prova i timpani, ma era accompagnato da qualcosa di meraviglioso. A ogni colpo esploso, i cannoni sputavano un anello di fuoco giallo, dovuto a una qualche peculiarità empirica dell'arma. Sembrava un serpente giallo che si mordeva la coda, ondeggiando per qualche millisecondo di vita prima di svanire. A circa cinque chilometri di distanza la prima coppia di proiettili illuminanti si accese, producendo lo stesso colore giallo metallico che poco prima aveva adornato la bocca del cannone. Il paesaggio verde e fradicio del Vietnam divenne arancione sotto la luce.

«Sembra un 57 mm; riesco persino a vedere gli artisti.» Il telemetro della postazione uno aveva l'angolo di direzione già impostato. La luce rendeva tutto più facile. Skelley impostò la gittata con estrema delicatezza, ed essa venne immediatamente trasmessa alla "centrale". Dieci secondi dopo, otto cannoni tuonarono. Altri quindici, e la postazione contraerea svanì in una nube di polvere e fuoco.

«Prima salva sul bersaglio. Bersaglio Alfa distrutto.» Skelley impostò l'angolo di direzione per il bersaglio successivo. Come il comandante, sarebbe presto andato in pensione. Magari potevano aprire un negozio d'armi...

Sembrava un tuono lontano, ma in un certo qual modo insolito. Kelly rimase però sorpreso dall'assoluta noncuranza sotto di lui. Con il binocolo vide delle teste voltarsi; venne scambiato qualche commento, forse, ma niente di più. Dopotutto si era in un Paese in guerra, e i rumori insoliti erano comuni, soprattutto quelli che ricordavano tuoni lontani. Decisamente troppo lontani per suscitare timore. Non si scorgeva neppure un lampo in cielo a causa del maltempo. Kelly si aspettava che un paio di ufficiali uscissero per dare un'occhiata attorno. Lui lo avrebbe fatto, al loro posto... ma non loro.

Mancavano novanta minuti.

I marines sfilarono verso poppa con il loro equipaggiamento leggero, sotto gli occhi di molti marinai. Albie e Irvin li contarono mentre uscivano sul ponte di volo, dirigendosi verso gli elicotteri.

Gli ultimi marinai in fila erano Maxwell e Podulski. Indossavano entrambi le loro divise cachi più logore, pantaloni e camicie che avevano visto missioni compiute in mare, associate a bei ricordi e alla loro buona stella. Persino gli ammiragli erano superstiziosi. Per la prima volta, i marines videro che il pallido ammiraglio — era così che lo vedevano — aveva la medaglia d'onore del Congresso. Essa attirò su di sé molti sguardi, e numerosi cenni di rispetto, cui il suo volto tirato rispondeva.

«Tutti pronti, capitano?» chiese Maxwell.

«Sissignore» rispose sommessamente Albie, celando il proprio nervosismo. Era il momento dello spettacolo. «Ci vediamo fra tre ore circa.»

«Buona caccia» disse Maxwell, rigido e impettito, salutando l'ufficiale più giovane.

«Fanno decisamente effetto» osservò Ritter. Anche lui portava una divisa cachi, per adeguarsi agli ufficiali. «Mio Dio, spero che vada tutto per il meglio.»

«Già» disse Greer sottovoce mentre la nave virava seguendo il vento. Alcuni specialisti con segnalatori luminosi si disposero davanti ai due elicotteri per il trasporto truppe, guidandoli nel decollo; uno alla volta, gli imponenti Sikorsky si sollevarono lentamente per poi allontanarsi verso ovest, in direzione della loro missione. «Ora tutto dipende da loro.»

«Sono dei bravi ragazzi, James» disse Podulski.

«Anche quel Clark fa un certo effetto. Tipo in gamba» osservò Ritter. «Cosa fa da civile?»

«Da quanto ne so non naviga in ottime acque. Perché?»

«C'è sempre posto da noi per uno che sa far funzionare il cervello. È un tipo sveglio» rispose Ritter mentre si dirigevano verso la centrale operativa di combattimento. Sul ponte di volo, gli equipaggi dei Cobra stavano facendo le ultime verifiche prima del decollo. Si sarebbero alzati in volo dopo quarantacinque minuti.

«Snake, qui è Cricket. Controllo tempo okay. Conferma.»

«Sì!» disse Kelly a voce alta ma non troppo. Inviò tre segnali radio prolungati, e ne ricevette due in risposta. La *Ogden* aveva appena annunciato che la missione era cominciata, e ricevuto la sua conferma. «Due ore alla libertà, ragazzi» disse ai prigionieri del campo sottostante. Il fatto che l'evento sarebbe stato meno liberatorio per gli altri occupanti del campo non rientrava nelle sue preoccupazioni.

Kelly mangiò l'ultima razione, infilò tutti gli involucri nelle tasche laterali della mimetica e abbandonò il nascondiglio. Si era fatto buio, ormai, e poteva permetterselo. Prima di allontanarsi cercò di eliminare ogni traccia della sua presenza. Dopotutto, non era da escludere che una missione simile venisse riproposta in futuro; perché far capire al nemico come si era svolta? La tensione era tale che avvertì lo stimolo di urinare. Si sentiva quasi ridicolo, come un bambino piccolo, malgrado avesse bevuto un paio di litri d'acqua nel corso della giornata.

Tempo di volo trenta minuti per la prima zona d'atterraggio. Altri trenta per l'avvicinamento. Quando spuntano oltre la collina laggiù, entro in contatto diretto per verificare l'avvicinamento finale.

Diamoci una mossa.

«Spostare fuoco a dritta. Bersaglio Hotel in vista» disse Skelley. «Gittata... nove-due-cinque-zero.» I cannoni tuonarono ancora. Uno dei cannoni da 100 mm stava ora sparando verso di loro. I serventi avevano guardato il *Newport News* annientare il resto del battaglione contraereo; impossibilitato ad abbandonare i cannoni, stava perlomeno cercando di rispondere al fuoco per ferire il mostro che incombeva al largo del litorale.

«Ecco gli elicotteri» disse il comandante in seconda nella centrale operativa di combattimento. I segnali sul radar principale percorrevano la costa oltrepassando il punto in cui si erano trovati i bersagli Alfa e Bravo. Sollevò il ricevitore.

«Parla il comandante.»

«Qui è il comandante in seconda, signore. Gli elicotteri sono partiti e stanno salendo nel corridoio che gli abbiamo creato.»

«Molto bene. Si prepari a sospendere il tiro. Dovremo essere pronti per gli elicotteri fra trenta minuti. E non perda d'occhio quel radar.»

«Sissignore.»

«Gesù» esclamò uno degli operatori radar «ma cosa sta succedendo qui?»

«Prima gli spariamo nel culo» rispose il suo vicino, «e poi ci entriamo dentro.»

Mancavano pochi minuti all'arrivo dei marines. La pioggia cadeva instancabile, nonostante il vento si fosse placato.

Kelly era uscito all'aperto. Si sentiva al sicuro. Non era visibile dal basso, poiché alle sue spalle la vegetazione era fitta. Era perfettamente mimetizzato, grazie alla tuta e al volto dipinto. Faceva scorrere gli occhi tutt'attorno alla ricerca del pericolo, di qualcosa di insolito, ma non notò niente. Era nel bel mezzo di uno stramaledetto pantano. L'acqua e l'argilla rossa di quelle colline desolate erano diventate parte di lui, avevano impregnato la sua uniforme, insinuandosi nei pori della sua pelle.

Mancavano dieci minuti all'atterraggio. Dalla costa continuava a giungere un rombo lontano, intermittente, reso apparentemente meno pericoloso dalla sua stessa continuità, ed ora era persino più simile a un tuono; solo Kelly sapeva che si trattava dei cannoni da 203 mm di una nave da guerra. Si sedette, appoggiò i gomiti sulle ginocchia e scrutò col binocolo il campo. Niente luci. Niente movimento. La morte strisciava verso di loro, e loro non se ne rendevano conto. Kelly era talmente concentrato su ciò che vedeva da non curarsi quasi di ciò che sentiva.

Era difficile distinguerlo sotto la pioggia: un brontolio distante, grave e tenue, ma insistente, che cresceva d'intensità. Kelly alzò gli occhi dal binocolo e si volse a bocca aperta, cercando di capire.

Motori.

Motori di camion. Beh, sì, certo, c'è una strada poco distante... no, la strada principale è troppo lontana...la direzione è diversa.

Forse un camion di rifornimenti, che porta le vettovaglie e la posta.

Più di uno.

Kelly raggiunse la sommità del colle e si appoggiò a un albero, osservando il punto in cui la strada sterrata si ricongiungeva a quella che costeggiava la riva settentrionale del fiume. Qualcosa si muoveva. Guardò col binocolo.

Camion... due... tre... quattro... oh, mio Dio...

Avevano i fari accesi... appena fessure, le luci di posizione erano coperte con del nastro adesivo. Dunque erano camion militari. La luce del secondo illuminava debolmente il primo. Dentro c'erano delle persone, allineate su ambo i lati.

Soldati.

Fermo, Johnny, non farti prendere dal panico. Aspetta un momento... forse...

La colonna girò attorno alla Collina del Serpente. Una guardia urlò qualcosa da una delle torrette, e il suo messaggio venne trasmesso. Nell'alloggio ufficiali si accesero le luci. Qualcuno ne uscì, probabilmente il maggiore, svestito, urlando qualcosa.

Il primo camion si fermò al cancello. Un uomo saltò giù e sbraitò l'ordine di aprire. Il secondo si fermò dietro di esso. I soldati smontarono. Kelly cominciò a contarli... dieci... venti... trenta... altri ancora ... ma non era una questione di numero; era quello che si apprestavano a fare.

Kelly dovette distogliere lo sguardo. Cos'altro gli avrebbe portato via il destino? Perché non togliergli la vita, e farla finita una volta per tutte? Ma non era la sua vita che interessava al destino. Come al solito, era responsabile di molto più che della sua vita. Kelly recuperò la radio e la accese rapidamente.

«CRICKET, parla Snake, passo.»

Nulla.

«CRICKET, parla Snake, passo.»

«Cosa dice?» chiese Podulski.

Maxwell prese il microfono. «Snake, qui è CRICKET, qual è il tuo messaggio, passo?»

«Annullare annullare annullare — confermate» fu ciò che tutti udirono.

«Ripeti, Snake. Ripeti.»

«Annullare la missione» disse Kelly, più forte di quanto avrebbe dovuto. «Annullare annullare annullare. Confermate immediatamente.»

Ci volle qualche secondo. «Ordine di annullare ricevuto. Confermiamo. Missione annullata. Rimani in attesa.»
«Okay, resto in attesa.»

«Che succede?» chiese il maggiore Vinh.
«Siamo stati informati che gli americani intendono attaccare il campo» rispose il capitano della colonna guardando i suoi uomini, intenti ad appostarsi abilmente tra gli alberi e all'interno del perimetro, dove si misero a scavare non appena ebbero preso posizione. «Compagno maggiore, ho ricevuto l'ordine di difendere il campo sino all'arrivo di altre unità. Le viene ordinato di portare il suo ospite russo ad Hanoi per ragioni di sicurezza.»
«Ma...»
«Sono ordini del generale Giap in persona, compagno maggiore.» Il che liquidava la questione senza bisogno di aggiungere altro. Vinh rientrò per prepararsi, mentre un sergente andava a svegliare l'autista.

Kelly non poté far altro che guardare. Quarantacinque, forse più. Era difficile contarli mentre si muovevano. Divisi a gruppi, scavavano buche per le mitragliatrici e si apprestavano a pattugliare la boscaglia. Ciò rappresentava un pericolo immediato per lui; ciononostante, Kelly non si mosse ancora. Doveva assicurarsi di aver fatto la mossa giusta, di non essersi lasciato prendere dal panico. Di non aver ceduto alla codardia.
Venticinque contro cinquanta, più l'elemento sorpresa e un piano preciso, fattibile. Venticinque contro cento, meno l'elemento sorpresa... impossibile. Aveva preso la decisione giusta. Non c'era ragione di aggiungere altri venticinque cadaveri all'elenco che tenevano a Washington. Nella sua coscienza non c'era posto per errori del genere, o per il sacrificio di quel genere di vite.

«Gli elicotteri sono di ritorno, signore, dalla stessa direzione in cui erano partiti» riferì l'operatore radar al comandante in seconda.
«Troppo presto» rispose l'ufficiale.

«Maledizione, Dutch! Che cavolo...»
«La missione è annullata, Cas» disse Maxwell fissando la carta nautica.
«Ma *perché*?»
«Perché l'ha detto Clark» rispose Ritter. «È lui gli occhi della missione. È lui che ci dà il via. Non c'è bisogno che glielo dica,

ammiraglio. Abbiamo ancora un uomo sul campo, signori. Vediamo di non dimenticarcene.»

«Abbiamo *venti* uomini sul campo.»

«È vero, signore, ma stasera uno solo ne uscirà.» *E solo se la fortuna ci arride.*

Maxwell alzò lo sguardo verso il comandante Franks. «Acciniamoci alla spiaggia, e il più in fretta possibile.»

«Sissignore.»

«Hanoi? E perché?»

«Perché questi sono gli ordini.» Vinh stava scorrendo con lo sguardo il dispaccio consegnatogli dal capitano. «Ah, è così, gli americani vogliono venire a farci una visitina, eh? Spero che lo facciano. Non sarà Song Tay, questa volta!»

L'idea di un intervento da parte della fanteria non entusiasmava granché il colonnello Grišanov, e un viaggetto ad Hanoi, per quanto inaspettato, comportava inevitabilmente una visita all'ambasciata. «Mi dia il tempo di fare i bagagli, signore.»

«Faccia in fretta!» disse seccamente il maggiore, chiedendosi se quel viaggio ad Hanoi c'entrasse con qualche trasgressione.

Poteva andare peggio. Grišanov radunò i suoi appunti e li infilò in uno zaino. Erano il frutto del suo lavoro, e Vinh glieli aveva gentilmente restituiti. Li avrebbe consegnati al generale Rokossovskij e, una volta giunti in mani ufficiali, avrebbe potuto formulare la proposta di tenere in vita quegli americani. Sarebbe stata un'impresa ardua, ma irrinunciabile.

Li sentiva avvicinare. Da lontano, guardinghi, probabilmente affaticati, ma sempre più vicini.

«CRICKET, parla SNAKE, passo.»

«Ricevuto, SNAKE.»

«Mi sposto. C'è gente sulla mia collina, vengono verso di me. Mi dirigo a ovest. Potete mandare un elicottero a prendermi?»

«Positivo. Sta' attento, figliolo.» Era la voce di Maxwell, ancora preoccupata.

«Vado. Passo e chiudo.» Kelly si infilò in tasca la radio e si diresse verso la sommità della collina. Diede una rapida occhiata attorno, rapportando quel che vedeva a ciò che aveva visto in precedenza.

Corro particolarmente veloce al buio, aveva detto ai marines. Era giunto il momento di dimostrarlo. Dopo aver teso per un'ultima volta l'orecchio verso i soldati in avvicinamento, scelse un punto in mezzo alla boscaglia e si catapultò giù per il pendio.

30

Agenti di viaggio

Era chiaro a tutti che le cose avevano preso una brutta piega. I due elicotteri di soccorso erano atterrati sul ponte della *Ogden* un'ora scarsa dopo la partenza. Uno venne subito spostato nella zona di parcheggio; l'altro, guidato da un pilota esperto, fu rifornito di carburante. Il capitano Albie si precipitò verso la sala briefing per incontrare i suoi superiori. Sentiva che la *Ogden* e la sua scorta andavano a tutta velocità verso la spiaggia. I marines erano demoralizzati, silenziosi, gli occhi bassi sul ponte mentre pulivano le armi.

«Cosa è successo?» chiese Albie.

«Clark ha annullato la missione. So solo che si è allontanato dalla collina; ha detto che c'era altra gente. Dobbiamo tirarlo fuori di lì. Dove credi che andrà?» chiese Maxwell.

«Cercherà un punto in cui l'elicottero lo possa prelevare. Diamo un'occhiata alla mappa.»

Se avesse avuto il tempo di pensare, Kelly sarebbe giunto alla conclusione che ci voleva davvero poco a far precipitare le cose. Ma non ne aveva. La sopravvivenza era un gioco che metteva in causa tutto e, in quel momento, l'unico possibile. Non era certo un gioco noioso, e con un po' di fortuna non sarebbe stato troppo difficile spuntarla. Non c'erano abbastanza soldati per proteggere il campo da un attacco, o comunque, non abbastanza — non ancora — per un efficace pattugliamento difensivo. Se i vietnamiti temevano un'azione del genere Song Tay, non avrebbero disperso la loro potenza di fuoco. Si sarebbero limitati ad appostare delle pattuglie in cima alle colline, almeno per il momento. La sommità della Collina del Serpente si trovava ora a mezzo chilometro di distanza. Kelly rallentò la corsa per riprender fiato; era la paura a toglierglielo, più che lo sforzo, anche se i due si contendevano seriamente il primato. Individuò una cima secondaria e si fermò a riposare nel punto più estremo. Immobile, udiva delle voci alle sue spalle, ma nessun movimento. Okay, bene, aveva indovinato la loro tattica. Sarebbero giunti dei rinforzi in seguito, probabilmente, ma lui si sarebbe già involato da tempo.

Sempre che riescano a far arrivare l'elicottero.

Pensiero piacevole.

Mi sono trovato in situazioni peggiori di questa, proclamò il suo sprezzo del pericolo.

Quando? chiese con un fil di voce il suo pessimismo.

L'unica cosa che avesse senso, in quel momento, era prendere le distanze dai soldati vietnamiti. Per potersene andare da quel luogo infernale doveva poi individuare qualcosa di simile a una zona di atterraggio. Non era il momento di lasciarsi prendere dal panico, ma neppure di gingillarsi. All'alba sarebbero giunte altre truppe e, se il comandante sapeva il fatto suo, avrebbe verificato che non ci fossero elementi nemici in ricognizione sul territorio. Se non fosse riuscito a dileguarsi prima del mattino, le probabilità di andarsene da quel Paese si sarebbero azzerate. Muoviti. Trova un buon punto. Chiama l'elicottero. Vattene da questo posto infernale. Mancavano quattro ore all'alba. L'elicottero era a trenta minuti di distanza. Ci volevano due o tre ore per trovare un punto adatto e chiamarlo. Non sembrava un'impresa impossibile. Kelly aveva studiato l'area attorno a SENDER GREEN sulle foto aeree. Si concesse qualche minuto per guardarsi in giro, cercando di orientarsi. Individuò la via più veloce per raggiungere un punto agibile, oltre una curva della strada. Era una mossa azzardata, ma valida. Riorganizzò il suo equipaggiamento, mettendo i caricatori di riserva a portata di mano. Ciò che temeva di più era la cattura, il fatto di ritrovarsi alla mercé di uomini come quelli di PLASTIC FLOWER, di non poter reagire, di perdere il controllo della propria vita. Una vocina flebile nei meandri della sua mente gli suggeriva che la morte era preferibile a tutto ciò. Contrattaccare, anche senza alcuna probabilità di farcela, non era un suicidio. Okay. Era deciso. Cominciò a muoversi.

«Lo chiamiamo?» chiese Maxwell.

«No, non ora.» Il capitano Albie scosse la testa. «Sarà lui a chiamarci. Clark ha da fare, adesso. Lasciamolo stare.» Irvin entrò nella centrale operativa di combattimento.

«Clark?» chiese il sergente maggiore.

«In fuga» rispose Albie.

«Volete che lo vada a prendere con qualcun altro su Soccorso Uno?» Era fuori questione che avrebbero cercato di recuperare

Clark. I marines nutrivano un'istituzionale avversione per il fatto di lasciarsi dietro qualcuno.

«È compito mio, Irvin» dichiarò Albie.

«È meglio che sia lei a coordinare l'operazione di soccorso, signore» acconsentì ragionevolmente Irvin. «Chiunque sa far funzionare un fucile.»

Maxwell, Podulski e Greer rimasero estranei alla conversazione, osservando e ascoltando due professionisti che sapevano di cosa stavano parlando. Il capitano dei marines si piegò al volere del sottufficiale più navigato.

«Prenda ciò che le serve.» Albie si volse verso Maxwell. «Signore, voglio pronto al decollo subito Soccorso Uno.»

Muoversi contribuiva a soffocare la paura. Muovendosi, Kelly aveva la sensazione di esercitare il controllo sulla propria esistenza. Era un'illusione, e il suo intelletto lo sapeva, ma il suo corpo registrava il messaggio a quel modo, e ciò facilitava le cose. Quando fu ai piedi del colle si tuffò in una vegetazione ancora più fitta. Ecco. Proprio oltre la strada c'era una sorta di radura, un campo o qualcosa del genere, forse una pianura alluvionale creata dal fiume. Era quello che faceva al caso suo. Niente di particolare da segnalare. Afferrò la radio.

«SNAKE a CRICKET, passo.»

«Qui è CRICKET. Ti sentiamo, siamo pronti.»

Il messaggio giunse sincopato, pronunciato a brevi soffi: «Ovest della mia collina, oltre la strada, circa tre chilometri ovest dell'obiettivo, radura. Aspetto. Mandate elicottero. Posso usare il lampeggiatore.»

Albie diede un'occhiata alla cartina e alle foto aeree. Okay, non sembrava un'impresa impossibile. Indicò un punto sulla mappa, e il sottufficiale addetto al controllo aereo trasmise immediatamente l'informazione. Albie attese conferma prima di ricollegarsi con Clark.

«Ricevuto. Soccorso Uno in partenza, tempo venti minuti.»

«Ricevuto.» Albie poteva udire il sollievo trapelare dalla voce di Clark attraverso la comunicazione disturbata. «Ci sarò. Passo e chiudo.»

Dio ti ringrazio.

Kelly rallentò l'andatura, dirigendosi lento e guardingo verso la strada. Il suo secondo soggiorno nel Vietnam del Nord non sarebbe durato tanto come il primo. Stavolta non se ne sarebbe dovuto andare a nuoto (e con tutte le pallottole che si era preso prima di arrivare), forse stavolta non si sarebbe sentito male per via dell'acqua di quel maledetto fiume. Non si rilassò, ma lasciò che la tensione si allentasse. Quasi su suggerimento, la pioggia si intensificò, attutendo i rumori e riducendo la visibilità. Ancora meglio. Forse Dio, il destino o chi per loro non avevano deciso di perseguitarlo, dopotutto. Si fermò ancora una volta, a dieci metri dalla strada, e si guardò attorno. Niente. Si concesse qualche minuto per riposare e lasciare che la tensione scivolasse via. Non aveva senso affrettarsi ad attraversare per ritrovarsi in campo aperto. Essere allo scoperto era pericoloso per un uomo solo in territorio nemico. Le sue dita erano serrate sulla carabina, l'orsacchiotto del soldato di fanteria, ed egli si sforzava di respirare profondamente e lentamente, in modo da rallentare il ritmo cardiaco. Quando ritenne che esso fosse tornato a livelli accettabili, si avvicinò alla strada.

Che schifo di strade, pensò Grišanov, anche peggiori di quelle russe. L'auto, piuttosto stranamente, era di una qualche marca francese. Ancora più stranamente, funzionava piuttosto bene, non fosse stato per l'autista. Il maggiore Vinh avrebbe dovuto guidarla lui stesso. Probabilmente sapeva come fare, in quanto ufficiale, ma preso com'era da scrupoli idioti di ordine gerarchico, l'aveva lasciato fare al suo attendente, e quel babbeo d'un contadino non sapeva condurre niente di più complicato di una pariglia di buoi, probabilmente. L'auto slittava nel fango, e l'autista stentava a vedere attraverso la pioggia. Seduto sul sedile posteriore, Grišanov chiuse gli occhi, stringendo il suo zaino. Non aveva senso stare a guardare; serviva solo a spaventarlo. Era come volare col maltempo, pensò, qualcosa che nessun pilota amava fare... soprattutto se i comandi erano in mani altrui.

Attese, guardandosi attorno con circospezione prima di attraversare, cercando di captare un eventuale camion in avvicinamento, il maggior pericolo per lui. Niente. Okay, mancavano cinque minuti circa all'arrivo dell'elicottero. Kelly si alzò in piedi e con la mano sinistra recuperò il lampeggiatore. Attraversò la strada guardando verso sinistra, nella direzione che gli altri camion dell'esercito avrebbero preso per raggiungere il campo di prigionia, ormai inespugnabile. *Dannazione*!

Accadeva raramente che la concentrazione giocasse tiri mancini a John Kelly, ma questa volta avvenne. Il rumore dell'auto che si avvicinava slittando nel fango si perdeva tra i suoni dell'ambiente circostante, e quando Kelly lo riconobbe era ormai troppo tardi. L'auto sbucò da dietro la curva sorprendendolo nel bel mezzo della strada come un cerbiatto abbagliato dalle luci. L'autista doveva averlo visto di sicuro. Ciò che seguì fu automatico.

Kelly sollevò la carabina ed esplose una breve raffica in direzione del conducente. L'auto sbandò per un istante, ed egli esplose una seconda raffica accanto al posto di guida. L'automobile sbandò e si schiantò contro un albero. Tutto accadde in pochi secondi, e il cuore di Kelly riprese a battere dopo un intervallo spaventosamente lungo. Corse verso l'automobile. Chi aveva ucciso?

L'autista era stato sbalzato oltre il parabrezza, e colpito alla testa da due proiettili. Kelly aprì con uno strattone la portiera anteriore dalla parte del passeggero, e vide... il maggiore! Anch'egli era stato colpito alla testa; non lo aveva centrato in pieno, e malgrado avesse la parte destra del cranio sfondata, il suo corpo tremava ancora. Lo estrasse dall'auto con violenza e si chinò per perquisirlo, quando udì un gemito provenire dall'abitacolo. Balzò dentro e vi trovò un altro uomo... il russo! accasciato davanti al sedile posteriore. Kelly estrasse anche lui, e si accorse che stringeva tra le mani uno zainetto.

Ciò che seguì fu automatico come il fatto di aver sparato. Kelly colpì il russo col calcio del fucile facendogli perdere completamente i sensi, poi si volse rapidamente verso il maggiore e si mise a frugare la sua uniforme alla ricerca di materiale segreto. Ficcò carte e documenti nelle tasche. Il vietnamita lo stava guardando, uno degli occhi ancora aperti.

«La vita è una gran troia, vero?» disse gelidamente Kelly guardando i suoi occhi spegnersi.

«Cosa cazzo ne faccio di te?» aggiunse poi, rivolgendosi al corpo del russo. «Sei il tipo che ha messo sotto torchio i nostri, vero?» Si inginocchiò, aprì lo zaino e vide interi fascicoli di documenti; ciò diede una risposta alla sua domanda, cosa che il colonnello sovietico era incapace di fare.

Pensa in fretta, Johnny, l'elicottero è in arrivo.

«Ho visto il segnale!» disse il secondo pilota.

«Scendiamo subito.» Il pilota guidava il suo Sikorsky alla massima velocità consentita dai motori. A circa centocinquanta metri dalla radura tirò bruscamente i comandi del passo ciclico, che variava l'incidenza delle pale; l'elicottero di soccorso si impennò col muso a quarantacinque gradi, con estrema precisione, raggiungendo una posizione orizzontale a brevissima distanza dalla luce del lampeggiatore stroboscopico a raggi infrarossi; poi si stabilizzò a circa mezzo metro dal suolo, percosso dal vento. Il pilota lottava contro la forza degli elementi per mantenere stabile l'aeromobile, e stentò ad afferrare il messaggio che gli trasmettevano i suoi occhi. Si era accorto che il loro uomo era stato gettato a terra dallo spostamento d'aria e d'acqua del rotore, ma...

«Ci sono *due* persone là fuori?» chiese nel microfono.

«Via, via, partire!!» si sentì rispondere. «Passeggero a bordo, via!»

«Fuori dalle palle, ora!» Il pilota azionò i comandi del passo collettivo per prendere quota, premette il pedale del timone, abbassò il muso e si diresse di nuovo verso il fiume mentre l'elicottero prendeva velocità. *Ma non doveva esserci una persona sola?* Accantonò quel pensiero. Doveva volare, adesso, e una quarantina di chilometri serpeggianti lo separavano dall'acqua e dalla salvezza.

«Chi cazzo è questo?» chiese Irvin.

«Un autostoppista» rispose Kelly oltre il frastuono dei motori. Poi scosse la testa. La spiegazione sarebbe stata lunga, e doveva aspettare. Irvin capì e gli passò una borraccia. Kelly ne scolò il contenuto. Poi si mise a tremare come una foglia. Di fronte all'equipaggio dell'elicottero e a cinque marines, Kelly tremava come se fosse stato al Polo Nord, raggomitolato su se stesso, cingendosi con le braccia, l'arma stretta a sé, sino a quando Irvin non gliela prese e mise la sicura. Il sergente maggiore vide che era stata usata. Più tardi, avrebbe saputo come e perché. I mitraglieri ai portelli controllavano la vallata mentre il velivolo procedeva rombando a soli trenta metri dalla superficie irregolare. Durante il tragitto non si verificarono inconvenienti, stranamente, visto l'andazzo della nottata. Cosa era andato storto? si chiesero tutti. L'unico che poteva rispondere era l'uomo che avevano appena recuperato. Ma chi diavolo era l'altro, e non era un'uniforme russa, quella? Due marines si misero sopra di lui; uno gli legò i polsi, e un terzo richiuse lo zainetto.

«Soccorso Uno, missione compiuta. Abbiamo Snake a bordo. Tempo di arrivo stimato quindici minuti, passo.»

«Soccorso Uno, qui è CRICKET, ricevuto. Siamo in attesa, chiudo.» Albie alzò lo sguardo. «Beh, è finita.»

Podulski la prese peggio di tutti. L'idea dell'operazione BOXWOOD GREEN era stata sua. Se l'operazione fosse riuscita, tutto sarebbe cambiato: avrebbe potuto spalancare le porte a CERTAIN CORNET, il corso della guerra sarebbe cambiato... e la vita di suo figlio non sarebbe andata persa inutilmente, in una guerra di perdenti come quella che aveva sterminato il resto della sua famiglia. Alzò lo sguardo verso gli altri. Fu sul punto di chiedere se non fosse il caso di ritentare, ma capì che era meglio lasciar perdere. Un completo fallimento. Era dura da mandar giù, ancor più dura per un uomo che aveva servito il suo Paese d'adozione per quasi trent'anni.

«Giornataccia, eh?» chiese Frank Allen.

Il tenente Mark Charon appariva sorprendentemente vivace per un uomo che aveva affrontato una sparatoria mortale, e il rigorosissimo interrogatorio che ne era seguito.

«Quel dannatissimo imbecille... non doveva andare così» disse il tenente della narcotici. «Credo che non gli sorridesse l'idea di passare il resto della sua vita a Falls Road» aggiunse, riferendosi al penitenziario dello Stato del Maryland. Il carcere, situato nel centro di Baltimora, era abbastanza desolante da meritarsi l'appellativo, attribuitogli dai detenuti, di Castello di Frankenstein.

Allen non dovette dire granché. Le procedure relative a quell'incidente erano scorrevoli. Charon avrebbe preso un congedo amministrativo di dieci giorni lavorativi, mentre il dipartimento accertava che la sparatoria si fosse svolta in conformità alle direttive ufficiali della polizia in merito all'uso di armi da fuoco. Si trattava sostanzialmente di un paio di settimane di vacanza retribuite, a parte un paio di interrogatori che Charon avrebbe dovuto sostenere, forse. Era però improbabile, visto che numerosi agenti avevano assistito alla scena, uno dei quali a pochi metri di distanza.

«Ho in mano io il caso, Mark» gli disse Allen. «Ho già dato un'occhiata ai preliminari. Pare che ne uscirai senza problemi. Sicuro di non aver fatto niente che potesse spaventarlo?»

Charon scosse il capo. «No, non ho urlato o niente del genere fino a quando non l'ho visto tirar fuori la pistola. Ho cercato di facilitargli le cose, per intenderci, di tranquillizzarlo... ma lui s'è agitato. Eddie Morello è morto da vero idiota» osservò il tenente, godendo impassibilmente nel pronunciare la pura verità.

«Beh, non piangerò certo la morte di uno spacciatore. Buona giornata, Mark.»

«Come sta andando quella faccenda, Frank?» disse Charon sedendosi e prendendo una sigaretta.

«Ho ricevuto una chiamata da Pittsburgh, oggi. A quanto pare è saltato fuori un testimone per il delitto della fontana di cui si occupano Tom ed Em.»

«Sul serio? Ottima notizia. E chi è?»

«Mah, forse una ragazza, da come ne parlava quel tizio, che ha visto far fuori la Madden e la Waters. A quanto pare ne ha parlato a un prete, che sembra stia cercando di convincerla a raccontare tutto.»

«Magnifico» commentò Charon, soffocando un brivido, come aveva fatto per l'ebbrezza suscitata dal suo primo omicidio su commissione. Un'altra faccenda da sistemare. Con un po' di fortuna, ciò avrebbe chiuso la questione.

L'elicottero segnalò con un razzo il proprio arrivo e atterrò dolcemente sul ponte della *Ogden*. Non appena si fu posato, l'equipaggio affollò il ponte di volo. Gli specialisti avvicinandosi, assicurarono il velivolo in posizione con delle catene. I marines furono i primi a riversarsi fuori, contenti di essere in salvo, ma amaramente delusi dalla piega che avevano preso gli eventi. Tutto si era svolto con un tempismo quasi perfetto, e lo sapevano. Quello era l'orario previsto per il ritorno alla nave con i compagni tratti in salvo, ed essi avevano pregustato quel momento come una squadra sportiva pregusta la gioia della vittoria negli spogliatoi. Ma non era andata così. Avevano perso la partita, e non ne conoscevano ancora il motivo.

Irvin e un altro marine uscirono dall'elicottero sostenendo il corpo di un uomo, e suscitando lo stupore degli ammiragli; Kelly scese subito dopo il pilota che sgranò gli occhi di fronte a quella scena. Allora erano stati davvero in due a terra. Si sentì sollevato all'idea che quella missione nel Vietnam del Nord era riuscita almeno in parte.

«Che diavolo...?» chiese Maxwell mentre la nave si apprestava a virare verso est.

«Ehi, ragazzi, vediamo di portar dentro questo tipo e di isolarlo!» esclamò Ritter.

«È svenuto, signore.»

«E allora trovatemi un medico» ordinò Ritter.

Entrarono in una delle numerose cabine vuote, dove Kelly avrebbe fatto rapporto. Gli venne concesso di lavarsi la faccia, ma niente di più. Un ufficiale medico controllò le condizioni del russo e dichiarò che era stordito, ma incolume; le pupille reagivano e non c'erano segni di commozione cerebrale. Un paio di marines gli facevano la guardia.

«Quattro camion» esordì Kelly. «Sono arrivati all'improvviso. Un plotone di rinforzo ... con armi d'appoggio, probabilmente, sono scesi mentre stava per arrivare la squadra d'assalto e si sono messi immediatamente a scavare... circa una cinquantina. Ho dovuto annullare tutto.»

Greer e Ritter si scambiarono un'occhiata. *Non era certo una coincidenza.*

Kelly si volse verso Maxwell. «Cristo, mi spiace, signore» fece una pausa. «Sarebbe stato impossibile eseguire la missione. Mi sono allontanato dalla collina perché stavano piazzando delle pattuglie intorno. Voglio dire, se anche fossimo riusciti ad aggirare l'ostacolo...»

«C'erano gli elicotteri armati, o se ne è dimenticato?» grugnì Podulski.

«Lascia perdere, Cas» lo avvertì James Greer.

Kelly fissò a lungo l'ammiraglio prima di rispondere a quell'accusa. «Ammiraglio, l'operazione non aveva alcuna possibilità di riuscita. Mi avete affidato l'incarico di tenere sott'occhio l'obiettivo per potercela cavare facilmente, giusto? Con altri equipaggiamenti, forse ce l'avremmo fatta... la squadra di Song Tay ce l'avrebbe fatta. Sarebbe stato difficile, ma avevano una potenza di fuoco sufficiente per riuscirci, lanciandosi direttamente sul bersaglio come hanno fatto» scosse ancora la testa. «Ma non così.»

«Ne è certo?» chiese Maxwell.

«Sissignore. Da metterci la mano sul fuoco.»

«Grazie, Mr. Clark» disse sommessamente il capitano Albie, conscio di quanta verità ci fosse in quelle parole. Kelly se ne stava seduto, ancora in preda alla tensione di quella nottata.

«Okay» esclamò Ritter dopo un istante. «E che ci dice del nostro ospite?»

«Ho fatto una stronzata» ammise Kelly, raccontando di come si fosse trovato faccia a faccia con l'auto. Estrasse il contenuto delle tasche. «Ho ucciso il conducente e il comandante del campo... almeno, credo che fosse lui. Aveva addosso tutta questa roba» disse, porgendo i documenti. «Anche il russo ha addosso molti documenti. Ho pensato che non fosse il caso di lasciarlo lì. Ho pensato... che magari poteva tornarci utile.»

«Questi documenti sono in russo» annunciò Irvin.

«Passamene qualcuno» ordinò Ritter. «Me la cavo piuttosto bene col russo.»

«Ci serve anche qualcuno che sappia il vietnamita.»

«Uno dei miei uomini» rispose Albie. «Irvin, chiama subito il sergente Chalmers.»

«Sissignore.»

Ritter e Greer si misero a un tavolo in un angolo. «Mio Dio» esclamò l'ufficiale superiore, scartabellando tra gli appunti scritti a mano. «Questo tipo ha un sacco di... Rokossovskij? È ad Hanoi? Ecco, c'è un foglio riassuntivo...»

Il sergente Chalmers, un esperto dei servizi d'informazione, diede una scorsa ai documenti del maggiore Vinh. Tutti attesero che fosse portato a termine l'esame dei documenti.

«Dove sono?» chiese Grišanov in russo. Fece per togliersi la benda dagli occhi, ma si accorse di avere le mani immobilizzate.

«Come sta?» gli chiese una voce nella sua stessa lingua.

«L'auto ha sbattuto da qualche parte.» Poi tacque. «Dove sono?»

«A bordo della nave d'attacco anfibio americana *Ogden*, colonnello» gli rispose Ritter in inglese.

Grišanov, immobilizzato dalle cinghie, si irrigidì, affrettandosi a dichiarare in russo di non parlare inglese.

«E allora come mai ha scritto parte dei suoi appunti in inglese?» chiese logicamente Ritter.

«Sono un ufficiale sovietico. Non avete alcun diritto...»

«Abbiamo tanto diritto quanto ne aveva lei di interrogare dei prigionieri di guerra americani e cospirare per assassinarli, compagno colonnello.»

«Cosa intende dire?»

«Il suo amico, il maggiore Vinh, è morto, ma abbiamo i suoi messaggi. Credo che lei avesse finito di lavorarsi i nostri amici, o mi sbaglio? E i vietnamiti stavano cercando il modo migliore per liberarsi di loro. Sta cercando di dirmi che non lo sapeva?»

Ritter udì l'uomo imprecare pesantemente, ma ciò che lo meravigliò fu la sorpresa sincera che trapelava da quella voce. Quell'uomo era troppo malconcio per fingere. Alzò lo sguardo verso Greer.

«Devo finire di leggere. Vuol tenere compagnia al nostro *amico*?»

Per Kelly, l'unica nota positiva della nottata era che il capitano Franks non aveva buttato in mare le razioni alcoliche dei piloti. Dopo aver fatto rapporto ai suoi superiori, Kelly raggiunse la sua cabina e si fece qualche cicchetto piuttosto copioso. La tensione della notte si era ormai allentata, e la spossatezza fisica si impadronì di lui. I tre cicchetti lo stroncarono, e si accasciò sulla cuccetta senza neppure farsi una doccia.

Venne deciso che la *Ogden* procedesse come previsto verso Subic Bay, a una velocità di venti nodi. La grossa unità per operazioni anfibie si adagiò nella quiete. L'equipaggio, galvanizzato in vista di una missione difficile e importante, si lasciò prostrare dal fallimento. Il personale di guardia venne sostituito e tutto riprese come prima, ma l'unico rumore che giungeva dalla mensa era quello dei vassoi metallici e delle posate. Niente scherzi, niente commenti. I membri del personale medico di supporto la presero particolarmente male. Con niente da fare e nessuno da curare, non facevano che vagare per la nave. Prima di mezzogiorno gli elicotteri partirono, i Cobra alla volta di Danang e quelli di soccorso verso la loro portaerei. Gli addetti alle intercettazioni ripresero mansioni di routine, sondando l'etere per captare qualche messaggio, cercando una nuova missione per rimpiazzare la vecchia.

Kelly non si svegliò prima delle sei di pomeriggio. Fece una doccia e scese a cercare i marines; riteneva di dover loro una spiegazione. Qualcuno doveva pur informarli. Li trovò nel loro alloggio; il plastico era ancora al suo posto.

«Ero proprio qui» disse, indicando il punto in cui c'era ancora l'elastico con gli occhietti disegnati.

«Quanti erano i cattivi?»

«Quattro camionate, sono arrivati di là, si sono fermati in questo punto» spiegò Kelly. «Si sono messi a scavare buche per le armi d'appoggio qui e qui. Hanno mandato dei soldati su per la mia collina. Prima di allontanarmi, ho visto un'altra squadra dirigersi da questa parte.»

«Cristo» esclamò uno dei capisquadra «proprio nella nostra direzione d'arrivo.»

«Già» confermò Kelly «in ogni caso, la ragione è questa.»

«Come gli è venuto in mente di chiedere dei rinforzi?» chiese un caporale.

«Non ne ho idea.»

«Grazie, Snake» esclamò il caposquadra alzando lo sguardo dal plastico, che presto sarebbe stato eliminato. «Compito ingrato, eh?»

Kelly annuì. «Mi dispiace, amico. Quant'è vero Dio, mi dispiace.»

«Mr. Clark, tra due mesi deve nascermi un figlio. Non fosse stato per lei, beh...» Il marine tese la mano oltre il plastico.

«Grazie» Kelly gliela strinse.

«Mr. Clark?» disse un marinaio facendo capolino. «Gli ammiragli la stanno cercando. In quadrato ufficiali, signore.»

«Dottor Rosen» disse Sam sollevando il ricevitore.

«Buongiorno, dottore. Sono il sergente Douglas.»

«Cosa posso fare per lei?»

«Stiamo cercando di rintracciare il suo amico Kelly. Non risponde al telefono. Ha idea di dove sia?»

«È un bel po'che non lo vedo» rispose circospetto il chirurgo.

«Sa se qualcuno lo ha visto in giro?»

«Provo a chiedere. Di che si tratta?» aggiunse Sam facendo una domanda volutamente indiscreta, e chiedendosi quale risposta avrebbe ottenuto.

«Ah, beh, è una questione delicata, signore. Spero capirà.»

«Mmh. Va bene, d'accordo, provo a chiedere.»

«Si sente meglio?» esordì Ritter.

«Più o meno» rispose Kelly. «Cos'è questa storia del russo?»

«A quanto pare, Clark, lei ha fatto qualcosa di davvero utile.» Ritter indicò una scrivania con sopra almeno dieci pile di documenti.

«Vogliono uccidere i prigionieri» annunciò Greer.

«Chi? I russi?» chiese Kelly.

«I nordvietnamiti; i russi li vogliono vivi. Il tizio che lei ha prelevato stava cercando di portarseli in patria» spiegò Ritter, sollevando una pila di fogli. «Ecco la bozza della lettera che lo giustifica.»

«È una notizia bella o brutta?»

I rumori che giungevano dall'esterno erano diversi, pensò Zacharias. Inoltre, sembravano moltiplicarsi. Sentiva qualcuno dare bruscamente degli ordini, anche se il loro significato gli rimaneva oscuro. Per la prima volta da mesi, Grišanov non gli aveva fatto visita, neppure per pochi minuti. Zacharias sentiva la solitudine ingigantirsi; l'unica sua compagnia era la consapevolezza di aver tenuto per i russi un corso di laurea in difesa aerea continentale. Ma non aveva voluto farlo. Non si era neppure reso conto di quel che faceva, magra consolazione. Grišanov lo aveva fatto fesso, e lui, Robin Zacharias, colonnello dell'aeronautica americana, aveva vuotato il sacco, imbesuito dalla gentilezza e dal cameratismo di un ateo... e dall'alcol. Stupidità e peccato, banalissima combinazione di debolezze umane, e lui ci era cascato.

Non aveva neanche più lacrime da piangere sulla propria vergogna. Era già oltre tutto ciò, seduto sul pavimento della cella, lo sguardo fisso sul cemento grezzo e lurido tra i suoi piedi nudi. Aveva tradito Dio e il suo Paese, si disse mentre la sua sbobba serale veniva spinta attraverso un'apertura nella porta. Zuppa di zucca, scipita e inconsistente, e riso coi vermi. Non vi si avvicinò neppure.

Grišanov sapeva di essere un uomo morto. Non lo avrebbero restituito; non avrebbero neppure ammesso di averlo mai catturato. Sarebbe scomparso, come era accaduto ad altri russi in Vietnam, qualcuno in una postazione terra-aria, qualcun altro mentre era impegnato a darsi da fare per quei piccoli bastardi ingrati. Perché lo nutrivano così bene? Doveva essere una grossa unità, ma era anche la prima volta che si trovava a bordo di una nave. Persino il cibo decente che gli offrivano era duro da mandare giù, ma egli giurò a se stesso di non rendersi disonorevole soccombendo al mal di mare mescolato alla paura. Era un pilota da caccia, e anche uno in gamba, si era già trovato faccia a faccia con la morte, soprattutto pilotando qualche velivolo in avaria. Ricordava di essersi chiesto, in quelle occasioni, cosa avrebbero detto alla sua Marina. Se lo chiese di nuovo. Le avrebbero mandato una lettera? O cos'altro? I suoi colleghi dell'aeronautica si sarebbero occupati della sua famiglia? La pensione sarebbe stata sufficiente?

«Mi sta prendendo in giro?»

«Mr. Clark, il mondo sa essere un luogo decisamente complicato. Perché credeva che i russi andassero d'accordo con quella gente?»

«Perché gli forniscono armi e addestramento, o mi sbaglio?»

Ritter spense la sua Winston. «Anche noi forniamo cose del genere al mondo intero; non si tratta sempre di gente raccomandabile, ma gli affari sono affari. Lo stesso vale per i russi, forse un po' meno, ma la situazione è molto simile. In ogni caso, questo Grišanov ha fatto sforzi considerevoli per mantenere in vita i nostri.» Ritter prese un altro foglio. «Ecco una richiesta di cibo migliore... e di un *medico*, addirittura.»

«E quindi, cosa ne facciamo di lui?» chiese l'ammiraglio Podulski.

«Questo, signori, è di nostra competenza» rispose Ritter guardando Greer, che annuì.

«Un momento» obiettò Kelly. «Quel tipo estorceva delle informazioni ai nostri.»

«E allora?» ribatté Ritter. «È il suo mestiere.»

«Qui stiamo perdendo d'occhio la vera questione» osservò Maxwell.

James Greer si versò del caffè. «Lo so. Non c'è tempo da perdere.»

«E infine...» Ritter indicò una traduzione del messaggio vietnamita. «Sappiamo che qualcuno ha fatto saltare l'operazione. Lo piglieremo, quel bastardo.»

Kelly era troppo intorpidito dal sonno per seguire il discorso, e ancor più per rendersi conto che il futuro gli avrebbe riserbato un ruolo chiave in quella faccenda.

«Dov'è John?»

Sandy O'Toole alzò lo sguardo dalle sue scartoffie. Mancava poco alla fine del turno, e la domanda del professor Rosen risvegliò in lei un'inquietudine che era riuscita a soffocare a fatica per oltre una settimana.

«All'estero. Perché?»

«Mi ha chiamato la polizia, oggi. Lo stanno cercando.»

Oh, mio Dio. «Come mai?»

«Non me l'hanno detto.» Rosen si guardò attorno. Erano soli nella sala infermieri. «Sandy, lo so che ha fatto qualcosa di... voglio dire, credo di saperlo, ma non ho detto...»

«Sì, l'ha fatto» confermò Sandy, «ma neanch'io ho detto niente. Che cosa dovremmo fare?»

Rosen fece una smorfia e guardò altrove prima di rispondere. «Come onesti cittadini, dovremmo collaborare con la polizia, ma non lo stiamo facendo, giusto? Hai idea di dove possa essere?»

«Me l'ha detto, ma non posso... sta facendo qualcosa per il governo, in...» Non riuscì a terminare la frase, a pronùnciare quella parola. «Mi ha dato un numero di telefono. Ma non l'ho mai chiamato.»

«Fossi in te lo farei» disse Sam, poi uscì.

Non era giusto. Kelly stava facendo qualcosa di pericoloso, di importante — doveva esserlo — e al suo ritorno, lo attendeva la polizia e un'indagine. L'infermiera O'Toole ebbe la sensazione che la smaccata ingiustizia della vita avesse raggiunto un livello intollerabile. Ma si sbagliava.

«Pittsburgh?»

«Così ha detto» confermò Henry.

«Simpatico, a proposito, il fatto che sia proprio lui la tua talpa. Da veri professionisti» disse Piaggi con rispetto.

«Ha detto che dobbiamo risolvere la faccenda subito. Quella tipa non ha ancora vuotato il sacco completamente.»

«Ha visto tutto?» aggiunse Piaggi. «Henry, un conto è tenere qualcuno sotto controllo, un altro farne un testimone.»

«Tony, me ne occupo io, ma questa faccenda va sistemata subito, intesi?» Henry Tucker si sentiva sul rettilineo di arrivo; oltre il traguardo, lo attendevano sicurezza e prosperità. Il fatto che altre cinque persone dovessero morire per permettergli di raggiungerlo era trascurabile, considerate le distanze che aveva già coperto.

«Continua.»

«Il nome di famiglia è Brown. La ragazza si chiama Doris. Il nome di suo padre è Raymond.»

«Ne sei sicuro?»

«Le ragazze chiacchierano fra loro. Ho l'indirizzo e tutto il resto. Tu hai i contatti. Ho bisogno che li sfrutti, e in fretta.»

Piaggi prese nota dell'informazione. «Okay, i nostri emissari di Filadelfia se ne possono occupare. Ma non sarà a buon mercato, Henry.»

«Non mi aspettavo che lo fosse.»

Il ponte di volo appariva vuoto. I quattro elicotteri assegnati alla *Ogden* erano partiti, e il ponte si vide restituire il proprio ruolo di punto d'incontro informale della nave. Le stelle brillavano come prima, ora che si viaggiava nuovamente sotto un cielo limpido, e un quarto di luna calante rischiarava il cielo mattutino. Non c'erano però marinai in giro. Quelli svegli a quell'ora erano in servizio; Kelly e i marines non distinguevano più il giorno dalla notte, e le plumbee pareti d'acciaio delle loro cuccette opprimevano i loro pensieri. La nave lasciava dietro di sé una curiosa scia verde fosforescente per via del fotoplancton sollevato dalle eliche, una sorta di lungo strascico a testimonianza del proprio passaggio. Una manciata di uomini si trovava a poppa, lo sguardo fisso, senza scambiarsi una parola.

«Poteva andare maledettamente peggio, sai.» Kelly si voltò Era Irvin. Non poteva essere che lui.

«Poteva anche andare maledettamente meglio, Guns.»

«Non è un caso che siano sbucati fuori a quel modo, vero?»

«Non credo di poterlo dire. Basta come risposta?»

«Sissignore. E Gesù Cristo ha detto: "Padre, perdonali, perché non sanno quello che fanno."»

«E se lo sapessero, invece?»

Irvin bofonchiò. «Credo lei sappia come la penso. Chiunque fossero, avrebbero potuto farci fuori tutti quanti.»

«Perché vede, Irvin, mi piacerebbe, una volta, *solo una volta*, riuscire a concludere qualcosa nel modo giusto» dichiarò Kelly.

«Già.» Irvin attese un istante prima di proseguire. «Come diavolo gli sarà venuto in mente di fare una cosa simile?»

«Se lo scopro, glielo faccio sapere.»

Un'ombra incombeva poco lontano. Era il *Newport News*, aggraziata silhouette a un paio di miglia di distanza, presenza visibile e spettrale malgrado l'assenza di luci. Anch'esso stava tornando indietro; ultimo grande incrociatore della marina, creatura d'altri tempi, faceva ritorno a casa dopo aver raccolto lo stesso insuccesso di Kelly e Irvin.

«Sette uno tre uno» disse una voce femminile.

«Buongiorno, vorrei parlare con l'ammiraglio James Greer» disse Sandy alla segretaria.

«Non c'è.»

«Non potrebbe dirmi quando torna?»

«Spiacente, non lo so.»

«Ma è importante.»

«Con chi parlo, per cortesia?»

«Dove ho chiamato?»

«Questo è l'ufficio dell'ammiraglio Greer.»

«Sì, ma, voglio dire, è il Pentagono?»

«Non lo sa?»

Sandy non lo sapeva, e quella domanda la condusse in una direzione che non capiva. «La prego, mi aiuti.»

«Chi parla, scusi?»

«Per favore, ho bisogno di sapere dove sto chiamando!»

«Non posso dirglielo» rispose la segretaria, ritenendosi una delle muraglie che proteggevano la sicurezza nazionale degli Stati Uniti.

«Sto parlando con il Pentagono?»

Beh, questo poteva dirglielo. «No.»

E con chi, allora?! si chiese Sandy. Inspirò profondamente. «Un amico mi ha dato questo numero; mi ha detto che è con l'ammiraglio Greer, e che potevo chiamare questo numero per sapere se stava bene.»

«Non capisco.»

«Senta, *lo so* che è andato in Vietnam!»

«Signorina, non posso dirle dove si trova l'ammiraglio Greer.» *Chi ha violato le norme di sicurezza?* Avrebbe dovuto fare rapporto sull'accaduto.

«Non si tratta di lui, ma di John!» *Calmati. Così non sei d'aiuto a nessuno.*

«John chi?» chiese la segretaria.

Respira profondamente. Deglutisci. «Per cortesia, riferisca questo messaggio all'ammiraglio Greer. Mi chiamo Sandy, si tratta di John. Lui capirà. D'accordo? Lui capirà. È una questione della massima importanza.» Le diede poi i numeri di casa e dell'ospedale.

«Grazie. Farò il possibile.» La comunicazione si interruppe.

Sandy avrebbe voluto urlare, e fu sul punto di farlo. E così, anche l'ammiraglio si era volatilizzato. Poco male, sarà stato insieme a John. La segretaria gli avrebbe riferito il messaggio. Doveva farlo. Quel genere di persone, se gli dicevi *della massima importanza*, non si sognavano di dimenticarsene. Tranquillizzati. Tutto sommato, neppure la polizia lo può raggiungere dov'è. Ma per il resto della giornata, e parte di quella successiva, Sandy ebbe la sensazione che le lancette del suo orologio si fossero fermate.

La *Ogden* raggiunse Subic Bay nel primo pomeriggio. L'avvicinamento sembrò durare in eterno nell'afa tropicale. Infine vennero lanciate le cime, e una passerella venne avvicinata alla fiancata della nave. Un civile vi balzò sopra prima che avessero il tempo di assicurarla. Poco dopo, i marines si diressero in fila indiana verso un autobus che li avrebbe portati a Cubi Point. Venne scambiata qualche stretta di mano con alcuni membri dell'equipaggio radunati sul ponte nel tentativo di lasciare almeno un buon ricordo di quella vicenda, ma dire "almeno ci avete provato" non sembrava abbastanza, e "buona fortuna" suonava blasfemo. Un C-141 attendeva per riportarli negli Stati Uniti. Mr. Clark, videro, non era con loro.

«John, a quanto pare c'è un'amica che si preoccupa per lei» disse Greer porgendogli un messaggio. Era il dispaccio più amichevole che il giovane funzionario della CIA aveva portato da Manila. Kelly lo lesse, mentre tre ammiragli scorrevano i messaggi meno amichevoli.

«Mi dà un attimo per chiamarla, signore? È preoccupata per me.»

«Le ha lasciato il numero del mio ufficio?» disse Greer, vagamente seccato.

«Suo marito è morto, era nella 1ª divisione di cavalleria, signore. È in pena per me» spiegò Kelly.

«D'accordo.» Greer accantonò per un attimo i suoi problemi. «Dirò a Barbara di farle sapere che sta bene.»

Il resto dei messaggi erano meno piacevoli. Gli ammiragli Maxwell e Podulski venivano richiamati a Washington al più presto per fare rapporto sul fallimento dell'operazione BOXWOOD GREEN. Ritter e Greer avevano ricevuto ordini simili, ma potevano contare sul loro asso nella manica. Un KC-135 li attendeva alla base aerea di Clark. Un piccolo aereo da collegamento li avrebbe condotti oltre le montagne. L'unica nota positiva riguardava il ciclo del sonno: il viaggio verso la East Coast li avrebbe riportati nella giusta direzione.

Il colonnello Grišanov sbucò alla luce del sole insieme agli ammiragli. Indossava abiti presi in prestito dal comandante Franks, che portava circa la stessa taglia, ed era scortato da Maxwell e Podulski. Kolja non si faceva alcuna illusione circa l'eventualità di una fuga, non da una base navale americana situata nel territorio di un alleato degli Stati Uniti. Ritter gli parlava sottovoce in russo, e i sei si dirigevano verso le automobili in attesa. Dieci minuti dopo salirono a bordo di un bimotore C-12 Beechcraft dell'aeronautica. Mezz'ora dopo, l'aereo atterrava accanto a un imponente Boeing che decollò meno di un'ora dopo la loro partenza dalla *Ogden*. Kelly si scelse un posto comodo, allacciò le cinture di sicurezza e si addormentò prima che l'aereo iniziasse a rullare. Lo scalo successivo sarebbe stato a Hickam nelle Hawaii, gli avevano detto, e non era affatto intenzionato a giungervi sveglio.

31

Il cacciatore è a casa

Il volo per gli altri non fu così riposante. Greer era riuscito a rispondere ad alcuni messaggi prima del decollo, ma lui e Ritter erano quelli che avevano più da fare. Il velivolo che l'aeronautica aveva prestato loro per la missione, senza fare domande, era un aereo speciale per trasporto VIP in dotazione alla base aerea di Andrews, spesso usato per i viaggi del Congresso. Era quindi provvisto di una vasta riserva di liquori, e mentre loro bevevano caffè nero, le tazzine dell'ospite russo, dopo la prima, erano state riempite di caffè corretto con brandy, dapprima a piccole dosi, poi in dosi sempre più massicce, che la miscela decaffeinata non riusciva ad attenuare.

Fu Ritter a condurre gran parte dell'interrogatorio. Per prima cosa dovette spiegare a Grišanov che non era loro intenzione ucciderlo. Sì, erano della CIA. Sì, Ritter era un ufficiale superiore, una spia, se volete, che aveva accumulato una grande esperienza al di là della Cortina di Ferro — mi scusi, che aveva lavorato furtivamente nel pacifico blocco dei Paesi socialisti — ma quello era il suo mestiere, così come Kolja — le dispiace se la chiamo Kolja — faceva il *suo*. Adesso, colonnello, può essere così gentile da dirci come si chiamano i nostri uomini che sono in mano vostra? (L'elenco si trovava già nei voluminosi appunti di Grišanov). Come ha detto, i suoi amici? Sì, le siamo molto riconoscenti di tutti gli sforzi fatti per tenerli in vita. Hanno tutti una famiglia, proprio come lei. Vuole dell'altro caffè, colonnello? È buono, vero? *Certo* che tornerà a casa dai suoi cari. Per chi ci ha preso, per barbari? Grišanov ebbe la buona creanza di non rispondere a tale domanda.

Accidenti, pensò Greer, *Bob ci sa davvero fare*. Non era una questione di coraggio o patriottismo, ma di umanità. Grišanov era un duro, probabilmente un ottimo pilota — davvero un peccato che non potessero coinvolgere Maxwell, e soprattutto Podulski — ma dopotutto si trattava pur sempre di un uomo, e le qualità del suo carattere giocavano a suo sfavore. Lui non voleva che i prigionieri americani morissero. Questo aspetto, più la tensione della cattura, più lo choc nel vedersi trattato con cordialità, più le dosi da cavallo di buon brandy, lo spingevano a parlare. Ritter poi era stato così abile da non porgli alcuna domanda che rivestisse un'importanza capitale per lo Stato sovietico. Accidenti, colonnello, so bene che lei non ha alcuna intenzione di svelarmi dei segreti, quindi perché chiederle di farlo?

«Un suo uomo ha ucciso Vinh, no?» chiese il russo mentre stavano sorvolando il centro del Pacifico.

«Sì. È stato un incidente e...» Il russo con un gesto impedì a Ritter di proseguire.

«Va bene così. Era un piccolo bastardo fascista. Voleva uccidere quegli uomini, assassinarli» aggiunse Kolja con l'aria di chi si è scolato sei brandy.

«Bene, colonnello, spero che troveremo un modo per impedire che ciò succeda.»

«Neurochirurgia Ovest» rispose l'infermiera.

«Sto cercando Sandra O'Toole.»

«Un attimo, per favore. Sandy?» L'infermeria addetta al banco tenne sollevato il ricevitore.

La caposala venne al telefono.

«Pronto, O'Toole.»

«Signora O'Toole, sono Barbara, abbiamo già parlato una volta. Sono dell'ufficio dell'ammiraglio Greer, si ricorda?»

«Sì!»

«L'ammiraglio Greer mi ha incaricato di farle sapere che John sta bene e sta tornando a casa.»

Sandy ebbe un capogiro e si voltò, in modo che nessuno potesse vedere le sue improvvise lacrime di sollievo. Forse era una fortuna e una complicazione, ma pur sempre una fortuna. «Mi può dire quando?»

«Domani, non so altro.»

«La ringrazio.»

«Di nulla.» La comunicazione s'interruppe.

È già qualcosa, forse molto. Si chiese che cosa sarebbe successo al suo arrivo, però era anche vero che John stava tornando a casa sano e salvo. Era più di quanto fosse riuscito a fare Tim.

Il brusco atterraggio a Hickam — il pilota era stanco — svegliò Kelly di soprassalto. Un sergente dell'aeronautica gli diede una scrollata amichevole per sincerarsi che fosse sveglio, mentre l'aereo rullava verso una piazzola decentrata della base per fare rifornimento ed essere sottoposto ai controlli di routine. Kelly se la prese comoda, poi uscì e fece un giro. Faceva caldo, ma non era lo stesso caldo soffocante del Vietnam. Era sul suolo americano, e le cose lì erano diverse...

Certo che lo sono.

Solo una volta, solo una volta si ricordò di aver detto. *Sì, tirerò fuori anche le altre ragazze, così come ho fatto con Doris. Non dovrebbe essere poi così difficile. Il prossimo sarà Burt, parlerò con lui, probabilmente lascerò persino andare quel bastardo quando avrò finito. Non posso salvare tutto il mondo, ma... per Dio, ne voglio almeno salvare una parte!*

Trovò un telefono nella saletta riservata.

«Pronto» rispose una voce fioca, a ottomila chilometri di distanza.

«Ciao Sandy. Sono John!» disse con un sorriso. Gli aviatori non sarebbero tornati subito a casa, lui invece sì, e il suo cuore era pieno di riconoscenza.

«John! Dove sei adesso?»

«Mi credi se ti dico le Hawaii?»

«Stai bene?»

«Sono un po' stanco, ma va tutto bene. Non mi hanno impallinato o cose del genere» raccontò con un sorriso. Gli era bastato udire la voce di Sandy perché la sua giornata diventasse splendida. Un tale stato d'animo però non durò a lungo.

«John, c'è un problema.»

Il sergente alla reception vide che l'uomo cambiava espressione. Poi Kelly si girò, nella cabina del telefono, e la questione si fece meno interessante.

«Ho capito, deve essere Doris» disse Kelly. «Intendo dire, solo tu e i dottori sapete di me e...»

«Non siamo stati noi» lo rassicurò Sandy.

«Okay, per favore chiama Doris e... sii prudente, ma...»

«Devo dirle di stare attenta?»

«Puoi fare una cosa del genere?»

«Certamente.»

Kelly cercò di rilassarsi un po', riuscendovi quasi. «Sarò di ritorno fra nove o dieci ore. Sarai al lavoro?»

«Ho il giorno libero.»

«Va bene, Sandy. Ci vediamo presto. Ciao.»

«John!» gli disse con una certa urgenza.

«Che cosa c'è?»

«Voglio... Volevo dirti» le mancò la voce.

Kelly sorrise di nuovo. «Possiamo parlarne non appena arrivo, tesoro.» Forse non stava solo tornando a casa. Forse stava tornando *da* qualcuno. Kelly fece un breve inventario di tutto quello che aveva fatto. Sulla barca aveva ancora la pistola modificata e le altre armi, a eccezione di quello che aveva indossato durante le varie missioni: scarpe, calze, indumenti, persino la maglieria intima erano finite in qualche discarica. Non aveva lasciato tracce dietro di sé. Forse la polizia stava conducendo alcune indagini su di lui, ma non era un problema. Non era tenuto a parlare con i poliziotti. Quella era una delle cose positive della Costituzione per cui aveva combattuto, no? pensò Kelly mentre tornava verso l'aereo e saliva su per la scaletta.

L'equipaggio che lo aveva portato fino a lì si fece dare il cambio e si sistemò nella zona di riposo, mentre quello di riserva prese posto nella cabina di pilotaggio e avviò i motori. Kelly si sedette con gli ufficiali della CIA. Notò che il sovietico stava russando rumorosamente e beatamente.

«Penso che si sia preso una sbronza colossale» commentò Ritter divertito.

«Cosa gli ha dato?»

«Ho iniziato con del buon brandy e ho finito con della roba californiana. Il giorno dopo aver bevuto brandy sono davvero uno straccio» disse Ritter stancamente mentre l'aereo iniziava a rullare. Adesso che il prigioniero non poteva più rispondere alle domande poteva godersi un cocktail.

«Allora, com'è la storia?» chiese Kelly.

Ritter raccontò quanto sapeva. Il campo era stato allestito perché fungesse da moneta di scambio con i russi, ma i vietnamiti non l'avevano sfruttata al meglio, e stavano pensando di sbarazzersene insieme ai prigionieri.

«A causa dell'incursione?» *Oddio.*

«Esattamente. Però, Clark, si calmi. Abbiamo preso un russo in ostaggio, e anche questa è una moneta di scambio. Mr. Clark» disse Ritter con un sorriso tirato, «mi piace il suo stile.»

«Cosa intende dire?»

«Catturando il russo, lei ha dimostrato un encomiabile spirito d'iniziativa, oltre a grande buon senso nel decidere di mandare a monte la missione.»

«Senta, io non, voglio dire, io non potevo...»

«Lei non ha fatto fallire la missione. Forse qualcun altro al suo posto l'avrebbe fatto. Lei ha preso una decisione rapida, ed era quella giusta. Le interesserebbe servire il suo Paese?» domandò Ritter, sorridendo sotto l'effetto dell'alcol.

Sandy si svegliò alle sei e mezzo, un po' in ritardo rispetto alla tabella di marcia. Prese il quotidiano del mattino, mise su il caffè, decise di mangiare un toast a colazione, e guardò l'orologio sul muro, chiedendosi se fosse un'ora civile per chiamare Pittsburgh.

La notizia che occupava le prime pagine dei giornali era un conflitto a fuoco per storie di droga. C'era stata una sparatoria tra un ufficiale di polizia e un trafficante. Bene, pensò. Il giornale diceva sei chili di eroina "pura", una quantità considerevole. Si chiese se era la stessa banda che... no, il capo del gruppo era di colore, almeno così aveva detto Doris. A ogni buon conto un altro drogato se n'era andato all'altro mondo. Guardò nuovamente l'orologio. Era ancora troppo presto per chiamare. Andò in soggiorno per accendere il televisore. Si preannunciava già una giornata afosa e oziosa. Aveva fatto tardi la sera prima, e si era addormentata a fatica dopo la telefonata in cui John le aveva detto di stare attenta. Cercò di guardare il *Today Show* e non notò che gli occhi le si chiudevano...

Erano le dieci passate quando li riaprì. Arrabbiata con se stessa, cercò di schiarirsi le idee e tornò in cucina. Il numero di Doris era appuntato vicino al telefono. Chiamò, e udì il telefono squillare... quattro... sei... dieci volte, senza risposta. Accidenti! Era fuori a fare la spesa? Era uscita a vedere la dottoressa Bryant? Avrebbe richiamato fra un'ora. Nel frattempo, doveva decidere cosa dirle esattamente. Stava forse per commettere un crimine? Stava ostacolando la giustizia? Fino a che punto era coinvolta in quella vicenda? Quel pensiero la sorprese in modo sgradevole. Lei però era coinvolta. Aveva contribuito a togliere dalla strada una ragazza, e adesso non poteva tirarsi indietro. Forse sarebbe bastato dirle di stare attenta, così da non danneggiare le persone che l'avevano aiutata, e di essere molto, molto prudente.

Il reverendo Meyer arrivò in ritardo. Era stato trattenuto in canonica da una telefonata, e il ministero che svolgeva non gli consentiva di interromperla dicendo che doveva andarsene perché aveva un appuntamento. Mentre parcheggiava notò il furgone di un fioraio che si dirigeva verso la collina. Il furgone svoltò a destra e svanì dalla visuale mentre lui occupava il posteggio lasciato libero a poca distanza dalla casa dei Brown. Era un po' preoccupato mentre chiudeva l'automobile. Doveva convincere Doris a parlare con suo figlio. Peter gli aveva assicurato che sarebbero stati estremamente prudenti. Sì, papà, possiamo proteggerla. Tutto quello che lui doveva fare in quel momento era trasmettere quel messaggio a una giovane donna spaventata, e a un padre il cui amore aveva superato una delle prove più difficili. Aveva affrontato problemi ben più complessi di quello, si disse il sacerdote, come per esempio cercare di bloccare alcuni divorzi. Nemmeno i negoziati tra le nazioni potevano essere ardui quanto il tentativo di salvare un matrimonio in crisi.

In ogni caso la stradina che conduceva al portico davanti aveva un'aria terribilmente ripida, si disse Meyer, attaccandosi alla ringhiera mentre saliva i gradini di cemento, logori e scheggiati. Nel portico c'erano alcuni secchi di vernice. Forse Raymond voleva verniciare la casa, adesso che aveva nuovamente una famiglia. Un buon segno, pensò il pastore Meyer mentre premeva il campanello. Udì il suono: dlin-dlon. La Ford bianca di Raymond era parcheggiata lì di fronte. Sapeva che erano a casa... ma nessuno venne ad aprire. Forse qualcuno era in bagno, e si stava vestendo, come spesso accade con grande imbarazzo di tutti. Attese un altro minuto, e poi suonò nuovamente con aria preoccupata. Si rese conto solo dopo un certo lasso di tempo che la porta era socchiusa. Sei un sacerdote, si disse, non un ladro. Con un po' d'imbarazzo aprì la porta e si sporse in avanti.

«Salve. Raymond?... Doris?» chiamò, abbastanza a voce alta da essere udito da tutti coloro che erano in casa. Il televisore era acceso, e trasmetteva qualche gioco insulso.

«Buon gioooorno!»

Era davvero strano. Entrò, piuttosto imbarazzato, chiedendosi cosa stesse succedendo. Nel portacenere c'era una sigaretta accesa, era rimasto solo il filtro, e la spirale di fumo indicava chiaramente che c'era qualcosa che non andava. Un cittadino comune, dotato del ben dell'intelletto, a quel punto sarebbe tornato indietro, ma il reverendo Meyer non era un uomo comune. Vide una confezione di fiori sul tappetto, l'aprì, conteneva rose a stelo lungo. Le rose non avrebbero dovuto trovarsi sul pavimento. Proprio in quel momento ripensò a quando era stato cappellano militare, un'esperienza spiacevole eppure gratificante, in cui si era preso cura dei bisogni degli uomini che andavano incontro alla morte, e si chiese come mai gli fosse venuta in mente con tanta chiarezza una cosa del genere. Improvvisamente intuì il nesso, e il suo cuore prese a battere all'impazzata. Meyer attraversò il soggiorno, ormai silenzioso, tendendo le orecchie. Anche la cucina era deserta, dell'acqua bolliva in una pentola, sul tavolo erano state preparate tazze e bustine di tè. La porta del seminterrato era anch'essa aperta, la luce era accesa. Non riuscì a fermarsi.

Aprì la porta e iniziò a scendere le scale. Era a metà quando vide le loro gambe.

Padre e figlia erano distesi sul pavimento di cemento a faccia in giù, e il sangue provocato dalla ferite alla testa era confluito in un'unica pozza sulla superficie irregolare. Rimase pietrificato dall'orrore. Spalancò la bocca per riprendere fiato, e guardò i due parrocchiani di cui avrebbe ufficiato il funerale dopo due giorni. Si tenevano per mano, padre e figlia. Erano morti insieme, ma il pensiero consolatorio che quella famiglia così tragicamente colpita dal destino si fosse ricongiunta a Dio non gli impedì di inveire contro coloro che erano stati in quella casa dieci minuti prima. Dopo qualche secondo si riprese. Scese le scale e si inginocchiò, fino a toccare le mani intrecciate, e pregò Dio perché avesse misericordia delle loro anime. Di quello non dubitava. Forse Doris aveva perso la vita ma non la propria anima, avrebbe detto Meyer di fronte alle salme, e il padre aveva riconquistato l'amore della figlia. Meyer si ripromise di far sapere ai suoi parrocchiani che entrambe le vittime erano entrate a far parte della salvezza eterna. Poi chiamò suo figlio.

Il furgone rubato venne abbandonato nel parcheggio di un supermercato. Ne scesero due uomini, entrarono nel centro acquisti, per prudenza, per poi uscire dalla porta sul retro, dov'era parcheggiata la loro automobile. Con questa si diressero a sud-est, e imboccarono la Pennsylvania Turnpike, che in tre ore li avrebbe riportati a Filadelfia. Forse avrebbero impiegato anche di più, pensò il guidatore. Non volevano essere fermati da un poliziotto. Adesso tutti e due avevano diecimila dollari in più sul conto in banca. Non sapevano che storia ci fosse dietro. Non erano affari loro.

«Pronto?»

«Signor Brown?»

«No. Chi parla?»

«Sono Sandy. Mi può passare il signor Brown?»

«Com'è che conosce i Brown?»

«Con chi sto parlando?» chiese Sandy, guardando fuori dalla finestra della cucina, allarmata.

«Sono il sergente Peter Meyer, del dipartimento di polizia di Pittsburgh. Lei chi è, invece?»

«Sono quella che ha riportato a casa Doris... cos'è successo?»

«Lei come si chiama?»

«Stanno bene?»

«Sembra che siano stati assassinati» rispose Meyer con una certa impazienza. «Adesso, per favore, mi dica come si chiama e...»

Sandy riattaccò, interrompendo la comunicazione prima di poter udire altro. Diversamente si sarebbe sentita obbligata a rispondere alle domande. Le tremavano le gambe, ma vicino a lei c'era una sedia. Aveva gli occhi sbarrati. Non è possibile, si disse. Com'è possibile che qualcuno sapesse dov'era?» Di certo lei non si era messa in contatto con coloro che... no, era da escludere, pensò l'infermiera.

«Perché?» disse formulando la domanda ad alta voce. «Perché, perché, perché?» *Non poteva fare del male a nessuno... beh, in realtà avrebbe potuto... ma com'è che erano riusciti a trovarla?*

Deve esserci un infiltrato nella polizia. Si ricordò quanto le aveva detto John. Sembrava proprio che avesse ragione.

Questo, però, era un problema secondario.

«Maledizione, eravamo riusciti a salvarla!» esclamò Sandy in cucina. Ricordava con grande precisione ogni minuto della prima settimana trascorsa quasi senza dormire, e poi i progressi, il sollievo, l'enorme, disinteressata soddisfazione professionale di fronte a un lavoro ben fatto, la gioia nel vedere lo sguardo del padre di Doris. Adesso la ragazza era morta. Lei aveva solo sprecato del tempo.

No.

Non era stata una perdita di tempo. Era suo compito curare bene gli ammalati. Lei non aveva fatto altro. La paziente aveva fatto la sua parte, e Sandy aveva fatto la sua, guarendo e ridando dignità a una giovane donna così crudelmente maltrattata. Ne era orgogliosa. Non era stato tempo perso. Era stato tempo rubato. Tempo rubato, due vite rubate. Si mise a piangere e dovette andare nel bagno a piano terra per prendere una salvietta con cui asciugarsi gli occhi. Poi si guardò allo specchio, e vide degli occhi che non aveva mai osservato prima. E vedendoli capì fino in fondo.

La malattia era un drago che lei combatteva per quaranta ore o più alla settimana. Sandra O'Toole era un'infermiera e un'insegnante esperta che lavorava bene con i chirurghi del suo reparto, e che combatteva i draghi alla sua maniera, con professionalità, gentilezza e intelligenza, riportando più vittorie che sconfitte. E ogni anno le cose miglioravano: uccidevano un drago, oppure lo allontanavano sempre di più, così da riuscire a salvare un maggior numero di pazienti. La scienza non progrediva mai abbastanza rapidamente, però i progressi erano tangibili e misurabili, e forse lei sarebbe vissuta abbastanza a lungo da vedere l'ultimo drago del suo reparto morire una volta per tutte. Era una preghiera e una speranza che condivideva con il professor Rosen.

C'erano però diversi tipi di draghi, no? Alcuni di loro non potevano essere uccisi con la gentilezza, le medicine e un'amorevole assistenza infermieristica. Lei aveva sconfitto un drago, il suo drago, ma alla fine un altro di loro aveva ucciso Doris. Per *quel* drago ci voleva una spada, una spada nelle mani di un guerriero. La morte era un'arma, no? Un'arma necessaria, se si voleva annientare quel particolare tipo di drago. Forse era un'arma che lei non sarebbe mai riuscita a usare, ma pur sempre indispensabile. Qualcuno doveva brandire quella spada. John non era affatto cattivo, era solo realista. Lei combatteva i propri draghi, lui i suoi. Nello stesso modo, con lo stesso impegno. *Erano impegnati nella stessa battaglia*. Lei aveva fatto male a giudicarlo. Adesso che scorgeva nei suoi occhi la stessa emozione che aveva visto mesi prima in quelli di lui, capì, e l'ira sfumò, seppur non completamente, per lasciar posto alla determinazione.

«Bene, abbiamo avuto tutti una bella fortuna» esclamò Hicks, passando una birra.

«Come mai, Wally?» chiese Peter Henderson.

«La missione è stata un fiasco totale. È fallita appena in tempo. Grazie a Dio non ci sono stati feriti. Gli uomini stanno rimpatriando proprio in questo momento.»

«È una buona notizia, Wally!» esclamò Henderson, ed era sincero. Non voleva che ci fossero dei morti. Voleva solo che finisse quella maledetta guerra, proprio come Wally. Gli dispiaceva per gli uomini rinchiusi in quel campo, ma c'erano delle cose che non si potevano evitare. «Cos'è successo di preciso?»

«Nessuno lo sa. Vuoi che lo scopra?»

Peter annuì. «Con molta prudenza. Quando la CIA manda tutto a puttane in quel modo andrebbe avvertito il comitato dei servizi segreti. Posso passar loro le informazioni, ma tu devi agire con prudenza.»

«Non ti preoccupare. Sto iniziando a capire come prendere Roger.» Hicks accese il primo spinello della sera, irritando ancora una volta il suo ospite.

«In questo modo potresti perdere l'immunità, te ne rendi conto?»

«Beh, in quel caso mi troverò costretto a lavorare con papà e a guadagnare qualche milione di dollari a Wall Street, che ne dici?»

«Wally, vuoi cambiare il sistema, oppure vuoi mollare tutto e lasciare che gli altri lo mantengano così com'è?»
Hicks annuì. «Mah, penso di voler cambiare il sistema.»

I venti a favore avevano consentito al Boeing di volare dalle Hawaii senza dover far rifornimento, e questa volta l'atterraggio fu meno brusco. Cosa eccezionale, Kelly aveva ripreso a dormire normalmente. Erano le cinque del pomeriggio, e fra sei o sette ore sarebbe stato pronto a dormire per un altro po'.

«Posso prendermi un giorno o due di vacanza?»

«Vogliamo che lei ritorni a Quantico per fornire un resoconto dettagliato» gli disse Ritter, indolenzito per il lungo viaggio.

«Allora non sono né detenuto né cose del genere. Mi servirebbe un passaggio fino a Baltimora.»

«Vedrò cosa posso fare» disse Greer mentre il velivolo si fermava.

Due agenti della Cia salirono subito a bordo. Ritter svegliò il russo.

«Benvenuto a Washington.»

«Mi portate all'ambasciata?» chiese Grišanov, speranzoso. Ritter fu lì lì per mettersi a ridere.

«Non immediatamente. Però le troveremo un posto tranquillo e carino.»

Grišanov era troppo spossato per obiettare, si massaggiava la testa e aveva bisogno di qualcosa contro il dolore. Seguì gli ufficiali del controspionaggio fin davanti all'automobile che li attendeva, e che partì alla volta di un rifugio segreto vicino a Winchester, in Virginia.

«Grazie per averci provato, John» gli disse l'ammiraglio Maxwell, stringendo la mano al giovane.

«Mi dispiace per quello che le ho detto prima» disse Cas, facendo lo stesso. «Aveva ragione.» C'era una vettura che stava aspettando anche loro. Kelly li guardò salire.

«E adesso che cosa accadrà loro?» chiese a Greer.

James alzò le spalle, accompagnando Kelly giù per la scaletta. Il rumore di un altro aereo quasi copriva la sua voce. «Dutch era candidato a diventare ammiraglio di una flotta o comandante delle operazioni navali. Non credo che abbia ancora qualche possibilità. L'operazione... era una sua creatura e non è nata. Ciò segnerà la sua fine.»

«Non è giusto» esclamò Kelly ad alta voce. Greer si voltò.

«No, non lo è, ma è così che vanno le cose.» Anche Greer aveva un'automobile che lo aspettava. Disse all'autista di dirigersi verso il comando, dove procurò a Kelly un'auto che lo portasse a Baltimora. «Si riposi un po', e mi chiami quando sarà pronto. Bob non scherzava. Ci pensi.»

«Sissignore» rispose Kelly, e s'incamminò verso la berlina azzurra dell'aeronautica.

La vita era davvero incredibile, pensò Kelly. Nel giro di cinque minuti il sergente imboccò l'autostrada. Nemmeno ventiquattr'ore prima lui era stato a bordo di una nave diretta a Subic Bay. Altre trentasei ore prima aveva calpestato il suolo di un Paese nemico, e adesso era seduto nel sedile posteriore di una Chevrolet del governo, e gli unici pericoli a cui era esposto provenivano dagli altri guidatori. Almeno per un po'. Tutto gli era familiare durante quell'ultima mezz'ora di grande traffico, anche i cartelli autostradali in quella piacevole tonalità di verde che indicavano l'uscita. Tutto proclamava la normalità della vita, mentre tre giorni prima tutto gli era stato estraneo e ostile. E la cosa più sorprendente era che lui si era abituato. Com'era possibile? si chiese Kelly, scuotendo la testa.

L'autista non disse una parola, chiese solo in che direzione dovevano andare, anche se probabilmente si era chiesto chi fosse quell'uomo che era arrivato su un volo speciale. Forse svolgeva tanti di quei lavori, si disse scherzando Kelly mentre l'auto accostava in Loch Raven Boulevard, che aveva smesso di domandarsi le cose che non gli erano mai state dette.

«Grazie per il passaggio» gli disse Kelly.

«Piacere mio, signore.» L'automobile ripartì e Kelly salì nel suo appartamento, divertito all'idea di aver portato avanti e indietro nel Vietnam le chiavi di casa. Le chiavi sapevano quanta strada avevano fatto? Cinque minuti più tardi era sotto la doccia, la quintessenza della vita americana, ciò che segnava il passaggio da una realtà all'altra. Altri cinque minuti e indossava un paio di pantaloni e una camicia a maniche corte; uscì quindi per andare a prendere la sua Scout, parcheggiata a un isolato di distanza. Dieci minuti dopo parcheggiò di fronte al bungalow di Sandy. Il percorso della Scout alla casa di lei segnava un altro passaggio. Era tornato a casa per qualcosa, si disse Kelly. Per la prima volta. Forse Sandy non avrebbe più avuto così paura di lui, si disse mentre suonava il campanello.

«John!» Non si era aspettato di essere abbracciato, e tanto meno di vedere le lacrime negli occhi di Sandy.

«Va tutto bene, Sandy. Sto bene. Non mi hanno sparato, non mi sono fatto male, niente del genere.» Dapprima non comprese come mai lei lo stringesse con tale disperazione, tanto era piacevole una simile sensazione. Poi però lei prese a singhiozzare contro il suo petto, e capì che non era stato lui a scatenare una simile reazione. «Cos'è successo?»

«Hanno ucciso Doris.»

Il tempo si fermò un'altra volta. Parve che si frantumasse in mille pezzi. Kelly chiuse gli occhi, dapprima per il dolore, e poi si rivide sulla collina dove teneva sotto osservazione SENDER GREEN, e guardava le truppe dell'esercito nordvietnamita che stavano arrivando; era nel suo letto d'ospedale che guardava una fotografia, era fuori da qualche villaggio senza nome ad ascoltare le urla dei bambini. Era tornato a casa, okay, ma aveva trovato la stessa realtà che aveva lasciato. No, si disse, non l'aveva mai lasciata, quella realtà lo aveva seguito ovunque fosse andato. Non se n'era mai allontanato perché non se n'era mai fatto una ragione, in nessun momento. *In nessun momento.*

Eppure c'era un nuovo elemento, che si era impossessato di lui e gli causava lo stesso dolore lancinante che gli squassava il petto.

«Cos'è successo, Sandy?»

«L'avevamo curata bene, John. L'avevamo *rimessa in sesto!* L'avevamo portata a casa. Poi oggi le ho telefonato, così come mi avevi detto tu, e mi ha risposto un poliziotto. Lei e suo padre sono stati uccisi.»

«Ho capito.» La sospinse verso il divano, la fece accomodare e le si sedette di fianco. Voleva innanzitutto che Sandra si calmasse, non voleva mettersi troppo vicino a lei, ma non funzionò. Lei gli si strinse addosso, dando sfogo ai sentimenti che aveva soffocato dentro di sé insieme alla preoccupazione per la sua incolumità, e lui rimase con il capo di Sandy contro la sua spalla per molti minuti. «Sam e Sarah?»

«Non gliel'ho ancora detto.» Si voltò verso di lui, con lo sguardo perso nel vuoto. Poi emerse l'infermiera che era in lei, così com'era giusto che fosse. «Come stai?»

«Un po' stravolto per via del viaggio» rispose Kelly tanto per dire qualcosa. Poi dovette confessare la verità. «È stato un fiasco. La missione è andata a monte. Sono rimasti lì.»

«Non capisco.»

«Volevamo portar via dal Vietnam del Nord alcune persone, dei prigionieri, ma qualcosa non ha funzionato. È stato un altro fallimento» aggiunse piano.

«È stato rischioso?»

Kelly emise un grugnito. «Sì, Sandy, proprio così, ma ne sono venuto fuori sano e salvo.»

Sandy cambiò argomento. «Doris ha detto che c'erano altre ragazze in mano loro.»

«Sì. Billy ha detto lo stesso. Cercherò di liberarle.» Kelly notò che Sandy non reagì in alcun modo nell'udire il nome di Billy.

«Non servirà... tirarle fuori di là, non servirà a niente, a meno che...»

«Lo so.» Quell'idea non gli dava tregua. C'era solo un modo per farla finita. Fuggire non sarebbe valso a nulla. Doveva girarsi e affrontarla.

«Allora, Henry, quel lavoretto è stato sbrigato questa mattina» gli disse Piaggi. «In modo pulito.»

«Non hanno lasciato...»

«Henry, sono due professionisti, mi hai capito? Hanno eseguito il loro lavoro e adesso se ne sono tornati a casa, a trecento chilometri di distanza. Non hanno lasciato là nulla, a eccezione di due cadaveri» spiegò Tony, rassicurando il socio in affari. La relazione fatta al telefono non lasciava margine di dubbio. Era stato un lavoretto facile facile, perché nessuna delle due vittime aveva avuto minimo sentore di ciò che stava per accadere.

«Allora è tutto a posto» concluse Tucker con soddisfazione. Mise una mano in tasca e ne tolse una busta gonfia. La consegnò a Piaggi, che da bravo socio aveva anticipato i soldi.

«Adesso che Eddie è stato tolto di mezzo, e che la falla è stata tamponata, le cose dovrebbero tornare alla normalità.» *Sono i ventimila dollari meglio spesi in vita mia, pensò Henry.*

«E le altre ragazze, Henry?» domandò Piaggi. «Adesso hai davvero un giro importante. Può essere pericoloso avere persone come loro all'interno dell'organizzazione. Penserai tu a sistemare le cose, vero?» Mise la busta in tasca e si alzò da tavola.

«Calibro ventidue, colpiti entrambi alla nuca» disse il detective di Pittsburgh per telefono. «Abbiamo cercato per tutta la casa le impronte digitali, ma non abbiamo trovato nulla. La scatola dei fiori... nulla. Il furgone... nulla. Il furgone è stato rubato la scorsa notte o questa mattina, non è rilevante. Il fiorista ne ha otto. Abbiamo ritrovato il furgone prima che venisse inviato il messaggio radio a tutte le pattuglie. Penso comunque che siano stati dei professionisti. Un lavoro troppo ben fatto, troppo pulito per essere opera dei talenti locali. Probabilmente sono già fuori città. Due persone hanno visto il furgone. Una donna ha notato due tizi che andavano a bussare alla porta. Ha pensato che stessero consegnando un mazzo di fiori. Inoltre, si trovava dall'altra parte della strada, a quasi un isolato di distanza. Nessuna descrizione, nulla. Non si ricorda nemmeno se fossero bianchi o di colore.»

Dall'altro capo del filo c'erano Ryan e Douglas, che si scambiarono una breve occhiata. Avevano capito tutto dal tono di voce dell'uomo. Era il genere di caso che i poliziotti odiano e temono. Il movente non è così evidente, non ci sono né testimoni né prove su cui lavorare. Non si sa da che parte iniziare, e nemmeno dove andare a parare. La procedura standard era tanto prevedibile quanto inutile. Avrebbero sottoposto a lunghi interrogatori i vicini per ottenere alcune informazioni, ma era un quartiere proletario, e quand'era successo l'omicidio erano poche le persone che non si trovavano al lavoro. Normalmente la gente nota ciò che è insolito, e il furgone di un fiorista non era abbastanza insolito da attirare quell'attenzione che poi consente di fornire una descrizione fisica. Non era poi così difficile compiere un delitto perfetto, la confraternita dei detective lo sapeva bene, mentre una montagna di libri sull'argomento era di diverso avviso, e li voleva esseri sovrumani che loro non avevano mai preteso di essere, nemmeno quand'erano tra di loro, al bar della polizia. Forse un giorno il caso sarebbe stato risolto. Forse uno dei killer sarebbe stato catturato con qualche altro capo d'imputazione, avrebbe confessato il delitto per ottenere un trattamento di favore in un'altra faccenda. C'era anche la probabilità, seppur più remota, che qualcuno parlasse, vantandosi di fronte a un informatore, che poi ne avrebbe parlato con qualcun altro, ma in entrambi i casi sarebbe passato molto tempo, e la pista, già labile, lo sarebbe diventata ancora di più. Era la parte più frustrante del lavoro di un poliziotto. Persone innocenti erano morte, e non c'era nessuno che potesse parlare per loro, che potesse vendicare la loro morte; si sarebbero presentati nuovi casi, e i poliziotti avrebbero accantonato quel caso per occuparsi di quelli nuovi. Di tanto in tanto qualcuno avrebbe riaperto l'incartamento e avrebbe riesaminato il caso, poi l'avrebbe rimesso tra gli IRRISOLTI, dove sarebbe diventato più voluminoso solo grazie ai moduli in cui si diceva che non c'era nulla di nuovo.

Per Ryan e Douglas era ancora peggio. Eppure ancora una volta era balenato un possibile collegamento che avrebbe potuto far riaprire due dei casi IRRISOLTI. Tutti si sarebbero occupati di Raymond e Doris Brown. Avevano amici e vicini di casa, e a quanto pare un buon sacerdote. Queste persone avrebbero sentito la loro mancanza e avrebbero pensato che *era davvero un peccato*... I dossier sulla scrivania di Ryan riguardavano invece quelle persone di cui non si occupava nessuno se non i poliziotti, e questo rendeva le cose più difficili, perché qualcuno avrebbe dovuto piangere per la loro morte, non solo i poliziotti che erano pagati per farlo. A peggiorare le cose, c'era poi il fatto che questo omicidio era stato eseguito con una tattica diversa, in una serie di omicidi in qualche modo collegati tra loro, ma senza una logica apparente. In questo caso non si trattava del loro Uomo Invisibile. Sì, l'arma era una calibro .22, ma lui aveva avuto due possibilità di uccidere degli innocenti. Aveva risparmiato Virginia Charles, e si era esposto a grandissimi pericoli per risparmiare la vita a Doris Brown. Probabilmente l'aveva strappata alle grinfie di Farmer e Grayson, e forse di qualcun altro...

«Detective» chiese Ryan, «quali erano le condizioni del corpo di Doris?»

«Cosa vuol dire?»

La domanda che stava ponendo sembrò assurda anche a lui, ma l'uomo dall'altro capo del filo avrebbe capito. «Quali erano le sue condizioni fisiche?»

«L'autopsia verrà eseguita domani, tenente. La ragazza era vestita bene, in ordine, aveva i capelli a posto e un aspetto decoroso.» *Tranne per i due fori di proiettile nella nuca*, ma l'uomo non dovette aggiungerlo.

Douglas intuì a cosa stava pensando il tenente e annuì. *Qualcuno si è premurato di curarla.* Era pur sempre un punto di partenza.

«Le sarei grato se potesse inviarmi tutto ciò che ritiene possa essermi utile. Io farò lo stesso» assicurò Ryan.

«Qualcuno si è scomodato per fare una cosa del genere. Non sono molti i casi come questi. Non mi piace» aggiunse il detective. Era una conclusione puerile che Ryan comprendeva bene. Cos'altro si poteva dire, altrimenti?

La definivano una casa-fortezza, ed era veramente inattaccabile. Situata in un terreno di un centinaio di acri sulle colline della Virgina, la tenuta comprendeva anche una casa signorile e una scuderia con dodici box occupati da cavalli utilizzati per andare a caccia e per le gare di corsa a ostacoli. Sul contratto della casa appariva un nome, autentico, ma il proprietario possedeva un'altra casa lì vicino e affittava quella tenuta alla CIA, in realtà a una società ombra che esisteva solo sulla carta e per la casella delle lettere. Ai tempi aveva lavorato per l'OSS, e inoltre l'affitto che gli davano era interessante. Vista dall'esterno la casa non aveva nulla di insolito, ma dopo una verifica più attenta si poteva notare che le porte e le intelaiature erano di acciaio, le finestre stranamente spesse, robuste ed ermeticamente chiuse. Per quanto riguarda la difesa dagli attacchi esterni e dai tentativi di fuga dall'interno non aveva nulla da invidiare a un carcere di massima sicurezza, era solo più piacevole alla vista.

Grišanov trovò dei vestiti e un set funzionante per radersi, con cui però non poteva ferirsi. Lo specchio del bagno era in acciaio, e il bicchierino di carta. La coppia che gestiva la casa parlava un russo discreto ed era gentile nel limite del possibile; era già stata informata sulla natura del loro nuovo ospite. I due erano maggiormente abituati ad aver a che fare con disertori, sebbene tutti i visitatori fossero "protetti" dentro l'abitazione da un gruppo di quattro guardie, che venivano quando loro avevano "compagnia", e da altre due che abitavano in pianta stabile nella casa del guardiano vicino alle scuderie.

Anche questo ospite aveva problemi ad adattarsi all'ora locale, e il suo disorientamento e il disagio lo spingevano a essere loquace. Con una certa sorpresa, la coppia aveva invece ricevuto ordini di limitarsi a parlare di cose futili. La padrona di casa preparò la colazione, il pasto di gran lunga migliore per chi soffre dei postumi del fuso orario, mentre suo marito si lanciò in una discussione su Puškin, entusiasta nel vedere che Grišanov, al pari di molti suoi connazionali, era un appassionato di poesia. La guardia si appoggiò allo stipite, così da tenere d'occhio la situazione.

«Le cose che devo fare, Sandy...»

«John, ti capisco» rispose in modo pacato. Entrambi si stupirono nell'udire quanto la sua voce fosse forte e decisa. «Prima non lo capivo, adesso invece sì.»

«Quando mi trovavo là... — sono passati solo tre giorni? — ho pensato a te. Mi sento in dovere di ringraziarti» le disse.

«Per che cosa?»

Kelly fissò il tavolo della cucina. «Non è facile da spiegare. Le cose che faccio sono spaventose. È di grande aiuto avere qualcuno a cui pensare. Scusami, non intendevo dire che...» Kelly s'interruppe. In realtà era quello che pensava. La mente a volte divaga quando si è da soli, e la sua aveva divagato.

Sandy gli prese la mano e gli sorrise in modo amichevole e gentile. «Un tempo mi facevi paura.»

«Perché?» lui le chiese con grande stupore.

«Per via delle cose... delle cose che fai.»

«Io non ti farei mai del male» esclamò senza sollevare lo sguardo, eppure profondamente rattristato all'idea che lei avesse avuto paura di lui.

«Adesso lo so.»

Malgrado queste parole, Kelly sentì il bisogno di spiegarsi. Voleva che Sandy capisse, non rendendosi conto che lei già lo faceva. Come dirglielo? Sì, lui uccideva le persone ma solo per un motivo. Com'era successo che lui fosse diventato ciò che era? In parte grazie all'addestramento, ai mesi rigorosi passati a Coronado, al tempo e agli sforzi fatti perché nella sua mente rimanessero impressi alcuni automatismi e, ancora più micidiale, per imparare a essere paziente. Inoltre, aveva iniziato a vedere le cose da una prospettiva diversa, e poi a vederle per com'erano, e a capire come mai a volte fosse necessario uccidere. Alle motivazioni aveva unito un codice, in realtà una variazione di ciò che aveva imparato da suo padre. Le sue azioni dovevano avere un fine, di solito determinato da altri, ma la sua mente era abbastanza agile da prendere decisioni autonome, da inserire il codice in un contesto diverso, da applicarlo con attenzione. Qualcuno doveva provarci, e molto spesso era lui la persona più adatta a...

«Tu vuoi troppo bene alle persone, John» disse Sandy. «Sei come me.»

A quelle parole lui risollevò il capo.

«Sul piano dove lavoro i pazienti muoiono, muoiono in continuazione... e *non lo sopporto!* Non sopporto di vedere una vita che si spegne. *Non sopporto* di vedere familiari che piangono e sapere che noi non abbiamo potuto far nulla per impedire che accadesse. Noi tutti facciamo del nostro meglio. Il professor Rosen è un chirurgo eccezionale, ma non sempre vince, e io non sopporto l'idea di perdere. E con Doris noi avevamo vinto, John, e qualcuno ce l'ha comuque portata via. Non si è trattato di una malattia o di un maledetto incidente stradale. Qualcuno l'ha fatto intenzionalmente. Doris era mia, e qualcuno ha ucciso lei e suo padre. Quindi io ti capisco, vedi? Ti capisco davvero.»

Cristo, è vero... ha capito più cose di me.

«Tutti voi che avete avuto a che fare con Pam e Doris adesso siete in pericolo.»

Sandy annuì. «Probabilmente hai ragione. Lei ci ha parlato di Henry. So che razza di persona sia. Ti riferirò tutto quello che ci ha detto.»

«Tu sai che uso farò di quelle informazioni, vero?»

«Sì, John. Ti prego, sii prudente.» Fece una pausa e gli spiegò perché doveva esserlo. «Voglio che tu torni.»

32

La preda è a casa

L'unica informazione utile racimolata nel caso di Pittsburgh era un nome. *Sandy.* Sandy aveva riportato Doris Brown a casa da suo padre. Una sola parola, nemmeno un nome vero e proprio, ma di solito bastavano ancor meno indizi per risolvere un caso. Era come tirare un filo. A volte tutto quello che rimaneva in mano era solo un pezzetto di filo rotto, a volte invece si srotolava all'infinito e tra le mani rimaneva una matassa ingarbugliata. Una persona di nome Sandy, con una voce femminile, giovane. Aveva riappeso senza dire nulla, anche se era piuttosto improbabile che fosse implicata negli omicidi. L'assassino può anche tornare sul luogo del delitto, è già successo, ma non per via telefonica.

Come si inseriva questo tassello? Ryan si appoggiò contro lo schienale, e fissò il soffitto mentre la sua mente passava al vaglio tutte le informazioni di cui disponeva.

La supposizione più probabile era che Doris Brown, la defunta, avesse avuto direttamente a che fare con la stessa banda criminale che aveva ucciso Pamela Madden e Helen Waters, e che annoverava fra i suoi membri attivi Richard Farmer e William Grayson. John Terrence Kelly, ex sottufficiale guastatore-sommozzatore e forse ex SEAL della marina, aveva per caso incontrato e poi salvato Pamela Madden. Alcune settimane più tardi aveva chiamato Frank Allen senza però dirgli molto. Qualcosa era andato storto, in poche parole era stato un idiota, e Pamela Madden era morta per questo. Le fotografie del cadavere erano qualcosa che Ryan non sarebbe mai riuscito a togliersi completamente dalla mente. Kelly era stato gravemente ferito. Un ex commando a cui era stata brutalmente ammazzata la fidanzata, si disse Ryan. Cinque spacciatori fatti fuori come se nelle strade di Baltimora fosse improvvisamente comparso James Bond. Un omicidio anomalo in cui l'assassino era intervenuto durante una rapina per ragioni sconosciute. Richard Farmer... "Rick"? eliminato con un coltello, la seconda possibile manifestazione di collera (la prima non contava, si disse Ryan). William Grayson, probabilmente rapito e ucciso. Doris Brown, probabilmente salvata nello stesso momento, curata per alcune settimane e poi riportata a casa. Questo voleva dire che era stata prestata dell'assistenza medica, no? Probabile. Possibile, si corresse. L'Uomo Invisibile... poteva aver fatto una cosa del genere? Doris era la ragazza che aveva spazzolato i capelli a Pamela Madden. C'era un collegamento.

Kelly aveva salvato la Madden, ma qualcuno l'aveva aiutato a rimetterla in sesto. Il professor Sam Rosen e sua moglie, anche lei medico. Poi Kelly trova Doris Brown, e a chi poteva portarla? *Quello* era il punto di partenza! Ryan sollevò il ricevitore.

«Pronto.»

«Dottore, sono il tenente Ryan.»

«Non sapevo di averle dato il mio numero diretto» disse Farber. «Cosa c'è?»

«Conosce Sam Rosen?»

«Il professor Rosen? Certamente. È primario di un reparto, ed è un bravissimo chirurgo, uno dei migliori. Non lo vedo spesso, ma se avesse mai bisogno di farsi mettere a posto il cervello, si rivolga a lui.»

«E sua moglie?» Ryan udì che l'uomo aspirava la pipa.

«Conosco bene anche lei. Sarah. È una farmacologa, assistente ricercatore, collabora anche con il nostro reparto per i tossicodipendenti. Anch'io ho aiutato quel gruppo, e noi...»

«Grazie.» Ryan lo interruppe. «Un altro nome. Sandy.»

«Sandy cosa?»

«È tutto ciò che ho» ammise il tenente Ryan. Vide nella sua mente Farber che si allontanava dalla scrivania, seduto nella sedia dall'alto schienale, con lo sguardo contemplativo.

«Mi dia il tempo per vedere se ho capito bene. Mi sta chiedendo di controllare due colleghi per via di un'indagine che sta conducendo?»

Ryan valutò se era il caso di mentire oppure no. Quell'uomo era uno psichiatra. Il suo lavoro era quello di studiare la mente umana. Ed era piuttosto abile.

«Sì, dottore» ammise il detective dopo una pausa abbastanza lunga perché lo psichiatra potesse valutarne la causa.

«Lei dovrà spiegarsi» annunciò Farber in tono pacato. «Sam e io non siamo amici per la pelle, ma lui non potrebbe *mai* far del male a un essere umano. Sarah, poi, è un vero e proprio angelo con quei ragazzi così nei guai che sono ricoverati in ospedale. Per occuparsi di loro trascura un importante lavoro di ricerca che potrebbe renderla famosa.» In quel momento Farber si rese conto che Sarah era stata assente per lungo tempo durante le ultime due settimane.

«Dottore, io sto solo cercando di raccogliere alcune informazioni, okay? Non ho alcun motivo per ritenere che uno di loro sia stato coinvolto in qualche azione illegale.» Le sue parole erano troppo formali, e lui lo sapeva. Forse doveva provare con un'altra linea di condotta. Avrebbe anche potuto cogliere nel segno. «Se le mie ipotesi sono valide, potrebbero correre dei pericoli di cui non si rendono conto.»

«Mi dia alcuni minuti.» Farber interruppe la comunicazione.

«Non male» pensò Douglas.

Era un tentativo, pensò Ryan, ma almeno ci aveva provato. I cinque minuti prima che squillasse nuovamente il telefono gli parvero eterni.

«Ryan.»

«Farber. Non ci sono medici in neurologia con quel nome. Però c'è un'infermiera, Sandra O'Toole. È caposala. Non la conosco di persona. Sam ha grande stima di lei, per lo meno è quanto mi ha detto la sua segretaria. Recentemente ha svolto un incarico speciale per lui. Sam ha dovuto manomettere la busta paga.» Farber aveva già fatto le sue deduzioni. Durante quello stesso periodo Sarah era stata assente dalla clinica. Avrebbe lasciato che la polizia facesse le proprie. Lui si era già spinto fin troppo oltre... troppo. Si trattava di suoi colleghi, dopotutto, e quello non era un gioco.

«Quando è stato?» chiese Ryan con aria distratta.

«Due o tre settimane fa, è stata impegnata per dieci giorni lavorativi.»

«Grazie, dottore. La richiamerò.»

«Ecco il collegamento» osservò Douglas dopo che era stata interrotta la comunicazione. «Quanto ci scommetti che lei conosce anche Kelly?»

La domanda si basava più su congetture che non su prove, ovviamente. Sandra era un nome piuttosto comune. Però ormai erano più di sei mesi che si occupavano di quei casi, di quella interminabile sequenza di morti, e dopo tutto quel tempo in cui non avevano avuto uno straccio di una prova, avevano la sensazione di aver visto la stella del mattino. Il guaio era che ormai si era fatta sera, ed era giunto il momento di tornare a casa e cenare con la moglie e i figli. Jack sarebbe tornato dal Boston College nel giro di una settimana, e sentiva la mancanza del tempo trascorso con suo figlio.

Non era facile organizzare le cose. Sandy dovette accompagnare Kelly a Quantico. Era la prima volta che si trovava in una base dei marines, ma vi rimase per poco, mentre Kelly le indicava come dirigersi verso il porticciolo. Di già, pensò. Una volta tanto che torni a casa e il tuo fisico non risente del cambiamento di fuso orario, devi subito rompere questo equilibrio. Sandy non era ancora giunta sulla I-95, che lui si allontanò dalla banchina e si diresse verso il centro del fiume, facendo andare i motori a massima velocità.

La donna non solo aveva cuore, ma anche cervello, si disse Kelly sorseggiando dopo lungo tempo una birra. Pensava che fosse normale per un'infermiera avere una buona memoria. Sandy gli aveva raccontato che in alcuni momenti Henry era molto loquace, per esempio quando aveva una ragazza sotto suo diretto controllo. Un fanfarone, pensò Kelly, la razza migliore. Non aveva ancora un indirizzo da abbinare al numero di telefono, ma aveva un nome in più, Tony P, Pigi, qualcosa del genere. Bianco, italiano, guidava una Lincoln blu; Kelly poteva contare anche su una passabile descrizione fisica. Mafia, probabilmente; l'uomo ne faceva parte, oppure aspirava ad entrarci. C'era poi qualcun altro di nome Eddie, ma Sandy aveva collegato quel nome a una persona che era apparsa sulle prime pagine dei giornali, uccisa da un poliziotto. Kelly si spinse ancora più in là: e se quel poliziotto fosse stato l'uomo corrotto da Henry? Gli sembrava piuttosto strano che un poliziotto, un tenente, potesse essere stato coinvolto in una sparatoria. Solo ipotesi, si disse, ma valeva la pena di controllare, in che modo non lo sapeva ancora. Aveva tutta la notte a disposizione, e uno specchio d'acqua che rifletteva sia i suoi pensieri sia le stelle. Ben presto oltrepassò il punto in cui aveva lasciato Billy. Per lo meno qualcuno aveva recuperato il suo corpo.

La terra si stava depositando sulla tomba in un luogo che qualcuno chiamava ancora il Campo del Vasaio, una tradizione che risaliva ai tempi di un uomo di nome Giuda. I medici della facoltà di medicina dell'università dell'ospedale che l'avevano curato stavano ancora esaminando il rapporto della Virginia. Un barotrauma. In tutto il paese non si verificavano più di dieci casi gravi all'anno, e tutti nelle regioni costiere. Non era un disonore non essere riusciti a fare la diagnosi... e, continuava il rapporto, anche se vi fossero riusciti non sarebbe cambiato nulla. Il decesso era stato causato in particolare da un frammento di *midollo osseo* che in qualche modo era riuscito a penetrare in un'arteria cerebrale, occludendola, e provocando un colpo apoplettico dall'esito infausto. Gli altri organi erano così danneggiati che il paziente non sarebbe sopravvissuto per più di alcune settimane. L'aplasia midollare era sintomo di un profondo squilibrio della pressurizzazione, tre bar, forse anche di più. La polizia stava conducendo in quel momento un'indagine fra i sommozzatori del Potomac, che in alcuni punti poteva essere molto profondo. C'era ancora la speranza che qualcuno ne reclamasse il cadavere, di cui era stata registrata l'ubicazione nell'ufficio dell'amministratore della contea, ma era una speranza minima.

«Cosa vuol dire che non lo sa?» domandò il generale Rokossovskij. «È uno dei miei uomini! L'avete perso?»

«Compagno generale» rispose stizzito Giap «le ho detto tutto quello che so!»

«Quindi ritiene che sia stato un americano.»

«Lei ha visto le informazioni dei servizi segreti così come le ho viste io.»

«Quell'uomo ha informazioni preziose per l'Unione Sovietica. Mi è difficile credere che gli americani abbiano organizzato un'incursione con il solo scopo di rapire un ufficiale sovietico in quella zona. Le consiglierei, compagno generale, di impegnarsi un po' di più.»

«Noi siamo in guerra!»

«Sì, lo so» ribatté Rokossovskij in modo asciutto. «Altrimenti come mai mi troverei qui, secondo lei?»

Giap avrebbe potuto insultare l'uomo più alto di lui, che si trovava di fronte alla sua scrivania. Lui era comandante delle forze armate del suo Paese, dopotutto, ed era un generale di valore. Malgrado ciò il vietnamita dovette mettere da parte il proprio orgoglio. Aveva bisogno di armi che solo il russo poteva dargli, e quindi doveva umiliarsi di fronte a lui per amore del suo Paese. Di una cosa era certo. Il campo non valeva tutte le grane che gli aveva procurato, e tantomeno un'umiliazione del genere davanti a qualcuno che aveva combattuto come maggiore al comando di un battaglione di carri armati, soprattutto in considerazione di chi era suo padre.

La cosa strana era che la routine si era fatta relativamente accettabile. Kolja non c'era. Di quello ne era certo. Zacharias era sufficientemente disorientato da non riuscire più a calcolare il passare del tempo, ma aveva dormito quattro volte senza sentire la voce del russo fuori dalla porta. Non era nemmeno venuto nessuno a maltrattarlo. Aveva mangiato ed era rimasto seduto in solitudine, meditabondo. La situazione anziché peggiorare era migliorata, lasciandolo sconcertato. Il tempo trascorso con Kolja era diventato una droga più pericolosa dei suoi amoreggiamenti con l'alcol, si disse piano piano Robin. Il suo vero nemico era la solitudine, non il dolore, non la paura. Dopo aver lasciato una famiglia e una comunità religiosa che davano grande valore all'amicizia, aveva abbracciato una professione che si basava sullo stesso valore, e senza un tale alimento la mente aveva dovuto nutrirsi di se stessa. Aggiungiamo poi un po' di paura e dolore, e cosa si ottiene? Qualcosa che si vedeva con maggior chiarezza dall'esterno che non dall'interno. Sicuramente Kolja l'aveva notata. *Come te*, gli aveva detto così spesso, *come te*. Ecco, si disse Zacharias, come aveva svolto il suo lavoro. Con grande abilità, ammise a se stesso il colonnello. Pur non essendo abituato all'insuccesso e agli errori, non riusciva a sottrarsi all'influenza di quell'uomo. Si era quasi ucciso alla base aerea di Luke a causa di un errore di gioventù, mentre imparava a volare sui caccia, e anche cinque anni dopo, quella volta in cui si era chiesto come ci si sentisse dentro una vera tempesta, finendo quasi con lo schiantarsi a terra come la folgore. E adesso ne aveva commesso un altro.

Zacharias non sapeva a cosa fosse dovuto quel momento di tregua. Forse Kolja era partito per andare a raccontare quello che era riuscito a sapere da lui. Qualunque potesse essere la ragione, al colonnello era stata data la possibilità di riflettere. *Tu hai peccato*, si disse Robin. *Sei stato molto stupido. Non ci cascherai più*. Il suo proposito mentale non era sostenuto da grande determinazione, e Zacharias lo sapeva. Avrebbe dovuto lavorare per irrobustirla. In quel momento si sentiva coraggioso perché aveva un momento di calma per riflettere. Pur non essendo una vera e propria liberazione, era meglio che niente. La parola che la sua mente aveva scelto per quel momento ridestò in lui la massima concentrazione, come se stesse volando in una missione di combattimento. Dio mio, pensò, *avevo paura di pregare e di chiedere di essere liberato... invece...* I suoi occhi contemplarono il soffitto con uno sguardo stupito. Le guardie sarebbero rimaste sorprese nel vedere il sorriso meditabondo sul suo volto, soprattutto se avessero saputo che stava per rimettersi a pregare, perché la preghiera, così era stato detto loro, era una cosa sgradevole, una farsa crudele, non poteva certo dare gioia. Non avrebbero mai capito, pensò Robin, ma quella era la loro disgrazia, e per lui avrebbe invece ancora potuto essere un'ancora di salvezza.

Non poteva fare quella telefonata dal suo ufficio. Era fuori questione. Né voleva farla da casa. La chiamata avrebbe attraversato un fiume e il confine di uno Stato, e sapeva che per motivi di sicurezza venivano applicate misure speciali alle telefonate fatte nella zona di Washington D.C. Le telefonate venivano registrate da un computer, era l'unico luogo in America dove ciò avvenisse veramente. Esisteva comunque una procedura da seguire su ciò che voleva fare. In teoria avrebbe dovuto avere un'autorizzazione ufficiale. Se ne doveva discutere con il responsabile della sezione, poi con il direttore del consiglio, e la trafila poteva continuare fino alla "stanza dei bottoni" al settimo piano. Ritter non voleva aspettare così a lungo, non quando c'erano delle vite in gioco. Si prese un giorno di permesso, sostenendo, non a torto, che gli serviva un po' di tempo per riprendersi dal viaggio. Quindi decise di andare in città, e scelse lo Smithsonian's Museum of Natural History. Passò davanti all'elefante situato nell'atrio e consultò la cartina VOI SIETE QUI, appesa al muro, per scoprire dove si trovasse il telefono pubblico, in cui poi infilò una monetina da dieci cent. Compose il 347-1347. Era quasi uno scherzo istituzionalizzato. In quel modo si collegò con un telefono che prese a squillare sulla scrivania del *rezident* del KGB, il comandante dell'ufficio di Washington D.C. Loro ne erano informati, e sapevano che le persone interessate sapevano che gli altri sapevano. Lo spionaggio poteva essere così barocco, si disse Ritter.

«Sì?» chiese una voce. Era la prima volta che Ritter faceva una cosa del genere, e si sentì pervadere da una girandola di emozioni, nervosismo, la voce piatta dall'altro capo del filo, l'eccitazione del momento. Il suo messaggio era comunque concepito in modo tale che gli estranei non potessero interferire negli affari ufficiali.

«Sono Charles. C'è una questione che la riguarda. Le propongo un breve incontro e una breve discussione. Mi troverà allo zoo fra un'ora, al recinto delle tigri albine.»

«Come la riconoscerò?» chiese la voce.

«Avrò una copia di *Newsweek* nella mano sinistra.»

«Fra un'ora» borbottò la voce. Probabilmente aveva un incontro importante quella mattina, pensò Ritter. Non era davvero un peccato? Il funzionario della CIA lasciò il museo e andò a prendere l'automobile. Sul sedile alla sua destra c'era una copia di *Newsweek* che aveva comprato in un'edicola sulla strada.

Tattica, pensò Kelly, girando a sinistra, doppiando finalmente Point Lookout. Poteva scegliere fra molte cose, come di solito accade alle persone dotate di iniziativa. Aveva ancora il rifugio segreto a Baltimora e false generalità dappertutto. La polizia forse gli voleva parlare, ma non si era ancora messa in contatto con lui. Avrebbe cercato di fare in modo che le cose rimanessero così. Il nemico non lo conosceva, e non sapeva quali informazioni fossero in suo possesso. Tutte buone notizie. Quello era il punto di partenza. Si diresse a est, verso una città piuttosto grande, e anche quello costituiva un punto di partenza. Il problema fondamentale era riuscire a trovare un equilibrio tra ciò che sapeva, ciò che non sapeva, e in che modo poteva utilizzare il primo elemento per incidere sul secondo. Il terzo elemento, il *come*, era un problema di tattica. Poteva prepararsi per quello che non sapeva ancora; anche se non poteva ancora agire, in realtà sapeva già cosa avrebbe fatto. Per raggiungere l'obiettivo doveva elaborare un approccio strategico verso il problema. Era frustrante. Quattro giovani donne attendevano il suo intervento, aspettavano di essere salvate. La morte era in agguato per un numero tuttora imprecisato di persone.

Era la paura che li spingeva ad agire, e Kelly lo sapeva. Avevano avuto paura di Pam, e anche di Doris. Erano così spaventati da uccidere. Si chiese se anche la morte di Edward Morello fosse stata un'altra espressione del loro malessere. Sicuramente avevano ucciso per coprirsi le spalle, e adesso si sentivano sicuri. Quello era un dato positivo; se era davvero la paura che li spingeva ad agire, in quel momento avrebbe dovuto spaventarli ancora di più, perché ormai pensavano che quel sentimento faceva parte del loro passato. Erano vulnerabili sia dal punto di vista fisico sia da quello psicologico. Durante il suo periodo d'addestramento il SEAL Kelly aveva imparato sicuramente una cosa, a identificare i punti nevralgici del nemico e attaccarli senza pietà. Prendi l'iniziativa, fa' in modo che l'altro reagisca.

L'elemento tempo era ciò che lo inquietava di più. C'era una scadenza. La polizia gli stava addosso. Anche se non aveva in mano prove a suo carico, non c'era motivo di dormire sugli allori. L'altro problema, borbottò tra sé, riguardava la sicurezza delle quattro giovani donne. Non esistevano al mondo belle operazioni *lunghe*. Beh, era necessario che fosse paziente in una cosa, e con un pizzico di fortuna avrebbe dovuto essere paziente solo in quel caso.

Erano anni che non andava allo zoo. Ritter pensò che avrebbe dovuto portarci nuovamente i bambini, adesso che erano abbastanza grandi da apprezzare un po' di più le cose. Si fermò per un attimo a guardare il recinto degli orsi: c'era qualcosa in loro che lo incuriosiva. I bambini li vedevano come grandi versioni animate dei giocattoli di pezza che tenevano stretti la notte. Per Ritter era diverso. Erano come il nemico, grande e forte, molto meno goffi e molto più intelligenti di quanto sembrassero. Qualcosa da ricordare, si disse, continuando verso la gabbia delle tigri. Arrotolò *Newsweek* nella mano sinistra, guardò i grandi felini e attese. Non si curò di guardare l'orologio.

«Salve, Charles» disse una voce dietro di lui.

«Salve, Sergej.»

«Io non la conosco» notò il *rezident*.

«Questa conversazione è ufficiosa» spiegò Ritter.

«Non lo sono anche le altre?» fece notare Sergej. Iniziò a camminare. Potevano esserci microspie dappertutto, però non potevano essere in tutto lo zoo. Il suo contatto poteva avere indosso una radio, anche se ciò sarebbe stato contro le regole. Lui e Ritter camminarono per il declivio che conduceva alla gabbia successiva, mentre la guardia del corpo del *rezident* rimaneva nei pressi.

«Sono appena tornato dal Vietnam» disse il funzionario della CIA.

«Fa più caldo là che qua.»

«Non sulla costa. Là si sta piuttosto bene.»

«Il motivo della vostra crociera?» chiese il *rezident*.

«Una visita, una visita a sorpresa.»

«Mi sembra che sia stata un fallimento» disse il russo senza ombra di sarcasmo, con l'intenzione però di far sapere a ''Charles'' di essere al corrente di tutto.

«Non completamente. Abbiamo portato qualcuno con noi.»

«E chi sarà mai?»

«Si chiama Nikolaj.» Ritter consegnò il libro paga di Grišanov. «Sarebbe imbarazzante per il vostro governo se si venisse a sapere che un ufficiale sovietico stava interrogando dei prigionieri di guerra americani.»

«Non sarebbe certo la fine del mondo» rispose Sergej, sfogliando brevemente il libro paga prima di metterselo in tasca.

«In realtà sì. Vede, le persone che lui stava interrogando sono state date per morte dai vostri amichetti.»

«Non capisco.» Stava dicendo la verità, e Ritter dovette illustrargli per alcuni minuti qual era la situazione. «Non ne sapevo nulla» disse Sergej dopo essere stato aggiornato su come stavano le cose.

«È vero, glielo assicuro. Potrà accertarsene come meglio crede.» Lui ovviamente avrebbe controllato. Ritter lo sapeva, e Sergej sapeva che lui lo sapeva.

«E dove si trova il nostro colonnello?»

«In un posto sicuro. È trattato molto meglio della nostra gente.»

«Il colonnello Grišanov non ha sganciato bombe su nessuno» sottolineò il russo.

«È vero, ma ha preso parte a un processo che si concluderà con la morte dei prigionieri americani, e in mano nostra ci sono prove concrete che loro sono vivi. Come ho detto in precedenza, ciò potrebbe essere imbarazzante per il suo governo.»

Sergej Vološin era un osservatore politico estremamente acuto, e non c'era bisogno che quel giovane funzionario della CIA gli spiegasse come stavano le cose. Sapeva inoltre quale piega stava prendendo la discussione.

«Qual è la sua proposta?»

«Potrebbe essere utile se il suo governo riuscisse a convincere Hanoi ad annunciare che quegli uomini sono vivi, com'era suo dovere. Gli uomini dovrebbero poi essere trasportati nel carcere in cui si trovano gli altri prigionieri, e andrebbero fatte le comunicazioni del caso, così che le famiglie sappiano che i loro congiunti sono vivi. In cambio di ciò il colonnello Grišanov vi verrà restituito sano e salvo, senza essere stato sottoposto a interrogatori.»

«Inoltrerò la proposta a Mosca.» Con un parere favorevole, diceva chiaramente il suo tono.

«Per favore, agisca in fretta. Abbiamo ragione di credere che i vietnamiti stiano valutando una soluzione drastica, che vogliano cioè sbarazzarsi di un potenziale motivo d'imbarazzo. Questa sarebbe una grave complicazione» disse Ritter con aria compunta.

«Sì, ne sono convinto.» Vološin fece una pausa. «Lei mi assicura che il colonnello Grišanov è vivo e sta bene?»

«Glielo posso far vedere nel giro di... tre quarti d'ora, se vuole. Pensa che potrei mentire in circostanze così gravi?»

«No, non credo. Ma devo farle alcune domande.»

«Sì, Sergej, lo so. Non abbiamo nessuna intenzione di fare del male al suo colonnello. Sembra che si sia comportato in modo piuttosto onorevole nei confronti dei nostri soldati. È stato anche molto bravo nel condurre gli interrogatori. Ho i suoi appunti» aggiunse Ritter. «L'offerta di incontrarlo è sempre valida, se vuole approfittarne.»

Vološin ci pensò, fiutando la trappola. Una tale offerta, se accolta, doveva essere ricambiata, perché quello era il modo di procedere. Se avesse accettato la proposta di Ritter, il suo governo avrebbe dovuto impegnarsi a fare qualcosa, e Vološin non voleva esporsi senza essersi prima consultato con qualcuno. Quei prigionieri avrebbero potuto sparire in qualsiasi momento. Solo la buona volontà dell'Unione Sovietica li poteva salvare, e solo la continua espressione di quella buona volontà li avrebbe mantenuti in buona salute.

«La prendo in parola Mr...»

«Ritter, Bob Ritter.»

«Ah! Budapest.»

Ritter sorrise piuttosto timidamente. Beh, dopo tutto ciò che aveva fatto per portar via il suo agente, era chiaro che non sarebbe più tornato a lavorare sul campo, per lo meno non nella zona che contava per davvero, e che per Ritter iniziava con l'Elba. Il russo si toccò il petto.

«Lei ha fatto un ottimo lavoro nel portar fuori il suo uomo. Le faccio i miei complimenti per la fedeltà dimostrata nei confronti del suo agente.» Vološin lo rispettava soprattutto per i rischi che aveva corso, una cosa impossibile all'interno del KGB.

«Grazie, generale. Grazie anche per aver risposto alla mia proposta. Quando la posso chiamare?»

«Mi servono un paio di giorni... devo chiamarla io?»

«La chiamerò io fra quarantott'ore.»

«Molto bene. Buona giornata.» Si strinsero la mano, da buoni professionisti che erano. Vološin affiancò l'autista/guardia del corpo e tornò verso l'automobile. La loro passeggiata era terminata davanti al recinto dell'orso bruno, grande e potente. Era stato solo un caso? si chiese Ritter.

Mentre tornava verso l'auto si rese conto che l'intera faccenda era stato un incidente sui generis. Grazie al gioco che era in atto, Ritter sarebbe diventato capo sezione. Missione di salvataggio fallita o meno, aveva appena negoziato un'importante concessione con i russi, e tutto ciò era accaduto grazie alla presenza di spirito di un uomo più giovane di lui, spaventato e in fuga, che però si era preso del tempo per pensare. Lui voleva che nella CIA lavorasse gente come Kelly, e adesso aveva abbastanza potere da cercare di cooptarlo. Mentre tornavano dalle Hawaii Kelly aveva tentennato e temporeggiato. Quindi avrebbe dovuto esercitare una certa opera di persuasione. Doveva escogitare qualcosa insieme a Jim Greer, ma Ritter decise seduta stante che la sua prossima missione sarebbe stata quella di richiamare Kelly all'ovile.

«Lei conosce bene la signora O'Toole?» chiese Ryan.

«Suo marito è morto» rispose la vicina. «Partì per il Vietnam subito dopo che avevano comprato la casa, e poi rimase ucciso. Anche lui era una persona per bene. Non è nei guai, vero?

Il detective scosse la testa. «No, assolutamente. Ho sentito dire solo cose positive su di lei.»

«C'è stato molto movimento a casa sua» continuò l'anziana signora. Era proprio la persona ideale con cui parlare, aveva all'incirca sessantacinque anni, una vedova che non aveva nessun altro modo di riempire la sua vita se non occupandosi di quella degli altri. Rassicurata dall'idea che non stava facendo nulla di male, avrebbe raccontato tutto quello che sapeva.

«Cosa intende dire?»

«Penso che poco tempo fa avesse un ospite. Sicuramente faceva molti più acquisti del solito. È una donna così gentile, così carina. Mi è dispiaciuto molto per suo marito. Dovrebbe riprendere a uscire con qualcuno. Vorrei tanto dirglielo, ma non voglio che pensi che sono una ficcanaso. A ogni buon conto, usciva spesso a far la spesa, e quasi ogni giorno veniva anche un'altra persona che si fermava persino durante la notte.»

«Chi era?» chiese Ryan, sorseggiando il tè freddo.

«Una donna ebrea, cioè, dall'aspetto sembrava ebrea, non che io abbia niente contro gli ebrei, è chiaro, no» aggiunse la donna sulle difensive.

«Ne sono certo. Che aspetto aveva?»

«Era bassa come me, ma più robusta, con i capelli arruffati. Guidava una macchina imponente, una Buick rossa, mi pare, con un adesivo sul parabrezza. Ah! Dimenticavo!»

«Che cosa?»

«Ero fuori e mi stavo occupando delle mie rose quando è uscita la ragazza, è stato allora che ho visto l'adesivo.»

«La ragazza?» chiese Ryan con aria innocente.

«Ecco per chi faceva la spesa!» esclamò l'anziana signora, soddisfatta di se stessa per l'improvvisa scoperta. «Immagino che le abbia comprato degli abiti. Mi ricordo i sacchetti della Hetcht Company.»

«Mi sa dire com'era la ragazza?»

«Era giovane, avrà avuto diciannove o vent'anni, capelli scuri. Piuttosto pallida, come se fosse malata. Sono andate via in macchina, quando è stato...? Ah sì, mi ricordo. È stato il giorno in cui ho tirato fuori le rose dalla serra. L'undici. Il furgone è arrivato molto presto perché non mi piace il caldo, e io ero lì fuori a lavorare quando sono uscite. Ho salutato Sandy. È una ragazza così carina. Non che abbia occasione di parlarle spesso, ma quando conversiamo lei ha sempre una parola gentile. È un'infermiera, lo sa, vero, lavora al Johns Hopkins, e...»

Ryan finì il tè, senza far trapelare la sua soddisfazione. Doris Brown era tornata a casa sua, a Pittsburgh, il pomeriggio dell'undici. Sarah Rosen guidava una Buick, e sicuramente aveva un adesivo sul parabrezza. Sam Rosen, Sarah Rosen, Sandra O'Toole. Avevano curato la signorina Brown. Due di loro avevano curato anche la signorina Madden. E anche il signor Kelly era stato un loro paziente. Dopo mesi di frustrazioni, il tenente Emmet Ryan aveva trovato una pista.

«Eccola che arriva» disse la signora, interrompendo i suoi pensieri personali. Ryan si girò e vide una giovane donna attraente, alta, con una borsa della spesa.

«Mi chiedo chi fosse quell'uomo.»

«Quale uomo?»

«È arrivato l'altra sera. Forse Sandy ha un fidanzato. Alto, come lei, capelli scuri, robusto.»

«Quanto?»

«Poteva essere un giocatore di football, era grande e grosso. Deve essere una brava persona, però. Ho visto che lei lo abbracciava. È successo non più tardi della notte scorsa.»

Dio ti ringrazio, pensò Ryan, *per le persone che non guardano la televisione*.

Kelly aveva scelto un calibro .22, un Savage modello 54, la versione leggera della loro arma da combattimento Anschutz, un tantino costosa, centocinquanta dollari, tasse incluse. Anche il mirino telescopico Leupold non era da meno. Era quasi un peccato utilizzare quel fucile, con il calcio in noce, per quel tipo di obiettivo, piccola selvaggina. Era un peccato doverlo rovinare. In ogni caso sarebbe stato più grave non tener conto della lezione di quel sottufficiale motorista.

La cosa negativa della morte di Eddie Morello era che per sistemare la facenda avevano dovuto sacrificare un notevole quantitativo di droga pura, non tagliata, un regalo di sei chilogrammi alla cassaforte in cui la polizia conservava le prove. Dovevano trovare una soluzione. Filadelfia era affamata, ne chiedeva di più, e i suoi collegamenti di New York si stavano dimostrando sempre più interessati dopo il primo assaggio. Avrebbe preparato un ultimo lotto sulla nave. Poi avrebbe cambiato nuovamente strategia. Tony stava preparando un laboratorio sicuro più facile da raggiungere, più in sintonia con il suo straripante successo, ma in attesa che fosse pronto dovevano ricorrere ancora una volta al vecchio sistema. Non sarebbe stato lui però a effettuare il viaggio.

«Fra quanto?» chiese Burt.

«Stasera.»

«Va bene, capo. Chi viene con me?»

«Phil e Mike.» I due nuovi facevano parte dell'organizzazione di Tony, ed erano giovani, brillanti e ambiziosi. Non conoscevano ancora Henry, e non avrebbero lavorato nella sua rete di distribuzione locale, ma potevano occuparsi delle consegne fuori città ed erano disposti a effettuare l'attività più umile, cioè tagliare e confezionare. Lo ritenevano, non a torto, un rito di iniziazione, un punto di partenza, che avrebbe consentito di aumentare il loro status e le loro responsabilità e forse, solo forse, di diventare alla fine "pezzi grossi". Tony garantiva che erano affidabili. A Henry andava bene così. Lui e Tony erano ormai legati da un sodalizio economico, legati da vincoli di sangue. Ora che si fidava di lui accettava anche i suoi consigli. Avrebbe ricostruito la sua rete di distribuzione, eliminando l'esigenza di avere donne come corrieri, e una volta eliminata l'esigenza, le donne sarebbero state tolte di mezzo. Non che gli piacesse, ma dopo tre defezioni era ovvio che le ragazze stavano diventando pericolose. Forse erano state utili all'inizio, nel momento di crescita dell'organizzazione, ma non si poteva più far affidamento su di loro.

Comunque ogni cosa a suo tempo.

«Quanta?» chiese Burt.

«Abbastanza da tenervi occupati per un po'.» Henry indicò le borse termiche con le birre. In quel momento non c'era molto posto per le birre, ma andava bene così. Burt li trasportò nella sua automobile; non finse indifferenza, però non era nemmeno teso. In modo professionale, così come doveva essere. Forse Burt sarebbe diventato il suo luogotenente principale. Era di colore, anche lui non sarebbe mai diventato un "pezzo grosso". Leale, rispettoso, spietato all'occorrenza, molto più fidato di Billy o Rick. Era davvero buffo. Billy e Rick erano stati necessari all'inizio perché i principali distributori erano sempre bianchi, e lui li aveva utilizzati come pedine. Ma poi ci aveva pensato il destino; adesso erano i bianchi che venivano da lui.

«Portatevi Xantha.»

«Capo, avremo molto da fare» obiettò Burt.

«Potete lasciarla là quando avrete finito.» Forse la cosa migliore era eliminarle una per volta.

Era difficile essere pazienti. La pazienza era una virtù che Kelly aveva appreso ma non molto bene, solo per necessità. Darsi da fare rendeva tutto più semplice. Sistemò la canna del fucile nella morsa, danneggiando la finitura ancor prima di apportare modifiche di una certa entità. Fissò la fresatrice sull'alta velocità. Ruotando la mola iniziò a fare una serie di buchi a intervalli regolari nei dodici centimetri più esterni della canna. Un'ora più tardi aveva inserito un elemento d'acciaio e vi aveva attaccato un mirino telescopico. Il fucile, così modificato, era molto preciso, pensò Kelly un'ora dopo, preparandosi a schiacciare un meritato pisolino.

«È stata dura, papà?»

«Ci sono voluti undici mesi, Jack» ammise Emmet mentre stava cenando. Una volta tanto era arrivato a casa in orario, e aveva fatto felice sua moglie, o quasi.

«È quello spaventoso?» chiese la moglie.

«Non a cena, tesoro, va bene?» disse rispondendo alla domanda. Emmet faceva del suo meglio per non portare a casa quella parte della sua vita. Osservò suo figlio, e decise di discutere della decisione che lui aveva appena preso. «Marines, eh?»

«Sì, papà, in questo modo mi pagherò gli ultimi due anni di studi, no?» Era tipico di suo figlio preoccuparsi di cose del genere, preoccuparsi del costo della scuola di sua sorella, ancora alle superiori, e che in quel momento era in campeggio. E proprio come suo padre, anche Jack voleva provare il brivido dell'avventura prima di mettere le tende nel posto che la vita gli avrebbe assegnato.

«Mio figlio, un testone» borbottò Emmet bonariamente. Era anche preoccupato. La faccenda del Vietnam non era ancora finita, forse non sarebbe terminata nemmeno per quando suo figlio si sarebbe laureato, e come la maggior parte dei padri della sua generazione si chiedeva perché diavolo lui avesse dovuto rischiare la vita combattendo contro i tedeschi, se poi suo figlio correva il rischio di dover combattere contro un altro popolo di cui, all'età di suo figlio, lui aveva ignorato l'esistenza.

«Cosa c'è di nuovo sotto il cielo, papà?» chiese Jack con un sorriso fanciullesco, ripetendo una frase molto amata dai marines.

Quei discorsi preoccupavano Catherine Burke Ryan, che si ricordava il momento in cui era partito Emmet, il 6 giugno 1944, e quanto avesse pregato quel giorno nella chiesa di santa Elisabetta, e molti altri giorni di seguito, malgrado le lettere e le rassicurazioni che riceveva regolarmente. Ripensò a tutto il tempo passato ad aspettare. Sapeva che quel genere di discorsi preoccupava Emmet, sebbene in modo diverso da lei. Non sapeva che invece tale pensiero lo aveva solamente sfiorato per un attimo.

Che cosa c'è di nuovo sotto il cielo? Guai! fu sul punto di rispondere il detective a suo figlio, perché anche quelli dell'aeronautica sono molto orgogliosi, ma le sue labbra si fermarono prima di formulare quel pensiero.

Kelly. Abbiamo cercato di chiamarlo. Avevamo chiesto alla guardia costiera di perlustrare l'isola in cui vive. La barca non c'era. Dov'era? Se l'anziana donna aveva detto il vero, Kelly avrebbe dovuto essere tornato a casa. E se fosse stato davvero via? Però adesso era tornato. Non c'erano più stati omicidi dopo l'incidente Farmer-Grayson-Brown. Quelli del porticciolo si erano ricordati di aver visto la barca a quell'epoca, ma lui era partito nel cuore della notte, *di quella stessa notte*, ed era sparito nel nulla. Ecco il collegamento. Dov'era stata la barca? Dov'era adesso? Cosa c'è di nuovo sotto il cielo? Guai. Ecco cos'era accaduto. I guai erano piovuti giù dal cielo, ed erano finiti improvvisamente così com'erano iniziati.

La moglie e il figlio lo osservarono di nuovo. Masticava e aveva gli occhi fissi nel vuoto, non riuscendo a distogliere la mente dalle informazioni che continuava a elaborare in modo febbrile. Non è poi così diverso da com'ero io un tempo, pensò il tenente Ryan. Uno-Zero-Uno, le Screaming Eagles della 101ª divisione di fanteria aerotrasportata che camminavano con aria tracotante nei loro pantaloni sformati. Emmet aveva iniziato come soldato semplice, e aveva finito con l'entrare a far parte di una commissione tecnica alla fine della guerra, con il grado che deteneva ancora in quel momento, quello di tenente. Ricordava quanto si sentisse orgoglioso all'idea di essere molto speciale, il senso di invincibilità che stranamente accompagnava il terrore di saltare fuori da un aeroplano, di essere il primo in territorio nemico, al buio, dotato solamente di armi leggere. Gli uomini più coraggiosi a cui era stata affidata la missione più pericolosa. Missione. Un tempo era stato così. Nessuno però aveva ucciso sua moglie... che cosa sarebbe potuto accadere, nel lontano 1946, se qualcuno avesse fatto una cosa del genere a Catherine?

Nulla di buono.

Kelly aveva salvato Doris Brown. L'aveva affidata alle cure di persone in cui riponeva la sua fiducia. Lui stesso aveva incontrato una di loro la sera prima. Adesso sa che è morta. Aveva salvato Pamela Madden, che poi era morta, e lui era stato ricoverato in ospedale; alcune settimane dopo la sua guarigione era iniziata la sequenza di omicidi firmati da un killer molto esperto.

Alcune settimane... per rimettersi in forma. Poi gli omicidi erano cessati improvvisamente, e Kelly era sparito dalla circolazione.

E se fosse stato via?

Adesso però era tornato.

Ben presto accadrà qualcosa.

Non era qualcosa che poteva portare in tribunale. L'unica prova concreta che avevano in mano era l'impronta lasciata dalla suola di una scarpa, di una comunissima scarpa da tennis, naturalmente, di cui se ne vendevano centinaia ogni giorno. Nulla di nulla. Avevano un movente. Ma quanti omicidi vengono commessi ogni giorno, e quante persone conducono delle indagini su quei casi? Avevano avuto circostanze favorevoli. Ma lui, per esempio, avrebbe saputo spiegare davanti a una giuria come impiegava il suo tempo? Nessuno avrebbe potuto. Come si poteva spiegare una cosa del genere a un giudice, pensò il detective, no, alcuni giudici avrebbero anche potuto capire, ma non un'intera giuria, non dopo che un avvocato fresco fresco di laurea aveva spiegato loro un paio di cose. Il caso era risolto, pensò Ryan. *Lo sapeva*. Ciò che aveva in mano, però, era la sola consapevolezza che stava per accadere qualcosa.

«Secondo te chi può essere?» chiese Mike.

«Ha l'aria di un pescatore» osservò Burt dalla plancia. Tenne l'*Henry's Eight* a una certa distanza dal cabinato bianco. Il sole stava per tramontare. Si era fatto quasi troppo tardi per navigare nelle acque intricate in cui si trovava il loro laboratorio, che di notte aveva una fisionomia molto diversa. Burt diede un'occhiata alla barca bianca. Il tipo con la canna da pesca fece un cenno di saluto, un gesto che lui contraccambiò mentre virava a sinistra. Li attendeva una lunga notte, pensò. Xantha non sarebbe stata di grande aiuto, forse solo durante le pause dei pasti. Un peccato, davvero. Xantha non era una cattiva ragazza, era solo stupida, sempre sotto l'effetto della droga. Forse il modo migliore di procedere era quello di darle un po' di roba di prima categoria prima di iniziare a utilizzare la rete e i blocchi di cemento. Quegli articoli erano all'aperto, nella barca, e lei non aveva la minima idea di quale potesse essere il loro utilizzo. Beh, non erano affari suoi.

Burt scosse la testa. C'erano cose più importanti a cui pensare. Come si sarebbero sentiti Mike e Phil a lavorare sotto di lui? Era ovvio che dovesse cercare di essere gentile con loro. Avrebbero capito. Con tutto il denaro che c'era in gioco, dovevano capire. Si rilassò sulla sedia, sorseggiando la birra, cercando con lo sguardo il segnale luminoso della boa, rosso, e poi si girò a sinistra verso la laguna misteriosa, la cui origine non gli era mai interessata.

«Guarda, guarda» commentò Kelly. Non era affatto difficile. Billy gli aveva detto tutto quello che c'era da sapere. C'era un posto in cui di solito si fermavano. Giungevano nella baia, in barca, di solito la notte, e poi in genere ripartivano il mattino seguente. Attraccavano presso la boa. Difficilissima da trovare, quasi impossibile al buio. Sì, era impossibile se non si conoscevano quelle acque. Ma non era il caso di Kelly. Tirò su l'amo senza esca e alzò il binocolo. Le dimensioni e il colore corrispondevano. Si chiamava *Henry's Eight*. Controlliamo. Si fermò, la guardò dirigersi verso sud, poi virare a est, in direzione della boa rossa. Kelly segnò un punto sulla cartina. Almeno dodici ore. Avrebbe avuto molto tempo a disposizione. Il problema di un posto così sicuro era che dipendeva totalmente dalla sua segretezza; una volta che il segreto veniva svelato, si trasformava in una trappola mortale. Le persone non imparano mai. Un unico modo per entrare, un'unica via d'uscita. Un modo abile di suicidarsi. Avrebbe atteso il tramonto. Mentre aspettava, Kelly prese una tolla di vernice e dipinse il canotto a strisce verdi. L'interno lo dipinse di nero.

33

Fascino mortale

Di solito ci voleva tutta la notte, gli aveva detto Billy. Così Kelly poté mangiare, rilassarsi e prepararsi. Diresse la *Springer* verso il terreno intricato in cui sarebbe andato a caccia quella sera e gettò l'ancora. Mangiò solo alcuni sandwich, ma il pasto era decisamente migliore di quello che aveva consumato in cima alla "sua" collina meno di una settimana prima. *Buon Dio, una settimana fa ero sulla* Ogden, *e mi stavo preparando*, pensò scuotendo tristemente la testa. Com'era possibile che la vita potesse essere pazza fino a quel punto?

Kelly calò in acqua il canotto, ormai mimetizzato, dopo la mezzanotte. Aveva montato a poppa un piccolo motore elettrico, e sperava che la batteria durasse abbastanza a lungo per l'andata e il ritorno. L'imbarcazione non poteva essere troppo distante. Sulla cartina si vedeva che l'area non era grande, ed era probabile che loro si mettessero al centro, così da essere completamente isolati. Con il volto e le mani mascherate si mosse tra il labirinto formato dai relitti, dando una direzione al canotto con la mano sinistra, mentre con gli occhi e le orecchie cercava l'elemento estraneo. Il cielo gli era d'aiuto. Non c'era la luna, ma il chiarore delle stelle era sufficiente a illuminare l'erba e le canne cresciute nel terreno paludoso creatosi quando gli scafi in disarmo erano stati abbandonati, arginando questa parte della baia, dando origine a un luogo molto amato dagli uccelli nella stagione autunnale.

Era già successo. Il lieve ronzio del motore era molto simile a quello del mezzo speciale subacqueo che aveva usato, e lo sospingeva a una velocità forse di due nodi, senza perdere colpi, guidato questa volta dalle stelle. Le sterpaglie della laguna erano alte due metri, due metri e venti, e non era difficile capire perché i trafficanti avessero scelto di non navigare di notte. Se non si conosceva la zona si correva il rischio di perdersi. Non era il caso di Kelly. Lui guardava le stelle, sapendo quali seguire e quali ignorare man mano che mutavano posizione nella volta celeste. Potevano davvero essere di grande aiuto. I trafficanti erano uomini di città, non marinai come lui, e tanto si sentivano al sicuro in un luogo scelto da loro per preparare un prodotto illegale, tanto si sentivano a disagio in quel luogo selvaggio, in quel labirinto di canali. *Avete sbagliato a venire a giocare sul mio terreno*, si disse Kelly. In quel momento era più intento ad ascoltare che a guardare. Una leggera brezza frusciava tra l'erba alta, infilando il canale più ampio fra le barriere di sabbia; sebbene fosse tortuoso doveva essere quello che avevano percorso i trafficanti. I relitti intorno a lui sembravano fantasmi di un'altra epoca, relitti di una guerra che era stata vinta, scarti di un'epoca molto più semplice, alcuni di loro messi in strani angoli, giocattoli dimenticati da quell'enorme bambino che era stato il loro Paese, un bambino diventato ormai un adulto irrequieto che aveva dimenticato le semplici verità che un tempo gli erano bastate.

Una voce. Kelly spense il motore, lasciò andare il canotto alla deriva per alcuni secondi, guardandosi in giro alla ricerca di un punto in cui attraccare. Aveva imboccato il canale giusto. Fece un giro sulla destra avanzando un po' di più, anche il rumore era venuto da destra. Con attenzione, lentamente, superò la curva. C'erano tre relitti. Forse erano stati trainati insieme, e gli skipper del rimorchiatore avevano probabilmente cercato di lasciarli perfettamente allineati, così, tanto per soddisfare un loro capriccio. Quello più a ovest era leggermente angolato, sette o otto gradi a sinistra. La sagoma era vecchia, con una sovrastruttura bassa e un alto fumaiolo d'acciaio ormai arrugginito da tempo. C'era però una luce nel punto in cui avrebbe dovuto esserci il ponte. Musica, pensò, della musica rock moderna trasmessa da una stazione che cercava di tener svegli i camionisti di notte.

Kelly attese per alcuni minuti, lasciando che i suoi occhi si abituassero completamente all'oscurità e decidendo che tattica adottare. Era riuscito ad arrivare fin sotto la prua, così da rimanere nell'ombra, coperto dal resto del relitto. Adesso riusciva a udire più di una voce. Un improvviso scoppio di risate, forse per via di una barzelletta. Fece un'altra pausa, scrutando il profilo della nave alla ricerca di una protuberanza, un elemento estraneo, una sentinella. Nulla.

Erano stati molto abili nello scegliere il posto, si disse. Era il posto più impensabile che ci potesse essere al mondo, sconosciuto persino ai pescatori del luogo e alle barche a vela, ma si doveva stare all'erta, perché non esisteva un posto così sicuro al mondo da... c'era la barca. Okay. Kelly procedette furtivo a mezzo nodo, costeggiando la vecchia nave fin quando non raggiunse la loro imbarcazione. Legò il canotto alla galloccia più vicina. Una scala di corda conduceva al ponte scoperto del relitto. Kelly trasse un profondo respiro e iniziò a salire.

Il lavoro era proprio noioso e antipatico come Burt aveva detto loro, pensò Phil. Aggiungere il lattosio era la parte più facile; lo si setacciava in grandi ciotole di acciaio inossidabile come se fosse farina per torte, assicurandosi che si distribuisse in modo uniforme. Gli ritornarono in mente le volte in cui aveva aiutato sua madre a preparare la torta, quando era solo un bambino, e aveva osservato e imparato cose che un uomo dimentica non appena scopre la pallacanestro. Mille particolari si affollavano alla mente, il rumore secco del setaccio, il modo in cui le polveri si mescolavano. In realtà si trattava di una piacevole viaggio a ritroso, di un ritorno ai tempi in cui non doveva nemmeno alzarsi presto per andare a scuola. Quella però era la parte più semplice. Poi seguiva la parte monotona; le dosi misurate con grande precisione dovevano essere suddivise nelle piccole buste di plastica poi sigillate con la graffatrice, impilate, contate e messe nelle borse. Lui e Mike, che provava le sue stesse sensazioni, si scambiarono uno sguardo. Probabilmente si stava annoiando anche Burt, ma non lo dava a vedere, ed era stato così gentile da portare con sé un po' di divertimento. Avevano una radio, e per i momenti di pausa avevano quella Xantha, mezza fatta per via delle pillole, ma... compiacente, come avevano potuto appurare durante l'intervallo di mezzanotte. Avevano fatto in modo che si stancasse ben bene. Adesso stava dormendo in un angolo. Ci sarebbe stata un'altra pausa alle quattro, dando così a tutti loro il tempo per riprendersi. Era faticoso stare svegli, e Phil era spaventato da tutta quella polvere che stava formando del pulviscolo nell'aria. La stava forse respirando? La roba poteva mandar su di giri anche lui? Nel caso in cui si fosse trovato ancora una volta nella stessa situazione, si ripromise di indossare una mascherina. L'idea di arricchirsi vendendo quella merda non gli dispiaceva, ma non aveva alcuna intenzione di farne uso. Tony e Henry stavano allestendo un vero e proprio laboratorio. Viaggiare non sarebbe poi stato così noioso. Era già un lato positivo.

Aveva finito un altro lotto. Phil era un po' più veloce degli altri, voleva finire presto. Si avvicinò al frigorifero e prese un sacchetto da un chilo. Lo annusò, così come aveva fatto con gli altri. Un odore sgradevole, chimico, come quello che si respirava nel laboratorio di biologia alle superiori, formaldeide, qualcosa del genere. Aprì il sacchetto con un temperino, lasciando cadere il contenuto nel primo contenitore, posto a una certa distanza, aggiungendo poi una quantità già misurata di lattosio, e rimestando con un cucchiaio alla luce di una delle lampade Coleman.

«Salve.»

Non c'era stato alcun segnale premonitore. Improvvisamente sulla porta apparve qualcuno armato di pistola. Indossava una tuta mimetica e la sua faccia era dipinta di verde e nero.

Non c'era bisogno di essere silenziosi. La sua preda l'aveva capito. Kelly aveva riconvertito la sua Colt in una calibro .45, e sapeva che agli altri nella stanza il foro della canna sembrava tanto grande da potervi parcheggiare un'auto. Fece un cenno con la mano sinistra. «Di là. Sul ponte, giù la testa, le mani dietro la nuca, uno alla volta, tu per primo» disse a quello davanti al contenitore dove veniva tagliata la droga.

«Chi diavolo sei?» chiese l'uomo di colore.

«Tu devi essere Burt. Non fare delle sciocchezze.»

«Come fai a sapere il mio nome?» chiese Burt mentre Phil si sistemava sul ponte.

Kelly fece un cenno all'altro uomo bianco, indicandogli di mettersi vicino al suo amico.

«So molte cose» disse Kelly, iniziando ad avvicinarsi a Burt. Poi vide la ragazza addormentata nell'angolo. «Chi è?»

«Guarda tu, testa di cazzo!» La calibro .45 venne puntata contro il suo viso, a non molta distanza da lui.

«Come hai detto?» Kelly chiese con calma. «Scendete sul ponte, adesso.» Burt ubbidì immediatamente. Kelly notò che la ragazza stava dormendo. Per il momento non l'avrebbe disturbata. Il suo primo compito era quello di perquisirli, per vedere se erano armati. Due avevano delle pistole. L'altro un coltellino che serviva a ben poco.

«Ehi, chi sei? Forse possiamo parlare» suggerì Burt.

«Lo faremo senz'altro. Raccontantemi della droga» esordì Kelly.

Erano le dieci di mattina a Mosca quando il messaggio di Vološin emerse dall'ufficio crittografico. Da tempo membro del primo direttorato centrale del KGB, aveva una rete di informatori tra i funzionari, uno dei quali era un accademico attivo nel Servizio I, uno specialista americano che forniva consulenza ai capi del KGB e al ministero degli Esteri sui nuovi sviluppi di quel fenomeno che i mezzi di comunicazione americani chiamavano distensione. Quell'uomo, che non rivestiva alcun grado all'interno della gerarchia del KGB, era probabilmente la persona più adatta per far accelerare i tempi, sebbene una copia del messaggio fosse stata inviata per conoscenza anche al vicepresidente con diritto di supervisione per l'ufficio di Vološin. Come sempre il messaggio era conciso e pregnante. L'accademico ne fu sconvolto. Il calo di tensione fra le due superpotenze, nel mezzo di una guerra in cui era coinvolto uno di loro, era a dir poco miracoloso, e poiché si stava verificando nello stesso momento in cui l'America si stava aprendo alla Cina, avrebbe potuto segnare l'inizio di una nuova era nei rapporti fra gli Stati. Questo era ciò che aveva comunicato due settimane prima in una lunga relazione destinata al Politburo. Se si fosse diffusa la notizia che un ufficiale sovietico era stato coinvolto in una cosa del genere, si sarebbe scatenato il finimondo. Qual era il cretino del GRU a cui era venuta in mente una cosa del genere? Sempre che fosse vero, e quella era una cosa che lui doveva controllare. Chiamò quindi il vicepresidente.

«Evgenij Leonidovič? Ho ricevuto un messaggio urgente da Washington.»

«Anch'io l'ho ricevuto, Vanja. Cosa ne pensi?»

«Se ciò che gli americani sostengono è vero, suggerisco di passare immediatamente all'azione. Se l'opinione pubblica venisse a conoscenza di una idiozia del genere, sarebbe un disastro. Puoi confermare la veridicità di ciò che sta accadendo?»

«*Da.* E poi... il ministero degli Esteri?»

«Sono d'accordo. Se ricorressimo alle vie militari ci vorrebbe troppo tempo. Ci staranno a sentire?»

«Chi, i nostri fraterni alleati socialisti? Saranno disposti a farlo solo se noi invieremo loro una fornitura di missili. Li reclamano a gran voce da settimane» rispose il vicepresidente.

Succede sempre così, pensò l'accademico, *per salvare la vita di alcuni americani manderemo delle armi che ne uccideranno un numero maggiore, e gli americani capiranno.* Che follia. Se gli avessero chiesto perché era necessaria la distensione, non avrebbe potuto fornire un esempio migliore di quello. Come potevano due grandi Paesi occuparsi dei loro problemi quando entrambi erano coinvolti, direttamente o meno, negli affari di Paesi più piccoli? Ciò li distraeva inutilmente da questioni ben più importanti.

«Ti raccomando di agire con rapidità, Evgenij Leonidovič» ripeté l'accademico. Benché il vicedirettore avesse un grado di gran lunga più importante del suo, anni prima erano stati compagni di scuola, e le loro carriere si erano incrociate molte volte.

«Sono completamente d'accordo, Vanja. Ti richiamerò questo pomeriggio.»

Era un miracolo, piccolo e grande allo stesso tempo, a seconda dei punti di vista, pensò Zacharias, guardandosi in giro. Non era uscito dalla sua cella per mesi, e solo il fatto di sentire sulla faccia l'aria, calda e umida, gli sembrava un dono di Dio, ma non lo era. Contò gli altri, c'erano diciotto altri uomini disposti su un'unica fila, uomini come lui, che avevano al massimo cinque anni di differenza come età, e nella luce fioca del crepuscolo vide i loro volti. Uno di loro l'aveva incontrato molto tempo prima, uno della marina, a giudicare dalle apparenze. Si scambiarono uno sguardo e un sorriso appena accennato, mentre tutti gli uomini facevano ciò che stava facendo Robin. Se solo le guardie li avessero lasciati parlare, ma al primo tentativo uno di loro si era preso un manrovescio. In ogni caso per il momento bastava vedersi in faccia. *Non* essere più soli, sapere che lì c'erano altre persone, significava già molto. Una cosa così piccola. Così importante. Robin cercava di stare diritto per quanto glielo permettesse la schiena indolenzita e raddrizzava le spalle, mentre il piccolo ufficiale parlava con i suoi uomini, anche loro allineati. Zacharias non conosceva abbastanza il vietnamita da capire il discorso pronunciato così velocemente.

«Questo è il nemico» stava dicendo il capitano ai suoi uomini. Ben presto avrebbe condotto la sua unità verso sud, e dopo tutte le lezioni e le simulazioni di combattimento, ora si presentava un'opportunità inaspettata di veder le cose dal vero. Non sono poi così invincibili questi americani, disse ai suoi uomini. Non sono così alti e minacciosi. Si piegano, si spezzano, e sanguinano, e anche con grande facilità! Non dimenticatevi, poi, che questi sono i migliori, quelli che lanciano le bombe sul nostro Paese e uccidono la nostra gente. Sono loro le persone contro cui combatterete. Avete ancora paura di loro, adesso? E se gli americani sono così stupidi da cercare di salvare questi cani, daremo subito un saggio dell'arte di ammazzarli. Con queste parole altisonanti il capitano congedò le truppe e le inviò alle postazioni notturne di guardia.

Certo che poteva fare una cosa del genere, pensò il capitano. Ben presto comunque non avrebbe più avuto importanza. Aveva sentito dire dal suo comandante di reggimento che non appena gli uomini politici si fossero dati una mossa, il campo sarebbe stato chiuso definitivamente, e i suoi uomini avrebbero avuto davvero la possibilità di addestrarsi prima di incamminarsi sul sentiero dello zio Ho, dove poi avrebbero avuto l'opportunità di uccidere americani armati. Fino a quel momento avrebbe esibito i prigionieri davanti ai suoi uomini alla stregua di trofei, così da alleviare le loro paure davanti alla grande incognita della battaglia e indirizzare la loro rabbia, perché *quelli* erano gli uomini che avevano bombardato il loro bel Paese trasformandolo in una terra desolata. Aveva selezionato reclute da addestrare bene e con grande rigore... diciannove di loro, così da far assaggiare loro il sapore del combattimento. Ne avevano bisogno. Il capitano di fanteria si chiese quanti ne avrebbe riportato a casa.

Kelly si fermò a far rifornimento al pontile di Cambridge prima di dirigersi nuovamente a nord. Adesso aveva tutto, insomma, o quasi tutto, si disse Kelly. Aveva fatto il pieno, e aveva la mente piena di dati utili, e per la prima volta aveva inferto un duro colpo a quei bastardi. Due settimane, forse tre settimane del loro prodotto. Ciò avrebbe smosso le acque. Avrebbe potuto portarsi via la droga e forse usarla come esca, però no, non poteva fare una cosa del genere. E poi non voleva vederla intorno a lui, soprattutto adesso che sospettava di aver intuito come arrivasse la droga. Da un punto imprecisato della East Coast, quello era tutto ciò che in realtà sapeva Burt. Chiunque fosse questo Henry Tucker, era un paranoico piuttosto intelligente, e orchestrava le operazioni con uno stile che Kelly, in altre circostanze, avrebbe anche potuto ammirare. Si trattava però di eroina asiatica, e i sacchetti che arrivavano sulla East Coast puzzavano di morte.

Quante erano le cose che avevano sentore di morte e che arrivavano dall'Asia negli Stati Uniti? A Kelly ne veniva in mente solo una, e il fatto che lui avesse conosciuto gli uomini della base aerea di Pope, i cui cadaveri erano stati sottoposti a un certo trattamento, non faceva altro che alimentare la sua rabbia, soffocata solo dalla determinazione di riuscire ad andare a fondo di quella storia. Condusse la *Springer* a nord, oltre la torre di mattoni del faro di Sharp's Island, dirigendosi verso una città che presentava pericoli da diverse direzioni. Navigò al centro del canale e avanzò con i motori a tutta velocità.

Un'ultima volta.

Esistevano pochi posti nella parte orientale degli Stati Uniti tanto tranquilli quanto la contea di Somerset. Era una vasta area rurale dove c'erano grandi fattorie a notevole distanza l'una dall'altra. In tutta la contea c'era solo una scuola superiore. Un'unica autostrada permetteva alla gente di attraversare rapidamente la regione senza fermarsi. Il traffico verso Ocean City, la località di villeggiatura dello Stato, ignorava la zona, e la strada interstatale più vicina si trovava dal lato opposto della baia. Era una zona con un tasso di criminalità così basso da risultare quasi inesistente, tranne per coloro che prendevano nota di ogni minima variazione percentuale in qualsiasi categoria di comportamento illecito. Un singolo omicidio poteva occupare la prima pagina dei giornali locali per intere settimane, e raramente si verificavano casi di furto in un'area in cui il padrone di casa era solito accogliere l'intruso notturno con una calibro .12 e una domanda. L'unico vero problema era la condotta degli automobilisti, e per risolverlo avevano la polizia di Stato che pattugliava le strade con le sue automobili giallo sporco. Per ovviare alla noia, le automobili sulla East Coast del Maryland avevano dei motori insolitamente potenti per poter inseguire i pazzi al volante che spesso prima di mettersi alla guida facevano visita ai negozi di liquori, sperando di trasformare una zona tranquilla ma un po' noiosa in qualcosa di più vivace.

Il poliziotto motorizzato Ben Freeland stava effettuando la sua perlustrazione di routine. Prima o poi sarebbe davvero accaduto qualcosa, e riteneva che fosse compito suo conoscere la zona palmo a palmo, ogni singola fattoria, ogni singolo incrocio, così che gli fosse capitata una chiamata davvero urgente avrebbe saputo qual era la strada più veloce per arrivarci. Dopo quattro anni all'accademia di Pikesville, Freeland stava pensando a una promozione ad aiuto-sergente, quando notò un pedone sulla Postbox Road vicino a un piccolo villaggio dall'improbabile nome di Dames Quarter. Era una cosa piuttosto insolita. Lì tutti andavano in bicicletta. Persino i bambini imparavano ad andare in bicicletta quando erano ancora piccoli, e spesso iniziavano a guidare la macchina prima del dovuto, e quella era un'altra delle gravi infrazioni di cui lui si occupava ogni mese. Scorse il pedone a più di un chilometro di distanza (la zona era molto piatta) ma la cosa non lo incuriosì particolarmente, per lo meno fin quando non ebbe coperto i tre quarti della distanza. La donna, perché si trattava di una donna, camminava in modo incerto. Dopo essersi avvicinato di un altro centinaio di metri, notò che non era vestita come una del posto. Era davvero strano. In un luogo del genere si arrivava solo in auto. La donna, inoltre, procedeva a zig-zag, anche il suo modo di camminare cambiava a ogni passo, e questo voleva forse dire che era sotto l'effetto di qualche sostanza, un'infrazione *gravissima* per quella zona, disse sorridendo a se stesso il poliziotto motorizzato. *Quindi* doveva accostare e andare a dare un'occhiata. Frenò la mastodontica Ford sulla ghiaia, e si arrestò prudentemente e con calma a centocinquanta metri da lei, scendendo dall'auto nel modo in cui gli era stato insegnato e sistemando la cintura della pistola.

«Salve» disse cordialmente. «Dove sta andando, signora?»

Lei si fermò dopo un istante, guardandolo con occhi che appartenevano a un altro pianeta. «Chi sei?»

Il poliziotto si sporse verso di lei. L'alito della ragazza non tradiva la presenza di alcol. Freeland sapeva che in quella zona la droga non era ancora diventata un problema. Poteva darsi che le cose fossero cambiate.

«Come si chiama?» le chiese in tono più imperioso.

«Xantha, con la x» rispose la ragazza sorridendo.

«Di dov'è, Xantha?»

«Di queste parti.»

«Dove, esattamente?»

«Lanta.»

«Ha fatto un bel pezzo di strada da Atlanta.»

«Lo *so*!» Poi si mise a ridere. «Lui non sapeva che ne avevo ancora.» Per lei era ovvio che fosse una cosa divertente, un segreto che meritava di essere confidato. «Le tengo nel reggiseno.»

«Di cosa sta parlando?»

«Delle mie pillole. Le tengo nel reggiseno, e lui non lo sapeva.»

«Posso vederle?» chiese Freeland, ponendosi mille interrogativi, ben sapendo che quel giorno avrebbe eseguito un vero arresto.

Lei rise mentre cercava le pillole. «Tu adesso sta indietro.»

Freeland ubbidì. Non era il caso di spaventarla, sebbene tenesse la mano destra sul cinturone, proprio davanti alla pistola d'ordinanza. Mentre lui guardava, Xantha frugò dentro la camicetta per lo più sbottonata e ne tolse una manciata di capsule rosse. Ecco di cosa si trattava. Il poliziotto aprì il cofano dell'automobile e cercò una busta nel kit delle prove che aveva con sé.

«Perché non le mette qui dentro in modo da non perderle?»

«Va bene!» Quel poliziotto era davvero gentile.

«Le posso dare un passaggio, signora?»

«Certamente. Sono stanca di camminare.»

«Cosa ne dice di venire con me?» Secondo il regolamento lui avrebbe dovuto ammanettare una persona del genere; provvide mentre la aiutava a salire in auto. Lei sembrò non scomporsi minimamente.

«Dove andiamo?»

«Sai, Xantha, penso che tu abbia bisogno di un posto dove sdraiarti e riposare un po'. Adesso te ne troverò uno, va bene?»

Aveva già tra le le mani un chiaro caso di possesso di stupefacenti, si disse Freeland, mentre riprendeva a guidare.

«Anche Burt e gli altri due stanno riposando, però non si sveglieranno più.»

«Di cosa stai parlando, Xantha?»

«Lui li ha uccisi, bang bang bang.» Mimò il gesto. Freeland lo vide nello specchietto, e per guardare quasi uscì di strada.

«Chi è stato?»

«Un ragazzo bianco, non ho capito il suo nome, non ho nemmeno visto la faccia, ma ha sparato, bang bang bang.»

Cazzo, che roba!

«Dove?»

«Sulla barca.» C'era forse qualcuno che non lo sapeva?

«Quale barca?»

«Quella sull'acqua, idiota!» Altro particolare divertente.

«Ti stai forse prendendo gioco di me, ragazza?»

«E sai qual è la cosa più divertente? Il ragazzo bianco ha lasciato lì tutta la droga. Però lui era *verde*.»

Freeland non aveva ben capito di cosa lei stesse parlando, ma intendeva scoprirlo quanto prima. Per iniziare accese la sirena e andò alla massima velocità consentita dalla grande 427-V-8, diretto verso la caserma della polizia di Stato a Westover. Avrebbe dovuto inviare prima un messaggio radio, ma non avrebbe sortito grandi risultati, se non quello di convincere il suo capo che quello a essere sotto l'effetto della droga era lui.

«*Springer*, guarda un po' alla tua sinistra»

Kelly alzò il microfono. «Qualcuno che conosco?» chiese senza guardare.

«Dove diavolo sei stato, Kelly?» chiese Oreza.

«In viaggio per affari. Perché ti interessa?»

«Mi sei mancato» fu la risposta. «Rallenta un po'.»

«È importante? Devo andare in un posto, Portoghese.»

«Senti Kelly, te lo dico da marinaio a marinaio, lascia stare, okay?»

Se non l'avesse conosciuto... no, doveva collaborare, a prescindere da chi fosse l'uomo che gli stava di fronte. Kelly rallentò la velocità, permettendo al guardacoste di raggiungerlo in pochi minuti. Subito dopo Oreza gli avrebbe chiesto il permesso di salire a bordo, cosa che era perfettamente in suo diritto, e cercare di scappare non sarebbe servito a nulla. Senza che gli venisse chiesto, Kelly spense il motore e ben presto si fermò. Senza chiedere il permesso, il guardacoste si accostò e Oreza saltò a bordo.

«Ehi, capo» disse l'uomo come saluto.

«Che cosa sta succedendo?»

«Nelle due ultime settimane sono venuto da te un paio di volte, perché volevo bere una birra, ma tu non c'eri.»

«Sai, non volevo che poi non fossi in grado di svolgere il tuo lavoro.»

«Mi sento piuttosto solo senza nessuno a cui rompere le scatole.» Improvvisamente entrambi avvertirono il disagio che regnava tra loro, e nessuno dei due sapeva perché l'altro si sentisse così. «Dove diavolo sei stato?»

«Ho dovuto andar fuori dal Paese. Per affari» rispose Kelly. Era chiaro che non sarebbe sceso in particolari.

«Bene. Ti fermerai per un po'?»

«Sì, ho intenzione di fermarmi.»

«Va bene, forse passerò da te la settimana prossima, così potrai raccontare un po' di bugie su come ci si sente a essere capi.»

«I capi in marina non hanno bisogno di mentire. E tu vuoi qualche consiglio sull'arte di navigare?»

«Nemmeno per sogno! Forse sarebbe opportuno che ti ispezionassi immediatamente l'imbarcazione per motivi di sicurezza!»

«Pensavo che la tua fosse una visita amichevole» osservò Kelly, ed entrambi si sentirono ancora più a disagio. Oreza sorrise per cercare di non darlo a vedere.

«Va bene, non ti farò una carognata.» Non funzionò. «Ci vediamo la settimana prossima.»

Si strinsero la mano, ma qualcosa era cambiato. Oreza fece cenno a dodici metri di accostare, e balzò nuovamente a bordo, da vero professionista.

Tutto bene. Kelly aumentò comunque la velocità dei motori.

Oreza guardò la *Springer* che si dirigeva a nord, chiedendosi cosa diavolo stesse succedendo. *Fuori dal Paese*, aveva detto. Una cosa era certa: la sua barca non era stata nella baia di Chesapeake... ma dov'era stata, allora? Perché i poliziotti facevano così tante domande su di lui? Kelly un killer? Beh, non aveva certo preso la croce della marina per niente. Faceva parte delle squadre guastatori-sommozzatori, e questo era tutto ciò che Oreza sapeva sul suo conto. Per il resto era un tipo simpatico con cui bersi una birra, e a modo suo un bravo marinaio. Sicuramente le cose si facevano più complicate quando non ci si dedicava più alla ricerca e al salvataggio, ma alle attività più propriamente poliziesche, si disse Oreza, dirigendosi a sudovest, verso Thomas Point. Doveva fare una telefonata.

«Allora cos'è successo?»

«Roger, erano informati del loro arrivo» rispose Ritter con lo sguardo fisso.

«Com'è possibile, Bob?» chiese MacKenzie.

«Non lo sappiamo ancora.»

«Una fuga di notizie?»

Ritter frugò nelle tasche, trovò la fotocopia di un documento, e gliela consegnò. L'originale era scritto in vietnamita. Sotto il testo della fotocopia c'era la traduzione scritta a mano. In inglese erano stampate le parole "green bush".

«Conoscevano il nome?»

«Questo è un errore dei loro servizi segreti, Roger, però sì, sembra che lo sapessero. Immagino che avessero intenzione di utilizzare quell'informazione per tutti i marines che sarebbero riusciti a catturare. Questo genere di cose va bene per far crollare la gente con grande rapidità. Noi, però, siamo stati fortunati.»

«Lo so. Non è rimasto ferito nessuno.»

Ritter annuì. «All'inizio abbiamo messo sul campo un tizio. Un SEAL della marina, molto bravo nel suo settore. Sia come sia, stava osservando la situazione quando sono arrivati i rinforzi dell'esercito nordvietnamita. È lui che ha fatto saltare la missione. Poi se n'è andato oltre la collina.» Era molto meglio minimizzare le cose, soprattutto per qualcuno che ai suoi tempi aveva fiutato polvere da sparo.

MacKenzie pensò che un'azione del genere meritasse un fischio. «Deve essere una persona molto in gamba.»

«Non solo» aggiunse Ritter con grande tranquillità. «Mentre tornava indietro ha catturato il russo che stava interrogando i nostri, e ha fatto fuori il comandante del campo. Adesso si trovano a Winchester. Vivi», aggiunse Ritter con un sorriso.

«È in questo modo che hai avuto il messaggio? Credevo che fosse stato il SigInt» disse MacKenzie, intendendo il Signal Intelligence. «Com'è che ce l'ha fatta?»

«Come hai detto tu, è un osso duro.» Ritter sorrise. «Quella era la buona notizia.»

«Non sono sicuro di voler sentire quella cattiva.»

«Abbiamo il sospetto che l'altra parte sia intenzionata a eliminare il campo e coloro che vi sono detenuti.»

«Cristo... Henry è a Parigi in questo momento» disse MacKenzie.

«È l'approccio sbagliato. Se solleva questo caso, anche solo in una delle sessioni informali, loro negheranno tutto, e potrebbero spaventarsi a tal punto da voler eliminare ogni traccia.» Era risaputo che il lavoro effettivo durante tali conferenze venisse svolto durante le pause, non quando le persone dovevano affrontare in modo formale i problemi sedute a un tavolo.

«È vero. Cosa succederà?»

«Stiamo facendo pressioni attraverso i russi. Abbiamo un canale d'informazioni. Ho preso io stesso i contatti.»

«Mi farai sapere come va a finire?»

«Ci puoi scommettere.»

«Grazie per avermi concesso un colloquio» disse il tenente Ryan.

«Di cosa si tratta?» chiese Sam Rosen. Nel suo ufficio, non molto grande, erano assiepate quattro persone. C'erano anche Sarah e Sandy.

«Si tratta di un suo ex paziente, John Kelly.» Ryan vide che la notizia non li sorprese molto. Quelle persone non erano più brave di altre nel dissimulare i loro sentimenti, si limitavano solo a controllarli, il che non sempre era la stessa cosa. «Ho bisogno di parlare con lui.»

«Che cosa glielo impedisce?» chiese Sam.

«Non so dove sia. Speravo che voi poteste dirmi qualcosa.»

«A che proposito?» chiese Sarah.

«A proposito di una serie di omicidi» rispose immediatamente Ryan, sperando di sconvolgerli.

«Quali omicidi?» La domanda gli venne rivolta dall'infermiera.

«Quello di Doris Brown, solo pochi giorni fa, tanto per citarne uno, e parecchi altri.»

«John non le ha fatto alcun male...» disse Sandy prima che Sarah Rosen riuscisse a toccarle una mano.

«Allora lei sa chi fosse Doris Brown» notò il detective, un po' troppo precipitosamente.

«John e io siamo diventati... amici», dise Sandy. «Nelle ultime due settimane non si trovava negli Stati Uniti, quindi non avrebbe potuto uccidere nessuno.»

Accidenti, pensò Ryan. Quella era al contempo una buona e una cattiva notizia. Aveva sopravvalutato il ruolo di Kelly nella faccenda di Doris Brown, però la reazione dell'infermiera di fronte a tale accusa era stata un tantino eccessiva. Era anche vero, però, che una delle sue ipotesi aveva trovato conferma. «Non era negli Stati Uniti? Dove si trovava allora? Come fa a saperlo?»

«Ritengo di non essere autorizzata a dire dove si trovasse. Non dovrei nemmeno saperlo.»

«Che cosa intende dire?» chiese il poliziotto stupito.

«Non penso di essere autorizzata a rispondere, mi dispiace.» Il modo in cui lei rispose alla domanda tradiva sincerità, piuttosto che reticenza.

Che cosa diavolo voleva dire? Ryan non sapeva come rispondere, per cui decise di proseguire. «Una donna di nome Sandy ha chiamato a casa dei Brown a Pittsburgh. È stata lei, non è vero?»

«Poliziotto» disse Sarah «non sono sicura di capire come mai lei ci stia ponendo tutte queste domande.»

«Sto cercando di ottenere alcune informazioni, e voglio che dica al suo amico di venire a parlare con me.»

«Questa è un'indagine giudiziaria?»

«Sì, lo è.»

«E lei ci sta facendo delle domande» osservò Sarah. «Mio fratello è avvocato. Devo chiedergli di venire qui? Mi sembra che lei ci stia chiedendo se sappiamo qualcosa su alcuni omicidi. Lei mi sta innervosendo. Ho una domanda da farle: Qualcuno di noi è sospettato di aver commesso qualcosa?»

«No, ma il vostro amico sì.» Se c'era qualcosa di cui Ryan non aveva affatto bisogno in quel momento, era di avere un avvocato tra i piedi.

«Aspetti un attimo» disse Sam. «Se lei pensa che John possa aver fatto qualcosa di sbagliato, e vuole che noi lo troviamo per lei, e quindi è dell'avviso che noi sappiamo dove si nasconde, noi a questo punto dovremmo essere suoi possibili... fiancheggiatori, complici è la parola giusta, vero?»

E lo siete davvero? avrebbe voluto chiedere Ryan. Decise di proseguire: «Ho detto una cosa del genere?».

«Non sono mai stato sottoposto a un interrogatorio di questo genere, e mi rende nervoso» disse il chirurgo a sua moglie. «Chiama tuo fratello.»

«Sentite, non ho alcuna ragione di credere che qualcuno di voi abbia fatto qualcosa di sbagliato. Ho invece motivo di credere che il vostro amico sia implicato in questa storia. Ciò che vi sto dicendo è questo: gli farete un favore se gli direte di chiamarmi.»

«E chi è che avrebbe ucciso?» lo incalzò Sam.

«Alcuni spacciatori.»

«Lei lo sa di cosa mi occupo io?» chiese Sarah risentita. «Di come passo la maggior parte del mio tempo?»

«Sissignora, lo so. Lei trascorre molto tempo con i tossicodipendenti.»

«Se John sta davvero facendo una cosa del genere, potrei essere io la prima a comprargli una pistola!»

«Si sta male quando si perde qualcuno, non è vero?» chiese Ryan in modo pacato.

«Ci può scommettere. Non lavoriamo per perdere i nostri pazienti.»

«Come si è sentita quando ha perso Doris Brown?» Lei non rispose, ma solo perché la sua intelligenza le chiuse la bocca, impendendole di rispondere come avrebbe voluto.« Kelly l'ha portata da voi perché l'aiutaste, non è vero? E lei e la signora O'Toole avete lavorato sodo per rimetterla in sesto. Pensate che vi giudichi negativamente per questo? Ma prima di portarvela qui, lui ha ucciso due persone, io *lo so*. Probabilmente erano due di quelli che avevano ammazzato Pamela Madden, ed erano quelli i suoi veri obiettivi. Il vostro amico Kelly è in gamba, ma non è così furbo come pensa. Se lui adesso si rivolge a me, è un conto. Se invece saremo noi a prenderlo, la questione sarà diversa. Diteglielo. In questo modo gli farete un favore, è chiaro? E farete un favore anche a voi stessi. Non penso che abbiate infranto la legge, finora. Se però adesso farete qualcosa per lui che non sia ciò che vi ho detto, potreste trovarvi in quella situazione. Di solito non vado in giro ad avvisare in questo modo la gente» disse loro Ryan gravemente. «Voi non siete criminali. Lo so. Ciò che avete fatto per la Brown è encomiabile, e mi dispiace che sia finito tutto in quel modo. Kelly però se ne va in giro ad ammazzare la gente, e questo è *sbagliato*, capite? Ve lo sto ricordando nel caso in cui vi siate scordati qualcosa, strada facendo. Anche a me non piacciono gli spacciatori. Pamela Madden, la ragazza della fontana, *è un caso di cui mi sto occupando io*, e io *voglio* vedere quelle persone in gabbia, voglio vederle entrare nella camera a gas. Ma questo è *compito mio*, sono io che devo garantire che venga fatta giustizia. Non è compito suo, ma mio. Capite?»

«Sì, penso di sì» rispose Sam Rosen, pensando ai guanti da chirurgo che aveva dato a Kelly. Adesso era diverso. Prima si era distaccato da ogni cosa, partecipando emotivamente ai terribili eventi, però senza curarsi di ciò che il suo amico stesse facendo, dandogli la sua approvazione con la stessa noncuranza con lui leggeva un articolo di giornale sul baseball. Adesso era diverso, ma lui era coinvolto. «Mi dica, quanto le manca per catturare la gente che ha ucciso Pam?»

«Sappiamo alcune cose» rispose Ryan, senza rendersi conto che con una simile risposta comprometteva tutto, dopo essere stato a un passo del conseguimento di un risultato.

Il chirurgo fece un'altra domanda, perché le cose non gli erano ancora del tutto chiare. «Come fa a sapere... lei ha affermato che Kelly ha ammazzato due delle persone che hanno ucciso Pam.»

«Mi dispiace ma non posso dirglielo.»

Oreza era tornato alla scrivania, la parte più odiosa del suo lavoro, e uno dei motivi per cui lo preoccupava l'idea di chiedere la promozione era che avrebbe avuto un suo ufficio, e avrebbe fatto parte del management, invece di essere solamente un nostromo. English aveva ottenuto un permesso, e il comandante in seconda era fuori per controllare una cosa o l'altra, e aveva lasciato in ufficio lui come responsabile; del resto faceva parte del suo lavoro. Il sottufficiale cercò il biglietto da visita sulla scrivania e compose il numero.

«Omicidi.»

«Il tenente Ryan, per favore.»

«Non c'è.»

«Il sergente Douglas?»

«Oggi è in tribunale.»

«Okay, richiamerò.» Oreza riappese. Guardò l'orologio. Erano quasi le quattro del pomeriggio... era da mezzanotte che era in ufficio. Aprì un cassetto e iniziò a compilare i moduli, scrivendo quanto combustibile avesse consumato quel giorno per rendere sicura la baia di Chesapeake per gli ubriachi che possedevano delle imbarcazioni. Poi meditò di tornare a casa, cenare e farsi una bella dormita.

La cosa più difficile era riuscire a trovare un senso a quello che la ragazza diceva. Venne chiamato un medico, che aveva uno studio dall'altra parte della strada. Questi diagnosticò un'intossicazione da barbiturici, il che era abbastanza evidente, e consigliò di attendere fin quando la droga non avesse esaurito il suo effetto sull'organismo. Per queste due conclusioni avrebbe fatto pagare alla contea venti dollari. Parlare con Xantha per diverse ore aveva avuto il solo effetto di divertirla e a volte di seccarla, ma il suo racconto era rimasto lo stesso. Tre persone morte, *bang bang bang*. Xantha iniziava però a trovare la storia meno divertente. Ora si ricordava confusamente chi fosse Burt, e quella conversazione fu piuttosto spiacevole.

«Se quella ragazza fosse stata un po' più su di giri, a quest'ora sarebbe sulla luna con gli astronauti» pensò il capitano.

«Ci sono tre persone morte su un'imbarcazione» ripeté il poliziotto motorizzato Freeland. «Sappiamo i nomi e tutto il resto.»

«Lei ci crede?»

«La versione è rimasta la stessa, no?»
«Sì.» Il capitano sollevò lo sguardo. «A lei piace andare a pescare da quelle parti. Cosa ne pensa, Ben?»
«Potrebbe trattarsi di Bloodsworth Island.»
«La tratterremo questa notte per ubriachezza molesta... si tratta chiaramente di un caso di possesso di stupefacenti, no?»
«Capitano, è bastato chiederglielo, e lei mi ha *consegnato* la roba.»
«Okay, tienila d'occhio per tutto il tempo.»
«E poi, signore?»
«Cosa ne direbbe di alcune perlustrazioni in elicottero?»

Questa volta scelse un porticciolo diverso. Non ebbe difficoltà a trovar posto con un tal numero di barche sempre fuori a pescare o a dare feste, e questo porticciolo aveva molte darsene per le imbarcazioni di passaggio che durante l'estate navigavano lungo la costa, fermandosi di tanto in tanto per rifornirsi di cibo e combustibile, e per riposare, alla stregua dei conducenti. Il responsabile del porto osservò Kelly mentre si muoveva con perizia sulla terza darsena, una cosa piuttosto insolita per i proprietari di grandi imbarcazioni. Rimase comunque ancor più sorpreso nel vedere la giovane età del proprietario.
«Quanto pensa di fermarsi» chiese l'uomo, aiutandolo con gli ormeggi.
«Un paio di giorni, va bene?»
«Certamente.»
«Le va bene se pago in contanti?»
«I contanti sono sempre ben accetti» gli rispose il responsabile del bacino.
Kelly lo pagò e annunciò che quella notte avrebbe dormito a bordo. Non disse cosa sarebbe successo l'indomani.

34

Caccia per appostamento

«Ci è sfuggito un particolare» rilevò Douglas alle otto e dieci del mattino.

«Di cosa si tratta questa volta?» chiese Ryan. Nel loro mestiere era abbastanza facile che si verificasse un inconveniente del genere.

«Come facevano a sapere che lei fosse a Pittsburgh. Ho chiamato il sergente Meyer, ho chiesto che controllassero le telefonate in teleselezione. Niente di niente, il mese scorso non è stata fatta alcuna chiamata del genere.»

Il detective spense la sigaretta. «Dobbiamo partire dal presupposto che il nostro amico Henry sapesse dov'era nata la ragazza. Due di loro avevano tentato la fuga, per cui probabilmente si è preso la briga di chiedere da dove venissero... Hai ragione» aggiunse Ryan, dopo averci ripensato. «Probabilmente lui pensava che fosse morta.»

«Chi poteva sapere che Doris era lì?»

«Le stesse persone che ce l'avevano portata. Senz'altro non sono andati a raccontarlo in giro.»

«Kelly?»

«Ho scoperto ieri all'Hopkins che era all'estero.»

«Ah sì? E dove?»

«L'infermiera, la O'Toole, mi ha detto di saperlo, ma di non essere autorizzata a dirlo, anche se non so cosa intendesse dire.» Fece una pausa. «Concentriamoci nuovamente su Pittsburgh.»

«È andata così. Il padre del sergente Meyer è un sacerdote. Stava dando un po' di conforto alla ragazza, e ha raccontato a suo figlio qualcosa di quello che sapeva. Chiaro? Il sergente a sua volta ne parla con il suo capitano. Il capitano conosce Frank Allen, e il sergente si rivolge a lui per sapere chi si stia occupando del caso. Frank gli dice di venire da noi. Meyer non ha parlato con nessun altro.» Douglas a quel punto ebbe una delle sue illuminazioni. «Allora, in che modo le informazioni sono pervenute ai nostri amici?»

Una cosa del genere succedeva di frequente, ma non per questo era meno imbarazzante. Adesso entrambi gli uomini erano convinti di essere a un passo dalla soluzione del caso. Era come sfondare una porta aperta. Le cose, di sovente, accadono troppo velocemente perché il processo analitico della nostra mente le possa cogliere.

«Come già sospettavamo, devono avere qualche infiltrato.»

«Frank?» chiese Douglas. «Non si è mai occupato di nessuno dei casi, non ha nemmeno accesso alle informazioni che servirebbero ai nostri amici.» Ed era vero. Il caso di Helen Waters si era verificato nel distretto occidentale ed era stato uno degli assistenti-detective di Allen a occuparsene, ma il comandante l'aveva quasi subito affidato a Ryan e a Douglas per via dell'efferatezza dell'omicidio. «Immagino che questo sia un passo avanti. Ora sappiamo con certezza che deve esserci una fuga di notizie all'interno del dipartimento.»

«Quali altre buone notizie abbiamo?»

La polizia di Stato aveva solamente tre elicotteri, tutti Bell Jet Ranger, e stava ancora imparando a usarli. Riuscire ad averne uno non era esattamente un gioco da ragazzi, ma il capitano che era al comando della caserma era un uomo di grande esperienza che governava una contea tranquilla... a dire il vero contava di più la natura della zona che non la competenza, ma le gerarchie della polizia tendono a valutare i risultati a prescindere del modo in cui sono stati ottenuti. L'elicottero arrivò sull'eliporto della caserma un quarto alle nove. Il capitano Ernest Joy e il poliziotto Freeland stavano aspettando. Nessuno dei due era mai andato in elicottero, ed ebbero un leggero brivido di paura quando videro quanto era piccolo. Da vicino dava sempre questa impressione, e dall'interno sembrava addirittura lillipuziano. Utilizzato in genere per le missioni Medevac, evacuazione sanitaria, l'aeromobile aveva un pilota e un medico, entrambi ufficiali armati della polizia di Stato, con tute di volo sportive che secondo loro ben armonizzavano con la fondina a tracolla e il color avio. Il messaggio sulle norme di sicurezza durò novanta secondi, e venne letto a una tale velocità da risultare incomprensibile, poi l'elicottero si librò in aria. Il pilota decise di evitare gli scossoni. Dopotutto l'uomo più anziano era un capitano, e l'idea di dover pulire il vomito non gli sorrideva affatto.

«Dove siamo diretti?» chiese tramite l'interfono.

«A Bloodsworth Island, al cimitero», capitano Joy.

«Ricevuto» rispose il pilota, ritenendo che fosse la risposta corretta di un aviatore, virando a sud-est e abbassando il muso. Non ci volle molto.

Il mondo sembrava diverso visto dall'alto, e la prima volta che le persone salgono su un elicottero hanno sempre lo stesso tipo di reazione. L'esperienza del decollo, durante la quale l'aeromobile talvolta procede vibrando, all'inizio lascia senza fiato, ma poi si rimane affascinati. Il mondo mutò sotto gli occhi dei due passeggeri e improvvisamente sembrò acquistare una sua logica interna. Le strade e le fattorie sembravano essere disposte come su una cartina. Freeland fu il primo a notarlo. Poiché conosceva bene la zona, si rese conto immediatamente che l'idea che si era fatta non era corretta, che l'immagine che si era costruito non corrispondeva alla realtà. Si trovava solo a una quota di circa 300 metri, una distanza che la sua auto copriva in pochi secondi, in termini lineari, ma questa era una prospettiva totalmente nuova, e ne colse immediatamente la differenza.

«Ecco dove l'ho trovata» disse al capitano tramite l'interfono.

«È piuttosto lontano dal punto in cui stiamo andando. Pensa che abbia fatto tutta quella strada a piedi?»

«Nossignore.» Però non erano molto distanti dal mare. A meno di tre chilometri di distanza videro il vecchio molo di una casa in vendita; il posto dov'erano diretti era situato a meno di otto chilometri di distanza, a nemmeno due minuti di volo. La baia di Chesapeake, nella foschia mattutina, appariva come una grande striscia azzurra. A nordovest si trovava la grande distesa del centro sperimentale dell'aviazione della marina di Patuxent River, e videro entrambi un aereo, un motivo di preoccupazione per il pilota, che osservò con attenzione il velivolo che operava a bassa quota.

«Sempre dritto» disse. Il medico indicò la direzione, così che i passeggeri sapessero cosa si intendeva per sempre dritto.

«Certo che dall'alto è ben diverso» disse Freeland, con un certo stupore nella voce. «Io di solito vado a pescare in questa zona.»

«Con che genere di barca?» chiese il medico.

«Un cinque metri. A terra sembra di essere in mezzo alle paludi.»

In quel momento però il panorama era completamente diverso. A trecento metri d'altezza sembrava di vedere un'isola collegata da limo e erba, però pur sempre un'isola. Man mano che si avvicinavano, l'isola assumeva delle forme regolari, all'inizio si distinguevano come delle losanghe, poi le sottili linee di navi, su cui erano cresciute erba e canne.

«Mio Dio, sono davvero una marea» osservò il pilota. Raramente sorvolava quella zona, e nella maggior parte lo faceva la notte, quando avvenivano gli incidenti.

«La prima guerra mondiale» disse il capitano. «Mio padre disse che erano i relitti della guerra, quelli delle navi trasporto che non erano state affondate dai tedeschi.»

«Cos'è che stiamo cercando esattamente?»

«Non ne sono sicuro, forse un'imbarcazione. Ieri abbiamo trovato una drogata» spiegò il capitano. «Ha detto che c'era un laboratorio con tre morti dentro.»

«Non stai scherzando? Un laboratorio su una barca?»

«Per lo meno è quanto ha detto la ragazza» confermò Freeland, prendendo nota di un altro dato. Per quanto a terra l'area sembrasse inaccessibile, in realtà c'erano dei canali. Probabilmente era un posto fantastico per andare a pesca di granchi. Dalla plancia del suo peschereccio l'isola sembrava un blocco compatto, ma vista dall'alto era diversa. Non era interessante?

«Ho visto qualcosa che scintillava.» Il medico indicò al pilota un punto sulla destra. «Del vetro, forse, o qualcosa d'altro.»

«Andiamo a controllare.» La cloche oscillò sulla destra e verso il basso mentre lui iniziava la discesa con il suo Jet Ranger.

«Ecco, ho visto un'imbarcazione in quel gruppo.»

«Controlla» ordinò il medico con un largo sorriso.

«Ci puoi scommettere.» Non sarebbe stato male fare un volo di quelli veri. Ex-pilota di un Huey della 1ª divisione di cavalleria, gli piaceva giocare con il suo elicottero. Tutti, in fin dei conti, erano capaci di volare in linea retta e atterrare. Prima fece un giro di ricognizione, per controllare i venti, poi si abbassò un po', scendendo fino a settanta metri.

«Direi che è un cinque metri» disse Freeland, e vide la cima di nylon bianca che teneva l'imbarcazione legata al relitto.

«Scendiamo» ordinò il capitano. In pochi secondi si trovarono a pochi metri sopra il ponte del relitto. La barca era vuota. C'era un frigorifero per le birre e altre cose ammucchiate ma non si vedeva altro. Il velivolo ondeggiò mentre alcuni uccelli volavano sopra la sovrastruttura in rovina della nave. Il pilota, istintivamente, fece manovra per evitarli. Un corvo risucchiato dalla turbina del motore poteva far sì che anche loro diventassero una parte permanente di questa laguna artificiale.

«Chiunque sia il proprietario di questa barca, sicuramente non muore dalla voglia di fare la nostra conoscenza'' disse via interfono. Dietro di lui, Freeland mimò tre spari con la mano. Il capitano annuì.

«Penso che tu abbia ragione, Ben.» Poi, rivolgendosi al pilota. «Puoi indicare la nostra esatta posizione sulla cartina?»

«Sì.» Valutò poi la possibilità di scendere in hovering, a punto fisso, e di lasciarli sul ponte. Piuttosto semplice se fossero stati in cavalleria, ma in quella situazione il pericolo era troppo grande. Il medico prese la cartina e fece le annotazioni necessarie. «Hai visto quello di cui hai bisogno?»

«Sì, adesso torniamo indietro.»

Venti minuti più tardi, il capitano Joy era al telefono.

«Guardia costiera, Thomas Point.»

«Qui parla il capitano Joy, della polizia di Stato. Abbiamo bisogno del vostro aiuto.» Illustrò poi la faccenda per alcuni minuti.

«Ci vorrà un'ora e mezza» gli disse il comandante English.

«Va bene.»

Kelly chiamò un taxi, che andò a prenderlo davanti all'ingresso del porticciolo. Quel giorno, come prima cosa, si fermò in un negozio piuttosto malfamato, chiamato Kolonel Klunker, dove noleggiò una Volkswagen del 1959 a chilometraggio illimitato, pagando in anticipo per un mese.

«Grazie, signor Aiello» disse l'uomo a Kelly, che sorrideva mentre utilizzava la carta d'identità di un uomo a cui non sarebbe più servita. Ritornò al porticciolo con la macchina e iniziò a scaricare le cose che gli servivano. Nessuno gli prestò grande attenzione, e in quindici minuti ripartì con il maggiolino.

Kelly ne approfittò per guidare attraverso l'area dove sarebbe andato a caccia, e controllare con che modalità avveniva il traffico di stupefacenti. Fortunatamente c'era poca gente, era un parte della città dove lui non era mai stato prima, oltre una squallida arteria industriale, O'Donnell Street, un posto dove non viveva nessuno, e dove pochi avrebbero voluto vivere. L'aria era impregnata di diverse sostanze chimiche, quasi tutte sgradevoli. Non più pieni di vita come un tempo, molti edifici del quartiere sembravano abbandonati. Per maggior precisione, c'erano molte aree dismesse, molti edifici separati l'uno dall'altro da zone adibite a discariche, che i camionisti utilizzavano per fare inversione di marcia. Non c'erano bambini intenti a giocare a pallone sugli spiazzi abbandonati, non si scorgeva nemmeno una casa, e per questo motivo non passavano nemmeno le auto della polizia. Una manovra piuttosto abile da parte dei suoi nemici, pensò Kelly, almeno dal loro punto di vista. Il posto che interessava a lui era un edificio isolato, con un'insegna semidistrutta sopra l'ingresso. Il retro era costituito da un muro grigio. C'erano solo tre porte, e sebbene fossero su due pareti diverse, potevano essere tenute sotto controllo da un unico punto d'osservazione. Dietro a Kelly c'era un altro edificio vuoto, una struttura piuttosto alta di cemento con molte finestre rotte. Terminato il giro di ricognizione, Kelly si diresse verso nord.

Oreza era diretto a sud. Una volta si era già trovato in quella zona, durante uno dei soliti pattugliamenti, e si chiedeva perché diavolo la guardia costiera non istituisse una ministazione oltre l'Eastern Shore, o magari presso il Cove Point Light, dove c'era una stazione in cui i ragazzi passavano le ore in cui erano svegli, sempre che ce ne fossero, a controllare che la luce in cima al faro funzionasse. Secondo Oreza non si trattava di un incarico particolarmente impegnativo, ma probabilmente per l'uomo che gestiva quel posto andava bene così. Sua moglie aveva appena avuto dei gemelli, e quelli della guardia costiera, fra tutti i militari, avevano la fama di prendersi molta cura della famiglia.

Aveva lasciato al timone uno dei marinai più giovani, e si godeva la mattinata, fuori dall'angusta timoniera bevendo caffè fatto in casa.

«Radio» gridò uno degli uomini dell'equipaggio.

Oreza rientrò e prese il microfono. «Qui parla Quattro-Uno Alfa.»

«Quattro-Uno Alfa, parla English della base Thomas. Dovete andare a prendere qualcuno alla banchina presso Dame's Choice. Vedrai alcune auto della polizia in quel punto. Sai più o meno a che ora arriverai?»

«Diciamo fra venti, venticinque minuti.»

«Ricevuto. Chiudo.»

«Spostati sulla sinistra» disse Oreza, guardando la cartina. Il mare sembrava molto profondo. «Uno-sei-cinque.»

«Uno-sei-cinque, sissignore.»

Xantha era più o meno sobria, sebbene si sentisse molto debole. La sua pelle scura aveva una tonalità grigiastra, e lei lamentava un'emicrania lancinante a cui gli analgesici non ponevano rimedio. Ora sapeva di essere agli arresti, e sapeva anche che il suo certificato penale era stato inviato tramite telescrivente. Era anche abbastanza sveglia da aver richiesto la presenza di un avvocato. Stranamente la polizia non si era risentita più di tanto.

«La mia cliente» disse l'avvocato «è disposta a collaborare.»

Avevano impiegato una decina di minuti prima di giungere a un accordo. Se lei diceva la verità, e non aveva commesso nessun grave reato, l'accusa di possesso di sostanze stupefacenti sarebbe stata ritirata, a patto che seguisse un programma terapeutico. Era l'affare migliore che avessero offerto a Xantha Matthews negli ultimi anni. Capirono immediatamente perché fosse così.

«Volevano uccidermi!» esclamò. Adesso che non era più sotto l'effetto dei barbiturici e che il suo avvocato le aveva dato il permesso di parlare si ricordava ogni particolare.

«Chi voleva ucciderti?» le chiese il capitano Joy.

«Sono morti. Lui li ha uccisi, il ragazzo bianco, li ha ammazzati. E ha lasciato lì la droga, tutta la droga che c'era.»

«Ci dici qualcosa dell'uomo bianco?» chiese Joy, rivolgendo a Freeland uno sguardo che avrebbe dovuto essere di incredulità, ma che non lo era.

«Era un tipo grande e grosso, come lui» disse indicando Freeland «ma la sua faccia era verde come una foglia. Mi ha bendato dopo avermi portato giù, poi mi ha lasciato al pontile e mi ha detto di prendere un autobus o qualcosa del genere.»

«Come fai a dire che era bianco?»

«Aveva i polsi bianchi. Le mani erano verdi, ma in questo punto no» disse indicando le proprie braccia. «Indossava degli abiti verdi a strisce, come un soldato, e portava una grossa pistola, una calibro .45. Dormivo mentre ha sparato, ma il rumore mi ha svegliato, capite? Mi ha fatto vestire, mi ha portato via, mi ha lasciato giù, poi se ne andato con la sua barca.»

«Che genere di barca?»

«Grande e bianca, alta, forse lunga nove metri.»

«Xantha, come fai a dire che ti volevano uccidere?»

«Il ragazzo bianco ha detto così, mi ha fatto vedere le cose nella barca, quella piccola.»

«Cosa intendi dire?»

«C'erano una rete per pescare, e anche alcuni blocchi di cemento. Mi ha riferito che gli hanno detto di averlo già fatto.»

L'avvocato pensò che fosse giunto il momento di intervenire. «Signori, la mia cliente è in possesso di informazioni che potrebbero riguardare un'operazione criminale di vasta portata. Probabilmente dovrà essere protetta, e in cambio della sua collaborazione, chiediamo che le diate dei fondi governativi con cui potrà intraprendere la terapia.»

«Avvocato» rispose Joy in modo pacato «se le cose stanno così come sembrano, metterò a disposizione anche i miei, di soldi. Posso proporre di tenerla in prigione per il momento? Lo faccio per la sua sicurezza, mi sembra piuttosto evidente, signore.» Il capitano della polizia federale negoziava con gli avvocati ormai da anni, e ormai si esprimeva quasi come uno di loro, pensò Freeland.

«Il cibo qui fa schifo!» esclamò Xantha, chiudendo gli occhi per il disgusto.

«Ci occuperemo anche di quello» le promise Joy.

«Penso che abbia anche bisogno di assistenza medica» sottolineò l'avvocato. Potrà averla qui?»

«Dopo pranzo il dottor Paige verrà a visitarla. Avvocato, la sua cliente non è in condizione di prendersi cura di se stessa. Tutte le accuse contro di lei verranno annullate a patto che la sua storia sia vera. Lei avrà tutto quello che vorrà in cambio della sua collaborazione. Non posso fare di più.»

«La mia cliente accetta le sue condizioni e i suoi suggerimenti» disse l'avvocato, senza averla nemmeno consultata. La contea avrebbe addirittura pagato il suo onorario. Inoltre, aveva l'impressione di fare una buona azione al mondo. Era un bel cambiamento rispetto alle volte che tirava fuori dalla prigione gli automobilisti ubriachi.

«Di là c'è una doccia. Perché non le dice di lavarsi? Forse vorrà anche procurarle qualcosa di decente da mettersi. Ci porti pure il conto.»

«È un piacere fare affari con lei, capitano Joy» disse mentre il comandante della caserma andava a prendere la macchina di Freeland.

«Ben, hai davvero messo le mani su qualcosa di grosso. L'hai trattata molto bene. Non me lo scorderò. Ora fammi vedere che velocità può raggiungere questo bestione.»

«L'ha detto, capitano.» Freeland superò ben presto il limite dei centodieci. Raggiunsero il bacino proprio mentre la guardia costiera arrivava dal canale principale.

L'uomo aveva i gradi di tenente, sebbene si definisse capitano, e Oreza fece il saluto militare non appena lui salì a bordo. Entrambi i poliziotti indossarono i giubbotti di salvataggio perché i regolamenti della guardia costiera prevedevano che venissero indossati sulle unità piccole. Joy gli mostrò la carta nautica.

«Pensa che riusciremo ad arrivare fin lì?»

«No, ma la nostra lancia ce la può fare. Cos'è successo?»

«Forse c'è stato un triplo omicidio, forse per motivi di droga. Abbiamo sorvolato l'area questa mattina.»

Oreza annuì con quanto più distacco possibile, e si mise personalmente al timone, riducendo la velocità delle macchine. C'erano meno di sette chilometri da lì al cimitero, come lo chiamava Oreza, e cercò di programmare l'arrivo con grande cautela.

«Non ci avviciniamo di più? C'è alta marea» disse Freeland.

«È questo il problema. In posti del genere si naviga quando c'è bassa marea, così, nel caso in cui si finisca in secca, ci si può anche disincagliare. Da qui in poi si procede con la lancia.» La sua mente lavorava in modo febbrile mentre gli uomini dell'equipaggio mettevano in acqua la lancia da quattro metri. Ripensò ad alcuni mesi prima, a quella notte tempestosa con il tenente Charon di Baltimora, una possibile partita di droga che secondo lui sarebbe stata consegnata in qualche punto della baia. *Sono persone che fanno sul serio*, aveva detto al portoghese. Oreza si era già domandato se potesse esserci un collegamento.

Avviarono il motore fuoribordo da dieci cavalli. Il timoniere prese nota della marea, imboccando un canale che a prima vista sembrava serpeggiare nella direzione segnata sulla loro carta. Regnava un grande silenzio, e a Oreza venne in mente quando aveva prestato servizio nell'operazione MARKET TIME, un'azione di supporto della guardia costiera nei confronti della marina, in Vietnam. Aveva trascorso del tempo con quei soldati, alla guida di imbarcazioni Swift fabbricate proprio ad Annapolis dai cantieri navali Trumpy. La situazione era così simile: anche qui l'erba era così alta e così fitta da poter nascondere degli uomini armati. Si chiese se forse tra poco non si sarebbero trovati in quella stessa situazione. I poliziotti giocherellavano con i loro revolver e Oreza si chiese, troppo tardi, perché non avesse portato con sé una Colt. Non che sapesse come usarla. Subito dopo pensò che gli sarebbe piaciuto che ci fosse stato Kelly. Non sapeva esattamente cosa avesse fatto Kelly in passato, ma sospettava fosse stato uno dei SEAL con cui aveva collaborato per un po' di tempo presso il delta del Mekong. Non gli avevano certo dato la croce militare per niente, e il tatuaggio sul braccio non era lì per caso...

«Dannazione» esclamò Oreza. «Sembra uno Starcraft di cinque metri..., no, anzi, sembra di più un sei.» Prese la radio portatile. «Quattro-Uno Alfa, qui è Oreza.»

«Ricevuto, portoghese.»

«Abbiamo trovato la barca, proprio dove ci è stato detto. Rimanete in attesa.»

«Ricevuto.»

Improvvisamente la situazione si fece molto tesa. I due poliziotti si scambiarono un'occhiata, chiedendosi come mai non avevano portato un maggior numero di colleghi. Oreza accostò la lancia allo Starcraft. I poliziotti salirono a bordo con grande circospezione.

Freeland indicò il retro. Joy annuì. C'erano sei blocchi di cemento e un pezzo di rete di nylon arrotolata. Xantha non aveva mentito a questo proposito. C'era anche una scala di corda che permetteva di salire a bordo. Joy andò avanti per primo, con il revolver nella mano destra. Oreza guardò Freeland che lo seguiva. Una volta sul ponte del relitto, gli uomini impugnarono l'arma con entrambe le mani e si diressero verso la sovrastruttura, scomparendo alla vista per un periodo interminabile, che in realtà durò solo quattro minuti. Alcuni uccelli si disposero sull'alberatura. Quando Joy ricomparve, non impugnava più il revolver.

«Ci sono tre cadaveri, e un grande quantitativo di una sostanza che sembra eroina. Chiami la sua imbarcazione, e faccia dire alla mia caserma che abbiamo bisogno del laboratorio legale. Marinaio, lei ha appena iniziato a gestire un servizio di traghetti.»

«Signore, quelli dell'associazione caccia e pesca hanno in dotazione barche più adatte. Vuole che li chiami perché ci vengano a dare una mano?»

«Buona idea. Può darsi che sia il caso di fare un giro. L'acqua sembra piuttosto limpida, e ci è stato riferito che è stato buttato a mare qualcuno in questa zona. Ha notato quelle cose sull'imbarcazione?» Oreza diede un'occhiata, e vide la rete e i blocchi di cemento.

Cristo! «È così che fanno. Va bene, adesso farò un giro di ricognizione.» E così fece dopo aver effettuato la chiamata radio.

«Ciao, Sandy.»

«John! Dov'è che sei?»

«A casa mia, in città.»

«Ieri è venuto a trovarci un poliziotto. Ti stanno cercando.»

«Ah sì?» Gli occhi di Kelly divennero due fessure mentre addentava un sandwich.

«Ha detto che dovresti andare da lui a parlargli, e sarebbe meglio che ci andassi subito.»

«È carino da parte sua» commentò Kelly ridacchiando.

«Cosa farai?»

«Tu non vuoi saperlo, vero, Sandy?»

«Ne sei certo?»

«Sì.»

«John, ti prego, pensaci sopra.»

«L'ho fatto, Sandy, sul serio. Andrà tutto bene. Grazie per l'informazione.»

«C'è qualcosa che non va?» le domandò un'altra infermiera dopo che lei ebbe riappeso.

«No» rispose Sandy, ma la sua amica capì che stava mentendo.

Mhm. Kelly finì di bere la sua Coca-Cola. Ciò confermava i suoi sospetti sulla visita di Oreza. Le cose si stavano quindi facendo più complicate, ma lo stesso era avvenuto la settimana precedente. Si diresse verso la camera da letto, e quasi nello stesso momento sentì bussare alla porta. Trasalì per lo spavento, ma doveva pur rispondere. Aveva aperto le finestre per cambiare l'aria, quindi era ovvio che lui fosse in casa. Trasse un profondo respiro e andò ad aprire.

«Mi chiedevo dove fosse andato, signor Murphy» disse il padrone di casa, con suo grande sollievo.

«Mah, ho lavorato per due settimane nel Midwest, e poi mi sono preso una settimana di vacanza in Florida» mentì con il sorriso sul volto.

«Non si è abbronzato molto.»

Sorriso imbarazzato. «Ho passato molto tempo al chiuso.» Il padrone di casa non ebbe nulla da obiettare.

«Sono contento per lei, volevo solo essere sicuro che andasse tutto bene.»

«Tutto sotto controllo» lo rassicurò Kelly, chiudendo la porta prima che lui potesse fargli altre domande. Aveva bisogno di riposarsi. Sembrava che il suo lavoro dovesse sempre avvenire di notte. Era come essere dall'altra parte del mondo, si disse Kelly, mentre si sdraiava sul letto sconnesso.

Faceva un caldo infernale allo zoo. Era stata una buona idea quella di incontrarsi al recinto dei panda. Era affollato di gente che voleva dare un'occhiata allo splendido regalo, segno di buona volontà, inviato dalla Repubblica Popolare Cinese, dai comunisti cinesi, secondo Ritter. Era un bel posto, con l'aria condizionata, ma di solito gli agenti dei servizi segreti si sentono a disagio in luoghi del genere, e quindi quel giorno lui stava facendo una passeggiata nella zona, relativamente grande, in cui si trovavano le tartarughe delle Galapagos. Ritter non sapeva quale fosse la differenza, sempre che ce ne fosse una. Un'altra cosa che non sapeva è come mai avessero bisogno di un'area così spaziosa. Sembrava davvero spropositato per una creatura che quando andava veloce si spostava alla velocità di un ghiacciaio.

«Salve, Bob.» "Charles" era ormai un sotterfugio a cui non dovevano più ricorrere, sebbene fosse stato Vološin a chiamare direttamente Ritter, per dar prova della sua abilità. Nei servizi segreti le cose funzionavano in due sensi. Quando erano i russi a chiamare, il nome in codice era "Bill".

«Salve, Sergej». Ritter indicò i rettili. «Non le ricordano un po' il modo in cui operano i nostri governi?»

«Non la parte del governo dove lavoro io.» Il russo sorseggiò la bevanda analcolica. «E nemmeno quella dove lavora lei.»

«Okay, cosa hanno detto a Mosca?»

«Lei si è dimenticato di mettermi al corrente di un piccolo particolare.»

«E cioè?»

«Che in mano vostra c'è anche un ufficiale vietnamita.»

«Perché dovrebbe essere affar vostro?» chiese Ritter con noncuranza, cercando chiaramente di dissimulare il suo disappunto per il fatto che Vološin fosse venuto a saperlo, e il suo interlocutore se ne accorse.

«È una complicazione. Mosca non lo sa ancora.»

«Allora faccia a meno di dirglielo», suggerì Ritter. «Come ha detto lei, è una complicazione. Le assicuro che i nostri alleati non ne sono al corrente.»

«Com'è possibile?» chiese il russo.

«Sergej, lei di solito rivela quali sono i suoi metodi?» ribatté Ritter, mettendo fine a quella fase della conversazione. Ci si doveva muovere con i piedi di piombo in quella fase del gioco, e per diversi motivi. «Mi stia a sentire, generale, a lei quei piccoli bastardi non piacciono più di quanto non piacciano a me, vero?»

«Sono i nostri fraterni alleati socialisti.»

«Sì, e noi abbiamo roccaforti della democrazia in tutta l'America Latina. È venuto qui per un breve corso di filosofia politica?»

«La cosa positiva dei nemici è che si sa sempre da che parte stanno. Lo stesso non lo può dire degli amici» ammise Vološin. Ciò spiegava anche l'attuale politica del governo nei confronti del presidente americano. Era un bastardo, ma lo era in modo plateale. E poi, dovette ammettere a se stesso Vološin, i vietnamiti servivano a ben poco. Il vero teatro delle operazioni era in Europa. Era sempre stato così e sarebbe sempre stato così. Quello era il luogo in cui per secoli era stato deciso il corso della storia, e nulla avrebbe potuto modificare lo stato delle cose.

«Diciamo che si tratta di un rapporto non ancora ufficiale, è forse il caso di controllare? Un ritardo? Per favore, generale, la posta in gioco è troppo alta. Se accade qualcosa a quegli uomini, le prometto che noi faremo vedere il suo ufficiale su tutti i mezzi di comunicazione. Il Pentagono è al corrente della situazione, Sergej, e vuole che questi uomini tornino indietro, non gliene frega un cazzo della distensione.» Il linguaggio scurrile esplicitò cosa Ritter pensasse in realtà.

«E a lei? E alla sua direzione?»

«Sicuramente la nostra vita diventerà molto più prevedibile. Dov'era nel '62, Sergej?» chiese Ritter, conoscendo e chiedendosi quale sarebbe stata la risposta.

«A Bonn, come sa, a tener sotto osservazione i suoi che erano in allerta perché Nikita Sergeevič aveva deciso di giocare quello stupido gioco», contraddicendo le indicazioni del KGB e del ministero degli esteri, come sapevano entrambi.

«Noi non saremo mai amici, ma anche i nemici possono decidere insieme le regole del gioco. In fondo non si tratta di questo?»

Un uomo assennato, pensò Vološin, e la cosa gli piacque. Lasciava ben sperare in un comportamento prevedibile, e questo era ciò che i russi volevano in massima istanza dagli americani. «Lei sa essere persuasivo, Bob. È sicuro che i nostri alleati non sappiano che manca uno dei loro uomini?»

«Sicurissimo. La mia offerta di incontrare il suo uomo è sempre valida» aggiunse.

«Senza diritti reciproci?» provò a chiedere Vološin.

«Per quello ho bisogno del permesso dei miei superiori. Posso provarci, se lei me lo chiede, però complicherebbe ulteriormente le cose.» Buttò nel cestino il bicchierino vuoto.

«Glielo chiedo.» Vološin voleva mettere in chiaro le cose.

«Molto bene. La chiamerò. E in cambio?»

«In cambio prenderò in considerazione la sua richiesta.» Vološin se ne andò senza aggiungere null'altro.

Ti ho beccato! pensò Ritter, andando a riprendere l'automobile. Si era mosso con cautela e fantasia. C'erano tre persone che potevano essere responsabili delle fughe di notizie su BOXWOOD GREEN. Aveva parlato con ognuna di loro. Alla prima persona aveva detto che erano effettivamente riusciti a portar via un prigioniero che però era morto per le ferite riportate. Alla seconda aveva detto che il russo era stato ferito gravemente e che forse non sarebbe sopravvissuto. Ritter però aveva riservato il bocconcino più allettante a colui che aveva le maggiori possibilità di essere l'informatore. Adesso anche la terza persona era stata informata. Rimanevano quindi quattro sospetti. Roger MacKenzie, il suo assistentucolo da strapazzo, e due segretarie. Quello era un lavoro di competenza dell'FBI, ma non voleva che si creassero altre complicazioni, e un'indagine di spionaggio sull'ufficio del presidente degli Stati Uniti avrebbe agitato maggiormente le acque. Una volta in automobile, decise di incontrare un amico del dipartimento di scienza e tecnologia. Ritter provava un grande rispetto per Vološin. Un uomo abile, molto attento, metodico, che era stato responsabile degli agenti segreti in Europa occidentale prima di essere assegnato alla *rezidentura* di Washington. Avrebbe mantenuto la parola, e per essere sicuro di non finire nei guai, si sarebbe attenuto strettamente alle regole fissate dai suoi servizi segreti. Ritter era pronto a scommettervi. Se fosse riuscito a mettere a segno questo colpo, oltre all'altro che era in atto, fin dove sarebbe potuto arrivare? Lui aveva iniziato la sua ascesa a prezzo di duri sacrifici, non per qualche ricompensa di tipo politico; era il figlio di un ranger del Texas che aveva lavorato come cameriere per pagarsi gli studi a Baylor. Era una circostanza che Sergej, in virtù delle buone abitudini marxista-leninista avrebbe apprezzato, pensò fra sé e sé Ritter, mentre imboccava la Connecticut Avenue. Un figlio della classe lavoratrice che ha fatto strada.

Era un modo insolito di raccogliere informazioni, qualcosa che non aveva mai fatto in precedenza, e non gli dispiaceva affatto, tanto che avrebbe anche potuto farci l'abitudine. Era seduto in un angolo da Mama Maria, e stava lentamente finendo il secondo, grazie, non bevo, devo guidare. Con indosso l'elegante «divisa» della CIA e un nuovo taglio di capelli stile manager, si beava degli sguardi di alcune signorine, e di una cameriera che gli manifestava una certa simpatia, viste soprattutto le sue buone maniere. L'ottima cucina attirava molta gente nel locale, ed era sempre così affollato che si capiva perché Tony Piaggi e Henry Tucker lo avessero scelto per incontrarsi. Mike Aiello era stato molto loquace. Mama Maria, infatti, era di proprietà della famiglia Piaggi, che offriva ormai da tre generazioni ristorazione e altri servizi meno legali alla comunità locale, fin dai lontani tempi del Proibizionismo. Il proprietario era uno che ci sapeva fare, salutava gli habitués, li accompagnava ai tavoli con il calore degli abitanti del Vecchio Mondo. Era anche vestito con grande eleganza, notò Kelly, memorizzandone volto, corporatura, vestito, gesti e modi di fare mentre mangiava i calamari. Entrò un uomo di colore, con indosso un vestito di buona fattura. Aveva l'aria di chi conosce bene il posto, sorrise alla padrona e attese qualche secondo.

Piaggi alzò lo sguardo e si diresse verso l'ingresso, fermandosi solo ogni tanto per stringere la mano a qualcuno. Fece lo stesso con l'uomo di colore, poi entrambi passarono davanti al tavolo di Kelly e salirono su per le scale, che conducevano alle stanze private. Nessuno vi fece particolarmente caso. C'erano delle altre coppie di colore nel ristorante, trattate alla pari di tutti gli altri. Con la differenza che però loro facevano un lavoro onesto, Kelly non aveva dubbi in proposito. Smise di fantasticare. Quindi quello è Henry Tucker. Kelly riprese a guardare il piatto, anche se non riprese subito a mangiare. È l'uomo che ha ucciso Pam. Non sembrava un mostro. Difficilmente i mostri sembrano tali. Henry Tucker per Kelly era un obiettivo, e quindi immagazzinò nella sua mente i particolari che lo riguardavano, così come quelli che riguardavano Tony Piaggi. Rimase stupito quando, nell'abbassare lo sguardo, vide che la forchetta che aveva in mano era piegata.

«Qual è il problema?» chiese Piaggi al piano di sopra. Versò del Chianti per tutti e due, da bravo padrone di casa, ma non appena ebbe chiuso la porta, il volto di Henry iniziò a esprimere ciò che provava.

«Non sono tornati.»

«Phil, Mike e Burt?»

«Sì» rispose Henry bruscamente. In realtà la sua intenzione era stata di rispondere no.

«Ho capito, calmati. Quanta roba avevano?»

«Venti chili di quella pura. Avrebbe dovuto soddisfare la piazza di Filadelfia, New York e la mia per un po' di tempo.»

«È davvero tanta, Henry». Tony annuì. «Forse ci hanno solo messo un po' più del solito, non pensi?»

«Ormai dovrebbero essere già di ritorno.»

«Senti, Phil e Mike sono novellini, forse sono un po' imbranati, come lo eravamo Eddie e io all'inizio. Diavolo, Henry, quella volta erano solo cinque chili, ti ricordi?»

«Ho già calcolato questo problema» disse, chiedendosi se avesse ragione oppure no.

«Henry», disse Tony, sorseggiando il vino e cercando di apparire tranquillo e ragionevole «calmati, okay? Perché ti stai agitando così tanto? Abbiamo risolto tutti i problemi, no?»

«C'è qualcosa che non funziona.»

«Che cosa?»

«Non lo so.»

«Vuoi prendere una barca e andare a vedere cos'è successo?»

Tucker scosse la testa. «Ci vuole troppo tempo.»

«Non incontreremo gli altri se non fra tre giorni. Stai tranquillo. Probabilmente stanno tornando indietro.»

Piaggi pensò di capire come mai Tucker fosse così scosso. Quella volta c'era in gioco qualcosa di grosso. Venti chili di eroina pura trasformata in un numero enorme di dosi vendute al dettaglio, già diluita e confezionata per la comodità dei clienti, disposti per la prima volta a sborsare cifre da capogiro. Quello era il grande colpo che Tucker aveva sognato per anni. Già mettere insieme tutto il contante per pagarla era una grande impresa. Era comprensibile che fosse così agitato.

«Tony, e se Eddie non avesse avuto nulla a che fare con questa storia?»

Risposta esasperata: «Non ti ricordi che sei stato tu a dire che doveva essere lui?».

Tucker non poteva proseguire un simile ragionamento. Aveva solo cercato un pretesto per eliminare quell'uomo, una complicazione superflua. Era sì agitato per il motivo che pensava Tony, ma non solo. Le cose che erano accadute quell'estate, iniziate così, senza un motivo, e che si erano interrotte sempre senza una logica... si era detto che quella doveva essere opera di Eddie Morello. Era riuscito a convincersene, ma solo perché aveva voluto crederci. La vocina che gli aveva permesso di arrivare a quel punto gli aveva detto che le cose stavano diversamente, e adesso quella vocina si faceva nuovamente sentire, e non c'era un Eddie contro cui sfogare il proprio nervosismo e la propria ira. Un uomo con le palle come lui, che era arrivato dov'era arrivato grazie alla complessa equazione tra cervello, fegato e istinto, si fidava soprattutto dell'istinto. Adesso questo gli suggeriva cose che lui non capiva, non riusciva a comprendere. Tony aveva ragione. Forse i ragazzi non erano molto abili nel raffinare la droga. Quello era l'unico motivo per cui stavano installando il laboratorio nella zona est di Baltimora. Con tutta l'esperienza che avevano accumulato se lo potevano permettere, un affare che avrebbe preso il via dalla settimana successiva. Bevve quindi il vino e si calmò, mentre l'alcol, rosso e forte, calmava i suoi istinti allarmati.

«Diamogli tempo fino a domani.»

«Allora, com'è successo?» chiese l'uomo al timone. Dopo aver guidato per un'ora a nord di Bloodworth Island pensò di aver atteso abbastanza da poter rivolgere quella domanda al sottufficiale che era seduto di fianco a lui. In fin dei conti loro erano rimasti lì a guardare e aspettare.

«Hanno dato un tipo in pasto a quei dannati granchi!» rispose Oreza. «Hanno preso due metri quadrati di rete, l'hanno zavorrata con alcuni blocchi di cemento, e hanno lasciato affondare il cadavere, praticamente non è rimasto nulla se non un mucchietto d'ossa!» Secondo le sue informazioni, quelli del laboratorio legale stavano ancora discutendo su come ricuperare il cadavere. Oreza era sicuro che non sarebbe riuscito facilmente a dimenticarsi un simile spettacolo, il teschio sul fondo, le ossa ancora vestite, che si muovevano per via delle correnti marine... o forse per via dei granchi. Non si era preso la briga di guardare più da vicino.

«Bella rogna, capo» esclamò Oreza.

«Sai chi è?»

«Cosa intendi dire, portoghese?»

«Ti ricordi a maggio, quando avevamo a bordo quel tipo, Charon, il marinaio con la vela a righe, ecco chi era, potrei scommetterci.»

«Sì, capo, forse hai ragione.»

Gli avevano permesso di guardare tutto, una cortesia di cui, con il senno di poi, avrebbe fatto volentieri a meno, ma a cui era stato impossibile sottrarsi. Come un bambino trascinato a vedere un film dell'orrore, non poteva dire *no, grazie*. Non poteva tirarsi indietro per paura davanti ai poliziotti, visto che anche lui era uno di loro. Quindi si era arrampicato per la scaletta dopo aver comunicato il ritrovamento del corpo a soli cinquanta metri dal relitto e averne avvistati altri tre, distesi a pancia in giù sul ponte di quello che probabilmente era stato il quadrato ufficiali del piroscafo, morti, ammazzati con un colpo di pistola alla nuca, le ferite beccate dagli uccelli. Era stato quasi sul punto di svenire quando se n'era reso conto. Gli uccelli comunque erano stati abbastanza intelligenti da non piluccare la droga.

«Sto parlando di venti chili, venti chili di merda, questo comunque è ciò che hanno detto i poliziotti. Ha un valore di milioni di dollari» raccontò Oreza.

«Ho sempre detto che ero nel settore sbagliato.»

«I poliziotti avevano una faccia sconvolta, soprattutto il capitano. Visto come stanno le cose, è probabile che si fermeranno lì tutta la notte.»

«Pronto, Wally?»

Il nastro purtroppo era molto disturbato, per colpa delle vecchie linee telefoniche, spiegò il tecnico. Lui non poteva farci niente. La scatola degli interruttori dell'edificio risaliva ai tempi in cui Alexander Graham Bell costruiva protesi acustiche.

«Sì, di cosa si tratta?» rispose la voce, che si sentiva solo a fasi alterne.

«Dell'ufficiale vietnamita che sono riusciti a catturare. Ne sei sicuro?»

«Me l'ha raccontato Roger». *Eureka*! pensò Ritter.

«Dov'è che lo tengono?»

«Penso a Winchester, insieme al russo.»

«Ne sei sicuro?»

«Sicurissimo, ma ha spiazzato anche me.»

«Prima volevo controllare, sai com'è.»

«Certo, vecchio mio.» A quel punto la comunicazione s'interruppe.

«Chi è?» chiese Greer.

«Walter Hicks Ha frequentato tutte le scuole migliori. James, Andover e Brown. Suo padre è un importante banchiere; si è rivolto con abilità ad alcuni politici che contano, e guarda cosa finisce per fare il piccolo Wally.» Ritter serrò il pugno. «Vuoi sapere perché queste persone sono ancora in SENDER GREEN? È per questo motivo, amico mio.»

«Adesso cosa hai intenzione di fare?»

«Non lo so.» *Non sarà comunque legale.* La registrazione non lo era. La conversazione era stata intercettata senza un mandato, e aveva le stesse possibilità di essere portata in tribunale quanto la registrazione effettuata nelle camere nei giudici nel corso di un processo.

«Pensaci bene, Bob» gli consigliò Greer. «Sono stato là anch'io, ricordi?»

«Cosa succede se Sergej non ce la fa alla svelta? Questa piccola testa di cazzo potrebbe farla franca dall'accusa di aver posto fine alla vita di venti uomini!»

«Non è che questa idea mi piaccia molto.»

«A me non piace proprio per niente!»

«Il tradimento è ancora un crimine capitale, Bob.»

Ritter sollevò lo sguardo. «Dovrebbe essere così.»

Un'altra interminabile giornata. Oreza si sorprese a invidiare l'addetto di guardia a Cove Point Light. Almeno aveva sempre con sé la famiglia. Lui invece era lì, aveva la bimba più intelligente di tutto l'asilo e non la vedeva quasi mai. Forse avrebbe finito con l'accettare quel posto di insegnante a New London, pensò Oreza, così da potersene stare con la famiglia per uno o due anni, da poter passare un po' di tempo con i figli, che forse un giorno sarebbero diventati ufficiali, ma almeno avrebbero imparato da lui a essere veri marinai...

La maggior parte delle volte era da solo con i suoi pensieri.

L'equipaggio stava dormendo nelle cabine dove avrebbe dovuto essere anche lui, ma quelle immagini lo perseguitavano. L'uomo-granchio e i tre uomini — becchime per gli uccelli — gli avrebbero impedito di addormentarsi per ore e ore, a meno di togliersi quel peso dalla coscienza... e lui aveva una buona scusa, no? Oreza iniziò a rovistare tra le carte sulla scrivania, finché trovò il biglietto da visita.

«Pronto?»

«Tenente Charon? Parla il capo di prima classe Oreza, giù a Thomas Point.»

«È piuttosto tardi» fece notare Charon. Era in procinto di andare a letto.

«Si ricorda quella volta in maggio, quando eravamo in cerca della barca a vela?»

«Sì, perché?»

«Penso che forse abbiamo trovato il suo uomo, signore.» Oreza ebbe come l'impressione di sentire sgranare gli occhi.

«Vuole dirmi come?»

Glielo disse, senza trascurare alcun particolare, e sentì che l'orrore lo abbandonava, come se corresse attraverso il filo del telefono. Non sapeva che era proprio quello che stava accadendo.

«Chi è il capitano dei poliziotti che si sta occupando del caso?»

«Si chiama Joy, signore. Della contea di Somerset. Lo conosce?»

«No.»

«Ah, sì, dimenticavo» aggiunse Oreza.

«Sì?» Charon stava prendendo appunti su appunti.

«Conosce il tenente Ryan?»

«Sì, lavora anche lui in centro.»

«Mi ha chiesto se gli controllavo un tizio di nome Kelly. Ma certo! Lei l'ha visto, si ricorda?»

«A cosa si riferisce?»

«La notte che eravamo fuori a cercare la barca a vela, incrociammo un tipo appena prima dell'alba, su un cabinato. Vive su un'isola, non lontano da Bloodsworth. A ogni modo quel Ryan voleva che io glielo cercassi, ha capito? È tornato, signore, probabilmente in questo momento si trova proprio a Baltimora. Ho provato a rintracciarlo, ma era fuori casa, ed è tutto il giorno che vado avanti e indietro come un imbecille. Potrebbe occuparsene lei, per favore?»

«Certo» rispose Charon, e il suo cervello stava davvero lavorando in modo febbrile.

35

Riti di passaggio

Mark Charon si ritrovò in una posizione piuttosto scomoda. Essere un poliziotto corrotto non lo rendeva automaticamente un idiota. Anzi. Grazie alla sua mente, cauta e fortemente analitica, riusciva a rendersi perfettamente conto degli errori che commetteva. Proprio a questo stava pensando mentre era sdraiato a letto, dopo aver finito di parlare al telefono con la guardia costiera. Di certo Henry non avrebbe fatto salti di gioia nel sapere che il suo laboratorio era stato scoperto, e tre dei suoi uomini uccisi. Inoltre, da quanto aveva appreso, sembrava che fosse andata persa un'ingente quantità di droga, e anche le risorse di Henry erano limitate. Ma il peggio era che la persona o le persone che avevano escogitato il tutto erano sconosciute, in libertà e nessuno poteva dire cosa stessero tramando.

Sapeva chi era Kelly. Aveva ricostruito gli avvenimenti fino al punto di scoprire un dettaglio oltremodo sorprendente: era stato Kelly in persona a dare un passaggio a Pam Madden, del tutto casualmente, il giorno che era stato eliminato Angelo Vorano, e lei si trovava proprio a bordo della sua barca, a meno di cinque metri da quella della guardia costiera, dopo quella notte tempestosa e ributtante. Ebbene, Em Ryan e Tom Douglas si erano interessati a quel tipo, dando disposizioni, in maniera abbastanza insolita, affinché la guardia costiera effettuasse accertamenti sul suo conto. Perché? Per un ulteriore colloquio con un testimone che abitava fuori città la prassi avrebbe richiesto una semplice telefonata. Em e Tom si stavano occupando del caso della fontana, assieme a tutti gli altri che erano saltati fuori poche settimane dopo. «È un ricco fannullone da spiaggia» aveva detto a Henry, ma la squadra omicidi numero uno del dipartimento gli aveva messo gli occhi addosso, ed egli aveva avuto direttamente a che fare con una delle fuoriuscite dell'organizzazione di Henry, possedeva una barca e non viveva molto lontano dal laboratorio chimico che Henry era stato sufficientemente stupido da continuare a usare. Si trattava di una sequela di coincidenze singolarmente lunga e improbabile, che per Charon era diventata ancora più preoccupante quando aveva capito di non essere più un poliziotto che stava indagando su un crimine, quanto un criminale con un proprio *ruolo* nell'azione delittuosa in questione.

Il tenente, sdraiato sul suo letto, rimase sorprendentemente sconvolto da quel pensiero. Non aveva mai avuto una simile idea di sé. Al contrario, Charon si era creduto al di sopra delle parti, un osservatore, un personaggio occasionale, non un *attore* del dramma che si svolgeva sotto i suoi occhi. In fondo nel suo curriculum vantava la serie più lunga di casi risolti di tutta la narcotici, e la ciliegina sulla torta era stata l'eliminazione di Eddie Morello, forse l'azione più magistrale della sua vita, tanto più che aveva fatto fuori un vero trafficante con un omicidio premeditato di fronte ad almeno altri sei poliziotti, ma per la polizia la sua azione era stata una sparatoria in piena regola, e gli aveva garantito una licenza pagata che era andata ad aggiungersi a quanto gli aveva corrisposto Henry per il servizio. Gli era parso un gioco particolarmente divertente, e non così distante dal compito per il quale veniva pagato dai suoi concittadini. Gli uomini vivono delle proprie illusioni, e Charon non faceva eccezione. Non tanto perché fosse convinto di essere nel giusto, questo no, ma perché si era semplicemente permesso di concentrarsi sulle informazioni che Henry gli passava, sbattendo dentro i trafficanti che ne minacciavano la posizione di mercato. In grado di controllare le indagini dei suoi subordinati, aveva in verità lasciato tutto il mercato nelle mani di un trafficante su cui non disponeva in archivio di alcuna informazione effettiva. Aveva così permesso a Henry di ampliare i suoi traffici, e ciò aveva attirato l'attenzione di Tony Piaggi e dei suoi uomini lungo la East Coast. Presto, e lui lo aveva fatto presente a Henry, sarebbe stato costretto a lasciare che i suoi poliziotti mettessero il naso su qualche aspetto collaterale delle sue operazioni. Henry aveva capito, senza dubbio dopo essersi consultato con Piaggi, il quale era abbastanza intelligente da cogliere gli aspetti più sottili del gioco.

Ma qualcuno aveva gettato un cerino in questa miscela estremamente esplosiva. Le informazioni di cui disponeva puntavano in una sola direzione, ma non erano sufficientemente precise. Doveva riuscire a ottenerne altre. Charon rimuginò per qualche istante e sollevò la cornetta. Trovò libero al terzo tentativo.

«Polizia di Stato.»

«Sono il tenente Charon, della polizia di Baltimora. Sto cercando il capitano Joy.»

«È fortunato signore, il capitano è appena rientrato. Resti in linea.» Udì la voce di un uomo stanco.

«Capitano Joy.»

«Salve, sono il tenente Charon, Mark Charon della polizia municipale. Lavoro alla narcotici. Ho sentito che ha appena messo le mani su qualcosa di grosso.»

«Più o meno.» Charon sentì l'uomo abbandonarsi sulla poltrona con un misto di soddisfazione e fatica.

«Mi potrebbe dire come è andata? Forse posso fornirle anch'io qualche informazione utile.»

«Chi le ha detto dell'operazione?»

«Il marinaio della guardia costiera che vi ha portati sul posto, Oreza. Ho lavorato con lui in un paio di casi. Si ricorda la grande retata della marijuana, la fattoria della contea di Talbot?»

«C'era di mezzo lei? Credevo fosse stato tutto merito dei guardacoste.»

«Ho dovuto defilarmi per proteggere il mio informatore. Guardi, se vuole può chiedere una conferma a loro; vi posso dare il numero di telefono, il capo della stazione è Paul English.»

«Okay, Charon, mi ha convinto.»

«A maggio ho passato un'intera nottata con loro a caccia di un tipo che era scomparso proprio sotto i nostri occhi. Non abbiamo più trovato né lui né la sua barca. Secondo Oreza...»

«L'uomo dei granchi» sospirò Joy. «Qualcuno fu gettato in acqua e sembra che ci sia rimasto un po'. Lei ne sa qualcosa?»

«Probabilmente si chiama Angelo Vorano. Viveva qui in città, un piccolo trafficante che cercava di farsi strada.» Charon passò poi a descriverlo.

«L'altezza è all'incirca la stessa. Però dovremo controllare le impronte dei denti per identificarlo definitivamente. Sì, dovrebbe essere utile, tenente. Che vuole da me?»

«Che cosa mi può dire?» Charon prese appunti per qualche minuto. «Che ne è di Xantha?»

«La tratteniamo come teste chiave, con il consenso del suo legale. Vogliamo che non succeda nulla a questa ragazza; sembra che ci troviamo di fronte a gente piuttosto pericolosa.»

«Credo proprio di sì» replicò Charon. «Okay, vedrò se posso fare qualcosa per lei.»

«Grazie per l'aiuto.»

«Dio» mormorò Charon dopo aver riattaccato. *Un ragazzo bianco... una grande barca bianca*. Burt e le due persone che Tony aveva evidentemente richiamato per l'operazione, colpite alla nuca, con una calibro .45. Le uccisioni in stile esecuzione capitale non erano in voga nel mondo degli stupefacenti, e la freddezza del gesto fece venire un brivido a Charon. Ma si trattava di efficienza più che di freddezza. Come con gli spacciatori. Come il caso a cui lavoravano Tom ed Em, e loro volevano saperne di più di quel Kelly, e lui era un ragazzo bianco con una grande barca bianca che viveva non lontano dal laboratorio. Troppe per essere solo coincidenze.

L'unica buona notizia era che poteva chiamare Henry in tutta sicurezza. Era a conoscenza di tutte le intercettazioni telefoniche in corso per casi di droga, e nessuna era prevista nei confronti di Tucker.

«Sì?»

«Burt e i suoi amici sono morti» annunciò Charon.

«Cosa?» proruppe la voce di qualcuno risvegliatosi all'improvviso.

«Mi hai sentito. Li ha ritrovati la polizia di Stato di Somerset. Anche Angelo, o quello che ne è rimasto. Il laboratorio è perduto, Henry. La droga pure. E poi tengono Xantha sotto sorveglianza.» Da queste parole trapariva un certo tono di soddisfazione. Charon si sentiva ancora abbastanza poliziotto da non dispiacersi per la fine di un covo criminale.

«Che cazzo sta succedendo?» ribattè la voce, strozzata.

«Credo di poterti dire anche questo. Dobbiamo vederci.»

Prima di ritornare all'appartamento Kelly diede un'altra occhiata alla postazione da lui scelta, passandovi davanti con il maggiolino che aveva noleggiato. Era spossato, sebbene l'ottima cena lo avesse appagato. Il sonnellino pomeridiano era stato sufficiente a ridargli energia dopo una lunga giornata, ma ora stava cercando di far sbollire la rabbia, e guidare era sempre stata un'ottima terapia. Aveva visto l'uomo, l'uomo che aveva completato l'assassinio di Pamela, con un laccio da scarpe. Sarebbe stato un gioco da ragazzi occuparsi subito di lui. Kelly non aveva mai ucciso nessuno a mani nude, ma sapeva come si faceva. A Coronado in California diversi insegnanti, tutti molto in gamba, gli avevano spiegato per parecchio tempo i punti più delicati del corpo umano, tanto che ogni volta che osservava una persona, la sua mente vi sovrapponeva qualcosa di simile a un foglio di carta millimetrata: questo punto per questa mossa, quel punto per l'altra... e ora si rese conto che, sì, ne era valsa la pena. Ne era valsa la pena di correre quei rischi, e di affrontare le conseguenze... anche se non significava che doveva accettarle, come rischiare la vita non significava buttarla via. Quella era l'altra faccia della medaglia. Adesso riusciva a intravedere la fine e doveva cominciare a preparare dei programmi che andassero oltre quel momento. Doveva essere ancora più cauto. E così i poliziotti sapevano chi era, ma era sicuro che non avessero niente sul suo conto. Anche se la ragazza, Xantha, avesse deciso di parlare, lei non lo aveva mai visto in volto... si era nascosto sotto la pittura mimetica. Praticamente l'unico pericolo era che avesse visto il numero di immatricolazione della barca quando si era allontanato dalla banchina, ma era molto probabile. Senza alcuna prova concreta non avevano nulla da produrre davanti a un tribunale. E così sapevano che alcune persone non gli andavano a genio... bene. E magari sapevano anche qual era stata la sua formazione... bene. Lui giocava secondo determinate regole. Invece loro seguivano norme diverse, molto diverse, e questo avvantaggiava lui, non loro.

Guardò fuori dal finestrino, valutando direttrici e distanze, elaborando un primo piano e inserendovi numerose variazioni. Avevano scelto un punto dove circolavano poche pattuglie della polizia e il terreno era in gran parte sgombro. Nessuno poteva avvicinarsi senza essere visto... probabilmente per poter distruggere tutto quello che si trovava lì dentro, in caso di necessità. Si trattava di una strategia logica per il loro problema di tattica, ma c'era un punto debole. Non avevano pensato all'esistenza di regole tattiche completamente differenti.

Non mi riguarda, pensò Kelly, rientrando nel suo appartamento.

«Dio benedetto...» Roger MacKenzie era pallido e si sentiva improvvisamente nauseato. Stavano in piedi sulla veranda della sua casa nella zona nordoccidentale di Washington. Sua moglie e sua figlia erano andate a New York a fare acquisti per l'autunno. Ritter si era presentato, senza averlo avvertito, alle sei e quindici del mattino, vestito di tutto punto e con uno sguardo sinistro, un accento stonato nella fresca e piacevole brezza mattutina. «Sono trent'anni che conosco suo padre.»

Ritter sorseggiò il succo d'arancia, sebbene l'acidità che conteneva non fosse proprio un toccasana per il suo stomaco. Era un tradimento della peggior specie. Hicks *sapeva* che quello che faceva avrebbe danneggiato alcuni suoi concittadini, dei quali uno lo conosceva per nome. Ritter aveva già preso una decisione, ma adesso toccava a Roger farfugliare quello che gli saltava in mente.

«Ci siamo smazzati Randolph insieme, siamo stati nello stesso reparto» brontolava MacKenzie. Ritter decise di fargli sputare il rospo, anche se in questo modo avrebbe dovuto perdere un po' di tempo. «Abbiamo concluso degli accordi insieme...» terminò l'uomo, abbassando il capo sulla colazione che non aveva ancora toccato.

«Non posso biasimarti per averlo assunto nel tuo ufficio, Roger, ma il ragazzo è colpevole di spionaggio.»

«Cosa intendi fare?»

«È un crimine, Roger» puntualizzò Ritter.

«Tra poco me ne andrò. Mi vogliono per la campagna di rielezione, nel gruppo che si occuperà di tutta la zona nordorientale.»

«Di già?»

«Jeff Hicks sarà il responsabile della campagna per il Massachusetts, Bob, e io lavorerò con lui.» MacKenzie posò lo sguardo sulla tavola, balbettando frasi sconnesse. «Bob, un'indagine per spionaggio nel nostro ufficio... potrebbe rovinare tutto. Se quello che abbiamo fatto... se si venisse a sapere della tua operazione... ehm, di quello che è accaduto e di quello che è andato storto... potrebbe far *naufragare* tutto.»

«Mi spiace, Roger, ma quel piccolo bastardo ha tradito il suo Paese.»

«Potrei togliergli l'immunità, sbatterlo fuori...»

«Non basta» replicò Ritter freddamente. «Qualcuno potrebbe morire a causa di questo piccolo bastardo. Non la passerà liscia.»

«Potremmo ordinarti di...»

«Di ostacolare la giustizia, Roger?» rimarcò Ritter. «Perché di questo si tratta. È un crimine.»

«La tua intercettazione era illegale.»

«Indagine per la sicurezza della nazione... c'è in corso una guerra, ti ricordi?... le regole sono un po' diverse, e poi, tutto quello che bisogna fare è fargliela sentire e getterà la spugna.» Ritter ne era certo.

«E rischiare di far cadere il presidente? Adesso? In questo momento? Pensi che sarà un bene per il Paese? E i nostri rapporti con i russi? È un momento *cruciale*, Bob.» Ritter voleva aggiungere *ma è sempre così, no*? ma si trattenne.

«Beh, sono venuto da te per avere un consiglio» gli disse Ritter, e lo ottenne, dopo un po', senza sapere che in futuro non sarebbe più accaduto.

«Non possiamo permetterci un'indagine che conduca a un processo pubblico. È politicamente inaccettabile.» MacKenzie sperò che fosse sufficiente.

Ritter annuì e si alzò. Il ritorno verso il suo ufficio di Langley non fu esattamente piacevole. Sebbene fosse appagante avere via libera, Ritter si trovava ora di fronte a qualcosa che, per quanto desiderabile, non voleva diventasse un'abitudine. La prima cosa da fare era eliminare la cimice. Di corsa.

Dopo tutto quello che era successo, fu il giornale a divulgare la notizia. Il titolo a quattro colonne, a metà pagina, annunciava un triplice omicidio, collegato al mondo dei narcotrafficanti, nella sonnolenta contea di Somerset. Ryan divorò la storia, senza passare alla pagina sportiva, alla quale solitamente dedicava quindici minuti della sua routine mattutina.

Dev'essere lui, pensò il tenente. *Chi potrebbe lasciare "un'ingente quantità" di droga senza toccarla, insieme a tre morti?* Quella mattina uscì di casa con quaranta minuti di anticipo, lasciando di stucco sua moglie.

«La signora O'Toole?» Sandy aveva appena concluso il primo giro della giornata, e stava dando un'occhiata ad alcuni moduli quando era squillato il telefono.

«Sì?»

«Sono James Greer. Lei ha parlato con la mia segretaria, Barbara.»

«È vero. Cosa posso fare per lei?»

«Mi spiace disturbarla, ma sto cercando di rintracciare John. A casa non c'è.»

«Credo che sia in città, ma non so dirle dove.»

«Se le telefona, potrebbe dirgli di chiamarmi? Ha già il mio numero. La prego di perdonarmi» concluse gentilmente l'uomo.

«Non si preoccupi.» *Di che si tratterà?* si chiese.

Cominciava a sentirsi angosciata. La polizia cercava John, ma quando lo aveva avvertito, era sembrato non curarsene. Adesso c'era qualcun altro che era interessato a lui. Perché? Poi vide una copia del giornale sulla tavola dell'atrio. Il fratello di uno dei suoi pazienti stava leggendo un articolo, ma proprio in basso a destra, in prima pagina, spiccava il titolo: OMICIDIO PER DROGA A SOMERSET.

«Stanno tutti correndo dietro a quel tipo» osservò Frank Allen.

«Che vuoi dire?» Charon si era recato al distretto occidentale con il pretesto di controllare l'indagine amministrativa sull'uccisione di Morello. Aveva parlato con Allen, chiedendogli se poteva rivedere le dichiarazioni degli altri ufficiali e dei tre testimoni civili. Dato che aveva gentilmente rifiutato di dare consigli, e l'uccisione appariva assolutamente chiara, Allen non aveva visto nulla di male nel lasciarglielo fare, fintantoché tutto si svolgeva in sua presenza.

«Voglio dire, dopo la telefonata di Pittsburgh per quella ragazza che è stata fatta fuori, la Brown, Em ha chiamato chiedendo di lui. Adesso arrivi tu. Come mai?»

«È venuto fuori il suo nome. Non sappiamo perché, e si tratta solo di un controllo veloce. Tu che mi puoi dire di lui?»

«Ehi, Mark, sei in vacanza, ricordi?» sottolineò Allen.

«Vuoi forse dire che il mio posto non è sempre lì ad aspettarmi? Dovrei forse smettere di pensare, Frank? Ho forse perso quell'articolo di giornale sui delinquenti in vacanza?»

Allen dovette dargli ragione. «Con tutte queste domande, sto cominciando a pensare che ci sia qualcosa che non va in quel tipo. Ti ricordi il caso Gooding? Comunque, il nostro primo sommozzatore si era fatto parecchio male in un incidente d'auto, allora mi misi a cercare qualcuno davvero bravo, e ci giunse una raccomandazione per il suo nome. Finì con l'addestrare i sommozzatori, giù in città. Credo di avere delle informazioni sul suo conto — già, dimenticavo. Aspetta un minuto.» Allen lasciò il suo tavolo, per recarsi in archivio, e Charon finse di leggere le dichiarazioni fino a quando lo vide tornare. Si ritrovò in mano una sottile cartelletta. «Ecco.»

Era una parte del ruolino di servizio di Kelly, ma non molto, osservò Charon mentre scorreva le pagine. Comprendeva i punteggi come sommozzatore, la sua valutazione come istruttore, e una fotografia, insieme ad altre notizie di poco valore. Charon alzò gli occhi. «È vero che vive su un'isola? L'ho sentito dire.»

«Sì, ne ho parlato con lui. Una storia divertente. Ma perché ti interessa?»

«È solo un nome, probabilmente non è nulla, ma volevo controllare. Continuo a sentir parlare di un gruppo che lavora in mare.»

«Avrei dovuto mandare la cartella a Em e Tom. Me ne ero dimenticato.»

Tanto meglio. «Sto andando da quelle parti. Vuoi che lo consegni io?»

«Saresti così gentile?»

«Certo.» Charon strinse il plico sottobraccio. Si fermò subito presso un distaccamento della biblioteca, dove fece alcune fotocopie dei documenti per dieci cent l'una. Poi entrò da un fotografo. Il distintivo gli permise di avere cinque copie della piccola foto tessera in meno di dieci minuti. Le lasciò nell'automobile, quando parcheggiò al comando, ed entrò solo per consegnare la cartelletta a un funzionario, che l'avrebbe portata alla omicidi. Avrebbe potuto tenere le informazioni per sé ma, riflettendoci, gli era sembrato più intelligente agire come un normale poliziotto che eseguiva un incarico qualunque.

«Allora, che è successo?» chiese Greer dopo aver chiuso la porta del suo ufficio.

«Secondo Roger un'indagine avrebbe effetti politici negativi» fu la risposta di Ritter.

«Beh, non fa già tutto dannatamente schifo?»

«Allora ha detto di pensarci noi» aggiunse Ritter. *Non con queste parole, ma il significato era lo stesso*. Non aveva senso confondere la situazione, no?

«E cosa voleva dire?»

«Tu che ne pensi, James?»

«Da dove arriva questo?» domandò Ryan quando vide la pratica giungere sul suo tavolo.

«Me l'ha consegnata un poliziotto all'ingresso, signore» rispose il giovane ufficiale. «Non lo conosco, mi ha solo riferito che era per lei.»

«Okay.» Ryan lo fece uscire e aprì il plico, vedendo per la prima volta una fotografia di John Terrence Kelly. Era entrato in marina due settimane dopo aver compiuto diciott'anni e vi era rimasto per... otto anni, congedato con onore con il grado di capo di prima classe scelto. Era evidente che la scheda non era completa. Prevedibile, del resto, visto che il dipartimento si era principalmente interessato delle sue capacità natatorie. C'era la qualifica della scuola per guastatori-sommozzatori e la specializzazione come istruttore, che era quanto contava per il dipartimento. I tre fogli di valutazione del pieghevole attestavano all'unisono la valutazione massima per la marina, e a essi era allegata una arzigogolata lettera di raccomandazione da parte di un ammiraglio a tre stelle che il dipartimento aveva accettato a occhi chiusi. L'ammiraglio aveva intelligentemente inserito un'elenco di decorazioni, per impressionare la polizia di Baltimora: croce militare, stella d'argento, stella di bronzo. Medaglia per ferite riportate in combattimento...

Gesù, è proprio come lo immaginavo.

Ryan ripose la cartella sul tavolo, vedendo che faceva parte del file relativo all'omicidio Gooding. Voleva dire Frank Allen... ancora. Lo chiamò.

«Grazie per le informazioni su Kelly. Chi è stato a portarmele?»

«È passato Mark Charon» lo informò Allen. «Sto seguendo il follow-up del suo omicidio, e me ne ha parlato lui. Ha detto che il nome è saltato fuori in uno dei suoi casi. Scusa, mi ero scordato di averlo. Ha detto che te lo avrebbe lasciato giù. Non credo che quello sia il tipo da drogarsi, sai, ma...» la sua voce continuò, oltre il punto su cui si era soffermato Ryan.

Adesso ci sono troppe novità in un colpo solo, maledettamente troppe. Charon. Continua a saltar fuori.

«Frank, devo farti una domanda difficile. Quando ha chiamato il sergente Meyer di Pittsburgh, lo hai forse detto a qualcun altro?»

«Cosa vorresti dire, Em?» Replicò Allen, con una punta di offesa per l'insinuazione.

«Non sto dicendo che hai telefonato ai giornalisti, Frank.»

«È stato il giorno in cui Charon ha fatto secco quel trafficante, mi pare.» Ripensò. «Può darsi che abbia detto qualcosa a lui... è l'unico con cui abbia parlato quel giorno, ora che ci penso.»

«Okay. Grazie, Frank.» Ryan cercò il numero della caserma della polizia di Stato.

«Capitano Joy» sibilò una voce affaticata. Il comandante della caserma avrebbe portato un letto nella sua prigione se avesse dovuto, ma per tradizione una caserma della polizia di Stato ne era già dotata, ed egli aveva trovato un comodo letto per le sue quattro ore e mezzo di sonno. Joy sperava già che la contea di Somerset ritornasse al suo tran tran quotidiano, anche se quanto stava accadendo gli avrebbe potuto assicurare una promozione.

«Tenente Ryan, squadra omicidi della polizia di Baltimora.»

«Adesso interessiamo a tutti quelli della città» commentò sarcasticamente Joy. «Cosa vuole sapere?»

«Che intende dire?»

«Voglio dire che me ne stavo per andare a letto ieri sera quando un altro dei suoi colleghi mi ha chiamato, il tenente Chair ... o qualcosa di simile, non me lo ricordo. Ha detto che poteva identificare uno dei corpi... oh, certo che l'ho scritto da qualche parte. Mi scusi, ma sono proprio in coma.»

«Mi potrebbe ragguagliare? Mi basterà un riassunto.» Il racconto si rivelò più che sufficiente. «La donna è sotto custodia?»

«Ci può scommettere.»

«Capitano, la tenga lì fino a un mio nuovo ordine, okay? Oh, mi scusi, la tenga lì, *per favore*. Può essere la testimone chiave di un omicidio plurimo.»

«Lo so benissimo, ricorda?»

«Intendo dire, anche per noi, signore. Due casi davvero brutti, sono sei mesi che ci lavoro.»

«Non si muoverà per un pezzo» promise Joy. «Anche noi dobbiamo scambiare quattro chiacchiere con lei, e il suo avvocato sta iniziando a collaborare.»

«Nient'altro su chi ha sparato?»

«Solo quello che le ho già riferito: maschio bianco, un metro e ottanta, dipinto di verde, dice la ragazza.» Joy non aveva incluso questo particolare nel racconto iniziale.

«Cosa?»

«Dice che aveva volto e mani verdi, come se fosse mimetizzato, credo... Ah, c'è un'altra cosa» aggiunse. «Ha un'ottima mira. Le tre persone che ha fatto fuori, un solo colpo per uno, tutti centri perfetti...»

Ryan sfogliò nuovamente il documento. Al termine dell'elenco delle decorazioni di Kelly... Tiratore scelto, fucile e pistola.

«Mi farò sentire nuovamente, capitano. Mi sembra proprio che lei abbia gestito la situazione nel migliore dei modi, per essere qualcuno che non ha solitamente a che fare con degli omicidi.»

«Credo che in futuro mi limiterò agli eccessi di velocità» confermò Joy, riattaccando.

«Sei arrivato presto» osservò Douglas, in evidente ritardo. «Hai letto i giornali?»

«Il nostro amico è tornato, e ha fatto ancora centro.» Ryan gli passò la fotografia.

«Adesso sembra più vecchio», commentò il sergente.

«Tre medaglie al valore fanno questo e altro.» Ryan fece a Douglas il resoconto degli ultimi sviluppi. «Hai voglia di andare a Somerset a interrogare quella ragazza?»

«Credi...?»

«Sì, credo che abbiamo un testimone. E credo che abbiamo anche la nostra talpa.» Ryan spiegò tutto con calma.

Aveva chiamato solo per sentire la sua voce. Adesso era vicino all'obiettivo, lo vedeva chiaramente, aveva scelto tempi e modi, e poteva permettersi di guardare oltre, alla vita normale che sarebbe seguita a questa incursione nel campo dell'amministrazione della giustizia. Kelly non pretendeva di diventare un vendicatore professionista. Si era posto una missione, si era preparato, l'aveva studiata ed eseguita quasi in toto. Non era terribilmente professionale guardare oltre la fine di qualcosa che non era ancora terminato ma, nonostante la sua professionalità, Kelly rimaneva un essere umano.

«John, dove sei?» L'angoscia della sua voce era ancora più marcata del giorno precedente.

«Ho un tetto» era quanto intendeva dirle.

«C'è un messaggio per te. James Greer ha detto di chiarmarlo.»

«Okay.» Kelly fece una smorfia; avrebbe dovuto pensarci il giorno prima.

«Eri tu quello del giornale?»

«Cosa vuoi dire?»

«Voglio dire,» sussurrò «tre morti sull'Eastern Shore!»

«Ti richiamo io» disse con la stessa rapidità del brivido che lo attraversò.

Per ovvi motivi Kelly non si faceva consegnare il giornale all'appartamento, ma ora doveva leggerlo. C'era un distributore, si ricordò, all'angolo. Vi si avvicinò, lasciando una moneta e prendendo una copia. Gli bastò uno sguardo.

Che cosa sa di me?

Era troppo tardi per recriminare. Con Xantha si era presentato lo stesso problema che aveva dovuto affrontare con Doris. O meno, gli era sembrato. Stava dormendo... era completamente fuori di sé quando aveva portato a termine il lavoro. Gli spari l'avevano svegliata, certo, ma non sapeva, non aveva visto il suo volto. Le aveva bendato gli occhi, l'aveva lasciata per strada, le aveva spiegato che Burt aveva intenzione di ucciderla, le aveva dato soldi sufficienti per prendere un Greyhound e sparire. Anche se imbottita di droga, era rimasta sconvolta e spaventata. Eppure i poliziotti l'avevano già scovata. Come diavolo era accaduto?

Fottitene del perché, *ragazzo, è nelle loro mani.*

Per lui il mondo era cambiato in un attimo.

Bene, adesso che si fa? Questo pensiero gli tenne occupata la mente mentre ritornava al proprio appartamento.

Come prima cosa doveva liberarsi della calibro .45, ma era una decisione che aveva già preso. Pur non avendo lasciato alcuna prova, rappresentava un legame con qualcosa a cui non aveva alcuna voglia di essere collegato. Quando la missione sarebbe finita, sarebbe *finita*. Lo aveva deciso da tempo. La differenza adesso era che quel suo casuale sguardo al futuro acquistava maggiore importanza. Perché aveva bisogno di aiuto, e dove lo avrebbe potuto ottenere se non dalle persone per le quali aveva ucciso?

«Ammiraglio Greer? Sono Clark.»

«Attenda, prego» udì; poi, all'altro capo: «Avrebbe dovuto telefonare ieri, ricorda?».

«Sarò da lei tra due ore, signore.»

«L'aspetto.»

«Dov'è Cas?» domandò Maxwell, sufficientemente arrabbiato da usare il soprannome. Il sottufficiale che dirigeva il suo ufficio capì.

«Ho già telefonato a casa, signore. Non risponde.»

«Che strano.» Non lo era, in verità, ma l'ufficiale capì anche questo.

«Vuole che mandi qualcuno a Bolling per controllare, ammiraglio?»

«Buona idea.» Maxwell annuì e rientrò in ufficio.

Dieci minuti più tardi un sergente della polizia militare dell'aeronautica si recò dal suo corpo di guardia alla schiera di abitazioni utilizzate dagli alti ufficiali in servizio al Pentagono. L'insegna portava la scritta contrammiraglio C.P. Podulski, USN, con un paio di ali da aviatore, quelle della marina, in oro. Il sergente aveva solo ventitré anni e i suoi rapporti con gli ammiragli del comando non andavano più in là di quanto fosse costretto dal dovere, ma aveva l'ordine di controllare che tutto fosse a posto. Il quotidiano del mattino era ancora fuori dalla porta. Nel garage si vedevano due automobili, una delle quali con il pass del Pentagono sul parabrezza, e il sergente sapeva che l'ammiraglio e sua moglie vivevano da soli. Facendosi coraggio, bussò alla porta, con decisione ma senza fare troppo rumore. Niente. Allora provò a suonare il campanello. Niente. E ora? si chiese il giovane sottufficiale? L'intera base *era* proprietà governativa, ed egli aveva il diritto, secondo le norme, di entrare in qualsiasi abitazione del luogo, aveva ricevuto degli ordini, e probabilmente il suo tenente lo avrebbe appoggiato. Aprì la porta. Nessun rumore. Si guardò intorno, senza trovare nulla che non fosse lì dalla sera prima. Chiamò un paio di volte l'ammiraglio senza ottenere nulla, quindi decise di salire le scale. Lo fece con una mano sulla fondina di pelle bianca...

L'ammiraglio Maxwell giunse sul posto una ventina di minuti più tardi.

«Attacco cardiaco» sentenziò l'ufficiale medico. «Probabilmente nel sonno.»

Diversa la situazione della moglie, sdraiata accanto a lui. Era stata una donna così bella, si ricordò Dutch Maxwell, terribilmente sconvolta dalla perdita del figlio. Il bicchiere, pieno d'acqua per metà, era appoggiato su un fazzoletto, per non rovinare il comodino di legno. Aveva perfino rimesso il tappo sul tubetto delle pillole prima di sdraiarsi vicino a suo marito. Dutch guardò l'attaccapanni di legno. La sua camicia bianca d'ordinanza era lì, pronta per un'altra giornata di servizio nel Paese che lo aveva adottato, le ali dorate sui vari nastrini, di cui il superiore era azzurro, con cinque stelle bianche. Si sarebbero dovuti incontrare per parlare della pensione. In un certo senso, Dutch non si sentiva sorpreso.

«Dio abbia pietà» commentò, vedendo le uniche vittime amiche dell'operazione BOXWOOD GREEN.

Cosa gli racconto? si chiese Kelly, mentre attraversava il cancello. Il poliziotto di guardia lo fissò insistentemente nonostante il permesso, forse domandandosi quanto fosse pagato male il personale della CIA in servizio esterno. Parcheggiò il suo catorcio nello spazio visitatori, una posizione migliore rispetto al personale in organico, cosa che gli parve un po' strana. Nella sala d'ingresso Kelly fu ricevuto da un ufficiale della sicurezza e condotto ai piani superiori. L'edificio gli sembrava ancora più sinistro, ora, mentre attraversava gli squallidi e grigi corridoi popolati di persone anonime, ma solo perché stava per diventare una specie di confessionale per un'anima che non aveva ancora deciso se considerarsi o meno peccatrice ma, in qualunque caso, sicura di non avere ancora finito. Non era mai entrato nell'ufficio di Ritter. Si trovava al quarto piano ed era sorprendentemente piccolo. Kelly pensava che fosse una persona importante, e sebbene lo fosse davvero, il suo ufficio non lo dava a vedere.

«Salve, John» esordì l'ammiraglio Greer, ancora sconvolto per la notizia ricevuta mezz'ora prima da Dutch Maxwell. Greer gli indicò una sedia, e fece chiudere la porta. Ritter stava fumando, con fastidio di Kelly.

«Contento di essere tornato a casa, Mr. Clark?» domandò l'ufficiale superiore. C'era una copia del *Washington Post* sulla scrivania, e Kelly notò con sorpresa che la storia della contea di Somerset era in prima pagina anche lì.

«Sì signore, lo può dir forte.» Entrambi gli ufficiali colsero l'ambivalenza della frase. «Perché mi ha voluto vedere?»

«Come le ho accennato sull'aereo, può darsi che il fatto di aver fatto uscire quel russo possa salvare i nostri ragazzi. Abbiamo bisogno di persone che sappiano pensare in fretta. Lei lo è. Le sto offrendo un lavoro nel settore di mia competenza.»

«Con quali mansioni?»

«Qualsiasi cosa le diremo di fare» fu la risposta. Ritter aveva già qualche idea.

«Non sono neppure laureato.»

Ritter prese una grossa busta dalla sua scrivania. «Me lo sono fatto mandare da St.Louis.» Kelly riconobbe i moduli. Era il suo file personale, e completo, della marina. «Avrebbe dovuto farla davvero l'università. Il suo quoziente d'intelligenza è addirittura superiore a quanto pensassi, e le sue abilità linguistiche sono perfino migliori delle mie. Io e James possiamo sorvolare sulla laurea.»

«Una croce della marina può aprire molte porte, John» spiegò Greer. «E anche quello che lei ha fatto, nell'aiutare a preparare BOXWOOD GREEN e poi sul campo, apre molte porte.»

Ancora una volta era in corso una battaglia tra istinto e ragione, e Kelly lo capì al volo. Purtroppo non riusciva a distinguere quale caratteristica fosse a favore di quale opzione. Poi ritenne di dover dire la verità a qualcuno.

«C'è un problema, signori.»

«Di che si tratta?» chiese Ritter.

Kelly allungò un braccio sulla scrivania e indicò l'articolo in prima pagina. «Forse dovreste darci un'occhiata.»

«L'ho già letto. Qualcuno ha fatto un favore al mondo» disse a cuor leggero il funzionario. Poi colse la luce negli occhi di Kelly, e la sua voce si fece improvvisamente più attenta. «Continui a parlare, Clark.»

«Sono stato io, signore.»

«Di che sta parlando, John?» gli chiese Greer.

«Il file non c'è, signore» pronunciò l'impiegato al telefono.

«Che intende dire?» obiettò Ryan. «Ho le copie di alcuni fogli proprio qui di fronte.»

«Può attendere in linea? Le passo il mio superiore.» Il telefono fu messo in pausa, qualcosa che il detective odiava cordialmente.

Ryan guardò fuori dalla finestra con una smorfia. Aveva chiamato l'archivio militare centrale, a St. Louis. Qualsiasi documento legato a ogni persona che aveva servito nelle forze armate si trovava lì, in un ambiente sicuro e protetto, la cui natura solleticava la, seppur utile, curiosità del detective, che più di una volta aveva ottenuto dati da quella fonte.

«Parla Irma Rohrerbach» si presentò una voce dopo alcuni trilli elettronici. Il detective si immaginò mentalmente un'enorme donna teutonica seduta a una scrivania sepolta da pratiche che avrebbero potuto essere sbrigate una settimana prima.

«Sono il tenente Emmet Ryan, della polizia di Baltimora. Ho bisogno di alcune informazioni da un file che avete...»

«Signore, non è qui. Il mio impiegato mi ha appena mostrato l'appunto relativo.»

«Che significa? Non potete fare uscire i file in quel modo. Lo so.»

«Non è precisamente in questi termini, signore. *Si può* in alcuni casi. E questo è uno di quelli. Il file è stato asportato e verrà restituito, ma non so dirle quando.»

«Chi lo ha preso?»

«Non sono autorizzata a dirlo, signore.» Il tono burocratico della voce mostrò anche il livello del suo interesse. Il file non si trovava presso di loro, e fin quando non sarebbe ritornato non avrebbe più fatto parte dell'universo conosciuto, per quanto la riguardava.

«Posso chiedere un'ordinanza del tribunale, lo sa?» Di solito funzionava con queste persone, poche delle quali desideravano ricevere quel genere di attenzioni.

«Certamente. Ha bisogno di qualcos'altro, signore?» Era anche abituata alle minacce. La chiamata proveniva da Baltimora, dopotutto, e una lettera di un giudice distante oltre mille chilometri sembrava qualcosa di remoto e irrilevante. «Ha il nostro indirizzo, signore?»

A dire il vero, non poteva fare nulla. Non aveva prove a sufficienza per rivolgersi a un giudice. Faccende come questa venivano trattate come affari di cortesia piuttosto che veri e propri ordini.

«Grazie. La richiamerò.»

«Buona giornata.» L'augurio era in effetti la scialba chiusura dell'ennesima quisquilia nella giornata di un'impiegata dell'archivio.

All'estero. Perché? Per chi? Cosa diavolo c'è di così diverso in questo caso? Ryan sapeva che le differenze erano tante, e si chiedeva se le avrebbe mai decifrate tutte.

«Ecco cosa le hanno fatto.» Kelly stava terminando il racconto. Era la prima volta che ne aveva parlato ad alta voce con qualcuno, e nel riferire i particolari del referto medico gli sembrava di ascoltare la voce di un altro. «A causa del suo passato, i poliziotti non hanno mai dato una vera importanza al caso. Sono riuscito a far fuggire altre due ragazze. Una l'hanno uccisa. L'altra, beh...» e fece segno verso il giornale.

«Perché l'ha lasciata andare?»

«Dovevo forse ucciderla, Mr. Ritter? Era quello che volevano fare loro» spiegò Kelly, con gli occhi ancora fissi al pavimento. «Era più o meno in sé quando l'ho lasciata andare. Non ho avuto il tempo di fare altro. Ho giudicato male.»

«Quanti?»

«Dodici, signore» rispose, sapendo che Ritter voleva il numero totale di morti.

«Santo Dio» osservò il funzionario. In verità avrebbe voluto sorridere. Si parlava, infatti, di utilizzare la CIA per operazioni antidroga. Egli era contrario a una simile politica, in quanto non la riteneva sufficientemente importante per dedicarvi il tempo di persone il cui compito primario era quello di proteggere il proprio Paese dalle vere minacce alla sicurezza nazionale. Ma non poteva sorridere. La faccenda era fin troppo seria. «L'articolo parla di venti chili di roba. È vero?»

«Può essere.» Kelly scrollò le spalle. «Non l'ho pesata. C'è un'altra cosa. Credo di sapere come viene importata la droga. I sacchetti puzzano di... di formaldeide. Liquido per imbalsamare. È eroina asiatica.»

«Sì?» chiese Ritter.

«Non capisce? Roba asiatica. Formaldeide. Entra in qualche punto della East Coast. Non è ovvio? Usano i corpi dei nostri soldati per far entrare quella fottutissima robaccia.»

Anche capacità analitiche?

Il telefono di Ritter squillò. Era la linea interna.

«Ho detto che non voglio essere disturbato» grugnì.

«È ''Bill'', signore. Dice che è importante.»

Un tempismo perfetto, pensò il capitano. I prigionieri furono fatti uscire nell'oscurità. Non c'era elettricità, neppure questa volta, e l'unica luce proveniva da pile tascabili e alcune torce costruite alla bell'e meglio dal sergente maggiore. I prigionieri avevano i piedi legati; anche mani e gomiti erano legati dietro la schiena. Avanzavano tutti leggermente piegati in avanti. Non era solo per controllarli. Anche l'umiliazione era importante, e ogni uomo veniva seguito da vicino da un coscritto che lo tormentava, fino al centro del campo di concentramento. I suoi uomini ne avevano diritto, pensò il capitano. Si erano preparati duramente, stavano per cominciare la lunga marcia a sud per completare la liberazione e la riunificazione del proprio Paese. Gli americani erano disorientati, chiaramente spaventati per questa novità nella loro routine. La settimana precedente era trascorsa tranquillamente per loro. Forse la sua precedente decisione di radunare il gruppo era stata un errore. Forse aveva favorito una qualche sembianza di solidarietà fra di loro, ma la lezione per le sue truppe valeva molto di più. Presto i suoi uomini avrebbero ucciso americani in gruppi più grandi di questo, il capitano ne era sicuro, ma dovevano cominciare da qualche parte. Urlò un comando.

All'unisono, i venti soldati afferrarono i fucili e con il calcio colpirono all'addome le persone loro affidate. Un americano riuscì a rimanere in piedi dopo il primo colpo, ma non dopo il secondo.

Zacharias rimase stupito. Era il primo attacco diretto alla sua persona da quando Kolja aveva interrotto l'altro, mesi prima. Il colpo gli tolse il respiro. La sua schiena gli faceva già male per il perdurante effetto della sua espulsione dall'aereo e il modo deliberatamente strano in cui lo avevano fatto camminare, e l'impatto del calcio d'acciaio dell'AK-47 gli fece perdere qualsiasi dominio sul suo corpo, già indebolito e violentato. Cadde di lato, i suoi arti giunsero a contatto con quelli di un altro prigioniero, mentre cercava di serrare le gambe e ripararsi. Poi cominciarono i calci. Non poteva nemmeno proteggersi il volto con le mani, dolorosamente legate alla schiena, e i suoi occhi si fissarono sul volto del nemico. Un ragazzo, forse diciassettenne, dall'aspetto quasi efebico, e il suo sguardo era quello di una bambola, gli stessi occhi vuoti, l'identica mancanza di espressione. Nessuna furia, senza neppure mostrare i denti, scalciava come un ragazzo potrebbe colpire un pallone, perché è qualcosa che si fa. Non riusciva a odiare il ragazzo, ma poteva disprezzarlo per la sua crudeltà, e continuò a guardarlo, anche dopo un calcio che gli fratturò il naso. Robin Zacharias aveva visto gli abissi della disperazione, aveva affrontato il fatto che qualcosa gli si era spezzato dentro, e che aveva rinunciato a quanto aveva imparato. Ma aveva avuto anche il tempo di capirlo. Non era codardo, più di quanto non fosse un eroe, si disse nel dolore, era solo un uomo. Aveva sopportato il dolore come la punizione fisica dei suoi errori precedenti, e avrebbe continuato a chiedere a Dio di dargli forza. Fu il dolore a fargli stringere i denti. Riusciva perfino a cogliere quanto stava accadendo, e la situazione era stranamente comica, pensò il colonnello Zacharias, fissando con i suoi occhi, ora pesti, il volto del ragazzo che lo stava tormentando. *Sopravviverò. Sono sopravvissuto a cose peggiori, e anche se morirò, resterò sempre un uomo migliore di te*, diceva con l'espressione del volto al minuscolo soldato. *Sono sopravvissuto alla solitudine, ed è molto peggio di questo, ragazzino.* Non pregava per la liberazione adesso. Era giunta da dentro, dopotutto, e se fosse arrivata la morte l'avrebbe potuta affrontare come aveva fatto con le sue debolezze e i suoi fallimenti.

Un altro comando urlato dal loro ufficiale e fecero qualche passo indietro. Per Robin ci fu un ultimo, definitivo calcio. Perdeva sangue, un occhio praticamente chiuso, e il petto attraversato da dolore e colpi di tosse, ma era ancora vivo, era ancora un americano, ed era sopravvissuto a un'altra prova. Guardò verso il capitano che impartiva i comandi. Il suo volto, a differenza del soldato che si era appena allontanato, era furioso. Robin si chiese perché.

«Fateli alzare!» urlò il capitano. Due degli americani avevano perso conoscenza, e ci vollero quattro persone per sollevarli. Non poteva fare di più per i suoi uomini. Sarebbe stato meglio ammazzarli, ma il dispaccio che teneva in tasca lo proibiva, e il suo esercito non tollerava la violazione degli ordini.

Robin stava fissando gli occhi del ragazzo che lo aveva picchiato. Erano vicini, a meno di dieci centimetri di distanza. Non c'era alcuna emozione, ma egli continuò a guardare, anche lui senza mostrare alcun sentimento. Era una piccola prova, molto privata, della volontà. Non venne pronunciata una sola parola, sebbene entrambi gli uomini stessero respirando irregolarmente, uno per lo sforzo, l'altro per il dolore.

Che ne dici di riprovare un giorno? Da uomo a uomo. Credi di poterce-la fare, ragazzino? Ti vergogni di quello che hai fatto? Ne è valsa la pena? Ti senti più uomo adesso, piccolo? Io non credo, e puoi cercare di nasconderlo quanto vuoi, ma sappiamo tutti e due chi ha vinto questa volta, vero? Il soldato si spostò di fianco a Robin, i suoi occhi non avevano espresso nulla, ma la stretta sul braccio dell'americano era molto forte, per tenerlo meglio sotto controllo, e Robin considerò questo atteggiamento una sua vittoria. Il ragazzo aveva ancora paura di lui, nonostante tutto. Lui era uno di quelli che attraversavano il cielo... odiato, forse, ma anche temuto. La violenza era l'arma del codardo, e chi se ne serviva lo sapeva, come chi era costretto ad accettarla.

Zacharias si trovò sul punto di cadere. La sua posizione gli rendeva impossibile guardare verso l'alto, quindi vide il camion solo quando fu a pochi metri. Era uno scassatissimo veicolo russo, con del filo spinato sul cassone, per impedire la fuga e far vedere alla gente cosa trasportava. Stavano andando da qualche parte. Robin non aveva alcuna idea di dove si trovasse, e non riusciva a immaginarsi la loro destinazione. Niente poteva essere peggio di questo posto... ma era sopravvissuto, in qualche modo, si ripetè mentre il camion partiva con un rumore di ferraglia. Il campo scomparve nell'oscurità, e con esso la peggior prova della sua vita. Il colonnello piegò la testa e sussurrò una preghiera di ringraziamento, seguita, per la prima volta dopo mesi, da una preghiera per la libertà, qualsiasi forma potesse assumere.

«Ha fatto quello che doveva, Mr. Clark» affermò Ritter dopo un lungo, intenzionale sguardo al telefono che aveva appena riattaccato.

«I piani non erano esattamente quelli, signore.»

«È vero, ma invece di uccidere quell'ufficiale russo, lo ha riportato indietro.» Ritter scambiò un'occhiata con l'ammiraglio Greer. Kelly non notò il cenno di assenso che avrebbe cambiato la sua vita.

«Avrei voluto che lo sapesse Cas.»

«Che cosa sanno?»

«Xantha è in mano loro, viva, nella prigione della contea di Somerset. Che cosa sa?» chiese Charon. Era presente anche Tony Piaggi. I due si incontravano per la prima volta, nel laboratorio in procinto di essere attivato nella zona orientale di Baltimora. Charon aveva pensato che sarebbe stato sicuro per lui venirci, ma solo una volta.

«È un bel guaio,» osservò Piaggi. Gli altri lo ritennero un giudizio superficiale, ma egli proseguì. «Possiamo comunque sistemare la faccenda. Prima di tutto, però, dobbiamo preoccuparci di effettuare la consegna ai miei amici.»

«Abbiamo perso *venti chili*» sottolineò cupamente Tucker. Conosceva la paura adesso. Era chiaro che là fuori si aggirava qualcosa degno della sua paura.

«Ne hai dell'altra?»

«Sì, ne ho dieci da me.»

«La tieni a casa tua?» si stupì Piaggi. «Gesù, Henry!»

«Quella troia non sa dove vivo.»

«Ma sa come ti chiami, Henry. Possiamo fare tanto con un semplice nome» gli ricordò Charon. «Perché diavolo credi che abbia tenuto i miei uomini alla larga dai tuoi?»

«Dobbiamo ricostruire l'intera organizzazione» riflettè Piaggi con calma. «Ma possiamo farlo, no? Dovremo trasferirci, ma spostarsi non è un problema. Henry, farai arrivare la roba da un'altra parte, okay? Tu la porti qui, e noi da qui ce la prendiamo. Come vedi, trasferire il tuo business non è un problema.»

«Perderò i miei...»

«'Fanculo i tuoi, Henry! Sto per avere in mano l'intero mercato della East Coast. Riesci ad arrivarci, Cristo? Perderai magari il venticinque per cento di quello che pensavi di guadagnare. Possiamo rifarci in due settimane. Smettila di pensare in piccolo.»

«Poi si tratta di far sparire le tue tracce» si introdusse Charon, interessato dalla visione di Piaggi del futuro. «Xantha è solo una persona, una drogata. Quando l'hanno raccolta per strada era imbottita di roba. Non è proprio una testimone affidabile, se non hanno altri riscontri, e se ti sposti da un'altra parte, non dovrebbero esserci problemi.»

«Le altre devono sparire, velocemente» ricordò Piaggi.

«Senza Burt, non ho nessun gorilla. Posso chiamare della gente che conosco...»

«Non se ne parla neppure, Henry! Vuoi reclutare gente nuova adesso? Fammi chiamare Filadelfia. Abbiamo due uomini alle nostre dipendenze, ti ricordi?» Piaggi ottenne un cenno di assenso, che risolse la faccenda. «Poi, dobbiamo accontentare i miei amici. Abbiamo bisogno di venti chili di roba, già preparata e bell'e pronta per partire, e ne abbiamo bisogno subito.»

«Io ne ho solo dieci» fece notare Tucker.

«Io so dove trovarne dell'altra, e lo sa anche lei. Non è vero, tenente Charon?» La domanda stupì il poliziotto a tal punto che non riuscì a parlare di un'altra faccenda che lo riguardava.

36

Pericolo droga

Era il momento di guardarsi dentro. Kelly si disse che stava accingendosi a compiere qualcosa che non aveva mai fatto su ordine di terzi, a eccezione del Vietnam, dove però le circostanze gli apparivano totalmente differenti. Era stato necessario ritornare a Baltimora, e in quel momento un simile viaggio rappresentava quanto di più pericoloso avesse mai dovuto affrontare. Cercò di esaminare la questione da un altro punto di vista. Aveva una nuova identità, adesso, ma se qualcuno avesse avuto la voglia di controllare, avrebbe scoperto che era quella di un uomo morto. Si ricordò quasi con piacere del tempo in cui la città era divisa in una zona pericolosa, relativamente piccola, e una zona sicura di gran lunga più estesa. Ma i tempi erano cambiati, i pericoli si annidavano ovunque. La polizia aveva il suo nome. Nel giro di poco tempo avrebbero potuto risalire al suo volto, quindi su ogni auto della polizia (e adesso gli sembrava di vederle sbucare da tutti gli angoli) poteva trovarsi qualcuno che lo avrebbe riconosciuto, sui due piedi, cambiando la sua vita in peggio da un momento all'altro. Ma il pensiero più preoccupante era il non disporre di alcuna difesa, non poteva certo permettersi di far male... cioè, di uccidere un poliziotto. Sarebbe diventato un criminale, e Kelly non si considerava tale, nonostante il suo passato.

E non riteneva nemmeno questa un'azione criminale. Una parte lontanissima del suo cervello la pensava diversamente, ma non la sua coscienza. Almeno così credeva. La situazione si era fatta estremamente confusa. Nemmeno ventiquattr'ore prima aveva visto il suo ultimo bersaglio, ma ora, sul punto di farla finita con questa storia, era chiaro che poteva al massimo sperare di cominciarne un'altra. Kelly pensò che forse era il destino che si meritava. Magari aveva scelto lui la propria dannazione... ma no, non poteva accettare una simile idea. Aveva amato, e forse Sandy aveva avuto ragione a dirgli che era un uomo che amava troppo. Sarebbe riuscito ad accettare la morte di Pam e a continuare a vivere come se niente fosse, attendendo pazientemente che la polizia risolvesse il caso? Anche questo non era vero. Non ci sarebbero mai arrivati, non avrebbero mai dedicato tempo e uomini alla morte di una prostituta. Quando il pensiero attraversò la mente di Kelly le sue mani si serrarono sul volante. Lei era stata quel tipo di donna; lui l'aveva salvata, lui e i suoi amici, ma a Henry non era importato nulla, e probabilmente non sarebbe importato nemmeno ai poliziotti, così il suo assassinio, in tutta la sua oscenità, non sarebbe mai stato vendicato fino in fondo.

Avrei forse potuto continuare a vivere con questo fardello?

Mentre si dirigeva a sud, lungo la Baltimora-Washington, si ricordò le lezioni di letteratura alla scuola superiore. Le regole della tragedia aristotelica. L'eroe doveva possedere un'ombra tragica, doveva affrontare il proprio destino. Kelly... amava troppo, si preoccupava troppo, si buttava troppo nelle cose e nelle persone che entravano nella sua vita.

Sperava che Ritter comprendesse perché stava facendo tutto questo. Non poteva allontanarsi. Non da Pam. Non dagli uomini di BOXWOOD GREEN e capire che, qualche volta, l'azione avrebbe potuto essere più ampia degli ordini.

L'autostrada si tramutò in un viale urbano, la New York Avenue. Il sole era già tramontato. Si stava avvicinando l'autunno, il cambiamento di stagione dall'umido chiarore dell'estate atlantica. Presto sarebbe cominciato il campionato di football e sarebbe finito quello di baseball, e gli anni sarebbero trascorsi, ma Kelly pensò che sarebbe rimasto lo stesso fino alla morte, qualunque fosse stata la conclusione di questa storia.

Peter aveva ragione, pensò Hicks. Doveva restare. Presto sarebbero cresciuti il suo potere e la sua influenza. Anche suo padre si stava dando da fare all'interno del sistema, in qualche modo, diventando una delle più importanti figure politiche, responsabile della raccolta di fondi e del coordinamento della campagna. Il presidente sarebbe stato rieletto, con maggiore probabilità ora che quella pazza missione di "salvataggio" era fallita. Per quante ombre avesse, la nuova iniziativa chiamata distensione era merito suo. Anche i primi abboccamenti con la Repubblica Popolare Cinese promettevano sviluppi futuri. Dopo tutto ciò si sarebbe dovuto imparare a convivere con l'altra parte, anch'essa legittimata. Con la stabilizzazione della posizione americana nel mondo sarebbe giunta una maggiore attenzione ai problemi dell'America, rifletté il giovane assistente mentre si accendeva il terzo spinello della serata. Era roba di prima qualità, veniva da Maui, come gli aveva detto il suo fornitore. Ecco, per esempio, dov'era il problema qui? Doveva essere tollerata, anche più dell'alcol. Sentì squillare il telefono e, fortunatamente, non dovette muoversi per prendere la cornetta.

«Come te la passi?» Era Peter. Si conoscevano così a fondo che i nomi non erano più necessari.

«Piuttosto bene. A te come va?»

«Hai qualche minuto? Vorrei guardare alcune cose con te.» All'altro capo della linea, Henderson sbottò quasi in una bestemmia di disgusto per quanto aveva percepito oltre le parole.

«Tra mezz'ora?»

«Ci vediamo.»

Meno di un minuto dopo qualcuno bussò alla porta. Hicks spense lo spinello e andò ad aprire. Troppo presto per essere Peter. Improvvisamente si spaventò, al pensiero che fosse un poliziotto. Ecco cosa capitava quando si rendeva illegale una cosa così innocua, pensò scocciato. Fortunatamente non era un poliziotto.

«Lei è Walter Hicks?»

«Sì, e lei chi è?» L'uomo dimostrava più o meno la sua età, anche se era un po' più trasandato.

«John Clark.» Guardò nervosamente il corridoio. «Ho bisogno di parlarle un paio di minuti, se non ha nulla in contrario.»

«Di che si tratta?»

«BOXWOOD GREEN.»

«Non capisco.»

«Ci sono alcune cose che deve sapere,» gli riferì Clark. Adesso lavorava per la CIA, e dovette ripetersi che il suo nome era davvero John Clark. Rendeva le cose più facili, in qualche modo.

«Entri, ma ho solo pochi minuti.»

«Non mi serve molto tempo, mmh, non intendo fermarmi troppo.»

Clark accettò l'invito a entrare, notando immediatamente l'odore dolciastro di marijuana. Beh, non era certo una sorpresa. Hicks lo invitò ad accomodarsi sulla poltrona di fronte alla sua.

«Le posso offrire qualcosa?»

«No, grazie» rispose, facendo attenzione a dove appoggiava le mani. «Io c'ero.»

«Che vuol dire?»

«Ero a SENDER GREEN, proprio la settimana scorsa.»

«Faceva parte della squadra?» chiese Hicks con grande curiosità, senza avvertire la pericolosità dell'uomo che era entrato nel suo appartamento.

«Esatto. Sono quello che ha fatto uscire il russo» gli replicò tranquillamente.

«Lei *ha rapito un cittadino sovietico*. Si può sapere perché cazzo lo ha fatto?»

Clark reclinò il capo. «Mi era sembrata una buona idea in quel momento.»

«Ha idea di cosa può provocare un'iniziativa del genere?»

«Ho anche ucciso il comandante del campo. Un dannato stronzetto» aggiunse Clark. Non menzionò l'autista, il quale, dal suo punto di vista, era solo uno spettatore innocente la cui morte non era stata motivo di soddisfazione. Un ragazzo che indossava l'uniforme del colore sbagliato, a differenza del suo obiettivo attuale.

«Non riesce proprio a *capire*?» domandò Hicks.

«A dire il vero penso di sì, Mr. Hicks. Uno dei documenti che gli ho trovato addosso era un ordine per apprestarsi a ucciderli tutti... tutti i nostri prigionieri di guerra, voglio dire.»

«Mi dispiace» commentò Hicks scuotendo frettolosamente la testa. *Oh, ti è morto il cane? Mi dispiace*. «Beh, non mi sorprende.»

«Ma non significa proprio nulla per lei?» chiese Clark, e ora toccava a lui essere curioso.

«Certo che sì, ma la gente rischia. Ecco perché si chiama gioco d'azzardo. Mi dispiace per loro, ma la cosa davvero importante è che questa guerra finisca.» Hicks allontanò lo sgradevole pensiero e pose una domanda davvero importante: «E ora che diavolo ne facciamo del russo?».

Clark si limitò a fissare il funzionario, cercando di restare impassibile. «Siamo riusciti a parlare con i sovietici affinché... beh, persuadessero i vietcong a trasferirli in un campo normale, quindi a riportarli in vita, più o meno.»

«Davvero!» *Questo sì che era un miracolo*. «Ma che succederà se i russi si arrabbiano?»

«Sono in grado di capire» lo rassicurò Clark.

«Aspetti un minuto.» Gli occhi di Hicks si fecero assenti per un attimo, e Kelly capì che stava cercando di identificare qualcosa che gli era sfuggito. «Pensavo che il comandante del campo fosse nostro prigioniero...»

«No, l'ho ucciso con le mie mani. Quell'informazione era stata data al suo capo, per consentirci di identificare il nome della persona che ha fatto fallire la missione» puntualizzò Clark. «Io c'ero, d'accordo? L'abbiamo registrato. Quei prigionieri dovrebbero far compagnia alle loro famiglie adesso, tutti e venti.»

Hicks glissò sulle ultime parole. «Ma non capisce? Avrebbe potuto far fallire i negoziati di pace. Io non *voglio* che muoiano...

un momento, ha detto che non moriranno, giusto? Tutto è bene ciò che finisce bene.»

«Quanto ci vorrà prima che riescano a tornare?» indagò Clark. Magari lo sapeva, pensò. Non era qualcosa?

«Dipende dalle trattative... due, forse tre anni.» Clark notò che stava finalmente capendo. Gli occhi si strinsero ancora, e per la prima volta vi comparve un lampo di circospezione. «Guardi, non capisce? Non ne valeva la pena. Quella guerra deve finire. Allora, che farà, mi arresta? Per cosa? Crede che sia scemo? Quella era un'operazione segreta. Non può rivelarla, o sarà lei a correre il rischio di mandare a puttane i negoziati, e la Casa Bianca non glielo permetterà mai.»

«Ha ragione. Sono qui per ucciderla.»

«Cosa?» Hicks fu sul punto di ridere. *Non può essere vero.*

«Lei ha tradito il suo Paese, ha tradito venti uomini.»

«Guardi, quella era una questione di coscienza.»

«Come questa, signor Hicks.» Clark estrasse una bustina di plastica dalla tasca. Conteneva la droga che aveva trovato accanto al corpo del suo vecchio amico, Archie, un cucchiaino e una siringa ipodermica. Gli gettò il tutto.

«Non lo farò mai.»

«Come vuole.» Da dietro la schiena comparve il suo Ka-Bar. «Ho già ucciso in questo modo. Là ci sono venti uomini che dovrebbero essere nelle loro case. Lei ha parlato di due o tre anni. Sono quaranta, forse sessant'anni di vita che lei gli ha portato via. E poi ha tradito. In un modo o nell'altro, deve restituire circa sessant'anni. Non vivrebbe mai così a lungo. Tocca a lei scegliere, signor Hicks.»

Era impallidito, gli occhi spalancati contribuivano semplicemente ad amplificare gli effetti degli stupefacenti che aveva assunto.

«Andiamo, non vorrà davvero...»

«Il comandante del campo era vivo. L'ho colpito alla testa, ma era ancora vivo quando l'ho trascinato fuori dalla vettura di ordinanza. Poi gli ho sparato proprio in fronte» mentì Kelly. «Era un nemico del mio Paese. Come lei. Ha un minuto. La soluzione facile o quella difficile. Lo può definire il suo contributo al processo di pace.»

Hicks diede un'occhiata al coltello che Clark teneva stretto, e la cosa che temeva maggiormente era il dolore. Sapeva di non avere alcuna via d'uscita. Non si era mai trovato di fronte a uno sguardo simile, ma ne conosceva il significato.

«Ho una famiglia» disse sommessamente.

«Anche loro, ma non gliene importava molto, vero? Com'è

che ha detto? Scommettere? Perdere? Lei fa parte dello stesso gioco. Sono persone vere, non simboli, non ostacoli a una tavola rotonda... *persone*. Per lei è la grande trama, giusto? Cos'è che la rende più importante di loro? Trenta secondi.» Mentre era seduto, Kelly pensò alla settimana precedente, ricordandosi di essere stato accovacciato nel fango prodotto dalla pioggia incessante, a poche centinaia di metri da venti uomini che avrebbero dovuto essere già liberi. Ciò gli rese un po' più semplice la situazione. Se Kelly era uno che amava troppo, di fronte a lui si trovava qualcuno che non si preoccupava di nulla al di fuori di se stesso. Ne aveva incontrato un altro a cena la sera precedente.

Hicks si guardò in giro per la stanza, sperando di scorgere qualcosa che potesse cambiare la situazione. L'orologio sulla cappa gli apparve congelato mentre rifletteva su quanto stava accadendo. Il suo cervello era spinto dall'adrenalina a velocità impensate, ma neppure questo poteva salvarlo. Hicks lo aveva capito. Temeva la morte, una sensazione che si portava dietro da Andover, nel 1962. Allora vi si era trovato teoricamente di fronte, infuriato per la sua ingiustizia, ed era conseguentemente vissuto in accordo con lo stesso quadro teorico. Per Walter Hicks il mondo era stato un'equazione, qualcosa da gestire e adattare. Ora si rendeva conto, pur sapendo che era troppo tardi, di essere semplicemente una delle tante variabili, non la persona con il gesso e lo sguardo sulla lavagna. Pensò di saltare dalla poltrona, ma il suo ospite si stava sporgendo in avanti, avvicinando il coltello di qualche centimetro, e i suoi occhi si fissarono sulla sottile linea argentea della lama. Gli apparve così affilata che il respiro gli si bloccò in gola, impedendogli di chiedere aiuto. Guardò ancora l'orologio. La lancetta dei secondi si era mossa.

Peter Henderson fece le cose con calma. Era una sera a metà settimana, e Washington andava a letto presto. Tutti i burocrati, gli aiutanti e gli "assistenti speciali di" si svegliavano presto, e dovevano riposare a sufficienza per gestire nel modo migliore gli affari di Stato. A Georgetown i marciapiedi, il cui asfalto era venato dalle radici degli alberi, erano vuoti. Vide due anziani che portavano a passeggio il loro cagnolino, e una persona vicino all'edificio dove lavorava Wally, a quaranta metri di distanza. Era un uomo della sua età, e aveva appena avviato un'automobile il cui rumore da falciatrice poteva essere solo quello, inconfondibile, di un maggiolino, probabilmente anche vecchio. Se uno non si decideva a buttarle, quelle dannate carcasse duravano una vita. Mentre saliva le scale Henderson pensò che aveva gettato un'altra occhiata casuale a un mondo casuale in cui egli ricopriva un ruolo. Qualche secondo dopo bussò alla porta di Wally. Era solo accostata. Si ricordò dell'atteggiamento un po' distratto del suo ex compagno di classe. Wally non sarebbe mai stato una vera spia. Henderson entrò risolutamente, pronto a rimprovevare l'amico, quando lo vide lì, affondato nella poltrona.

La manica sinistra di Hicks era arrotolata. La mano destra si era attaccata al colletto, quasi che Wally cercasse di aiutarsi a respirare, ma il vero motivo era nell'incavo del gomito sinistro. La vista fece star male Peter. Non si avvicinò al corpo. Gli occhi spalancati mostravano che si trattava di un viaggio senza ritorno. Così, si era fumato la sua roba questa sera, ma non gli era bastata. Henderson non sapeva per quale motivo il suo amico si fosse lasciato invischiare in quel dannato giro. Adesso era troppo tardi per scoprirlo. Doveva andarsene.

Con un fazzoletto pulì la maniglia della porta, la richiuse e se ne andò, cercando di controllare il suo stomaco. Che scemo! Che babbeo, che smidollato! Come si faceva a cambiare il mondo da morti?

Devi comportarti in maniera intelligente.

Non poteva far sapere di essere così intimo con qualcuno che era morto per overdose. *Wally, oh, certo... perché? Cosa? Drogato, oh, mio Dio... Conosco suo padre... Beh, sì, eravamo compagni di camera, qualche volta siamo usciti a bere qualcosa in compagnia ...*

Henderson si infuriò. *All'inferno, Wally!* Tu le capivi *le cose! Avevo bisogno di uno come te. Insieme avremmo potuto cambiare tutto!* La definitività della morte era chiara quanto inaspettata, ma restavano le sue idee, pensò Henderson rincasando. E quelle di Wally. Perlomeno quelle non erano morte. Ci avrebbe pensato lui.

Viaggiò per tutta la notte. Ogni volta che il camion urtava una buca, le ossa e i muscoli urlavano di dolore. Tre uomini erano in condizioni peggiori delle sue, due avevano perso conoscenza e giacevano sul pavimento, ma non poteva fare nulla per loro, legato mani e piedi com'era. Eppure sentiva una certa soddisfazione. Ogni ponte distrutto che li costringeva a una deviazione rappresentava una vittoria. Qualcuno stava contrattaccando, qualcuno gliela stava facendo vedere a questi bastardi. Alcuni uomini sussurrarono delle cose che l'uomo di guardia sul retro del camion non sentì per il rumore del motore. Robin si chiese dove li stessero portando. Il cielo nuvoloso gli impediva di orientarsi con le stelle, ma quando spuntò l'alba si rese conto di dove si trovava l'est, e quindi capì che si stavano muovendo in direzione nord-ovest. Era troppo sperare di sapere la loro vera destinazione, si disse Robin, ma poi pensò che la speranza non aveva limiti.

Aveva bisogno di un'ulteriore conferma, rifletté Kelly, che chiarisse anche il significato della sua ultima missione. Non c'era vera soddisfazione nella morte di Walter Hicks. Per quanto traditore e codardo, avrebbe dovuto esistere un rimedio legale per le sue malefatte. Utilizzare la politica come scusa sembrava un appiglio squallido e indegno, ma quello era stato il prezzo del biglietto che adesso aveva in mano, l'ingresso in una vita la cui unica attrattiva era quella di non essere la prigione e, sì, Hicks se l'era andata a cercare, e, sì, aveva deciso di suicidarsi; anche il lato Clark della persona Kelly era grato di questo. Non era sicuro che sarebbe riuscito a ucciderlo con un coltello, o in qualsiasi altro modo, tanto era patetico. Ma ormai era una storia passata, e adesso c'era un'altra piccola storia da concludere.

Kelly ripose i vestiti nella valigia, sufficientemente grande da contenerli tutti, e portò il bagaglio alla macchina che aveva noleggiato. Seguì il resto, e in questo modo pose fine alla sua residenza nell'appartamento. Era già passata la mezzanotte quando si avviò nuovamente a sud, al centro della zona di pericolo che in precedenza aveva esaminato, raccogliendo informazioni, e dove aveva già agito, pronto a colpire per l'ultima volta.

Per Chuck Monroe la situazione si era calmata. Doveva pur sempre occuparsi di effrazioni e svariati tipi di crimini, ma il massacro di spacciatori scatenatosi nella sua zona era giunto a conclusione. Una parte di lui provava una punta di dispiacere, come aveva ammesso ad altri colleghi a pranzo... nel suo caso il pasto delle tre del mattino. Come tutti i poliziotti riteneva che l'aumento del consumo di stupefacenti fosse l'avvisaglia di un incremento generazionale nella piccola criminalità. Alcuni segnali erano già visibili. Gli scippi erano in aumento, al pari di rapine ed effrazioni. La settimana precedente per la prima volta, a quanto si ricordava, era stato assalito un prete. Nessun delinquente comune avrebbe toccato un ecclesiastico, ma la droga spingeva la gente al di là dei soliti limiti, e mentre dieci anni prima un ladruncolo da strada avrebbe potuto temere l'ira di Dio, tutto quello che spaventava un tossicodipendente era di restare *a secco di roba*. Non si trattava di una prospettiva piacevole per un giovane dedito alla professione, che voleva soprattutto essere l'agente della giustizia per le strade dove aveva visto la luce. Sapeva già che non sarebbe stato così. La sua sarebbe stata la vita di qualcuno solo contro la marea, per fornire un riparo a chi sarebbe riuscito a proteggere, cercando non di sconfiggere la criminalità, ma solo di mitigarne gli effetti. Troppo giovane per provare lo stesso cinismo dei colleghi più anziani che ricordavano tempi migliori e regole più semplici, si disse che era e sarebbe servito comunque. Per lui era una questione di fede, e a questa convinzione si accompagnava la professionalità che gli indicava come utilizzare le sue numerose ed effettive qualità. Avrebbe fatto del suo meglio, era tutto quello che si poteva chiedere a un uomo.

Monroe era alla guida dell'auto e stava compiendo il solito giro di pattuglia, ancora attento a rilevare quanto era fuori dal normale. Notò che due persone avevano preso il posto di JuJu. Avrebbe dovuto imparare i loro nomignoli, magari avrebbe chiesto a un informatore di raccogliere qualche notizia su di loro. Forse i narcotrafficanti del centro avevano qualcosa in mente. Qualcuno ci aveva provato, anche se per poco, ammise Monroe, dirigendosi a ovest verso il confine della sua zona. Chissà chi diavolo era. Un vagabondo. Sorrise nel buio. Il nome con cui veniva chiamato, informalmente, sembrava così appropriato. L'Uomo Invisibile. Strano che i giornali non l'avessero ripreso. Una notte tranquilla era l'ideale per abbandonarsi a questi pensieri. Era contento. La gente era stata in piedi fino a tardi a guardare gli Orioles travolgere gli Yankees. Aveva imparato che spesso si potevano seguire le attività dei delinquenti da strada sulla base delle squadre sportive e dei loro incontri. Gli Orioles stavano per vincere il campionato, e si basavano sulla potenza della mazza di Frank Robinson e del guantone di Brooks Robinson. Anche ai teppisti piaceva il baseball, pensò Monroe, perplesso per l'incongruenza ma accettando il fatto in sé. Si preannunciava una notte noiosa, ma non gliene importava. Gli dava la possibilità di girare lentamente, osservare e imparare, e di pensare. Conosceva il popolo della strada, e ora stava imparando a distinguere cosa c'era di diverso, a notare le differenze come un poliziotto stagionato, decidendo chi controllare e chi lasciar perdere. Apprendendo la tecnica sarebbe riuscito a prevenire alcuni crimini, non semplicemente a reprimerli. Monroe si consolò pensando che questa capacità richiedeva del tempo.

Il confine occidentale della sua zona era una strada che andava da nord a sud. Un lato era suo, quello opposto di un altro poliziotto. Stava per svoltare quando vide l'ennesimo barbone. Gli sembrava di riconoscerlo, sebbene non fosse quel tizio che aveva perquisito qualche settimana prima. Stanco di star seduto in automobile, e annoiato per non aver fatto altro che comminare una multa, accostò.

«Ehi, bello, fermo lì.» L'uomo continuò a muoversi, lentamente, zig-zagando. Forse stava per effettuare un arresto per ubriachezza, o più probabilmente era solo un vagabondo con il cervello ormai rovinato dalle lunghe notti passate a ingurgitare la robaccia che i negozi di alcolici gli vendevano prima di cacciarlo. Di certo non era pericoloso. Monroe fece scivolare il manganello nel fodero, e accelerò il passo per raggiungerlo. Era a una ventina di metri di distanza, e sembrava che quel povero, vecchio bastardo fosse sordo, e non sentisse nemmeno il rumore dei suoi tacchi sul marciapiede. Appoggiò la mano sulla spalla del tipo. «Ho detto di fermarti.»

Il contatto fisico fu una sorpresa. Non aveva toccato il molle relitto di un ex-uomo. Questa spalla era rigida e forte... e tesa. Monroe non era preparato, troppo stanco, troppo annoiato, troppo tranquillo, troppo sicuro di quello che aveva visto e, sebbene la sua mente urlasse istantaneamente *l'Uomo Invisibile*, il suo corpo non era pronto ad agire. Per il vagabondo invece le cose non stavano proprio così. Quasi contemporaneamente al movimento della mano, Monroe vide il mondo ruotare a velocità inaudita da destra a sinistra, e in un istante passarono davanti ai suoi occhi il cielo, il marciapiede e nuovamente le stelle, ma questa volta l'immagine del firmamento fu oscurata da una pistola.

«Perché non è rimasto dentro la sua dannatissima auto?» chiese con rabbia l'uomo.

«Chi...»

«Zitto!» La pistola contro la fronte era un avvertimento sufficiente, o quasi. Furono i guanti da chirurgo a tradirlo, e a indurre il poliziotto a parlare.

«Gesù.» Era un sospiro pieno di rispetto. «Sei tu.»

«Sì. E adesso, che diavolo ne faccio di lei?» domandò Kelly.

«Non mi metterò certo a pregare.» Dalla targhetta Kelly vide che l'uomo si chiamava Monroe. Non sembrava uno che si sarebbe messo in ginocchio.

«Non è necessario. Si volti... subito!» Il poliziotto si mosse. Kelly gli tolse le manette e le strinse intorno ai polsi. «Si rilassi, agente Monroe.»

«Che vuoi dire?» L'uomo mantenne calma la propria voce, guadagnandosi l'ammirazione dell'avversario.

«Che non intendo uccidere nessuno sbirro.» Kelly lo sollevò e si diresse verso la sua vettura.

«Questo non cambia nulla, bello» ribattè Monroe facendo attenzione a tenere bassa la voce.

«Dica un po'. Dove tiene le chiavi?»

«Nella tasca destra.»

«Grazie.» Kelly le prese e spinse il poliziotto sul sedile posteriore dell'auto. Un vetro impediva a chi veniva arrestato di dar fastidio al conducente. Avviò velocemente l'autovettura e la parcheggiò in un vicolo. «Le mani non le fanno male, le manette non sono troppo strette?»

«Sto proprio come un pascià qua dietro.» Il poliziotto era agitato adesso, più che altro per la rabbia, pensò Kelly. Comprensibile.

«Calma. Non voglio che si faccia male. Chiuderò l'auto. Le chiavi finiranno in un tombino da qualche parte.»

«Dovrei ringraziarti?» sibilò Monroe.

«Gliel'ho chiesto, forse?» Kelly sentiva l'impellente bisogno di scusarsi per aver messo in imbarazzo l'uomo. «Mi ha reso le cose più facili. La prossima volta stia più attento, agente Monroe.»

Il calo di tensione fece quasi emergere un sorriso, mentre si allontanava velocemente dall'auto. *Grazie a Dio*, pensò, dirigendosi nuovamente verso ovest, ma non per tutto. Stanno ancora dietro agli ubriachi. Aveva sperato che si fossero stufati di farlo il mese prima. Un'ulteriore complicazione. Kelly si mosse, per quanto possibile, attraverso ombre e vicoli.

Era la vetrina di un negozio, proprio come gli aveva detto Billy e come aveva confermato Burt, un negozio ormai chiuso attorniato da case vuote. Kelly vi gettò un'occhiata dall'altro lato della strada. Il pianterreno era vuoto, ma dalla finestra superiore proveniva una luce. La porta d'ingresso, come vedeva, era chiusa con un grande lucchetto d'ottone. Anche quella del retro, probabilmente. Beh, poteva scegliere le maniere forti oppure... le altre maniere forti. Sentì il ticchettio di un orologio. La polizia doveva avere un sistema di chiamate regolari. E anche se non era così, presto o tardi Monroe avrebbe ricevuto una chiamata per far scendere un gattino da un albero, e il suo sergente avrebbe subito iniziato a chiedersi dove diavolo era finito, e poi ci sarebbero stati sbirri dappertutto, alla ricerca di un uomo. Avrebbero perlustrato la zona con attenzione e a fondo. Kelly non intendeva contemplare questa possibilità, e attendere non avrebbe portato alcun miglioramento.

Attraversò rapidamente la strada così com'era, tradendo per la prima volta il suo travestimento in pubblico, soppesando i rischi e trovando che l'equilibrio era sul punto della pazzia. E in fondo tutta quest'impresa era stata una pazzia fin dall'inizio, no? Fece del suo meglio per controllare la presenza di esseri umani per la strada. Non vedendo nessuno, Kelly estrasse il Ka-Bar dal fodero e iniziò ad attaccare lo stucco che si trovava intorno alla lastra di vetro della vecchia porta di legno. Forse i ladri non erano pazienti, pensò, o magari semplicemente stupidi... o forse più furbi di lui, si disse Kelly mentre cercava di strappare lo stucco con entrambe le mani. Ci vollero sei interminabili minuti, e due tagli, prima che riuscisse a togliere il vetro, il tutto a non più di due metri di distanza da un lampione. Kelly imprecò sottovoce, osservando la profonda ferita sulla mano sinistra. Poi penetrò nell'edificio e si diresse verso il retro. Un negozio a conduzione familiare, riflettè, abbandonato o qualcosa di simile, probabilmente perché stava morendo tutto il quartiere. Beh, avrebbe potuto essere peggio. Il pavimento era impolverato ma sgombro. Sul retro c'era una scala. Kelly sentì dei rumori al piano superiore e salì, con la sua calibro .45 a fargli strada.

«È stata una bella festa, dolcezza, ma ora è finita» udì pronunciare da una voce maschile. Kelly ne percepì la pesante ironia, seguita da un piagnucolio femminile.

«Vi prego... non mi direte che state...»

«Mi dispiace, dolcezza, ma è così che vanno le cose» la interruppe un'altra voce. «Mi occuperò del...»

Kelly percorse lentamente il corridoio, l'impiantito era sempre sgombro, solo sporco. Il pavimento di legno era vecchio, ma era stato recente...

...scricchiolò...

«Cos'è?»

Kelly raggelò per un attimo, ma non c'era tempo né posto per nascondersi, quindi superò gli ultimi tre metri con un balzo, buttandosi verso il basso e rotolando per scoprire la pistola, sollevandola quando si trovò in posizione supina.

C'erano due uomini, due ventenni, delle semplici sagome, in realtà; la mente di Kelly escluse i particolari irrilevanti per concentrarsi su quanto contava davvero: dimensione, distanza, movimento. Uno stava per prendere la pistola quando Kelly entrò rotolando, ed era riuscito perfino a estrarla dalla cintura e a puntarla quando due pallottole gli crivellarono il petto e una terminò la sua corsa nella testa... Kelly diresse l'arma dall'altra parte ancora prima che il corpo fosse caduto.

«Gesù Cristo! Okay! Okay!» Una piccola rivoltella cadde sul pavimento. Si sentì un urlo lancinante dalle stanze anteriori, che

Kelly ignorò alzandosi in piedi, con la sua automatica sempre diretta verso il secondo uomo.

«Ci uccideranno.» Era una voce sorprendentemente incolore, spaventata ma rallentata da quanto aveva inghiottito.

«Quanti?» disse seccamente Kelly.

«Solo questi due, ci ucci...»

«Non credo» replicò Kelly, fermo in piedi. «Tu chi sei?»

«Paula.» Stava celando il suo vero obiettivo.

«Dove sono Maria e Roberta?»

«Nella stanza di fronte» gli rispose Paula, ancora troppo disorientata per chiedersi come facesse a conoscerne i nomi. L'altro uomo parlò in sua vece.

«È morto amico, okay?» *Parliamo*, cercavano di dire i suoi occhi.

«Come ti chiami?» In una calibro .45 c'era qualcosa che induceva gli uomini a parlare, pensò Kelly, senza sapere qual era il suo sguardo.

«Frank Molinari.» Un accento, e la consapevolezza che Kelly non era un poliziotto.

«Di dove sei, Frank?... Tu stai ferma!» Kelly urlò a Paula puntandole contro l'indice sinistro. Tenne immobile la pistola, mentre gli occhi si guardavano intorno, e gli orecchi erano pronti a captare qualsiasi suono pericoloso.

«Filadelfia. Ehi, amico, possiamo parlare, che ne dici?» Stava tremando, gli occhi dardeggiavano in basso verso la rivoltella che aveva appena fatto cadere, e si chiedeva cosa diavolo stava succedendo.

Perché qualcuno di Filadelfia faceva i lavori sporchi per Henry? La mente di Kelly era in azione. Due di quelli al laboratorio parlavano con lo stesso accento. Tony Piaggi. Certo, la gang dello spaccio, e Filadelfia...

«Sei mai stato a Pittsburgh, Frank?» La domanda nacque spontaneamente.

Molinari cercò di indovinare. Non fu un tentativo ben riuscito. «Come lo hai saputo? Per chi lavori?»

«Hai ucciso Doris e suo padre, giusto?»

«Era un lavoro, amico, mai fatto un lavoro?»

Kelly gli diede l'unica risposta possibile, e riavvicinando la pistola al petto sentì un altro urlo dalla stanza di fronte. Era ora di pensare. L'orologio funzionava ancora. Kelly fece un paio di passi e con uno strattone sollevò Paula, facendole male al braccio.

«Ahi!»

«Forza, andiamo a prendere le tue amiche.»

Maria indossava solo delle mutandine ed era troppo fatta per cercare i vestiti. Roberta era sveglia, e impaurita. Non voleva guardarle in faccia, non adesso. Erano delle persone, e probabilmente delle donne innocenti come altre che aveva incontrato, ma in quel momento il pericolo gli impediva di prestare loro quelle attenzioni che avrebbero ricevuto da qualcun altro. Kelly le obbligò a scendere le scale, poi a uscire. Nessuna indossava le scarpe, e gli effetti combinati di droga in corpo e ghiaia e vetri sul marciapiede le costrinsero a zoppicare, frignando e piangendo mentre si dirigevano a est. Kelly le spingeva, brontolava, le faceva muovere più velocemente, temendo che passasse una macchina, e quello era il pericolo maggiore perché sarebbe stato sufficiente a mandare tutto in fumo. Era fondamentale essere rapidi, e ci vollero dieci minuti, interminabili come la sua corsa per scendere dalla collina di SENDER GREEN, ma l'auto della polizia era ancora dove l'aveva lasciata. Kelly aprì la porta anteriore e disse alle donne di salire. Aveva mentito sulle chiavi.

«Che cazzo!» proruppe Monroe. Kelly porse le chiavi a Paula, che sembrava quella più in grado di guidare. Se non altro riusciva a tenere diritta la testa. Le altre due si accucciarono a destra, facendo attenzione a tenere le gambe lontane dalla radio.

«Agente Monroe, queste signore la condurranno alla stazione di polizia. Ho delle istruzioni per lei. È pronto?»

«Ho forse una scelta, stronzo?»

«Vuole giocare a chi è più duro o desidera alcune informazioni utili?» domandò Kelly col tono di voce più rassicurante che riuscì a fare. Due occhi asciutti si fermarono per un lungo momento di contatto. Monroe inghiottì a fatica il suo orgoglio e annuì.

«Vai avanti.»

«Il sergente Tom Douglas è l'uomo a cui dovrà rivolgersi... nessun altro, solo lui. Queste signore sono... sono davvero nella merda, okay? Possono aiutarvi a risolvere dei casi molto importanti. Nessun altro, solo lui, okay?» *Prova a mandare tutto a puttane e ti cercherò ovunque*, fu il messaggio degli occhi di Kelly.

Monroe comprese tutti i sottintesi e annuì con il capo. «Va bene.»

«Paula, tu guida e non fermarti per nessun motivo, non ascoltare quello che ti dice, capito?» La ragazza fece cenno di sì. Lo aveva visto uccidere due uomini, e non avrebbe disobbedito. «Forza!»

In realtà, era troppo impasticcata per guidare. L'auto della polizia si mosse lentamente, urtando un palo del telefono a metà del vicolo. Poi girò l'angolo e scomparve. Kelly sospirò profondamente e ritornò al luogo dove aveva parcheggiato la propria auto. Non aveva salvato Pam. Non aveva salvato Doris. Ne aveva salvate quattro, rischiando la propria vita a volte in maniera non voluta ma necessaria. Era quasi sufficiente.

Ma non del tutto.

I due veicoli del convoglio dovettero seguire un percorso ancora più tortuoso del previsto, che impedì loro di giungere a destinazione prima di mezzogiorno. Era la prigione di Hoa Lo. Il nome significava "il posto dei fuochi", e la sua fama era ben nota agli americani. I camion si fermarono all'interno del cortile, vennero chiusi i cancelli, e solo allora fu permesso agli uomini di scendere. A ciascun prigioniero fu affiancata una guardia di scorta. Solamente un sorso d'acqua venne concesso, poi furono assegnati a celle singole sparse un po' dovunque; Robin Zacharias vide subito la propria. Trovò un bel pezzo di pavimento e si sedette, stanco per il viaggio, appoggiando la testa contro la parete. Qualche minuto dopo sentì picchiettare.

Barba e capelli, mille.

Barba e capelli, mille.

Sbarrò gli occhi. Doveva pensare. I prigionieri di guerra usavano un codice di comunicazioni tanto semplice quanto antico, un alfabeto grafico.

A	B	C	D	E
F	G	H	I	J
L	M	N	O	P
Q	R	S	T	U
V	W	X	Y	Z

tap-tap-tap-tap-tap pausa tap-tap

5/2, pensò Robin mentre la novità di quel momento combatteva contro la fatica. *Lettera W. Okay, ho capito.*

2/3, 3/4, 4/2, 4/5

tap-tap-tap-tap-tap-tap Robin lo interruppe per rispondere.

4/2, 3/4, 1/2, 2/4, 3/3, 5/5, 1/1, 1/3

tap-tap-tap-tap-tap-tap

1/1, 3/1, 5/2, 1/1, 3/1, 3/1

Al Wallace? Al? He's alive? (Al Wallace? Al? È vivo?)

tap-tap-tap-tap-tap-tap

How u? (Come va?) Chiese all'amico che conosceva da quindici anni.

Makin it (Vivo), fu la risposta, con un'aggiunta per il suo compaesano dell'Utah.

1/3, 3/4, 3/2, 1/5, 1/3, 3/4, 3/2, 1/5, 5/4, 1/5

Come, come, ye saints ...

Robin deglutì, non sentendo più i colpi, ma il coro, la musica, capendo cosa voleva dire.

tap-tap-tap-tap-tap-tap

1/1, 3/1, 3/1, 2/4, 4/3, 5/2, 1/5, 3/1, 3/1, 1/1, 3/1, 3/1, 2/4, 4/3, 5/2, 1/5, 3/1, 3/1

Robin Zacharias chiuse gli occhi e rese grazie al suo Dio per la seconda volta nella stessa giornata, e per la seconda volta da oltre un anno. Dopotutto era stato stupido pensare che non sarebbe giunta la liberazione. Sembrava un posto strano per questo, e le circostanze ancora più strane, ma c'era un fratello mormone nella cella accanto alla sua, e il suo corpo tremò quando la sua mente udì il canto più amato, la cui strofa finale non era una bugia, ma un'affermazione.

All is well, all is well. (Va tutto bene, va tutto bene.)

Monroe non riusciva a capacitarsi del perché quella Paula non gli desse ascolto. Cercò di farla ragionare, cercò di urlarle un ordine, ma lei continuava imperterrita a guidare, anche se seguiva le sue indicazioni, arrancando di prima mattina per le strade a venti chilometri all'ora, e ciò nonostante rimanendo nella propria corsia solo di rado, e con difficoltà. Ci vollero quaranta minuti. Si perse due volte, scambiando la destra per la sinistra, e una volta si fermò allorché una delle sue amiche vomitò fuori dal finestrino, e lentamente Monroe capì cosa era successo.

«Che cosa ha fatto?» chiese Maria.

«Sta-sta-stavano per ammazzarci, proprio come le altre, ma gli ha *sparato*!»

Gesù, pensò Monroe. Questo era scontato.

«Paula?»

«Sì?»

«Hai mai conosciuto qualcuno chiamato Pamela Madden?»

Sollevò e reclinò lentamente il capo, concentrandosi sulla strada. Erano in vista del commissariato.

«Buon Dio,» sospirò il poliziotto. «Paula, gira a destra nel parcheggio, okay? Accosta sul retro... brava... puoi fermarti qui, va bene.» L'auto si fermò con un sussulto, e Paula cominciò a piangere disperatamente. Monroe non potè fare altro che attendere un paio di minuti, finché passò il peggio, e adesso temeva per loro, non per sé. «Okay, credo sia ora di farmi uscire.»

La ragazza aprì la sua portiera, poi quella posteriore. Il poliziotto aveva bisogno d'aiuto per alzarsi, e lei le porse il braccio per puro istinto.

«Le chiavi dell'auto, c'è dentro la chiave delle manette, me le può aprire, signorina?» Ci vollero tre tentativi prima che riuscisse a liberarlo. «Grazie.»

«Se non è importante...» ringhiò Tom Douglas. Il filo della telefono finì sul volto della moglie, svegliando anche lei.

«Sergente, è Chuck Monroe, del distretto occidentale. Ho tre testimoni dell'omicidio della fontana.» Si interruppe. «Credo di avere altri due cadaveri dell'Uomo Invisibile. Mi ha detto di parlarne solo con lei.»

«Che?» Il volto del poliziotto si contorse nel buio. «Chi?»

«L'Uomo Invisibile. Può fare un salto in centrale, signore? È una storia lunga» gli confermò Monroe.

«Non ne faccia parola a nessuno. A nessuno, intesi?»

«E quello che mi ha detto anche lui, signore.»

«Che c'è, caro?» chiese Beverly Douglas, sveglia come suo marito.

Erano trascorsi otto mesi dalla morte di una triste, piccola ragazzina chiamata Helen Waters. Poi Pamela Madden. Poi Doris Brown. Stava per prendere quei bastardi adesso, si disse Douglas, sbagliando.

«Cosa ci fai qui?» domandò Sandy alla figura in piedi accanto alla sua auto, quella che aveva riparato.

«Sono venuto a salutarti. Starò via un po'» le replicò a bassa voce Kelly.

«Che vuoi dire?»

«Dovrò andarmene. Non so per quanto tempo.»

«Dove?»

«Non lo so.»

«Ancora là?»

«Forse. Non lo so. Davvero.»

Non era il momento, come se ci fosse un momento adatto, pensò Sandy. Era presto, doveva essere al lavoro alle sei e mezzo, e anche se non era in ritardo, non poteva permettersi quei minuti in più di cui aveva bisogno per quello che doveva dire.

«Tornerai?»

«Se vuoi, sì.»

«Ti aspetterò, John.»

«Grazie... Sandy... Ne ho fatte uscire quattro» le disse.

«Quattro?»

«Quattro ragazze, come Pam e Doris. Una si trova all'Eastern Shore, le altre tre sono qui in città al commissariato. Fa' in modo che qualcuno si prenda cura di loro, per piacere.»

«Va bene.»

«Non far caso a quello che sentirai, tornerò. Credimi.»

«John!»

«Non c'è tempo, Sandy, tornerò» le promise allontanandosi.

Né Ryan né Douglas avevano la cravatta. Stavano sorseggiando il caffè dalle tazze di plastica mentre i ragazzi del laboratorio erano ancora indaffarati.

«Due nel corpo» riferiva uno di loro, «uno in testa... sempre sufficiente a uccidere l'obiettivo. *Questo* è un lavoro da professionisti.»

«Tutto perfetto» Ryan sussurrò al suo collega. Era una calibro .45. Come da copione. Nient'altro poteva fare un macello simile... e inoltre, sul pavimento di legno erano rimasti sei bossoli d'ottone, ognuno segnato con il gesso a vantaggio dei fotografi.

Le tre donne si trovavano in una cella al distretto occidentale, con un poliziotto in uniforme a vegliare ininterrottamente su di loro. Lui e Douglas avevano parlato brevemente con loro, ma era bastato per capire che ora avevano i testimoni contro tale Henry Tucker, omicida. Nome, descrizione fisica, nient'altro, ma infinitamente di più di quanto sapevano solo poche ore prima. Prima di tutto avrebbero controllato in archivio, poi il registro criminale nazionale dell'FBI. Avrebbero poi controllato il registro automobilistico per la patente a quel nome. La procedura era liscia come l'olio e con un nome lo avrebbero preso, forse subito, forse no. Ma c'era ancora una piccola faccenda da risolvere.

«Entrambi forestieri?» chiese Ryan.

«Filadelfia, Francis Molinari e Albert d'Andino» confermò Douglas, leggendo i nomi sulle loro patenti. «Quanto vuoi scommettere...?»

«Niente scommesse, Tom.» Si girò, brandendo una fotografia. «Monroe, le dice niente questo volto?»

L'agente prese la piccola fototessera dalle mani di Ryan, osservandola alla luce fioca dell'appartamento. Scosse il capo. «No, signore.»

«Che vuol dire... si è trovato a quattr'occhi con quel tipo.»

«Capelli più lunghi, volto imbrattato, quand'eravamo vicini ho visto più che altro la canna di una Colt. Troppo rapido, troppo buio.»

Era una situazione scabrosa e pericolosa, il che non era una novità. Quattro automobili erano parcheggiate davanti alla casa, e non poteva permettersi di fare alcun rumore... ma quello era anche il modo più sicuro, con quelle quattro vetture piazzate lì di fronte. Era in piedi sul davanzale di una finestra murata, e stava cercando il cavo del telefono. Kelly si augurò che nessuno lo stesse usando quando tagliò i fili, attaccando i propri il più rapidamente possibile. Appena finito, saltò giù e cominciò a camminare in direzione nord, seguendo il retro dell'edificio, trascinandosi la prolunga e facendo cadere il filo sul terreno. Girò l'angolo lasciando che la bobina penzolasse dalla sua mano sinistra, come un secchiello, e attraversò la strada deserta, muovendosi disinvoltamente come una persona del luogo. Altri cento metri e svoltò di nuovo, entrando nell'edificio abbandonato e salendo alla sua postazione. Ritornò poi all'auto e prese quanto gli serviva, compresa la sua fedele borraccia di whisky, piena di acqua del rubinetto, e una razione di tavolette di cioccolato. Pronto, si posizionò per agire.

Il mirino del fucile non era perfettamente a fuoco. Per quanto potesse sembrare folle, il piano più intelligente sembrava essere quello di cominciare a sparare contro l'edificio. Appoggiò l'arma contro la spalla, si sedette e cercò il punto più adatto sul muro. Lì, un mattone di colore diverso. Kelly controllò il proprio respiro, ingrandì al massimo l'immagine sul mirino, e schiacciò con leggerezza.

Era strano sparare con questo fucile. Il calibro .22 è intrinsecamente silenzioso, e con l'elaborato silenziatore che aveva appositamente costruito, sentì per la prima volta nella sua vita la nota musicale *pingggggggg* del percussore, con il sordo *pop* della carica. La novità quasi distrasse Kelly dal ben più forte *bramm* provocato dall'impatto del colpo sull'obiettivo. Il proiettile provocò uno sbuffo di polvere, cinque centimetri a sinistra e due centimetri più in alto di dove aveva mirato. Kelly regolò ancora il mirino e sparò un secondo colpo. Perfetto. Aprì l'otturatore e inserì tre cartucce nel caricatore.

«Sentito nulla?» chiese stancamente Piaggi.

«Cos'è stato?» Tucker alzò gli occhi dal tavolo. Erano più di dodici ore che si stava occupando di uno di quei lavori di bassa manovalanza che aveva pensato di essersi lasciato per sempre alle spalle. E non era nemmeno a metà, nonostante le due "reclute" giunte da Filadelfia. Nemmeno a Tony andava giù.

«Sembra che sia caduto qualcosa» commentò Tony, scuotendo la testa e ritornando alla propria occupazione. L'unico lato positivo della faccenda era che avrebbe guadagnato del rispetto quando avrebbe raccontato la storia ai colleghi di tutta la costa. Un uomo serio, Anthony Piaggi. Quando tutto andava a puttane, si metteva lui stesso al lavoro. Faceva le sue consegne e rispettava gli impegni. Ci si poteva fidare di Tony. Valeva la pena di avere una simile reputazione, anche se questo era il prezzo. Fu un pensiero insistente che perdurò una trentina di secondi.

Tony aprì un altro sacchetto, notando il cattivo odore chimico che emanava, non rendendosi bene conto di cosa fosse. La fine polverina bianca terminò nella ciotola. Poi versò il lattosio. Si mise a mescolare con due cucchiai, muovendo lentamente il tutto. Era sicuro che ci dovesse essere una macchina per questa operazione, ma probabilmente era troppo grande, di quelle che si usano nelle panetterie. La sua mente protestava perché questo era un lavoro per gente da poco, prezzolati, persone di bassa lega, e anche se sapeva quanto fosse vero, doveva fare quella consegna, e non c'era nessun altro che lo potesse aiutare.

«Che hai detto?» chiese svogliatamente Henry.

«Niente, non importa.» Piaggi si concentrò su quanto stava facendo. Dove diavolo erano Albert e Frank? Avrebbero dovuto arrivare già da un paio d'ore. Pensavano di essere speciali perché avevano fatto fuori parecchia gente, come se questo importasse davvero.

«Ehi, tenente.» Il sergente responsabile del deposito centrale delle prove di reato era un ex agente della stradale, la cui motocicletta si era scontrata con un'auto disattenta. Ci aveva rimesso una gamba ed era stato relegato a compiti amministrativi, che del resto non gli dispiacevano, ora che aveva la sua scrivania, le sue brioche e il suo giornale, e qualche pratica che assorbiva forse tre ore delle otto del suo turno. Lo chiamavano pensionamento in loco.

«Come stanno i tuoi, Harry?»

«Tutti bene, grazie. Che ti serve?»

«Devo controllare i numeri sui sacchetti di droga che ho portato la scorsa settimana» lo informò Charon. «Ho paura che siano state scambiate le targhette. Comunque...» scrollò le spalle «...devo controllare.»

«Okay, dammi un minuto e ti...»

«Vai pure avanti a leggere, Harry. So la strada» lo rassicurò Charon con una pacca sulla spalla. La regola era che nessuno potesse entrare nella stanza senza scorta, ma Charon era un tenente, a Harry mancava una gamba, e la sua protesi gli dava fastidio, come sempre.

«Quello è stato un bel colpo, Mark,» gli urlò dietro il sergente. *Che diavolo*, pensò, *Mark ha fatto secco quello che portava la roba.*

Charon si guardò intorno e cercò di sentire se c'era qualcun altro, ma capì di essere solo. Lo avrebbero pagato salato per questo. Parlavano di spostare tutto, eh? E lo lasciavano da parte, a tornare alla caccia degli spacciatori... beh, non era poi così male. Aveva un bel mucchietto di soldi in banca, sufficienti a far felice la sua ex-moglie e a garantire un'istruzione ai tre ragazzi che le aveva dato, più qualcosa per lui. Probabilmente avrebbe anche ottenuto una promozione per quello che aveva fatto, arrestando numerosi spacciatori... ecco.

I dieci chili che aveva preso dalla vettura di Eddie Morello riposavano in una scatola di cartone, sul terzo scaffale, proprio dove dovevano trovarsi. Prese la scatola e si sincerò del contenuto. Ognuno dei sacchetti da un chilo aveva dovuto essere aperto, esaminato, sigillato nuovamente. Il tecnico di laboratorio che lo aveva fatto si era limitato a lasciare le proprie iniziali sulle etichette, e le iniziali erano facili da copiare. Charon cercò nella camicia e nei pantaloni e ne tirò fuori sacchetti di plastica pieni di zucchero a velo, dello stesso colore e della stessa consistenza dell'eroina. Solo il suo ufficio avrebbe potuto richiedere quelle prove, e lui era in grado di tenere la faccenda sotto controllo. Nel giro di un mese avrebbe inviato una nota, proponendo la distruzione delle prove, visto che il caso era stato chiuso. Il suo capitano avrebbe approvato. L'avrebbe gettata nella fogna di fronte a numerosi testimoni e i sacchetti di plastica sarebbero stati bruciati, e nessuno ne avrebbe saputo niente. Certo, sembrava facile. Tre minuti e stava già tornando all'ufficio del sergente.

«Controllato?»

«Si, Harry, grazie» lo salutò.

«Qualcuno risponda a quel dannato telefono» grugnì Piaggi. Chi diavolo chiamava a quel numero? Fu uno dei tipi di Filadelfia a prendere la cornetta, dopo essersi acceso una sigaretta.

«Sì?» L'uomo si girò. «Henry, è per te.»

«Chi cazzo è?» si alzò Tucker.

«Ciao, Henry» cominciò Kelly. Aveva collegato un telefono da campo alla linea telefonica dell'edificio, tagliandolo fuori dal resto del mondo. Se ne stava seduto vicino allo strumento coperto di tela, dopo aver fatto squillare l'altro capo girando la manovella. Sembrava un metodo piuttosto primitivo, ma lo conosceva bene, era comodo e funzionava.

«Chi parla?»

«Mi chiamo Kelly, John Kelly» gli ripetè.

«Beh, e chi è John Kelly?»

«Quattro di voi hanno ucciso Pam. Tu sei l'ultimo rimasto, Henry» continuò la voce. «Gli altri li ho già sistemati. Ora tocca a te.» Tucker si girò, guardandosi intorno come se si aspettasse di vedere la voce. Era forse uno stupido scherzo che qualcuno gli stava giocando?

«Co... come hai avuto questo numero? Dove sei?»

«Vicino, Henry» lo avvertì Kelly. «Stai bene lì dentro con i tuoi amici?»

«Senti, non so chi sei...»

«Te l'ho detto. Sei in compagnia di Tony Piaggi. Ti ho visto al suo ristorante l'altra sera. Com'era la cena, dimmi un po'? La mia era ottima» la voce suonava beffarda.

Tucker stava ben diritto, stringendo la cornetta. «Allora, che cazzo hai intenzione di fare, bello?»

«Di sicuro non verrò a darti dei baci, *bello*. Ho sistemato Rickie, ho sistemato Billy, ho sistemato Burt, e adesso sto venendo a sistemare te. Fammi un favore, passami il signor Piaggi» suggerì la voce.

«Tony, è meglio se vieni qua» lo chiamò Tucker.

«Che c'è, Henry?» Piaggi incespicò nella sedia alzandosi. Non ne poteva più. Quei bastardi di Filadelfia faranno bene ad avere i soldi già belli e pronti. Henry gli passò il telefono.

«Chi parla?»

«I due tipi sulla barca, sai quelli che hai dato a Henry? Li ho sistemati. E poi ho sistemato gli altri due questa mattina.»

«Ma chi cazzo è che parla?»

«Prova a immaginartelo.» La linea ammutolì. Piaggi diede uno sguardo al suo amico e, non avendo ricevuta una risposta dal telefono, ne chiedette una a Tucker.

«Henry, chi diavolo è questo?»

Okay, vediamo i frutti della telefonata. Kelly si concesse un sorso d'acqua e una tavoletta di cioccolato. Si trovava al terzo piano dell'edificio. Una specie di magazzino, pensò, una solida costruzione in cemento armato, un buon riparo nel caso in cui scoppiasse la bomba atomica. La situazione era tatticamente interessante. Non poteva semplicemente gettarsi dentro la casa. Anche se avesse avuto un mitra (e non era così) quattro contro uno era estremamente rischioso, considerando che l'effrazione non era una delle sue specialità, quindi cercò un altro approccio. Non aveva mai fatto niente di simile, ma dal suo rifugio poteva vedere qualsiasi porta della casa. Le finestre sul retro erano state murate. Le uniche vie d'uscita erano sotto controllo, e a meno di cento metri di distanza, quindi sperava che provassero a fuggire di lì. Kelly appoggiò il fucile alla spalla, ma tenne alta la testa, girando il capo a destra e a sinistra in modo costante e paziente.

«È lui» constatò a bassa voce Henry, per non farsi sentire dagli altri.

«Chi?»

«Il tipo che ha fatto fuori tutti gli spacciatori, il tipo che ha beccato Billy e gli altri, il tipo che ha assalito la barca. È *lui*.»

«Beh, chi cazzo è *lui*, Henry?»

«Non lo so, diavolo!» Aveva alzato la voce, e gli altri due sollevarono la testa. Tucker riprese il controllo di sé. «Vuole che usciamo fuori.»

«Oh, fantastico... con chi abbiamo a che fare? Aspetta un attimo.» Piaggi sollevò il telefono, ma non sentì nessun suono. «Che diavolo?»

Kelly udì il ronzìo e sollevò la cornetta. «Si, che c'è?»

«Chi cazzo sei?»

«Sei Tony, vero? Perché hai ucciso Doris, Tony? Non era certo pericolosa. Adesso devo occuparmi anche di te.»

«Io non...»

«Sai benissimo a cosa mi riferisco, ma grazie per aver fatto venir qui quei due. Volevo sistemare quella faccenda, ma non pensavo che ne avrei avuto la possibilità. Adesso sono all'obitorio, credo.»

«Stai cercando di mettermi paura?» domandò l'uomo sulla gracchiante linea telefonica.

«No, sto solo cercando di ucciderti» fu la risposta.

«'fanculo!» Piaggi sbatté il telefono.

«Dice che ci ha visti al ristorante. Dice che c'era anche lui.» Anche gli altri due avevano capito che c'era qualcosa di storto. Osservavano, con curiosità più che altro, ma attenti perché vedevano i loro due superiori agitarsi. Chissà che cavolo avevano.

«Come faceva a sapere... oh» brontolò Piaggi, per poi scendere con la voce a un tono più basso. «Sì, mi conoscevano. Gesù.»

Solo una finestra aveva il vetro normale. Le altre erano fatte di piccole mattonelle smerigliate di vetro, quadratini di dieci centimetri di lato che erano stati scelti perché lasciavano entrare la luce e non potevano essere facilmente rotti dai vandali. Inoltre, impedivano di guardare fuori. L'unica finestra col vetro normale aveva una manovella che permetteva di aprirne una parte verso l'alto in un angolo. Probabilmente quest'ufficio era stato fatto da qualche stronzo di un direttore che non voleva che le segretarie si guardassero in giro. Bene, il bastardo avrebbe avuto quello che voleva. Piaggi aprì la finestra... o per lo meno cercò di farlo; i tre vetri mobili si erano spostati solo di quaranta gradi quando il meccanismo si bloccò.

Kelly notò il movimento e si chiese se fosse il caso di annunciare la sua presenza in modo più diretto. Meglio di no, pensò, meglio essere pazienti. Aspettare diventa difficile per chi non sa cosa bolle in pentola.

Era strano pensare che erano le dieci del mattino di una giornata serena e soleggiata di fine estate. Si sentiva il traffico dei camion sulla O'Donnell Street, a solo mezzo isolato di distanza, e anche di alcune automobili private, che viaggiavano in direzione dei rispettivi uffici. Forse i conducenti vedevano l'alto edificio abbandonato che nascondeva Kelly chiedendosi, come faceva lui, per quale motivo fosse stato costruito; vedevano le quattro automobili parcheggiate davanti al vecchio edificio di un'azienda di autotrasporti, chiedendosi se stesse ricominciando l'attività; ma anche se ciò avveniva, non rappresentava altro che un pensiero passeggero per gente che aveva altro da fare. Il dramma si svolgeva alla luce del sole, e solo gli attori ne erano a conoscenza.

«Non vedo un cazzo» grufolò Piaggi, accovacciato per cercare di guardar fuori dalla finestra. «Non c'è nessuno.»

Questo è il tipo che ha fatto fuori gli spacciatori, riflettè Tucker allontanandosi dalla finestra. *Cinque o sei. Ha ucciso Rickie con un fottuto coltello...*

Era stato Tony a scegliere l'edificio. Doveva essere la grossa filiale di una piccola compagnia di trasporti interstatale i cui proprietari erano ben introdotti e molto attenti. È perfetto, aveva pensato, così vicino alle principali autostrade, in un tranquillo quartiere cittadino, con poco controllo da parte della polizia, un edificio anonimo per un lavoro anonimo. Perfetto, aveva pensato Henry quando lo aveva visto.

Oh, sì, perfetto .

«Fammi vedere.» Non era il momento di tirarsi indietro. Henry Tucker non si considerava un codardo. Aveva picchiato e ucciso in prima persona, e non solo donne. C'erano voluti anni per farsi quella posizione, e all'inizio il sangue non era mancato. E poi, non poteva far la figura del cagasotto adesso, non davanti a Tony e alle due "reclute". «Niente» concordò.

«Proviamo un po'.» Piaggi andò verso il telefono e alzò la cornetta. Non c'era nessun segnale, solo un ronzìo...

Kelly gettò gli occhi sul telefono da campo, ascoltandone il rumore. Avrebbe lasciato trascorrere qualche istante, tenendoli un po' sulla corda. Anche se la situazione tattica era quella desiderata, le sue scelte restavano limitate. Parlare, non parlare. Sparare, non sparare. Muoversi, non muoversi. Con solo tre opzioni fondamentali a disposizione, doveva selezionare con attenzione le proprie azioni per raggiungere l'effetto voluto. La sua battaglia non era uno scontro fisico. Come accade quasi sempre, era una lotta di cervelli.

La temperatura stava aumentando. Estate indiana la chiamavano, gli ultimi giorni di sole prima che le foglie cominciassero a cadere. Già ventotto gradi, e forse si sarebbero superati i trenta, per l'ultima volta. Si asciugò il sudore dal volto, osservando la casa di fronte, ascoltando il ronzio, facendoli sudare, ma non per il calore.

«Merda» ringhiò Piaggi, sbattendo giù il telefono. «Voi due!»

«Sì?» Era quello più alto, Bobby.

«Fate un giro per il palazzo...»

«No!» intervenne Henry, pensando. «E se fosse proprio qui fuori? Non si vede un cazzo da quella finestra. Potrebbe starsene proprio lì, fuori dalla porta. Vuoi correre un rischio simile?»

«Che vuoi dire?» domandò Piaggi.

Tucker passeggiava avanti e indietro, respirando un po' più velocemente del solito, imponendosi di riflettere. *Cosa farei al posto suo?* «Insomma, quel bastardo ci taglia i fili del telefono, si fa sentire, ci spaventa e poi si apposta tranquillamente lì fuori, o qualcosa di simile.»

«Cosa ne sai di quel tipo?»

«So che ha ucciso cinque spacciatori, e quattro dei miei uomini...»

«E quattro dei miei, se non racconta palle...»

«Allora, dobbiamo pensare più velocemente di lui? Tu come ti comporteresti?»

Piaggi rifletté un attimo. Non aveva mai ucciso nessuno. Non era mai capitato. Lui era sempre stato il cervello, non il braccio. Aveva menato ai suoi tempi, però, aveva eseguito alcuni pestaggi tremendi, ed era più o meno la stessa cosa, no? *Cosa deciderei di fare?* L'idea di Henry era giusta. Ti nascondi, dietro a un angolo, in un vicolo, all'ombra, e lasci che guardino dall'altra parte. La porta più vicina, quella che avevano usato, si apriva a sinistra, e dall'esterno lo si capiva, bastava guardare i cardini. Era anche la più vicina alle auto, un altro punto a favore, e dato che quello era l'unico mezzo di cui disponevano per la fuga, pensava che sarebbero usciti da lì.

Certo.

Piaggi diede uno sguardo al suo compare. Henry aveva gli occhi rivolti al soffitto. I pannelli isolanti erano stati tolti. Proprio lì c'era una botola che dava accesso al tetto. Era chiusa con un piccolo catenaccio, per impedire ai ladri di entrare. Si sarebbe aperta facilmente, forse anche senza rumore, sul tetto piano incatramato; qualcuno poteva salire lì sopra, muoversi fino al parapetto e guardare in basso, uccidendo chiunque si trovasse in attesa vicino alla porta d'ingresso.

Certo.

«Bobby, Fred, venite qui» ordinò Piaggi. Li ragguagliò sulla situazione tattica. Ormai avevano capito che c'era qualcosa che proprio non andava, ma non erano poliziotti... quella era la cosa peggiore che potesse capitare, pensavano, e l'assicurazione che la polizia non c'entrava per nulla li tranquillizzò entrambi. Erano armati e tutti e due in gamba. Fred una volta aveva ucciso, risolvendo un piccolo problema di famiglia a Filadelfia. I due spinsero un tavolo al di sotto della botola. Fred voleva dimostrare di essere un tipo tosto, e quindi guadagnarsi i favori di Tony, che sembrava davvero un uomo di rispetto. Salì sul tavolo. Ancora non bastava. Allora misero sul tavolo una sedia, dalla quale riuscì ad aprire la botola e a guardare sul tetto.

Aha! Kelly vide subito l'uomo... a dire il vero solo la testa e il tronco. Sollevò il fucile, e la croce di collimazione del mirino si fermò sul suo volto. Fu sul punto di sparare. Quello che lo trattenne fu il modo in cui l'uomo teneva le mani sul maniglione della botola, e il modo in cui si guardava intorno, esaminando il tetto piatto prima di sollevarsi ulteriormente. Voleva salire lì. *Bene, credo che lo lascerò fare,* pensò Kelly proprio mentre un autoarticolato passava rombando a cinquanta metri di distanza. L'uomo si issò sul tetto. Dal mirino telescopico Kelly riuscì a scorgere una pistola nella sua mano. L'uomo si alzò in piedi, si guardò intorno e poi si mosse con estrema cautela verso la facciata dell'edificio. Come tattica non era poi male. Fa sempre bene uscire in ricognizione prima di tutto ... oh, ecco cosa stanno pensando. Peccato per loro.

Fred si era tolto le scarpe. Il ghiaietto gli faceva male ai piedi, come il calore che saliva dal catrame, nero e appiccicoso, sotto le pietruzze, ma non doveva far rumore... e inoltre, era un cliente di tutto rispetto, come qualcuno aveva già imparato lungo le rive del fiume Delaware. Le mani si strinsero sull'impugnatura della sua Smith a canna corta, che conosceva come le proprie tasche. Se quel bastardo stava lì, lo avrebbe fatto secco con un colpo solo. Tony e Henry avrebbero portato dentro il corpo e avrebbero lavato il sangue con dell'acqua, e poi avrebbero finito il lavoro, perché questa consegna era importante. Ancora qualche metro. Fred era totalmente concentrato adesso. Si avvicinò al parapetto strisciando i piedi, tenendo il corpo arretrato fin quando i suoi alluci sentirono, attraverso le calze, il muretto di mattoni che era stato eretto ai margini del tetto. Poi, con rapidità, si gettò in avanti, puntando la pistola verso il basso contro quel... niente. Fred spaziò con la vista davanti alla casa.

«Merda!» Si girò e urlò: «Qui non c'è nessuno!».

«Cosa?» Bobby fece capolino nell'apertura per dare un'occhiata, mentre Fred controllava le auto, per vedere se c'era qualcuno rannicchiato che si nascondeva.

Kelly si rallegrò: la pazienza veniva quasi sempre premiata. Quel pensiero gli aveva permesso di contrastare l'agitazione, tipica dei cacciatori, che faceva sempre la sua comparsa quando si aveva la preda nel mirino. Non appena scorse con la coda dell'occhio un movimento sulla botola puntò il fucile a sinistra. Un volto, bianco, vent'anni, occhi scuri, che guardava verso l'altro, con una pistola nella mano destra. Adesso era solo un bersaglio. *Lui per primo*. Kelly portò la croce di collimazione sul naso e premette con delicatezza.

Smack. Fred girò il capo quando udì il suono, fiacco e deciso allo stesso tempo, ma non vide nulla. Non aveva sentito nient'altro che quel suono debole, ma acuto, ma adesso c'era anche un rumore metallico, come se la sedia di Bobby fosse scivolata dal tavolo ed egli fosse caduto sul pavimento. Nient'altro, ma senza motivo apparente si sentì congelare la nuca. Si allontanò dal parapetto, guardando intorno all'orizzonte piatto, rettangolare, con tutta la rapidità con cui poteva girare la testa. Niente.

Il fucile era nuovo, e Kelly sentì l'otturatore ancora un po' rigido quando inserì il secondo proiettile. Ritornò con l'arma verso destra. Due al prezzo di uno. La testa si girava velocemente adesso. Poteva vederne la paura. Sapeva che c'era un pericolo, ma non sapeva da dove né di che tipo. Poi l'uomo cominciò a ritornare verso l'apertura. Non poteva permetterglielo. Kelly premette di nuovo. *Pinggggg*.

Smack. Il suono dell'impatto era di gran lunga superiore al *pop* attutito dello sparo. Kelly espulse la cartuccia utilizzata e ne inserì dentro un'altra proprio mentre un'auto entrava nella O'Donnell Street.

Tucker stava ancora guardando il volto di Bobby quando si girò verso l'alto, sentendo il tonfo di quello che doveva essere un altro corpo, accasciatosi sulle barre d'acciaio del tetto. «Oh, mio Dio...»

37

Il giudizio di Dio

«Colonnello, il suo aspetto è migliorato notevolmente dall'ultima volta che ci siamo visti» esordì Ritter affabilmente in russo. L'agente di sicurezza si alzò in piedi e lasciò soli i due uomini. Ritter aveva una ventiquattr'ore, che appoggiò sul tavolino. «Le danno da mangiare bene?»

«Non mi lamento» rispose Grišanov con circospezione. «Quando potrò tornare a casa?»

«Probabilmente stasera. Siamo in attesa.» Ritter aprì la valigetta, con un gesto che fece sentire Kolja a disagio, anche se il russo non lo diede a vedere. Poteva benissimo esserci una pistola. Per quanto la sua prigionia fosse stata confortevole, per quanto le conversazioni con chi si trovava in quel posto fossero state cordiali, si trovava sempre in territorio nemico, in mano a nemici. Gli sovvenne di un altro uomo, in un luogo molto lontano, in circostanze del tutto diverse. Le differenze gli provocarono dei rimorsi di coscienza, ed egli si vergognò della propria paura.

«Cos'è?»

«La conferma che i nostri si trovano nella prigione di Hoa Lo.»

Il russo abbassò il capo e sussurrò qualcosa che Ritter non afferrò. Poi lo guardò negli occhi. «Mi fa piacere.»

«Sa, io le credo. Il suo scambio di missive con Rokossovskij ne è la dimostrazione.» Ritter si versò un po' di tè, e riempì anche la tazza di Kolja.

«Mi avete trattato con correttezza» Grišanov non sapeva che altro dire, e il silenzio gli pesava.

«Abbiamo un bel po' di esperienza nei rapporti con i nostri ospiti sovietici» lo rassicurò Ritter. «Non è il primo che si trova qui. Lei cavalca?»

«No, non sono mai salito su un cavallo.»

«Ummhmm.» Kolja notò che la valigetta era piena di carte, e si chiese cosa fossero. Ritter estrasse due schede e un tampone inchiostrato. «Mi può porgere le mani, per favore?»

«Non capisco.»

«Non si preoccupi.» Ritter gli prese la mano sinistra, schiacciò le punte delle dita sul tampone e le premette una alla volta negli spazi indicati sulla prima scheda, poi sulla seconda. Fece lo stesso con l'altra mano. «Ecco, non le ho fatto male, no? Si può lavare le mani adesso, è meglio farlo prima che l'inchiostro secchi.» Ritter infilò una scheda nella cartelletta che aveva con lui, sostituendola a quella che aveva asportato. Mise l'altra scheda in cima. Chiuse la ventiquattr'ore, poi con la vecchia scheda si avvicinò al caminetto, dove vi diede fuoco con il suo accendino. Bruciò rapidamente, aggiungendosi alle ceneri del fuoco che i custodi accendevano quasi tutte le sere. Grišanov ritornò con le mani pulite.

«Continuo a non capire.»

«Davvero, non c'è nulla di cui preoccuparsi. Mi ha appena aiutato per una faccenda, ecco tutto. Che ne dice di andare a pranzare? Poi potremo incontrarci con un suo conterraneo. Si rilassi, la prego, compagno colonnello» aggiunse Ritter con voce più rassicurante possibile. «Se i vostri rispettano i patti, sarà sulla via di casa tra otto ore. Va bene?»

Mark Charon si sentiva a disagio nel ritornare in quel luogo, per quanto fosse sicura, visto che avevano appena iniziato ad utilizzarla. Beh, non ci sarebbe voluto molto tempo. Accostò la sua Ford senza le insegne della polizia davanti all'edificio, uscì e si avvicinò alla porta anteriore. Era chiusa a chiave, quindi dovette bussare. Tony Piaggi la aprì con violenza, puntandogli contro la pistola.

«Che succede?» domandò allarmato Charon.

«Che succede?» borbottò sottovoce Kelly. Non si aspettava che l'auto si dirigesse proprio verso la casa, e stava mettendo altri due colpi nel caricatore quando l'uomo si era fermato ed era sceso. Il fucile era così duro che aveva fatto fatica a reinserire il caricatore, e quando fu pronto la figura si stava muovendo troppo rapidamente. Dannazione. Naturalmente non sapeva di chi si trattasse. Esaminò la vettura con il mirino alla massima potenza. Carrozzeria rovinata... due antenne radio... una macchina della polizia? Il riflesso della luce gli impediva di vedere all'interno. Dannazione. Aveva commesso un piccolo errore. Aveva previsto un tempo morto dopo aver centrato i due sul tetto. *Mai dar nulla per scontato, idiota*! Fece una smorfia.

«Cosa diavolo sta succedendo?» domandò seccamente Mark Charon. Poi vide il corpo riverso sul pavimento, un piccolo buco sopra l'occhio destro, ancora aperto, un po' spostato a sinistra.

«È lui! Sta qui fuori!» proruppe Tucker.

«Chi?»

«Quello che ha fatto secchi Billy, Rickie e Burt...»

«Kelly!» esclamò Charon, voltandosi di scatto per guardare la porta chiusa.

«Tu sai come si chiama?» chiese Tucker.

«Ryan e Douglas gli stanno alle calcagna, lo vogliono prendere per una serie di omicidi.»

Piaggi grugnì. «Adesso la sfilza è più lunga, c'è anche Bobby, e Fred sul tetto.» Si piegò presso la finestra. *Dev'essere dall'altra parte della strada...*

Charon aveva tolto la rivoltella dalla fondina, senza un vero motivo. I sacchetti con la droga adesso gli sembravano insolitamente pesanti, quindi posò il revolver d'ordinanza e se li tolse di dosso, appoggiandoli sul tavolo con il resto della roba, vicino al recipiente, alle buste e alla cucitrice. Una volta finito, non riuscì a fare altro che fissare i due trafficanti. Fu in quel momento che il telefono squillò. Rispose Tucker.

«Ti stai divertendo, testa di cazzo?»

«E tu, ti sei divertito con Pam?» chiese freddamente Kelly. «Allora,» domandò con più gentilezza «chi è il vostro amico? È quello il poliziotto che avete corrotto?»

«Pensi di sapere tutto tu, vero?»

«No, non tutto. Non so perché un uomo debba godere così tanto a far fuori delle ragazzine, Henry. Me lo puoi spiegare?» lo interrogò Kelly.

«Va a farti fottere, stronzo!»

«Vuoi venir fuori e provare? Ti piace anche così, dolcezza?»

Kelly sperò che Tucker non avesse rotto il telefono, sbattendolo giù a quel modo. Non riusciva proprio a capire il gioco, ed era quello che lui voleva. Senza conoscere le regole, non potevano controbattere efficacemente. Si sentiva un accento di stanchezza nella sua voce, e anche in quella di Tony. Il tizio sul tetto aveva la camicia sbottonata; era tutta sgualcita, come Kelly notò esaminando il corpo attraverso il mirino. I pantaloni erano spiegazzati dietro le ginocchia, come se l'uomo fosse stato seduto, sveglio, tutta la notte. Era semplicemente una persona sciatta? Non sembrava. Le scarpe che aveva lasciato vicino all'apertura erano piuttosto lucide. Probabilmente aveva passato la notte in bianco, giudicò Kelly dopo una breve riflessione. Sono stanchi, spaventati e non sanno a che gioco stiamo giocando. Bene. Aveva l'acqua e le tavolette di cioccolata, e tutta la giornata.

«Ma se sapevi il nome di quel bastardo perché... porca puttana!» sbraitò Tucker. «Mi hai detto che era solo un riccone, un fannullone da spiaggia, io ti *dissi* che lo potevo sistemare in ospedale, ti ricordi, ma *no*!... hai detto di lasciarlo perdere, cazzo!»

«Calmati, Henry» lo interruppe Piaggi con il maggior aplomb che riusciva a mostrare. *Questo ragazzo è davvero un grosso problema. Ha fatto fuori sei dei miei uomini. Sei! Gesù. Non è il momento di farsi prendere dal panico.*

«Dobbiamo rifletterci bene, okay?» Tony si sfregò la barba di un giorno, ricomponendosi e pensando al da farsi. «Ha un fucile, ed è nascosto in quel grande casermone bianco dall'altro lato della strada.»

«Vuoi forse farti una passeggiata fino a là e farlo fuori, Tony?» Tucker indicò la testa di Bobby. «Guarda cosa ha combinato qui!»

«Mai sentito parlare del calar della notte, Henry? C'è una luce all'esterno, proprio davanti alla porta.» Piaggi si diresse verso la centralina, controllò l'etichetta con le spiegazioni e svitò il fusibile giusto. «Ecco, la luce non funziona più. Possiamo aspettare questa notte e poi muoverci. Non può farci fuori tutti; e se ci muoviamo con sufficiente rapidità può darsi che non faccia fuori nessuno.»

«E la roba?»

«Può restare di guardia uno di noi. Abbiamo la forza sufficiente per andare a caccia di quel bastardo, e poi terminiamo l'affare, okay?» Era un piano fattibile, pensò Piaggi. Quell'altro non aveva tutti i jolly in mano. Non poteva sparare attraverso i muri. Avevano acqua, caffè e il tempo dalla loro.

Le tre deposizioni erano praticamente identiche parola per parola; non poteva sperare in meglio, vista la situazione. Le avevano interrogate separatamente, appena le pasticche avevano terminato il loro effetto e le ragazze si erano riprese a sufficienza da poter parlare, e la loro agitazione aveva solo semplificato le cose. Nomi, il luogo dove era successo, come quel bastardo di Tucker stesse trattando l'eroina fuori città adesso, qualcosa che Billy aveva detto sulla puzza dei sacchetti... confermata dal ''laboratorio'' fatto saltare sulla Eastern Shore. Adesso avevano il numero della patente e un possibile indirizzo di Tucker. L'indirizzo poteva essere fasullo (succedeva piuttosto spesso) ma conoscevano anche la marca della sua macchina, dalla quale avevano preso il numero di targa. Sapeva tutto, o almeno era vicino al punto in cui poteva considerare l'indagine come qualcosa con una conclusione. Era giunto il momento di restare in attesa degli eventi. Stavano trasmettendo "a tutte le auto". Nel corso della prossima serie di riunioni il nome Henry Tucker, la sua auto e il numero di targa sarebbero stati comunicati agli agenti di pattuglia, cne erano i veri occhi della polizia. Potevano essere molto fortunati, molto rapidi, sbatterlo dentro, chiamarlo in giudizio, incriminarlo, condannarlo, e liberarsene per sempre anche se la Corte Suprema avesse avuto la malaugurata grazia di negargli la fine che si era meritato. Ryan stava per catturare quel bastardo animale.

Eppure.

Eppure Ryan sapeva di essere in ritardo rispetto a qualcun altro. L'Uomo Invisibile era passato alla calibro .45 adesso... senza il suo silenziatore; aveva mutato tattica, sceglieva uccisioni rapide e sicure... non si preoccupava più di non far rumore... aveva parlato con altre persone prima di ucciderle, e probabilmente sapeva più di loro. Quel tizio che Farber gli aveva descritto era in giro, a caccia in pieno giorno, probabilmente, e Ryan non sapeva dove.

Capo di prima classe John T. Kelly, dei SEAL della marina americana. Dove diavolo sei? Se fossi nei tuoi panni... dove starei? Dove andrei?

«Ancora lì?» chiese Kelly appena Piaggi alzò la cornetta.

«Sì, stiamo pranzando, anche se un po' tardi. Vuole favorire?»

«Ho mangiato dei calamari al suo ristorante l'altra sera. Non male. Li ha cucinati sua madre?» domandò Kelly gentilmente, chiedendosi quale sarebbe stata la risposta.

«Esatto,» replicò Tony con cortesia «una vecchia ricetta di famiglia, portata dalla mia bisnonna dal paese.»

«Sa, lei mi sorprende.»

«Come mai, signor Kelly?» replicò educatamente l'uomo, con una voce più rilassata ora, pensando all'effetto che il suo contegno avrebbe avuto all'altro capo del telefono.

«Mi aspettavo che tentaste di trovare un accordo. I suoi uomini ci hanno provato, ma io non ne avevo intenzione» gli spiegò Kelly, lasciando che dalla sua voce trasparisse irritazione.

«Come le ho detto, venga qui e ne possiamo parlare a tavola.» La linea si interruppe.

Eccellente.

«Ecco, questo dovrebbe dare a quello stronzo qualcosa a cui pensare.» Piaggi si versò un'altra tazza di caffè. Il liquido era vecchio, denso e ormai rancido, ma il tasso di caffeina era così elevato che riuscì a non far tremare le mani solo con un certo sforzo. Piaggi si ripetè che era completamente sveglio e in guardia. Diede un'occhiata agli altri due, sorridendo e annuendo con fiducia. «Che ne dite di tornare al lavoro. Lei che ne pensa, tenente?» si rivolse a Charon.

«Mi dispiace per Cas» sottolineò il sovrintendente al suo amico.

Maxwell annuì. «Che vuoi che ti dica, Will? Non era esattamente uno fatto per la pensione. Non aveva più famiglia, né qua né là. Questa era la sua vita, e stava giungendo al termine, in un modo o nell'altro.» Nessuno dei due uomini intendeva discutere il comportamento della moglie. Forse nel giro di un anno sarebbero riusciti a capire la simmetria poetica della perdita di due amici, ma non in quel momento.

«Ho sentito che anche tu hai consegnato tutte le domande, Dutch.» Il sovrintendente dell'accademia navale degli Stati Uniti non riusciva a capire. Si era parlato di un sicuro comando di flotta in primavera per Dutch. Quelle voci erano scemate qualche giorno prima, e non ne sapeva il motivo.

«È vero.» Maxwell non era in grado di fornire una ragione. Gli ordini (nascosti sotto forma di ''suggerimento'') erano giunti dalla Casa Bianca, attraverso il comandante delle operazioni navali. «Troppo tempo, Will. È il momento di linfa nuova. Per noi della seconda guerra mondiale... beh, è ora di fare spazio, credo.»

«Sonny sta bene?»

«Sono nonno.»

«Fantastico!» Almeno una buona notizia nella stanza, quando fece il suo ingresso l'ammiraglio Green, indossando l'uniforme, una volta tanto.

«James!»

«Bello l'ufficio del capo» osservò Greer. «Salve, Dutch.»

«Allora, a cosa devo tutte queste attenzioni di alto livello?»

«Will, stiamo per rubarti una delle tue barche a vela. Hai qualcosa di bello e comodo, che due ammiragli siano in grado di tenere?»

«La scelta è ampia. Volete un nove metri?»

«Direi che va bene.»

«Bene, darò ordine che ve ne mettano una a disposizione.» Era credibile, pensò l'ammiraglio. Erano stati entrambi amici di

Cas, e quando si diceva addio a un marinaio lo si faceva in mare. Telefonò, e i due se ne andarono.

«A corto di idee?» chiese Piaggi. La sua voce lasciava trapelare una fiducia provocatoria.

«Credo che non ci sia proprio nulla di cui vantarsi. Bastardi, avete paura della luce del giorno. Adesso ve ne regalo un po'!» ringhiò Kelly. «Guardate.»

Mise giù il telefono, sollevò il fucile e mirò alla finestra.

Pop.

Crash.

«Cazzone idiota!» pronunciò al telefono Tony, pur sapendo che era staccato. «Visto? Sa di non poterci beccare. Sa che il tempo gioca a nostro favore.»

Si frantumarono due vetri, poi i colpi terminarono. Il telefono squillò. Tony lo lasciò suonare un po' prima di rispondere.

«Mancati, stronzo!»

«Non avete via di scampo, testa di cazzo!» L'urlo fu alquanto forte, e Tucker e Charon sentirono il ronzio a tre metri di distanza.

«Credo sia giunto il momento che lei inizi a correre, Mr. Kelly. Chissà, forse non la prenderemo. Forse ci riusciranno gli sbirri. Anche loro le stanno alle calcagna, mi pare.»

«Siete sempre voi quelli in trappola, non scordatelo.»

«Questo lo dice lei.» Piaggi riattaccò, dimostrando chi aveva il controllo della situazione.

«E lei come sta, colonnello?» chiese Vološin.

«È stato un viaggio interessante.» Ritter e Grišanov erano seduti sui gradini del Lincoln Memorial, come due turisti stanchi dopo una giornata di sole, ai quali si univa un amico, sotto gli occhi vigili di un agente a una decina di metri.

«E il suo amico vietnamita?»

«Cosa?» intervenne Kolja con una certa sorpresa. «Quale amico?»

Ritter sorrise. «Solo un piccolo trabocchetto. Dovevamo identificare la talpa.»

«Avevo pensato foste stati voi» osservò acidamente il generale del KGB. Una trappola talmente ovvia, e lui ci era caduto. Quasi. La fortuna gli aveva sorriso, e probabilmente Ritter non lo sapeva.

«La partita continua, Sergej. Vorresti piangere per un traditore?»

«Per un traditore, no. Per un sostenitore della causa della pace nel mondo, sì. Lei è molto intelligente, Bob. Ha agito molto bene.» *Forse no*, pensò Vološin, *forse non sono finito dentro la trappola come credi, mio giovane amico americano. Ti sei mosso troppo velocemente, Sei riuscito a uccidere il ragazzo, Hicks, ma non CASSIO. Impetuoso, il mio giovane amico. Non hai calcolato bene, e non lo sai, vero?*

E ora passiamo agli affari. «Che ne è dei nostri?»

«Come d'accordo, sono con gli altri. Lo conferma Rokossovskij. Accetta la mia parola, Mr. Ritter?»

«Sì. Molto bene, c'è un volo della PanAm da Dulles a Parigi questa sera alle otto e un quarto. Lo consegnerò lì, se desidera vederlo partire. Può fare in modo che a Orly ci sia qualcuno a riceverlo.»

«D'accordo.» Vološin si allontanò.

«Perché mi ha lasciato?» domandò Grišanov, con sorpresa più che allarme.

«Colonnello, è perché crede alle mie parole, proprio come io credo alle sue.» Ritter si alzò. «Abbiamo un po' di tempo da ammazzare...»

«Ammazzare?»

«Mi scusi, è un modo di dire. Abbiamo ancora qualche ora per noi. Le va di fare una passeggiata per Washington? C'è una roccia lunare allo Smithsonian. La gente la tocca non so per quale motivo.»

Cinque e mezzo. Aveva il sole negli occhi adesso. Kelly era costretto ad asciugarsi il volto più di frequente. Guardando la finestra parzialmente rotta vedeva soltanto qualche ombra passeggera. Si chiese se non stessero riposando. Questo non andava bene. Sollevò il telefono da campo e girò la manovella. Lo fecero aspettare di nuovo.

«Pronto, chi parla?» chiese Tony. Era quello in gamba, pensò Kelly, almeno in gamba quanto pensava. Era un peccato, davvero.

«Il vostro ristorante effettua il servizio a domicilio?»

«Abbiamo appetito?» Pausa. «Forse vuole mettersi d'accordo con noi.»

«Uscite, così ne parliamo» replicò Kelly. La risposta fu un *clic*.

Benissimo, pensò Kelly, osservando sul pavimento le ombre che si muovevano. Sorseggiò l'ultimo goccio d'acqua e mangiò l'ultima tavoletta di cioccolata, guardandosi intorno per notare qualsiasi novità. Aveva già deciso cosa fare. Da un certo punto di vista erano stati loro a decidere per lui. C'era ancora un orologio che andava, avvicinandosi a un'ora zero che era flessibile ma definitiva. Poteva posticiparla se avesse dovuto, ma ... no, non poteva proprio. Controllò il suo orologio. Sarebbe stato pericoloso e il passare del tempo non avrebbe modificato la situazione, più di quanto non fosse già avvenuto. Erano stati svegli per ventiquattr'ore, forse di più. Aveva messo loro paura e poi aveva lasciato che si sentissero tranquilli. Adesso pensavano di avere delle buone carte in mano, proprio come lui aveva sperato.

Kelly scivolò all'indietro sull'impiantito in cemento, lasciando l'attrezzatura alle sue spalle. Non ne avrebbe avuto più bisogno, indipendentemente dal risultato finale. Si alzò in piedi, tolse la polvere dai vestiti e controllò la sua Colt automatica. Una pallottola in canna, sette nel caricatore. Poi si stirò un attimo, consapevole di non poter ritardare ulteriormente. Scese le scale e tirò fuori le chiavi del maggiolino. L'auto partì, nonostante i suoi timori. Fece scaldare il motore e osservò il traffico sulla strada davanti a lui. Si gettò in mezzo, incorrendo nell'ira rumorosa di un conducente, ma riuscendo infine a inserirsi nel traffico dell'ora di punta.

«Vedi nulla?»

Charon aveva fatto presente che per Kelly era impossibile vedere all'interno dell'edificio. Pensavano che avrebbe potuto anche tentare un attacco, ma due di loro sarebbero stati in grado di coprire i lati dell'edificio bianco. E sapevano che era ancora lì. Stavano per fargliela pagare. Non aveva pensato proprio a tutto, sentenziò Tony. Era piuttosto furbo, ma non così tanto, e quando si sarebbe fatto buio, quando avrebbero dominato le ombre, si sarebbero mossi. Avrebbe funzionato. Un piccolo proiettile calibro .22 non sarebbe stato in grado di trapassare la carrozzeria dell'auto, se fossero riusciti ad arrivarci, e con il favore della sorpresa ce l'avrebbero fatta.

«Solo del traffico sull'altro lato.»

«Non avvicinarti alla finestra.»

«Stronzo bastardo» grugnì Henry, mentre il suo rispetto per Tony cresceva ancora. «E la consegna?»

«A casa mia si dice "meglio tardi che mai", capito?»

Charon era la persona maggiormente a disagio. Forse era semplicemente la vicinanza alla droga. Roba che scottava. *Un po' tardi per pensarci*. C'era una via d'uscita?

I soldi per la sua consegna erano lì, vicini alla scrivania. Aveva una pistola.

Morire come un criminale? Li osservò, a destra e a sinistra

della finestra. I delinquenti erano loro, lui non aveva fatto nulla contro questo Kelly. Beh, nulla di cui fosse a conoscenza. Era stato Henry a uccidere la ragazza, e Tony a sistemare l'altra. Charon era semplicemente un poliziotto disonesto. E questa era una faccenda *personale* per Kelly, no? Non era difficile da capire. Uccidere Pam in quel modo era stato orrendo e stupido. Lo aveva detto a Henry. Avrebbe potuto uscirne come un eroe. Una soffiata e vi si era buttato a corpo morto. Una furiosa sparatoria. Avrebbe potuto perfino aiutare Kelly. E non si sarebbe mai più fatto coinvolgere in qualcosa di simile. Mettere i soldi in banca, venire promosso e distruggere l'organizzazione di Henry per quanto ne sapeva. Non lo avrebbero mai scoperto. Tutto quello che doveva fare era prendere il telefono e *discutere* con quell'uomo. Ma c'era un piccolo ostacolo.

Kelly girò a sinistra, proseguì per un isolato verso ovest, poi svoltò ancora a sinistra e si diresse a sud verso la O'Donnell Street. Aveva le mani sudate adesso. Erano in tre, e avrebbe dovuto essere molto, molto bravo. Ma lui *era* in gamba, e doveva portare a termine la missione, anche se avrebbe potuto uscirne distrutto. Fermò l'auto a un isolato di distanza, uscì, la chiuse a chiave e camminò in direzione dell'edificio. Gli altri negozi erano chiusi adesso... ne aveva contati tre, aperti tutto il giorno, totalmente inconsapevoli di quanto stava accadendo... uno proprio sull'altro lato della strada.

Beh, hai programmato tutto bene, vero?

Sì, Johnnie, ma quella era la parte più facile.

Grazie. Si fermò proprio all'angolo dell'edificio, guardando in tutte le direzioni. Meglio dall'altro lato... si diresse verso il punto dove si trovavano i cavi del telefono e della luce, e utilizzò lo stesso davanzale di prima, giungendo così al parapetto e facendo del suo meglio per evitare i fili della luce.

Okay, ora devi solo camminare sul tetto senza fare rumore.

Sulla ghiaia?

C'era un'alternativa che non aveva considerato. Kelly salì sul parapetto. Era largo almeno quindici centimetri. E non faceva rumore, come notò mentre camminava sul filo dei mattoni verso la botola sul tetto, chiedendosi se non fosse venuto loro in mente di usare il telefono.

Charon doveva agire subito. Si alzò in piedi, lo sguardo fisso sugli altri due, e si stirò in maniera piuttosto teatrale prima di avvicinarsi a loro. Si era tolto la giacca, aveva allentato la cravatta e la sua Smith cinque colpi era appesa al suo fianco destro. Bastava sparare a quei bastardi e poi parlare a quel Kelly al telefono. Perché no? Erano dei *malviventi*. Perché doveva morire per quello che avevano fatto loro?

«Che stai facendo, Mark?» domandò Henry, senza avvertire il pericolo, troppo concentrato sulla finestra. *Bene*.

«Sono stufo di stare seduto.» Charon estrasse il fazzoletto dalla tasca destra e si asciugò la faccia, mentre calcolava angoli e distanza, poi osservò il telefono. Ne era certo. Era la sua unica possibilità di uscirne vivo.

Piaggi si insospettì per l'espressione dei suoi occhi. «Perché non stai seduto e ti calmi? Tra un po' farà parecchio caldo.»

Perché guarda il telefono? Perché ci fissa?

«Piantala, Tony, va bene?» rispose Charon con tono di sfida, facendo la mossa di rimettere in tasca il fazzoletto che aveva furbamente tirato fuori. Non sapeva che i suoi occhi lo avevano tradito. La mano aveva appena toccato il revolver quando Tony mirò e gli sparò un colpo in pieno petto.

«Proprio furbo, eh?» disse Tony all'uomo in punto di morte. Poi notò che il rettangolo di luce che proveniva dal tetto era coperto da un ombra. Piaggi stava ancora osservandola quando sparì, sostituita da un'immagine sfuocata che egli vide appena con la coda dell'occhio. Henry aveva lo sguardo fisso sul corpo di Charon.

Il colpo lo scosse... pensò istantaneamente che fosse stato diretto a lui, ma ormai era in ballo, e saltò dentro il buco quadrato. Fu come gettarsi con il paracadute, *tieni i piedi uniti, le ginocchia piegate, la schiena diritta, rotola quando tocchi terra*.

Toccò terra con violenza. Era un pavimento in cemento rivestito di piastrelle, ma le sue gambe assorbirono il peggio. Kelly rotolò immediatamente, allungando il braccio. Il più vicino era Piaggi. Kelly sollevò la pistola, puntando il mirino contro il suo petto e sparò due volte, cambiando obiettivo e colpendo l'uomo al di sotto del mento.

Modificare bersaglio.

Kelly rotolò di nuovo, era stato allenato a farlo da un soldato nordvietnamita che aveva incontrato. Eccolo. In quel preciso momento il tempo si fermò. Henry aveva estratto la pistola e l'aveva puntata, e i loro occhi si incontrarono, e per un istante che sembrò interminabile si guardarono, cacciatore e cacciatore, cacciatore e preda. Poi Kelly ricordò, per primo, chi era la figura nel mirino. Il suo indice premette il grilletto, indirizzando un colpo ben puntato al petto di Tucker. La Colt gli saltò dalla mano, ma il suo cervello stava lavorando con una rapidità tale che vide l'otturatore ritornare in posizione, espellere il bossolo d'ottone vuoto e poi spingersi in avanti per inserire un altro proiettile proprio mentre la tensione del suo polso sospingeva nuovamente verso il basso la pistola, e anche quel colpo finì nel petto dell'uomo. Tucker perse l'equilibrio. Era scivolato sul pavimento oppure l'impatto dei due proiettili lo aveva fatto vacillare, e poi cadere.

Missione compiuta, pronunciò Kelly tra sé e sé. Almeno aveva portato a termine un compito, dopo tutti gli insuccessi di questa nera estate. Si rialzò e si diresse verso Henry Tucker, e con un calcio gli tolse la rivoltella dalla mano. Voleva dire qualcosa a quel volto ancora vivo, ma Kelly era senza parole. Forse Pam avrebbe riposato in pace adesso, più probabilmente no. Non era proprio così facile. I morti erano morti e non sapevano e nemmeno volevano sapere quello che si erano lasciati alle spalle. Probabilmente. Kelly non sapeva come andava veramente, sebbene ci avesse pensato spesso. Se i morti vivevano ancora sulla superficie di questa terra, ciò avveniva nelle menti di coloro i quali li serbavano nella memoria, e per quel ricordo aveva ucciso Henry Tucker e tutti gli altri. Forse Pam non avrebbe riposato in pace. Ma lui sì, rifletté, vedendo che Tucker aveva lasciato questo mondo mentre lui era intento a esaminare i propri pensieri e la propria coscienza. No, quest'uomo non meritava alcun rimorso, e neppure gli altri. Kelly mise la sicura alla pistola e si guardò intorno. Tre morti, e la cosa più allegra che si poteva dire era che lui non era tra loro. Camminò verso la porta, la aprì e uscì. L'auto era a un isolato di distanza, eppure aveva ancora un appuntamento, e un'altra vita da stroncare.

Missione compiuta.

La barca si trovava ancora dove l'aveva lasciata. Era trascorsa un'ora quando Kelly parcheggiò l'auto e prelevò la propria valigia. Chiuse la vettura con le chiavi dentro, perché anche di essa non avrebbe avuto più bisogno. Il tragitto per attraversare la città e giungere al porticciolo era stato felicemente spensierato, una mera operazione meccanica, limitata alla guida dell'auto, a fermarsi o a passare ai semafori, a dirigersi verso il mare, o alla baia, uno dei pochi posti in cui si sentiva a casa propria. Sollevò la valigia, camminando sul pontile verso la *Springer*, e saltò a bordo. Sembrava tutto a posto, ed entro dieci minuti sarebbe stato lontano da tutto quanto gli avrebbe potuto ricordare quella città. Kelly aprì la porta che conduceva alla sala principale e sbiancò in volto quando sentì l'odore del fumo, e poi una voce.

«John Kelly, giusto?»
«E lei chi è?»
«Emmet Ryan. Ha incontrato il mio collega, Tom Douglas.»
«Che posso fare per lei?» Kelly appoggiò la valigia sul ponte, ricordandosi della Colt automatica che era appoggiata sulle reni, all'interno della giacca militare sbottonata.
«Mi può dire perché ha ucciso tutte quelle persone» suggerì Ryan.
«Se lei pensa che sia stato io, sa anche il perché.»
«Vero. Adesso sto cercando Henry Tucker.»
«Qui non c'è, mi sembra.»
«Forse mi potrebbe aiutare.»
«La casa all'angolo tra la O'Donnell e la Mermen potrebbe essere un buon posto dove cercare. Non se ne andrà da nessuna parte» Kelly informò il detective.
«Che cosa devo fare con lei?»
«Le tre ragazze di questa mattina...»
«Sono al sicuro. Ci occuperemo noi di loro. Lei e i suoi amici avete fatto del vostro meglio per Pam Madden e Doris Brown, non è colpa vostra se non siete riusciti. Beh, forse un po'.» L'agente si interruppe. «Devo arrestarla.»
«Per cosa?»
«Per omicidio, signor Kelly.»
«No.» Kelly scosse il capo. «È omicidio solo quando muoiono degli innocenti.»
Gli occhi di Ryan si strinsero. Distingueva solo la sagoma dell'uomo, con il cielo giallastro alle sue spalle, senza cogliere i dettagli del volto, ma aveva ascoltato la sua affermazione, e una parte di lui desiderava essere d'accordo.
«La legge non dice così.»
«Non le sto chiedendo di perdonarmi. Non vi darò più fastidio, e non ho intenzione di finire dentro nessuna cella.»
«Non posso lasciarla andare.» Ma Kelly notò che non aveva estratto la pistola. Che cosa voleva dire?
«Vi ho restituito l'agente Monroe.»
«La ringraziamo» ammise Ryan.
«Non uccido a caso. Mi hanno insegnato a farlo, ma dev'esserci un qualche motivo. Avevo una ragione sufficientemente valida.»
«Può darsi. Che cosa crede di avere ottenuto?» domandò Ryan. «Il problema della droga non sarà risolto.»
«Henry Tucker non ucciderà più nessuna ragazza. Questo è quello che ho ottenuto. Non ho mai pensato di fare di più, ma

ho eliminato quel traffico di droga.» Kelly si fermò. C'era qualcos'altro che quell'uomo doveva sapere. «C'è un poliziotto in quella casa. Credo che fosse corrotto. Tucker e Piaggi lo hanno ucciso. Forse può fare la figura dell'eroe. C'è un mucchio di roba là dentro. Il vostro dipartimento non ne uscirebbe poi così male.» *E, grazie a Dio, non ho dovuto uccidere nessun poliziotto, nemmeno uno corrotto.* «Le darò un'altra informazione. So come Tucker faceva entrare la roba». Kelly fece un breve resoconto.

«Guardi, proprio non posso lasciarla andare» ripetè l'agente, sebbene una parte di lui desiderasse un'altra conclusione. Ma non era possibile, e non lo avrebbe reso possibile, perché la sua vita aveva anche delle regole.

«Mi può dare un'ora? So che mi terrà sott'occhio. Un'ora; renderà le cose più facili per tutti.»

Gli dobbiamo qualcosa... avrei risolto questi casi senza di lui? Chi avrebbe parlato a favore dei morti... e... inoltre...

«Ha la sua ora. Dopodiché, le posso solo consigliare un buon avvocato. Chissà, uno bravo potrebbe riuscire a fargliela scampare.»

«Grazie.»

Ryan si alzò in piedi e si diresse verso la porta laterale. Non si voltò, anche se si fermò sulla soglia, per un attimo.

«Lei ha risparmiato qualcuno quando avrebbe potuto ucciderlo, signor Kelly. Ecco il perché. La sua ora comincia adesso.»

Kelly non lo guardò andar via. Azionò i comandi del motore, per scaldare il diesel. Un'ora avrebbe dovuto essere appena sufficiente. Si affrettò sul ponte, slegò le cime, lasciandole attaccate ai paletti della banchina, e rientrò in plancia quando i motori erano pronti a partire. Salirono di giri immediatamente, ed egli virò, dirigendosi verso il porto. Appena si trovò fuori dal bacino spinse la *Springer* alla velocità massima di ventidue nodi. Con il canale sgombro di imbarcazioni, Kelly inserì il pilota automatico e si precipitò ad eseguire i preparativi necessari. Tagliò l'angolo a Bodkin Point. Doveva farlo. Sapeva chi avrebbero mandato a inseguirlo.

«Guardia costiera, Thomas Point.»

«Parla la polizia di Baltimora ...»

Il guardiamarina Tomlinson prese la chiamata. Ufficiale fresco di nomina dall'accademia di New London, si trovava lì per fare pratica e, sebbene il suo grado fosse superiore a quello del sottufficiale, responsabile della stazione, sia il ragazzo sia l'uomo capirono di cosa si trattava. Paul English pensò che alla giovane età di ventidue anni, tanto che i suoi gradi dorati da ufficiale conservavano ancora la lucentezza originale, era ora di dargli il battesimo di una missione, ma solo perché a dirigere le cose sarebbe stato in realtà Oreza. I motori della Quattro-Uno-Bravo, la seconda unità della consistente flotta di pattuglia della stazione, erano stati fatti scaldare e ora era pronto. Il giovane guardiamarina si precipitò all'esterno, come se temesse di essere lasciato a terra, con grande spasso di English. Cinque secondi dopo che il ragazzo si era infilato il giubbotto di salvataggio, l'unità della guardia costiera lasciò la banchina, virando a nord poco prima del faro di Thomas Point.

Certo che quel tipo non mi ha lasciato un guinzaglio troppo lungo, rifletté Kelly, vedendo il guardacoste avvicinarsi da dritta. Bene, aveva chiesto un'ora e un'ora aveva avuto. Kelly fece per andare alla radio per un saluto di addio, ma non sarebbe stato giusto, e maggiore il rammarico. Uno dei suoi diesel stava scaldandosi, e anche questo era un peccato, ma sapeva che non sarebbe rimasto bollente a lungo.

Si era innescata una specie di corsa, a cui si aggiungeva una complicazione, un grande cargo francese in mare aperto, proprio dove Kelly doveva dirigersi, e presto sarebbe rimasto stretto tra la nave e il guardacoste.

«Bene, eccoci qui» disse Ritter, lasciando libera la guardia del corpo che li aveva seguiti come un'ombra per tutto il pomeriggio. Estrasse un biglietto dalla tasca. «Top class. Le bevande sono gratis, colonnello.» Erano riusciti a evitare il controllo passaporti grazie a una precedente telefonata.

«Vi ringrazio per l'ospitalità.»

Ritter sogghignò. «Sì, il governo degli Stati Uniti si è occupato di tre quarti dei suoi voli in giro per il mondo. Credo che l'Aeroflot sia in grado di gestire il resto.» Ritter fece una pausa e proseguì con tono formale. «Il suo comportamento verso i nostri prigionieri è stato corretto, per quanto consentivano le circostanze. La ringrazio.»

«Il mio desiderio è che ritornino a casa sani e salvi. Non sono cattivi.»

«Nemmeno lei lo è.» Ritter lo condusse all'uscita, oltre la quale si trovava un mezzo interpista che lo avrebbe trasportato fino a un nuovissimo Boeing 747. «Ritorni a trovarci. Le farò vedere meglio Washington.» Ritter lo osservò salire sul mezzo e si girò verso Vološin.

«Un brav'uomo, Sergej. Pensa che la sua carriera sarà rovinata?»

«Con tutto quello che sa? Ritengo di no.»

«Mi fa piacere» commentò Ritter, e si allontanò.

Stavano combattendo ad armi pari. L'altra barca aveva un leggero vantaggio, trovandosi davanti, potendo scegliere, mentre il guardacoste sfruttava il suo mezzo nodo di velocità in più per avvicinarsi, seppur con lentezza esasperante. Era una questione di abilità, a dire il vero, e anche da questo punto di vista la differenza era risibile. Oreza osservò l'uomo lasciar scivolare la barca perpendicolarmente alla scia del cargo, muovendosi come un surf, per portarla davanti all'onda generata dalla nave e cavalcarla sul lato sinistro, guadagnando forse un vantaggio momentaneo di mezzo nodo. Oreza dovette ammirarlo. Non poteva fare nient'altro. L'uomo stava guidando davvero la propria barca in scioltezza come se si trattasse di uno scherzo contro le leggi del vento e delle onde. Ma non c'era nulla di divertente in questo caso. Non con questi uomini appollaiati in plancia con le pistole cariche. Non con quello che era costretto a fare a un amico.

«Per l'amor del cielo!» ringhiò Oreza, muovendo attentamente il timone verso dritta. «Fate attenzione con quella dannatissima pistola!» Gli altri componenti dell'equipaggio chiusero le fondine e smisero di giocherellare con le armi.

«È un uomo pericoloso» intervenne una voce alle spalle di Oreza.

«No, non è pericoloso, non per noi!»

«E tutta la gente che ha...»

«Forse quei bastardi se la sono cercata!» Un po' più di gas e Oreza si riportò a sinistra. Esaminava le onde per cercare dei punti lisci, muoveva l'unità di pattuglia da 12 metri a dritta e a sinistra per sfruttare la maretta superficiale e guadagnare così qualche preziosissimo metro, proprio come stava facendo il suo rivale. Nessuna regata della Coppa America al largo di Newport era mai stata tanto eccitante, e dentro di sé Oreza si infuriò con l'altro uomo al pensiero che lo scopo della gara dovesse essere così perverso.

«Forse dovrebbe lasciare...»

Oreza non si girò nemmeno. «Signor Tomlinson, ritiene che ci sia qualcuno in grado di condurre questa barca meglio di me?»

«No, capo Oreza» rispose formalmente il guardiamarina. Oreza sbuffò verso il vetro. «E se chiamassimo un elicottero della marina?» chiese Tomlinson con poca convinzione.

«Per quale motivo, signore? Dove pensa che stia andando, a Cuba? Ho una quantità di combustibile doppia rispetto a lui, sono più veloce di mezzo nodo, e ha solo trecento metri di vantaggio. Faccia un po' i conti, signore. Gli saremo a fianco tra venti minuti in qualunque modo la voglia vedere, indipendentemente dalla sua abilità.» *Trattiamolo con rispetto* furono le parole che Oreza non pronunciò.

«Ma è pericoloso» ripetè il guardiamarina Tomlinson.

«Correrò il rischio. Ecco...» Oreza cominciò a scivolare a sinistra, cavalcando l'onda del piroscafo, sfruttando l'energia generata dalla nave per guadagnare velocità. *Interessante, è come fanno i delfini... mi ha dato un nodo in più, e il mio scafo è migliore del suo per queste manovre...* Contrariamente a tutto quello che avrebbe dovuto provare, Manuel Oreza sorrise. Aveva appena imparato qualcosa di nuovo, grazie a un amico che stava cercando di arrestare per omicidio. Per l'omicidio di persone che dovevano essere uccise, si ricordò, chiedendosi quale sarebbe stata la linea di difesa degli avvocati.

No, doveva trattarlo con rispetto, consentirgli di correre al meglio, di cercare la libertà, per quanto il fato gli fosse contrario. Qualsiasi cosa in meno avrebbe umiliato quell'uomo e, Oreza ammise dentro di sé, avrebbe umiliato se stesso, perché quando tutto il resto non riusciva, quando non restava più nulla da fare, c'era ancora l'onore, l'ultima considerazione che esisteva tra persone intelligenti. Più importante della legge, più importante del dovere, l'onore, pur coesistendo con il dovere, era forse l'ultima legge del mare e Oreza, come la sua preda, era un uomo di mare.

Era maledettamente vicino. Il portoghese era troppo bravo, accidenti, a condurre la sua unità, e per quel motivo diventava sempre più difficile rischiare quanto aveva progettato. Kelly fece tutto quanto era nelle sue capacità. Portare la *Springer* diagonalmente attraverso la scia della nave era stata la cosa più intelligente che avesse mai fatto in mare, ma quel dannato guardacoste ne aveva annullato gli effetti, con quello scafo così profondo. Gli indicatori di tutti e due i motori erano sul rosso e questo dannato cargo andava un po' troppo veloce. Perché Ryan non aveva aspettato altri dieci fottuti minuti? si chiese Kelly. Il comando della carica esplosiva era al suo fianco. Cinque secondi dopo l'azionamento i serbatoi del carburante sarebbero esplosi, ma tutto ciò non sarebbe servito a nulla con un guardacoste a soli duecento maledettissimi metri.

E ora?

«Abbiamo appena guadagnato venti metri» notò Oreza con un misto di soddisfazione e dispiacere.

Il sottufficiale notò che il fuggitivo non si voltava nemmeno indietro. Sapeva. Doveva sapere. *Dio, sei proprio in gamba*, cercò di comunicargli a mente, rimpiangendo tutte le punzecchiature che aveva inflitto a quell'uomo, anche se l'altro sapeva che erano state semplici prese in giro, tra marinai. Certo, doveva sapere, e nel correre a questo modo anche lui stava onorando Oreza. Doveva avere delle armi con sé, era un vero e proprio esperto, e avrebbe potuto girarsi e sparare per distrarre e infastidire i suoi inseguitori. Ma non lo aveva fatto, e Manuel Oreza sapeva perché. Avrebbe violato le regole della corsa. Anche lui capiva il concetto di onore. Avrebbe corso al meglio, e quando sarebbe giunto il momento avrebbe accettato la sconfitta; entrambi avrebbero condiviso orgoglio e tristezza, ma ognuno avrebbe conservato il rispetto reciproco.

«Tra poco sarà buio» intervenne Tomlinson, rovinando le fantasticherie del sottufficiale. Il ragazzo non capiva, ma era solo un ufficiale, un guardiamarina, e per giunta fresco di nomina. Forse un giorno avrebbe imparato. In genere andava così, e Oreza sperò che Tomlinson avrebbe imparato qualcosa dalla lezione di quella giornata.

«Quel poco non basterà, signore.»

Oreza esaminò rapidamente l'orizzonte. Il cargo battente bandiera francese occupava forse un terzo della superficie marina che egli era in grado di distinguere, uno scafo torreggiante, che scivolava alto sulla superficie e risplendeva della sua vernice recente. L'equipaggio non era a conoscenza di quanto stava accadendo. Una nave nuova, notò il sottufficiale, e la sua prua tondeggiante produceva una bella serie di onde che l'altra barca sfruttava come un surf.

La soluzione più rapida e semplice era trascinare il guardacoste dietro di sé sul lato destro del cargo, per scomparire dietro la prua e *poi* far esplodere la barca... ma... c'era un altro modo, un modo migliore...

«Adesso!» Oreza girò il timone di circa dieci gradi, scivolando a sinistra e guadagnando ben cinquanta metri, apparentemente in un solo istante. Poi invertì il timone, saltando su un altra onda lunga e si preparò a ripetere la manovra. Uno dei marinai più giovani fischiò, preso da un'improvvisa esaltazione.

«Vede, signor Tomlinson? La forma del nostro scafo è migliore della sua per questo tipo di manovre. Ci può battere per un soffio quando il mare è piatto, ma non con queste onde. Noi siamo perfetti.» Un paio di minuti erano bastati per dimezzare la distanza tra le barche.

«È sicuro di voler terminare questa corsa, Oreza?» chiese il guardiamarina Tomlinson.

Non è così stupido dopotutto pensò il sottufficiale. Beh, era un ufficiale, e si presumeva fossero intelligenti, ogni tanto.

«Tutte le corse finiscono, signore. C'è sempre un vincitore, e sempre uno sconfitto» sottolineò Oreza, sperando che il suo amico capisse anche questo. Il portoghese tirò fuori dal taschino della camicia una sigaretta, e la accese con la sinistra, mentre la destra (solo le punte delle dita in realtà), teneva il timone, operando le lievi variazioni richieste da quella zona del suo cervello che esaminava ogni onda sulla superficie. A Tomlinson aveva detto venti minuti. Era stato pessimista. Molto prima, ne era certo.

Oreza scrutò la superficie ancora una volta. Molte barche, la maggior parte delle quali stava rientrando, e nessuna che comprendeva la vera natura di quella gara. Il guardacoste non aveva azionato le proprie sirene. A Oreza non piacevano: erano un insulto alla sua professione. Pensava che quando un guardacoste degli Stati Uniti si affiancava, non c'era bisogno di sirene. Era proprio uno di quei momenti, tanto più che la corsa era un affare privato, che solo dei professionisti potevano vedere e capire; così dovevano essere le cose, perché gli spettatori degradavano sempre tutto, distraevano i contendenti dalla partita.

Si trovava a circa metà del cargo adesso, e Oreza aveva ingoiato l'esca... come previsto, pensò Kelly. Diavolo se era in gamba quel tipo. Un altro miglio e lo avrebbe raggiunto, riducendo le opzioni di Kelly a zero, ma adesso aveva un piano, mentre vedeva la prua tondeggiante della nave. Un uomo dell'equipaggio stava osservando dal ponte, come era accaduto il primo giorno con Pam, il che gli fece sentire un vuoto allo stomaco per un momento, nel ricordo. Tanto tempo era passato, tante cose erano accadute. Aveva fatto bene o male? Chi avrebbe giudicato? Kelly scosse il capo. Si sarebbe affidato a Dio. Kelly si voltò per la prima volta nel corso della gara, per misurare la distanza, che si era dannatamente ridotta.

La Quattro-Uno si stava appoppando, sollevata forse di quindici gradi, con il suo profondo scafo che fendeva le onde. Oscillò a destra e a sinistra lungo un arco di venti gradi, con i suoi grandi diesel che rombavano alla loro maniera personale, quasi felina. Ed era tutto nelle mani di Oreza, leva del gas e timoni sotto il dominio delle sue abili dita, mentre gli occhi esaminavano e misuravano. E la sua preda si stava comportando esattamente allo stesso modo, traendo profitto da ogni giro dei suoi motori, sfruttando la propria abilità ed esperienza. Ma le sue carte, messe insieme, non raggiungevano il punteggio del portoghese, e anche se non ne era contento, era così che stavano le cose.

Proprio in quel momento Oreza vide il volto dell'amico, che si voltava per la prima volta.

È ora, amico mio. Lo sai adesso, e io so che lo sai. Forza, adesso, è giunto il momento, finiamola con onore. Forse sarai fortunato, e forse saranno comprensivi, un po', e uscirai dopo qualche tempo, e potremo tornare amici. Non riesco a odiarti per quello che hai fatto. Non posso perdonarti perché non mi è concesso, ma posso ancora rispettarti, e per uomini del nostro stampo è tutto quello che conta.

«Forza, diminuire i motori e virare a dritta» disse Oreza, quasi inconsapevolmente, e ciascun uomo dell'equipaggio stava pensando esattamente la stessa cosa, felice di sapere che loro e il loro skipper leggevano le cose allo stesso modo. La corsa era durata solo una mezz'ora, e non era il tipo di storia di mare che altri avrebbero mai capito. Tuttavia, sarebbe stata un'esperienza da ricordare per tutta la vita.

L'uomo si girò ancora. Oreza si trovava abbastanza vicino. Poteva leggere senza problemi il nome a poppa, e non aveva senso continuare. Avrebbe rovinato la corsa. Avrebbe dimostrato una grettezza di spirito che non apparteneva al mare. Era qualcosa che facevano i proprietari degli yacht, non i professionisti.

Poi fece una manovra imprevista. Oreza se ne accorse per primo e i suoi occhi misurarono la distanza una volta, poi due e poi una terza volta, e in ogni caso si ritrovò con la risposta sbagliata e si precipitò verso la radio.

«Non ci provare!» urlò il sottufficiale sulla frequenza riservata.

«Cosa?» domandò subito Tomlinson.

La mente di Oreza urlò *non farlo!*, e si sentì improvvisamente solo in un mondo minuscolo, lui e l'altro, mentre gli leggeva nel pensiero e provava orrore di fronte a quanto vi trovava. Non era il modo di giungere alla fine. Non c'era alcun onore.

Kelly spostò il timone a dritta per prendere l'onda di prua, mentre gli occhi controllavano la poppa del cargo, avvolta nella schiuma. Al momento giusto lo mise di traverso. La radio gracchiò. Era la voce di Oreza, e Kelly sorrise nel sentirla. Era proprio un brav'uomo. La vita sarebbe stata vuota senza uomini come lui.

La *Springer* balzò verso dritta, per la forza di quella brusca virata. Kelly tenne il timone con la sinistra, mentre con la destra afferrava una bombola d'aria da sommozzatore attorno alla quale aveva legato alcuni pesi. *Gesù* pensò non appena la *Springer* virò di oltre novanta gradi, *Gesù, non ho controllato la profondità; e se le acque non sono sufficientemente profonde... oh, Dio... oh, Pam...* ma questo era leale, no, lasciare che Qualcun Altro decidesse il suo destino...

Ma quello che doveva accadere accadde. La barca virò bruscamente a sinistra. Oreza osservò da meno di un centinaio di metri, ma la distanza avrebbe potuto essere anche pari a migliaia di miglia per quanto importava, e la sua mente vide la scena prima che la realtà si sostituisse. Già fortemente inclinata a destra per la virata, l'imbarcazione si sollevò sull'onda di prua del cargo e, trasversalmente ad essa, si capovolse completamente e scomparve.

Non era così che moriva un marinaio.

Quattro-Uno-Bravo si mosse indietro tutta, ondeggiando violentemente al passaggio della scia della nave in fase di rallentamento, ma la manovra richiese ben due miglia, e a quel punto Oreza e il suo guardacoste stavano già esaminando i resti del relitto. A causa della crescente oscurità si dovettero accendere i fari, e gli occhi delle guardie costiere avevano una luce sinistra, alla ricerca del corpo di un uomo che avevano conosciuto.

«Guardacoste Quattro-Uno, guardacoste Quattro-Uno, alla vostra sinistra è una barca a vela della marina statunitense, possiamo fornirvi assistenza?»

«Qualche occhio in più potrebbe servire. Chi c'è a bordo?»

«Un paio di ammiragli, chi parla è un aviatore, se può essere di aiuto.»

«Prego, signori.»

Era ancora vivo. Per Kelly era una sorpresa, almeno tanto quanto lo sarebbe stato per Oreza. L'acqua in quel punto era sufficientemente profonda e la bombola d'aria era precipitata a piombo per venti metri. Aveva lottato per fissarla con una cinghia al suo petto nella violenta turbolenza creata dal passaggio della nave sopra la sua testa. Poi aveva lottato per allontanarsi dai relitti di quello che fino a qualche secondo prima era stato un costoso cabinato. Solo dopo due o tre minuti aveva accettato il fatto di essere sopravvissuto a questo giudizio di Dio. Ripensandoci si domandò quale pazzia lo avesse spinto a correre un simile rischio, ma per una volta aveva sentito il desiderio di affidare la sua vita a un giudizio superiore, pronto ad affrontarne le conseguenze, qualsiasi fossero state, e il giudizio lo aveva risparmiato. Queste parole affollarono la mente di Kelly, mentre respirava l'aria compressa. Poteva distinguere lo scafo del guardacoste a est... e a ovest la sagoma di una carena più profonda tipica di un'imbarcazione a vela. Pregando Dio che fosse quella giusta. Kelly sganciò quattro pesi dalla bombola e nuotò lentamente verso ovest.

Il suo capo apparve in superficie dietro alla barca, ferma sull'acqua, sufficientemente vicino da leggerne il nome. Si rituffò nuovamente. Ci volle un altro minuto prima che ricomparisse sull'altro lato del nove metri.

«Salve.»

«Gesù, è lei?» gli urlò Maxwell.

«Credo di sì.» *Beh, non proprio.* Tese le braccia verso l'alto.

Il decano dell'aviazione della marina si sporse, tirando a bordo il corpo livido e dolorante, e portandolo sottocoperta.

«Quattro-Uno, è la marina a ovest adesso... non promette nulla di buono.»

«Temo che abbiate ragione. Potete andarvene se volete. Credo che rimarremo ancora un poco» disse Oreza. Erano stati gentili a battere tutta la zona per tre ore, un buon aiuto da un paio di ammiragli. Tra l'altro erano in grado di manovrare decentemente la loro barca. In un altro momento avrebbe indugiato su quel pensiero, facendo una battuta sull'abilità navale della marina. Ma non adesso. Oreza e Quattro-Uno-Bravo avrebbero continuato con le ricerche per tutta la notte, trovando solo relitti.

Apparve su molti giornali, ma la storia faceva acqua da tutte le parti. Il tenente Mark Charon, seguendo una traccia nel suo tempo libero (una licenza ottenuta a seguito di una sparatoria, niente di meno), era incappato in un laboratorio di trafficanti di droga e, nel conflitto a fuoco che era seguito, aveva perso la vita compiendo il proprio dovere ed eliminando due delinquenti. La fuga, avvenuta per pura coincidenza, di tre giovani donne, aveva permesso di identificare uno dei trafficanti deceduti come un assassino particolarmente brutale, e questo aveva forse spiegato lo zelo eroico di Charon. Così era stato possibile chiudere numerosi casi in un modo che i giornalisti di cronaca avevano trovato estremamente comodo. A pagina sei si leggeva una breve notizia su un incidente di mare.

Tre giorni più tardi, un'impiegata dell'archivio di St. Louis chiamò il tenente Ryan per comunicargli che il file era tornato, ma non era in grado di dire da dove. Ryan la ringraziò. Aveva chiuso anche quel caso, senza cercare al centro dell'FBI la scheda di Kelly, rendendo quindi inutile la sostituzione, da parte di Bob Ritter, delle impronte digitali con quelle di qualcuno che difficilmente sarebbe mai tornato in America.

L'unico aspetto ancora in sospeso, che turbò fortemente Ritter, fu una telefonata. Ma anche i criminali ricevono una telefonata, e Ritter non voleva inquietare Clark per qualcosa del genere. Cinque mesi dopo Sandra O'Toole si dimise dal Johns Hopkins, e si trasferì in un tranquillo paesino della Virginia, dove divenne responsabile di un intero piano della clinica universitaria della zona grazie a una calorosa lettera di presentazione da parte del professor Samuel Rosen...

EPILOGO

12 febbraio 1973

«Siamo onorati di avere l'opportunità di servire il nostro Paese anche in situazioni difficili» pronunciò il capitano Jeremiah Denton, e concluse con ''Dio benedica l'America'' una frase di trentaquattro parole che era risuonata per la base aerea di Clark.

«Che ne dite» intervenne il presentatore, partecipando all'avvenimento, come richiesto dal suo compenso. «Proprio lì, alle spalle del capitano Denton, abbiamo il colonnello Robin Zacharias, dell'aviazione. È uno dei cinquantatré prigionieri di cui si era persa ogni traccia fino a poco tempo fa, accompagnato da...»

John Clark non ascoltò il resto, ma si limitò a guardare la televisione appoggiata sul cassettone di sua moglie nella camera da letto, fissando il volto di un uomo da cui lo separava un intero mondo, al quale non molto tempo prima era stato molto più vicino fisicamente, e ancora più vicino spiritualmente. Vide l'uomo abbracciare la moglie dopo cinque anni di lontananza. Vide una donna diventata vecchia per le preoccupazioni, ma ora ringiovanita dall'amore per l'uomo che aveva creduto morto. Kelly pianse assieme a loro, osservando per la prima volta il volto in carne e ossa di quell'uomo, capendo che la gioia poteva davvero sostituire il dolore, per quanto grande. Strinse la mano di Sandy con tale forza da farle quasi male, fin quando lei non l'appoggiò sul suo ventre, a sentire muoversi il loro primo figlio, che presto sarebbe nato. Il telefono squillò, e Kelly si arrabbiò per quell'intrusione fino a quando udì la voce.

«Spero che lei sia orgoglioso di quanto ha fatto, John» disse Dutch Maxwell. «Li stiamo facendo tornare tutti e venti. Volevo solo che lo sapesse. Non sarebbe stato possibile senza di lei.»

«La ringrazio, signore.» Clark riattaccò. Non c'era altro da dire.

«Chi era?» domandò Sandy, sempre tenendogli la mano.

«Un amico» rispose Clark, asciugandosi gli occhi mentre si girava per baciare sua moglie. «Da un'altra vita.»

SOMMARIO

BUR
Periodico settimanale: 6 luglio 1998
Direttore responsabile: Evaldo Violo
Registr. Trib. di Milano n. 68 del 1°-3-74
Spedizione in abbonamento postale TR edit.
Aut. N. 51804 del 30-7-46 della Direzione PP.TT. di Milano
Finito di stampare nel giugno 1998 presso
il Nuovo Istituto Italiano d'Arti Grafiche - Bergamo
Printed in Italy

ANNOTAZIONI

ANNOTAZIONI

ANNOTAZIONI

ANNOTAZIONI

ANNOTAZIONI

ANNOTAZIONI

ANNOTAZIONI

ANNOTAZIONI

ANNOTAZIONI

ISBN 88-17-11479-0